中世文藝比較文学論考

増田欣著

汲古書院

序に代えて――『中世文藝』のことども――

『中世文藝比較文学論考』などと、本書の表題にあえて「中世文藝」の語を用いたことについては、いささか釈明する義務があるかもしれない。「中世文学」としたのでは、「比較文学」の「学」と重なって見た目にも煩わしく、それを避けたい気持ちも確かにある。が、理由は外にある。事は平成十一年五月の末に九十二歳の天寿を全うされた、金子金治郎先生への追懐につながる。

先生が広島中世文藝研究会の会誌として『中世文藝』誌を創刊されたのは、昭和二十九年のことで、広島大学に大学院文学研究科が創設されたその翌年に当たる。先生のご葬送の日、門下生を代表してご霊前に哀悼の蕪辞を捧げたのであるが、多年の学恩を感謝申し上げるに当たって、この研究会の発足と会誌の創刊のことを先ず取り上げた。

ガリ版刷りの文字通り手作りで始まった雑誌でしたが、手作りの作業を通して私どもは、協力して研究に従事することの歓びを体験して行ったように思います。先生は、私どもに論稿の執筆を促されるだけでなく、毎号、ご自身も論文をお載せになり、先生のご研究の姿勢と方法を具体的にお示しくださいました。そして、何よりもこの会誌を特徴づけたのは、先生ご自身による未刊連歌資料の翻刻の掲載でした。

この会誌の発刊に注がれた先生のご熱意は、左に掲げる『中世文藝』の最初の三号の目次を一覧するだけでも十分に窺うことができる。

翻刻「兼載句艸」　同
「こあて」考——二条良基の付合論——　増田　欣
狂言の「雑談」に就て　米倉　利昭
紙子小史——出家と紙衣——　夏見　知章

第二号（昭和二十九年七月十四日発行）
兼載傳考（二）——その享年——　金子金治郎
文学と宗教——宮沢賢治の場合——　湯之上早苗
更級日記における言語意識と創作意識　井上　親雄
（翻刻）古連哥合　宗砌在判（前半）　金子金治郎

第三号（昭和二十九年十月十日発行）
兼載傳考（三）——新撰菟玖波集と兼載——　金子金治郎
憲吉におけるあお（青・蒼）の用法　山根　巴
中世歌論に於ける「たけたかし」「遠白し」の成立
——俊頼から俊成へ——　片山　享
（翻刻）古連哥合　宗砌在判（後半）　金子金治郎

『中世文藝』誌は昭和四十七年に第五十号をもって終刊となるが、私どもはこの『中世文藝』によって育てられたという思いが深い。それは、かつて会員であった者が一様に、その心の底に温めている感慨であるにちがいないと思う。草創期のメンバーだけの心情ではあるまい。

先生は後に、拙著『太平記の比較文学的研究』（昭和五十一年刊）のために「序」を草してくださったが、その中で、広島での私の修学期間に触れつつ、「その間に、広島「中世文藝」の創刊に参加している」と記しておられる。先生にとっても『中世文藝』誌の刊行は、記念すべき実績でおありだったのだと拝される。

『中世文藝』の初期、原稿は学生が手分けしてガリ版を切って持ち寄り、一日、それを手動式の謄写版で刷り上げては、その日のうちに製本までし終えてしまうという、会員の一貫した共同作業であった。ただ表紙の印刷だけは市内の出版社に頼むことになった。先生のご発意によるものであったが、その発注に当たって、先生から「中世文芸」でなくて「中世文藝」にしてはどうだろうと意見を求められた。私に異存はなかった。

戦後まもない昭和二十一年末の国語審議会の答申に基づいて、同二十二年に「当用漢字表」が内閣告示され、さらに同二十四年には「当用漢字字体表」が告示されて、標準の字体としての新字体が公示された。この時点で「芸」の字体が当用漢字に加えられたのである。国字問題はまだまだ揺れていた。学校教育を旧字体で受け、それに習熟して来た人々の眼には、新字体は何とも頼りなくて軽々しく、中にはその語の印象を損ないかねないと映るようなものもあった。「芸（藝）」や「伝（傳）」なども、その例にもれない。

が、先生が「藝」の本字にこだわられたのは、簡略化された字形に対していま一つ信頼が持てないというだけのことではなかったと思われる。説明するまでもないことであるが、漢字の「藝」と「芸」とは本来別字である。英文学者の柳瀬尚紀氏が朝日新聞に連載していたエッセー「猫舌三昧」で、「芸と藝」と題して両字の違いを取り上げている（平成十二年七月二十八日付朝刊）。「山本容子新作展」を観、彼女の和紙のコンテ作品に触れた感動から、「この人の手を表すのに最もふさわしい文字は何だろうかと考えた」と前置きして、次のように述べている。

> 思いつくのは、藝。芸ではなく、藝だ。埶《ゲイ》は苗を植えるの意で、手の感触がある。常用漢字では埶を取り払って芸としたために、別字の芸と混同されるに至った。熱という字が書ければ藝という字も書けるのに、日本国民を見下す人たちが妙な字を作ってくれたものだ。

因に、「芸」については、

芸はウンと読み、これは古代に書籍の虫除《よ》けに使ったという香草。森銑三『書物』に、芸草と書いたら藝草と直されて印刷されたという話が記されている。「芸《くさぎ》る」とも読み、草を刈るの意。これは『論語』微子に見える。

と説いている。手作りの雑誌『中世文藝』には、やはり「藝」の字がふさわしかったと言えるかもしれない。

上に述べたような因縁があって、本書の表題を『中世文藝比較文学論考』とした。同時に、本書の本文中においても、なるべく「藝」と「芸」とは使い分けるように心掛けた。使い分けしなくとも、実際に混乱を来すような場面は滅多にないが、それでも、『老子』の、

夫物芸芸、各復帰其根。　夫れ物芸芸《うんうん》たるも、各々其の根に復帰す。（「帰根第十六」）

という章句を引く機会がないとも言えないし、白居易の人口に膾炙している詩句、

背燭共憐深夜月　踏花同惜少年春　燭を背けて共に憐れむ深夜の月、花を踏んで同じく惜む少年の春。
杏壇住僻雖宜病　芸閣官微不救貧　杏壇　住　僻にして病に宜しと雖も、芸閣《うんかく》　官　微にして貧を救はず。
（『白氏文集』巻十三「春中与二盧四周諒一華陽観同居」詩の頷聯・頸聯）

を挙げる必要が出て来るかもしれない。

中国文学の専門家の学術書では、原則的に『康熙字典』に基づく本字を専用する例が多い。また、基本的には新字体を使用している場合でも、原典からの引用に関してはその原則に準拠して旧字体を用いている場合をよく見掛ける。本書は基本的には昭和五十六年十月告示の「常用漢字表」に拠るけれども、なにぶんにも取り扱う文献資料は、表外の文字で充ち満ちている。時には異体字さえもそのままとどめて置きたい誘惑に抗し切れないようなこともある。臨機応変に対処するというよりも、所詮恣意的な取捨をまぬがれない結果になっている。何も「藝」と「芸」だけのこ

とではないのであるが、本書の表題の由来に関わることなので贅言した。

本書の構想を試み、その初案を得たのは、平成六年の夏であった。平成十年の秋に再案が成り、この時、『中世文藝比較文学論考』の表題を考えた。その後も構成の部分的な変更はあったが、その大綱に変化はなかった。にもかかわらず、生来の不敏の然らしめるところ、上梓の予定が遅れた。まさに後悔先立たずである。

恩師金子金治郎先生のご霊前に、この小著を捧げる。

中世文藝比較文学論考　目次

中世文藝比較文学論考

序章　日中比較文学の領域

一　比較文学の四領域

昭和二十九年一月に提出した筆者の学部卒業論文は、宋の魏慶之撰の『詩人玉屑』が日本の中世・近世の文学にどのように摂取されているかを調査したものであった。その第一章に「比較文学うひやまぶみ」というおおけない表題を掲げたが、自身の初山踏みの小径で、手探りしつつ触れて行った比較文学に関する覚書をつづったに過ぎない。昭和五十一年三月に上梓の機会を得た『太平記の比較文学的研究』（角川書店）の序章は「『太平記』研究における比較文学的方法」と題したが、それは、修士論文『良基連歌論の研究――華実論の比較文学的考察――』（昭和三十一年一月提出）の冒頭に据えた「序にかえて――比較文学の方法」を土台にして、その後の二十年間に踏み迷いながらたどって行った研究方法に対する自分なりの考えを整理したものであり、当時の筆者が考えていた比較文学的研究についての総括であったと言える。爾来、すでに二十年余りが経過している。

比較文学の概念はまことに多岐亡羊で、しばしば研究者の数だけの比較文学があるなどと評されて来た。が、筆者の場合、その研究の目的を、日本の古典文学が外国（主として中国）の文学や思想から何を摂取したかを明らかにしたいという点に置いていたから、比較文学の研究が成立するための必要条件として、

第一に、その研究の方法が「比較法」を根底にしていること

第二に、その研究の対象が「文学の国際的な関係」であること

の二点を逸脱すべきでないと考えていた。その考えは、基本的に今も変わっていない。

旧著の序章で述べたところであるが、比較文学の対象領域としては、通常、次の四領域が挙げられる。

一、文学様式（ジャンル）および文体（スタイル）の歴史

二、主題（テーマ）および型の歴史〔題材学〕

三、思想および感情の移動

四、作家および作品の研究

(1)発動者の研究　(2)受容者の研究〔出典論〕　(3)媒介者の研究

ただし、これは、言わば観念的に類型化された領域論であって、これらの領域がそれぞれ他の領域と排他的に対峙するというものではない。仮に『太平記』という一つの作品を対象にして、それが中国の文学や思想から何をどのように摂取したかを研究するということであれば、勿論、上記の四の「作家および作品の研究」に包摂される「受容者の研究」という範疇に入ることになるけれども、それは他の領域とあいわたることのない孤立した研究として実践できるはずはなく、『太平記』という受容者を中核に、他の領域をも取り込んで、有機的に構造化した研究となるべきであろうと考えた。そして、次のような図式化を試みて、序章の要約とした。

- 受容者の研究
  - 受容関係の把捉
    - 発動者の探索
    - 媒介者の探索
  - 受容事項の検討
    - 文学的形式面
      - 様式・文体
    - 文学的内容面
      - 主題・型
      - 思想・感情

二 「出典論」と「題材学」

『太平記』の比較文学的研究を「受容者の研究」と位置付けて、上述のような領域論の構想を得て間もない頃、当時の勤務校である富山大学の国語教育学会（昭和五十年八月十日開催）で、「比較文学の領域」と題して講演する機会があった。その前年に、日本でも比較思想学会が成立していたが、そのことに関連して筑波大学の三枝充悳氏が、「比較思想のあり方」という文章を朝日新聞（昭和五十年七月二十一日付）に寄せていたので、そのことを話のまくらにした。氏は、「比較思想には、ごく大雑把に言って、次の三つの類型が成立すると考えられる」として、

①東洋・西洋の思想家の対比
②東西間の思想の接触・交流・影響などの研究
③東西にまたがる普遍的・包括的・具体的な世界哲学史の樹立

の三類型を立てていた。①は対比研究、②は影響関係の研究、③は世界史の構築であって、基本的にはそのまま比較文学にも当てはまる。思想であれ、文学であれ、およそ国際的な比較研究となると、この三つの類型を考えることになるのであろう。当時、日本の比較文学の学界ではいわゆるフランス学派が主流であったから、影響関係の有無を前提としない①の対比研究は軽視されていた。中には影響関係の有無に必ずしも拘束されない「対照的研究」を提唱する吉田精一氏のような立場もあったが、一般的には対比研究に対して冷淡であった。筆者もそういう風潮の中で比較文学を考えていたから、その講演の中で、小松左京の「鷺娘」という短篇（昭和四十九年四月刊『春の軍隊』所収）を例に挙げて、「対比」と「比較」の違いを説明し、「対比」は比較文学に入らないというような意見を述べた。

歌舞伎の所作事に「鷺娘」という舞踊がある。小松左京の小説に登場するのは、長唄に合わせて踊る京都の井上流

の舞踊であるが、この「鷺娘」と北欧のバレー「白鳥の湖」との対比を通して、ともに世界的な広がりをもつ白鳥処女説話の類型に属しながら、一方では白鳥の姿に変えられた姫オディッセーを魔法使いの魔術から救い出す王子ジークフリートが登場するのに対して、日本の「鷺娘」ではその最終場面、生前の愛欲妄執のために畜生道、修羅道に堕ちた女が、地獄の獄卒に責められ、髪をふり乱して悶え苦しみ、彼女を救済する者も登場しないまま幕が降りてしまう。この結末の差異性の中に、ドラマの中で救済とか復活とかを必要とするキリスト教的世界観と、人の世の無常を悟り、その無常に対しては全く無力な人間の存在を知ることによって自己救済への道を歩み出そうとする日本的無常観、そういう東西両文化の対比論を展開した作品であると見ることができる。

勿論、小説であって、評論でもエッセーでもないのだから、そこには登場する人物たちの複雑な出会いがある。語り手である作家の「私」、彼がオーストリアで知り合ったハンスという三十二、四歳のノルウェーの民族学者《エスノロジスト》、ハンスがパリで愛した日本の女性で「白鳥の湖」のプリマを踊っている暗い影をもったシラトリトキコ、からだを許しながらハンスのもとから姿を消したトキコの跡を追って、ハンスは日本にやって来て、「私」と再会する。二人は一緒に京都で井上流の舞踊「鷺娘」を見た後、お茶屋で鷺勇という名の藝妓に出会う。これがトキコの二卵性双生児の姉で、この鷺勇の口からトキコが尼になっていることを聞かされる。やがて、ハンスも日本の仏門に入ってしまう。そのようなストーリーである。ハンスとトキコの恋愛を縦糸にしたいかにも短篇らしい巧緻な構成の中で、西の「白鳥の湖」と東の「鷺娘」との対比を横糸にして文化人類学的なテーマを展開して見せていると言える。ハンスが民族学者《エスノロジスト》として登場すること、そして「私」と初めて出会う場所がオーストリアという、つまり「ウイーン派」と呼ばれる民族学の本場であること、これは甚だ示唆的である。

民族学あるいは文化人類学は、もともと相異なる文化の接触を機縁として発足した。そして、諸地域の文化の相違性を解明しうる理論を構築しようとして発展して来た。箕浦康子氏[1]は、文化人類学の枠組みについて、次のような四段階の変遷を経過していると説いている。

第一期は、「未開」と「西欧文明」を一系的な歴史発展の軸に沿って進化論的に理解した時代である。第二期は、植民地の拡大とともに、アジア・アフリカの「未開部族」を人類学者が次々に調査していった時期で、進化論的発想にかわって、それぞれの社会は独自の歴史と文化を担っているとする歴史主義・文化相対主義が現われた時代である。第三期は、第二期の民族誌的データの集積のうえにたって理論化が試みられた時期で、第四期はタイラー（Tylor, E.B., 1832－1917）以来の包括的な文化概念が批判されだし、さまざまの新しい動きが出てきた一九六〇年代以降である。

そして、第三期に顕著な理論化は、次の二つの筋道をとったとしている。

一つは、社会（the social）と個人の心理（the psychic）を別次元として峻別し、社会レベル独自のものを追求する立場であり、もう一つは、社会と個人の関係をこそ研究すべきだとする立場である。後者が、「文化とパーソナリティ」論と呼ばれるものになった。

現在、国際化社会の波と、「IT革命」などと喧伝される情報科学の普及に伴って、個人の生活環境においても異文化と接触・交流する機会が増大し、人々の異文化に対する関心が高まっている。この関心に対応しようとして、文化人類学の対象はますます多岐にわたり、研究方法もさらに多様化して行くにちがいない。祖父江孝男氏は[2]、文化人類学の新しい領域として、「神話の構造分析」「象徴人類学」「認識人類学」「都市人類学」「医療人類学」「映像人類学」等々、「最近において関心のまとまっているさまざまな分野」を挙げている。そして、文化人類学の「目的と役割」について、

(1)多くの伝統文化を正確に記録しておくこと

(2)それぞれの民族・種族の移動の歴史、文化伝播の歴史を知ること

(3)人間とその文化のもつ本質について理解すること
の三点を掲げ、それぞれについて簡単にコメントを付している。(2)については、「たとえば日本文化や日本民族、日本語などの系統と歴史をたどるためには、さまざまな文化伝播の経過を知ることが絶対に必要となってくるわけだ」と説き、(3)については、「つまりさまざまな異なった環境におかれて、いろいろと多様な変異を示す文化と社会を互いに比較することにより、はじめて人間と文化の法則性を把握することが可能になるのである」と説いている。この三点を、先に挙げた三枝充悳氏の比較思想の三類型と見比べると、(1)に顕著に窺われるように「対比」に代えて、その前提となる「正確な記録」というフィールドワークによる基礎調査を最優先させる、学問の性格に由来する違いがあるにしても、およそ人間の文化を対象とする比較研究の類型の立て方として通底するものがある。

文化人類学の目的に関する祖父江氏の解説は、比較文学もまた文化人類学を構成する一つの重要な分野であることを強く示唆している。特に(2)の「伝播」に関する問題は、戦後のわが国の比較文学が、一国の文学の形成と展開に関与した外国の文学あるいは文化の影響を明らかにすることを目的として進められて来たという傾向が強いだけに、その目的の共通性が強く印象付けられることになる。しかし、比較文学が従来の領域と方法の枠組みを保守したまま文化人類学の一分野として機能するかどうかとなると、問題があろう。

前述の「受容者の研究〔出典論〕」を中核に据えた領域論の枠組みにしても、それがもつ限界をいかにして超えるかという課題に向き合わざるを得なくなるはずである。そこで、「受容者の研究〔出典論〕」に代えて、「主題〔テーマ〕および型の歴史〔題材学〕」を主軸とする研究の枠組みというものが考えられないであろうか。即ち、題材学〔題材史研究〕という領域を中核に据えて、他の領域を包括するような枠組みの領域論を新たに構築することが、その試みの一つとして考えられはしないか、と思うのである。

例えば、先に見た「白鳥の湖」と「鷺娘」の対比である。小松左京が小説という手法で描いて見せた「文化とパーソナリティ」論における東西の異質性というようなことは、おそらく多くの人が興味を寄せる話題であるにちがいない。しかし、「鷺娘」が「白鳥の湖」の影響を受けているとする想定も、その逆な方向の想定もともに不可能で、相互に影響関係をもたない両者を「受容者の研究」という枠組みの中で考察することはできない。それでも両者を比べるとなれば、その根拠をどこに求めればいいのであろうか。確かに、ともに舞踊劇という様式であり、ともに「白鳥処女説話」という類型の題材であって、そこに両者の対比を可能にする共通基盤はあると言える。しかし、なぜそれが「白鳥の湖」と「鷺娘」とであって、「白鳥の湖」と「羽衣」であってはいけないのかとなると、「白鳥の湖」と「鷺娘」とを特定して対比する根拠があらためて問われなければならないことになる。小松左京は両者を見比べて、その背景にあるキリスト教的世界観と日本の仏教的無常観という精神文化の相違を洞察しているのであるが、両者における様式・題材の共通性の認識と、この「象徴」の異質性の認識とが結合することによって、初めて両者の対比が成り立っているのであろう。もしもそれが「羽衣」との対比であったなら、当然、両者の「象徴」の異質性に対する別趣の洞察が用意されなければならない。そこでは、題材の「象徴」の異質性あるいは同質性についての認識が、重要な意味をもって来ることになろう。

三　文化の「伝播」と「変容」

最近、『アジア遊学』(3)が「天女――そして天空を舞うものたち――」を特集している。巻頭のフリートーク「天女をめぐって」の中で、山本宏子氏が能の「羽衣」と沖縄の組踊りとを比べて、「沖縄の脚本の中からはすべて仏教色がなくなる」というその特異性を指摘して、次のような発言をしている。

能の羽衣の歌詞の中には、迦陵頻伽も含めて仏教にまつわる言葉というものがたくさん出てくるんですね。（中略）沖縄では能や狂言とか歌舞伎などを取り入れて、新しい芸能として組踊りというのを作ったんですけど、最初に創作した五つのレパートリー中に、この羽衣を題材にしたのが入ってるんですね。そのときに、沖縄の脚本の中からはすべて仏教色がなくなるわけです。迦陵頻伽も出てこなければ、仏も出てこない。天から降りてくるというのは同じなんですけどね。日本の能は、羽衣を返すから舞いを舞ってくれと。そして、舞いを舞いながら天に昇る。ところが沖縄は、民俗的な色が強くて、漁師と結婚して子どもができる。最後には子どもを振り捨てても羽衣を見つけて天に帰っちゃう。で、ここで面白いのは、沖縄にとって天というのはあまり意味を持たないところなんですね。だから、最終的に何が起こるかというと、首里の王様が子どもたちを自分の所に引き取って育てて、それでみんな幸福になるみたいな、そういう形で終わるんですね。（下略）

能の「羽衣」と組踊りとを、源泉と受容の関係として捉えることができるならば、山本氏の指摘する組踊りの特異性は、沖縄という別の文化空間における「羽衣」の変容として理解されることになろう。ただし、仏教色の払拭という点の指摘だけなら問題はないが、ストーリーの相違にまで及ぶとなると、組踊りの源泉が能の「羽衣」であるとする前提そのものが再検討を要することになる。というのは、ここで紹介されているストーリーは、能の「羽衣」の原材となったと思われる諸伝承、例えば『風土記』の逸文とされているものに限ってみても、丹後国の「奈具社」の天女八人の伝説（『元元集』等所載）や、近江国の「伊香小江」の天の八女の伝説（『帝王編年記』所載）、あるいは駿河国の「三保松原」の天女の伝説（『本朝神社考』所載）などと類似する部分が多いからである。

波照間永吉氏[4]は、琉球の国劇である組踊りの成立について、次のように解説している。

一七一八年（康熙五十七）、玉城朝薫《たまぐすくちょうくん》によって創作され、翌一七一九年、冊封使（当時の国王尚敬の冊封のために来琉した中国皇帝の使者）歓待の「重陽の宴」ではじめて上演された。その時演じられたのは「二童敵討」「執心鐘入」であったという。

玉城朝薫（一六八四〜七三四）はこの外「銘苅子《めかるし》」「女物狂」「孝行之巻」の都合五番を作っているが、その題材についてはいずれも能との関係が指摘されている。当間一郎氏は、(5)その五番が「影響を受けたと思われる能、似ている能」として、「二童敵討」には「小袖曾我」「放下僧」「望月」、「執心鐘入」には「道成寺」「黒塚（安達原）」、「銘苅子」には「羽衣」、「女物狂」には「桜川」「三井寺」「隅田川」、「孝行之巻」には「大蛇」「張良」「生贄」「田村」を対応させているが、「それは全体がそのまま関係するというのではなくて、部分的に似通った点がある程度のことで、能からの模倣ではけっしてないということである」と総括している。さらに具体的に、「銘苅子」と「羽衣」のそれぞれにおける天女と男との問答を抜き出して対照させ、両者の捉え方の違いとして、次のような点を指摘している。

組踊は、羽衣だけをねらうというより、天女自身を強引に我がものにしようとせまる心意気がうかがえる、つまり、相手をあくまでも一人の女として考えるという、より人間的であるのに対して、能は、逆に羽衣の神性と、異様な美しさそのものを強調して、白竜は、羽衣に終始、執着している。

ここでは、劇の構成における天女と男の問答という共通の場面を選んで、その内質の相違性を指摘しているわけであるが、全体的なストーリーの上で、前記の諸文献所載の羽衣伝承とは類似していながら「羽衣」とは異なっているという点は、どうなのであろうか。結論的に言えば、これはむしろ、汎羽衣伝説の世界における能の「羽衣」の特異性、つまりその藝術的な達成の問題として捉えられなければならないことであろう。

外間守善氏は「銘苅子」の「本文鑑賞」(6)の中で、「玉城朝薫が、沖縄に底深く伝わる固有文化の特質と、それと接触する外来文化としての謡曲・能との関係について、主体的に、どのように作動したか、ということに注意したい」という観点から、「執心鐘入」と「銘苅子」の場合を比べている。「執心鐘入」が謡曲や能と不可分の関係をもって構成されているのに対して、「銘苅子」は「素材を共有しながらも、劇性の中心部は謡曲や能から離れて自立的に構成されている」という点に、作者朝薫の創作態度の変容を認めている。「銘苅子」の構成の自立性を考えるためには、当然、題材についての確認が必要になる。沖縄、奄美、日本本土を始め、東南アジア諸地域にわたって広く分布している羽衣伝説のうち、朝薫が直接的な資料としたのはそのいずれであったかという問題である。この点について、外間氏は、『琉球国由来記』にある「銘苅子祠堂」にまつわる伝説に由来するという伊波普猷氏（『琉球戯曲辞典』「「銘苅子」の項」）の指摘を支持している。また、「羽衣」にも前記の諸文献にもない後日談、即ち首里王城から使者が来て、姉の思鶴と弟の亀千代を王城に引き取って養い、銘苅子にも位階を賜るという宣旨を伝えるという、伝説と王家との繋がりを強調する要素は、この伝説の初出文献である琉球国最初の正史『中山世鑑』（一六五〇年成立）にすでに察度王（一三五〇〜九五）にまつわる伝説として記されていて、『琉球国由来記』はそれを尚真王（一四七七〜五二六）に関する伝説として記し、「銘苅子」はその記事に影響されたものであるとして、外間氏は「現実に朝薫が仕えている国王尚敬（一七一三—五一）に対するおもねりでもあったのだろう」と評している。

汎羽衣伝説の中で組踊りに特異な国王の仁慈による救済というディテールであるが、この国王の仁慈を導き出す伏線となっているのが、天女と子どもの別離の悲哀である。子どもを残して昇天する悲しさに幾度も舞い上がろうとして叶わぬ天女と、自分たちを見捨てて天に昇る母をかつ恨みかつ慕い、「白雲の隠ち見らぬ」（白雲が隠して見えなくなった）と嘆く子どもの悲痛な思いが長々と歌い上げられる。それは『琉球国由来記』の簡略な記事に基づきながら、表現も豊かに、纏綿する悲哀の情感が打ち寄せる波のように繰り返し繰り返して歌われる場面であって、叙情性を盛り上げようとする作者の創作意欲の窺われるところである。勿論「羽衣」には全く見られない構成であり、外間氏の解説によれば、曲節の構成とも密接に関わっているようである。謡曲・能との関係について外間氏は、「執心鐘入」が「道成寺」と不可分の関係をもち、「道成寺」を抜きにしては語ることができないのに対して、「銘苅子」は『琉球国由来記』の伝説を主題にし、謡曲「羽衣」はわずかに参照されている程度でしかない」と総括している。能の「羽衣」と組踊りとの比較には、外間氏や当間氏の所論に見られるような周到な用意が必要なのである。

フリートークにおける山本宏子氏の発言の趣旨は、「沖縄にとって天というのはあまり意味を持たない」という点にある。その事実を示すことのできる恰好の材料として、能の「羽衣」と組踊りとの対比が持ち出されているに過ぎない。言い換えれば、「天」の観念や仏教思想の有無という沖縄文化に対する氏自身の認識が根底にあって、その認識が能の「羽衣」と組踊り「銘苅子」の対比を成り立たせているということであろう。様式や説話類型という具体的な類似性の認識と、その「象徴」の異質性の認識が結合することで対比が可能になっているという意味では、小松左京の小説における「白鳥の湖」と「鷺娘」の対比の構造とその軌を一にしていると見ることができる。

四　題材史研究（題材論）

本書の第四章は「題材史研究」と表題して、それに関連する幾編かの試論を収めている。「題材史研究（題材論）」を上位概念として構想される領域論の、下位の次元には、当然、「源泉（発動者）」を主体にして題材の移動や変貌の跡を探ろうとする立場も位置付けられようし、「受容者」を主体にして摂取した題材の典拠や変容の様相を探ろうとする立場も位置付けられよう。あるいは「媒介者」を主体にしてそれが題材の移動や変容を媒介した役割を考える立場を位置付けることも可能であろう。本書は基本的に、そのうちの「受容者」を主体とする立場に立脚しているから、実際には、日本の古典文学を中心とする「受容者の研究」の一環としての題材史研究と見ることもできるわけで、代り映えのしないことになりそうである。

しかし、特に古典文学を対象とする実践的な研究の場では、外国の文学・文化とのあいだに明確に影響・被影響の関係が把握される場合よりも、その関係が予想されるものの実証できないという場合の方が多い。仮に詩歌の場合を考えると、源泉（発動者）として設定できるのは『詩経』や『楚辞』などの詩集、屈原の「離騒篇」や陶淵明の「桃花源記」などの詩賦といった具体的な存在であろう。その詩集や詩賦がいつごろ日本に伝来し、日本でどのように読まれたかを見て行くことになるが、それは「作家および作品の研究」に包摂される「発動者の研究」の範囲に収まるはずである。ところが、詩歌の題材、例えば「擣衣」などという題材となると、真に源泉と言いうるような始原的なものなどもともと存在していない、そう考えるしかないような場合がある。外国の特定の作品と日本の特定の作品との交渉関係、つまり一対一の関係としては捉えられないというのが、むしろ普通である。(7)

一対一の関係として捉えにくいという点では、説話や伝説の題材に関する比較研究も同様で、むしろこの領域においていっそう甚だしいと言うことができる。白鳥処女説話や羽衣伝説のようにより広汎な世界に流布していることが多いからである。こうした事例については早く民族学の分野で、一元的（一系的）な原型が諸地域に伝わって行ったものと見、「文化の伝播」の問題として論じられることが多かった。しかし、諸地域に見られる類似の伝説・説話には、相互に交渉のない、多元的（多系的）に発生した併行現象に過ぎない可能性もあり、仮に一元的なものの伝播であったとしても、その分化の契機となった人間の移動があまりに茫漠たる太古に行われているために、もはやその原型に溯及することなど不可能であるというのが一般である。文化人類学が多様化しつつ発展して来た契機の一つもそこにあろう。

最近、縄文時代の遺蹟の発掘が盛んに行われ、出土した器物の断片的な文様の類似から遠く離れた地域との交流が推測されるといった話題の提供されることが多い。新聞を介してそういう情報に触れる時、ある種の焦燥を覚えながらも、「モノ」を調査する先史考古学と、言語と不可分の関係をもち言語によって形象されたものを対象とする比較文学との本質的な違いを感じるのであるが、それはさておき、源泉（発動者）を設定することのできない詩歌や説話の題材を対象とする時、外国と日本のそれぞれにおける題材の展開の様相を見比べた上で、相互の交渉関係の存在を推測して行く外にないが、それは、交渉関係は確認できなくてもその可能性が考えられる場合には両者を比べるということであるから、その限りでは、交渉関係の有無を前提にしない「対比」研究と異なるところがないということになる。しかし、「対比」を抜きにして題材の展開の様相を捉えることはおそらく不可能であろうから、「比較」を可能にする交渉関係の推定をめざして、「対比」の成果を積み重ねて行くということになろうか。「対比」を方法として組み込んで行くという段階で、当然、その題材のもつ「象徴」の異質性あるいは同質性についての認識を導入することが考えられる。詩歌の題材などはその「象徴」にこそ重要な側面があるはずである。

特に題材史に関わる本書の論述の中で、この「題材の展開の様相」とほぼ同じ意味合いで「伝流」という概念をしばしば用いている。この語は『広辞苑』（岩波書店）には登録されていないし、『大辞林』（三省堂）にも『日本国語大辞典』（小学館）にも見えない。恣意的な用語の誹りをまぬがれないところである。民俗学では、文化の空間的な移動を「伝播」と呼び、時間的な移動を「伝承」と呼んで区別しているようであるが、[8] 時空にわたる伝来流布を総括して呼ぼうとすれば、これでは不便である。実際には、時空を超えて見出される類似事象の中に影響関係の存在を透かし見ながら、「伝播」と「伝承」がさまざまに交錯する伝来流布の網の目の中に影響関係を検証して行くしかない、という場合が多い。そこで、時空にわたり、時空が絡まり、時空を超える伝来流布を総合的に表す概念として「伝流」という語を私に用いたわけである。

「伝流」の語は、諸橋轍次氏の『大漢和辞典』（大修館書店）には登載されている。「つたへ。又、つたはる。伝来する」と説明され、用例として『墨子』（非命中第三十六）の

　自㆓昔三代㆒有㆓此言㆒、以伝流矣。

　むかし夏・殷・周の三代から、この（定命があるとする）言説があって、それが後世に伝来したのである。

の句が挙げられている。この例では時間的な伝来を意味していると考えられる。同じ章句の中に「諸侯之伝言流語」という句もある。新釈漢文大系『墨子』（山田琢氏校注）には、「諸侯の国に伝わった物語」と訳している。「諸侯之

国」という空間的（地域的）な流布と、その空間における時間的な伝来とが含まれていると考えられる。なお、同書の語釈では「伝言流語」を「流伝された言語。伝承された物語」と説明している。「伝流」の語はこの『墨子』の用例に倣った。因に現代中国語について見ると、『中日大辞典』（大修館書店）には「伝流」の語を登録し、「流伝」に同じとする。その「流伝」については「＝〈伝流〉広く世に伝わる。伝播する。広まる。外部に漏らす」として、最後の「外部に漏らす」意の用法例を挙げている。また、『中国語大辞典』（角川書店）にも「伝流」について、「〈動詞〉（思想・主義・教義などが）広まる、広く世に伝わる、伝来する＝流伝」「〈名詞〉伝来したもの、言い伝えられたもの」と解説し、動詞用法の現代語例だけを挙げている。動詞としては、どちらかと言えば空間的（社会的）な広まりの意味が強いように感じられるが、「流伝」の語には「〈事跡・作品などが〉伝わる。流伝する。流布する。伝わって来る。伝播する。広める」と解説し、挙げられた例には時間的な伝来の意の用法が多い。要するに、「伝流＝流伝」は、時間・空間のいずれの伝来流布にも用いられているようである。

ところで、ある伝説・説話の題材が外国と日本にわたってどのように伝流したかを跡付けようとする場合、特定の「受容者」に焦点を定めることがなければ、ただ題材の移動とその運命（拡散と変貌）についての漠然とした叙述になり、時には受容の事例を時間的に並べただけの結果になってしまうおそれがある。「受容者」とは伝流の受皿となったものの謂いであり、それは通常多数者であるから、その多数の中から一つの有効な「受容者」を選んで、それに焦点を定めた考察が必要となるわけである。この意味で、「題材史的研究」に包摂される「受容者の研究」とは、その源泉を捉えることのできない題材の伝流の受皿となった作品を対象として、その作品の形成過程を明らかにすること、つまり題材の伝流が、その作品の形成にいかに関与したかを、作品の表現を通して検証して行くこと、ということになろうか。

日本の古典文学における対外関係は、主として中国文化に対する負債者の関係に終始している。そこに古典を対象とする比較文学の実証的な研究が、「受容者の研究〔出典論〕」という枠を超えがたい宿命がある。作品の叙述における語句や詞材の典拠を探る出典考証が、作品の解釈学的研究に寄与して来た事実は評価すべきであるが、それが作品の生成過程ならびにその文学的特質を捉えるための役割を十分に果たして来たとは必ずしも言えない。伝説や説話の題材となると、実際にはその「源泉」、つまりそれのより直接的な典拠を特定することのできないのが普通である。「題材の伝流」と言っても、勿論それ自体として具体的に顕現しているわけではなく、諸文献の片々たる記事や諸作品の叙述の中に垣間見されるものを通して、その露頭するものの背後に想定される「伝流」なのである。そのような「伝流」の受皿となった「受容者」の形成のありようを探求する、それがここに言う「題材史研究」ということになる。(9)「発動者と受容者」の関係ではなく、「題材の伝流とその受皿」の構造として考えてみようとするのも、「受容者の研究〔出典論〕」の枠を超えようとする試みの一つである。

注

（1）箕浦康子氏「文化とパーソナリティ論〔心理人類学〕」〔綾部恒雄氏編『文化人類学15の理論』第6章、中公新書、昭和59・9〕
（2）祖父江孝男氏『文化人類学入門』第十章「残された諸問題」〔中公新書、増補改訂版平成10・12〕
（3）『アジア遊学』14号〔勉誠出版、平成12・3〕
（4）福田アジオ氏他編『日本民俗大辞典』〔吉川弘文館、平成11・10〕「組踊り」の項〔波照間永吉氏稿〕
（5）当間一郎氏「組踊の世界」〔外間守善氏編『南島文学』鑑賞日本古典文学25、角川書店、昭和51・5〕
（6）外間守善氏「組踊五番と『銘苅子』」〔同氏編『南島文学』前出〕
（7）本書の第四章第一節「「擣衣」の詩歌——題材「擣衣」の伝流——」参看
（8）『日本民俗学大辞典』〔前出〕に、「伝承」については「文化の時間的な移動を意味する概念。文化の空間的な移動を意味する伝播に対する語」（平山和彦氏稿）、「伝播」については「事象が空間的に伝わり、広がっていくこと。時系列で伝わる伝承と対応する語ともいえる」（佐野賢治氏稿）と説明している。

（9）その観点に立つ考察は、本書の第四章に収めた試論だけでなく、他の章に収めた論考、例えば第一章第三節6「田単火牛の故事と北陸道の合戦譚――長門本平家物語・源平盛衰記・古活字本承久記――」や、第三章第二節3「「望夫石」の伝流――唐物語の創作方法――」などの中でも試みている。

第一章　中世軍記物語の比較文学的研究

序節　軍記物語研究と中国文学

一　日中比較文学の始動

昭和七年に幸田露伴氏が「支那文学と日本文学との交渉」[1]と題する文章を書いている。その中で、露伴氏は「平安朝末期に至つては、支那と日本との距離は益々遠くなつた」と述べた後、「保元平治物語や源平盛衰記」が出現する中世になって、「文飾的の一面に於ては古のものよりも支那文気を多く含む」ようになったことを評価しながらも、「一面に於ては写実的の力を増し」、「支那文学とは遠ざかつた訳である」と述べている。「支那文気」、つまり文章を一貫する勢いに中国文的な迫力を看取するのは、和漢混淆体の成立と流行が念頭にあっての発言なのであろう。中国の小説に親しみ江戸の稗史を渉猟した露伴氏だけに、殊に近世文学と中国小説との交渉に関して詳しい記述が見られるのであるが、それでも氏は、文章の末尾で、「日支文学交渉の研究は大に興味のあることでもあるが、又決して容易なことでは無い。部分的に精微な研究が積まれ〳〵て行かぬ限りは統綜概括的な教科書風の説明は今のところ出来兼ねるといふのを真実とする」と断っている。その時から半世紀余りが経過して、昭和五十八年十月に発足した和漢比較文学会が、発足後僅か三年にして刊行を開始した『和漢比較文学叢書』（汲古書院）第一期八巻（昭和61・3〜63・6）第二期十巻（平成4・9〜6・8）を公刊した。所載論考は実に二百五十余編に及んでいる。まさに隔世の感があるとは言うものの、露伴氏が嘆いた「統綜概括的な」記述の困難さは依然として、というよりも、いっそう増大していると言うべきかもしれない。

昭和十三年四月、『国語と国文学』誌が「日本文学と支那文学」を特輯し、塩谷温氏が「支那文学と国文学との交渉」(2)なる文章を載せている。そこで取り上げられた項目は、

㈠音読と訓読　㈡真名と仮名　㈢唐詩と和歌　㈣唐人伝奇と物語草紙
㈤元明戯曲と能狂言　㈥明清小説と江戸文学

となっている。㈣以下の項目についての記述が詳しく、特に近世関係の㈥が最も詳細である。塩谷氏は大正九年に『晉唐小説』(『国訳漢文大成』文学部12)を出しており、この文章でも、伝奇および伝奇的素材の受容に視点が据えられていて、中世関係の㈤もその例外ではない。が、軍記物語に関しては全く触れられていない。これは、露伴氏の論と同じく、たとえ文章表現に漢詩文の影響が認められようとも、題材は日本の歴史的事件であるとする観念が優先しているのであろう。挿入された中国故事の翻案とその典拠、あるいは中国の史伝に媒介された人物像の造型や歴史事件の虚化などという問題は、まだ視野に入って来ていない。(3)それが中国文学研究者の一般的な認識であったとは必ずしも言えないが、軍記文学研究としてはまだそういう段階にあったと考えることができよう。この問題はむしろ、軍記は史書にあらずとその史料的価値を否定する史学者の側から、その叙述内容の虚誕性を暴くための例証として指摘されていたのである。(4)

大正十五年十月には、『国語と国文学』が「軍記物語号」を特集しているが、所載二十二編の論文の中に、御橋悳言氏の「平家物語の典拠ありと思はるゝ文につきて」がある。百頁を超える長大な論考で、他の論文を圧倒している。漢籍のみならず国書・仏典に典拠を求めうる語句を『平家物語』の叙述から抜き出していて、その事例は実に二百九十七項に達しており、後に『平家物語略解』(宝文館、昭和4・9)の巻末に「平家物語略解索引(典拠及語釈)」として付載されている。明治四十年頃から続けられたという精力的な考証の成果が纏められているのであるが、氏はこれを単に表現上の文飾にのみ関わる問題とは見ていない。『平家物語』を「我が散文詩中最も大なる産物」と評価し、「一

部始終を熟覧するに、各章記載の事実、文章、詞句、熟語等多くは其の拠る所あり。随ひて其の本文を検索し、記述の内容、用語の意義を究めつくさゞれば、何が故に此の物語の文学の上に価値を有するや、国民の性情の此の物語に共鳴を感ずるやは知るべからず」(5)と、その目的を説いている。覆刻版（芸林舎、昭和48・8）には、御橋言《のぶ》氏の「父の思い出」と題する一文が添えられていて、そこには、次のような逸話が記されている。女学校二、三年の頃、家の学問が仏教哲学なのになぜ『平家物語』なのかと父悳言氏に質問したところ、「日本思想の内容を研究するための素材として『平家物語』を選んだ。神儒仏その他諸々のいずれも濫觴を異にする日本の思想の諸流は、蒐って、『平家物語』に代表される鎌倉期の大湖に入ると、ここから又分派し、下って後の諸思想へと発展した。だから『平家』を研究すれば、後先が明らかになると思ってこれに取りかかり、学問の対象にしたのであって、文芸的な鑑賞とか批評とかの取組みは、他に人がするさ」という答えであったという。前記論文で説く意義よりも、具体的で遙かに理解しやすい。文学としての軍記の研究を目的とするものではなかったが、『平家物語』の注釈研究の先駆となった記念すべき労作であることは言うまでもない。考証を主とする氏の注釈研究は、言氏によれば、その対象が「むしろ余技のような気安さで」他の軍記物語にも広げられ、その遺稿はやがて御橋悳言遺著刊行会の手で『保元物語注解』（昭和55・12）、『平治物語注解』（昭和56・5）、『曾我物語注解』（昭和61・3）として刊行（続群書類従完成会）された。その注解が『太平記』にまで及ばなかったのは、すでに慶長十五年頃成立の『太平記鈔』（世雄房日性撰）(6)の如き詳細な考証の実績があったことにもよろうが、作品があまりにも浩瀚であったためのようでもある。氏が後に発表した「太平記の辞句の白氏文集に拠るものに就いて」(7)で、「一応通読してその書名を挙げるにも」と前置きして、国書では『平家物語』以下十種、漢籍では『周易』以下四十一種、仏典では『涅槃経』以下十一種の書名を列挙し、その上で、「精しく読めばなほ多々あらう。これらの諸書に見えるものは僅かな紙面に掲げ尽しがたい」と言い、「今は只白氏文集に拠る辞句のみに就いて述べることにする」と断って、『白氏文集』に拠る辞句五十二例を提示するにとどめている。

後に軍記物語における『白氏文集』の影響に関する研究が盛行するようになる、その先駆をなした労作である。

二　軍記物語に挿入された中国故事

御橋悳言氏の『平家物語略解』が公刊されて間もなく、前述の新潮社版『日本文学講座』と時期を同じくして、『岩波講座「日本文学」』が刊行されるが、その一冊として昭和七年九月に青木正児氏の「国文学と支那文学」(8)が出る。その「鎌倉室町期」に関する記述では、五山文学、説話文学（今昔物語）と翻案翻訳物（蒙求和歌・唐物語・唐鏡・李娃伝）、軍記物、および歌謡（宴歌・謡曲・延年舞）を取り上げて中国文学の影響を説いているが、そのうちの軍記物については、「次に注目すべきは此時代に発達した軍記物に往々支那の説話を挿入してゐる事である。それは読者の興を増す為の挿話であるか、筆者の衒学であるかは知らぬが、兎に角筆者も読者も支那の説話を好んだことが窺はれる」として、

『保元物語』（無塩君の事、一条）
『平治物語』（許由・漢楚戦・呉越戦の事、三条）
『平家物語』（一行阿闍梨・褒姒烽火・蘇武・漢高祖医療・咸陽宮の事、五条）
『源平盛衰記』（周の成王臣下・王莽・則天武后・会稽山・一行流罪・幽王褒姒烽火の事など、二十三条）
『太平記』（韓湘・紀信・呉越軍・項羽自害・漢王陵・驪姫・干将莫耶の事など、二十四条）

のように、各作品に挿入された中国故事を列挙し、その他『曾我物語』にも凡そ十条の挿話があると付け加えている。そして、それらは「大概人口に膾炙した故事であるが、吾人の之に対する一つの興味は若干支那小説の影響が窺はれる事である」として、特に次の四作品を取り上げ、それらの影響についてやや詳しく説いている。

①『漢武内伝』（晉、葛洪撰）と西王母の伝説（『唐物語』、謡曲「西王母」「東方朔」）
②『燕丹子』（晉、裴啓撰）と荊軻の説話（『平家物語』巻五、『源平盛衰記』巻十七、謡曲「咸陽宮」）
③『枕中記』（唐、李泌撰）と黄粱夢の説話（『太平記』巻二十五、謡曲「邯鄲」）
④『青瑣高議』（宋、劉斧撰）と道士韓湘の説話（『太平記』巻一）

青木氏が正統的な経史の書や詩文集よりも、六朝の志怪や唐宋の伝奇などの影響について関心を注いでいる点は、御橋氏の注解とは甚だしく趣を異にするところで、中国文学の専門家の日本文学に対する一つの視角が示唆されていて興味深い。それは、先に見た露伴氏や塩谷氏にも共通するところであったが、さらに早く、狩野直喜氏の所説にも窺われるものである。

大正七年二月、当時京都大学教授であった狩野直喜氏は、国文学会で「太平記に見える支那の故事」と題する講演を行っている。その折の草稿[9]によると、『太平記』の文章は中古の国文とは違って漢文の要素が非常に多く、五経は勿論、『史記』『漢書』『文選』『白氏文集』『和漢朗詠集』等の文句を多く用いており、「余程此の書の作者は博学の人にて、国典や釈典以外支那の文学に精通して居た事が分る」と述べ、さらに中国故事の引用の多いことに触れて、「一段の物語があると、此の物語と類似な事を、支那の故事に求め、或は其の物語と支那故事と何等か関係あれば、物語の了りたる後に、支那の故事に就いて長たらしき談義が始まる」と、その特徴を指摘して、

巻一　「無礼講事、附玄慧文談事」
巻二　「主上臨幸依非実事山門変議事、附紀信事」
巻十　「安東入道自害事、附漢王陵事」
巻十二　「兵部卿宮薨事、附干将莫耶事」

などの例を挙げている。そして、それは作者の衒学趣味とばかりも言えず、中国の経籍が尊尚されていた時代の風潮

と読者の好尚に適っていたのであろうとしている。

狩野氏は、『太平記』所引の中国故事には、次の三類型があるとしている。

(1)直ちに出典の分かるもの　(2)出典不明のもの　(3)話の内容に現存の漢籍と異同があるもの

(1)は例えば『左伝』『史記』『漢書』の類で問題はないが、(2)の場合には典拠の散佚した可能性もあり、(3)には当時存在した書籍と現存のものとが別である場合、あるいは何者かが付け加えた可能性のある場合が考えられる、と述べている。典拠の摂取・受容を考えようとする時に避けることのできない課題がすでに予見されているわけであるが、おそらく、中国文学研究における深い体験に基づいて、共通する問題性を『太平記』の挿入説話の中に見出していたのであろう。そして、この点については、

巻一「昌黎文集の事」　巻四「呉越軍の事」　巻十二「干将莫耶の剣の事」　巻十八「程嬰杵臼か事」　巻十九「嚢砂背水陣の事」　巻二十「諸葛孔明か事」　巻二十五「黄粱夢の事」

の諸説話を例に挙げて、具体的に説明する予定であったらしい。しかし、やや詳しく触れているのは、最初の「昌黎文集の事」つまり韓湘の説話だけで、他の事例についてはごく簡単に触れるか、もしくは草稿に項目を記すにとどまっている。

韓湘の説話について、狩野氏は、これを『酉陽雑俎』『青瑣高議』『仙伝拾遺』(『太平広記』所引)に見える韓湘の故事と比較している。玄恵が談義したという『昌黎文集』で、早く日本にも伝わり旧い和刻もある『五百家注音弁昌黎文集』の詩注には、『酉陽雑俎』も『青瑣高議』もともに引用されているが、『太平記』の作者はその詩注に引かれている『青瑣高議』に拠ったのであろう、というのが狩野氏の推測である。(10)ずっと後年になって筆者は、(11)唐宋の詩話の集大成である南宋の魏慶之撰『詩人玉屑』の巻二十「方外」に「青瑣集」の名で引かれている『青瑣高議』がより直接的な典拠ではないかという考えを出し、柳瀬喜代志氏(12)も同様の見解を発表している。

韓湘説話だけでなく、六朝の志怪や唐宋の伝奇とわが国の説話文学および軍記文学との関係については、柳瀬氏のここ二十年にわたる継続的な研究があって大いに進み、さらに今後の拡充深化が期待されていたが、平成九年十一月にその不測の訃に遭うこととなったのはまことに残念である。遺された中国古代説話と日中比較文学に関する数々の論文が、平成十一年三月、同僚知友の手で『日中古典文学論考』（汲古書院）の大著に纏められた。軍記物語における中国説話に関する今後の研究にも、大きな刺激を与えることは疑いない。

三　中国の俗講と軍記物語

中国の古代説話といえば、前述の塩谷、青木、狩野氏ら諸先学の文章では触れられることのなかった敦煌変文に関わる問題がある。日本文学に受容された変文の素材についての考察は、川口久雄氏によって推し進められた。(13)『平家物語』巻二の蘇武・李陵譚と「蘇武李陵執別詞」、『太平記』巻十の王陵の母の説話と「楚滅漢興王陵変」、同書巻四の呉越合戦譚と「伍子胥変文」などの影響に照射が当てられることになった。川口氏の驥尾に付して筆者も、『太平記』巻三十二の虞舜至孝説話と「舜子変」の関係について考察し、同書巻十八の程嬰・杵臼説話と元曲「趙氏孤児」との関係を通して、元曲の素材となった変文の存在を想定した。(14)また、早川光三郎氏によって古活字本『曾我物語』巻五「貞女が事」の「かんはく」説話と「韓朋賦」との関係も指摘されている。(15)

「変文」について小川環樹氏は、「仏教の伝道のために用いられた語り物、一種の唱導文芸のテクストである。これを語って聞かせることは「俗講」とよばれ、（中略）仏教説話の俗語化であった。かくのごとき俗講のテクストが変文である」(16)と説いている。このことは、今ではよく知られている。近藤春雄氏(17)は、俗講僧たちが聴衆の興味を惹くために民間に流行した物語説話を採り入れて講唱（伍子胥変文・王昭君変文・舜子至孝変文・西征記など）するようになった中国の講唱文学の流れを概観して、「叙事詩乃至は叙事詩的なものが民衆を背景に、民衆的色彩の強いものの中に見出され、語りものが寺院を背景に展開し、しかもそれが叙事詩乃至は叙事詩的なものをとり込むことにより大きな成果を収めてゐること」を述べ、「今は暫く中国のそれが日本に影響し（因に長安諸寺の俗講のことは、早く日本にも伝へられ、例へば会昌初年入唐した僧円仁の入唐求法巡礼行記巻三にもその記載がある。）少くも一つのヒント刺戟となって、平家のそれをうんでゐるのではないかといふことを指摘するに止めて筆をおきたいと思ふ」と結んでいる。近藤氏は「我が国平家平曲研究家はぜひとも注目してよいことのやうに思ふ」と注意を促したが、そのことを具体的に追求することは容易なことではない。渥美かをる氏の試論[18]が管見に入るくらいのものである。

渥美氏は、主として前出の小川環樹氏の論説「変文と講史」、那波貞利氏（「中晩唐五代の仏教寺院の俗講の座における変文の演出方法に就いて」『甲南大学文学会論集』2）、金岡照光氏「唐代民間孝子譚の仏教的一断面」（『東洋大学紀要』第十三集）などの考説に基づきながら、中国の唐末五代から北宋時代にかけての俗講、殊に変文体説経の展開とその諸相について述べ、次のように説いている。

このように見てくると、中国の変文体説経は日本の説経界にこそそのままの姿では移入されなかったが、和讃・講式・澄憲説経・平曲・増補系平家物語・太平記などとなって、民衆教化の素材となり、あるいは軍談語りとなって、民衆と共に生きていたことに気付くのである。唱導から軍談語りへの展開は、あたかも中国における変文から講史への分化発展の経過と相似する。

そして、「平曲は琵琶語りという様式をとった長編の唱導芸術である点で変文、講史を総合した性格をもつと言えよう。更に平家物語の増補系と太平記とは、変文から分化した講史の影響を多分に受けている」と総括している。作品研究のレベルで捉えられた「類似」をそのまま「影響」に置き換えているという感は否めないが、二つの文化のあいだに、多少の時差をおいて併行的に現象する相似性の中に、両者の交渉の影を透かし視るしかないのかもしれない。

この課題は本質的に、文学研究や芸能研究の埒を超えた、遙かに広汎な視野に立つことを要請する問題であることを痛感させられる。

四　注釈書の研究と中国故事の伝承世界

前項で見た敦煌変文との関係にしても、類似する説話要素が共有されていることを指摘しうるにとどまり、変文そのものを直接の典拠と認めうるような事例は見出しがたい。その他の変文以外の故事についても状況は同じで、軍記物語に受容された故事の典拠と認めうる中国の文献についての新しい指摘は乏しい。が、両者の間に介在する日本の文献についての発掘は、この二、三十年のあいだに飛躍的に進んだ。それに大きな刺激を与え誘発したのは、注釈書研究の展開である。『古今集』『伊勢物語』等の古注釈、また、幼学書と呼ばれる『千字文』『蒙求』『胡曾詠史詩』三注の研究、とりわけ『新楽府』『和漢朗詠集』に関する信救や永済の注釈等の研究の進展により、さらにそれら注釈書の集成刊行に伴う普及によって、軍記研究の上にも大きな成果がもたらされたと言える。

この方面を代表するものに、黒田彰氏の一連の論考がある。例えば、『太平記』巻十二に見える驪姫の説話に関連して、「史記に源を発しつつ、さらにそれを展開させた、中世固有の汎驪姫理解の世界というもの」を措定して、これを「仮に〈中世史記〉の世界と呼」び、その世界を窺うことのできる資料の一例として、晉の重耳（文公）と介子推にまつわる「寒食」の本説として驪姫説話を記している諸文献、即ち醍醐寺本『白氏新楽府略意』巻上「陵園妾」の注、『塵袋』、および『和漢朗詠集』（春・躑躅）所載の源順の詩句の永済注を挙げ、特にその永済注が『太平記』や『壒嚢鈔』の驪姫説話のより直接的な材料となっていることを詳しく考察している。[19] 氏はこのような、「〈中世史記〉の世界」からの照射によって得られた知見を数々公表して、軍記物語の研究に一つの新しい道を開いた。

もう一つ相似た事例を、『平家物語』に関して取り上げてみたい。『平家物語』（覚一本）における比較的長い挿入説話といえば、巻二「蘇武」の蘇武・李陵の故事、巻五「咸陽宮」の燕丹・荊軻の故事の二話であるが、いずれについてもすでに多くの研究者が論じている。特に、鬼界が島の流人康頼入道の「卒都婆流」の話に関連して語られている蘇武の話は、三巻本『宝物集』（中巻「愛別離苦ト云ハ」）にも鬼界が島で詠んだ康頼の和歌と胡国に囚われた蘇武の話が併記されているところから、『宝物集』と『平家物語』との先後関係をめぐって、対立した意見が行われて来た。

それらを承けて、今成元昭氏(20)はこの『宝物集』の「愛別離苦」の一段の構成を詳しく分析した上で、「平康頼談と蘇武談との対置を、いつ誰が構想したか」を問題として追求している。『漢書』「李広蘇建伝」の蘇武談が『平家物語』や『宝物集』三巻本に見られるような話へと変容した、その時期や改変者を考えるために、『漢書』本伝が伝える「旧態蘇武談」とは異なる幾つかの説話要素に着目し、『今昔物語集』『俊秘抄』『宝物集』一巻本、『蒙求和歌』『日蓮遺文』『保元物語』および『平家物語』諸本（『源平闘諍録』・屋代本・延慶本・『源平盛衰記』）等と比較検討して「新態蘇武談」なるものを捉える。氏の推論によれば、その「新態蘇武談」は、「『宝物集』一巻本以降、古態を留める現存『平家物語』の成立期から多くは遡らない時期」に、「上流知識層ではなく、広範な語り世界と密着した知識層―即ち僧団」によって、『琱玉集』をその改変の際の根本資料として生成された、ということになる。

その後、山田昭全氏(21)の反論が提出された。氏は、小泉弘氏（『古鈔本宝物集の研究』角川書店、昭和48・3）による『宝物集』伝本研究の成果から、『宝物集』の一巻本から三巻本へ、さらに七巻本への増補改訂は、「すべてを著者康頼自身が行っているという事実が見えてきた」として、「卒都婆流」と「蘇武」の二話は一対のものであるが、「結論から先に言うと、最近になって私は二話一対の発想と卒都婆流という奇譚構想の原拠は宝物集であり、しかも延慶本作者が卒都婆流を創作したのだという確信をもつに至った」と述べ、特に七巻本が創作の原拠だったと考える、と結論している。今その論証の過程をたどる紙幅のゆとりはないが、氏の関心はもっぱら、『平家物語』の「康頼赦免に至る経緯には付会説が目立ち、とうてい事実譚とは考えられない」もので康頼生還の奇譚は一体誰によって作りあげられたのかという点に注がれている。それだけに、一方の蘇武生還の奇譚については、ただ「一応中国産の説話にもとづいている」とか、「漢書に発する中国産の故事に拠る」と述べるにとどめている。

中国の故事が我が国のある作品にいかなる経緯で取り込まれたかという問題と、その故事がいかなる構成と表現を具えて作品に定着しているかという問題とは、勿論関連はあるものの、必ずしも次元を同じくしない。『平家物語』延慶本の蘇武説話の場合、その叙述に際して部分的に源光行の『蒙求和歌』を利用していることが認められるが、[22]その全体的な構成において、『平家物語』の蘇武の説話は、『漢書』の「蘇武伝」とは甚だ異なるところが多い。話の冒頭、覚一本では「いにしへ漢王胡国を攻られけるに、はじめは李少卿を大将軍にて、三十万騎」（岩波新日本古典文学大系）の勢を差し向けたが、李少卿（陵）は戦い敗れて胡王に生け捕られたので、「次に蘇武を大将軍にて、五十万騎をむけらる」と語り出される。その状況設定からしてすでに『漢書』の叙述を大きく逸脱しているのであるが、延慶本の場合では、冒頭に「昔唐国ニ漢武帝ト申帝マシ〳〵ケリ、王城守護ノ為ニ、数万ノ栴陀羅ヲ被召タリケルニ、其期スギケルニ」（勉誠社刊）、その「胡国ノ狄」の懇願で三千の宮女の中から王昭君を与えて伴わせたという話が置かれる。徒らに胡国に朽ち果てることを嘆く王昭君を取り返そうと、李陵に僅か千騎の兵を添えて派遣するということになっている。『漢書』によれば、天漢二年（前九九）に弐師将軍李広利は三万騎に将として匈奴の右賢王を天山に撃ち、李陵は歩卒五千人を率いて浚稽山に単于の三万騎と戦って遂に降る（「李陵伝」）。蘇武が節を持して且鞮侯単于《しょていこうぜんう》のもとに使いし、匈奴に抑留されるのはその前年のことである（「蘇武伝」）。また、元帝が呼韓邪単于《こかんやぜんう》の懇請で「後宮良家子王嬙字昭君」を賜うのは、竟寧元年（前三三）である（「匈奴伝」）。ただ、蘇武が匈奴に使いする数年前、即ち元封中（前一一〇～前一〇五）に武帝が劉細君（江都王建の女）を公主として烏孫王昆莫《こんび》に嫁がせたという事実があり、公主はその嘆きを「悲愁詩」に詠んでいる（「西域伝」）。『平家物語』の前記のごとき叙述には、この烏孫公主細君と王昭君を混交させていると思われる節もある。また、老いた昆莫は公主を孫の岑陬《しんしゅ》に娶せ、公主が死んだ後に漢はまた解憂《かいゆう》（楚王戊の孫）を公主として岑陬に娶せた。岑陬の没後、解憂は匈奴の侵略にさらされている烏孫の救援を昭帝（在位前八六〜前七四）に上書して請い、前七十三年に即位したばかりの宣帝にも上書した。これを承けて帝は漢兵十五万を発して公主と烏孫王を救出しようとした（「西域伝」）。この公主解憂を救出するための出兵の話と混線している可能性もないとは言えない。『漢書』の所述との類似を求めるならばそうした可能性を指摘することもできようが、一方、王城守護のために召し集められた異域の民に対する「旃陀羅」という呼称は、この冒頭部の原話に関して漢籍以外の出自、あるいは伝承経路を予想させるものがある。それにしても、本稿の冒頭で触れた中国文学者たちはいずれも伝奇・雑劇・小説の世界に造詣豊かな碩学であったけれども、このような錯雑した『平家物語』の叙述は、それについて言及する意欲を失わせる底のものと見えたのであろうか、特に取り立てることはしていない。

黒田彰氏は、(23)この問題をやはり「中世史記の世界」という視点から精査している。氏は『平家物語』覚一本の本文から九箇所の特徴的な記事を選び、諸伝本間の本文異同を見渡し、その特異な要素を記載している多くの文献を渉猟した。その主たる資料は、『和漢朗詠集』の諸注と『古今集』の諸注（『弘安十年古今集歌注』・『古今秘註抄』・『大江広貞注』・『顕注密勘抄』・『古今為家抄』）で、これらによって「中世における汎蘇武理解」を捉えている。そのようにして描き出された「中世史記の世界」は、確かに『平家物語』の蘇武説話と極めて親密な関係があると見做しうる要素を含んでいる一方で、それを遙かに上回る放埒で猥雑な光景を呈してもいる。その混沌とした伝承の広がりの中から、『平家物語』の蘇武説話が取捨淘汰してその叙述を整えて行き、さらに覚一本などの叙述へと刈り込んでいく形成力は何なのかということが『平家物語』の側の問題となろうし、中国文学との関係という視点から言えば、黒田氏が『千字文注』『百詠注』『蒙求抄』『琱玉集』『注好選集』および『藝文類聚』『初学記』『太平御覧』『類林雑説』等の類書の記載を援用して、「蘇武伝承の展開の引金となったのは、やはり中国の類書であろう」とし、さらには、特異な説話要素が明代の戯曲『蘇武牧羊記』や演義小説『全漢志伝』(蓬左文庫蔵)にも共通して伝承されている事実を指摘した、そのような方向の探求がいっそう推進される必要があると思う。

五　白居易『新楽府』の摂取

『白氏文集』が日本文学に広範な影響を及ぼしていること、特にその諷諭詩『新楽府』『秦中吟』や、感傷詩『琵琶行』『長恨歌』(および陳鴻『長恨歌伝』)が賞翫されたことについては、すでによく知られている。神田秀夫氏[24]は、『白氏文集』は鎌倉時代に至ってじっくりと読み返され、「そこには鎌倉時代という古代社会から封建社会への過渡期を生きた人々が、自身の痛切な体験を以て白氏文集を裏附けようとした感動がある」と言ったのは、白居易の本領と評される諷諭詩の摂取の増加に鑑みた発言であったろう。その傾向は、斎藤慎一氏の調査[25]の結果にも如実に現れている。氏は、『平家物語』の増補系三本における『白氏文集』摂取状況を調査し、その結果を次のような数字で示している。ただし、表示の形式は私に組み替えて掲げる。

	引用箇所	朗詠集と重複	長恨歌・琵琶行	新楽府	他の諸巻
盛衰記	七二	一八	一〇	三六	八
延慶本	四二	一〇	一一	一七	四
長門本	三八	九	九	一九	一

増補系三本の中でも、殊に『源平盛衰記』に「新楽府」からの引用事例の多いことを指摘し、さらに、それが「断章の文飾のための引用例でなく、何等かの意味で彼我の内容に参入したと考えられるもの」として、「新楽府」の「古塚狐」(『源平盛衰記』巻六)・「天可度」(同巻七)・「八駿図」(同巻七)・「司天台」(同巻十六・二十一)・「驪山高」(同巻十

げて、その諷諭精神の摂取の実際を検討している。

七)・「隋堤柳」(同巻七)・「杜陵叟」(同巻四十三)・「新豊折臂翁」(同巻三十)の八編から引用された九箇所の事例を挙

太田次男氏(26)によって、真福寺蔵の信救の著作『新楽府注』と『新楽府略意』が紹介された。柳瀬氏(27)はこれら信救の注釈書について、「『新楽府』の受容史に新しい展開軸を作った」と指摘し、「中世期の『新楽府』理解を支配したばかりか、それは読み方をも方向づけるほどの影響力を持った」と評している。その実状を、岡田三津子氏(28)は『源平盛衰記』に即して検証して、『新楽府注』は、『新楽府』の主題把握の面でも表現の面でも『源平盛衰記』の本文に大きな影響を与えていること、また、『新楽府略意』の注では詩の大意を説明した部分が『源平盛衰記』の本文と関わっていることを明らかにした。

佐伯真一氏(29)は、『平家物語』が『白氏文集』に依拠している箇所を、白詩の作品単位に列挙し、それを「覚一本・延慶本・源平盛衰記・四部合戦状本」の諸本ごとに整理し、さらにその受容態度に関しても、先行の諸説の要点に自説を加えて付言している。ここでも目立つのは「新楽府」からの受容の多さである。延慶本に関しては、横井孝氏(30)に詳細な基礎調査がある。『白氏文集』からの引用として八十七事例を挙げて、その依拠した『白氏文集』の本文が古鈔本に類するか刊本に属するかの検討を加え、さらに慣用表現などで「引用」と見做しがたい事例は「参考事項」として別に掲げている。

白居易自身が「感傷詩」に分類している「長恨歌」であるが、牧野和夫氏(31)は、やはり「諷諭」という観点から、延慶本『平家物語』の独自記事である楊貴妃譚(第三末「大伯昴星事付楊貴妃被失事并役行者事」)を詳しく分析している。ただし氏は、その主な典拠として『長恨歌』ではなくて陳鴻の『長恨歌伝』を選んでいることを重視し、高倉院亡き後の建礼門院を後白河院の後宮に入れようとする動きのあったことを踏まえて、

延慶本『平家物語』は、主に『長恨歌伝』に拠った「付　楊貴妃被失事」を設け、楊貴妃を後白河院の子高倉帝

> の妃建礼門院に、兄楊国忠を宗盛等に配し、暗示的に玄宗を後白河院に比することによって、養和二年前後の宮廷政治（院政）と『長恨歌伝』に展開する玄宗の御代（天宝ノ末）の宮廷政治とを重ね合わせにして、以て院の政治を痛切に批判したのではなかろうか。

と指摘している。また、第六末「平大納言時忠之事」に「彼時忠卿ト申ハ出羽前司知信ガ孫、兵部権大輔時信子也。故建春門院ノ御妹《せうと》ニテオワセシカバ、高倉ノ上皇ニハ御外戚也。昔陽《ママ》貴妃ガ幸シ時、陽《ママ》国忠ガ栄シガ如シ」とあって、建春門院を楊貴妃に、その兄時忠を楊国忠になぞらえる記述のあることにも触れ、後白河院の名は挙げられていないが、「建春門院を寵愛した後白河院に、玄宗を擬して暗に批判している」と言及している。『長恨歌』と『長恨歌伝』との関係については、柳瀬氏に[32]、両者は「その意向する世界を異にしている」とする説がある。即ち、『長恨歌』が玄宗と寵妃楊貴妃との愛を叙情的に歌い上げるのに対して、『長恨歌伝』は、『長恨歌』の構成と表現を取捨選択して史書的叙述の方法で再構成して、「君主が美女に惑溺することから起る政治の混乱」を政治道徳の立場から批判したものであるというのである。牧野氏の指摘する、延慶本『平家物語』が後白河院の政道を批判する拠り所として、『長恨歌』ではなくて『長恨歌伝』の方を選んでいるという事実は、そのことと深く関わっていると言えるだろう。

わが国の古代末期以降の内乱を、『長恨歌』および『長恨歌伝』によって理解した安史の乱の構図に当てはめて、それによって時代の動向を認識し、政治道徳の退廃を批判するのは、例えば『六代勝事記』における承久の変批判に見るように、中世に普遍的な歴史認識の形だったようである[33]。『太平記』の巻一「立后事」、巻三十七「楊国忠之事」等においても見られるところであり、これらについても柳瀬喜代志氏に[34]一連の考察がある。また、斎藤慎一氏は[35]、『太平記』の記述の根底には『白氏文集』の諷諭詩と共通する制作態度があることを、巻十三「竜馬進奏の事」における万里小路藤房の諫奏の説話を軸にして『新楽府』「八駿図」「採詩官」「紫毫筆」等との関係によって実証するなど、適切な事例を蒐めて説得性のある論を構築して、『太平記』の文学的特質を明らかにした。

思うに、わが国の古典に幅広い感化を及ぼした漢籍として、『白氏文集』に勝る作品はないであろう。多くの朗詠詩句を提供して人々に親しまれ、文雅な情性と豊かな言語表現を培ったばかりでなく、人生の哀歓を感得させ、処世の知恵を示唆するなど、感化の質も多様である。なかんずく政道や世相に対する批判精神は、変革期の文学である軍記において、中世の注釈の発展にも媒介されることで、より深刻な影響を与えるに至ったと言うことができる。(36)

注

（1）幸田露伴氏「支那文学と日本文学との交渉」（日本文学講座第一巻『日本文学総説』、新潮社、昭和7・1）

（2）塩谷温氏「支那文学と国文学との交渉」（『国語と国文学』15―4、特輯「日本文学と支那文学」、昭和13・4）

（3）補 長澤規矩也氏は「古来、支那文学は著しい影響を日本文学に与へた。然るに、従来、国学を専攻するものは、国文学の純粋なものでなく、而も支那学の一部との交渉が面倒でもあるので、此方面を研究することなく、漢学を専攻するものは、漢文学の根本なものでなく、而も支那学の全般との交渉が厄介でもあるので、此方面を閑却してゐる」（『長澤規矩也著作集　第五巻　シナ戯曲小説の研究』（汲古書院、昭和60・2）所収「江戸時代に於ける支那小説流行の一斑」（初出は『書誌学』一―四、昭和8・7）と批評し、従前の研究状況については「漢文学の日本文学に及ぼした一例と云へば、是まで人の云為したものは多く白楽天の集に関してゞある」（同上）とまで極言している。また、同巻所収「日本文学に影響を及ぼした支那小説」（初出は『評釈江戸文学叢書第九巻　読本傑作集』、講談社、昭和10・11）にも、「江戸時代を主として」という副題が付けられているように、近世における明代小説の伝来とその流行に関する記述が詳しい。

（4）例えば、久米邦武氏「太平記は史学に益なし」（『史学会雑誌』第二編第17 18 20 21号、明治24・4 5 7 8）。『久米邦武歴史著作集』第三巻「史学・史学方法論」（吉川弘文館、平2・12）所収

（5）御橋悳言氏「平家物語の典拠ありと思はるゝ文につきて」（『国語と国文学』3―10、大正15・10）

（6）補 御橋悳言氏の『平家物語証注』（大正12年成稿）は、続群書類従完成会から全四巻（索引一巻を含む）として刊行され（平成11・10～12・12）、引続き『神皇正統記注解』全二巻も刊行された（平成13・3～5）。なお続群書類従完成会『御橋悳言著作集』の刊行予告に付載された「御橋悳言略年譜」（御橋言氏作成の由）には、逝去（昭和25・12）の前年の条に、

「「太平記」の研究著述は資料が揃っているので着手すればすぐできると意欲を示したが、戦災で学問上の知友は四散して行方も分らず、孤独の学究は占領下にある国の将来に思いをめぐらしつつ、その具体化は見送っていた」と記されている。

(7) 御橋悳言氏「太平記の辞句の白氏文集に拠るものに就いて」(『歴史と国文学』、昭和15・5)

(8) 青木正児氏「国文学と支那文学」(『岩波講座「日本文学」』、昭和7・9。『支那文学藝術考』所収、弘文堂書房、昭和17・8)

(9) 狩野直喜氏「太平記に見える支那の故事」(『支那学文藪』所載、みすず書房、昭和48・4)

(10) 『五百家注音弁昌黎文集』は南宋の慶元(一一九五～一二〇〇)ごろの書賈、魏仲挙の編。桂五十郎氏『漢籍解題』(明治38・8)によれば、わが国の嘉慶元年(一三八七)に『柳宗元文集』とともに翻刻されたという。

(11) 拙著『太平記の比較文学的研究』第二章第一節(角川書店、昭和51・3)。および拙稿「太平記の韓湘説話」(『広島女学院大学日本文学』3、平成5・7)。本書第一章第五節2の(2)参照。

(12) 柳瀬喜代志氏「韓湘子説話の展開」(『中国詩文論叢』11、平成4・10)

(13) 川口久雄氏「敦煌変文の素材と日本文学――楚滅漢興王陵変・蘇武李陵執別詞とわが戦記文学――」(『金沢大学法文学部論集』文学篇3、昭和30・12)。「伍子胥変文と我が国説話文学」(『国語』第5巻1・2号、昭和32・4) 補 金沢大学大学院で川口氏の薫陶を受けた石破洋・高橋俊和氏等の尽力で、川口氏の著作集『敦煌よりの風』全六巻(明治書院、平成11・5～13・3)が刊行され、上記の二編はともに、その第3巻『敦煌の仏教物語(上)』(平成11・12)の第Ⅰ篇「敦煌俗変と日本の戦記文学」に収録されている。なお、第4巻『敦煌の仏教物語(下)』(平成12・4)の第Ⅵ篇「敦煌の仏教と日本文学」には、「敦煌の俗講と日本文学――俗講儀式と略出因縁諸本――」(初出『東洋研究』68、昭和58・12)が収録されているが、これには軍記物語に関する言及がない。

(14) 拙稿「太平記における呉越説話」(広島大学付属福山高校『中等教育研究紀要』6、昭和35・6)、「盧舜至孝説話の伝承――太平記を中心に――」(『中世文藝』22、昭和36・8)、「太平記における程嬰・杵臼の説話」(『国文学攷』24、昭和35・11)。ともに『太平記の比較文学的研究』(前出)に所収。

(15) 早川光三郎氏「変文に繫がる日本所伝中国説話」(『東京支那学会報』6、昭和35・6) 補 早川氏は韓馮説話・孔子却

車・孝舜説話を考察し、その他として黄粱夢・趙氏孤児・酒茶論について略述している。軍記物語関係は韓馮説話（『曾我物語』）・孝舜説話・黄粱夢・趙氏孤児（以上『太平記』）である。なかんずく韓馮説話についての考察が詳しい。「韓朋」はまた「韓馮（憑）」の名で知られている。『捜神記』巻十一所載の、宋の康王に妻を奪われた韓馮の説話は、『法苑珠林』巻二十七（至誠篇第十九）に記され、『遊仙窟鈔』（元禄三年刊）の「相思枕」という語句の注にも引かれている。『曾我物語』巻五の「かんはく」の故事の内容は、岩波古典大系の頭注が「典拠未詳」とするように『捜神記』等の所述とは相当の隔たりがあるが、敦煌変文「韓朋賦」とは共通する点が多い。特に早川氏も指摘するように、宋王の臣の「梁伯」（『曾我物語』古活字本では「りゃうはく」、彰考館本に「良白」）が登場しているのが注目される。『三国伝記』巻一に引く話（第二十六）は「韓憑」の名で記されているが、その内容には『捜神記』とは異なって「韓朋賦」と共通する要素がある。ただし、「梁伯」は登場しない。なお、『将門記』には、平良兼の勢に捕らえられた将門の妻の貞心を称えて「妾《メ》ハ恒《ツネ》ニ真婦《シンプ》ノ心ヲ存シテ、幹朋《カンボウ》ニ与《トモナ》ヒテ死ナムト欲《オモ》フ」（東洋文庫の訓に従う）とあり、この表現について川口久雄氏は「韓朋賦」との関係を指摘している（『三訂　平安朝日本漢文学史の研究』中篇、第十五章第六節、明治書院、昭和57・9）。早川氏も「変文そのものでなければ、変文の流れを汲む俗文学が鎌倉室町時代にわが国に渡来し、曾我物語中に織りこまれたと考えて差支えないであろう」として変文との直接的な繋がりについては慎重である。因に、日本中国学会第五十回大会（平成10・10・10、於早稲田大学大隅講堂）で北京大学教授裘錫圭氏の「漢簡中発現的韓朋故事的新資料」と題する記念講演があった。『将門記』の「幹朋」、『曾我物語』の「かんはく」、『三国伝記』の「韓憑」の説話に現れた伝承が、敦煌変文「韓朋賦」を経由しているとは必ずしも言えないことになる。

(16) 小川環樹氏「変文と講史——中国白話小説の形式の起源——」（『日本中国学会報』6、昭和29。『小川環樹著作集』第四巻所収、筑摩書房、平成9・4）

(17) 近藤春雄氏「中国の叙事文学と平家物語」（『平家物語講座』第一巻、創元社、昭和29・2）。因に、承和五年（八三八）に遣唐使に随行して入唐した円仁が武宗の会昌元年（八四〇）正月九日に長安の左街の四処（資聖寺・保寿寺・菩提寺・景公寺）と右街の三処（会昌寺・恵日寺・崇福寺）において、五年間途絶えていた俗講が勅によって開かれたのを目にしている。（円仁『入唐求法巡礼行記』2、足立喜六氏訳注、塩入良道氏補注、平凡社、昭和60・2）

(18) 渥美かをる氏『平家物語の基礎的研究』上篇、第一章平曲の発生事情　第一節天台宗の民衆教化（初版三省堂、昭和37・3、再版笠間書房、昭和53・7）

(19) 黒田彰氏「驪姫外伝――中世史記の世界から――」（『説林』34、昭和61・2。『中世説話の文学史的環境』所収、和泉書院、昭和62・10）

(20) 今成元昭氏「平家物語と宝物集の周辺――蘇武談を中心として――」（『文学』38―8、昭和45・8。『平家物語流伝考』所収、風間書房、昭和46・3）

(21) 山田昭全氏「平家物語「卒都婆流」の成立――延慶本作者が宝物集に依って創作した――」（『文学・語学』一六二、平成11・3）

(22) 拙稿「平家物語と源光行の蒙求和歌」（『富山大学教育学部紀要』17、昭和44・3）。本書第一章第三節5参照。

(23) 黒田彰氏「蘇武覚書――中世史記の世界から――」（『文学』52―11、昭和59・11）。『中世説話の文学史的環境』（前出）所収。

(24) 神田秀夫氏「日本文学と中国文学」（日本比較文学会編『比較文学――日本文学を中心として――』所載、矢島書房、昭和28・10）

(25) 斎藤慎一氏「源平盛衰記の一性格――白氏文集新楽府の摂取をめぐって――」（峯村文人先生退官記念論集『和歌と中世文学』、東京教育大学中世文学談話会、昭和52・3）

(26) 太田次男氏「釈信救とその著作について――附・新楽府略意二種の翻印――」（『斯道文庫論集』五、昭和41・3）、「真福寺蔵新楽府注と鎌倉時代の文集受容について」（『斯道文庫論集』七、昭和43・3）。ともに『旧鈔本を中心とする白氏文集本文の研究』（勉誠社、平成9・2）所収。

(27) 柳瀬喜代志氏「『新楽府』受容の新傾向と「立后之事」（『太平記』巻第一）――「白楽天ガ書タリシモ理也」の周辺――」（白居易研究講座4『日本における受容（散文篇）』、勉誠社、平成6・5）

(28) 岡田三津子氏「『源平盛衰記』と新楽府注釈」（和漢比較文学叢書15『軍記と漢文学』、汲古書院、平成5・4）

(29) 佐伯真一氏「白氏文集と平家物語」（『白居易研究講座』4、前出）補 佐伯氏はまた「四部本平家物語と『新楽府』

「西涼伎」」（『帝塚山学院大学日本文学研究』20、平成1・2。『平家物語遡源』所収、若草書房、平成8・9）において、四部合戦状本巻七所載の平家批判の独自記事が、新楽府「西涼伎」に拠っていながら、その内容についての理解が原詩とは甚だしく異なっていることを指摘している。

(30) 横井孝氏「延慶本平家物語における白氏文集の引用に関する覚書（上）（下）」（『静岡大学教育学部研究報告』44・45、平成6・3、同7・3）

(31) 牧野和夫氏「延慶本『平家物語』の一考察――「諷諭」をめぐって――」（『軍記と語り物』16、昭和55・3）

(32) 注（27）に同じ。

(33) 「長恨歌絵」を帝王の「慎二政教之得失一」鑑誡の画巻とする意見は、信西入道の平治元年十一月十五日記の「一紙之反古」（『玉葉』建久二年十一月五日の条所載）にすでに見える。池田利夫氏『日中比較文学の基礎研究』（笠間書院、昭和49・1）参照。[補] 『平治物語』上巻「信頼・信西不快の事」にも、信頼の大将任官を阻止しようとする信西の意見を後白河院が受け入れないので、信西が、「人の奢ひさしからずしてほろびし事を申さんが為に、安禄山を絵にかゝせて、大なる三巻の書を作て」（金刀比羅本）、院に献上したという記事がある。兼実が「披見之処、通憲法師自筆也」としたこの「一紙之反古」は、信西の孫の海恵僧都が編した『筆海要津』（続々類従第十六雑部）に収められている（川口久雄氏『平安朝日本漢文学史の研究』下巻、第二十四章第三節「藤原澄憲とその唱導文学」参照）。なお、兼実が信西の「一紙之反古」を見て「文章可レ褒、義理悉顕」と感嘆して写し留めたことについて、橋本義彦氏は、「この異常とさえみえる絶賛の言辞の裏には、或いは通親を信頼になぞらえてみずからを慰めんとする心理がかくされていたのかも知れない」（人物叢書『源通親』、吉川弘文館、平成10・4）と述べている。

(34) 柳瀬喜代志氏「『長恨歌』『長恨歌伝』と「楊国忠之事」――『太平記』作者の嚢中の漢籍考――」（早稲田大学教育学部『学術研究』39・40、平成2・12、同3・12）。注（12）（27）とともに『日中古典文学論考』所収、汲古書院、平成11・3）

(35) 斎藤慎一氏「太平記における白氏文集の摂取」（『言語と文芸』2―1、昭和35・1）

(36) [補] 『白氏文集』のわが国の文学に与えた影響が広くかつ深いものであるだけに、これに関する研究文献はおびただしい数に上るが、それについては、下定雅弘氏の綿密な調査がある。氏は、それらの文献のうち主として戦後の研究を、一作家・一作品を越えた『白氏文集』の影響を論ずる「総論」と、個々の作家や作品に与えた影響を論ずる「各論」とに分け、各文献を発表年次の順に配列し、その要旨の解説を付記している。「日本における白居易の研究――『白氏文集』が日本文学に与えた影響について　Ⅰ総論篇――」（『帝塚山学院大学研究論集』25、平成2・12）、および「日本における白居易の研究――『白氏文集』が日本文学に与えた影響について　Ⅱ各論篇――」（『PACIFICA』3、平成3・3）

第一節　中世軍記物語における説話引用の形態

はしがき

中国種の説話は、『今昔物語集』の震旦部に百八十二話の収載が現在見られるのを始めとして、『続古事談』（第六、漢朝）や『唐物語』『蒙求和歌』などにも相当数の話が纏まって載せられており、また、和文で中国王朝の歴史を記述した『唐鏡』にも多く含まれている。その外、『宝物集』や『十訓抄』などにも散見する。こうした説話の場合にも、説話の配列や付加された教訓的言辞の上に、その説話に対する編者の受け止め方を認めることができようけれども、重点はあくまで説話そのものに置かれている。それに対して、ある歴史事象の叙述に関連して引用されている軍記物語の挿入説話は、単に付加された評言にだけでなく、いかなる説話を、いかなる場面で、いかに引用しているかという点にこそ、最も明瞭に作者の解釈が見出されるはずである。

軍記物語を「歴史語り」の性格において見て行こうとする時、挿入された説話の数々が叙述の展開を断ち切って、読者の一貫した興趣を妨げるとは、よく言われることである。とすると、挿入説話は、軍記物語の本質とは矛盾するところの夾雑物に過ぎないのであろうか。仮にそうだとすれば、なぜにその本質を損なってまで多くの説話が挿入されねばならなかったのであろうか。

以下、中世軍記物語の代表作である『保元物語』『平治物語』『平家物語』『太平記』を取り上げて、説話の引用形態に見出される作者の態度と、「歴史語り」の精神との関わり具合を見て行きたいと思う。

一　『保元物語』および『平治物語』の説話

軍記物語全般を通じて、中国の故事を引用する仕方には大別二種類が認められる。その一つは、例えば、「遠ク異朝ヲ訪ヘバ、昌邑王賀ハ本国ヘ帰リ、玄宗皇帝ハ蜀山ヘ移ツサレキ。」（『保元物語』巻下、半井本）のごとく、言わば故事の題目をのみ取り上げるものである。享受する側にその故事内容についての知識がなければ、十分には文意を理解できないのであるが、特に耳に訴える「語り物」文藝においては、それなりに修辞的効果を発揮しえたと思われる。『保元物語』では、左大臣頼長の死とその一派の悲劇的な結末の叙述にこの種の引用法が集中的に見られ、悲哀の情感を盛り上げるのにあずかっている。他の一つは、故事の内容が詳しく具体的に叙述されていて、予備知識のない享受者にもよく理解できるものである。前者の引用法を仮に「題目的引用」と呼んで、後者の「説話的叙述」を伴うものとは区別することにする。

『保元物語』と『平治物語』の両作品における説話引用の形態には格別の差異も認められないので、これを一括して取り扱うことにする。ただし、両作品ともに、説話引用の有無は諸本によって甚だしい異同があるので、金刀比羅神宮蔵本（以下、金刀本と略称）および書陵部蔵古活字本の各二種類（ともに岩波日本古典文学大系）の外に、内閣文庫蔵半井本『保元物語』および学習院大学蔵九条家旧蔵本『平治物語』（ただし、その上巻は金刀本と同系本文によって後補されたものであるから、上巻のみは陽明文庫蔵本を参照する）の各一種類（山岸徳平・高橋貞一両氏による未刊国文資料）を加え、それぞれ、三系統の本文を比較検討しつつ見て行くことにする。上記の諸本は、『保元物語』『平治物語』の本文流動を考える上で最も主要な三つの本文系統を、それぞれ代表しうるものなのである。

さて、両作品に引用された中国故事のうち説話的叙述を伴うものは、次の九話である。

Ⅰ『保元物語』（三話）

(1) 紀信が漢の高祖の身代りとなる話（巻上、金刀本のみ）

(2) 樊噲が鴻門の会で宮中に推し入る話（巻中、半井本のみ）

(3) 無塩君が斉の宣帝を諫める話（巻下、古活字本のみ）

Ⅱ『平治物語』（六話）

(4) 唐の玄宗が双六の賽の目に五位を賜う話（巻上、陽明本にはない）

(5) 許由が潁川に耳を洗い、巣父が牛を牽いて帰る話（巻上、陽明本にはない）

(6) 季札が徐君の墓の上の樹に剣を掛ける話（巻中、金刀本のみ）

(7) 王陵の母が楚の項羽に捕らえられ自害する話（巻中、古活字本のみ）

(8) 越王勾践が会稽の恥を雪ぐ話（巻下、三本ともにある）

(9) 郭巨が金の釜を掘り出す話（巻下、金刀本のみ）

上の九話のうち、(4)(5)(8)を除く六話はそれぞれ、『蒙求』の「紀信詐帝」「樊噲排闥」「無塩如漆」「季札挂剣」「陵母伏剣」「郭巨将坑」と関係が深く、特殊な話柄ではない。例外は(4)だけで、これは信西入道の才学を物語る記事の中に、信西のことばとして引用されたものである。また、九話のうちで三系統に共通するのは(8)だけであるが、叙述内容は相互に異なる。個々の説話についての詳述は避け、(5)の許由・巣父の説話を例にとって考察を進めたい。

この説話は、内裏における藤原信頼の僭上を憤慨する藤原光頼のことばの中に引用されているのであるが、最も古態を伝えている陽明本には、「むかしの許由は悪事を聞て、潁川にみみをこそあらいしか、此時の大裏のありさまを見きては、みみをもめをもあらいぬべくぞおぼゆるとて、上の衣の袖しぼる計にてぞ出られける」とあるだけで、故事の題目的引用に過ぎなかったものである。これが金刀本や同系の九条本（巻上）になると、いかなる月日に生れてか、かかる事をば見聞らん、異国の許由が悪事を聞て、潁川に耳をあらひける時、巣父牛を挽て来りて洗んとす、許由が耳を洗ふを見て、「なんぞ汝耳を洗」ととへば、「悪事を聞つれば耳をあらふ」とこたふ、「何事ぞ」ととふ、「九州の主に成べしとて、みかどより三度まで召るるなり。これに過て我ため悪事何か有べき」といへば、巣父答ていわく、「賢人世を遁るといふは、廻生木のごとし。かの木は深谷のさかしき所に立たれば、下よりも道なし、上よりも便なし。されば大廈の梁にもいたらず。汝世をのがれんと思はば、深山にこそ籠べけれ。何ぞ牛馬の栖に交りて、世をのがれんといふは名聞にこそ住したれ。さりながら、汝が耳を洗水をわが牛にのませなば、けがれなんず」とて、則帰けるとかや。光頼も目をも耳をも洗ぬべくこそ覚れ、主上上皇の押籠られさせ給へる御分様《ありさま》、信頼が過分の次第、こはそもいかなる世にかとて、表の衣の袖しぼるばかりにて、のろのろしげに宣ひて出られければ、（本文は九条本）

のごとく、光頼自身が具体的に説明するという形になる。そのために、本来の意図であった修辞的効果は失われ、甚だしく間のびのした会話となった。しかも、より隠逸に徹した立場から許由を批判する巣父の話までが付け加わって、いっそう光頼の憤怒からは遠のいたものとなってしまったのである。

このように、本来は修辞的意図のもとに引用された故事題目でしかなかったものが契機となって、具体的な説話的叙述へと発展したと思われる例が他にも多い。即ち、(1)も、半井本のごとき「是ハ漢王ノ紀信将軍ヲ軍車ニ乗セテ敵ノ陣ノ前ヲ渡タル計事トゾ覚タリ」という単なる題目的引用が金刀本では詳述され、[1] (2)も、金刀本のごとき「彼樊噲が鴻門に入り、紀信が鶏林を破しも是迄はとぞおぼえける」という比較対照的修辞法が半井本において詳述され、(6)も、古活字本の「漢朝の季札も除（ママ）君に剣をこはれてはおしまずとこそうけたまはれ」のごとき題目的引用がむしろ古形で、金刀本はこれを詳述したものと思われるのである。いずれも原話の本質とは関わりなく、いささかの類似点を捉えて故事を引き、修辞的効果をねらったものであることは、先の許由の故事の場合と同じである。従って、その故事内容を原話に近づけて詳述すればするほど、修辞的効果は失われ、文脈からの乖離があらわになってくる。その乖離を避けようとすれば、原話とは甚だしく異なった説話として具体化されざるを得ない。季札説話は、その最もよい見本である。

比較対照法によって描写を印象的にしようとする修辞意識と、故事内容を解説して享受者に分からせようとする啓蒙意識との矛盾から生じたこの混乱を、巧みに整理したと見られるのが古活字本の形態である。古活字本では、光頼の退出の際のことばの中では、金刀本などよりも陽明本に近く、

われいかなる宿業によ(つ)て、かかる世にむまれ相《あひ》、うき事をのみ見きくらん。むかしの許由にあらね共、今の内裏のあり様を見きかん輩は、耳をも目をもあらひぬべくこそ侍れ。

と修辞的な引用にとどめているが、その後の地の文に、

誠に漢朝の許由は富貴の事をききてだに、心にいとひ思ふが故に、あしき事をききたりとて耳をあらひき。いかにいはんや、此の光頼は、朝家の諫臣として、悪逆無道の振舞ひを見聞き給ひて、耳目をもあらひぬべく思ひ給ふぞことはりなる。

と、先ず作者の光頼に対する共感が示され、次に「たとへば」という語で許由・巣父説話を導いて行くのである。この場合の「たとへば」は、「具体的に詳しく説明すれば」の意であり、修辞的に引用された故事題目を、享受者に向かって具体的に解説しようとする作者の姿勢を端的に示しているわけである。こうして、一旦文脈の拘束から解放された挿入説話は、金刀本などよりも更に拡大膨脹して、冒頭には、帝堯が譲位の対象として大臣の薦める皇子丹朱を其の器にあらずと退け、あまねく賢人を尋ね求めたという話が語られ、許由および巣父の話へと続くのである。

古活字本のこの説話の叙述は、文安三年（一四四六）五月の識語を有する『壒嚢鈔』（巻四）に見えるものと殆ど同文である。ただ巣父の話の部分だけは、『壒嚢鈔』よりも詳しい金刀本や九条本系の本文を活かしているが、その接

合部に脱文があり、文意不通の混乱を生じている。
流布本『保元物語』『平治物語』の成立が『壒嚢鈔』以後であることは、釜田喜三郎氏[2]や高橋貞一氏[3]によって明らかにされており、上の許由・巣父の説話もその一徴証なのであるが、(3)の無塩君説話もまた同例で、これは『壒嚢鈔』（巻六）から、説話のみならず、その前後に付随するところの后妃の政治容喙に対する批判をも併せ引用して、保元の乱に対する評論としたものである。また、(8)の勾践の説話は、前述のように三系統それぞれ異なっているが、古活字本は、古本系統の叙述を捨て去り、『太平記』（巻四、呉越闘事）の叙述を簡約化して採録したものである。それによって、説話要素が相互に出入りする九条本と金刀本の両者を包摂しうる結果となっている。三系統とも「会稽の恥を雪む」という諺の由来を解説するための引用であるが、古活字本は、ここでも「たとへば」という語で説話を導いて、その意図を明確に示している。

以上、『保元物語』『平治物語』における説話は、本来的には修辞的意図に基づく故事題目に出発し、それを契機として説話的叙述へと発展したものであること、また、その修辞的意図と啓蒙的意図との相剋から生じた文脈の不自然さを整理するために、故事題目と挿入説話とに分離されて、ここに作者の解説的もしくは批評的態度が端的に示されることになるが、それは室町期に至っての増補改訂によるものであること、この二点を指摘しうると思う。

二　『平家物語』における説話

『平家物語』になると、中国故事の引用は激増する。殊に増補系諸本ともなれば、

彼朱明が妻を避し志、管寧が金を断し情も、角やと覚て最《いと》やさし。（『源平盛衰記』巻二）

のごとく、故事題目を並べて対偶表現に仕立て、比較対照法によって修辞的効果をねらう例は枚挙にいとまがない。

また、単なる題目的引用ではないが、

先異朝の先蹤をとぶらふに、震旦の則天皇后は唐の太宗のきさき、高宗皇帝の継母なり。太宗崩御の後、高宗の后にたち給へる事あり。是は異朝の先規たるうへ、別段の事なり。（覚一本、巻一）

のごとく、故事の概容の略述にとどまっているものも多い。この則天皇后の故事は、語り本系統のうちの最古の屋代本でも、また増補系統中で最も古い『源平闘諍録』(4)でも、ゆたかな説話的叙述を伴っていた。覚一本はそれを簡略にしたのである。諸本のあいだには、説話挿入の有無の外に、このような叙述の繁簡の差異もあるので、本稿では、覚一本（岩波古典文学大系）・延慶本（古典研究会影印版）・長門本（国書刊行会）および『源平盛衰記』（有朋堂文庫）の四本を比較検討しつつ考察して行くことにする。

故事の題目的引用と概容の略述とのあいだには一線を画しがたいものもあるが、それを一応の篩に掛けて四本のいずれもが題目的引用に過ぎないと認めたものを除き、拾い上げた中国故事六十例を、その引用形態によって分類すると、(A)類似説話による比較対照、(B)事物の由来や詩句の解説、(C)先蹤たる故事の引証、の三類に大別することができる。以下、その各類型について説明して行く。

(A)　類似説話による比較対照

事件や人物の行為等の記事の後に、それと類似する（もしくは対蹠的な）説話を対照的に並べるもので、例えば、鬼海島の流人康頼の流した卒都婆が厳島社頭に漂い着いた記事の後に、「あまりにおもふ事はかくしるしあるにや」と繋辞を挟んで、「いにしへ、漢王胡国を攻られけるに」以下、胡地に捕らわれた蘇武が雁に消息を托した話を引用する類である。この種の説話引用には、結びの語句（以下「結句」と呼ぶ）の付いているのが普通である。その結句だけを整理分類すれば、次の五種類に纏めることができる。

(a)　事件内容と故事内容とを要約して対偶表現を作るもの。多くの場合、対句の後に両者に対する総括的評言や感想を伴う。例えば、平時忠が一筆の書状によって山門三千の大衆の憤りを鎮めた記事の後に、魏の曹植（陳思王）が七歩の詩を作って兄文帝の怒りをなだめた説話を挙げて、最後を、

陳思王は七歩の詩を造って一生の命を助け、時忠の卿は両句の筆に依て三千の恥を遁たり。誠に時の災をまぬかるる事、藝能に過たるはなかりけり。（『源平盛衰記』巻四）

と結ぶ類である。『保元物語』『平治物語』では、故事題目が先行し、それの解説として説話の具体的叙述が行われたのであった。『平家物語』ではそれが逆転して、説話の優位性が獲得されたと言える。それは、故事の解説ではなく、故事による歴史事象の解説だとも言える。次の十一例がこれに属する。（括弧内は諸本略号と所在巻序および章段、他本にも相当箇所にある場合は略号のみ記す。▲印は故事題目や詩句の引用。△印は故事概容の略述。〔　〕内は引用形態を異にする。）

(1)　蘇武の雁書（覚二、蘇武。延・長・盛）
(2)　新豊折臂翁（盛卅、並新豊県翁事。〔延・長〕）
(3)　東帰節女（盛十九、付東帰節女事。延・〔▲長〕）
(4)　八葉大臣と金帰鳥（盛一、付禿童幷王莽事。長）
(5)　曹植、七歩の才（盛四、師高流罪宣事）
(6)　周の穆王・漢の文帝と駿馬（盛十四、周朝八匹馬事）
(7)　季札と徐君（盛十五、季札剣事）
(8)　曹公の孝心（盛十九、付曹公尋㆓父骸㆒事）
(9)　紀信、高祖の身代り（盛廿、付紀信仮㆓高祖名㆒事）
(10)　朱買臣、錦を着る（盛卅、付朱買臣錦袴事。〔▲覚〕）

(11)　張文成と則天皇后（延二末、文学ガ道念之由緒事。〔△盛四十八、女院六道廻物語事。△延〕）

(b)　事件を語り、類似説話を述べた後、再び事件の主題へ戻り、それに対する作者の評言や感想を記して結ぶもので、この場合、結句の発端は「事件の主人公」＋係助詞「も」の形をとることが普通である。例えば、殿上の闇討ちに遭おうとする主君の身を案じて、忠盛の郎等が殿上の小庭に控えていたという記事の後に、樊噲が鴻門の会で高祖の危急を救おうと宮中に推し入り項羽を睨んで立った説話を引いて、最後を、

忠盛朝臣も、此郎等ゆゑに其の夜の恥辱を遁けり。（『源平盛衰記』巻一）

と結ぶ類である。これに属するのは次の七例である。

(12)　袁盎の進諫（盛卅八、付慎夫人事。延）
(13)　樊噲と鴻門の会（盛一、五節夜闇打事）
(14)　管仲、老馬の智（盛十四、三位入道入寺事。〔▲覚九、老馬。△盛〕）
(15)　太公望の軍略（盛廿七、武王誅二紂王一事）
(16)　鉄を食う獣・獏（延二中、頼政ヌヘ射ル事）
(17)　田単の火牛（長十三、北国所々合戦事）
(18)　蘇武、扇の的（長十八、奈須余一射レ扇事）

ただし、(a)に属する(9)(10)の説話は、同時に(b)の要素をも併せ持っている。

(c)　事件と故事とを並べ記した後、両者の相違点を列挙する対句を逆接の辞で受け、一転して両者の同質性を詠嘆的に述べて結ぶもの。例えば、闇討計画を察知した忠盛が銀箔を押した木刀による示威で事無きを得たという事件を語った後、周の早鬼大臣の同類の説話を引き、最後を、

上古は太刀、末代は刀、かれは大臣、是は雲客、さかいはるか也といへ共擬へし様は対句也とぞ誉られける。

（長門本、巻一）

と結ぶ類である。これは、(a)または(b)と結び付いている場合が多く、これのみ単独で結句となっているのは、僅かに次の三例に過ぎない。

⒆　早鬼大臣（盛一、並周成王臣下事。長）

⒇　毛宝、亀の報恩（盛廿六、付毛宝放レ亀事）

(21)　班花大臣（△長五、宋朝班花大臣事）

(d)　事件と故事とを述べた後、事件の主人の行為を、その故事が動機づけたのではないかと忖度する一種の「うがち」。ただし、これのみが単独で結句となることはない。次の例は、(b)と(c)とを含む上に、(d)を波線部の形で入れているのである。

（紀信が高祖の身代りとなった説話の後）(b)佐々木四郎高綱も、此事を思ひけるにや、姓名を給て敵を返し、佐殿を奉《る》レ延《し》、(c)彼は死して名を遺し、是は生《き》て預《る》レ恩《に》、異国本朝かはれ共、ためしは実に一ッなりけり。（『源平盛衰記』巻廿）

先に挙げた説話のうちでは、⑼⑽⑿⒄⒆などがこの要素を含んでいる。これがもう一歩進むと、単なる「うがち」を超えて、時代や人物を批判するための引証ともなりうるのであるが、『平家物語』では、まだそこまで至っていない。

(e)　事件と故事との両者についての総括的な評言や感想で結ぶもの。例えば、貞能が重盛の墓に詣でて旧主と夢で会う話の後に、王裒が雷鳴の夜は母の墓を守って夢に母と会う故事を引き、最後を「至孝の志深き時には、古今上下、懸るためしも有けり」（『源平盛衰記』巻卅一）と結ぶ類。これは(a)と結び付きやすく、単独で結句となっているのは次の一例だけである。

(22)　王裒の孝養（盛卅一、貞能参二小松殿墓一事）

以上の二十二例が結句を有するものであるが、その他の説話で、この(A)の「類似説話による比較対照」という類型に属するものには、次のごときがある。

前出(2)の説話は、その結句が『源平盛衰記』では、

新豊県の《の》老翁は八十八、命を惜《をしみ》て臂を折《をり》、斎藤別当真盛は七十三、名を惜《をしみ》て命を捨つ。武きも賢きも、人の心とりぐ也。

とあって(a)に属すが、延慶本では、

平家今度シカルベキ侍共カズヲツクシテ下シツカワス。其外諸国ヨリモ馳向タル兵幾千万ト云事ヲシラズ。行テ再ビ帰ラズ、谷一ヲウメテケリ。サレバ彼ノ雲南万里ノ濾水ニ違ハザリケル物ヲヤト哀也。

とあって、実盛ら平家の軍勢が多く討死した北陸合戦を、折臂翁が自ら従軍をまぬがれた雲南濾水の戦になぞらえている。『源平盛衰記』でも、上の記事に続く「平氏侍共亡事」の章段の中に、

凡《およそ》今度討《うたれ》たる者共、父母兄弟妻子眷属等が泣悲《なきかなしむ》事不レ斜《ななめなら》。家々には門戸を閉《とぢ》、声々に愁歎せり。彼村南村北に哭しける雲南征伐も、角やと被二思知一たり。

と記している。このような比較修辞法は、故事題目の引用には最も多い形式である。説話としては、次のごときが挙げられる。

(23) 唐の太宗と鄭仁基の女（覚六、葵前。延・長・盛）
(24) 秦の始皇・漢の武帝「海漫漫」（覚七、竹生島詣。盛）
(25) 白楽天「琵琶行」（盛三、有子入レ水事。▲長）
(2)′ 新豊折臂翁（延三末、付折臂翁事。（盛・長））
(26) 劉晨・阮肇、仙家に入る（延二本、少将判官入道入洛事。長）

(27)　唐の太宗と医療（延二本、小松殿大国ニテ善ヲ修シ給事）

また、全く結句を有しないものには、

(28)　一行阿闍梨と楊貴妃（△覚二、一行阿闍梨之沙汰。延・長・盛）

(2)″　新豊折臂翁（長十四、伊東九郎討死事。〔延・盛〕）

(29)　唐の太宗、亡卒を祀る（長十八、奥州佐藤三郎兵衛被レ討事）

などがある。(28)は、明雲座主配流の記事の後に、「時の横災をば権化の人ものがれ給はざらん」（覚一本）と繫辞を挟んで故事を導いている。(2)″と(29)は、繫辞も結句もなく、ただ事件の記述の後に類似説話を付載しているに過ぎない。

(B)　事物の由来や詩句の解説

行事の起源や成語の由来、および詩句の意味などを解説するために引用された説話がある。『保元物語』『平治物語』の説話引用と同類であるが、故事内容の単なる敷衍に過ぎないようなものは少ない。これに属するのは、次の六話である。

(30)　娥皇・女英「竹斑湘浦」（覚六、祇園女御。盛・〔▲長〕）

(31)　楚の項羽と虞美人（覚十、千手前。延・長。〔△長十八、本三位中将日野御座事〕）

(32)　越王勾践、「会稽ノ恥ヲ雪ム」（盛二、并会稽山事。長・盛十七、勾践夫差事）

(33)　漢の高祖「朝観ノ行幸」（盛三、朝観行幸事）

(34)　楚效・荆保の孝不孝（盛廿、楚效荆保事）

(35)　六宮明寿「柱松」（長三、柱松因縁事）

右のそれぞれについて付言すると、(30)は一雲客が張読の「愁賦」の詩句を朗詠したのを邦綱が聞いて不吉だと言ったという記事の後に、「たとへば、此朗詠の心は」（覚一本）として、娥皇・女英の説話を引いて解説したもの（『源平盛衰記』には「たとへば」の話がない）。(31)も平重衡が橘相公の「賦項羽」の詩句を朗詠した記事の後に、同じく「たとへば、この朗詠の心は」（覚一本）として、四面楚歌の中での項羽と虞美人の悲壮な別離の説話を述べたものである。延慶本と長門本は大江広元が、『源平盛衰記』では斎院次官親義が、それぞれ頼朝の下問に答えて朗詠の心を解説するという形になっている。長門本の巻十八所載の方は、重衡とその妻大納言典侍との別離に関連して引かれたもので、「〔項羽と虞氏とが〕なくなく別れ給ひつつ、落行き給けんも此にはしかじとぞ見えし」と結ばれていて、前記(A)の(23)〜(27)と同じ形態に属する。(32)は「会稽の恥を雪む」という諺の解説であって、『源平盛衰記』（巻二）では、冒頭に「会稽の恥を雪《きよむ》とは」、結末に「故《かるがゆゑ》に会稽の恥を雪《きよむ》といへり」とあり、長門本は結末にだけ「故に、先の耻を今清む、仍ち会稽のはぢを清むとはいへり」とある。ただし、長門本の説話の内容は、会台将軍と稽貞鬼風とが毎年合戦をし、その勝敗によって蚕山（会稽山）に産する繭糸の得分を決めたという極めて特異なものである。『平治物語』のこの説話も、九条本・金刀本・古活字本三者相互に内容を異にしていた。『源平盛衰記』（巻二）は、金刀本に最も近い。『源平盛衰記』（巻十七）は、頼朝の旗上げに関して引用している点で、頼朝の流罪に関連して引いている『平治物語』とよく似ており、説話内容も金刀本と相近い。結末はやはり「さてこそ会稽の恥をば雪《きよめ》けれ、其よりしてぞ耻みるをば会稽とも申《し》ける」と解説口調である。(33)は「朝覲の行幸とは」という主題提示で始まる解説。(34)は「父が頸を害するは孝子也、母が橋をわたすは不孝也と云本文あり」というその警句の解説として引用したもの。(35)は盂蘭盆会の行事の由来を説いたものである。

(C)　先蹤となる故事の引証

これは、故近衛院の皇后（藤原多子）が再び二条帝の皇后として立后することの可否を僉議する時に、先蹤として引かれた則天皇后の説話（前掲）の類である。この類は、その性格上、作中人物のことばや世評の中に引用されるのが普通である。これには、以下に説明するごとき三類型がある。

(a) 事の是非吉凶を判断するために先規を求めて引証する形である。例えば、安徳帝の即位を尚早なりとする世評に憤る平時忠のことばに、

ナニシカハ此即位ヲイツシカナリト人思ベキ。竊ニ同先規ヲ、遙ニ尋ニ傍例ヲ、異国ニハ周ノ成王三才、晉《シン》ノ穆帝二才、各強褓ノ中ニツツマレテ衣冠ヲ正シクセザリシカドモ、或ハ摂政負テ位ニ即キ、或ハ母后抱テ朝ニ莅ト云ヘリ。就中後漢ノ孝煬（ママ）帝ハ生レテ百余日之後ニ践祚アリキ、吾朝ニハ又、近衛院三才、六条院二才、皆天子ノ位ヲ践キ。万乗ノ君ト仰ガレ給フ。先蹤和漢如此。人以テ強ニ可傾申様ヤハ有。（延慶本、巻二中）

と見えるように、具体的な説話的叙述を伴わずに要点だけを取り上げ、しかも同類のものを列挙するという形が多い。

(36) 周の武王と白魚（△覚一、鱸。△延・△長）
(37) 則天皇后の二代立后（△覚一、二代の后。延・長・盛）
(38) 幼帝即位の先蹤（△覚四、厳嶋御幸。△延・△長・△盛）
(39) 漢の成帝、鼠の凶兆（△盛廿六、馬尾鼠巣例事）
(40) 則天皇后・中宗の還俗即位（△盛卅二、還俗人即位例事）
(41) 阿房殿の怪異（△延二中、入道ニ頭共現シテ見ル事）

などが、これに属するが、(37)を除けばいずれもごく簡略な記述である。

(b) 事件や事態を批判したり解釈したりするための引証。例えば、かつて池禅尼の嘆願で死罪をまぬがれた頼朝の旗上げを批判（ただし、清盛への阿諛）するために燕丹・荊軻の復讐とその不成功の話を引いて、忘恩の徒である頼朝の滅亡を予断するとか、重盛の中陰に八幡御幸をした後白河院を清盛が難詰するのに、唐の太宗が賢臣魏徴の死を悼

んだ話を引合いに出すとか、清盛が洛中に放った禿童《かぶろ》に関して、王莽の王位簒奪の策謀を引き、清盛も帝位に野心があるのではないかと解釈したりする類である。中には、洛中に盗賊の横行することを知って、帝徳の欠如を恥じる高倉院が、夏の禹王の故事を引いて自己批判をするなどというのもある。この種の中には、故事と、それに基づく批判や解釈が、「されば」という接続語で結ばれているものが多い。即ち、「昔〔故事の叙述〕されば、〔事態に対する批判・解釈〕」という形式をとるものが多い。次の九例を数えることができる。

(42) 唐の太宗、魏徴を悼む（△覚三、法印問答。△延・△長・△盛）
(43) 孟嘗君と鶏鳴（盛十四、三井寺僉議付清見原天皇事。〔覚・延・長〕）
(44) 燕丹・荊軻（覚五、咸陽宮。延・長・盛）
(45) 王莽の策謀（盛一、付禿童事并王莽事。延・長）
(46) 夏の禹王の政道（盛廿五、時光茂光御方違盗人事。延・長）
(47) 漢の元帝・成帝と司天台（△盛十六、付司天台事）
(48) 隋の煬帝の佚遊（盛十七、隋堤柳事）
(49) 趙高の専横（△盛廿四、都返僉議事）
(50) 周勃・陳平の行賞（△盛卅二、法皇自二天台山一還御事）

また、上記のごとき一定の形式をとってはいないが、この種類に属させるべきものに次の九例がある。

(51) 唐の太宗「驪山高」（盛十七、福原京事。△覚・△延・△長）
(52) 周の武王・漢の高祖の奇端（△盛卅四、法住寺城郭合戦事。△延・△長）
(53) 漢の高祖、咸陽宮を守る（覚九、樋口被討罰。延・長・盛）
(54) 蕭何の所罰（△覚二、烽火之沙汰。△延・△長・△盛）

(55)　楊貴妃とその一族の盛衰（盛一、付禿童並王莽事）
(56)　玄宗・楊貴妃「長恨歌」（延三末、大伯昴星事付楊貴妃被レ失事。△盛）
(57)　周の幽王と褒姒（覚二、烽火之沙汰。延・長・盛）
(58)　師曠の琴、旧主の忌日に鳴る（盛卅六、福原忌日事）
(59)　則天皇后と上林苑の花（延二中、右兵衛佐謀叛発ス事）

各例について付言する。(51)は民の煩いを顧みない清盛の福原遷都を、(52)と(53)とは上洛後の義仲の行動を、それぞれ批判するための反証として引用されたもの。(54)(55)(56)の三話は、いずれも平家一門の繁栄の中に滅亡の兆しを見るという盈虧の観念の裏付けとされた説話。ただ(56)は、本来は覚一本や長門本のごとく、太白の昴星を犯す天変は四夷の蜂起する凶兆だと記すに過ぎなかったものであろう。『源平盛衰記』は、その後に、玄宗の世にこの天変が現じて七日のうちに合戦が起こり、楊貴妃は死に玄宗は蜀山に遷幸したということを簡略に加える。ところが、延慶本では更に「其由来ヲ尋レバ」として、『長恨歌』や『長恨歌伝』に基づく玄宗・楊貴妃の物語を長々と引き、その最後を、「此事ヲ思ニモ平家ノ一門ハ皆建礼門院ノ御故ニ丞相ノ位ヲケガシ国柄《ヘイ》ノ政ヲ掌トル、悪事既ニ超過セリ、行末モ今ハアヤフカル天変ノ現シ様恐シトゾ」と結んでいるのである。実質的には天変と殆ど関わりなく、楊氏一門と平家一族との后妃を契機とした繁栄という類似点に置き換えられ、盈虧の観念に基づいて平氏の滅亡が予言されているのである。(57)は、その下知に従って参集した兵士に告げる重盛が、周の幽王の烽火の故事を反証に挙げて、今後も催促があれば必ず参集せよと訓すのであるが、いかにも苦しい弁解という印象を与える。要するに、説話が文脈の中に収まり切っていないのであって、『保元物語』『平治物語』の古本系における説話引用法と同軌である。『源平盛衰記』はこれを整理して、重盛のことばの中では故事をごく簡略に述べるにとどめ、続く地の文で詳述する。文脈の拘束から解放されたその挿入説話は、褒姒は亀の子であるという異説を挙げたり、さらにその異説を批判したりという奔放さである。(58)は、一の谷攻略に清盛の忌日を避けた源氏の態度を称揚し、忌日を崇めるべきことを説くための引証。(59)は、王威の尊厳を説くための例証として、宣旨によって花の開いた故事を引いたものである。

(c)　自己の行為・態度の動機づけとしての引証。これに属するのは、次の一例だけである。

(60)　漢の高祖と医師（覚三、医師問答。延・盛）

これは、清盛の薦める宋朝の医師の療治を重盛が辞退するが、その辞退の理由の一つとして、漢の高祖が「命は天にあり」として異国の良医の療治を斥けたという故事に対する重盛自身の感銘を語るものである。

『平家物語』における説話を通観してみるに、一定の結句を有する類似説話の対照法と、「昔（故事の叙述）されば（事態に対する批判・解釈）」という形式をもつ引証法とに特徴が認められる。前者には詳しい説話的叙述が多いのに対し、後者は簡略な記述が多いこと、そして、この二つの形態は特に『源平盛衰記』においてよく整えられており、長門本が最も素朴な引用法をもつことも指摘しうる。長門本はその説話内容にも荒唐なところを多く含み、説話の頽形が目立つのである。覚一本では、例えば(46)の夏の禹王の政道の故事を引く際、帝徳の欠如を歎く禹王の言をそのまま高倉帝自身のことばとすることによって、説話引用でなくて、飜案とも言うべき形態に作り変えている。言わば、挿入説話としての枠組みをはずしているのであり、覚一本における改訂の一方向と言うことができる。それとは反対の方向をとって、引用形態を整備しているのが『源平盛衰記』であると言えよう。

三　『太平記』における説話

故事題目の引用や概容の略記まで含めると、『太平記』に引用された中国故事は優に百五十例を超える。本稿では比較的纏まった説述的叙述を伴うものだけを取り上げることにする。それらを、Ⅰ作者によって地の文に挿入されたものと、Ⅱ作中人物によって引用されたものとに分けて考察して行く。引用形態に差異が認められるからである。

Ⅰ　地の文に挿入された説話

(A)　発語に始まる前文を有する説話

これは説話だけが単独に挿入されているのではなく、事件や人物の行為に対する『太平記』作者の感想批評を述べる文章中に引かれたもので、発語はそのような作者の批評者的態度を端的に示すものである。その評論文はおおむね〔前文〕・〔故事〕・〔後文〕の三段落で構成される。例えば巻十九「青野原軍事」で、北畠顕家が奥羽宮方の大軍を率いて上洛して来た時、これを迎撃するために高師泰らの足利軍が近江と美濃の境にある黒地川を背にして陣を布いたことを記した後、

抑、自レ古至レ今マデ勇士猛将ノ陣ヲ取テ敵ヲ待ニハ、後ハ山ニヨリ、前ニハ水ヲ堺フ事ニテコソ有ニ、今大河ヲ後ニアテテ陣ヲ取ラレケル事ハ一ノ兵法ナルベシ。（西源院本。以下特に注記しない時は同じ）

と主題を提示し、次に「昔、漢高祖与二楚項羽一天下ヲ争テ八ケ年ガ間、……」以下、韓信の嚢砂背水の兵法を語り、後文で故事と事件とを結び付けて、

サレバ今、師泰師冬頼春ガ敵ヲ大勢也ト聞テ、態ト水沢ヲ後ニ成テ、関藤川ニ陣ヲ取ケルモ、士卒ノ心ヲ一ニシテ、韓信ガ謀ヲ二タビシメス者ナルベシ。

と結論する類である。これに属するのは次の十二話であるが、(1)～(9)は「抑」、(10)以下は「夫」の発語で始まっている。

(1)　紀信、高祖の身代り（巻二、尹大納言師賢卿替二主上一山門登山事）

(2) 呉越の合戦（巻四、呉越闘事）
(3) 驪姫、申生を讒す（巻十二、驪姫事）
(4) 眉間尺・燕丹・荊軻の復讐（巻十三、干将鏌鋣事）
(5) 程嬰・杵臼の節義（巻十八、程嬰杵臼事）
(6) 嚢砂背水の兵法（巻十九、嚢砂背水事）
(7) 秦の繆公の寛仁と兵の報恩（巻廿六、秦穆公事）
(8) 曹娥・精衛の孝養（巻卅四、曹娥事・精衛事）
(9) 玄宗、安祿山の乱（巻卅七、楊貴妃事）
(10) 犬戎国（巻廿三、畑六郎左衛門時能事付戎王事）
(11) 廉頗と藺相如（巻廿七、廉頗藺相如事）
(12) 高祖・項羽、義帝を立てること（巻卅七、可レ立二大将一法事・漢楚立二義帝一事）

(1)は南都に潜幸する後醍醐帝に代って、師賢が叡山に登った計略についての解説であるが、末尾を、

今主上懸リシ佳例ヲ思召シ、師賢モ加様之忠節ヲ存ゼラレケルニヤ、彼ハ敵ノ囲ヲ解カンガ為ニ詐、是ハ敵ノ兵ヲ遮ラン為ニ謀ル、和漢時異ナレドモ、君臣体ヲ合タル謀、誠ニ千載一遇之忠貞、頃刻変化之智謀也。

と結んでいる。これは『平家物語』に多い類似説話の対照法に用いる結句の典型的な形であるが、『太平記』の中で、豊かな叙述を伴う説話の後に、このような結句を付けるのはこれ一例しかない。そして、この場合にしても故事の前に、「抑今度主上誠ニ山門ヘ臨幸ナラザルニ依テ、大衆之心忽ニ変ジテ一旦事ナラズト云共、倩事之様ヲ案ズルニ、是叡智ノ不レ浅処ニ出タリ」と前文を置いて、単なる類似説話の対照ではなく、動機や意図を批評的に解説しようとする作者の態度を強く示している。(1)(2)(3)(4)(5)(6)(7)(9)は、いずれも同趣である。ただ、(2)は児島高徳の桜樹の詩に関

するものであるが、西源院本（刀江書院）に「抑此詩讒ニ両句十字之内ナリト二云ヘ共、其意《ノ》浅《ロ》ニ非ズ」とある前文が、古活字本（岩波日本古典文学大系）では「抑此詩ノ心ハ」と簡略化され、詩句の解説という性格が強まっている。(3)は、准后（藤原廉子）の政治容喙を批判するための例証なのであるが、前文に「抑宮ノ被レ遊タル奏状ニ、申生死晉国傾ト被レ遊事、誠ニ銘肝哀ニ覚タリ、其故ハ孝子其父ニ誠有ト二云共、継母其子ヲ讒スル時ハ国ヲ傾ケ家ヲ失事古ヨリ其類多シ」とあって、奏状の中に「申生死晉国傾」と記した大塔宮の意中を解説する形である。ところが、古活字本では「抑…其故ハ」の部分を欠き、類似説話の対照という形となる。ただし、後文における政治批判は両者共通である。(8)(11)(12)の三例はいずれも、誤った政策や人物の非理の行為を批判するための反証として引いたものである。特殊なのは(10)だけで、畑六郎左衛門が偵察に使う犬獅子という奇犬に関連して犬戎国の例を挙げるのであるが、「夫レ犬ハ以《テ》二守禦《ヲ》一養レ人《ニ》ト二云ヘリ、誠ニ心ナキ禽獣モ恩ヲ報ジ徳ヲ酬ヘル心アルニヤ」という前文のみがあって、後文がない。古活字本では「以《テ》レ彼《ヲ》思《フニ》レ之《ヲ》、此犬獅子ガ行ヲモ珍シカラズトゾ申ケル」と後文を補い、前後の文にも手を加えて文脈の整合を図っているが、神田本（国書刊行会）や西源院本では、文脈を断ち切って説話の挿入された痕跡が窺われる。

(B)　特殊な引用形態の説話

(13)　項羽と虞美人（巻九、同六波羅落事）

(14)　宋元の合戦（巻卅八、太元軍事）

前者は、尊氏の攻略で京を落ちる六波羅探題仲時が妻との別離を歎く場面に、その悲哀の情趣を盛り上げるために引いたもので、記事から故事に直結し、しかも、最後を「〔項羽が〕遂ニ烏江ノ辺ニテ自害シタリシモ角ヤト思知レタリト涙ヲ落サヌ武士ハナシ」と結ぶ、比較修辞法である。題目的引用や概容略記の引用には多く見られるが、説話的叙述をこのように結ぶのは一例だけで、しかも、この説話は、天正本系統には見えないものである。後者は、章段全体が宮方の期待を一身に負いながら、武勇のみで智謀に欠けるために無為に討死した細川清氏を批判する評論文で、先ず、(a)『論語』（述而）の暴勇を否定する孔子の言を引き、(b)「サレバ古モ今モ」武将は智勇兼備であるべきだと一般論を述べ、(c)元が宋を滅したのも西蕃の帝師の智謀によると故事の概容を提示し、(d)故事を詳述して、(e)故事の要点を再叙（(c)に類似）し、最後に(f)清氏の暴勇を批判するという形である。〔(a)・(b)〕〔(c)・(d)・(e)〕〔(f)〕と三段構成であることは同じであるが、発語がなくて格言から始まること、故事の概容を略記する(c)と(e)が長大な説話叙述(d)の前後にあること、故事が「昔」でなく、「其草創之ヨレル所ヲ尋レバ」（(d)の発端）で始まることなど、他の例と非常に異なっている。その他、短小なものであるが、時世相を批判するために用いた百里奚・管夷吾の故事（巻卅九、大内介降参事）、屈原の故事（巻卅九、幷道朝没落事）など、特異な引用形態のものが巻卅八以後に集中しているのは、『太平記』の成立過程を考える上で注目に価する。

Ⅱ　作中人物によって引用された説話

作中人物の引用する故事が、おおむね自説を主張するための引証であるという点は、『平家物語』も『太平記』も変わりがない。ただ、『太平記』の場合は長大な説話が多いという点で『平家物語』と異なる。しかも二例を除いては、その話し手は固有名詞で示されている。

(C)「前文〔結論の提示〕・故事の叙述・後文〔結論の再叙〕」の三段構成を有する説話

(15) 武信君項梁の驕り（巻十、大田和属二源氏一事）

(16) 周の穆王の八駿（巻十三、天馬事）

(17) 漢の武帝・後漢の光武帝と駿馬、周の穆王八駿（巻十三、天馬事）

(18)　玉樹三女の曲（巻十三、北山殿御隠謀事）
(19)　諸葛孔明（巻廿、斎藤七郎入道々猷占㆓義貞夢㆒事附孔明仲達事）
(20)　殷の帝太戊、桑穀の出現（巻卅、住吉松折事）
(21)　許由・巣父、虞舜の至孝（巻卅三、許由巣父事同虞舜孝行事）
(22)　後漢の光武帝、槐樹の倒立（巻卅四、住吉楠折事）
(23)　王陵の母の自害（巻十、鎌倉中合戦事）

(15)〜(22)の八話はいずれも是非吉凶の判断や事の成否を予断するもので、すべて結論を提示する前文の後に「其故ハ」として故事を導いている（ただし、(20)は神田本・西源院本には「其故ハ」がない）。(23)は、武士の妻たるものの理念を前文で提示し、「サレバ」として故事を引き、後文で結論を再叙して自己の決意を述べる形で、弘演の故事（巻四、和田備後三郎落書事）は短小ながら、これと同形である。また、田光の故事（巻十、鎌倉中合戦事）も短いものであるが、(a)決意、(b)理由、(c)故事、(d)決意、という起承転結型の構成をとっていて、この(C)の形式に近い。

(24)　孫武、呉王の美姫を斬ること。秦の繆公、敗将を罰しなかったこと（巻廿三、孫武事・立将兵法事）

　これは、洞院実世が敗軍の将脇屋義助に褒賞を与えた南朝の政道を非難したのに対する四条隆資の反論で、先ず(a)義助の敗戦は勅裁が将の威を軽んじたためだと結論を提示し、次に(b)孫武が将の威厳を示すために呉王の寵姫を斬った故事を挙げ、(c)「サレバ」として『六韜』（龍韜、立将篇）の長文を引いて立将の法の理念を掲げ、(d)義助の敗戦は勅裁の非理にあるとして褒賞の妥当なることを結論し、最後に(e)秦の繆公が敗れて還った三将を咎めずに元の官祿に復した故事（簡略）を挙げて結ぶという形である。ただし、玄玖本等には(e)がない。(C)型の変形と見るべきであろう。

　以上の十話のうち、特に(17)〔万里小路藤房〕、(20)〔伊達三位有雅〕、(21)〔遊和軒朴翁〕、(22)〔大塔忠雲僧正〕、(24)〔四条隆資〕の五話は、いずれも『太平記』作者の思想の代弁者による、儒教的政道観に立脚した政治批判のための引証なのである。否定されるべく(17)に対置された(16)の論者と、(24)で反駁された論者とが、いずれも才学優長を誇る洞院家の公賢・実世である点は興味深い。

(D)　先ず故事を挙げ、それを例証として是非の判断を下す形式

(25)　秦の始皇と趙高（巻廿七、始皇求二蓬莱一事付秦趙高事）

(26)　漢楚の合戦（巻廿八、漢楚戦之事）

(27)　殷の紂王と妲己（巻卅、殷紂王事并太公望事）

この三話はいずれも観応の擾乱に関わるもので、(25)は妙吉侍者が足利直義に高師直兄弟を讒することば、(26)は直義の南朝降参に際し、彼を誅すべしとする洞院実世と、これを受理すべしとする二条師基との対立意見を、戦略的な虚偽の和睦において統一しようとする北畠親房のことば、(27)は直義に向かって尊氏・義詮を討伐することの正当性を説く藤原有範のことばである。いずれも長大な説話である。尊氏・師直を繋ぐ政権の主流を打倒すべしと直義に勧める讒言や慫慂であったり、対立意見の調整であったりするところから、最初に結論を提示するのを避けて、先ず故事を語っているのであろう。『太平記』作者は、この三人の所論を更に批判する立場に立っている。

(28)　周の大王の善政、玄宗と史官（巻卅五、并北野参詣人政道雑談事）

これは、いわゆる「北野通夜物語」の中で宮方批判者として登場する雲客が、南朝の君主を批判するために周の大王の故事を、また君側の臣を批判するために死を恐れずに玄宗の非を記録した史官の故事を反証として挙げたもの。『太平記』作者の思想の代弁である。鼎談の形であるから会話の発端に受け応えのことばが入るが、それを除くと、(D)型に属する。

(E) その他の形式による引用

(29) 李広、陣中の女を斬ること（巻卅八、漢李将軍截レ女事）

(30) 邯鄲の枕（巻廿六、黄粱夢事）

(31) 摩騰と道士の宗論（巻廿五、天竜寺事）

右の三話のうち、(29)は軍船に傾城を乗せて下向する尾張氏経を非難する「チトコザカシゲナル遁世者」が引くもの。「北野通夜物語」を除けば、論者が固有名詞でないこと、およびその引用形態が地の文に引かれた説話の(A)型と全く同じであるという特殊例である。(30)は、円成阿闍梨が伊勢の海から宝剣を得、また直義の見た宝剣進献の瑞夢を卜部兼員が記録し、剣と記録とを日野資明を経て北朝の上皇に提出したことに関し、資明のライバルである坊城経顕が院参して進諫することばの中に、夢の信ずべからざることの例証として引かれたもの。「若又直義ガ夢ヲ以、御信用有ベキニテ候ハバ、世間ニ定相ナキ事ハ夢幻ト申候ハズヤ、サレバ聖人ニ無レ夢トハ爰ヲ以テ申ニテ候」という前文があるが、後文はない。(31)は天龍寺供養に上皇の臨幸するのを阻止しようとする山門の奏状に関する僉議の場で、禅宗を擁護する坊城経顕と山門を弁護する日野資明との対立意見に対し、三条通冬が宗論をさせて是非の決着を付けるのがよいと数々の先規を引いて主張した中に見えるものである。

以上、『太平記』における中国故事引用の形態を見て来たわけであるが、(A)型と(C)型に多く集まっており、引用の場所が地の文と作中人物のことばとの相異はあっても、両者は本質的には同じもので、『太平記』作者の歴史把握の拠り所として引かれたものが多いということが指摘できよう。歴史事象を記述して行く文脈を第一次的文脈とすると、それからは離れている評論文や作中人物の評論などの第二次的文脈の中では、然るべき位置に安定しているのである。従って、挿入説話が夾雑物であるか否かの問題ではなく、それを含む評論が「歴史語り」の精神と背反するか否かの問題となるわけである。見果てもつかぬ内乱の渦中にあって、歴史を記述して行かねばならなかった『太平記』作者にとって、また、伝統的な教養に培われた作者にとって、これは歴史を認識する唯一の方法であったと思われる。挿入説話が多いという点では、『太平記』は『源平盛衰記』など増補系『平家物語』を継承するものではあるが、その引用形態と、従ってその挿入説話の役割の上には、一つの飛躍的な発展が認められるのである。

ただし、『太平記』作者が独自の説話引用形態を確立したのは、かなり後のことに属する。いわゆる第一部・第二部の時期においては、まだまだ『平家物語』的手法に負うているところが多い。この点の詳察は省略に従うが、結論的に言えば、後醍醐帝の崩後、時代の局面が足利氏の内訌時代に入ってからのことであると思われる。南北両朝の勢力均衡が崩れて、一旦治まりかけた内乱が、別な様相を呈して再燃した時、作者の「探テ二古今之変化ヲ一、察ル二安危之所（二脱）由ヲ一」（巻一、序）という歴史把握の方法が最も切実に自覚されたにちがいない。『太平記』の冒頭にある「今至マデ卅余年、一人トシテ、未レ得レ富二春秋一」の「卅余年」が、『銘肝腑鈔』所引断簡や天文本のごとく「廿余年」を本来の形とするものであったとしても、巻一の発端部が、観応の擾乱から尊氏没後の頃にかけて手を加えられたと見ることを妨げない。伝統的な教養に培われた作者自身の王道的歴史観と、現実の歴史の動向との矛盾相剋が、作者に歴史把握の方法を自覚化させ、それが、独自的な引用形態の確立となって現れたと考えられる。(5)

注

（1）金刀本は院の御所を守る為朝の勇姿を描くのに使っているが、半井本は義朝が御所へ攻め入ろうとするのを配下の兵が制止する様子を描くのに用いている。

（2）釜田喜三郎氏「流布本保元平治物語の成立」（『語文』第七輯、昭和27・11）、「更に流布本保元平治物語の成立について補説す」（『神戸商船大学紀要　文科論集』第一号、昭和28・3）。

（3）高橋貞一氏「壒囊鈔と流布本保元平治物語」（『国語国文』22—6、昭和28・6）

（4）補　『源平闘諍録』の成立に関する渥美かをる氏の、「現在増補系諸本中最古のものと見られ、作者として源光行説、成立年代はおよそ一二三〇頃と推定した」（『平家物語の基礎的研究』第三章第二節第一項、初版三省堂、昭和36・1、再版笠間書房、昭和53・7）という説は、その作者や成立年代はともかくとして、「増補系諸本中最古のもの」とする見方は一時期支配的であり、本稿もそれに拠っていた。その後、福田豊武氏（「『源平闘諍録』その千葉氏関係の説話を中心として」『東京工業大学人文論叢』、昭和50・12）や早川厚一氏（「『源平闘諍録』考――その成立をめぐって――」『名古屋大学国語国文学』38、昭和51・6）等による研究の進展によって、『源平闘諍録』を一元的に古態とする見方は否定されるようになった。早川氏は「その成立は、従来考えられていた程古くはなく、恐らく奥書に記された建武四年（一三三七）から余り隔たらない、早くても十四世紀初頭は遡らない頃だろうと考えている」（「『源平闘諍録』と『千学集抄』」『名古屋学院大学論集』人文・自然科学篇、23巻2号、昭和62・1）と説いている。

（5）補　初期軍記に属する『将門記』『陸奥話記』については本稿では触れなかったが、麻原美子氏は「軍記物語挿入説話の位相」（馬淵和夫博士退官記念『説話文学論集』、大修館書店、昭和56・7）で、『将門記』における挿入説話の形を詳しく分析している。氏は『将門記』の文体で注目される点として、「①修辞的意図による故事の題目的引用が目立つこと、②これらの故事には内容解説的注記が割注で示されているものがあること、③これらの故事は中国史書を中心としていて、④対句仕立で四六駢儷体文飾である」ということを指摘し、その具体例二十二条を列挙している。また、『陸奥話記』についても、故事の題目的引用が目につくけれども、「四六駢儷体からきた修辞的引用という特徴は認められず、殆どが会話中に引用されており、軍陣にあって事態を判断するにあたって先例を中国に求め、判断の基準としている形である。これは一種の言説の権威づけであり、一つの新しい故事引用の形といえよう」と述べている。

第二節　保元・平治物語と漢詩文

1　保元物語における中国故事と漢詩句

一　はじめに

『保元物語』と漢詩文との関係は、『平家物語』や『太平記』の場合に比べてそんなに濃密ではない。それはこの作品が僅か三巻から成っているという量の相異に基づくだけでなく、その関係の質においてもまた、『平家物語』『太平記』は勿論、『将門記』や『陸奥話記』よりもなお稀薄であると言わねばならない。

『保元物語』と漢詩文との関係の質や量は、その諸本によって異なりがあり、そこにおのずから諸本それぞれの性格の相異が極めて興味深く表れている。例えば、保元元年（一一五六）七月十日の崇徳院方の軍評定に父為義の推挙によって召された為朝の堂々たる偉丈夫ぶりを描いた後、「ソラヲカケリ地ヲ走ル物、目ヲ懸ツルニ射トメズト云事無。将門ニモ勝レ、純友ニモ超タリ」（半井本）のごとく、古今の勇将や鬼神との簡潔な比較を積み重ねて為朝の勇姿をいっそう強調しているくだりがあるが、そこで比較の対象として取り上げられている人物や鬼神の顔ぶれには、諸本によって次のような異なりがある。

半井本　…………役病神・将門・純友・東八毘沙門

金刀比羅神宮本 … 刀八毘沙門・悪鬼・行厄神・将門・純友・貞任・宗任・田村・利仁・頼光・保昌・
強楚（項羽）・養由・張良・紀信
古活字本 ………… 樊噲・張良・呉子・孫子・養由

即ち、先ず、半井本には鬼神とわが国の武将だけが登場しているのに対して、古活字本では中国史伝の英雄だけが名を連ねているという際やかな対照が見られ、次には、金刀比羅神宮本（以下、金刀本と略す）がその両者の傾向を含んでいる上に、さらに多くの人物が加わっていて、その文飾の豊かさが予想されるということである。概して言えば、この為朝像の描き方に見られる諸本の相異は、諸本それぞれの性格の相異を端的に示しているのである。

『保元物語』と漢詩文との関係を、(1)中国故事の挿入、(2)漢詩句の引用、(3)漢語章句の引用、の三種に分けて検討したいのであるが、(3)は項を改めて考察することとし、本項では(1)と(2)に絞り、その詳察を通して諸本それぞれの性格を窺ってみようと思う。

なお、考察の対象とする諸本は、この作品の本文研究上重要な三系統をそれぞれ代表しうるものとして、かつ利用上の便益から、半井本・金刀本・古活字本の三本を選ぶことにした[1]。

二　中国故事の挿入

一般に故事の引用方法には、単に故事の題目だけを引く場合と、故事内容を具体的に叙述する場合とがある。先ず、『保元物語』における中国故事の題目的引用としては、次の六例が数えられる。

(1)「是ハ漢王ノ紀信将軍ヲ軍車〔革〕ニ乗セテ、敵ノ陣ノ前ヲ渡タル計事トゾ覚タリ」（半本二一頁）。「漢の紀臣〔信〕が葦〔革〕車に乗（っ）て敵陣へ入《り》たりし心には似もにざりけりとぞ人々申《し》ける」（活本三五四頁）。〔金本は説話的叙述を伴う〕

(2)「彼樊會〔噲〕が鴻門に入《いり》、紀信が鶏林を破《やぶり》しも是迄はとぞおぼえける」（金本一一七頁）。（半本は樊噲についての説話的叙述を伴う）

(3)「但倩思ニ、漢ノ高祖ハ三尺ノ剣ヲ提テ天下ヲ治シカ共、淮南ノ黥布ヲ打シ時ニ流矢ニ当テ命ヲ失フ。何事モ前業ノ果ス所也」（半本六六頁。金本一三二頁。活本三七二頁）

(4)「悲哉、蘇武ガ胡国ヘ超〔赴〕シモ二度漢宮万里ノ月ニ来キ。阮君ガ仙洞ニ入シモ又秦室七世ノ風ニ帰キ。左府ハ一度行テ後、何時ニカ可レ来」（半本六七頁、活本三七三頁）。「蘇武が胡国に没せ〔マヽ〕し、終に漢帝の龍顔を拝せず〔マヽ〕。劉沅〔阮〕が仙家に入《いり》し、なを七世の玄孫をあひみたりき。栖《すみか》を他郷に隔《へだつ》といへ共、命あればみなめぐりあふ事を得たり」（金本一三二頁）

(5)「漢ノ孝陽〔宣〕皇帝モ林子〔禁獄〕ニ獄サ〔セ〕ラレテ有リ然共、獄中ヨリ出テ位ニ付タリシ也。我朝ニハ右大臣豊成ハ太宰権帥ニ移サレタリシカ共、則帰京ヲ免テ二度丞相ノ位ニ昇リタリシ也。カヽル様共モ有ゾカシ」（半本九〇頁、金本一六六頁、活本三八七頁）

(6)「遠ク異朝ヲ訪ヘバ、昌邑王賀ハ本国ヘ帰リ　玄宗皇帝ハ蜀山ヘ移ツサレキ。近ク我朝ヲ尋バ、安孝〔康〕天皇ハ継子ニ殺サレ、崇峻天皇ハ逆臣ニ侵レキ。十善ノ君、万乗ノ主ナレ共、前世ノ宿業ハ猶免ルヽ事ナカリケルニヤトゾ人申ケル」（半本九七頁、金本一七六頁、活本三八八頁）

このような題目的引用の場合には直接の典拠をそれと指すことは不可能であるから、一応これらの故事の原拠を挙げて置くにとどめたい。(1)の紀信の故事と(2)の樊噲の故事は『史記』の「項羽本紀」に見える。[2] (3)の高祖の記事は『史記』の「高祖本紀」に「高祖撃レ布時。為二流矢所一レ中。（中略）曰。吾以二布衣一提二三尺剣一取二天下一。此非二天命一乎。命乃在レ天。」（『漢書』「高帝紀」もほぼ同文）とある。[3] (4)の蘇武の事蹟は『漢書』の「蘇武伝」に詳しい。ただし、半井本・古活字本は『和漢朗詠集』の「漢宮万里月前腸」（巻下、王昭君。大江朝綱「王昭君」）の詩句を、また金刀本はこれまた朗詠詩句「漢帝龍顔迷二処所一」（巻下、雲。大江以言「秋天無二片雲一」）、乃至「暮年初謁二漢龍顔一」（巻下、紀長谷雄「賦二叔孫通一」）の詩句を利用している。また、劉晨・阮肇の故事は『幽明録』（『太平御覧』所引）や『続斉諧記』（『蒙求』『世俗諺文』『和漢朗詠集私注』等所引）に見えているが、金刀本の場合はやはり朗詠詩句「謬入二仙家一雖レ為二半日之客一、恐帰二旧里一纔逢二七世之孫一」（巻下、仙家。大江朝綱「花乱二舞衣一序」）を利用している。[4] (5)の孝宣帝の記事は『漢書』の「宣帝紀」に見える。半井本は「漢ノ孝陽帝」、金刀本は「後漢孝哀帝」と、いずれも誤りを犯している。(6)の昌邑王賀（昌邑哀王の子）の事は『漢書』の「昌邑哀王伝」に見え、玄宗皇帝の事は勿論『長恨歌』でよく知られている。[5]

故事の原拠は大体以上のとおりであるが、これらの故事は、例えば『蒙求』の、(1)「紀信詐帝」、(2)「樊噲排闥」、(4)「蘇武持節」「劉阮天台」、(5)「丙吉牛喘」、などによっても知りうるし、[6]『和漢朗詠集』の注（例えば信教得業覚明の『私注』）などからも(2)樊噲、(3)漢高祖、(4)蘇武・劉阮の故事は知りえよう。必ずしも原典に当たらなくても、そうした啓蒙書や注釈書の類を通して獲得できたはずの知識であり、それだけに口承の世界でも流布していた故事であったにちがいない。興味深いことは、上掲の諸例は(2)を除けばすべて三本に共通して存在しているということである。『保元物語』の形成過程における比較的早い時期からこれらの中国故事の題目的引用は存在していたということ、そして、その後この種の故事の引用は増加することがなかったということが知られるのである。

『保元物語』の中で中国故事の説話的叙述の見られるのは、僅かに次の三例にとどまる。

(A)紀信が漢の高祖の身代りとなる話（金本七八頁）

(B)樊噲が鴻門の会で項羽の宮中に推して入る話（半本三六頁）

(C)無塩君が斉の宣帝を諌める話（活本三九〇頁）

しかも、これはおのおの一本にのみ存在していて、二本以上に共通するものはないということが注目される。即ち、ごく初期の『保元物語』にはこの種の説話挿入はなかったであろうということ、また(A)と(B)とはそれぞれ前記の題目的引用(1)と(2)とから発展したものであろうということが推測されるのである。(C)の無塩君説話は旧稿(7)でも触れたように『壒嚢鈔』(巻十六)から、説話だけでなく、その前後に付随するところの后妃の政治容喙についての批判をも併せ引いて、保元の乱に対する評論としたものである。さて、本稿では、(A)の紀信説話を取り上げて詳しく検討してみたい。

保元元年七月二日に鳥羽法皇が崩じて(『百錬抄』)、その僅か七日の後、同月九日の夜半に崇徳院は鳥羽の田中御所から密かに白河前斎院御所に遷った(『兵範記』)。宇治に在った左大臣頼長はその由を聞いて、後白河天皇方の安藝判官基盛が固めている宇治路を避けて遠く醍醐路に迂回して白河殿に参向したのであるが、その時のありさまを半井本(二二頁)は、次のように記している。

左大臣ハ宇治ヨリ御輿ニテ、忍テ醍醐通テ、白川殿へ参ラセ給ヌ。左府ノ御車ニハ、菅給料盛宣〔登〕ト山城前司重綱ト二人ヲ被レ乗、左大臣忍タル御アリキノ体ニテ、木幡山ヲ通リ、六波羅ヲ経テ白川殿へ遣入ケリ。是ハ漢王ノ紀信将軍ヲ軍〔革〕車ニ乗セテ、敵ノ陣ノ前ヲ渡タル計事トゾ覚タリ。サレ共、盛宣〔登〕・重綱ガ心ハ彼ニハ（似）ズヤ有ケン、「穴ヲソロシ。鬼ノウチカヒニ成タリツル我等哉」トテ、ワナ、キ〱ナヒテゾヲリタリケル。

右の記事は、

ⓐ登宣・重綱の二人が頼長の身代りとなってその車に乗り、敵陣の前を通ったこと
ⓑ白河殿に到着した二人は「あな恐ろし。鬼の打飼になつたりつる云々」と言って、わななきながら下車したこと
ⓒ漢の紀信が高祖の身代りになった故事

の三要素から成っており、その点では金刀本や古活字本とも異なるところがない。ところが、半井本は上のごとくⓒの故事をⓐとⓑの中間に挟むことによって、一方では才学優長の頼長の計略を解説し、他方では登宣・重綱の臆病さ

を批判しているのであるが、古活字本では、

（上略）重綱・業〔登〕宣、白川殿に参着して、「あなおそろし。鬼の打飼《うちかひ》に成《り》たりつる」とて、わななひてぞおりたりける。「漢の紀臣〔信〕が葦〔革〕車に乗（っ）て、敵陣へ入《り》たりし心には似もにざりけり」とぞ人々申《し》ける。（三五四頁）

のごとく、ⓒの故事を最後へ廻して、もっぱら登宣・重綱の怯懦に対する世人の批判としてのみ用いて、頼長の才智を好意的に認めようとする態度は取らないのである。この両本に対して、金刀本では次のようになっている。

我身《わがみ》（左府頼長）はあやしげなるはりごしにやつれ給て、醍醐路よりしのび〳〵にまいる。御車には菅給料登宣・山城前司重綱二人をのせて、左大臣殿の御所へまいらせ給ふよしをのゝしりて、六はらのまへをやりとをす。兵共是をみて、左大臣殿の御とをりのよし、内裏へつげ申て、車をさへける。信西此ことを心得て、「左府ののらせ給たるにてはよもあらじ。たゞとほすべし」とてとをしけり。むかし漢高祖と項羽と合戦せしに、高祖のいくさやぶれてあやうかりける時にのぞみて、紀信といふ兵を高祖の車にのせて、項羽のぢんのまへをやりとをす時に、高祖はひそかにのがれさりぬ。爰に項羽の兵ども、高祖の車とてをしとゞむ。されども紀信一人のつたりける。此紀信と申は、天下にすぐれたる兵なりければ　項羽是を害せん事を惜み、「汝われにしたがへ。助べし」といふ。紀信あざわらっていふ。「忠臣とは二〔衍カ〕君につかへず。なんぞ項羽が奴とならんや」といふ。項羽いかりをなして紀信をころせりといへり。左府もこの例を思召出されけるや。信西も又このことを思ひあはせけるにこそ。いづれもゆゝしく聞えし。され共、登宣・重綱は紀信が心にはにず、白河殿へまいりて、「あなおそろし。鬼のうちかへにこそなりつれや」とて、わなゝく〳〵車のうちよりくづれおつ。（七八頁）

前記の三要素のうち、特にこの記事の本体であるⓐⓑは半井本・古活字本と何ら異なるところがなく、付加的なⓒの故事の関わり方も半井本と同様であるが、その故事の内容が敷衍されていることと、傍線部のごとく頼長のみならず信西の才学をも称揚しようとする意図の加わっているところに金刀本の特徴がある。信西に関する記事の増加は『保

元物語』『平治物語』に通ずる成長の一方向であったと思われるのであるが、これもその一例とすべきものであろう。

ところで、この紀信の故事の原拠は、前述のごとく『史記』の「項羽本紀」である。「高祖本紀」にも『漢書』の「高帝紀」にも記されており、『蒙求』（「紀信詐帝」）や『祖庭事苑』（「紀信詐降」）にも採られている。いずれも大差はないが、『蒙求』の注や『祖庭事苑』が拠っていると思われる『漢書』の記事を掲げよう。

夏四月。項羽囲二漢滎陽一。漢王請レ和。割二滎陽一以西者為レ漢。亜父（范増）勧二項羽一急攻二滎陽一。漢王患レ之。陳平反間既行。羽果疑二亜父一。亜父大怒而去。発レ病死。五月。将軍紀信曰「事急矣。臣請誑レ楚。可二以間出一。」於レ是陳平夜出二女子東門一二千余人。楚因四面撃レ之。紀信乃乗二王車一。黄屋左纛。曰「食尽。漢王降レ楚。」楚皆呼二万歳一。之二城東一観。以レ故漢王得下与二数十騎一出二西門一遁上。令三御史大夫周苛・魏豹・樅公守二滎陽一。羽見二紀信一問二漢王安在一。曰「已出去矣。」羽焼二殺信一。（和刻本正史『漢書』）

右の記述と『保元物語』（金刀本）の叙述とを比較して目立つ相異点は、紀信と項羽の対話の内容である。即ち、『漢書』では、項羽が「漢王は安《いづこ》にか在る」と問い、紀信が「已に出でて去れり」と答えただけの簡単な対話に過ぎないのに対して、『保元物語』では、項羽が「汝われにしたがへ。助べし」と臣従を勧め、紀信が「忠臣とは二〔衍カ〕君につかへず。なんぞ項羽が奴とならんや」と言って拒絶したことになっているのである。ここで思い出されるのが周苛の故事である。高祖が脱出した後の滎陽を守った周苛は、落城とともに遂に生捕られ、項羽の「我が将と為れ。我、公《なんぢ》を以て上将軍と為し、三万戸に封ぜん」という勧誘を拒絶して「若《なんぢ》趣《すみや》かに漢に降らずは漢今《やがて》若《なんぢ》を虜にせん。若《なんぢ》は漢の敵に非ざるなり」と罵り返して烹殺されている。『漢書』の「高帝紀」では少し離れて記されている紀信の故事と周苛の記事は、『史記』の「項羽本紀」では、左に掲げる本文に明らかなように、傍線を付した僅か一文を挟むだけで相接しているのである。

漢将紀信説二漢王一曰、「事已急矣、請為レ王誑レ楚為レ王、王可二以間出一。」於レ是、漢王夜出二女子滎陽東門一。被レ甲

二千人、楚兵四面撃レ之。紀信乗二黄屋車一傅二左纛一、曰、「城中食尽、漢王降レ楚。」軍皆呼二万歳一。漢王亦与二数十騎一従二城西門一出、走二成皐一。項王見二紀信一、問二漢王安住一。信曰、「漢王已出矣。」項王焼二殺紀信一。漢王使二御史大夫周苛・樅公・魏豹守二滎陽一。周苛・樅公謀曰、「反国之王難二与守一レ城。」乃共殺二魏豹一。楚下二滎陽城一、生二取周苛一。項王謂二周苛一曰、「為二我将一、我以レ公為二上将軍一、封二三万戸一。」周苛罵曰、「若不二趣降一レ漢、漢今虜レ若、若非二漢敵一也。」項王怒、烹二周苛一。并殺二樅公一。（和刻本正史『史記』）

一命を賭して高祖の危地を救った紀信と周苛の忠節を叙した、この一続きの記事における紀信・項羽の対話と、周苛・項羽の対話とを交換することで、紀信の英雄像をいっそう豊かならしめようと試みたのであろう。仮にそれが無自覚な混同だったのだとしても、そのような紀信像造型の欲求に変わりはない。ところが、このように周苛の故事と融合させ、かつ「忠臣不レ事二二君一。（貞女不レ更二二夫一。）」（『史記』「田単伝」。『管蠡抄』『玉函要文』『明文抄』等にも採録）という成句まで裁ち入れて構成された紀信説話は、『蒙求和歌』（第十一）と『源平盛衰記』（巻二十）にも見られるのである。両書所載のこの説話の後半部を対照させると、次のようになる。

『蒙求和歌』	『源平盛衰記』
（上略）革車スデニチカヅキキタレリ。高祖ニハアラズシテ紀信ナリケリ。項羽ソノ心ヲホメテ、「ナムヂヲワガカタノ将トセム」トイフニ、紀信ガ云ク、「忠臣ハ不レ事二二主一、勇士ハ不レ得二諂言一、汝マサニ漢ニ降ゼヨ」ト云ニ、項羽イカリテ紀信ヲコロサムトスルニ、クユル心ナシ。ミヲマカセテヤキコロサレヌ。（続群書類従本）	（上略）革車を囲て是を搦見れば、高祖には非ず、紀信と云者なり。項羽是を捕て「随レ我降人にならば赦さん」と云ければ、「忠臣は不レ仕二二主一、男子不レ得二諂言一」云て従はざりければ、兵革車に火を付て、紀信をぞ焼死《やきころ》しける。（有朋堂文庫本）

右の『蒙求和歌』の本文に圏点をつけた部分は、『史記』の周苛の記事とほぼ合致している。また、両書本文の傍線部は『蒙求和歌』と『源平盛衰記』に共通し、黒圏部は『保元物語』とほぼ合致している叙述である。形の上では、『保元物語』は『源平盛衰記』を介して間接的に『蒙求和歌』と交渉をもっているという伝承過程を想定するのが自然であろうけれども、他の場合の推測も可能であるから、(8)断案は避けたい。

なお、この説話の前半部、即ち紀信が楚軍に捕らえられるまでの経緯は三者それぞれに異なっている。『蒙求和歌』は『漢書』の記述とさほど離れるものではないが、『保元物語』と『源平盛衰記』とは原話と違っている上に、相互にまた異なっており、『保元物語』が最も原話から遠い。『保元物語』(金刀本)には、「紀信といふ兵を高祖の車にのせて、項羽のぢんのまへをやりとをす時に」とあって、原話のごとく紀信自らが献策して高祖の身代りとなって楚に降るという形になっていないのは、これがもともと半井本の「漢王ノ紀信将軍ヲ軍車(革)ニ乗セテ、敵ノ陣ノ前ヲ渡タル」のごとき題目的引用を契機として説話化されたものだからにちがいないが、その契機となった故事題目自体がすでに、場面への適応という修辞上の要請から、故事の原形をたわめた形で引用されていたという点を見逃すわけにいかない。

三　漢詩句の引用

『保元物語』に引かれている漢詩句もそう多いとは言えない。「雲南万里の船路《ふなぢ》の波に御袖をひたさせ給はん事」(金本一六一頁)の「雲南万里」の語が、白居易詩句「五月万里雲南行」(「新豊折臂翁」)から出ているとしても、「雲南」「雲南万里」「雲南濾水」などの語はすでに、僻遠の地へ舟で赴く際の慣用的な表現になっていたと思われるので、果たして漢詩句引用の意識が作者にあったかどうかわからない。ここでは漢詩句を引用していることの明らかな例のみにとどめたい。

結論的に言うと、それらの大半は『和漢朗詠集』所収の詩句であって、しかもその殆どは金刀本にだけ引用されているという事実が指摘されるのである。実例を挙げよう。

(1)名をえたる月なれば、碧浪金波《へきらうきんば》三五の夕《ゆふべ》といひながら、折しも殊にすみのぼりけるは、彼秦甸《かのしんでん》の一千余里、漢家《かんか》の三十六宮《りつきう》をおぼしめしやらせ給ひ、（金本五五頁）

○「碧浪金波三五初。秋風計会似空虚」（巻上、十五夜。菅淳茂「月影満二秋池一詩」）

○「秦甸之一千余里。凜々氷鋪。漢家之三十六宮。澄々粉餝」（巻上、十五夜。公乗億「長安八月十五夜賦」）

(2)昇殿は是象外《しやうぐわい》の撰《えらび》也。俗骨《しよくこつ》もて蓬萊の雲をふむべからず。尚書《じやうじよ》は又天下望《てんかののぞみ》也。庸才《ようさい》もって台閣《たいかく》の月をよづべからずと聞えしかども、（金本九一頁）

○「昇殿是象外之選也。俗骨不可以踏蓬萊之雲。尚書亦天下之望也。庸才不可以攀台閣之月」（巻下、述懐。橘直幹「請レ被下特蒙二天恩一兼中任民部大輔闕上状」）

(3)むかしは四海安危は、掌《たなごゝろ》のうちにあきらかに、万国の理乱は、叡慮に任せまし〳〵、（金本一二七頁）

○「四海安危照掌内。百王理乱懸心中」（巻下、帝王。白楽天「百錬鏡」）

(4)昔は胡塞《こさい》万里の雲路《くもぢ》に鏡の影をかこちわび、燕子楼《えんしろう》の霜月《さうげつ》に夜々《よな〳〵》心を傷しむ。（金本一六〇頁）

○「身埋胡塞千里雪。眼尽巴山一点雲」（巻下、王昭君。源英明「王昭君」）[9]

○「燕子楼中霜月夜。秋来只為一人長」（巻上、秋夜。白楽天「燕子楼」）

(5)幽思不レ窮巷《きはまらちまたに》無レ人処、愁膓欲レ断《ほつすたゝんと》、閑窓有レ月時、月の出塩《でしほ》の波の音、孤客《こかく》の舟の棹の哥、いづくをそこともしらね共、（金本一七七頁）

○「幽思不窮。深巷無人之処。愁膓欲断。閑窓有月之時」（巻下、閑居。張読「閑賦」）

以上はすべて金刀本にのみ引用されている朗詠詩句である。

『朗詠集』には収められていないが、やはり金刀本にのみ見られる詩句に次の例がある。

⑹馬鬼《ばくわい》が野べ、鳥部山、東岱前後《とうだいぜんご》の夕《ゆふべ》の烟、北邙新旧《ほくばうしんきう》の朝《あした》の露、はかなき例《ためし》とその哀《あはれ》と聞置しは、舟岡山の事なりけり。（金本一五九頁）

これは白楽天が人生無常を嘆じた「対レ酒」詩の中の、「賢愚共零落。貴賤同埋没。東岱前後魂。北邙新旧骨」（『白氏文集』巻十）に基づくものであるが、原詩の「魂」「骨」の両字が『保元物語』ではそれぞれ「夕の烟」「朝の露」となっていることが注意される。勿論、漢詩句を引用する場合に、「徒為二東岱之暗魂。北邙之朽骨一」（兼明親王「供養自筆法華経願文」『本朝文粋』巻十三）のごとく部分的に措辞を変更するのはむしろ普通のことであるが、

○「君不レ見北邙暮雨。塁塁青冢色。又不レ見東郊秋風。歴歴白楊声。」（菅原文時「老閑行」『本朝文粋』巻十四。『新撰朗詠集』下、無常）

○愛別離苦悲交束〔東〕岱暮雲。憂悲苦悩歎□〔北芒〕荒朝露。」（『肝心集』別離部）

○「東岱之雲下遙送忍辱之厳親。北邙之煥中多拾慈悲白骨。」（『肝心集』別離事）

のごとく「暮雨」「暮雲」「朝露」などの変化例を見出すとなると、「雨」「雲」は「烟」にも通ずるから、「夕の烟」「朝の露」の対語を用いた『保元物語』との類似が思われて、典拠を白楽天の詩とするだけでは落ち着かなくなる。「煙」と「露」の対語を用いた先例としては、恵心僧都撰の『二十五三昧式』とそれを簡約化した『六道講式』がある。

○「東岱前後之煙。即是朝昵夕語之輩也。北邙新旧之露。寧非二遠聞近見之人一乎」（『二十五三昧式』。『六道講式』は末尾の「乎」を「耶」に作る。）

そして、これが和讃や宴曲に受け継がれる。

○「東岱前後ノユフケブリ、キノフモタナビキケフモタツ。北邙朝暮ノクサノツユ、オクレサキダツタメシアリ」（『浄業和讃』「無常讃」）

○「東岱前後の煙は、山の霞と立ちのぼり、朝市の栄華は忽に、日夕の露とあらそふ」（『真曲抄』「無常」）

こうした状況から[10]、『保元物語』に引用されたこの詩句は『白氏文集』からの直接移入ではなく、唱導表白類を通過して来たものと考えねばなるまい。これに類した例で金刀本以外にも見られるものに、次の例がある。

(7)「碧玉の床上《とこのうへ》には、ふるき御ふすまを空しく残し、さんごのまくらの下には、むかしを恋る御なみだいたづらにつもり、ともしびのもとにはともなうかげもましまさねば」（金本六一頁）

これは大江朝綱の願文の中の詞句、

○「翡翠簾前。花枝添㆓恋㆑古之色㆒。珊瑚床下。鏡匣遺㆓染㆑涙之塵㆒」（「村上天皇為㆓母后四十九日㆒御願文」『本朝文粋』巻十四）

○「独作㆓燈下伴㆑影之身㆒。猶添㆓窓中恋㆑古之恨㆒。鴛鴦衾空。向㆓旧枕㆒而湿㆑袂」（「重明親王為㆓室家四十九日㆒願文」『本朝文粋』巻十四）

と不即不離に結ばれている。『和漢朗詠集』や『新撰朗詠集』には願文から摘句されたものも収められており、また祭文・表白・願文・諷誦文に朗詠詩句の引用されている例はさらに多い。前記(1)〜(5)の朗詠詩句がすべて広義の唱導文藝を通過して『保元物語』（金刀本）に流れ入ったとは断じられないが、表白・願文等で駆使された属文の方法が軍記物語の文体形成に培っている点は認められなければならない。勿論、純漢文体の硬さと和漢混淆文体の柔らかさという視覚的なイメージの違いは、朗誦された訓読体を介在させることによってかなりに近づきうるはずであるとしても、それでもなお『保元物語』に引用された詩句が耳遠い語句を避けて、いっそう平明に和らげられている点を見逃してはならず、そこに願文類を草した漢詩人たちと『保元物語』作者との間に明確な一線が画されていよう。次に掲

げる讃岐における崇徳院の述懐にも、そのような例を見ることができる。(8)

半井本・（古活字本）	金刀本
（ナシ）春ハ花ノ遊ヲ事トシ、秋ハ月ノ前ニシテ、秋ノ宴ヲ専ニス。或ハ金谷ノ花ヲ翫、或ハ南楼ノ月・詠メテ（に吟じ）・・・（すでに）卅八年ヲ送レリ。過ニシ事（かた）ヲ思バ、昨日ノ夢ノ如シ。何ナル罪ノ報（前世の宿業）ニテ・遠キ嶋ニ被レ放テ（か）（ナシ）、カヽル住ヲスラム（なげきにしづむらん。）。（たとひ）・・・馬ニ角生（ナシ）、烏ノ頭ノ（ナシ）白ナラム事モ難ケレバ（るとも）、帰ル（京の期）ベキ其年月ヲ不レ知（ん）。・・・（さだめて）（ナシ）外土ノ悲ニ堪ズ、望郷ノ鬼トコソ（ぞ）成ンズラメ。 （本文は半本一〇〇頁。傍書は活本三九四頁）	春は春の遊につき、秋は秋の興を専とす。(a)或は金谷の花をもてあそび、或は南楼の月をながめて、三十八回の春秋を送き。静に往事を思へば只昨日の夢のごとし。いかなる罪の酬にて遠島に放て、かゝる思ひに沈らむ。境南北にあらざれば、(b)鴈のつばさに文をかけ、思ひをのぶるわざもなく、陰陽の変を分ざれば、(c)鳥の頭の白くなり、馬に角のおいんずる(d)其期をいっとしりがたし。只懐土の思ひ絶ずして、望郷の鬼とぞならんずらむ。（一七九頁）

右の文章と関係があると思われるのは『撰集抄』（第一、新院ノ御墓讃州白峯ニ有レ之事）の、

春ハ花ノ宴ヲ専ニシ、秋ハ月ノ前ノ興ツキセズ侍リキ。アニ思キヤ、今カヽルベシトハ。カケテモハカリキヤ、他国辺土ノ山中ノ、オドロノシタニクチ給フベシトハ。（中略）タヾ心ヲシヅメテ、往事ヲ思給へ。スコシモ夢ニヤカハリ侍ズ。悦モ歎モ、盛モ衰モ、ミナ偽ノマヘノカマヘナルベシ。（大日本仏教全書）

という文である。ここにもすでに、

○「春従二春遊一夜専レ夜」（『長恨歌』）

○「往事眇茫都似レ夢」（白楽天「元和十四年三月遇二微之於夷陵一」。『和漢朗詠集』巻下、懐旧）

の詩句が引用されているが、『保元物語』（金刀本）の本文に黒圏を付した部分が右の『撰集抄』の文に基づいている

とするならば、その他の部分、即ち傍線(a)(b)(c)(d)の部分は、

(a)石崇の故事、並びに庾亮の故事

○「金谷酔レ花之地。花毎レ春匂而主不レ帰。南楼嘲レ月之人。月与レ秋期而身何去」（菅三品「為二謙徳公一報レ恩修レ善願文」『本朝文粋』巻十四。『和漢朗詠集』巻下、懐旧）

(b)蘇武の故事

○「賓鴈繋レ書秋葉落。牡羊期レ乳歳華空」（紀在昌「北堂漢書竟宴、詠史得二蘇武一并序」『扶桑集』巻九。『和漢朗詠集』巻下、詠史）

(c)燕太子丹の故事(11)

○「丹乃求レ帰。秦王曰。烏頭白。馬生角。当レ聴二子帰一。太子仰レ天而歎。烏為頭白。馬為生角。秦王大驚。始遣二丹帰一」（『琱玉集』巻十二、感応篇）

(d)○「応下作二雲南望郷鬼一。万人塚上哭呦呦上」（白楽天「新豊折臂翁」『白氏文集』巻三）

などに基づいていると考えられる。これらの各要素は、願文やその他別離に際しての詩に単独で用いられるのみならず、

○「賓鴈繋レ書(b)飛二上林之霜一。忠臣何在。寡妾擣レ衣泣二南楼之月一(a)。良人未レ帰」（大江匡房「願文」『新撰朗詠集』巻上、擣衣。ただし六寺蔵寺本『江都督願文集』には見えず）

○「書信易レ通。不レ期二鴈足繋レ帛(b)之秋一。帰去無レ妨。豈俟二烏頭変レ黒(c)之日一」（慶滋保胤「仲冬餞二周上人赴レ唐、同賦二贈以レ言各分二一字一」『本朝文粋』巻九）

と組み合わされても用いられていたのである。(12)『保元物語』における漢詩句の引用方法が、こうした平安期漢詩文の属文法に則っていることと、同時にまた、聴覚に訴える調子の良さ・柔らかさ・平明さを庶幾している点で、漢詩人

たちの手になる願文類とは異なった面を持っていることも認めねばならない。

四　唱導文藝との関わり

『保元物語』における漢詩句の引用が、単に漢詩文一般との関係としてだけでなく、今少し生活に密着した唱導文藝との関係として捉えられなければならないことは、そこに引用されている漢詩句そのものの性格からの推測もさることながら、上来考察して来た中国故事や漢詩句がどのような記事内容と関連して引用されているかという点を考慮することによって、いっそう明らかになる。その観点から前掲の諸例を整理すると、次のようになる。

記事内容		故事	詩句
(A)鳥羽院の崩御			(7)
(B)近衛天皇の崩御			(1)
(C)崇徳院の出家・配流・崩御		(6)	(3)(5)(8)
(D)左大臣頼長の死		(3)(4)(5)	
(E)源為義の妻の投身			(4)(6)
(F)その他	頼長の白河殿参向	(1)	
	源義朝の昇殿		(2)
	白河殿の戦闘	(2)	

中国故事を引用している文六例、漢詩文の詩句を引用している文八例、都合十四例のうち、実に十一例までが死・出家・配流等の記事に関連して引用されているのである。この事実は、『保元物語』と漢詩文とは、『保元物語』が

もっている唱導文学的な側面にその結合の契機をもちえたものであることを端的に示しており、金刀本にのみ見られる漢詩句の引用例(1)～(6)の諸例は、金刀本が『保元物語』のそのような側面をいっそう推し進める方向で形成されたことを強く示唆している。

漢籍に見える諺・成句の引用については、次項「保元・平治物語に引用された漢語章句」で詳察するが、それらの殆どは『世俗諺文』『管蠡抄』『玉函要文』『明文抄』などの漢語章句集に採録されているものである。『保元物語』の三本に共通するものもあれば、金刀本にのみ見られるものもあるが、特徴的なものは古活字本にのみ引用されている諸例である。王道思想に立脚した政道論（序・三四五頁）、学才に傲って破滅した頼長を批判する才智論（三七三～三七四頁）、父為義を討った義朝を批判する忠孝論（三八〇頁）、無塩君説話とその前後に付随する保元の乱についての評論（三八九～三九一頁）など、後二者はともにその主要部分を『壒嚢鈔』から引いているのであるけれども、とにかくそうした批評文の中に多くの諺や成句が引用されており、古活字本のもっている評論文学的な側面に経書のことばが結合して行っているのを明らかに看取することができるのである。

注

（1）本稿で用いる『保元物語』の諸本の本文は、次の資料に拠った。記事の所在頁は漢数字で示す。
半井本（略称「半本」）…未刊国文資料『保元物語（半井本）と研究』（山岸徳平・高橋貞一氏校注、未刊国文資料刊行会、昭和34・5）
金刀本（略称「金本」）…日本古典文学大系『保元物語・平治物語』（永積安明・島田勇雄氏校注、岩波書店、昭和36・7）
古活字本（略称「活本」）…同前書の「付録」

（2）補 『保元物語』の文は、『六代勝事記』の「山川千里のはげしき道をよはにはせて、たかき峰をこし[すイ]、はやき瀬をわたる事、樊噲が鴻門にいり、仁貴が鶏林をやぶりしよりいちはやく、官軍をなびかす事、秋の風の草葉をふき、冬の霜の木の葉をからすよりももろし」に拠るか。

(3)『平家物語』にも病んだ重盛が医療を拒んだ時のことばに「漢の高祖は三尺の剣を提て天下を治しかども、淮南の黥布を討し時、流矢にあた(っ)て疵を蒙る。(下略)」(巻三。岩波日本古典文学大系、二四二頁)とほぼ同文で引かれている。『源平盛衰記』(巻十一。有朋堂文庫、二四二頁)もややこれに近いが、延慶本(第二本。白帝社版、二三四頁)は『史記』『漢書』の叙述に従っている。

(4)『康頼宝物集』に「劉晨(ガ)仙家ニ行テ〔ヤガテ帰ルトハ思ヒケレドモ〕七代《(世イ)》ノ孫ニ値シ、皆是命有シ故也」とあるのは金刀本の表現に近似している。

(5)延慶本『平家物語』に「遠く異朝を検れば正邑王賀は胡国へ帰り、玄宗皇帝は蜀山に遷されき。近く吾朝を尋れば安孝《(ママ)》天皇は継子に殺され、崇峻天皇は逆臣に犯れ給き。十善の君、万乗の主《ジ》、先世の宿業は力及ばぬ事ぞかしと思食なぞらへけるこそ責ての事とは覚しか」(前出。第一末、一六三頁)と、殆ど同文で引かれている。

(6)ただし、書陵部蔵謙宜本『蒙求』・内閣文庫蔵『古註蒙求』・亀田鵬斎校『旧註蒙求』・逸存叢書所収『古本蒙求』や源光行の『蒙求和歌』の(2)「樊噲排闥」の故事の内容は異なり、鴻門の会での樊噲の行為は記述されていない。『補註蒙求』にはその記述がある。また、(5)の「丙告牛喘」の中に孝宣帝が獄中に生まれて帝位に即いたことを記しているのも『補註蒙求』だけであって、古註系統のものには記されていない。

(7)拙稿「中世軍記物語における説話引用の形態」(『広島大学文学部紀要』25—1、昭和40・12)、本書第一章第一節参照。この事は、釜田喜三郎氏(「更に流布本保元平治物語の成立について補説す」『神戸商船大学紀要 文科論集』第一号、昭和28・3)および高橋貞一氏(「壒嚢鈔と流布本保元平治物語」『国語国文』22—6、昭和28・6)によって指摘された。

(8)例えば『源平盛衰記』は金刀本『保元物語』の伝承を受けつつ、その「忠臣は二君につかへず」という語句に代えて、『蒙求和歌』の「忠臣ハ不ㇾ事《ニ》二主一、勇士ハ不ㇾ得二諂言一」の語句を裁ち入れただけであると考えることもできる。なお、同類のものとして金刀本『平治物語』(巻中)に見える季札の説話がある。『源平盛衰記』(巻十五、季札剣事)に見える季札の説話は、金刀本『平治物語』の伝承を受け継ぎながら、そのやや荒唐な要素を除去して、亀田鵬斎校『旧註蒙求』系統の『蒙求』によって、その叙述内容を原話の形に復させていると考えられる。詳しくは拙稿「平家物語と源光行の蒙求和歌」

（『富山大学教育学部紀要』第十七号、昭和44・3）、本書第一章第三節5参照。補『六代勝事記』に記載されている紀信の説話も、「忠臣ハ二君につかへず、勇士はへつらへる詞なし。汝正に漢に降せよといふに、項羽いかりて紀信が身をまき、やきころせり」（内閣文庫本）とあって、『蒙求和歌』や『源平盛衰記』に近い。成立年代から言えば『蒙求和歌』が『六代勝事記』に先立つが、この説話における両者の関係は簡単ではない。拙稿「六代勝事記と源光行の和訳物」（『富山大学国語教育』5、昭和55・8。本書第二章第二節1所収）参照。

（9）この句は行成本を始め多くの伝本には載せない。これを載せるのは「後人のしわざ」（川口久雄氏校注、岩波日本古典文学大系補注）という。釈信阿の『倭漢朗詠集私注』には載せている。寛永六年板本では「身埋」を「身理」に誤っている。なお、金刀本（巻下、左府の君達并びに謀叛人各遠流の事）に載せる師長の祖父忠実宛の消息に、土佐国に流される自分を王昭君になぞらえて「師長提二一面之琵琶一、欲レ去二万里之雲路一」とある。ともに拠る「王昭君」詩の存在が予想される。

（10）補『本朝文枠』には他に「荒原古今之骨、東岱前後之魂」（巻十三、三善道統「為空也上人供養金字大般若経願文」）と見える。『言泉集』にも「賢愚同埋没《ス》何《レカ》不レ為《ム》東岱永朽《ニクル》之骨」（亡父帖）、「嗚呼《ア》北芒《ノ》煙早尽《ヌ》東岱《ノ》魂《ヒ》永《ク》去《ヌ》」（同）、「是以東岱前後之魂老少《ハ》常遊《ニユキ》（逝カ）北芒新霊之塚《ツカ》古今相重《ナル》」（亡妻）などと使用されている。和文の作品でも、「思はざりき、山の麓陵原を、君の御ありかと思ひ、北邙の露東岱の煙を、君の御形見とながむべしとは」（『高倉院升遐記』）、「ムナシク北邙ノ露トキエヌルタハ」（『撰集抄』第一）、「養得ては遂に北芒の露と消え、労り来ては空しく東岱の煙と登る」（『妻鏡』）など、「北芒の露、東岱の煙」の慣用句が見出される。

（11）烏頭馬角の話は、『琱玉集』の外に、『燕丹子伝』・『史記』刺客伝索隠注・『将門記』原注・『今昔物語』巻十・『和漢朗詠集私注』（謝観「白賦」の詩句「秦皇驚歎。燕丹之去日烏頭」の注）・『康頼宝物集』上・『平家物語』巻五・『百詠和歌』第五・『注好選集』・日蓮の「光日房書」等にも見え、また、『全相三国志平話』（巻中、漢献帝宣玄徳関張）にある献帝の詔にも、紀信の故事と対偶で「昔燕丹囚二於秦国一、馬角而生得レ脱。高祖困二栄陽《（ママ）》一、紀信施二忠孝一」と見える。今成元昭氏に「燕丹説話の展開と平家物語」（『軍記と語り物』2、昭和40・12）の論考がある。

（12）この崇徳院の述懐の文は、延慶本『平家物語』にも、「春《ハ》随《ヒ》二春《ノ》遊《ニ》一秋《ハ》催《シ》二秋《ノ》興《ヲ》一、翫《ビ》二韶陽之花《ヲ》一詠《シ》二長秋之月《ヲ》一久《ク》誇二仙洞之楽《ニ》一、又非《ス》レ無《ニ》二思出一。如何なる罪報にて遙の嶋に放れてかゝる悲を含らぬ《（ママ）》。境《ヒ》不レ有《レバ》二南北《ニ》一旅鴈縁書之《ノ》便《リヲ》難レ得、政《ゴト》不レ別二陰陽ヲ一烏頭馬角之変難レ有リ。壊土之思ヒ最深し。望郷之鬼とこそならむずらめ。」（第一末「讃岐院之御事」一六四頁）、「金谷に花を詠し客、南楼に月を翫し人、今こそ思召しられしか。」（第六本「建礼門院吉田へ入せ給事」八九七頁）と見えていて、金刀本『保元物語』と延慶本『平家物語』との親近性を示している。補『六代勝事記』に摂政太政大臣藤原良経の頓死を悼む文に、「金谷のはなのにほひ、南楼の月のかげ、袖をかはしてみしともをこひ、ゆかをひとつにしてながめし人を忍ぶるに、春ゆき秋きたれ共、むなしく年を記していたづらにおもひをいたましむるにや」とある。また同書には後鳥羽院の隠岐遷幸を述べて、「かくしつゝ御船にめして、ものゝふみやこへかへるに、城南の行宮より海辺の旅宿までなれさせおはしましぬるなごりなどおほせらるゝに、ゑびすのたけきしもなかく〱なさけありければ、わかれのなみだおさへがたし。雲の浪、けぶりのなみをしのぎて、はるかのおきにわたりつかせ給ひぬ。さかい南地にあらねば、鴈のたまづさもたよりをうしなひ、政陰陽の変をはからざりしかば、烏のかしらの白ならむも期しがたし。なく〱故郷をのぞめば、雲海沈々として眼うげ、むなしくそなたのやまをまぼれば、青黛みどりうすくして、おもひをいたましむ。朝にうれへ夕にかなしむ」とある。これら、『六代勝事記』と『保元物語』の叙述の類似については、早く高橋貞一氏（「古本「保元物語」の作者と著作年代」『文学』25—3、昭和32・3）の指摘がある。高橋氏の『保元物語』先行説に対して、弓削繁氏（「六代勝事記と保元物語」『山口大学教養部紀要』15、昭和56・10）は、両作品に共通する八条の事例を挙げて精しく検討した上で、『六代勝事記』が『保元物語』の典拠となったこと、「保元物語の諸本では、半井本と鎌倉本の段階において勝事記との接触が想定されること。特に鎌倉本が勝事記とよく一致すること」を明らかにしている。

2　保元・平治物語に引用された漢語章句

一　はじめに

中国の古典に典拠を有する語句で、軍記物語に引用されているものは、概して格言・警句に限られている。漢字仮名交り文を基本とする日本語文章表現の形成過程において、重要な位置を占めている軍記物語の文章に、和文脈の勝る物語文学などに比べて漢語が多く用いられているのは至極当然なことであり、それだけに一般語彙としての漢語は、よほど目慣れない語彙でない限り、読者の注意を引くことはない。勢い、格言・警句の類が目立って来るということもあるだろう。一方、軍記物語の文章が和漢混淆体と呼ばれる理由は、単に和語と漢語が混じり合っているということだけではなくて、和歌や歌謡に代表される七五調と、六朝の四六駢儷文に代表される中国古典の対偶法とが融合した表現になっているという点にあると言えよう。駢儷文の特徴は、言うまでもなく、故事を凝縮させた語句と語句、経典に由来する語句と語句を対偶に用いて文章を構成することにある。「四六」というような字数による堅固な均整が、和文との出会いによって崩されて行っても、故事を凝縮させた語句は故事の題目的引用となって文章を彩り、経典に由来する語句は格言・警句の引用として表現の思想を支えているのである。「概して格言・警句に限られている」というのは、ある意味では、至極当然なことと言わねばならない。

しかし、中国の古典やわが国の平安朝期の漢文における対偶表現と比べる時、中世軍記物語の文章に見出される「経典に由来する語句」が、決して豊潤とは言えないということもまた事実である。そのような意味でもまた、「概して格言・警句に限られている」のである。源泉である漢籍の原文から遊離して、中国の後代の文献はもとより、わが国の作品にもしばしば引用されていて、それ故に人々の耳目に触れる機会も多くて、いつしか人口に膾炙するところとなっていたにちがいない、そういう格言・警句が目立つのである。同一の引用語句が軍記物語の諸作品に共通して見出されることも少なくないのは、格言・警句の社会的流布という時代背景もあろうし、作品間における貸借関係を推測すべきものもあろう。幾つかの例を挙げて、その状況を示すことにしよう。(1)

1「王事靡盬」(『詩経』、唐風「鴇羽」・小雅「四牡」・同「北山」)

《保元》「王事モロキ事無ケレバ」（半一八頁・金七二頁・活三五一頁）
「王事脆いことなしといひながら」（金一二四頁）
《平治》「王事、もろき事なければ」（陽一八四頁・金二三二頁・活四二四頁）
《平家》「王事無レ脆」（盛廿、六七五頁）
「王事毋レ盬」（盛廿一、六九二頁）
「王事靡レ盬」（延四三五頁・盛廿三、七五〇頁）
「王事無二脆事一」（盛廿五、八二八頁）
「王事無レ脆」（盛廿六、二七頁）
「王事靡レ盬して、枯たる草木猶花さきみなる」（盛卅四、二七九頁）
《太平》「王事毋レ盬」（活八、二五七頁）
「王事毋レ盬、縦恨ヲ以テ朝敵ノ身ニナル共」（活十六、一三五頁）

2「綸言如汗、出而不反」（『礼記』緇衣、鄭玄注・『漢書』劉向伝）
《保元》「綸言如レ汗、出テ不レ反トゾ承ル」（半九九頁）
《平家》「綸言汗の如しとこそ承れ」（覚三、二二六頁・延二〇六頁）
「綸言汗の如し、出でゝかへらずとこそ承はれ」（長一九一頁）
「綸言をば汗に喩、出て再帰事なし」（盛十、三一九頁）
「綸言如レ汗なれば烏頭馬角の変に驚て」（延三五〇頁）
《太平》「綸言再ビ不レ復トテ勅許無リシカバ」（活十五、九一頁）
「綸言再ビシ難シトイヘ共」（活廿五、四六四頁）

「綸言今更変ジ難シトテ」（活卅二、二二〇頁）

3「戦々兢々、如臨深淵、如履薄氷」（『詩経』小雅「小旻」・『論語』泰伯）

《保元》「まことに深淵にのぞんで薄氷をふむがごとくおそれおのゝきけるほどに」（金六二頁）

《平家》「上下おそれをのゝいてやすき心もなし。たゞ深淵にのぞむで薄氷をふむに同じ」（覚一、一〇八頁・延二七頁・長二六頁・盛二、四二頁）

《太平》「人ノ心皆薄氷ヲ履デ、国ノ危キ事深淵ニ臨ガ如シ」（活七、二三九頁）

「世ノ危事、深淵ニ臨デ薄氷ヲ履ガ如ニシテ」（活卅四、二七六頁）

今僅か三例を挙げただけであるが、この三例はいずれも源為憲撰の『世俗諺文』に採録されている。菅原為長撰の『管蠡抄』にも三句すべて、藤原良経撰と伝えられる『玉函秘抄』には1と2の二句が採られている。藤原孝範撰の『明文抄』にいずれも見出せないのは奇異な感じもするが、とにかく、このような格言・警句のわが国における流布には、『世俗諺文』『明文抄』『玉函秘抄』『管蠡抄』など、いわゆる金句集が大きく関与していると思われる。

かつて、軍記物語の諸作品に引用されている漢語章句が、金句集に採録されている語句と重なることの多い事実に興味を覚えて、『明文抄』を対象に調査したことがある。[2] 対象として特に『明文抄』を選んだのは、上に挙げた金句集の中では、その収録語句の豊富なことで他に勝っており、その点を軽視できないと考えたからである。その折の調査の纏めでは、全部で約百五十例の事項に及んだが、そのうち『平家物語』関連の事例は、本書第一章第三節2の1「平家物語と漢詩文」と重なる部分も少なくないのでこれを割愛し、本稿では、『保元物語』と『平治物語』の二作品に関わる事項を中心として述べることにする。

二　『保元物語』『平治物語』の漢語章句と『明文抄』

『明文抄』は凡そ五巻、南家の儒者藤原孝範（一一八五～一二三三）が編纂した漢語章句の採集抄録であって、一般に貞永二年（一二三三）以前の成立と説かれているが、それは編者の没年を下限としたまでのことである。同じ孝範撰の『柱史抄』の奥書や『明文抄』所引資料の内証から推して「平安時代末期から鎌倉時代初期の間に成立したとみるべきであろう」(3)とする意見がある。また、中国歴代の王朝に関する記述の範囲という内証に基づいて、建久年間（一一九〇～九八）の成立ではないかとする卑見を述べたことがある。(4)

中国の典籍の外に、『日本書紀』『政事要略』などを始め、当時の文献（一一二〇年の『諸道勘文』、一一五六年の『算博士行康勘文』等）までも加えて、それらの諸文献から抜粋した記事や格言警句、故事成語を、天象部・地儀部・帝道部上下・人倫部・人事部上下・神道部・仏道部・文事部・武事部・諸道部・雑物部・雑事部の十二部門に分類編纂したものである。

『明文抄』に採録されている漢語章句で、『保元物語』『平治物語』『平家物語』『太平記』の四作品にも引用されている語句を探してみると、その事例は前記のとおり相当の数に上るが、ここでは、そのうちの『保元物語』『平治物語』に関わるものに限って挙げることにする。なお、『明文抄』は前述のごとく十二部門を立てての類纂であり、各語句の末尾に細字で出典を注記しているのであるが、本稿ではその注記に従って出典ごとに纏めることとし、各語句が所属する部門名をその末尾の括弧内に注記することにする。出典である漢籍の配列は、引用語句の多い順に従う。『明文抄』の本文は続群書類従所収本による。また、軍記物語の作品名の略称や依拠したテキスト、諸本の略称・記事の所在頁の表示等は、前掲の例（注1）に従う。

『史記』

(1)「忠臣不事二君、貞女不更二夫」（帝道下）

《保元》「忠臣とは二君につかへず」（金七八頁）

「賢臣二君に仕ず、貞女両夫にまみえずと云文有」（金一六一頁）

《平家》「忠臣不レ仕二二君一、貞女不レ嫁二二夫一と云事あり」（盛十四、四五七頁・延二九一頁）

「忠臣は二君に不レ仕と云事あり」（盛廿、六七六頁）

「忠臣は不レ仕二二主一」（盛廿、六八九頁）

「貞女両夫にまみえざることはしらせ給へるか」（長四〇〇頁）

「忠臣は二君につかへず、貞女は二夫にまみえずともかやうの事をや申べき」（覚九、二三三頁・延七八五頁・長六〇三頁。後二者は「されば忠臣は不レ仕二二君一、貞女不レ嫁二両夫一と云へり」）

「勇士二主に仕へず」（覚十二、四二〇頁）

《太平》「二君ノ朝ニ仕テ辱ヲ衰老ノ後ニ抱カンヨリハ」（活五、一五九頁）

「苟モ二夫ニ嫁セン事ヲ悲デ深キ淵瀬ニ身ヲ投」（活十一、三八八頁）

(2)「先則制人、後則為人所制」（武事）

《保元》「先ズル時ハ人ヲ制シ、後ニスル時ハ人ニ被レ制ト云本文ニ相叶ヘリ」（半三九頁・金九二頁・活三五八頁）

《平家》「先制レ人、後為レ人（制脱カ）せらるゝとも云」（盛卅六、三七〇頁）

《太平》「先則制レ人、後則被二人制一」（活四、一四一頁）

「待軍シテ敵ニ気ヲ呑レテハ不レ叶、先ズル時ハ人ヲ制スルニ利有トテ」（活十三、三八頁）
「先ズル時ハ人ヲ制スルニ利アリトテ、逆寄ニ寄テ追散セ」（活卅八、四〇一頁）

(3)「隣国有聖人、敵国之憂也」（帝道上）
《平治》「隣国に賢人あるは敵国のうれへといへり」（活四五五頁）
《太平》「賢人所レ帰則其国強」（活四、一四一頁。西源院本「隣国ニ有二賢者一敵国之憂也」）

(4)「天子無戯言、言則史書之、礼成之楽歌之」（帝道上）
《平治》「よて天子に俗言なし」（活四一三頁）
《平家》「天子には戯の詞なし」（覚三、二二六頁。延「天子に戯論なし」二〇六頁、長「天子に二言なし」一九一頁）

(5)「主愛《（憂歟）》臣労、主辱臣死」（帝道下）
《太平》「抑元亨以後、主愁臣辱ラレテ天下更ニ安時ナシ」（活二、五一頁）
「況乎、主憂ル則臣辱ル、主辱ル、則臣死トイヘリ」（活四、一二八頁）
《平治》「主はづかしめらるゝ時、臣死すと云《ふ》にあらずや」（活四二七頁）

(6)「大行不顧細謹、大礼不辞（小）譲」（帝道下）
《平治》「大孝《（ママ）》は小謹をかへりみずといへり」（活四三一頁）
《太平》「大行ハ不レ顧二細謹一トコソ申候へ」（活九、二八〇頁）
「大行不レ顧二細謹一、大礼ハ不レ必二辞譲一」（活廿八、一〇〇頁）

(7)「軍中聞将軍命、不聞天子之詔」（武事）
《保元》「軍門に君の命なく、戦場に兄の礼なしと申せば」（活三八一頁）

『文選』

(8)
「昔明王以孝治天下、其或継之者鮮哉希矣」（帝道上）（「明王之以孝治天下」は『孝経』孝治章）
《保元》「されば、百行の中には孝行をも（っ）て先とすといひ、……明王は孝をも（っ）て天下をおさむ。しかれば、只（ママ）父を置て位をすてゝさらまし」（活三八〇頁）
《平家》「百行の中には孝行をもて先とす、明王は孝をもて天下を治といへり」（覚三、二六五頁・延二六四頁・長二三七頁）
「百行の中には孝行を先とし万行の間には孝養勝たり、如来万徳の尊孝を以て正覚を成し、明王一天の主孝を以て国土を治といへり」（盛十二、四一〇頁）

(9)
「習蓼虫之忘辛、翫進退維谷」（人倫）（「進退維谷」は『詩経』大雅「桑柔」）
《保元》「基盛もあやうかりければ、しんだいきはまれり」（金七一頁）
《平家》「進退維きはまれり。是非いかにも弁がたし」（覚二、一七四頁）
《太平》「進退此ニ谷テ敗亡已ニ極レリ」（活四、一四三頁）
「進退谷タル処ニ」（活六、一九一頁）
「憑少ク覚レバ、進退谷テ」（活九、三一〇頁）
「右衛門佐殿進退谷リタル体ニテ」（活十七、二一九頁）
「彼此如何セント、進退谷テ覚ヘケレバ」（活廿、三一〇頁）

(10)
「荊軻慕燕丹之義、白虹貫日、太子畏之」（帝道上）（もとは『史記』鄒陽伝）
《平治》「九日の午剋に、信西白虹日を貫と云天変の事に御所へ参りたれば」（金一九九頁・活四〇九頁）
《平家》「白虹日をつらぬいてとほらず」（覚五、三五〇頁・延三五三頁・長三一三頁）
「天道免給はずして白虹日を貫て不レ通ける天変あり」（盛十七、五九〇頁）

(11)「身非木石、其能久乎」（人事下）
《保元》「是ヲ見テ座ニ連ル官人共、木石ヲ作ラヌ身ナレバ、目モ不レ被レ当思共」（半八九頁）
《平治》「人木石に〔あらず〕。しかじ、傾城の色に相ざらんにはと、文集の文也」（金二八七頁）

『帝範』
(12)「君択臣而授官、臣量己而受職」（帝道下）
《平治》「君、臣をえらんで官をさづけ、臣、をのれをはか（つ）て職をうくるときは、任をくはしうし成をせむること、労せずして化すといへり」（活四〇三頁）
(13)「夫讒佞之徒国之蝥賊也。令色巧言以親於上」（人事下）
《平治》「又讒佞の徒は、国の蠹《ママ》賊なり」（活四〇三頁）
(14)「文武二途、捨一不可」（文事）
《平治》「文武二道を先とせり」（陽一四六頁・金一八九頁・活四〇三頁）
《太平》「サレバ文武ノ二道同ク可レ治今ノ世也」（活十二、三九三頁）

『漢書』（(15)(16)の両条は『史記』にもある）
(15)「天予不取反受其咎、時至不行反受其殃」（帝道上）
《保元》「天のあたへをとらざれば、かへつて其とがを得、時のいたるをおこなはざれば、かへつて其わざはひを得るといへり」（金六六頁）
《平家》「天のあたふるをとらざれば、かへつて其とがをうく、時いたておこなはざれば、かへて其殃をうくといふ本文あり」（覚五、六四頁。盛十九、六四四頁「漢書ニ」として引く）
《太平》「然ルニ勾践運窮テ呉ノ擒トナレリ、是天ノ予ニ与ヘタルニ非ヤ」（活四、一四六頁）

「天与不レ取却て得《ト》二其咎二云ヘリ」（活四、一四九頁）
「此《レ》天ノ与《フ》ル処也、乗レ時是ヲ不レ誅後ノ禍、噬レ臍無レ益」（活廿八、九三頁）
「天已ニ時ヲ与《ヘ》タリ、不レ取却禍有《ル》ベシ」（活卅八、四二六頁）

⒃「高祖曰、吾以提三尺取天下、此非天命乎、此乃天授非人力也」（帝道上）
《保元》「漢ノ高祖ハ三尺ノ剣ヲ提テ、天下ヲ治シカ共、淮南ノ黥布ヲ打シ時ニ、流矢ニ当テ命ヲ失フ。何事モ前業ノ果ス所也」（半八五頁・金一三二頁・活三七二頁）
《平家》「漢の高祖は三尺の剣を提て天下を治しかども、淮南の黥布を討し時、流矢にあたて疵を蒙る」（覚三、二四二頁・延二三四頁・盛十一、三五八頁）

『毛詩』

⒄「詩者志之所之也、（中略）言之不足、故嗟嘆之、嗟嘆之不足、故詠歌之、詠歌之不足、不知手之儛〔之〕足之踏之也」（文事）
《保元》「公卿殿上人内裏へ馳参て、手の舞足の踏所を知らず」（金一六四頁）

⒅「哲夫成城、哲婦傾城」（人倫）
《保元》「詩には艶女をそしり、書には哲婦をいさめたり」（活三九〇頁）

『尚書』

⒆「曰古〔人〕有言、〔曰〕牝鶏已〔無〕晨〈言無晨鳴々道□〉牝鶏之晨、惟家之索〔索〕〈素尽也、喩婦知礼事、雌代雄鳴、則家尽、婦奪夫政、則国亡〉」（人倫）
《保元》「史記には、牝鶏朝する時は其《の》里必《ず》滅《ぶ》といへり」（活三九一頁）
《太平》「牝鶏晨スルハ家ノ尽ル相ナリト古賢ノ云シ言ノ末」（活十二、四三一頁）

⑳「勾践軾蛙卒成覇業、徐偃□（棄）武終以喪邦」（武事）（実は『帝範』閲武）

《平治》「越王、暇をえて本国へ帰る時に、蟾蜍たかく躍て道をこえけり。越王、下馬して、これに礼をなす。見る人、問て曰、何ぞ蝦蟇に礼をなすや。越王の臣范蠡がいひて、我君はいさめる志を賞し給ふぞと答ければ、勇士おほく付にけり」（条二五三頁・金二七九頁・活四五五頁。ただし活は措辞が異なる）

《平家》「勾践赦されて本国に帰《り》ける路に、蛙の水より出て躍ければ、馬より下て是を敬ふ、奮れる者を賞する心なるべし。其後数万の軍を起して終に呉王夫差を亡しけり」（盛十七、五九三頁）

《太平》「越王已ニ車ノ轅ヲ廻シテ越ノ国へ帰リ給フ処ニ、蛙其数ヲ不ㇾ知車ノ前ニ飛来ル、勾践是ヲ見給テ、是ハ勇士ヲ得テ素懐ヲ可ㇾ達瑞相也トテ、車ヨリ下テ是ヲ拝シ給フ」（活四、一四九頁）

『周易』

㉑「王者之妃百廿（二）人、后一人、夫人三人、嬪九人、世婦廿七人、女御八十一人」（帝道下）

《保元》「されば三夫人、九嬪、廿七世婦、八十一女御ありて、内、君をたすけ奉る」（活三九〇頁）

《太平》「都テ三夫人・九嬪・廿七世婦・八十一女御、曁後宮ノ美人・楽府ノ妓女ト云ヘドモ」（活一、三九頁）

『老子』

㉒「和其光、同其塵」（神道部）

《保元》「夫和光同塵の方便は、抜苦与楽の為なれば」（金五九頁）

《平家》「夫、和光同塵の利生さま〴〵なりと申せども」（覚三、二〇三頁）

《太平》「和光同塵ノ月明カニ心ノ闇ヲヤ照スラント」（活十三、一九頁）

「和光同塵ハ既ニ為二結縁始ノ一」（活十八、二六九頁）

「和光同塵ノ跡ヲ垂シヨリ以来」（活卅六、三四五頁）

『白虎通』
(23)「徳合天地者称帝、仁義合者称王、別優劣也」（帝道上）
《保元》「帝王と申に付ても、白虎通には天地にかなふ人をば帝と称し、仁義にかなふひとをば王と称すといへり」（活三八九頁）

『魏志記』
(24)「婦人有長舌、維厲之階、乱匪降自天、生自〈長舌喩多言語也〉、婦人与改《（政カ）》乱本也」（人倫）〔もとは『詩経』大雅「瞻卬」〕
《保元》「よ（っ）て詩にいはく、婦人長舌ある、是《れ》禍のはじめ也。天よりくだすにあらず、婦人よりなるといへり」（活三九〇頁）

『遊仙窟』
(25)「穀則異室、死則同穴」（人倫）〔もとは『詩経』王風「大車」〕
《保元》「偕老同穴の御契り浅からざりし法皇も」（活三四七頁）
《平治》「偕老同穴のちぎり深かりし入道」（金二〇一頁・活四一一頁）

『晏子春秋』
(26)「前車覆後車戒也」（人事下）
《保元》「前車のくつがへすは後車のいましめにて」（金七四頁）
《平家》「前車の覆へるを不レ扶は後車の廻るを豈恃ん哉とこそ籥《（ママ）》何をば太宗は被レ仰けれ」（延五六頁・長五一頁）

『臣軌』
《太平》「前車ノ轍未レ遠」（活卅四、二八五頁）

(27)「古語曰、欲求忠臣、出於孝子〔之〕門」（帝道下・人事上）
《保元》「若し忠なりといはゞ、忠臣をば孝子の門にもとむといへり」（活三八〇頁）

『論語』
(28)「神不享非礼」（神道）（実は『論語集解』注の句）
《平治》「神は非礼をうけず、何のくるしみか候べき」（活四一四頁）
《平家》「神非礼を享給はずと申に」（覚一、一二三頁・延四四頁・長四一頁・盛三、七三頁）
「日本は是神国也、神は非礼を享給はず」（覚二、一七二頁・盛六、一九九頁）
「神は非例（ママ）を受給わずと云事あり」（延四九〇頁・長四〇六頁）
「神は不レ稟二非礼一、必守二正直者一」（盛十八、六〇一頁）
《太平》「サレドモ神非礼ヲ享給ハザリケルニヤ」（活三、一二一頁）
「祈共神不レ享二非礼一、語ヘドモ人不レ耽二利欲一ニヤ」（活八、二五四頁）
「神不レ享二非礼一、欲レ宿二正直頭一」（活廿三、四〇二頁）

『六韜』
(29)「天下非一人之天下、乃天下之天下也」（帝道上）
《平治》「天下はこれ一人の天下にあらず」（活四一八頁）
《太平》「天下ハ是一人ノ天下ニ非ズ」（活卅二、一二〇頁）

『晉書』
(29)「天下者蓋亦天下之天下、非一人之天下也」（帝道上）→『六韜』(29)

『貞観政要』

(30)「李勣時遇暴疾、験方云、鬚灰可以療之、太宗乃自剪為其和薬、勣頓首見血、深以陳謝〔泣歔〕（下略）」（人事部下）
《平治》「唐の太宗文皇帝は、鬚をきりて薬をやきて、功臣に給ひ、血をふくみ傷をすいて戦士をなでしかば」
（陽一四六頁・金一八九頁・活四〇三頁）
《平家》「又唐の太宗文皇帝は剪レ鬚焼レ薬、功臣李勣賜《にひ》、含レ血吮レ瘡、戦士思摩(ママ)で助《け》けり」（盛十一、三七四頁）

『塩鉄論』

(31)「地利不如人和、武力不如文徳」（文事）（「地利不如人和」は『孟子』公孫丑下）
《平治》「天の時は地の利にしかず、地の利は人の和にしかずといへり」（活四三一頁）
《太平》「天ノ時ハ不レ如二地利《ニ》一、地利《ノ》不《ハ》レ如二人和《ニ》一トイヘリ」（活四、一四一頁）

以上の三十一例である。「共通」もしくは「類似」の範囲の取り様によっては、まだ他にも取り上げることのできる事例もあるだろうし、また削除すべきものもあるだろうが、あまり異論の出そうにないものに限った。(5)

三　漢語成句の流入経路についての吟味

上に列挙した三十一条の事例のすべてが、『保元物語』『平治物語』と『明文抄』との直接的な交渉を証拠立てるものでないことは勿論である。幾つかの問題を取り上げて、その点を検討してみよう。

例(22)の「和光同塵」の語などは『老子』から直接に引いたものであるはずはない。『後漢書』巻六十五の「張奐伝」に張奐の遺命が載っているが、それに「不レ能二和レ光同一レ塵、為二讒邪所一レ忌。通塞命也、始終常也」（汲古書院刊和刻本）とあるように、「和光同塵」と熟して、才知を顕さないで世俗の仲間入りをするという処世の態度を意味する用例もある。しかし、例えば織田得能氏の『仏教大辞典』（大蔵出版）に、『老子』の句を挙げて「仏者之を仮て仏菩薩の威徳の光を和げて諸の悪人に近き、又は種々の身を示現する義を顕はす。観音の普門示現の如き是れ和光同塵なり」と解説するように、「和光同塵」は仏教語として普及していた。『太平記』巻十八の「和光同塵ハ既ニ為二結縁ノ始一」という例が『摩訶止観』（巻六下）の「和光同塵結縁之始。八相成道以論二其終一」の句を踏まえていることに明らかなように、軍記物語の諸例いずれも仏教的な意味合いで用いられていて、『老子』との縁は間接的なものでしかない。

例⑳の「勾践軾蛙卒成覇業、徐偃□《棄》武終以喪邦」の句について、『明文抄』は出典を『尚書』としているが、実は『帝範』（閲武第十二）に見える句であり、越の勾践と徐の偃王の故事を対比して「何則、越習二其威一、徐忘二其備一也」と結んだものである。『貞観政要』（議征伐第三十四）にも「太宗帝範曰」としてそのまま引かれている。軍記物語の諸例は下句の徐の偃王の故事とは無関係で、上句の勾践に関わる呉越合戦の説話を構成する一要素として記されているのである。この話は『平治物語』の諸本に見えるが、特に古活字本の叙述が詳しいのは、『太平記』によって増補加筆されたためである。(6)

例㉚「地利不如人和、武力不如文徳」の句を『明文抄』は『塩鉄論』巻九「険固第五十」から引いているが、「地利不如人和」の成句は、『孟子』公孫丑章句下の冒頭の「孟子曰、天時不レ如二地利一。地利不レ如二人和一」から出たものである。『文選』巻五十三の陸機の「弁亡論」にも、三国呉の興亡を論じた中で、「古人有レ言、曰、天時不レ如二地利一、（中略）又曰、地利不レ如二人和一、在レ徳不レ在レ険、言二守レ険之由一レ人也」と引用しており、李善はそれに『孟子』の文をもって注している。『平治物語』が引用したのはその本来の形であるから、『明文抄』に拠ったものではない。『平治物語』の場合、「義朝六波羅に寄せらるる事并びに頼政心替りの事付けたり漢楚戦ひの事」（巻中）で、武略を恃む悪源太義平の直情怪行が同族の頼政を平家方に属させてしまったとして、そのことを批判した文の中で用いている。即ち義平の浅慮を、楚の項羽が王陵を帰属させようとしてその母を人質にしたために恨みを買ったことが、王陵を漢の高祖に従わせる結果になったという故事を引いて、「縦ひ勇力ありとも、人和せずはつゐにかつ事をえじ」と批判し、次いで「兵書のことばにいはく」としてこの成句を引き、「尤も思慮あるべき事共也」と結んでいるのである。作者[7]は「兵書のことば」と理解していたようであるが、おそらくその内容から兵法に関する警句と認識されて、一般に流布していたということなのであろう。

また、例(19)「牝鶏之晨」の句の出典として、『明文抄』は『書経』（周書、牧誓）の経文と孔安国の伝文とを併せて挙げている。

（経）王曰。古人有レ言。曰牝鶏無レ晨。牝鶏之晨。惟家之索。

（伝）言レ無二晨鳴之道一。索尽也。喩三婦人知二外事一。雌代レ雄鳴。則家尽。婦奪二夫政一。則国亡。

経文の方は、劉向の『列女伝』（孽嬖伝）にも、『史記』（周本紀）にも引かれている。また、『世俗諺文』にも「牝鶏之晨」の諺を掲げて、その注文に、

史記云。王曰。古人有言。曰。牝鶏毋晨。牝鶏之晨惟家之素《ママ》也。（続群書類従）

と記しており、『玉函秘抄』上には出典を『尚書』として、次のように記している。

牝鶏亡晨。牝鶏之晨。惟家之索。尚書 婦女執政事也

因に『管蠡抄』には採録されていない。『保元物語』が「史記には」として引くのは、『明文抄』や『玉函秘抄』よりも『世俗諺文』に近いと言っていい。ただし『保元物語』は「牝鶏朝する時は其里《の》必滅《ずぶ》といへり」として、原句の「牝鶏無晨」に当たる語句を欠いている。この点は、並べ挙げた『太平記』の場合も同様であり、『十訓抄』（第五、可撰朋友事）に「牝鶏の朝《あした》するは家の索《つく》る也と云は是也」（新訂増補国史大系）と引いている句形とも同様である。それが一般に流布して馴染まれていた形なのかもしれない。

このように見てくると、『明文抄』から摂取している事例として一体どれが残るのかという疑いがもたげて来るこ

とになる。典拠の考証には常にこの疑念がまつわり付く。流入の経路は一つと考えがちな、固定観念に呪縛されているのである。

ところで、この例⑲「牝鶏之晨」の諺には、より重要な問題がある。例⑱⑲㉑㉓㉔の五例は、いずれも古活字本『保元物語』に見えるもので、保元の乱、さらにそれを契機とする公家の衰亡、朝儀の荒廃の原因は、鳥羽院が寵妃美福門院の計らいに任せて皇祚の継承を定めたためであると批判する評論文に含まれているものである。その叙述には極めて多くの成句が取り込まれて、理論の構築と説得性の強化に参与しているのであるが、上の五例もその一環なのである。そして、この評論文は、高橋貞一氏(8)や釜田喜三郎氏(9)によって指摘されたように、『壒嚢鈔』巻六ノ五「子推《カ》恨《ノ》事」の項に見える后妃の政治容喙に対する批判的な叙述を、大幅に取り込んだものなのである。『壒嚢鈔』では、「凡世ノ乱ルル事ハ、和漢共后宮婦人之故也」として、漢の文帝の皇子梁の孝王の生母竇太后が景帝（孝王の同母兄）の後を孝王に嗣がせようとした事件を語り、その後に「後醍醐院モ准后ノ内奏ヨリ、国乱レテ、天下ヲ失ヒ御座ストソ」と三位殿御局（阿野廉子）の内奏によって決断所の裁断が変改させられたことを批判し、

凡《ソ》国家ノ乱レ政道ノ違《タガフ》事、婦人ヨリ出ヅト云リ。サレバ詩《ニ》云、
婦人有㆓長舌㆒、是《レ》禍《ワザハイノ》首《メ》也。従《リ》㆑天非《ズ》㆑下《スニ》従㆓婦人㆒生《ナル》ト云リ。
長舌トハ、言バ多シテ禍ヲ成《ス》也。是強《チ》君ヲ教ヘテ悪ヲ令《ル》㆑成《ナサ》ニモ非ズ。乱ノ道ヲ語ルニモ非ザレ共、婦人ヲ近付ケ、其詞ヲ用レバ、必ズ禍乱起ル也。婦人ハ政事ニ預カル事ナシ。政ニ交レバ、乱是ヨリ生《ナル》ト云リ。（下略）
（臨川書店刊）

と、その論を展開して行く。『保元物語』はこれを保元の乱に対する批判として転用したわけである。『保元物語』は『詩経』の詩句を、『壒嚢鈔』に施された訓点に従って訓み下しており、その本文もまた『明文抄』所引の句とは措辞を異にするものである。この点からも、古活字本『保元物語』と『壒嚢鈔』との密接な関係が窺われる。

勿論、『保元物語』と『壒嚢鈔』の間には違いもある。『保元物語』が省いたと思われる部分もあれば、『壒嚢鈔』には見えない文章の増補もある。また、記事の配列という構成上の相違もある。例⒅を含む『保元物語』の文を取り上げて、その相違する実状を見ることにしよう。

帝王と申《す》に付《け》ても、白虎通には天地にかなふ人をば帝と称し、仁義にかなふひとをば王と称すといへり。正法念経には、はじめ胎中にやどり給時《ふ》より諸天これを守護す。卅三天、其《の》徳をわかちてあたへ給ふ故に、天子と称すといへり。彼《の》経には、三十七法具足せるを国王とす。いはく、「常に恵施《めぐみほどこし》をおこなひて惜まず。柔和にしていからず。正直にことはりて偏頗なく、ふるき道をたゞして捨《て》ず。よく人の好悪をしり、よく世の理乱をか(ん)がみ、貪欲なく、邪見なく、一切をあはれみ十善を行《ぎやう》ず」等の説あり。されば聊《か》も御わたくしなく天下をおさめ給《ふ》べきに、愛子におぼれて庶をたて、后妃に迷ひて弟をもちゐる、国のみだるゝもとひなり。爰をも(つ)て書にいはく、「聖人の礼をなす、其《の》嫡を貴みて世をつがしむるにあり。太子いやしくして庶子をたつとむは乱のはじめなり。必《ず》危亡にいたる」と。又伝にいはく、「后ならんで嫡を等《しう》するは、国のみだるゝもとひなり」と云々。されば后おほうして、同年の太子あまたおはしまさば、天下必《ず》みだるべきにや。詩には艶女をそしり、書には哲婦をいさめたり。王者の后を立給《て》ふ道、故あるべき也。

右の文の後半の傍線部、「書にいはく」から「天下必《ず》みだるべきにや」までは、『壒嚢鈔』の無塩君の説話の後に付けられている評言に拠ったものであるが、『保元物語』はこれを無塩君説話の叙述の前に移動させたのである。前半の『白虎通義』（巻上、徳論）や『正法念経』⑽の句を含む文と、最後の「詩には艶女をそしり」以下の文は『壒嚢鈔』には見えない。『保元物語』が増補した部分ということになるが、古活字本（もしくは杉原本）の編者が自らの詞藻を自在に駆使して、后妃の政治容喙に対する批判をいっそう強めようと試みたものなのであろうか。それとも、この部分もまた何か他に拠るところがあったのであろうか。そのいずれであるかは、今のところ不明である。

前項「保元物語における中国故事と漢詩句」の末尾で、『保元物語』における漢語章句の待徴について簡単に触れておいたが、『平治物語』の場合も基本的にはそれと変わりがない。日下力氏[11]は、『平治物語』における中国関連の記事が古態本（陽明本・九条家本）・金刀本・流布本と量的に増大する事実を確認した上で、古態本では「王朝国家の秩序ある統治を庶幾する意識」に基づく引用、金刀本では「源氏の悲劇と再興への伏線を語るという主題」に関わる引用、流布本では「軍略や策謀・駆け引きといったものへの関心」を反映した引用という風に質的にも変容するという、三本それぞれの特徴を捉えている。傾聴すべき指摘と思われる。

上に列挙した三十一条のうち、『平治物語』にも見えるものは、(3)(4)(5)(6)(10)(11)(12)(13)(14)(20)(25)(28)(29)(30)(31)の十五条である。このうち、三本に共通するのは(14)(20)(30)の三条にとどまり、金刀本ではこれに(10)(11)(25)の三条が加わり、古活字本では(11)を除く十四条が出揃っている。『明文抄』に類似する成句のあるものという極めて限定された枠の中での調査であることに配慮しなければならないが、日下氏の説のごとく、諸本の展開とともに量的に増加する傾向は、この点からも見て取れる。さらに注目されるのは、(12)(13)(14)(30)の四条が作品の序とも言うべき君臣論を主軸とした政道批判の叙述に集中的に見られることであり、その中には三本共通の(14)(30)の二条が含まれている。また、古活字本に見える事例のうち、(3)は呉越合戦、(5)と(20)は紀信の説話、(6)と(31)は王陵の母の説話、(29)は許由の説話という風に説話に付随して引用されているが、いずれも君道論・臣道論に関わるものであって、序における政道論と軌を一にし、その軌道に沿って増加していると言うことができる。

四　成句「偕老同穴」の位相

君臣論とは関わりのない事例を取り上げる。夫婦の愛別に関するものである。例(25)に「偕老同穴」の句があった。

この成句は、『下学集』や『節用集』（易林本・和漢通用）に「偕老同穴《カイラウトウケツ》〈毛詩夫婦堅約之義〉」（易林本）とあり、[12] 夫婦の二世にわたる契りを意味する四字熟語としてよく知られている。古くから人口に膾炙していたにちがいないと思われる諺である。にもかかわらず、この四字熟語は、『明文抄』にも『玉函秘抄』や『管蠡抄』にも採録されていないのである。世間周知の諺だったからかと言うと、必ずしもそうではないようである。「ありふれた」と思うのは、現代人の感覚に過ぎないらしい。

『世俗諺文』には、「偕老」と「同穴」の語が、次のように別々に記載されている。

偕老

　毛詩云。死生契闊与子成説。執子之手与子偕老。

　（死生契闊《けつくわつ》、子と説《よろこび》を成す。子の手を執りて、子と偕《とも》に老いんとす。）

同穴

　毛詩云。穀則異室、死〔則〕同穴。

　（穀《い》きては則ち室を異にするも、死しては則ち穴を同じうせん。[13]）

しかも両項は「松羅」「野合」という二つの項を隔てて、個別の諺として記されているのである。近接する位置ではあるものの、並記されているわけでもない。注文には両項とも「毛詩云」と記されているように、出典は確かに『詩経』である。が、前者は邶風「撃鼓」の詩句であり、後者は王風「大車」の詩句であって、両語句は別の詩篇に見られるものである。前記の『節用集』等の注では「偕老同穴」という熟語が『詩経』にあるような印象を与えるけれども、そうではない。その古い用例は漢籍に見当たらないのである。[14]

『文選』巻十六に載せる潘安仁の二篇の賦に、「偕老」「同穴」の用例が見える。

　歓携手以偕老、庶報徳之有鄰。（「懐旧賦」）

（手を携へて以て老いを偕にせんことを歓ぶ。徳を報ゆるの隣有ることを庶《こひねが》ふ）

要吾君兮同穴。之死矢兮靡他。（「寡婦賦」）

（吾が君に要《ちぎ》りて穴を同じうせん。死に之《いた》るまで矢《ちか》はくは他靡《な》からんことを）(15)

李善の注では、前者に「毛詩曰、君子偕老」として鄘風の「君子偕老」という篇名（詩中にこの語句はない）を、後者に前出「大車」の詩句を記している。前者は潘安仁が岳父である楊肇とその嗣子の韶との二代にわたる交誼を回想して用いており、後者は潘安仁が亡友任子咸の妻の「孤寡之心」を叙述した賦の末尾で用いたものである。「同穴」の方はともかく、「偕老」の方は必ずしも「夫婦堅約之義」のみには限られていなかったことが知られる。(16)

白居易は、妻に贈った詩の中で、

生為㆓同室親㆒、死為㆓同穴塵㆒。他人尚相勉、而況我与㆑君。（『白氏文集』巻一「贈内詩」）

と誓っている。平明な表現を意図しているが、明らかに『詩経』「撃鼓」の「穀則異室、死則同穴」を踏まえてこれを転用している。他に『白氏文集』には、「偕老」「同穴」の両語句を同じ作品の中で用いた例として、次の二篇を見出すことができる。

蟬鬢加㆑意梳。蛾眉用㆑心掃。幾度暁粧成、君看不㆑言好。妾身重㆓同穴㆒、君意軽㆓偕老㆒。惆悵去年来、心知未㆑能㆑道。（下略）（巻十二「婦人苦」）

義重莫㆑若㆑妻、生離不㆑如㆑死。誓㆔将死同㆓㆑穴、其㆔奈生無㆓㆑子。商陵迫㆓礼教㆒、婦出不㆑能㆑止。（十八句中略）無㆑児雖㆓薄命㆒、有㆑妻偕老矣。幸免㆓生別離㆒、猶勝㆓商陵氏㆒。（巻五十一「和㆕微之聴㆔妻弾㆓別鶴操㆒、因為解㆓釈其義㆒、依㆑韻加㆓四句㆒」）(17)

特に前者「婦人苦」の例では「偕老」と「同穴」が対語として用いられている。佐久節氏訳注の『白楽天全詩集』（続国訳漢文大成）の「詩意」で、この対句が「私は偕老同穴の契りを大事と心得てゐるのに夫は深く意に留めてゐるないらしい」と要約されているように、四字熟睡「偕老同穴」の形成の端緒を成したかという印象を与えるほどの対句である。感傷詩「婦人苦」の詠作年次は未詳である。花房英樹氏[18]は長慶三年（八二三）以前の作と推定している。元稹が長慶四年に編纂した『白氏長慶集』五十巻、つまり『白氏文集』前集に含まれていたからであるが、詠作年次の上限は明らかでない。また、後者の詠作年代を花房氏は宝暦元年（八二五）としている。

わが国の文献について検討してみると、早く空海の『三教指帰』に「偕老」と「同穴」を対句に用いた例がある。同書巻上の「亀毛先生論」に、「笑偕老於東鰈、悝同穴於南鶼（偕老を東鰈《てふ》に笑ひ、同穴を南鶼《けん》に悝《あざけ》らむ）」[19]（鰈は比目魚、鶼は比翼鳥のこと。ともに夫婦の情愛の深いのに喩える）とあるのがそれである。『三教指帰』は、その序末に「于時延暦十六年臘月之一日也」と記されている。空海が留学僧として在唐したのは延暦二十三年（八〇四）から同二十五年にかけてであるから、この書は入唐する七年前、彼が二十四歳の時の著作ということになる。唐の徳宗の貞元十三年（七九七）に当たり、時に白居易は二十六歳、宣州での郷試を目指して受験準備の最中であった。彼は二年後に及第し、貢挙されて長安に上り、その翌年に進士及第を果たしている。「偕老」と「同穴」を対句に用いる発想は、並行して生じた可能性も十分にあり得る。

時代はやや下るが、『本朝文粋』巻七に、小野篁の「奉二右大臣一書」という書状が載っている。「学生小野篁」が「右大臣」に対して、その「賢第十二娘」との婚姻を願い出た内容である。中に「幸願蒙二府君之恩許一、共二同穴偕老之義一」[20]の句があり、「偕老同穴」でなくて「同穴偕老」という語句が用いられている。書状の末尾には単に「　年　月　日」と記すだけなので、いつの時代のものか不明であるが、諸本「奉二右大臣一」の下に「藤原三守」と注している。『十訓抄』（第十、可庶幾才能事）に、

小野篁三守の大臣にその姫を望ける。文をもて手づからわたりけるとかや。其詞に云。

才非馬卿。弾琴未能。　身異鳳史。吹簫猶拙。

大臣是を見て感じて。婿になしてけり。是哥に同じき歟。（新訂増補国史大系）

という逸話が伝えられているが、ここに引かれた対句は「奉二右大臣一書」中の詞句であるから、これが事実談だとすると、藤原三守の右大臣在任期間、即ち承和五年（八三八）正月以後、同七年七月七日に五十六歳で薨じる（『公卿補任』）以前のことになる。しかし、篁が承和五年六月の遣唐使の出発に際して病気を理由に随行を拒んだために、隠岐国に流されたのが同年十二月であり、召還されて入京したのが承和七年六月であって（『公卿補任』）、三守の右大臣在任期間とほぼ重なる。従って、この「右大臣」は後にその極官で呼んだものと考えられる。篁は書状の中で「学生小野篁」と自称しているが、彼が文章生に補せられたのは弘仁十三年（八二二）九月のことで、時に二十一歳である。天長元年（八二四）九月には「巡察使弾正」に任じられて官途に就いているから、もはや自らを「学生」とは名乗らないであろうと考えていいとすれば、『白氏長慶集』五十巻の編纂と相前後することになる。『江談抄』第四に伝えられている白居易と篁の詩句にまつわる数々の逸話で知られるように、両者の因縁は深い。

さて、上に見た篁の「奉二右大臣一書」における「同穴偕老」の語句は婚姻に先立つ誓約の表明として用いられていたが、大江朝綱の「為二中務卿親王家室一四十九日願文」（『本朝文粋』巻十四）では、「偕老」の語が夫婦の愛別離苦の悲しみを託する語として、次のように用いられている。

夜漏五尽。遂謝二有涯之生一。暁鶏一声。長臨二無常之別一。
一旦背レ世之憂。已残二心地之焰一。百年偕老之契。不レ異二夢路之花一。

中務卿重明親王夫妻の生前における「百年偕老」の誓いが、妻室（貞信公藤原忠平の女）の死によって空しくなったことを傷嘆したものであるが、この大江朝綱の願文の発想が以後の願文に大きな影響を及ぼしたと思われる。

金沢文庫所蔵『言泉集』[21]の「亡夫帖」「亡妻帖」には、この朝綱の「重明親王亡室四十九日」の願文もその主要部分が採録（補入）されているのであるが、その他にも多くの例を見出すことができる。それを三類型に分けて、次に

掲げることにする。（文中〈 〉内は原文割注）

A「偕老」が単独で、または「同穴」以外の語との対偶で用いられている例

①恩至重、愛尤深、无レ過二夫婦之間一、莫レ如二伉儷之儀一。（中略）指レ星一誓之後、送レ霜不レ変二於志一。偕老之芳契三十年、男女所レ生八九人。〈八条二位為平相国禅門〉（為亡夫〈夫婦儀〉）

②偕老者昔契也。契空違而身何遊(逝)。一生(者)春夢也。夢早覚而眼先迷。〈大和守七々日願文善〉（為遁世(文)父夫）

③鴛衾之下、比翼之契尤苦。鸞鏡之中、偕老之志无レ改。蕙態送レ秋、掌二巾櫛一二十五年、蘭夢結レ暁、生二男女一十有余輩。〈前大納言為亡室〉（亡妻〈夫婦儀〉）

④夜帳暁窗、所レ期者百年偕老。春風秋月、所レ契者一生之同心。〈右大将顕忠亡室周忌〉（亡妻悲嘆）

⑤相対所レ思者、一気分形之儀。閑談所レ期者、百年偕老之齢。嗟呼、昔時斉眉之志、星霜漸二十余。近日恋レ影之悲、旦暮已四十九。〈左近源中将亡室四十九日　応和元年〉（亡妻悲嘆）

⑥紫蘿一結、星風四悛。所レ思何義、一気之分形。所レ契何懐、百年之偕老。粧雲易レ減、重々之恨未レ休、涙露徒滋。〈安藝権守三善朝臣為亡室　康保五年〉（亡妻悲嘆）

⑦一結二態蘿一十改二風露一。心中含二偕老之契一、膝上携二未識之児一。〈右近中将源重信為亡室七々日〉（亡妻悲嘆）

⑧嗚呼、偕老(之)齢、一露留一露去。双衰之髪、行雪残行雪消。疋如老身不レ堪二攀慕一。〈保胤〉（亡妻悲嘆）

⑨嗚呼、松蘿契変、已隔二偕老於南浮之日一。蓮台望深、只待二再会於西方之雲一。〈匡房〉（亡妻悲嘆）

⑩蘭室某氏、更変二偕老之契一、忽告二原夜之夢一。東岱煙消。非二空闥(闈カ)一而撫レ衣。陽台雲去。指二別路一而反レ袂。〈大納言実行為亡室　維順〉（亡妻悲嘆）

B「偕老」と「同穴」が対偶表現として用いられている例

⑪催二宿世之因縁一、早結二偕老之芳契一。引二今世之媒介一、既為二同穴之伉儷一。幽儀齢過二知命一、我身歳余二強仕一。〈雅長

宰相五七日〉（為亡夫〈夫婦儀〉）

⑫青(斉)眉之礼始識、同心之交新至。琴瑟之詞无レ違、鴛鴦之眠不レ驚。期二偕老於千秋之初一、契二同穴於万歳之後一。〈徳大寺左府子息中将周忌作善〉（為亡夫〈夫婦儀〉）

C「偕老同穴」が四字熟語として用いられている例

⑬是以、翫レ花春遊、不レ伴二顔花一興冷。待レ月秋夕、不レ共二眉月一光少。偕老同穴儀猶如レ浅、比翼連理契猶似レ疎。〈右少弁定長為亡室〉（亡妻〈夫婦儀〉）

⑭伏惟亡室結レ髪後、多年共居又幾日。偕老同穴之契无レ変、合歓同心之交尤原。〈下野守義朝為亡室修善〉（亡妻〈夫婦儀〉）

以上、「偕老」と「同穴」の二語の対応について見ると、Aの「偕老」「偕老之契」「偕老之芳契」が単独で用いられている例が多くて、「同穴」の単独使用例は見出せない。Bの「偕老」と「同穴」の対偶表現の例や、Cの四字熟語「偕老同穴」の例は少ない。Aの用例の多いのは、亡夫もしくは亡妻の霊を慰めるために、残された者が「偕老之契」の空しくなったことを悼み嘆く追善の願文だからであろう。が、「同穴」の誓いはその残された者の死によって初めて果たされるわけであるから、BやCの表現ではもっぱら生前における夫婦の交情の回想として用いられることになる。後のものであるが、『三国伝記』巻二の第二十七（「信濃国遁世者往生事〈説二魔障妨一也〉」）の冒頭に、「信州《ニ》一人ノ遁世者有《リ》。名ヲ善阿弥ト云フ。妻女尼公《ニ》ヲ持タリ。古《キ》枕上《へ》ニハ階老(ママ)ノ契約深ク。紙袞《ノノ》下《ニハ》同穴ノ昵言濃也」（大日本仏教全書）とあるような用い方である。そのことは、Cのように「偕老同穴」の語句が「比翼連理」や「合歓同心」といった同趣の四字熟語と対偶を作っていることに端的に表れている。

四字熟語「偕老同穴」を用いている二種の願文、⑬と⑭それぞれの制作時期について検討してみよう。

⑬には「右少弁定長為亡室」という注記がある。吉田経房の弟に当たる藤原定長は建久六年（一一九五）十一月十

一日に参議・左大弁・正三位、四十七歳[22]で薨じているが、彼が右少弁であったのは元暦元年（一一八四）九月十八日から翌年十二月二十九日に左少弁に転じるまでの約一年三カ月の間である。時に正五位下、三十六歳から三十七歳にかけての頃に妻を亡くしたようである。長男の清長は建保二年（一二一四）十二月に従三位左京大夫で没しているが、その享年を『尊卑分脈』は四十四歳、『公卿補任』は四十九歳と注している。前者によって逆算すれば承安元年（一一七一）、後者に従えば仁安元年（一一六六）の出生となるから、この願文が清長の母の追善のためのものと見ても矛盾は生じない。清長の母について『公卿補任』『弁官補任』には記載がないが、『尊卑分脈』には「安藝守能盛女」という注記がある。後白河院の北面に藤原能盛という人物がいる。左衛門尉、出雲守の官歴が記されているが、安藝守を歴任したか否か不明である。次男の正四位下、左京大夫重長（本名知長）も同腹であるが、その生年はわからない。三男の成長の母については『公卿補任』『弁官補任』ともに「兵部卿信範卿女」と注する。彼は嘉祿元年（一二二五）十二月二十二日に、四十五歳で非参議の従三位となって、その日に右大弁を去っており、天福元年（一二三三）五月に病に依って出家し、七月に五十三歳で没している。逆算すると養和元年（一一八一）の出生となるから、彼の母も該当しうることになる。その母は、『兵範記』の筆者平信範の女、つまり、建春門院滋子や二位尼時子の従姉妹に当たるわけで、『言泉集』所収の願文に平家一族に関わるものの多いことを考えると、「定長亡室」はこの「兵部卿信範卿女」である公算の方が大きいとすべきかもしれない。ともあれ、この願文の制作時期を元暦元年（一一八四）か翌文治元年と見ることに不都合はないと思われる。

⑭の願文には「下野守義朝為亡室修善」とあり、平治の乱（一一五九年十二月）以前に源義朝が亡妻のために営んだ追善供養に際してのものであることが知られる。義朝には「橋本遊女」（義平母。「或朝長同母云々」とも）・「修理大夫範兼女」（朝長母。「又大膳大夫則兼女」とも）・「熱田大宮司藤原季範女」（頼朝母）・「遠江国池田宿遊女」（範頼母）・「九条院雑仕常磐」（義経母）らの妻妾がいるが（『尊卑分脈』）、「亡室」とある以上おのずから限られよう。没年時が明らか

に義朝に先立っているのは、頼朝・希義・女子（藤原能保室）らの生母である熱田大宮司藤原季範の女である。『平治物語』巻下で頼朝自身が「頼朝、去年三月一日、母にをくれ、今年正月三日、父にわかれぬ」（九条家本）と嘆いているように、彼女は保元四年（四月二十日平治と改元）三月一日に没している。『公卿補任』（文治元年）の頼朝の閲歴の中にも、保元四年「三月一日服解（母）」の事が記されている。「下野守義朝」とあるのは、義朝が仁平三年（一一五三）の従五位下、下野守叙任以後、保元の乱（一一五六）の勲功によって右馬権頭（『兵範記』七月十一日の条）に任じられる以前であることを示すとすれば、この「亡室」は頼朝の母ではありえないことになる。残るのは朝長の母である修理大夫範兼の女もしくは大膳大夫則兼の女であるが、『吾妻鏡』治承四年十月十七日の条には頼朝の軍士に攻められて自害した波多野右馬允義常に関して、「義常姨母者中宮大夫進朝長母儀。〈典膳大夫久経為㆑子〉。仍父義通就㆓妹公之好㆒。始候㆓左典厩〔義朝〕之処㆒。有㆓不和之儀㆒。去保元三年春之比。俄辞㆓洛陽㆒。居㆓-住波多野郷㆒云々」（新訂増補国史大系）とあり、この方が信頼が置けるとは言うものの、結局「義朝亡室」を特定することは困難である。いずれにせよ、この願文の制作時期が仁平三年（一一五三）から保元元年（一一五六）までの間、遅くても平治元年（一一五九）以前であることは動かない。⑬と⑭の間には約三十年の隔たりがあると考えられるが、いずれも院政期に属していて、さほど古いものではない。四字熟語「偕老同穴」は、願文・表白の類の駢儷文的な対偶法を日本的風土の中に再生させた唱導文藝の中で形成された、当時としてはまだ鮮度の落ちていない表現だったのではないかと思うのである。(23)

上来検討して来たような「偕老同穴」の四字熟語としての形成の経緯を踏まえて、『保元物語』と『平治物語』の用例を吟味してみよう。

『保元物語』（巻上、法皇崩御の事）の用例は、美福門院落飾の記事の中に見える。久寿二年（一一五五）七月二十三日に近衛帝が十七歳の若さで崩御し、翌年四月に保元と改元した辺りから、鳥羽法皇の病悩が重くなり、遂に七月二日に五十四歳で崩ずることになるが、門院はそれに先立つ六月十二日に落飾する。時に四十歳である。

同《じき》六月十三日（ママ）、美福門院、鳥羽の成善提院の御所にて、御餝《かざり》をおろさせ給ふ。現世・後生をたのみまいら（つ）させ給ふ。近衛院も先立《きち》給《ひ》ぬ、又、偕老同穴の御契り浅からざりし法皇も、御悩おもらせ給《ふ》御歎《き》のあまりに、思食《おぼしめし》たつとぞ聞えし。御戒の師には、三滝の上人観空ぞ参られける。哀《れ》なりし事どもなり。（古活字本）

夫婦愛別の感傷をこめて用いられているのであるが、これに相当する記事が、他本では、

同年《おなじきとし》夏六月十二日、美福門院、成善提院ノ御所ニテ御カザリヲオロシ、御カタチヲヤツサセマシマス。是ハ、先帝モ隠《かくれ》サセマシ〳〵ヌ、又、法皇モ御悩ヨクワタラセ給ハヌニヨリテ、御歎ノ余ニ思食立《おぼしめしたつ》トゾキコヱシ。哀ナリシ事也。御戒師《おんかいのし》ニハ三滝ノ上人観空ゾマイリケル。（半井本）

同《おなじく》六月十二日美福門院鳥羽の成善提院の御所にて、御ぐしおろさせ給ふ。御戒師《かいのし》は御滝《みたき》の観空上人とぞ聞えし。辟支羯摩《ひやくしかつま》の作法はいつも心すむ事なれ共、折からにや、御所中のねうぼう・なんばう・官次・公卿・殿上人皆涙をながし、袖をしぼらぬはなかりけり。（金刀本）

となっていて、「偕老同穴の御契り浅からざりし」の語句は用いられていない。後に古活字本の段階で裁ち入れられたものと思われる。

『平治物語』（巻上、信西の首実検の事付けたり大路を渡し獄門にかけらるゝ事）の場合は、信西入道の死を嘆く妻の紀の二位の心情を述べるのに用いている。平治元年（一一五九）十二月九日の夜半、藤原信頼、源義朝の軍が三条殿を襲って火を掛け、後白河院および上西門院（院の姉）を大内裏の一本御書所に押し籠め、続いて信西入道の宿所をも焼き払う。宇治の田原に難を避けていた信西は、十三日に穴を掘り板囲いの中に埋もれて往生を遂げようとするが、結句自害して、その首が十七日に大路を渡され、東の獄門の樗の木に懸けられる。信西の子息十二人[24]のうち五人は解官され僧籍の者も召し置かれた。作者は、信西の妻、即ち成範・脩範の母であり、後白河院の乳母である紀の二位の嘆きを、次のように述べている。

紀の二位のおもひ浅からず。偕老同穴《かいらうとうけつ》のちぎり深かりし入道にはをくれ給ひぬ。僧俗の子共十二人ながらめしこめられ、死生もいまださだまらず、頼《たのみ》たてまつる君は押籠《をしこめ》られさせ給、月日の光をもはか〳〵しく御覧ぜず。我身女なり共、信頼の方へ取出して失はむといふなれば、終《つゐ》にはのがれがたしとぞ歎かれける。（金刀本）

「僧俗の子共」「頼《たのみ》たてまつる君」という形容に比べて、「偕老同穴《かいらうとうけつ》のちぎり深かりし入道」という修辞は、いささか均衡を欠いていると感じられる。古活字本もほぼこれと同様である。古本の陽明文庫本には、

紀二位の心の中、思ひやるこそいとをしけれ。入道のゆくすゑをだに知らでなげく心もたぐいなきに、しかばねを掘りいだして首を切て、大路をわたし、獄門の木にかけられぬと聞こえて、いかばかりの事をかおもふらん。海《うみ》山ともたのみたてまつる君はとりこめられ給ひ、月日のひかりをだにも御覧ぜず。僧俗十二人の子息はめん〳〵に召しをかれて、死生未レ定。「我も女の身なれども、何なる目にかあは(ん)ずらん」と伏ししづみてぞ泣きゐたる。

とあり、紀の二位への感情移入をよりこまやかにした筆致ではあるが、「偕老同穴のちぎり深かりし」という修辞はなくて、単に「入道」としかない。この亡夫を悼む修辞句が金刀本に至って見られるということは、亡魂を鎮める悲傷の叙述に多く唱導文藝の感化を受けている金刀本『保元物語』と軌を一にしていると言えよう。金刀本における増補の方向を示す事例の一つであり、古活字本がそれを受け継いでいることの一例でもあるが、同時に古活字本に至って多く増補された評論的な側面に資する漢語章句とはおのずから異なっている事例であるとも言えよう。

注

（1）軍記物語の各作品の諸本の本文と、記事の所在頁（漢数字）は、次の資料に拠った。

『保元物語』（略称《保元》）

半井本（「半」）…新日本古典文学大系『保元物語・平治物語・承久記』（栃木孝惟氏他校注、岩波書店、平成4・7）
金刀本（「金」）…日本古典文学大系『保元物語・平治物語』（永積安明・島田勇雄氏校注、岩波書店、昭和36・7）
古活字本（「活」）…同前書の「付録」
『平治物語』（略称《平治》）
陽明本上巻（「陽」）…新日本古典文学大系『保元物語・平治物語・承久記』（日下力氏他校注、岩波書店、平成4・7）
九条家本中下巻（「条」）…同前書
金刀本（「金」）…日本古典文学大系『保元物語・平治物語』（前出）
古活字本（「活」）…同前書の「付録」
『平家物語』（略称《平家》）
覚一本（「覚」）…日本古典文学大系『平家物語』（渥美かをる氏他校注、岩波書店、昭和34・2〜35・11）
延慶本（「延」）…『応永書写延慶本平家物語』（吉沢義則・冨倉徳次郎氏校注、再版白帝社、昭和36・7）
長門本（「長」）…『平家物語　長門本』（黒川真道・堀田璋左右・古内三千代氏校訂、国書刊行会、明治39・9）
源平盛衰記（「盛」）…有朋堂文庫『源平盛衰記』（石川核氏校訂、有朋堂書店、昭和4・6〜7）
『太平記』（略称《太平》）
古活字本（「活」）…日本古典文学大系『太平記』（後藤丹治・釜田喜三郎・岡見正雄氏校訂、岩波書店、昭和35・1〜37・10）

（2）『太平記の研究——史記を中心とした比較文学的考察』（学位論文、昭和40・9提出）の序章「中世軍記物語と中国文学」の第一節「軍記物語に引用せられた漢語章句と明文抄」。旧著『太平記の比較文学的研究』は『太平記』に関する論考に絞ったために収録を見合わせた。
（3）『群書解題』第二十、雑部(二)（続群書類従完成会、昭和36・8）の「明文抄」の項（新野直吉氏稿）
（4）拙著『太平記の比較文学的研究』（角川書店、昭和51・3）序章第二節「『太平記』の出典論」の注3参照。
（5）『世俗諺文』『明文抄』『玉函秘抄』『管蠡抄』等の類書に関しては、遠藤光正氏の多年にわたる研究がある。氏は特に類書

と軍記物語との関係を重視して、

①「太平記に引かれた漢籍の出典と明文抄との関係」（『明文抄の研究並びに語彙索引』第一章第七節、現代文化社、昭和49・3）

②「類書の伝来と軍記物語について」（『管蠡抄・世俗諺文の索引並びに校勘』所載、現代文化社、昭和53・1）

③「軍記物語に引用の漢籍の出典」（『類書の伝来と明文抄の研究―軍記物語への影響―』第六章、あさま書房、昭和59・11）

等の諸論考を公表している。『保元物語』『平治物語』に関しては②の論考でも触れているが、特に③の論考の第一節「保元物語と漢籍の出典」で十八条の事例、第二節「平治物語と漢籍の出典」で四つの文例（五箇の成句）を取り上げ、いずれも旧日本古典文学大系の頭注の不備を批判し補足している。

また、『平治物語』に関しては、日下力氏の「漢籍と中国故事の摂取に見る流布本段階作者の関心」（注11参照）が、『平治物語』における中国関連の故事・事項・成句を「中国関連記事一覧表」として纏め、全五十四例を、諸本（古態本・金刀本・流布本）ごとに、先出本との関係（継承関係の有無・記事の拡大縮小・異同等）を分別して符号で示し、各事例ごとに簡略な「漢籍出典」を付記している。全五十四例中の二十五例を成句と見ており、うち九例が本稿で取り上げた事例と重なっている。

（6）拙著（注4）第一章「『史記』を源泉とする説話の考察」第三節の二「呉越合戦の説話」参照

（7）高橋貞一氏は『平治物語』の王陵の故事に関して、「王陵の事は京都大学蔵の平治記が杉原本よりも流布本に近いので、流布本は平治記の如きものから成立したと思はれるが、平治記が杉原本より直ちに出現したとは考へられないので、かなり複雑な経路を想定しなければならない」（「壒嚢抄と流布本保元物語の成立」『国語国文』第22巻第6号、昭和28・6）としている。

（8）高橋貞一氏（注7）に同じ。同氏「保元物語の研究」（『保元物語（半井本）と研究』付載、未刊国文資料刊行会、昭和34・5）にも、この評論文が半井本・金刀本になく杉原本にあって流布本に一致することを指摘し、「この杉原本の記述が流布本の成立の一要素となつたと認められる。即ち他の巻頭の序文、左府の最期の亀卜論等と共に、流布本が杉原本の影響をうけたといふべく、杉原本は又、文安二年成立の壒嚢抄中の文によつたと思はれる」と説いている。

（9）釜田喜三郎氏「更に流布本保元平治物語の成立について補説す」（『神戸商船大学紀要 文科論集』第一号、昭和28・3）。なお、この点は本書第一章の第一節「中世軍記物語における説話引用の形態」でも触れている。

（10）御橋悳言氏『保元物語注解』（続群書類従完成会、昭和55・12）は、「正法念経には」として引いているのは『金光明経』（三、正論品）の句であり、「彼《の》経には」として引くのが『正法念経』（五十四、観天品）の句であること、また、「書にいはく」は『貞観政要』（四、太子諸王定分篇）、「伝にいはく」は『左伝』（桓公十八年・閔公二年）の句であることを考証し、さらに「詩には艶女をそしり」には『詩経』（小雅「正月」「十月」）の句、「書には哲婦をいさめ」には『後漢書』（五、安帝紀論）の句を証文として挙げている。御橋氏も引証しているように、「安帝紀」の論の末尾に「既云、哲婦亦惟家之索矣」の句があり、注に「哲智也。索尽也。謂二鄧后専制国柄一也。詩曰哲夫成レ城、哲婦傾レ城。書曰牝鶏之晨惟家之索」とある。ここにも⒅（『詩経』大雅「瞻卬」）と⒆（『書経』牧誓）が共に含まれている。因に、『魏書』（文帝紀）に載せる三年九月甲午の詔にも、「夫婦人与レ政乱之本也。自レ今以後、群臣不レ得レ奏二事太后一」と、婦人の政治関与を否定する意見が見える。

（11）日下力氏著『平治物語の成立と展開』第五章第一節（汲古書院、平成9・6）

（12）『時代別国語大辞典　室町時代編二』（土井忠生氏他編、三省堂、平成1・7）。他に『落葉集』『山谷詩集鈔』四、謡曲『楊貴妃』および『謡抄』の用例を挙げている。なお、『下学集』は「偕老《カイラウ》　同穴《ドウケツ》〈毛詩ニ夫婦堅約《ケンヤクノ》　義也〉」と記していて、四字熟語として取り上げてはいないと見られる。

（13）詩句の訓読は、新釈漢文大系『詩経』（石川忠久氏著、明治書院、平成9・9）による。

（14）御橋悳言氏も「偕老同穴ノ御契」の句について、『保元物語注解』（続群書類従完成会、昭和55・12）で、「毛詩邶風撃鼓篇」の句と「同王風大車篇」の句とを引いて「…とあるに依りて云へり」と注し、『平治物語注解』（同上、昭和56・5）でも同一の注を施している。

（15）本文並びに訓読は、慶安五年版本（『和刻本文選』第一巻、汲古書院、昭和49・12）による。

（16）『本朝文粋』巻十一に載せる源順の「三月尽日。遊二五覚院一。同賦二紫藤花落鳥関関一」には、「松風蘿月。偕老二於煙巖之阿一」と、嵯峨上皇とその御所（嵯峨院、後の大覚寺）に関して「偕老」の語を用いている。因に「紫藤花落鳥関関」は

『白氏文集』巻十六「酬下元員外三月三十日慈恩寺相憶見上寄」の句。ただし、「紫藤」は那波本など刊本に「紫桐」に作る。

(17) 本文は那波本（四部叢刊）による。「商陵迫二礼教一」は、商陵の牧子は妻を娶ったが五年子が無かったので、父兄は「婦有二七去一。不レ順二父母一去、無レ子去」（『大戴礼記』本命第八十）の礼教に則って、彼に新たな妻を娶らせようとしたことを言う。妻がこれを聞き夜中に起きて悲しみ嘆く。その声を聞いた牧子が愴然として悲しんで歌った。それが楽府琴曲の「別鶴操」であるという（崔豹『古今注』巻中、音楽第三）。

(18) 花房英樹氏著『白氏文集の批判的研究』第二部の四「詩文繫年配序」（朋友書店、昭和49・7再版）

(19) 本文並びに訓読は、日本古典文学大系『三教指帰・性霊集』（渡辺照宏・宮坂宥勝氏校注、岩波書店、昭和40・11）による。なお、この句について大谷大学図書館蔵『三教指帰注集』（佐藤義寛氏著『三教指帰注集の研究』、大谷大学発行、平成4・10）の釈成安の注にも、「注云毛詩云死生契闊与子成説執子之手与子偕老」「注云毛詩云生則異室死則同穴」と『詩経』の句が挙げられている。成安注は、序末の識語によれば寛治二年（一〇八八）十月に成ったものである。

(20) 本文は、柿村重松氏著『本朝文粋註釈』（冨山房、新修版昭和43・9）

(21) 貴重古典籍叢刊『安居院唱導集』上巻（永井義憲・清水宥聖氏編、角川書店、昭和47・3）所収。私意によって句読点を打ち、返点は通行の方法で施す。

(22) 『公卿補任』『弁官補任』による。『尊卑分脈』は四十八歳とする。

(23) 『詩経』（邶風「擊鼓」）の「穀則異室、死則同穴」の句は、例えば『全相三国志平話』で「学究嘆曰、妻子活時同レ室、死後同レ槨」（巻上「孫学究得天書」）、「貂蟬又言、生則同居、死則同穴、至レ死不二分離一。呂布甚喜二此言一是也。温侯毎日与二貂蟬一作レ楽」（巻上「張飛三出小沛」）などの外、「関公滴レ泪言曰、兄嫂活同活、死則同死」（巻中「曹操勘吉平」）、「不レ求二同日生一、只願二同日死一」（同「関公千里独行」）などの類似の表現が繰り返されるように、中国の後代の作品にも受け継がれているが、これらと比較しても唱導文藝に見る「偕老同穴」が日本的な発想であることが印象付けられる。

(24) 『尊卑分脈』には通憲の子息として十七人の名が挙がっているが、重複や誤記もあるらしい。そのうち平治の乱の時に解官および配流に処せられた事を記すのは、次の十二名である。（括弧内は配流地）。俊憲（越後・出雲→阿波）、貞憲（土佐）、是憲（佐渡）、成範（下野）、脩範（隠岐）、静憲（安房→丹波）、澄憲（下野）、寛敏（上野）、憲曜（陸奥）、覚恵（伊予）、明遍（越後）、勝賢（安芸）。『平治物語』には「信西の子息闕官の事」に前五者の闕官が記され、「信西の子息遠流に宥めらるる事」に十二名の配流が記されている。俊憲（出雲）、静憲（安房）、寛敏（上総）、澄憲（信濃）の小異がある。十二人の中、紀の二位朝子を母とするのは成範・脩範の二名で、俊憲・貞憲・是憲・静憲・澄憲の五人の母は高階重仲女と注す。その他の者の母については触れていない。

第三節　平家物語と中国文学

1　平家物語における歴史編纂の方法

一　『徒然草』に見える成立事情の伝承

『徒然草』（第二二六段）に、漢学の造詣の深かった「信濃前司行長」が、白居易の新楽府の論義に召された席上で、「七徳舞」に謂う「武の七徳」のうちの二徳を忘れて「五徳の冠者」とあだなを付けられ、[1]為に学問を捨てて遁世し、慈鎮和尚に扶持された、という記事がある。そして、それに続けて、「この行長入道、平家物語を作りて、生仏といひける盲目に教へて語らせけり。（中略）武士の事、弓馬のわざは、生仏、東国の者にて、武士に問ひ聞きて書かせけり」と記されている。これは、『平家物語』の成立事情について記された最も早い時期の文献として周知のものである。

この記事に登場する四者、即ち、伝統的漢詩文的教養をもつ下級官僚出身の行長入道、盲目の琵琶法師生仏、武士社会の消息や合戦譚を生仏に提供した東国武士、そして、これらの結節点に位置する天台座主の慈鎮和尚、この四者が『平家物語』という作品の成立に深く関わっているとするならば、それはまた同時に、彼らがそれぞれに背負っていたであろう文化史的な背景が『平家物語』の文学史上の源泉にも繋がっているはずのものとして、極めて重要な、あるいは象徴的な意味を、この『徒然草』の記事はもっている、と考えられるのである。

二　軍記物語の題材――記録と口語り――

『平家物語』は、文学史の記述においては通常、軍記物語というジャンルに所属され、しかも、軍記物語の諸作品のうちでも最も高度に文学的達成を示した作品として評価されている。軍記物語は、端的に言って、乱逆という社会的現象として噴出してくる変革期の歴史を語る文学である、と規定することができよう。従って、軍記物語は歴史文学であるけれども、それにとって必要不可欠な素材は、乱逆、つまり合戦である。『平家物語』も、「橋合戦」（巻四）を始めとして、「富士川合戦」（巻五）、「倶梨迦羅落」（巻七）、「篠原合戦」（同前）、「法住寺合戦」（巻八）や、「木曾最期」（巻九）、「敦盛最期」（同前）、「能登殿最期」（巻十一）等々、多くの章段で描かれている合戦の場での、勇猛な、壮烈な、あるいは悲壮な武士たちの活躍を抜きにしては成り立たない。

これら、畿内は勿論、関東・東海・北陸から中国・四国・九州と、広い地域にまたがる幾多の合戦のスペクタクルが、『平家物語』の叙述の上に定着するためには、複雑な過程をたどらなければならなかったであろう。例を「木曾最期」に見ることにしよう。木曾義仲は、元暦元年（一一八四）正月二十日に近江の粟津で悲劇的な最期を遂げたが、その死に至る動向についての情報は、即日刻々に九条兼実のもとにもたらされて『玉葉』に記しとどめられた。一方、『吾妻鏡』によれば、遠江守安田義定・蒲冠者範頼・源九郎義経・一条次郎忠頼らの発した飛脚が同月二十七日に鎌倉に到着して、義仲誅戮を報じている。頼朝は三人の使者を引見して情況をつぶさに聴取していたが、そこへ梶原景時の飛脚が到着して、「討亡囚人等交名注文」を提出した。先の三名の使者の報告は口頭によるものであったらしく、「方々《ノ》使者雖《モ》二参《リ》上《ルト》一、不《ハ》レ能二記録《スルコト》一。景時《ノ》之思慮猶《ホ》神妙《ナル》之由、御感及《ベリ》二再三《ニ》一云々」ということになった。さらに翌二十八日には、小山四郎朝政・土肥次郎実平・渋谷庄司重国以下、主だった御家人からの使者が鎌倉に到着して、戦勝の慶祝を言上しているが、当然、それぞれの軍功が注進されたことであろう。上記の一条忠頼や土肥実平は、義仲がその最期の日に交戦した関東勢として『平家物語』にも登場する。畿内周辺の合戦の顛末が旬日のうちに鎌倉に報道されて、公的な記録に書きとどめられたのである。それは事件の要点の簡潔な記録に過ぎなかったであろうが[2]、報告の任を終えた使者たちの口からは、より生き生きとした体験談なり見聞談なりが語り出されたことであろう。ましてや、平家一族を西海に追い落として関東に引き上げて来た武士たちの語るいくさ話は、鎌倉市中ばかりでなく、関東各地の武士たちの郷党のあいだに語り伝えられるとともに、やがて都にも流入して、都の僧俗や在京武士が見聞し体験した数々の話材とともに、あるいは単独に、あるいは複合して伝承されたにちがいない。水原一氏は、『平家物語』における義仲説話の形成過程を分析して、その組成要素の一つに、義仲の書記であった大夫房覚明が、彼自身の執筆した文書記録と、それに関連した事件の話材や、関東勢（例えば石田為久など）の武功談や、義仲配下の生存者の話などを材料にして纏め上げた語りものの存在を推定している[3]。また、その昔、白河院が前九年の役に従軍した老武者の後藤内範明を召して、いくさ語りを聞こうとしたことがあったが（『古今著聞集』『十訓抄』）、治承・寿永の折にも、内裏・仙洞や貴族の邸宅に召されて合戦譚の披露を求められる関東武士もいたであろう。例えば、琵琶の名器「青山」にまつわる平経正との交情（巻七「経正都落」）で知られる守覚法親王が、平家滅亡の後に「爰《ニ》聊《カ》依《テ》レ有《ルニ》レ所レ思《フ》、密《カニ》招《キ》二義経《ヲ》一、記二合戦軍《ノ》旨《ヲ》一」（『左記』）したように。

合戦の体験や見聞に基づく口語りが、下級官僚もしくは遁世者・唱導僧の文筆と邂逅して成立した合戦記の先蹤としては、『将門記』や『陸奥話記』がある。殊に『陸奥話記』の巻末には、「今抄《シ》二国解之《ノ》文《ヲ》一、拾《テ》二衆口之《ノ》話《ヲ》一、注《ス》二之《ヲ》一巻《ニ》一」云々と記されているのであるが、「国解之《ノ》文」と「衆口之《ノ》話」とを統合しうる地点に立つ作者の知識と文筆とがあって、合戦記は成立しえたのである。『日本書紀』以下の六国史に散見する叛乱と鎮定の叙述には、その基礎資料として、事件の顚末や従軍将士の軍功を報告する現地の国司の「解文」とか、従軍書記の「陣中日記」のごときもの、さらにそれらを原資料とする「外記日記」などの公的記録があった。(4) そうした合戦に関する公的記録が、六国史などのように単に編年体史書の編纂資料として、相互に無縁な他の事件の記述と並置されるのとは異なって、当該の事件を主題とする合戦記においては、「国解之文」に代表される記録文書が縦糸となって事件の全体的結構を支え、「衆口之話」即ちその事件にまつわる個々の口語りが横糸となって事件の内容（主として人物とその行動）を具体化し豊かにしているのである。そのいずれか一方が欠けても、合戦記、さらに軍記物語は成立しないであろう。

三　歴史編纂の方法

『平家物語』は、上述のような合戦記の系譜に立つものであるけれども、それの単なる継承にはとどまらないで、平家の興亡を語る歴史文学へと昇華した。

『平家物語』は、平清盛の父の忠盛が長承元年（一一三二）に得長寿院造営の功によって昇殿を許され平家繁栄の礎を築いてから、建久九年（一一九八）に清盛の曾孫の六代が斬られて平家一族が滅亡するまで、約六十五年間にわたる歴史をつづっている。叙述の対象となっている主要な時期はそのうちの約二十年間、即ち、清盛の専横が募って滅亡への途を歩み始める仁安（一一六六～九）頃から、治承・寿永の動乱を経て、宗盛や重衡が斬られ六代が捕らえられる文治（一一八五～九〇）の初め頃までであって、実質的には平家の滅びへの道程が語られている。

作品の首尾に当たる巻一と巻十二および灌頂巻を除けば、他の巻々はすべて、「治承元年五月五日、天台座主明雲大僧正、公請を停止せらるゝうへ、（下略）」（巻二「座主流」）(5) のごとく、元号年月日の記載で書き起こされており、殊に巻三（治承二年）、巻四（同四年）、巻六（同五年）、巻九（寿永三年）、巻十一（元暦二年）の諸巻などはそれぞれの年の正月一日（巻十一は正月十日）から起筆されている。巻首のみならず叙述の中にも日録的記載が極めて多く、そこに端的に表れているように、『平家物語』における作品構成の第一の原理は「時間の経過」である。その点から『平家物語』の歴史記述の方法について「編年体的」ということがよく言われるのであるが、中国の『春秋』やわが国の六国史が「編年体」であるのとは本質的に異なっていることを軽視すべきではない。歴史の記述が「時間の経過」に従うのは至極当然なことであり、それをもって「編年体的」と言うのならば、漢の司馬遷の『史記』に始まる「紀伝体」も、宋の袁枢の『通鑑紀事本末』(6)を嚆矢とする「紀事本末体」も、それぞれ各巻各編の内部は「編年体的」なのである。『平家物語』を平家一族の興亡史と見るならば、それは「紀伝体」における「世家」に相当するとも言えようし、また、平家滅亡という大きな「紀事」の「本末」を叙述したもので、その構成要素として、平家の興隆（巻一）、鹿谷事件（巻一～三）、重盛の逝去（巻三）、以仁王の挙兵（巻四）、福原遷都（巻五）、頼朝の挙兵（同前）、高倉院の崩御（巻六）、清盛の死去（同前）という具合に、一つ一つの「紀事」が点綴されているとも言えよう。(7)勿論、それら個々の「紀事」の独立性は弱くて、袁枢の創始した「紀事本末体」とも異なっており、『平家物語』が『通鑑紀事本末』の影響を受けたとは考えられない。『平家物語』の歴史記述の方法はもっと「物語的」であって、『栄華物語』や『大鏡』の歴史物語に繋がり、ひいては、『日本書紀』のような編年体史書を「ただかたそばぞかし」と否定して光源氏一代とその子孫の行末という虚構の中に人間世界の実相を描こうとした『源氏物語』に至りつく。

『史記』に倣って「紀伝体」の体裁をとる『大鏡』にしても、その「本紀」はおおむね簡略な『皇代記』的な記述に終始していて、『史記』のそれが概して各王朝の興衰史であるのとは甚しく異なっており、作品の主体をなす「列伝」も個々の独立性は弱く、道長の栄華に至る藤原北家正系の興隆と傍系（実頼流・道隆流）の沈淪の歴史が叙述されているという点で、言わば藤氏の「世家」なのである。『大鏡』や『平家物語』が「世家」的な記述となったのには、律令制の崩壊に伴って、もはや六国史のような編年体史書や天皇中心の「本紀」的記述では歴史が描けず、藤原摂関家とか平氏とかの勢家を中心に据えることによってしか歴史が捉えられないという、時代の現実があったはずである。

四　和漢の文学的伝統の融合

『平家物語』が「編年体的」とか「年代記的」とか呼ばれる理由の一つは、先にも述べたように元号年月日の明示された日録的記述の多いことにあるが、それは、平家滅亡という主題を構成する要素として、「時間の経過」に従って点綴されている前述のごとき個々の「紀事」が、公的・私的の諸記録を資料にして記述されたことに起因している。『平家物語』の製作に供されたであろう資料としては、従来、九条兼実の『玉葉』を始め、中山忠親の『山槐記』、吉田経房の『吉記』、源通親の『高倉院厳島御幸記』や、編纂史書である『百錬抄』『吾妻鏡』の原資料となった記録等々が挙げられて来た。こうした諸記録を利用しうる環境と能力に恵まれた者として、慈鎮和尚に扶持された下級官僚上がりで学識の豊かな「行長入道」がいるわけであるが、それはともかくとして、作品の主題が、長期にわたり広域に及び、かつ社会の全階層を巻き込んだ歴史的大事件であったから、利用すべき記録類も増大し、それによって展望された事件の全体的結構を組成するところの個々の「紀事」の内容を具体化し充実させるためには、かつての合戦記のように従軍戦士のいくさ語りとか、歴史物語のように宮廷貴族社会の逸話とかだけでは事足らず、それらは勿論のこと、さらに、寺社の縁起や唱導説話、都鄙の庶民の世界に息づくさまざまな説話をも取り込まざるを得なかったはずである。書承・口承の両面にわたる広大な説話の世界に対する関心と、それを蒐集しようとする意欲は、すでに『今昔物語』の編纂という文学史上の事実として顕現していた。中古の漢文日記の系譜を引く諸記録に基づく日録的記述によって史実性の裏打ちされた「紀事」を核とし、それに関連する説話を、その本来の説話的発想を生かした形で取り入れて「紀事」の内容を充足させるという『平家物語』の歴史記述の方法は、それ故に、その原態本が成立した後にも、それぞれの「紀事」に直接的あるいは間接的に関連する説話の取り込みを可能にしたと言える。そして、その「紀事」を介して『平家物語』の主題に繋がる限り、増補されるどのような説話も、この作品の基調を大きく破綻させることはなかったのである。

その内容を充実すべく語られる説話は、核となる「紀事」それぞれの性格に応じて、極めて多様である。小林秀雄氏が嘆賞する「太陽の光と人間と馬の汗とが感じられる」(8)ような透徹した叙事的行文の合戦描写もある一方に、「緒環」（巻八）に見られる三輪山型神話、「咸陽宮」（巻五）のごとき中国の史伝、「高野御幸」（巻十）のような仏教唱導の叙述があり、そして、何よりも、約百首（岩波古典文学大系本）もの和歌が含まれているという事実が端的に示すように、伝統文藝の抒情味をたたえた多くの場面がある。殊に、「月見」（巻五）や「小督」（巻六）や「女院出家」（灌頂巻）における『源氏物語』の「須磨」「桐壺」の影響、および『白氏文集』の「長恨歌」「上陽人」の感化など、古典的世界の優艶な情趣美が受け継がれている。それは、薩摩守忠度との師弟の情愛（巻七「忠度都落」）でよく知られている当時歌壇の中心人物藤原俊成が、「早くから親しんだ物語や漢詩の文藝境、わけても、物語では、『伊勢物語』『源氏物語』『狭衣物語』の世界、漢詩では、『白氏文集』の世界から和歌の創造的あり方を自覚し、その自覚にもとづいて、和歌的叙情の深化や、和歌的表現の創造に積極的姿勢を整え」(9)、そうした彼によって領導された当時の和歌文学の世界の動勢を反映するものと言えよう。また、「少将都帰」（巻三）や「福原落」（巻七）など旧跡を懐慕する叙述には、平安朝の漢文、殊に駢儷体の賦（例えば源順の「河原院賦」など）の影響が窺われるし、『白氏文集』や平安朝漢詩文から対偶を摘句した『和漢朗詠集』の詩句は、「千手前」（巻十一）に見られるように登場人物によってしばしば朗詠されるのみならず、叙述の中にも多く象嵌されていて、それが王朝物語文学の流れを汲む和文とよく調和融合して、和漢混淆文による抒情的叙事文のみごとな創造にあずかっている。

佐藤輝夫氏は西欧中世の民族的叙事詩と『平家物語』とを比較して、西欧の叙事詩が「おおむねそこから伝統が始まるといふ、いはゞ文学の始源に立つ」ものであるのに対して、「『平家』の前には過去既に幾世紀にもわたる文学の伝統が、厳然として出来あがってゐた」[10]と言っているが、『平家物語』に関してはまさにそのとおりであって、神話・伝説・説話・和歌・物語・史書・合戦記・漢詩文・朗詠・今様、等々の文学的伝統が、転形期における社会的蕩揺の中で融合反応して、全く新しい文学的創造、中世文学としての『平家物語』の創造を果したのである。そして、この多様な文学的伝統の融合反応は、とりもなおさず社会の各階層に生きる人々の思想・感情の多様さを止揚することに外ならなかったから、『平家物語』をわが国の文学史上における最も代表的な国民文学的作品として結実させることになったと言うことができる。

五　琵琶法師の藝能伝承の止揚

『平家物語』の文学的特質に関して、これを叙事詩もしくは叙事詩的文学とみる見方が一般化している。確かに高木市之助氏の言うごとく、『平家物語』は、「日本文学の歴史の上で殆ど類例がないほど顕著に叙事詩的性格を持」[11]つ作品なのである。明治三十年代に始まる『平家物語』叙事詩論の代表的な論者である生田長江氏は、西欧の民族叙事詩から帰納した叙事詩の条件が『平家物語』の中にも見出しうることを主張したが、彼が最も力説したのは、『平家物語』の国民文学的性格ということであった。「鎌倉室町時代の文学は、(中略)実に日本文学史上何れの時代の文学よりもすぐれて国民的なるもの」で、それを代表するのが「世に謂ふところの戦記物語」であり、「而して平家物語は実にその尤なるもの」[12]と言うのである。

中世という文化史的段階において文学が「国民的なもの」でありえたのは、それが語られたものであり、かつ語られることによって成長を遂げたものであるという点に重要な契機があろう。特にその語りが説経師や物語僧のそれではなくて、琵琶に合わせて語る盲法師の語りであったということと切り離しては、『平家物語』の国民文学的、叙事詩的性格を思量することができないであろう。

平曲の祖である生仏の継承した琵琶法師の藝能の伝統がどのようなものであったかは不明である。平曲以前の琵琶法師が、七五調の寿詞風の韻文を「今様になぞらへて」唱ったり（『梁塵秘抄口伝抄』）、永縁僧正の自詠を唱わせられたりしているが（『長明無名抄』）、その外にも「琵琶法師之物語」と呼びうるような内容のものを語っていたらしい（『新猿楽記』）。平安末期から鎌倉初期にかけての琵琶法師の語りものの内容については、仏教説話や寺社の縁起、伝説巷談、和漢の故事、合戦譚や歴史物語などと種々の臆測がなされているけれども、確かなところはわからない。

中国における瞽者の琵琶との類似については早く『自戒集』（一休和尚）や『蔗軒日録』（文明十八年六月二十四日の条）に指摘されていたが、近藤春雄氏は、中晩唐から宋代にかけて寺院を背景に民衆を相手に叙事詩的な変文を語るいわゆる講唱文学と平曲との類似性を説いて、中国の俗講が一つのヒントになっているのではないかと疑い、(13)渥美かをる氏は、中国の俗講がわが国の和讃・講式や澄憲の創始した安居院流の説経や平曲などに分化変容して受け継がれたと推測している。(14)仮に中国の俗講が何がしかの影響を平曲に与えていたとしても、内容（素材・詞章）の決定的な相違に応じて曲節にも大きな変化を余儀なくされたであろうから、所詮、それは示唆を与えたという以上には出ないであろう。

「六道講式」など天台声明と平曲との近似についてもよく言われるが、冨倉徳次郎氏は、生仏の果たした役割を、「まさに庶民に親しまれつつあった仏教音楽を巧みに取り入れつつ、しかも当年の知識人行長と協力して、ここに新しく「史を語る」音曲的語りを一応創りあげた」(15)という点に見ようとする。前述のごとき多様な文学的伝統の止揚ということに対応するような、そして、それと緊密に連関するような、琵琶法師の多様な藝能や語りの止揚というものを、生仏の果たした役割として想像したいところであるが。

六　後代文学への影響

「文学史上の『平家物語』」という課題に応ずるためには、当然、この作品が与えた後代文学への影響についても触れるべきであったが、紙幅の都合で源泉の問題に限った。影響については、佐々木八郎氏の『平家物語の研究』（早稲田大学出版部、昭和23・5、増補版昭42・10）に極めて詳細な考察がなされており、そこで割愛されている『太平記』への影響に関しては後藤丹治氏の『太平記の研究』（河出書房、昭和13・8）に詳しい。また、『平家物語講座』（第二巻、創元社、昭和32・10）には、後期軍記物語（釜田喜三郎氏）、謡曲・狂言・幸若（安藤常次郎氏）、世阿彌（社本武氏）、近世小説（鵜月洋氏）等への影響が、それぞれ括弧内に芳名を記した諸氏によって記述されており、筆者も『平家物語必携』（市古貞次編、学燈社、昭和42・6）の「影響」の項で概説しているので、それらを参看していただければ幸いである。

注

（1）補「武の七徳」は『左伝』宣公十二年に楚子（楚の荘王）の言として見え、『明文抄』（武事部）にも「夫武、禁レ暴。戢レ兵。保レ大。定レ功。安レ民。衆レ和。豊レ財者也。〈此武七徳也〉。左伝」（続群書類従。私に返点を補う）と引かれている。白居易の新楽府「七徳舞」（『白氏文集』巻三）は、「美三撥レ乱陳二王業一也」を主題とする詩であるが、その題下に注して、唐の武徳年中（六一八〜二六）に、隋末の乱を平定した太子秦王（後の太宗）の功徳を歌舞にした「秦王破陣楽」が民間に行われた。太子は即位後の貞観年中（六二七〜四九）に「破陣楽舞図」を制し、その歌詞「七徳歌」を魏徴・虞世南に作らせ、名を「七徳舞」と改めた、と言う。白居易は詩の始めと終りに「七徳舞、七徳歌、伝レ自二武徳一至二元和一。元和小臣白居易、観レ舞聴レ歌知二楽意一。（中略）爾来一百九十歳、天下至レ今歌二舞之一」と歌っている。山田孝雄氏（『平家物語考』、再版勉誠社、昭和43・6）は、土御門院の承元四年（一二一〇）三月十五日に高陽院殿で「楽府問答五番」（『一代要記』）が行われたこと、順徳院の建保六年（一二一八）六月三日に禁裏で「白氏文集論義六番」（『百錬抄』）が行われたことを挙げ、行長が「楽府の御論義の番にめされ」たのはこの二回のいずれかであったかもしれないとしている。「信濃前司行長」を中山行隆息の「下野守行長」であろうとする説が古くから行われているが、鎌倉幕府の要人である二階堂行光と関係づけようとする庭山積氏（「源光行と五徳の冠者」『文学・語学』34、昭和39・12、後に『平家物語と源光行』所収、昭和57・7）の意見もある。『吾妻鏡』承久元年（一二一九）九月八日の条に「巳刻。前信濃守従五位下藤原朝臣行光法師〈法名〉卒。〈年五十六〉」とある。なお、「信濃前司行長」の取扱いに関して信太周氏の厳正な批判がある（「『徒然草』所載平家成立伝承考」、桑原博史氏編『日本古典文学の諸相』所載、勉誠社、平成9・1）。

（2）例えば『吾妻鏡』元暦元年二月十五日の条には、範頼・義経らの飛脚が摂津国から参着して「合戦記録」を献上したことを記し、「其趣、去《ヌル》七日於《テ》二一《ノ》谷一合戦《ス》。平家多《ク》以《テ》殞《セリ》レ命《ヲ》。前内府〔宗盛〕《ノ》已下浮《ビ》二海上《ニ》一赴《ク》二西国《ニ》一。本三位中将〔重衡〕生二虜《リス》之《ヲ》一。通盛卿・忠度朝臣・経俊〈已上《ノ》三人《ハ》、蒲冠者《ノ》討二取《ル》之《ヲ》一〉。経正・師盛・教盛〈已上《ノ》三人《ハ》、遠江守義定討二取《ル》之《ヲ》一〉。敦盛・知章・業盛・盛俊〈已上《ノ》四人《ハ》、義経討二取《ル》之《ヲ》一〉。此外梟首《セル》者《ハ》一千余人。凡《ソ》武蔵・相模・下野等《ノ》軍士、各所レ竭《ス》二大功《ヲ》一也。追《テ》可《シ》二注記言上《ス》一云々」とある。

（3）水原一氏『平家物語の形成』第一部　平家物語の説話的形成「義仲説話の形成」（加藤中道館、昭和46・5）

（4）六国史等に見える合戦記録については、加美宏氏「将門記の形態と方法――その前史的考察――」（古典遺産の会編『将門記・研究と資料』、新読書社、昭和38・11）に詳しい。

（5）『平家物語』の章段名並びに本文は覚一本（岩波書店刊日本古典文学大系）による。ただし、振り仮名は適宜取捨する。以下、特に注記する以外はこれに同じ。

（6）補　袁枢（一一三一～一二〇五）の『通鑑紀事本末』には南宋の淳熙元年（一一七四）三月の楊万里の「叙」があり、同三年に厳州郡学（浙江省、袁枢はその教授）で刊行されている。全四十二巻から成るが、最初の「三家分晉」から最後の「世宗征淮南」まで千三百六十余年の「治乱興衰之迹」を二百三十九の題目に分けて編述している。（中華書局出版本、一九六三年九月付の顧士鋳氏「前記」参照）

（7）補　山田孝雄氏（『平家物語考』前出）は四部合戦状本について、「この書すべて日次を掲げて事を叙す普通の平家物語と稍体裁を異にす。これを不完全なる編年体といふべくんば、普通の本は記《（ママ）》事本末の体に近しといふべし。されど其の内容を検するに、大抵普通の平家に同じ」、「思ふにこの本は世にいふ平家物語を以て編年体に改作せんと試みたるものにあらざるか」と言っている。山田氏の意見はこの伝本の全体的な編纂形態に関する言及であったが、それが、後の研究においては部分的な叙述における日付の記載を中心にした史実との即応・不即応の論議、諸本の古態・改作や先後関係の問題に屈折して展開した感じがある。今井正之助氏の「四部本平家物語と編年体――「辻風」を素材に――」（『国語と教育』10、昭和61・2）では、その点が整理されている。増井経夫氏は『智嚢』中国人の知恵』（朝日選書、昭和53・3）の第四章『智嚢』の文人的作業」の中で、編年体の『資治通鑑』を話題ごとに纏めて書いた袁枢の『通鑑紀事本末』について、「清の史学者章学誠《しょうがくせい》が『文史通義』という本に、これは編年体と紀伝体のほかに紀事本末体という新しい形式を開いたものだと推賞してから、章学誠を買いかぶる人たちが、中国歴史書の三形式として論じたものであった」と歴史的な由来を述べ、「しかし実は、紀事本末体とは歴史のもっとも自然な形で、ヘロドトスもツキジデスもこの形で歴史を書き、中国にもその例は多い」と言っている。編年史や紀伝史は「形式だけでなく構造そのものが王朝べったりで」あるのに対して、史談史話が王朝を「一歩離れて外側から眺める位置」を取る「文人の視点」に立ち、「王朝史を物語集にしたのはこの紀事本末体からはじまった」と説いている。『平家物語』の歴史編述の方法を考える上で甚だ示唆に富む説明である。

（8）小林秀雄氏「平家物語」（『文学界』、昭和17・7。『無常といふ事』所収、創元社、昭和21・2）

（9）峯村文人氏「歌論史　古代」（和歌文学会編『和歌文学講座2　和歌史・歌論史』、桜楓社、昭和44・7）

（10）佐藤輝夫氏「西欧の叙事文学との比較を通して見た『平家物語』」（『平家物語講座』第一巻、創元社、昭和29・2）

（11）高木市之助氏「平家物語概説」（『国文学解釈と鑑賞』22―9、昭和32・9）

（12）生田長江氏「国民的叙事詩としての平家物語」（『帝国文学』、明治29・3～5）

（13）近藤春雄氏「中国の叙事文学と平家物語」（『平家物語講座』第一巻。前出）

（14）渥美かをる氏『平家物語の基礎的研究』「中国における唐五代の俗講」（初版三省堂、昭和37・3、再版笠間書院、昭和53・7）

(15) 冨倉徳次郎氏『平家物語研究』「平家物語の芽生え」(角川書店、昭和39・11)

2　平家物語の典拠摂取の方法

(1)　平家物語と漢詩文

一　個別的考証からの脱皮

『平家物語』に引用されている漢詩文についての考察は、この作品の注釈研究とともに始まった。そして、その長い注釈史の中で、多くの学者たちの貴重な努力によって、漢詩文に関する典拠考証の成果が積み重ねられて来たのである。現存最古の注釈書である『平家物語抄』(著者未詳、国文註釈全書)を始め、『平家物語考証』(野々宮定基著、同前書)・『平家物語集解』(著書未詳、未刊国文古註釈大系)・『平家物語標註』(平道樹著、天保2、同前書)など近世の注釈書や、近代の諸先学による校注・評釈の著述を経て、最近の日本古典文学大系『平家物語』(高木市之助氏他、岩波書店、昭和34～35)や、佐々木八郎氏の『平家物語評講』(明治書院、昭和38)・冨倉徳次郎氏の『平家物語全注釈』(角川書店、昭和41～43)に至るまで、考証の成果の深化拡充とその集成とが絶えず試みられて来たのであり、今後もさらに積み重ねられて行くはずである。

作品の本文をより精確に読解するのに必要な事実や知識を発掘して提示しようとする、訓詁注釈の一環として行われる典拠考証は、言うまでもなく、叙述面における個々の事象に即して、従来看過されたり未詳とされたりして来た典拠を発見するとか、従来挙げられて来た典拠の誤謬を指摘し訂正するとかの方向で進められる。それはあくまで、具体的な事実の発掘を目的とする考察であるから、従って、そこにあるのは不断の更新であって、作品の文学的評価や成立論・作者論におけるほどの際立った異説・異論の対立というものは生じえないと言わねばなるまい。

近代に入って国文学の研究が進展するとともに、それまで注釈作業の一環としてのみ進められて来た典拠考証にも、方法論的反省が加えられるようになった。即ち、近世以来の個別的な典拠考証の成果を踏まえながら、しかも注釈研究から独立して、固有の研究領域と研究方法とを持とうとする方向への脱皮が試みられるようになったのである。それは、個別的調査から集合的認識へ、出典考証から比較文学的研究への脱皮として捉えることができよう。そして、そこにおのずから、研究史的段階や研究者の個性に由来するところの観点や方法の相違が見出されて来るのである。本稿では、そのような相違を中心として、これを研究史的に跡付けるとともに、今後に残されている問題について考えてみようと思う。

二　御橋悳言氏の注釈研究

『平家物語』に関する典拠考証の歴史の上で、御橋悳言氏の「平家物語の典拠ありと思はるゝ文につきて」(1)は記念すべき論考である。これは、

（上略）蓋し平家物語は我が散文詩中最も大なる産物（敢て仏教文学の書なりなどいはず）なるが、一部始終を熟覧するに、各章記載の事実、文章、語句、熟語等多くは其の拠る所あり。随ひて其の本文を検索し、記述の内容、用語の意義を究めつくさゞれば、何が故に此の物語の文学の上に価値を有するや、国民の性情の此の物語に共鳴を感ずるやは知るべからず。

という観点から、「平家物語の各章に通じて典拠ありと思はるゝ詞句」として、仏教関係六十二例、中国および本朝の漢詩漢文関係百六十七例、和歌和文関係六十七例、併せて二百九十六例を指摘し、それを原典ごとに纏めて列挙し

たものである。『平家物語抄』以来の成果を批判的に継承するとともに、さらに多くの創見をも加えて整理した総合的な調査であって、その後の注釈研究や典拠考証に大きな感化を与えている。

さて、御橋氏が列挙している事例のうち、特に中国および本朝の漢詩漢文関係のものは百六十七例であるが、その中には『日本書紀』『文徳実録』などの本朝の史書や『令』『浦島子伝』『本朝神社考』や「縁起」などの十種十四例も含まれているので、これらを除いた百五十三例について整理し検討してみよう。まず、御橋氏が「典拠ありと思はるゝ詞句」のその「典拠」と見做している書籍と、各書籍ごとの事例数とを整理して置きたい。ただその前に、事例数を数えるのに際して要した配慮についてだけ一言して置く。例えば、『平家物語』（巻二、西光被斬）の、

叢蘭茂からむとすれども、秋の風是をやぶり、王者明かならむとすれば、讒臣これをくらうす共、かやうの事をや申べき。[2]

という詞句について、御橋氏は次のように説明している。

貞観政要六杜讒篇に、

叢蘭欲《スレハ》レ茂《カラント》　秋風敗《リ》レ之《ヲ》、王者欲《スレハ》レ明《ナラント》　讒人蔽《フ》レ之《ヲ》。

と見え、帝範去讒篇にも同文あり。なほ貞観政要等は、劉勰新論六に「蘭孫欲《スレハ》レ茂《カラント》　秋風害《ヒ》レ之《ヲ》、賢哲欲《スレハ》レ正《ナラント》　讒人敗《ル》レ之《ヲ》」とあるに倣へるならむ。

この詞句の典拠として『劉勰《りゆうきよう》新論』を挙げるのはすでに『平家物語抄』に始まり、『平家物語標註』はその『平家物語抄』の注をそっくりそのまま踏襲している。『平家物語考証』も『劉勰新論』の文を挙げてはいるが、『平家物語』の本文との差異を無視できなかったらしく、「尚可レ考」と注記していたものである。[3] そして、措辞用語の上でもより近似したものとして、前掲のごとき『貞観政要』の文が野村八良氏や御橋氏によって提示され、典拠の更新が行われたというわけである。ところで、御橋氏の右のような説明の場合、少なくとも『劉勰新論』については事例数か

らこれを除外すべきであろうが、『貞観政要』と『帝範』とはいずれも典拠として取り上げて、それぞれの事例数に含めなければなるまい。といってこれを全く無差別に扱ったのでは、以下に掲げる事例数の数値そのものがあいまいになってしまう。そこで、御橋氏が表立てて掲出している『貞観政要』の方は問題がないとして、補足説明の中で触れている『帝範』の方は括弧内の事例数に含めて計上することにする。そのようにして整理した「典拠」としての書籍を、その事例数の多いものから配列すると、次のようになる。

①『白氏文集』三〇（四）　②『和漢朗詠集』一四（二〇）　③『本朝文粋』二七
④『史記』（「正義」「索隠注」を含む）一四（一）　⑤『文選』一三（一）
⑥『漢書』七（一）　⑦『古文孝経』（「唐玄宗序」を含む）六
⑧『千載佳句』二（四）　⑨『礼記』四　⑩『毛詩』三（一）
⑪『貞観政要』三（一）　⑫『論語集解義疏』二　⑬『尚書』二
⑭『周易』二　⑮『後漢書』二　⑯『呂氏春秋』二
⑰『孔子家語』二　⑱『晋書』二　⑲『臣軌』二
⑳『国語』一（一）　㉑『帝範』一（一）　㉒『古本蒙求』一（一）
㉓『孟子』一　㉔『荘子』一　㉕『列子』一
㉖『韓非子』　㉗『尉繚子』一　㉘『戦国策』一
㉙『顔氏家訓』一　㉚『白虎通』一　㉛『高士伝』一
㉜『劉向説苑』一　㉝『劉向七略別録』一　㉞『淮南子』（一）
㉟『管子』（一）　㊱『六韜』（一）　㊲『古注千字文』（一）
㊳『江談抄』（一）

以上の三十八種百五十三（四十一）例である。御橋氏は、その詳細な調査の結果に基づいて、その論考の結語の中で、

（上略）然れども以上載せたる所によりて、平家物語の作者の此の大文章を構成するに如何なる書の文を援引して其の思想を潤色せるか、平家物語の著作時代には文学に関して如何なる種類の書の多く人に読まれたるかは、これによりて略ぼ推しはかることを得べきなり。

と総括している。即ち、氏は、個別的な典拠考証に立脚しつつ、しかもそれを超えて、「典拠ありと思はるゝ語句」の供給源である先行諸文献の範囲を総体的に把握し、それらの典籍を作者の思想と文藻に培ったところのものとして、作者並びに同時代の知識人一般の教養の質と量とを推測しようとするのである。典拠考証から『平家物語』作者論、または中世文化史論に接近して行く方法を示唆したものと言えるであろう。

しかしながら、そのような目的観に立つならば、氏の典拠考証の方法それ自体が再検討されなければならなくなる。

例えば、御橋氏は『平家物語』の、

異国には、①周成王三歳、②晉穆帝二歳、我朝には、近衛院三歳、六条院二歳、これみな襁褓《きやうほう》のなかにつゝまれて、衣帯をたゞしうせざ（ッ）しか共《ども》、③或は摂政おふて位につけ、④或は母后いだいて朝にのぞむと見えたり。⑤後漢の孝殤皇帝は、むまれて百日といふに践祚あり。天子位をふむ先蹤《せんぜう》、和漢かくのごとし。（巻四、厳島御幸）

という叙述における各傍線部分の典拠として、それぞれ、①は『孔子家語』（冠頌篇）、②と④は『晉書』（穆帝紀）、③は『漢書』（霍光伝）、⑤は『後漢書』（孝殤帝紀）を挙げているが、果たして作者がこれらの史書に直接当たって、原典からじかに引用したかどうかは、甚だ疑わしい。史実に関する原資料としての文献を、直ちに作者の教養に培った典籍であると見做しているところに、大きな錯誤がある。

また、

されば①彼頴川の水に耳をあらひ、②首陽山に薇をお（ッ）し賢人も、勅命そむきがたき礼義をば存知すとこそ承はれ。

（巻二、教訓状）

などに見られる故事の典拠についても同様のことが言える。御橋氏は、①の許由の故事については『高士伝』を、②の伯夷叔斉の故事については『史記』（伯夷伝）を挙げているのであるが、こうした故事についての知識は、単に正統的な漢籍を通してばかりでなく、幼童の時分からさまざまな機会に触れて獲得されるはずのものであるし、まして右の例文のように、故事の内容を具体的に説述しないで単に故事の題目だけを摘記するのにとどめている場合には、直接的な典拠の捕捉は不可能としなければならない。典拠考証が注釈研究の一部として行われている限りは、その故事の記載されている文献のより古く、より正統的なものを挙げて、それによって故事の内容を解説し、紹介すればよいわけであるが、引用書目の一覧に基づいて作者論・文化史論にまで及ぼうとするのであれば、「典拠とは何か」ということを、いま少し厳密に考えてみる必要があったのではないかと思う。故事の内容の詳述を伴わない題目だけの引用は、その典拠をつかむすべもないものであるが、題目だけの引用で事が足りたということは、その故事についての知識が程度の深浅こそあれ享受者の側にも広く行き渡っていたということを物語るものであろうし、また実際に調査してみると、題目だけが引用される故事はおおむねその範囲が限られていて、そう特殊な話材は登場せず、しかも『平家物語』以外の作品にもしばしば見受けられるものばかりなのである。そのような事実を考える時、作品の背後に存在する説話伝承の流れというものに思い至らざるを得ないのである。

さらに、御橋氏は、

椒房の嵐声かなしみ、腋庭の露色愁ふ。（巻七、聖主臨幸）

という文における「椒房《せうはう》」「腋庭《ゑきてい》」の語の典拠として『文選』（巻一「西都賦」）の、

後宮則《ニハ》有《チリ》㆓掖庭、椒房、后妃《ノ》之室㆒。

の詞句を挙げているが、これは「椒房」「掖庭」という語の釈義に関わる用例の提示に過ぎないと言うべきであろう。

后妃の居所を意味する「椒房」「掖庭の」語は、

椒房《ノ》花《ノ》朝。蘭殿《ノ》雪《ノ》夜。春往《キ》秋来《ル》。（『本朝文粋』巻十四、後江相公「村上天皇為御母后四十九日御願文」）

花《ノ》前《ニ》辞《シテ》㆑恩《ヲ》。不㆑見㆓掖庭之月《ヲ》㆒。灯《ノ》下《ニ》告《ゲテ》㆑別《ヲ》。長《ク》失《フ》㆓朝露之光《ヲ》㆒。（同前、後江相公「為㆓左大臣息女女御四十九日㆒願文」）(4)

などのごとく、女院后妃の追善供養の願文には必ずと言っていいほどに用いられているのであって、『平家物語』の「椒房の嵐」「腋庭の露」という表現を熟視するならば、そこには表白願文などの唱導文藝における属文法の投影が浮んで来るはずである。問題は必然的に、個々の語句の典拠考証を止揚する形で、和漢淆交体の形成過程についての考察に関わって行かざるを得ないであろう。

三　『世俗諺文』『明文抄』――漢語章句の流布

上に検討したような事例と異なって、その典拠の捕捉が比較的容易であるかに見える漢語章句の引用の場合も、事情は変わらない。調査の範囲が広がるにつれて、同じ章句を記載している書物のすこぶる多いという事実が明らかになって来て、それらのうちのいずれか一書だけを典拠とするなど、到底不可能なことに思われて来るからである。実際、それらの章句の多くは、すでに原典から遊離し、慣用的に用いられるいわゆる成句として人口に膾炙していたにちがいないのである。大曾根章介氏は(5)『平家物語』に引用されている漢詩文を整理して百二十八例を列挙しているが、単にその原典を示すだけでなく、「広く流布していたと思われる故事熟語を集めた啓蒙書、世俗諺文と明文抄とを併記することにした」として、そのうちの九例については源為憲の『世俗諺文』に、十六例については藤原孝範の『明文抄』に採録されたものであることを注記している。両書に共通する五例を含んでいるので結局二十例の語句についての注記があるわけであるが、実際にはもっと多量に上る。諸先学によって指摘されて来た漢詩文引用の事例を中心に、その中で『世俗諺文』（続群書類従）と『明文抄』（同上）に採録されているものを列挙して行くことにする。『世俗諺文』の記事で《　》で括ったのは主題となっている諺である。また、高橋貞一氏が(6)『平家物語』と賀茂季鷹蔵『玉函要文』(『玉函秘抄』の別名)および『管蠡抄』などとの関係についての調査を発表しているので、それに基づいて該当事例には〈　〉に括って付記する。さらに、各事例について御橋氏と大曾根氏とがそれぞれに典拠として挙げている書名も〔　〕内に併記することにする(Aは御橋氏説、Bは大曾根氏説)。

(1)　吹風の草木をなびかすが如し。(巻一、禿髪)
「上之化レ下。猶二風之靡一レ草。孝経」(明文抄一)。「《靡風草》論語。子曰。君子之徳風也。小人之徳草也。草尚二之風一必偃。」(世俗諺文)。〔B―論語(顔淵篇)・世俗諺文〕

(2)　世のあまねく仰げる事、ふる雨の国土をうるほすに同じ。(巻一、禿髪)
「小国之仰二大国一也。如三百穀之仰二膏雨一焉。左伝」(明文抄一)。〔B―左伝(襄公十九年)・明文抄〕

(3)　たゞ深淵にのぞむで薄氷をふむに同じ。(巻一、二代后)
「《履薄氷》毛詩云。戦々兢々。如レ臨二深淵一。如レ履二薄氷一。」(世俗諺文)、〈玉函要文〉。〔A・B―毛詩(小雅小旻篇)、B―世俗諺文〕

(4)　神非礼を享給はず。(巻一、鹿谷)
「神不レ享二非礼一。論語」(明文抄五)、〈玉函要文・管蠡抄〉。「《神不享非礼》左伝曰。晉李克語二大夫申生一曰。神不レ享二非礼一。民不レ祭二非族一。」(世俗諺文)。〔A・B―論語集解義疏(三)「苞氏曰、神不レ享二非礼一」、B―明文抄・世俗諺文〕

(5)　大臣は禄を重じて諫めず、小臣は罪に恐れて申さず。(巻一、願立)
「大臣重レ禄不二極諫一。小臣畏レ罪不二敢言一。下情不二上通一。此患之大也。後漢書」(明文抄二)、〈玉函要文〉。

「大臣惜レ祿而莫レ諫。小臣畏レ誅而不レ言。帝範」（明文抄二）。〔A・B―本朝文粋（二、慶滋保胤、令上封事詔）「（上略）大臣重レ祿不レ諫。小臣畏レ罪不レ言。下情不二上通一。此患之大者也。」、A―劉向説苑（善説篇）、B―明文抄〕

(6) 叢蘭茂からむとすれども、秋風是をやぶり、王者明かならむとすれば、讒臣これをくらうす共、かやうの事をや申べき。（巻二、西光被斬）
「叢蘭欲レ茂秋風敗レ之。王者欲レ明讒人蔽レ之。帝範」（明文抄四）、〈玉函要文・管蠡抄〉。〔A・B―貞観政要（杜讒邪篇）、A―帝範（去讒篇）、B―明文抄〕

(7) 刑《けい》の疑はしきをばかろんぜよ。功のうたがはしきをばをもんぜよ。（巻二、小教訓）
「（上略）辜疑惟軽。功疑惟重。尚書」（明文抄二）、〈玉函要文・管蠡抄〉。〔A・B―尚書（大禹謨）〕

(8) 積善《しやくぜん》の家に余慶あり、積悪《しやくあく》の門に余殃《よわう》とゞまるとこそ承はれ。（巻二、小教訓）
「積善之家必有二余慶一。積不善之家必有二余殃一。周易」（明文抄四）、〈玉函要文・管蠡抄〉。〔A・B―周易（文言伝）、B―明文抄〕

(9) 普天の下《した》、王地にあらずといふ事なし。（巻二、教訓状）
「普天之下莫レ非二王土一。率土之濱莫レ非二王臣一。毛詩」（明文抄一）・（世俗諺文《溥天之下莫非王土》）、〈玉函要文・管蠡抄〉。〔A―孟子（万章章）「詩云、普天之下、（下略）」、B―毛詩（小雅北山篇）・世俗諺文・明文抄〕

(10) 進退惟《これ》きはまれり。（巻二、烽火之沙汰）
「習蓼虫之忘レ辛。翫進退惟谷。文選」（明文抄三）。〔A・B―毛詩（大雅桑柔篇）「人亦有レ言、進退維谷」〕

(11) 富貴の家には祿位重畳せり、ふたゝび実なる木は其根必いたむとみえて候。（巻二、烽火之沙汰）
「富貴之家祿位重畳。猶再実之本〔木歟〕其根必傷。後漢書」（明文抄四）、〈玉函要文〉。〔A・B―後漢書（明徳馬皇后

紀)、B—明文抄〉

(12) 君君たらずと云とも、臣も(ッ)て臣たらず(ン)ば有べからず。父父たらずと云共、子も(ッ)て子たらず(ン)ば有べからず。(巻二、烽火之沙汰)

「君雖レ不レ君。臣不レ可三以不レ臣。父雖レ不レ父。子不レ可三以不レ子。孝経」(明文抄二)・(世俗諺文《父雖不父子不可以不子》)、〈玉函要文・管蠡抄〉。〈A・B—古文孝経(孔安国序)、B—明文抄〉

(13) 怨《あた》をば恩をも(ッ)て報ぜられたり。(巻二、烽火之沙汰)

「転レ禍為レ福。報レ怨以レ徳。金楼子」(明文抄四)、〈玉函要文「以レ徳報レ怨。(漢書)」・管蠡抄「報レ怨以レ徳。(老子経)」〉。〈A・B—ともに挙げず〉

(14) 国に諫る臣あれば其国必やすく、家に諫る子あれば其家必たゞしといへり。(巻二、烽火之沙汰)

「《有諍臣》孝経曰。昔者天子有二諍臣七人一。君雖二無道一不レ失二天下一。諸侯有二諍臣五人一。雖二無道一不レ失二其国一。大夫有二諍臣三人一。雖二無道一不レ失二其家一。士有二諍友一。〔則脱カ〕身不レ離二令名一。父有二諍子一。身不レ陥二於不義一矣。」(世俗諺文)、「昔者天子有二諍臣七人一。(孔安国注省略)雖二亡道一弗レ失二〔其〕天下一。孝経」(明文抄二)、「昔万乗之主有二諍臣七人一。則主(無)典二過挙一。千乗之国有二諍臣五人一。則社稷不レ危。百乗之家有二諍臣三人一。則禄位下レ替。父有二諍子一不レ陥二无礼一。士有二諍友一不レ行二不義一。臣軌」(明文抄四)。〈A・B—古文孝経(諫諍章)、B—世俗諺文〉

(15) 桑の弓・蓬の矢にて、天地四方を射させらる。(巻三・御産)

「男子生。以桑弧・蓬矢六以射レ天射レ地射二四方一。天地四方〔者〕男子之所有事也。礼記」(明文抄三)。〈A・B—礼記(内則篇)、B—明文抄〉

(16) 天子には戯《たはぶれ》の詞なし。(巻三、頼豪)

「天子無二戯言一。言則史書レ之。礼成レ之。楽歌レ之。史記」(明文抄一)、「《天子無戯言》史記云。(中略)史佚曰。天子无二戯言一。遂封二於唐一。」(世俗諺文)。〔A・B—史記(晉世家)〕

(17) 綸言汗の如しとこそ承れ。(巻三、頼豪)

「《綸言如汗》礼記云。王言如レ糸。其出如レ綸。王言如レ綸。其出如レ綍。鄭玄曰。言出糸。大云。綸言如レ汗。出而不レ反。」(世俗諺文)。「王言如レ糸。其出如レ綸。王言如レ綸。其出如レ綍。礼記」(明文抄一)。〔B—礼記(緇衣篇)・明文抄〕

(18) 手の舞《まひ》、足の踏《ふむ》ところも覚えず。(巻三、行隆之沙汰)

「(上略)詠歌之不レ足。不レ知二手之儛レ(之)足之踏一レ之也。毛詩序」(明文抄五)。〔A・B—礼記(楽記篇)「故不レ知二手之舞レ之。足之踏一レ之也。」〕

(19) 明王は孝をも(ッ)て天下を治といへり。(巻三、城南之離宮)

「昔明王以レ孝治二天下一。其或継レ之者鮮哉希矣。文選」(明文抄一)。〔A・B—古文孝経(孝治章)「明王之以レ孝治二天下一也如レ此」〕

(20) 君は舟、臣は水、水よく船をうかべ、水又船をくつがへす。臣よく君をたもち、臣又君を覆す。(巻三、城南之離宮)

「古語云。君舟也。人水也。水能載レ舟。亦能覆レ舟。貞観政要」(明文抄二)。〈管蠡抄「君舟也。民者水也。水可レ載レ舟。亦可レ覆レ舟。(史記)」〉。〔A—孔子家語(一)「君者舟也。庶人者水也。水所二以載一レ舟。亦所二以覆一レ舟也。」〕荀子・貞観政要、B—荀子(王制篇)「伝曰。君者舟也。庶人者水也。水則載レ舟。水則覆レ舟」・明文抄〕

(21) 窮鳥懐に入。人倫これをあはれむといふ本文あり。(巻四、永僉議)

「《窮鳥入懐》顔氏云。（中略）然而窮鳥入レ懐者。仁人所レ憫也。況死士帰レ我。当レ棄レ之乎。」（世俗諺文）。〈A・B—顔氏家訓（省事篇）、B—世俗諺文〉

(22) 楚章華の台《たい》をたてて、黎民《れいみん》あらげ、秦阿房の殿《てん》をこして、天下みだるといへり。（巻五、都遷）
「楚起二章華之台一。而黎民散。秦興二阿房之殿一。而天下乱。漢書」（明文抄一）、〈玉函要文・管蠡抄〉。〈A・B—文選（一、張衡、東京賦）「（上略）楚築二章華於前一。趙建二叢台於後一。秦（中略）乃構二阿房一起二甘泉一結二雲閣一観二南山一。征税尽人力殫。（下略）」、B—史記（秦始皇本紀）〉

(23) 茅茨《ぼうじ》きらず、采椽《さいてん》けづらず、周車かざらず、衣服あやなかりける世もありけん物を。（巻五、都遷）
「（上略）茅茨不レ剪。采椽不レ劉。舟車不レ餙。衣服無レ文。土階不レ崇。大羹不レ和。帝範」（明文抄一）。〈玉函要文・管蠡抄〉。「《茅茨不剪》墨子曰。堯舜茅茨不レ剪。采椽不レ刊。」（世俗諺文）。〈A・B—帝範（崇倹篇）、B—明文抄・世俗諺文〉

(24) 白虹日をつらぬいてとほらず。（巻五、咸陽宮）
「荊軻慕二燕丹之義一。白虹貫レ日。太子畏レ之。（下略）文選」（明文抄一）、〈玉函要文〉。〈A—文選（三十九、鄒陽、獄中上書）〉

(25) 刑人をば君のかたはらにをかず。（巻五、咸陽宮）
「刑人不レ在二君側一。礼記」（明文抄一）。〈B—礼記（曲礼篇）・明文抄〉

(26) 君子は刑人にちかづかず、刑人にちかづくはすなはち死をかろんずる道なりといへり。（巻五、咸陽宮）
「君子不レ近二刑人一。近二刑人一則軽レ死之道也。公羊伝」（明文抄一）、〈管蠡抄・玉函要文「君子不レ近二刑人一。（礼記）」〉。〈B—公羊伝（襄公二十九年）・明文抄〉

(27) 天のあたふるをとらざれば、かへ（ッ）て其とがをうく。時いた（ッ）ておこなはざれば、かへ（ッ）て其殃《わざはひ》をうく

といふ本文あり。（巻五、福原院宣）

「天予不レ取反受二其咎一。時至不レ行反受二其殃一。漢書」（明文抄一）、〈玉函要文・管蠡抄（史記）〉。〔A―史記（越世家）・（国語）〕

(28) いにしへ、朝敵をほろぼさんとて都をいづる将軍は、三の存知あり。切刀を給はる日家をわすれ、家をいづるとて妻子をわすれ、戦場にして敵にたゝかふ時、身をわする。（巻五、富士川）

「〔将〕受レ命之日忘レ家。出レ門之日忘レ親。史記」（明文抄五）、〈玉函要文「受レ命之日忘レ家。出レ門之日忘レ親。（臣軌）」〉。〔A―尉繚子「将受レ命之日忘二其家一。張レ軍宿レ野忘二其親一。援レ枹而鼓忘二其身一。」〕

(29) 詞のもらしやすきは、わざはひをまねく媒《なかだち》なり。詞のつゝしまざるは、やぶれをとる道なりといへり。（巻五、奈良炎上）

「言易レ浅〔洩歟〕者召レ禍之媒也。事不レ慎者取レ敗之道也。臣軌」（明文抄四）、〈玉函要文・管蠡抄〉。〔A・B―臣軌（慎密章）〕

(30) たとへば嬰児《えいじ》の貝《かい》をも（ッ）て巨海を量《はか》り、（巻七、願書）

「語曰。以レ管窺レ天。以レ蠡測レ海。（下略）文選」（明文抄四）。〔A・B―漢書（東方朔伝）「以レ蠡測レ海」〕

(31) 蟷螂の斧をいからかして隆車に向《むかふ》が如し。（巻七、願書）

「運二蟷蜋之斧一。禦二隆車之墜一。家語」（明文抄四）、「汝不レ知二夫螳蜋一乎。怒二其臂一以当二車轍一。不レ知二其不レ勝レ任也。是其才之美者也。荘子」（同上）、「《蟷螂廻車》荘子云。蟷螂怒レ臂以当二車轍一。（下略）」（世俗諺文）、〔A・B―文選（四十四、陳琳、為袁紹檄豫州文）「欲下以二螗蜋之斧一禦中隆車隧上。」〕

(32) 古郷へは錦をきて帰れといふ事の候。（巻七、実盛）

「富貴不レ帰二故郷一。如二衣レ錦夜行一。漢書」（明文抄三）、「富貴不レ帰二故郷一。如二衣レ繡夜行一。史記」（同上）、〈玉函

要文（漢書）〉。〔A・B—史記（項羽本紀）〕

(33) 流をつくしてすなどる時は、おほくのうををうといへども、明年に魚なし。林をやいてかる時は、おほくのけだものをうといへども、明年に獣なし。（巻七、実盛）

「雍季曰。竭レ沢而漁。豈不二獲得一。而明年無レ魚。焚レ藪而田。豈不二獲得一。而明年無レ獣。呂氏春秋」（明文抄一）。〔A・B—呂氏春秋（義賞篇）〕

(34) 策《はかりこと》(ママ)を帷幕の内にめぐらして、勝事を咫尺のもとにえたり。（巻七、木曾山門牒状）

「（上略）高祖曰。（中略）運二籌策帷帳之中一。決二戦於千里之外一。吾不レ如二子房一。（下略）史記」（明文抄二）。〔A・B—漢書（張良伝）〕

(35) 天に二《ふたつ》の日なし、国にふたりの王なしと申せども、（巻八、名虎）

「天無二二日一。土無二二王一。家無二二主一。尊無二二上一。礼記」（明文抄一）、「（上略）太公家令説二太公一曰。天亡二二日一。土亡二二主一。皇帝雖レ子人主也。太公雖レ父人臣也。（下略）漢書」（明文抄二）、（世俗諺文《天無日》も礼記と史記の文をあげる。）〔A・B—礼記（曾子問篇）〕

(36) 是らをなだめられんは、養虎の愁あるべし。（巻九、樋口被討罰）

「養レ虎自遺レ患也。漢書」（明文抄四）。〔B史記（項羽本紀）「今釈弗レ撃。此所謂養レ虎自遺レ患者也。」〕

(37) 雪は野原をうづめども、老たる馬ぞ道はしると云ためしあり。（巻九、老馬）

「《老馬智》韓子云。管仲。字夷吾。事二斉桓公一為二上卿一也。時桓公北征二孤竹一。山行値レ雪迷失レ路。於レ是軍衆莫レ知。管仲曰。可レ用二老馬之智一。可レ放二老馬於前一。而後随レ之。逐二馬於道一而帰。」（世俗諺文）。〔A・B—韓非子（説林篇）、A—蒙求（管仲随馬）〕

(38) 忠臣は二君につかへず、貞女は二夫にまみえずとも、かやうの事をや申べき。（巻九、小宰相身投）

(39) 「忠臣不レ事二二君一。貞女不レ更二二夫一。史記」（明文抄二）、〈玉函要文・管蠡抄〉。〔A—史記（田単伝賛）〕

夫日月は一物の為にそのあきらかなることをくらうせず。明王は一人がためにその法をまげず。（巻十、請文）

「天地不下為二一物一枉中其時上。日月不下為二一物一悔〔晦カ〕中其明上。明王不下為二一人一枉中其法上。孝経」（明文抄一）、〈玉函要文・管蠡抄〉。〔A・B—ともに挙げず。〕

(40) ひまゆく駒の足はやくして、（巻十一、逆櫓）

「人生天地之間。若二白駒之過一レ隙。忽然而已。左伝」（明文抄四）、「《白駒過郄》荘子云。人生天地之間。（下略）」（世俗諺文）。〔A・B—漢書（張良伝）「人生二一世間一如二白駒之過一レ隙」、B—世俗諺文・明文抄〕

(41) 義経身体髪膚を父母にうけて、（巻十一、腰越）

「身体髪膚受二之父母一。弗二敢毀傷一孝之始也。（下略）孝経」（明文抄三）、「《身体髪膚禀于父母》古文孝経云。身体髪膚禀二于父母一。（下略）」（世俗諺文）。〔A・B—古文孝経（開示明誼章）、B—世俗諺文・明文抄〕

(42) 猛虎深山にある時は、百獣ふるひおづ。檻井（ママ）のうちにあるに及で、尾を動かして食をもとむとて、（巻十一、大臣被斬）

「猛虎在二深山一。百獣震恐。及三其在二檻穽之中一。揺レ尾而求レ食。積二威約一之漸。文選」（明文抄五）、〈玉函要文〉。〔A・B—文選（四十一、司馬遷報二任安一書）、B—明文抄〕

(43) 呉王剣角をこのんじかば天下に疵を蒙るものたえず。楚王細腰を愛《あひせ》しかば、宮中に飢て死するをんなおほかりき。（巻十二、六代被斬）

「呉王好二剣客一。百姓多二瘢瘡一。楚王好二細腰一。宮中多二餓死一。（下略）後漢書」（明文抄一）、〈玉函要文・管蠡抄〉。〔B—後漢書（馬廖伝）・明文抄・本朝文粋（巻二、封事三箇条）〕

(44)　上の好に下は随ふ間（巻十二、六代被斬）

「上之所レ好。下必随レ之。下之所レ行。皆従二上之所一レ好。貞観政要」（明文抄一）。〔A・B―ともに挙げず。〕

以上の四十四例が、『世俗諺文』と『明文抄』に採録されている漢語章句のうち、『平家物語』（覚一本）に見える諺や成句と何らかの繋がりのありそうな事例である。見落したものもあろうし、また増補系諸本（殊に『源平盛衰記』）を加えると、この種の事例は激増する。言うまでもないことであるが、上に列挙した事例のすべてが『世俗諺文』や『明文抄』から摂取されたものであると考えるわけにはいかない。先に述べたように、当時すでに世間一般の人口に膾炙していた〈世俗の諺文《ことわざ》〉なのである。『玉函要文』や『管蠡抄』など同趣の啓蒙書にも採録されており、上に注記した以外の書籍においてもしばしば見出されるものが殆どである。殊に(40)の「ひまゆく駒」の語句などは、はやく二条院参川内侍の歌（『千載集』巻十七、一〇八七番）や源俊頼の長歌（同巻十八、一一六〇番）にも用いられている歌語をそのまま襲用しているのであって、『荘子』や「張良伝」（『史記』『漢書』）はその歌語の典拠であるというに過ぎない。また、上記の事例の中にも、『平家物語』のより直接的な素材となったと推測される文献においてすでに引用されていたものが含まれているが、これについては後に述べることにする。

それにしても、上記の事例が、それらの章句を記載する原典と、『平家物語』の作者との直接的な交渉を疑わせるに足るものであるとするならば、御橋氏が挙げている前記の三十八種の書籍のうち、作者の思想と文藻の形成に直接参与したものとしては、どれどれが残りうるであろうか。柿村重松氏は「本朝文粋の文句と平家物語」[7]と題する論考の中で、『平家物語』の作者の漢学の素養について、次のように説いている。

（上略）盛衰記や平家の作者は誠に博学多通であります。（中略）しかし更に一歩踏み込んで研究して見ますと、仏典の方は姑く措きますが、漢籍の方になると、其の知識はたとひ博くはあつても、其の実に習読して居た書物は案外多くなく、且つ深くもないやうであります。五経は要処要処は看てゐたでせう。三史は史記だけは座右に置いてゐたやうであるが、漢書・後漢書などは実際読んでゐたかどうか、況んや三国志以下に於てをやでありま す。老子は読んでゐたらうが、荘子・列子になると頗る怪しく思はれます。文選も要処要処は看て居り、文集も楽府や長恨歌並に伝、乃至琵琶行位には通じて居たらうと思はれます。其の他は貞観政要や帝範・臣軌さては論語・孝経・蒙求・朗詠集位の学問に過ぎなかつたらうと思はれます。（・点のみ筆者が補う。）

四　『本朝文粋』――唱導文藝との関連

『平家物語』に引用されている漢詩句のうちで目立って多いのは、『白氏文集』『本朝文粋』『和漢朗詠集』に関係あるものである。勿論、『和漢朗詠集』には『白氏文集』や『本朝文粋』から採取されたものも多い。そこで、先ず御橋・大曾根両氏が指摘しているこれら三集関係の事例を整理し直して表示することにしよう。

御　橋　氏	『白氏文集』	三四例	（『文集』三〇・『朗詠』四）
	『本朝文粋』	二七例	（『文粋』二七）
	『和漢朗詠集』	三四例	（『文集』三・『文粋』一五・『朗詠』一六）
大曾根氏	『白氏文集』	三一例	（『文集』二五・『朗詠』七）
	『本朝文粋』	四一例	（『文粋』二四・『朗詠』一七）
	『和漢朗詠集』	三九例	（『文集』四・『朗詠』三五）

右の表について説明すると、例えば御橋氏の『和漢朗詠集』の場合、全部で三十四例が指摘されているのであるが、そのうちの三例は『白氏文集』関係として掲出された三十例の中に、また十五例は『本朝文粋』関係として掲出された二十七例の中に、『和漢朗詠集』にも見えることの注記されているものであり、『和漢朗詠集』として掲出されてい

るのは十六例（ただし、『千載佳句』として掲出された二例を含む）であることを示している。大曾根氏の場合には別にそのような注記が施されていないので、当該詩句を検討して私に処理した。で、例えば上掲『本朝文粋』四十一例の場合、氏が典拠を『本朝文粋』と記しているのは二十四例であるが、他に『和漢朗詠集』として挙げている三十五例の中にも『本朝文粋』から採録された十七例が含まれていることを示している。なお、御橋氏の事例数は漢詩句引用の回数を意味し、大曾根氏のそれは原則的には引用された漢詩句の種類を意味していて、やや性質が異なるのであるけれども、同一詩句が二回以上にわたって引用されることは『平家物語』にはそう多くないので、大勢には影響しない。さて、右の表によれば、『本朝文粋』に関しては両者の指摘にかなりの差異があるけれども、『白氏文集』と『和漢朗詠集』についてはほぼ一致していることがわかる。

ところで、御橋氏の考察が、中国および本朝の漢詩漢文と『平家物語』の影響関係を、受容者である『平家物語』を中心として総体的に把握しようとしたものであるとするならば、柿村重松氏の「本朝文粋の文句と平家物語」（前出）は、影響の発動者である『本朝文粋』に焦点を当てて、それの後代における享受の様相を史的に把握しようとする意図のもとに行われた考察であると言うことができよう。実際には、その受容の仕方の相異に着眼して、『平家物語』と『源平盛衰記』の成立時期の前後関係にまで論及しているのであるけれども。従って、影響関係の認定についてはいっそう厳密になっている。氏は先ず、『平家物語』に見えている『本朝文粋』の文句を、『和漢朗詠集』に収録されているものと、そうでないものとに二大別し、前者に属する十二例（他に『源平盛衰記』に見えて『平家物語』に見えないもの五例）と、後者に属する十五例（引用回数にして十七回）とを列挙している。『源平盛衰記』にだけ見える五例を除いた都合二十七例（二十九回）のうち、御橋氏の指摘と共通しているのは十八例（二十回）だけである。大曾根氏の場合はこれが十九例に相当するのであるが、大曾根氏はこの上に、御橋氏とのみ共通する六例、柿村氏とのみ共通する六例を加え、さらに独自の十例（うち三例は『和漢朗詠集』として）を補っているのである。それらの引用例を具体的に示すことは割愛するが、柿村氏は、前掲のごとく『平家物語』の作者の漢学素養がそれほど広くも深くもなかったことを述べた後、「こんな学者であったに拘らず、文粋は其の利用消化の程度によつて相応に善く読んで居たやうに思はれ」るとし、その理由として、『本朝文粋』の詩文が唐人の文章の硬骨難解なのと違って、特に平安後期以後の学者文人の嗜好に適合していたために広く愛読されていたことと、さらに『本朝文粋』から多くの詞句を収録している『和漢朗詠集』が広く流布したことを挙げている。『本朝文粋』に即して言えばそのとおりにちがいないのであるが、当然『平家物語』の側からの検討もなされなければならない。その際、次のような事実は、どうしても無視することのできない条件となろう。大江朝綱の「重明親王為㆓家室四十九日㆒願文」(巻十四)の、

生者必滅。釈尊未㆑免㆓栴檀之煙㆒。楽尽哀来。天人猶逢㆓五衰之日㆒。(『和漢朗詠集』下、無常にも所収)

という文句が、『平家物語』の中で、

○生あるものは必《かならず》滅す。釈尊いまだ栴檀《せんだん》の煙をまぬかれ給はず。楽尽《たのしみつき》て悲来《かなしみきた》る。天人尚五衰の日にあへりとこそうけ給はれ。(巻十一、大臣殿被斬)

○盛者必衰の理は目前《めの》にこそ顕れけれ。楽《たのしみ》つきて悲来《かなしみきた》るとかゝれたる江相公の筆のあと、今こそ思しられけれ。(巻二、小教訓)

○生《しやう》ある物は必ず滅す。楽尽《たのしみつき》て悲来《かなしみきた》るといにしへより書《かき》をきたる事にて候へ共、まのあたりかゝるうき事候はず。(巻七、一門都落)

○時うつり事さ(ッ)て、世のかはりゆくありさまは、たゞ天人の五衰にことならず。(巻二、大納言死去)

などのごとく、数度にわたって引用されていること、また柿村氏が『和漢朗詠集』に収められていないもの、従って『本朝文粋』からの直接的な摂取として挙げた十二例のうちには、

悲《かなしみ》の至て悲しきは、老て後子にをくれたるよりも悲しきはなし。恨の至て恨《うらめ》しきは、若《わかう》して親に先立よりも

うらめしきはなしと、彼朝綱の相公の、子息澄明にをくれて書《かき》たりけん筆のあと、今こそおぼしめし知られけれ。

（巻六、小督）

が、有名な大江朝綱の「為二亡息澄明四十九日一願文」（巻十四）を引いたものであるのを始めとして、大江匡衡の「為三左大臣供二養浄妙寺一願文」（巻十三—『平家物語』巻三、法印問答）・「一条院四十九日御願文」（巻十四—『平家物語』巻一、清水炎上・巻四、源氏揃）や、慶滋保胤の「為二大納言藤原卿息女女御四十九日一願文」（巻十四—『平家物語』灌頂、六道之沙汰）などの願文と、具平親王の「西方極楽讃」（巻十二—『平家物語』巻三、燈爐之沙汰）とからの引用が併せて六例を占めていること、などである。従来指摘されていないものに、『本朝続文粋』（巻十三）に見える大江匡房の願文の中の

自二彼昭陽殿翫レ花之戸一。芳塵凝而永扃。長秋宮望レ月之簾。直（真カ）珠乱而已断一以来。朝雲早去。旧山之嵐猶悲。（「右府室家為二亡息后一被レ供二養堂一願文」、国書刊行会）

という文句が、

承陽殿に花を翫《もてあそび》し朝《あした》には、風来《きたつ》て匂を散《ちら》し、長秋宮に月を詠ぜし夕には、雲おほ（ッ）て光をかくす。（灌頂巻、大原入）

のごとく引用されている例もある。このように具体的に指摘することはできないまでも、願文類と共通する用語・句法・修辞が、『平家物語』の本文の、とりわけ別離・漂泊・隠棲・逝去などに関する叙述の至る所に見出されることを考えるならば、『本朝文粋』と『平家物語』との交渉を媒介する唱導文藝の存在（外在的にも内在的にも）を考慮しないわけにはいかないであろう。

『白氏文集』についても同様のことが言える。

西王母ときこえし人、昔はあ（ッ）て今はなし。東方朔とい（ッ）しものも、名をのみきゝて目にはみず。老少不定の

世の中は、石火の光にことならず。（巻十、横笛）

という叙述の中には、岩波日本古典文学大系の頭注や大曾根氏が指摘しているように、

○雖ㇾ知二老少之不定一。猶迷二前後之相違一。（『本朝文粋』巻十四、後江相公「為二亡息澄明四十九日一願文」）

という大江朝綱の願文の句と、

○蝸牛角上争二何事一。石火光中寄二此身一。（『白氏文集』巻二十六「対ㇾ酒五首」。『和漢朗詠集』下、「無常」）

という白楽天の詩句とが結び合わされている。これは甚だ暗示的であると言えるが、願文や表白などを草する際の参考書として編まれたらしい『肝心集』（「続群書類従」）の中に、

○蝸牛之角上争二朝露幸一。石火之光前集二浮雲財一。（「別離部」）
○分段芭蕉之境。老少不定幻化。水月之郷旦暮難ㇾ期二云々。（同前）
○世間無常旦暮難ㇾ期。老少不定誰先誰後二云々。（「無常事」）
○悲亦悲莫悲於後老子。恨而更恨莫恨少先親。雖知老少之不定。猶迷先後相違二云々。（「別離事」）
○西王母之林々草食人。万病被治寿長人也。（「教訓集無常第一」）
○東方朔此長命人。三千年也。（同前）

などとあるのを見出す時、『平家物語』の右の叙述を、朝綱の願文や白楽天の詩句との、あるいは『西王母伝』『漢武内伝』や『東方朔伝』との個別的な交渉関係の例証としてのみ見る立場を超えないわけにはいかなくなるのである。

白楽天の詩文に関するものとして、御橋・大曾根両氏が共通して指摘しているもの二十八例、御橋氏のみの指摘が七例、大曾根氏のみの指摘が四例、結局三十九例（『和漢朗詠集』として掲出しているものも含む）が挙げられているわけであるが、その内訳を見ると、

「長恨歌」（および「長恨歌伝」）一二例

「琵琶行」　一例
「新楽府」一四例（「七徳舞」一　「海漫漫」二　「上陽白髪人」二　「昆明春」一　「驪宮高」四
「百錬鏡」一　「李夫人」二　「井底引銀瓶」一）
その他　一二例（うち八例は『和漢朗詠集』にも所収）

ということになる。「新楽府」十四例の中には『和漢朗詠集』に収められているものもあるが、とにかく取材の範囲は、『白氏文集』七十巻のうち、巻十二所収の「長恨歌」（および「長恨歌伝」）と、巻三・四所収の「新楽府」とにほぼ限られていることになる。その他の巻に見える詩句の殆どは『和漢朗詠集』を介しての流入と見てまず誤りがないようである。神田秀夫氏は、[8] 白楽天のわが国の文学に与えた影響の史的推移を考察して、「白楽天の本領である新楽府五十篇や秦中吟十首の如き諷諭詩をほとんど消化吸収したのは平安朝では紫式部だけである。反って鎌倉時代になって諷諭詩は十訓抄、平家、その他にとりあげられる」と言い、「次第に処世の師の格言集として、教誡説話集として白氏文集が見られる嫌いは生じた」けれども、「そこには鎌倉時代という古代社会から封建社会への過渡期を生きた人々が、自分の痛切な体験を以て白氏文集を裏附けようとした感動がある」と説いている。この傾向は『平家物語』の増補系諸本においていっそう顕著に見られ、殊に『源平盛衰記』では、「新楽府」中の、「七徳舞」（巻十二）、「八駿図」（巻十四）、「司天台」（巻十六）、「驪宮高」（巻十七）、「隋堤柳」（巻十七）、「新豊折臂翁」（巻三十）の六編の題材を取り上げ原詩の叙述を援引して挿入説話に仕立てている。語り本系では、諷諭詩としての本来の主題が比較的忠実に受容されている例としては、「七徳舞」と「驪宮高」とを挙げうる程度である。前者は、忠良の輔弼平重盛の死去に対する後白河院の冷淡非情な態度を詰る清盛のことばの中に、

爰《こゝ》をも(ッ)て古をおもふに、唐の太宗は魏徴におくれて、かなしみのあまりに、「昔の殷宗は夢のうちに良弼をえ、今の朕はさめ〔て〕の後賢臣を失ふ」といふ碑の文をみづから書《かき》て、廟に立《たて》てだにこそかなしみ給ひけるなれ。

（巻三、法印問答）

と引かれており、後者は、清盛が世論の反対を押し切って福原遷都を強行し、世情騒然たるさなかに「国の費《つゐ》へ、民のわづらひ」を無視して内裏造営に着手したことを批判する、世人のことばの中に、

されば唐の大宗《たいそう》は、驪山宮をつく(ッ)て、民の費《ついへ》をやはゞからせ給《たまひ》けん、遂に臨幸なくして、瓦に松をひ、墻《かき》に蔦《つた》しげ(ッ)て止《やみ》にけるには相違かな。（巻五、都遷）

と引用されている。

ところが、右の後者の文章中では原詩の表現意図に即して使用されている「牆有レ衣兮瓦有レ松」の句が、他の箇所では、

故入道相国の作りをき給ひし所々《しょく》を見給ふに、（中略）五条大納言邦綱卿の承は(ッ)て造進せられし里内裏、鴦《をし》の瓦、玉の石だゝみ、いづれも〳〵三とせが程に荒はてゝ、（中略）瓦に松おひ、墻に蔦しげれり。台《うてな》傾《かたぶき》て苔むせり、松風ばかりや通《かよふ》らん。（巻七、福原落）

のごとく用いられ、清盛の権勢と邦綱の財力とで造営された福原の新都も僅かな期間のうちに荒廃してしまったという、その有為転変の理の如実な顕現を詠嘆する叙述に転用されるのである。ここにはなお一種の諷刺を感じ取ることもできようけれども、

高野山は帝城《ていせい》を避《さつ》て二百里、京里をはなれて無人声《むにんじやう》、青嵐梢をならして、夕日《せきじつ》の影しづかなり。（中略）花の色は林霧のそこにほころび、鈴《れい》のをとは尾上の雲にひゞけり。瓦に松おひ、墻に苔むして、星霜久しくおぼえたり。

（巻十、高野巻）

となると、塵界を離れた深山霊場の清浄、かつ幽寂の趣致を強調するためにのみ役立てられていると言わざるを得ない。

白楽天がその儒教的政教的立場から道家の求仙思想を諷諭した「海漫漫」の詩も、『平家物語』では、⑴竹生嶋を蓬莱嶋に見立ててその仙境ぶりを讃仰的に描写するのに援用したり（巻七、竹生嶋詣）、⑵鬼界島の流人の懐土望郷の想いを述べるために引用したり（巻三、康頼祝言）、⑶世間無常の観念を説くために引証したり（巻十一、大臣殿被斬）というありさまである。(9) 特に上記の⑶の場合、

たれか嘗《なめ》たりし不老不死の薬、誰かたもちたりし東父西母《とうぶせいぼ》が命、秦の始皇の奢をきはめしも、遂には驪山の墓《つか》にうづもれ、漢の武帝の命をおしみ給ひしも、むなしく杜陵の苔にくちにき。「生《しやう》あるものは必《かならず》滅す。釈尊いまだ栴檀《せんだん》の煙《けぶり》をまぬかれ給はず。楽《たのしみ》尽《つき》て悲《かなしみきた》来る。天人尚五衰の日にあへり」とこそうけ給はれ。（巻十一、大臣殿被斬）

とあって、この文章に関係する原詩の叙述は、

人伝《フ》中《ニ》有《リト》二三神山《ノ》一。山上《ニ》多《ク》生《ヒタリ》二不死薬《ノ》一。服《スレバ》レ之《ヲ》羽化《シテ》為《ル》二天仙《ト》一。秦皇漢武信《ジテ》二此語《ヲ》一。方士《ヲシテ》年年《ニ》採《リニ》レ薬《ヲ》去《ヤル》。（中略）君看《ヨ》。驪山《ノ》冢《つかノ》上杜陵《ノ》頭《ほとりヲ》。畢竟悲風吹《ク》二蔓草《ヲ》一。（本文は神田本白氏文集）

であるが、道家の求仙思想の誑誕に対する諷諭が、秦の始皇や漢の武帝のごとき「猛き者」も「奢れる人」も「生者必滅」の道理をまぬがれなかったとして、生に執着する平宗盛に対する教誡へと転化しているのである。そして、この白楽天の詩句が、現実の人間には望むべくもない東父（東方朔）・西母（西王母）の長寿の話および大江朝綱の願文の句と結合している点で、先に見た例（巻十、横笛）と同じ構造をもっと言えるのである。

建礼門院を始めとする女性たちに関する叙述には、楊貴妃・李夫人・上陽人などになぞらえての潤飾が多く、「長恨歌」や「新楽府」の詩句が盛んに借用されているが、そのような発想法の基底にも、例えば、

○彼《ノ》漢武帝之《ノ》傷《イタミシ》二李夫人《ヲ》一也。遺芬《フンガ》之夢《ユメ》空《シク》覚《サメヌ》。唐玄宗之《ノ》恋《シ》二楊皇后《ヤウクワウコウヲ》一也。宿《シユク》草之露猶霑《ヲウルホフコト》。玄《ケンテ》（悲カ）而何為《ナニカセン》。

（六寺蔵寺本『江都督願文集』巻二、「円融院供養願文」）

○就イテレ此レニ有リ二生之別一有リ二死之別レ一。王昭君ノ隔ツルハ二雁山ノ雲ヲ一是レ生ノ別レ。楊貴妃ノ残スハ二馬嵬ノ哀シビヲ一是レ死ノ別レ也。上陽人ノ幼クシテ離ルルハ二父母ノ手ヲ一是レ生ノ別レ。李将軍ガ之思ヒカネテ放ツハ二孝養ノ矢ヲ一是レ死ノ別レ也矣。（真如蔵本『澄憲作文集』第五十二、「愛別離苦」）

○王昭君金玉之財。鴈門之内亡レ命。楊貴妃綾羅之粧。馬嵬之前致レ死。行何行馳二遠情於夜台之雲一。去何去添二暗涙於故薗之露一云々（『肝心集』別離部）

などに見られるところの唱導文藝における発想類型があったことを見逃してはならない。

五　『六代勝事記』――先行作品からの摂取

『平家物語』についての出典研究を、単に注釈研究の一環としての小語句の典拠考証ではなく、また漢籍や詩華集の受容史研究の一部としてでもなく、『平家物語』の作者がその著述に当たって用いた材料を探求して、この作品の成立論にも及ぼうとする研究が、山田孝雄氏（『平家物語考』、国定教科書共同販売所、明治44）・野村八良氏（『鎌倉時代文学新論』、明治書院、大正11）・後藤丹治氏（『戦記物語の研究』、筑波書店、昭和11）らの諸先学によって早くから行われていた。それによって『平家物語』と同時代の他の作品との関係が次第に明らかにされ、あるいは問題が整理されて来たのであるが、それの言わば副産物として、漢籍や詩華集と『平家物語』との間に他の文献の介在している事例の幾つかが知られることになった。そのうちの重要なものに、野村氏によって指摘され、後藤氏によって詳察された『六代勝事記』がある。

御橋氏が『本朝文粋』との関係の事例として指摘した、

(A)　御宇《ぎょう》十二年、徳政千万端、詩書仁義の廃《すたれ》たる道をこし、理世安楽の絶《たえ》たる跡継《あとをつぎ》給ふ。（巻六、新院崩御）

「詩書仁義之路。照然就レ日。礼楽儒雅之林。靡然向レ風。興レ廃継レ絶。不二亦悦一乎。」（『本朝文粋』巻六、大江匡衡「申二弁官左衛門権佐大学頭等一状」）、「現世則天下太平。理世安楽之楽。後世亦地下抜苦。往生極楽之楽。」

（同巻十三、同「供二養浄妙寺塔一願文」）

また同様の事例として柿村氏が指摘した、

(B) 御門かくれさせ給《たまひ》ては、心なき草木までも愁《うれい》たる色にてこそあるべきに、（巻一、清水寺炎上）

「草木愁色。況於二蘭省梨園一乎。鳥獣哀声。況於二虎闈鳳閣一乎。」（『本朝文粋』巻十四、大江匡衡「一条院四十九日御願文」）

『明文抄』にも見られる章句として前に挙げた、

(C) 呉王剣角をこのんじかば天下に疵を蒙るものたえず。楚王細腰を愛《あひせ》しかば、宮中に飢《うへ》て死するをんなおほかりき。（巻十二、六代被斬）↓前掲(43)

の諸事例は、『六代勝事記』において、

(A) 御宇十二年。徳政千万端。詩書仁義のすたれたる道をおこし。理世安民のたえたるあとをつげり。（高倉上皇崩御）

(B) 普天かきくらし率土露しげし。草木愁たる色あり。いはんや覇陵の松においてをや。鳥雀哀む声あり。況や洞庭の鶴においてをや。（後白河法皇崩御）

(C) 彼呉王剣客をこのみしかば天下に疵をかぶるもの多く。楚王細腰をこのみしかば宮中にうへてしぬる者おほかりき。（後鳥羽院批判）（群書類従本）

のごとく引用されていた漢詩文がそのまま流入したものらしいのである。(B)の事例は前後の本文にかなり相違があるようであるが、延慶本では『六代勝事記』と殆ど同文になっており、また上記三件以外の興味ぶかい共通現象も多く見出されるのであるが、語り本系に関係ある事例だけにとどめて置く。後藤氏は『澄憲表白集』との直接交渉を論じて、その関係事項の一つに、

○百行の中には孝行をも（ッ）て先とす。明王は孝をも（ッ）て天下を治《おさむ》といへり。（巻三、城南之離宮）

「是以明王以レ孝治二天下一。政化非レ孝不レ立。」（『表白集』下、建春門院追福周忌。）→前掲(19)

を挙げている。また、

○小松殿、中宮の御方にまいらせ給ひて、金銭九十九文、皇子の御枕にをき、「天をも（ッ）て父とし、地をも（ッ）て母とさだめ給へ。御命は方士東方朔が齢をたもち、御心には天照大神入かはらせ給へとて、桑の弓・蓬の矢にて、天地四方を射させらる。（巻三、御産）

の傍線部の典拠としては『白虎通』の「王者父レ天母レ地為二天子一」を挙げるのが普通であるが、『平家物語考証』が引いているように、『山槐記』（治承二年十一月十二日の条）の、

内大臣誦二祝詞一三反。〈以レ天為レ父、以レ地為レ母。領二金銭九十九一令二兕命一。〉被レ置二銭於皇子御帳御枕上一。

という記事が直接の出所であり、皇子誕生に際して実修されたものと思われる。

こうした考察は、影響関係を成立させる三構成要素（発動者・媒介者・受容者）のうち、媒介者に焦点を当てた研究ということになろう。漢籍との関係に即して言えば、そこでは作者の依拠したテキストを探ることなども重要な課題となる。『平家物語』の作者が『貞観政要』に負うところが多いことを指摘したのは野村氏であるが、その作者の依拠したテキストについては、『貞観政要』の文献学的研究とその受容史研究の立場から原田種成氏[10]によって、元《げん》の至順四年（一三三三）に戈直《かちょく》によって校訂された通行本文ではなくて、氏の発見にかかる写字台本と呼ばれる古鈔本（龍谷大学図書館蔵）であることが明らかにされた。『白氏文集』の場合もやはり古鈔本系統の本文に接していたらしく、現存最古の刊本である南宋の紹興刊本やそれ以後の刊本類ではなかったようである。例えば、

○天水茫々として、求《もとむる》事をえざりけん蓬萊洞の有様も、（巻七、竹生嶋詣）

「天水茫茫無二覔処一」（新楽府「海漫漫」）

○秦の始皇の奢をきはめしも、遂には驪山の墓にうづもれ、漢の武帝の命をおしみ給ひしも、むなしく杜陵の苔にくちにき。（巻十一、「大臣殿被誅」）

「驪山冢上杜陵頭」（新楽府「海漫漫」）

などの例において、「天水」「杜陵」は刊本類では「煙水」「茂陵」となっており、『平家物語』は右に引いた神田本を始め多くの古鈔本と一致しているのである。また、

○四海の安危は掌の中に照し、百王の理乱は心のうちにかけ給へり。（巻八、「名虎」）

「四海安危照㆓掌内㆒。百王理乱懸㆓心中㆒。」（新楽府「百錬鏡」）

における「照掌内」「理乱」が刊本類では「居掌内」「治乱」となっていて、『平家物語』の措辞は古鈔本と一致しているという事実を指摘することもできるけれども、この詩句は『和漢朗詠集』（巻下「帝王」）にも収められていて詩形も古鈔本と同じであるから、これは例証とはならない。

ところで、周知のごとく『平家物語』は本文の流動の甚だしい作品である。従って『平家物語』と漢詩文との関係についての考察も、この作品の本文の複雑な流動の様相を顧慮することなしに総括するのは危険である。まして、作者が依拠した漢籍のテキストにまで論及しようとする場合にはなおさらのことである。と言って、漢籍の伝流に関する実証的な研究調査と『平家物語』の本文研究との両面に通じることなど、至難のわざと言わなければならない。古典に関する比較文学的研究としては重要な課題であるけれども、あまり開拓されないでいる領域の一つである。

注

（1）御橋悳言氏「平家物語の典拠ありと思はるゝ文について」（『国語と国文学』3—10、大正15・10）

（2）本文は、日本古典文学大系本『平家物語』（岩波書店、上昭和34・2、下昭和35・11）による。ただし振り仮名は適宜取

捨する。以下、特に注する外はこれに同じ。

（3）野村八良氏『増補鎌倉時代文学新論』第三章六「平家物語及び源平盛衰記」（明治書院、大正15・5）

（4）本文および訓点は、柿村重松氏『本朝文粋註釈』（冨山房、初版大正11・4、新修版昭和43・9）による。補 後者の句は、『肝心集』別離部にも「花前辞恩不見腋（ママ）庭之月、灯下失別長尖朝露之□云々」（続群書類従）と引かれている。『肝心集』は撰者未詳であるが、「当時（平安中期以後、鎌倉初期まで）見聞せる名文句を集めて、式文・講文、祭文・願文等の駢儷文の草稿材料に資した備忘録」（『群書解題』釈家部二、月輪賢隆氏稿、続群書類従完成会、昭和37・12）とされる。

（5）大曾根章介氏「漢詩文」（市古貞次氏編『平家物語必携』、学燈社、昭和42・6）補 大曾根氏にはこれに先立って「『本朝文粋』と『平家物語』」（『共立女子短期大学紀要』9、昭和40・12）があり、氏の急逝（平成5年8月）後、『王朝漢文学論攷―『本朝文粋』の研究―』（岩波書店、平成6・10）に纏めて公刊された。『平家物語』と『本朝文粋』との関連事項は『平家物語必携』所載の論考と大きな差異はないが、『平家物語』の増補系諸本（延慶本二四例・長門本四例・『源平盛衰記』二六例）にも記述が及んでいる。

（6）高橋貞一氏「玉函要文について」（『国語国文』20―5、昭和26・7）

（7）柿村重松氏「本朝文粋の文句と平家物語」（『松井博士古稀記念論文集』、目黒書店、昭和7・2）

（8）神田秀夫氏「日本文学と中国文学（古代）」（日本比較文学会編『比較文学―日本文学を中心として―』、矢島書房、昭和28・10）

（9）拙稿「白居易『新楽府』と軍記物語―『海漫漫』詩を中心として―」（『国文学攷』43、昭和42・6）。本書第一章第三節4の(1)参照。

（10）原田種成氏「軍記物語と貞観政要」（『関東短期大学紀要』九、昭和39・12。『貞観政要の研究』所収、吉川弘文館、昭和40・3）

(2) 平家物語の典拠摂取の基本姿勢

一　合戦描写における騈儷体からの離脱

わが国の内乱で、多少ともその合戦が記録されている早い時期のものとしては、磐井の乱がある。継体天皇二十一年（五二七）の六月に、新羅が南加羅《ありひしのから》・喙己呑《とくここん》を侵略したので、これを復興するために近江毛野臣《けなのおみ》の軍衆六万が出兵するが、かねて反逆の機を窺っていた磐井が、新羅の貨賂《まいない》を受けて毛野臣の軍を遮った。そこで、大伴金村・物部麁鹿火《あらかび》・許勢男人《こせのおひと》に将を選ぶべき詔が下り、八月一日、選ばれた麁鹿火に征討の詔が下され、斧鉞が授けられた。その経緯や、翌年十一月十一日の筑紫の御井《みい》郡における交戦の様相が『日本書紀』に記されている。八月の征討の詔には、『黄石公三略』『淮南子』『漢書』『抱朴子』『尚書』、あるいは魏の文帝および楊脩、晋の陸士龍や張載の詩・賦・頌の語句がちりばめられているが、小島憲之氏は（1）、それらが原典からの引用ではなく、初唐の類書『藝文類聚』（巻五十九、武部）の「将帥」「戦伐」の項に採録された章句をつづり合わせたものであることを、明らかにした。また、その交戦の様相を、

旗鼓《はたつづみ》相望み、埃塵《ちり》相接《つ》げり。機《はかりこと》を両《ふた》つの陣《いくさ》の間に決《さだ》めて、万死《みをす》つる地《ところ》を避《さ》らず。遂に磐井を斬りて、果して彊場《さかひ》を定む。（岩波日本古典文学大系。振仮名は適宜取捨する。以下同）

と述べているのも、小島氏の指摘のように同書の「将帥」に引く「後魏温子昇広陽王北征請㆓大将㆒表」に、「旗鼓相望、埃塵相接、決㆓機両陣之間㆒、不㆑辞㆓万死之地㆒」とあるのを用いた潤色であって（2）、この潤色を除けば、『古事記』（下巻）の、

此の御世に、筑紫《つくしの》君石井《いはゐ》、天皇の命《みこと》に従はずして、多《まね》く礼《ゐや》无《な》かりき。故、物部荒甲《もののべのあらかび》の大連《おほむらじ》、大伴の金村《かなむら》の連二人を遣はして、石井を殺したまひき。（岩波日本古典文学大系）

という簡単な叙述と、殆ど変わらないものになる。

六七二年の壬申の乱における瀬田の合戦の叙述にしても、

時に大友皇子《おほとものみこ》及び群臣《まへつきみたち》等、共に橋の西に営《いほ》りて、大きに陣《つら》を成せり。其の後見《しりへ》えず。旗幟《はた》野を蔽《かく》し、埃塵《ちりあめ》天に連なる。鉦鼓《かねつづみ》の声《おと》、数十里《あまたさと》に聞ゆ。列弩《つらなれるゆみ》乱れ発《はな》ちて、矢の下ること雨の如し。

（天武紀 元年七月二十二日の条）

という表現が、『後漢書』光武紀の「軍陣㆓数百里㆒。不㆑見㆓其後㆒」、「旗幟蔽㆑野、埃塵連㆑天。鉦鼓之声、聞㆓数百里㆒。……積弩乱発、矢下如㆑雨」による潤色であることについては、早く河村秀根（『書紀集解』）等の指摘がある。漢文体で叙述する以上、その規範的な文体と修辞法の呪縛をまぬがれえない当然の結果と言うべきであるが、この乱における高市皇子の活躍をたたえた柿本人麻呂の「高市皇子尊《たけちのみこのみこと》の城上《きのへ》の殯宮《あらきのみや》の時」の長歌にしても、例えば、

……斉《ととの》ふる　鼓《つづみ》の音は　雷《いかづち》の　声《おと》と聞くまで　吹き響《な》せる　小角《くだ》の音も　敵《あた》見たる　虎か吼《ほ》ゆると　諸人《もろひと》のおびゆるまでに　捧げたる　幡《はた》の靡《なびき》は　冬ごもり　春さり来れば　野ごとに　着《つ》きてある火の　風の共《むた》　靡くがごとく　取り持たる　弓弭《ゆはず》の騒《さわき》　み雪降る　冬の林に　飄風《つむじ》かも　い巻き渡ると　思ふまで　聞《き》きの恐《かしこ》く引き放つ　矢の繁《しげ》けく　大雪の　乱れて来《きた》れ……（『万葉集』巻二・一九九。岩波日本古典文学大系）

という戦闘描写など、その発想や修辞が『詩経』『戦国策』『史記』、殊に『文選』所収の詩賦（班固「東都賦」、司馬相如「子虚賦」など）の叙述と類似していて、その影響を受けていると考えられることについては、契沖（『万葉代匠記』）以来多く指摘されて来たところである。[3] 戦闘の様相を描く固有の文体が形成される以前の、範を漢魏六朝の文章に求めるしかなかった時代の宿命と言えよう。

長歌でさえそうなのであるから、漢文体で叙述する場合にはなおさらであるが、壬申の乱の瀬田の合戦における近江方の将軍智尊《ちそん》と天武天皇方の大分君稚臣《おほきだのきみわかみ》の戦いの記事は、次のように少し趣が異なる。

其の将《いくさのきみ》智尊《ちそん》、精兵《ときいくさ》を率《ゐ》て、先鋒《さき》として距《ふせ》く。仍《よ》りて橋の中を切り断つこと、三丈《みつゑ》須容《いるばかり》にして、一つの長板《ながいた》

を置く。設《たと》ひ板を蹋《ふ》みて度《わた》る者有らば、乃ち板を引きて堕さむとす。是《ここ》を以《も》て、進み襲ふこと得ず。是に、勇敢《たけ》き士《ひと》有り。大分君稚臣《おほきだのきみわかみ》と曰ふ。長矛《ほこ》を棄てて、甲《よろひ》を重ね擐《き》て、刀を抜きて急ぎて板を蹈みて度る。便ち板を着けたる綱を断《き》りて、被矢《いえ》つつ陣《つら》に入る。衆悉《いくさことごとく》に乱れて散《あら》け走《に》ぐ。禁《とど》むべからず。時に将軍《いくさのきみ》智尊、刀を抜きて退《に》ぐる者を斬る。而れども止《や》むること能はず。因りて、智尊を橋の辺《ほとり》に斬る。（『日本書紀』天武紀）

この記事は、前掲の駢儷体の文章に続くものであるが、その文体の異質性は明らかである。『日本書紀』編述の資料となった壬申の乱関係の記録のうちに、安斗宿禰智徳《あとのすくねちとこ》や調連淡海《つきのむらじおうみ》の日記のあったことはよく知られているが、大分君稚臣については「天武紀」の八年三月六日の条に「兵衛大分君稚見《とねりおほきだのきみわかみ》」の死が記され、「壬申《みづのえさる》の年の大役《おほきえだち》に当りて、先鋒《さき》として、瀬田《せた》の営《いほり》を破」った功によって外小錦上位《とのせうきむじやうのくらゐ》（正五位相当）を追贈されたとある。その軍功に関する私的な記録の存在したことが推測され、『日本書紀』の瀬田の橋の合戦の叙述に見る文飾の少ない直截的な描出は、そのような私的な記録の、公的な文書とは異なる文体を反映するものであろうと思われる。漢文体という枠の中ではあるが、六朝詩賦の駢儷体に縛られない行文で合戦を描く叙法を拓きつつあったことを示す事例と言えよう。軍記物語の先蹤作品である『将門記』『陸奥話記』には、そのような叙法が駢儷文と共存している。

大分君稚臣の奮戦の描写は、加美宏氏も触れているように(4)、『平家物語』巻四の「橋合戦」で、板を引いた橋の行《ゆき》桁《げた》を敏捷に渡って敵と打ち合う筒井の浄妙明秀の活躍を彷彿させるものがある。勿論、「橋合戦」の合戦描写には軍記物語が獲得した手法が多彩に駆使されている。すでに言い尽されていることであるが、まず浄妙明秀の「かちの直垂に黒皮威の鎧着て、五枚甲の緒をしめ……」（岩波新日本古典文学大系、以下同）という出立ちや、「日ごろはおとにもききつらむ、いまは目にも見給へ。三井寺にはそのかくれなし、堂衆のなかに、筒井の浄妙明秀といふ、一人当千の兵物《つはもの》ぞや」という名乗りが加わる。縦横無尽の戦いぶりは「くもで・かくなは・十文字・とゝぼうがへり・水車、八方すかさずきッたりけり」と語り上げられ、一人当千の活躍は「廿四さいたる矢を、さしつめひきつめさんぐ〳〵に射る。やにはに十二人射殺して、十一人に手おほせたれば、ゑびらに一《ひとつ》ぞ残ッたる。」「向ふ敵五人なぎふせ、六人にあたるかたきにあふて…」「やにはに八人きりふせ、九人にあたるかたきが甲の鉢に……」と殆ど数字のみで簡勁に刻み付けられる。いずれも聴覚に強く訴える語りであるが、それをいっそう強調しているのが、「弓をばからとなげすて」「さら〱さらとはしりわたる」「めぬきのもとよりちやうどをれ、くッとぬけて、河へざぶと入にけり」などと多用された擬声語・擬態語の効果である。ここには、もはや六朝駢儷文の詞句の入り込む余地などいささかもない。

二　批評文を支える格言・成句

合戦描写とは異なる種類の記事、特に時代・社会や人物の行為に対する批判を含んだ叙述となると、そこには漢籍に由来する章句が多く引用されて、作者の批評を内からも外からも支えている。例えば、治承四年（一一八〇）六月の福原遷都の記事は、次のような批評文で結ばれている。

まことにさしあたッたる大事、大嘗会なゝどのおこなはるべきをさしをいて、かゝる世の乱れに、遷都・造内裏すこしも相応せず。いにしへのかしこき御代には、すなはち内裏に茨《カヤ》をふき軒をだにもとゝのへず。煙のともしきを見給ふ時はかぎりある御つき物をもゆるされき。これすなはち民をめぐみ国をたすけ給ふによッてなり。「楚帝花の台《ウテナ》を建てて黎民あらけ、秦阿房の殿《テン》をおこして天下乱る」と言へり。茅茨きらず、采椽《サイテン》けづらず、周《シウ》車《シャ》かざらず、衣服あやなかりける世もありけん物を。「されば唐の太宗は、驪山宮を造ッて、民の費《ツイヘ》をやはゞからせ給けん、遂に臨幸なくして瓦に松をひ、墻《カキ》に蔦しげッて、止《ヤミ》にけるには相違かな」とぞ人申ける。

（巻五、都遷）

批判の趣旨は「かゝる世の乱れに、遷都・造内裏すこしも相応せず」ということに尽きる。それを展開するのに、記紀が伝える仁徳天皇の仁慈の逸話、楚の霊王や秦の始皇帝の宮殿台閣の大造営が人民を疲弊させ、天下の大乱を引き起こしたという歴史の鑑戒、倹素を重んじた聖帝賢王の事績などの素材を組み合せている。これらの素材は、述者がこの評論を構成するに際して事新しく蒐めたというようなものではなかろう。当然の教養として内に蓄えられていた知識であるにちがいない。それを叙述するに当たっては、次のような漢籍の章句が用いられている。

(1) 霊王起二章華之台一、而楚民散、秦興二阿房之殿一、而天下乱。(『漢書』、東方朔伝)

(2) 茅茨不レ剪、采椽不レ斵、舟車不レ飾、衣服無レ文、土階不レ崇、大羹不レ和。(『帝範』、崇倹篇)

(3) 高高驪山上有レ宮、……翠華不レ来歳月久、牆有レ衣兮瓦有レ松、吾君在レ位已五載、何不三一幸二乎其中一、西去二都門一幾多地、吾君不レ遊有二深意一、一人出兮不二容易一、……中人之産数百家、未レ足レ充二君一日費一。(『白氏文集』四、驪宮高。四部叢刊那波本)

(1)は、『文選』巻三の張衡の「東京賦」にも、戦国の七雄が宮殿の豪奢を競ったことを述べて「楚築二章華於前一、趙建二叢台於後一、秦政……乃構二阿房一起二甘泉一、結二雲閣一観二南山一」という同趣の記事がある。『平家物語』の表現は諸本によって伝写に伴う措辞の小異はあるものの、その対句の構成から見て「東京賦」よりも「東方朔伝」の句に近く、さらに藤原孝範撰『明文抄』に引く「楚起章花之台、而黎民散、秦興阿房之殿、而天下乱」の句にいっそう近い。また、菅原為長撰『管蠡抄』や伝藤原良経撰『玉函秘抄』もほぼ同様の措辞で採録し、三者いずれも出典を「漢書」と注記している。延慶本(二中)は誤って「論語云」とするが、章句の形は『明文抄』とほぼ同じである。

(2)の唐尭虞舜の倹素をたたえる章句は、『史記』の「太史公自序」に「墨者亦尚二尭舜道一。言二其徳行一。曰、堂高三尺、土階三等。茅茨不レ翦、采椽不レ刮。食二土簋一、啜二土刑一。」と詳しく記され、もと墨家の言であるらしい。現在通行の『墨子』には見当らないが、張衡の「東京賦」に「慕二唐虞之茅茨一、思二夏后之卑室一」という句があって、李善はこれに「墨子曰、尭舜茅茨不レ剪、采椽不レ刊。説文曰、茅茨蓋レ屋也。論語曰、禹卑二宮室一而尽二力於溝洫一」と注している。源為憲撰『世俗諺文』に「茅茨不剪」の項を立てて、墨子曰、堯舜茅茨不剪、采椽不刊。

文選張平子東京賦云、慕唐虞茅茨、思夏治《（ママ）》之卑室。李善注云、説文曰、茅茨蓋屋也。

と注しているのは、おそらくその全体を上記の「東京賦」の句とその李善注に基づいているのであろう。「茅茨不レ剪、采椽不レ斲」の二句の類句ならば、『六韜』盈虚篇・『韓非子』五蠹篇・『淮南子』主術篇などにも見えるが、これに続く「舟車不レ飾、衣服無レ文、土階不レ崇、大羹不レ和」の四句をも具えているのは『帝範』崇倹篇で、延慶本が「帝範云」として引くのは当を得ている。ただし、この章句も(1)と同様、『明文抄』『管蠡抄』『玉函秘抄』にいずれも出典を「帝範」として採録されている。

(3)は白居易の新楽府「驪宮高」を踏まえているが、民の費をはばかって遂に臨幸しなかったという帝の名を「唐の太宗」とするのは誤りで、正しくは「唐の憲宗」である。『源平盛衰記』巻十七はこの話を原詩の叙述に即して敷衍し、「憲宗皇帝位《ヒ》ニ即《キ》御《シ》坐《シ》テ、五年マテ終《イ》ニ行幸ナシ」（慶長古活字本）と修正している。

(1)および(2)の事例から、これらの章句が原典からの引用ではなくて、『明文抄』などを介しての摂取なのではないかという予想が立つ。事実、『平家物語』に引かれた章句は、これらの漢語成句集と多く共通するのである。この点については、早く高橋貞一氏(5)が着目されて『玉函秘抄』『管蠡抄』などとの関係を指摘し、大曾根章介氏(6)も漢詩文とその原典を列挙する中で『世俗諺文』『明文抄』について併記し、筆者(7)もこの二種の漢語成句集に『玉函秘抄』を加えて同様の事例を増補した。武久堅氏(8)は『世俗諺文』の影響を調査して、十二巻本『平家物語』の形成と関わらせながら、編著者の思想形成にあずかった『世俗諺文』の「文学教育的」な効果、表現修辞上の効果、故事説話の導入契機としての効果という三点から考察し、特に大夫房覚明とこの書との関わりを強調した。そして遠藤光正氏(9)は、これらの漢語成句集の本文を校勘し、語彙索引を作成し、特に軍記物語における摂取の状況を精力的に調査している。

『世俗諺文』は源為憲が、寛弘四年（一〇〇七）に藤原頼通（当時十六歳）のために編纂したらしい。漢籍や仏典に由来する金句も、街談巷説に交じって、いつかその出所も知られなくなってしまう。そこで、その典拠を明らかにして正確な知識の涵養に役立てようとしたと自序に言う。現存するのは上巻の二百二十三章だけであるが、もとは三巻で六百三十一章を収めていたと言う。それらの章句は、十一世紀の初頭においてすでに「世俗」（範囲はおのずから限定されようが）に流布している「諺文」であった。現存する二百二十三章のうちにさえ、和漢混淆文を基調とする紀行や軍記物語の諸作品と共通する多くの章句を見出すことができる。もし完本が出現すれば、その事例は幾倍かになるだろう。そのことは現存の『世俗諺文』よりも採録章句数の多い『明文抄』について見ても明らかである。

漢語成句集には、その時代を生きた人々が内に蓄えていた知識の全体像とも言うべきものが、ある程度、展示されていると見ることができる。それ故、成書としての個々の漢語成句集は、先ず「作文《さくもん》用語辞典」としての効能が期待されたにちがいないが、漢語知識の普及、原典への誘い、修辞の宝庫、既得知識の確認・検索など、多様な効用を果たしていたと考えられる。『平家物語』との関係を考える時、共通事例が多いという事実を軽視してはならないが、それを知識の唯一の供給源であるかのように重視し過ぎるのも考えものである。

三　源泉に繋がる複数の経路

ある作品に用いられている章句と、その章句の源泉である漢籍との間には、幾重にも交錯する複数の経路があったはずである。

『平家物語』巻十二「六代被斬」に、文覚が高倉帝第二皇子の守貞親王を位に即けようと画策したかどで隠岐に流罪された記事がある。その中で、後鳥羽院の失政が次のように批判されている。

其比の主上は御遊をむねとせさせ給ひて、政道は一向卿《きやう》の局《つぼね》のまゝなりければ、人の愁、なげきもやまず。呉王剣角をこのんじかば、天下に疵を蒙るものたえず、楚王細腰を愛《あいせ》しかば、宮中に飢《ウヱ》て死するをんなおほかりき。

上《かみ》の好《このみ》に下は随ふ間、世のあやうき事をかなしんで、心ある人〻は嘆あへり。

ここで例証として取り上げられている呉王・楚王の故事は、後漢の馬廖が、節倹を旨とする明徳皇太后の徳政が成就することを願って上疏した書の、次の章句が原拠である。

伝曰《ニフ》、呉王好《メバ》二剣客《ヲ》一、百姓多《シ》二創瘢一。楚王好《メバ》二細腰《ヲ》一、宮中多《シ》二餓死一。長安語《シテ》曰《ク》、宮中好《メバ》二高髻《キヲ》一、四方高《ハキコト》一尺。城中好《メバ》二広眉《ヲ》一、四方且《なん〱トス》二半額《ニ》一。城中好《メバ》二大袖《ナルヲ》一、四方全《ストイヘリ》二匹帛《ヲ》一。斯言《ノ》如《クナレドモ》レ戯《ノ》、有《リ》レ切《タシカナルコト》二事《ノ》実《ニ》一。（『後漢書』馬援伝付馬廖伝）

「伝曰《ニク》」とあるように、すでに古くから伝承されていた諺なのである。唐の章懐太子賢の注に「墨子曰《ニク》、楚霊王《ノ》好《メバ》二細腰《ヲ》一而国多《ニシ》二餓人一也」とあり、いかにも墨家の思想と結び付いた諺のようである。これに類する諺は『後漢書』以前の諸書にも見えるが、句の形式は多様であり、対応する王の名も異なれば、「細腰」必ずしも女性とは限らない。

①『墨子』兼愛中第十五「昔者楚霊王好二士細要一。故霊王之臣、皆以二一飯一為レ節、脇息然後帯、扶牆然後起、比二期年一、朝有二黧色一。是其故何也。」

②『戦国策』楚策「昔者、先君霊王好二小腰一、楚士約レ食、憑而能立、式而能起。食之可レ欲、忍而不レ入。死之可レ悪、然而不レ避。」

③『荀子』君道篇第十二「楚荘王好二細要一、故朝多二餓人一。」

④『晏子春秋』外篇「且臣聞レ之、越王好レ勇、其民軽レ死、楚霊王好二細腰一、其朝多二餓死人一。」

⑤『韓非子』二柄第七「故越王好レ勇、而民多レ軽レ死、楚霊王好二細腰一、而国中多二餓人一。」

⑥『淮南子』主術訓「故霊王好二細要一、而民有二殺レ食自飢一也。越王好レ勇、而民皆処レ危争レ死。由レ之観レ之、権勢之柄、其以移二風俗一易矣。」

⑦『管子』七臣七主第五十二「夫楚王好二細腰一、而美人省レ食。呉王好レ剣、而国士軽レ死。死与二不食一者、天下之

所二共悪一也。然而為レ之者何也。」

上の好む所に下は倣うもの、だから為政者は心すべし、そういう趣旨の寓言が、先秦時代から広く多様な形で流布していたことは、右に見るとおりである。それが淘汰されて『後漢書』に引くような成句となったのであろう。そして、これがわが国における流布の基本型となった。

この成句は、『明文抄』帝道部上に、

呉王好剣客、百姓多瘢瘡、楚王好細腰、宮中多餓死、城中好高髻、四方高一尺、城中好広眉、四方且半額、城中好大袖、四方用疋帛。後漢書

という形で採録されている。『後漢書』の「創瘢」「全疋帛」が「瘢瘡」「用疋帛」となっているのは依拠したテキストの違いであろう。が、冒頭の「伝曰」と中間の「長安語曰」の都合六字を削っているのは、一つの成句に仕立てようという意図によるか。『管蠡抄』（慎所好）も『玉函秘抄』下もともに出典を「後漢書」と注記して、ただ「呉王好剣客、百姓多瘢瘡、楚王好細腰、宮中多餓死」の対句だけを採っている。この切り取られた範囲と過不足なく重なっているのが『平家物語』に引かれた成句である。より直接的な典拠の割り出しに、切り取った範囲の重なり具合や措辞の異同に着目するのは当然のことで、となると、『平家物語』は直接的には『管蠡抄』あるいは『玉函秘抄』に拠ったか、ということになりそうである。が、事はそう簡単ではない。

『平家物語』の諸本を見ると、屋代本は「天下ハ一向卿《キヤウノ》二位ノマ、也ケレハ、世ノ憂歎《ウレイナケキ》モ不《リ》レ絶ヘケリ。高尾ノ文学是ヲ見奉テ、世ノ危キ事ヲ悲ンテ」となっていて、「呉王剣角……」の成句は引かれていない。南都本・百二十句本も同じである。相当する箇所にこの成句を引いているのは延慶本（第六末）で、次のような後鳥羽院批判を展開している。

此皇《（ナシ）》芸能二を並《（まなふなか）》るに文章に疎にして弓馬に長し給へり、国の老父ひそかに文を左にし武を右にする《（に）》・帝徳の闕

たるを憂る事は、彼の呉王剣客を好しかは、天下《（に）》・きすを蒙者多し《（く）》、楚王細腰を好しかは、宮中に飢て死する人《（しぬる者）》多かりき、・・《（その）》疵と飢とは世の厭ふ所なれとも、上の好に下の随ふ故に、国《〔ナシ〕》々のあやふからむ事を悲むなり〔ナシ〕けり。（傍書は『六代勝事記』）

しかし、冨倉徳次郎氏[10]も指摘しているように、この文章は『六代勝事記』の後鳥羽院批判をそのまま取り込んだもので、傍書したような僅かな異同があるだけである。覚一本は「呉王剣角をこのんじかば…」の成句だけではなしに、後の「上の好に下は随ふ故に、国のあやふからむ事を悲むなり」の語句をも併せて取り入れているのである。

さらに、大曾根章介氏[11]は覚一本の事例について、これは『後漢書』馬廖伝にある文章であるとした上で、『本朝文粋』巻二、意見封事に載せる菅原文時の「封事三箇条」にもあることを指摘し、「よく知られた故事であると思われる」と付言している。「封事三箇条」の「一請禁奢侈事」にある、次の文を指している。

故書曰《ニク》、違《ヒ》二上《ノ》所《ニ》レ命《ズル》、従《フ》二厥《ノ》攸《ニ》レ好《ム》。伝曰《ニク》、上之所《ハ》レ為《ス》、人之所《ナリト》レ帰《スル》。昔呉王好《メバ》二剣客《ヲ》一、百姓多《ク》二瘢瘡一。楚王好《メバ》二細腰《ヲ》一、宮中多《シ》二餓死一。夫《レ》餓《ト》与レ瘢《ハ》者、是《レ》人之所《ナリ》レ厭《フ》。然《モ》尚《ホ》不レ嗜《マ》レ味《ヲ》、不《ルハ》レ避《ケ》レ危《ヲ》者、唯欲《スレバ》レ従《ハンコトヲ》二上之好《ニ》一也。

「昔呉王好《メバ》二剣客《ヲ》一」の諺だけに目を奪われるべきでない。右の文中の「夫《レ》餓《ト》与レ瘢《ハ》者、是《レ》人之所《ナリ》レ厭《フ》」の句は馬廖伝にはなく、おそらく前掲⑦の『管子』の「死与《トハ》二不食一者、天下之所二共悪《ニム》一也」に由来するものであろうが、これが『六代勝事記』に「そのきすとうへとハ世のいとふ所なれとも」と受け継がれて延慶本に及び、覚一本では省かれたと推定されるのである。この成句の典拠を『後漢書』とするならば、覚一本との間には幾つもの文献を介在させた甚だしく間接的な関係と言うべきでありながら、必ずしも『明文抄』『管蠡抄』『玉函秘抄』などの媒介を想定する必要はないということになるのである。

『源平盛衰記』はこの成句を別な箇所で引用している。「此一門ニアラヌ者ハ男モ女モ尼法師モ人非人」と豪語した平時忠の奢りに関連して、次のように用いている。

呉王好《メハ》二剣客《ヲ》一、百姓《ニ》多《シ》二瘢瘡一、楚王好《メハ》二細腰《ヲ》一、宮中多《シ》二餓死一、城中好《メハ》二広眉《ヲ》一、四方且《ニマタ》半額《ナリ》、城中好《メバ》二大袖《ヲ》一、四方用二疋帛《ヲ》一ト云事アリ、サレバ烏帽子ノタメ様、衣紋ノカ、リヨリ始テ何事モ六波羅様ト云テケレハ、天下ノ人、皆学《テ》レ之随《ヒ》レ之ケリ。（巻一、禿童）

成句に続く「城中好《メハ》二広眉《ヲ》一……」は、都市のファッションが地方ではいっそう誇張されて流行することを諷したもので、馬廖伝に「長安語《シテ》 曰《ク》」、つまり長安城中の流行語《はやりことば》として記されていた句であるが、「封事三箇条」では省かれていた。それが復活しているところに、原典あるいは然るべき資料を参照して増補しようとする『源平盛衰記』編者の好尚が窺われる。藤原敦光の「勘申」（『本朝続文粋』二）にも「鄙語《ニ》曰《ク》、城中好《メバ》二大袖《ヲ》一四方用《キ》二疋帛《ヲ》一。城中好《メバ》二広眉《ヲ》一四方且《ナンナントス》二 半額《ニ》一。世《ノ》所《ハ》レ好《ム》只従《フノミ》二 時俗《ニ》一」（「一去年風水有難。今年春夏飢饉事」）と引かれている。『源平盛衰記』は「城中好高髻、四方高一尺」の句を欠く点でこれと共通するが、「広眉……」と「大袖……」の句順は馬廖伝と一致する。ただし、「長安語曰」の四字を欠く点から見て、『明文抄』を参照している公算が大きい。(12)

四　朗詠詩句による叙情表出と駢儷体の蘇生

『平家物語』の、特に懐旧・鎮魂・無常など、総じて唱導文的な哀調をたたえた文章には、朗詠詩句が多くちりばめられている。鬼界島から帰洛する丹波少将成経が、故大納言成親の鳥羽の山荘に立ち寄って、荒れ果てた庭を逍遙しながら亡父をしのぶ場面などに見るように、そこに揺曳する感傷的な気分は朗詠詩句の修辞によって支えられている。

池の辺《ホトリ》を見まはせば、秋の山の春風に、白波しきりにおりかけて、紫鴛白鷗《シエンハクヲウ》逍遙す。興《ケウ》ぜし人の恋しさに、尽《ツキ》せぬ物は涙也。……昔のあるじはなけれ共、春を忘れぬ花なれや。少将花のもとに立よって、

桃李不レ言《モノイハ》　春幾《イクバクカ》　暮《ヌル》、煙霞無《シ》レ跡昔誰栖《カスンジ》

ふるさとの花の物いふ世なりせばいかにむかしのことをとはまし

この古き詩歌を口ずさみ給へば、康頼入道も折節あはれに覚えて、墨染の袖をぞぬらしける。……鶏籠の山明《アケ》なんとすれ共、家路はさらに急がれず。（巻三、少将都帰）

「紫鴛白鷗逍遥す」は源順「秋日遊㆓白河院㆒、同賦㆔秋花逐㆑露開㆒」（『本朝文粋』十一）の詩序の句、「鶏籠の山明《アケ》なんとすれ共」は紀斉名「仲秋陪㆓中書大王書閣㆒、同賦㆔望㆑月遠情多㆒」（同八）の詩序の句であるが、前者は『和漢朗詠集』（山家）に、後者は『新撰朗詠集』（酒）に採録されている。こうした朗詠詩句による潤色の例は極めて多い。

なかんずく注目されるのは、成経が口ずさんだ漢詩と和歌である。「桃李不㆑言春幾暮」の句は『和漢朗詠集』（仙家）に載る菅原文時の「山中有㆓仙室㆒」の詩句であり、「ふるさとの花の物いふ世なりせば」は出羽《の》弁が「世尊寺の桃の花」を見て詠んだ歌（『後拾遺集』二、春下）である。『奥義抄』はこの歌について「桃李不㆑言下自成㆑蹊といふ事のあるなり」として『史記』李広伝の故事を引くが、文時の詩句に発想を負うていることは明らかである。ところで、このように類想の漢詩句と和歌を配して享受する形態は、『和漢朗詠集』や『新撰朗詠集』の編成の方式を連想させる。成経が口ずさんだ「古き詩歌」が『和漢朗詠集』に並べられているわけではなく、おそらくその編成に倣ったというのでもあるまい。実際に詩歌が朗詠される場のありようを反映していると考えられる。

『平家物語』の漢詩文に関わる典拠と言う時、鮮明な印象で思い浮かぶのは、何よりも『本朝文粋』である。両作品の関係については、早く柿村重松氏[13]の考察があり、また大曾根章介氏[14]の精査がある。大曾根氏は『本朝文粋』所収の作品の詩句のうち、『本朝文粋』に先行する『和漢朗詠集』にすでに採録されている詩句と、そうでない詩句とを区別して扱い、その上で、

『和漢朗詠集』によるものが多いとはいえ、『文粋』もその流麗な文章を構成する役割を果していると考えられる。しかも引用された『文粋』の章句は（他の古典にも当嵌るが）巧みに換骨され、『平家物語』の文章の中に融化し

ている。そこに本書が名文と評されて来た所以があり、作者の才能手腕が卓抜していることを示している。と総括している。そしてさらに、『本朝文粋』の文章が「駢儷を中心にして構成されており、その中の秀句が朗詠に適していたこと」を前提に、「『文粋』の対句が目の働きによるだけでなく、耳を通して人々に知られる可能性があったと考えられる」ことにも言及している。これは、本稿の課題である「典拠摂取の基本姿勢」を考えるに当たって、欠くことのできない視点である。

唐土の作品についても同じことが言える。『平家物語』巻五に見える治承四年（一一八〇）九月の頼朝追討軍の発遣の記事には、平貞盛が将門追討のために東下した「承平・天慶の蹤跡」がしばしば重ね合わされているが、その一つに、富士川の対陣で敗走した大将軍維盛に勧賞が行われたことに関連して、将門追討に難渋していた貞盛らの援軍として宇治の民部卿忠文・清原滋藤が発向した時の、次のような逸話がある。

駿河国清見が関に宿したりける夜、かの重藤《(ママ)》、漫々たる海上を遠見して、「漁舟火《ノ》影《カゲ》寒《ウシテ》焼《キ》レ浪《ヲ》、駅路《ノ》鈴声《ノ》夜過《ゲ》レ山《ヲ》」といふから歌をたからかに口ずさみ給へば、忠文ゆふにおぼえて感涙をぞ流されける。（五節之沙汰）

この「漁舟火影寒焼レ浪」の対句は、『和漢朗詠集』（山水）に見えるが、早く『千載佳句』（別離部、行旅）に採られていたもので、出典は「杜荀鶴、宿臨江駅」と注されている。[15]『千載佳句』の成立時期を天暦年中（九四七～五七）[16]とするならば、「征夷大将軍参議右衛門督藤原朝臣忠文」が節刀を賜わって発向したのは天慶三年（九四〇）二月八日（『日本紀略』）のことであるから、この詩句が『千載佳句』成立以前に朗詠されていたことの証跡になる。

『平家物語』の引用意図は杜荀鶴の詩句そのものにあるのではなく、天慶の乱の東征の旅宿でこの詩句を朗詠した清原滋藤の逸話を読者に思い起こさせることにある。この逸話は『江談抄』四に「古人語云」として、また『袋草紙』（八三、雑談）には「時棟語云」として、両者ほぼ同文で記されている。『袋草紙』には「見江記」とするが現存の『江記』にはなく、黒田彰氏[17]は『和漢朗詠集』の貞和本等に書き入れられているいわゆる「朗詠江注」を指すと推定している。とにかく、朗詠詩句が単独にではなくて、説話と一体化して伝承された「朗詠詩話」とでも言うべきものを、『平家物語』は受容しているのである。

五　朗詠詩話の受容

朗詠される詩歌が説話と一体化して導入されるということを考える時、『平家物語』巻十「千手前」の場面が想起される。一の谷で捕えられ、鎌倉に護送された重衡は、頼朝に対面した後、身柄を狩野介宗茂に預けられる。初めは千手前の勧める盃を「すこしうけて、いと興なげ」であった重衡の鬱屈した心が、千手前の朗詠と今様によって次第に解きほぐされ、鎮められて行く。郢曲と管弦による鎮魂、それがこの章段のテーマであろう。

それにふさわしく千手前が最初に朗詠するのは、『和漢朗詠集』の「管弦」の部に収められている菅原道真の「羅綺の重衣《ちょうい》たる、情ないことを機婦に妬《ねたむ》」という詩句、道真が仁寿殿の内宴に侍して詠んだ「賦㆔春娃無㆓気力㆒」の詩序（『菅家文草』巻二・『本朝文粋』巻九）の句である。が、重衡の心は晴れず、「此朗詠をせん人をば、北野の天神、一日に三度かけッてまぼらんとちかはせ給ふ也。されども、重衡は此生《しやう》にては捨てられ給ぬ。助音しても何かせん。罪障かろみぬべき事ならば従ふべし」と言ったので、千手前はすぐに「十悪といへども引摂《インゼウ》す」という朗詠をし、さらに「極楽ねがはん人はみな、弥陀の名号唱《となふ》べし」という今様を歌う。いかに罪業の深い者でも引摂する彌陀の本願をたたえた朗詠と今様で、ようやく重衡は盃を傾ける。千手前が琴を弾くと「此楽ば、普通には五常楽《ごじやうらく》と言へども、重衡が為には後生楽《ごしやうらく》とこそ観ずべけれ。やがて往生の急をひかん」と戯れて雅楽の皇麞急《わうじやうきう》を弾くまでに重衡は心を開く。夜がようよう更けて、千手前が「一樹の陰にやどりあひ、おなじ流れをむすぶも、みな是先世《ぜんぜ》のちぎり」という白拍子を歌うと、重衡も「灯《トモシビ》闇《ウ》しては数行《スカウ》虞氏之涙」という朗詠をする。「十悪といへども引摂す」は具平親王の「西方楽讃」（『本朝文粋』巻十二）中の句で、『和漢朗詠集』の「仏事」の部に、また「灯闇うしては」は橘直幹の「賦二項羽一」の詩句で、同集「詠史」の部に収められている。

ところで、重衡が語る天神の誓願は、屋代本・平松本・南都本・長門本・『源平盛衰記』等にはあるけれども、延慶本にはない。おそらく、千手前の話が『平家物語』に取り込まれた早い段階では、「羅綺之為二重衣一」の詩句と天神の誓願とは結び付いてはいなかったのではないか。この天神の誓約の話は、『古事談』（巻五、神社仏寺、北野天神託宣詩事）に、「又有二託宣之詩一」として、

昨為二北闕被レ悲士一、今作二西都雪レ恥尸一。生恨死歓其我奈、今須三望足護二皇基一。

という詩句を挙げ、「此詩一度詠吟之人、毎日七度可二守護一之由有二託宣一云々」と伝えている説話と関係があろう。この説話は早く『江談抄』第四にも記されている。そこでは「昨為二北闕蒙レ悲士一」の詩句の後に、

吾希二段干木一、優息藩二魏君一、吾希二魯仲連一、談笑却二秦軍一。(18)

という詩句も加わって、その後に「此詩、天満天神為二令レ詠之人一、毎日七度令レ護ト誓給之詩也」とある。『平家物語』の諸注釈もこの類話の存在は指摘するが、「羅綺之為二重衣一」の詩句にまつわる天神加護の説話については未詳としている。実際、この「羅綺之為二重衣一」の句に、そうした説話の結び付く契機は見出しにくい。「昨為二北闕被レ悲士一」または「吾希二段干木一」の句にまつわる朗詠詩話が、この「羅綺之為二重衣一」の句に付会されたのではないか。

ただし、『倭漢朗詠抄注』（永済注）のこの句の注には、注目すべき説が見える。

……コレモマヒ、メノ心ニハ、コノカクトクハテヨカシ、イリナント思ニ、キョクノナカクテヲヘサルコトヲイキトヲリ思フ心也、伶人トハ楽スル人也、菅家、此句ヲイミシクツクレリト御心ニオホサレケリ、此句詠セムトコロニハ、カナラスワカタマシヒユキノソミテマホリトナラムトソ、オホセラレケル。（永青文庫本）

詩想や語意の説明に交じって、「羅綺之為二重衣一」の詩句が作者会心の作だったので、「此句詠セムトコロニハ、カナ

ラスワカタマシヒユキノソミテマホリトナラム」という道真の誓いが立てられたというのである。朗詠詩句にまつわる伝承が朗詠注に取り込まれている事例の一つである。先に見た杜荀鶴の詩句「漁舟火影寒焼レ浪」に関しても同様で、永済注には、詩想や語意の説明の後に、「昔《シ》アツマニ謀叛ノヲコリタリケルニ、宇治ノ民部卿文範卿ヲ大将軍トシテ追討ニクタサレケルニ……」と、軍監清原滋藤の朗詠の逸話が取り込まれていて、その場合には末尾に「大江時棟説云々、口伝抄ニアリ」とその出所を明かしているのであるが、「羅綺之為ニ重衣一」の句にまつわる伝承については出所を明らかにしていない。注目すべきことは、『平家物語』の「此朗詠をせん人をば、北野の天神、一日に三度かけってまぼらんとちかはせ給ふ」という誓言は、長門本や屋代本でもほぼ同じ表現であり、永済注のそれよりもはるかに『江談抄』の「此詩、天満天神為ニ令レ詠之人一、毎日七度令レ護ト誓給」という誓約の表現に近似しているということである。北野天神の誓約を「羅綺之為ニ重衣一」の句に付会するのが、『平家物語』の本文形成の過程でなされたのだとすればいっそう興味深いが、『平家物語』の外でなされたのであったとしても、そのような形で派生的に形成された朗詠詩話が、朗詠注に取り入れられているわけである。『平家物語』の諸本の中では、『源平盛衰記』だけが「但、天神此句ヲアソハシテ、我ナカライミシクモ作タリ、此句ヲ詠セン所ニハ必我魂《ヒ》行《キ》望《ミ》テ其人ヲ守ラント御誓アリケリ」となっていて、永済注との同文関係が認められる。『源平盛衰記』は、その修訂作業の際の資料の一つとして永済注を用いていることについてはすでに指摘されているが[19]、この事例もまた、その証左の一つとなりえよう。

朗詠詩句は、単に読んで鑑賞される漢詩の対句というにとどまらないのは勿論のこと、また朗唱吟詠される秀句として耳で楽しまれるだけのものでもない。その原詩の詠作された事情、詩の意想、本説、さらに朗詠伝承などに関わる説話と一体化して享受されていたと考えられる。それを仮に「朗詠詩話」と呼んでみたのだが、この「千手前」の章段でも、重衡が朗詠した「灯《トモシビ》闇《ウ》しては数行《スカウ》虞氏之涙」の句について、「たとへば此朗詠の心は」として漢楚の戦いの最後を飾る「覇王別姫」の悲劇、項羽と虞氏との別離の哀話を語っている。朗詠詩句が説話挿入の契機になっている例は他にも多く、朗詠詩句と説話が不可分のものとして享受されていた背景を思うべきであろう。

『平家物語』における典拠摂取ということを考える時、ともに、その時代の人々に耳になじみつつ、その思想と表現に培うところの大きかった漢語成句と朗詠詩話の二つは、やはり避けて通ることのできない問題であると思われる。

注

（1）小島憲之氏『上代日本文学と中国文学』第三篇 日本書紀の述作、第三章 出典考五（塙書房、昭和37・9）
（2）同前書（第一篇 漢籍の伝来、第四章 類書の利用二）
（3）辰巳正明氏『万葉集と中国文学』二 柿本人麻呂と中国文学、第六章 高市皇子殯宮挽歌と漢文学二（笠間書院、昭和62・2）
（4）加美宏氏「将門記の形態と方法――その前史的考察――」（古典遺産の会『将門記 研究と資料』、新読書社、昭和38・11）
（5）高橋貞一氏「玉函要文について」（『国語国文』20―5、昭和26・7）
（6）大曾根章介氏「漢詩文」（市古貞次氏編『平家物語必携』、学燈社、昭和42・6）
（7）拙稿「平家物語と漢詩文」（市古貞次氏編『諸説一覧平家物語』、明治書院、昭和45・6）。本書第一章第三節2の(1)参照
（8）武久堅氏「平家物語本文と為憲撰『世俗諺文』」（『文学』38―6、昭和45・6。『平家物語成立過程考』所収、桜楓社、昭和61・10）
（9）遠藤光正氏『玉函秘抄語彙索引並びに校勘』（無窮会東洋文化研究所、昭和46・9）、『明文抄の研究並びに語彙索引』（現代文化、昭和49・3）、『管蠡抄・世俗諺文の索引並びに校勘』（現代文化社、昭和53・1）、『類書の伝来と明文抄の研究――軍記物語への影響――』（あさま書房、昭和59・11）
（10）冨倉徳次郎氏『平家物語研究』（第二章 平家物語の成長、角川書店、昭和39・11）
（11）大曾根章介氏「『本朝文粋』と『平家物語』」（『共立女子短期大学紀要』9、昭和40・12。『王朝漢文学論攷――『本朝文粋』の研究――』所収、岩波書店、平成6・10）
（12）［補］「楚王好細腰」の諺は「伍子胥変文」（王重民氏他編『敦煌変文集』、人民文学出版社、一九五七年・北京）に、「楚

帝軽盈怜細腰。宮裏美女多餓死。秦穆公之女顔如玉。二八容光若桃李」と用いられている。楚の平王が太子妃候補である秦の穆公の娘を佞臣魏陵に唆されてわが妃とし、これを諫めた伍奢父子（子胥の父兄）を誅した。楚を去って呉に亡命しようとする伍子胥が歌う歌詞の一部である。「楚帝」には諺の楚王と楚の平王とが重ねられている。『六代勝事記』の文は、『承久軍物語』巻一に後鳥羽院が北面の他に新たに西面を設置したことに関して、「但呉王けんかくをこのみしかば。宮中にきずをかうぶらざるものなし。楚王さいようをこのみしかば。天下にうえしぬるものおほかりけりというように。上のこのみに下はしたがふならひなれば。此君の御ふるまひ。しかしながらくにのあやうからんことのみぞあやしみける」（群書類従）と引かれている。慈光寺本にはない。また、『明月記』（建保元年五月十六日の条）にも「少将為家、近日日夜蹴鞠云々。遇二両主好鞠一之日、愁為二近臣一、依二天気之宜一頗有二得レ骨之沙汰一、聞レ之彌為レ幸、楚王好二細腰一之日、如二宮中餓死人一、不レ見二一巻之書一、七八歳之時、僅所レ読蒙求・百詠猶以廃忘、是皆一家不運之令レ然、魔縁積悪之祟也」と見える。これについて、久保田淳氏は「これは息為家が蹴鞠に巧みなゆえに、後鳥羽院と順徳天皇に愛されていることを嘆いている記事である。『六代勝事記』や『平家物語』に先行する叙述であることは言うまでもないが、だからと言ってこの叙述がこれらの書と関係がありそうだと言うのではない。ただ少なくともこの事実は、『六代勝事記』の作者と定家の教養や思考がかなり類似しているらしいことを示唆するものではあろう」（「承久の乱以後の藤原定家とその周辺──『明月記』を読む──」『文学』53―7、昭和60・7）と述べている。

(13) 柿村重松氏「本朝文粋の文句と平家物語」（『松井博士古稀記念論文集』、目黒書店、昭和7・2）

(14) 大曾根章介氏、注（11）に同じ。

(15) 『全唐詩』（巻二十六、杜荀鶴）に収める七律「宿臨江駅」の頸聯で、措辞に小異があり、「漁舟火影寒帰浦、駅路鈴声夜過山」となっている。[補] 『千載佳句』が「寒帰浦」を「寒焼浪」に作るのは依拠したテキストに由来するか、それとも清原滋藤が海畔の夜景に即して詠じ変えたか。滋藤の朗詠を聞いて「将軍拭レ涙之」（『江談抄』四）、「将軍拭レ涙云々」（『袋草紙』雑談）、「民部卿泪をながしける」（『東関紀行』）、「折ふし心すみて将軍涙落しけり」（『十訓抄』第十）等々、この話は常に忠文の感涙を伴って語られる。『十訓抄』は「駿河国清見関について、海のはたにやどりたりけるに」「此詩は杜荀鶴が臨江駅に宿て作りけり。旅宿の夜の思同心や通ひけんとげに心すごし」と、その即境的感興を強調する。滋藤が原詩句を変えて朗詠したと伝えるものはないが、忠文の感涙は、その場の景情に適うよう詩句を変えた滋藤の当意即妙の朗詠によっていっそう高められているのかもしれない。

（16）『日本古典文学大辞典』第三巻（岩波書店、昭和59・4）「千載佳句」の項（金原理氏稿）

（17）黒田彰氏「〈朗詠古注〉管見——永済注について——」（『国語と国文学』60—11、昭和58・11。『中世説話の文学史的環境』所収、和泉書院、昭和62・10）

（18）「吾希段干木優息」云々の詩は『文選』巻二十一に載る左思の「詠史詩八首」第三の冒頭の二聯である。岩波新日本古典文学大系『江談抄』の脚注は、「この詩」は「吾は希ふ段干木の」以下を指すとしている。なお、『天満宮託宣記』（群書類従）には「被レ贈二太政大臣一之後託宣。〈同（正暦）五年十二月〉」として「昨為二北闕被レ悲士一」詩を挙げ、「古老伝云、此詩、北野天神、為三令レ詠之人一、毎日七度令二守護一誓給云々」と付言している。

（19）牧野和夫氏「中世の太子伝を通して見た一、二の問題(2)——所引朗詠注を介して些か盛衰記に及ぶ——」（『東横国文学』13、昭和56・3。『中世の説話と学問』所収、和泉書院、平成3・11）。黒田彰氏「源平盛衰記と和漢朗詠集永済注——増補説話の資料——」（『説話文学研究』17、昭和56・7。前出『中世説話の文学史的環境』所収）

3　平家物語と朗詠詩話——斑竹の禁忌——

一　娥皇・女英の説話

覚一本『平家物語』の巻六「祇園女御」に、次のような話がある。治承四年（一一八〇）十一月、福原の新都で行われた五節の淵酔で、中宮の御座所へ推参した殿上人たちの中で、「竹湘浦に斑なり」という朗詠をした者があった。

五条大納言邦綱がそれを立ち聞きして、「あなあさまし、是は禁忌《キンキ》也とこそ承はれ。か丶る事聞くとも聞かじ[1]」と言って、抜き足でその場を逃れ去ったという話である。「竹湘浦に斑なり」という朗詠が、なぜに「禁忌」なのか、そのことについて考えてみたいと思う。

この朗詠詩句は、諸注の記すように『和漢朗詠集』（巻下、雲）に収められている、

竹斑《ナリ》二湘浦《ニ》一、雲凝《ル》二鼓瑟之蹤《ニ》一。鳳去《ル》二秦台《ヲ》一、月老《インタリ》二吹簫之地《ニ》一。　愁賦

という対句である。邦綱が「禁忌也とこそ承はれ」と言ったのは、この朗詠詩句の特に上の句に関してであったらしく、『平家物語』には、次のように上の句にのみ関わる解説が続いている。

たとへば此朗詠の心は、むかし堯の御門に、二人の姫宮ましく／＼き。姉をば娥黄《(ママ)》といひ、妹をば女英といふ。ともに舜の御門の后也。舜の御門かくれ給ひて、彼蒼梧の野辺へをくりたてまつり、煙となし奉る時、二人のきさき名残をおしみ奉り、湘浦といふ所までしたひつ丶なきかなしみ給ひしに、その涙、岸の竹にか丶ッてまだらにぞそみたりける。其後も常は彼所におはして、瑟《シツ》をひいてなぐさみたまへり。今かの所を見るなれば、岸の竹は斑にて立てり。琴《コト》を調べし跡には、雲たなびいて物あはれなる心を、橘相公《タチバナノシヤウ》の賦に作れる也。此大納言はさせる文才詩歌うるはしうおはせざりしか共、か丶るさか／＼しき人にて、かやうの事までも聞《きき》とがめられけるにこそ。

右の覚一本の本文では、この詩句の作者を橘相公即ち参議橘広相としている。これは百二十句本・鎌倉本・平松家本・小城鍋島文庫本（後二者は対句の上下を転倒する）等の諸本も同様であるが、八坂本には「常に雲たなひいて物哀なる心あり、国綱させる文章うるはしき人にてはおはせねとも…」、南都本には「雲タナヒイテ物哀ナル心ヲシ出サレタリケルニ、邦綱サセル才学ノ人ニテハヲハセネ共…」となっていて、詩句の作者の名には触れていない。屋代本も同様であるが、「調瑟《テウシツ》計《リ》ハ雲ニ聳《ソヒヘ》テ物哀ナル心ヲ、邦綱卿聞《キ》トカメラレケルニヤ」となっていて文脈が屈折し、誤脱

の可能性も十分ある。この詩句の原詩題と作者については、釈信阿の『和漢朗詠集私注』に「愁ノ賦 張読」（寛永六年板本による。内閣文庫蔵写本は「愁賦 張憙」に作る）とある。張読は、張薦の孫で、『宣室志』十巻・同補遺一巻の編著がある。張読の著作について『四庫全書提要』は、その記す所は鬼神霊異の事ばかりであって干宝の『捜神記』や任昉の『述異記』の構成に類似していると批評しているが、張読のそのような関心のあり方は、いかにも『遊仙窟』の著者張文成の玄孫にふさわしいと言える。彼の「愁賦」の原詩は確認できないが、とにかく橘相公の作とするのは誤りで、『平家物語』がこの話を挿入した当初にはなかった作者名の竄入であろう。

斑竹の故事については、張華の『博物志』（巻八、史補）に、

堯之二女、舜之二妃、曰二湘夫人一、舜崩、二妃啼、以レ涕揮レ竹、竹尽斑。

と記されたものが古いが、あまりにも簡潔に過ぎる。李吉甫の『元和郡県志』（巻三十、江南道五、道州、弘道県）には、やや具体性を帯びて、

大陽原、在二県南五十歩一、多二小斑竹一、相伝云、舜崩之後、二妃尋二湘水一、以レ手拭レ涙把レ竹、遂成レ斑也。

と記されているものの、『平家物語』におけるこの故事の説述に比して簡略であることは大して変わりがない。『平家物語』の記事は、「たとへば此朗詠の心は」として語り出されていることからも明らかなように、朗詠詩句についての談義なのである。当然、『和漢朗詠集』の注釈との関係が推測される。

二　斑竹の説話と『和漢朗詠集』の注釈

かつて、『太平記』における虞舜の孝養説話について考察したことがある。[2] その折、この『平家物語』の娥皇・女英の説話にも触れたのであったが、なにぶん四十年ばかりも昔のことで、今から見ると、訂正を要する部分や、補足

すべき点も少なくない。やや長くなるが、その該当部分を先ず掲げることにする。

娥皇・女英の説話は、唐物語（巻上）・平家物語（巻六、祇園女御）・源平盛衰記（巻二六、邦綱卿薨去 同思慮賢事）・続古事談（巻六）・十訓抄（第六）・壒嚢抄（巻一、卅八）等に見え、三国伝記（巻七、虞舜即位事）にも付け加えられている。このうち、十訓抄のは「虞舜帝の后娥皇女英二人ながら湘水の底におぼれ」というだけのごく簡単なものであり、かつ他の諸書と異なって、二后が湘水に身を投じたことになっている。他の書では、二后が亡き舜を慕って湘浦のほとりで悲しみ嘆いたところ、その涙のために岸の竹が斑に染まったという話になっているのである。

この話は史記（五帝本紀）には見えず、これを記載している中国の文献で古いものは劉向の列女伝（巻一、母儀伝）である。皇甫謐の列女伝（魏晉小説大観巻四所収）の記述は、劉向列女伝の記述を要約したものと思われるが、いずれも二后の投身の事だけを記して、斑竹の話は取りあげていない。これを取りあげているのは博物志と述異記である。両者大同小異であるが、いくらか詳しいといえる任昉の述異記（魏晉小説大観巻二所収）の方を挙げると、「斑竹」という章題のもとに、

湘水去レ岸三十里許、有二想思宮・望帝台一、昔舜南巡而葬二於蒼梧之野一、堯之二女、娥皇・女英、追レ之不レ及、相与慟哭、涙下沾レ竹、竹文上為レ之斑斑然、

とある。わが国の説話文学には、劉向や皇甫謐の列女伝よりも、主として博物志や述異記の方が伝承されたわけである。平家物語（および源平盛衰記）では、治承四年、福原の都での五節に、或る殿上人が和漢朗詠集の「竹斑二湘浦一、雲凝二鼓瑟之蹤一」（張読「愁賦」）という句を朗詠したのを、大納言藤原邦綱が所がら相応しくないと難じて、この詩句の心を解説するという形で挿み込まれている。続古事談も、この話の末に「竹斑二湘浦一トカケルハコノ事ナリ。」とあって、朗詠の句を解説する書きぶりであるし、壒嚢抄の記事は源平盛衰記の文に酷似して

いて交渉があると思われる。こう見てくると、これら一群の説話文学と博物志・述異記との間には、和漢朗詠集の注の如きが介在しているのではないかと想像される。たとえば応保元年（一一六一）に成った信阿の和漢朗詠集私注の、この詩句の注に、

愁賦張悳、百詠竹詩注《ノ》云、帝堯《ニ》有二二女一、長《ヲ》曰二娥皇《ト》一、次《ヲバ》曰二女英《ト》一、共善《ニクス》二琴瑟《ヲ》一、堯以二二女《ヲ》一娶《ス》二帝舜《ニ》一、令レ見《セ》レ内《ヲ》、舜《ノ》心《モ》弥謹《メリ》、不レ失二夫婦之礼《ヲ》一、舜崩《ジテ》二女哀哭《ス》、其涙染レ竹《ヲ》、二女死《ス》、葬《ル》二湘水《ニ》一、後人《ニ》立レ廟《ヲ》祭レ之《ヲ》、

（本文は内閣文庫本）

とあるが、源平盛衰記の「昔大国に堯王と申賢き帝御座き。二人娘あり。姉をば娥皇と云、妹をば女英と名く」という書き出しは、この私注の発端と一致することなど注目される。後世のものであるが、北村季吟の和漢朗詠集註の、この詩句の注は、平家物語と源平盛衰記とを統合し按配したと思われる叙述である。ただ、集註の季吟序によれば、集註の詩文の注は西生永済の手に成っており（天文一七年以前）、その永済註は覚明註を祖述して和文に書き改めたものであるという。これをそのまま信ずるなら、集註（永済註）は平家物語や源平盛衰記に先行する覚明註を伝えていることになるはずで、従って、平家物語や源平盛衰記の娥皇・女英説話は覚明註に拠っていることになり、はなはだ興味深いが、言われているように覚明註というのは前掲の信阿の私注を指すのであり、その私注と集註との間にはかなりの相違もあるから、現段階では、集註の注は平家物語と源平盛衰記とを統合し按配したと見るのが妥当であろう。

以上である。「現段階では」と断らざるを得なかったのは、筆者自身この判断に釈然としないものを感じていたからであるが、この判断の錯誤は、北村季吟の『和漢朗詠集註』が巻末に「永済註奥書云」として掲げる「天文十七年戊申三月十六日書写之」(3)云々を永済自身の識語とし、永済を『近世畸人伝』巻二に見える西生永済その人であるとする当時の通説に従って、「永済注」の成立時期を『平家物語』や『源平盛衰記』よりも後としたことに起因している。

その後、牧野和夫氏が[4]鎌倉末期・南北朝初から室町期にかけての太子伝や『大鏡抄』などの注釈書にすでに「永済注」が引かれている事実を指摘して通説を否定し、『源平盛衰記』の編集に際して、特に慶長古活字版で「正文」（本文）よりも一字下げて記載してある後補と見做される部分において、「所謂「永済注」に近い朗詠注の一本」を参看して修訂していることを論証した。ただし、この「竹斑湘浦」の話については、それが[5]「一字下げ」の部分ではなくて「正文」に叙述されているため、牧野氏は判断を保留している。次いで、黒田彰氏も、『源平盛衰記』における増補資料の一としての「永済注」に触れ、「永済注」に拠ったと認められる記事として「竹斑湘浦」の話をも含む十二条を挙げるとともに、「永済注」の成立時期を鎌倉中期以前に溯りうるとし、「永済注は、平安末期から鎌倉中期の間、おそらく鎌倉前期頃、成立したのであろう」とした。もし黒田氏の所説のごとくであれば、拙稿の誤謬が批正されるとともに、『博物志』『述異記』などの漢籍と中世の娥皇・女英説話との間には『和漢朗詠集』の注のごときが介在しているのではないかという推測が裏付けを得、しかもそれが「永済注」であると特定されたことになる。

この張読の「愁賦」の詩句に対する「永済注」は、次のようなものである。

此賦、上句ノ意ハ、堯ノ帝ニ二人ノ女《ムスメ》アリキ。姉ヲハ娥皇トイヒ、妹《オトウト》ヲハ女英トイヒキ。トモニ舜ノ帝ノ后ナリ。A舜隠レ給テ、湘浦トイフ所ノ南ノ方ニ蒼梧トイフ野ニオサメ奉リタリケレハ、二人ノ后恋ヒ奉リテ、湘浦ノ岸ニ立チテ泣キケル涙竹ニ懸リテ、竹ノ色ノ斑ニ染ミタリケルナリ。B後ニ生ヒイツルモミナ斑ナリケリ。今ノ世ニ斑竹トテ斑ナル竹ハ、彼ノ竹ノ広マルト申ニヤ。C雲凝鼓瑟之跡トイハ、湘浦ニ至リテ、心ヲ慰メムタメニ、瑟トイヒテ琴ニ似タルモノヲ弾キケルナリ。鼓ノ字ヲハヒクトヨム也。二妃隠レニシカハ、ヤカテ湘浦ニカクセリ。今ソノ所ヲ見レハ、岸ノ竹ハ今モ斑ニテ立テリ。瑟ヲ調ヘシ跡ニハ雲タナヒキテ人ハ見エス、コレヲ見ルニイトアハレナリト云心ナリ。（下略）　（永青文庫本による。ただし適宜漢字を当て、句読点を施す）

『平家物語』（覚一本）では、傍線Bに当たる部分、つまり斑竹の伝播についての説明がなく、傍線Cの「雲凝鼓瑟之跡」の句解に当たる部分は、簡略化して「其後も常は彼所におはして、瑟《シツ》をひいてなぐさみたまへり」と述べるにとどめている。『源平盛衰記』ではこの句解の部分をすべて省略し、「二人ノ后隠給ニケレハ、爰ニテ舜帝ヲ嘆キ悲給シカハトテ湘浦ノ岸ニソ奉レ納ケル」と結んで、むしろ信阿の『和漢朗詠集私注』の文に近い叙述となっている。また、Aの箇所には、「時ニ賤キ盲目ノ子ニ、舜ト云者アリ。孝養報恩ノ志深シテ、父ガ盲ヲ開シカバ、堯王叡感有テ、舜ヲ以テ二人ノ姫宮ニ聟取シ給テ、即位ヲ譲給ヘリ、舜王ト申ハ是也ケリ」という文が加わる。当時広く流布していた虞舜の孝養説話を要約して取り入れているのである。この孝養説話は「永済注」にはないが、傍線Bと傍線Cの両方を併せ持っていることから、旧稿で「集註の注は平家物語と源平盛衰記とを統合し按配した」と憶測したのであった。因に、旧稿で引いているように、『和漢朗詠集私注』には「百詠竹ノ詩注云」として斑竹の故事を記している。李嶠の『雑詠』（『百詠』とも『百二十詠』とも言う）の「芳草十首」には、次のような「竹」の詩が収められている。

高簳楚江濆　蕭条含二曙氛一　白花揺二鳳影一　青節動二龍文一
葉払二東南日一　枝捎二西北雲一　誰知湘水上　流レ涙独思レ君

この詩の注に拠ったと言うのである。天理図書館蔵『一百二十詠詩註』（延徳二年松林書写本）には、この五律詩の尾聯に、次のような張庭芳の注が付けられている。

舜葬二蒼梧野一、二妃娥皇女英不レ従、泣染レ竹成レ斑也。一本曰、湘夫人舜妃也、舜崩二於蒼梧一、二妃奔哀レ湘、夫人涙染二斑竹一、皆二妃溺レ水死、故号二湘夫人一也。（訓点は私に施す）

慶応義塾大学図書館蔵の『百二十詠詩注』の張庭芳注も、これと措辞の小異があるだけで、ほぼ同じである。また、源光行の『百詠和歌』（第三、芳草部）には、前記の五律詩の尾聯とその解説を、次のように記している。

誰知湘水上。流涙独思君。堯の二人のむすめ娥皇女英は舜のめなり。舜かくれ給て後。二人の人湘水のほとりに哀哭。涙を落すこと雨のことし。涙竹に灑きて竹斑になりぬ。かなしひにたへすして。ともに湘水におほれて

しぬ。此故にふたりを湘夫人といへり。（続群書類従本）

この解説も張庭芳注を踏まえたものと思われる。『李嶠雑詠』およびこの書と『和漢朗詠集私注』『百詠和歌』との関係については、早く山田孝雄氏に詳論がある。(6) 氏は、『和漢朗詠集私注』には「百詠の本文を引けること実に二十三句」、また「百詠の注を援ける所、凡そ九十四所あり」とし、それらの注については「蓋し、張庭芳の撰ならむ」と推測している。また、特に「竹」の詩とその張庭芳注に関して、「今此〈注、百詠和歌〉を先の朗詠集私注に引けるものに対照するときは、その注を簡明にせん為に頗取捨せるものなるを見るべし。この一斑を以て推す時は、百詠和歌の叙説は、張庭芳の注を基としたるは争ふべからずとしても、之を取捨して簡明に訳せんとしたるものなるを考へらるる也」と説いている。が、『和漢朗詠集私注』が引く所の「百詠竹詩《ノ》注」は、天理図書館本・慶応義塾大学図書館本の張庭芳注や、張庭芳注に基づいたと思われる『百詠和歌』とは、やや異なっている。特に、『和漢朗詠集私注』の注の中に「堯以二二女《ヲ》一娶《ス》二帝舜《ニ》一、令レ見《セ》レ内《ヲ》、舜《ノ》心《モ》弥謹《メリ》」とあるのは、もともと『史記』五帝本紀に「堯乃以二二女一妻レ舜、以観二其内一。使二九男与処一、以観二其外一。舜居二嬀汭一、内行彌謹」（和刻本『増訂史記評林』）とある文に由来していよう。この句を有する「百詠注」の一本に依拠したのか、それとも信阿がこの句を補入したのかとなると、いずれとも判断しがたい。

なお、『胡曾詠史詩』に「湘川」と題した、次のような七絶詩がある。

虞舜南捐二万乗君一　霊妃揮レ涕竹成レ紋　不レ知精魄遊二何処一　落日瀟湘空白雲

この詩について、陳蓋の注（『新雕注胡曾詠史詩』四部叢刊）には『博物志』など、また胡元質の注（『新板増広附音釈文胡曾詩註』和刻本漢詩集成）には『湘川記』などを引いて、斑竹の故事を説いている。特に後者では「九歌」（『離騒』）あるいは『山海経』などに見える湘君・湘夫人と舜の二妃との関係をやや詳しく考証したりもしているが、『和漢朗詠集私注』に引くところの堯が二女を舜に妻合わせてその私生活における操行を観察した話や、『源平盛衰記』に見える虞舜が盲目の父に孝養を尽くして堯から帝位を譲られた話などの要素に関わる記事はなく、『和漢朗詠集私注』等に格別の関与があったとは思われない。

三　斑竹を禁忌とする謂れ

さて、「竹斑二湘浦一」の朗詠を邦綱が「禁忌也」としたことについて、冨倉徳次郎氏は、(7)『唐鏡』（第一）および『続古事談』（第六、漢朝）に見えるこの故事に関する記事を引き、特に『続古事談』に「此二人舜にをくれてなげける。涙そみたる竹なり。これにもつたはりてへんぢくのつかのふでをばいれずとなむいひならはせる、この故なり」とある文に基づいて、「元来は詩句よりも筆の軸に斑文の竹を用いたものを忌んだのであろう」と説明している。新日本古典文学大系の脚注はそれを受け継いで、(8)「筆の軸に斑文の竹を用いることを忌み、そこからさらに詩そのものも縁起が悪いものとした」と言い足している。斑竹そのものが有する禁忌に、斑竹を詠んだ詩句の不吉を重ねて理解しているのである。果たして、そうであろうか。以下、その当否を検討してみよう。

まず、『続古事談』の「ヘンチクノツカノフデヲバイレズトナムイヒナラハセルコノ故ナリ」（群書類従本）は、どのように解すべきであろうか。「ヘンチク」は神宮文庫本に「変軸」の文字を当てているが、『倭名類聚鈔』（二十、竹）に「斑竹音篇遅久」とあるように、「斑竹」の呉音読みである。『続古事談注解』(9)は、この部分を「「斑竹の柄の筆は用いない」といい習わしているのはこの故である」と口語訳している。確かに、『壒嚢鈔』（巻一ノ卅八「紫竹ヲ忌トテ竿（ママ）ナントニ不《ト》レ用何故ソ」）などには、この故事を引いて「昔無キ人ヲ恋ル涙ニ染リシ故ニ此竹ヲ忌也」と説き、斑竹そのものを不吉とする伝承があったかのごとくに説いている。

しかし、小学館版『原色日本の美術』（第4巻、正倉院）に斑竹管牙頭白銀荘筆《はんちくのかんげのとうはくぎんのかざりのふで》・梅羅竹管牙頭黄金荘筆《ばいらちくのかんげのとうわうごんかざりのふで》・

豹文竹管牙頭筆《ひょうもんちくのかんげのとうのふで》と呼ばれる、御物の筆三管の写真が掲載されている。斑文によって梅羅竹・豹文竹などの名が冠せられているが、いずれも美しい斑竹の軸である。この書の解説によれば、正倉院蔵の筆十八管のうち、東大寺の大仏開眼に用いられた一本を除く十七本は、いずれも斑竹か仮斑竹《げはんちく》とのことで、「当時の人びとが木目とともにこれらの斑文をも珍重したことが知られる」という。時代が降って、天暦八年（九五四）十月に課試に応じることになった秀才菅原輔正（三十歳）のために、当時六十九歳の碩学大江朝綱が、菅家累代の文才を発揮してみごとに及第するようにと励まして、「斑竹筆《ノ》、大様墨《ノ》、為《メニ》レ充《テンガ》二新用《ニ》一、各一双」を進呈している。(10) さらに三蹟の一人藤原行成は、囲碁の負物として「斑竹筆卅管」を左大臣道長に奉り（『権記』長保四年八月十三日の条）、また、法華八講五巻の日の捧物として「銀翰墨納、斑竹筆四管、丸墨幷小刀」等を調えて道長のもとに届けている（同、寛弘八年五月十六日の条）。これらの事例を見れば、十世紀から十一世紀にかけての頃にも、斑竹の筆は忌まれるどころか、珍重されていたことは疑いようのない事実である。

ただし、斑竹の筆が用いられないという特殊な場合があった。除目の執筆である。『江家次第』（巻四、正月丁）に除目の時の硯筥に入れるべき物として「大間書一巻」と「硯筆台　墨一廷　筆二巻〔管カ〕　続飯《ソクイヒ》　続板　小瓶〔水イ〕　小刀」の品目を挙げ、硯については「不レ用二唐硯一」、筆については「故実件筆可レ用二白管一」あるいは「不レ用二丹管・斑竹等一」という注記が施されている。(11)『富家語』（二二四）には硯については「除目の硯は唐硯なり」（新日本古典文学大系）という異見も見えるが、筆に関しては「筆は白管《ひやくくわん》を用ゐるべし。斑管《はんくわん》は見苦しき故なり」という同じ意見も記されている。『除目抄』には除目の硯筥に入れるべき用具の納め方の指図があるが、やはり筆について「白管。抜レ笠入レ之」と注している。また、治承四年の春の除目で執筆を奉仕した藤原兼実は、その行事の次第を『玉葉』（同年正月二十六日の条）に克明に記録しているが、その硯筥の具の「筆墨」について細字で「白管筆二巻、本不レ巻レ紙、平墨一挺、以二例美紙一裏レ之如レ常、已上裏二檀紙二枚一捻二上下一、非二立文一」と注記している。以上のことから考えて、『続古事談』の「ヘンチクノツカノフデヲバイレズ」は、除目の硯筥には白管の筆二本を入れるのが礼式で、斑竹の柄の筆は入れないのが故実であるという意に解すのが妥当であろう。甚だしい省筆ではあるが、これで十分に意が通じた文筆仲間の雑談《ぞうたん》の世界を想うべきであり、また『続古事談』という作品の性格を暗示する一例とも見るべきであろう。
となると、『平家物語』で、邦綱が「竹斑湘浦」の朗詠を禁忌とした理由は何だったのか。この「竹斑湘浦」朗詠の話は「邦綱伝」ともいうべき話を構成する一要素として取り込まれているのであるが、その「邦綱伝」は、

(a)　邦綱の出自・経歴・清盛との親交による栄達の話
(b)　邦綱の機転のきいた才覚の逸話、先祖の山陰中納言・如無僧都の説話
(c)　邦綱母の賀茂大明神信仰とその利生譚

などで構成されている。諸本によってその構成要素には出入りがあり、叙述される位置にも異同がある。諸本の状況を概観すると、先ず延慶本では、(a)は巻一（第一本）に邦綱の権大納言昇任に関連して、(b)(c)は巻六（第三本）に邦綱の死去に関連して記されるという風に、(a)(b)(c)は分かれて存在するが、「竹斑湘浦」の要素はそのいずれの部分にも含まれていない。四部合戦状本も同様に巻一と巻六とに分在するが、これには「竹斑湘浦」の要素が巻六の叙述に(b)の一要素として含まれている。また、長門本や『源平闘諍録』ではこの要素を含んでいるが、「邦綱伝」は(a)(b)(c)を纏めて巻一の末尾に邦綱の権大納言昇任の記事に関連して記載されていて、覚一本などが纏めて巻六で邦綱の死亡に関連して語るのとは異なっている。

この巻六「祇園女御」の段に入れられた挿話の一つである「邦綱卿沙汰」の記事の位置の異同について、渥美かをる氏[12]は、

語り系では〔屋〕以下古本系のすべてにあり、増補系では〔南・延・長・盛〕にある。〔闘・四〕は巻一で記録的に扱っているが、それが成長発展し、この位置（注、巻六）に変えられたのである。従って巻六に入ったのは

十三世紀半頃のことと思われる。

という見解を示し、「日付を追って雑録を記す場に挿入したのでその位置に無理があり、このため筋を乱した観がある」とも評している。

さて、「竹斑湘浦」朗詠の記事は、それが巻一に記載される場合でも、例えば『源平闘諍録』（第一上）に、

治承四年ノ五節於二福《フク》原一被レ行、殿上ノ淵酔ノ日ハ雲容〔客カ〕前ノ宮ノ御方ニ被参一、或公卿ノ竹斑〔下〕湘浦ニ一云朗詠ヲ被出一、国綱ノ卿聞尤《トカメ》不取敢一、穴浅猿、此ハ承二禁忌《ト》一異耶々々不聞一、被逃一、雖レ非二指テ属文家《ニ》一成加様事ヲ被《モ》ケルト尤一承此一、

とあるように、治承四年（一一八〇）のこととされる。邦綱が権大納言に任じられた安元三年（一一七七）正月二十四日の除目に関する記事の中に、後年の出来事が竄入するという不自然な叙述となっているのである。上記の本文に見るように、『源平闘諍録』では朗詠句の詩意、斑竹の説話を解説していない。長門本も同様であって、ともに素朴な印象を与える。が、この朗詠の話そのものを欠く延慶本は、当然この不自然さを冒すことがなく、それが本来の形であったかと推測される。

四　治承四年の五節の淵酔

「竹斑湘浦」朗詠が禁忌とされた理由は、娥皇・女英の悲話が敷衍されていようといまいと、この詩句が帝王の崩御と皇妃の悲傷を詠んでいる点にある。それは疑問の余地のないことである。この話が、巻一あるいは巻六とその位置を移動しても、常に治承四年の五節の淵酔という日時と場とを明記していることは重要である。『百錬抄』によれば、その年の十一月十一日、安徳幼帝は入道相国清盛の新しく造進した福原の内裏に遷幸し、十七日には五節が新都

で行われ、二十三日には早くも旧都に還幸すべく邦綱の新造の亭に遷幸し、後白河・高倉両院も御幸している。高倉院が六波羅の頼盛亭で二十一年の短い生涯を終えるのは、それより僅か五十日後の治承五年正月十四日のことである。

高倉院の病状については『玉葉』にもしばしば記載されているが、特に治承四年五月に高倉宮（以仁王）が密かに三井寺に逐電した事件で、十八日に「為レ謝二不忠之恐一」に御所に参上して院に拝謁した兼実は、「龍顔憔悴、気力衰給、去冬以来、御脳(ママ)無レ隙、雖レ非レ重積二旬月一之間、筋力疲給歟、尤不便」（国書刊行会）と恐懼している。また、八月十二日には兼実は使者として福原に赴かせた木工允重承から報告を受けているが、それによると、清盛は重承の問いに対して、院の病勢がやや減えたと答えるけれども、邦綱は内密に「新院御事御減之由、雖二云々一、全不レ然、大略一日之中、起居給事不レ過二一時一、御温気全不レ散、殆遂レ日弱了令レ見給者也、不レ可レ及二外聞一云々」と重承に伝えている。さらに病いを押して強行された厳島御幸（九月二十一日〜十月六日）が終わって、十月十八日には、福原から帰洛した右中弁兼光が、兼実に「新院御不例雖レ有二少減一、未下令レ復二尋常一給上」と告げ、十一月三日には邦綱が書状を以て「新院御不予、猶以不レ快云々」と兼実のもとに告げて来ている。

上に見たような高倉院の病勢については、『平家物語』でも巻三「法皇被流」および巻五「富士川」「都帰」等の三章段に記されているが、さらに院の崩御の叙述の中で、次のように集約的に語られている。

> 上皇はおとゝし法皇の鳥羽殿におしこめられさせ給し御事、去年高倉の宮の討たれさせ給ひし御あり様、宮こうつりとてあさましかりし天下のみだれ、かやうの事ども御心ぐるしうおぼしめされけるより、御悩つかせ給ひて、常はわづらはしう聞えさせ給ひしが、東大寺・興福寺のほろびぬるよしきこしめされて、御悩いよ〳〵おもらせ給ふ。（巻五、新院崩御）

「竹斑湘浦」の詩句それ自体が不吉というのではなく、上述のごとき暗雲に覆われた治承四年の十一月の内裏で、しかも建礼門院の御座近くでの朗詠であったことが忌まれたのであろう。同年十一月の十七日の五節舞姫参入、十八日寅の日の殿上淵酔、十九日卯の日の五節童女御覧、そして二十日辰の日に旧都五条の内裏で行われた豊明節会など、これらの諸行事については、『吉記』にも詳細な記録がある。中宮の淵酔は十九日に行われているが、殿上の淵酔と言えば、『建武年中行事』に「朗詠今様などうたひて、三こんはて丶乱舞あり。次第に沓をはきて女官の戸よりのぼりて、うへをへて、御ゆ殿のはざまより下におりて、北のぢんをめぐりて、五節所にむかふ。其後所々に参てすいさんなどあり」（群書類従本）と説くように、「推参」は常のことであるが、この時、中宮の御方には左大将（藤原実定）、中宮大夫（平時忠）、権大夫（藤原実家）、中宮亮（平通盛）、権亮（源通親）、幷びに蔵人頭（藤原経房・平重衡）以下の殿上人が推参している。三献終わって一同裼袒《かたぬぎ》をし、泰通朝臣が朗詠したのに次いで、実定・実家（実定弟）等も朗詠し、藤原隆房が今様を謡い、さらに万歳楽、乱舞と続いた。中山忠親は、この時世下に淵酔が例年のごとくに行われたことを「不レ憚二東国乱逆一歟」（『山槐記』）と非難し、吉田経房もその有様を「卿相等乗レ興、侍臣等乱遊、殆超二近年一」（『吉記』）と慨嘆している。この直後、高倉院の病勢は「御悩此両三日頗令レ増給、世間大事只在二此事一歟」（『吉記』同月二十一日の条）と悪化するのである。このような折に、中宮の御前で、亡き帝王を追慕する皇妃の悲哀を詠んだ詩句を朗詠したとすれば、それがいかに心ない所行であるか、贅言を要しないであろう。

『玉葉』には二年前の治承二年十一月二十日の五節の淵酔のことが詳細に記録されている。関白基房の指示に応じて、郢曲・笛・和琴の名手だった中納言源資賢（当時六十六歳）が朗詠した。「仍按察使資賢卿出二令月一、次徳是、次隆周、昭王、穆王」とある。即ち、

① 嘉辰令月歓無レ極、万歳千秋楽未レ央。（謝偃、雑言詩。『和漢朗詠集』祝）

② 徳是北辰、椿葉之影再改、尊猶南面、松花之色十廻。（後江相公、聖化万年春。『新撰朗詠集』帝王）

③ 隆周之昭王穆王暦数永、吾君又暦数永、本朝之延暦延喜胤子多、吾君又胤子多。（儀同三司、賀産序。『新撰朗詠集』帝王）

という三首の詩句が朗詠されたのである。いずれも淵酔で朗詠するのにふさわしい慶賀の詩句である。内裏の御遊で朗詠される詩句が圧倒的に①の「令月」、②の「徳是」であったことは、『御遊抄』を一覧すれば明白である。その常識に照らして推測しても、高倉院の病勢の募る治承四年の五節で、中宮の御前で、「竹斑湘浦」の詩句が朗詠されたというのは、果たして事実であったか、甚だ疑わしい。もとよりそれを明らかにする手掛かりはないけれども、これが『平家物語』にしか記されていなくて、しかも諸本間に前述のような大きな異同の存する事実から見て、虚構である公算は大きいと言えよう。

五　俊憲の願文の「うしと思ひし言の葉」

『平家物語』に見える「竹斑湘浦」の朗詠詩話[13]から想起される高倉院の逸話がある。『平家物語』巻五の「厳島御幸」の詞材に供されている『高倉院厳島御幸記』の著者、源通親は、例の治承四年の殿上の淵酔に伺候した殿上人の一人でもあるが、彼にはまた、高倉院を追慕し哀悼の想いをつづった『高倉院升遐記』[14]という作品がある。その追悼記に、次のような故院の想い出が記されている。

高倉院は、安元二年（一一七六）に母后建春門院の崩御に遭って世の無常を痛感し、信西入道の子息俊憲（一一六七年没）の手に成る願文を政務のひまには常に熟読賞玩していたが、その中の感銘深い文を抄出して通親に下賜した。院の崩後、通親は形見の抄出を朝夕読んでは院を追慕していたが、その中に俊憲が美福門院（一一六〇年没）のために作った願文があった。それは、久寿二年（一一五五）七月の近衛院の崩御に続いて、翌保元元年七月に鳥羽院の崩御に遭った美福門院が、故院の四十九日か、一周忌かと思われる追善供養に奉った願文で、その文中に、次のような句があった。

久寿ノ暁ノ霞ニ、先朝之鹿車倫去リ、保元ノ秋露ニ、姑山之竜駕忽《たちまち》ニノボリテヨリコノカタ、漢陵之松やうやくに拱《うだきて》、往時未忘《いまだわすれず》、湘浜之竹空斑《むなしくまだらにして》、暗涙難尽《つきがたし》。

この句が目に止まって、通親は、

聞きしだにうしと思ひし言の葉をおなじ嘆きの形見にぞする

と詠んだ。「聞きしだにうしと思ひし言の葉」とは、願文の詞章全体を指すのではなく、「漢陵之松やうやくに拱《うだきて》、往時未忘《いまだわすれず》、湘浜之竹空斑《むなしくまだらにして》、暗涙難尽《つきがたし》」に含まれている言葉であろう。鳥羽院妃の美福門院が故院追善を営むための願文に「湘浜之竹空斑、暗涙難㆑尽」と述べるのはいかがなものか、かつて通親はそういう不審を抱いていたのであろう。しかし院を失った今、その言葉を「おなじ嘆きの形見にぞする」というのである。通親は『高倉院升遐記』の序の中でも、

楊貴妃のしるしの釵《かむざし》を形見として、玄宗皇帝の玉の冠《かぶり》も秋の月に隠れ、湘夫人の斑なる竹に泣きし、重華《ちようくわ》聖主の清き琴も春の風南に止み、李夫人の魂を反《かへ》し香の煙も物いはず絵笑はざりしかば、いよ〳〵悲しみを増しき。

と、長恨歌の玄宗の恨み、娥皇・女英の斑竹の涙、反魂香の武帝の恋慕によそえて、高倉院を追慕する悲傷の情を連綿と表白している。(15)

『平家物語』で邦綱が或る殿上人の「竹斑湘浦」の朗詠を禁忌として聞き咎めたという話は、彼が「させる文才詩歌うるはしうおはせざりしか共」、「さか〴〵しき人」であったことを語ろうとするものである。仮にこの話が虚構であったとすれば、この通親の記す高倉院の逸話なり、俊憲の願文の措辞の適否をめぐる文筆家たちの雑談なりが、その虚構の契機となっているのではないかとも考えられる。

「竹斑湘浦」朗詠の話にこだわり過ぎたようであるが、旧稿の不備を補訂するとともに、朗詠詩話の生成の一例と

して再考してみたいと思ったのである。朗詠詩句が願文等に多用されて、人々の耳目に親しまれ、朗詠が今様などとともに宮廷儀礼の場における教養として尊重され、例えば平重衡と千手の前との唱和（巻十、千手前）に見るように、また、身を隠した小督を慕う高倉院が「南《ミンナミ》に翔《カケリ》北に嚮《ムカフ》、寒雲を秋の雁に付難《ツケガタ》し。東に出《イデ》西に流《ナガル》、只瞻望を暁の月に寄す」(16)と詠じる情景（巻六、小督）に見るように、宮廷生活の外延においても、個人の内面においても、朗詠が人々の生活の中に息づいていた文化史的な状況の中で、この「竹斑湘浦」の話を改めて考えてみようとしたわけである。

注

（1）本文は、梶原正昭・山下宏明氏校注『平家物語』（新日本古典文学大系、岩波書店、平成3・6〜5・10）による。ただし、振り仮名等は私に取捨する。以下、特に注記する外はこれに同じ。

（2）拙稿「虞舜至孝説話の伝承──太平記を中心に──」（『中世文藝』22、昭和36・8）。なお、『太平記の比較文学的研究』（角川書店、昭和51・3）に収める際には、この「竹斑湘浦」に関する部分は削除した。

（3）『日本古典文学大辞典』第六巻（岩波書店、昭和60・2）の「和漢朗詠集註」の項においてもなお、著者を『本朝畸人伝』巻二に見える「西生永済」としている。

（4）牧野和夫氏「中世の太子伝を通して見た一、二の問題(2)──所引朗詠注を介して、些か盛衰記に及ぶ──」（『東横国文学』13、昭和56・3）。『中世の説話と学問』（和泉書院、平成3・11）所収。

（5）黒田彰氏「源平盛衰記と和漢朗詠集永済注──増補説話の資料──」（『説話文学研究』17、昭和57・6）、および「〈朗詠古注〉管見──永済注について──」（『国語と国文学』60─11、昭和58・11）。ともに『中世説話の文学史的環境』（和泉書院、昭和62・10）所収。

（6）山田孝雄氏「李嶠詩集百二十詠」（『書苑』六・七・八、明治45・4〜6）

（7）冨倉徳次郎氏『平家物語全注釈』中巻、巻六「須俣合戦」（角川書店、昭和42・5）

（8）ただし、冨倉氏が引いた『続古事談』の文を、『唐鏡』の文とする誤りがある。

（9）神戸説話研究会編『続古事談注解』（和泉書院、平成6・6）

（10）後江相公「送二秀才菅原輔正一状」（『本朝文粋』巻七、書状）

（11）渡辺直彦氏校注『江家次第』（『神道大系』朝儀祭祀編四、神道大系編纂会、平成3・3）

（12）渥美かをる氏『平家物語の基礎的研究』第四章、平家物語の詞章展開（再版、笠間書院、昭和53・7）

（13）朗詠詩句を核にして、その原詩の詠作事情・意想・本説・朗詠伝承などを敷衍して語った説話を、仮に「朗詠詩話」と呼ぶ。（拙稿「『平家物語』の典拠摂取の基本姿勢」軍記文学研究叢書6『平家物語　主題・構想・表現』所収　汲古書院、平成10・10）。本書第一章第三節2の⑵参照

（14）久保田淳氏校注『高倉院升遐記』（新日本古典文学大系『中世日記紀行集』所収、岩波書店、平成2・10）

（15）補　俊憲が草した願文に見える「漢陵之松」の語について、新日本古典文学大系の脚注に「「漢陵」は前漢の十一帝の陵をさすか。或いは最も著名な文帝の覇陵の誤りか」とある。大江以言の「華山院四十九日御願文」（『本朝文粋』巻十四）にある「院花春暮。只夙二夜《シ》於覇陵之松《ニ》一空《シク》瞻二望《ス》於鼎湖之雲《ヲ》一」と対句になっている。即ち漢の文帝と帝堯の二帝の崩御をもって対偶を作っているのである。俊憲はそれに倣って漢の文帝と帝舜の二帝の崩御を対偶に仕立てたのであろうが、結果としては帝舜よりも残された娥皇・女英二妃の悲嘆がクローズアップされ、美福門院の悲愁と重なったということかもしれない。紀貫之の『新撰和歌』の序に「橋山《ノ》晩松。愁雲之影已《ニ》結《ビ》。湘浜《ノ》秋竹。悲風之声急《ニ》幽《ナリ》」（『本朝文粋』巻十一所載）という句がある。「橋山」「湘浜」は、黄帝（崩じて橋山に葬られた）と帝舜の崩御を対偶化して、撰集完成を目前に下命者の醍醐帝が崩御（延長八年九月二十九日）したことを指したのであるが、柿村氏（『本朝文粋註釈』）が「主上は崩御せさせ給ひ、后妃は悲愁に沈ませ給ひ」と要約するように、舜の二妃の悲愁が表立つ結果になっている。

『言泉集』（貴重古典籍叢刊6『安居院唱導集』上、角川書店、昭和47・3）が引く亡夫追善の願文には、

①「涙非《タ》レ染《ス》二湘浦竹《ヲ》一只萌《ス》二解脱分之種《ヲ》一」（「八条中納言七々日旧室修之」）

②「春竹《ノ》斑《ナリ》二湘浦一賢妃《ノ》昔涙在レ吾《ニ》」（「小松内府周忌旧室三品修之」）

③「娥皇《クハウ》女英者《ハ》賢妃也。後《レテ》レ帝《ニ》独泣《ク》二湘浦《ニ》一」（「左衛門督実家室家追善」）

等、斑竹の故事が、残された妻の悲愁の表白に用いられている。

①の八条中納言は藤原顕隆息の顕長で、仁安二年（一一六七）十月十八日に五十歳で没している。その室には顕隆息の顕頼の女もいるが、この「旧室」を子息長方の母とすると、藤原俊成の父俊忠の女、従三位俊子である。顕長の女に後徳大寺実定室となった女性がいる。また、顕隆の女の一人は藤原憲方の室となり、③の藤原実家室や平通盛室（小宰相）を生んでいる。

②の平重盛は治承三年（一一七九）七月二十九日に四十二歳で没している。平時信の女には清盛室時子、建春門院滋子、宗盛室の外に、重盛の室となった女性もいる。が、この「旧室三品」は藤原家成の女、即ち成親の妹であろう。角田文衛氏（朝日選書『平家後抄』）によれば、彼女は家成の第四女で高倉天皇乳母の従三位経子である。

③の藤原実家は公能の子、後徳大寺実定の同腹の弟で、母は藤原俊忠の女従三位豪子である。左府頼長の養女となって近衛天皇に入内した「二代后」の太皇太后宮多子も同腹の姉である。実家は建久四年（一一九五）三月十六日に四十九歳で没しているが、その「室家」は前述のように藤原憲方の女である。

顕頼の女には平時信に嫁して建春門院を生んだ女性や①の顕長の室もいるが、この美福門院の願文を草した俊憲（信西入道息）の室となった女性もいる。以上、主として『尊卑分脈』に拠ったのであるが、このように見て来ると、これらの願文は澄憲とその周辺の手で草されているという印象が強い。「竹斑湘浦」という朗詠詩句は、唱導文に取り込まれて亡夫追善の願文の修辞を連想させるものになっていたのではないだろうか。

（16）大江朝綱「為二清慎公一報二呉越王一書」（『本朝文粋』巻七。『和漢朗詠集』恋）。補　この朗詠詩句も、『言泉集』の願文（「為亡夫」）に「夫南翔《ニカケリ》北《ニ》向《フ》秋《ノ》鴈《リ》必有《リ》二来帰之翅一、東《ニ》昇《リ》西《ニ》沈《ム》夜月非《ス》レ无二出没之光《リ》一。物皆有二此理一、豈无二其習一哉」と利用されている。この願文には「冷泉局為大納言藤原邦綱仏事」の注記がある。治承五年（一一八一）閏二月二十三日、清盛に半月遅れて没した邦綱の仏事を修した冷泉局は、邦綱の息で清盛の猶子となった清邦の母であろうか。『尊卑分脈』には清邦に「母官女。右大臣公能女」の傍記がある。注（15）の③とも縁がある。

4　平家物語と白居易の新楽府

(1)　新楽府「海漫漫」詩

一　「新楽府」と軍記物語

『白氏文集』がわが国の中古・中世の歌人や文人に広く愛読され、その時代の文学に多大の感化を与えて来たということについては、よく喧伝されている。が、藤原定家が『白氏文集』全十帙のうちの特に第一・第二の帙を詩心涵養のために熟読すべしと推奨したように[1]、中世文学に与えた『白氏文集』の影響は、その第一・二帙に収められた諷諭詩・閑適詩・感傷詩の影響にほぼ限られているようである。『太平記』の出典を広く調査整理した高橋貞一氏が[2]、白居易の作品との関係について、「殆どすべての引用が、巻三、巻四及び長恨歌、琵琶行及び長恨歌伝の内であることは、最も注目すべきことである」(傍点原文)と述べているのは極めて重要な指摘であり、さらに言えば、ひとり『太平記』にとどまらず、中世文学全般に通ずる基本的な傾向であろうと思われるのである。「長恨歌」および「長恨歌伝」や「琵琶行」(「琵琶引」とも言う)は巻十二(第二帙)に収められており、巻三・巻四(第一帙)は「新楽府」五十首を収めた両巻である。

「新楽府」の序の末尾には、「元和四年為二左拾遺一時作」とある。即ち、白居易が元和三年(八〇八)、三十七歳で諫官たる左拾遺に任ぜられたその翌年に作られたもので、同十年に江州の司馬に左遷されるまでの彼の詩業の代表作である。その序に「惣而言レ之、為レ君為レ臣為レ民為レ物為レ事而作、不二為レ文而作一也」と自負するその諷諭精神に、彼の本領の発揮を認められて来た作品群である。一九六六年に始まった中国の文化大革命の嵐の中では、「白居易は、（中略）自分と意見の異なる者を攻撃するために、人民の代弁者のフリをしたのであって、封建官吏としての彼は人民の苦痛の製造者であった」[3]というような否定的な評価が行われているそうであるが、唐代の政治的社会的権力機構のもとで、これらの諷諭詩を発表して政治や官僚や世相を批判した白居易の、その諫官としての自覚の深さに驚嘆せざるを得ないのである。

「新楽府」五十首のうち、『平家物語』（覚一本・延慶本・長門本・『源平盛衰記』）に引用されているのは、

(1)七徳舞（覚・延・長・盛）　(4)海漫漫（同上）　(7)上陽白髪人（同上）
(9)新豊折臂翁（盛・延・長）　(10)太行路（盛）　(11)司天台（同上）
(13)昆明春水満（覚・延・盛）　(17)五絃弾（同上）　(21)驪宮高（覚・延・長・盛）
(22)百錬鏡（覚）　(26)八駿図（盛）　(30)杜陵叟（長・盛）
(36)李夫人（延）　(40)井底引銀瓶（覚・延・長・盛）　(43)隋堤柳（盛）
(47)天可度（同上）

などの十六首である。『太平記』には、上記の(1)(4)(7)(9)(10)(17)(21)(22)(26)(36)(40)(43)(47)の外に、(5)立部伎、(8)胡旋女、(12)捕蝗、(14)築塩州、(37)陵園妾を加えた十八首から引かれている。なお見落としているものもあろう。また、(7)(10)(13)(17)(21)(22)(40)などは、その中の対句が『和漢朗詠集』にも採録されていて、それとの交渉を吟味する必要もあるのだが、今はそれに立ち入らないことにして、(4)の「海漫漫」詩だけを対象に、軍記物語におけるその受容の仕方を考察することにする。

二　「海漫漫」詩の諷諭

「海漫漫」詩は、白居易自身が「戒レ求レ仙也」と注しているように、蓬莱山に不死の仙薬を求めて得られなかった

秦の始皇や漢の武帝の故事を詠んで、憲宗皇帝が神仙を求めるのを諷諭した作品である。事実、憲宗の神仙欲求は甚だしかったらしく、そのために身を滅したくらいである。三田村泰助氏は憲宗の求仙欲について、次のように述べている。

　憲宗のとき、各地の軍閥の内紛に乗じてまがりなりにも六十年ぶりで軍閥を一応おさえることに成功した。（中略）戦勝に気をよくした帝は、晩年神仙説を信じて天下にふれて方士《ほうし》を求めた。神仙術は仙術による長命法で、秦の始皇以来、英明な君主がかかりやすい迷信である。長生薬と称してあやしげな薬をつくり、これを常服するとたいてい毒にあてられ、あげくに発狂状態になるのが常であった。このときも仙人に柳泌《りゅうひつ》というものが現われた。この人物の言によると、浙江の霊場天台山は神仙があつまるところでそこには霊草が多いというので、憲宗は泌を台州の知事に任命した。臣下がこれを諫めたところ、憲宗は、たった一州の力で君主が長生きできるのであれば、別に物惜しみする必要もなかろうと退けたという。

　長生薬の効果はてきめんに現われ、憲宗は狂気じみて怒りっぽくなり、側近の宦官はそのため往々にして罪をえて死に、手がつけられない状態になった。そして帝は、一日ぽっくりと死んだ。公表では薬のせいとされたが、実は宦官の王守澄《おうしゅちょう》、陳弘志《ちんこうし》が帝を弑《しい》し、他の宦官が結束して彼らをかばって外部にもらさなかったのだと伝えられている。[4]

白居易は、憲宗が元和十五年（八二〇）正月に弑逆される、その十二年前に「海漫漫」詩を作ったのであるが、『旧唐書』（「憲宗紀」）には、元和五年に宰相李藩が憲宗の下問に答えて、神仙を求むべきでないことを上奏した記事がある。即ち、

　八月乙巳朔乙亥。上顧謂二宰臣一曰、「神仙之事、信乎。」李藩対曰、「神仙之説出二於道家一、所レ宗老子五千文。為レ本老子指帰。与レ経無レ異。後代好レ怪之流、仮二託老子神仙之説一。故秦始王遣下方士載二男女一入レ海求上仙。漢武帝

嫁レ女与二方士一、求二不死薬一。二主受レ惑、卒無レ所レ得。文皇帝服二胡僧長生薬一、遂致二暴疾不一レ救。古詩云、『服食求二神僊一、多為二薬所一レ誤。』誠哉、是言也。君人者但務レ求レ理、四海楽推、社稷延永、自然長年也。(5)」

という記事である。この李藩の答申が、老子を始祖と称するのは道家の付会に過ぎぬと説き、かつ秦皇・漢武が仙薬を求めた故事を例に挙げて帝の求仙を戒めているという二つの点で、「海漫漫」詩と軌を一にしている。(6) 白居易の詩は、李藩の答申と骨子を同じくしつつ、それに文学的形象を与えたものとも見うるのであるが、「新楽府」の自序や『旧唐書』の記事を信ずれば、白居易の詩の方が一年早く成立していたはずである。当時における硬骨の儒者官僚に共通した思考の仕方であったと考えるべきであろうか。

三　『平家物語』と「海漫漫」詩

『平家物語』における「海漫漫」詩の引用の仕方を見ると、(1)仙郷を叙述するための引用、(2)懐土望郷の想いを述べるための引用、(3)世間無常の観念を説くための引用、の三種に分けることができる。以下、それぞれについて詳しく見て行くことにする。

(1)仙郷を叙述するための引用

『平家物語』巻七「竹生嶋詣」には、兵を挙げた木曾義仲を討とうとして平家の軍勢が北国へ進発した時、副将軍平経正が琵琶湖の中にある竹生島に渡り、そこに祀られている明神に詣でて琵琶をかなでるという場面がある。その記事の中で、島の情景を描いて、次のように述べている。

比《ころ》は卯月中の八日の事なれば、緑にみゆる梢には春のなさけをのこすかとおぼえ、澗谷《かんこく》の鶯舌《わうぜつ》声老て、初音《はつね》ゆかしき郭公《ほとゝぎす》、おりしりがほにつげわたる。まことにおもしろかりければ、いそぎ船よりおり、岸にあが(ツ)て、此嶋の景気《けいき》を見給ふに、心も詞もをよばれず。彼秦皇・漢武、或は童男丱女をつかはし、或は方士をして不死の薬を尋給ひしに、「蓬萊をみずは、いなや帰らじ」とい(ッ)て、徒に船のうちにて老、天水茫々として、求事をえざりけん蓬萊洞の有様も、かくやありけんとぞみえし。（岩波日本古典文学大系。以下同じ）

この章段は、屋代本や平松家本では巻七の目録に「皇后宮亮経正竹生嶋参詣（之）事但有二別紙一」と記すのみで、本文は載っていない。そして、屋代本には「平家抽書七ヶ条」の中に本文が記されている。平松家本は巻十二以下が現存しないので不明であるが、おそらく同様の取り扱いであったろう。増補系と呼ばれる延慶本や長門本には欠けている。(7)渥見かをる氏は、この章段の諸本による有無や位置の相異などの点から、この章段は屋代本の成立をあまり溯らない頃に語り本系の側で増補されたものであり、屋代本の「平家抽書七ヶ条」が実は『平家物語』の中から抽出されたものではなくて、逆に『平家物語』の外の物語として収められたものであろう、と説いている。『源平盛衰記』（以下『盛衰記』と略す。巻二十八、経正竹生島詣幷仙童琵琶事）の場合は、いっそう叙述が豊かになっており、前掲の覚一本の本文の傍線部に相当する部分も、次のようになっている。

海漫々《うみ》として直下《ちよくか》と見下《みおろ》せば底もなし、雲の波《なみ》煙の波に紛《まぎれ》つゝ、深水《しんすい》最《もつとも》幽也《かすかなり》。昔秦皇・漢武の、不死の薬を採《とら》んとて方士を使に遣はして蓬萊を求《め》しに、蓬萊を見ずはいなや帰らじと云《いひ》ける童男丱女、徒に舟の中にや老《おい》にけん。茫々たる天水、角《かく》やと覚《おぼえ》て面白や。（有朋堂文庫本）

秦の始皇が不死の薬を求めた話は『史記』の「始皇本紀」や「封禅書」に、また漢の武帝の話は同じく『史記』の「孝武本紀」や「封禅書」に見えているけれども、上に掲げた覚一本や『盛衰記』の文章が、白居易の詩の辞句を借りてつづられたものであることは、左に掲げる原詩との対応部分を比較すれば一見して明瞭である。

海漫々　　海漫々たり、
直下無底旁無辺　　直下とみおろせば(ミクダセバ)底(モ)無(ク)し、旁に(ニハ)辺り(モ)無し。
雲濤煙浪最深処　　雲の濤、煙の浪の最(イト)深き処に、

人伝中有三神山　　人伝ふ《(ラク)》、中に三の神山有りと。
々上多生不死薬　　々(山)の上に多く不死の薬生ひたり、
服之羽化為天仙　　之を服すれば《(スモノハ)》羽化して天仙と為る《(ルト)》。
秦皇漢武信此語　　秦皇・漢武《(ハ)》此の語を信じて、
方士年々採薬去　　方士をして年々に薬を採りに去る《(ラシム)》。
蓬莱今古但聞名　　蓬莱は今《(モ)》古《(モ)》但名をのみ聞く、
天水茫々無覓処　　天水茫々として覓むるに《(モトメムニ)》処無し。
海漫々　風浩々　　海漫々たり。風浩々たり。
眼穿不見蓬莱嶋　　眼は穿げなむとすれども《(ウクレドモ)》蓬莱の嶋をば見ず。
不見蓬莱不敢帰　　蓬莱を見ずは《(ザレバ)》敢て《(イナヤ)》帰らじといひし、
童男丱女舟中老　　童男丱《クハン》女、舟の中に老いたり。(8)

とにかく『平家物語』は、琵琶湖の漫々たる水の中に浮かぶ竹生島を蓬莱島に見立てて情景描写をするために、この詩句を借用したに過ぎない。しかも『平家物語』は、前掲の本文に続けて、

> 或経の中に、「閻浮提《えんぶだい》のうちに湖あり。其なかに金輪際《こんりんざい》よりおひ出たる水精輪《すいしやうりん》の山あり。天女すむ所」といへり。則此嶋の事也。(9)

とも述べていて、原詩が本来持っていた「戒レ求レ仙也」という諷諭精神とは何の関わりもなく、むしろ竹生島を非現実的な理想の地と見立てて、その仙郷ぶりをたたえるために白居易の詩の修辞を借りようとしたものであることは明らかである。

(2) 懐土望郷の想いを述べるための引用

『平家物語』巻三「康頼祝言」には、俊寛・丹波少将成経・平判官康頼三人の流された鬼界島の情景が、次のように述べられている。

二人はおなじ心に、もし熊野に似たる所やあると、嶋のうちを尋《たづね》まはるに、或《(は)》林塘《りんたう》の妙なるあり、紅錦繡《こうきんしう》の粧《よそほひ》しなじなに。或《あるは》雲嶺《うんれい》のあやしきあり、碧羅綾《へきられう》の色一にあらず。山のけしき木のこだちに至るまで、外《ほか》よりもなを勝《すぐれ》たり。南を望めば、海漫々として、雲の波煙の浪ふかく、北をかへりみれば、又山岳の峨々たるより、百尺《はくせき》の滝水《りうすい》漲《みなぎり》落《おち》たり。

成経と康頼の二人は、熊野に似ているこの場所に三所権現を勧請して祈禱するのであるが、上の情景描写は、源順の「秋日遊二白河院一」詩序の、

南望則《チ》有《リ》二関路之長一、行《キ》人征馬駱《ス》二駅於翠簾之下《ニ》一。東顧《ム》亦有二林塘之妙一、紫鴛白鷗逍《ス》二遙朱檻之前《ニ》一。（『和漢朗詠集』巻下「山家」）

の詩句と、小野篁の「春生」詩の、

著《イテハ》レ野展《ニ》敷《ス》紅錦繡、当《ツテハ》レ天遊《ニ》織《ス》碧羅綾」（『和漢朗詠集』巻上「春興」）

の句、さらに「海漫漫」の詩句とから成り立っており、屋代本・平松家本などの語り本系では、本文に異同がない。

ところが、増補系諸本では、

加様に心憂所へ被レ放たる各が身の悲はさる事にて、旧里に残留る父母妻子、此有様を伝聞てもだへこがるらむ心の内、思やられて無慙也。人の思の積こそ怖しけれ。彼海漫々として風皓々たる雲の浪煙の濤に咽たる、蓬萊方丈瀛洲の三の神山には、不死の薬もあむなれば、末も憑みあるべし。此薩摩方白石、あこしき、油黄島には、何事にかなぐさむべきと被二思遣一て哀なり。（白帝社版延慶本第一末、成経康頼俊寛等油黄嶋へ被流事。長門本巻四も『盛衰記』巻七もほぼ同じ）

とあって、絶海の孤島に流された身の悲愁や望郷の想いを表現するために、「海漫漫」の詩句が借用されているのである。しかも、「蓬莱山には不死の薬もあるとのことだから、いつまでも生きながらえて、いずれは故郷へ帰れる当てもあろうが、この鬼界島にはそうした慰めとなるものもない」と、孤島の配流の苦しさを強調するために、引き合いに出しているのであって、原詩の持つ諷諭精神などは全く見捨てられてしまっている。

また、延慶本（第三末、平家福原に一夜宿事付経盛の事）には、福原の都を落ちて海上に浮かんだ平家一門の人々の心情を叙して、

青嵐膚を破て、翠黛紅顔の粧《ヒ》漸く衰へ、蒼波に眼を穿て、懐土望郷の涙抑がたし。（長門本巻十四も同じ。延慶本第六末、法皇小原へ御幸成事にも類句がある。）

とあるが、これは、大江朝綱の七律「王昭君」の起聯、

翠黛紅顔錦繡粧《ノヒ》、泣《ナクナク》尋《ネテ》二沙塞《ヲ》一出《ツ》二家郷《ヲ》一。」（『和漢朗詠集』巻下「王昭君」）

の詩句と「海漫漫」詩の「眼穿不見蓬萊島」の句とを綯い交ぜにして、「懐土望郷」の切実さを表現したものである。(10)

要するに、「海漫漫」詩の受け入れ方の一つには、絶海の孤島に隔絶されたり、あるいは船の上に余儀なく日を過ごしたりして、帰ることを許されぬ家郷を恋い慕うという場面を叙述する場合の修辞的引用ということがあったのである。

(3)世間無常の観念を説くための引用

『平家物語』巻十一「大臣殿被斬」に、捕われて鎌倉へ護送された平宗盛が、同じく捕われの身の子息清宗に対する断ち切れぬ恩愛を嘆き訴えるのに向かって、「大原の本性房湛豪《ほんせうぼうたんがう》」という聖がこれを慰める。その聖のことばの中に、次のような文句がある。

たれか嘗《なめ》たりし不老不死の薬、誰かたもちたりし東父西母が命、秦の始皇の奢をきはめしも、遂には驪山の墓に

うづもれ、漢の武帝の命をおしみ給ひしも、むなしく杜陵の苔にくちにき。「生あるものは必《かならず》滅す、釈尊いまだ梅檀の煙をまぬかれ給はず、楽尽《たのしみつき》て悲来《かなしみきた》る、天人尚《なを》五衰の日にあへり」とこそうけ給はれ。（屋代本も傍線部のみは共通している。）

右の文章は、「海漫漫」詩の前掲部分に続いて、

徐福文成多誑誕　　徐福文成誑誕多し、
上元大一虚祠禱　　上元大（太）一《（ノミ）》虚しく祠禱《（マツリイノル）》す。
君看驪山塚上杜陵頭　君看よ、驪山の塚の上、杜陵の頭《ほとり》を、
畢竟悲風吹蔓草　　畢竟《ツヒ》に悲《（シキ）》風、蔓草を吹く。

とある、その内容と表現、さらに大江朝綱の「重明親王為二室家四十九日一御願文」（『本朝文粋』巻十四。『和漢朗詠集』巻下「無常」）の「生者必滅、釈尊未レ免二梅檀之煙。楽尽哀来、天人猶逢五衰之日」(11)という詞句とから成り立っている。大意は、東方朔や西王母ほどの長寿を保った人もなく、不老不死の薬を嘗めた者もない、秦の始皇や漢の武帝も結局は死んで驪山や杜陵に葬られた、釈迦や天人とても死をば免がれない、というのであり、世間無常を説いて、現世の恩愛に執着する宗盛を諭したものである。「海漫漫」詩の表現を借りながらも、儒教的政教的立場に立って道家の神仙思想を批判した原詩とは異なって、仏教的無常観の表白へと切り替えられているのである。

以上、『平家物語』における「海漫漫」詩の受容の仕方を三種類に分けて見て来たのであるが、いずれの場合も、白居易の諷諭精神は全く顧みられていないと言わねばならない。勿論、原詩における諷諭の対象が「求仙」にあり、そのような批判精神がそのままの形で受け入れられるための契機が当時の我が国の社会にはなかった、という点を考慮すべきであろう。それが、修辞的引用の段階にとどまらせることになったとも言える。ただ見逃してならないことは、多く『和漢朗詠集』所収の詞句と結び付いて用いられ、その修辞的な機能が、『平家物語』の唱導文藝的な側面

と関わり合っていると思われることである。

四　『太平記』と「海漫漫」詩

『太平記』巻二十七「始皇求蓬萊事付秦趙高事」に引用されている「海漫漫」詩について考察してみよう。

いわゆる観応の擾乱の起こる直前、足利直義の帰依する禅僧妙吉侍者が、「或時、首楞厳之談義已ニ畢テ、異国本朝之物語ニ及ビケル時」（西源院本。以下同じ。）に、秦の始皇と趙高の説話に託して、かねてより宿意を挟む高師直・師泰兄弟の奢侈驕慢ぶりを非難し、直義に彼らの誅伐を慫慂したという記事なのであるが、妙吉の語った中国説話は三千字に近い長さを持っており、作者はこれを『史記』の「始皇本紀」に基づいて書き上げている。「始皇本紀」は殊に年代記的性格が濃厚で、その記述も極めて精細である。『太平記』は、その始皇を中心とする秦の歴史のうち、とりわけ有名な項目、例えば、儒教の経典を焼いたり、天下の兵器を鎔かして金人十二体を鋳たり、方士に不死の仙薬を求めさせたりした説話などを摘出しつつ、始皇の全生涯と、趙高の二世弑逆、子嬰の趙高誅殺、項羽の子嬰殺害に至る秦の興亡を要約してつづっている。項目相互の前後関係には原典と異なる場合もあり、また両者の同文関係は認めがたいけれども、『太平記』の取り上げた項目は「始皇本紀」に記されているものばかりであり、かつ、個々の項目の説話内容も原話から離れることが少なくて、両者の対応関係は鮮やかに指摘できるのである。

さて、始皇が不死の仙薬を求めた説話の部分は、阿房宮造営の話に続けて、次のように語られている。

其居所ヲ高シ、其歓楽ヲ究給ニ付テモ、只有待《ウタイ》之御寿ノ限リアル（べキ）事ヲ歎キ給シカバ、イカヾシテ蓬萊ニアルナル不死之薬ヲ求テ、千秋万歳之宝祚ヲ保ムト思ヒケル処ニ、徐福・文成ト申ケル二人道士来テ、我不死之薬ヲ求ル術ヲ知リタル由申ケル（レバ）、帝限ナク悦給テ、先彼ニ大官ヲ授ケ、大禄ヲ与ヘ給フ、軈テ彼ガ申旨ニ任テ、年未《ダ》レ過《ギ》二十五《ニ》一童男丱（ママ）（丫《クワン》）女六千人ヲ集メ、龍頭鷁首之舟ニノセテ、蓬萊之島ヲゾ求メケル、海漫々

> トシテ辺モナシ、雲之浪烟之波イト深ク、風皓々トシテ閑ナラズ、月華星彩蒼茫タリ、蓬萊（ハ）今モ古ヘモ只名ノミ聞ケル事ナレバ、天水茫々トシテ求ルニ所ナシ、蓬萊ヲミズハ否ヤ帰ラジト云シ童男丱（丫）女ハ、イタヅラニ船ノ中ニヤ老ヌラン、徐福・文成其偽リノアラハレテ、（責ノ）我身ニ来ラムズル事ヲ恐レテ、是ハイカサマ龍神之祟《タヽリ》ヲナスト覚候、皇帝自ラ海上ニ幸ナリテ、龍神ヲ退治セラレ候ナバ、蓬萊之嶋ヲナドカ尋得ヌ事候ベキト申ケレバ、始皇帝ゲニモトテ、数万艘之大船ヲ漕並ベ、（下略）（カッコ内は玄玖本によって補う）

右の文章の傍線部が「海漫漫」の詩句を殆どそのまま裁ち入れたものであることは、前掲の原詩およびその訓読文と比較すれば一目瞭然である。「始皇本紀」には、始皇が斉人徐市《じょふつ》や燕人盧生や韓終・侯公・石生などに命じて、別々に仙薬を求めさせた記事が出て来るのであるが、『太平記』と関連のある徐市（徐福）についての記事は、次のように二十八年と三十七年とに分割して記されている。

(A)二十八年（中略）斉人徐市等上書言、「海中有㆓三神山㆒、名曰㆓蓬萊・方丈・瀛洲㆒、僊人居㆑之、請得㆘斎戒与㆓童男女㆒求㆖之、於㆑是遣㆘徐市発㆓童男女数千人㆒入㆑海求㆗僊人㆖」

(B)三十七年（中略）方士徐市等入㆑海求㆓神薬㆒、数歳不㆑得、費多、恐㆑譴乃詐曰、「蓬萊薬可㆑得、然常為㆓大鮫魚所㆒㆑苦、故不㆑得㆑至、願請㆓善射㆒与倶、見則以㆓連弩㆒射㆑之」

このように九年間の距りを置いて分割記載されている徐市求仙の記事を、『太平記』は再び統一し、「始皇本紀」の記述に従って、始皇と鮫大魚との闘いの話、始皇病歿の話へと続けたのである。[12] そのため、(A)と(B)のあいだにある記事の多くを削除しており、割愛しかねた説話、即ち、

(1)始皇が、その政治を批判する儒者たちの思想の背骨に培う儒教の経典を悉く焼き捨てた話（三十四年）

(2)天から降った大石に秦の滅亡を予告する刻文があったので、人の仕業にちがいないと激怒した始皇が、方十里の人民を殺戮した話（三十六年）

の二項目を、徐市求仙の話の前へ持って来なければならなくなった。これが、『史記』と『太平記』とのあいだで叙述順序が相異している理由である。また、『史記』における徐市求仙の記事は、上に見たように極めて簡単であるから、『太平記』作者は、この部分を白居易の詩に基づいて叙したのであるが、その際に原詩の「徐福文成多誑誕」の句を誤解して、漢の武帝の時の方士である文成（斉人小翁）をも、始皇時代の人物としてしまったのである。

『太平記』は、観応の擾乱の直接の原因として、足利氏の一族である上杉重能・畠山直宗や直義に親昵する妙吉が将軍の執事である高師直・師秦兄弟の威勢を嫉んで直義に讒言したということを挙げている。作者は、師直兄弟の横暴ぶりを批判的に叙述（巻二十七「師直究驕事師秦奢侈事」）した後、これを直義に讒言する上杉・畠山に対しては、邦家の安泰のために廉頗との争いを怯者のごとく避けたという藺相如の説話を拠り所として批判（同「廉頗藺相如事」）し、また、妙吉をして趙高専横の説話を拠り所に師直兄弟の振舞いを非難させておいて、一方では妙吉の増上慢ぶりを述べて批判する（巻二十五「大塔宮亡霊宿胎内事」、巻二十七「妙吉侍者事」）という具合である。一見、錯雑と思われる『太平記』のこうした叙述ぶりが、歴史の方向を見失った作者の八つ当たり的で平板な批判性と非難されたりもするのであるが、むしろ、作者が極めて意図的に試みた歴史評論の方法として考慮すべき問題なのである。

ところで、上に述べたような歴史評論の方法に基づいて挿入されている始皇・趙高の説話の、そのまた一部分に引用された「海漫漫」詩に過ぎないのであるから、この例だけをもって、白居易の諷諭詩と『太平記』作者の批判精神の影響関係を論ずることは、適当ではあるまい。両者の関係の親密なことについて、すでに斎藤慎一氏(13)も詳しく論じていることであるが、本稿では、次の二点を指摘するにとどめて置きたい。

その一つは、先に考察したような『平家物語』の、詠嘆的な情調をただよわせた、唱導的な語り口を思わせる修辞的引用と比較して、『太平記』の場合には、その説話内容に重点が置かれて、間接的ながらも作者の歴史批判に関わっているということである。

そして他の一つは、作者が特に取り上げた始皇の事蹟は、「一部モ天下ニ不レ残、皆焼捨ラレケルコソ浅増ケレ」、「加様ノ悪行、人望ニタガヒ、天ニ背キケルニヤ」、「一人ヲモ不レ残皆首ヲ刎ラレケルコソ不便ナレ」のごとく、いずれも否定的に扱われており、「始皇帝ノ御政ノ治ラデ、民ヲモアワレマズ、仁義ヲ専ニシ給ハヌ事」の例証として持ち出されているのであるが、過去の異国の皇帝を悪逆の王として形象することで為政の道のあるべき姿を暗示する、このような『太平記』作者の方法の中に、白居易の諷諭詩の方法と相通ずるものが見出されるということである。『太平記』作者が、妙吉の口を通してではあるが、高師直兄弟の専横を批判するための拠り所とした始皇・趙高の説話の中で、当面の批判とは別に為政者をも諷するという、言わば批判の二重構造は、他の挿入説話の多くにも共通して見出される性格なのである。

注

（1）「雖レ非二和歌之先達一、時節之景気、世間之盛衰、為レ知二物由一、白氏文集第一第二帙常可レ握翫一〈深通二和歌之心一〉」（『詠歌大概』）。『毎月抄』にも同じ説が見え、二条良基『九州問答』にも引かれている。
（2）高橋貞一氏「太平記の出典に関する研究」（『西京高校研究紀要』人文科学6、昭和34・8）
（3）朝日新聞（昭和41・7・30朝刊）の「文化」欄に紹介された『光明日報』の「文化遺産」欄の記事
（4）三田村泰助氏『宦官』第四章、女禍と宦官（中公新書、昭和38・1）
（5）本文は乾隆四年校刊本『旧唐書』（藝文印書館印行『二十五史』）による。訓点は私意）
（6）「海漫漫」詩の末尾（後出「畢意悲風吹蔓草」の句の次）にも、「何況玄元聖祖先五千言、不言薬不言仙、亦不言白日昇青天」（何《いか》に況んや玄元聖祖先の五千言《（ニモ）》、薬《（ヲモ）》とも言はず、仙《（ヲモ）》とも言はず、亦白日に青天に昇る《（レリトモ）》とも言はず《（ザルヲヤ）》）とある。
（7）渥美かをる氏著『平家物語の基礎的研究』第四章、平家物語の詞章展開（三省堂、昭和37・3）
（8）本文は神田本（古典保存会影印）により、訓読は、小松茂美氏著『平安朝伝来の白氏文集と三蹟の研究』資料編（墨水書房、昭和40・10）を参考にした。

（9）　屋代本（抜書）では、この文が「此嶋ノ有様ヲ見給フニ心詞モ不レ被レ及」の次にあり、「彼秦皇漢武或ハ童男卧（ママ）女ヲ遺シ」へと続いている。

（10）　補　『平家物語』のこの辺りの文は、『六代勝事記』から摂取したものである。冨倉徳次郎氏（『平家物語研究』第二章「平家物語の成長」、角川書店、昭和39・11）は『平家物語』における『六代勝事記』の影響について、「私の臆説からいえば、それは読みもの系の原平家物語の中にまず取り入れられたものと推定すべきものと思うのである」と述べている。

（11）　『平家物語』におけるこの詩句の訓読は、「和田万吉博士旧蔵『永享八年三月中旬（上巻）』『永享八年丙辰五月四日（下巻）』の識語をもつ点本（永享本）の訓によることをたてまえとした」という岩波日本古典文学大系『和漢朗詠集』（川口久雄氏校注、昭和40・1）と殆ど一致する。

（12）　「封禅書」に見える徐市の記事は、「始皇本紀」のように分割されていないが、「封禅書」から『太平記』のような始皇・趙高説話を構成することは不可能である。補　藤原茂範の『唐鏡』（第二「周の始より業にいたる」）には、秦の始皇の事績を述べた中に、二十八年の条に泰山封禅と松樹封爵の記事に次いで、始皇求蓬萊の事を記している。「又、童男（丱脱カ）女数千人にものをもたせて、徐福に相ぐして、東海へつかハして、蓬萊不死の薬をもとめしむ。童男丱女といふハ、おさなき童、又女也。徐福、海をすぎて、平原広沢といふ所にとゞまりぬ。それにて王となりて、あへてミやこへかへらず。新羅国と申すハこの所なり」（島原松平文庫本）と、数多くある徐福伝説の一つを記している。

（13）　斎藤慎一氏「太平記における白氏文集の摂取」（『国文学　言語と文芸』2—1、昭和35・1）

(2)　新楽府「新豊折臂翁」詩

一　「新豊折臂翁」詩の諷諭

『平家物語』（語り本系・増補系）には、白居易の「新楽府」五十編のうち少なくとも十六編にわたってその詩句が引用されている。[1] 中には断片的な詩句を借用して修辞的効果をねらっただけのものもあるが、「新楽府」の内容を主題にして一編の説話に仕立てているものもある。次の六例がそうである。

(1)「七徳舞」―延慶本（第二本「院ヨリ入道ノ許ヘ静憲法印被レ遣事」）・長門本（巻七「静憲法印為二院宣御使一被レ向二入道宿所一事」）・『源平盛衰記』（以下、『盛衰記』と略す。巻十一「静憲与二入道一問答事」）[2]

(2)「新豊折臂翁」―延慶本（第三末「雲南瀘水事付折臂翁事」）・長門本（巻十四「伊東九郎討死事」）・『盛衰記』（巻三十「真盛被レ討付朱買臣錦袴並新豊県翁事」）

(3)「司天台」―『盛衰記』（巻十六「遷都付将軍塚付司天台事」）

(4)「驪宮高」―『盛衰記』（巻十七「福原京事」）

(5)「八駿図」―『盛衰記』（巻十四「周朝八匹馬事」）

(6)「隋堤柳」―『盛衰記』（巻十七「隋堤柳事」）

右のうち、(1)は屋代本（巻三「入道相国奉レ恨二朝家一事同悪行事」）以下の語り本系にもあり、(2)は(1)とともに四部合戦状本（(1)は巻三「法印問答」、(2)は巻七「雲南瀘水」）・延慶本・長門本・『盛衰記』などの増補系諸本に共通して見られる。(3)〜(6)はいずれも『盛衰記』にのみ載せられている。上の六例のすべてが、十二巻本の巻三・四・五の諸巻に当たる範囲に集中していることは興味深い。

本稿では、(2)の「新豊折臂翁」の説話を中心にして考察を進めたい。

「新豊」の「折臂翁」というのは、天宝十年（七五一）および十三年（七五四）に時の宰相楊国忠が雲南地方の南詔蛮を討つために大がかりな徴兵をしたが、その時に戍役をまぬがれようと自ら臂を打ち折ったという男のことである。白居易は、この詩の最後を、

又不聞天宝宰相楊国忠　　又聞(カ)不《ず》ヤ、天宝の宰相、楊国忠、

欲求恩幸立辺功　　恩幸を求(めん)ト欲《シ》て、辺功を立《(ツルヲ)》ルトキニ、

々々(辺功)未立生人怨　　辺功未(だ)立タ未《(ず)》シて人ノ怨《(ウラム)》ミヲ生《ナ》ス。

請問新豊折臂翁　　請フ問へ、新豊の折臂翁に。(3)

と結び、これについての自注に、天宝末年の徴兵が「人ヲ募《ツ》テ討ス。前後、二十余万衆ヲ発ス。去《ユ》キテ返ル者無シ。後又、人ヲ捉《トラ》ヘテ枷ニ連ネテ役ニ赴カシム」という有様であり、そのため天下の人民が怨み哭して、生きるよりどころを失った、そのような人心の不安動揺に乗じて安祿山が天下を盗むことになったのであると批判し、さらに、この折臂翁が元和の初めにはまだ在世したということを記している。白居易がこれらの作品を作ったのは、「新楽府」の自序によれば元和四年（八〇九）、三十七歳の時のことであるが、詩の中でも、この折臂翁は二十四歳の時に臂を折り、今八十八歳の老人であると述べている。自ら不具の身となって兵役をまぬがれ、今なお風雨陰寒の夜などは傷の痛みに苦しみながら、それでも雲南の濾水のほとりで死ぬことをまぬがれて長寿を全うしたことをせめてもの喜びとして語る、この翁を通して、人民を苦しめる以外の何物でもない外国侵略を諷諭したのが、この「新豊折臂翁」という作品である。

二　増補系『平家物語』の折臂翁説話

『平家物語』（増補系）は、寿永二年（一一八三）北国で兵を挙げて京都攻略を企てた木曾義仲を討伐するために、同年四月十七日に平維盛を大将として下向した平家の軍勢の十万余騎が、倶利伽羅や篠原の合戦で大敗を喫したことを述べ、その後に、この「折臂翁」の話を挿入している。ただし、その挿入の仕方は諸本によって異なっている。先ず、長門本は、平家の敗報に接した縁者の悲歎ぶりを、「今度討れたる者どもの父母妻子のなきかなしむ事限なし。家々には門戸をとぢて声々に念仏申あひければ、京中はいまいましき事にてぞありける」と記し、その後にこの話を挿ん

だだけの極めて素朴な引用形態であって、その点では四部合戦状本と同じである。延慶本になると、まず「折臂翁」の話を語った後に、

平家今度シカルベキ侍共カズヲツクシテ下シツカハス。其外諸国ヨリ馳向タル兵幾千万ト云事ヲシラズ。行テ再ビ帰ラズ、谷一ヲウメテケリ。サレバ彼ノ雲南万里ノ瀘水ニ違ハザリケル物ヲヤト哀也。

と述べ、北国での平家の惨敗と雲南瀘水の悲劇とを結び付けて、説話挿入の意図を明示している。戦争の惨劇を語ることは、それだけでも一種の戦争批判でありえようけれども、下に掲げる〔別表1〕に明らかなごとく、原詩の末尾にある積極的な戦争否定の主張は削除されており、戦没者に対する鎮魂とも言うべき傾向が濃い。ところが、『盛衰記』では、白髪を染め錦の直垂に身を飾って奮戦した実盛の討死の記事の後に、故郷に錦を着て帰った朱買臣の故事と並べてこの「折臂翁」の話を引き、その最後を、

新豊県老翁《しんほうけんのらうをう》は八十八、命を惜《をしみ》て臂を折《をり》、斎藤別当実盛は七十三、名を惜《をしみ》て命を捨つ。武《たけ》きも賢《かしこ》きも、人の心とりぐ〵也。

と結んでいて、他本とはその挿入意図を異にしている。そして、敗報に愁歎する京中の有様については、

凡今度討《うたれ》たる者共、父母《ぶも》兄弟妻子眷属等が泣悲《なきかなしむ》事不レ斜《なのめなら》。家々には門戸を閉《とぢ》、声々に愁歎せり。彼村南村北に哭しける雲南征伐も、角《かく》やと被二思知《おもひしら》一たり。（巻三十、平氏侍共亡事）

と記すにとどめている。

この説話は、もともとは他の三本、即ち四部合戦状本・延慶本・長門本に見られるごとき位置に置かれていたものであろう。ところが、説話自体としては戦役をまぬがれるために自ら臂を折った一人の男の話として纏まっているにもかかわらず、それを雲南瀘水の惨劇というところに重点を置いて引用したことによって、説話自体の主題と引用意図とのあいだにギャップが生じており、『盛衰記』はそれを修訂するために、説話は実盛討死のあとへ移動させて両

者の生き方の相違として対照させ、悲報に接した京中の愁歎については、上掲本文の圏点部のように雲南征伐の惨劇そのものに絞って、比較対照法による修辞的な引用にとどめたのであろう。他の三本が持っていた説話の主題と引用意図とのギャップはそれによって埋められはしたものの、原詩が持っていた戦争否定の批判精神はいよいよ希薄になってしまっているのである。

「新豊折臂翁」の原詩と、『平家物語』の挿話とを見比べてみよう。四部合戦状本については後に取り上げることにして、しばらく除外する。延慶本・長門本・『盛衰記』それぞれの本文と原詩とを対照させたのが〔別表1〕である。

〔別表1〕

新楽府（茂明本）	(A) 新豊老翁八十八　頭鬢鬚眉皆似雪　玄孫扶向店前行 (B) 左（右）臂馮肩右（左）臂折 問翁臂折来幾年　兼問致折何因縁　翁云貫属新豊県　生逢聖代无征戦　唯聴驪宮歌吹声
延慶本平家物語	(C) 昔天宝ニ兵徴ス。駈向テ何ノ処ニカヤル。五月万里ノ雲南ニ行ク。彼ノ雲南ニ瀘水アリ。大軍歩ヨリ渡ル時、水湯ノ如シ。未タ戦ワサルニ、十人カ二三ハ死ヌ。村南村北ニ哭スル声悲シ。児ハ娜嬢ニ別レ、夫ハ妻子ニ別ル、前後蛮ニ征モノ千万ニ一人モ返ラス。
長門本平家物語	昔天宝大きに兵徴。駈向て何処にか去。五月に万里に雲南に行。雲南に瀘水有。大軍徒より渉に、水湯の如し。未レ戦十人が二三は死。村南村北に哭声悲し。児は爺嬢に別れ、夫は妻に別る。前後蛮に征者、千万人行て一人し帰る事なし。
源平盛衰記	昔天宝に兵を召《めし》て、雲南万里に駈向ふ。彼の雲南に湯の如くなる流あり。是を瀘水と名《なづ》く。軍兵徒より渉る時、十人が二三は死にければ、村南村北に哭する音《こゑ》絶ず。児は爺嬢に別れ、夫は妻に別れたり。昔も今も蛮に征《ゆく》者千万なれ共、一人も不りレ帰らければ

不識旗鎗与弓箭

(C)

無何天宝大徴兵
戸有三丁抽一丁
点(得)将駈向何処去
五月万里雲南行
聞道雲南有瀘水
椒花落時瘴煙起
大軍徒渉水如湯
未戦十人二三死
村南村北哭声哀
児別耶嬢夫別妻
皆云前後征蛮者
千万人行无一廻

(D)

此時翁年二十四
兵部牒中有名字
夜深不敢使人知
自把大石鎚折臂
張弓簸旗倶不堪

	新豊懸(マヽ)、彼ノ雲南ノ征戦ヲ怖レツヽ、	新豊県に男あり。雲南の征戦を恐れつゝ	新豊県に男あり。兵に駆《ら》れて雲南に行《き》けるが、彼《の》戦を恐《れ》つゝ、
(D)	歳《シ》廿四、夜深ケ人定テ後、自ラ大石ヲ把、臂ヲ鎚折キ、弓ヲ引旗ヲ簸ニ共ニタエス。	年二十四にて、夜深人静りて後、自ら大石を抱て、臂を鎚折き、弓を張り、旗を挙るに倶《とも》にたへずして、	歳二十四にて、夜更《ふけ》人定《しづまつ》て、自《みづから》大石を把《つ》て己が臂を打折《り》、弓を張《り》、旗を挙《ぐる》に叶はねば、
(B)	右ノ臂ハ肩ニアリ、左ノ臂ハ折タリト云ヘトモ、	右の臂は肩により、左のひぢは折たりといへども、	
(E)	是ヨリハシメテ雲南ニ征事ヲ免レヌ。シハラク郷土ニ帰ム事ヲエラヒ退ケラル、トイヘトモ	雲南の征戦を免かれ又(ヌカ)。	行《く》ことを免《ゆるさ》れて、再《び》故郷に帰《り》けり。
(F)	骨砕ケ筋傷レテカナシカラスト云事ナシ。サレトモ臂折レテヨリ以来六十年、一支ハ廃レタリト云トモ、一ノ身ハマタシ。今ニ至ルマテ、	骨くだけ筋傷て、昔はさに(苦ばざるにカ)あらざれども、臂折てよりこのかた六十年、一支はすたれたりといへども、一身は全し。	骨砕《け》筋傷《れ》て悲しけれ共、六十年を送りけり。

(E)

従此始免征雲南
且図揀退帰郷土

(F)

骨砕筋傷非不苦
臂折来(成)。六十年
一支雖癈一身全
至今風雨陰寒夜
猶致(到)天明痛不眠
々々々終不悔
所喜老身今猶(独)在

(G)

不然当昔(死)瀘水頭
身没魂孤骨不没(収)
応作雲南望郷鬼
万人塚上哭幼々

老人言君聴取
君(可)。不聞
開元宰相宋開府
不賞辺功防黷武
又不聞

	カセフキ雨降陰寒ル夜ハ、天ノ明ルマテ痛テ睡ラス。痛テネフラサレトモ終ニ悔ス。喜フ所ハ老身也、	今に至るまで風吹雨降空くもりさゆる夜は、天の明にいたるまで痛で不レ眠。されども終悔ず。悦処は、老の身の今に有事を。	雨降《り》風吹《き》陰《くも》り寒《さむき》夜は、痛《み》て眠れざれ共、是を悔しと不レ思。悦《はぶ》処は、老らくの八十八まで生《いくる》事を。
(G)	当初《ミ》雲南ニ征マシカハ、彼ノ瀘水ニ没シテ、雲南望郷ノ鬼ト作テ、万人塚ノ上ニ哭クコト幼々トソアラマシ。	然らざらましかば、当初瀘水の頭《ほとり》に死て、雲南の望郷の鬼となりて、万人の塚の上に哭こと幼々(マヽ)たらまし。	
(A)	ヨワイ八十八、首ハユキニ似リト云トモ、玄孫ニ扶ケラレテ店ノ前ニ向テ行ク。	よはひは八十八、かしらは雪に似たりといへども、其(玄ヵ)孫に助けられて店前に行。	
	命アリケレハ、カヽル事ニモアヘリケルニヤ。 一枝ヲヲラスハイカニサクラハナヤソチアマリノ春ニアワマシ	命あれば、かゝる事にもあへるにや。 一枝を折らずばいかに桜ばな八十余りの春にあはまし	是は異国の事なれ共、此国の歌人《うたびと》よめるとか。 一枝ををらではいかで桜花八十余の春にあふべき

天宝宰相楊国忠 欲求恩幸立辺功 々々未立生人怨 請問新豊折臂翁

この表に明らかなように、延慶本・長門本の両本は、原詩の枠で囲った部分(A)〜(G)を、やや簡略にしながらもそれを忠実に訓み下して、(C)→(D)→(B)→(E)→(F)→(G)→(A)の順に組み替えて叙述している。この叙述の順序の変更は、原詩が、まず不具の老翁を登場させ、次に作者の問いに応じて老翁自身が不具の由来と今の心境とを語り、最後に作者の外征批判のことばを添えるという構成をとっているのに対して、これを時間の推移に従う説話的構成へと組み替えたその結果である。『盛衰記』は、他本がその位置を置き替えた(A)および(B)を省き、さらに(G)をも除いている。これは、この老翁が、「名を惜《み》て命を捨」てた実盛とは対照的に、「命を惜《をしみ》て臂を折」ったことで命を長らえたという点に説話の主眼点を設定しようとしたためのようである。

三　『平家物語』の叙述と原詩の比較

上の表に掲げた増補系三本の叙述が、どの程度の忠実さで原詩を訓み下しているかを見るために、藤原茂明筆の『神田本白氏文集』（古典保存会複製）の訓点に従って、関係部分の訓読文を掲げることにする。茂明本には幾つかの異訓が並べ挙げられているのであるが、それらのすべてを掲げることはあまりにも紙面を煩雑にする上、訓法については後述するので、ここでは、それらの異訓のうちから『平家物語』の訓法と合うものを選び選び訓み下すことにする。延慶本と長門本とのあいだに本文の異同があり、しかもそのいずれもが茂明本に併記された訓法に適っているものに限って、その両訓を挙げる。ヲコト点は平仮名で、訓仮名は片仮名で示すが、両者が一致している場合には片仮名でのみ示すことにする。（　）内は私意による補読。なお、本文中に傍線を付した部分は、『平家物語』では削除されている詩句である。

(A)新豊の老翁、八十八、頭鬢、鬚眉、皆雪に似たり。玄孫に扶ケラレテ店《テム》の前に向て行《ユ》く、

(B)左《右》ノ臂《ヒ》は肩に凴《ヨ》り右《左》ノ臂は折《ヲ》レタリ。

(C)何と《イカン》云コト無《ナ》クシテ天宝に大に兵ヲ徴《メ》ス。戸《ヘ》に、三丁有ルをは、一丁を抽ツ。点シ将《キ》て〔得《エ》て〕駈《カ》リ向カヘテ、何レの処ニカ去《ヤ》ル〔去《サ》ル〕。五月に万里に、雲南に行く。聞《イフナラク》道雲南に瀘《ロ》水有リト、椒花の落る時に瘴《シヤウ》煙起ル。大軍徒《カチ》ヨリ渉《ワタ》ルトキニ、水湯《ユ》ノ如シ。未(た)戦ハサルニ、十人カ、二三は死《シ》ヌ。村南、村北に哭《コク》スル〔哭《ナ》ク〕声哀《カナ》シ。児は耶嬢《ヤシヤウ》を別レ、夫《ヲ》は妻《メ》を別ル。皆云フ、前後、蛮を征セル者《ノ》、千万人、行《ユ》イテ一《(ひと)》リモ廻《カヘ》ルこと无シト。

(D)此ノ時に翁の年二十四、兵部の牒《テフウ》の中に名字有り。夜深《フ》ケテ敢て人を使《(し)》て知ラシメス、自《ミ》(ら)大ナル石を把《ト》リ臂《ヒ》を鎚《ウ》チ折《ヲ》ツ、弓を張リ旗《ハ》を簸《ア》クルに、倶《も》に、堪《タ》へ不《(す)》。

(E)此《コ》レ従《ヨ》リ始(め)て雲南に征《ユ》クことを免《マ》レタリ。且《シハ》ラク揀《エラ》ヒ退ラレて郷土に帰ラムコトヲ図《ハカ》ル、

(F)骨砕《クタ》ケ、筋傷《スチヤ》(れ)て苦《クル》シハ不《(さる)》には非ス、臂折《ヲ》レてヨリ来《コノカタ》、六十年に成(り)ヌ、一支ハ癈《ス》タレタリト雖とも、一身〔一ツノ身〕は全シ。今に至マてに、風雨〔風《カセ》フキ雨《アメ》フリ〕、陰寒〔陰《クモ》リ寒キ〕の夜《ヨ》、猶天の明《ア》クルに致《到》るマテニ、痛《イ》むて眠(ら)不《ス》。痛《イタ》ムテ眠《ネフ》ラ不《サ》レトモ、終《ツヒ》ニ悔《ク》ヒス、喜《ヨロ》フ所は、老の身の今《イマ》ニ、独(り)在(る)ことを。

(G)然ラ不《(さら)》マシカハ、当に瀘水の頭《ホ》に死て、身ハ、没シ、魂《タ》ハ孤《ヒトリ》ニシテ〔孤《ウカ》して〕骨、収《ヲサ》マラ不《サ》ラマシ。雲南ノ望郷の鬼と作《ナ》リテ、万人の塚の上《ウヘ》ニ、哭スルコト〔哭シテ〕幼《イウ》々タラ応《マ》シ。

右の訓読文と比較する時、『平家物語』なかんずく長門本・延慶本がいかに忠実に原詩に即しているか、極めて明らかである。その訓法の系統はともかくとして、『平家物語』は当時実際に行われていた訓法によく従っているのである。

原詩の「且図揀退帰郷土」（且《シハ》ラク揀《エラ》ヒ退ラレて郷土に帰ラムコトヲ図《ハカ》ル）を、延慶本は「シハラク郷土ニ帰ム事ヲエラヒ退ケラル、トイヘトモ」と誤読もしくは誤記して意味不通となり、そのため長門本はこの部分を削除している。その点では長門本を後出とすべきであるが、「非不苦」（苦《クル》シハ不《(さる)》には非ス）に対する長門本の「昔はさにあらざれども」（「苦ばざるにあらざれども」の誤写とみる）、延慶本の「カナシカラスト云事ナシ」とか、「所喜老身今独在」（喜《ヨロ》フ所は、老の身の今《イマ》ニ、独(り)在(る)ことを）に対する「悦処は老の身の今に有事を」（長門本）、「喜フ所ハ老身也」（延慶本）とかの相異を見ると、延慶本の後出性を認めざるを得ない。即ち、両者の共通祖本にまで溯るなら、いっそう原詩に密着した訓み下しのなされていたであろうことが推測されるのである。

ただし、『平家物語』の依拠した「新楽府」の本文が茂明本のそれとは異なっていたために、おのずから訓読の上にも相異を来たしていると考えられる箇所も見出される。それは、原詩の「不然当昔《死》瀘水頭、身没魂孤骨不没《収》」（然ラ不《(さら)》マシカハ、当に瀘水の頭《ホ》に死て、身ハ、没シ、魂《タ》ハ孤《ヒトリ》ニシテ〔孤《ウカ》して〕骨収《ヲサ》マラ不《サ》ラマシ）にあたる箇所を、『平家物語』では、

然らざらましかば当初瀘水の頭《ほとり》に死て……（長門本）

当初《ミ》雲南ニ征マシカハ彼ノ瀘水ニ没シテ……（延慶本）

と記している点である。この箇所も長門本の方が原詩に近いのであるが、それはともかく、両本とも「当初」の語を有している。小松茂美氏の『平安朝伝来の白氏文集と三蹟の研究』（資料編）によって検するに、この箇所は殊に『白氏文集』の諸本間に異同が甚だしくて、それを整理してみると、

①「不然当死……」（陽明文庫蔵近衛家熙臨模本）

②「不然当初死……」（天理図書館蔵永仁元年朝誉筆本・書陵部蔵元亨四年藤原時賢筆本・猿投神社蔵観応三年千若丸筆本・同神社蔵貞治二年澄豪筆本・同神社蔵貞治六年永範筆本・書陵部蔵三条西実隆筆本）

③「不然当時死……」（大東急記念文庫蔵飛鳥井雅章筆本）
④「不然当者死……」（高野山三宝院蔵照円加署本）
⑤「不然当苦……」（敦煌出土唐時代書写巻子本）
⑥「不然当昔……」（神田喜一郎氏蔵藤原茂明筆本）
⑦「不然当時……」（伍忠光校本・馬元調校本・朝鮮銅活字本・那波道円活字印行本・汪立名編訂本等の刊本）

となっている。ただし、⑥の茂明本は本文「当昔」の「昔」字をミセケチにして右傍に「死」と訂して①に属している。また小松氏の同書の訓読の校異欄をみると、④の高野山三宝院蔵本は「当昔《ムカシ》」となっているので上記の「当者」は「当昔」の誤植で、かつ⑥「当昔」と①「当死」の混態形なのかもしれない。さらに、現存最古の刊本である南宋の紹興刊本（文学古籍刊行会景印）については記載漏れになっているが、これには「当時」とあって、⑦に属する。また、③の大東急記念文庫蔵本の本文は紹興刊本以下の刊本とは殆ど異同がないようであるから、この箇所を「当時死」としているのは「当時」の誤植ではないかと思う。茂明本と紹興刊本および那波道円本（四部叢刊）・汪立名編訂本（白香山詩集）以外は未見なので、いきおい推測を重ねることになるが、上の七種の形は、特異な敦煌本を除くと、(A)「当死」(B)「当昔」(C)「当初死」(D)「当時」の四系統に纏めることができるように思う。これらのうち、(C)の本文の場合、この詩句だけが八言となって（朝誉本は「不然当初死瀘水之頭」と九言になっているらしい）[4]、他の詩句と不調和になるのであるが、これが古鈔本に最も多い形なのであり、『平家物語』も、その系統本文に拠っていることになる。ところで、上記の四系統のうち「マサニ……ベシ（マシ）」と訓めるのは(A)だけであるが、時賢本には「当初《ソノカミ》」の左傍に黄筆で「マサニ」と訓仮名が付けられているらしい。時賢本の訓点の色分けについては、小林芳規氏によって、墨筆（菅原家訓）・茶筆（菅原家別訓）・黄筆（大江家訓）・朱筆（藤原日野家訓）と判別された[5]。とすると、「当死」の形は大江家に伝わった本文であろうと推定される[6]。藤原茂明（式家）は、大江家伝来の本文とその訓法に拠って、

「当昔」を「当死」に改めた上で、「当に濾水の頭《ホ》に死て……収《ヲサ》マラ不《サ》ラマシ」と訓んだのであろう。そう考えることが許されるならば、『平家物語』が依拠した「新楽府」の本文は、大江家伝来のものではなかったということになる。「当初死」の本文をもつ時賢本は、「元亨四年十月一日　以菅家証本書写訖　侍従時賢」という奥書を有し、また「本云」として翰林学士菅原為長の識語を載せてもいるように、(7)菅原家伝来の本文なのである。勿論、それが菅原家にのみ固有の本文であったかどうかという点や、茂明本の「当昔」という形が式家伝来の本文であったかどうかという点については確かでない。(8)

上に見たように、延慶本・長門本は、当時行われていた「新楽府」の古鈔本とその訓法とに従って極めて忠実に叙述しているのであるが、この両本に比べると『盛衰記』は、原詩の本文および訓読文からかなり離れている。「兵に駆《ら》れて雲南に行《き》けるが……行《く》ことを免《ゆるさ》れて、再び故郷に帰《り》けり」のごとき誤った合理化の跡を含んでいるが、全体としては原詩の本文および訓読文から積極的に離れることで散文的な叙述を意図していると言うべきであろう。このような『盛衰記』作者の態度は、先に挙げた「司天台」「驪宮高」「八駿図」「隋堤柳」などの説話の叙述にも一貫して見られるものである。この「新豊折臂翁」などは、先行諸本に載っていたためにそれに縛られたのか、訓読文からの乖離のまだしも少ない方である。予測に過ぎないが、『盛衰記』の作者としては、保守的伝統的な博士家の学問に縛られることの少ない、それとは別趣の教養に培われた知識人を考えるのがふさわしいようである。

四　「新豊折臂翁」詩の訓読

「折臂翁」の話の最後に、

一枝を折らず《（で）》はいかに《（で）》桜ばな八十余りの春にあはまし《（ふべき）》（傍書は『盛衰記』）

という一首の和歌を添えている点は三本共通しているが、延慶本と長門本においてはこの説話の述者と和歌の作者とが密着している感じであるのに対して、『盛衰記』では、「是は異国の事なれ共、此国の歌人よめるとか」という文句が介入していて、説話の述者と和歌の作者とが明らかに分離している。

延慶本や長門本における説話の述者と和歌の作者の密着という点は、増補系諸本の作者の問題にも関係して来る興味深い事柄なのではないかと思う。

中国の故事を翻訳し、それに和歌を添えることは、『唐物語』や『蒙求和歌』に見られるところであるが、『蒙求和歌』の著者源光行には他に中国故事を詠んだ『百詠和歌』という著述もある。両書それぞれの末尾には、次のような藤原孝範の跋文と、著者源光行の識語が付け加えられている。孝範は『明文抄』の撰者であり、光行の漢学の師であった。

城門郎者多年之弟子也。拾蛍聚雪之処々。久守函杖之礼儀。嘲風哢月之時々。先存視草之故実。爰李瀚蒙求。李嶠百廿詠。白居易新楽府等之中。抽其義幽玄其説表的之句々。以仮字言其詞。以和語詠其事。歌余数百首。巻及〔数脱歟〕十軸。斯中於楽府者重呈周詩所副和歌也。（中略）翰林老主孝範

僕久仰翰林之厳訓。得耆文苑之苦学。毎呈短詞。必加高覧。依預取捨。令散鬱蒙。然間云関東之昔。云洛陽之今。為教幼稚之児。抄出両三之書帙。所謂撰蒙求之中。叙十四巻。抽百詠之句。連十二巻。述楽府之章。分五箇巻。各々和其詞。軸々綴其詠是也。（中略）城門郎源光行（ともに続群書類従本）

この跋文と識語によって、光行には、『蒙求和歌』十四巻、『百詠和歌』十二巻の外に、白居易の「新楽府」を和訳してそれに和歌を添えた『新楽府和歌』とも名づくべき五巻の著述のあったことが知られるのである。[9] 光行が城門郎即ち大監物に任ぜられたのは建暦三年（一二一三）四月七日（『勅撰作者部類』）であり、承久の乱（一二二一年）当時は確かにその職にあった（『吾妻鏡』）。この跋文等は恐らくその間に書かれたものと思われるが、『新楽府和歌』そのものの成立は、『蒙求和歌』・『百詠和歌』の成った元久元年（一二〇四）にまで溯るかもしれない。『蒙求和歌』十四巻や

『百詠和歌』十二巻の各巻々の構成や分量から類推するに、『新楽府和歌』五巻は、各巻十章ずつ、つまり新楽府五十編のすべてを収めていた公算が大である。とすれば、そこには当然「新豊折臂翁」の詩も和訳され、和歌を添えて、収載せられていたはずである。

先に触れたように、源光行は藤原南家の学者である正四位下大学頭孝範について漢学を学んだ。もしも『平家物語』の「折臂翁」の話が光行の述作と関係があるならば、そこには南家の訓法が見出されなければならない。ところが、残念なことに「新楽府」に関する南家の訓法がどのようであったか、現在では明らかにしえないのである。

ともあれ、『平家物語』における「新豊折臂翁」の訓法を検討してみよう。例えば、原詩の「風雨陰寒夜」の句についての訓を見ると、茂明本には、「風－雨《カセフキアメフリ》《カセフキ》 陰《フルクモリ》－寒《キ》の夜《ヨ》」（平仮名はヲコト点）と加点されている。即ち、「風-雨 陰-寒の夜」と字音読みする場合と、「カゼフキアメフリ（又は「アメフル」）クモリサムキ夜《ヨ》」と和訓読みする場合があったらしい。茂明が合点しているのは和訓読みの方（「雨」については「アメフリ」に合点）である。延慶本も長門本も「カゼフキアメフリクモリサユル夜ハ」と和訓読みをしている。「寒」字の訓に関して、茂明本の「サムキ」とは異なっているが、時賢本の左傍訓（墨筆）・朝誉本・実隆本・高野山本・澄豪本などみな「サユル」とあって、『平家物語』と同じである。これなどは、『平家物語』が当時実際に行われていた訓法に忠実に従っていることの例証にはなっても、いずれの博士家の訓法に拠っているかを判定する材料とはなりえないものである。

そこで、古鈔本に見えるさまざまな異訓群の中で、『平家物語』の訓法がどのような座標を占めているかを見てみよう。先ず、「折臂翁」の叙述の中から三十三の事例を選び、各事例の異訓のありようを表示する（別表2）。『平家物語』については、延慶本と長門本とのあいだに異同があり、しかもその両訓ともに古鈔本の訓法のいずれかに合致する場合、その両訓を並べ挙げることとした。また両本間には用字の相異もあるので、すべて原詩の用字に合わせることにし、送り仮名や読添語は片仮名に統一した。比較に用いる古鈔本としては、茂明本・時賢本・朝誉本・澄豪本・実隆本・高野山本（諸本については既述）の六本を取り上げた。個々の訓法の中で、「○」を付けたものは『平家物語』の訓と合うものであり、「△」は延慶本とのみ一致し、「▲」は長門本とのみ一致するものである。ただ、この両本の一方が古鈔本の訓法のいずれとも合わなかったり、当該箇所が欠脱したりしている場合は、他の一本の訓法を『平家物語』本来のものと見なして、これと合致するものには「○」を付けた。また、茂明本の異訓のうち傍線を付けたものは茂明によって合点されている訓である。

〔別表2〕

	平家物語	茂明本	時賢本	朝誉本	澄豪本	実隆本	高野山本
(1)	五月（延） 五月ニ（長）	五月ニ▲	五月△	五月△	五月△	五月ニ▲	五月△
(2)	万里ノ（延） 万里ニ（長）	万里ニ▲	万里（左(薄)――ニ▲）	万里ノ△	万里ノ△	万里ノ△	万里ノ△
(3)	徒《カチ》ヨリ	タダ（左カチヨリ）○	カチヨリ○（朱タダニ）	カチヨリ○	カチヨリ○	カチヨリ○	カチヨリ○
(4)	渉ルトキ（延） 渉ルニ（長）	ワタレハ （右ワタテ） （左ワタルトキ△ニ）	ワタルトキ△ニ （薄ワタレハ） （黄ワタルトキ△ニ） （茶ワタツテ）	ワタルニ▲	ワタルトキ△	ワタルニ▲	ワタルトキ△ニ （――ニモ）

(5)	死ヌ	シヌ○〔タリ〕	ヌ○〔(朱)リ〕	シヌ○	シヌ○	シヌ○	シシヌ
(6)	村南	村南○〔(左)ノミナミ〕	村南○	村南○	村南○	村南○	村南○
(7)	村北	村北○〔(左)ノキタ〕	村北○	村北○	村北○	村北○	村北○
(8)	爺嬢ニ	爺《ヤ》嬢《シヤウ》〔(右)チ、ハ、〕ヲ	爺嬢〔(薄)チ、ハ、〕ヲ	爺嬢ニ○	爺嬢ヲ	爺嬢ヲ	爺嬢ヲ
(9)	妻ニ	妻《メ》ヲ	妻ヲ	妻ニ○	妻ヲ	妻ヲ	妻ヲ
(10)	前後	前後○〔(左)サ・ノ〕	前後○〔(薄)――ニ〕	前後○	前後ニ	前後○	前後ニ
(11)	征〔「ユク」カ〕	征セル〔(右)――スル〕	征スル〔(薄)ユク○〕	征スル	征タル	征スル	征〔(右)ユカ〕スル
(12)	二十四(延) 二十四ニテ(長)	二十四△	二十四△〔(薄)ハアマリ〕	二十四ニ▲シテ	二十四△	二十四△	二十四△
(13)	籔ニ(延) 籔クルニ(長)	アクル▲ニ〔(左)――ケム〕	アクル▲ニ	アクル▲ニ	アク△ニ	アクル▲ニ	アケンニ〔(左)アクル▲ニ〕
(14)	堪ヘス	タヘス○	タヘスナ(ン)ヌ〔(黄)タヘス○〕	タヘスナンヌ	タヘス○	タヘス○	タヘスナ(ン)ヌ
(15)	且《シハ》ラク(延)	且《シハ》〔(右)シハラク○〕	シハシハ〔(黄)シハラク○〕	シハラク○	且タ	シハシハ	シハラク○〔(左)シハシハ〕

(16)	(17)	(18)	(19)	(20)	(21)	(22)	(23)
揀《エラ》ビ退ケ（延）	傷レテ	昔ハサニ（長）（「苦ハサルニ」カ）	折レテヨリ	一支ハ	一ノ身ハ（延） 一身ハ（長）	至ルマテ	風フキ雨フリ
エラヒ退ケ○ 〈左〉エラハレ——〉	ヤ○(フレ)テ 〈右〉イタムテ〉 〈左〉——レタルコト〉	クルシハ○不ニハ	ヲレテ○ヨリ	一支○ 〈左〉—ツノエタハ〉	一身▲ハ△ 〈左〉—ツノ—〉	至マテニ	風雨○ 〈右〉カセフキ アメフリ〉 〈左〉カセフキ—フル〉
エラヒ○シリソケ 〈黄〉エラハレ——〉	ヤ(フレ)テ	クルシカラ不ニハ 〈黄〉クルシマ○——〉 〈左〉イタ〉	折テ○ヨリ	一ノエタハ	一ノ△身ハ	至テニ	風○雨 〈左〉カフキアフリ〉
エラヒ○ シリソケ	ヤ○フレテ	クルシマ○ サルニハ	折レテ○ヨリ	一ノエタハ	一身▲ハ	至マテ○	カ○セフキ アメフリ
エラヒ○ シリソケ	イタンテ	苦シマ○不ニ	折テ○ヨリ	一ツノエタハ	一ノ△身ハ	至マテ○	カ○セフキ アメフリ
エラヒ○退《シ》	ヤ○フレテ	クルシカラ不 ニ	折タルヨリ	一ノエタハ	一(ノ)△身ハ	至テニ	カ○セフキ アメフリ
エラヒ○シリソケ	ヤ○フレテ 〈—タルコト〉	クルシマ○不ルニ	ヲレテ○ヨリ	一ツノエタハ	一ツノ△身ハ	至マテニ	カ○セフキ アメフリ

(24)	(25)	(26)	(27)	(28)	(29)	(30)	(31)	(32)
陰《くも》リ寒《サ》ユル	夜ハ	到ルマテ（長）	今ニ（長）	在ルコトヲ（長）	然ラサラマシカハ（長）	当初《ソノカミ》	雲南（延） 雲南ノ（長）	哭《ナ》クコト
陰寒〔左クモリ―キ〕	夜《ヨ》	到ルマテニ	イマニ○〔右イマ〕	在○コトヲ	然ラ○不マシカハ	当《マサニ》昔《ヒ》（死）	雲南ノ▲	哭スルコト〔左―シテ〕
陰寒〔左クモリサユ○ル〕	夜	到マテニ	今ニ○〔左―マテ〕	在○ルコトヲ	然セ不マシカハ	当○初《ソノカミ》〔左(黄)マサニ〕	雲南ノ▲	哭〔(薄)コクスル〕コト〔左(薄)○ナクコト〕
クモリサユ○ル	夜ハ○	到ルマテ○	今ニ○	存セルコトヲ	シカラ○不マシカハ	当○初《ソノカミ》	雲南△	コクスルコト
クモリサユ〔左―ユ○ル〕	夜ハ○	到ルマテ○	今ニ○	存コトヲ	然カラ○不マシカハ	当○初《ソノカミ》	雲南ノ▲	哭シテ
クモリサユ○ル	夜モ	到テニ	今マテニ	在○ルコトヲ	然セ不マシカハ	当○初《ソノカミ》	雲南ノ▲	哭スルコト
クモリサユ○ル	夜	イタルマテニ	イママテニ	存《ア》○ルコトヲ	シカラ○サラマセハ〔左―カハ〕	当昔《ムカシ》	雲南ノ▲	コクスルコト

(33)
幼々トソアラマシ（延） 幻々タラマシ（長）
呦《イウ》々タラマシ 〈(左)―スヘカラマシ〉
呦々〈(薄)タラ〉○マシ 〈(茶)―スヘカラ〉 〈左(薄)タル〉 〈(左)―ヘカラマシ〉
呦《イウ》々タ○ラマシ
呦々《イフ〱》タ○ラマシ
呦々タ○ラマシ
呦々《トウ〱》ト作マシ

〔別表2〕のままではあまりにも煩雑に過ぎるので、これを整理し直してみよう。茂明本は底訓（ヲコト点と右傍訓）と異訓（上記以外の傍訓）とに分け、時賢本は墨訓（菅原家訓）・茶訓（菅原家別訓）・黄訓（大江家訓）・朱訓（藤原日野家訓）のごとくその筆色によって分ける。ただし、小松氏の「校異」欄に（薄）と注されているものは朱訓に所属させ、念のために( )を付けて区別して置く。で、このように類別した諸系統の訓法と、『平家物語』の訓法との異同の状況を示したのが〔別表3〕である。

まず、この表に見られる諸符号について説明する。○Ⓐ Ⓑ◎の四種はすべて『平家物語』の訓法と合致するものである。ただし、Ⓐは延慶本とのみ、Ⓑは長門本とのみ一致するものであり、◎は茂明が合点を付けている訓法と合うものである。×は『平家物語』の訓法と相異するものである。なお、合異両方の要素をふくんでいる訓法や、小松氏の「校異」からは推定しがたいものには△を付けて置いた。また、例えば時賢本の墨訓のようにそれ自体がいくつかの異訓を併せ持っている場合、そのうちの一訓だけでも『平家物語』と合致すれば、○を記入することにした。いずれの家説と合致するかを見ようとするのが目的だからである。

さて、この〔別表3〕から、次のようなことが推測される。

㈠　三十三事例のうち、菅原家訓と合致するものが十八例、相異するものが十三例、不明が二例である。菅原家が時賢本の墨訓および茶訓のごとき訓法を当時においても純粋に守り伝えていたとするならば、上の比率は、『平

〔別表3〕

	茂明本		時賢本				朝誉本	澄豪本	実隆本	高野山本
	底訓	異訓	菅家		江家(黄)	藤家(朱)				
			墨訓	茶訓						
(1)	Ⓑ		Ⓐ				Ⓐ	Ⓐ	Ⓑ	Ⓐ
(2)	Ⓑ		×			Ⓑ	Ⓐ	Ⓐ	Ⓐ	Ⓐ
(3)	×	◎	○			(×)	○	○	○	○
(4)	×	Ⓐ	△	×	Ⓐ	(×)	Ⓑ	Ⓐ	Ⓑ	Ⓐ
(5)	○		○			×	○	○	○	△
(6)	◎	×	○				○	○	○	○
(7)	◎	×	○				○	○	○	○
(8)	×	×	×			(×)	○	×	×	×
(9)	×		×				○	×	×	×
(10)	○	×	○			(×)	○	×	○	×
(11)	×	×	×			(○)	×	×	×	×
(12)	Ⓐ		Ⓐ			(×)	Ⓑ	Ⓐ	Ⓐ	Ⓐ
(13)	Ⓑ	×	Ⓑ				Ⓑ	Ⓐ	Ⓑ	×
(14)	○		×		○		×	○	○	×
(15)	×	◎	×		○		○	×	×	○
(16)	◎	×	○		×		○	○	○	○
(17)	○	×	○				○	×	○	○
(18)	○		×		○		○	○	×	○
(19)	○		○				○	○	×	○
(20)	○	×	×				×	×	×	×
(21)	Ⓑ	Ⓐ	Ⓐ				Ⓑ	Ⓐ	Ⓐ	Ⓐ
(22)	×		×				○	○	×	×
(23)	×	◎	○				○	○	○	○
(24)	×	△	○				○	○	○	○
(25)	×		×				○	○	×	×
(26)	×		×				○	○	×	×
(27)	○	×	○				○	○	×	×
(28)	○		○				×	△	○	○
(29)	○		×				○	○	×	△
(30)	×		○		×		○	○	○	×
(31)	Ⓑ		Ⓑ				Ⓐ	Ⓑ	Ⓑ	Ⓑ
(32)	×	×	×			(○)	×	×	×	×
(33)	◎	×	△	×		(○)	○	○	○	×
計 合	20	5	18	0	4	4	28	24	20	17
計 異	13	12	13	2	2	6	5	8	13	14

家物語』に引かれている「折臂翁説話」の述者が菅原家の学統に繋がる者ではないことを示していると考えねばならない。

(二)　大江家訓に関係する事例は僅かに六例に過ぎないが、合致するもの四例、相異するもの二例という状況である。ただし、菅家との共通訓は校記に取り上げられるはずがないとも考えうるから、空欄の箇所を菅家訓で補ってみると、三十三事例のうち、合致するもの二十例、相異するもの十二例、不明一例という比率になる。「折臂翁説話」の述者の学統を大江家のそれと考えることは、やはり困難である。

(三)　藤原日野家訓に関係する事例は十例、ただしこの中には日野家訓と見做した八例が含まれている。十例のうち合致するもの四例、相異するもの六例という比率である。仮に空欄を菅家訓で埋めてみると、合致するもの十八例、相異するもの十五例となって、これまた説話の述者の学統とは異なるということになる。

以上、時賢本に筆色を変えて併記されている各博士家の訓法を頼りに考察した結果からは、『平家物語』の「折臂翁説話」の述者の学統は、菅原家でも大江家でも藤原日野家でもありえないことを認めねばならなくなる。次に、茂明本の訓法との関係を見てみよう。

(四)〔別表3〕によれば『平家物語』の訓法で、茂明本と合致するものが二十四例、相異するものが八例、不明が一例(相異例とすべきか)ということになる。前述の三家訓に比べて相関性が遙かに高いようであるが、これは茂明本が多くの異訓を併記していることによる当然の結果である。そこで、茂明が合点を付けている訓法との関係に注意する必要があろう。〔別表2・3〕で取り上げた三十三事例に限って処理すると、〔別表4〕のごとくなる。

〔別表4〕

種類	一訓のみ記載の事例	二訓以上併記の事例		
		合点の付けられていない事例	合点の付いた事例	
			合点のある訓	〔合点のない訓〕
合致例	(1) (2) (9) (10) (12) (14) (18) (19) (22) (28) (29) (31)	(5)〔右傍訓〕 (13)〔ヲコト点 右傍訓〕	(3) (6) (7) (15) (16) (21) (23) (33)	〔(4) (17) (20)〕
(数)	12例	2例	8例	〔3例〕
相異例	(8) (25) (26) (30)	(5)〔ヲコト点〕 (13)〔左傍訓〕	(4) (11) (17) (20) (24) (27) (32)	〔省略〕
(数)	4例		7例	

藤原茂明は式家の流で、敦基の子であり、この古鈔本は保延六年(一一四〇)四月二十日に三男敦真(改敦経)に授けられたものである(天永四年奥書の裏書)。従って、諸家説の訓法の中から選んで合点を付けたものは式家の訓法と考えてしかるべきであろう。とすれば、合点の付けられた十五例のうち、『平家物語』と合致するもの八例に対して、相異するものが七例あるという事実は、無視する

わけにいかない。

『平家物語』の「折臂翁説話」の述者が菅原家・大江家・日野家・式家のいずれの学統にも繋がらないとすると、この述者と南家の学統に縁の深い源光行との親近の度合いが相対的に強まってくる。「新楽府」の式家・南家両家の訓が不明なので確かなことは言えないが、この説話が、今は伝わらない光行の『新楽府和歌』の中の一章を引用した、もしくはそれに基づいて修訂したものであるかもしれない可能性は十分にあると言わねばならない[10]。仮にそうとすれば、『新楽府和歌』からの引用は、光行自身によってなされたのか、それとも別人の手でなされたのかという問題が次に起きて来る。

五　延慶本『平家物語』に見える源光行の和歌

報恩院主隆源の『醍醐雑抄』に、

一平家作者事

或平家双紙奥書云、当時命世之盲法師了義坊実名如一之説云、平家物語中山中納言顕時子息、左衛門佐盛隆其子、民部権少輔時長作之、（中略）此時前作平家廿四巻之本、籠伊勢大神宮訖、是佐渡院之御時也、順徳帝是也、（中略）平家物語民部少輔時長書之、合戦事依無才学、源光行誂之、

という伝承の記されていることはよく知られている。源光行は、現存しない時長本『平家物語』の合戦の記述に関する協力者であったと伝えられているのである。この点について、冨倉徳次郎氏は、『徒然草』（第二百二十六段）に伝えられる信濃前司行長と生仏との合作という伝承と、この『醍醐雑抄』の伝承との共存を認めた上で、「行長・生仏合作の原平家物語は語りもの系の芽生えを意味し、時長・光行合作の原平家物語は読みものとしての平家物語の芽生えを意味すると考えるべきだと思うのである[11]」とし、『醍醐雑抄』の「合戦事依無才学、源光行誂之」については、

「時長の持つ資料とは別に、鎌倉方の立場に立って知り得ている資料の補充や、また鎌倉武士の合戦噺を材とした合戦譚の補充を意味しているものと推定してよいと思う。[12]」と述べている。また、渥美かをる氏は、「原平家物語行長説」を支持する立場から、時長・光行を増補系作者とし、『醍醐雑抄』の伝承を時長単独説と光行加筆説とに分けて考えている。そして、『源平闘諍録』が持っている、(1)源氏関係記事を大量に増補する、(2)原平家もかくやと思われる素朴な記事あり、(3)一旦成立後の加筆が認められる、(4)王朝物語の引用あり、(5)作者に文才あり、(6)院宣・宣旨の類の増補あり、という六項の特徴のうち、「(1)と(4)とは異質の増補であるにもかかわらず、均衡を保ち、記事の配置に創意工夫が見られるところから、作者としては鎌倉と関係あり、源氏物語や和歌に特別な興味を持ち、且つ文才ある人が割出されるのである。[13]」として源光行をその作者に擬している。また、『醍醐雑抄』が伝える順徳院在位の時（一二一〇～一九）という説は「原平家物語」の成立年代と誤ったものかもしれないとしてこれを斥け、『闘諍録』が一旦成立したのは、光行が出家した寛喜二年（一二三〇）以後のことで、光行はその後も「更に引続きもっと粉飾した源平物を作ろうと志し、事半ばにして死んだことと思われる。[14]」と推測している。光行が死んだのは寛元二年（一二四四）二月十七日（『平戸記』、同年三月二日の条）である。なお、山下宏明氏は『闘諍録』の作者を千葉一族に関係のある者と説き、[15]冨倉氏もそれに同意している。[16]

『平家物語』の成立・成長に果たした光行の役割については、先学の意見もこのように分かれていて、問題の難しさを痛感するのであるが、もしも『平家物語』の成立・成長に光行が関わりを持ったという事実を認めるとしたならば、その関わり方は、『醍醐雑抄』に言うような時長にその知識の欠けていた合戦に関する事を光行が「誂え」たという程度にとどまるであろうかという、極めて素朴な疑問を捨てえないのである。『源氏物語』研究家・歌人としての光行もさることながら、中国故事の和訳に業績を残した光行の才学が、どのように『平家物語』に投影しているであろうかという点を考えてみたいのである。

さて、中国故事に関係のある詠歌を『平家物語』の中に探ってみると、「折臂翁」を詠んだ歌の外に、次の七首が見出される。

(A)見ル度ニ鏡ノカケノツラキカナカ、ラサリセハカ、ラマシヤハ〔王昭君〕（延慶本・第一末「漢主ノ使ニ蘇武ヲ胡国ヘ被遣事」）

(B)帰(ル)鴈隔《リ》ル雲ノ余波マテ同シ跡ヲソ思ツラネシ〔蘇武〕（同前）

(C)同シ江ニムレヰル鳬ノ哀ニモ返ル波路ヲ飛ヲクレヌル〔李陵〕（同前）

(D)ヘタテコシ昔ノ秋ニアハマシヤコシチノ鴈ノシルヘナラスハ〔蘇武〕（同前）

(E)独リヌルヤモメカラスハアナニクヤマタ夜フカキニメヲサマシツル〔張文成〕（延慶本・第二末「文学カ道念之由緒事」）

(F)草枕ライカニ結ヒシ契にて露ノ命ニヲキカワルラム〔東帰節女〕（延慶本・第二末「唐朝東帰ノ節女事」）

(G)ナケキコシミチノツユニモマサリケリフルサトコフルソテノナミタハ〔王昭君〕（延慶本・第六本「建礼門院吉田ヘ入セ給事」）

右の七首はいずれも延慶本にのみ見出される。そして、(F)を除いて他の六首はみな次のように作者が判明している。

(A)懐円法師（『後拾遺集』・巻十七雑三・一〇一九「王昭君をよめる」）

(B)源光行（『蒙求和歌』・第一「王粲覆棊」）

(C)源光行（『蒙求和歌』・第七「李陵初詩」、結句「トヒオクレケル」）

(D)源光行（『蒙求和歌』・第三「蘇武持節、二・三句「都ノ秋ニアハマシキ」。延慶本にも「……ト源ノ光行カ詠セシモ理トソ覚ル」とある。）

(E)源光行（延慶本に「サレハ此ノ心ヲ光行ハ」として歌を挙げている。）

(G)赤染衛門（『後拾遺集』・巻十七雑三・一〇一七「王昭君をよめる」）

ところで、前記の七首のうち、(G)は、和歌を挙げたあとに「ト王昭君カ胡国ニ旅立テ歌ケンモ理也トテ、（建礼門院は）更ニ人ノ上トモ思召サヽリケリ」という形で出ていて、中国故事の説話的叙述に添えられた和歌ではないこと、赤染衛門の歌を王昭君自身の詠としていることの二点で、他の六首および「折臂翁」の歌とは全くその性格を異にしており、目下の考察の対象からは除外すべきであると考える。他の六首のうち、(A)〜(D)の四首は康頼の卒都婆流しに関連して付加されている蘇武説話の中に見え、(E)(F)の二首は文覚発心譚に関連して間投挿入されている張文成説話と、付加されている東帰節女説話におのおの添えられているものである。

蘇武説話は、『闘諍録』（第一之下）では、

昔蘇武作《ハリ》㆓五言詩《ノヲ》㆒止《メ》㆓母恋《ノヲ》㆒、今康頼《（ハ）》読《ミ》㆓一首歌《ノヲ》㆒（慰）《ム》㆓親思《のヲ》㆒。

とあるだけの簡単なものに過ぎない。（四部合戦状本は欠巻）。これが延慶本（第一末）・長門本（巻四）・『盛衰記』（巻八）では詳しい説話的叙述を伴うようになり（語り本系古本の屋代本・平松家本も同様）、さらに李陵の詠詩の話も加わり、特に延慶本では王昭君が胡国に嫁した話（長門本はごく簡略）も付け加わって来ているのである。また、文覚発心の由来は、四部合戦状本（巻五）・延慶本（巻二末）・長門本（巻十）・『盛衰記』（巻十九）などの増補系諸本にのみ見られるのであるが（『闘諍録』は欠巻）、東帰節女説話は四部合戦状本には無く、長門本にも、「昔東武の節女は夫の命にかはりけり」という簡単な形で見えているだけである。張文成説話は延慶本（巻二末）にしか見えない。このように、諸本間に大きく出入りのある幾つかの説話でありながら、延慶本には、そのおのおのに和歌が添えられ、しかもそのうちの四首は源光行の詠作なのである。さらに、李陵詠詩の話の叙述を比較すると、〔表A〕のようになる。

三者とも記事内容に大差はないが、延慶本本文の傍線部分は、長門本・盛衰記には見出すことのできない叙述であり、しかも、これが『蒙求和歌』（第七「李陵初詩」）の、

〔表A〕

延慶本	長門本	盛衰記
李陵余波ヲ惜テ云ク、我身年来君ノ御為ニ二 心ナシ、就レ中胡国追討ノ大将軍ニ撰レ奉シ事 面目ノ一也、然トモ宿運ノシカラシムル事ニ ヤ御方ノ軍敗テ胡国ノ王ニトラハレヌ、サレ トモ如何ニモシテ胡王ヲ滅シテ漢帝ノ御為ニ 忠ヲ致サムトコソ思シニ、今母ヲ罪セラレ 奉リ父カ死骸ヲ堀ヲコシテ打セタメ給ケム、 亡魂イカヽ思ケム、悲トモ愚也、又親類兄 弟ニ至マテ一人モ残ラス皆罪セラルヽ事 歎ノ中ノ歎也、故郷ヲ隔テ只異類ヲノミ見ハ (ルカ)事ノ悲キトテ、李陵蘇武カ許ヘ五言ノ 詩ヲ送レリ、其詞ニ云、 携《ヘテ》レ手《ヲ》上《ル》二河梁一、遊子暮何之《クンカユク》、二鳧《フ》倶《ニ》北飛、 一鳧独南《ニ》翔《カケル》、余《ワレヲ》自留《ラル》二斯《コノ》館《ニ》一、子今帰《ル》二 故郷《ニ》一、 是レ五言ノ詩ノ始也、此心ヲヨメルニヤ 同シ江ニムレヰル鳧ノ哀ニモ返ル波路ヲ飛 ヲクレヌル	李陵、君の御ために二心なし、就中に胡国 追討の大将軍にえらばれ参らせし事、誠に 面目のその一也、然れども我宿運尽ぬるこ とにや、官軍破れて我胡国にとらはれぬ、 されどもいかにもして胡王を亡して、御門 の御ために忠をいたさんとこそ存つるに、 今母を殺され参らせ、父が骸をほりおこし て打たゝかる、亡魂いかに思ひけんとかな しくてせん方なし、またあやまらぬしんる ゐ兄弟も、残らず皆罪せらるゝ事、つみふ かくこそ候へとも〔てカ〕、文を一巻書て蘇武にこ とづてゝ武帝に奉る、帝是を見給ふに、そ の状に云、 双鳧《サウフ》倶《ニ》北《ニ》飛《フ》、一鳥独《リ》南《ニ》翔《ル》 とぞ書たりける	李陵見《て》レ之《を》、いかなれば大将軍に 被《れ》レ選《ま》て、一人は召返《し》し一人は沈《め》 らん、心憂や我年来《としごろ》君に仕奉《へり》て 二心なし、命を重《ん》じ忠を尽すと いへ共、官軍敗《れ》て誤って虜《いけどら》れ ぬ、不《じ》レ如《か》素懐を遂《げ》んと存じて、 一旦凶（ママ）奴に仕《へ》て遂に胡狄を亡 し、必《ず》漢宮にかへらんと、而も父 が死骸《しかばね》を堀起《り》し、老母兄弟罪せ られけんこそ悲《し》けれとて、一巻 の書を注《る》してぞ進じける、其《の》 中に、 双鳧倶《に》北《に》飛《ぶ》　一鳧独《り》南《に》翔《る》 余自《ら》留《る》二新館《に》一　子今帰《る》二故郷《に》一 とぞ書《き》たりける。

（上略）ハルカニ故郷ヲヘタテヽ。タヽ異類ヲノミソミケル。時ニ蘇武ステニ宮コヘ返ルヨシヲキヽテ。蘇武ニ詩ヲオクレリ。携㆓手上㆒河梁。遊子暮何之。又云。二鳧倶北飛。一鳧独南翔。余自留斯館㆒。五言詩コレヨリハシマレリ。

同シエニムレヰル鴨ノ哀ニモカヘル波路ヲトヒオクレケル（続群書類従本）

という叙述に基づいて補われたものであることがわかる。(17)

以上、諸本間における説話の出入りの問題、および延慶本にのみ『蒙求和歌』による叙述の修訂が見られるという事実から、延慶本だけが載せる光行の和歌は明らかに後に増補された部分であって、決して本来あったものを他の諸本が削除したものではないことが理解できる。そして、延慶本の、此心ヲヨメルニヤ」（Ⓒの歌）、「ト源ノ光行カ詠セシモ理トソ覚ル」（Ⓓの歌）、「サレハ此ノ心ヲ光行ハ」（Ⓔの歌）という表現からも、それらが光行自身による推敲の跡でないことは明白である。

六　「左少弁行隆」と「河内守光行」

延慶本には光行の歌がもう一首引かれている。それは、「左少弁行隆事」（第二本）に見える次の歌で、作者の名は記されていない。

遂ニカ(クカ)ノ花サク秋ニナリニケリ世々ニシホレシ庭ノアサカホ

この歌も『蒙求和歌』（第三「顔駟蹇剝槿」）。二・三句「春サヘ秋ニアヒニケリ」、結句「ヨハノ槿」）からの引用である。漢代の顔駟は三代の朝へ仕えながら、「文帝ハ文ヲコノミ給キ。我レ武ヲコノム。景帝ハミメヲコノミ給ヒキ。我カホミニクシ。君ハ（武帝）若キヲコノミ給フ。我ステニオイニタリ」（『蒙求和歌』）というわけで常に不遇であったのを、武帝がその歎きを聞いて会稽大守に任じたという故事を詠んだのが、この歌である。

中山中納言顕時の長男行隆は、二条帝の御代に左少弁となって枢要の地位に就いたが、帝崩御（永万二年）の後は止官籠居の身となって十四年を過ごした。ところが、治承三年（一一七九）十一月十六日の夜更けに清盛の召しを受け、弟の前左衛門佐時光に牛車・雑色・装束を借用して恐る恐る西八条邸に赴いてみると、待っていたのは意外にも「今ハ御出仕アルベク候」という清盛の厚意であった。翌朝、清盛からは源大夫判官季貞を使者として牛車・牛童・装束と絹百疋・銭百貫・米百石が届けられ、その日に右少弁に任じられ、翌十八日には五位蔵人に補せられた。延慶本は、長年の不遇から一時に返り咲いた行隆に顔駟の故事を思いよそえて、光行の和歌を引いたのである。この行隆の話に関して、冨倉氏は次のように解説している。

（上略）この説話の存在について、この行隆の子、下野守行長を『徒然草』の伝える『原平家物語』の作者「信濃前司行長」によそえて（信濃前司を下野前司の誤伝とするのである）、この行隆の話の存在をこの物語の作者の個人的関連によそえようとする山田孝雄説が有名である。しかし、それについては、私は賛意を表さない。実は、この山田説については、早く後藤丹治の反論（『戦記物語の研究』）もあるように、ここに記された内容・表現には、自分の父について語ったものとしては、不適当な色合いが多く、この一文を行隆の子「行長」の筆と考えることは無理なのである。そしてまたそれだけでなく、信濃前司行長を下野前司行長の誤伝とすることも無理な誤伝説であると考えるのである。むしろ、この説話は行隆の弟時光の息、時長が、読みもの系の『原平家物語』の作者であるがゆえに、まず読みもの系のものに書きとめられ、それが更に語りもの系のものにも加えられることになったものと考えるのを穏当と判断するものなのである。(18)

冨倉氏の説のように、この行隆の話は、その子行長よりも、彼に牛車・雑色・装束を貸し与えたその弟時光の息時長との結び付きの方が遙かに自然である。そう考える時、この話に清盛の使者となって登場する源大夫判官季貞の存在も見逃すわけにいかない。季貞については従来殆ど注意が払われていないようであるが、彼は外ならぬ源光行の叔父に当たる人物なのである。『尊卑分脈』によって、その関係を示すと、次のとおりである。

季遠─┬─光遠（改光季）─光行─┬─親行─季行
　　　│　　　　　　　　　　　　└─孝行
　　　└─季貞─有貞

光行の祖父季遠は「本者若狭国住人」で、「後白川院武者所并北面」であるとともに「刑部卿平忠盛朝臣青侍」でもあった。叔父の季貞も「後白川院北面、後院庁預」であり、同時に清盛に仕えた侍でもあった。清盛の弟の門脇宰相教盛が婿の丹波少将成経の身柄を引請けるべく西八条邸へ請願に行った時、会おうともしない清盛と教盛との間に立って再三両者の申し分を取次いでいるのがこの季貞であり（巻二、少将乞請）、静憲法印が後白河法皇の使者として西八条邸に赴き、朝から夕方まで待たされたあげく勅諚の趣を言い入れて帰ろうとした、その時の取次ぎ役もこの季貞であった（巻三、法印問答）。後白河院北面であるとともに忠盛・清盛に近侍した季遠や季貞を、光行が近親者に持っていたことは注意されてよいと思う。

とにかく、『平家物語』の成立・成長に関連して早くから問題視されてきた「行隆沙汰」の話の後に、延慶本は光行の和歌を挙げているのである。そしてさらに、行隆の子の宗行が承久の変（一二二一）で鎌倉に召し下される途次、駿河国浮島が原で断罪された時の辞世の和歌と偈とを挙げ、「今の世までも哀なる事には申伝たり。」と結んでいる。光行自身も承久の変に際して、義時追討の宣旨の副文を書き、関東の武人の姓名を院中へ注進した罪科で、鎌倉へ召し下されて誅せられようとしたのを、嫡男の親行や藤原実雅の助命歎願によって辛うじて誅をまぬがれたという経歴の持ち主である（『吾妻鏡』）。渥美氏は、延慶本が記している宗行の関東下向の話について、「この記事などはどこか源光行自身の運命に似たものがあり、その連想から〔延〕が挿入したようにも感じられる」[19]と言っている。「その連想から〔延〕が補入した」という意味が十分には理解しがたいが、顔駟を詠んだ光行の歌と、それに続く宗行被誅の記事とは同一人による補入であると考えたい。

ところで、行隆の名は福原遷都の記事の中にも見える。そしてそれがまた源光行に縁があるのである。長門本（巻九、遷都事）に、

> （治承四年）六月九日、福原の新都の事始とぞ聞えし、（中略）上卿は左大将実定、宰相には右中将通親、奉行には頭左中弁経房、蔵人左少弁行隆とぞ聞えし、河内のかみ光行丈尺をとりて、和田の松原西野に宮城の地を定られけるに、一条より五条までこそ小路ありけれ、五条より下其所なかりけり。

と見えているのがそれである。ただし、光行の名の見えるのは長門本と『盛衰記』だけで、四部合戦状本にも延慶本にも、屋代本・平松家本等にも見えない。光行はこの年の正月二十八日に民部大丞に任ぜられ（『明月記』）、四月二十一日に従五位下に叙せられている（『山槐記』）が、まだ十八歳の若年である。[20] たとい丈尺を執って測量したことが事実であったにもせよ、その地位や年齢から言って上卿または奉行である実定（四十二歳）・通親（三十二歳）・経房（三十九歳）・行隆（五十歳）に伍してその名を挙げられるほどの存在ではない。それだけに、ここに彼の名が記されていることは、その関係者による後の補入と考えるべきであろう。

先に考察したように、光行に関する事項は多く延慶本にのみ見られるところであった。しかるに、この福原新都事始の記事に関しては、光行の名が長門本・『盛衰記』にのみ見えて延慶本には記されていないという逆な現象が現れているのである。この現象は、長門本と延慶本との共通祖本には河内守光行の名が記されていたと考えなければ説明が付かないのではないかと思うのである。

七　『平家物語』の生成と源光行の関与

再び「新豊折臂翁」の話に戻る。最初に述べたように、この話は延慶本と長門本とには極めて近似した形で載せら

れ、『盛衰記』はそれに手を入れてより散文的な叙述にし、挿入場所も移して載せている。ところが、四部合戦状本（巻七）には次のような形で出ているのである。

昔天宝《(ニ)》大《ニ》兵起《リ》、被《シ》レ遣《カハ(サ)》二万里《(ノ)》雲南《(ニ)》一之時、新豊《(ノ)》翁恐《ナレ(テ)》二雲南《(ノ)》征《イ》‐戦《(ヲ)》一、廿四《(ノ)》歳自《シミ》打《(ラ)》二折肘《ル(ヲ)》一風《(フ)キ》雨《(フ)リ》雲《モリ》寒《ユル》夜、天明《ルニ》痛《タ(ンテ)》不レ眠《(ラ)》、然《シ》而、肘折《チレ(テ)》後、張《リ》レ弓《(ヲ)》挙《ル》レ旗《ヲ》之事共《(ニ)》不レ堪《ヘ》成《ケレ(ハ)》遁《レ》二雲南《(ノ)》瀘《ロ》水《(ヲ)》一、不レ成《(ラ)》二亡‐郷《(ノ)》鬼《(ト)》一、持《チ(テ)》二八旬《(ノ)》命《(ヲ)》至《(ル)コソ》二二‐毛《(ノ)》齢《ハイ(ニ)》一之賢《カシコケレ》（カッコ内は私意による補読、以下同）

これは延慶本や長門本に比べて遙かに素朴な形である。その上添えられた和歌もない。ところがよく見ると、「昔天宝《(ニ)》大《ニ》兵起《リ》」という書き出しぶりや、原詩にはない「新豊《(ノ)》翁恐《ナレ(テ)》二雲南《(ノ)》征《イ》‐戦《(ヲ)》二」という文句を持っている点で、延慶本以下の三本と共通しているのである。そして、叙述の素朴さにもかかわらず、「今度被《(タル)》レ討《(タ)》人々《(ノ)》父‐母妻子共泣《(キ)》悲《(シム)》事無《(シ)》レ限《リ》、家々閉《チ》レ門《(ヲ)》、所々声《(モ)》不レ立《(テ)》、只念仏《(シ)》申《ケレ(ハ)》京中聞《ヘシ》二忌々《(シ)クソ》一」という北国での平家の敗報に愁歎する京中の有様を雲南瀘水の悲劇になぞらえようとする挿入意図と、「持《チ(テ)》二八旬《(ノ)》命《(ヲ)》至《(ル)コソ》二二‐毛《(ノ)》齢《ハイ(ニ)》一之賢《カシコケレ》」と結んだ説話自体の主題とのあいだにすでにギャップを生ぜしめていることも認められるのである。

説話が挿入される契機として故事題目の修辞的引用のあるのが普通である。この箇所も本来は、例えば、

サレバ彼ノ雲南ノ瀘水ニ違ハザリケル物ヲヤト哀也。（延慶本）

彼村南村北に哭しける雲南征伐も角やと被二思知《ひら》一たり。（『盛衰記』）

のごとき故事題目の比較対照法による修辞的表現に過ぎなかったと思われる。それが発展して素朴ながらに説話的叙述を伴ったのが四部合戦状本の形（第一次的な説話）なのであろう。そして、延慶本・長門本の共通祖本において、この第一次的な説話の骨核を残しながら、より詳しくより原詩に即した形で加筆修訂されたものと推測される。(21)その際に参考に供されたのが光行の『新楽府和歌』ではなかったかと考えるのである。

上来、中国故事の和訳に業績を残した源光行と『平家物語』との関わりを中心に考察して来たのであるが、それを

纏めてみると次のようになる。

まず、光行と『平家物語』の関わりを具体的に指摘しうる例証として挙げうるのは、中国故事を詠んだ彼の和歌五首の引用であり、それらはいずれも延慶本にのみ見出されるところから、長門本が分かれ出た後の延慶本独自の増補過程で行われたものと考えられる。長門本は、承元二年（一二〇八）から天福元年（一二三三）までのあいだに成立した「旧延慶本」をその主要な材料として文暦元年（一二三四）から建長四年（一二五二）までのあいだに補筆改正されて成り、一方、延慶本もさらに仁治三年（一二四二）以後建長四年（一二五二）に至るあいだに最後の増補がなされて成ったと考えられている。[22]勿論、これは長門本の分立が天福元年（一二三三）以後であることを意味するものでもなく、また延慶本独自の増補が仁治三年（一二四二）以後に始まることを意味するものでもありえない。しかし、前述のごとく、「此心ヲヨメルニヤ」（前掲(C)歌）、「ト源ノ光行カ詠セシモ理トソ覚ル」（(D)歌）、「サレハ此ノ心ヲ光行ハ」（(E)歌）という語句を介して故事と結び付けられた和歌（他に(B)歌も含む）は、寛元二年（一二四四）の光行の死後に、彼の『蒙求和歌』その他を自由に披見しえた恐らくはその近親者（例えば子の親行）の手によって補われたものであろうと考えられる。とすると、作者名も示さず、上記のごとき語句をも介さず、また故事に添えるという形でもなくて「行隆沙汰」の記事に付け加えた光行の詠作（顔駟を詠んだ歌）は誰によって挿まれたものであろうか。しかもこの歌のあとには、同一人の手によって付加されたと思われる宗行被誅の話がある。同じ光行の詠作でありながら、この歌の挿入形態だけが持っている特殊性は、それが宗行と同じ運命に終わるところを辛うじてまぬがれた光行自身による付加であると考えるべきことを示しているようにも思われる。しかしこれは長門本分立以後に属する。そして、「新豊折臂翁」の説話の叙述とその和歌とが光行の『新楽府和歌』に基づいたものであることが認められるならば、これは長門本分立以前における改修であるからには当然光行自身の手によるものと考えねばならないということになる。「是は異国の事なれ共、此国の歌人よめるとか」（『盛衰記』）のごとき語句を介さない、説話の述者と和歌の作者とが密着した本来の挿入形態からも、そう考えるのが自然である。

そう考えうるとするならば、光行は自ら数次にわたって『平家物語』を増補修訂し、その死後、その作業は彼の近親者によって受け継がれたということになる。渥美氏の「光行は更に引続きもっと粉飾した源平物を作ろうと志し、事半ばにして死んだことと思われる。」（前出）という意見に同感するとともに、しかしそれは『源平闘諍録』ではなくて、延慶本の形成過程におけるある段階に関わることであると考えるのである。現在の延慶本が、光行の作業を受け継いだその近親者によって完成されたか否かは別として、そこには彼らの増補改修の営為が他のいずれの伝本よりも多くとどめられているにちがいないと思うのである。この光行および近親者によって増補改修された本のその祖本が、同時に『闘諍録』・四部合戦状本の祖本でもあると考えるべきかどうかということや、それが時長本もしくは時長・光行合作本と言われるものであるかどうかという点にまで立ち入ることは、本稿の視点から逸脱することになる。

以上、『平家物語』における源光行の述作・詠歌の引用をめぐって、臆測を重ねて来た。恣意的に過ぎる点も多くあるにちがいない。御叱正を請う次第である。

注

（1）拙稿「白居易『新楽府』と軍記物語——「海漫漫」詩を中心として——」（『国文学攷』43、昭和42・6）。本書第一章第三節4の(1)参照。

（2）本稿で使用した『平家物語』諸本の本文ならびに章段名（事書）等は左記のものによる。
延慶本（古典研究会影印版）・長門本（国書刊行会）・『源平盛衰記』（有朋堂文庫）・『源平闘諍録』（未刊国文資料）・四部合戦状本（斯道文庫影印版）・屋代本（角川書店複製版）・平松家本（古典刊行会複製版）

（3）藤原茂明筆本新楽府古鈔本（いわゆる神田本白氏文集、古典保存会複製版）の本文および訓点による。ただし、ヲコト点は平仮名で、訓仮名は片仮名で表記し、異訓は〔　〕内に傍書し、私意による補読は（　）で括った。

（4）［補］天理図書館蔵朝誉筆本には、この箇所を「不然当初死瀘水之頭、身没魂孤骨不収」に作り、「然《シカ》ラ不《マシカ》ハ当初《ソノカミ》死《シ》ンテ瀘水之頭《ホトリ》に、身没シ魂《シヒ》孤《ウカレ》テ骨収《ホネヲサ》マラ不シテ」と訓んでいることを後に確認した。因に国立公文書館蔵内閣文庫本『管見抄』は「新豊折臂翁」詩を採っていない。

（5）小林芳規氏著『平安鎌倉期に於ける漢籍訓読の国語史的研究』第四章第一節（東京大学出版会、昭和42・3）

（6）［補］時賢本は「当初《ソノカミ》、瀘水の頭《ホ》に死て」と訓んでいるが、「当初死」に関して上欄に「初字無之、江本」とあり、大江家の伝本が「当死……」であった証となる。また「或本無死字、正本」とも記し、「初」の右傍に「時」と書き入れている。⑦の那波本等の形に訂したことになる。太田次男氏著『旧鈔本を中心とする白氏文集本文の研究』（勉誠社、平成9・2）上巻、第二章四「宮内庁書陵部蔵『新楽府元亨写巻三・四』」付載の翻印を参照。

（7）小松茂美氏著『平安朝伝来の白氏文集と三蹟の研究』資料編（墨水書房、昭和40・10）掲載の写真による。

（8）増補系『平家物語』所引の「新楽府」の本文が、紹興刊本以下の刊本類とは異なって古鈔本と同系統である例証として、次の諸事例を挙げることができる。各条の「新楽府」の本文は茂明本。

(ア)〈海漫漫〉「天水茫々無覓処」＝（盛）「天水茫々として求事をえざりけん」↔「烟（煙）水」（伏見天皇模本・花山院定誠本・刊本類）

(イ)〈大行路〉「好生毛羽悪生瘡」↔（盛）「好生毛羽悪成瘡」＝「成瘡」（陽明文庫蔵近衛家煕模本）

(ウ)〈司天台〉「五星煌々如火赤」＝（盛）「五星煌々として赤事如火」↔「四星」（大東急文庫本・刊本類）

(エ)〈百錬鏡〉「百王理乱懸心中」＝（覚）「百王の理乱は心のうちにかけ給へり」↔「治乱」（不二文庫蔵鎌倉時代写本・大東急文庫本・刊本類）、「化理」（敦煌本）

(オ)〈八駿図〉「穆王八駿天馬駒」↔（盛）「穆王八匹の天馬の駒」＝「八疋」（不二文庫蔵本・千若丸筆本・寛清加点本・猿投神社落書本・実隆筆本・蓮勝房浄円本）

(カ)〈井底引銀瓶〉「寄言癡少人家女」＝（延・長・盛）「寄言癡少人家女」↔「小人」（千若丸筆本・東洋文庫寛清加筆本・刊本類）

(キ)〈隋堤柳〉「青蛾御女直紅楼」＝（盛）「青蛾の御女は…」↔「御史」（大東急文庫本・刊本類）

(ク)〈隋堤柳〉「青蛾御女直紅楼」║（盛）「…紅楼にあそひけり」←→「珠楼」〔陽明文庫蔵近衛家熙模本〕、「朱楼」〔嘉禎四年蓮勝房本〕、「楼迷」〔浄弁所伝奥書本・実隆本・大東急文庫本・刊本類〕

補　茂明本と異なるのは(イ)(オ)の二条である。イの「生瘡」は大東急文庫本・刊本類の外に『管見抄』も同様であり、『玉函秘抄』中にも「好《ヨミスルトキハナシ》生毛羽《ヲ》、悪《トキ》生レ瘡《ヲ》」の形で採録している。一方、「成瘡」は近衛家熙模本だけでなく、時賢本・朝誉筆本も同じである。また、(オ)の「八駿」は刊本類も同じである。『盛衰記』の「八匹」と同一のテキストは見当たらないが、おそらく「八疋」とする古鈔本に拠ったのであろう。時賢本・朝誉筆本は巻四を欠き、『管見抄』は「八駿図」を採っていない。

（9）『本朝書籍目録』（群書類従）「仮名」部に「楽府和歌二巻」と見えるものとの関係については未勘。

（10）〔別表3〕によれば、朝誉本ほか三本（いずれも各家説取合せ）と『平家物語』との相関性が高く、中でも朝誉本は合致事例二十八という高さを示している。『太平記』所引白詩の訓法も朝誉本に近く、その点から式家の学統に繋がる『太平記』作者を想定した（拙稿「太平記に引用された白居易の詩の訓読について」『富山大学教育学部紀要』16、昭和43・3）のであるが、式家・南家の新楽府の訓法の相異が明らかでない現在、『太平記』作者＝式家、『平家物語』折臂翁説話述者＝南家という想定の可能性の共存を肯定することも否定することもできない。他の漢籍の訓法による調査が必要である。なお、『平家物語』には「秋ノ夜長シ、夜長シテ眠事ナシ、耿々トホノカナル残ノ燈ノ壁ニ背ル影、嘯《(マヽ)》々ト閑ナル闇雨ノ窓ヲ打音ノミ友トナリ（下略）」（延慶本第二末「文学《カ》道念之由緒事」）の「ホノカナル」「シツカナル」の訓法のごとく時賢本の朱訓（日野家訓。「文選読み」か）に合う事例も見出される（「オト」も日野家訓か）。『太平記』もこの「上陽白髪人」の詩句を引用しているが、「皓々タル残ノ燈ノ壁ニ背タル影……粛々タル暁《キ》（暗《キ》か）雨ノ窓ヲ打ッ声」（神田本巻一「立后事」）とあって訓法が異なる。

（11）冨倉徳次郎氏『平家物語研究』第一章一（角川書店、昭和39・11）

（12）冨倉氏、前出書（第一章三）

（13）渥美かをる氏『平家物語の基礎的研究』上篇第二章第二節第二項（三省堂、昭和37・3）

（14）渥美氏、前出書。なお同書（中篇第三章第二節第一項）でも、『源平闘諍録』について「作者としては源光行説、成立年代はおよそ一二三〇頃と推定した。」「然しなお光行は（あるいは後人は）その後も増補並びに推敲をやめようとしなかった。折にふれ加筆したらしい。」と述べている。

(15) 山下宏明氏「源平闘諍録管見――其の成立基盤をめぐって――」（『国語と国文学』38―8、昭和36・8）

(16) 冨倉氏、前出書（第一章附「源平闘諍録について」）

(17) [補] 拙稿「平家物語と源光行の蒙求和歌」（『富山大学教育学部紀要』17、昭和44・3）。本書第一章第三節5参照

(18) 冨倉徳次郎氏『平家物語全注釈』上巻（角川書店、昭和41・5）。なお、渥美氏（前出書、中篇第四章）も「さてこの「行隆の沙汰」は、高野入道や吉田大納言ほど胸を張って書くべき事柄ではないから、従って行長の原平家には無かったか、極めて簡単に書かれていたであろうと考えられる。葉室時長が作った最初の増補本（現存せず）か、それに加筆した源光行作に擬せられる〔闘〕によって増補されたのではなかろうか。」と説いている。

(19) 渥美氏、前出書（中篇第四章）

(20) 山脇毅氏『源氏物語の文献学的研究』「三、源光行親行年譜」（創元社、昭和19・10）[補] 池田利夫氏「源光行の生涯とその文学」（『源氏物語を中心とした論攷』、笠間書院、昭和52・3）も長門本や『源平盛衰記』の記事に触れて、ここでの「河内守」という呼称は「後年の官職名を冠したに過ぎない」としている。また「十八歳の源民部大夫光行が、丈尺を取って輪田の松原を駆けめぐった」ことについては「測地の話を確かに信じてよいかどうか疑問は残るものの」と断っている。

(21) [補] 延慶本と四部合戦状本との先後に関連して、拙考に対する水原一氏の批判がある。「増田欣氏は四部本の簡素な梗概文が先出し、延慶本祖本等が原詩に当たりながら詳細に増補したと見ておられるが、四部本古態説に吸引された感がある。素直に読めば四部本は全く原詩に拠らず延慶本の形によって記している事は明らかである。」（「『四部合戦状本平家物語』批判――延慶本との対比をめぐって――」、塩田良平博士古稀記念論文集『日本文学論考』、昭和45・11、『平家物語の形成』所収、加藤中道館、昭和46・5）。また、佐伯真一氏「白氏文集と平家物語」（白居易研究講座四『日本における受容（散文篇）』、勉誠社、平成6・5）も「増田論文は当時有力な説であった四部本古態説によって、新楽府本文から離れた四部本を古態と考えたが、現在の研究水準から見直せば、新楽府本文に近い延慶本などを古態とすべきであろう。」と指摘している。

両氏の批判に従うべきである。
(22) 冨倉徳次郎氏「延慶本平家物語考」(『文学』3―2、昭和10・2、吉沢義則氏校註『応永書写延慶本平家物語』解題「久原文庫蔵応永書写平家物語」として再録、初版改造社、昭和10、再版白帝社、昭和36・7)

5 平家物語と源光行の蒙求和歌

一 はしがき

『平家物語』の特に増補系と呼ばれる諸本や『太平記』には、極めて多くの中国説話が挿入されている。それらの中国説話の素材となった故事の原拠を求めて溯れば、当然漢土の史書や小説類に到り着くことになろうけれども、そうした漢籍と『平家物語』や『太平記』の作者とを媒介したものが何であったかを知りたいと願う立場から言えば、わが国における中国説話の複雑に錯綜している伝承のあり方に対する顧慮が欠くべからざるものとなってくる。

併せて「三註」と称される『千字文註』・『胡曾詩註』・『蒙求註』などは初学者向きの啓蒙書であるが、この三書を纏めて『三註故事』と表題した刊本(内閣文庫に明刊本を蔵す)もあるように、その実体は正しく中国故事集であると言って過当ではない。より正統的な漢籍に接する前の幼童時代から、このような啓蒙書を通して中国故事の知識を吸収する機会を往時の知識人は持っていたのである。『和漢朗詠集』が平安後期や鎌倉・室町期の文学に大きな影響を与えたことは周知のとおりであるが、その朗詠詩句に注をほどこした『和漢朗詠集私注』(釈信阿、応保元年跋)なども、これまた中国故事集としても利用されるべき資格を十分に具えている。しかも、そこには『文選註』・『千字文註』・『蒙求註』・『百詠註』などに基づく注であることの明記された例が多く存している。明記されていない中にも同様の例が少なくないであろう。こうした書を通して獲得された中国故事の知識は、すでに原典とのあいだに二つ以上の媒体を介在させた間接的な受容でしかないということになろう。また、熟語や諺句の典拠を注した字書、例えば宋の睦庵の『祖庭事苑』（八巻）や源為憲の『世俗諺文』（三巻。上巻のみ現存）などの類も多く行われていたことが想像される。そして、これらの注釈書や字書からも摂取されたはずの中国故事が特に唱導を中心とする口語りを通して一般民衆のあいだにも広まって行ったにちがいないし、軍記物の作者自身もまたそのような故事や諺句の伝播に積極的な役割を果たしていたことを認めないわけにはいかない。

　鎌倉期や南北朝期ともなれば、ある作者がある中国故事を知りうる機会と経路は殆ど常に輻輳していたはずで、ただ一度の機会、ただ一筋の経路によってのみその知識を得ているなどと予想するのは、あまりにも不自然であろう。別稿(1)にも記したように、実際われわれに可能な作業は、作者がその故事についての知識をいかなる文献から得たかの探索ではなくて、作者がその故事を具体的に説述するに当たっていかなる文献なり伝承なりの作用を受けたかということの考察なのである。

　中世の作者たちの周辺には、中国故事を和文で説述した文献も存在していた。野村八良氏がその著『鎌倉時代文学新論』(2)の中で「翻訳文学」と呼んだ、『唐物語』・『蒙求和歌』・『唐鏡』の三作品がその代表的なものであるが、『今昔物語』（巻六〜十）の「震旦」部や『続古事談』（第六）の「漢朝」篇を始めとして『宝物集』・『十訓抄』などの説話集、『俊頼髄脳』や『清輔奥義抄』などの歌学書、『塵袋』などの字書、等々の文献にも和文で叙述された中国説話が多く載せられているのである。軍記物語の作者たちが自己の作品の中に挿入している中国説話を叙述するに当たって、こうした和文体の説話文献からも影響を受けているかもしれない。その可能性は決して少なくはないと思うのである。

　本稿では、『平家物語』の増補系三本（延慶本・長門本・『源平盛衰記』）と、『醍醐雑抄』に『平家物語』の成立に関与していると伝えられる源光行の『蒙求和歌』との関係について考察を進めたい。なお、光行の『百詠和歌』と『平家物語』との関係についても検討したのではあるが、その報告は他の機会に譲りたい。

二　『蒙求和歌』と『平家物語』

『蒙求』は、唐の李瀚が古人の言行を、例えば「ほたるのひかり、まどのゆき」の唱歌で有名な車胤と孫康の故事を「孫康映雪。車胤聚蛍」のようにそれぞれ一句四言に盛り込んで、すべて五百九十六句、平仄押韻を調えて詩の形に作り、さらに各句に注を施して、幼童がこれを諷誦するうちにおのずから歴史とその教訓とを学び取れるように作ったものであるが、唐王室の支裔に当たる饒州刺史の李良は、天宝五年（七四六）八月一日付の「薦二蒙求一表」の中で、「錯二綜経史一。随レ便訓釈。童子則固多二弘益一。老成亦頗覧起予」と述べて、幼童はもとより老成の者にとっても有益な書である旨を説いている。

源光行の『蒙求和歌』（十四巻）は、この李瀚の『蒙求』の全五百九十六句のうちから二百五十句（実際には二句一題のものもあり、続群書類従本では二百五十九句）を選んで表題とし、これをその内容・素材によって、春・夏・秋・冬・恋・祝・旅・閑居・懐旧・述懐・哀傷・管絃・酒・雑の十四部門に分類し、各表題に注釈を施し、和歌を詠み添えたものである。光行の自序によれば、元久元年（一二〇四）七月の成立である。ただし、初稿本と精撰本とがあって、殊に和歌の異同が多く、初稿本は表題数や歌数も少ないし、精撰本には付せられている真名・仮名の両自序のいずれをも初稿本は有していない。

『蒙求和歌』に見える光行の歌が根来本『平家物語』（いわゆる延慶本）に引用されていることを夙に指摘したのは野村八良氏[3]である。即ち、氏は、本書（注、『蒙求和歌』）の、確なる古書に引用せられたるは、根来本平家物語也。該書第二冊（第一末）第卅二段漢王ノ使蘇武ヲ胡国被遣一事の中に

李陵蘇武カ許ヘ五言ノ詩ヲ送レリ其詞云携《ヘテ》レ手ヲ上ル河梁《ニ》一遊子暮何之《クンカユク》二梟倶ニ北飛一梟独南ニ翔《カケル》余《ワレ》ヲ自ラ留《ル》二斯《コノ》館《ニ》二子今帰ル故郷是レ五言ノ詩ノ始也此心ヲヨメルニヤ

同シ江ニムレキル梟ノ哀ニモ返ル波路ヲ飛ヲクレヌル

とある「同シ江ニ」の歌は、本書第七旅部十首中の李陵初詩の歌に合ふものなり。（但し与叔本と旧本とは末句トヒオクレケルとあり。）又其の続きに雁書の故事を叙べて、

ヘタテコシ昔ノ秋ニアハマシヤコシチノ鴈ノシルヘナラスハ

ト源ノ光行カ詠セシモ理トソ覚ル

と作者迄も明記せる「ヘタテコシ」の歌は、本書第三秋部廿首中の蘇武持節鴈と題する歌に一致す。（与叔本と予の蔵本と）以て本書の世に行はれし証跡を見るべし。

と説いている。氏の指摘した上の二首の和歌の外にも、『蒙求和歌』に見える光行の、

カヘル鴈ヘダツル雲ノ名残マデオナジ跡ヲゾ思ヒツラネシ（第一、王粲覆棊。続類従本、私に濁点を付す。以下同）

の歌が延慶本『平家物語』（第一末「漢王使《ノ》蘇武《ニ》胡国《ヲ》被《ヘ》遣事」）に、また同じ光行の、

ツヒニカク春サヘ秋ニアヒニケリヨ、ニシヲレシヨハノ槿（第三、顔駟蹇剝）

の歌が延慶本（第二末「左少弁行隆事」）に引用されていること、さらに、延慶本（第一末）の李陵詠詩の説話の中に、

故郷ヲ隔テ只異類ヲノミ見ル事ノ悲キトテ、李陵蘇武カ許ヘ五言ノ詩ヲ送レリ。其詞云、携《ヘテ》レ手《ヲ》上《ル》二河梁《ニ》一、遊子暮何之《クンカユク》。（中略、前掲野村氏の文を参看）是レ五言ノ詩ノ始也。

とある叙述は他の伝本には見えない延慶本独自のものであって、しかもこれが『蒙求和歌』（第七、李陵初詩）の本文

に基づいて加筆されたものであること、等については旧稿で詳述したとおりである。(4) 旧稿は、『平家物語』の増補系諸本に見える新豊折臂翁説話と、その末尾に添えられた「一枝ヲヲラズハイカニサクラバナヤソヂアマリノ春ニアワマシ」の和歌が、現存しない光行の『新楽府和歌』から引用されたものではないかということを推論したものであるが、その仮説を検証する過程で、『蒙求和歌』と『平家物語』との関係についても特にその和歌を中心として少しく触れるところがあった。

その後、『保元物語』における中国故事を調査していて、もう一件、『蒙求和歌』と『平家物語』との交渉を示す事例を見出した。それは、(5)別稿に記したように、『源平盛衰記』（巻二十、「高綱賜姓名付紀信仮高祖名事」）に見える紀信説話が、漢の高祖の身代りとなって楚軍に捕われ項羽のために焼殺された紀信の事績だけを素材としているのではなく、同じく高祖の臣下で楚軍に捕われ、臣従の勧誘を斥けて逆に項羽に向って漢に降伏せよと罵り返し、ために烹殺された周苛の事績と融合している上に、臣従を勧める項羽に対して紀信が「忠臣は不《ず》レ仕《へ》二二主《じしゅに》一。男子《なんしは》不レ得《え》二諂言《てんげんを》一」と答えたということになっている点で、諸書に見える紀信説話とは大きく異なっていて、しかも『蒙求和歌』（第一、紀信詐帝）の記事とは合致しているという事実なのである。ただし、説話の前半部は甚だしく相異し、叙述の上での一致はただ紀信の返答である前記の警句だけなのであるが、とにもかくにも、この紀信説話は『平家物語』の諸本の中では『源平盛衰記』（以下、『盛衰記』と略称）にだけ載っているのであって、それが延慶本でなくて『盛衰記』であったことが、『蒙求和歌』の全般にわたって『平家物語』との交渉関係を詳察する必要性を感ぜしめたというわけである。

『蒙求和歌』に取り上げられている中国故事で、『平家物語』にも挿話として説述されているものは、次の十二例である。『蒙求和歌』は続群書類従本（同完成会版）によって、その表題・巻序（漢数字）・所在頁（洋数字）を、『平家物語』は増補系の延慶本（白帝社版）・長門本（国書刊行会版）・『盛衰記』（有朋堂文庫版）に限って、その諸本略符号（延・長・盛）と巻序・章段・所在頁を示す。ただし二本以上に共通して存在する場合には、諸本によって異なる章段の事書を一本で代表させることにする。

〔『蒙求和歌』〕			〔『平家物語』〕
(1)「蘇武持節」	三	88	延一末「漢王の使に蘇武を胡国へ被遣事」155・長四144・盛八245
(2)「李陵初詩」	七	108	延一末「漢王の使に蘇武を胡国へ被遣事」158・長四146・盛八248
(3)「劉阮天台」	九	114	延二本「少将判官入道入洛事」216・長六199
(4)「袁盎却座」	三	86	延五本「通盛北方に合初る事付同北方の身投給事」780・盛三八440
(5)「田単縦牛」	二	84	長十三「北国所々合戦事」450
(6)「漢祖龍顔」(朝観)	一	76	盛　三「朝覲行幸事」71
(7)「管仲随馬」	七	108	盛十四「三位入道入寺事」460
(8)「季札掛剣」	九	115	盛十五「季札剣事」505
(9)「紀信詐帝」	十一	122	盛二十「高綱賜姓名付紀信仮高祖名事」689
(10)「漢祖龍顔」(趙高)	一	75	盛二四「都返僉議事」780
(11)「毛宝白亀」	十四	144	盛二六「如無僧都烏帽子同母放亀付毛宝放亀事」38
(12)「買妻恥醮」(朱買臣)	五	101	盛三十「真盛被討付朱買臣錦袴並新豊県翁事」141

右に列挙した共通素材の中国説話十二例を、(A)延慶本に載せられているもの(1)〜(4)、(B)長門本にのみ載せられているもの(5)、(C)『盛衰記』にのみ載せられているもの(6)〜(12)、の三種に分け、以下それぞれについて『蒙求和歌』と『平家物語』との交渉関係の有無を考察して行きたいと思う。

三　延慶本『平家物語』と『蒙求和歌』

⑴の蘇武と⑵の李陵の故事を詠んだ光行の和歌が延慶本にのみ引用されていることはすでに触れた。⑴に関する「ヘダテコシ」の和歌（前掲）は、初稿本『蒙求和歌』では、

さても猶ふみかよふべききくも路かははつかりがねのたよりならでは（書陵部蔵松下見林本）

となっていて、延慶本は精撰本から取り入れたものであることがわかる。⑵の李陵の説話叙述の中には延慶本にのみ『蒙求和歌』の本文に基づく加筆の見出されることも前述したとおりであるが、同様の事象が⑴の蘇武説話に関しても指摘できる。即ち、延慶本に、

〔上略〕⒜さても生死無常の悲さは刹利をもきらはぬ山風に日の色薄くなりはてゝ思はぬ外の浮雲に①武帝隠れ給ぬ。龍楼竹苑後宮卿相侍臣雲客誰も思は深草の露より滋き涙にて、同煙の内にもともゆる思は切なれど、②昭帝位を受給て③蘇武を尋に遣す。④早失にきと偽り答ける間、⑤未だ有と計だに古里人に聞ればやとは思へども、秭田の畝に住む身なれば⑥甲斐なく、是にも合ざりけり。⑦杜羊(ママ)に乳を期して歳化(ママ)空く重て、⑧僅にいけるに似れども、⑨漢の節を失はず。

言ノ下ニハ暗ニ生《ヲコシ》下消《ケス》レ骨ヲ火ヲ上。咲ノ中ニハ偷ニ銚《トゲ》下刺《サス》レ人ヲ刀ヲ上。

いかにもして胡王単于(ママ)を滅して古京へ帰らむと思へども、力及ばず過しけり。⒝朝暮に見馴し鴈の⑩春(ママ)の空を迎て都の方へ飛行けるに、蘇武右の指をくひ切て其血を以て柏葉に一詞を書て、⑪鴈の足に結付て云けるは、一樹の影に宿り一河の流を渡、皆是先世の契りなり、何況や己は肩を並て年久し、争か此愁を訪はざらむとて鴈に是をことづけぬ。

と述べられている文章の、(A)の部分（「さても」以下「過しけり」まで）は長門本にはなく、(B)の部分（「朝暮に」以下終りまで）に当たる叙述も長門本では、

朝夕みなるゝ事なれば、鴈一、殊に近づきたりけるに、蘇武右の指をくひ切りて、そのちをもて、柏の葉に一筆書すさみて、鴈の翅に結びつけてことづてけり。

となっており、前掲の延慶本本文の圏点部に相当する簡略な記述にとどまっている。『盛衰記』の本文はいっそう変化を遂げているが、やはり(A)に当たる叙述がなく、(B)に相当する部分をあえて切り出せば、

秋の鴈《かり》の連《つら》を乱《みだ》らず飛《とび》けるに、蘇武天を仰《あふぎ》て歎《なげきて》云《く》、春は北来《にる》の翅《つばさ》、秋は南往《にゆく》の鳥なり、我《が》旧里をも飛過《とびすぐ》らん、心あらば言伝《ことづて》せんと云《ひ》ければ、天道哀《あはれ》とや覚《おぼ》しけん、一羽《は》のかりがね飛下《とびおり》、蘇武が前にぞ居《ゐ》たりける。武悦《よろこび》て指を食切《くひきり》て血《し》を出し、一紙の文を書《かき》つゝ鴈《かり》の翅《つばさ》に結附《ゆひつけ》たりければ、南を指《さし》てぞ飛《とび》行《き》ぬ。

という叙述がそれに当たる。さて、前掲の延慶本本文に傍線（①〜⑪）を附した部分は、このように長門本・『盛衰記』には見られない独自な叙述なのであるが、これを『蒙求和歌』の、

北海ノ辺《ホトリ》ニ出シテ羊《ヒツジ》ヲ飼《カ》ハスルニ、猶《ナホ》⑨漢ノ節ヲ失《ウシナ》ハズ。⑧僅《ワヅカ》ニ生《イ》ケルニ似《ニ》タリトイヘドモ、⑦牡羊ニ乳ヲ期シテ歳花空《ムナ》シク重《カサ》ナリニケリ。①武帝隠《カク》レ給《タマ》ヒテ、②昭帝ノ世ニナリテ、帝ノ使《ヒ》匈奴ノ国ニ至《イタ》リテ　③蘇武ヲ尋《タツ》ヌルニ、④早《ハヤ》ク死《シ》ニキト偽《イツハ》リ答《コタ》ヘケリ。⑤未《イマ》ダ在《ア》リト計《バカリ》ダニモ古里《フルサト》人ニ聞《キ》カレバヤト思〔モ脱カ〕　④甲斐《カヒ》ナシ。⑩秋《アキ》ノ空《ソラ》ヲ迎《ムカ》ヘテ、宮コノ方ヘ行《ユ》ク　⑪鴈ノ足《アシ》ニ文《フミ》ヲ結《ムス》ビ付《ツ》ケテケリ。鴈南ヲ指《サ》シテ飛《ト》ビ去《サ》リヌ。（続類従本。ただし適宜漢字を当て、原文の表記を振仮名として残す。以下同じ。）

と記されている本文（初稿本も精撰本も略同）と比較する時、延慶本が『蒙求和歌』に基づいて加筆修訂されていることを明らかに見取ることができる。

(3)の劉阮の話は、鬼海嶋の流人丹波少将成経と康頼判官入道が赦免にあって帰洛を許された記事に関連して引かれ

た説話で、劉晨・阮肇の二人が天台山に登って仙女と逢い、やがて帰って来た時には故郷は変わり果てていて、七世の孫に出会ったという内容のもの。延慶本の記述を掲げると、次のとおりである。

昔《シ》もろこしに漢の明帝の時、劉晨・阮肇と云し二人の者、永平十五年に薬を取むが為に二人ながら天台山へ登りけるが、帰らむとするに路を失て山の中に迷しに、谷河より盃の流出しを見付て、人の栖の近事を心得て、其の水上をたづねつゝ行事幾程を経ずして一の仙家に入れり。楼閣重畳として草木皆春の景気なり。然して後に帰らむ事を望しかば、仙人出て返へる道を教ふ。各《ノ》急ぎ山を出て己が里を顧みれば人も栖も悉くありしにもあらずなりにけり。浅猿く悲く覚て悉く行へを尋れば、我は昔《シ》山に入て失にし人の其の余波七世の孫也とぞ答ける。

この話の原拠は『幽明録』(『太平御覧』地部所引)・『続斉諧記』(『蒙求』・『和漢朗詠集私注』・『世俗諺文』等所引)で、相互に大差はないが、延慶本の記述は『続斉諧記』の方により近い。『蒙求和歌』は『続斉諧記』の叙述を和訳したもので、勿論『蒙求』を介したものであろう。ところが、同じく『続斉諧記』を引いている『蒙求』その他にも、劉阮が天台山に登った年次を「漢明帝永平十五年」と明記するものと、「漢明永平中」のごとく漠然と示すに過ぎないものとがある。年次明記のものには、『世俗諺文』・逸存叢書所収『古本蒙求』(以下、逸存古本と略称)・『和漢朗詠集私注』(以下、『朗詠私注』と略称)・『蒙求和歌』があり、年次不記のものには、国会図書館蔵朝鮮写本『新刊大字附釈文三註』(以下、朝鮮写本と略称)・内閣文庫蔵室町書写『附音増広古註蒙求』(以下、内閣本古註と略称)・亀田鵬斎校刊『旧註蒙求』(以下、亀田旧註と略称)・徐子光『補註蒙求』(以下、『補註蒙求』と称す)がある。延慶本『平家物語』は前掲のごとく「漢の明帝の時……永平十五年に」と明記されていて、前者の系列に属する。ただし長門本の書き出しは、「むかしもろこしに臣宗・憲朔とて二人のあきびとありき。天台山にのぼりけるが、帰らんずる道をわすれて」となっていて、時代も年代も記されていない。延慶本と長門本の異同はこの冒頭部分に著しく、以後の叙述には大差がない。延慶本の形が本来のものなのか、それとも時代年次は後補されたものかという点が問題になるが、一般に長門本における中国説話には誤謬が多く、特に細部の具体的事項の混乱に編者の蒙昧を暴露している事例が目立つのである。この冒頭部分においても主人公の姓名の過誤、当て推量の職業、採薬という入山の目的についての失念などを指摘することができる。この編者が時代年次だけを忘れずにいたらむしろ不思議である。さて、延慶本の形が本来のものだとすると、時代年次を明記している『世俗諺文』・逸存古本・『朗詠私注』・『蒙求和歌』等と『平家物語』との交渉関係が問われねばならない。『世俗諺文』は『続斉諧記』の記述を簡略化して引いており、延慶本も縮約されているが、両者の省略部分に相異があって、相互の関係は認められない。延慶本と長門本の共通祖本を旧延慶本と呼ぶならば、旧延慶本の作者にとってはおそらく逸存古本系統の『蒙求』・『朗詠私注』・『蒙求和歌』いずれをも参酌する機会がありえたろうと考えられるし、またこれ以外の文献を介して『続斉諧記』の記述に接することも可能であったにちがいない。肝要なのは、光行によって和らげられた『蒙求和歌』の叙述が作者の説述に作用を与えているか否かの検証である。そこで、『続斉諧記』と『蒙求和歌』の両本文を対照してみよう。ただし、かなりの長文なので、『平家物語』の叙述に関係のない部分は省略に従うこととする。また、『続斉諧記』は『朗詠私注』所引の本文によるが、紙面の煩雑を避けるため訓点は省略する。

朗詠私注	俗《（ママ）》斉諧記曰。漢明帝永平十五年。剡県有劉晨阮肇二人。共入天台山採薬。忽迷失路。粮食尽乏。〔十四字略〕下山得澗水飲之。〔十四字略〕次又有杯流出。水中有胡麻飯屑。二人謂。相去人不遠。因入升水。水深四尺計。得一里又度一山。出大渓。見二女子。〔三十字略〕因邀遇家。庁館服飾无不精花。〔百二十
蒙求和歌	漢明帝ノ時、剡県ニ劉晨・阮肇ト云フ二人《フタリ》ノ人有《ア》リ。永平十五年ニ共《トモ》ニ薬《クスリ》ヲ採《ト》ラムトテ天台山ニ入《イ》リケリ。道《ミチ》ヲ踏違《フミタガ》ヘテ、糧尽《カテツ》キニケリ。〔中略〕谷ニ下《クダ》リテ、手洗《アラ》ヒ口漱《スス》グ所ニ、〔中略〕又一《ヒト》ツノ杯《サカツキ》ニ胡麻《ゴマ》ノ飯《イヒ》ノ砕《クダ》ケ附《ツ》キタル、流《ナガ》レ行《ユ》クヲ見《ミ》ルニ、人里遠《ザトトホ》カラズト心得《エ》テ、水ヲ渡《ワタ》リテ一里ヲ過《ス》ギテ、一ノ山ヲ越《コ》エテ大《オホ》キナル渓《タニ》ヲ渡《ワタ》リテ見《ミ》レバ、二人ノ仙女アリ。〔中略〕歓《ヨロコ》ビテ随テ行《ユ》ク

五字略）天気和適如二三月中。百鳥哀鳴能不悲思。求去甚切。喚諸女作琴哥。共(云カ)劉阮去従東洞口。不遠至大道。随其言。果得還家。都無相識。郷里恠異。乃験七世子孫。伝聞。上世祖翁入山去。不知所在。今乃是。既無親属。栖宿許所。欲還女家。尋山路不得至。大康八年失二公。

（巻五、仙家。後江相公大江朝綱の「賦落花乱舞衣」詩序の句、「謬入仙家。雖為半日之客。恐帰旧里。纔逢七世之孫」の注。本文は内閣文庫蔵本による。）

程《ホド》ニ、黄金珠玉ヲ飾《カザ》レル館ノ内ニ入ヌ。（中略）天気和暖ナルコト二三月中ノ如《ゴト》シ。百鳥語《カタ》ラヒ鳴《ナ》キテ万木盛《サカ》リニ花咲《サ》ケリ。故郷《フルサト》ヲ恋《コ》フル涙、此《コ》ノ時ニシテ彌切ナリ。既《スデ》ニ還《カヘ》ル朝《アシタ》ニ臨《ノゾ》ミテ、諸《モロ》〱ノ仙女集《アツマ》リテ、絃歌ノ曲ヲツクシテ、二人ヲ送《オク》ル。名残《ナゴリ》互《カタミ》ニ為《セ》ム方ナク覚《オボ》エケリ。東ノ洞口ヨリ還《カヘ》レト教《ヲシ》ヘテ、泣《ナ》ク泣《ナ》ク別《ワカ》レ去《サ》リヌ。サテ故郷《フルサト》ニ還《カヘ》リテ至《イタ》リヌ。僅《ハツカ》ニ半年ト思ヒシニ、昔ノ家跡形《アトカタ》モ無《ク》、相識《アヒシ》レル人モ無《ナ》シ。里《サト》人此《コレ》ヲ恠《アヤ》シベリ。七世ノ孫ノ曰《イハ》ク、伝《ツタ》ヘ聞《キ》ク、上世ノ祖翁山ニ入テ後《ノチ》、行方《ユキガタ》ヲ知《シ》ラズナリニケリト言《イ》ヒ伝《ツタ》ヘツル事《コト》アリ。若《モ》シ其《ソ》ノ人カト云リ。宿《ヤド》ラムトスルニ所ナク、還《カヘ》ラムトスルニ道《ミチ》ナシ。時ニ大康八年ナリ。

右に掲げた両書の本文の特に相異する箇所を、『平家物語』の叙述との関連において捉えると、次の四項が浮かんでくる。

①　『朗詠私注』「漢明帝永平十五年。剡県有劉晨阮肇二人。」
『蒙求和歌』「漢明帝ノ時、剡県ニ劉晨阮肇ト云フ二人ノ人有リ。永平十五年ニ……。」
『平家物語』「漢の明帝の時、劉晨阮肇と云し二人の者、永平十五年に……。」

②　『朗詠私注』「共入天台山採薬。」
『蒙求和歌』「共ニ薬ヲ採ラムトテ天台山ニ入リケリ。」
『平家物語』「薬を取むが為に二人ながら天台山へ登りけるが、」

③　『朗詠私注』「忽迷失路」
『蒙求和歌』「道ヲ踏違ヘテ」

『平家物語』「路を失て山の中に迷しに、」

④

『朗詠私注』「都無相識」

『蒙求和歌』「昔ノ家跡形モ無ク、相識レル人モ無シ。」

『平家物語』「人も栖も悉くありしにもあらずなりにけり。」

右の四項に着目して『平家物語』の本文を見ると、『平家物語』は、①と②では『蒙求和歌』に近く、③では逆に『朗詠私注』(『続斉諧記』)に近いことを示している。④は『蒙求和歌』により近いと言える程度である。ところが、この「ありしにもあらずなりにけり」という表現は、光行がこの説話に読み添えた歌、

故郷ハアリシニモアラズ来《キ》シ方ニ又帰ルベキ道ハ忘《ワス》レヌ。(精撰本による。初稿本は全く別な歌。)

の歌詞と共通しているのである。以上の点を総合すると、旧延慶本の作者は、この説話を叙述するに際して『蒙求和歌』を参酌したと判断してよかろうということになる。反証となる③の項に関しては、受容経路の輻輳という考えを導入することもできよう。しかし、「ありしにもあらずなりにけり」という表現が、『蒙求和歌』の中に、

○顔《カホ》ノ色 衰《オトロ》ヘ、頭《カシラ》白《シロ》クナリテ、アリシニモアラズゾナリニケル。(第三「蘇武持節」)

○言《イ》フバカリナク瘠《ヤ》セ衰《オトロ》ヘテ、アリシニモアラズナリニケリ。(第五「買妻恥醮」)

のように他にも見出されて、光行自身の筆ぐせを予想させるとなると、問題はいっそう興味深くなって来る。が、このことについては後で触れることにしよう。[6]

延慶本に見える他の一例、(4)の「袁盎却座」の説話を検討してみよう。この話は、平通盛と小宰相との恋愛譚に関連して挿入されているのであるが、原話は『史記』の「袁盎伝」にある。『史記』または『漢書』(「袁盎伝」)の記述を簡約化している『蒙求』と、『蒙求和歌』・延慶本『平家物語』のそれぞれの本文を対照させてみよう。『蒙求』の本文は、左大史小槻敬義朝臣家本の転写本である書陵部蔵寛政六年法眼謙宜書写本(上巻のみ現存。以下、謙宜本と略

称）に拠る。ただし訓点は省略する。

蒙　求	蒙　求　和　歌	延慶本平家物語
漢書。袁盎。字子糸。従文帝幸上林。（見ィ）慎夫人与帝共座。盎曰。帝已立后。夫人乃妾耳。王豈同座哉。慎夫人怒。帝亦怒。盎曰。独不見人彘乎。慎夫人乃悟。上廼説。賜盎金五十斤。	漢ノ文帝ノ上林ノ御幸《ミユキ》ニ、慎夫人云《トイ》ヘル女御傍《カタハラ》ニ有リ。袁盎立寄《タチヨ》リテ夫人ノ座ヲ却《シリゾ》ケケリ。公《オホヤケ》御気《ケ》色《シキ》変《カハ》リ、夫人怒《イカ》レル色アリ。盎袁ガ云ク、公《オホヤケ》ハ后《キサキ》アリ、夫人ハ妾ナリ、妾ハ公《オホヤケ》ト床《ユカ》ヲ一《ヒトツ》ニスル事ナシ、昔ノ人彘《テイ》ガ例《タメシ》ヲ思ヒ知《シ》レト云ケリ。〔夫人此事を悟て返て悦びあり。〕公《オホヤケ》袁盎〔が〕賢《カシコ》キ心ヲ褒《ホ》メテ、金五十斤ヲ賜《タマハ》セケリ。（以下、戚夫人の人彘の説話に続く。〔　〕内は初稿本〔松下見林本〕によって補う。）	漢武帝上林苑に御幸あり。慎夫人と云る女御傍にをわす。舜（袁）盎よて夫人の座をしりぞけゝり。公の御気色かわり、夫人いかれる色あり。舜（袁）盎が云く、公は后をはします、夫人妾なり、妾は君と床を一にする事なし、昔の人彘《じんてい》がためしを思知給へと云ければ、夫人此事を覚り得給て還て喜。舜（袁）盎が賢き心を悦給て、金三十斤を給けるとかや。

延慶本は「文帝」を「武帝」に、「袁盎」を「舜盎」に、「金五十斤」を「金三十斤」に誤ってはいるが、この三点を除けば殆ど完全に『蒙求和歌』の本文と合致していて、両者の直接的な交渉関係は疑う余地がない。『平家物語』の諸本のうちでこの説話を載せているのは、延慶本と『盛衰記』とだけである。『盛衰記』は、延慶本に見られる前記三点の誤謬を冒かしてはいないが、明らかに延慶本の本文に基づきつつ、これを改修している。加筆の最も多いのは、

袁盎《ゑんおう》畏《かしこま》って申《す》。公《こう》に后《きさき》御座《おはします》、又妾御座《せふおはします》、妾《せふ》は座《ざ》を不《ず》レ並《ならべ》とも、后《きさき》は席《せき》を一にす、夫人《ふじん》は妾《せふ》にして后《きさき》に非ず、何ぞ公《きみ》と床《ゆか》を一にせん、昔の人彘《じんし》がためしを思知給《おもひしりたま》へと云ければ、

という袁盎の諫言の部分であるが、傍線部の表現を補って三段論法の形式を整え、いかにも論理的に見える行文に改

めてはいるものの、いささか改悪の感じがしないでもない。また、説話のあとにも「迎《むかへ》たるを云《ふ》レ妻《さいと》、走れるを云《いふ》レ妾《せふと》本文あり」（『礼記』の内則篇に「聘則為妻。奔則為妾」とあるのに基づく）と付け加えている。こうした補筆修訂の仕方に『盛衰記』の編者の好尚が窺われるのである。ともあれ、この説話に関する限り、『盛衰記』と『蒙求和歌』との関係は、延慶本を介しての間接的なものであると考えねばなるまい。

なお、『蒙求和歌』の上掲本文中の「袁盎立寄《タチヨ》リテ夫人ノ座ヲ却《シリゾ》ケケリ」は、『史記』の「袁盎引郤慎夫人坐」当たるものであるが、謙宜本・朝鮮写本・亀田旧註・逸存古本などの『蒙求』にはこれがない。これは単なる脱落ではなく、『史記』と謙宜本その他の『蒙求』とでは説話の構成が異なっているのである。即ち、『史記』では帝・慎夫人の怒りを中に挟んで、夫人の座を引き却けた袁盎の行為と諫言とが振り分けられているのであるが、謙宜本等では袁盎の行為が省かれている代わりにその諫言を分割して、これを帝・夫人の怒りの前後に振り分けているのである。構成の上から見ると『蒙求和歌』は『史記』・『漢書』・『補註蒙求』と一致している。ただし、『史記』の、

上幸二上林一。皇后・慎夫人従。其在二禁中一。常同レ席坐。及レ坐郎署長布レ席。袁盎引二郤慎夫人坐一。慎夫人怒不レ肯レ坐。上亦怒起入二禁中一。盎因前説曰。臣聞尊卑有序。則上下和。今陛下既已立レ后。慎夫人乃妾。妾主豈可二与同レ座。（下略）（『漢書』・『補註蒙求』には傍線部がなく、「乃」を「廼」に作る。『補註蒙求』には更に「長布席」の三字がない。また「与」を『漢書』は「以」に作り、『補註蒙求』は欠く。）

とある本文と比較すると、叙述面ではむしろ『蒙求和歌』は謙宜本等の『蒙求』と類似しているとせねばならない。

四　長門本『平家物語』と『蒙求和歌』

長門本『平家物語』には『蒙求和歌』と素材を共通する中国説話が四話載せられている。前に検討したように、(1)

の蘇武説話と(2)の李陵説話においては長門本と『蒙求和歌』との交渉を認めることができず、(3)の劉阮説話の場合は、旧延慶本（延慶本と長門本の共通祖本）においてすでに挿入されていたものが、頽形しつつも長門本に伝承されたと推定しうるものであった。

残る一例は(5)の田単説話である。これは長門本にしか載せられていないところから推して、長門本が旧延慶本から分立した後に増補されたものであろうと考えられる。この説話は、北陸で兵を挙げた木曾義仲を討つために平家の軍勢が下向した際、加賀国の住人富樫太郎宗親・林六郎光明が城に立て籠もって防戦したので、平家の侍大将越中前司盛俊・飛驒判官景高がこれを攻略し、木曾方から平家に返り忠をした斎明威儀師の謀によって、野に放されている牛を集めて、その角に火をともした松明を結びつけて城に追い上げ、遂にこれを攻め落したという長門本独自の合戦記事のあとに、それと同類の中国故事として田単火牛の話を付け加えたものである。実際には主客を置き換えて、田単火牛の話に基づいて創作された合戦譚であると考えるべきであろう(7)。

田単説話の原拠は『史記』（「田単伝」）であるが、まず『蒙求和歌』と長門本『平家物語』の各本文を対照させてみよう。

蒙求和歌	長門本平家物語
田単城ヲ守《マモ》リテ燕ノ軍《イクサ》ヲ拒《フセ》グニ、牛千頭ヲ取テ、赤《アカ》キ縑《カドリ》ニ五色ニ画《ヱ》〔を〕・カキテ着《キ》セテ、角《ツノ》ニ脂《アブラ》ヲ灌《ソソ》ゲリ。其《ソ》ノ上《ウヘ》ニ兵刄ツクリ〔を付たり〕テ、尾ニ葦ヲ束《ツカ》ネテ、其《ソ》ノ先《サキ》ニ火ヲ付《ツ》ケテ、夜牛ヲ縦《ハナ》チテ、壮士五千人ヲ後《シリ》ニ立《タ》テ追《オ》ハシムルニ、千頭ノ牛火ノ熱《アツ》クナルニ随《シタガ》ヒテ、猛《タケ》リ怒《イカ》リテ燕ノ軍《イクサ》ノ中ニ奔《ハシ》リ乱《ミダ》レテ入《イ》ル	昔、斉・燕両国の軍有けるに、田単と云者、斉の将軍にて有けるが、燕国より斉を討たんとするに、田単五十余頭の牛を設けて、赤衣をきせて龍の文を書き、剣を牛の角に結付て、葦を束ねて尾に結付て、油を灌ぎて火を付て、城の内より燕の軍の中へ追入つゝ、早走の剛の者五千人、牛のあとに付きて追ふ。牛の尾の火もえ上りければ、燕の兵是を見るに、龍文にて物怖しげなる牛共が、尾の火の

ニ、兵《ツハモノ》シカシナガラ騒《サハ》ギ迷《マド》フ。龍《（タツ）》カトノミゾ見《ミ》エケル。牛ノ当《アタ》ル所《トコロ》死傷セズト云事ナシ。田単ニ賞ヲ行《オコナ》ハレテ平侯君トス。（〔　〕内は松下見林本）

あつさにたへずして、軍の中に走りさわぐほどに、当る人は皆角の剣に切突れて死にけり。城中には鼓を打、鐘をうち、おめきのゝしる声大地を響かしけり。燕の兵大に敗れて、斉国かちにける。

右の両本文間には共通する要素もあれば、かなり相異する部分もある。もともと同一の故事をそれぞれに説述しているのであるから、その骨組みの共通するのは当然であって、両者を比較しただけでは交渉関係の有無を判定することはできない。一体、類似する二つの叙述のあいだの交渉関係は、よりいっそう類似した第三の叙述の出現によって否定され、それが発見されない時にその蓋然性が認定されるという性質のものである。他の文献との関わり具合から、『蒙求和歌』と長門本との関係を探ってみよう。『蒙求和歌』の叙述に最も近いのは謙宜本で、それには次のように記述されている。

志後語曰。史記。田単田常之疎属。守城拒燕軍。乃夜取牛千頭。衣以絳繒。画五綵龍文。束兵刃於其角。灌脂束葦於其尾。焼其端。鑿城数十穴。夜縦牛。令壮士随其後。牛尾熱。怒而奔燕軍。々々視之。皆龍文也。所触皆死傷。遂復斉七十城。迎襄王莒而立之。封単為女平侯。

右の本文の「守城拒燕軍」以下の記述は『蒙求和歌』と殆ど一致する。謙宜本に「壮士」・「女《（安カ）》平侯」とあるのが『蒙求和歌』にそれぞれ「壮士五千人」・「平侯君」（ただし、松下見林本には「平侯」の傍に「安平」の朱筆書入がある）となっている点を除けば、両者の交渉関係にはいささかの疑点も残らないのである。内閣本古註・亀田旧註・逸存古本等の『蒙求』では上掲謙宜本本文の「衣以絳繒」以下「所触皆死傷」まではさしたる異同もない（ただし、「壮士五千人」とあり、「怒而奔燕軍」の次が「燕軍大驚。視之皆龍文」となっている）。が、発端と末尾に次のような相異が見られる。

史記。田単為臨淄掾。燕使楽毅伐斉。尽降斉城。単得脱。東保即墨。燕攻之。単乃収城中。得千余牛。為絳繒衣。

（中略）所触皆死。五千人因銜枚撃之。燕軍大敗。復斉七十城。（本文は逸存古本）

しかし、この二つの『蒙求』間の相異は、『蒙求和歌』と長門本の間隙を埋めるのにさほど役立たない。『蒙求和歌』にない長門本の「燕の兵大に敗れて」に当たる「燕軍大敗」の句が見出せることと、『蒙求和歌』の「田単ニ賞行ハレテ平侯君トス」に当たる句を長門本とともに欠いているという消極的な共通点とを挙げうる程度にとどまる。

長門本の冒頭部分は、逸存古本等の記述を要約して作ることも、また『蒙求和歌』の説話内容に基づいて補うこともできよう。しかし、末尾に近く「城中には鼓を打、鐘をうち、おめきのゝしる声天地を響かしてけり」とある表現は、『蒙求和歌』にはそれに当たる叙述がなく、逸存古本等の「五千人因銜枚撃之」とはむしろ逆な戦いぶりなのである。因に「枚《ばい》ヲ銜《ふく》ム」というのは、箸状の木片を横に銜え紐を付けてうなじで結び止めて、音声の出ないようにすることである。長門本のこの表現は『史記』の本文に「而城中鼓譟従之。老弱皆撃銅器為声。声動天地。燕軍大駭敗走」（『補註蒙求』には「而」「走」の二字を欠く）に当たるものであるから、長門本のこの説話はこの表現を含まない古註系の『蒙求』や『蒙求和歌』から摂取されたものではあるまいと考えられる。中でも謙宜本・『蒙求和歌』とは最も縁が薄いと認めざるをえない。

こうしてみると、『蒙求和歌』と長門本に共通する中国故事四件のうち、(1)の蘇武説話、(2)の李陵説話、(5)の田単説話の三話は両者の交渉関係が認められず、(3)の劉阮説話も旧延慶本を介しての間接的な関係にとどまっていて、結局、長門本『平家物語』と『蒙求和歌』との直接交渉は全くないと判定せざるを得ない。

五　『源平盛衰記』と『蒙求和歌』

先に列挙した『蒙求和歌』と『平家物語』とが素材を共通する中国説話十二件のうち、『盛衰記』に載せられているのは十話であり、うち七話が『盛衰記』にのみ見られるものである。他の伝本にも見える三話については、すでに考察したように、(1)の蘇武説話と(2)の李陵説話では交渉関係が認められず、(3)の袁盎説話は延慶本系統の本文を介しての間接的な関係をしか持っていない。また、『盛衰記』にのみ記載されている他の七話のうち、(9)の紀信説話に関しては前述のように『蒙求和歌』との関係が認められるように思う。

残る六話のうちで、交渉関係の有無の判じがたいのは(11)の毛宝の説話である。『蒙求和歌』では「毛宝白亀」の注として、次のように(A)(B)二つの説を挙げている。

(A)毛宝ハ江ノ辺《ホトリ》ニテ、漁人ノ白亀釣《ツ》リタルヲ見テ、憐《アハレ》ミテマナヒテ(アカ敷)、江ニ放《ハナ》チテ、後《ノチ》ニ石虎将軍ト争《アラソ》ヒ闘《タタカ》フニ、敗《マ》ケテ江ニ落入《オチイ》リヌ。(物ヲ踏《フ》ム心地《ココチ》シテ、岸ニ至《イタ》リテ助《タスカ》リヌ)。奇《アヤ》シト思テ見《ミ》レバ、昔放《ムカシハナ》チシ亀《カヘ》ナリケリ。甲《コフ》ノ長《ナガ》サ四尺計《バカリ》ナリトイヘリ。(B)晋書ニ曰《イハ》ク、毛宝市《イチ》ニ出《イ》デタルニ、白亀ノ四五尺計《バカリ》有《ア》ルヲ売《ウ》ル者《モノ》アリ。毛宝此《コレ》ヲ買取《カヒト》リテ、扶《タス》ケ養《ヤシナ》ヒテ、大《オホキ》ニ成《ナ》シテ江ニ放《ハナ》チテ、其後《ソノ》邾城ノ軍《イクサ》ニ落《オ》チテ、毛宝ガ兵《ツハモノ》六十(ママ)人江ニ溺《オボ》レテ死《シ》ヌ。毛宝甲《ヨロヒ》ヲ着《キ》、刀《カタナ》ヲ抜《ヌ》キテ江ニ落入《オチイ》リヌ。大《オホキ》ナル石《イシ》ニ居《ヰ》タル心地《ココチ》シテ、東《ヒガシ》ノ岸《キシ》ニ至《イタ》リ着《ツ》キテ助《タスカ》リヌ。奇《アヤ》シト思《オモ》ヒテ見《ミ》ルニ、昔放《ムカシハナ》チシ亀《カメ》ノ五六尺計《バカリ》ニナリテ、毛宝ヲ扶《タス》ケケルト云ヘリ。

松下見林本(初稿本)では(A)説は他の章段と同様に平仮名交り文であるが、「晋書ニ曰ク」以下の(B)説は片仮名交り文で、しかも改行して(A)説よりも一字分程度下げて記されている。つまり、二説を併記したというよりも、(B)説は異説として注記されたものという印象を受けるのである。(B)説は「晋書ニ曰ク」として引かれているが、『晉書』の「毛宝伝」によれば、毛宝は石虎将軍(石季龍)に邾城を攻め落され、江に赴いて兵六千人とともに溺死している。亀の話は毛宝の伝の末尾に付け加えられていて、亀を助けてその報恩によって水死をまぬがれたのは毛宝の部下の一軍人であったことになっている。従って、『蒙求和歌』は『晉書』の記述を不用意に誤読したか、それとも「毛宝白亀」の標題に適うように意識的に変改したかのいずれかということになろう。

『幽明録』（『太平広記』所引）・『捜神後記』・『補註蒙求』などは『晉書』の記事と同様に部下の一軍人の話とするが、古註系統の『蒙求』はすべて出典を『捜神記』と記していて、『蒙求和歌』の(A)説にほぼ合致する。謙宜本の本文を示すと、

捜神記。毛宝行於江。見漁人釣得一白亀。宝憐(ナシ)贖放江中。宝十余年。守鎮邾城。与石虎将軍交戦。・敗(戦)投江。脚如(ナシ)踏(一)着・物(ナシ)。漸浮(ナシ)至岸。宝視之。乃昔所放者白亀。・・・・(漸得至岸)(ナシ)甲長四尺。亀至中流猶(ナシ)反顧宝。（傍書は朝鮮写本）

のごとくである。内閣本古註・亀田旧註・逸存古本の各『蒙求』は、上の本文の「与石虎将軍交戦。・敗(戦)投江」に当たる叙述が「石虎遣二万騎攻之。城陥。宝突囲出。赴江」となっており、また「甲(ナシ)長四尺」が「長五六尺」となっていて、これらの点は『晉書』の記述に即応している。『蒙求和歌』の当該部分は「後ニ石虎将軍ト諍闘《アラソヒタタカ》フニ、敗ケテ江ニ落入リヌ」および「甲ノ長サ四尺計ナリ」と記されているので、謙宜本・朝鮮写本と同系統に属することは明らかであり、さらに、「物ヲ踏ム心地シテ、岸ニ至リテ助リヌ」と述べられているから、「漸浮(得)至岸」の句が「乃昔所放者白亀」に下接している朝鮮写本よりも、「脚如踏着物」の句に直接している謙宜本にいっそう近いものであることがわかる。とはいっても、謙宜本と『蒙求和歌』とのあいだには、

(ア)謙宜本の「行於江」が『蒙求和歌』では「江ノ辺《ホトリ》ニテ」となっている。
(イ)謙宜本の「宝十余年。守鎮邾城」にあたる語句が『蒙求和歌』にはない。
(ウ)謙宜本の「亀至中流。猶反顧宝」にあたる語句が『蒙求和歌』にはない。

という三点の相異がある。後の二点は『蒙求和歌』がこれを削除したものと考えることもでき、(ア)の相異点も大して気にするには及ぶまい。ところが、この三点においても一致する文献が存在しているとなると、問題は別である。『蒙求和歌』よりも半世紀近く早い成立である『朗詠私注』（巻六、白「毛宝亀帰寒浪底」の注）所引の毛宝説話がそれで、それは、

捜神記云ニク。毛宝行ク二於江ノ上リニ一、見テ三漁人釣二得ルヲ一ツ白亀ヲ一。宝憐テレ之ヲ。贖而放ツ二江中一。宝后《ホウ》与ニ二石虎将軍一交テレ戦ヲ而敗ル。渡ルニレ江ヲ脚如シ二踏着ルカレ物。漸ク浮テ至ルニレ岸。宝視レハレ之ヲ。乃昔シ所シノレ放亀也。甲ノ長サ四尺。（内閣文庫蔵本。「江上」を「江ノ上《ホトリ》」と訓んでいる。）

という叙述を持っている。この本文では前記三点の外に「宝后与二石虎将軍一交レ戦」の「后《（のち）》ニ」という語も『蒙求和歌』と共通している。ただし「敗而渡江」と「敗ケテ江ニ落入リヌ」との相異とある。謙宜本は「敗投江」であるから、おそらく「渡」は「投」の草体を見誤ったものであろう。『朗詠私注』と『蒙求和歌』とは、同一かもしくは極めて親近な関係にある『蒙求注』に拠っていると考えられる。

さて、諸文献に見える毛宝説話をこのように整理した上で、『盛衰記』所載の毛宝説話を検討してみよう。次のごとく記述されている。

昔斉国《むかしせいのくに》に毛宝《ぼうはう》と云者在《いふものあり》き。江《え》の辺《ほとり》を通《とほり》けり。漁父《ぎよふ》亀を捕《とつ》て殺《ころ》さんとす。甲《かふ》の長《なが》さ四尺、毛宝是《これ》を憐《あはれん》で、買《かひ》取《とつ》て江《かう》に放《はな》つ。後に石虎将軍《せきこしやうぐん》と云者《ふ》と戦《たたかひ》けるが、江の耳《はた》まで被《られ》二責附《せめつけ》一て、毛宝難《がたく》レ遁《のがれ》、敵にとられて恥《はぢ》を見んよりは、不《じ》レ如《しか》江《え》の中《なか》に入水《いりみず》にしづんで死《し》なんにはと思ひて即入《すなはちいり》にけり。水の底《そこ》に是を戴《いただき》て我を助《たすく》る者あり。向《むかひ》の岸《きし》に至《いたり》て江《え》の中を顧《かへりみ》れば、大《おほき》なる亀《かめ》也。亀水《みづ》の上に浮《うかび》て腹を顕《あらは》にせり。是を見れば、毛宝が放《はな》せし亀也と云銘文《いふめいもん》ありて、其後水に入《いり》にけり。毛宝亀《ぼうはうかめ》に被《られ》レ助《たすけ》て石虎将軍が難《なん》を免《まぬか》れたり。

右の叙述の中には、傍線部のごとき新たに付加された要素がある。特に毛宝が江に入ったのは虜囚の恥を見るよりは武人らしく自決を選ぼうとしたのであると解説するところや、毛宝を救った亀が昔の亀であることをどうして知りえたかというような素朴な疑問の余地さえも残すまいとして亀の腹の銘文を持ち出す辺りに、いかにも『盛衰記』の編者らしい合理化の跡が見られるのであるが、そうした付加的要素を除くと、『盛衰記』の話は他のいずれの文献よりも『朗詠私注』や『蒙求和歌』の叙述に近いものであることがわかる。『盛衰記』が「江《え》の辺《ほとり》を通《とほり》けり」および「毛宝是《これ》を憐《あはれん》で」と記している点で、「江《エ》ノ辺《ホトリ》ニテ」および「憐《アハレ》ミテ」とある『蒙求和歌』よりも、「江ノ上リニ行ク」および「宝之ヲ憐テ」（訓読は内閣文庫蔵本による）とある『朗詠私注』にいっそう密着しているということや、『蒙求和歌』には「晉書ニ曰ク」として引いた(B)説も載せられているのであるから『蒙求和歌』に拠ったのならば「斉国《せいのくに》に毛宝《ぼうはう》と云者在《いふものあり》き」というような誤謬は冒さなかったであろうといった点を挙げることもでき、『盛衰記』と『蒙求和歌』との直接交渉の可能性を減少させるのに役立ってはいるけれども、それを全く否定し去るだけの決定的な根拠とはなりえない(8)。

他の五話のうち、(6)の高祖朝観の話と(7)の趙高の話は、原拠をそれぞれ『史記』の「高祖本紀」と「秦始皇本紀」に持つものであるが、もともと『蒙求』にはなく、『蒙求和歌』が「漢祖龍顔」の表題下に高祖の一代記を略述し、その中に取り入れたもので、それだけに『盛衰記』所載の話よりも叙述が簡略であって、両者の交渉は認めがたい。また、(12)の朱買臣の話の原拠は『漢書』の「朱買臣伝」であるが、『蒙求』・『唐物語』・『蒙求和歌』では、朱買臣の貧乏に堪えかねてその許を去った妻がやがて零落した後、朱買臣が会稽大守に出世し、武帝に「富貴不レ帰二故郷一如二衣レ錦夜行一」と言われて故郷に錦を飾ったのに出会って官舎に召され、恥かしさの余りに絶え入ったという話であり、『盛衰記』のは「住馴《すみなれ》し会稽《くわいけい》の故郷《こきやう》へ下りしに、錦袴《にしきのはかま》を著《き》たりけり」という点に中心が置かれていて妻のことには触れず、両者の主題が異なっている上に、叙述面でも格別に共通するところがない。

他の二話も『蒙求和歌』との交渉関係は認めがたいのであるが、ただ『盛衰記』は亀田旧註系統の『蒙求』の影響を受けているのではないかと思われる節があるので、それについて触れてみよう。

(7)の管仲の話は、原話は『韓非子』（説林上）に見えるものであるが、『盛衰記』では、

昔斉《せいの》桓公《くわんこう》の孤竹国《こちくのくに》を伐《うち》けるに、春往《ゆき》て冬還《かへる》。深雪《しんせつ》道を埋《うづみ》て帰《る》事をえざりけり。管仲計《くわんちうはから》ひ申《し》けるは、老馬《らうば》の智を用《ふ》べしとて、老《おい》たる馬を雪の中に放《はなし》つゝ、馬に随行《ひき》ければ、斉国《せいのくに》にも還《かへり》にけり。

と述べられている。上の文中の傍線部にあたるところが諸文献では、

(ア)春往冬反。迷惑失道。(『韓非子』。『補註蒙求』は「反」を「返」に作る。)

(イ)春行冬還。迷失道。(亀田旧註蒙求)

(ウ)山行値雪。迷失路。(『世俗諺文』。「韓子曰」とある。)

(エ)于時大雪。人皆失路。(『奥義抄』。「裏書云。韓子曰……見蒙求」とある。)

(オ)大雪迷而失路。(『朗詠私注』巻六、将軍「雪中放馬朝尋跡」の注。「韓子曰」とある。「大ニ雪フッテ……」と訓読。)

(カ)大《オホキ》ニ雪フリテ路《ミチ》ニ迷《マド》ヒケリ。(『蒙求和歌』)

(キ)迷失道。(内閣本古註・朝鮮写本・逸存古本の各『蒙求』。)

などの形が見られる。『蒙求和歌』は『奥儀抄』や『朗詠私注』と同形(謙宜本『蒙求』は欠巻)であるし、『盛衰記』はそれとは異なる『韓非子』・『補註蒙求』・亀田旧註と同形であるから、両者に交渉関係は認められそうにない。『盛衰記』と同形の三書のうち、『韓非子』と『補註蒙求』ではその発端が「管仲・隰朋従於桓公而伐孤竹」とあって、管仲随馬の故事とともに、桓公主従が山中で水が無くて困窮した時に隰朋の才学に依って池を掘って渇をまぬがれたという話が並べられている。その点、管仲随馬の説話だけが切り取られている亀田旧註が『盛衰記』に最も近い形を具えているということになる。ただし、これらの三書のいずれからも、『盛衰記』の「深雪《しんせつ》道を埋《うづみ》て帰《る》事をえざりけり」や「老《おい》たる馬を雪の中に放《はな》しつゝ」という表現は出て来ない。それは勿論「春往冬反」という表現に内在するものを引き出したのだとも考えられないではないが、『俊頼髄脳』に或る歌を注して「是は管仲といへる人の、夜みちを行くに我はくらさに道も見えねど馬にまかせてゆくといふ事のあるをよめるなり」と説いているような例もあることを思うと、「失路」と「大雪」との結び付きはごく自明なこととして処理するのにも不安が伴う。やはり「春行冬還」の語句を持つ亀田旧註系統の『蒙求』だけでなく、前記の「山ヨリ行クニ雪ニ値ヒテ」とある(ウ)や、「大キニ雪

フリテ」とある㈤㈥㈦のごとき伝承も関与していると考えざるを得ない。つまり、そのような伝承の上に、亀田旧註系統の『蒙求』に基づいて「春往《ゆき》冬還《かへる》」の語句が補われたと推測されるのである。(9)

(8)の季札の話も同様な例と考えることができる。『蒙求和歌』に、

呉ノ季札、公《オホヤケ》ノ御使トシテ隣ノ国ニ行《ユ》キケルニ、徐君ガ季札ガ剣ヲ見《ミ》テ心懸《カ》ケテケリ。季札其《ソ》ノ心ヲ覚《サト》リテ、帰《カヘ》リテ与《アタ》ヘムト思ヒテ行《ユ》キヌ。帰《カヘ》リ来《キタ》リテ徐君ヲ尋ヌルニ、ハヤク死《シ》ニ、ケリト云。季札、徐君ガ塚《ツカ》ニ行《ユ》キテ、剣ヲトリ〔き〕テ柏樹ノ枝掛《ニカ》ケテ去《サ》リヌ。亡《ナ》キ跡《アト》マデモ、思フ筋《スヂ》ヲ違《タガ》フ〔へ〕ベカラザリケルナリ。

（傍書〔　〕内は松下見林本）

と述べられているこの説話の原拠は『史記』の「呉太伯世家」であるが、わが国の文献としては『蒙求和歌』・『盛衰記』の外にも、『今昔物語』（巻十、第二十話）・『朗詠私注』（巻四、風「漢主手中吹不駐、徐君墓上扇猶懸」の注）・『康頼宝物集』（巻下）・『注好選集』（巻上）・『十訓抄』（巻六）・金刀比羅神宮本『平治物語』（巻中）などに載せられている。

　この故事は、徐君が季札の剣を内心欲しながら口には出さず、季札もまたその心を察知して使者の任を終えた後の贈呈を心中ひそかに約諾するという両人の黙契にこそ眼目があると思うのであるが、『宝物集』では、「徐君ハ季札ガハキタル太刀ヲ乞ケレバ、今ハ使ニ行ク、今返来テ進セント約束シテ去ヌ」とあって露骨な請求と約諾とに変化し、『平治物語』でも、「徐君常にこひけれ共おしみてとらせぬ」季札が、徐君の「同やうなる太刀を取出し、その太刀にかへて」とまでいう執拗な要求に遂に帰途の贈与を約束することになっている。『今昔物語』が、「謀叛ノ輩ヲ罰《ウ》タムガ為ニ」紀札（季札）が他国へ赴く時の話とする点や、賊を平げた後に剣を与えようと言葉に出して確約する点で『平治物語』と共通し、さらに大雨に遭い洪水のために猪君（徐君）の家に宿った時のこととする特異な要素までが付け加わっている。そして、この洪水に遭ったとすることや、賊を平げたのちの剣の贈与を確約することや、「季札」を「紀札」に、「徐君」を「猪君」に作り、紀札が剣を掛けた猪君の塚の上の樹木を丈三尺の榎と明記するなど、す

べての点で『今昔物語』と一致するのが『注好選集』である。相異するところは、『注好選集』の方が叙述が簡略で、かつ和臭の濃い漢文体表現となっていることだけである。

これらに比べると、『盛衰記』は次のように両人の黙契という原形をとどめていて、『朗詠私注』や『蒙求和歌』とともに遙かに原話に近い。

季札が帯《おび》たる剣に目を係《かけ》て、口には乞《ふ》事なかりけれ共、是もがなと思へる気色《きしょく》見えたりけり。季札心に思様《おもふやう》、（中略）魯国より帰らん時は、必《ず》与《あたへ》んと思《ひ》て去《り》にけり。

しかし一方、他の文献の多くは、季札が使命を終えて徐君の家に寄ったところ徐君がすでに死んでいたのでその塚（もしくは塚のほとりの樹）に剣を掛けて去ったという簡単な記述にとどまっているのに対して、『盛衰記』では、

季札泣《なき》悲《かなしみ》て、墓はいづくぞと問《へ》ば、家《か》僕《ぼく》相《あひ》具《ぐ》して行《ゆく》。塚《つか》に松うゑたり。是徐君《じょくん》の墓と云《ひ》ければ、心にゆるしたりし剣《けん》なり、死《しし》たりとて争《いかで》か其心を違《たが》へんと思《ひ》て、剣を解《とき》、松の枝に懸《かけ》て、徐君が霊を祭《り》て去《さる》。

と、より詳しく語られている。この文中の傍線部を除くと、『平治物語』に、

墓はいづくぞとひければ、あれこそとをしへけり。うちよりてみれば、塚に松生たり。存生の時こひし剣なれば、草の陰にても嬉しくおもふべしとて、松の枝に剣をかけてぞとをりける。

とある文の傍線部を除いた表現と極めて近似しており、これは他の文献には見出せぬ叙述であるところからも両者の伝承関係は認めざるを得ない。とすると、『盛衰記』は『平治物語』の叙述を受け継ぎながらも、それの原話と乖離した荒唐な要素を除去して、叙述内容を原話の形に復させたということになる。逆に『平治物語』が『盛衰記』から影響を受けていると仮定すると、その原話と一致する要素だけを巧みに抽出してはその部分のみを変形させたという極めて不自然な工程を想像せねばならなくなるのである。

では、『盛衰記』の編者はその修訂に当たっていかなる文献を参考にしたのであろうか。上掲本文中の傍線部「心

にゆるしたりし剣《けん》なり、死《しし》たりとて争《いかで》か其心を違《たが》へん」という叙述に当たる表現は、朝鮮写本『蒙求』や『朗詠私注』・『蒙求和歌』およびわが国の他の作品には見当たらず、『史記』・『新序』および他系統の『蒙求』（謙宜本は欠巻）に、

(ア)従者曰。徐君已死。尚誰予乎。季子曰。不然。始吾心已許之。豈以死倍吾心哉。（『史記』・『補註蒙求』）

(イ)曰。吾心已許之。豈以死背吾心哉。（内閣本古註・亀田旧註・逸存古本の各『蒙求』）

(ウ)雖然吾心許之矣。今死而不進。是欺心。愛剣偽心。廉者不為也。（『新序』、巻七節士）

と見出されるものである。このうち、(イ)に属する『蒙求』の記述が、『盛衰記』の傍線部本文に最も過不足なく合致していることが認められる。そこで、前述の(7)の管仲随馬の説話の場合と併せ考えるならば、『盛衰記』編者の修訂作業に際して参考に供された文献としては、亀田旧註系統の『蒙求』が最も有力な候補として挙げられて来るのである。[10]

六　むすび

上来検討して来たところを纏めると、次のようになる。

『蒙求和歌』と増補系『平家物語』とには素材の共通する中国説話が十二例あって、その中で両者の直接的な交渉関係を認めうるもの、および交渉ありとおぼしいものは六例である。しかも特に交渉の事実を明らかに認定しうる、(1)蘇武・(2)李陵・(3)劉阮・(4)袁盎の四話は、延慶本に集中している。そして、この四話は次の二つのグループに分類できる。

(A)　長門本または『盛衰記』にも載ってはいるが、『蒙求和歌』の叙述に忠実なのは延慶本だけであり、他の伝

本ではそれに基づきながらも改修の跡や頽形が見られるもの。⑶劉阮・⑷袁盎の両説話がこれに属する。

Ⓑ　類話は三本のいずれにも載っているが、『蒙求和歌』との交渉の認められるのは延慶本だけであって、延慶本が在来の説話の上に『蒙求和歌』を参考にして修訂を加えたと考えられるもの。⑴蘇武・⑵李陵の両説話がこれに属する。なお、この場合には『蒙求和歌』に見える光行の和歌をも併せ引用しており、しかも、「と源光行が詠ぜしも理とぞ覚る」(蘇武説話)とか、「此の心をよめるにや」(李陵説話)とかの語句が添えられていて、明らかに光行ならざる後人の手によって引用されている。

ところで、延慶本の成立年代については、承元二年(一二〇八)から天福元年(一二三三)までの二十六年間に成立した旧延慶本を、さらに仁治三年(一二四二)から建長四年(一二五二)までの十一年間に増補して成ったと推定されている。[11]長門本のもとになった延慶本、『盛衰記』の編纂の資料となった延慶本はいずれも旧延慶本であったと考えられており、前記の二つのグループはおのおの、Ⓐは旧延慶本において挿入され、Ⓑは延慶本の再度の増補作業において修訂されたものと判断して誤りがなかろうと思うのである。

『蒙求和歌』の著者源光行は寛元二年(一二四四)二月十七日に没している(『平戸記』。同年三月二日の条)。その没年代は実に旧延慶本の成立時期(一二〇八～三三)と、延慶本の再度増補の時期(一二四二～五二)との間隙に位置しているのである。Ⓑのグループに属する説話の修訂が光行以外の人物の手で行われているのは、けだし当然なことであったのである。

旧稿(注(4)参照)において、増補系三本に共通して存する新豊折臂翁説話と光行の『新楽府和歌』(佚書)との交渉関係を仮説し、この折臂翁の説話と、「行隆沙汰」(第二本)の記事に添えられた光行の「ツヒニカク春サヘ秋ニナリニケリ」(前出)の和歌とは、『平家物語』の成立に関係していると伝えられる光行自身によって挿入されたものではないかと臆測したのであった。しかし、なにぶんにも現存しない『新楽府和歌』との関係を仮説して、それを前提としての推論であったから、その前提自体の不安定さをまぬがれない以上、推理の遊戯に堕しかねないものであったと思う。が、本考察によって、『新楽府和歌』と旧延慶本との交渉という仮説に代えて、劉阮説話および袁盎説話に見られる『蒙求和歌』と旧延慶本との明らかな交渉の事実を前提とすることができるようになったわけである。この事実はまた、折臂翁の説話が『新楽府和歌』から引用されたのではないかという仮説の成立にいくらかは役立ってくれるようにも思われる。

もしも劉阮説話と袁盎説話とが光行自身の手によって旧延慶本に挿入されたものと考えることが許されるならば、その劉阮説話の考察において触れたように、延慶本の「路を失て山の中に迷しに」という表現が、『蒙求和歌』の「道ヲ踏違ヘテ」という語句よりも『続斉諧記』の「忽迷失路」（『朗詠私注』所引）という措辞にいっそう近くて、『蒙求和歌』との関係を否定する材料ともなりうるにかかわらず、一方には「人も栖も悉くありしにもあらずなりにけり」の「ありしにもあらず」がその説話に詠み添えられた光行の和歌の歌詞と一致していて『蒙求和歌』との関係を肯定せざるを得ないという矛盾も容易に解消されるのである。しかもこの「ありしにもあらずなりにけり」という表現は他にも用例があって、どうやら光行の筆ぐせを予想させるということも、あながち牽強とのみは言えなくなって来るのである。

なお、『蒙求和歌』と『盛衰記』との交渉を思わせる他の二例、⑼紀信・⑾毛宝の両説話については、毛宝説話は既述のごとく『朗詠私注』によりいっそう類似しており、紀信説話では具体的な同文的現象は僅かに「忠臣は不《ず》レ仕《へ》二主《じしゆに》一。男子《なんしは》不レ得《え》二諂言《てんげんを》一」の一句に過ぎないという点があるとはいえ、やはり問題としては残る。『盛衰記』における修訂の際の資料の一つとして指摘した亀田旧註系統の『蒙求』も、問題となるこの両説話には関わりを持たない。なお検討すべき事項として保留しておきたい。

注

(1) 拙稿「太平記と敦煌変文」(『説話文学研究』2、昭和43・12)

(2) 野村八良氏『鎌倉時代文学新論』(明治書院、初版大正11・12、増補版大正15・5)

(3) 野村八良氏前出書、第五章　説話文学　其の二　(翻訳文学)

(4) 拙稿「新楽府『新豊折臂翁』と平家物語——時長・光行合作説に関連して——」(『中世文藝』40、昭和43・3)。本書第一章第三節4の(2)を参照

(5) 拙稿「保元物語と漢詩文」(『軍記と語り物』6、昭和43・12)。本書第一章第二節1を参照

(6) 補 『倭漢朗詠抄注』(永済注) 下本「謬入仙家」句の注は、特に「半日客」について王質の斧の柄の朽ちた話を引き「晉書ニミエタリ」とし、「此本文或ハ武陵桃源ノ事也トモイヘリ。可尋也」とも述べて、劉晨・阮肇の故事には触れていない。

(7) 補 この点については、拙稿「田単火牛の故事と北陸道の合戦譚——長門本平家物語・源平盛衰記・古活字本承久記——」(麻原美子・犬井善寿氏編『長門本平家物語の総合研究』3論究篇、勉誠出版、平成12・2) で再考している。本書第一章第三節6参照

(8) 補 『源平盛衰記』が毛宝を「斉国」の者としたり、亀の腹の銘文を持ち出すのは、『倭漢朗詠抄注』いわゆる「永済注」に拠ったものであった。即ち、

斉ノ国ニ毛宝ト云人江ノホトリヲユクニ、人アリテ白キカメノカウノナガサ四尺ナルヲトリテモタリケルヲ、毛宝アハレミテカヒトリテ、江ニハナチツ。ノチニ石虎将軍ト云人トアヒタヽカヒケルニ、宝セメラレテ江ニイレリ。アシニモノヽフマレテ。ヤウクウカビテ、カノカタノキシニイタリヌ。アヤシミテカヘリミレバ、ムカシハナチシ白亀ナリケリ。水ノナカニイタリテ、宝ヲカヘリミテイリニケリ。又、カメタチアガリテ、ハラヲアラハニシテミセケリ。ハラニ毛宝ノ二字アリトモイヘリ。捜神記等ニ見タリ。亀浪トモニ白キ意也。(永青文庫本)

とある。『盛衰記』が増補の資料として「永済注」を用いたことについては、黒田彰氏によって指摘された。注(10)参照

(9) 補 「雪中放馬朝尋跡」句に対する「永済注」は、『朗詠私注』に極めて近い。「大雪迷而失路」も「大ニユキフリテ、ミ

チヲウシナヒテケリ」とほぼそのままに訓読しており、「春往《ゆき》て冬還《かへる》」の句を欠く点でも共通している。この話に関しては、『盛衰記』が特に「永済注」に拠って補修したという形跡は認められない。「雪の中に」の表現は詩句の「雪の中《うち》に馬を放ちて」から出ているのであろう。なお、菅原為長撰『文鳳抄』（巻三、地儀部、山路）にも「斉馬不レ迷」の標題があり、「斉ノ桓公伐孤竹一ヲツ、春往テ冬還ル、迷テ失レ道ヲ、管仲カ曰ク、老馬ノ智可レ用シ、乃放ニ老馬一テ随レ之遂ニ得レ道ツ、韓子」（宮内庁書陵部蔵鷹司本）と注されている。

（10）［補］『盛衰記』季札の話は、黒田氏の指摘のとおり、朗詠詩句「徐君塚上扇猶懸」の「永済注」によって大幅に補修されている。本文に挙げた両人の黙契に関する部分を挙げると、次のとおりである。

○徐君コノ季札ガハキタルツルギヲミテ口ニハイハネドモ、コレモガナトオモヘルケシキナムミエケル。季札ガオモハク、（中略）カヘラムトキ、カナラズアタヘムト思テ去ヌ。

○ナキカナシミテ、サテモソノハカハイヅクゾト、ヒテ、ユキテミレバ、ハカニ松ヲヒタリ。コレナンカレガハカニ侍トイヒケレバ、コ、ロニユルシタリシツルギナリ、イカニカタガヘジトテ、ツルギヲトキテ、松ノエダニカケテサリニケル。

黒田彰氏「源平盛衰記と和漢朗詠集永済注――増補説話の資料――」（『説話文学研究』17、昭和57・6。『中世説話の文学史的環境』所収、和泉書院、昭和62・10）は、『盛衰記』と「永済注」の関係事例として、次の十二例を挙げている。

①漢朝蘇武〈巻八〉（「同季陵之」「賓雁繋書」注）
②善友悪友両太子〈巻八〉（「賓雁繋書」注）
③管仲老馬記事〈巻十四〉（「雪中放馬」注）
④孟嘗函谷記事〈巻十四〉（「佳人尽飾」注）◎
⑤季札剣〈巻十五〉（「漢主手中」注）◎
⑥始皇燕丹〈巻十七〉（「強呉滅兮」注）
⑦駅路鈴〈巻二十三〉（「漁舟火影」注）
⑧斑竹記事〈巻二十六〉（「竹斑湘浦」注）
⑨毛宝放亀〈巻二十六〉（「毛宝亀帰」注）

⑩朱買臣錦袴〈巻三十〉（「樵蘇往反」注）
⑪羅綺重衣記事〈巻三十九〉（「羅綺之為」注）○
⑫項羽最期記事〈巻三十九〉（「灯暗数行」注）◎
◎を付した④⑤⑫について詳しく説明し、○を付した⑪についても部分的ではあるが具体的に触れて、『盛衰記』の増補作業の資料として「永済注」が供されたことを明らかにした。それによって拙考の不備も大いに補正されることになった。記して謝意を表す。

（11）山田孝雄氏『平家物語考』第五章第四節（再版勉誠社、昭和43・6）、冨倉徳次郎氏「延慶本平家物語考」（『文学』3—2、昭和10・2）、吉沢義則氏『応永書写延慶本平家物語』「解題」（再版白帝社、昭和36・7）、冨倉徳次郎氏『平家物語研究』第二章三（角川書店、昭和39・11）

6　田単火牛の故事と北陸道の合戦譚
——長門本平家物語・源平盛衰記・古活字本承久記——

一　倶利伽羅合戦と義仲の戦略

『平家物語』には、一の谷、屋島、壇の浦など、鮮明な印象をもって想起される合戦譚が多く、それらはしばしば屏風絵の主題ともなっている。倶利伽羅峠の戦いもまた、源平の勢力交替を刻印する事件として、記憶に残る合戦譚の一つである。建武三年（一三三六）六月に、山門が足利勢に攻撃された時、宮方の脇屋義助の五千余騎が高豊前守師重の大軍を東坂本の谷底に追い落とした。それを叙述するに当たって、『太平記』の作者も、谷深ク行サキつまりたれハ、馬人上が上におち重ッて死にけるありさまハ、つたへきく治承の古へ、平家十万ヨキノ兵、木曾がようちにかけたてられ、くりからが谷に埋レけんも、是にハすぎじと覚えたり。[1]

と、源平争乱の昔の倶利伽羅峠の戦いを想起している。倶利伽羅峠の戦いという時、現在では、木曾義仲が放った火牛の猛進するイメージがその記憶の中心になっている、そういう人が多いのではないだろうか。

倶利伽羅峠の東は富山県の小矢部市である。昭和四十七年に市制施行十周年を記念して刊行した広報誌で、源平礪波山合戦の歴史に触れて、「このとき源軍は五〇〇頭の牛の角にたいまつを燃して平軍の陣に追入させたので一〇万の平軍は東西を失い、倶利伽羅谷に馳せ埋まったと伝えられています」と記しており、表紙はその様を描いた絵で飾られている。峠の西は石川県河北郡の津幡町。その町の史跡についても、「倶利迦羅峠に古社手向神社があり、付近は木曾義仲火牛の戦法で著名な倶利迦羅古戦場」[2]とある。

『角川日本地名大辞典』石川県篇を参照すると、この峠の道は古来の官道で、大伴池主が天平二十年（七四八）にこの道をたどる時に、「礪波《となみ》山　手向《たむけ》の神に　幣奉《ぬさまつ》り」[3]と詠んだ手向神社は、『延喜式』には見えないものの、『三代実録』の元慶二年（八七八）五月八日の条にその神階が従五位下に昇叙された記事があり、源平の争乱で焼失したという。その後長く史料には登場しないが、倶利迦羅龍王を本尊とする倶利迦羅堂と習合していて、『華頂要略』門主伝二十三の享祿四年（一五三一）の条に、その後身である倶利迦羅寺（長楽寺）明王院の名が現れる。長楽寺は明治の神仏分離で廃寺となり、延宝五年（一六七七）建立の石造五社権現社殿を残すのみであったが、昭和二十五年に旧長楽寺の跡に真言宗不動寺が創建されたという。津幡町竹橋《たけのはし》の倶利伽羅神社に襲蔵されている「源平礪波山合戦絵図」は近世の作であるが、これには燃える松明を角に付けた数頭の牛に追われて逃げ惑い、あるいは踏み倒され、あるいは谷底に転落していく平家の人馬が描かれている。前述の小矢部市の広報誌の表紙絵の原図である。

倶利伽羅峠の合戦譚は『平家物語』巻七にある。確かに義仲の謀がみごと図に当たって平家軍を大敗させるのであるが、その義仲の謀というのは次のようなものであって、ここには火牛の計は出て来ない。

平家は定《さだめ》て大勢なれば、砥浪山打越《うちこえ》てひろみへ出《いで》て、かけあひのいくさにてぞあらんずらむ。但《ただし》かけあひのいくさは、勢の多少による事也。大勢かさにかけてはあしかりなむ。まづ旗さしを先だてて、白旗をさしあげたらば、平家是を見て、「あはや源氏の先陣はむかふたるは。定て大勢にてぞあるらん。左右なう広みへうち出《いで》て、敵は案内者、我等は無案内也。とりこめられては叶《かなふ》まじ。此山は、四方巖石であんなれば、搦手へはよもまはらじ。しばしおりゐて馬やすめん」とて、山中にぞおりゐんずらむ。其時義仲しばしあひしらふやうにもてなして、日をまち暮らし、平家の大勢を倶梨迦羅谷に追落《おひおと》さふど思ふなり。（巻七、願書）(4)

合戦はこの義仲の予測どおりに進行する。平家軍の思惑や言動までが義仲の予言をなぞるように繰り返される。両軍対陣の後、義仲は十五騎、三十騎、五十騎、百騎を順次に楯の面に進ませて鏑矢を射させる。時をかせぐための謀とも知らずに、平家もその都度同数の兵を出して矢合せをする。やがて日も暮れ、源氏の搦手が平家の背後に迂回し終えるや、大手・搦手、同時に時の声をつくる。「前後四万騎《しまんぎ》がおめく声、山も川もたゞ一度にくづるゝ」ような大叫喚に驚き騒いで、平家は倶利迦羅が谷へ、我先にと落ちて行く。これが『平家物語』の語る礪波山の合戦譚の構図であって、諸本おおむね同様である。林原美術館所蔵の『平家物語絵巻』（中央公論社刊）でも、延宝五年刊『新版絵入平家物語』（和泉書院刊）でも、白旗をなびかせる源氏勢に谷底へ追い落とされる平家の人馬が描かれるのみであって、当然のことながら火牛の猛進する姿は描かれていない。

二　倶利伽羅合戦と火牛の計

『源平盛衰記』の礪波山合戦の情況も基本的には『平家物語』のそれと同じである。次に掲げるのは、源平双方が矢合わせで日を暮らした後の叙述であるが、傍線部のような形で火牛の要素が加わっていて、その点、他の諸本とは異なっている。

五月十一日ノ夜半ニモ成ニケリ。五月ノ空《ソラ》ノ癖《クセ》ナレハ、朧《ヲボロ》ニ照ス月影、夏山ノ木下《コノ》暗キ細道ニ、源平互ニ見ヘ分ス。平家ハ夜討モコソアレ打解寝ヘカラスト催ケレ共、下疲《クタビレ》タル武者ナレハ、冑ノ袖ヲ片敷、甲ノ鉢ヲ枕トセリ。源氏ハ追手搦手様々用意シタリケル中ニ、樋口次郎兼光ハ搦手ニ廻タリケルカ、三千余騎其中ニ大鼓法螺貝千ハカリコソ籠タリケレ。木曾ハ追手ニ寄ケルカ、牛四五百疋取集テ、角ニ続松結付テ夜ノ深ルヲソ相待ケル。去程ニ樋口次郎、林、冨樫ヲ打具シテ中山ヲ打上、葎原ヘ押寄タリ。根井小彌太二千余騎、今井四郎二千余騎、小室太郎三千余騎、巴女一千余騎、五手カ一手ニ寄合セ一万余騎、北黒坂、南黒坂引廻シ、時ヲ作、太鼓ヲ打法螺ヲ吹、木本、萱本ヲ打ハタメキ、蟇目鏑ヲ射上テト、メキ懸タレハ、山彦答テ幾千万ノ勢共覚ヘサリケルニ、木曾、スハヤ搦手ハ廻ケル、時ヲ合セヨトテ、四五百頭ノ牛ノ角ニ続松ヲトホシテ平家ノ陣ヘ追入ツ、、胡頽子《グミノ》木原、柳原、上野辺ニ引ヘタル軍兵三万余騎、時ノ声ヲ合ヲメキ叫、黒坂表ヘ推寄ル。（巻二十九、礪並山合戦）(5)

この後、源氏の追手搦手、前後四万余騎の時の声に慌て騒いで、我がちに倶利伽羅の谷底に向かって逃げ惑う平家軍の混乱ぶりが活写されるが、そこではもはや火牛は登場しない。基本的には前述の義仲の戦略とその実現という構図に納まる叙述なのである。

ただし、『源平盛衰記』には、「爰ニフシキソ有ケル」と前置きして、白装束をした三十騎ばかりが「南黒坂ノ谷ヘ向テ落セ、殿原アヤマチスナ〳〵」と呼ばわりながら深い谷へ馬を打ち入れ、平家の軍勢を倶利伽羅の谷底へ誘い込んだという「不思議」を語り、パニックに陥った大軍の情況を描いた後、「三十人計ノ白装束ト見ヱケルハ、垣（ママ）生新八幡ノ御計ニヤト後ニソ思合セケル」として、戦いに先立って義仲が大夫房覚明に願書を書かせて埴生八幡に奉納した記事と照応させている。また、増補系諸本ではさらに、この礪波山の合戦に関連して金剣宮の霊験譚を加えている。

霊験といっても、義仲が「黒坂ノ手向」（延慶本）に弓杖をついて控えていると、平家の勢が馳せ重なって埋めた谷の中から、俄に火焔が燃え上がる。義仲が驚いて郎等を遣わして見させると、「金剣ノ宮ノ御神宝」であった、というだけの奇瑞であるが、これを見た義仲は、馬より下り兜を脱ぎ三度これを礼拝して、「此軍ハ義仲ガ力ノ及ブ所ニテハアラザリケリ。白山権現ノ御計ニシテ、平家ノ勢ハ滅ニケルニコソ」[6]と感謝して、鞍置馬二十疋を白山の方へ追い遣わした上、さらに加賀国の住人林六郎光明の所領横江庄を白山権現に寄進したというのである。増補系諸本にはいずれも、義仲が礪波山の合戦に先立って白山妙理権現（加賀馬場白山本宮・越前馬場平泉寺・美濃馬場長滝寺）に戦捷を祈禱して願書を奉納したことを記していた。「金剣宮ト申ハ白山ノ剣ノ宮ノ御事也」（延慶本・長門本）とあるから、この金剣宮の奇瑞は義仲の所願を納受する白山妙理権現の示現なのであろう。石川郡鶴来町に鎮座する金剣宮（祭神は天津彦穂瓊々杵尊）について、『源平盛衰記』では「金剣宮ト申ハ、白山七社ノ内、妙理権現ノ第一ノ王子ニ御座、本地ハ倶利伽羅不動明王也。守二国土一為レ降二魔民一トテ、弘仁十四年ニ此砌ニ跡ヲ垂」と説明し、倶利伽羅不動堂との関連を示唆している。埴生八幡であれ、白山権現・金剣宮であれ、また倶利伽羅不動明王であれ、それらの霊験加護を強調することは、相対的に義仲の智謀を弱めることになる。火牛の効果もくすんでしまう。が、もともと火牛の計は倶利伽羅の合戦譚にとって不可欠の要素なのではなかった。地誌『越登賀三州志』（寛政十年〜文政二年成立）の編者富田景周には、そのような『源平盛衰記』の記事に飽き足らぬものがあったのであろうか、「義仲ハ数百ノ猛牛ヲ聚メ、群角ニ巨炬ヲ縛シ壮士鋭卒其後ニ従ヒテ平陣ニ入レハ、烈火ノ燔燄天雲ヲ燭シ、叫声ノ響キ地軸ヲ動カス」（『越中史料』所引）と、火牛の活躍を強調している。

　奈良絵本『源平盛衰記』（江戸初期、王舎城美術宝物館蔵）の絵では、それぞれ片方の角に燃える松明を結わえ付《づ》けた牛二頭を先立てた源氏方の一団の武士が描かれている。それは、本文の「四五百頭のうしの角《つの》にたい松をともして平家のぢんへをひ入」という叙述に当たる図であるが、これは延宝八年板本の挿絵に極めて近似する構図である。平家の人馬が倶利伽羅の谷底に追い落とされる次の場面の図では、両本とも牛は描かれていない。宝永四年板本（二三×一八・五センチの横本）の挿絵は延宝八年板本に比して遙かに細密な線であるが、「四五百かしらの牛の角《つの》に。たいまつをともして。平家の陣へをひ入」の本文に当たる図がない。倶利伽羅の谷底に陥る平家の人馬を描いた図はあるけれども、そこにも牛の姿はない。『日本屏風絵集成5』(7)に六曲一隻の押絵貼屏風「平家物語図」の部分六図（図33〜38）が掲載されている。この書の解説（山根有三氏稿）には「室町末から桃山初めの大和絵系画家の筆と考えたい」とあり、中の図37については巻七の「倶利迦羅落」の絵と推定されているが、おそらく『源平盛衰記』に取材したものであろう。絵の上ざまに埴生八幡とおぼしい鳥居が見え、左右から押し寄せる源氏の軍兵、崖に向かって猛進する数頭の牛、逃げ惑い谷底に墜ちる平家の人馬が描かれている。上に天上界、下に地獄、中に現世の修羅闘諍の世界、そのようにも見られる構図である。そこに描かれた火牛は、王舎城美術宝物館蔵の奈良絵本や延宝八年板本の絵よりも遙かに動的である。さらに、有朋堂文庫所収の流布本（無刊記版）の挿絵になると、『源平盛衰記』の本文における火牛の記事に発展はないのに、猛進する群牛がいっそうダイナミックに描かれている。一体、そのような構図がいつ頃に始まるのか、挿絵本の展開に詳しい博雅の示教に俟ちたいが、人々の想念の中で火牛が倶利伽羅峠に緊密に結び付いている印象を培ったのは、そうした流布本の挿絵だったのではないかと想像される。

三　長門本が語る火牛の計

長門本『平家物語』では、巻十三に火牛の計の話が語られている。この巻は、治承五年（一一八一）六月、信濃国の横田河原（長野市篠ノ井横田）に陣を取った越後国の住人城四郎助茂（長茂と改名）の勢四万騎を、木曾義仲が三千余騎で打ち破った「横田河原合戦事」から書き起こしているが、義仲が北陸地方の勢力をほぼ掌握したというので平家の追討軍が北国に発向し、火打城の合戦、安宅湊など北国所々の合戦を経て、礪波山の合戦で平家の軍兵が大敗するまでを語っている。火牛の計の話は、礪波山の合戦ではなく、それに先立つ加賀での戦いの叙述に含まれている。

しかも、この戦法を用いたのは木曾義仲ではなくて平家方であるという大きな相違がある。

平家軍発向の情報を得た義仲は、「我身は、しなのにありなから、平泉寺長吏〔斎〕明威儀師を大将にて、稲津新助、斎藤太、林、富樫、井上、津幡、野尻、川上、石黒、宮崎、佐美か一党、落合五郎兼行等をはしめとして、五千余騎にて(8)」越前国の火打城（燧城、福井県南条郡今庄町）を固めさせる。が、平家十万の大軍に臆した斎明威儀師の寝返りによって、「北陸道第一の城郭」があっけなく陥落する。火打城を追い落とされた源氏軍は加賀国へ引き退き、安高の湊（小松市安宅町）の橋を引いて支えようとするが、平家の先陣越中前司盛俊の五千余騎に攻められて、そこも破られる。

いよいよ火牛の登場する場面となるのであるが、その地を特定することは難しい。長門本の本文には、「さるほとに、平家越中前司盛俊か一党、五千余騎にて、加賀国をはせ過る処に、富樫太郎宗親、林六郎光明、一城にこもる」とある。富樫と林はともに加賀斎藤氏の出で、『尊卑分脈』には、藤原利仁の曾孫忠頼について「加賀斎藤始也」とし、「子孫今世多流相続斎藤号当流孫也。富樫、林、進藤、赤塚、疋田、竹田已下皆此流」と注している。忠頼の曾孫に貞宗と家国があり、貞宗が林氏を名乗り、家国が富樫介を称している。『角川日本地名大辞典』石川県篇によれば、林氏は手取川扇状地東側部の石川郡拝師《はやし》郷の郷司となり、富樫氏は犀川の支流伏見川流域の同郡富樫郷の郷司となる。平安末期から鎌倉初期には林氏が優勢で、加賀斎藤氏の棟梁的地位にあったが、承久の乱に京方に属したために衰退し、替わって富樫氏が急速に台頭したという。長門本に「富樫太郎宗親、林六郎光明、一城にこもる」とするのは、すでに富樫が優位に立った時代を反映していると見られる。林六郎光明は前記の貞宗の曾孫に当たるが、富樫太郎宗親の名は系図（『尊卑分脈』）に見当たらない。覚一本巻七「火打合戦」には「稲津新介・斎藤太・林六郎光明・富樫入道仏誓、こゝ（火打城）を落《おち》て、猶平家をそむき、加賀の国へ引退き、白山河内《しらやまがはち》にひッこもる。平家やがて加賀に打越《こえ》て、林・富樫が城郭二ケ所焼はらふ」と記されている。富樫入道仏誓は前記の家国の曾孫の家経（「富樫次郎、出家仏誓」と注記）が相当しよう。『源平盛衰記』には「源氏ハ安宅ノ湊ヨリヲチテ今湊・藤塚・小河浜・倉部・双河打過テ、大野庄ニ陣ヲトル。平家ハ林・富樫カ館ニ打入テ、暫ク爰ニ休居タリ」とある。長門本に「富樫太郎宗親、林六郎光明、一城にこもる」というその一城を、覚一本の「白山河内」（石川郡河内村）と見るか、『盛衰記』の「大野庄」（金沢市大野町）と見るか、それとも他の地点に求めるべきかは判断がつかない。ここでの合戦は長門本にしか語られていないのである。長門本はこの城郭の構えについて、次のように述べている。

件の城のかまへやう、まへは、ふか田のほそなはてなり。うしろは、大竹しけくして、巖石也。上のたんに、矢庫を箕のふちのやうにかきて、下手には、処もなく石ゆみをはりて、何万騎の勢おそひきたるとも、一騎ものかるへからさる、かまへなり。（北国所々合戦事）

この城に押し寄せた平家の軍勢、越中前司盛俊、飛驒判官景高の六千余騎は攻めあぐむが、斎明威儀師の謀によって火牛が追い上げられ、城は陥落する。

野にいくらもはなちたるうしともを、とりあつめて、たい松に火をとほして、うしのつのにゆひつけて、五十余頭、城の木戸口の上のさかへむけて、をひあけたり。うしろには、とつと時をつくりたりけれは、牛は、ちんの上へ、はしりむかふ。「かたき、すてに夜うちによせたり」と心得て、いそき石ゆみを、きりはなちけれは、くたりさかに、なしかはたまるへき、ころふあひた、牛とも、かしらの火の熱さといひ、石ゆみころふにおとろきて、はしりまはる。あるひは城にむかひて、角をかたふけてはしり入、あるひは、ふか田におちひたつて、をめき狂もあり。又うちころさるゝもあり。うしのためこそ、不祥なれ。かくひしめくまに、平家、入かえ〳〵せめけれは、林、富樫、しはしこそたゝかひけれとも、ちからをよはす、みなをひおとされにけり。

右の叙述は火牛そのものに焦点を当てていて、『源平盛衰記』の簡略さとは甚だ趣を異にしている。長門本独自の記事であるこの合戦譚の形成を考えるためには、「田単火牛」の故事との関連を検討してみなければならない。長門本自体、この斎明の謀は中国春秋時代の斉の謀将田単の故智に倣ったものとしているのである。

四　田単火牛の故事

「田単火牛」の故事は周知のものであるが、長門本がそれをどのように語っているか、先ず、それを見ることにする。上掲の本文に引き続いて、次のように語られている。

> むかし斎《ママ》、燕、両国のいくさありけるに、田単といふもの、斎の将軍にてありけるか、燕国より斎をうたんとするに、田単、五千余頭のうしをまうけて、赤衣きせて、龍の文をかき、剣を、うしのつのに、ゆひつけて、葦をつかねて、尾にゆひつけて、あふらを灌て、火を付て、城の内より、燕の軍の中へをひ入つゝ、早はしりのかうの者五千人、うしのあとにつきてをふ。牛の尾の火、様々あかりけれは、燕の兵、これを見るに、龍文にて物怖しけなるうしともか、尾の火のあつさに、たえすして、軍の中に、はしり騒くほとに、あたる人はみな、つのゝ剣にきりつかれて、しにゝけり。城中には、鼓をうち、かねをうち、をめき訇声、天地を穿しけり。燕の兵、大に敗て、斎国、かちにけり。斎明、その事を思いたして、我身の謀のほとをあらはしけるこそ、ゆゝしけれ。

この故事の典拠については、かつて源光行の『蒙求和歌』との関係を中心に考察したことがある。[9] 両者の叙述の骨組みは共通しているが、その表現を細かく検討し、その相違点をめぐって、『蒙求』の古注の諸本（書陵部蔵謙宜書写本・内閣文庫蔵室町期書写『附音増広古註蒙求』・亀田鵬斎校刊『旧註蒙求』・逸存叢書所収『古本蒙求』等）および徐子光の『補註蒙求』との異同を調査した。右の長門本の本文中に傍線を付した「城中には、鼓をうち、かねをうち、をめき訇声、天地を穿しけり。燕の兵、大に敗て」という表現は、原拠である『史記』「田単伝」の、「而城中鼓譟従之。老弱皆撃銅器為声。声動天地。燕軍大駭敗走」という本文に当たるものであり、この一文に相当する語句を含まない古注の『蒙求』や『蒙求和歌』からの摂取ではあるまいと考え、この表現を有している『補註蒙求』の影響を受けている可能性があることを指摘した。『補註蒙求』は宋の淳熙十六年（一一八九）の序を有し、わが国では応安七年（一三七四）に『重新点校附音増註蒙求』三巻が陳孟栄刻で刊行されている。(10) 従って、この話が『補註蒙求』に拠っているとすれば、長門本の成立を考える上での材料の一つともなり得るわけである。

長門本における田単火牛説話の典拠あるいはその形成を考えるためには、視野を『蒙求』関連の文献以外にも広げなければならない。この故事は『文選』の注や類書、『蒙求』注以外の幼学書にも多く引かれているから、それらについての検討も必要になる。

先ず『文選』を見ると、陳孔璋の「為曹洪与魏文帝書」（巻四十二）の「騁奔牛之権」の句の李善注に、『史記』「田単伝」の本文が引かれている。次のとおりである。

善曰、史記曰、田単為将軍破燕城時以千余牛為絳繒衣画以五綵龍文束兵刃於角、灌脂束葦於尾焼之、鑿城数十穴、夜縦牛、壮士五千人随其後、牛尾熱怒而奔燕軍、夜大驚。牛尾炬火、光明炫燿、燕軍視之皆龍文、所触尽死傷、五千人因銜枚撃之而城中鼓譟従之、老弱皆撃銅器為声、声動天地、燕軍大駭敗走、斉人遂夷殺其将騎劫、燕軍大乱奔走、斉人追亡逐北、所過城邑、叛燕帰田単、而斉七十余城、皆復為斉、乃迎襄王於莒。

（汲古書院刊『和刻本文選』所収、慶安五年板本）

また、潘安仁の「馬汧督誄」（巻五十七）の「安平出奇、破斉克完」という句の李善注にも、「田単伝」の本文が引かれている。それには文頭に「史記曰、田単者斉諸田疏属也、燕破斉田単東保即墨、燕引兵囲即墨」とあり、文末に「襄王封田単号曰安平君、太史公曰、兵善者出奇無窮」の文が加わっているが、火牛の計の説明はやや簡略化されている。

次に、胡曾の『詠史詩』を見ると、中に「即墨」と題する次の七絶がある。

即墨門開縦二火牛一　燕師営裏血波流　固存不レ得二田単術一　斉国尋成二一土丘一

田単の火牛の計がよく斉国の滅亡を救いえたとたたえた詩であるが、胡元質の注（『新板増広附音釈文胡曾詩註』巻上）、および陳蓋の注（『新雕注胡曾詠史詩』第一）は、いずれも「田単伝」の文を引いている。前者は冒頭に「史記田単伝《カニ》、湣《ヒン》王《ノ》時《ニ》燕使二楽毅《ヲシテ》破《ラ》レ斉《ヲ》、湣王奔《ル》レ莒《ニ》、田単保《ツ》二即墨《ヲ》一、即墨人立《ト》為《テテ》二将軍《シテ》一距《ハム》二燕軍《ヲ》一」とその背景を簡単に付け加え、後者は「後語云(11)」としてその情況を、田単が燕の昭王と将軍楽毅との離反を画策して放つ反間の計や、斉の兵に燕軍に対する抗戦の意欲を昂揚させるために打った諜略（詳しくは後述）などをも含めてより詳細に説明している。

また、李嶠の『百二十詠詩』の「祥獣十首」中の牛にまつわる故事を多く詠み込んだ五言律詩に、「燕陣早横レ功」の句が含まれている。その句注は、「史記、斉与レ燕戦、田単取二千頭牛一、以二五彩衣一、結二火於尾一、穿二城頭一出、燕軍大敗也」（天理図書館蔵本。慶応義塾大学図書館蔵本には「也」字がない）というだけの簡単なものに過ぎない。類書の場合も、『藝文類聚』（巻八十、火部、火。および巻九十四、獣部、牛）、『初学記』（巻二十五、器物部、火第十八）、『事類賦注』（巻八、地部三、火）等、いずれも簡略である。『太平御覧』も巻三二一（兵部五十二、火攻）所引の記事はそれらと大差ないが、巻二八二（兵部十三、機略一）では『史記』に見える田単の機略三条を列記する詳しさで、類書の中で異彩を放っている。

ところで、先に触れたように長門本の「城中には、鼓をうち、かねをうち、をめき訇声、天地を穿しけり。燕の兵、大に敗て」という叙述は、「田単伝」の本文に基づいていると判断されるのであるが、その叙述を有するものを選び出して、それを「田単伝」の措辞により近いものから並べると、次のようになる。

①而《シテ》城中鼓譟《シテ》従《フ》レ之、老弱皆撃二銅器《ヲ》一為レ声《ヲ》、声動《ス》二天地《ヲ》一、燕《ノ》軍大《ニ》駭《テ》敗走《レル》。（『文選』巻四十一、陳孔璋「為二曹洪一与二魏

文帝二書」李善注）

②而城中鼓譟従之老弱者皆撃銅器為声声動天地燕軍大駭敗走。（『太平御覧』巻二八二、兵部十三、機略一）

③城中鼓譟従之老弱皆撃銅器為声々動天地燕軍大敗。（文禄五年刊『徐状元補註蒙求』）

④城中鼓《ツツミウチテ》　譟従レ之《ニ》老弱皆撃《ツ》二銅器《ヲ》一声動《ス》二天地《ヲ》一燕《ノ》軍大《ニ》敗《テ》。（『新板増広附音釈文胡曾詩註』巻上、五十五「即墨」）

⑤牛ノ後陣ニ男女百姓ニ至迄、鐘鼓一切ノ銅之器物共ヲ手々ニモタセテ、タ、キテ叫ハシム。（神宮文庫本『胡曾詩抄』「即墨」）

⑥城上士大譟燕師大敗。（『藝文類聚』巻九十四、獣部、牛）

⑦繋鼓威牛。（『新雕注胡曾詠史詩』第一、二十九「即墨」）

右のうち、①～④は「田単伝」の本文と同一もしくは近似のもので、長門本の表現はこれらに近いけれども、⑤⑥⑦とは離れていて関係は認めにくい。

今一つ、問題になるのは、「田単伝」に「束兵刃於其角而灌脂束葦於尾焼其端」とある本文の構文の捉え方である。「而灌脂」の三字は上に続くのか、それとも下に係るのかという点である。冨山房版漢文大系では下に係ると見て、

束《ネ》三兵刃《ヲ》於二其角《ニ》一。而灌《ギテ》レ脂《ヲ》束《ネ》二葦《ヲ》於レ尾《ニ》。焼《ク》二其端《ヲ》一。

と訓点を付している。書下し文にすると、脂を兵刃に灌いだのか、葦に灌いだのか紛らわしくなる。明治書院版新釈漢文大系では、「而」字の前に句点を打って他は読点にし、構文に即して「兵刃を其の角に束ぬ。而うして脂を灌ぎ、葦を尾に束ね、其の端を焼き、」と訓んでいるが、「刀をその角に縛り付けた。そうして油をかけ、葦を尾に縛ってその端を焼き」と通釈していて、何に「油をかけ」たのか日本語としてはやはり曖昧である。国訳漢文大成では、巻末付載の原文に付した返り点は冨山房版と同じなのに、訓読文では「兵刃を其角に束ねて、尾に脂を灌ぎ葦を束ね、其端を焼き」となっている。原文の構文から離れることになるが、文意はかなり明瞭になっている。葦にではなく尾に

脂を濯いだと取れる点になお不安は残るのであるが、『史記』の日本語訳ではおおむね明確な文意の訳文になっている。例えば岩波文庫の『史記列伝』（小川環樹・今鷹真・福原吉彦訳）に、「刃物を角《つの》にくくりつけた。そして脂《あぶら》にひたした葦《あし》の束《たば》を牛のしっぽにつけて火をそのはしにつけ」とするたぐいである。

陳孔璋の「為二曹洪一与二魏文帝一書」（『文選』）の李善注は先に挙げたが、呂向の注では当該の箇所が、「横《ニ》致二刃《ヲ》於角《ニ》一束《テ》二葦草《ヲ》一灌《ヲ》レ油括《ヲ》二於牛尾《ヲ》一、火《ヲモテ》焼《ヲ》レ之」（慶安五年板本）と文意明確である。内閣文庫蔵「全相平話五種」は元の至治年間（一三二一〜二三）の刊本で、現存する最古の講史の話本[12]とされるが、その第二冊『全相平話楽毅図斉七国春秋後集』の中巻全十四章の第九に「田単火牛陣破燕兵」の話があり、それには「於牛角上施槍腿上安刃尾上札火把膏油灌於其上」と記されている。上欄の挿絵には、四頭の牛が城壁に穿たれた穴から飛び出して、燕兵を踏み殺して奔走する様子が描かれている。いずれも、左右の上向きの角には直角に兵刃、前脚の両膝にも兵刃が結わえ付けられ、尾は焔を燃え上がらせている。明の馮夢龍撰の『東周列国志』（第九十五回、説四国楽毅滅斉　駆火牛田単破燕）でも、この辺りの叙述は、

　単乃使人収取城中牛共千余頭、制為絳繒之衣、画以五色龍文、披于牛体、将利束于牛角、又将麻葦灌下膏油、束于牛尾、拖后如巨帚。[13]

となっている。膏油を灌ぎ掛けた麻葦を束ねて、牛の尾にまるで大きな箒を引きずらせたかのように結わえ付けたのである。また、神宮文庫本『胡曾詩抄』[14]「即墨」の文頭の漢文注では、出典を「史記」としながらも「田単伝」や胡元質註とは語序を変えて「東兵刀（刃）於角吏（束）葦於尾灌脂焼」とし、仮名注では「牛ノ尾ニ葦ヲ束テユイツキ、角ニハ剣戟ヲツヨクユイ付、牛身ニハ五色ノ龍文ヲカキタル絵《キ》（繒カ）帛共《ヌ》ヲキセテ、半夜之人シツマル程ニ、此数千牛ノ尾之葦ニ、油ヲソヽキテ火ヲ付テ」と述べている。

以上見て来たように、脂を葦に濯いだとする常識的な理解が殆どで、角あるいは兵刃に脂を灌いだとする解釈はご

く少ない。『文選』の潘安仁の「馬汧督誄」に田単の機略を引いた「安平出奇、破斉克完」の句のあることは先に触れたが、集英社版全釈漢文大系の語訳にはその典拠として「田単伝」の文を「兵刃を其の角に束ねて脂を灌ぎ、葦を尾に束ねて其の端を焼く」と訓読して示しているのが、その少ない例である。ただし、陳孔璋の「為二曹洪一与二魏文帝一書」の「騁奔牛之権」という句についての語釈では「兵刃を其の角に束ね、脂を灌ぎて葦を尾に束ね、その端を焼く」と普通の訓読に従っている。同じ校注者が二様の訓みを試みているのである。興味深いことに、五山版の『補註蒙求』には「束二兵刃《ヲ》於角《ニ》一、灌レ脂、束二葦《ヲ》於尾《ニ》一焼二其《ノ》端《ヲ》一」(15)とあって、「而」字を欠き「灌レ脂」の前後に読点を打ち、しかもその箇所だけは送り仮名を付けていない。構文の理解に迷った痕跡かとも見られる。

些事にこだわり過ぎたようであるが、それは『蒙求和歌』(第二、夏部十五首)の「田単縦牛」が、「牛千頭ヲ取テ。アカキカトリニ五色ニヱカキテキセテ。ツノニアフラヲソヽケリ。ソノウヘニ兵刃ツクリテ。尾ニ葦ヲツカネテ。ソノサキニ火ヲツケテ。夜牛ヲハナチテ」と、角に脂を灌いだとしているからである。これが極めて珍しい理解に属することは、上来検討して来たところからも明らかである。『藝文類聚』(巻八十、火部、火)は「束刀其角結火其尾」と簡単に記述し、「灌脂」の語句は省いている。『初学記』(巻二十五、器物部、火第十六)・『太平御覧』(巻三二一、兵部五十二、火攻)・『事類賦注』(巻八、地部三、火)等、いずれも同様である。『李嶠百詠』の注の場合も、慶応義塾大学図書館蔵本・天理図書館蔵本ともに「以五彩衣結火於尾」とあるだけで、「束兵刃」も「灌脂」も省いている。そうした伝承の状況の中で、長門本が、「剣を、うしのつのに、ゆひつけて、葦をつかねて、尾にゆひつけて、あふらを灌て、火を付て」と語っているのは、原話の一般的な理解に従った忠実な和訳と言うべきで、この点からも『蒙求和歌』には拠っていないと判断されよう。状況としては『補註蒙求』との交渉の可能性が相対的に増大すると言えるが、特定するには至らない。

長門本は、この田単の火牛の故事を引いた後に、「斎明、その事を思いたして、我身の謀のほとをあらはしけるこそ、ゆゝしけれ」と語っている。この点について旧稿(16)では、「実際には主客を置き換えて、田単火牛の話に基づいて創作された合戦譚であると考えるべきであろう」と述べたが、それはいささか早計だったかもしれない。長門本における火牛の合戦譚の形成を考えるためには、古活字本『承久記』に見える火牛の記事との関係を検討する必要がありそうである。

五　『承久記』に見える北陸道合戦

承久三年（一二二一）五月下旬に、関東の軍勢が東海道・東山道・北陸道の三手に分かれて鎌倉を発向した。『吾妻鏡』（新訂増補国史大系）の同年五月二十五日の条によれば、北陸道へは北条式部丞朝時を大将軍に結城七郎朝広、佐々木太郎信実が従い、四万余騎の勢で向かっている。同月廿九日、佐々木信実は、乱逆の張本である阿波宰相中将信成の家人酒匂八郎家賢が籠もる越後国加地庄の願文山を雨中に攻略して、「関東士敗二官軍一之最初也」とされる戦果を挙げている。朝廷方では六月三日に関東勢上洛の報に接して公卿僉議を開き、防戦のために官軍を諸方に派遣することにしたが、北陸道に向けられたのは、宮崎左衛門尉定範、糟屋左衛門尉有久、仁科次郎盛朝等であった。次いで六月八日、式部丞朝時、結城朝広、佐々木信実等は越後国の住人小国源兵衛三郎頼継、金津蔵人資義、小野蔵人時信以下の輩を相催して上洛する途次、越中国の般若野庄で「士卒応二勅旨一可レ誅二右京兆一之由」の宣旨が到来し、宮崎左衛門尉、糟屋乙石左衛門尉、仁科次郎、友野右馬允等がおのおの林、石黒以下の在国の武士を相具した官軍と合戦する。結城七郎が殊に武功を立て、官軍は乙石左衛門尉が討ち取られて敗退し、林次郎、石黒三郎が式部丞朝時の軍陣に投降する。『吾妻鏡』にはそのような北陸道での戦いが記録されている。

慈光寺本『承久記』上（新日本古典文学大系）は、義時の軍僉議において、海道・山道・北陸道の三手に分け、「北陸道ノ大将軍ハ式部丞朝時ヲ始トシテ、七万騎ニテ上ルベシ」と定めたこと、義時は鎌倉に居ながら三道それぞれの「手際ノ軍場」をかねて熟知していて、「北陸道ハ、礪波山・宮崎・塩山・黒坂也」と言い当てていることを記し、また、宮方の防衛態勢について詳しく述べ、北陸道に差し向けられた将士の名なども記している。しかし、北陸道における合戦の叙述はない。

北陸道の合戦に関する『吾妻鏡』や慈光寺本『承久記』の記事はこのように簡単であるが、古活字本『承久記』上巻（新日本古典文学大系）や『承久軍物語』巻三（群書類従）はそれを詳しく語っていて、そこには火牛が登場する。式部丞朝時は五月の晦日に越後国の府中に着いて勢汰えをした後、枝七郎武者、加地入道父子三人、大胡太郎左衛門尉、小出四郎左衛門尉、五十嵐党を率いて進発し、越中との境にさしかかる。古活字本『承久記』には、

越中・越後ノ界ニ蒲原ト云所アリ。一方ハ岸高クシテ人馬更ニ難レ通、一方ハ荒磯ニテ風烈キ時ハ船路心ニ任セズ、岸ニ添タル同ソ（マヽ）道間ヲ伝フテトメユケバ、馬ノ鼻五騎十騎双ベテ通ルニ不レ能、僅ニ一騎計通ル道也。市降浄土ト云所ニ逆茂木ヲ引テ、宮崎左衛門堅メタリ。上ノ山ニハ石弓張立テ、敵ヨセバ弛シ懸ント用意シタリ。

とある。「蒲原」「浄土」は現在その地名をとどめないようであるが、『義経記』巻七には、義経主従がたどる道として、

① 四十八箇瀬を越え、宮崎郡を市振にかゝりて、寒原なかいしかと申（なカ）（す）難所を経て、能の山を外処に伏拝み給ひて、（「三の口の関通り給ふ事」日本古典文学大系）

② 黒部四十八箇瀬の渡を越え、市振、浄土、歌の脇、寒原、なかはしといふところを通りて、（「如意の渡にて義経を弁慶打ち奉る事」同前）

と、その名が見える。寛正六年（一四六五）七月にこの地を通った堯恵も、「ゆき〳〵て越後国の海づら。山陰の道嶮難をしのぎ。浄土といふ所に至りぬ。…爰を去てゆけば。すなはち親しらずになりぬ。…やがて歌のはまにうつり侍。

…また程へて、いとい川といふ河あり」（『善光寺記行』群書類従）と記しており、文明十八年（一四八六）六月に京を発った道興准后も、「宮崎を立て。さかい川。たもの木。かさはみ。砥なみ。黒岩などいふ所をうち過」（『廻国雑記』群書類従）と、その路次の地名を書き連ねている。越後の国府（上越市直江津）を発った式部丞朝時の軍は、能生町（西頸城郡）、姫川河口（糸魚川市）を過ぎ、青海町（西頸城郡）の歌・玉ノ木・外波・市振を経、さらに境川を渡って越中に入り、宮崎の城（富山県下新川郡）を通過しようとした。飛驒山脈の突端が日本海に雪崩れ込む北陸道随一の難所、親不知・子不知を通過するわけである。宮崎の城は海に臨んだ山城で、合戦の緒戦では朝廷方に属していた宮崎左衛門がここを堅めている。

『承久兵乱記』下の「ともときほくろくたうよりしやうらくの事」では、朝廷方は兵も集まらず防備も整わなかったので、「みやさきといふところをもさゝへす。たのはき（玉ノ木）といふところに。さかも木をひきけれとも。くはんとうのつはもの。みたれくゐのはつれ。うみをおよかせて。とをりけり」（続群書類従）と幕府軍は簡単にここを通過しているが、古活字本は前に掲げた文に続けて、この石弓と逆茂木の障碍を火牛の兵法によって突破した式部丞知時の謀の勝利を記している。

人々、「如何ガスベキ」トテ、各区ノ議ヲ申ケル所ニ、式部丞ノ謀ニ、浜ニイクラモ有ケル牛ヲトラヘテ、角サキニ続松ヲ結付テ、七八十匹追ツヾケタリ。牛、続松ニ恐レテ走リ突トヲリケルヲ、上ノ山ヨリ是ヲ見テ、「アハヤ敵ノ寄ルハ」トテ、石弓ノ有限ハズシ懸タレバ、多ノ兵、被レ討テ死ヌ。

「多ノ兵、被レ討テ死ヌ」とあるのは明らかに誤記で、『承久軍物語』に「おほくのうしどもころされけり。此はかりごとによて。兵どもいしゆみのなんをばのがれたり」とあるのが本来の結末のはずである。当の古活字本自体も、「石弓ノ所ハ無二事故一打過」ぎ、「逆茂木ノ内ニハ、人ノ郎従トヲボシキ者二三十人、カヾリ焼テ有ケルガ、矢少々射懸ルトイヘ共、大勢ノ向ヲ見テ、皆打捨テ山ヘニゲ上」り、「其間ニ無二事故一通リヌ」としている。

以上見て来たように、『承久記』の火牛の兵法は、「田単伝」と異なって極めて単純な内容のものである。また、長門本『平家物語』や『源平盛衰記』の火牛の話とも異なっているように見えるが、次に掲げる対照表を見れば三書の間にある親近な関係に気付く。先ず、角に松明を付けたとする点で三者は共通している。また、『源平盛衰記』における火牛の要素が単に副次的なものに過ぎないことも明らかに知られる。『承久記』と長門本との間にさらに共通するのは、敵が構える石弓の防備という設定であり、その裏を掻いて夜の闇に火牛を追い放ち敵の石弓を無駄に切り外させるのに成功したとする戦果である。両書の関係の密接さは疑うべくもない。そのことを確認した上で両書の叙述を比較してみると、『承久記』は断崖と荒海に挟まれた狭隘な道に仕掛けられた石弓という絶体絶命の危地を火牛の奇策で脱したという一点に集中させた、素朴で簡潔な語りであるのに対して、長門本は狂奔する火牛に焦点を当てて、「あるひは城にむかひて、角をかたふけてはしり入、あるひはふか田におちひたつて、をめき狂もあり。又打ころさるゝもあり。うしのためこそ、不祥なれ」（対照表の4の文に続く）と語っている。そこには明らかに合戦譚としての発展が見られる。

承久記	長門本平家物語	源平盛衰記
①浜ニイクラモ有ケル牛ヲトラヘテ、 ②角サキニ続松ヲ結付テ七八十疋 ③牛、続松ニ恐レテ走リ突トヲリケルヲ、 ④「アハヤ敵ノ寄ルハ」トテ、石弓ノ有限ハズシ懸タレバ、	1野にいくらもはなちたるうしともを、とりあつめて、 2たい松に火をとほして、うしのつのにゆひつけて、五十余頭、 4牛とも、かしらの火の熱さといひ、石ゆみころふにおとろきて、はしりまはる。 3「かたき、すてに夜うちによせたり」と心得て、いそき石ゆみをきりはなちければ、	1牛四五百疋取集テ、角ニ続松結付テ、 2四五百頭ノ牛ノ角ニ続松ヲトホシテ、 〈ナシ〉 〈ナシ〉

長門本では林・富樫の城を攻める斎明威儀師の計としていて、田単が城中から包囲軍に向かって火牛を放ったのとは攻守所を換えた形であるが、城の攻防戦を説話の背景としたことによって、挿入する「田単火牛」の故事との接点を持たせることができたと言える。

次のような疑問が生じて来ることになろう。より素朴な語りの『承久記』の話は、もともと「田単火牛」の故事とは関係がないのではないか。それは承久の変の史実とまでは言えないにしても、在地のいくさ話が取り込まれているのではないか。そして、長門本の斎明威儀司の火牛の説話は、その在地のいくさ話を基にして、「田単火牛」の故事への接近を図って形成されているのではないか。

六　火牛説話の伝播と定着

鳥獣に火を付けて放ち、敵の陣営を混乱させる火攻の計の故事は、「田単火牛」だけではない。『蒙求』に「田単縦牛」と対偶された「江逌爇鶏」の故事がある。この二つは『初学記』(巻二十五、器物部、火第十六)の「事対」にも「連鶏　結牛」と組み合わされているし、『事類賦注』にも「憶田単縦牛」と「思江逌之放鶏」の対句が見える。『十訓抄』第七「可専思慮事」にも「田単牛を放て、江廻(逌の誤り)鶏をつらねし。皆軍のたばかり也」(新訂増補国史大系)とあって、よく知られていたのであろう。『晉書』巻八十三の「江逌伝」に、東晉の穆帝の時代、羌夷の姚襄が反し、殷浩が北伐しようとして苦戦に陥った。その時、長史の江逌が数百羽の鶏を取り集めて、長縄で結び連ね、その足に火を結び付けて一度に放った。驚いた群鶏は飛び翔って姚襄の陣営に集まり、陣営が火を発し、その混乱に乗じて撃破した。そのように記されている話である。(17)

「田単縦牛」や「江逌爇鶏」よりも古く、『春秋左氏伝』には「燧象」の計が見える。定公四年の条に楚と呉の戦いの記事があり、そこに「王（楚子）使《ム》下執《リテ》二燧象《ヲ》一以《テ》奔《ラ》中呉《ノ》師《ニ》上」とあるのがそれである。李嶠『百二十詠詩』（祥獣十首）の「象」の詩にも「執燧奔呉城」の句があり、張庭芳の注に「呉伐楚（々）執燧於象奔呉軍敗、一本左伝（曰）楚与呉戦楚執燧象与走呉軍（敗）也」（慶応義塾大学図書館蔵本。天理図書館蔵本には括弧内の字がない）と引かれている。『左伝』の杜預の注に「火燧を焼きて象の尾に繫ぎ、呉の師に赴かしめて、これを驚き却けしむ」とあり、象の尾に燃える火燧《たいまつ》を付けて敵陣に突進させる謀のようである。『左氏会箋』第二十七には、「楚子使三火燧繫二象尾一卻二呉師一此田単繫二火牛尾一以破レ燕。江逌繫二火鶏足一以破レ羌之祖也」（富山房漢文大系）という評がある。燧象の計は田単の火牛や江逌の火鶏の計の祖であると言うのである。

　これらの火攻の計の話が中国で広く伝承されていたことは、蘇東坡の「雲龍山観焼。得二雲字一」の詩（『蘇東坡詩集』巻十七）に「火牛入二燕塁一。燧象奔二呉師一」とある対句や、梁の湘東王蕭繹（元帝）の「和二王僧辯従軍詩一」中の「連鶏随二火度一、燧象帯二烽然一」（『大漢和辞典』所引）という対句からも推測される。

　詩文の世界だけでなく、実戦あるいは合戦譚においてもその故事を承けた逸話がある。『宋史』巻三六八の「王徳伝」に、王徳が紹興元年（一一三一）に秀州（浙江省嘉興県）の水賊邵青を平らげた時、長江河口の崇明沙で賊軍を撃砕した。後日その残党が攻撃を仕掛けてきた。諜者は賊が火牛を用いようとしていると告げる。王徳は笑って「是古法也。可レ一不レ可レ再。今不レ知レ変、此成レ擒耳」（四部備要）と言い、全軍に命じて満を持して待機させ、交戦が始まるや一斉に矢を射させた。牛はみな回れ右をして奔走し賊衆は殲滅した。臨機応変の智略なしに古来の兵法を模倣した悲喜劇である。この時の賊衆の用いた火牛の計が田単の古法の細部をどこまでなぞっていたかはわからない。

　「武七書」の一である『李衛公問対』に、唐太宗が「陰陽術数」および「天官時日」を廃することの可否を訊ねた話がある。李靖は「兵者詭道也」として、それらを廃すべきでないことを説くのであるが、その例証として田単の故事を挙げている。

然《リ》而《シテ》田単為《リシトキ》二燕《ノ》所《ト》レ囲《ム》。単命《ジテ》二一人《ニ》一為《シ》レ神《ト》。拝《シテ》而祠《ル》レ之《ヲ》。神言《フ》二燕可《シ》レ破《ル》。単於《テ》レ是《ニ》以《テ》二火牛《ヲ》一出《デテ》撃《チ》レ燕《ヲ》。大《ニ》破《リ》レ之《ヲ》。
此《レ》是《レ》兵家《ノ》詭道《ナリ》。天官時日。亦《モ》猶《ホ》レ此《クノ》也。（冨山房版漢文大系）

李靖は、こけ威しに近い火牛の装備よりも、田単の布石の累積、敵をも味方をも欺く諜略や詭術による心理作戦の重層の上に火牛の計の奏功があったとしているのである。この李靖と同様の意見を、蘇東坡も『東坡志林』（巻五）の中で述べている。

田単使二人食必祭一、以致二鳥鳶一、又誤為二神師一。皆近二児戯一、無レ益二於事一。蓋先以二疑似一置二斉人心中一、則夜見二火牛龍文一、足二以駭動一、取二一時之勝一。此其本意也。(18)

燕が斉の七十余城を攻略し田単がこれを奪回した史実に関する『戦国策』（斉策第四）の記事は極めて簡単である。それが『史記』の「田単伝」で豊かに語られることになる。「田単伝」における田単の事績は、およそ次の六項に分けることができる。

(1) 燕の楽毅の軍に陥とされた安平から逃走する際、田単は自分の一族の者にはすべて車軸の端を切って鉄板で補強させたので、他の斉兵は車が壊れて補虜となったが彼の一族だけは危難を脱して、即墨に落ち延びた。

(2) 名将楽毅の攻撃で斉の城は莒と即墨を残して陥落した。即墨の守将が敗死し、推されて将軍となった田単は、まず反間を放って燕の恵王と楽毅の離間に成功する。

(3) 城の民に食事ごとに庭で先祖を祭らせ、鳥がそれを啄みに舞い降りるのを神人の降来と宣言し、一兵卒を神師として崇め、軍令はみな神師から出たと称する。

(4) 諜略を仕掛けて、燕の軍が斉の捕虜の鼻をそいで軍の最前に立たせ、斉人の祖先の墓を掘り返して先人を辱めるという行為に出るように仕向ける。それによって、即墨の民に燕軍に対する敵愾心を募らせ、団結と救国の決意を固めさせる。

(5)　田単は、自軍の態勢が整い機が熟するのを待って包囲軍との決戦に臨むが、先ず甲兵は城中に伏せ、老弱女子を城壁に上らせ、使者を燕軍に遣わして降伏を約す。

(6)　城中の民から集めた大金を富豪の手で賄賂として燕将に贈らせ、富豪にその一家の安堵を請願させて燕軍の戦意を鈍らせ、その上で、火牛の計を用いて燕軍を壊滅させる。

(1)は極めて科学的合理的な深謀遠慮であるが、(2)以下は人間の心理を洞察してこれを操作する、時に冷徹で非情なまでの諜略と詐謀である。李靖や蘇東坡が強調したのは(3)であるが、このような謀略の上に実行された火牛の計の効果を認めているのである。

ところで、燧象・火牛・連鶏の火計の故事のうちで、燧象はわが国の風土に根付きえないであろうし、生き物に火を付けて狂奔させる残酷さもなじまないとすれば連鶏の役立てようもない。受け入れられやすいのはやはり火牛、それも尾に火を燃やすのではなく角に松明を縛り付けるという形に変容した火牛を措いてないであろう。角に松明を点した群牛の驀進は、夜の闇を行進する大軍と見誤らせるだろうし、何よりもその地響きが効果的である。実際の攻防で用いられることがあったかどうか。南宋の水賊の残党のように試みて失敗する者もあったかもしれないが、むしろ在地のいくさ話の世界で変容し再形成された兵法話なのではないだろうか。多くの故事の運命がそうであるように、伝承の過程で田単その人の影は薄れて行き、やがて全く消え去って、比喩的に言えば、その契機さえあれば何処の土地にでも憑依して根を下ろそうとする、そのような説話として漂泊していたのではないだろうか。

『義経記』や幸若舞曲の判官物、謡曲「安宅」などを義経伝説の総体として眺める時、平泉を指して落ちて行く義経一行は、北陸道の関所関所で見咎められるが、その都度弁慶が主君義経を打擲する苦渋の策で危機をまぬがれる。旧稿(19)で中国における類話五件との関係を考察したが、それぞれ類似はするものの典拠をどれと特定しがたい弁慶の佯打説話が、安宅の関・如意の渡・直江の津・念珠の関などに根を下ろしている。同様に火牛の計の話も、謀計の仕手は勿論、敵味方をさえ換えながら、加賀の富樫・林の立て籠もった城、「加賀ト越中ノ境」の倶利伽羅峠、「越中・越後ノ界」の市振・浄土に根を下ろしている。そして現在では、弁慶の佯打説話が謡曲や歌舞伎に支えられて安宅の関に根付いているように、火牛の計の話は『源平盛衰記』とその挿絵や屏風絵の援護を獲得して倶利伽羅の峠に定着したと言えるのではないか。

注

(1) 久曾神昇・長谷川端氏解題『神田本太平記』巻十七「金輪院夜討手引事般若院童神託并高師重被斬事」(汲古書院、昭和47・2)

(2) 『角川日本地名大辞典17　石川県』(同編纂委員会編、角川書店、昭和56・7)

(3) 『万葉集』巻十七所載、大伴家持と贈答の長歌(四〇〇八番)。岩波日本古典文学大系(昭和37・5)の訓に拠る。

(4) 梶原正昭・山下宏明氏校注『平家物語』(新日本古典文学大系、岩波書店、平成5・10)。ただし振仮名は適宜取捨する。

(5) 渥美かをる氏解説『源平盛衰記　慶長古活字版』(勉誠社、昭和53・6)。ただし句読点を補う。

(6) 北原保雄・小川栄一氏編『延慶本平家物語』(勉誠社、平成2・6)第三末ノ十一「新八幡宮願書事」

(7) 『日本屏風絵集成5　人物画―大和絵系人物』(講談社、昭和54・5)

(8) 麻原美子氏編『長門本平家物語の総合研究』第二巻　校注篇下(勉誠出版、平成11・2)

(9) 拙稿「平家物語と蒙求和歌」(『富山大学教育学部紀要』17、昭和44・3)。本書第一章第三節5参照

(10) 『日本古典文学大辞典』(岩波書店、昭和60・2)「蒙求」の項(早川光三郎氏稿)

(11) 「後語」については未勘。書陵部蔵謙宜書写本『蒙求』の注に「志後語曰、史記、田単田常之疎属」と記す「志後語」と同じか。

(12) 文学古籍刊行社の影印本(一九五六年一月上海)巻頭記載「出版説明」に、「是現在還存見最早的『講史』話本」とある。魯迅の『中国小説史略』第十四篇「元明伝来之講史(上)」にも同じ見解が記されている。

(13) 馮夢龍撰『東周列国志』(清、蔡元放編、孫通海点校『古本小説読本叢刊』所収、北京、中華書局、一九九六年)

（14）黒田彰氏編『胡曾詩抄』（伝承文学資料集成3、三弥井書店、昭和63・2）
（15）慶安頃刊五山版『補註蒙求』（池田利夫氏編『蒙求古註集成』上巻所収、汲古書院、昭和63・11）
（16）注（9）に同じ。
（17）『太平記』巻二十「義貞牒二山門一同返牒事」に新田義貞の命を受けて児島高徳が草したという延暦寺への牒状の中にも、「然則駆二金牛一開レ路、飛二火鶏一劫レ城。其戦未レ半、決二勝於一挙一、退二敵於四方一訖」と引かれている。ただし「金牛」は田単火牛とは関係がなく、秦の恵王の用いた詭計である。『藝文類聚』巻第九十四（獣部、牛）に田単火牛の記事に次いで、金牛道の記事がある。即ち「蜀王本紀曰、秦恵王欲レ伐レ蜀、乃刻二五石牛一、置二金其後一。蜀人見レ之、以為三牛能大二便金一、牛下有二養卒一、以二為此天牛也、能便レ金。蜀王以為レ然、即発二卒千人一、使三五丁力士拖レ牛成レ道、致二三枚於成都一。秦得二道通一石牛力也。後遣二丞相張儀等一随二石牛道一伐レ蜀」とある。
（18）欽定四庫全書本による。汲古書院刊和刻本『史記評林』「田単伝」の頭書に「蘇軾曰」として同じ記事を引くが、その文に、「誤為」を「設為」に、「斉人心中」を「人心腹中」に作るのが解しやすい。
（19）拙稿「知から情へ——弁慶の佯打説話の展開——」（『広島女子大学文学部紀要』24、平成4・2）。本書第四章第四節参照

第四節　太平記と中国文学

1　太平記研究の現況

一　戦後『太平記』研究の初心

ＮＨＫが日曜の夜に放映する大河ドラマは、最初の「花の生涯」以来、明治維新前後の時代、戦国末から江戸初期にかけての時代、源平争乱の時代と、おおむね、この三つの変革期に舞台を求めて来ている。この三年間（一九七八～八一年）を振り返ってみても、北条政子の生涯を描いた「草燃ゆる」、幕末から明治初期を激しく生きた青年群像の「獅子の時代」、そして今年の「おんな太閤記」と続いて、その循環の方式はいっこうに変わらない。いっかな、「太平記の時代」の登場してくる気配はないのである。

理由は必ずしも単純ではないのにちがいない。しかし、戦後もすでに三十五年を経過して、いまだに解放され切っていない『太平記』という作品の宿命に思いをひそめざるを得ないことも確かである。もしも「太平記の世界」がこのドラマに登場することになったとしたら、早速にも「いま、なぜ太平記か」といった見出しの時評が新聞紙上を飾るにちがいないし、たとえそれがどのような取扱われ方になったにしても、賛否相半ばする世論の沸騰が予想されるのである。「時間」もそれを消し去ることのできなかった翳を、『太平記』は背負っている。いや、むしろ「時間」を経て、次第に改憲論義が活発になり、軍備拡充への傾斜が危惧されるような時代の推移の中で、『太平記』がその翳をいっそう濃くして行くのではないか、そんな懸念を抱かざるを得ないのである。

永積安明氏の続日本古典読本『太平記』（日本評論社、昭和23・10）は、戦後の『太平記』研究に明確な指針を与えた記念すべき述作である。その冒頭の「はじめに」（一九四七年五月付）の中で、氏はこう書いている。

> 太平記といえば、それだけでもうひとつの動かすこともできないかのような常識があって、その常識をうちやぶり、俗論を俗論として突き出すことは、とうてい不可能な状態が長い間つづいて来た。
> それほどこの常識は強力な権威をもって、わたしたちの上にのしかかっていたのだ。（中略）
> しかし今こそ太平記観についても、あからさまに俗論を俗論として批判することができる。太平記をはじめて根本的に自由に論じ、あのおそるべき伝説的な「権威」をかさに、のさばっていた常識をつきやぶることもできる。

うっとうしい時代が長く続いて、ようやく「進歩的な政治の可能性、明るい未来への展望」を持ちうる時代を待ちえた歓喜と決意とが、ここには躍動している。

それから三十年あまり、「あのおそるべき伝説的な「権威」をかさに、のさばっていた常識」が、人びとの観念の中で、果たしてどこまで突き崩されたか。崩されないままに時代を伏流して、そのよみがえりをすら促しかねないような時代状況の中で、まさに「今こそ」、戦後の『太平記』研究の初心に立ち戻らなければならない。『解釈と鑑賞』誌の編集部からいただいた課題の中に「研究の将来像」という語句を見出した時、反射的に脳裏をよぎったのは、阿世か緘黙かを強いられるような、うっとうしい時勢下での研究という、そんな暗いイメージだったのである。単に学問・研究の自由についての一般的な議論の中には解消してしまうことのできない特殊の意味合いを持たざるを得ないところに、『太平記』という作品の宿命を思うわけである。(1)

二　中世史研究と『太平記』

戦後の歴史研究が社会科学的な方法を主軸とし、社会経済史的な解明が進展するにつれて、その面からの『太平記』への照射が盛んになった。永積安明氏や谷宏氏らの論考、あるいは松本新八郎氏・黒田俊雄氏・井上良信氏・桜井好朗氏ら歴史家の発言が相次ぎ、それは戦後の『太平記』研究を最も鮮明に特徴づける動向となった。それらの中で、中世史研究における「悪党」の問題を『太平記』論の中核に据えた黒田氏の論考、なかんずく「太平記の人間形象」（『文学』22―11、昭和29・11）が以後の『太平記』研究に投じた波紋は、極めて大きな広がりをもつことになった。それは、戦前の南北朝時代についての「常識」、および、それと表裏一体になっていた『太平記』についての「常識」に、真向から対立してこれを打破する、最も直截的、具体的で、かつ有効な視点を提供したと言うべきものであったから、その影響下に『太平記』における悪党的な人間像、例えば楠木正成や佐々木道誉などの人物の造型に関する多くの論考が生まれ、さらに単なる個人でなく佐々木氏・赤松氏といった氏族と『太平記』との関わり、また作品全体の構想論との関わりへという具合に、多様な展開を示しながら現在の中堅・新進の研究に受け継がれていると思うのである。個々の論考について触れるゆとりがないので、日本文学研究資料叢書『戦記文学』（有精堂、昭和49・9）の「太平記研究史の展望」（梶原正昭氏）や、鑑賞・日本の古典『太平記』（尚学図書、昭和55・6）の「参考文献解説」（長谷川端氏）について見られたい。(2)

上に述べたような社会経済史的な歴史研究に触発された『太平記』研究の進展とは逆に、戦後、特に影を薄くして来たものの一つに、歴史地理学的な立場からのアプローチを挙げることができる。明治末期から昭和初期にかけては、大森金五郎氏、(3)大西源一氏、(4)魚澄惣五郎氏(5)などの論考があった。歴史科学の進展は、そうしたテーマへの関心を次第に郷土史家の手にゆだねることになって来たということであろうか。古い地誌のたぐいを見ると、中世の場合、『源平盛衰記』や『太平記』に描かれたその土地での歴史事件と、それに関する地理的記述とを疑うべからざる事実として、もっぱらそれを現在の地理的状況に比定することに精力を傾注しているといった印象のものが多い。勿論、日本古典文学大系『太平記』（岩波書店、昭和35・1〜37・10）の「解説」で触れられているように、『太平記』巻三十一の「武蔵野合戦事」の記述の誤謬を論じた『新編武蔵風土記稿』（文政11成立）のようなものもあるが、昌平黌地理局編纂のこの地誌などは、むしろ例外的なものであろう。管見では『源平盛衰記』や『太平記』の記述を承けて、それを現状に比定することに情熱を注いだものが多いように思う。そして、その傾向は必ずしも古い地誌にのみは限らないと思うのであるが、『源平盛衰記』や『太平記』がかつて史書として重んじられた、その伝統的な権威への尊信と、研究者の愛郷心とが結び付いて、そのような熱心な比定の作業が生まれて来るのであろう。

昭和五十五年の秋、熊本大学で開かれた中世文学会の講演で、岡見正雄氏は、『太平記』における地理的な記述には誤りが多いこと、ただ京都に関しては比較的正確であることについて言及している。地理的な記述における正確さと誤り、地域の違いや題材（事件）の性格の違いによる記述の正誤の実態が、作品全体にわたって明らかにされて来るならば、そこから『太平記』という作品の形成や作者の問題について、有効な手掛りが得られるということも期待できよう。

岡見氏の講演の中で興味深く拝聴したことのもう一つは、歴史考古学関連の話題である。昭和二十八年五月および十月の二回にわたる発掘によって、鎌倉市材木座遺跡から五百五十六体もの頭骨が出土し、三上次男氏によって、それらの人骨は元弘三年（一三三三）五月、新田義貞の攻撃によって鎌倉幕府が滅亡した際のものと推定された。[6] これは、『太平記』巻十の「鎌倉合戦事」以下の鎌倉最後の日の叙述が歴史考古学の裏付けを得た話としてよく知られている。岡見氏はこれと並べて、福岡市博多区の祇園町遺跡から打ち首にされたと見られる多数の頭骨が発見されたという話題を提供した。

あらためて、発掘責任者の折尾学氏（福岡市教育委員会文化課）に問い合わせ、朝日新聞（西部版、昭和五十三年九月九日の朝刊）の報道記事にも当たってみると、それは弥生時代から江戸時代までの遺物が出土する多層遺跡であるが、その頭骨群の出土層は鎌倉末期のもので、場所はまさに鎮西探題館跡の一角、頭角はいずれも破損がひどく、焼かれていて、第二頸椎の上で斬られており、初め三十数箇と報道されたが、人骨の数は百十体分とのことである。福岡県文化財保護審議会委員でもある郷土史家の筑紫豊氏は、これを『博多日記』が伝える菊池軍の探題襲撃の際のものと推定している。即ち、元弘三年三月十三日に菊池二郎入道寂阿（武時）が探題館に北条英時を襲撃して敗れ、寂阿・子息三郎（頼隆）・入道見勝（寂阿舎弟）や若党らの首が連日、犬射馬場（博多区馬場新町）にさらされた、その菊池軍の頭骨であろうというのである。

菊池武時の探題襲撃事件は、『太平記』巻十一の「筑紫合戦事」にも語られている。が、合戦記録としては『博多日記』ほどの具体性を持たず、また梟首にされたという記述もない。その代わり、『博多日記』には記されていない、時代の動乱にもまれる人心の去就や、節義と恩愛の相克に揺れる悲哀が、より主要な題材となっている。それは先述の「鎌倉合戦事」の場合も同様であって、記録文書やまして考古学の遺物によって裏付けるべくもない人間の心の世界が、時代の状況として表現されて来るところにこそ、歴史文学の「文学」としての意味があるのであろう。それはそうにちがいないのだが、歴史文学の成立する基盤である素材としての史実に、確固とした考古学的な裏付けを得ることは、作品研究にとっても大きな収穫であるはずである。

祇園町遺跡の調査は、地下鉄建設工事に伴う発掘によるもののようであるが、鉄道や高速道路、あるいはビル等の建設工事をきっかけに埋蔵文化財が発見され、中世の遺跡の発掘調査が進められているといったケースも、全国の各地にわたって相当の数に上るのにちがいない。おそらく古墳発掘などのような先史考古学の成果ほどには関心の持たれ方も高くなくて、全国的に報道される機会も少ないのであろうと思われるが、歴史考古学の調査報告が全国的な規模で集成され整備されて行く時、戦前の歴史地理学的な研究とはまた一味違った『太平記』研究が展開するのではないか。そんな期待をも抱かせられた岡見氏の講演であった(7)。

三　『太平記』伝本の公刊

近頃、古典の伝本の影印出版が盛況を呈している。『太平記』に関しても数種の伝本が公刊されて、研究者に多大の便益が与えられることになった。『太平記』は四十巻にも及ぶ大部な作品であるだけに、従来、各種の伝本の刊行されることもまれで、原本の複写を依頼するにもままならぬことがあり、従ってまた諸本についての調査も容易でなくて、本文異同の実態に立脚した堅固な作品研究も行われがたいといううらみがあり、それが『太平記』研究の立ち遅れの一因となっていたことは、否めない事実である。

その昔、流布本以外には、『太平記　神田本』（国書刊行会、明治40・11）と『西源院本太平記』（刀江書院、昭和11・6）としかなく、その神田本も、本来的な本文と切継補入された天正本系統の異文とをひとしなみに取扱って翻刻したものであった。が、今では、その切継補入の部分を明瞭に識別して網羅的に図示した長谷川端氏の解題の付された『神田本太平記』（汲古書院、昭和47・2〜10）を利用することができる。また、鈴木登美恵氏が多年の諸本研究を踏まえ、特により古態性を保つ、氏のいわゆる甲類本（神田本・玄玖本・南都本・西源院本）の中での玄玖本の位置付けを詳説した解題の付された『玄玖本太平記』（勉誠社、昭和48・11〜50・2）も出された。先に『太平記　梵舜本』（古典文庫、昭和40・7〜42・1）を刊行した高橋貞一氏によって、天正本系統の『義輝本太平記』（勉誠社、昭和56・2）も上梓されたばかりである。高乗勲氏によって紹介翻刻された「永和書写本太平記（零本）」（『国語国文』、昭和30・9）

も、新たに太田晶二郎氏の解説を付して「原装影印古典籍覆製叢刊」（雄松堂、昭和53・11）に収められた。こうして、最も基本的な研究資料である各種の伝本が漸次提供されつつあることは、まことに慶賀すべきことである。(8)

諸本の分類に関する試論としては、亀田純一郎氏（岩波講座日本文学『太平記』、昭和7・7）・高木武氏（「太平記考」『日本文学論纂』所収、明治書院、昭和7・6）の説を発展させて、高橋・鈴木両氏の精力的な調査がある。巻の分け方を規準にした鈴木氏の四分類案は、前述のごとく『玄玖本太平記』の「解題」に要約されている。高橋氏の説は『新校太平記』（思文閣、昭和51・2〜9）の解説「太平記の古態本について」にも要約されているが、さらに『太平記諸本の研究』（思文閣、昭和55・4）において大きく纏め上げられた。基本的には亀田・高木説の分類により近くて、『太平記』の諸本を、

一、「古態本（巻二十二を有しない諸本）」

二、「古態本の巻二十三、巻二十四を改訂して巻二十二、巻二十三を作りたる諸本（天正本系統本）」

三、「天正本系統本の巻二十二、巻二十三を持つ諸本」

四、「流布本」

の四系統に分類して、すべて四十八種（ただし逸文・断簡・抜書の類も含む）のそれぞれに詳細な考察を加えている。『京都市西京高等学校研究紀要』（第三輯、昭和28・7）に掲載された本書と同題の論考以来、氏の論文が衆目に触れる機会のやや乏しい紀要のたぐいに発表されることが多かっただけに、それが集大成された本書の刊行は、今後の諸本研究の大きな土台となるにちがいない。同じ四分類案といっても内容の相異なる高橋・鈴木両氏の説に対して、また新たなる分類案の提出を促す契機ともなるであろう。(9)

諸伝本の影印や翻刻が漸次行われるようになり、綿密な調査に基づいた諸本の系統分類が固められつつあることを背景に、今後に期待したいこととしては、特に重要な幾つかの系統について、系統ごとの校本の作成されることであ

る。任意の一本をもってその系統を代表させるのでなく、系統ごとの校本を作成して、当該系統の内部における振幅を見極めた上で、各系統間における本文異同を考察して行く必要があると思うのである。そうした見地から、筆者自身、昭和四十年代の初めに南都本系統の校本の作成を思い立ったのであったが、公私ともに事繁くて作業は遅々として進まず、遂に停頓したままである。

四　「太平記読み」について

「語り物」としての『太平記』の研究となると、「太平記読」のことに触れないわけにはいかない。

亀田氏の「太平記読について」（『国語と国文学』、昭和6・10）は、芸能としての「太平記講釈」（広義の「太平記読」）を、『太平記評判理尽鈔』に基づいて政道論・兵法論の観点から『太平記』を講ずる武士階級相手の講釈と、仕方話をもって『太平記』の内容を敷衍して語る民衆相手の講釈（狭義の「太平記読」）との二つに分け、それぞれについて及ぶ限りの文献資料に基づいて詳察を加えた記念碑的な論考である。氏は、前者の「理尽鈔講釈」は慶長・元和の頃に始まり、後者の狭義の「太平記読」は貞享・元禄をさほど溯らぬ頃から行われたと推定している。資料の関係もあって前者についてより詳細であるが、そのうちの金沢藩における講釈については、大山修平氏[10]が在地の藩政史料等を駆使して補説した。ただ用いた文献の史料性の吟味、および他の資料との関連について再考を要する点もあるように思う。後者の民衆相手の「太平記読」に関しては、中村幸彦氏[11]が、講釈・講談・噺など、より広汎な「舌耕文藝」の生成展開の中で説いている。

そして、亀田氏の論考でも触れられることの少なかった室町期の、主として物語僧による『太平記』の講読・朗誦の実態を意欲的に追求しているのが、加美宏氏の「中世における「太平記読み」について――『蔭涼軒日録』の記事を中心に――」[12]の論考である。「物語僧と推定される人物が『太平記』を読んだという、殆ど唯一の記録」である江見河原入道の事例（『蔭涼軒日録』文正元年閏二月六日の条）を中心に、物語僧とその藝態について推論し、さらに江見河原入道が赤松氏一族の出自であることに注目して、近世の専業的な「太平記読」に赤松姓を名乗る者の多いこと、また『太平記』における赤松氏関係の記事が諸本によって流動的であるという事実などとの関わりから、『太平記』の生成過程ならびに享受史における赤松氏の関与を示唆している。研究の全く手薄であった中世の「太平記読」の問題にいどんだ、勝れた論考である。結局、「中世には「太平記読み」のみを業とする者は、おそらく存在しなかったであろうと思われる。」「口上手・芸達者な物語僧と呼ばれる口舌の徒が、その多くの持ち芸の一つとして『太平記』を読んだのが、談義僧のそれと共に、中世における、多少とも芸能的な「太平記読み」であったろう」というのが、氏の結論である。

『太平記』がいかに享受されたかを知る上で有益な福田秀一氏の「太平記享受史年表」[13]にも摘記されているように、永禄四年（一五六一）三月の末から閏三月の初めにかけて、毛利元就は子息の隆元・隆景や重臣たちと雄高山に遊んで滞留した。閏三月二日には、連歌会を催し、また鞠御会を行った記事に続けて、

同日ニ、太平記、隆元様常ノ御茶之湯之間にて、一芸ヲ召シテ読侍ル。（「毛利元就父子雄高山行向滞留日記」[14]）

と記されている。この「一芸」は、「Ichigueino aru fito（一芸のある人）ある技芸にすぐれている人」（『邦訳日葡辞書』、岩波書店、昭和55・5）の意で、ここでは講釈・談義、あるいは朗誦の達人を指すのであろう。それが専業的な「太平記読」であったかどうかは、勿論不明である。

ところが、「厳島野坂家文書」（『広島県史　古代中世資料編Ⅱ』所収）に「大平記よミ」の語の見えることを、友久武文氏の示教によって知ることができた。厳島神社の神職である棚守左近将監房顕に宛てた「山城守就長書状」というのがあって、その「尚々書」に、

尚々細字ハ存外之御事、驚目候、我等式ハちと八年少ニ候へ共、よミかね申候、仰天申候、寔そら事の様ニこそ候へ、御神慮迄候、此以前之事者、むし《（虫）》つらぬき《（貫）》のやうに候つる、此後御事ハ大《（太）》平記よミ一人めされ出し候まてニて候、めてたく社候へ〳〵、御社参之時重而可申述候、かしく、

と記されている。書状の本文は「彼書記之事、卒尒之様ニ候つる、即時御調候て被下候、我等大悦此事候」と書き出されていて、『広島県史』の頭注には「房顕、就長ノ依頼ニヨリ寄島中ノ某書記ニ書ヲ書カシム」と摘記されている。書の揮毫か文書の調進かに対する礼状のようであるが、文意の把握しがたい書状である。とにかく、ここに『太平記』の講釈を専業とする者の呼称と解しうべき「大《（太）》平記よミ一人」なる語句が見えるのである。

さて、この書状の日付であるが、「五月二十四日」とのみあって、年次は未詳である。ただし房顕は天正十八年（一五九〇）正月二十日に九十六歳の高齢で没しているので、その前年の天正十七年以前であることは動かない。どこまで溯らせることができるか。毛利隆元が「一芸ヲ召シ」て『太平記』を読ませた永禄四年までは三十年近い隔たりがある。それにしても、亀田氏が「太平記読」という名称の初出であろうとされた元禄三年（一六九〇）刊の『人倫訓蒙図彙』よりも一世紀以上を溯る時代の用例ということになる。

地方史研究が進展し、在地の史料の整備が進み、その公刊が盛んになるにつれて、まだまだこうした資料の出現するであろうことが期待される。先に述べた歴史考古学の成果への期待と同様、言わば「地方の時代」を反映した『太平記』研究の将来像ということになろうか。[15]

五　国際的視野に立つ研究

最後に、筆者が最も関心を寄せて来た比較文学的な研究について述べてみたい。先に公刊した小著（『太平記の比較

文学的研究』、角川書店、昭和51・3）は、基本的に『太平記』の「出典論」であった。それも、『史記』『文選』『白氏文集』『古文孝経』『論語』『孟子』および『貞観政要』など、考察の対象もごくありふれた僅かな漢籍に限られているので、勿論、「出典論」としてもさらに拡充させなければならない。

しかし、今の最大の関心事をあえて告白するならば、方法論的には全くの暗中模索であるが、国際的な視野の広がりをもった『太平記』の研究ということである。ギュイヤールが「国際間の文学的関係の歴史」（クセジュ文庫『比較文学』、福田陸太郎氏訳、白水社、昭和28・4）と定義したように、比較文学はもともと、文学の国際的な関係を通して見た文学史研究として出発した。が、日本人、殊に古代・中世の知識人にとって中国文学（今の場合、哲・史・文にわたる言語文化の全般）というものは、自己形成を培養した精神の糧でもあり、魂のふるさとでもあった。少なくとも「晴」の世界においてはそうであった。そうした関係を、かつて「中国的要素とはいいながらもすでに日本の言語文化のなかにとり入れられ、かつあくまで外来的要素として処遇されて伝わってきた過程というものがある。しかも一方では、古典としての漢籍がその時代その時代の人とあたらしい邂逅を経験しつつ伝わってもいるのである」（前出拙著、六三頁）と表現した。それが、日本の古典を対象とする比較文学が「出典論」とならざるを得ない最大の理由なのであるが、同時に、比較文学の成立にとって不可欠な「国際的関係」という視点を実質的に欠落させてしまう原因ともなる。文学における国際的関係の研究を標榜して、戦後間もなく日本比較文学会が設立（昭和23年）されたのも、一つには戦前の偏狭かつ独善的な国家主義への批判あるいは反省に立ったものであったはずである。にもかかわらず、単に比較する対象が他国のものであるというだけで、実質的に「国際的関係」という視点を欠落させて、なにが「比較文学」か。目下、そういう反省に悩まされているわけである。

『太平記』という中世の作品を取り上げて、これを真に「国際的な視野の広がり」をもった「比較文学」の対象として考察するためには、どういう方法が必要であり、また可能なのであろうか。いま考えていることの一つは、可能なかぎり同時代的な影響関係の考察へと近づけて行くということである。「同時代的」と言っても交通・通信の未発達な時代のことであるから、おのずから相当に幅のある「同時代的」ということにならざるを得ない。例えば、『太平記』の巻二十六「黄粱夢事」に「楊龍山が謝スル二日月ヲ一詩」（神田本）という七絶が引かれている。実は楊亀山の「勉謝自明」と題する詩（欽定四庫全書『亀山集』）なのであるが、この楊亀山は宋の紹興五年（一一三五）に没しているので、仮に『太平記』の成立を応安年間（一三六八〜七四）の後半と見ても、二百五十年も過去の人物である。宋の元豊七年（一〇八四）成立の司馬光の『資治通鑑』の影響も、楊亀山が師事した二程子、あるいは二程子ら先儒の説を総合して宋学を大成させた朱熹（一一三〇〜一二〇〇）の学説の影響も殆ど見出しがたい『太平記』であることを思えば、楊亀山の詩が引用されているということは、極めて斬新なことなのである。『亀山集』からの直接の引用とは考えがたく、黄粱夢の説話に付随してもたらされたのであろうが（転・結にこの故事が踏まえられている）、媒介者への追求を重視することで、さらに一歩、「同時代的な影響関係」の考察へと近づけて行くこともできるのではないかと考えている。[16] そして、その方向に眼を向けた時、五山禅林社会というものが果したであろう媒介者としての役割がどのようであったか、という課題が浮かんで来るように思うのである。

注

（1）補　NHKの大河ドラマに「太平記の時代」が登場したのは、平成三年（一九九一）である。原作は吉川英治の小説『私本太平記』で、古典『太平記』本来の部分よりも作家の付け加えた部分に重点を置いているという印象の強い構成であった。そこに『太平記』を現代によみがえらせる脚本の工夫があったのかもしれない。NHKはそれに先立って、昭和五十七年（一九八二）の十月から翌年三月まで、教育テレビの市民大学で「太平記の世界」というテーマの連続講座を放送していた。毎回四十五分で全二十五回に及んだが、講師は永積安明氏を中軸に、上横手雅敬氏・桜井好朗氏の三人で、戦後の中世史研究の成果を踏まえて、戦前の『太平記』観を払拭しようとする熱意の感じられる卓抜な内容であった。その瀬踏みを経て、戦前は逆賊とされていた足利尊氏を主人公に据えた大河ドラマが放映されたわけである。放映をきっかけに、「太平記ブーム」が起こった。

（2）補　その後の『太平記』研究の展開については、諸雑誌の「学界展望」欄などでしばしば取り上げられているが、最近のものとしては、長坂成行氏の「戦後『太平記』研究の展開と課題——注釈史と最近の動向を中心に——」（長谷川端氏他編、軍記文学研究叢書8『太平記の成立』所載、汲古書院、平成10・3）がある。

（3）大森金五郎氏「稲村崎の徒渉」（『歴史地理』4—11、明治35・11）

（4）大西源一氏「大塔宮熊野落考」（『歴史地理』24—1、大正3・7）

（5）魚澄惣五郎氏「吉野山と山伏」（『歴史と地理』27—1、昭和6・1）

（6）日本人類学会編『鎌倉材木座発見の中世遺跡とその人骨』（岩波書店、昭和31・3）

（7）補　縄文時代遺跡の発掘調査による巨大な住居群や建造物の発見が、マスコミを賑わしている。従来は予想もされなかったような縄文人の生活が次第にその姿を現して来るのは楽しいことである。縄文時代や飛鳥時代の遺跡調査に比べると、中世の考古学は地味であるけれども、このほど、「考古学資料から記述する中世史」として『図解・日本の中世遺跡』（編集代表小野正敏氏、東京大学出版会、平成13・3）が刊行された。その巻末に付された「引用文献」のリストからも、発掘調査の着実に進められていることが了解される。

（8）補　その後の主要な『太平記』伝本の公刊には、次のごときがある。

①長谷川端氏編『中京大学図書館蔵　太平記』全四冊（新典社、平成2・9）

②長谷川端・加美宏・大森北義・長坂成行氏編『神宮徴古館本 太平記』（和泉書院、平成6・2）

③長谷川端氏校注『太平記』（新編日本古典文学全集、小学館、平成6・10〜10・7）。底本は水府明徳会彰考館蔵天正本

④西端幸雄・志甫由紀恵氏編『土井本太平記　本文および語彙索引』本文篇二冊・索引篇三冊、勉誠社、平成9・2）。底本は土井忠生氏蔵本（「西洞院殿時慶卿太平記全部」の付箋のある美装本。卑見では、慶長十四年刊の平仮名交り本を仮名書き本に仕立てたもの）

この外、『太平記』諸本のうち最も古い宝徳三〜四年（一四五一〜二）の奥書を伝えながら、巻十一以下を欠いていたため

にさほど尊重されずに来た宝徳本（国会図書館蔵）の全体像を、尾張藩の国学者河村秀穎の校合本（名古屋市立鶴舞中央図書館蔵）に朱書された校異に基づいて復元しようと試みた長坂成行氏の労作がある（「宝徳本『太平記』復元考──河村秀穎校合本による──」、『奈良大学紀要』14、昭和60・12）

(9) 補　高橋貞一氏が「太平記の古態本について」（『新校太平記』下巻付載「解説」）で立てていた三分類案と、鈴木登美恵氏の四分類案の大要については、本書第一章第四節2「太平記の成立」を参照。今のところ、『太平記』の諸伝本の分類に関しては、鈴木氏の構想案の大枠を超える見解は提出されていない。

(10) 大山修平氏「「太平記読み」に関する一考察──加賀藩におけるその実態──」（『金沢大学国語国文』6、昭和53・3）

(11) 中村幸彦氏「伸びゆく舌耕文芸」（井本農一・西山松之助氏編『日本文学の歴史7　人間開眼』、角川書店、昭和42・11）

(12) 加美宏氏「中世における「太平記読み」について──『蔭涼軒日録』の記事を中心に──」（『軍記と語り物』9、昭和47・3）　補　加美氏の「太平記読み」に関する多くの勝れた論考は、氏の『太平記享受史論考』（桜楓社、昭和60・5）の特に第二章「中世における『太平記』の「読み」と享受」に纏められ、さらにその後発表の論考が『太平記の受容と変容』（翰林書房、平成9・2）に収められている。

(13) 福田秀一氏「太平記享受史年表」（『成城文芸』35、昭和39・3。日本文学研究資料叢書『戦記文学』再録、有精堂、昭和49・9）

(14) 『大日本古文書　家わけ第八　毛利家文書之二』所収、第四〇三号文書

(15) 補　「山城守就長書状」の「むしつらぬきのやうに」の「やうに」を『広島県史』は「ように」と誤植している。原文書の写真（県史編纂室所蔵）によって訂正した。「此以前之事」に関する「むしつらぬき」の語がはっきりしないので、「此後御事」に関する「大平記よミ」の比喩も捉えがたい。「むしつらぬき」は、あるいは「虫」の「貫《つらぬき》（毛沓《けぐつ》）」の意で、文字が細かくて判読しがたいのを譬えたのであろうか。それが文字も大きく明瞭なものに書き改めて調進されたことへの謝辞なのだとすると、「大平記よミ」は難読の文章を訓み解くことのできる「一藝」を比喩しているのかもしれない。差出人の「山城守就長」については末尾の付記を参照。

(16) 『太平記』の本文を玄玖本で示すと、次のとおりである。

是を楊龍山ヵ日月ヲ謝スル詩ニ曰ク、

少年ニシテ力ツトメ学ヒ志須クレ張ズ　得失由来一夢長シ　試ニ問フ邯鄲敧ツルレ枕ヲ客　人間幾度熟セシム二黄粱ヲ一

作者名、詩題とも諸本同じであり、本文も西源院本が「力」を同義の「勤」に作る以外に異同がない。また、楊亀山の「勉謝自明」詩とも「須張」（張は強の写誤か）と「須彊」の違いがあるに過ぎない。柳瀬喜代志氏は、この「黄粱夢事」の話について「楊亀山の詩を引いて語った部分を除けば、『和漢朗詠集和談鈔』仙家「壺中天地乾坤外　夢裏身名旦暮間」の注（「夢裏」の条）に見える仮名注所載話と同話である」と詩と切り離して考えている。また、詩題が原詩と異なる点については、「引用の詩題には魯魚の誤りを生じている。このことは作者が詩集を直に披見し引いたのでは無かったためなのか、或いは伝写の際の誤写に生じたのか、審かにしない」と述べている（「中世新流行の詩集・詩話を典拠とする『太平記』の表現――『太平記』作者の嚢中の漢籍考――」、和漢比較文学叢書15『軍記と漢文学』、汲古書院、平成5・5。『日中古典文学論考』に再録、汲古書院、平成11・3）。

付記　「山城守就長書状」の差出人「山城守就長」と書状の年次について

『毛利家文書之三』に「安国寺恵瓊林就長連署状」二通（第八五九・八六一号）がある。いずれも天正十一年（一五八三）十二月のもので、羽柴秀吉が毛利輝元に迫る境界決定の交渉に関して、安国寺恵瓊とともに毛利方の奉行として苦労している内容のものであるが、「林木工允就長」という署名と花押がある。また、『吉川家文書』（『大日本古文書家わけ第九』）に「疋田就長書状」三通（第八七四〜六号）が収められている。いずれも天正十五年六月のものであるが、第八七四号書状の文中に「林土」の語が見え、「林土佐守就長」の傍注が付されていて、疋田就長・林就長という同名の二人が存在するかに見える。さらに『晴豊公記』天正十八年三月十二日条に、毛利輝元の家臣が勧修寺晴豊邸に参上して、さまざまの礼物を献じている記事の中に「林肥前守（就長）いなかたる一、かも二、こふ各志やうはん」とあり、『萩藩閥閲録』（山口県文書館、昭和45・3）第三巻所収の文書にも、「林木工」（天正六年）、「林土佐守」（天正十四年）、「林肥前守」（文禄元・四・五年）などが見え、それぞれに「就長」の傍注が付されている。

平成九年四〜五月に広島県立美術館で「毛利元就展——その時代と至宝——」が開催された。会場の入口に「毛利元就坐像」が展観されていたが、その傍らには、このたびの展示のための修補に際して胎内から発見されたという墨書銘の拡大コピーのパネルが掲出されていた。それには、

洞春殿贈三品日頼洞春居士
　木像　一基
在忠孝臣下林土佐守就長公
開闢当寺奉崇敬先君也
　天正十三年乙酉仲秋彼岸如意日
　　作者　大仏師　山本右京

とあり、林就長が土佐守であった天正十三年八月に、長安寺（島根県大田市大森町）を開闢するに当たって、山本右京に彫らせて奉安したものであることが判明する。その解説に導かれて『萩藩閥閲録』第三巻を見ると、「九十一（大祖）林平八」の家譜の末尾に、

右、先祖肥前守就長儀、元就公ゟ《より》輝元公至御代、於二諸所一遂二軍忠一。輝元公之御時者奉行役相勤、従二秀吉公一被レ叙二任従五位下肥前守一、賜二豊臣御姓一。（下略）

とあり、また、

林肥前守就長〈始与次（右京）木工　土佐　法体梅隣　従五位〉
　慶長拾年七月十九日死、八十九歳。

ともある。逆算すれば、永正十四年（一五一七）の生まれとなる。これで、木工允・土佐守・肥前守などの経歴をもつ林就長についてはかなり明確になったものの、彼が「山城守就長」であることの確証が得られなかったのであるが、その後、日本中世史、特に毛利氏の研究が専門の秋山伸隆氏（県立広島女子大学教授）から、「山城守就長」の花押が林木工允や林土佐守の花押と同一であること、天正十一年十月二十五日小早川隆景書状（『閥閲録』巻一百二）に「安国寺・林山城守」とあって、林就長が天正十年代に「山城守」を称していたことが確認できることの教示を得た。文書の上では天正十一年に「木工允」と「山城守」が重複することになるが、秋山氏の説明によれば、「官途が変わって間もない時期に時々見られる現象」であるとのことである。ともあれ、林就長が「山城守」であった時期は短いものであり、この「山城守就長書状」は天正十二年（一五八四）前後の年の五月のものと考えていいと思う。時に就長は六十八歳前後の高齢であるが、「我等式ハちとハ年少ニ候へ共」とは、すでに九十歳を越えている房顕に対する辞儀であろう。経緯を記して、秋山氏に謝意を表する次第である。

2　太平記の成立

(1)　太平記の成立過程と作者群

一　『太平記』の成立過程

一　四十巻本の成立時期

鎌倉末期、後醍醐天皇による討幕の企てが、正中の変・元弘の乱と試練をくぐり抜けて遂に実現し、そうして成った建武の中興政治があえなく崩壊して南北両朝の対立となり、やがて後醍醐天皇の崩御とともに南朝の勢力は衰えて、足利政権の基礎は固まったものの、幕府内部における大名たちの覇権抗争が続いて、時代の混迷はとどまるところを知らない。そうした中世変革期の社会状況を背景に、太平の世の到来を待ち望みながら、動乱の原因と行方を執拗に追求した軍記物語、『太平記』四十巻が出現した。叙述の対象とした時代は、後醍醐天皇の即位した文保二年（一三一八）から、北朝の後光厳天皇の貞治六年（一三六七）に足利二代将軍義詮が病没して幼少の義満がその後を継ぐところまで、およそ半世紀にわたっている。

現存四十巻本の『太平記』の成立年代は、まだ明らかにはされていない。ただし、巻一「後醍醐天皇御治世事付武家繁昌事」の初めに「従《ヨリ》レ之四海大ニ乱《レ》テ、一日モ未《ダ》レ安《カラ》、狼煙翳《カクシ》レ天《ヲ》、鯨波動《カスコト》レ地《ヲ》、至《ルマデ》レ今《ニ》四十余年」とあり、また巻三十九「高麗人来朝事」の初めにも「四十余年ガ間本朝大ニ乱《レ》テ外国暫《シバラク》モ不レ静《ナラ》」[1]とあって、これらを『太平記』の執筆の時点を示すものと見ることができるならば、およその時期が推測される。正中の変または元弘の乱から数えて四十余年といえば、貞治の末から応安（一三六八〜七五）にかけて、もしくは永和（一三七五〜九）に至る頃である。

亀田純一郎氏[2]は、巻三十九「法皇御葬礼事」に今上皇帝（後光厳）が光厳院の三回忌法要に当たって宸筆の『法華経』を奉納したとある記事は、応安三年（一三七〇）七月三日に行われた七回忌法要（『禁中御八講記』）の折の史実に基づくものとして、それ以後の成立とし、また、釜田喜三郎氏[3]は、巻三十九「諸大名讒ニ道朝一事付道誉大原野花会事」に斯波義将が南朝方の桃井直常を越中の国で撃退したとある記事は、応安四年（一三七一）八月八日（『花営三代記』）以後の執筆であることを示すものと見た。いずれも妥当な指摘とすべきであろう。

成立年代の下限について、高木武氏[4]は、巻三十九で後光厳天皇を「今上皇帝」と呼んでいることから同天皇の譲位した応安四年（一三七一）三月二十三日以前の成立とするけれども、「今上」とか「当今」とかの呼称は必ずしも執筆の時点を知る手掛かりとはならない。また、平田俊春氏(5)は、巻二十四（古本系は巻二十五）「天龍寺供養事付大仏供養事」の末尾に「果シテ此《コノ》寺二十余年ノ中ニ、二度マデ焼《ヤ》ケル事コソ不思議ナレ」とあるのは、天龍寺三度目の焼亡である応安六年（一三七三）九月二十八日（『歴代皇紀』など）以前の執筆であることを示すものと指摘したが、これを四十巻本全体の成立年代の下限を示すものと見ていいかどうかは断言できない。

従って、『洞院公定日記』の応安七年（一三七四）五月三日の条に、

伝《ヘ》聞《ク》、去《ル》廿八九日之間、小島法師円寂云々。是《レ》近日翫《ブ》二天下《ニ》一太平記《ノ》作者也。凡《ソ》雖《モ》レ為《リト》二卑賤之器一、有《リ》二名匠《ノ》聞《エ》一、可《シ》レ謂《フ》二無念《ト》一。（『文化大学史誌叢書』所収。私に訓点を施す）

と記されて、応安七年の頃には天下の人に賞翫されていたことの知られる小島法師（?～応安七）の『太平記』が、果たして四十巻本であったかどうかも確言できないわけであるけれども、この記事を始めとして、僅か巻三十二だけの零本ながら永和三年（一三七七）以前の書写と推定される永和本(6)が存在することや、永和三年九月二十八日に法勝寺執事の法眼慶承が借覧した「太平記二帖」を花厳院御房（弘雅）に返却していること（『東寺百合文書』）、永和四年（一三七八）五月の識語を持つ『叡岳要記』に、巻二十九「井原石窟事」の記事に触れた注記のあることなど、応安末年から永和年間に至って『太平記』に関する史料が散見し始めるところから推測して、四十巻本の原形の成立を応安五、六年（一三七二、三）の頃と見ても、あながち不当なこととは言えず、後藤丹治氏(7)の言うように、遅くとも南北朝期を下らないであろう。鈴木登美恵氏(8)は、後円融天皇の御代（一三七一～八二）に一応成立したと認められる『神明鏡』と『太平記』の記事を詳しく比較して、『神明鏡』の拠った『太平記』が、現存『太平記』とほぼ同一のものであったであろうと推定している。

二　恵鎮持参の太平記

『太平記』四十巻が一時期に成ったものではなく、漸次書き継がれて現在見るような雄大な作品に成長したということは、今では常識となっている。そのことは早く、今川了俊（一三二六〜一四一三頃）が『難太平記』（応永九年成立）の中で語っている。即ち、

昔、等持寺にて、法勝寺の恵珍上人、此記を先三十余巻持参し給ひて、錦小路殿の御目にかけられしを、玄恵法印によませられしに、おほく悪ことも誤も有りしかば、仰に云、是は且見及ぶ中にも以の外ちがひめおほし、追て書入、又切出すべき事共有、其程不レ可レ有二外聞一之由仰有し。後に中絶也。近代重て書続《つ》げり。

とあるのがそれである。恵鎮（恵珍上人）が等持寺へ『太平記』を持参して足利直義（錦小路殿）に見せたのは、その場に列席していた玄恵の没する観応元年（一三五〇）三月二日以前でなければならず、さらに観応の擾乱の導火線となったその前年（貞和五）八月十四日の、直義罷免を要求する高師直の尊氏邸包囲事件よりも前のことと考えられる。三条坊門の直義邸に隣接して等持寺が建てられた暦応元年（一三三八）[9]から貞和五年（一三四九）までの十一年間のいずれかの年に、恵鎮が『太平記』を持参したものと了解されるのであるが、高木氏は、当時の政治的社会的情勢から判断して、それを康永三年（一三四四）頃から貞和二年（一三四六）へかけての約三年ばかりの間のことと限定した（注4参照）。が、現存『太平記』には、康永四年七月から八月末にかけての天龍寺供養に関する記事を挟んで、康永元年（一三四二）六月に土岐頼遠が光厳上皇の御幸に狼藉を働いて同十二月に誅された事件から、貞和三年（一三四七）六月に直義の妻室が男子を出産した事件まで、約四年半に及ぶ記事の空白期間が見出されるので、恵鎮が『太平記』を持参した時期も、高木説を幾らか溯らせて、暦応の末から康永の初めにかけての頃と考えていいかもしれない。

そして、恵鎮が持参した『太平記』の内容は、暦応二年（一三三九）八月十六日の後醍醐天皇崩御に関連する叙述をもって大尾とするものであったと考えるのが妥当であろう。元弘・建武の乱以後を生きて来た当時の人々にとって、後醍醐天皇の崩御は一つの時代の終焉を告げるものであったにちがいない。恵鎮が持参した『太平記』は、それを契

機とする歴史の総括であったと考えられる。従って、それは、現存本の巻二十一辺りまで、つまり『太平記』の世界を三部に分ける通念に従えば、その第一部（巻一〜十一）および第二部（巻十二〜二十一）の世界と重なるものであったろう。その原形は、後に行われた再三の改修によって現存本の中に完全な姿をとどめてはいないと思われるけれども、永積安明氏(10)のように、現存本においても第一・二部に比べて第三部の作者の立場や態度には飛躍的な転化があり作者主体の座標が移動しているとする見方にも一理あり、『太平記評判理尽抄』が欠巻部（古本系巻二十二）までの成立段階を想定しているのもうなずかれる。

なお、『理尽抄』には、その前段階として十巻本の存在が考えられていて、その内容は元弘三年（一三三三）五月の北条氏の滅亡まで、いわゆる第一部の範囲とほぼ重なるものである。高野辰之氏(11)もその可能性を説き、岡部周三氏(12)も巻十三までをもって終わっていた段階を想定している。しかし、鎌倉・六波羅の滅亡や赤坂・千早の攻防などに関する個々の記録としては存在したかもしれないけれども、内乱の過程を叙述した作品としてその段階で纏め上げられていた可能性は少ないとすべきであろう。

三　尊氏の死を契機とする増補改修

『難太平記』によれば、恵鎮が持参した『太平記』は直義によって、誤謬が多く「書入」「切継」の必要があるとして「外聞」が禁じられ、その修訂作業が行われたという。が、その作業が「後に中絶」したのは、前記の師直による尊氏邸包囲事件に端を発する不穏な政情か、あるいは玄恵の死によるものであろう。そして、「近代重て書続」がれて四十巻本の成立に至るのであるが、その過程において、もう一つの段階を想定することができる。それは、将軍尊氏の逝去を契機として再び行われた歴史の総括である。

先に引いた巻一の冒頭にある「至《ルマデ》レ今《ニ》四十余年」という表現が、神田本や西源院本などの古本系諸本では「今ニ至迄三十余年」となっているところから、高野氏や高木氏なども、正中の変を起算点として延文（一三五六〜六〇）・康安（一三六一）の頃に成立過程上の一段階を認め、延文三年（一三五八）四月三日の尊氏の死を機会に改修したものだとした（注4・11参照）。四段階の成立過程を説く鈴木登美恵氏も、(13) その第三段階として、尊氏の没年を記した巻三十三辺りで筆をおいた作品の存在を想定しており、『理尽抄』も、大和《やまと》の多武峰で六名の作者によって十二巻が増補され、それ以前の諸巻にも修訂が施されて三十四巻の『太平記』が成立したとしている。これもやはり、作品の内部構造を踏まえながら、尊氏の逝去を一つの転機と見ての発想であろう。

ところで、現存本の巻三十五に含まれている「北野通夜物語事」の中にも、「抑元弘ヨリ以来《コノカタ》、天下大ニ乱レテ三十余年、一日モ未《イマダ》静《シヅカナ》ル事ヲ不レ得」という表現があって、前記の古本系諸本巻一の「今ニ至迄三十余年」との対応を無視することができない。しかも、この鼎談形式による時世批評「北野通夜物語事」における叙述や思想が、君臣の道義観に立脚して歴史の変転を捉えようとする作者の立場を表明した「序」を始め、正中の変・元弘の乱の来由を述べる巻一・二の諸章段や、建武の乱の起こりを語る巻十二・十三の諸章段と、多くの関連性を持っていることが認められるのである。そうした点から、延文三年（一三五八）の尊氏の死没、ついで翌年四月二十九日の新待賢門院（後村上天皇生母）の逝去によって、元弘の乱以来の歴史の主役たちが全く舞台から姿を消してしまった時点で、『太平記』の増補と大改修が行われ、「序」に対応して掉尾を飾るのが、この「北野通夜物語事」ではなかったかと推測されるのである。

以上、貞治六年（一三六七）十二月の将軍義詮の他界をもって大尾とする四十巻本が成立するまでの過程に、後醍醐天皇の崩御を契機に歴史を総括した恵鎮持参の『太平記』と、尊氏の逝去を契機として増補改修した『太平記』という二つの段階を想定した。ただし、それらの各段階において、既存の部分にも修訂増補の手が加えられたはずである上に、殊にその接合部、即ち現存本で言えば巻二十一〜二十四や巻三十三〜三十五の諸巻に当たる部分においては、土台となった既成部分に制約された要素と、増補時点における新しい視座から見返された要素とが共存錯綜しているにちがいないので、上来推測し来たった成立過程の各段階を、そのまま現存本の巻序に当てはめて截然と区切ることは困難であり、また当を得たこととは言えないであろう。

四　現存諸本の系統

応安五、六年（一三七二、三）の頃にその原形の成立したと推測される四十巻本『太平記』が、語りもの文藝の常としてその後も成長流動を続けたことは、およそ三十本も現存する諸伝本相互の間に見られる異同がこれを証している。諸本の研究は、『参考太平記』（元禄三年成立）が流布の板本を底本として、これに南都本・今川家本・毛利家本・西源院本・天正本・今出川家本・島津家本・北条家本・金勝院本の九異本（ただし後の四本は現在所在不明）をもって校異を加えたのを嚆矢とする。近代に入って、高木武氏・亀田純一郎氏・高橋貞一氏らによって諸本の調査並びにその分類の努力が積み重ねられて来たが、それをいっそう発展させた鈴木登美恵氏は[14]、次のような四分類案を提示した。甲類本（巻二十二を欠いて三十九巻となっている四十巻本）は諸本中最も古態を存しているもので、それはさらに神田本（国書刊行会刊、明治40・11。汲古書院影印、昭和47・2〜10）・玄玖本（勉誠社影印、昭和48・11〜50・2）・南都本（彰考館蔵）・西源院本（刀江書院刊、昭和11・6）の四系統に細分される。乙類本（甲類本の巻二十六・二十七の両巻を三巻に分割した四十巻本）は改竄《かいざん》増補された部分が比較的多いもので、鈴木氏はさらに六系統の細分類案を試みているが、毛利家本（彰考館蔵）・吉川家本（岩国徴古館蔵）・梵舜本（古典文庫影印、昭和40・7〜42・1）・流布本（日本古典文学大系等）はこれに属する。丙類本（甲類本の巻三十二を二巻に分割し、巻三十六・三十七の両巻を一巻に纏め、巻三十五の中の「北野通夜物語事」を特立して巻三十八に当てた四十巻本）は諸本中最も特異な形態を有し、改竄増補が著しく、天正本（彰考館蔵）の系統がこれに当たる。丁類本（全体を四十一巻または四十二巻に分ける本）は甲類本とともに記事の配列の順序において比較的古い形態をとどめているもので、京都大学蔵本や豪精本（龍門文庫蔵）がこれに属する。なお、高橋貞一氏は『新校太平記』[15]で、神田本を主に、その欠巻部を西源院本で補い、さらに今川家本（陽明文庫蔵）と南都本系統の相承院本（尊経閣文庫蔵）をもって校訂しており、同書下巻付載の解説「太平記の古態本について」において、第一類（古本、即ち巻二十二を欠く本）、第二類（増訂本で、大約第一類本の巻二十三〜二十六の四巻を巻二十二〜二十六の五巻に再分割したもの）、第三類（流布本）の三類に分ける氏の見解を詳説している。

二 『太平記』の作者群

一 小島法師と外嶋

四十巻本の『太平記』が形成される過程には、作成に関与した多数の人物の存在が予想されるが、史料に徴しうるのは、応安七年（一三七四）四月の末に没した小島法師（前掲『洞院公定日記』）だけである。卑賤の器ながら名匠の評判をとっていたということの外には出自も経歴も定かでない彼をめぐって、さまざまな推測が試みられて来た。「小島」なる名称との関わりから、児島高徳（生没未詳、星野恒氏[16]）、もしくはその一族（岡部氏[17]）、備前児島の山伏（和歌森太郎氏[18]）、大和国高市《たけち》郡高島町の子嶋《こじま》の法師（中川芳雄氏[19]）などと見る説、また、その名称とは関わりなく、叡山僧（菅政友氏[20]）、物語僧（冨倉徳次郎氏[21]）、散所《さんじょ》法師（林屋辰三郎氏[22]）などと見る説もある。

『太平記』は、全国的な規模で繰り広げられた社会変革の過程を約半世紀にわたって叙述した作品であるから、題材として盛り込まれている個々の事件についての情報の多くは、それを実際に体験したり見聞したりした公家や武士、さらに都鄙の道俗貴賤に媒介されて、作者のもとにもたらされたものにちがいない。また、巻三十九「神木帰座事」には『榊葉日記』（貞治五年成立）、巻四十「中殿御会事」には『貞治六年中殿御会記』と、いずれも二条良基（一三二〇〜八八）の著作が資材に供され、巻十二「神泉苑事」には『高野大師行状図絵』（文永・弘安頃成立か）、同巻「聖廟御事」には『北野天神縁起』（建久以前成立）が取り込まれていることは後藤丹治氏の指摘したとおりであり（前出『太平記の研究』前篇「太平記原拠論」）、巻二十四「天龍寺供養事付大仏供養事」には、「天龍寺供養武家方奉行道本記」（道本は二階堂行秀）を引載する『園太暦《えんたいりやく》』（貞和元年八月二十九、三十日条）の記事が資料となっている。その外にも、釜田喜三郎氏が言うように、部分的には、山伏・禅僧・物語僧・陣僧などの筆記や説話も編纂材料として投入されていることであろう（『新潮日本文学小辞典』）。

しかし、小島法師がことさら「是レ近日翫ブ二天下一ニ太平記ノ作者也」と記されているからには、単なる編纂材料や情報の提供者にとどまるものではなくて、四十巻本の成立過程のいずれかの段階における作者の一人であるにちがいない。高木武氏のように『太平記』原本の作者とみる説もあるが（注4参照）、四十巻本の原形が成立する段階での増補改修者の一人と考えるのが妥当であろう。

後藤丹治氏[23]によって紹介された『興福寺年代記』（文化大学史誌叢書所収）の、

太平記ハ、鹿薗院殿ノ御代、外嶋ト申シ、人書レ之。近江国ノ住人。

という記事は、小島法師の外に、外嶋なる作者を登場させたが、「外嶋」を「小島」の誤伝として両者を同一人と見做す意見が次第に強まり、特に釜田氏[24]によって積極的に主張されている。釜田氏は、「近江国住人」である小島法師を、玄恵の流れを汲む学僧で、佐々木小島氏出身の山徒と考え、改訂増補を加えた四十巻本の中の一系統本の作者に擬している。釜田氏のいう一系統本とは天正本系統を指すもののようで、これは、鈴木登美恵氏[25]が諸本を比較して、天正本には佐々木道誉の造型が理想化されている事実を指摘し、佐々木京極家と関わりを持つ人物によって増補されたらしいと推定し、近江国の住人の小島法師との繋がりを示唆したのに基づいている。が、『太平記』の諸本のうちでも最も特異な性格を持つ天正本系統の本文の成立時期を、小島法師の死んだ応安七年（一三七四）以前に求めうるかどうか、疑問の残るところである[26]。

二　法勝寺の恵鎮上人

『難太平記』に法勝寺の恵鎮が「此記を先三十余巻」直義のもとに持参したとあることから、恵鎮もまた『太平記』の成立に関与した人物の一人とされている。恵鎮（円観上人、一二八一〜一三五六）が元弘の乱の折、関東調伏の祈禱をしたかどで文観上人・忠円僧正とともに六波羅に捕えられ鎌倉に護送されたという話は、巻二「僧徒六波羅召捕事付為明詠歌事」および「三人僧徒関東下向事」にも述べられているが、そこでは恵鎮の「顕密両宗ノ才」「智行兼備ノ誉」がたたえられ、殊に山王権現や不動明王の加護によって幕府の拷問をまぬがれたという説話までも語られていて、作者の恵鎮に対する崇敬の念のなみなみでなかったことが窺える。

荒木良雄氏(27)は、公武の和平に奔走した恵鎮の出処進退と、公武に対する厳正中立的な批判の眼を保ち続けた『太平記』の思想的基調との契合を認めて、恵鎮を作者の一人または監修者と見た。岡部氏（注17参照）は如上の理由に加えて、巻二十一「法勝寺炎上事」における描写の迫真性から、その炎上を目の当たりにした法勝寺の僧徒が作者の中にいると推測し、『太平記』は恵鎮の指導のもとに法勝寺を作成の場として、先ず巻二十までの「原形太平記」が成立し、暦応五年（一三四二）三月二十日に法勝寺が炎上した後は、同じ宗派系列に属する多武峰に場を移して、後半が作成されたのではないかとする。

さて、『難太平記』には「法勝寺の恵珍上人、此記を先三十余巻持参し給ひて」とあるけれども、恵鎮の関わり方は単にそれを「持参」したというだけにとどまるのであろうか。岡部氏も、「恵鎮が理由もなく、また作成と無関係に、できて間もない太平記を直義のところに持参したと考えることができるであろうか」と疑っている。恵鎮持参の『太平記』を玄恵に読ませた直義が、記述に誤謬が多く加筆や削除の必要があるとして、「其程《ノ》不ㇾ可《カラ》ㇾ有《ル》二外聞一」と禁じたところから見ても、それがすでに世上に流布し始めていたものであろうはずはなく、草稿本とも言うべきものであったにちがいない。となると、『難太平記』の諸本のうちで善本に属する京都大学谷村文庫本には「むかし等持寺にて法勝寺の恵珍上人、此記を書て、先三十よ巻持参し給ひて」となっているという長谷川端氏(28)の指摘が大きな意味を持つことになる。了俊はまた「まさしく錦小路殿の御所《前イ》にて玄恵法印読て、其代の事むねとかの法勝寺上人の見聞給ひしだに、如レ此空言有しかば」とも言っており、主として恵鎮の見聞したことがその内容をなしていたと考えていたのである。先に、恵鎮が持参した『太平記』の成立時期を暦応の末から康永の初めにかけての頃と推定したのであったが、もしもそれが恵鎮を中心に作成されたものであったとすれば、その作成の場を暦応五年（一三四二）に炎上する以前の法勝寺と見る岡部氏の説の蓋然性は高いと言うべきであろう。

が、恵鎮が持参した『太平記』の草稿本は、直義の命によって「外聞」が禁じられ、「書入」「切継」等の修訂作業を経た上で現存本の中に吸収されてしまっているはずであり、現存本の作成についてもなお、恵鎮およびその周辺の者の直接の関与を考えることができるかどうか。問題は、直義の命によって行われた修訂作業の中心となったのが誰であったかということにも関わって来よう。

三　玄恵法印とその後継者

『太平記』にも、「其比《ソノコロ》才覚無双ノ聞ヘアリケル玄恵法印ト云《フ》文者」（巻一「無礼講事付玄恵文談事」）、「大智広学ノ物《モノ》知《シリ》」（巻十八「比叡山開闢事」）として登場する玄恵（一二七九～一三五〇）を『太平記』の作者とする考えは、近世を通じて支配的であった。『理尽抄』が作者として名を挙げた十数名の人物の中でも、玄恵の存在はひときわ目立つ。現存本の巻一～十、および巻十二・十七・十八・二十三の都合十四巻に当たる部分を玄恵が書いたとしているのである。そして、多武峰で十二巻を述作したという六名の作者のうちには、玄恵の弟子の寿栄《じゅえい》法師なる人物を加えている。現在でも例えば釜田説のごとく、『太平記』の作者は玄恵であり、その後継者によって書き継がれたとする意見が行われている。基本的にはこれと軌を一にする作者説が、より古く一条兼良（一四〇二〜八一）在世の頃に伝承されていたらしい。そのことを示してくれたのが、鈴木氏[29]によって紹介された「兼良校合本太平記」の奥書である。これは加賀藩主前田綱紀が『桑華書志』に書き止めて置いたもので、それには「或云」として、巻十八までは賢恵（玄恵）法印の作、それ以後の諸巻は子息の伊牧が書き継いだという説が記されているのである。ただし、伊牧なる人物の実在を証する史料は今のところ見当たらない。

『太平記』の第一・二部にほぼ相当する部分が、もしも玄恵によって書かれたとするならば、後醍醐天皇の崩御までを記す草稿本が恵鎮を中心に作成されたとする前述の想定と抵触することになる。しかし、その草稿本を土台に「書入」「切継」を施す修訂作業の責任者が玄恵であったと考えることができるならば、この矛盾は解消する。『難太平記』に「玄恵法印によませられしに、おほく悪ことも誤も有しかば」と記されているのは、玄恵が恵鎮持参の草稿本を単に読み上げたというのではなくて、その時すでに校閲の任に当たっていたことを意味するものと解すべきであろう。とすれば、改修作業の責任者として玄恵がそのまま起用された公算が大きいということになり、再稿本の作者の栄誉は玄恵に与えられても不当とは言えないであろう。

ここで、近時、長谷川氏（注28参照）が発見し紹介した神宮徴古館蔵の永禄三年（一五六〇）書写『太平記』の本奥書に、「独清再治」という語の用いられていることが興味を引く。弘治元年（一五五五）十二月中旬に「独清再治之鴻書」を書写した旨の法印弁叡の識語なのであるが、「独清再治之鴻書」を独清軒《どくせいけん》玄恵の再稿本とする長谷川氏の解釈に従うべきであろう。玄恵による再稿という事実があったとすれば、それは玄恵没年の観応元年（一三五〇）以前のことでなければならず、また、現存本巻二十七の「直義朝臣隠遁事付玄恵法印末期事」までの範囲を越えることはできない。従って、大略玄玖本系統に属する四十巻本（ただし五巻欠）である永禄三年（一五六〇）書写本の原本が、そのまま「独清再治」の本ではありえないし、完本と零本とを問わず、いずれも四十巻本に属すると思われる現存諸本相互の本文異同の中に、「独清再治」の証跡を探り当てることは不可能と言わねばなるまい。この奥書に言う玄恵再稿本が、いかに想定された初稿本を前提にしての発想であるかは不明であるけれども、玄恵による再稿という伝承が信じられていた事実だけは注目に値する。

直義の監督のもとに玄恵を責任者として、康永年間（一三四二〜四四）に開始されたと推測される改修（再稿）の作業は、先に述べたように、貞和五年（一三四九）の師直の尊氏邸包囲事件や翌年の玄恵の死去によって頓挫を余儀なくされたと思われるが、まもなく観応三年（一三五二）二月には修訂を命じた直義も没してしまう。

四　作者の代弁者たち

観応の擾乱・文和の内乱を経て、延文三年（一三五八）の尊氏の逝去へと続く歴史の変転を体験した者の視点で、再び『太平記』の増補改修が行われたであろう際に、その作成に携わったのは誰であったろうか。『理尽抄』には、それが多武峰で行われたとして、教円上人・義清法師（児島高徳）・寿栄法師・北畠顕成・証意法眼・日野蓮秀入道という六名の作者を挙げているけれども、もとより確証はない。

現存本の巻二十三から巻三十五に至る範囲には、しばしば作者の分身もしくは代弁者とおぼしい人物が登場して、南北両朝の政道を批判し、我欲の横行する世相を概嘆する。彼らは当時の社会を批判するに当たって、その論拠を中国の歴史に求め、中国故事を引き合いに出すのが常である。目立つのは『史記』の「本紀」に基づく説話であって、しかもそれらは、原典の文章に即して説述されるという傾向が顕著である。

そうした説話の一つ、『史記』「五帝本紀」に基づく虞舜の孝養説話を、『大唐西域記』などに見える獅子国の説話とともに引いて、文和の内乱を批評する遊和軒朴翁（亭叟）なる人物が、巻三十二「直冬与二吉野殿一合体事付天竺震旦物語事」に登場する。この遊和軒朴翁は島津久基氏[30]によって『太平記』の作者に擬せられた一人であるが、釜田氏[31]

は、古写本巻二十八の巻末に「師法印源恵、独精(清)軒トモ祐(遊)和軒トモ資生軒トモ云々、道号《玄恵法印》亭叟」（梵舜本）とある注記を根拠にして、遊和軒朴翁を玄恵その人とし、玄恵没後の叙述に彼が登場して政道を批判するというのは、それが玄恵の後継者によって書かれたからであると説いている。

遊和軒朴翁の正体はわからないが、作者の時世批判を代行するこうした人物たちの中で最も重要なのは、巻三十五「北野通夜物語事」に登場する遁世者・雲客・僧侶の三人である。もと鎌倉幕府の頭人評定衆にも列したと自ら言う遁世者は、執権泰時などの善政をたたえて足利政権を批判し、遁世を思い立って南朝出仕を止めたばかりの雲客は儒業の徒と見えて、中国の聖王と賢臣の故事を挙げて南朝君臣の道義の退廃を指弾し、門跡に伺候して顕密の教学を研鑽しているらしい僧侶は、インドの説話を引いて因果応報の理を説く。この三人は、かつて玄恵の指導下に『太平記』の改修作業を行った作者群の構成を髣髴させるのであるが、なかんずくこの鼎談の司会をつとめる雲客の発言が、『太平記』の作者の歴史認識を最もよく代弁しえている。(32)

尊氏の没後は守護大名間の勢力争いが激化して政局はいっそう混迷の度を加えるが、そうした状況を反映して、『太平記』は、視座を失った実録的な合戦叙述へと傾斜して室町軍記への連続を示すとともに、一方では他の資料による編纂という性格を強めていく。『平家物語』との比較において常に指摘される主題が曖昧であるとか構成が緊密でないとかの難点は、特にその部分において著しい。

また、あらゆる事件や人物の行動が鎌倉幕府の滅亡という一点に集中して行く第一部においては、平家一族の滅亡を語る『平家物語』の影響も顕著で、それだけに、その叙事詩的な文学性を継承しえているということも多くの人の認めるところであるが、『太平記』が『平家物語』の亜流となり終わることをまぬがれたのは、南北朝時代という社会変革期の流動的で混沌とした時代状況を、その動乱の原因と行方をも含めて全体的に叙述しようとした、その叙事性と批判性とによってである。伝統的な秩序が崩壊して行く下剋上の世相とそこに生きるさまざまな人間の行動を精細に描き出すことと、政道や人心の退廃を痛烈に批判することとが表裏一体となっていて、しかもそれが、とりもなおさず、太平への期待を裏切り続けて進行して行く歴史に対する飽くなき追求となりえているところに、南北朝期の現実に立脚した知的道義的な叙事文学としての『太平記』の独自性が見出されるのである。そして、そのような『太平記』の最も基本的な性格の形作られたのは、先に述べたような尊氏の逝去を契機とする増補改修が、玄恵の後継者によってなされた段階においてであったと推測される。「北野通夜物語事」に登場する三人、なかんずく雲客に象徴される作者は、伝統的な紀伝文章の学問に培われた儒教的歴史観を時代の激動にゆすぶられながら、同じ教養に基づく士大夫意識と史官の自覚をいっそう昂揚させて行ったものと思われるのである。

注

（1）本文は、日本古典文学大系『太平記』（後藤丹治・釜田喜三郎・岡見正雄氏校注、岩波書店、昭和35・1〜37・10）による。ただし振り仮名は適宜取捨する。以下、特に注する以外は同じ。

（2）亀田純一郎氏「太平記について」（『月刊日本文学』、昭和6・9）、および岩波講座日本文学『太平記』（岩波書店、昭和7・7）

（3）釜田喜三郎氏「流布本保元平治物語の成立を論じて太平記の成立に及ぶ」（関西大学『国文学』10、昭和28・4）。補『太平記研究―民族文芸の論―』第一章「四十巻本『太平記』の成立時期」と改題再録（新典社、平成4・10）

（4）高木武氏「太平記考」（『日本文学論纂』、明治書院、昭和7・6）

（5）平田俊春氏「太平記の成立」（『吉野時代の研究』、山一書房、昭和18・3）

（6）高乗勲氏（「永和書写本太平記（零本）について」、『国語国文』24―9、昭和30・9）によって紹介、翻印され、後「原装影印古典籍覆製叢刊」影印版行（太田昌二郎氏解説、雄松堂、昭和53・11）

（7）後藤丹治氏『太平記の研究』緒論「太平記概説」（河出書房、昭和13・8）

（8）鈴木登美恵氏「太平記成立年代の考察―神明鏡の検討から―」（『中世文学』21、昭和51・10）

(9) 補　等持寺の創建について、旧著『太平記の比較文学的研究』(角川書店、昭和51・3)の序章第三節「『太平記』の成立に関する諸問題」で考証を試みたが、今枝愛真氏『中世禅宗史の研究』(東京大学出版会、昭和45・8)の第三章第一節「足利直義の等持寺創設」に次のような説明のあることを後に知った。「『山州名跡志』(七)などによると、洛北の万年山等持院も、もと山号を鳳凰山と称していたとみえているのである。してみると、この洛北の等持院は、とりもなおさず洛中の等持寺になる以前、洛外にあって鳳凰山という山号をもっていたと『空華集』(四)にみえている寺院であり、したがってまた、さきに推察したように、仁和寺の一院が改宗されて禅刹になったものとも、同一のものであろうかと推察されるのである。(中略)しかも初代住持となった古先印元は、暦応元年十二月十七日以前の同年中に、洛中の等持院に住していることがしられる。のみならず、それ以前は足利政権もまだ十分安定した状態にはなっておらず、菩提寺として、洛中に等持院を設立するほどの余裕はなかったであろう。してみると、等持院の洛中への移転は、おそらく古先が同時に入寺した暦応元年ごろではなかろうかと思われる。このようにして、暦応元年ごろ、幕府に臨接した三条坊門万里小路に洛中等持院が開ﾘされたのである。ところが、実は同所はもと浄華院と称し、向阿上人是心房証賢が創立した浄土宗鎮西派の寺院であった。そこで、幕府はこれを土御門室町にうつし、その跡を禅寺に改め、等持寺をはじめたのである。」

(10) 永積安明氏「太平記論」(『文学』24—9、昭和31・9。『中世文学の展望』所収、東京大学出版会、昭和31・10)

(11) 高野辰之「太平記作成年代考」(『史学雑誌』41—2、昭和5・2。『古文学踏査』所収、大岡山書店、昭和9・2)

(12) 岡部周三氏『南北朝の虚像と実像』第一章の三「太平記の成立過程」(雄山閣、昭和50・6)

(13) 鈴木登美恵氏「太平記の書継ぎについて」(『文学・語学』14、昭和34・12)

(14) 鈴木登美恵氏「太平記諸本の分類——巻数及巻の分け方を基準として——」(『国文』18、昭和38・2)

(15) 高橋貞一氏『新校太平記』(思文閣、昭和51・2〜9)。なお、解説「太平記の古態本について」の末尾には、流布本を中心として神田本以下の十六本の異本との異同表(初出は『国語』東京文理科大学終結記念号、昭和28・9)を載せている。氏は後に『太平記諸本の研究』(思文閣出版、昭和55・4)で四分類案を提出している。その内容については、本書第一章第四節1で紹介した。

(16) 星野恒氏「太平記ハ果シテ小説家ノ作ニ非ザル乎」(『史学叢説』第一集、明治42・3)

(17)岡部周三氏『南北朝の虚像と実像』第一章二「作者をめぐる諸問題」(注12参照)
(18)和歌森太郎氏「小嶋法師について」(『歴史と国文学』、昭和14・11。『修験道史研究』所収、河出書房、昭和18・1)
(19)中川芳雄氏「〈小嶋法師〉の訓法とその追求」(『静岡女子短大研究紀要』12、昭和41・2)
(20)菅政友氏「太平記ノ謬妄遺漏多キ事ヲ弁ズ」(『史学会雑誌』、明治23・2。『菅政友全集』所収、国書刊行会、明治40・11)
(21)冨倉徳次郎氏『語りもの文芸』(岩波講座日本文学史第五巻、中世Ⅱ、岩波書店、昭和33・10)
(22)林屋辰三郎氏『中世における都市と農村の文化』(岩波講座日本文学史第五巻、中世Ⅱ、岩波書店、昭和33・10)
(23)後藤丹治氏校注、日本古典全書『太平記一』「解説」(朝日新聞社、昭和36・8)
(24)釜田喜三郎氏『新版日本文学史3　中世』後期、第七章軍記物語「一　太平記」(至文堂、昭和46・9)
(25)鈴木登美恵氏「佐々木道誉をめぐる太平記の本文異同分類—天正本の類の増補改訂の立場について—」(『軍記と語り物』2、昭和39・12)
(26)補　近時、横井清氏(「「小嶋法師」と「外嶋」について—『興福寺年代記』記事の復権」、『季刊文学』9—1、平成10・1)は「小嶋法師」と「外嶋」とを安易に同一人物と見做すことに警告を発している。長坂成行氏(「天正本『太平記』の成立—和歌的表現をめぐって—」、軍記文学研究叢書9『太平記の世界』所載、汲古書院、平成12・9)は、「小嶋法師」と「外嶋」とを別個の存在と見た上で、「近江国住人」「外嶋」が天正本の成立に関わったかもしれないと推測することは可能であろうとしつつ、天正本が佐々木京極家のみならず、細川・赤松・斯波・畠山・山名・渋川・石塔・仁木などの室町幕府の有力大名に関する記事にも増補が認められることを指摘して、「天正本編者の公平な歴史意識の反映」と捉えている。
(27)荒木良雄氏「太平記の成立と恵鎮上人」(『国語と国文学』10—3、昭和8・3。『中世文学の形象と精神』所収、昭森社、昭和17・8)
(28)長谷川端氏「太平記の形成と玄恵再稿本」(『国語と国文学』54—5、昭和52・5)。同氏著『太平記の研究』(汲古書院、昭和57・3)の序章「太平記の成立と作者」では、『難太平記』のこの記事に触れて、「全面的に谷村文庫本に依拠するわけにもいかないが、注目すべき文詞である」としている。

(29) 鈴木登美恵氏「太平記の成立と本文流動に関する諸問題——兼良校合本をめぐって——」(『軍記と語り物』7、昭和45・7)

(30) 島津久基氏「太平記管見」(『国文学ノート』所収、河出書房、昭和22・7)。氏は、その「三、昨木隠士——遊和軒朴翁」の項で遊和軒朴翁の存在に注目し、「「朴」には或は直言の意を寓して、語る者自身がわざと仮号を用ゐて、澆季の世相を批判し、且は宮方の御為に痛憤を漏したのであったとすれば、(中略)太平記作者——少なくともその一人、特に後の部分の——として、若しくは作者に資料を提供し或は関係のあった一人として考へられ得るやうに思ふ。今は唯、問題を提起するだけで、自他の後考に備へたい」と述べている。

(31) 釜田喜三郎氏「太平記の一視点」(日本古典文学大系『太平記二』付録、岩波書店、昭和36・6)

(32) 本書第一章第五節3の(2)「北野通夜物語の構造と思想」参照

(2) 太平記と談義

一　談義する文学

一　歴史を談義する『太平記』

中世の軍記物語を代表する『平家物語』と『太平記』ではあるが、両作品の文学的性格はかなり異なっている。その違いは、結局、両者の「語り」の相違に起因していると言える。とは言うものの、盲目の琵琶法師によって語られ、その「語り」とともに成長して行った『平家物語』に対して、『太平記』の場合の「語り」の実態は必ずしも明らかではない。それを考察する手掛かりとなる史料においても、例えば、「太平記第一予読《ム》、女中聴聞《ス》、重仲候《ス》」(『看聞御記』永享八年五月六日の条）とか、「此夜月夜候《ニ》、読経など終《リ》候てより、聴衆など候儘、太平記二三巻読《ミ》候」（『上井覚兼日記』天正十一年正月二十三日の条）とかのように、通常、「読」の字で記される。晴眼の識字者が『太平記』の本文に即して音読するのが基本の形態であり、それは近世になって盛行する「太平記読み」や「太平記講釈」にも受け継がれている。『人倫訓蒙図彙』（元禄三年〈一六九〇〉刊）に描かれた、編笠に破れ衣の尾羽打枯らした門付さえも、片手に台本を放さないのである。

『太平記』の「語り」の形態が「読み」を基本としているのは、この作品が成立する背景と深く関わっていると思う。即ち、題材とした鎌倉末期から南北朝期にわたる内乱そのものの複雑さや、目まぐるしく変転する過程に身を置いて歴史を語ることの困難さなどから、必然的に結果された形態だったのであろう。言わば作者にとって現代史である歴史の認識には、「読む」という作業が不可欠の前提とならねばならなかったということであろう。

元亨四年（一三二四）九月、後醍醐帝の討幕計画が発覚し、謀叛の張本として日野資朝・俊基らの近臣が六波羅に捕えられて、鎌倉に護送された。いわゆる正中の変である。この事件を前触れとして、七年後の元弘の変、やがて建武の乱、そして南北朝の抗争と続き、六十年にわたる全国的な動乱の時代となる。『太平記』四十巻は、この長期にわたる全国的規模の内乱を叙述したものであるから、素材として作品に盛り込まれている事件の多くは、当然、社会の各階層にわたる複数の耳目によって媒介されたものである。合戦の叙述一つを考えても、直接戦いに参加した武士の功名咄《ばなし》や、京童たちの喧伝と空想の中で増幅された城攻めや一騎打ちの巷談が多く取り込まれていよう。殊に度重なる合戦の中で討死にし、または敗退して行った者たちやその遺族にまつわる悲話などには、角川源義氏(1)が指摘するように、回国修行の山伏や時衆のもたらす情報、さらにはその「語り」に負うものも少なくなかったであろう。一方、後藤丹治氏(2)が考証したように、公家の日記や幕府・寺社の記録文書、寺社縁起の類が利用されていることも事実である。作者は、素姓の異なるさまざまな情報を、時代の状況を表現するものとして、その意味するところを読み取らねばならない。太平の世の到来を願って、乱の原因と世の行方を追求しようとする視座から、変革期の社会に特徴的な諸現象や人物たちの行動を解釈し批判し、そうすることで歴史を読み、歴史を語ろうとする。言うなれば、歴史を談義するのである。

『太平記』の内容は三部に分かれる。第一部（巻十一まで）は、後醍醐帝の即位から元弘の変を経て鎌倉幕府の滅亡（一三三三年）まで。第二部（巻二十一まで）は、建武新政の崩壊から南北朝の対立を経て後醍醐帝の崩御（一三三九年）まで。第三部（巻四十まで）は、足利幕府の内訌が表面化して観応の擾乱となり、将軍尊氏、次いで義詮の死を経て、幼将軍義満が立ち、細川頼之がこれを補佐するというところで、「中夏無為ノ代ニ成テ、目出《メデタ》カリシ事共也」[3]と擱筆している。

この三部説は、題材とする十四世紀の内乱の展開に沿ったものであると同時に、作品の構想ともほぼ対応し、さらに成立の過程ともある程度関わっている。

『難太平記』の伝える所によれば、法勝寺の恵鎮上人が「此記を先三十余巻」持参して、等持寺で足利直義の目にかけた。玄恵法印に読ませたところ誤りや不適当な記事があったので、直義は加筆・削除の必要があるとして外聞を禁じた。しかし、その修訂作業は「後に中絶」し、「近代重て書続《つ》」がれたということである。これを信ずれば、恵鎮が草稿本を持参したのはおそらく暦応（一三三八～四二）・康永（～一三四五）の交で、その内容は現在通行の『太平記』の第一・二部にほぼ相当する範囲であったと推測される。一方、玄恵を作者とする説も室町期・江戸期を通じて行われ、特に第一・二部の諸巻の多くがその手に成ると伝えられて来た。恵鎮持参の草稿本を修訂して再稿本を編修する責任者が玄恵であったと解される。が、この修訂作業は、観応の擾乱前後の不穏な形勢と玄恵の死（一三五〇年）などのために「中絶」を余儀なくされたのであろう。やがて、執拗に繰り返される幕府の分裂抗争や将軍尊氏の死（一三五八年）など時勢の変転を経験した者の視座から、全体的な改修と増補の編纂が行われ、現在の四十巻本の原形

の成立したのは、応安五、六年（一三七二、三）の頃と推測されるのである。(4)

『洞院公定日記』（応安七年五月三日の条）に、「伝聞ヘク、去ル廿八九日之間、小島法師円寂スト二云々、是近日翫ブ二天下ニ一太平記ノ作者也、凡ソ雖モレ為リト二卑賤之器一、有リ二外匠ノ聞エ一、可シレ謂フ二無念ト一」と記されている小島法師は、『太平記』の作者として当時の文献に徴しうる唯一の存在である。その出自や経歴について多くの憶測がなされているけれどもその実体は詳らかでなく、四十巻本の原形が成立する最終段階での増補改修に関わりを持った作者群の一人と考えられる。冨倉徳次郎氏(5)は、彼を「市井の一作家としての生態を持つ者を彷彿させる」とし、作者にして同時に語り手でもある物語僧と見ている。しかし、その時代における物語僧の生態についても、また、後の時代における物語僧と『太平記』との関係についても、精確には知りがたい。

二　談義のスタイルと『太平記』の文体

『太平記』巻十八「比叡山開闢事」に、延暦寺の歴史についての長い叙述がある。語り手は玄恵である。建武四年（一三三七）三月に越前金ヶ崎城が陥ちて新田義貞が敗走し、足利方の勢力がとみに強化されたのを背景に、叡山に対して強硬な処置を取ろうと幕府首脳部が評定しているところへ、玄恵が来合わせた。「種々ノ物語共ニ及ビケル時」に、上杉重能が玄恵に、「山門無クテハ叶マジキ故」を尋ねる。玄恵は憤りを抑えて、比叡山開闢の由来を長々と説いて、尊氏を始め幕府首脳たちに「サレバ山門ナクテ、天下ヲ治ル事有マジカリケリ」と信心を起こさせたという話である。また、巻二十七「始皇求蓬莱事付秦趙高事」には、秦の始皇帝の悪行と趙高の専横の説話を中心に、秦の滅亡に至る歴史が詳しく叙述されている。語り手は、直義の帰依していた禅僧の妙吉である。観応の擾乱に先立つ頃、妙吉が『首楞厳経』の談義のために直義邸に祇候する。談義が終わって、「異国本朝之物語」に移った時、妙吉がこの趙高専横の故事を語って、かねてより宿意を抱いていた将軍執事の高師直・師泰兄弟の驕慢ぶりを非難し、彼等を誅するようにと唆した。それが観応の擾乱の一因となった、という話である。

こうした場面は『太平記』に多く見出される。必ずしも講経談義の場には限らないし、語り手も著名な僧侶ばかりではない。公卿僉議の座における廷臣の発言もあれば、武者所に祗候する遁世者の雑談《ぞうたん》もある。また、作中人物の口を借りずに、作者自身が、「言長シテ聞《ク》ニ《ク》懈《オコタリ》ヌベシトイヘ共、暫《シバラク》譬《タトヘ》ヲ取テ愚ナル事ヲ述ルニ」（巻二十六「上杉畠山讒二高家一付廉頗藺相如事」）と断りながら、長々と中国の史伝を講釈し、それと対比することで、諸大名が主導権をめぐって嫉視反目する時世を批判的に描くような場合もある。その形態は多様であるけれども、基本的に共通するのは、その「談義」的性格である。その点、前述の妙吉が直義に師直兄弟の誅伐を使嗾した話などは、『太平記』の叙述のスタイルを考える上で極めて示唆的であると言える。即ち、仏典や漢籍の談義の場で、談義の内容に関連して、またはそれの展開として、天竺・震旦・本朝の説話が語られる。しかもそれが、現在諸人が耳目をそばだてている世上の事件に関する一歩突込んだ解釈の例証として、あるいは批判の論拠として、換言すれば歴史認識の方法に関わって語られるわけである。このような談義の場における説述の方法と口調とが、『太平記』における歴史叙述の基本的なスタイルを形作っていると考えられる。

そうした『太平記』の性格を典型的に表出しているのが、巻三十五「北野通夜物語事」である。これは延文五年（一三六〇）頃、南朝祗候の日野僧正頼意（古本系では単に「或人」）が北野聖廟に参籠して、そこで見聞した話ということになっている。通夜をしている遁世者・雲客・法師の三人が、始めは天満天神の文字を句頭に据えて連歌をしていたが、「後ニハ異国本朝ノ物語ニ成」って、時世批判へと移って行った。遁世を思い立って南朝出仕を止めたばかりという雲客が、「抑《ソモソモ》元弘ヨリ以来《コノカタ》、天下大ニ乱《レ》テ三十余年、一日モ未《イマダ》レ静《シヅカナ》ル事ヲ不レ得。今ヨリ後モイツ可《ベキ》レ静《マル》期《ゴ》共不レ覚《エ》。是《コレ》ハソモ何故《ナニユエ》トカ御料簡《レウケン》候」と、他の二人に問い掛ける。言わば、「安危之来由」（『太平記』序）を問うという、この鼎談のテーマの提示である。それに応じて、先ず鎌倉幕府の頭人・評定衆の経歴もあるらしい坂東声の遁世者が、執権泰時の善政を語って足利幕府の政道を非難し、次に儒業の徒と見える雲客が、震旦の賢王と廉直の史官の故事を語って南朝の君臣を弾劾する。最後に、天台教学の研鑽を積んだらしい法師が、天竺の仏説を引いて因果の理を説き、「加様ノ仏説ヲ以テ思フニモ、臣君ヲ無《ナミ》シ、子父ヲ殺スモ、今生一世ノ悪ニ非ズ。武士ハ衣食ニ飽満《アキミチ》テ、公家ハ餓死ニ及ブ事モ、皆過去ノ因果ニテコソ候ラメ」と総括し、そこで「三人共ニカラ〳〵ト笑」って、夜の明けるとともに別れ去る、という構成である。この章段では、個々の事件や個人の行跡についての解釈や批判を超えて、「安危之来由」という観点から、「歴史」そのものが談義されていると言える。

談義のスタイルが『太平記』の文体の形成に関与しているということは、必ずしも、『太平記』が談義僧のための台本として書かれたことを意味するものではない。談義僧が、『太平記』を読んだ記録は少なくて、成立後一世紀ばかりして文正元年（一四六六）五月に、成仏寺で『法華経』談義のあとで禅僧が読んだ例（『後法興院記』同月二十六日の条）があり、また延徳三年（一四九一）五月に、烏丸観音堂での談義のあとで読まれた例（『親長卿記』同月十六日の条）がある程度である。

しかし、戦国期に入ると、弱肉強食の時代を生き抜き、さらに領国経営の実績を挙げようとする武将たちの現実的な要求に基づいて、『太平記』が盛んに書写されるとともに、軍学・政策・道義などの諸観点から『太平記』を読解し評論する、いわゆる「太平記講釈」が流行することになる。この作品が本来的に具えていた〈歴史を談義する性格〉のおのずからなる展開である。そうした談義の集成が『太平記評判秘伝理尽鈔』であるが、その作者と伝えられる法華法印日応（大運院陽翁とも）は、加賀太守の前田利常に仕えた「御咄衆」の一人であったらしい。[6] なお、『太平記』の内容を敷衍しながら、民衆を相手に仕方話で語る「町講釈」は、貞享（一六八四～八七）・元禄（一六八八～一七〇三）の頃から流行し始めたとされている。

三　物語僧と『明徳記』『応永記』

物語僧によって語られた確実な記録をもつ軍記に『明徳記』がある。明徳二年（一三九一）十二月、但馬・因幡・美作など十一箇国の守護を兼ねて「六分一殿」（「六分一衆」とも）と言われた山名一族の内紛に付け込み、その強大な勢力を削減しようとした将軍義満の挑発に乗せられて、山名氏清（一三四四～九一）・満幸（?～一三九四）が反逆の兵を挙げ、京都の内野で幕府方の細川・畠山・大内らの諸大名と戦って敗れた。この事件を叙述した作品である。陽明文庫本の奥書によると乱にまつわるさまざまの伝聞に基づいて記した初稿本が明徳三、四年の頃に成立し、さらに応永三年（一三九六）に作者自身が増補して抒情的な語りものの性格を顕著にした再稿本が成立したと推定されている。(7)

軍記の常として、乱の敗者山名一族の亡霊に手向ける鎮魂の語りもの、特に山名氏縁故の時衆関係者の語りものも素材に供されていると見られる。(8)が、作者は一貫して、山名の挙兵を「不義の企」「悪逆の謀叛」として道義的に批判し、「家僕の過分を誡めらるゝ」将軍の側から明徳の乱を叙述している。そうした点から、作者は将軍近侍の者と考えられ、冨倉氏は、(9)義満の周辺に祗候した物語僧の一人と見ている。

『看聞御記』（応永二十三年七月三日の条）に、「先日《ノ》物語僧又被《テ》ㇾ召《サ》語《ル》之。山名奥州謀反事《ノ》一部《ヲ》語《ル》之。有《リ》㆓其《ノ》興㆒」と、物語僧が登場する。山名陸奥守氏清の謀叛、即ち明徳の乱であるが、それを叙述した『明徳記』が物語僧によって語られたのである。『看聞御記』の筆者、伏見宮貞成《さだふさ》親王（一三七二～一四五六）は、その数日前にも大光明寺の長老徳祥和尚に勧められて、同寺の客僧だったこの物語僧の語りを聞いている。物語の内容はわからないが、その語りぶりについては「凡《ソ》弁説吐《キ》ㇾ玉《ヲ》、言語散《ラス》ㇾ花《ヲ》。聴衆感嘆《シテ》断《ツ》ㇾ腸《ヲ》」（六月二十八日の条）と記している。「有《リ》㆓其《ノ》興㆒」と記された『明徳記』の語りも、そのような調子だったのであろう。

貞成親王は永享六年（一四三四）二月九日に、内裏の仰せで「明徳記三帖」とともに「堺記一帖」を献上している（同記）。『堺記』は『応永記』の一伝本である。大内義弘（一三五六～九九）は、明徳の乱での山名討伐や九州鎮定の勲功によって周防・長門・和泉など六ヵ国の守護を兼ね、朝鮮貿易を背景に経済力を増大させていた。その勢力を削減し対明貿易の主導権を確保しようとする義満の挑発に乗って、応永六年（一三九九）の冬、かねて義満と疎隔を生じていた鎌倉公方足利満兼と結んで堺で兵を挙げたが、幕府方の細川・京極・赤松らに攻撃されて討死にした。いわゆる応永の乱であり、これを叙述したのが『応永記』（『大内義弘退治記』とも）である。

『応仁記』は、『明徳記』に比べて後日譚や女性哀話が無く、抒情的な語りものとしての要素に乏しい。義弘の謀叛の動機と背景は、挙兵を諫止する弟弘茂や、参洛を促す将軍の使僧絶海中津（一三三六〜一四〇五）と義弘との対話を通して表され、客観的な叙述は合戦の記録に終始している。幕府の立場を擁護しつつ、義弘の討死にや弘茂の降参をも同情的に描こうとする作者の用意が窺われる。杉本圭三郎氏[10]が説くように、『太平記』以後の室町軍記が、より下層の享受者に迎えられる古浄瑠璃的な語りものの系列と、記録性に重点を置く合戦記の系列とに分化して行く[11]その分岐点にあって、『明徳記』がその前者の方向に一歩を踏み出した作品であるとすれば、『応永記』は加美宏氏の指摘するとおり、後者の方向への第一歩を印した作品であると言える。

四　「合戦記録」と「語りもの」の分化

室町軍記の題材は、有力守護大名の抑圧をもくろんだ幕府の挑発と、これに対抗する大名の反乱、そしてその鎮圧という構造で繰り返される合戦である。永享十年（一四三八）鎌倉公方持氏（一三九八〜四三九）はかねて将軍義持と不和で、関東管領上杉と確執を生じ、管領とこれを救援する幕府連合軍と戦って敗れ、翌年二月に鎌倉の永安寺で自害して、ここに鎌倉公方の関東支配は終わる。永享の乱である。持氏の遺児の春王と安王は、翌年三月に下総の結城氏朝に擁せられて兵を挙げるが、嘉吉元年（一四四一）に城は陥ちて氏朝は自害し、春王・安王も捕えられて京都に送られる途中、美濃の垂井で殺される。永享の乱とそれに続く結城合戦を主たる題材とする『永享記』であるが、さらに持氏の末子の永寿丸（成氏）が関東管領職を継いだものの再び上杉氏と不和を生じて、享徳四年（一四五五）に下総の古河に移るまでを叙して、作品は一旦成立したらしい。現存本はさらに書き継がれ、北条早雲が延徳三年（一四九一）に堀越公方を討って伊豆国を制圧し、「竟爾五代の栄耀を開く」までを叙述していて、『相州兵乱記』や『関東合戦記』等に繋がる東国一円の通史的な軍記を志向している。文飾が少なく、時には史料をそのまま掲載するなど、実録的な性格の著しい作品である。

『永享記』とは逆に、この合戦の哀切な後日譚に重点を置いて、春王・安王の悲劇を中心に、「有為転変のことはり、飛花落葉のありさま」を詠嘆的に語る方向に展開した作品もあり、それを代表するのが『結城戦場物語』である。京に護送される幼い兄弟の亡親追慕、首斬り役漆崎小次郎の苦衷と遁世、乳母の悲嘆と出家の話などが、七五調を基調とする古浄瑠璃的な文体でつづられている。垂井の時宗道場での遊行上人に対する兄弟の述懐や、上人の説法における遊行一宗の功徳の唱導鼓吹には、金井清光氏(12)の説くように、時衆の語りものとの密接な関係が窺われる。

五　戦国軍記・地方軍記

応仁元年（一四六七）から十一年間、京都を戦乱の坩堝に陥れた大乱を題材とする作品に、『応仁記』『応仁別記』などがある。『応仁記』（一巻本）は、中国梁の宝誌和尚(13)が日本の未来を予見して作ったという「野馬台詩」中の末六句、即ち「百王流《レヲ》畢《ヘ》竭《ツキテ》、猿犬称《ス》二英雄《ト》一、星流《ル》二鳥（烏カ）野《ノ》外《ニ》一、鐘鼓喧《スシ》二国中《ニ》一、青丘与《ト》二赤土一、茫々《トシテ》　遂《イニ》為《ル》レ空《ト》」（和田英道氏編、古典文庫本）を応仁の時世に相当するものとして、これを解読する形で大乱の経過を叙述したもので、乱の年号を冠した室町軍記の掉尾に位置する作品である。それに対して、『応仁別記』は、一貫して赤松氏の立場から書かれた〝私〟の軍記である。(14)将軍義持を殺害して嘉吉の乱（一四四一年）の導火線となった赤松氏の汚名を雪ぎ、旧領を復活すべく活躍した赤松政則を始めとする一族の武功を中心に語り、赤松氏の祖である円心入道等が元弘・建武の際に足利政権樹立のためにいかに貢献したかを事ごとに想起している。『太平記』の記事によったものであるが、直接的には『嘉吉記』（応仁二年以後成立）の叙述に負っているらしい。

相国寺鹿苑院内の蔭涼軒（将軍が参禅聴法する書院）の記室（書記）であった季瓊真蘂《きけいしんずい》（一四〇一〜六九）が、文正元年（一四六八）閏二月に湯治先の有馬で、江見河原入道が『太平記』を読むのを聞いて無聊を慰めたという記事（『蔭涼軒日録』同月六・七日の条）は、物語僧が『太平記』を読んだと推測される唯一の資料であるが、真蘂も江見河原入道も、その座に同席して聴聞した葉山三郎・上月六郎もすべて赤松一族の出身と推定され、読まれた内容に「赤松入道円心有《り》二軍功之事一」とあるから、『応仁別記』に顕現する一族の悲願がその背景にあるように思われる。

応仁の乱以後、戦乱は全国各地に分散拡大し、戦国大名による領国支配権をめぐる争闘の激化という状況に対応して、局地的な戦闘を描いた地方軍記や、一氏族または個人の活躍を記した軍功記・家譜・一代記といった、素材と形態も異なる多様な記録がおびただしく生産された[15]。一括して戦国軍記と呼ばれるが、かつての軍記物語が持っていた変革期の全体的状況を捉えようとする視点と、歴史を談義する姿勢を失って、やがて軍記というジャンルの解体に繋がることになる。

注

（1）角川源義氏「太平記の成立」（『国学院雑誌』62—10、昭和36・10。日本文学研究資料叢書『戦記文学』所収、昭和49・9）

（2）後藤丹治氏『太平記の研究』前篇「太平記原拠論」第三章 二条良基の著作、第四章 高野大師行状図画・北野天神縁起（河出書房、昭和13・8）

（3）本文は、日本古典文学大系『太平記』（後藤丹治・釜田喜三郎・岡見正雄氏校注、岩波書店、昭和35・1〜37・10）による。ただし振り仮名は適宜取捨する。以下、特に注する以外は同じ。

（4）本書第一章第四節2の(1)「太平記の成立過程と作者群」参照

（5）冨倉徳次郎氏『語りもの文芸』（岩波講座日本文学史第五巻、中世Ⅱ、岩波書店、昭和33・10）

（6）大山修平氏「「太平記読み」に関する一考察――加賀藩におけるその実態――」（『金沢大学国語国文』6、昭和53・3）

（7）冨倉徳次郎氏「明徳記考――近衛家蔵明徳記に就て――」（『国語国文』11―2、昭和16・2）補 和田英道氏（『明徳記校本と基礎的研究』第二章「『明徳記』の成立時期」、笠間書院、平成2・3）は冨倉氏の説を検討して、初稿本は明徳三年（一三九二）五月から応永二年（一三九五）三月までの間に成立し、改稿本は陽明文庫本の奥書によって上巻は応永三年五月、中巻は同年七月、下巻は七月以降間もなくの成立と見做すことができるとしている。

（8）補 砂川博氏「『明徳記』と時衆」（『日本文学』36―6、昭和62・6）は『明徳記』における時衆関係の記事を検討して、四条時衆に近いところで成立したのではないかという推測を提示している。

（9）冨倉徳次郎氏、注（5）に同じ。

（10）杉本圭三郎氏「『明徳記』の位置」（『日本文学誌要』16、昭和41・11、『軍記物語の世界』所収、名著刊行会、昭和60・19）

（11）加美宏氏「応永記小考――第一類『堺記』を中心として――」（『軍記物とその周辺』、早稲田大学出版部、昭和44・3）

（12）金井清光氏『時衆文芸研究』（風間書房、昭和42・11）

（13）宝誌和尚（四一八～五一四）は、保志とも書き、俗姓朱氏。宝公・誌公とも呼ばれる。諡号は広済大師。南朝の宋・斉の交に、しばしば奇跡を現し予言をしたので、斉の武帝は衆を惑わす者として獄に囚えたが、奇跡を現したので迎えて華林園に入れて崇敬した。彼の著した讖記《しんき》（未来記）を「誌公符」と謂う。『承平私記』（承平六年の『日本書紀私記』の残闕という）に「野馬台詩」冒頭の一句が引かれ、『江談抄』巻五、「源中将師時亭文会篤昌事」の条に、「宝志野馬台讖二。天命在二三公一。百王流畢竭。猿犬称二英雄一。ト見タリ。王法衰微憲章不レ被レ行之徴也」と三句（第十八～二十句）が引かれている。「野馬台詩」は宝誌に仮託してわが国で作られたものと考えられるが、その時期は詳らかでない。梶原正昭氏に「中世における終末観の一考察――百王思想と「聖徳太子未来記」をめぐって――」（『古典遺産』16、昭和42・1）がある。

（14）松林靖明氏「応仁の乱と軍記――応仁別記の場合――」（『軍記と語り物』11、昭和49・10。『室町軍記の研究』所収、和泉

書院、平成7・3）

(15)　補　古典遺産の会編『戦国軍記辞典 群雄割拠篇』（和泉書院、平成9・2）は、戦国時代の範囲をやや広げ、「応仁の乱のあと諸国に戦乱が拡散する文明五年（一四七三）ごろから、元和元年（一六一五）の大阪夏の陣により、豊臣家が滅亡して戦乱が終る、いわゆる〈元和偃武〉の時期までの百三十八年間」とし、その間の軍記を内容や形態から(A)「通史・年代記」、(B)「家記・武将記」、(C)「戦場記」に分け、(A)六十七、(B)百四十、(C)五十八、計二百六十五（いずれも「関連作品」「参考」を含む）の作品を取り上げている。なお、信長以後の合戦を描く軍記は、後編「天下統一篇」として用意されている。

二　太平記読み

一　「太平記読み」の生態

『太平記』と語りとの関係となると、まず「太平記読み」のことが念頭に浮かぶ。

井原西鶴の『武道伝来記』は貞享四年（一六八七）に刊行されているが、その巻五の第四「火燵《こたつ》もありく四足の庭」に、粗忽な武藝自慢から刃傷沙汰に及び、敵を持つ身となって流浪する友枝為右衛門という武士が登場する。ともに浪人して鉢敲《はちたたき》をしている同輩の口を通して、「為右衛門は、今は、西の京大将軍に、戸川友元といふ医者の庵に身を隠して、用心ふかく致せ共、夜は、粮《かて》もとめんため、太平記を素読《そよみ》して、今宵も出《いづ》べし」と明かされる。主家を放れたり、主家が断絶したりして浪々の身となり、『太平記』の「素読《そよみ》」をしては、辛うじて身過ぎ世過ぎの道を立てている武士の数は、関ヶ原の合戦以後、そして大阪夏の陣以後、俄に多くなったであろうことは容易に想像される。

そのような浪人の姿を描き出しているのが、元禄三年（一六九〇）刊の『人倫訓蒙図彙』である。そこに描かれた、編笠に破れ衣をまとって片手に台本を持ち、門付して歩く落魄の姿は殊に有名であるが、これには次のような説明が付いている。

【太平記読】近世よりはじまれり。太平記よみての物もらひ、あはれ、むかしは畳の上にもくらしたればこそ、つゞりよみにもすれ、なまなかかくてあれよかし、祇園の涼、糺の森の下などにては、むしろしきて座をしめ、講尺こそおこりならめ、それを又こくびかたぶけて聞ゐるものもあり、とかく生類ほど品々あるはなかるべし。

山東京伝の文化六年（一八〇九）刊『累《かさね》井《ゐ》筒《づつ》紅葉《もみぢ》打敷《のうちしき》』の挿絵（歌川豊国画）に見る、盛り場に架けた葭簀張りの小屋で「太平記講釈」と書いた立札を背にして、深編笠に面を隠し、牀几に坐り、台本を置いた釈台に、扇を開き持つ片手を載せて、「これからハくすの木ミなと川うちじにの所でござるが、すこしいきをついで申しませう」と客に語り掛けている浪人姿の講釈師は、元禄十三年（一七〇〇）に江戸の盛り場堺町で葭簀張りを構え、原昌元と名乗って軍談を講じたという赤松青龍軒(1)の面影を髣髴させる。

この江戸の青龍軒や京の原永惕と並んで、浪花で「いくさの講釈の上手」と評判をとったのが梅龍(2)であるが、その実態をしのばせるのが近松門左衛門作、正徳五年（一七一五）初演の『大経師昔暦』に登場する赤松梅龍である。場所は浪花でなくて「京近き岡崎村」ではあるが、取葺《とりぶき》小屋の侘住居に「太平記講釈、赤松梅龍」と書いた釣行灯を出して、「老弱出家交《まじり》」の客を相手に、「暮六つから四つ時分まで口をたゝいて一人に五銭づゝ、十人で五十銭の席料をもつて露命を繋」ぐ夜講釈である。講釈果てて帰って行く客たちの、「なんと聞事な講釈五銭づゝには安い物。あの梅龍ももう七十でも有らうが。一理窟有る顔附ア、よい弁舌。楠湊川合戦面白い胴中。仕方で講釈やられた所本《ほん》の和田の新発意を見るやうな。いかい兵《つはもの》でござつたの。いづれも明晩〳〵」という感想からも、梅龍の声音・表情・身ぶり手ぶりを活かした講釈ぶりが想像される。

これは講談化のいっそう進んだ例であって、『人倫訓蒙図彙』の尾羽打枯らした門付の語りは、とてもこうはありえないであろう。「やつす模様の旅姿、先大津屋弥六は太平記読になりて塩谷判官龍馬進奏の巻壹冊懐中すれば」

（『元祿曾我物語』、元祿十五年刊）ではないが、一両冊の台本を携えてその一くだりを素読みする程度に過ぎなかったであろう。

町講釈の始まりは赤松清左衛門と伝えられる。(3)『元亨世説』には、寛政五年（一七九三）四月の府内床店取調べの際の「書上」によれば、彼はもと京都の者で、名和長年の子孫、元祿五年に公儀に願い出の筋があって出府したが、滞在費に窮して浅草の見付御門の傍で『太平記評判理尽鈔』を講釈し、それがそのまま渡世となったのだが、さすがに名和の本姓を憚って赤松を名乗ったのだと言う。巷間には赤松姓を名乗る「太平記読み」がすでに多く活動していたという背景を窺わせる話である。

二　室町期の「太平記読み」

西鶴の『武家義理物語』（貞享五年刊）に、道頓堀の芝居町の賑いが写されている。「出羽義大夫が浄るりのはてくち、又大夫が舞をきく人、竹田がからくりの見物、甫水が太平記をよめる所。」当時、甫水の「太平記読み」が人気を博していたらしい。この出羽座に関わりをもつ「太平記読み」として、貞享三年（一六八六）八、九月に宇都宮彦四郎および別所掃部という者が活動していたことを証する史料『家乗』（紀州三浦家文書）が近時紹介された。宇都宮彦四郎については「大阪住、出羽芝居之間、於二新堀一舌耕云」の分注が付いている。加美宏氏は前者について、(4)「太平記読彦四郎」と記されているのは「近世舌耕芸としての太平記講釈」のことを「太平記読み」と呼んだ最も早い確かな例と言い、後者については、その出自を播磨赤松氏の一族である別所氏と見て、「赤松氏につらなる太平記読みの一人であったかとも考えられる」としている。「慶長の項、東照宮の御前にて、太平記の講釈を度々」（加藤曳尾庵著『我衣』）したという赤松法印を始め、赤松姓を名乗る「太平記読み」たちの活動を伝える話は確かに多い。(5)

溯って文正元年（一四六六）閏二月の六、七日の両日、季瓊真蘂の湯治先の有馬で、旅の徒然を慰めるために『太平記』を読んだ江見河原入道（『蔭凉軒日録』）の例は貴重である。その時、葉山三郎と上月六郎という者が聴聞しているが、共に播磨赤松氏の一族と考えられる。「赤松入道円心有㆓軍功之事㆒、尤為㆓当家名望㆒、聞㆑之為㆑幸也」と記し付けた蔭凉軒主季瓊真蘂も上月氏の出で、俗称を赤松上野介と言った。[6] 読み手の入道も赤松の一族江見河原氏の出であろうとする加美氏[7]の推測は当を得ていよう。すべて赤松ずくめである。

翌八日に一同が鼓滝の見物に出掛けた折、入道だけは「患㆑眼」ているため参加しなかったと記されている。この記事から加美氏は、「テキストを前にして逐字的にこれを朗読して聞かせたとは考えにくいことであって、おそらくそらんじているところを朗誦したものとみてあやまりあるまい」とも推測している。ところで、同月二十日の条には、「真柳患㆑眼未㆑癒、閑座与㆑人不㆑交、空消㆑日、尤為㆑可㆑憐乎」と見える。「真柳」とは入道が連歌をする際の号である。加美氏も指摘するとおり、この入道が「一時的の眼疾者であって、もともとの盲人ではないことが確認できる」のは確かだけれども、同時にまた、「未㆑癒」の状態が十日の余も続くのは予想外であったらしいこと、「患㆑眼」以後は「与㆑人不㆑交、空消㆑日」のみで『太平記』を読むどころではなかったらしいことも看取され、従って「患㆑眼」は、この月の六日七日と続けて『太平記』を読んだ、その直後のことである公算が大きいとも言えるのである。

後のことになるが、「頗有㆓倭学㆒。太平・明徳之二記等暗㆑之云々」（『蔗軒日録』文明十八年三月十二日の条）と言われた慈祥佩道栄老居士（七十六歳）のような存在があり、また、徳本という甲斐の浪人が林羅山の家へ来てはよく『太平記』を読んでいたので、傍で聞いていた僅か八歳の羅山がこれを暗誦し、その穎悟ぶりを謳われたという話（『羅山先生年譜』天正十八年の条、『羅山先生行状』）のような例もある。

江見河原入道が同族の連帯感から『太平記』中の赤松一族の軍功談を好んで読んでいたとすれば、それを十分に諳んじていたと想像する方が自然である。度重なる朗読で諳んじている詞章であっても、台本を離さない識字者の姿勢は、尾羽打枯らした門付や葭簀張りの小屋の浪人の「太平記読み」にも頽れずに伝わっていたのだとも言える。そして、たとい台本を読むのであっても、その朗読は時として、おのずと読み手の感情の起伏を反映し、音吐朗々と誦する底のものとなったにちがいない。『太平記』の文章は、もともとそれにふさわしい文体なのである。内外の典籍の談義や社寺の縁起、武士のいくさ話や巷間の説話等、多様な語りが取り込まれていることは、その詞材の多様性からも推測できる。勿論、平曲や謡曲のように詞章に密着した一定の曲節を形成するには至らなかった。形成しておれば当然諸流派も生じていたはずであるのに、その形跡はない。抑揚や強調も自由なら、朗読の流れを随時中断して、語句や事柄の講釈をさしはさむことも、時には内容の批判にわたることも自由な読み方だったのだろう。そのような講釈や批判の裁ち入れは『太平記』の叙述そのものの中に幾らでも類例を拾うことができる。

三　『太平記評判理尽鈔』による講釈

巷間の「太平記読み」がそれ以前から活動していたのに、赤松清左衛門が尚且つ「町講釈の始まり」でありえたとすれば、その理由は彼の講釈が『太平記評判理尽鈔』（以下、『理尽鈔』と略す）を用いたという点にあろう。彼が本姓の名和を憚って赤松姓を名乗ったと伝えられているように、『理尽鈔』の伝来には名和一族の名が付いて回る。

『理尽鈔』は、『太平記』に語られている事件や人物の行跡を軍学・政道論・道義観などの観点から論評したり、その裏面や前後の事情や伝承を補説したりした書物で、言わば『太平記』の談義の集成である。これまた『太平記』の本来内包していた性格の一面が展開して派生したものと言うことができる。正保二年（一六四五）に初めて版行された版本には、「文明二年八月下旬六日」の今河駿河守入道心性なる者の奥書があって、趣意は、名和家が代々相伝してきた「太平記秘伝之聞書」を伝授されたことに対する名和肥後刑部左衛門宛の謝辞である。次いで、大運院大僧都法印（陽翁）の奥書が付いている。名和長年の遠孫名和正三の伝える所を伝受した由を記していて、その後に版本によっては「元和第八年暦仲夏上澣三蓂」という奥書の具わっているものもある。[7]

この大運院陽翁（法華法印とも称す）の奥書や加賀の有沢永貞の『太平記理尽抄由来書』（尊経閣文庫蔵）および神田本『太平記』に付属して伝わっている備前岡山の医師一壺斎養元の『覚』等の資料を詳しく吟味し、その所伝を整理して、亀田純一郎氏(8)が『理尽鈔』伝授の経緯や加賀の前田家、備前・因幡の両池田家における「理尽鈔講釈」の状況をみごとに纏め上げている。さらに加賀藩における「理尽鈔講釈」については、大山修平氏(9)が諸種の金沢藩資料を用いて補強し、特に前田利常の御咄衆の中に「法華法印」（『拾纂名言記』）の存在を探し当てたことの意味は大きい。

さて、定説化したとも言える「理尽鈔講釈」の概念については割愛する。ただ、金沢の資料と岡山の資料との間には相互に対抗意識があるかに感じられ、例えば『覚』に「是遍ク世ニ知レル所歟、加州金沢之宿老等可レ有二承知一乎」などとあるのみならず、より隠微な形でも、「名和正三」および「大運院陽翁」（金沢資料では「法華法印日翁」又は「日応」）からの『理尽鈔』相伝における自藩の先行性と正統性が主張されているのである。岡山の資料においていっそうそれが顕著であるが、金沢の資料にもそれは窺える。

大山氏によって提出された資料の一つ『集古雑話』には、京都本圀寺の弟子日応が、同寺に止宿した前田利常の前で『太平記』を講じたのが機縁で、その御咄衆に加えられて三百石を拝領したが、「還俗は仕候はぬかと被レ仰候へ共望不レ申、一寺建立仕度旨申上、泉寺町に而法華寺御建立被レ下候也」とある。他にも「金沢へ召連られ、御咄衆被レ成、泉野法華寺の開山にて、大運院権僧都日翁大徳と号し、終に爰にて遷化なり」（『金沢古蹟志』）とか、「終に爰に遷化す。泉野法蓮寺也。大運院権大僧都日翁大徳と号す」（『御国改作之起本』）などとあることが報告されている。

ところで、加賀藩における諸宗寺院の由緒の上申書を集めた『貞享二年寺社由緒書上』（石川県立図書館蔵）には、「法華寺」の名は見えず、金沢泉野寺町にあった「法蓮寺」については、開闢は不明で中興開山は宝乗院日珪といい、元和元年に高畠石見の位牌所として再興されたとあって、日翁（日応）の名は出て来ない。『三州寺号帳』（金沢市立図書館蔵）を見ると、「日応」なる僧の建立した法華寺院として、加賀には金沢泉野寺町の安立寺、金沢卯辰の妙玄寺の両院がある。前記の『書上』によれば、妙玄寺は「元和四年ニ実相院日応与申僧建立仕」とあり、安立寺については、「当寺開闢者、京都本山上行寺日応上人御当地旦那御座候ニ付、末寺造立仕度旨、横山古山城江塚本伊右衛門を以窺、寛永五年取立申候」とある。両寺とも建立の年代は法華法印の金沢在住時期と相前後するけれども、開山の「日応」は相互に別人であり、かつ御咄衆の法華法印（日応）ともまた別人であると考えられる。安立寺の『書上』に見える「横山古山城」は、利常に陪席して法華法印の進講を聴聞した家老職の横山山城守長知（大山氏論考参照）であろう。金沢の法華寺院で京都の本圀寺と関係あるものに、泉野寺町の妙法寺がある。前記の『書上』に、天正元年顕性院日栄上人の建立であるが二世立正院日修の代に「本寺京都本国寺僧正日禎聖人」（第十六世日禎であろう）から天正十六年に授与された曼陀羅を所持している旨を上申している。「日応」とは無関係である。

こう見てくると、利常の御咄衆の一人「法華法印」（『拾纂名言記』）が、「泉野法華寺開山、大運院権僧都日翁大徳」（『金沢古蹟志』）となって行く過程に、時代を等しくして実在した複数の「日応」の法華寺院建立事業が影を落としてはいまいかという疑問が生じる。『理尽鈔』の著者を「北国に法華法印日勝と云し僧」（『重編応仁記』）とする異伝もある。ともあれ、金沢の資料についても岡山の資料についても、いま一つ吟味が必要であるように思う。(10)

四　「太平記読み」の諸相

南北朝末期から慶長元和の頃までをごく大雑把に、鎌倉期以来の守護大名の連合による室町幕府の安定期と、応仁の乱を境にした戦国大名の領国支配の形成期と、江戸幕藩体制の成立期という風に分けてみると、これが、『太平記』の作品形成の時代と、書写盛行の時代と、本文の収斂（流布本成立）の時代に対応することになる。いわゆる町講釈としての「太平記読み」の流行は、これに続く時代、即ち貞享元禄期以後ということになるのであって、その形成と流布の歴史がこうまで封建制成立の過程と歩調を合わせた作品は他に例がないと言えよう。

『太平記』の書写盛行は、抗争の時代を生き抜き領国経営に腐心する戦国大名たちの現実的な需要と結び付いており、本文の校訂と注釈の作業を促し、軍学・政策・道義等の観点からする解析および評論の実学を要請することになった。それらが集大成されるのは、世雄房日性の『太平記鈔』（慶長元和の交）であったり、『理尽鈔』（元和寛永の交）であって、『太平記』流布本の刊行に継起するのであるが、それに至る過程においては、多発的かつ多元的に発生し展開して来ていたはずである。

『太平記評判私要理尽無極鈔』の序（洛外隠士桃翁）には、先行する『太平記』関係軍学書として『古覧誌』『智命鈔』など十種の書名を挙げている。おそらく虚誕の説であろうが、「太平記評判」の多発的で多様性に富む状況は反映しえていよう。多様な「評判」の伝流と集成の、秘伝尊重の時代思潮を背景にして整序された形が、例えば「太平記理尽抄は、楠より赤松家に伝り、其後名和長年之家に伝りたり。非二其器一而不レ伝。名和之末葉名和松三と云者、本圀寺之近辺に居住す。（下略）」（『御国改作之起本』）といった系譜伝承なのではなかろうか。

世雄房日性の『太平記鈔』は、博引広証まことに卓れた注釈書である。が、これが達成できた背後には、文禄四年に関白秀次の命で着手された「謡之本百番注」即ち『謡抄』の編纂事業に、五山学僧を始め神道・歌道・楽道など諸道の有識者の力が結集され、日性自身も法花宗としてこれに参加したという実績が大いにあずかっていよう。伊藤正義氏[11]はこの作業の目的の一つとして、伝統的に仮名書である謡本の本文に漢字を充てるということがあったと指摘している。本文の解釈に資するためという同じ目的で、漢字表記の多い『太平記』の場合には逆に漢字の音訓の手引書が要請された。日性の手に成るとおぼしい『太平記音義』（『国文註釈全書』所収）がある。

出雲尼子氏との対陣中に『太平記』四十巻を書写した吉川元春（吉川家本奥書）の嫡男元長も好学の士で、多くの書籍を収集、書写、校訂している。特に本拠地の安芸国山県郡大朝にあった西禅寺の住職周伯恵雍とは年齢も近く、互いに漢籍・仏典・国書を貸借し合い、同学同修の良き師友であった。そのことは、「西禅永興両寺旧蔵文書」（『大

日本古文書』家わけ第九『吉川家文書別集』）に纏められた百六十余通に及ぶ「吉川元長自筆書状」によって知られる。(12)

「元長自筆書状」のうち『太平記』に関するものが三通ある。一通は同寺の向旭軒（先々代住職源栞か）宛の年未詳十二月十日付の返状（第八五号文書）で、文中に「一大（太）平記御覧可然候、さのみ益ニ者立間敷候哉」とあるもの。他の二通は周伯恵雍宛で、一つは天正十四年（一五八六）八月廿七日付の書状（第一六一号文書）。文面の末尾に「一太平記両冊仮名、談合可レ仕候、恐惶敬白」とある。最初の条に「一愚身出陣、来月二三日之間議定候」と見え、九州鎮撫のために出陣する直前に、『太平記』の漢字の訓について談合を請うているのである。元長は或る年の十一月二十日に、新たに書写させた『玉篇』に呉・漢・唐音及び和訓を付けるよう恵雍に依頼している（第六八・一一八号文書）。座右の辞書類を以てしても埒のあかぬ『太平記』中の漢字の訓について意見交換を求めたのであろう。永禄四年に毛利総家の隆元に召されて『太平記』を読んだ「一芸」(13)の者のように『太平記』の読みに精通した者が彼の周辺にはいなかったと見える。

残る一通は、年未詳五月六日付書状（第一八一号文書）で、「以前之大（太）平記少見度候、（可脱カ）被二差越一候、よミて被レ来候間中事候、恐惶かしこ」とあり、他の用件は何も書かれていない。たまたま架蔵の『太平記』は西禅寺に預けられていたらしくて、「よミて」が来られたからそれを寄越してほしいと、いかにも取り急いだ書面である。天正十五年六月七日に日向の都於里《とのごおり》で元長が病没する以前のことである。元長が「よミて」に求めた最大の関心事は、その語りを聞いて娯しむことよりも、語句の難訓の解明にあったのではないか。北条早雲が『太平記』の本文を校訂するに当たって、足利学校の学徒に疑問を訊し、京都の壬生官務大外記（小槻伊治）に朱引《しゆびき》を点じてもらい漢字の読み癖を仮名で注してもらった（今川家本奥書）ことが思い合わされる。

前述の『太平記音義』以前にも、『太平記字抄』（『多聞院日記』天正十五年三月十日の条）や『太平記音訓』（『言継卿記』天正二十年五月十日の条）などの存在したことが知られる。流布本成立以前、つまり書写盛行時代の「大（太）平記よミ」

『野坂家文書』[14]には『太平記』を書写し校訂し読解する上で不可欠な漢字の音訓の知識が専門的職能として求められたように思う。『太平記音義』は、振り仮名を付けることの技術的に困難な古活字本を読解するために編まれたものであるが、そこには、それ以前の「太平記よミ」たちによって累積されて来た諸説が整理統合されているにちがいない。

漢字に振り仮名の付けられた整版本の本文と、『太平記鈔』の注釈と、『理尽鈔』の「評」並びに「伝」、さらに登場人物の略伝を蒐めた「伝記」を総合し、挿絵も入れた『太平記大全』（西道智編）の出版されたのは万治二年（一六五九）のことである。中世の多種多様な「太平記よミ」たちの活動の一大集成であったと言える。

注

（1）『節信雑誌』には次のように記されている。「元禄十三年、赤松青龍軒と云者、堺町におゐて葭簀張を構へ、原昌元と名乗り、軍談を講ず、大ひに行はれしかば、中の町奉行、松前伊豆守殿召て聴問せられたり、其時種々の尋ねに、実は播州三木の地士、赤松祐輔青龍軒といへる者なりと答へしかば、然らば赤松円心の末裔なりやと、再び問はれしに、恥たるおもゝちして、御尋ねの通りなりと申上しかば、若干の目録を賜りて帰国せり」とある。『古事類苑』（楽舞部「講談」の項）所引。後出の『諸藝目利講』『元享世説』も同じく『古事類苑』所引による。

（2）『諸藝目利講』に「いくさの講釈の上手は、浪華に梅龍、江戸の静山は、まさりおとらぬ能弁にして、よく人を感ぜしむ」とある。中村幸彦氏「伸びゆく舌耕文藝」（『日本文学の歴史7』、角川書店、昭和42）には、「元禄十年の『諸藝目利咄』という書」から引用されている。

（3）『元享世説』に「町講釈の始りは、名和清左衛門〈後姓を憚りて赤松と改めたり〉といへる者、浅草の見付御門の傍に高き所ありし、其上に人を集めて、理尽抄と云太平記の書を以て講釈せり、是を太平記読と云」とあり、前出の『節信雑誌』にも赤松青龍軒の記事に次いで、「亦同時に赤松清左衛門といへるは、浅草御門の傍にて、太平記を講じ、日々群集して大に行はれたり。或説に青龍軒とは兄弟のよし風聞せり、くはしくは知らず」とある。

（4）加美宏氏「形成期の太平記読み――『家乗』の記事を中心に――」（『国語と国文学』62―11、特集「舌耕文芸研究」、昭和60・11）補『太平記の受容と変容』第三章第三節「近世太平記読みの形成」として収録（翰林書房、平成9・2）

（5）関山和夫氏は、家康の御伽衆だった石野氏置であろうと推定している（『説教と話藝』、青蛙房、昭和39・4）。

（6）補 水戸彰考館蔵『雑録』巻七所載の「蔭涼軒次第」に「雲頂院 季瓊諱蘂 俗赤松上野介 時代自勝定院殿至普広院殿」（勝定院は足利義持、普広院は足利義教）とあり、また、景徐周麟の「聯芳斎記」（『翰林葫蘆集』巻七）に季瓊真蘂に関連して「俗出赤松、曾祖某、番易上月庄人也」（「番易」は「播陽」であろう）とある。玉村竹二氏『日本禅宗史論集』巻上、制度篇「蔭涼軒及び蔭涼職考」（思文閣、昭和51・8）参照

（7）加美宏氏『太平記享受史論考』第一章「中世における『太平記』の「読み」と享受」の第四節（桜楓社、昭和60）。なお、拙稿は加美氏の高著から多くの教示を得ている。記して謝意を表す。補『太平記評判秘伝理尽鈔』の成立時期については、文明二年（一四七〇）の奥書と元和八年（一六二二）の刊記とのあいだで揺れている。元和の頃と見る通説に対して、和歌森太郎氏（「小島法師について」、『歴史と国文学』、昭和14・4）の室町後期成立と見る説もあり、長谷川端氏（「『太平記』と『太平記評判秘伝理尽鈔』」国文学研究資料館講演集8『軍記物語の展開』、昭和62・3）の江戸初期を遙かに溯って文明に近い時期にまで及ぶ可能性を考える説もある。ところで、昭和六十年代に入ってからの『太平記』研究の特徴として、『太平記評判秘伝理尽鈔』そのものを対象とする動向が活発となった。主要なものに、次の諸論考がある。

①長谷川端氏「『太平記評判秘伝理尽鈔』の底本について」（『中京国文学』6、昭和62・3）

②加美宏氏「『太平記理尽鈔』のことなど――『太平記』研究史の一章――」（『同志社国文学』30、昭和63・3）

③加美宏氏「『太平記理尽鈔』の「名義幷来由」――『太平記』研究史の一章――」（水原一氏編『伝承の古層――歴史・軍記・神話――』、桜楓社、平成3・5）

④加美宏氏「『太平記大全』について――『太平記』研究史の一章――」（徳江元正氏編『室町藝文論考』、三弥井書店、平成3・12）

⑤今井正之助氏「臼杵図書館蔵『正成記』考㈠――『太平記』・『理尽鈔』享受の一様相――」（『愛知教育大学研究報告』42、平成5・2）

⑥今井正之助氏「臼杵図書館蔵『正成記』考㈡——『太平記』・『理尽鈔』享受の一様相——」（『日本文化論叢』1、平成5・3）
⑦今井正之助氏「『南木記』・『南木軍鑑』考——『理尽鈔』に拠る編者の生成——」（『日本文化論叢』2、平成6・3）
⑧今井正之助氏「『太平記評判秘伝理尽鈔』依拠『太平記』考」（『国語と教育』19、平成7・3）
⑨今井正之助氏「『太平記評判秘伝理尽鈔』の叙述姿勢」（『日本文化論叢』3、平成7・3）
⑩今井正之助氏「『太平記』の受容と変容——『太平記評判秘伝理尽鈔』「伝」の世界——」（『国語と国文学』72—6、平成7・6）
⑪今井正之助氏「加賀藩伝来『理尽鈔』覚書」（『日本文化論叢』4、平成8・3）
⑫今井正之助氏「『義貞軍記』考——『無極鈔』の成立に関わって——」（『日本文化論叢』5、平成9・3）
⑬今井正之助氏（研究代表）『太平記評判書及び関連兵書の生成に関する基礎的研究』（文部省科学研究費補助金による研究成果報告書、平成10・3）
⑭若尾政希氏『「太平記読み」の時代——近世政治思想史の構想——』（平凡社、平成11・6）

（8）亀田純一郎氏「太平記読について」（『国語と国文学』、昭和6・10。日本文学研究資料叢書『戦記文学』所収、有精堂、昭和49・9）

（9）大山修平氏「「太平記読み」に関する一考察——加賀藩におけるその実態——」（『金沢大学国語国文』6、昭和53・3）

（10）今井正之助氏は、注（8）⑪の論考で、尊経閣文庫蔵写本『理尽鈔』三本ⒶⒷⒸを精査し、Ⓐ本の第十六冊末の本文と同筆で「大運院陽翁」とある署名と、大橋全可の「覚」に「七巻より末法印自筆」とあることとを併せ考えて、「巻七以降は陽翁自筆である可能性が高い」とし、またⒷ本には「法華法印正本ニテ云々」と記した小原惣左衛門（前田綱紀時代の御書物奉行）の貼紙があり、Ⓒ本の第八冊には「大運院所蔵本とあって、裏面左端に「此法花立像寺ヨリ上ル小原宗左衛門」と記した貼紙があることを報告し、宗左衛門（加越能文庫蔵『加陽諸士系譜』）はⒷ本の惣左衛門と同一で、「法花立像寺は金沢市泉野寺町に現存。大運院陽翁（法華法印日翁）が開山となり、そこに遷化したと伝える法華寺（『集古雑話』『金沢古蹟志』など）・法蓮寺（『御国改作の起本』）とは別寺」と考証している。

(11) 伊藤正義氏「謡抄考（上・中・下）」（『文学』45・11～46・1、昭和52・11～53・1）補 伊藤氏は『興福寺諸記録抜粋』（東大史料編纂所蔵）所載の『謡抄』の注釈作業に参加した連衆と各自の担当分野を纏めて掲げているが、「法花宗」関係として「久遠院 日淵」と「要法寺 世雄房 円智」の両名の名が挙げられている。『日本仏家人名辞書』（鷲尾順敬氏著、明治44・12、増訂再版）には、「日性は世雄房承恵と云ひ、後に円智院と号す。要法寺に住して学誉あり、慶長十九年二月廿六日寂す」とあり、『国書総目録』著者別索引には『一代大意抄註』以下、十七点の著書と『太平記鈔』を列挙しているが、『太平記鈔』には存疑の符号*を付している。『謡抄』の注釈作業で世雄房が果たした役割は、単に法華宗の宗門に関することだけだったのではなく、伊藤氏も触れているように、『謡抄』の『平家物語』関連の事項にしばしば見出される山中検校の意見が世雄房の徴したものであることを示唆する新井白石の『紳書』の記事がある。信太周氏（『新版絵入平家物語』巻三「解説」、和泉書院、昭和59・10）によれば、「ここに云う山中検校とは室町時代末期の一方流師堂派の琵琶法師山中休一のことで」あるという。

(12) 河合正治氏「吉川元長の教養――戦国武将の人間像――」（『芸備地方史研究』36、昭和36・3）補 吉川元長と周伯恵雍との関係については、玉村竹二氏の「吉川元長の信仰と周伯慧雍の宗風」（『日本禅宗史論集』下之一、教団篇㈠所収、思文閣出版、昭和54・9）に詳密な考察がある。

(13) 「毛利元就父子雄高山行向滞留日記」（『大日本古文書』家わけ第八『毛利家文書之二』所収）

(14) 拙稿「太平記研究、現在の話題と将来像」（『国文学 解釈と鑑賞』46―5、昭和56・5）。本書第一章第四節1「太平記研究の現況」参照

3　太平記と中国古典

一　『太平記』の特質

『太平記』の文学的特徴として常に挙げられるものに、道義的性格・知的傾向・漢文学の影響などがある。例えば、石田吉貞氏は(1)『太平記』の特徴として早く、「漢土の説話を好んで引き、漢語の使用が著しく増加したのに伴つて、内容上には、儒教的思想が著しく見られるやうになつて来た。其の特に著しいものは、君徳を云為する思想と、政道を是非する思想と」であると指摘し、また、『平家物語』における感情の横溢、仏教的哀感などの特徴に対して「太平記になると、著しく知的分子の多いことに気がつく。仮令知が中心主流をなしてゐないまでも、少くとも、感情を抑へて、其のほしいまゝな奔到を許さぬ程の力は示してゐる。故に太平記では、物の見方感じ方も極めて平明である。そして、或る点までさめてゐる。」「随つて太平記には、平家に見る如き、悲哀、哀愁を根柢とした厭世の思想は見られないで、さめた厭世の相、高踏脱俗的に世を厭ふ隠逸の香がたゞよつてゐる」と説いている。

『太平記』という作品は、その作者についても成立の過程についても不明な点が多い。そのことと関連して、性格も複雑であり、いろんな要素が混在し、交錯している。だから、その文学的特質を上記のように要約してしまうと、異論も出て来よう。しかし、『太平記』という作品を先行の作品から際立たせているより重要な指標を挙げるとすれば、最初に挙げた道義的性格・知的傾向・漢文学の影響などの諸特徴にならざるを得ないと思う。総じて儒学的な教養を根幹とする知識人の思想と表現である点にその特徴があると言えよう。つまり、これらの諸特徴は、勿論『太平記』という作品の中で相互に無関係に共在しているのではなくて、「作者」によって統一されているものである。この場合の「作者」とは、歴史を認識し、歴史を叙述する主体としての存在である。それが複数の、よしんば時代を異にする複数の作者であったとしても、伝統的な和漢の教養と同時代的な歴史感覚を共通の基盤として、多分に等質的な歴史認識の方法を共有し合う存在である。

二　漢籍の受容と伝流

天文十二年（一五四三）成立の『太平記賢愚鈔』（釈乾三撰）が『太平記』中の語句や故事に関して注釈を施すために引用している漢籍の書名は優に百種を超え、それを承けていっそうの博引広証ぶりを示した慶長十五年（一六一〇）成立の『太平記鈔』（世雄房日性撰）になると、さらに八十種余りが増加する。勿論、注釈者がそれらの漢籍のすべてを直接に見ているわけではなく、その中に多く含まれている字書・辞典・類書のたぐいを介して、そこに登場して来ている書名も多くあるにちがいない。それは単に注釈者だけのことではなく、注釈者にそうした考証の作業を要求するような文章を書き上げた『太平記』の作者にしても、その事情は同様だったはずである。彼が直接に親しみ、その思想形成に深く関わった漢籍の範囲となると、かなり限定されて来るだろう。それは当然、注釈書に引かれた書目のうちの頻度の高いものと重なり合う部分が多いだろうと予想される。その頻度の高いものを順に列挙すると、『史記』『論語』『文選』『漢書』『春秋（左伝）』『孟子』『尚書』『礼記』『白氏文集』などがあり、さらにその実質的な影響感化について検討してみた結果に基づいて言うと、上記の書籍のうちの特に『史記』『論語』『文選』『孟子』『白氏文集』に、『孝経』と『貞観政要』を加えた諸書を、作者の教養に培ったより重要な漢籍として挙げることができると思う。(2)

最近、中世における漢籍や国書の注釈書に関する研究が盛んになり、その成果が相次いで発表されている。そして、上に挙げたような漢籍とわが国の中世の作品を取り結ぶものとして、それらの漢籍を直接の対象とするのではない注釈書、例えば『和漢朗詠集』や『胡曾詠史詩』の注釈書とか、『古今集』『伊勢物語』など歌書・物語の注釈書とかが介在しているという事実が多く知られることになった。『太平記』に多く引かれている中国故事のうち、『史記』を源泉とする説話に関して言えば、『史記』と『太平記』との間に書承・口承にわたる通時的および共時的な説話伝承の広がりの世界が存在していたことは明らかである。筆者もかつてそれを「説話伝承の地盤」という語で言い表したが、黒田彰氏は[3]、その実態を具体的に垣間見させている『胡曾詩抄』のような注釈書の介在を指摘し、紹介するとともに、これに「中世史記」という呼称を与えた。これは甚だ魅力的な問題提起であり、今後の開拓と発展が大いに期待される[4]。

三　歴史叙述の基本スタイル

ところで、『太平記』における中国故事の叙述には、説話の伝承的な地盤に立ちそれを取り込もうとする態度と、原典に復帰しそれに即して叙述しようとする態度とが共存しているのであって、単に説話伝承の消極的な受け入れに終始しているのではない。また、その知識が故事の引用にとどまっているのではなくて、漢籍の章句を自由に駆使して時代の世道人心に対する評論を展開することのできる思想と表現の力量を具えてもいるのである。それは単に注釈を利用する側の者でのみあるのではなく、注釈をする側の者と同じ次元に立つ等質的な知識人として存在していると見るべきであろう。

『太平記』巻十八の「比叡山開闢事」には、「大智広学ノ物知《モノシリ》」[5]と世評の高い玄恵法印が足利尊氏らの幕府首脳を相手に、延暦寺開闢の由来を長々と説いて語り、遂に彼等をして山門への信心を起こさせるに至ったという記事がある。これを始めとして、他にも多く見られる類似の記事を読むと、こうした講経談義などの場における説述の方法と口調が『太平記』の歴史叙述の基本的なスタイルを形作っているのではないかと推測されるのであるが[6]、さらに言えば、それは『太平記』の作者像にも関わる重要な事柄であろう。先に『太平記』の作者に関して、「歴史を認識し、歴史を叙述する主体としての存在」、「伝統的な和漢の教養と同時代的な歴史感覚を共通の基盤として、多分に等質的な歴史認識の方法を共有し合う存在」ということを述べたのであるが、そういう作者の面影に恰好の代名詞を与えるとならば、「玄恵法印」ということになろう。

玄恵は、古くから『太平記』の作者として喧伝されて来たし、現在の研究でも、今川了俊の『難太平記』や「一条兼良校合本太平記奥書」（『桑華書志』所引）の記事を拠り所に、『太平記』の成立に最も関係の深い人物と見られてい[7]る。仮にそれが真実を言い当てているのだとしても、観応元年（一三五〇）三月二日における玄恵の死去（享年不明）の事は『太平記』巻二十七「直義朝臣隠遁事付玄恵法印末期事」に記されているのだから、そこら辺りから後のことは玄恵によって記されたはずもなく、玄恵の遺志を継ぐ者によって書き継がれたと見ることになる。

巻三十二「直冬与㆓吉野殿㆒合体事付天竺震旦物語事」には、文和元年（一三五二）九月の頃、足利直冬が父の尊氏を討とうとして南朝に合体を願い出た時、南朝がこれを許して尊氏追討の綸旨を与えたことが語られている。そのような南朝の政道を、「天下ノ治乱興滅皆天ノ理ニ不㆑依ト云事ナシ」とする思想的立場から、印度や中国の故事を引証して批判する「遊和軒朴翁」（他本には「亭叟」）という人物が登場する。その正体は不明であるが、釜田喜三郎氏が[8]指摘しているように、梵舜本や相承院本の『太平記』巻二十八の末尾には、「師法印源恵《玄歟》　独精軒トモ遊和軒トモ資生軒トモ云也　道号《玄恵法印》亭叟」（相承院本。「遊和軒」、梵舜本には「祐和軒」に作る）という勘注があり、すでに故人となっていたはずの玄恵と同一視している。言うなれば、拡大された玄恵である。

四　玄恵法印の学藝

拡大された玄恵と言えば、玄恵にはその著作と伝えられている作品がすこぶる多い。『国書総目録』（筆者別索引）にも、

『奥州後三年記』〈貞和三〉・『喫茶往来』・『宗論』〈元亨四〉・『聖徳太子憲法』・『法華四条論議古本』。

＊『異制庭訓往来』・『庭訓往来』・『遊学往来』。

などが玄恵の著作として挙げられている。右の八書のうち、＊印以下の三書は「その書目と著作者との関係になんらかの疑問が付されている」（同書「凡例」）ものである。これらの他にも、「玄恵法印抄出論語之明文」（『康富記』文安四年五月七日の条）、「玄恵法印之作、地蔵獄卒訴陳状」（同、文安元年十月八日の条）や、『和漢朗詠集註』（北村季吟撰）の序に「玄恵之抄」と呼ばれている『和漢朗詠集鈔』があり、『胡曾詠史詩』の注釈書である『胡曾詩抄』についても、「詩註玄恵法印」（『醍醐枝葉抄』）、「玄恵法印註」「胡曾詩注玄恵法印」（『智袋集』）と記されている外、「昔三国一山之源恵法印暇日注了焉」いう奥書をもつ伝本（神宮文庫本）もある。(9)

さらに『尺素往来』（一条兼良撰）には、次のような有名な記事がある。玄恵が宋朝の周濂渓や二程子（明道・伊川）等の学説を高く評価し、初めてこれを朝廷で講じてから二程子や朱熹の新註が尊重されるようになったということ、また、紀伝道においては伝統的に三史（『史記』『漢書』『後漢書』）が尊重されて来たが、玄恵の意見によって宋の司馬光の『資治通鑑』が講じられるようになり、特に北畠親房（一二九三～一三五四）はその蘊奥を得ていたということ、この二つである。これについては和島芳男氏(10)が詳しく論じているように、その記事の信憑性を保証する確かな資料はない。玄恵の最も拡大された部分なのかもしれないが、そのころ玄恵を宋学の唱導者とする伝聞があったという事実は伝えていよう。

玄恵には、そうした伝聞を生むにふさわしい学者としての名声があった。すでによく知られている資料ではあるが、元応元年（一三一九）閏七月二十二日に日野資朝らが御堂殿の上局で『論語』の談義を行った時、その座には僧たち

も多く交じっていたが、それを窃かに立ち聞いた花園院が「玄恵僧都《ノ》義《ニ》誡達道歟」（『花園院天皇宸記』同日の条）と感嘆したこと、虎関師錬の法嗣で後醍醐天皇の皇子という龍泉令淬《りょうずい》が、玄恵に贈った書の中で、「伏《シテ》念《フ》、叟傍《ハリ》為二京学之保障一。而《シテ》士大夫之有《ル》レ文者、莫《シ》レ不《トイフコト》二従《ヒテ》而受《ケ》レ教《ヲ》」（「貽二独醒老一書」『松山集』）とたたえていること、当時有数の学識者であった洞院公賢が玄恵の死を伝え聞いて「文道之衰微歟」（『園太暦』観応元年三月二日の条）と嘆いたこと、いずれも生前における玄恵の学者としての名声の高さを証するものである。

五　学僧の講経談義

『太平記』の中で玄恵は、貞和五年（一三四九）八月に高師直のクーデターによって政務担当の座を追われた足利直義を時々訪問しては、「異国本朝ノ物語共シテ」その失意を慰めたりもしているが（巻二十七「直義朝臣隠遁事付玄恵法印末期事」）、その存在がクローズアップされているのは、玄恵が幕府の首脳たちに山門の歴史を談義したこと（巻十八「比叡山開闢事」）と、日野資朝・同俊基らが討幕の企てをカムフラージュするために催した「文談」に、「其比才覚無比ノ聞ヘアリケル玄恵法印ト二云文者ヲ請《シャウ》ジ」て、『韓昌黎文集』の談義を聞いたという記事（巻一「無礼講付玄恵文談事」）である。(11) 前者については先に触れた。後者で玄恵は、韓愈が憲宗に「論《ズル》二仏骨《ヲ》一表」を奉って仏骨を宮中に迎え入れることを諫め、その怒りに触れて潮州に流される途中、藍関に至って「猶子韓湘」に示した有名な七律詩の詠吟にまつわる道家的色彩の濃い説話を語っている。

この韓愈と韓湘の説話は、『太平広記』（巻五十四所引「韓仙伝」）や『青瑣高議』（前集巻九所引「仙伝拾遺」）などにも記載されているが、それらが韓湘を韓愈の「外甥」あるいは「姪」と記しているのに対して、『太平記』と同様に「猶子」と記しているのは『詩人玉屑』（巻二十所引「青瑣集」）である。さらに『太平記』のこの記事の話末に、「誠《ナル》哉、癡《チ》人《ノ》面前ニ不《ト》レ説《カ》レ夢《ヲ》云事ヲ」とある評語も、『詩人玉屑』（巻七・巻十三）に「所謂癡人面前不レ得レ説レ夢」とあるのによったと思われることから、『詩人玉屑』がその典拠であったと見るのが穏当であろう。(12)

『詩人玉屑』は南宋の魏慶之が編纂した詩話・詩論の集大成で、淳祐甲辰年（一二四四）の黄昇（字叔暘）の序をもつ。『花園院天皇宸記』の正中二年（一三二五）十二月二十八日の条に「近代有二新渡書一。号二詩人玉屑一。詩之髄脳也」と記されているが、玄恵はその前年の十二月下旬に早くもこの書に「批点句読」を加えていた（五山版奥書）。二条良基も玄恵没後の延文四年（一三五九）に近衛道嗣からこの書を借りて読み（『愚管記』同年七月十五日条）、康安元年（一三六一）には阿一法師という人物からこの書と『毛詩』の講釈を受けている（『忠光卿記』同年六月六日条）。阿一法師の経歴などについては未勘であるが、(13) 康安元年六月二日には崇光天皇に召されて『尚書』の講義をしており（『続史愚抄』）、その前後四月から六月にかけて十回、近衛道嗣の邸に伺候して『左伝』や『周礼』を講じ、「講談之趣太分明也。博賢之故歟」（『愚管記』）と道嗣を感心させている。さながら玄恵を彷彿させるような人物である。

『国書総目録』には、この阿一法師の著として『異国襲来祈禱注録』と『宗論』という二つの作品が挙げられている。後者の『宗論』は元亨四年（一三二四）の成立、著者は「玄慧・阿一」と記されている。『輪池叢書』（国会図書館蔵）所収の本書を見ると、元亨四年正月下旬に清涼殿で宗論が行われ、「山門玄慧法印、三井寺僧正、東寺虎聖、奈良阿一上人」の四人が悉く、紫野大徳寺の妙超侍者に論破されるという禅宗鼓吹の内容で、成立も下り、著者も玄恵や阿一ではありえないが、両人が山門や南都を代表する学僧として喧伝されていたことが窺われる。

『太平記』の文学的特質を形成する重要な要素として、中国の古典の影響感化ということを挙げうるとすれば、それは玄恵法印や阿一法師に代表されるような学僧の活動に媒介されたものが主要な部分を占めていると考えられ、彼らの講経談義の場における説述の方法が、『太平記』の歴史叙述における基本的なスタイルを形作っていると想像されるのである。

注

（1）石田吉貞氏『太平記新釈』（「太平記解説」、大同館書店、大正14・11）

（2）拙著『太平記の比較文学的研究』（角川書店、昭和51・3）

（3）黒田彰氏『胡曾詩抄』（伝承文学資料集成3、三弥井書店、昭和63・2）

（4）［補］伊藤正義氏に「中世日本紀の輪郭――太平記における卜部兼員説をめぐって――」（『文学』40―10、昭和47・10）の卓論がある。『太平記』巻二十五「自二伊勢一進二宝剣一事」に見える「日本紀ノ家」卜部兼員が語る神代の話を分析して、それが『日本書紀』の原典から大きくはみ出しており、『和歌童蒙抄』などの歌学、『三流抄』のような「古今序注」とも共通する部分の多いものであって、卜部兼員の説ではなく、その権威を借りただけの「当時通行の所説の集成であったと断言して間違いないと思われる」ものであることを指摘した。氏の意図は、「日本書紀原典から大きくはずれた中世日本紀」が、通説化し常識化して中世の思想と文芸の各分野にひろく沁みわたっている実情とそれが中世という時代に突如として湧き出したものではなくその原型乃至萌芽がすでに前時代にあることを明らかにしようとするところにあった。「中世日本紀」の概念については、山本ひろ子氏が「中世の文献を見ると、「日本紀に云う」という形で、しばしば『日本書紀』が引文されているが、その内容は、『日本書紀』の原文とは大きくかけ離れている。それが「中世日本紀」と呼ばれるもので、中世の学問の一大領野というべき「注釈」の場で形成された」（『中世神話』、岩波新書、平成10・12）と纏めているのが要を得ている。中国の史書のわが国における伝流にもこれと同様の事情のあることは確かであるが、「中世日本紀」の「日本紀」が「神代巻」に限定されるのに比して、「中世史記」の「史記」の輪郭は極めてあいまいである。

（5）本文は日本古典文学大系『太平記』（後藤丹治・釜田喜三郎・岡見正雄氏校注、岩波書店、昭和35・1～37・10）による。以下同じ。

（6）拙稿「談義する文学――太平記・室町軍記・戦国軍記――」（『時代別日本文学史事典』中世編、有精堂、平成1・8）。本書第一章第四節2「太平記の成立」の(2)参照

（7）［補］玄恵の享年については、井上宗雄氏が『玄恵法印追善詩歌』（観応元年成立、書陵部蔵）の詩に「七十二年残夢断」、「七十二年閑夢断」等と見えることから、その享年を七十二歳と見た（井上宗雄氏他編『頓阿法師詠と研究』未刊国文資料

刊行会、昭和41・11)。これに従えば、弘安二年(一二七九)出生となる。

(8) 釜田喜三郎氏「太平記の一視点」(日本古典文学大系『太平記二』附載、岩波書店、昭和36・6)

(9) 注(3)に同じ。

(10) 和島芳男氏『日本宋学史の研究』(吉川弘文館、昭和37・1)

(11) 補 小木曾千代子氏「玄恵法印の人的環境小考」(長谷川端氏編『太平記とその周辺』、新典社、平成6・4)が、貞和三年(一三四七)晩秋に、上北小路猪熊にあった廬山寺において明導上人が『止観義例』の談義をしている傍らで、玄恵法印が『孝経』の談義をしたことが『止観義例猪熊鈔』に記されていることを報告している。なお、小木曾氏は、玄恵の住まいが廬山寺に近い北小路に在ったこと、玄恵の子と云われる志玉明空が、明導上人・実導上人の後を嗣いで廬山寺の住持となっていることにも触れている。

(12) 本書第一章第五節2「荘老の思想の受容」の(2)参照

(13) 補 阿一は律僧。正応(一二八八～九二)の頃の生まれか。字を如縁という。西大寺の僧で河内教興寺を再興した叡尊(字思円、諡号興正菩薩)の門に入って、戒律を学び、密教を兼修し、具足戒を受戒の後、教興寺に住した。示寂の年月日は未詳。弟子に慧海、成真、真源、鏡慧の四人がある(『本朝高僧伝』『日本仏家人名辞書』)。なお、本書第一章第五節2の(3)の注(12)参照

4　太平記と史記

一　『太平記』の背骨と漢籍

『太平記』は、漢籍との関係の深い作品である。

勿論、その構成・手法や文辞の上に軍記物語の先蹤作品、殊に『平家物語』の影響を多く受けていることは、先学の調査にも明らかなとおりである。また、合戦を始め世上を騒がせた諸事件の現場と作者とを媒介したであろう多くの武士や都鄙の道俗貴賤がいて、彼らの体験し見聞したことどもが、作者自身の実見した事件とともに『太平記』四十巻の中身を埋めているにちがいない。そして、多数の耳目に媒介され、衆庶の意識を反映したことの結果として、『太平記』が、鎌倉幕府の勢威であれ、王法・仏法の伝統的権威であれ、それの形骸化をみごとにあばいてみせた楠木正成や土岐頼遠・佐々木道誉など、変革期の人間の行動的な生きざまを鮮やかに描き出すことができたのだとも言えよう。

しかし、作者は、実見や記録や伝聞を通して積まれて行くさまざまな情報の中に何を見出し、何事を語るべき素材として、それらを『太平記』の中に盛り込んで行ったか。その点にこそ、作者主体の歴史認識の方法と内質とが立ち現れて来るはずである。

軍記物語は、乱逆という社会的現象として噴出して来る変革期の歴史を語る文学であると言えようが、そうした激動の歴史を、見詰め、捉え、語ろうとする、その基本的な姿勢において、『太平記』の背景は、より多く漢籍によって培われていると考えられるのである。

『太平記』作者の思想の基盤に培った漢籍の主要なものとしては、上代の大学においても必修の課目に指定されていた儒学の基本図書である『論語』と『孝経』、奈良朝あるいは平安朝以来の教養人に親しまれて来た詞華集の『文選』および『白氏文集』、『文選』とともに紀伝道の正課であった「三史」のうちの『史記』、鎌倉時代に入って殊に流行し、また尊重された『孟子』並びに『貞観政要』、これらの諸書を挙げることができる。なかんずく、『史記』と『白氏文集』と『貞観政要』の感化が著しい。

より詳しく見ると、『史記』では、諸侯の盛衰や個人の行跡を記した「世家」「列伝」よりも、天下国家の治乱興亡を叙した「本紀」が、また『白氏文集』では、いわゆる「感傷詩」や「閑適詩」よりも、「諷諭詩」、特に白居易の批判精神のみごとに結晶した「新楽府」五十首が、さらに『貞観政要』では、折に触れ事に触れて唐の太宗に進諫する魏徴ら賢臣の言行を記した諸篇が、『太平記』の思想と表現に大きな影響を及ぼしていると考えられる。

二　『史記』関係の挿入説話

『太平記』に及ぼした『史記』の影響の大きさは、先ず挿入説話の上に具体的に現れている。『太平記』には大小取り混ぜておよそ六十二話の中国説話が挿入されているが、そのほぼ半ばに達する次の三十話が、『史記』に源泉を求めることのできるものなのである。

一　「本紀」関係の説話

①虞舜が頑なな父母に孝養を尽くし、帝堯から天下を譲られた話（巻三十二「直冬与吉野殿合体事付天竺震旦物語事」）[1]〈「五帝本紀」〉

②殷の帝太戊《たいぼう》が一夜に桑穀の出現した凶兆を畏れ、帝徳を修めた話（巻三十「吉野殿与相公羽林御和睦事付住吉松折事」）〈「殷本紀」〉

③殷の帝武乙《ぶいつ》の悪逆無道の話（巻三十「高倉殿京都退去事付殷紂王事」）〈「殷本紀」〉

④殷の紂王が妲己を愛して炮烙の刑などの暴虐を行い、西伯を羑里《ゆうり》に禁獄した話（巻三十、同前。③と集合）〈「殷本紀」〉

⑤周の大王が夷狄に攻められて豳《ひん》を去るや、人民が皆これに従った話（巻三十五「北野通夜物語付青砥左衛門事」）〈「周

本紀」〉
⑥周の文王（西伯）の無欲に感化されて、人民も畔を譲り合った話（巻三十五、同前）〈「周本紀」〉
⑦周の武王が殷の紂王を討とうとして孟津を渡ったとき、白魚が舟に飛び込んだ話（巻十七「金崎船遊事付白魚入船事」）〈「周本紀」〉
⑧秦の穆公が馬を殺して食った兵士の罪をとがめず、医療を加えてやった話（巻二十六「四条縄手合戦事付上山討死事」）〈「秦本紀」〉
⑨秦の穆公が戦いに敗れた三将の罪を問わず、官禄を復した話（巻二十二「義助被参芳野事并隆資卿物語事」）〈「秦本紀」〉
⑩秦の始皇帝の一代についての話（巻二十六「妙吉侍者事付秦始皇帝事」）〈「始皇本紀」〉
⑪趙高が専横を極め、秦の二世皇帝を殺して国を奪った話（巻二十六、同前。⑩と集合）〈「始皇本紀」〉
⑫項羽と高祖が楚の懐王の孫を擁立して楚の義帝となし、秦を討伐した話（巻三十七「可立大将事付漢楚立義帝事」）〈「項羽本紀」〉
⑬楚の項梁が戦いに勝って驕り、後に秦の章邯に敗れた話（巻十「三浦大多和合戦意見事」）〈「項羽本紀」〉
⑭紀信が漢の高祖の身代わりとなって楚の項羽に降り、殺された話（巻二「主上臨幸依非実事山門変儀事付紀信事」）〈「項羽本紀」〉
⑮楚の項羽が虞美人との別れを惜しみ、垓下の詩を歌った話（巻九「主上・々皇御沈落事」）〈「項羽本紀」〉
⑯漢の高祖と楚の項羽との天下抗争の話（巻二十八「慧源禅巷南方合体事付漢楚合戦事」）〈「項羽本紀」「高祖本紀」〉
⑰周勃・樊噲らが、高祖没後の呂氏と劉氏の不和を鎮めた話（巻三十四「畠山道誓上洛事」）〈「呂后本紀」「孝文本紀」〉

二 「世家」関係の説話

⑱西伯が渭浜に猟りして太公望を得、これを師として殷の紂王を討った話（巻三十「高倉殿京都退去事付殷紂王事」。③④と集合）〈「斉太公世家」〉

⑲鮑叔牙が小白（斉の桓公）を擁立した話（巻十「亀寿殿令落信濃事付左近大夫偽落奥州事」）〈「斉太公世家」〉

⑳周公旦が訴人あれば即座にこれと面接した話（巻三十二「山名右衛門佐為敵事付武蔵将監自害事」）〈「魯周公世家」〉

㉑晉の驪姫が継子の太子申生を讒死させた話（巻十二「兵部卿親王流刑事付驪姫事」）〈「晉世家」〉

㉒呉王夫差と越王勾践の戦い、並びに范蠡の活躍の話（巻四「備後三郎高徳事付呉越軍事」）〈「越王勾践世家」〉

㉓程嬰・杵臼が、旧主趙氏の孤児を養育して讐を報じさせた話（巻十八「瓜生判官老母事付程嬰杵臼事」）〈「趙世家」〉

㉔王陵の母が楚の項羽に捕らえられ、自害して王陵の戦意を励ました話（巻十「安東入道自害事付漢王陵事」）〈「陳丞相世家」〉

三 「列伝」関係の説話

㉕孫武が宮中の美人を集めて戦術を教えた話（巻二十二「義助被参芳野事并隆資卿物語事」）〈「孫子呉起列伝」〉

㉖藺相如が秦国に使いして趙璧を守り、また廉頗との確執を避けた話（巻二十六「上杉畠山讒高家事付廉頗藺相如事」）〈「廉頗藺相如列伝」〉

㉗屈原が讒せられて汨羅《べきら》に身を投じた話（巻三十九「諸大名讒道朝事付道誉大原野花会事」）〈「屈原賈生列伝」〉

㉘田光が荊軻の疑念を晴すために自害した話（巻十「赤橋相模守自害事付本間自害事」）〈「刺客列伝」〉

㉙荊軻が燕の太子丹のために秦の始皇帝の殺害を謀った話（巻十三「兵部卿宮薨御事付干将莫耶事」）〈「刺客列伝」〉

㉚韓信の嚢砂および背水の陣の兵法の話（巻十九「青野原軍事付嚢沙背水事」）〈「淮陰侯列伝」〉

以上の三十話である。この外にも、例えば、「衛ノ懿公《イコウ》ガ鶴ヲ乗セシ楽《タノシミ》早《ハヤ》尽キ、秦ノ李斯ガ犬ヲ牽《ヒキ》シ恨《ウラミ》今ニ来《キタリ》ナントス」（巻一「後醍醐天皇御治世事付武家繁昌事」）〈「衛庚叔世家」「李斯列伝」〉のように、単に故事の題目を修辞的に引用するだけで、故事の内容を説述しない例は多くある。

右に列挙した三十話の中には、その典拠を『史記』以外に求めるべきものも含まれており、また、基本的には『史記』の所述に拠りながらも、他の文献に見える異伝と習合したり、伝承のまにまに変化し成長した要素の混入したり、作者による創作の加わったりしているものが多く、そうした伝承的もしくは創作的要素の混入や付加は、「本紀」関係よりも「世家」「列伝」関係の説話に殊に著しい。『史記』に源泉を有する説話のみならず、多くの中国説話が『太平記』に挿入されている背景には、説話の伝承的世界の広がりがあったのである。それは、話材の範囲と語りの方法の上に明らかに反映している。

三　作者の依拠した『史記』の本文

ところが、「本紀」関係の説話になると、説話伝承の地盤との密接な関わりを保ちつつも、作者は『史記』の原文に立ち返って、伝承に伴う説話の頽形を修補しているのである。約九千字を費やして秦楚漢の抗争をほぼ全円的に語り尽くしている前記⑯の説話などは、座右に備えた「項羽」「高祖」両本紀の原文を参酌しつつ、これを一編の長大な説話に纏め上げたとしか考えようのないものであって、「本紀」関係の説話は、その殆どに原典との同文関係が顕著に認められ、たとえそうでなくても、原典の所述に即応した叙述のなされているものばかりである。同じく『史記』とは言いながら、「本紀」に対する作者の態度は、「世家」や「列伝」の場合とは本質的に異なっていたことが推測される。

「本紀」関係の説話における原典との同文関係的部分を細かに検討してみると、作者の依拠した『史記』の本文は、宋版や元版のものではなくて、平安朝以前に将来されて博士家に伝えられた古鈔本の系統であったことが知られる。具体的に言うと、建武新政の初め、陸奥国司北畠顕家のもとに置かれた奥州式評定衆の一員に加えられて以来、康永二年（一三四三）に常陸宮方が潰滅するまで北畠親房に随従していた藤原英房（式家）が、貞和三、四年（一三四七～八）に抄出し書写するに当たって用いたところの『史記』と同じ系統のものであった。その完本は中国にも我が国にも現存してはいないが、英房書写の『史記』は、三条西実隆が自ら書写した元版彭寅翁本（書陵部蔵）に校異を注記しており、英房自身が「本紀」と「八書」とから抄出した『史記抄出』三冊が、現に龍谷大学図書館に蔵されている。『太平記』作者の依拠した『史記』の本文が、英房書写本と同系統であることを示す最も特徴的な事例の一つに、前記⑮の説話に見える項羽の垓下の歌の詩形がある。慶長古活字本を底本とする岩波日本古典文学大系の本文には、その詩形が、

力抜《キ》レ山《ヲ》兮気蓋《オホフ》レ世《ヲ》。時不レ利《アラ》兮騅《スキ》不レ逝《ユカ》。々々《スキズ》レ々《ユカ》可《ベキ》二奈何《イカンカス》一。虞氏《グシ》兮々々《グシ》々《イ》奈二若何《ナンヂヲカン》一。

と記されていて、これは「虞兮虞兮」が「虞氏兮々々々」となっている点を除けば『史記』の通行本文と変わりがないけれども、『太平記』の伝本のうち、より古態を保っているとみられる神田本・西源院本・内閣本などの諸本には、

力《ラハ》抜《キ》レ山《ヲ》兮気蓋《ハヲホウ》レ世《ニ》。時不レ利《ナラ》兮威勢廃《スタレタリ》兮。騅《スイ》不レ逝《ユカ》。々々レ々可《キ》二奈何《イカント》一。虞《グヤ》兮々々奈《ナンヂヲイカンカセン》レ若何。（西源院本）

という形で引用されていて、「威勢廃兮」という特異な措辞が加わっているのである。英房の『史記抄出』には、

力抜レ山兮気蓋レ世。時不レ利威勢廃兮。々々々々騅不レ逝兮。々々レ々々可二奈何一。虞兮々々奈レ若何。

とあり、『太平記』（西源院本）は、右の黒圏を付けたオドリ字と「兮」字を脱しているけれども、それ以外には両者全く差異がないのである。

ともあれ、『太平記』作者は、藤原式家に伝えられていたのと同じ系統の『史記』の本文によって、少なくともそ

のである。

の「本紀」、特に「五帝」「殷」「周」「秦」「始皇」「項羽」「高祖」の七本紀にはより深く親昵していたと考えられる

四　説話挿入の動機と機能

『太平記』の作者は、南北朝五十年の内乱社会を叙述するに当たって、なぜ、こうも多くの中国説話を導入しなければならなかったのだろうか。

混沌たる社会の動向と、そうした社会を衝き動かし、あるいはそれに押し流される人間群像、そうした点に興味を集中させて『太平記』四十巻を読み進めて行こうとする読者からは、とかく一貫した興味の持続を遮る夾雑物として排斥されがちな挿入説話だけれども、そうした読者と同様に、いな、それよりも遙かに切実な思いで、動乱の社会とそこに生きる人間への関心を寄せていたのが、外ならぬ『太平記』作者であったと思われる。作者自身、その同じ狂瀾怒濤に自らの存在の根底を揺すぶられていた。その作者が、内乱社会を叙述する中で、多くの中国説話を取り入れているのである。

作者は、自ら実見もし、記録や伝聞によっても入手したさまざまな情報の中に、内乱の来由と行方を、人間の行跡とその運命を見出そうとした。政治史や経済史や文化史ではない、まさに人の世の歴史における転変の理を探ろうとしたのである。「以《テ》レ古《ヲ》為《シテハ》レ鏡《ト》、可《シ》三以《テ》知《シル》二興喪《コウサウヲ》一。」とは、『貞観政要』（巻四、興廃第十一）に見える唐の太宗の有名な言葉であるが、『太平記』作者もまた、「古」を鏡として「今」の動乱の根源と帰趨とを知ろうと努めた。挿入説話は、そうした作者が、社会の動向とそこに生きる人間の行跡を捉え、批判し、語るための拠り所として、言わば自らの歴史語りの妥当性を保障する拠り所として援用したものなのである。これら多くの挿入説話は、作者主体の歴史追求のエ

ネルギーを媒介にして南北朝期の歴史的現実と関わり合っているのであり、そこに、社会的に機能している説話の生きた姿が見出されなければならないのである。

五　作者の歴史認識の方法

『太平記』の「序」は、「蒙《モウ》竊《ヒソカニ》採《トッテ》二古今之変化《ヲ》一、察《ミルニ》二安危之来由《ライイウヲ》一」という言葉で始まる。そして、君主がその徳を欠き、臣下がその道に違う時には、その地位や威勢を久しく保つことができないという、極めて儒教的な歴史観が表明されているのであるが、その例証として取り上げられているのが、「夏桀《カノケツハ》走《リ》二南巣《ニ》一、殷紂《インノチウハ》敗《ヤブラル》二牧野《ボクヤニ》一。」「趙高《テウカウハ》刑《セラレ》二咸陽《カンヤウニ》一、禄山亡《ハブ》二鳳翔《ホウシヤウニ》一。」という故事である。つまり、夏の桀王・殷の紂王という無道の暴君や、秦の趙高・唐の安禄山という反逆の権臣たちの運命である。「古今之変化」とは言いながらも、我が国の過去の歴史が顧みられているわけではない。南北朝期の現実社会とは直接的な歴史的因果関係の断たれた「古今之変化」なのである。これは、駢儷体で書かれたこの「序」の文体とも関わることであるけれども、決して文体が要求するだけの特殊例なのではない。

『太平記』の冒頭の章段で、北条高時の失政について、作者が、

倩《ツラツラ》古《イニシヘ》ヲ引《ヒイ》テ今ヲ視《ミル》ニ、行跡《カウセキ》甚《ハナハダ》軽《カロク》シテ人ノ嘲《アザケリ》ヲ不レ顧《ミ》、政道不レ正《シカラ》シテ民ノ弊《ツヒエ》ヲ不レ思《ハ》、唯《タダ》日夜ニ逸遊ヲ事トシテ、前烈《ゼンレツ》ヲ地下《チカ》ニ羞《ハツカ》シメ、朝暮《テウボ》ニ奇物《キモツ》ヲ翫《モテアソビ》テ、傾廃《ケイハイ》ヲ生前《シヤウゼン》ニ致サントス。（巻一「後醍醐天皇御治世事付武家繁昌事」）

と批判しているのは、「古」の内容が明示されていないけれども、「序」で取り上げた桀紂の無道逸遊を念頭に置いてのものであることは疑いがない。紂王と趙高の説話は観応（一三五〇〜二）の擾乱の因由に関して、また安禄山の説話は康安元年（一三六一）の畠山道誓の謀叛に関連してそれぞれ詳述されているが、各説話の末尾には、次のような

表現がある。

古ヘノ事ヲ引テ今ノ世ヲ見候ニ、只羽林相公《ウリンシヤウコウ》（足利義詮）ノ淫乱《インラン》、頗《スコブ》ル殷《ノ》紂王ノ無道ニ相似タリ。（巻三十「高倉殿京都退去事付殷紂王事」。前記③④の説話）

サシモイミジカリシ秦ノ世、二世ニ至テ亡《ビ》シ事ハ、只趙高ガ侈《オゴリ》ノ心ヨリ出来《ル》事ニテ候《ヒ》キ。サレバ古《イニシヘ》モ今モ、人ノ代ヲ保チ家ヲ失フ事ハ、其《ノ》内ノ執事管領ノ善悪ニヨル事ニテ候。今武蔵《ノ》守（高師直）・越後《ノ》守（同師泰）ガ振舞ニテハ、世《ノ》中静《シツマ》リ得ジトコソ覚《エ》テ候へ。（巻二十六「妙吉侍者事付秦始皇帝事」。前記⑩⑪の説話）

抑天宝ノ末ノ世ノ乱《ラン》、只安禄山・楊国忠ガ天威ヲ仮《カツ》テ、功ニ誇リ人ヲ猜《ソネミ》シ故ナリ。今関東ノ軍、道誓ガ隠謀ヨリ事起《オコツ》テ、傾廃古《イニシヘ》ニ相似タリ。天驕《オゴリ》ヲ悪《ニク》ミ欠《カクミテルヲ》レ盈。譴《セメノガ》脱ル、処ナケレバ、道誓ノ運命モ憑《タノ》ミガタシトゾ見ヘタリケル。（巻三十七「畠山入道々誓謀叛事付楊国忠事」）

また、建武元年（一三三四）十月に後醍醐帝の命で拘禁された大塔宮護良親王が、自分の無実を奏上しようとした消息の中で「乾臨《ケンリン》（天皇、またはその裁決）何延《ナンゾヒイテ》レ古《イニシヘヲ》不《ザル》レ鑑《カガミ》レ今《ヲ》」（巻十二「兵部卿親王流刑事付驪姫事」）と言っている「古」は、その直前に「君不レ見《ズヤ》乎、申生《シンセイ》死《シテ》而晋《ノ》国乱《ミダレ》、扶蘇《フソ》刑《ケイセラレテ》而秦世《ノ》傾《カタムク》」とあるとおり、晋の献公の太子申生が継母の讒言にあって自殺し（前記㉑の説話）、秦の始皇帝の長子扶蘇が趙高の捏造した偽りの遺詔によって自殺せしめられた（前記⑪の説話）という、二つの故事を指したものである。

異国ノ例ヲ以《モツテ》吾朝《ワガテウ》ノ今ヲ計《ハカリ》候ニ、文王草昧ノ主《アルジ》トシテ、武王周ノ業ヲ起シ、高祖崩ジ給《タマヒ》テ後、孝景《カウケイ》漢ノ世ヲ保《タモチ》候ハズヤ。（巻二十一「先帝崩御事」）

のように殊更「異国ノ例」と断らずとも、『太平記』の作者が「今」を認識するための鏡とした「古」は、所詮、「今」には繋がらぬ「異国」の「古」だったのである。従って、そこで追求されているのは政治史的・経済史的な発展推移の過程ではなくて、人の世の歴史における興廃盛衰の原理が、それも極めて道義的な因果の理として捉えられて行くことになる。

六　作者の『史記』への接近

「今」を認識するための拠り所を中国の史書に求めるのは、当時の知識人にとって最もオーソドックスな方法であったにちがいない。建武の初め、佐々木高貞が献上したという駿馬に関して、天馬出現の吉凶如何と帝から下問された万里小路藤房は、「天馬ノ本朝ニ来レル事、古今未ダ其例ヲ承《ウケタマハリ》候ハネバ、善悪・吉凶勘《カンガ》ヘ申難《マウシガタ》シトイヘドモ」（巻十三「龍馬進奏事」）と前置きして、『貞観政要』（巻二、論納諫）に見える漢の文帝や後漢の光武帝が献上された千里の馬を拒否して国家を興隆させた話や、白居易の新楽府「八駿図」に歌われた周の穆王が天馬を愛して王室を亡ぼした話を引いて、天馬の出現は凶兆である旨を奏上し、建武新政の非を痛烈に批判した[2]。天馬の出現はともかくとして、「本朝」の歴史的事件としては「古今未ダ其《ソノ》例ヲ」知らぬ変革期の社会的諸事象や人間の行跡に、目をみはり耳をそばだてることの多かったにちがいない作者は、単に知識人一般のオーソドックスな思考方法という以上に、中国の史書への積極的な接近を余儀なくされたものと思う。自分の予見や期待を絶えず覆し裏切り続けて進行していく歴史の動態を捉える方法としては、しかし、それ以外になかったのであろう。『史記』との同文関係をもつ「本紀」関係の説話で、殊に作者の代弁者の口を通して語られる長大な説話が、内乱の様相にいっそう混迷の度を加えてくる第三部、特に巻二十二から巻三十五にかけての辺りに集中的に挿入されている事実も、そのような作者の積極的な『史記』への接近を示すものであろう。

　北条執権政治を崩壊させた元弘の変を中心題材とする第一部（巻十一まで）においては、殊にその討幕戦の終結が足利尊氏・新田義貞という源氏嫡流の武将による北条氏（平氏）の討伐であったがために、作者は、例えば、嗚々《アア》此《コノ》日何《イカ》ナル日ゾヤ。元弘三年五月二十二日ト申《マウス》ニ、平家九代ノ繁昌一時ニ滅亡シテ、源氏多年ノ蟄懐一朝《チックワイイッテウ》ニ開《ヒラク》ル事ヲ得タリ。（巻十「高時并一門以下於東勝寺自害事」）

と述べているように、治承・寿永における源平争乱の再現として構想することも可能であった。しかし、第二部（巻十二〜巻二十一）に入ると、もはやその構想は廃棄せざるを得なくなる。南北両朝の皇統争いとは言いながら、本質的には親政の政治理念を標榜する後醍醐帝と幕府再建を企図する尊氏との対立である建武の乱は、軍事的実際面においては、ともに源家棟梁の座をねらう尊氏と義貞の抗争として展開し、これが第二部の構想の中核となっていることは周知のとおりであるが、尊氏・義貞による討幕戦の終結とその後の両者の抗争を叙述するに当たって、作者は、楚の項羽と漢の高祖がともに強秦を滅ぼした後、天下の覇権をかけて争い、遂に高祖による海内統一に至った中国の「古」を、絶えず想起したようである。秦楚漢の争覇にまつわる故事の説述や修辞的引用は、『太平記』の随処にちりばめられている。

『史記』の「本紀」十二篇のみならず、百三十篇全体の中でも、秦楚漢の抗争を描いた「項羽」「高祖」両本紀は圧巻であり、叙事文学の精華である。この抗争に参加した多数の英雄たちの伝記である「世家」「列伝」の諸篇をも含めて、司馬遷が最も精細に歴史と人間とを描いたのが、戦国末期から秦帝国の成立に至り、その崩壊と楚漢の抗争を経て漢帝国の樹立に向かう白熱の変革期であった。我が国の過去の歴史の中に鑑みるべき「古」を見出すことのできない南北朝期の内乱社会を描こうとして、『太平記』作者が、「項羽」「高祖」両本紀の世界に想いを馳せたのは、けだし当然なことであったと言わねばならない。

『史記』百三十篇それぞれの末尾には、「太史公曰」として司馬遷自身の評言が付け加えられている。「本紀」十二篇のうち「五帝本紀」から「秦本紀」に至る五本紀の「太史公曰」はいずれも簡単な内容であるが、「始皇」「項羽」「高祖」の三本紀の「太史公曰」において、司馬遷は、この変革期における国家と人間の興廃存亡の理を追求している。「始皇本紀」では賈誼の「過秦論」を借りて自らの論評に代えているのだけれども、それをも含めて、この三本紀における司馬遷の歴史評論は、『太平記』作者の歴史評論に大きな影響を与えていると思われる。(3)

史官の家に生まれて、その業を継いだ司馬遷が、多数の記録を整理し典籍を渉猟し、「罔二羅シ天下放失ノ旧聞ヲ一」（太史公自序）て、自国の歴史における「王迹所ノレ興ル、原《タツネ》レ始ヲ察シレ終ヲ、見レ盛ヲ観テレ衰ヲ、論二考シ之ヲ行事ニ一」（王者の事跡の興隆に関して、その始と終を探求し、盛と衰のさまを観察し、それをその人間の行動に当てて論考し）た『史記』の「本紀」と、「異国ノ例《レイ》ヲ以《モッテ》吾朝《ワガテウ》ノ今ヲ計《ハカ》」るより方法のなかった『太平記』と、両者の懸隔は否定すべくもないけれども、それはまた一面、『太平記』に及ぼした『史記』の圧倒的な感化を物語るものでもあろう。

注

（1）『太平記』本文並びに巻序・事書は、特に注記した事例を除いて、すべて日本古典文学大系（後藤丹治・釜田喜三郎・岡見正雄氏校注、岩波書店、昭和35・1〜37・10）による。ただし、本文の振り仮名は適宜取捨する。なお、本稿は、拙著『太平記の比較文学的研究』第一章「『史記』を源泉とする説話の考察」（角川書店、昭和51・3）の内容を要約して示すことを意図したものである。

（2）補 拙著『太平記の比較文学的研究』終章第二節「藤房説話の形成と漢籍の影響」参照

（3）補 『史記』の「項羽本紀」および「高祖本紀」の「太史公曰」を掲げると、次のとおりである（汲古書院刊和刻本正史。ただし送り仮名は省略）。

（項羽本紀第七）「太史公曰、吾聞二之周生一。曰、舜目蓋重瞳子。又聞項羽亦重瞳子。羽豈其苗裔邪。何興之暴也。夫秦失二其政一。陳渉首レ難。豪傑蠭起。相与並争。不レ可レ勝レ数。然羽非レ有二尺寸一。乗レ勢起二隴畝之中一。三年遂将二五諸侯一滅レ秦。分二裂天下一而封二王侯一。政由レ羽出。号為二覇王一。位雖レ不レ終。近古以来。未二嘗有一也。及下羽背レ関懐レ楚。放二逐義帝一而自立上。怨二王侯叛一レ己。難矣。自矜二功伐一。奮二其私智一。而不レ師レ古。謂二覇王之業一。欲下以二力征一経中営天下上五年。卒亡二其国一。身死二東城一。尚不二覚寤一。而不二自責一。過矣。乃引二天亡一レ我、非二用レ兵之罪一也。豈不レ謬哉。」

〔高祖本紀第八〕「太史公曰、夏之政忠。忠之敝。小人以野。故殷人承レ之以レ敬。敬之敝。小人以鬼。故周人承レ之以レ文。文之敝。小人以僿。故救レ僿莫レ若レ以レ忠。三王之道若二循環一。終而復始。周秦之間。可レ謂二文敝一矣。秦政不レ改。反酷二刑法一。豈不レ繆乎。故漢興承レ敝易レ変。使二人不レ倦。得二天統一矣。朝以二十月一。車服黄屋左纛。葬二長陵一。」

5　太平記と三国志

(1)　諸葛孔明の出廬

一　『壒嚢鈔』と『太平記』

京都東岩倉の観勝寺に住した行誉が、文安二年（一四四五）から翌年にかけて編纂した百科辞書『壒嚢鈔』には、『太平記』の名を明示してその記事を挙げている事例が、九例ばかり見出される。が、その多くは漢字の訓に関するものである。また、『太平記』の名は示さずにその叙述を引いている事例も少なからずあって、早くこの事に着目した高橋貞一氏は(1)、比較的長文の故事で詞章も殆ど異同の無いものとして二十二例を指摘した。そのうち中国の故事が十六例を占め、さらにその十一例が『壒嚢鈔』の巻四に集中している。

『壒嚢鈔』の巻四は、全二十七段から成っている。冒頭に、わが国の神代の記事「天神七代事」と「地神五代事」の二段があり、第十八段「殷駅盧嶋事」以後は、わが国土の古名や年中行事に関する記事となって、巻五の叙述へと続いている。その間に挟まれた第三段から第十七段までの十五段は、伏犠氏に始まって元朝の建国に至る中国の歴史と、蒙古襲来の叙述である。その内容構成を、主な資材となった『太平記』の記事と対照させて示せば、次のとおりである。

『壒嚢鈔』巻四	『太平記』（巻序・章段名は西源院本による）
第三段　三皇事	＊
第四段　五帝事	巻三十二「許由巣父事同虞舜孝行事」
第五段　三王事	巻三十「殷紂王事幷太公望事」
第六段　唐十四代事	＊
第七段　秦昭襄王事	巻二十七「始皇求蓬萊事幷秦趙高事」
第八段　漢高祖事	巻三十七「漢楚立義帝事」
	巻二「尹大納言師賢卿替主上山門登山事付坂本合戦事」（紀信事）
	巻十九「嚢砂背水陣事」
	巻二十八「漢楚戦之事付吉野殿被成綸旨事」
第九段　魏曹操事	巻二十「斎藤七郎入道々猷占義貞夢事付孔明仲達事」
第十段　晋高祖事	＊
第十一段　宋世事	＊
第十二段　斉大祖事	＊
第十三段　梁世事	＊
第十四段　陳世事	＊
第十五段　隋世事	＊
第十六段　唐世事	第三十七「楊貴妃事」

第十七段　宋世事　　巻三十八「太元軍事」
巻三十九「自太元攻日本事同神軍事」

以上である。対応する記事が『太平記』にない八段（＊印を付したもの）は、春秋戦国の時代と、晉朝から南朝四代を経て隋に至る期間とであるが、『壒嚢鈔』の記述はいずれも極めて簡単な説明にとどまっていて、他の段のようには説話としての豊かな叙述を持っていない。この事は、『壒嚢鈔』にとって『太平記』がいかなる資材であったかを端的に示していると同時に、『太平記』における中国受容のある偏りを映し出しているとも言える。

『太平記』が引用する中国説話は、『史記』が対象としている時代、即ち前漢の武帝以前の時代に厚く、それ以後の時代には極めて薄い。『太平記』の末尾に至って、前掲の「第十七段、宋世事」の資材となった記事のように、文永・弘安の役を経過して高まって来た国際的関心を背景に、宋朝の滅亡と元朝の興隆に関する叙述が登場して来るけれども、その内容は歴史的事実から随分離れたものとなっている。[2] そして、『史記』の史伝に関わる記事と、この宋元関係記事との間にあるのが、僅かに三国蜀の諸葛孔明の説話と、唐の玄宗・楊貴妃の説話とである。

中国の宋元代およびそれ以後の時代の説唱や戯曲には、『三国志』に取材している作品が多いと言われている。そのような『三国志』の世界が『太平記』にどのように受容されているのか、それを探ってみたいとはかねてからの思いであるが、本稿では、巻二十の「斎藤七郎入道々猷占義貞夢事付孔明仲達事」に見える諸葛孔明の説話の前半に当たる孔明出廬の話について考察することにし、後半の孔明陣没の話、並びにそれと義貞の最期の記事との照応については、(2)の「諸葛孔明の死と新田義貞の最期」で考察する。

二　『太平記』諸葛孔明説話の構成

足利方の斯波高経の御教書を受けて、平泉寺衆徒が怨敵調伏の法を行っている最中[3]、新田義貞は「不思議ノ夢」を見た。自分が長け三十丈の大蛇になって臥し、敵の高経がこれを見て数十里逃げたという夢である。翌朝、義貞がその話をすると、「龍ハ是雲雨之威ヲ起ス物也、高経雷霆之響ニヲヂテニグル事候ベシ、目出度御夢也」と占う者があった。斎藤[4]道猷が牆を隔ててそれを聞き、「是ハ全ク目出度御夢ニアラズ、天之凶ヲ告ル物也」と難じ、孔明臥龍の故事を引いて、凶夢と判断する理由を述べた。

道猷が語った孔明臥龍の故事は、次のような構成になっている。

① 昔、蜀の劉備・呉の孫権・魏の曹操の三人が天下を三分して鼎立し、互いに他の二者を滅ぼして統一しようと狙っていた。

② その頃、諸葛孔明は南陽山に隠栖していたが、劉備がその草廬を三度訪ねて出仕を懇請した。孔明は受諾して蜀の丞相となり、劉備は「朕ガ有《ルハ》二孔明一如《シ》二魚《ノ》有《ルガ》レ水」と喜んだ。

③ 五丈原に陣した孔明の軍三十万と、魏の司馬仲達の勢百万が、河を隔てて対陣すること五十余日、疲れて焦る魏の兵が戦うことを請うたが、仲達は聞き入れなかった。

④ ある時、仲達は芻蕘から孔明の軍陣の様子を聞き、その恪勤ぶりから疲労の末に病臥すると予測して、「士卒ノ嘲ヲモ不レ顧、彌陣ヲ遠ク取テ」いたずらに数ヵ月を過ごした。

⑤ ある暁、天に客星が現れ、仲達は孔明の死を予言する。果たして孔明は病臥七日にして死んだ。

⑥ 蜀の将軍たちは孔明の死を隠して魏の陣を攻撃した。戦いではかなわずと見た仲達は、一戦もせずに五十里逃げた。「世俗之諺ニ、死セル孔明走《シム》二生《ケル》仲達《ヲ》一」と言うのはこれを嘲った言葉である。

⑦ 蜀の兵は孔明の死を聞いて仲達に降った。それより蜀は衰滅し、魏が天下を統一した。

右の構成は諸本おおむね同様であるが、ただ②の部分に説話要素の出入がある。先ず、その点について触れて置くことにする。

『太平記』諸本の中には、玄玖本・南都本系諸本・義輝本・古活字本等のように「梁甫吟」の詩を載せている本と、神田本・西源院本・梵舜本のように「梁甫吟」の詩を載せない本とがある。『三国志』（『蜀志』五）の「諸葛亮伝」によると、父の珪が死没して早く孤となった孔明や弟の均は従父の玄に養育されたが、その玄も死んだ後、「亮躬耕《ラシ》㆓隴畝《ニ》㆒好《ンデ》為《ツクル》㆓梁父吟《ヲ》㆒」（「為」を「ツクル」と訓むのは寛文十年板本に拠る）と述べられている。が、本文中にその「梁父吟」の詩は載せず、裴松之の注もまたそれには全く触れていない。因に、明の羅貫中の『三国志演義』（第三十六回）にも、孔明のことを劉備に推挙する徐庶という人物が登場し、彼のことばの中に、「後玄卒《シ》、亮与㆓弟諸葛均㆒躬耕《ラス》㆓於南陽《ニ》㆒。嘗好《ニンデ》為《ス》㆓梁父吟《ヲ》㆓」とあって、村人が孔明の作ったという別な歌を謡う場面はあるものの、いわゆる「梁父吟」の詩は挙げられていない。また、『資治通鑑』（巻六十五、漢紀五十七）では、本文中にも、また胡三省の注にも、孔明が好んで「梁父吟」を口ずさんだという事さえ記していない。

いわゆる「梁甫吟」の詩は、宋の郭茂倩の『楽府詩集』（巻四十一、相和歌辞）に、作者を「蜀、諸葛亮」として載せてある。「梁甫」は山の名で泰山の下にあり、「梁甫吟」はこの山に死者を葬ったのを歌った葬歌として伝誦されていたものであろうという（『古今楽録』）。玄玖本等の『太平記』が、「其比、諸葛孔明ト云フ賢人、世ヲ背テ南陽ニ有ケルガ、寂ヲ釣リ閑ヲ耕テ謡フ歌ヲ聞ケバ」として載せているのは、その名を挙げてはいないけれども、この「梁甫吟」の詩である。ただし、『楽府詩集』に載せる詩とは少しく異同がある。両者を対照して示すと、次の通りである。

『楽府詩集』

歩出斉城門　遙望蕩陰里
里中有三墓　纍纍正相似
問是誰家墓　田彊古冶子
力能排南山　文能絶地紀

『太平記』（玄玖本）

歩《ンテ》出《テ》㆓斉《ノ》東門《ニ》㆒　往《テ》到《レハ》㆓蕩陰《ノ》里《ニ》㆒
里中《ニ》有《リ》㆓三《ノ》墳《ツカ》㆒　畳《ルイ》々《〱トシテ》皆《ナ》相《ヒ》似《タリ》
借《シヤ》問《ス》誰《カ》家《ノ》塚《ソ》　田彊古冶子
気能挑《ヒラキ》㆓南山《ヲ》㆒　智方《サニ》絶《ス》㆓地理《ヲ》㆒

一朝被讒言　二桃殺三士
誰能為此謀　国◦相◦斉晏子　――　一朝ニ被レ二讒言一セ　二桃殺ス二三士一ヲ
誰カ能ク為《ナス》二此ノ謀一ヲ　相国斉晏子

因に南都本系に属する相承院本は、「畳」を「塁」、「挑」を「排」、「智」を「知」、「相国」を「国将」に作っている。また、天正本系の義輝本は、「地理」を「地紀」に作っていて、その点『楽府詩集』と同じなのであるが、『藝文類聚』（巻十九、人部三、吟）に「蜀志諸葛亮梁父吟曰」として引く詩には「地理」と記されているので、『太平記』の誤伝とのみは言いがたい。また『藝文類聚』には「誰家冢」とあって、『楽府詩集』の「墓」よりも『太平記』の「塚」と近似している点も注目されるが、右の『楽府詩集』の本文に圏点を付した他の語句の異同に関しても、『太平記』と一致もしくは類似する形で伝えている先行文献の存在については、まだ調査が行き届いていない。

ともあれ、この「梁甫吟」の詩は、より古態を伝えている神田本・西源院本には載せられていなくて、それが『太平記』本来の形であったかと推測される。つまり、『太平記』における諸葛孔明の説話は本来、②の「朕ガ有《ルハ》二孔明一如《シトノ》二魚有《ルガ》レ水」という諺を中心とする孔明出廬の話と、⑥の「死セル孔明走《シム》二生《ケル》仲達一ヲ」という諺を中心とする孔明陣没の話を二本の柱として構成されていたと見ていいのであろう。説話の主題となる諺があり、それを核として伝承されたと見える点が特徴的である。

三　孔明出廬の故事と『蒙求』

次に、孔明出廬の話について詳しく見て行くことにする。孔明出廬の話は、幼学書を代表する『蒙求』（巻上）に「孔明臥龍」「葛亮顧廬」の二話があるから、よく知られていたはずである。それぞれ次のような注が施されている。「古注」の書陵部蔵本と、徐子光の『補註蒙求』とを対照して掲げることにする。[5]

宮内庁書陵部蔵本　――　文禄五年刊徐状元補註蒙求

「孔明臥龍」
蜀志曰、諸葛亮、字孔明、諸葛豊之後、々漢末従叔父玄、向襄洲、刺史徐庶見之、謂先主曰、諸葛孔明臥龍也、将軍、豈欲見之乎、後為蜀丞相、先主曰、孤之有孔明、猶魚之有水也。

「葛亮顧廬」
晉春秋、諸葛亮、家居南陽劉県西南一里、是劉備三顧処、亮奉表於後主云、先帝不以臣卑鄙、三顧臣於草廬之中、詔臣以当世之事。

（「亮」の字形、「高」に紛らわしく書写されている。）

「孔明臥龍」
蜀志、諸葛亮字孔明、本琅琊陽都人、躬耕隴畝、好為梁父吟、毎自比管仲楽毅、時人莫之許、惟崔州刺史徐庶与亮友善、謂為信然、時先主屯新野、徐庶見之謂曰、諸葛孔明臥龍也、将軍豈願見之乎、此人可就見、不可屈致、宜枉駕顧之、先主遂詣亮、凡三往乃見、因屏人与計事善之、於是情好日密、関羽張飛等不悦、先主曰、孤之有孔明、猶魚之有水也、願勿復言、及称尊号、以亮為丞相、漢晉春秋曰、丞家南陽鄧県襄陽城西、号曰隆中。

「葛亮顧廬」
蜀志、諸葛亮相先主、々々病篤、召亮属以後事、謂曰、君才十倍曹丕、必能安国、終定大事、若嗣子可輔々之、如其不才、君可自取、亮涕泣曰、臣敢竭股肱之才、効忠貞之節、継之以死、又為詔勅後主曰、汝与丞相従事、々之如父、自是事無巨細、皆決於亮、嘗上疏、其略曰、臣本布衣、躬耕於南陽、苟全性命於乱世、不求聞達於諸侯、先帝不以臣卑鄙、猥自枉屈、三顧臣於草廬之中、諮臣以当世之事、後常以木牛流馬運粮、抛武功五丈原、与司馬宣王対於渭南、相持百余日、卒于軍、年五十四、謚忠武侯、亮長於巧思、損益連弩、木牛流馬、皆出其意、推演兵法作八陣図、咸得其要云。

「葛亮顧廬」の『補註』に「嘗上疏、其略曰」として述べられている部分（傍線部）は、有名な「出師表」（『文選』巻三十七）の文であり、勿論『蜀志』の諸葛亮伝にも記載されている。劉備と邂逅する以前の孔明が抱いていた隠逸への志向とその風貌を語る話は、おそらくこの孔明自身の言葉を基点として展開して来たものであろう。『太平記』

の諸葛孔明説話の特徴の一つは、この孔明の隠逸志向の強調である。次のように語られている。

此其ノ比諸葛孔明ト二云賢人世ヲ背キ、南陽山ニアリ、劉備是ガ賢ヲ聞給ヒテ、幣ヲ重シ礼ヲ厚シテ被レ召ケレ共、孔明敢テ勅ニ不レ応、只洞飲巖栖シテ生涯ヲ送ラン事ヲ楽《ネガ》ウ、劉備三度彼ガ草廬ノ中ヘヲハシテ（下略）(6)

先に見たように、「寂ヲ釣リ閑ヲ耕テ謡フ歌ヲ聞ケバ」（玄玖本）として「梁甫吟」の詩を取り入れた玄玖本・南都本系等の諸本は、この方向をいっそう進めていることになる。そして、『蜀志』の本伝等が記しているような孔明の性格の一斑がここでは捨象されている。例えば「毎《ニ》自《ラ》比《ス》二於管仲・楽毅《ニ》一、時人莫《シ》二之《ヲ》許《スコト》一也」という彼の自負や、劉備に彼を推挙する徐庶（字二元直）をして「此人《ノ》可二就《ク》見《ス》一、不レ可《カラ》二屈致《セシム》一」と言わしめた自尊心の高さ、或いはまた、彼が建安（一九六～二二〇）の初めに石広元・徐元直・孟公威等と荊州に遊学していた時、「毎《ニ》二晨夜一従容《トシテ》常《ニ》抱《イテ》レ膝《ヲ》長嘯《シテ》而謂《ヒテ》二三人《ニ》一曰《ク》、卿三人仕進《セバ》、可《シ》レ至《ル》二刺史・郡守《ニ》一也、三人問《フ》二其《ノ》所《ヲ》レ至《ル》、亮但笑《ヒテ》不レ言《ハ》」（『蜀志』注引『魏略』）というような自恃の強さなど、狷介とも傲慢とも見られそうな独立不羈の側面は影を潜めて、その隠逸への志の深さや飄逸たる脱俗の気風に重点が置かれている。『太平記』におけるこのような孔明像は、勿論作者の意図に発する造型であろうが、ただそればかりでなくて、孔明説話の伝承の在り様とも関係するところがあったのではないかと思う。後代のものではあるが『三国志演義』などでも、出廬以前の孔明の隠逸ぶりは執拗なまでに語られているのである。

四　胡曾『詠史詩』注の孔明出廬の説話

孔明の隠栖と劉備の懇請による出廬を主題として詠んだものに、胡曾の『詠史詩』がある。その百五十首のうちには三国時代の史伝を詠じたものが十首ばかりあり、その中には孔明の事蹟を題材とした七言絶句「南陽」「瀘水」「五丈原」の三首が含まれているが、「南陽」詩が孔明の隠栖と出廬を題材としている。(7)

世乱英雄百戦《ノ》余《リ》　孔明方《ニ》此《ニ》楽《ム》二耕鋤《ヲ》一

蜀王不㆔自《ンハ》垂《レ》㆓三顧《ヲ》㆒　争得《テカン》先生《ノ》出㆓旧《コトヲ》廬《ヲ》㆒

後漢の末期における動乱を背景に、隴畝に耕して晏如たる孔明の姿が描かれ、もしも劉備の三顧が無かったならば孔明の出廬はあり得なかったろうと歌っているわけであるが、ここには『太平記』における孔明像と基本的な面で一致するものがあると言える。

胡曾の『詠史詩』には陳蓋の注と胡元質の注があり、さらに玄恵注と言われる『胡曾詩抄』の注がある。この「南陽」詩に付された三種の注を併せ掲げると、次のとおりである。[7]

（陳蓋注）

蜀志云、諸葛亮字孔明、漢末天下喪乱、孔明南陽不仕閑居、今鄧州也、乃先主劉備寄寓於劉表、時有徐庶先生、此有諸葛亮字孔明号臥龍先生、此人先主可就不可屈、先主乃三度自顧孔明於茆廬之間、咨以当代之事、孔明起従先主、封武侯、後将兵南征北討、秦中皆云、臣昔楽居南陽、而先主三顧臣於茆廬、故南征北伐不憚労苦、恐負先主之盟也、文選名臣賛曰、沈魚釈水、高鳥候柯也、雖藴機籌、猶須際遇、孟子曰、有時无道時即嘆嗟、賈誼曰、有時无君即嗟、

（胡元質注）

蜀志、諸葛亮字孔明、琅琊郡人、躬耕隴畝、好為梁父吟、毎自比管楽、時人莫之許、惟崔州守徐庶与亮友善、謂為信、然時先主屯新野、徐庶見之謂曰、諸葛孔明臥龍也、将軍豈願不見之乎、此人可就見不可屈致、宜枉駕顧之。先主遂詣亮、凡三往乃見、因屏人与計事善之、乃称尊号以亮為丞相、漢晉春秋曰、亮家南陽

（胡曾詩抄）

蜀志、諸葛亮字孔明、躬耕隴畝、先主遂請、凡王（ママ）往乃見之、称尊以亮為承相、漢春秋、亮居南陽鄧県襄陽城西降（ママ）中。

諸葛先生、名亮、字孔明也、天下第一賢才、文武兼備ル君子也。南陽之山下ニ閑居シテ、耕田畝、不交世。時ニ蜀劉備、平《ケン》㆓天下㆒思フ志之良佐ヲ求ルニ、無《レ》過《タル》㆓孔明《ニ》㆒ト聞《テ》、三閑居之草廬ニ到ル。孔明、志ノ切ナルヲ感シテ、蜀王之輔佐トシテ、共ニ廻㆓文武之秘策《ヲ》㆒也。一句ハ、其時三国乱テ英雄相戦ヲ

蓋孔明出於遇時、而更得聖主也已。――鄧県襄陽城西号曰隆中。――云。蜀王ハ、劉備也。三顧トハ、三到《シヲ》㆓孔明居処㆒云也。

最下段の『胡曾詩抄』の注の冒頭に一字下げて記した漢文注は、原本では詩の前に記されているのであるが、見るように胡元質の注を簡略化したものである。仮名注もその簡略化された記事におおむね沿っていると見られる。前に触れた孔明が自らを管仲・楽毅に比していたことや、徐庶が孔明を臥龍に譬えたこと、さらに孔明は命令一つで召し出すことのできるような人物ではないと進言したことなど、これらの要素を切り捨てている点で、『太平記』の叙述の構成と基本的に一致していることは、容易に認められよう。

それればかりでなく、仮名注の中に「時ニ蜀劉備、平㆓天下《ケン》㆒思フ志之良佐ヲ求ルニ、無㆑過《タル》㆓孔明《ニ》㆒ト聞《テ》、三閑居之草廬ニ到ル」とある「良佐」の語が注目される。というのは、『太平記』にも三たび草廬を訪れた劉備の言葉に「公若良佐之才ヲ出シテ、朕ガ中心ヲ輔《タスケ》ラレバ」とあって、同じ「良佐」の語を用いた表現がされているからである。ただし、玄玖本では「良信ノ才ヲ致テ」となっている。神田本も「良信ノ才ヲいたして」であるが、「信」の字に「佐イ」と傍注し、南都本系諸本・義輝本・楚舜本などは西源院本と同様に「良佐ノ才ヲ出シテ」に作っている。「良信」よりは「良佐」の方を是とすべきで、「信」は「佐」の草体を見誤ったものであろう。ただ、『胡曾詩抄』の「良佐ヲ求ル」という言い方はいいとして、「良佐之才ヲ出（致）ス」は熟した適切な表現とは言いがたい。ここは「王佐之才ヲイタシテ」とありたいところである。『蜀志』の注に引く張儼の『默記』の「述佐篇」に「諸葛丞相誠《ニ》有《リ》㆓匡佐之才㆒」という類似の表現があり、土井晩翠が「星落秋風五丈原」の詩で「隴畝《ろうほ》に民と交はれば　王佐の才に富める身も　たゞ一曲の梁歩吟《りやうほぎん》」と歌ったのは何に拠ったのかわからないが、『三国志演義』（第三十五回）で、劉備が水鏡先生なる人物（司馬徽、字徳操）を訪ねていた時、水鏡先生が深夜訪れて来たある人物（実は徐庶）に向かって「公《ハ》懐《ケリ》㆓王佐之才㆒ヲ、宜《シク》㆓択《ンデ》㆑人《ヲ》而事《フ》㆒、奈何《ンゾ》軽《クシテ》㆑身《ヲ》往《イテ》見《ユル》㆓景升《ニ》㆒乎」（景升は劉表の字）と詰るのを密かに聞くという場面がある。劉備は、この人物こそ水鏡先生が「伏龍、鳳雛、両人得《ノバ》レ一《ひとりダニ》、可《ケン》レ安《ンズ》二天下《ヲ》一」と言った伏龍・鳳雛の一人にちがいないと思い、夜が明けて水鏡先生にそれを確かめるけれども、先生はただ「好好《よしよし》」と言うだけで、肯定も否定もしない。それでは一体、伏龍・鳳雛とは誰のことかと訊ねても、やはり「好好」としか言わない（劉備は後に徐庶から真相を解き明かされることになる）。「王佐之才」という語は、『後漢書』（「王充伝」「荀彧伝等」）その他にしばしば見られるもので、そう特殊な語句というのではないが、劉備が勝れた軍師を求めて辛苦し遂に孔明と邂逅するという話の筋の中にそれが用いられた例として、興味深い。(8)ともあれ、『太平記』の「良佐之才」という語は、「良佐」と「王佐之才」との混同、もしくは不適正な熟合とは見られないであろうか。そう見うるとすれば、『太平記』のこの説話の資材として、「良佐」という語を用いて表現した『胡曾詩抄』の注のごときがあったのではないかと想定することになる。

また、『胡曾詩抄』の「平《ケン》二天下一思フ志之良佐ヲ求ルニ」（神宮文庫蔵本）とある「志之」の語句は、黒田彰氏の校異によれば、他の伝本では「志《アリ》」となっているとのことである。「之」の上に「有」字を脱しているのかもしれない。氏が指摘しているように、この記事は『三国伝記』（巻十二ノ十四「葛亮孔明事」）に採られているが、そこでは「蜀ノ劉備天下ヲ平ント思フ志シ有ル故ニ、良佐臣ヲ求ニ」となっている。「平《ケン》二天下一思フ志」は、「良佐」のものではなく、劉備自身の「志」でなければなるまい。先に例示した『蒙求』の注や『胡曾詩』の陳蓋注・胡元質注には、この「時ニ蜀劉備、平《ケン》二天下一思フ志《アリ》、良佐ヲ求ルニ」に当たる叙述がない。『胡曾詩抄』にのみ見えるこの叙述を核として、これに、

「有夏昏徳、民墜《ツ》二塗炭《ニ》一」（『書経』仲虺之誥）

「塡《ズ》二溝壑《ニ》一」（『史記』范睢・扁鵲・公孫弘・汲黯伝等）

「善人為《ヲサムルコト》レ邦《ヲ》百年《ナラバ》、亦可《シ》二以《テ》勝《チ》レ残《ニ》去《ル》レ殺《ヲ》矣」（『論語』子路篇）

「枕《シ》レ石《ニ》漱《ギ》レ流《ニ》、吟詠縕袍、偃二息《シテ》於仁義之道《ニ》一、恬二惔《タリ》於浩然之域《ニ》一」（『蜀志』彭羕伝、『晉書』孫楚伝、『蒙求』孫楚漱

石）

などの古典の語句で補修して敷衍すれば、『太平記』の次のような劉備のことばに発展するとは考えられないであろうか。

劉備三度彼ガ草廬ノ中ヘヲハシテ宣給ケルハ、「朕不肖ノ身ヲ以テ、天下之泰平ヲ望ム、全ク身ヲ安ジ、欲ヲ恣ニセントニハ非ズ、只道之塗炭ニ落、民ノ溝壑ニ塡《ミチ》ヌルコトヲ救（ハン）為ノミ也。公若良佐之才ヲ出シテ（致テ）、朕ガ中心ヲ輔《タスケ》ラレバ、戦（残）ニ勝テ殺ヲ捨ン事如何カ其百年ヲ持ジ（待タン）、夫石ヲ枕ラニシ泉ニ漱《クチススイ》デ幽深ヲ楽ムハ一身ノ為也、国ヲ治、民ヲ利シテ大化ヲ致サムハ万人ノ為也」ト、誠ヲ尽シ、理ヲ究テ宣ケレバ、孔明辞スルニ言無シテ、遂ニ蜀之丞相ト成ニケリ。（括孤内は玄玖本による）

『蜀志』の「諸葛亮伝」では、孔明を訪れた劉備のことばは次のように記されている。これを『太平記』の文章と比べると、その要旨に乖離する点はないけれども、表現の上でも共通すると言える要素は極めて乏しい。

漢室傾廃《シテ》、姦臣窃《ミ》レ命《ヲ》、主上蒙塵《ス》、孤不二度《リ》レ徳《ヲ》量《ラ》レ力《ヲ》、欲《ス》レ信《ノベント》二大義《ヲ》於天下《ニ》一、而《ドモ》智術浅短《ニシテ》、遂《ニ》用《テ》猖獗《シテ》、至《ル》二于今日《ニ》一、然《モ》志猶《ホ》未《ダ》レ已《マ》、君謂《オモフニ》計将《ニ》《スル》二安《クンカ》出《サント》一。

さて、『蜀志』では、この劉備の懇請を受けて孔明は、天下の形勢を論じ、曹操・孫権・袁紹・劉璋等を批評し、その天下三分策の論を展開する。世に「隆中対」と呼ばれているものである。それはほぼ三百字に及ぶ大議論であり、『蜀志』における孔明出廬の記事の主要部分を形成している。それに比して『太平記』の孔明は、ただ「辞スルニ言無シテ」劉備の懇請に従うということで、出廬の話は完結する。両者の大きく異なる点である。

しかも、ここには『蜀志』等には見られない『太平記』独自の要素が加わっている。それは、『太平記』における劉備の説得には、「石ヲ枕ニシ泉ニ漱《クチススイ》デ幽深ヲ楽ム」老荘的な隠栖の道と、「国ヲ治、民ヲ利シテ大化ヲ致ス」儒教的な実践の道とを対比的に提示して、二者択一を求めていることである。そして、前者は「一身ノ為」の生であるのに対して、後者は「万人ノ為」の生であるとして、後者を是とする判断が示されていることである。これと同じような場面の構成は、巻五「宣房卿仕二君事」にも見られるものであり、(9) わが国の中古・中世の知識人にとって切実な命題であったらしい隠遁か出仕かの選択、いわゆる趣舎二塗の選択とその止揚という、道・儒二教の対立に関わる問題の構図であると言うことができるが、そのことはまた別な機会に考察してみたい。

五　「君臣水魚の交り」

上に見たように、『太平記』における孔明出廬の話は、基本的には『胡曾詠史詩』の「南陽」詩と『胡曾詩抄』の注のごときものに拠り、それに『論語』その他の古典の語句を補って文を整えたと見られるのであるが、その終りを、

劉備是ヲ貴寵シテ、朕ガ有《ルハ》二孔明一如《シト》二魚《ノ》有《ルガ》レ水悦ビ給フ、遂ニ諸侯之位ヲ与ヘテ、其名ヲ武侯ト称セラレシカバ、天下之人是ヲ見テ、臥龍之勢アリトヲヂアヘリ。

と結んでいる点は、「南陽」詩にも『朗曾詩抄』の注にも該当するものがないので、これについて説明して置かねばならない。

劉備の「朕ガ有《ルハ》二孔明一如《シト》二魚《ノ》有《ルガ》レ水」の語は、先に挙げたように『蒙求』の「孔明臥龍」（『蜀志』諸葛亮伝を引く）によってよく知られていただけでなく、それから出た「水魚」「水魚の交り」「水魚の思を成す」等の慣用句が人口に膾炙していたと思われる。『太平記』には他にも、

○次、両家〈北条氏と足利氏〉体ヲ一ニシテ、水魚ノ思ヲナサレ候上ハ、赤橋相州御縁ニ成候上、何ノ不審カ御座候ベキナレ共、諸人ノ疑ヲ散ジ候ハン為ニテ候ヘバ、（巻九「足利殿御上洛事」）

○是ゾ骨肉ノ如クナレバ、サリトモ弐《フタゴコロ》オハセジト、水魚ノ思ヲナサレツル足利殿サヘ敵ニ成給ヌレバ、憑木ノ下ニ雨ノタマラヌ心地シテ、心細キ付テモ、（巻九「足利殿打越大江山事」）

○更ニ敗北ノ無念ナル事ヲバ不レ被二仰出一、其命無レ恙シテ今此ニ来ル事、君臣水魚ノ忠徳再可レ露故也ト、御涙ヲ浮サセ御座テ被二仰下一。（古活字本巻二十二「義助被参芳野事并隆資卿物語事」西源院本には傍線の語なし）

○只此楠許コソ、都近キ殺所《セッショ》ニ威ヲ逞クシテ、両度マデ大敵ヲ靡シヌレバ、吉野之君モ、魚ノ水ヲ得タルト叡慮ヲ悦バレヌ。（巻二十六「秦穆公事付和田楠打死之事」）

などと、この慣用句がしばしば用いられている。先に掲げた徐子光の『補注蒙求』にも引かれているように、『蜀志』「諸葛亮伝」には、劉備が「於《テ》レ是与《ニ》レ亮情好日密《ニナリ》、関羽・張飛等不《バ》レ悦」とあって、孔明の厚遇を嫉視する関羽や張飛等の不満を宥める劉備の釈明としてこの言葉があったのだが、『太平記』では関羽や張飛の嫉視については全く触れていない。その点は『蒙求』の「古注」も同様であった。(10)

『太平記』には、赤壁の戦いで魏の曹操の軍を撃破した呉の周瑜（『呉志』九「周瑜伝」）や、奢侈で有名な呉の甘寧（『呉志』十「甘寧伝」、『蒙求』「甘寧奢侈」）の事が、

○疇昔《ムカシ》范蠡闘《タタカツテ》二黄池《ニ》一破二呉三万《ノ》旅《ヲ》一、周郎挑《イドンデ》二赤壁《ニ》一虜《セシ》二魏《ノ》十万軍《ヲ》一、把来《コト》何《ゾ》足《ラン》レ此《コレニ》。如今《イマ》挙《ツテ》レ国量《ルニ》レ誅《セント》二朝敵《ヲ》一、天慮以レ臣為《ス》二爪牙之任《ト》一。（巻二十「義貞朝臣山門贈牒状事」）

○去ジ仁和《イン》ノ比、讃州ノ任ニ下リ給シニハ、甘寧ガ錦ノ纜《トモヅナ》ヲ解テ、蘭繞桂檝、梢ノ船（舷《フナバタ》）ヲ南海ノ月ニ敲《サヲサシ》、昌泰ノ今、配所之道ニ赴セ給ニハ、（巻十二「公家一統政道事付菅丞相事」、括弧内は玄玖本による）

などと引かれているのであるが、『三国志演義』やそれに取材した戯曲の世界でことに名高い関羽・張飛の両雄は登場しない。そればかりでなく、「恰樊噲・項羽ガイカレル其勢形ニモ過ギタリ」（巻八「四月三日京軍事」）などの樊噲や項羽に取って代わって、その名が修辞的に用いられることもないのである。彼等の名前はまだ、聴衆にとって馴染みのあるものにはなっていなかったということなのであろう。『蒙求』にも彼等の事跡は取り上げられていないのだが、あるいはその事が親昵の機会を遅らせた原因の一つになっているのかもしれない。日本人が彼等の名前に親しむ

ようになるのは、今少し後のことであるらしい。(11)

六　「臥龍」の変容

最後に「臥龍」の謂れであるが、孔明が劉備に仕えて武侯に封ぜられた後に、「天下之人是ヲ見テ、臥龍之勢アリトヲヂアヘリ」としている『太平記』の説は、甚だ特異である。孔明を臥龍と呼ぶことは、『蒙求』に「孔明臥龍」の句があってよく知られていたにちがいない。そしてそれは、「古注にも引くように『蜀志』の「諸葛亮伝」に、親友の徐庶が劉備に彼を推薦して「諸葛孔明者、臥龍也」と言ったことに基づくものであることも知られていたかと思う。また、『蜀志』の注に引かれた『襄陽記』には、司馬徳操が劉備の諮問に答えて、孔明を伏龍、龐統（士元）を鳳雛になぞらえて推挙したという別な話を載せ、『資治通鑑』（漢紀五十七）ではこの二つの伝承をいずれも採用して叙述している。(12)もとより臥龍（伏龍）・鳳雛はいずれも、比類のない才能を持った英傑のいまだ時至らずして天下に雄飛しないでいるのを喩えたものであろうから、『太平記』に謂う「臥龍」の話は、その本義から少しく逸脱していると言わねばならない。

先に挙げた胡曾の「南陽」詩の陳蓋注には、徐庶が孔明を推薦する言葉の中に「諸葛亮、字《ハ》孔明、号《ス》二臥龍先生《ト》一」とあったが、これと同様なのが『全相平話三国志』（内閣文庫蔵）であり、またそれを重要な資料とした『三国志演義』である。徐庶が劉備に孔明を推挙するくだりを両書がどう語っているか、左に対照させて示すことにする。

『全相平話三国志』巻之中

徐庶曰、南有二臥龍一、北有二鳳雛一、々々者是龐統也、臥龍者諸葛也、見在南陽臥龍岡、蓋二一茅廬一、復姓諸葛、名亮、

『三国志演義』（第三十六回）

庶曰、此人乃瑯琊陽都人、覆姓諸葛、名亮、字孔明。（中略）亮与二弟諸葛均一躬耕二於南陽一。嘗好為二梁父吟一。所レ居之地有二一岡一、名二臥龍岡一、因自号為二臥龍先生一。此人乃絶代奇才。使君急宜二枉駕見一レ之。若此人

字孔明、行レ兵如レ神、動止有二神鬼不解之機一、可レ為二軍師一。先主听畢大喜、与二徐庶一相別。

肯二相輔佐一、何愁二天下不一レ定乎。玄徳曰、昔水鏡先生曾為レ備言、伏龍、鳳雛、両人得レ一、可レ安二天下一、今所レ云莫レ非二即伏龍、鳳雛一乎。庶曰、鳳雛乃襄陽龐統也、伏龍正是諸葛孔明。（北京人民文学出版社刊）

なお、『全相平話三国志』には、その冒頭に近い箇所にも「復姓諸葛、名亮、字孔明、道号臥龍先生、於二南陽鄧州臥龍岡上一建レ庵居住」とある。中国に逸して本邦に伝存した、この元代中葉、至治年間（一三二一〜三）刊行の史伝小説の撰者は未詳であるが、この作品には胡曾の『詠史詩』から「檀渓」「南陽」の二首が採り入れられており[13]、孔明出廬の話は極めて道教的な色合いを濃くしているとはいえ、その核心に胡曾の「南陽」詩があると見られる。

『太平記』における孔明の出廬の話も『胡曾詩註』との関係が深いとは考えられるものの、「臥龍」の謂れについては、新田義貞の死の予兆である説話の挿入意図とも関わって、陣営に病臥する孔明のイメージを重ねた独特のものになっている。が、これについては、この説話の後半部、即ち「死セル孔明走《シム》二生《ケル》仲達《ヲ》一」という諺を核とする孔明陣没の話により深く関係するので、次の(2)「諸葛孔明の死と新田義貞の最期」で考察する。

注

（1）高橋貞一氏「壒嚢鈔と太平記」（『国語と国文学』36―8、昭和34・8）

（2）拙稿「太平記作者の国際的関心――高麗人来朝事を中心にして――」（『説話論集』第二集、清文堂、平成4・4）。本書第一章第五節2の(3)参照。

（3）御教書の日付は神田本・西源院本・玄玖本には記載がないが、南都本・天正本・古活字本等には「建武四年七月廿七日」となっている。岩波大系本の頭注に言うように建武五年とあるべきである。また、西源院本の「平泉寺調伏之法行ケル最中」が、神田本・玄玖本や上記の南都本等の諸本には「其七日ニ当リける夜」（神田本）となっている。これについても、岩波大系本の頭注に「七月二十七日から数えると閏七月四日にあたるが、閏七月二日に義貞戦死であるから矛盾する。……

ここの夢合せは巻三十八、大元軍事のそれとも関係させて考えるべき」であるという指摘がある。

（4）『参考太平記』の校異に「今川家、毛利家、天正異本、作二児島高徳一」とある。南都本系のうちでも、相承院本には「斎藤七郎入道々猷《ユウ》」の右傍に「児嶋備後守高徳イ」の書き入れがあり、簗田本では本文が「こじまのびんごのかみたかのり」となっている。

（5）『蒙求』の各注の本文は、池田利夫氏編『蒙求古註集成』（汲古書院、上巻昭和63・11、別巻平成2・1）に拠る。

（6）本文は西源院本による。ただし振り仮名は適宜取捨した。以下、特に注記する以外は同じ。

（7）胡曾詩と胡元質注は『新板増広附音釈文胡曾詩註』（和刻本漢詩集成10、汲古書院、昭和49・11）、陳蓋注は『新雕注胡曾詠史詩』（四部叢刊）、『胡曾詩抄』は神宮文庫蔵本（黒田彰氏編、伝承文学資料集成3、三弥井書店、昭和63・2）に拠る。

（8）［補］諸葛孔明を「王佐才」と評しうるか否かの論議は、宋の儒学者の間でも行われていたらしい。『二程遺書』（巻十八、程伊川語四）に「王通言諸葛無レ死、礼楽其有レ興、信乎」という問がある。王通は「もし孔明が死ななかったなら、礼楽が興隆しただろう」と言っているが、それは真実かという問である。これに対して程伊川が「諸葛近二王佐才一、礼楽興不レ興則未レ可レ知」と答えると、問者は重ねて「亮果王佐才、何為僻二守一蜀一而不レ能レ有レ為二於天下一」と問う。そこで伊川は「孔明固言下明年欲レ取レ魏、幾年定中天下上、其不レ及而死、則命也」と答えている。王通（字仲淹、謚文中子）の上記の言説は、『中説』（『文中子』）巻一「王道篇」にあり、宋の阮逸はこれに「孔明言、普天之下莫レ非二漢民一、志在二天下一非レ蜀而已、亮未レ死必可二功成一治定」と注している。伊川も同じ見解で、孔明が中途で倒れたのは運命であって「王佐才」に欠けていた故ではないと答えているのであろう。『中説』巻十の末に杜淹の「文中子世家」と題する王通の伝が添えられている。それによると、王通（五八四〜六一八）は仁寿三年（六〇四）に隋の文帝に「太平十二策」を奏上した。帝は「得レ生幾レ晩矣、天以レ生賜レ朕也」と悦んだけれども、公卿の反対で用いられず、河汾に退居して教授した。門人が遠くからも集まり、千余人に及んだという。唐王朝草創期の賢臣、房玄齢・李靖・魏徴等も「咸称レ師北面、受二王佐之道一焉」とある。

（9）拙著『太平記の比較文学的研究』終章の二「作者の政道観と漢籍の影響」（角川書店、昭和51・3）

（10）『全相平話三国志』巻之中の三顧草廬の場面でも、「皇叔得二孔明一如二魚得一レ水」、「皇叔看二軍師一如二太公一。先主曰、吾得二孔明一如二魚入一レ水」、「張飛高声叫曰、皇叔得二孔明一如二魚得一レ水」と繰り返し述べられている。

（11）狩野直禎氏（講談社現代新書『「三国志」の知恵』、昭和60・1）は、日本で関羽を祭るのは足利尊氏が吉夢を見て中国から関羽像を求め京都の大興寺に安置したのが初めてであるようだと述べている。補 狩野氏の基づくところについては未勘。歌舞伎十八番の『関羽』の初演は元文二年（一七三七）十一月、江戸河原崎座での『閏月《うるうづき》仁景清《にんかげきよ》』であるという（『日本古典文学大辞典』、「関羽」の項）。関羽像の祀られている寺として有名なのは長崎の崇福寺と宇治の万福寺であるが、前者は寛永十二年（一六三五）超然の開基で、後者は承応三年（一六五四）に渡来して、崇福寺等にも住した明僧隠元隆琦が開創し、寛文三年（一六六三）にその開山となった（『国史大辞典』、「崇福寺」・「黄檗宗」の項）。開創の当初から祀られていたとしても、それを溯るものではない。『三国志演義』の英雄たちがわが国の庶民に親しまれるようになったのは、元禄二〜五年（一六八九〜九二）に刊行された『通俗三国志』の出現によってであり、これは天龍寺の僧たちが『三国志演義』を訳出したものという（『日本古典文学大辞典』、「三国志演義」の項）。なお、『三国志演義』とわが国の軍記物語との対比研究を進めている田中尚子氏に、「軍記物語と『三国志演義』の比較研究――人物形象の相違を中心に――」（『早稲田大学大学院文学研究科紀要』44、平成11・2）など一連の論考がある。

（12）補『蜀志』巻七の「龐統伝」の注に、「襄陽記曰《ニク》、諸葛孔明為《ハタリ》二臥龍一、龐士元為《ハタリ》二鳳雛一、司馬徳操為《ハタリ》二氷鏡一。皆龐徳公《ガ》語也」とある。中国における講史の初めとも言われ、『三国志演義』のもともなった『全相平話三国志』でも、その巻之中、徐庶が劉備の問いに答えて、「南有二臥龍一、北有二鳳雛一。々々者是龐統也。臥龍者諸葛也。見在南陽臥龍岡蓋二一茅廬一。復姓諸葛、名亮、字孔明。行レ兵如レ神、動止有二神鬼不解之機一。可レ為二軍師一」と進言し、諸葛孔明と龐統を臥龍・鳳雛として推薦する。巻之下の「龐統謁玄徳」でも「浛江四郡皆反、玄徳問二朱葛一、軍師言、不レ記二徐庶之言一、南有二臥龍一、北有二鳳雛一。倘得二一人一、可レ安二天下一。龐統者乃西川洛城人也。是鳳雛」と述べている。

（13）『胡曾詩註』とは措辞に小異がある。「南陽」詩の場合、第二句「孔明方此楽耕鋤」の「方此」を「此処」に、第三句「蜀王不自垂三顧」の「不自」を「若不」に作る。補 岡村真寿美氏は「『秦併六国平話』と胡曾の詠史詩――講史小説の発展過程に関する一考察――」（『日本中国学会報』46、平成6・10）で、全相平話五種の各作品に挿入された胡曾詠史詩の一覧を載せているが、全二十九首で、そのうち五首は文中に胡曾詩であると明示されているにもかかわらず『詠史詩』には見えないものであること、逆に『詠史詩』に見える詩でありながら作中では胡曾の詩であることが示されないか、または作中人物の詩となっているものが六首あり、その中には『三国志』関係の「檀渓」「南陽」の二首も含まれること、全二十九首中『秦併六国平話』が十五首で圧倒的に多いことなどが指摘されている。氏はまた、胡曾の詩が「平話」や「講史小説」に多く挿入されている理由として、胡曾の詩がもともと庶民層に身近なものであったろうことと、「講史小説」を世に送り出して行った著者たちが多く村学究レベルの文人たちであったことに因ると推察している。

(2) 諸葛孔明の死と新田義貞の最期

一 『太平記』が描く義貞の最期

延元三年（一三三八）、先に奥羽勢を率いて西上した北畠顕家は、美濃・伊勢・南都・河内・摂津と転戦した揚句、五月二十二日に和泉の堺の浦で高師直と戦って敗死した。その後、合戦の舞台は八幡と越前に移る。八幡には、顕家同族の源持定、同家定、春日顕国等が兵を集めて拠り、これを高師直、師泰兄弟が攻撃していた。そして越前では、前年の三月に金崎城を落ちた新田義貞がようやく勢力を挽回して、足利支族の斯波高経を黒丸城に攻略していた。八幡の合戦は、六月十八日の猛攻に続いて、七月十五日の攻撃で社壇を焼かれ、程なく陥落する。一方、越前での合戦も、それから僅か半月後の閏七月二日に、義貞が藤島で討死にして終息することになる。

『太平記』の巻二十は、この離れた地域で併行して展開する二つの合戦を主要な題材としている。それも、ただ並列的に叙述しているのではない。八幡の戦況と、これに対応する吉野の朝廷の方針が、越前における義貞の戦略を左右し、その敗亡を導くという形で、二つの合戦を関連づけて語っている。例えば、義貞が黒丸城の攻略に当たって「堀溝ヲウメン為ニ、ウメ草三万余荷ヲ国中之人夫ニ持寄サセ」(1)たりなどして万全の準備を進めているところへ、宸翰の勅書が届いて八幡の危急を告げ、「若《シ》進発令《シメバ》二延引《セ》一者、官軍ノ没落疑ヒ有ベカラズ、天下之安危只此一挙ニアリ、早《ク》其堺之合戦ヲ閣《サシオイ》テ、京都ノ征戦ヲ専ニスベシ」と命じて来る。義貞は「源平両家ノ武臣、代々大功有ト二云共、直ニ震筆之勅書ヲ被レ下《サ》タル例ヲ不レ聞《カ》、是当家累葉之面目也、此時命ヲ軽《ン》ゼズンバ、何《レ》ノ時ヲカ可レ期《キス》」と感奮して、足羽の合戦をさしおいて京都への進発を急ぐことになる。そして、児島高徳の献策によって叡山の勢力に合力の一諾を請う牒状を送り、応諾の返牒を得ると、義貞は高経の攻撃に備えて三千余騎で越前にとどまり、弟の脇屋義助は二万余騎を従えて国府を発って、敦賀の津に到着する。

一方、新田勢の動きを知った足利尊氏は、師直に八幡の合戦をさしおいて京都に引き上げるように下知する。しかし師直は、八幡の攻略を中止するか京都の防備を疎略にするか、その得失の判断に迷った末に、「逸物ノ忍」を八幡山に入れて神殿に火を懸けさせる。これが功を奏した。越前の新田勢は、八幡の炎上を聞いて城はすでに陥ちたかと疑い、その実否を聞き確かめるために数日逗留したまま進発しない。それとも知らずに八幡の陣では、新田勢の到着を命の綱と待って防戦に努めたが、援軍来らず遂に城を落ちて河内に引退してしまう。

『太平記』は、越前と八幡の両陣における南朝方のこのような齟齬を語った後に、次のような批評を付け加えている。

此時若《シ》八幡《ノ》城(今)未四五日モコラヘ、北国之勢逗留モ無上《ク》リタリ(ラマ)シカバ、京都ハ只一戦之中ニ利ヲ失テ、将軍又九州之方ヘ落ラルベカリシヲ、聖運未《ダ》レ《ザリ》到《ラ》レ時ケルニヤ、官軍之相図相違シテ、敦賀・八幡之両陣共ニ引帰シケル、薄運之程コソ顕レタレ。

この失策によって、義貞は当初の方針に戻って高経の足羽城を三万騎の勢で攻めようとする。ところが、三百騎に足らぬ小勢で籠城した高経は、すでに「深田ニ水ヲ懸入レテ、馬ノ足之立ヌ様ニコシラヘ、路々ヲ堀切テ橋ヲハネハヅシ、溝ヲ深シテ、其中ニ七之城ヲコシラヘ、敵セメバ互ニ力ヲ合テ、後ヨリ廻リ合様ニ構ヘ」て、その守りを固めていた。やがて義貞が、名誉の駿馬ながら深傷のために小溝一つ越えかねた乗馬とともに堀溝の中に倒れ伏して左足を敷かれ、起き上がろうとする眉間の真中を敵の矢に射られ、今は叶わじと腰の刀を抜いて自ら頸を掻き落し、深泥の中に臥したという、そのあっけない最期の舞台が、こうして用意されていたわけである。

二　『太平記』巻二十の主題と構成

『太平記』巻二十の主題は、南朝勢力の衰運を決定的にした義貞の死である。北陸の南朝勢の敗北と義貞の死は、この巻の叙述の要所要所で繰り返し予告されている。それを見るために、この巻の内容構成を西源院本の目次によって示すことにする。各章段の番号は私に付した。

1　黒丸城初度合戦事
2　越後勢打（輸）越々前事
3　御震筬勅書事
4　義貞朝臣山門贈牒状事
5　八幡宮炎上事
6　義貞於黒丸合戦事
7　平泉寺衆徒調伏法之事
8　斎藤七郎入道々猷占義貞夢事付孔明仲達事
9　水練栗毛付ズマイ之事
10　義貞朝臣自殺事
11　洗見義貞朝臣頸事

12　義助朝臣集敗軍守城事
13　梟左中将首事
14　奥勢逢難風事
15　結城入道堕地獄事

冒頭の章段「黒丸城初度合戦事」は、義貞が延元三年の正月（異本「二月」）の初めに越前国府の合戦に勝利を得て勢力を盛り返した時点で、叡山と合力して京都を攻めるべきであったのを、まだ落ち残っている黒丸城をそのままにして置くことに義貞がこだわったために機を逸したとして、そのことを「無《キ》ㇾ詮小事ニ目ヲ懸テ、大儀ヲ次ニナサレケルコソウタテケレ」と批判することから書き起こされている。八幡の落城と北陸での合戦の結末、ひいては南朝方の衰退を見通した形で書き出されているのである。また五月初めの足羽城攻撃で、新田方の大将三人がいずれも武略の名将でありながら、「余リニ敵ヲ侮テヲギロ大早リ」（「ヲギロ」は程度の甚しい意）なために毎度の戦に敗れたことを指摘しては、「後漢《ノ》光武戦ニ臨シニ、大敵ヲ見テハ欺キ、小敵ヲ見テハ恐レケルモ埋リ也ト覚タリ」と批判する。

次の章段「越後勢打越々前事」では、越後から来援した新田一族の軍勢が、越中・加賀の足利方を破って「北国所々ノ敵恐ル、ニ不ㇾ足《ラ》」と傲り、京都までの兵糧を確保するために今湊の宿（石川県美川町）に長逗留をして、「剣・白山、其外処々ノ神社仏閣ニ打入テ、仏神之物ヲ奪取」るという乱妨を働いたことを非難して、「霊神為《セバ》ㇾ忿《ヲ》災（害）容満《ツ》ㇾ岐《チマタニ》ト云リ、此勢之悪行ヲ見ニ、罪一人ニ帰セバ、此度義貞朝臣大功ヲ立事イカヾ有ランズラント、兆前ニ機ヲ見《ル》人竊ニ思《ヘリ》ㇾ之《ヲ》」と、義貞の敗北を予告する。そして、先にその内容を述べた「八幡宮炎上事」の後では、「義貞朝臣自殺事」に先立つ二つの章段で、義貞の死の予兆が次第に色を濃くして行く。即ち、義貞の敗死の直前にある「水練栗毛付ズマイ之事」では、足羽城攻撃に馳せ集まった大軍を謁見する義貞の、「誠ニ将軍ノ天下ヲ奪ハンズル人ハ、必ズ義貞朝臣ナルベシト思ハヌ物ハ無リケリ」という「巍々タル粧イ、堂々タル礼」を述べた直ぐ後で、義貞の愛馬の水練栗毛が「俄ニ付ズマイヲシテ、騰ツ跳ツ」して狂い出し、左右の手綱を取る舎人二人が胸を踏まれて半死半生になるという「不思議之事」があり、さらに足羽川を渡す時には旗差の乗った馬が「川伏」をして旗差が水に漬《ひた》るという変事があったと、いずれも馬に関わる凶兆を語る。「加様之サマ〴〵ノ変異未然ニ凶ヲシメシケレ共、既ニ打臨ミヌル戦場ナレバ、ヲメ〳〵敷ク引帰スベキニ非ズト思テ、人ナミ〳〵ニ馳向ヒケル軍勢共、心ニ危ブマヌハ無リケリ」と、目の当たりに見る明らかな不祥の珍事だけに「軍勢共」一様の危惧として語られる。先の「兆前ニ機ヲ見ル人」には凶兆と見えた軍勢の乱妨と、この馬に関わる不吉な出来事との中間にある「斎藤七郎入道々猷占義貞夢事付孔明仲達事」は、義貞の見た夢に対する夢解きの話であるが、夢の解釈に吉凶両様の判断が示される。凶とする斎藤道猷(2)の判断を聞いて「諸人皆ゲニモト思ヘル気色ナレ共、心ニイミ言ニ憚テ、凶トスル人ハ無リケリ」と、人々の反応は半信半疑というところである。『太平記』の常として、未然に凶を鑑みるのが「心有ル者」の判断なのである。

三　斎藤道猷の夢解きと司馬仲達の予見

義貞の見た「不思議ノ夢」とは、次のようなものである。足羽の辺りとおぼしい川の畔で義貞と高経が対陣していて、義貞が俄に長《たけ》三十丈もの大蛇となって臥し、恐れた高経が兵を引き盾を捨てて逃げること数十里、と見て夢は覚めたというのである。義貞が夢のことを語ると、ある者が「龍ハ是雲雨之威ヲ起ス物也、高経雷霆之響ニヲヂテニグル事候ベシ、目出度御夢也」と解いた。それを聞いた道猷は眉をひそめて「是ハ全ク目出度御夢ニアラズ、天之凶ヲ告ル物也」と言い、「臥龍」と呼ばれた蜀の諸葛孔明が五丈原（陝西省武功県）に陣を構えて魏の司馬仲達と相対し、やがて陣中に病没したという故事を引証して、「サレバ　旁《かたがた》ハ皆目出度御夢也ト合セラレツレ共、道猷ハアナガチニ感心セズ」と説く。

道猷が引いた諸葛孔明の説話は、孔明が劉備の三顧に感じて草廬を出る話と、孔明が五丈原の陣営で病没する話の二つから成っている。劉備の「朕ガ有《ルハ》二孔明一如《シ》二魚《ノ》有《ルガ》レ水」という言葉を核とする孔明出廬の話については別稿で考察(3)したが、この説話における力点は後者の孔明陣没の話の方に置かれている。この方にも核となる諺がある。それは、『蜀志』の「諸葛亮伝」の本文には見えないけれども、裴松之の注に引く『漢晋春秋』に「百姓為《ツクツテ》二之諺《ガヲ》一曰《ク》、死《セル》諸葛走《ラシム》二生《ケル》仲達《ヲ》一」とある、現在もよく知られている諺である。『太平記』では、蜀の将軍等が孔明の死を隠して魏の陣へ懸け入ると「仲達ハ元来戦ヲ以テハ蜀之兵《ニ》勝コトヲ得ジト思ヒケレバ、一戦ヲモ致サズ、馬ニ鞭ヲ打テ走コト五十里ニシテ止ル、世俗之諺ニ、死セル孔明走《シム》二生《ケル》仲達《ヲ》一ト二云ハ、是ヲ欺シム（玄玖本「欺《ケ》ル」）詞也」という形で引かれている(4)。仲達の「一戦ヲモ致サズ、馬ニ鞭ヲ打テ走コト五十里ニシテ止ル」という点が、義貞の夢の中で高経が「兵ヲ引セ、楯ヲ捨テニグル事数十里也」というのと重ね合わされ、「龍之姿ニテ水辺ニ臥タリト見給ヘルモ、孔明ヲ臥龍ト二云シニ不レ異」と強引に結び付けられている。本来は出廬以前の孔明を評する「臥龍」であるが、これではむしろ、陣営に病臥する軍師孔明のイメージと重なり合ってしまいかねない。

『太平記』の孔明説話には、『三国志演義』で知られているような神謀鬼策をほしいままにする孔明のダイナミックな活躍などは全く影を潜めている。草廬を出た後の孔明は直ぐに五丈原への出陣となり、そのまま死への道を歩む。話の主役は皮肉にも、孔明との対決をひたすら回避する仲達に取って替わられる。孔明の引き立て役として登場する仲達の方が逆に存在感を得ているのである。彼は、草刈り男らを捕らえて孔明の営中での様子を聞き出し、その恪勤ぶりから、「此炎暑ニ向テ、昼夜心身労センニ、温気骨ニ入テ病ニ不レ臥ト二云事不レ可レ有」と予測し、「我レ孔明が病之弊ニ乗テ、戦ズシテ必ズ勝コト可《シ》レ得」と確信して、士卒の嘲りをも顧みずに持久戦を構える。そしてまた、天に客星の出現したことから「是ハ七日ガ中ニ天下之仁傑ヲ可《シ》レ失ト二云星也、必ズ孔明ガ可《キ》レ死ニ当レリ」と孔明の死を予言し、さらに「魏必ズ蜀ヲ得ンコト疑アルベカラズ」と天下の帰趨を予見する。このような仲達の将帥としての器量の方が、孔明よりもかえって大きく映る。南都本系諸本や古活字本では、孔明の病没を予測して出陣しようとしない仲達に対して、士卒どもが「如何ナル良医ト云共、アハイ四十里ヲ阻《ヘダテ》テ暗ニ敵ノ脈ヲ取知ル事ヤアルベキ、只孔明ガ臥龍ノ勢ヲキヽ落《ヲチ》テ、カヽル誑言ハ云人也」（相承院本）と掌を拍って嘲笑し合う場面が加わっているが、結局、自分の予見の確かさを信じて動揺しない仲達の印象をより鮮明にするのに役立つ結果となっている。『晉書』（宣帝紀）は晉王朝の始祖である仲達の一代記であるが、そこでは、孔明が再三の挑戦にも応じない仲達を誘い出すために、男なら出て戦えの意を諷して「巾幗《きんかく》婦人之飾」つまり婦人の髪飾りや服飾品を贈って侮辱する話がある。憤慨した仲達は上表して決戦を請うけれども、魏の明帝はそれを許さなかったという記事があって、さすがに仲達の名誉回復が図られている。この巾幗を贈る話は『魏志』（明帝紀）の注に引く『魏氏春秋』にもあり、『蒙求』にも「亮遺巾幗」の句として採られているからよく知られていたと思うが、『太平記』の孔明説話には取り込まれていない。『太平記』は、孔明の軍師としての果敢な行動については何一つ語ろうとしないのである。

四　仁慈の将孔明の造型

『太平記』が描く孔明の像は、機略縦横の智将というよりは、仁慈に厚い良将である。それは、西源院本や神田本・玄玖本等よりも、南都本系諸本や古活字本等においていっそう増幅されている。南都本系に属する相承院本の記述を掲げると次の通りであり、より古態を留めている西源院本・神田本・玄玖本等では、本文中の傍線部に当たる叙述がない。

或時、仲達、蜀ノ芻撓《スウジヤウ》（芻蕘）共ヲ取コニシテ、孔明ガ陣中ノ成敗ノ様ヲ尋問ニ、芻撓共答テ云ケルハ、蜀ノ将軍孔明士卒ヲ撫デ礼譲ヲ厚クシ給フ事疎ナラズ、一《ツ》豆ノ食ヲ得テモ衆ト共ニ分テ食シ、一樽ノ酒ヲ得テモ流ニ濺、士ト均ク飲ス、士卒未レ炊大将食セズ、官軍雨露ニヌルヽ時ハ、大将油幕ヲ張ラズ、楽ハ諸侯ノ後ニ楽ミ、愁ハ万人ノ先ニ愁フ、加之《シカノミナラズ》夜ハ終《ヨモスガラ》夜睡ヲ忘テ、自城ヲ廻テ懈レルヲ戒、昼ハ終日《ヒメモス》ニ面ヲ和テ交ヲ昵ジクス、未《ダ》須臾ノ間モ、心ヲ恣ニシ身ヲ安ズルコトヲ見ズ、是ニ依テ其兵卅万奇（ママ）心ヲ一ニシテ死ヲ軽クセリ、鼓ヲ打テ進べキ時ハス丶ミ、金ヲタ丶キテ退クベキ時ハ退ンコト、一歩モ大将ノ命ニ違コトアルベカラズト見ヘタリ、其外ノ事ハ我等ガ知ベキ処ニアラズトゾ語リケル、仲達是ヲ聞テ、御方ノ兵ハ七十万奇、其心一人モ同ジカラズ、孔明ガ兵卅万奇、其志皆同ジト云ヘリ、去バ戦ヲ致シテ蜀ニ勝コトハ努アルベカラズ、孔明ガ病ル弊ニ乗テ戦ハヾ必勝コトヲ得ツベシ。其故ハ、孔明此炎暑ニ向テ、昼夜心身ヲ労セシムルニ、温気骨ニ入テ病ニフサズト云コト有べカラズト云テ、士卒ノ嘲ヲモカヘリ見ズ、彌《イヨ〳〵》陣ヲ遠取《トヲクトリ》テ、徒ニ数月ヲゾ送リケル。

仲達が蜀の蒭蕘から孔明の営中での恪勤ぶりを聞いて彼の死を予見する話は、『蜀志』の「諸葛亮伝」の注に引く『魏氏春秋』に、

亮使《ガ》至《レバ》、問《ヒテ》二其《ノ》寝食及《ビ》其事之煩簡《ヲ》一、不レ問《ハ》二戊（戎カ）事《ヲ》一、使対《ヘテ》曰《ク》、諸葛公夙《ニ》興《キ》夜《ハニ》寐《ヌ》、罰《スルニハ》二二十以上《ヲ》一、皆親擥《カラミル》焉、所二噉《ラヒ》食《フ》一不《ト》レ至《ラ》二数升《ニ》一、宣王（仲達）曰《ク》、亮将《ニ》レ死《セント》矣。

と記されており、後述するように『晉書』（宣帝紀）にも同じ記事がある。作者は、こうした伝承に基づきながら、自分の知識と詞藻を駆使して文飾を施し、良将孔明の像を描き上げて行ったものと思われる。

例えば、「一豆《ツ》ノ食ヲ得テモ衆ト共ニ分テ食シ」などの表現には、『史記』（「李広伝」）に、次のように語られている前漢の名将李広を彷彿させるものがある。

広之将《タルヤ》レ兵《ニ》、乏絶之処見《テハ》レ水《ヲ》、士卒不《レバ》二尽《ク》飲《マ》一広不レ近《ツカ》レ水《ニ》、士卒不《レバ》二尽《ク》食《ハ》一、広不二嘗《テ》食《ハ》一、寛緩不レ苛《ナラ》、士以《テ》レ此《ヲ》愛《シテ》楽《シム》レ為《スヲ》レ用《ヲ》。

また、「一樽ノ酒ヲ得テモ流ニ濺《ソソイデ》士ト均《ヒトシ》ク飲《イン》ス」以下の叙述は、『三略』（「上略」）に将師の理想を説いた次の文章が、その背景にあろうと推測される。

夫《レ》将帥者、必《ズ》与二士卒一同《ジウシ》二滋味《ヲ》一、而《モ》共《ニスレバ》二安危《ヲ》一、敵乃《チ》可《シ》レ加《フ》、故兵《ニ》有《リ》二全勝一、敵有《リ》二全因一、昔者良将之用《フルヤ》レ兵《ヲ》、有下

饋二簞醪一者上、使レ投二諸河一、与二士卒一同《ジウシテ》レ流《ヲ》而飲《ム》、夫《レ》一簞之醪《ハ》、不レ能《ハ》レ味《スルコト》二一河之水《ニ》一、而《ルニ》三軍之士、思《フハ》二為《ニ》致《サント》一レ死《ヲ》者、以《テ》二滋味之及《ベルヲ》レ己《ニ》也。軍讖曰《ニク》、軍井未《ダ》レ達《セ》、将不レ言《ハ》レ渇《ケルヲ》、軍幕未《ダ》レ辦《ゼ》、将不レ言《ハ》レ倦《メルヲ》、軍竈未《ダ》レ炊《ガ》、将不レ言《ハ》レ飢《ウルヲ》、冬《ニモ》不レ服《セ》レ裘《ヲ》、夏《ニモ》不レ操《ラ》レ扇《ヲ》、雨《フレドモ》不レ張《ラ》レ蓋《ヲ》、是《ヲ》謂《フ》二将《ノ》礼《ト》一、与レ之安《クシ》、与レ之危《フクス》、故《ニ》其《ノ》衆可《クシテ》レ合而不レ可《カラ》レ離《ル》、可《クシテ》レ用《フ》而不レ可《カラ》レ疲《ル》、以《テ》二其《ノ》恩素《ヨリ》蓄《ヘ》、謀素《ヨリ》合《フヲ》一也、故《ニ》曰《ク》、蓄《ヘテ》レ恩《ヲ》不《ンバ》レ倦《マ》、以《テ》レ一《ヲ》取《ラント》レ万《ヲ》。

右の文に見える簞醪を河に投ずる良将の故事は、張協の「七命」（『文選』巻三十五）の李善注や、『藝文類聚』（巻七十二）、『初学記』（巻二十六）、『太平御覧』（巻八四五）の「酒」の項に、いずれも「黄石公書曰」として引かれており、『呂氏春秋』（巻九「順民」）にも「有二甘肥《レドモ》一不《ンバ》レ足《ラ》レ分《ツニ》、弗二敢《テ》食《ハ》一、有《レバ》レ酒流《シテ》二之《ヲ》江《ニ》一、与レ民同《ともニス》レ之《ヲ》」という類似の言説がある。また、「七命」の李周翰の注には「楚与レ晋戦《フ》、或《ル》人進《ラス》二王《ニ》一簞《ノ》酒《ヲ》一、王欲《スレバ》下与二軍士一共《ニセント》上レ之《ヲ》則《チ》少《クシテ》而不レ偏《カラ》、乃《チ》傾《ケテ》二酒《ヲ》於水《ノ》上源《ニ》一、令《ム》二衆士《ヲシテ》飲《マ》一レ之《ヲ》、卒皆酔《フ》、乃《チ》感《ジテ》レ恵《ニ》尽《シテ》レ力《ヲ》而戦《フニ》、晋《ノ》之師大《ニ》敗《ル》之」と説いて楚王の事蹟とし、さらに『太平御覧』（巻二八〇）ではそれを楚の荘王の故事として、「史記曰《ニク》、楚人有《リ》下饋《ル》二一簞醪《ヲ》一者上、楚荘王投《ジ》二之《ヲ》於河《ニ》一、令《ムルニ》二将士《ヲシテ》迎《ヘテ》レ流《ニ》而飲《マ》一レ之《ヲ》、三軍皆酔《フ》」という記事を挙げている。[5] また、劉向『列女伝』（巻一、母儀伝「楚子発母」）では、楚の将の子発を諫めたその母の言葉の中に、「子不レ聞《カ》二越王句践之伐《ツヲ》一レ呉《ヲ》邪、客有《リ》下献《ズル》二醇酒一器《ヲ》一者上、王使《メ》三人《ヲシテ》注《ガ》二之《ヲ》上流《ニ》一、使《ム》三士卒《ヲシテ》飲《マ》二其《ノ》下流《ニ》一、味不《レドモ》レ及《バ》レ加《フルニ》レ美《うまキヲ》、而士卒戦《フコト》自《ラ》五《タビス》也」とあり、ここでは越王句践の故事として語られている。良将の要件である「撫士」を象徴する行為として広く理解されていたのだろう。西源院本などの「一豆《ツ》之食ヲ得テモ衆ト共ニ食シ、一樽之酒ヲ得テモ士トヒトシク飲ス」という簡単な記事が本来のもので、本文の成長の過程で、この酒を流れに注ぐ要素が取り込まれるとともに、それを契機にして『三略』に説くような理想の将師の諸条件が付加されて、孔明像が増幅して行ったと考えられる。

同様に『蜀志』には見出せないが、中国の古い兵法との関連を予想させる一つの措辞を取り上げて、考えてみたい。

五丈原での長引く対陣に関して「魏蜀之兵、河ヲ隔テ相支ヘル事五十余日、魏之兵漸ク馬疲レ食尽テ、日々ニ竈減ゼリ」という記述がある。この「竈減ゼリ」という表現から、ごく自然に『史記』（孫子呉起伝）に見える孫臏の兵法が想起されよう。斉の軍師孫臏が宿敵龐涓の率いる魏の軍を狭隘な馬陵の道におびき入れるために用いた兵法である。斉の軍を魏の領土に侵攻させて、先ず十万個の竈を作らせる。次の日には五万個、その又次の日には三万個という風に数を減らして行く。龐涓はそれを見て、「我固《トヨリ》知《レリ》二斉軍《ノ》怯《ナルヲ》一、入《ルコト》二吾地《ニ》一三日《ニシテ》、士卒亡《ズル》者過《ギタリ》レ半《ニ》矣」と喜び、歩兵を捨て騎兵だけを率いて昼夜兼行で斉軍を急追し、馬陵の夾道に入り込んで、待ち構えた孫臏の伏兵の餌食となってしまう。

この孫臏の兵法を逆手に用いたのが、後漢の虞詡（『後漢書』列伝四十八）である。羌《きよう》の夷族が武都（甘粛省）に侵攻して来た時、虞詡はその討伐に向かったが、羌は多勢、漢軍は小勢なので、吏士に各二つの竈を作らせ、毎日それを倍増させて行った。或る者が「孫臏は竈を減らし、あなたは増やしている。なぜか」と問うと、虞詡は「虜見《テハ》二吾《ガ》竈《ノ》日《ニ》増《サルヲ》一、必《ズ》謂《ハン》二郡《ノ》兵来《リ》迎《フルコト》、衆多《ナリト》一、行《クコト》速《ナラバ》、必《ズ》憚《ラン》レ追《ハンニ》レ我《ヲ》、孫臏見《ハシメシ》レ弱《キコトヲ》、吾《ハ》今示《サントナリ》レ彊《キコトヲ》、勢有《ルガ》レ不《ルコト》レ同《ジカラ》故也」と答えたという話である。孫臏は竈を減らして軍勢が弱小であると見せ掛け、虞詡は竈を増やして軍勢が強大であると見せ掛けたというわけである。

この措辞にこだわる理由は、『三国志演義』（第一〇〇回、「漢兵却寨破曹真　武侯鬬陣辱仲達」）で孔明も竈を増やす兵法を用いているからである。祁山（甘粛省）に出撃して魏軍を破った孔明のもとに、後主から召喚状が届く。仲達の謀略が功を奏して佞臣に唆された後主が、孔明を猜疑して召喚したのである。孔明は軍を退くに当たって、軍の竈の数を増やして行くという策をとる。楊儀が、「孫臏は兵を加え竈を減らす法を用いたが、丞相は兵を退くのになぜ竈を増やすのか」と問うと、孔明は、「竈の数を毎日増やして、軍が退いたか否かを疑わしくすれば、慎重な仲達は敢えて追撃しては来ないだろう」と答える。孔明が軍を退けば急追しようと機会を窺っていた仲達は、偵察の兵の蜀軍の竈が毎日増えているという報告から、孔明が兵を増強させていると判断して、「もし追撃していたら孔明の術中にはまるところだった」と兵を退く。後に土民から、兵は増えず竈だけが増えたのだと聞かされた仲達は、「孔明効《ツテ》二虞詡之法《ニ》一、瞞二過《セリ》吾《ヲ》一也、其謀略吾《ハ》不レ如《カ》レ之《ニ》」（人民文学出版社、一九七二年北京。訓点は私に施す）と嘆息し、大軍を退いて洛陽に還る。

『太平記』の「日々ニ竈減ゼリ」は、ただ魏の軍の食糧が窮乏したことを言ったまでのものか、せいぜい士卒の逃亡を暗示したものに過ぎなかろう。兵法とはなんの関係も無さそうである。しかし、「減竈」や「増竈」の語は孫臏や虞詡の故事とは切り離せない特殊の意味を含んでおり、しかも、外ならぬ孔明の知謀を語る材料の一つともなって伝えられていたわけである。ただし、『三国志演義』のもっとも主要な資料となった『全相三国志平話』（内閣文庫蔵）には、この孔明の「増竈」の話は見えない。『三国志演義』におけるこの話の原資材については不明であるが、『太平記』の「日々ニ竈減ゼリ」という措辞の背後に、孔明と「増竈」「減竈」との関わりを持つ伝承がありはしなかったかと、いささか気になる事なので触れておく次第である。

五　孔明説話における司馬仲達の存在感

胡曾の『詠史詩』百五十首には、孔明に関わりの深い「檀渓」「南陽」「五丈原」の三首が含まれており、そのうち「南陽」の詩が『太平記』の孔明出廬の叙述に影響を与えていると考えられることについては、前項「諸葛孔明の出廬」で触れた。となれば、孔明陣没の話にも胡曾の「五丈原」の詩が影響を与えているのではないかと期待されるところである。しかし、このことについては甚だ消極的な結論しか得られない。

先ず、胡曾の七言絶句「五丈原」詩と胡元質の注を併せ掲げると、次のとおりである。(6)

蜀相西《ノカタ》駆《リ》二十万《ヲ》一来《ル》　秋風原上《ニ》久《シク》徘徊《ス》
長星《ハ》不下為《ニ》二英雄《ノ》一住《マラ》上　半夜流光落《ツ》二九垓《ニ》一

亮出《シテ》レ師《ヲ》拠二武昌五丈原《ニ》一、与《ト》二司馬宣王一対《ス》二於岸《ノ》南《ニ》一、分《テ》レ兵《ヲ》屯《シ》レ田《ニ》為《ス》二久駐《ル》之計《ゴトヲ》一、相持《スルコト》百余日、亮卒《ス》二於軍《ニ》一、注、

晋陽春秋曰《ニク》、有《リ》レ星赤《シテ》而芒角《アリ》、自《リシテ》二東北一西南流《ル》二亮営《ガ》中《ニ》一、俄《ニ》而亮卒《ス》。

胡元質注の「武昌五丈原」は「武功五丈原」の誤記であろう。この注の前半、起・承の両句に当たる部分はおおむね、次に掲げる『蜀志』「諸葛亮伝」の建興十二年（二三四）の記事を簡略にしたものである。

十二年春、亮悉二大衆一由二斜谷一出、以二流馬一運、拠二武功五丈原一、与二司馬宣王一対二於渭南一、亮毎患三糧不二レ継、使二己志不一レ伸、是以、分レ兵屯田、為二久住之基一、耕者雑二於渭浜居民之間一、而百姓安堵、軍無レ私焉、相持百余日、

其年八月、亮疾病卒二于軍一、時年五十四。

本伝におけるその死の記述はこのように簡単なものであるが、裴松之の注には次の三つの異伝が併記されている。胡元質の注は、胡曾詩の転・結の両句の内容にかなう『晋陽秋』の説を選んだわけである。

魏書曰《ニク》、亮糧尽《キ》勢窮《マリ》、憂恚《シテ》嘔《ク》レ血《ヲ》、一夕焼《イテ》レ営《ヲ》、遁走《シテ》入《リ》二谷道《ニ》一発《シテ》レ病《ヲ》卒《ス》。

漢晋春秋曰《ニク》、亮卒二于郭氏塢《ニ》一。

晋陽秋曰《ニク》、有《リ》レ星赤而芒角《クシテアリ》、自《リ》二東北一西南《シ》、流《レテ》投《ズ》二于亮営《ガニ》一、三投《ビジ》再還《ビル》、往《クトキハ》大《ニシテ》還《ルトキハ》小《ナリ》、俄《ニシテ》而亮卒《ス》。(7)

胡曾の『詠史詩』には、胡元質の注の外に陳蓋の注がある。この詩に付した陳蓋の注は、

志云、武侯諸葛亮将蜀軍曰北伐魏、々明帝遣司馬仲達拒之、仲達蜀軍於五丈蜀原下営即死地也、遂関城不出戦、武侯患之、居歳、夜有長星墜落於原、武侯病卒而帰、臨終為儀曰、吾死之後、可以米七粒幷水於口中、手把筆幷兵書、心前安鏡、下以土明灯其頭坐昇而帰、仲達占之云未死、有百姓告云、武侯已死、仲達又占之云未死、竟不敢趁之、遂全軍帰蜀也、夫諸葛孔明者佐時国、々立事持名、有金石不朽之功実、鐘鼎名勲之望、而又威揚四海、責盛而朝、数尽善終、可謂美也。（傍線部は『胡曾詩抄』の漢文注と共通する語句。後述）

というもので、死に臨んだ孔明が、道教の呪法で仲達の占法を妨害して自分の死を秘匿し、軍を無事に蜀に帰還させ

るという、原詩からはみ出した講釈まで付いている。この呪法のことは『三国志演義』（第一〇四回、「隕大星漢丞相帰天　見木像魏都督喪胆」）にも取り上げられており、『全相三国志平話』にもやや異なった形ではあるが記されている。玄恵法印の撰と伝えられる『胡曾詩抄』には、詩の前に添えられた漢文注と詩の後に付された仮名注がある。次の通りである。

（漢文注）蜀諸葛亮将兵伐魏、々遣司馬仲達拒之、於五丈原下営、夜有長星墜落於原、武侯云不利、遂詐死帰蜀。

（仮名注）蜀相ハ、諸葛孔明也、師二十万軍一、五丈原ト云所ニ張レ陣、与二司馬宣王一相対《シテ》、欲二合戦一、百余日ヲ送テ、敵ノ兵忽而不レ進、諸葛孔明急戦テ、決《ルニ》二雌雄《ヲ》一不レ協、剰病シテ死ヌ、シセントキノ前《ニ》、天有二大流星一自二東北一流二西南一、孔明カ陣ノ中ヘ落ヌ、是、可レ死兆也、此詩、其事ヲ傷也、英雄ハ孔明也、為レ彼《カ》、暫ノ命ヲ延事不レ協《シテ》、空軍中ニ死セシコト、千古至レ今遺根在レ此《ニ》、九垓トハ、地ト云ハント也、天ハ九霄、地ハ九垓。

これを前掲の陳蓋注および胡元質注と見比べると、漢文注は陳蓋注の傍線部分を綴り合わせ、呪法のことは省筆して経緯は「詐死」の二字に要約していること、また、仮名注は胡元質注に基づいて、それを和らげていることがわかる。

『太平記』の孔明陣没の話の構成要素として重要なのは、

① 仲達が蒭蕘から孔明の恪勤ぶりを聞いて、その病没を予見すること

② 仲達が客星を見て、孔明の死を予知すること

③ 仲達が孔明の死を隠した蜀軍の攻撃に逃げて、「死セル孔明走《シム》二生《ケル》仲達《ヲ》一」と嘲笑されたこと

この三つである。上に見た胡曾詩「五丈原」の諸注は、これら三つの要素のいずれをも欠いている。『太平記』の孔明陣没の話における胡曾詩諸注の影響は認めがたいと言わざるを得ない。ところが、これら三つの要素を、極めて簡潔な記述の中にすべて含んでいるものがある。それが『晉書』（宣帝紀）の記述で、次のような文章である。

青龍二年（二三四）、亮又帥《ヰ》二衆十余万《ヲ》一、出《デ》二斜谷《ヲ》一塁《ス》二于郿之渭水南原《ニ》一。（中略）会《タマ〳〵》有《リ》三長星墜《ツル》二亮之塁《ニ》一、帝（仲達）知《ル》二其《ノ》必《ズ》敗《レンコトヲ》一、遣《ハシテ》二奇兵《ヲ》一掎《トラヘシム》二亮之後《ヲ》一、斬《ル》二五百余級《ヲ》一、獲《ヲ》二生口千余《ヲ》一、降《ル》者六百余人《ナリ》、（中略）与レ之対《スルコト》レ塁《ヲ》百余日、会亮病卒《ス》、諸将焼《イテ》レ営《ヲ》遁走《シ》、百姓奔告《ス》、帝出《シテ》レ兵《ヲ》追《フ》レ之《ヲ》、亮長史楊儀《カ》、反《シ》レ旗《ヲ》鳴《シ》レ鼓《ヲ》、若《シ》二将《ニ》レ距《ガント》レ帝者《ノ》一、（中略）帝審《ニシテ》二其《ノ》必死《ヲ》一曰《ク》、天下之奇才也《ト》、（中略）然後《ル》馬歩倶進《メ》、追《ヒテ》到《リ》二赤岸《ニ》一、乃知《チル》二亮死《ガ》審問《ノ》《ヲ》一、時百姓為《ニシテ》二之《ガ》諺《ヲ》一曰《ク》、死《セル》諸葛走《ラシム》二生《ケル》仲達《ヲ》一、帝聞《キテ》而笑《ヒテ》曰《ク》、吾便《チ》料《ル》レ生《ヲ》、不《ルノ》二便《チ》料《ラ》レ死《ヲ》故也、先レ是《ヨリ》、亮使《ガ》至《ル》、帝問《ヒテ》曰《ク》、諸葛公《ノ》起居何如、食可《バカリゾト》二幾米一、対《ヘテ》曰《ク》、三四升《ナリト》、次《ニ》問《フ》二政事《ヲ》一、曰《ク》二十罰《ノ》已上《ハ》、皆自《ラ》省覧《スト》、帝既《ニシテ》而告《ゲテ》レ人《ニ》曰《ク》、諸葛孔明其能《ク》久《シカラン》乎《ト》、竟《ニ》如《シ》二其《ノ》言《ノ》一。

前述のように晉王朝の始祖となった司馬仲達の王業を顕彰する『晉書』「宣帝紀」のこの記事が、『太平記』における孔明陣没の話のより主要な原拠となっているのかもしれないと考える時、『太平記』の孔明説話において、孔明の行動がすべて仲達の耳目を通して捉えられている理由も、また作者の知識と詞藻によって造型された観念的な名将としての孔明よりも、仲達の将帥としての器量の方がより鮮明に印象づけられる理由も、ともに納得できるのである。(8)

『太平記』の作者は、義貞の死を悼みながらも、次のように冷徹な批評を下している。

漢高祖ハ自《ラ》淮南《ノ》黥布ヲ討シ時、流矢ニ当テ未央宮ノ裏ニ崩ジ給ヒ、斉宣王之太子ハ、自ラ楚之短兵ト戦テ、干戈之場ノ下ニ死シ給ニキ、サレバ蛟龍保《ツ》二深淵之中《ヲ》一、若遊《ブ》二浅渚《ニ》一則《トキハ》有二漁網鉤者之愁一ト云リ、此人君之股肱トシテ武将之位ニ備リシカバ、身を慎ミ命ヲ全シテ、大儀ノ功ヲコソ致サルベカリシニ、自ラサシモナキ戦場ニ起（赴）テ、匹夫之矢サキニ命ヲ留メシ事、運之窮トハ云ナガラ、ウタテカリケル振舞也。（「義貞朝臣自殺事」）

『太平記』の作者は、回天の業を成就する人傑としての輿望を担いながら、その期待に副い得なかった悲運の将帥という点に孔明と義貞との共通性を見、孔明陣没の話を挿入する契機として義貞の夢占いを仕組んだものと思われるが、それが、「臥龍」という語に陣営に病臥する孔明のイメージをただよわせる特異なニュアンスを付加する結果になったのであろう。

注

（1）『太平記』の本文は特に注記する以外、西源院本（刀江書院刊）による。ただし、句読点や付訓などは適宜取捨する。

（2）「今川家、毛利家、天正異本、作二児島高徳一」（『参考太平記』）。南都本系のうちでも相承院本は「斎藤七郎入道々猷《ユウ》」の右に「児嶋備後守高徳ィ」と傍書、簗田本は本文が「こじまのびんごのかみたかのり」となっている。補　義貞に山門に牒状を送るように進言するとともに、「高徳兼テ心ニ草案ヲヤシタリケン、筆ヲ採テ」牒状を草した児島高徳は、『平家物語』の木曾義仲における大夫房覚明のごとき役割を演じている。その「牒状」の中に「周郎挑二赤壁一、虜二魏十万軍一」と、赤壁の戦いにおける周瑜の活躍（『呉志』「孫権伝」「周瑜伝」）を取り上げている。山門の返牒の中に「元暦之初、源義仲急攀二中夏之月一」と義仲が山門に誼を通じたことに触れているが、その文中に「是以山門内重二武侯之忠列（烈）一期二佳運一」とある。「武侯」は建興元年（二二三）に「武郷侯」に封ぜられた孔明（『蜀志』「諸葛亮伝」）のことで、孔明に対する尊崇の念の厚かった杜甫にその廟を訪れて詠んだ「武侯廟」詩（『杜少陵詩集』巻十五）があり、「諸葛廟」詩（同、巻十九）に「久遊巴子国、屢入武侯祠」の句、「詠二懐古跡一五首」の第四「蜀主窺レ呉幸二三峡一」詩（同、巻十七）にも「武侯祠屋長隣近、一体君臣祭祀同」の句がある。山門の返牒の中でも義貞が孔明になぞらえられているのである。なお、赤壁の戦いは『太平記』巻十六「尊氏義貞兵庫湊川合戦事」で九州から攻め上った足利軍の大船団を描くのに、「烟波渺々タルニ、十四五里ガ程波間モ見ヘズ漕双テ、舷ヲ輾舳艫ヲ双ベタレバ、…呉魏天下ヲ争シ赤壁ノ戦ヒ、太元宋ヲ亡セシ黄河ノ兵モ、是ニハ過ジト目ヲ驚テ見ル処ニ」と修辞的に引かれている。

（3）拙稿「太平記と三国志――諸葛孔明の出廬――」（和漢比較文学叢書15『軍記と漢文学』、汲古書院、平成5・4）。本書第一章第四節5の(1)「諸葛孔明の出廬」参照

（4）『太平記』巻五「玉木庄司宮欲奉討事」にも、護良親王が十津川の峠を越えようとして玉木庄司に攻められ、死を覚悟した際の詞に、「我首若獄門ニ懸テ曝レバ、天下ニ御方之志ヲ存ゼン物ハ力ヲ失ヒ、武家者恐ル丶可レ無《シ》レ処《ル》、死セル孔明生ル仲達ヲ走ラシムト云事有、サレバ死テ後マデモ、威ヲ残スヲ以テ良将トセリ、今ハトテモ遁レヌ所ヲ、相構テ人々キタナビ

レタル振舞シテ、敵ニ笑ルナ」とある。

（5）『太平御覧』に引く「史記」の記事は、司馬遷の『史記』の現行本には見えず、この「史記」が何を指しているのか未詳である。なお、甘粛省酒泉市では、酒泉にまつわる霍去病の故事として類話が伝えられている。補　越王勾践に関する単醪投河の故事としては『伍子胥変文』（『敦煌変文集』上巻）にも見えている。因みに『抱朴子』（外篇、第二十四「酒誡」）には単醪投河の故事に対する批判がある。単なる譬え話に過ぎず、優れた将軍であれば酒を流さなくとも兵士は勇んで死に赴き、愚かな将軍ならば酒を流しても勝利できないというのである。論中、諸葛孔明の名将としての造型に『三略』の説があずかっていることに触れたが、同様の言説は『六韜』（巻三、龍韜「励軍」）にも「太公云、将冬不レ服レ裘、夏不レ操レ扇、雨不レ張レ蓋、名曰二礼将一。〔々〕不二身服一レ礼、無三以知二士卒之寒暑一。出二隘塞一犯二泥塗一、将必先下歩、名云二力将一。々不二身服一レ力、無三以知二士卒之労苦一。軍皆定レ次、将乃就レ舎、炊者皆熟、将乃就レ食、軍不レ挙レ火、将亦不レ挙レ火、名云二止欲将一。々不三身服二止欲一、無三以知二士卒之飢飽一。将与二士卒一、共二寒暑労苦飢飽一。故三軍之衆、聞二鼓声一則喜、聞二金声一則怒、高城深池、矢石繁下、士争先登、白刃始合、士争先赴、士非レ好二死而楽一レ傷也。為下其将知二寒暑飢飽之審一、而見中労苦之明上也」（勉誠社文庫『六韜秘伝』、昭和55・11）とあり、『尉繚子』（「戦威」）にも、「夫勤労之師、将必先レ己。暑不レ張レ蓋、寒不レ重レ衣。険必下歩、軍井成而後飲、軍食熟而後飯、軍塁成而後舎、労佚必以レ身同レ之。如レ此師雖レ久、而不レ老不レ弊」（冨山房版漢文大系）と説かれている。

（6）胡曾詩と胡元質注は『新板増広附音釈文胡曾詩註』（和刻本漢詩集成10、汲古書院、昭和49・11）、陳蓋注は『新雕注胡曾詠史詩』（四部叢刊）、『胡曾詩抄』は神宮文庫蔵本（黒田彰氏編、伝承文学資料集成3、三弥井書店、昭和63・2）による。

（7）補　孔明病没の場所として『漢晉春秋』に見える「郭氏塢」（塢は塞砦《とりで》の意）については未勘。また、『太平記』巻二十四「河江合戦同比々海上之軍事付備後鞆軍事幷千松原合戦事」には「孔明籌筆ニ死テ」とする説が見えている。『宋本方輿勝覧』（巻六十六、利州東路、利州）に「籌筆駅」があり、「在二綿谷県一、去レ州北九十九里、旧伝諸葛武侯出レ師嘗駐レ此」とあり、現四川省広元県の北方に当たる。「孔明籌筆ニ死テ」とするのは誤りであるにしても、『蜀志』や『資治通鑑』（「魏記」）にも見出しがたい「籌筆駅」の地名がここに登場するのは不思議である。例えば杜牧に「和三野人殷潜之題二籌筆駅一十四韻」（『攀川詩集』巻三）という五言古詩があるが、その中に、「永安宮受ニレ詔ヲ、籌筆駅ニ沈思ス」の句があって、詩の内容は孔明の死にまで及ぶので、そこが最期の地と誤られたのかもしれない。最近、田中尚子氏が、「清原宣賢と〈三国志〉――『蒙求聴塵』を中心として――」（『中世文学』46、平成13・6）という論考で、唐の薛能の「籌筆駅」詩の感化を予測している。杜牧、薛能の外に、薛逢、羅隠、李義山の「題籌筆駅詩」があり、ともあれ、『太平記』作者の知識も詩を媒介として獲得された公算が大きい。

（8）補　『太平記』の作者は、観念的には超世の英傑諸葛孔明を讃仰しながら、実戦面においては司馬仲達の隠忍自重して時を待つ態度を是としていたらしい。巻二十四「河江合戦同比々海上之軍事付備後鞆軍事并千松原合戦事」に、義貞の弟脇屋刑部卿義助が宮方の大将として伊予の国府に下向したものの、「俄ニ病ヲ受テ、心身悩乱シ給ケルガ、打臥事纔ニ七日ヲ過テ、終ニハカナク成」り、配下の軍勢は、武家方がこの機に乗じることを恐れる。「此事余所ニ聞ヘナバ、敵ニ気ヲ被レ得候ベシトテ、竊ニ葬礼ヲ致テ、悲ヲカクシ声ヲノムト云共、サスガニカクレ無リケレバ、四国之大将軍細川刑部大輔頼春此事ヲ聞テ、時ヲバ暫クモ不レ可レ失、是レ司馬懿仲達ガ弊ニ乗テ蜀ヲ滅セシ謀也トテ」、大挙して宮方の河江城を襲撃するのである。実は「死せる孔明、生ける仲達を走らす」で知られた場面なのであるが、それを逆用して、勝機を見逃さなかった将として仲達に軍配を上げているのである。また、巻三十八「細川清氏討死事」でも、宮方に降った細川相模守清氏が同族の右馬頭頼之と僅か二里を隔てて対陣し、互いに時を窺って数日を経るうちに、頼之の勢は日々に減少して行き、清氏の軍が勢盛んになって行った。頼之は謀略によってその危機を脱し、遂に清氏を討つのであるが、それについて作者は、「魏ノ将軍司馬仲達ガ蜀之討手ニ向テ、戦ハデ勝ツコトヲ得タリケン其謀ニ相似タリ」と評している。仲達が魏に勝利をもたらしたように、持久戦を構えて勝利した頼之の武略を評価しているのである。それとは逆に、宮方回天の勝利を期待させながら、結局、清氏の討死によってその好機が失われたことについて、作者は「天運之未レ到所トハ乍レ云、先ハ細川相模守ガ楚忽之軍シテ、云甲斐ナク打死セシ故也」と批判する。これは義貞の死に対する評言と甚だよく似ている。

6　太平記と六韜――特にその兵法批判について――

一　「太平記読み」の胎動

軍記物語としての『太平記』の主な題材は、言うまでもなく合戦である。しかも、個人の功名より集団の戦闘が重視されるようになった時代の合戦であるから、戦いの勝敗を分けることになった軍略の差異について語ることが多い。軍略の勝劣についての談義はまた、しばしば将の器量に対する論評へと展開する。元弘・建武の乱とそれに継起する南北朝の動乱は、歴史の行方を左右する合戦であったから、将の器量に対する論評は、さらに将を起用する朝廷または幕府の政道に対する批判へと発展することが多い。そうした事情から、『太平記』の叙述の中には、「立将論」の観点に立った歴史評論が随所に展開されている。そこには、漢籍に典拠をもつ多くの詞章や故事による論証が行われていて、『太平記』を特徴づける重要な要素の一つとなっている。同時に、そのような兵法批判の中に、「太平記読み」の胎動を感じ取ることもできるのである。

その兵法批判において、論証のために引用される漢籍は、必ずしも兵法書に限られているわけではない。多様多様の事例を豊かにもつ史書は勿論のこと、広く儒家や道家の書にもわたっているが、本稿では、古典的な兵法書を中心に見て行くことにする。

二　張良一巻之書

合戦譚を彩るために、有名な兵略家の名を修辞的に用いるのは、軍記物語の常套の手法である。『太平記』にも、太公望・黄石公・孫子・呉子・陳平・張良などが常連として顔を出す。中には、卓宣公や李道翁などという正体不明の人物の名も混じる。卓宣公については、巻九「山崎攻事付久我畷合戦事」(1)に、赤松の一族で佐用左衛門三郎範家という武士が、「卓宣公ガ秘セシ所ヲ、我《ガ》物ニ得タル兵《ツハモノ》」として登場する。が、その得意とするところは、「強弓ノ矢継早」で、「態《ワザト》物具ヲ解《ヌイ》デ、歩立《カチダチ》ノ射手ニ成《リ》、畔《クロ》ヲ伝ヒ、藪ヲ潜《ツ》テ、トアル畔ノ陰ニヌハレ臥《シ》、大将ニ近付《イ》テ、一矢ネラハン」と待ち伏せるという体の「野伏戦《ノブシイクサ》」である。また、李道翁については、巻三十九「芳賀兵衛入道軍事」に、足利基氏が「黄石公ガ伝ヘシ処、李道翁ガ授《ケ》シ道、機ニ膺《アタッ》テ心トセシ太刀キ、」であったとされ、同巻「神功皇后攻㆓新羅㆒事」には「履道翁」の名で登場する。仲哀天皇が三韓を攻めて敗れたのは「智謀武備ノ足《ラ》ヌ所也」と考えた神功皇后が、沙金三万両を唐朝へ送って「履道翁ガ一巻ノ秘書」を将来したというのであるが、「是ハ黄石公ガ第五日ノ鶏鳴ニ、渭水ノ土橋ノ上ニテ張良ニ授《ケ》シ書ナリ」という。とすれば「履道翁ガ一巻」と「張良一巻之書」は同じものということになって、前出の「黄石公ガ伝ヘシ処、李道翁ガ授《ケ》シ道」と並列させた表現とは整合しない。『太平記鈔』（巻三十九）は、「日本案四十二箇条序」という文書に「神功皇后元年辛巳六月、有㆓履陶公㆒、持㆓此書㆒来日、授㆓先帝仲哀㆒、々々復授㆓之応神㆒、云々」という類似の伝承が記されていることを挙げ、その年代の記述に矛盾があることを指摘して、「不審多シ」と批判している。ただし、この「日本案四十二箇条序」という文書の実体はわからない。(2)

張良が黄石公に出会う圯上の会の故事（『史記』「留侯世家」）はあまりにも有名であるが、黄石公は張良に「此れを読まば則ち王者の師と為らん」と一篇の書を授け、「済北の穀城山下の黄石は即ち我なり」と言い残して去って行く。いかにも道教の神仙らしいイメージである。「張良一巻之書」という言い方は、『和漢朗詠集』（巻下「帝王」）の句にも「漢高三尺之剣坐《ナガラニ》制《シ》㆓諸侯《ヲ》㆒、張良一巻之書立《ドコロニ》登《ル》㆓師傅《ニ》㆒」と見えるが、『倭漢朗詠抄注』はこの句の注の中で、「孔安国秘記ニハ、張良得㆓黄石公不死之法㆒、不㆓但兵書㆒而已《ノミニ》トイヘリ。又、張良本《ト》漢ノ四皓ヲ師トシテ仙道ヲ習ヒテ神方ヲヘタリ、世人シラスシテワレ死セリトオモヘリトイヘリ。抱朴子ニモ如㆓孔安国之言㆒、張良得《レ》仙トイヘリ。

又黄石祠事捜神記ニアリ、可㆑見㆑之」（永青文庫本）と、張良が神仙になったという伝承を記している。「孔安国秘記」の説は、『抱朴子』（内篇「至理」）に見える。巻三十九の「神功皇后攻㆓新羅㆒事」と一連の章段である「自㆓太元㆒攻㆓日本㆒事」には、八仙人の一人呂洞賓も登場するが、呂洞賓はもちろん、黄石公も張良も道教の神仙として伝えられている。[3] 道教と兵法の関係は深く、卓宣公や李道翁（履道翁・履陶公）も道教で伝えられた仙人かと想像されるが、他に所見がない。

圯上の会で張良が黄石公から受けた一篇の書について、「留侯世家」には「旦日に其の書を視れば、乃ち太公が兵法なり」としている。「武七書」の一つ『李衛公問対』に「靖曰く、張良の学びたる所は、太公の六韜・三略是れなり」とあり、『三略直解』の著者劉寅は、この李靖の言を引いて「然れば則ち三略はもと太公の書にして、黄石公或いはこれを推演して、以て子房（張良）に授く。所以《ゆゑ》に兵家者流、今に至るも因って以て黄石公の書と為す」と説いている。『太平記』に「是《レ》太公ガ兵書ニ出《デ》テ、子房ガ心底ニ秘セシ所ニテ候ハズヤ」（巻八「摩耶合戦事」）とあるのも、そのような伝流を意識しているのであろう。

藤原兼実は『玉葉』（治承五年二月二十三日の条）に、中原師景が「素書一巻」を持参したことを記している。『黄石公素書』のことである。師景の祖父師遠が白河院から拝領して、中原家に秘蔵していたものだという。兼実は「張良一《ノ》巻書即《ハチ》是《レ》也」と珍重し、「抑張良一号之書、或《ハ》称《シ》㆓六韜《ト》㆒、或《ハ》謂《フ》㆓三略《ト》㆒、其《ノ》説区々《ニシテ》、古来《ノ》難義也」とした上で、『六韜』は太公望の兵法であり、『三略』は張良が自ら作ったもので、黄石公が張良に授けたのはこの『素書』であるとする自説を記し、さらにこの書の伝来に関する大江匡房の説と、それへの批判とを述べている。匡房の説というのは、張良の末裔の「張修理（不知実名）」がこの書を伝えて来日し、自ら家僕となって仕えた源資綱（顕基息）に進上し、資綱の子の家賢が白河院に献じ、院から師遠に下賜されたというものである。なお、この匡房の説は、前出の『倭漢朗詠抄注』にも引かれている。[4] 因に『黄石公素書』は「宋張商英註」と題するが、張商英はその序の冒頭で「黄石公素《ノ》書六篇、按《ズルニ》前漢《ノ》黄石公《ガ》圯橋《ニテ》所《ハ》レ授《クル》二子房《ニ》一素書《ナリ》、世人多《ク》以《テ》二三略《ヲ》一為《スモ》レ是《レナリト》、蓋《シ》伝之誤《リ》也」と言っており、兼実の見解はおそらくこれに基づいたのであろう。が、『黄石公素書』について「四庫全書提要」は、商英の偽撰であることは明らかであると断じている。

「張良一巻之書」の名は『太平記』に頻出する。元弘の変に先立って武勇の錬磨に熱中する大塔宮について、「御好《ミ》有《ル》故ニヤ依《リ》ケン、早業ハ江都ガ軽捷ニモ超《エ》タレバ、七尺ノ屛風未《ダ》必《ズ》シモ高シトモセズ、打物ハ子房ガ兵法ヲ得玉ヘバ、一巻ノ秘書尽サレズト云《フ》事ナシ」(巻二「南都北嶺行幸事」)と述べたくだりがある。これは『和漢朗詠集』の「江都之好《ンジ》二軽捷《ヲ》一也、七尺屛風《ノ》其徒《レラニ》高《カリキ》」(巻下「親王」)という源順の句と、前出の「張良一巻之書、立《ドコロニ》登《ル》二師傅《ニ》一」(『江談抄』によれば藤原雅材の対策文)という句を対句仕立にしたもので、その結果、「張良一巻之書」が「打物」に関わるかのような、不適切な修辞となってしまっている。

しかし、そういう例ばかりではない。個人の武藝と対置させた、次のような例もある。巻二十九「将軍上洛事付阿保秋山河原軍事」の秋山光政と阿保忠実との一騎打ちの話は、「サレバ其比、霊仏霊社ノ御手向、扇団扇《ウチハ》ノバサラ絵ニモ、阿保・秋山ガ河原軍トテ書《カ》セヌ人ハナシ」というほど評判になったようだが、打合いの描写はまことにあっけないもので、叙述の大半が両人の華々しい甲冑や馬の装いと、事々しい名乗りに費やされている。婆娑羅扇のあざやかな彩絵が下敷きになっているのであろうか。その名乗りの中に、「張良一巻之書」や「呉氏・孫氏」が登場する。清和源氏の後胤で、幼稚の時から兵法を嗜んできたという秋山が、「但《シ》黄石公ガ子房ニ授《ケ》シ所ハ、天下ノ為ニシテ、匹夫ノ勇ニ非ザレバ、吾未《ダ》レ学《バ》」と言えば、東国の田舎で漁猟をして生きて来たという阿保も、「張良ガ一巻ノ書ヲモ呉氏・孫氏ガ伝ヘシ所ヲモ、曾テ名ヲダニ不レ聞《カ》」と言って、いずれも古典的な兵法書に無縁なことを競い合う。そして、秋山は「鞍馬ノ奥僧正谷《ガ》ニテ愛宕・高雄ノ天狗共ガ、九郎判官義経ニ授《ケ》シ所ノ兵法」を残りなく伝えていると豪語し、阿保は「変化時ニ応ジテ敵ノ為ニ気ヲ発スル処ハ、勇士ノ己レト心ニ得ル道」であるから、元弘・建武以来の合戦で立てた武功は数知れないと広言する。聴き手の興奮を掻き立てようとする軍談講釈の語り口である。剛勇ぶりを強調するために、古典的な兵法をこのように否定的に用いるのも、また逆に、「孫氏ガ千反ノ謀、呉氏ガ八陣ノ法、互《ヒ》ニ知《リ》タル道ナレバ、共ニ不レ被レ破《ラ》不レ被レ囲《マ》」（巻八「四月三日合戦事付妻鹿孫三郎勇力事」）のように肯定的に用いるのも、所詮同じ手法の強調表現で、談義の場で形成された語り口なのであろう。

今まで見て来た中にも、すでに「武七書」に属する太公望・黄石公（張良）・孫子・呉子の名が挙がっていたが、巻三十八「太元軍事」ではさらに尉繚子と李衛公が加わる。太元の老皇帝の帝師が身をやつして宋国に潜入し、剣を売って肉饅頭を買っている貧弱な老人を見掛けてこれを買収して、宋国の君臣の離間をねらうという謀略の話である。その老人が自ら語る経歴は、漢籍に由来する多くの詞材で組み立てられている。剣を売り牛を買わせて人民に農桑を勧めた龔遂（『漢書』「循吏伝」）や、三代の天子の好尚と食い違って常に不遇だった顔駟（『漢武故事』）の話、『史記』（「越世家」「司馬相如伝」）の語句、『論語』（「述而」）の章句、杜甫の五言古詩（「贈二韋左丞済一」）の詩句などである。その老人の言葉の始めに、

我嘗《テ》兵ノ凶器ナル事ヲ不レ知《ラ》、若カリシ時好《ン》デ兵書ヲ学ビキ。智ハ性ノ嗜ム処ニ出《ツ》ル者ナレバ、呉氏・孫氏ガ秘スル処ノ道、尉潦（ママ）・李衛ガ難シトスル処ノ術、一ヲ挙《ゲ》テ占ヘバ、則《チ》三ヲ反《ヘン》シテサトリキ。

とある。「尉潦・李衛」は、言うまでもなく『尉繚子』と『李衛公問対』を指している。極めて類型的な、「○○ガ秘スル処ノ道、△△ガ難シトスル処ノ術」という言い方ではあるが、ともかく、これで「武七書」のうち『司馬法』を除いては、出揃ったことになる。

三　魚鱗・鶴翼之陣

『太平記』の合戦譚には、兵法書に由来すると思わせる数々の陣法が登場する。最も頻度の高いのは、魚鱗と鶴翼である。巻三十一「武蔵野合戦事」で、仁木頼章・義長は、敵の新田義興・脇屋義治の軍が僅か三百余騎になったのを見て、三千余騎の勢を一手に結集して押寄せる。「敵小勢ナレバ、定《メ》テ鶴翼ニ開《イ》テ、取籠《メ》ンズラント推量シテ、義興・義治、魚鱗ニ連《ツ》テ、轡《クツバミ》ヲナラベテ、敵ノ中ヲ破《ラ》ント見繕フ」のであるが、このように魚鱗と鶴翼は多く対語として用いられる。

魚鱗に似た魚麗《り》というのもあって、足利尊氏の奏状（巻十四「新田足利確執奏状事」）の中に、「此《ノ》時義貞朝臣有《リ》下忿《リ》二鶏肋之貪心《ヲ》一戮《スルコト》中鳥使之急課《ヲ》上。（中略）尊氏已《ニ》於《テ》二洛陽《ニ》一聞《キテ》レ退《クルコトヲ》二逆徒之者《ヲ》一、履《ンデ》二虎尾《ヲ》一就《ク》二魚麗《ニ》一」と見えている。戦戦兢兢としながら軍陣に従ったというほどの意であろうか。魚麗の早い用例は、『春秋左伝』（桓公五年の条）にある。周の桓王が蔡・衛・陳の諸侯を従えて鄭伯を討とうとした時、これに対する鄭の戦術は、左右両翼の軍で、戦意の乏しい諸侯の軍を叩いておいて、原繁・高渠彌が中軍を率いて鄭伯を奉じ、兵を結集して桓王の主力を攻撃しようというもので、これがみごとに効を奏した。原文には、「原繁・高渠彌以《テ》二中軍《ヲ》一奉《ジ》レ公《ヲ》、為《シテ》二魚麗之陳《ヲ》一、先《トシ》レ偏《ヲ》後《ニシ》レ伍《ヲ》、々承《ケテ》彌縫《ス》」とある。これによると、魚麗の陣は兵車（偏は九乗・十五乗・廿五乗の諸説がある）を先立て、その間隙を歩卒が補い繕うように従う陣形ということになるが、鎌田正氏（新釈漢文大系『春秋左氏伝』）は、魚麗の陣を「円形でやや細長い陣形。群魚がつき従って進む形。麗は、つらなりゆく意。兵車と武卒と相つき従って進む陣形」と説明している。『春秋左伝』その他の諸例を見合わせて総括した語釈なのであろう。

また、張衡の「東京賦」（『文選』巻三）に、「鵝鸛魚麗、箕張翼舒」という句がある。李善注は、魚麗については

『春秋左伝』桓公五年の条の前記の例を、鵝鸛については同書の昭公二十一年の条の用例を示している。後者は、宋の国内に起こった華氏の乱に関する記事であるが、華氏の党内で布陣について意見が対立し、「鄭翩は鸛を為さんと願ひ、其の御（御者）は鵝を為さんと願ふ」とある用例である。鵝は「がちょう」、鸛は「こうのとり」のことで、鎌田正氏は、鵝は「隊伍を整然と整える陣形」、鸛は「自由に行動できる陣形」と説いている。ただし、この解釈が「東京賦」の「鵝鸛」にも当てはまるのかどうか。『六臣注文選』を見ると、薛綜は「鵝鸛・魚麗は並びに陣の名」として鵝と鸛とを分けず、「箕野翼舒」を「列行すること箕の張れるが如く、翼の舒べたるが如し」と解している。古い訓読を伝えている慶安五年板本で「鵝鸛・魚麗あり、箕のごとくに張り、翼のごとくに舒べり」と訓むのは、この解に基づくのであろう。「呉子八陣」(5)（後述）でも、鵞鶴は一つの陣の名である。ところで、「鵝鸛魚麗、箕張翼舒」の句で、魚麗を文脈から孤立させないためには、魚麗に箕張を、鵝鸛に翼舒を対応させて解する必要があろう。「鵝鸛の陣、翼のごとくに舒べり」の意であるならば、鶴翼の陣を連想させせないでもないが、中島千秋氏（新釈漢文大系『文選』賦篇）のように、星辰二十八宿の名の箕（みほし）と翼（たすきぼし）とし、星座の形に譬えた陣形であるとする説もある。

魚鱗と鶴翼については、荻生徂徠（『鈐録』八「陣法」）に説がある。彼は魚鱗の備えというのは「車輪陣ヲ、古ノ博士ガ、キヨリント読伝タルヨリ、魚字ヲ付替タル歟」つまり、車の字にシャ［昌遮切］とキョ［斤於切］の両音があることからの転訛であるか、あるいは「又魚麗陣ヲ誤リタルナリ」と言い、鶴翼の陣についても「虎翼陣ノ唱誤ナリ」と言う。しかし、魚鱗の名は早く『漢書』（「陳湯伝」）に「歩兵百余人夾《ンデ》レ門《ヲ》魚鱗陣《シク》」と見え、顔師古はこれに「言は其の相接次する形魚鱗の若し」と注している。また、『帝範』の序には、「夕《ニハ》対《ヒ》二魚麗之陳《ニ》一、朝《ニハ》臨《ム》二鶴翼之闈《カコミニ》一」と、魚麗・鶴翼が対偶に用いられている。『帝範』の古鈔本（斯道文庫蔵、応安元年良賢識語）の注は、魚麗については前出の『左伝』（桓公五年の条）の本文と杜預の注を引き、鶴翼については「陣名、出二八陣図一」と記すだけである。

「八陣」と呼ばれるものには幾種類かがある。有名なのは諸葛亮の八陣で、『続日本紀』天平宝字四年十一月十日の条に、授刀舎人《ノ》春日部《ノ》三開ら六人を太宰府に遣わして、大弐の吉備真備に就いて「諸葛亮《ガ》八陳、孫子《ガ》九地及《ビ》結営《ノ》向背」を習わせたと伝えている。宋の王応麟撰の『小学紺珠』（巻九「制度類」）に挙げる五種類の八陣のうち、諸葛武侯の八陣は、洞当・中黄・龍騰・鳥飛・折衝・虎翼・握機・衡となっている。また、「呉氏ガ八陣ノ法」というのが『太平記』（巻八「四月三日合戦事付妻鹿孫三郎勇力事」）に見える。『呉子』や『孫子』に八陣の説はないが、『小学紺珠』が挙げる呉子の八陣は車箱・車軒・曲二・直・衡・挂・鵞鶴であり、孫子の八陣は方・円・牡・牝・衝・輪・浮沮・鴈行である。陳孔璋の「為《ニ》二曹洪《ガ》一与《フル》二魏《ノ》文帝《ニ》一書」（『文選』巻四十一）に「攄《ノベ》二八陣之列《ツラヲ》一」という句があって、これに呂向は「攄は布、（中略）八陣は孫呉が兵法を謂ふ」と注し、李善は「雑兵書」の説として八陣の名を挙げている。これが『小学紺珠』にいう孫子の八陣と一致している。『小学紺珠』記載の他の三種をも含めて、これらの八陣の中に、魚鱗・鶴翼の名は見出せないのである。因に、「雑兵書」の名は、『隋書』「経籍志」に撰者不詳の「雑兵書十巻」（分注に「梁有《ニ》雑兵書八巻《一》」）と記されているが、『旧唐書』「経籍志」、『新唐書』「藝文志」にはすでに見えない。

『日本国見在書目録』に名の見える「八陣書一（巻）」「孫子兵法八陣図二一（巻）」の実体は不明であるが、貝原益軒が、『小学紺珠』等の数詞語彙集に倣って編んだ『和漢名数』には、大江維時（八八八〜九六三）が唐朝より伝来したものという「日本古昔所レ伝八陣」として、魚鱗・鶴翼・雁行・彎月・鋒矢・衡軛・長蛇・方円を挙げている。これは、『甲陽軍鑑』（巻十五）に「唐国諸葛孔明八陣の図」として挙げた、魚鱗・鶴翼（翼は翼に同じ）・長蛇・偃月・鋒矢・方向（ママ）・衡軛・井雁行に近似している。配列はやや異なるものの、魚鱗と鶴翼を筆頭に掲げる点は一致している。「日本にては各々合点参らず」（『甲陽軍鑑』巻九）という八陣の中で、魚鱗と鶴翼だけは人々に馴染みの深いものだったのであろう。『源平盛衰記』（巻三十五「粟津合戦」）に、木曾義仲と一条忠頼の戦いを叙述して、「木曾ト一条ト魚鱗鶴翼ノ戦ヲ並タル。一条忠頼ハ鶴翼ノ戦トテ鶴ノ羽ヲヒロケタルカ如クニ、勢ヲアラハニ立成テ小勢ヲ中ニ取籠ントトソ構タル。木曾義仲ハ魚鱗ノ戦トテ魚ノ鱗ヲ抍タルカ如、サキハ細《ク》中フクラニコソ立タリケレ。」（慶長古活字板）と、その陣形を講釈しているが、『太平記』の場合もおおむね、そのようなイメージで用いられていると見て矛盾はない。

前に挙げた『帝範』の序の「夕《ニハ》対《ヒ》二魚麗之陣《ニ》一、朝《ニハ》臨《ム》二鶴翼之圍《カコミニ》一」という言葉は、「躬擐《ミツラヌイテ》二甲冑《ヲ》一、親《ミツカラ》当《レリ》二矢石《ニ》一」という句に続くもので、唐の太宗が隋末の大乱を戦い抜いた体験を回想し、その奮戦苦闘を魚麗と鶴翼の二つに集約したものである。同様の例が、千葉介常胤の款状（『吾妻鏡』建久六年十二月十二日条の条）に見える。常胤が自分の軍功を申し立てて美濃国の蜂屋庄を望んだもので、その中で、彼は「是向二魚鱗鶴翼陳一、抽二毎度之勲功一、励二警夜巡昼節一積二連年之勤労一、潜論二其貞心一、恐似レ無二等類一」と訴えている。こうした発想の流れを承けて『太平記』でももろもろの陣立ての代表として「魚鱗鶴翼ノ陣」（巻二十九「越後守自二石見一引返事」）、「鶴翼魚鱗ノ陣」（巻十七「義貞軍事付長年討死事」）などと併称、あるいは対偶の形式で頻出するのであろう。

ところで、『太平記』には、虎韜や龍鱗などという陣形も登場する。

魚鱗ニ連《ツ》テハ懸破リ、虎韜ニ別《レ》テハ追靡ケ、七八度ガ程ゾ揉《モウ》ダリケル。（巻十「鎌倉兵火事付長崎父子武勇事」）

敵虎韜ニ連《ツ》テ囲《メ》バ虎韜ニ分レテ相当り、龍鱗ニ結テ蒐《カカ》レバ龍鱗ニ進《ン》デ戦フ。（巻二十六「四条縄手合戦事付上山討死事」）

虎韜の名は『六韜』の篇名に因むかと推測され、多様な八陣の中には、龍・虎・龍騰・虎翼など類似するものもあるが、虎韜・龍鱗ともに陣形の名としては他に所見がない。虎韜は、龍鱗とも魚鱗とも対偶を作っているから、結局、龍鱗・虎韜は魚鱗・鶴翼のバリエーションと見られ、月並みな龍・虎の対照を冠した修辞に過ぎず、兵法書にもなければ実戦とも関わりのない、言わば軍談の世界でのみ構築される陣立てなのではないだろうか。

四　敵情観察の着眼点

そうは言っても、『太平記』には、「武七書」で説かれた兵法の思想と共通する叙述が少なからずある。例えば、次のような記事である。

巻十八「金崎城落事」で、大手の攻口にいた兵共が、大将の高越前守に「此《ノ》城ハ如何様《イカサマ》兵粮ニ迫《ツマ》リテ馬ヲバシ食《ヒ》候ヤラン。初メ比《ゴロ》ハ城中ニ馬ノ四五十疋アルラント覚ヘテ、常ニ湯洗《ユアラヒ》ヲシ水ヲ蹴サセナンドシ候《ヒ》シガ、近来《コノゴロ》ハ一疋モ引出ス事モ候ハズ。哀《レ》攻セメテ見候ハバヤ」と進言する。馬の姿を見掛けなくなったことから飢餓に苦しむ城内の様子を察知したわけである。『孫子』の「行軍第九」には、このように敵の情勢を洞察し推断する着眼点が列挙されている。この金崎城攻めの兵の判断は、その中の一つ、「殺レ馬食レ肉者、軍無レ糧也」(6)（馬を殺してその肉を食らうのは兵粮が尽きているのだ）に当たっている。しかし、それが実戦から得た武士の経験知がたまたま一致しただけなのか、それとも『孫子』の兵法を念頭においた作者の表現なのかとなると、決め手はない。『孫子』の本文の側にも『孫子十家註本』のように「粟《シ》レ馬《ヲ》肉食《ス》」（人の食う穀類を馬に食わせ、人は牛馬の肉を食う）とするような異同があり、解釈の上でも揺れの甚だしい部分である。

『太平記』巻二十八の「三角入道謀叛事」に、観応元年八月、足利直冬の下知に従う石見国の三角入道の属城を、高師泰が攻めた合戦の記事がある。寄手の三吉一揆の提案で夜討ちを懸けることになり、選りすぐった二十七人が草や竹で偽装して、城の背後から忍び寄ると、これに驚いた熊が二、三十頭、山を走り下った。城兵がこれを追い掛け、城には僅か五十余人の兵が残るだけで、しかも木戸はすべて開かれたままである。奇襲部隊が突入し、負傷した城主の佐和善四郎は役所に火を懸けて自害する。熊狩りをした兵共は城に戻ることもできず、散りぢりに落ちて行った。

作者は末尾に、「兵伏《ストキハ》レ野《ニ》飛雁乱《ル》レ行《ツラヲ》ト云《フ》、兵書ノ詞ヲ知《ラ》マシカバ、熊故ニ城ヲバ落サレジト、世ノ嘲《リ》ニ成《リ》ニケリ」という世人の批判を書き添えている。話の内容としては、『孫子』の「鳥起《ツ》者伏也。獣駭《ク》者覆也」（急に鳥が飛び立つのは伏兵があるのだ。獣が驚いて走り出るのは奇襲部隊が潜んでいるのだ）に当たるわけであるが、作者の引いた「兵書ノ詞」は、周知の源義家の逸話、即ち、『古今著聞集』の「先年江師のおしへ給へる事あり、夫《レ》軍、野に伏す時は、飛鴈つらをやぶる、此《ノ》野にかならず敵ふしたるべし。（中略）江師の一言なからましかば、あぶなからましとぞいはれける」（巻九「源義家大江匡房に兵法を学ぶ事」）とあるのに合致する。城兵の熊狩りの話としては、「獣駭《ク》者覆也」の方がより直截的な共通性をもつのに、それを引かなかったところを見ると、『孫子』の記事は念頭になかったのかもしれない。[7]

『太平記』巻三十四の「龍泉寺軍事」で、南軍の和田・楠が龍泉の城に僅かの野伏を見せ勢に残し、木々の梢などに旗を結い付けて大勢が立て籠っているように見せかけたので、足利勢は臆して徒らに百五十余日を過ごした。寄手の土岐桔梗一揆の中に「些《チト》ナマ才覚アリケル老武者」が居て、彼が和田・楠の策略を見破ったという話がある。老武者は、一揆の衆に向かって、次のように言う。

　太公ガ兵書ノ塁虚篇ニ、望《ムニ》二其塁《ノ》上《ヲ》一飛鳥不《レバ》レ驚《カ》、必知《ズル》三敵詐《ツテ》而為《ツクレリト》二偶人《ヲ》一也トイヘリ。我此《ノ》三四日相近テ龍泉ノ城ヲ見ルニ、天ニ飛《ブ》鳶、林ニ帰ル鳥、曾テ驚《ク》事ナシ。如何様《イカサマ》是ハ大勢ノ籠リタル体《テイ》ヲ見セテ、旗許《リ》ヲ此彼《ココカシコ》ニ立《テ》置《キ》タリト覚ユルゾ。

これは、『孫子』の着眼点の一つに「鳥集《ル》者虚也」（陣の上に鳥が群れているのは兵が居ないのだ）というのに当たる。しかし、老武者が引いたのは、『孫子』ではなくて、『六韜』（「虎韜」）の「塁虚第四十二」の詞章であった。

また、巻十三「足利殿東国下向事付時行滅亡事」には、中先代の乱を鎮めるために東下した足利軍を迎え撃つために、名越式部大輔が鎌倉を発って「夜ヲ日ニ継《イ》デ」攻め上り、佐夜の中山で激戦した記事がある。この時、尊氏は、

　六韜ノ十四変ニ、敵経《テ》二長途《ヲ》一来《ラバ》急《スミヤカニ》可《シ》レ撃《ツ》ト云ヘリ。是《レ》太公武王ニ教《フ》ル所ノ兵法也。

と言って、名越の陣を急襲して破っている。『呉子』（「料敵第二」）の「渉《リ》二長道《ヲ》一、後行《レ》未レ息《キテダルハ》、可レ撃《シツ》」という思想と同じであるが、尊氏が挙げたのは『六韜』（「犬韜」）の「武鋒第五十二」に記す「十四変」の、第九「渉《リタルハ》二長路《ヲ》一可レ撃《シツ》」の詞章であった。(8)

五　『六韜』からの摂取

「武七書」の思想と共通する記事を、『太平記』の叙述から掘り起こす作業は、『太平記』という作品を兵法書の知識で解析し、兵略の見地から批評することに繋がる。それは、軍事評論家風の「太平記講釈」に通じることになり、文学研究とはおのずから別な道と言うべきであろう。作者の思想の形成に培った漢籍の影響を見るためには、上に見た『六韜』の場合のように、典拠の特定に役立つ徴証をとどめている叙述に限る必要がある。

一　兵勝之術

「武七書」という語は、『太平記』にも「夫武ノ七書ニ言《レ》、云《フ》、将謀泄《ハクノ》、則軍無《モルルトキハ》レ利《シ》、外闚《ウカガフ》レ内則《ヲトキハ》禍不レ制《セ》トテ、此《ノ》度ノ洛中ノ合戦ニ官軍即討負《チ》ヌル事、タヾ敵《ケ》内通ノ者共ノ御方ニ有《リ》ケル故也トテ、互ニ心ヲ置《キ》アヘリ」（巻十七「京都両度軍事」）などと見える。ここに引かれているのは、『三略』（「上略」）の詞である。原文では「無レ利」を「無レ勢」に作り、「不レ制《セラレ》」の後「財入《レバ》レ営則《ニチ》衆奸会《アツマル》。将有《ニレバ》二此三者《ノ》一、軍必敗《ズル》」と続く。(9)が、『太平記』に最も多く引かれているのは『六韜』である。ただし、巻三十「高倉殿京都退去事付殷紂王事」に見える「呂望非熊」（「文師第一」）の話や、巻三十二「直冬与二吉野殿一合体事付天竺震旦物語事」にある「天下ハ是一人ノ天下に非ズ」（「文師第一」「発啓第十三」「順啓第十六」）の詞となると、『蒙求』あるいは『明文抄』等にも見えて熟知されていたものと考えられ、出典を『六韜』とは特定しがたい。

『六韜』、もしくは「太公ノ詞」に拠ることを明示したものには、すでに挙げた事例の外に、次のような例がある。巻三十三「新田左兵衛佐義興自害事」に、竹沢右京亮が美女を贈って新田義興を滅亡に至らせる記事がある。

義興元来《モトヨリ》好色ノ心深カリケレバ、無《ク》レ類《ヒ》思通《ハ》シテ、一夜ノ程ノ隔モ千年ヲ経ル心地ニ覚《エ》ケレバ、（中略）誠ニ褒姒一タビ笑《ン》デ幽王傾《ケ》レ国《ヲ》、玉妃傍《ラ》ニ媚《ビ》テ玄宗失《ヒ》レ世《ヲ》給《ヒ》シモ、角ヤト被二思知《ラ》一タリ。サレバ太公望ガ、好《ム》レ利《ヲ》者《ニハ》与《ヘテ》二財珍《ヲ》一迷《ハシ》レ之《ヲ》、好《ム》レ色《ヲ》者《ニハ》与《ヘテ》二美女《ヲ》一惑《ハス》レ之《ヲ》ト、敵ヲ謀ル道ヲ教《ヘ》シヲ不《リ》レ知《ラ》ケルコソ愚カナレ。

この詞は、そのままの形では見出せないが、「武韜」の「文伐第十五」に武力によらず敵を伐つ法として挙げている十二カ条の中の、次の二カ条を要約したものかと思われる。

四曰《ニク》、輔《ケテ》二其《ノ》淫楽《ヲ》一、以《テ》広《クシ》二其《ノ》志《ヲ》一、厚《ク》賂《ヒ》二珠玉《ヲ》一、娯《マシムルニ》以《テシ》二美人《ヲ》一、卑《クシ》レ辞《ヲ》委《シクシ》レ聴《ヲ》、順《ヒテ》レ命《ニ》而合《セヨ》。彼将《ニ》《ス》二不《シテ》レ争《ハ》奸節乃《チ》定《マラント》一。十二曰《ニク》、養《ヒテ》二其《ノ》乱臣《ヲ》一以《テ》迷《ハシ》レ之《ヲ》、進《メテ》二美女淫声《ヲ》一以《テ》迷《ハシ》レ之《ヲ》、遺《リテ》二良犬馬《ヲ》一以《テ》労《セシメ》レ之《ヲ》、時《ニ》与《ヘテ》二大勢《ヲ》一以《テ》誘《ヒ》レ之《ヲ》、上察《シテ》而与二天下一図《ル》レ之《ヲ》。

また、武略に関するものとしては、次のような例がある。巻八「三月十二日合戦事」に、六波羅を攻めた赤松勢が桂川を隔てて矢軍に時を過ごしていた時、赤松則祐がただ一騎で川を渡ろうとするのを、父の入道円心が再三これを制止する。すると、則祐は、

御方ハ僅ニ三千余騎、敵ハ是ニ百倍セリ。急ニ戦ヲ不レ決《セ》シテ、敵ニ無勢ノ程ヲ被二見透《カサ》一ナバ、雖《モ》レ戦《フト》不レ可《カラ》レ有《ル》レ利。サレバ太公ガ兵道ノ詞ニ、「兵勝之術密《ハカニ》察《シテ》二敵人之機《ヲ》一而速《カニ》乗《ツテ》二其《ノ》利《ニ》一疾《ク》撃《テ》二其《ノ》不意《ヲ》一」ト云ヘリ。是以《テ》二我《ガ》困兵《ヲ》一敗《ル》二敵《ノ》強陣《ヲ》一謀ニテ候ハヌ（ママ）ヤ。

と言い捨てて、駿馬に鞭うって川に騎り入れる。ここに引かれているのは、「文韜」の「兵道第十二」の「敵がわが内情を知り、わが謀に通じたならば、どうすればいいか」という武王の問いに答えた太公の詞である。この詞は、この場面だけでなく、赤松と六波羅勢との一連の戦いにおいて、表現を変えて繰り返される。次のとおりである。

〔六波羅勢が赤松を摩耶城に攻める〕赤松入道是ヲ聞《イ》テ、「勝軍《カチイクサ》ノ利《ハ》、謀不意ニ出デ大敵ノ気ヲ凌《イ》デ、須臾ニ変化シテ先《ン》ズルニハ不《ジ》レ如《カ》」トテ三千余騎ヲ卒シ、摩耶ノ城ヲ出《デ》テ、（巻八「摩耶合戦事付酒部瀬河合戦事」）

〔敗れた赤松が士卒を集めて六波羅勢を瀬河《せがわ》の陣に攻め京へ追い返す〕円心ガ子息《ノ》帥律師則祐、進ミ出《デ》テ申《シ》ケルハ、「軍ノ利ハ勝ニ乗《ツ》テ北《ニゲ》ルヲ追《フ》ニ不レ如《カ》。今度寄手ノ名字ヲ聞《ク》ニ、京都ノ勢数《カズ》ヲ尽シテ向《ツ》テ候ナル。此勢共《ノ》今四五日ハ、長途ノ負《ケ》軍ニクタビレテ、人馬トモニ物ノ用ニ不レ可《カラ》レ立《ツ》。臆病神ノ覚《メ》ヌ前ニ続ヒテ責《ム》ル物ナラバ、ナドカ六波羅ヲ一戦ノ中ニ責落《メ》サデハ候ベキ。是太公ガ兵書ニ出《デ》テ、子房ガ心底ニ秘セシ所ニテ候ハズヤ」ト云《ヒ》ケレバ、（巻八、同前）

などである。最後の例では、前出の「犬韜」の「武鋒第五十二」の「渉《リタルハ》二長路《ヲ》一可《シ》レ撃《ツ》」という兵略が重ねられている。

二　四武衝陣・鳥雲之陣

前掲の則祐の発言の末尾に「是以《テ》二我《ガ》困兵《ヲ》一敗《ル》二敵《ノ》強陣《ヲ》一謀ニテ候ハヌヤ（ママ）」という句があった。これは、『六韜』（「虎韜」）の「疾戦第三十三」に、

武王問《ヒテ》二太公《ニ》一曰《ク》、敵人囲《ミテ》レ我《ヲ》、断《チ》二我《ガ》前後《ヲ》一、絶《タ》二我《ガ》糧道《ヲ》一、為《スコト》レ之《ヲ》奈何《ト》。太公曰《ク》、此《レ》天下之困兵也、暴《ニハカニ》用《フレバ》レ之《ヲ》則《チ》勝《チ》、徐《シヅカニ》用《フレバ》レ之《ヲ》則《チ》敗《ル》、如《キ》レ此《ノ》者《ハ》、為《ツクリ》二四武衝陳《ヲ》一、以《テ》二武車驍騎《ヲ》一、驚二乱《シテ》其軍《ヲ》一、而疾《ク》撃《タバ》レ之《ヲ》、可《シ》二以《テ》横行《ス》一。

とあるのを引いたものである。ここに「四武衝陳」の語が見える。この語について、『六韜直解』は「四武衝陳は、武士を以て結んで四陳と為し、力を併せてこれを衝撃するのみ」と説明している。この語は、「虎韜」の「必出第三十四」「火戦第四十二」、「犬韜」の「戦歩第六十」などにも用いられている。いずれも、敵のために前後左右を囲まれ、糧道を断たれ、四囲を燔かれて焦土の中に取り込められた場合とか、丘陵も険阻もない地勢で、歩兵が敵の優勢

な車騎に前後左右を攻撃されるというような絶体絶命の危地をいかに戦うかという武王の難問に対して、太公の答えた詞の中に出て来ている。

「四武衝陣」の語は、『太平記』巻八「持明院殿行二幸六波羅一事」、やはり赤松入道円心の六波羅攻めに関わるが、六波羅方の河野九郎左衛門と陶山次郎の活躍を語る中で用いられている。六波羅探題は邀撃のため隅田・高橋を八条口に、河野・陶山を蓮華王院に向かわせる。河野と陶山は差し副えられた二千騎を八条河原に控えさせ、手勢だけで蓮華王院の東に回り、赤松勢を背後から急襲して敗走させる。その後、隅田・高橋の苦戦ぶりを見物していたが、やがて六波羅勢の敗け色が濃くなったので、

陶山是ヲ見テ、「余《リ》ニナガメ居テ、御《ミ》方ノ弱リ為出《シイダ》シタランモ由ナシ、イザヤ今ハ懸合《ケハ》セン」トイヘバ、河野「子細ニヤ及ブ」ト云《フ》儘ニ、両勢ヲ一手ニ成《シ》テ大勢ノ中ヘ懸《ケ》入リ、時移ルマデゾ戦ヒタル。四武ノ衝陣堅《キ》ヲ砕《イ》テ、百戦ノ勇力変ニ応ゼシカバ、寄手又此《ノ》陣ノ軍ニモ打負《ケ》テ、寺戸ヲ西ヘ引返シケリ。

とある。河野の三百余騎と陶山の百五十余騎が一手になって、赤松方の小寺・衣笠の二千余騎の中へ突入して奮戦したのを、「四武ノ衝陣堅《キ》ヲ砕《キ》」と言ったのは、本来の用法に照らせば誇張に過ぎるが、小勢が一丸となって大軍に突入した点に目を着けたのであろう。

「四武衝陣」は、『六韜』で単に「衝陣」と記されることもある。「豹韜」の「鳥雲沢兵第四十八」に、

凡《ソ》用《フル》レ兵《ヲ》之大要、当《ハリ》レ敵《ニ》臨《ムニ》レ戦《ニ》、必《ズ》置《キテ》二衝陳《ヲ》一、便《ニス》二兵《ノ》所《ヲ》一レ処《ル》。然《ル》後《ニ》以《テ》二車騎《ヲ》一分《ケテ》為《ツクル》二鳥雲之陳《ヲ》一、此《レ》用《フル》レ兵《ヲ》之奇也。所謂鳥雲者《トハ》、烏《ノゴトク》散《ツテ》而雲《ノゴトク》合《ヒ》、変化無《キ》レ窮《リ》者也。

とあり、『六韜直解』は、この衝陣について「武勇精鋭の士を選んで、結んで四陣と為し、以て其の左右前後を衝撃する者なり」と注している。前出の「四武衝陣」についての注と変わらない。

上の文の中に「鳥雲之陳」の名が見えるが、『太平記』には「鳥」を「烏」に作る「鳥雲ノ陣」というのが登場す

る。貞和四年正月、楠正行を主軸とする南朝の軍を攻略するために、高師直が六万余騎で四条畷に到着したことを述べ、それに続けて、高師直の陣立てを、

此《ノ》儘聽テ相近付《ク》ベケレ共、楠定《メ》テ難所ヲ前ニ当《テ》テゾ相待《ツ》ラン、寄セテハ可《シ》レ悪《シカル》 被《レ》レ寄《セ》テハ可《シ》レ有《ル》レ便《リ》トテ、三軍五所ニ分レ、鳥雲《テウウン》ノ陣ヲナシテ、陰ニ設ケ陽ニ備フ。（巻二十六「四条縄手合戦事付上山討死事」）

と記している。これは『太平記鈔』も指摘するように、「豹韜」の「鳥雲山兵第四十七」の、

太公曰《ク》、凡《ソ》三軍処《ラバ》二山之高《キニ》一、則為《チリ》二敵所《ノト》レ棲《スル》、処《ラバ》二山之下《ニ》一、則為《チラン》二敵所《ノト》レ囚《フル》。既以《ニテ》被《リテ》レ山《ヲ》而処《ラバ》、必為《ズツクレ》二鳥雲之陳《ヲ》一。

という兵略に倣ったものである。四庫全書本や『直解』本文では「鳥雲」とあって、『太平記』の「鳥雲」とは異なるが、「天文廿一年三月下旬吉日　卜宝書之」の識語をもつ大国魂神社蔵古鈔本『六韜秘伝』（勉誠社文庫影印）では、すべて「鳥雲《テウウン》」と記している。『太平記』は、古鈔本と同系の本文に拠っているのである。

巻三十一「笛吹峠軍事」に、新田義宗が若武者ゆえに広場の合戦を好み、ために敵の大軍に取り巻かれて敗れたのを、「鳥雲の陣」の観点から批判した記事がある。その中で、

夫レ小勢ヲ以テ大敵ニ戦フハ、鳥雲《テウウン》ノ陣ニシクハナシ。鳥雲ノ陣ト申《ス》ハ、先《ツ》後ニ山ヲアテ、左右ニ水ヲ堺フテ、敵ヲ平野ニ見下《オロ》シ、我勢ノ程ヲ敵ニ不レ見《セ》シテ、虎賁狼卒替ル〳〵射手ヲ進メテ戦フ者也。此《ノ》陣幸《ヒ》ニ鳥雲ニ当レリ。

と、「鳥雲の陣」についての講釈をしているが、ここには、『六韜』（「豹韜」）の「衢道通谷《ハ》、絶《スルニ》以《テシ》二武車《ヲ》一、高置《クイテ》二旌旗《ヲ》一、謹《ンデイマシメ》勅二三軍《ヲ》一、無《レ》レ使《ムルコト》三敵人《ヲシテ》知《ラ》二吾之情《ヲ》一。是《レヲ》謂《フ》二山城《ト》一」（「鳥雲山兵第四十七」）という兵法が踏まえられている。

ところで、『太平記』には、次のように「雲鳥ノ陣」という語も見える。

小塚ノ上ニ打上《リ》テ鎌倉殿ノ御陣ヲ見渡セバ、東ニハ白旗一揆ノ勢五千余騎、甲冑ノ光ヲ耀シテ、明残ル夜ノ星ノ如クニ陣ヲ張ル。西ニハ平一揆ノ勢三千余騎、戟矛勢ヒ冷《スサマシク》シテ、陰森タル冬枯ノ林ヲ見《ル》ニ不レ異《ナラ》。中ノ手ハ左

馬頭殿ト覚《エ》テ、二引両ノ旗一流《レ》朝日ニ映ジテ飛揚セル其陰ニ、左輔右弼密《キビシ》ク、騎射馳突ノ兵共三千余騎ニテ馨《ヒカ》ヘタリ。上ヨリ見越《セ》バ数百里ニ列《リ》テ、坂東八箇国ノ勢共、只今馳《セ》参ルト覚《エ》テ如《ク》㆓雲霞《ノ》㆒見ヘタリ。雲鳥《ウンテウ》ノ陣堅《ク》シテ、逞卒機尖《スルド》ナレバ、何ナル孫呉ガ術ヲ得タリ共、千騎ニ足《ラ》ヌ小勢ニテ懸《ケ》合《ハ》スベシトハ不《レ》覚《エ》。（巻三十九「芳賀兵衛入道軍事」）

「千騎ニ足《ラ》ヌ小勢」は、芳賀禅可が遣わした嫡子伊賀守・次男駿河守の軍八百余騎を指す。一方「雲鳥《ウンテウ》ノ陣堅《ク》シテ、逞卒機尖《スルド》ナレバ」は、文脈から推して、芳賀禅可討伐のために宇都宮に向かう鎌倉殿足利左馬頭基氏の大軍について評したものと解される。とすれば、先に見た二例の「鳥雲ノ陣」とは趣を異にしていると言わねばならない。両者は別な陣法なのであろうか。雲鳥の陳は兵法書に所見がなく、『太平記』のテキストで「雲鳥ノ陣」となっているのは、慶長八年古活字本（岩波日本古典文学大系）の外に、南都本系の諸本や梵舜本・義輝本・中京大学本・慶長十四年古活字本などがある。これらの諸本も、巻二十六「四条縄手合戦事付上山討死事」ではすべて「鳥雲」、巻三十一「笛吹峠軍事」でも義輝本を除いて「鳥雲」に作っている。「雲鳥ノ陣」はおそらく誤りで、西源院本や玄玖本系の古態本が「鳥雲」とするのに従うべきであろう。ただし、この場面で「鳥雲ノ陣」の語が用いられるべき必然性に乏しく、単なる修辞技法に過ぎないと考えられる。なお、南都本系諸本が「…逞卒機ヲ失スルトナレハ」（彰考館本）とするのは、「尖」の字を「失」に見誤った上に、「尖」の振り仮名「スルト」を本文に混入させたためと考えられる。

三　立将論

『太平記』には、将軍の起用に関する議論や批判が多い。いわゆる第三部の世界に入ると、足利幕府の内部分裂の結果、反主流の大名が南朝に降り、その権威を借りて政権主流に対抗し、南朝はその武力によって衰運を挽回しようとする、君臣互いに詐る「暫時ノ智謀」が繰り返される。投降の武将を起用すべきか否か、是非をめぐって朝野の人々の間に論議があったことであろう。そのような状況を『太平記』は、「遊和軒朴翁」のような人物に代弁させたり、朝議を主導する公卿に肯定・否定・調停の役割を振り分けて僉議の場を構成するなど、多様な形で表現する。

観応の擾乱に先立つことがであるが、『太平記』巻二十二「義助被レ参二芳野一事幷隆資卿物語事」に、越前での戦いに敗れ、美濃の根尾城での戦いにも敗れて、吉野に参候した脇屋義助の処遇をめぐる廷臣の論議が記されている。参内した彼に対して後村上帝は、数年にわたる彼の北征の忠功を賞して、敗北については触れず、あまつさえ、翌日には臨時の宣下で位階一級を加え、一族の将士にまで恩賞を与えた。その異例の厚遇を、洞院実世は、治承の昔、鳥の羽音に驚いて逃げ上った平維盛を、祖父清盛入道が賞して加階したのと異ならないと冷笑した。

これに反駁して、四条隆資が、帝の処置の妥当性を主張するのだが、その議論の主旨は、「義助の敗因はその戦いの拙さにあるのではなく、聖運の時いまだ至らぬことと、勅裁が将の威を軽んじたことにある。帝はそれを悟って賞を厚くしたのである」ということにある。その論証は、次の四つの項で構成されている。

⑴　孫子が呉王闔廬に敵国を伐つ謀を問われて、試みに宮女三千を調錬し、王の最愛の美姫三人を斬って「大将ノ命ヲ士卒ノ重ンズベキ処」を示した。

⑵　太公望が周の武王に殷を伐つための立将の法を問われて、将に斧鉞を授ける際の礼法を説き、将の威を重くすれば士卒も奮戦し、戦勝と安寧を実現できることを論じた。

⑶　北国の合戦において、不条理な勅裁のために将の威が軽くなり、士卒の心が放恣になって、義助の敗戦を招いた。帝はそれを自覚して、賞を重くしたのである。

⑷　秦の穆公が、敗軍の三将を郊迎し、その官祿を復したという先例もある。

右の四項のうち、⑴は『史記』の「孫子呉起列伝」に、⑷も『史記』の「秦本紀」に原話がある。⑷は蛇足の感なきにしもあらずで、玄玖本系の諸本や義輝本・梵舜本にはない。⑵は『六韜』（「龍韜」）「立将第二十一」の全文（三百八十六字）のうち、武王の問いと末尾の「武王曰、善哉」の計十七字を除いて、太公望の答申のすべてを原文のまま引いたものであるが、当然⑴および⑶とは文体が異質であり、隆資の言談としては臨場感を失った叙述になっている。その点、簗田本が⑵を欠いているのは興味深いが、同じ南都本系の他の諸本には存するから、平仮名本である簗田本がこの漢文体叙述を省略したという可能性もある。

その全文を掲げることは紙幅が許さないが、その主旨は、

国不レ可ニ従レ外治一、軍不レ可ニ従レ中御一。（国は外から治めることはできず、軍は都の中から制御することはできない）

軍中之事、不レ聞ニ君命一、皆由レ将出。（軍中の事は君の命を伺って執行するのではなく、すべて将軍から発令される）

というところにある。末尾に「戦勝ニ於外一、功立ニ於内一、吏遷士賞、百姓歓説、将無ニ咎殃一」（外では戦いに勝ち、内では功が成り、将校は昇進し、士卒は賞を受け、人民は歓び、将軍は罰せられることがない）という文がある。「吏遷士賞」の「士賞」を四庫全書本や『直解』本は「上賞」に作っているが、『太平記』は諸本いずれも「士賞」となっていて、これも『六韜秘伝』の措辞と同じである。『六韜』の伝本についてはまだ調査が行き届いていないが、属目の断片的な資料から推して、『直解』本系統の本文ではなく、古鈔本に拠っていると思われる。

六　『太平記評判』の志向

暦応四年（一三四一）九月に美濃国の根尾城を攻め陥とされた脇屋義助が、その終焉の地となった伊予国へ下向する途中で、吉野の行宮に参候したことは十分にあり得ることであるが、それを証する史料がない。まして、その処遇をめぐって朝臣のあいだで議論が交わされたかどうかは知るすべもない。他の多くの類似する事例に徴して、洞院実世と四条隆資の議論は、作者の政道批判の方法として虚構されたものである公算が大であると思う。

『太平記評判』の「評」は、これを事実あったこととした上で批判している。洞院実世の意見に対しては「理の中の非也」という。義助は謀・勇ともに欠けて良将とは言えないけれども、これを維盛と同列に論じるのは「理の過て非になりたるなるべし」と言う。が、評者の批判は四条隆資の意見により厳しくて、七ヵ条の「誤り」を指摘しているが、北陸合戦の敗因は結局、義助に将としての「謀才」と「勇武」がなく、「いくさに勝つべき図をはづす事」が多かったことにあるという主張の繰り返しである。そして、二人の公卿の議論については、実世が義助を冷評したのは、建武の頃から新田氏とは不仲だったからであり、隆資が勅裁を批判するのは、別当という自分の役職の威を重くするための議論であって、いずれも良臣とは言えないと、多分に八つ当りの感がある。

特に、目立つ傾向として、隆資が将の威を重くすべきことを主張しようとして、孫子が呉王の美姫を斬った話を引くのは、時代錯誤であるとする点がある。評者は、孫子のように勇・謀のみならず義・仁・忠を具えた武将などいるはずもない今のわが国で、将の威が強くなれば、例えば尊氏のように主を覆し国を奪うことになるだろうと説き、隆資の意見を、「生得に才なく文を専らとすといへ共、時と相応の文の心を知らざる故」の誤りであると斥けている。「評」は、(2)の「立将の法」についてては全く触れていない。それを欠くテキストに拠ったのか、それとも意図して黙視したのかはわからないが、孫子の故事の引用に対する拒否反応から見て、評者の意向は、所詮古人の糟粕に外ならぬ古典的な兵法書に拠ってではなく、より現実的な地平で、「時と相応」する視点で、南北朝の動乱を談義しようというところにあったのかもしれない。ただ、その批判が尊皇の傾向を強めていることと相俟って、『太平記』が持っていた歴史批判の眼を失っていることについては、指摘されなければならないであろう。[10]

注

（1）　本文は日本古典文学大系『太平記』（岩波書店）による。ただし、振り仮名は適宜取捨する。以下、特に注する以外は、これに同じ。

(2)『了俊大草紙』(続群書類従)に、「一、兵法事。今天下に所用の兵書は、四十二ヶ条なり」という兵書と関係があろう。『兵法秘術一巻書』と呼ばれる兵書は、別名を「兵法四十二箇条」とも「張良一巻書」ともいい、尊経閣文庫には文和三年書写の一本を蔵すという(『国書総目録』)。これと同類か。[補] 尊経閣文庫蔵『兵法秘術一巻書』(巻子本、末尾に「文和三年甲午十月　日誌之／印有(花押)」の奥書がある)は、これに該当しない。内題「兵法秘術一巻書幷序」とあり、「序」に「夫・平甲の・そなへハ・黄帝よりはしまて・後・文王に・いたるといへとも・(中略)爰に承暦年中・鎮守府の将軍源の朝臣義家東夷追討の　宣旨を蒙て下向の時・大江の匡房に仰せて肝要をぬき・所詮をゑらひて下賜《給》る所の秘伝・四十二箇条の兵法秘術・一巻書是也・世人・源家相承の一巻の書となつくる・物ハ・此和略一巻の神書なり」(振仮名および声点を省略す)云々とある。次いで、開化天皇十九年〈壬寅〉に中書侍郎馬取の乙石丸が大唐より将来して帝に奏進した妙略があったが、余りに秘して、崇神・垂仁・景行・成務・仲哀の数代の帝は見ることがなかったが、神功皇后が寝御の裏《うち》にして霊告があって、彼の書の在所を知食して新に感得有り、披見したという謂れが記されており、『太平記鈔』の所伝とは異なっている。因に、「四十二巻(帖・状)」の兵書のことは舞の本にしばしば登場する。即ち、「張良が四十二ケ状の兵法の巻物」(『和田酒盛』)、「御曹子…鞍馬の奥にて習はせ給ひし、四十二巻の巻物」(『御曹子島渡』)等、さらに、「そも〳〵兵法と申は、三略の七書たり。昔大唐商山のそうけいが伝へし秘書なり。吉備の大臣入唐し、八十四巻が中よりも、四十二帖に抜きかへて、我朝に伝しを、坂の上の利仁、九年三月に習ひ、天下を治め給ふなり。扨其後に、田村丸、十二年三月に習ひ、奈良坂山のかなつぶて、鈴鹿山の立烏帽子、かゝる逆徒を平らげ、国を鎮め給ふなり」(『未来記』)といった講釈付きの記事もある。

(3)中国道教協会・蘇州道教協会編『道教大辞典』(華夏出版社、一九九四年)

(4)「張良一巻之書」に関する『和漢朗詠集』の永済注が、叡山文庫蔵『太子伝』や静嘉堂文庫蔵『排蔵授宝鈔』などに引かれ、中世の諸文献に影響を与えていることについては、牧野和夫氏の指摘がある(「中世の太子伝を通して見た一、二の問題(2)——所引朗詠註を介して、些か盛衰記に及ぶ——」、『東横国文学』14、昭和57・3。『中世の説話と学問』所収、和泉書院、平成3・11)。また、『玉葉』や『倭漢朗詠抄注』に見える匡房の説について、山崎誠氏は、この説話は「朗詠江注」にも現存の『江談抄』にも見えないものであるが「高山寺本系江談抄」の佚文と見てよかろうと推測している（「和漢朗詠抄注後考」、『中古文学』39、昭和62・5。『中世学問史の基底と展開』所収、和泉書院、平成5・2)。

（5）「陳」は「陣」に通じて用いられる。以下の論述では原則として「陣」を用いるが、引用文中の用例に関しては原本の表記に従う。

（6）「武七書」の本文は、特に注する以外は冨山房刊漢文大系所収のものによる。

（7）補　尊経閣文庫蔵『兵法秘術一巻書』の中に、次のごとき条がある。「一、敵人の・我身を・うかゝひおかす・造意を覚悟《カクコスル》事敵の・我をころさんと造意するを知る事・家の中に鼠さはき走・いたち鳴き走・兵具ヲ鼠食《クラフ》太刀を・さかさまに帯《ハキ》・(中略)又・飛鴈行《トフカリツラ》を乱る・かくのことく・さまゝゝの・怪異ともをよくゝゝ覚悟して・進退《ススミシリソキ》・かしこかるへし・されは兵《ツハモノ》の野に伏《フス》時キハ・飛鴈行《ヒガンツラ》をみたると・云へリ」

（8）補　中世以前においては『六韜』『三略』が重んじられ、『孫子』や『呉子』、特に『孫子』の流行は近世に入ってからであることについては、阿部隆一氏（「三略源流考附三略校勘記・擬定黄石公記佚文集」、『斯道文庫論集』8、昭和40・12）や、島田貞一氏（「中世における六韜と三略」、『日本歴史』二七二、昭和46・1）の指摘がある。注（10）の今井正之助氏の「報告」参照

（9）『太平記』の中で『三略』の名を挙げて引用している例としては、他に「張良ガ三略ノ詞ニ、推《シ》レ慧《ヲ》施《セバ》レ恩《ヲ》士力日新《ニシテ》二戦《フコト》如《シ》二風《ノ》発《スルガ》一トイヘリ」(巻二十八「慧源禅巷南方合体事付漢楚合戦事」)がある。これも「上略」の詞である。

（10）補　今井正之助氏は「太平記評判書及び関連兵書の生成に関する基礎的研究」(平成7～9年度科学研究費補助金研究成果報告、平成10・3)において、『恩地左近太郎聞書』『楠正成一巻書』『桜井書』等と『太平記評判理尽鈔』『太平記評判私要理尽無極鈔』との関連について、特に文献の博捜と書誌的記述の整理を主にした総合的な調査結果を詳細に報告している。また、「右此一巻軍理至極秘密之法也、全禁他見、可為家宝者也。／建武三年五月日　判官正成在判／楠帯刀殿(正行)／右正雪悉極書也可惜」という奥書をもつ椙山女学園大学蔵『秘伝一統之巻』についても紹介している(同大学『図書館ニュース』34、平成10・9)。近世に入って盛行する楠流兵法書も、本来『太平記』が内包していた兵法批判の萌芽の開顕に外ならない。

第五節　太平記作者の思想

1　作者の政道思想と士大夫意識

(1)　太平記の序に見る政道思想

一　士大夫の道

動乱が打ち続き、時代の局面がめまぐるしく移り変わる混迷のさなかにあって、自らが生きているその時代を語ろうとする営みほど、困難なことはあるまい。それは、混迷の原因と行方に対する模索として実践されることになろうが、過去の歴史や自らの経験に基づいて類例を求め、比較論評し、そして予測を立ててみても、時間とともに「歴史」が現実態として立ち現れて来るにつれて、おおむね、その予測はくつがえされ、期待は踏み躙られがちである。

そのような時代の状況を、「不確実性の時代」と呼び、「不透明の時代」と名づけてみたところで、それで何かが解明されたというわけでもなく、より真摯な「歴史」の語部は、「歴史」の不可解さへの痛切な思いを梃子《てこ》にして、「歴史」への関心をいっそう募《つの》らせ、新たな模索へと自らを駆り立てて行くにちがいない。『太平記』の作者は、そのような真摯な語部の一人であったと思われる。

『太平記』の巻頭には、漢文体の「序」が載っている。現存する諸本のどれにもあり、表現も殆ど違いはないが、中でも古態をとどめている神田本のそれを、書き下し文を添えて掲げることにしよう。

蒙竊採古今之変化察安危所由　　蒙窃《もうひそか》に、古今の変化を採って、安危の所由を察《み》るに、
覆而無外天徳也明君躰之保国家　　覆うて外なきは天の徳なり。明君これに体《てい》して国家を保つ。
載而無棄地道也良臣則之守社稷　　載せて棄つることなきは地の道なり。良臣これに則《のつと》って社稷を守る。
若　其徳缺則雖有位不持　　若し、其の徳欠くるときは位ありといへども持《たも》たず。
　　所謂夏桀走南巣殷紂敗牧野　　謂はゆる、夏《か》の桀《けつ》は南巣《なんそう》に走り、殷《いん》の紂《ちう》は牧野《ぼくや》に敗らる。
　其道違則雖有威不保　　其の道違《たが》ふときは威ありといへども保たず。
　　曾聴趙高死咸陽祿山亡鳳翔　　曾《かつ》て聴く、趙高《てうかう》は咸陽《かんやう》に死し、祿山《ろくざん》は鳳翔《ほうしやう》に亡ぶ。
是以　先聖慎而得垂法於将来　　是《ここ》を以て、先聖慎んで法《のり》を将来に垂るることを得たり。
　後昆顧而不取誡於既往乎　　後昆顧みて誡《いましめ》を既往に取らざらんや。

発句（書き出し）の「蒙窃に」と、傍句（転接語）の「若し」および「是を以て」という語句によって内容が三段に仕切られて、あとはすべて対句仕立てである。経書の成句による対句や史伝の故事を用いた対句もあり、短いながらに形の整った、いわゆる駢儷文である。

同じ対句表現と言っても、無常の哀感を七五調でかなでる『平家物語』序章の「今様風」の語り出しとは、甚だ趣が異なっている。軍記物語を代表する二つの作品『平家物語』と『太平記』の文学としての質の違いが、そこに象徴されているとも言える。

作者は先ず、「古今の変化を採って、安危の所由を察《み》るに」と荘重に切り出す。過去の歴史の中に国家社会の興亡の原理を捉え、それに基づいて現在を理解し、未来を予測しようとするのは、中世の知識人にとっても、最もオーソドックスな歴史認識の方法であった。宋代の史学を代表する司馬光（一〇一九～八六）は、歴史を認識することの政治

的効用について、

鑒前世之興衰、考当今之得失、嘉善矜悪、取是捨非、足以懋稽古之盛徳、躋無前之至治、俾四海群生、咸蒙其福。（「進資治通鑑表」）

前世の興衰に鑑みて、当今の得失を考へ、善を嘉《よみ》して悪を矜《つつし》み、是を取りて非を捨つれば、以て稽古の盛徳を懋《つと》めて、無前の至治に躋《のぼ》り、四海の群生をして咸《ことごと》く其の福《さいはひ》を蒙《かうむ》らしむるに足《た》らん。

と説き、『資治通鑑』巻六十九の「魏紀一、世祖文皇帝上」の中でも、

臣今所述、止欲叙国家之興衰、著生民之休戚、使観者自択其善悪得失、以為勧戒、非若春秋立褒貶之法、撥乱世反諸正也。（黄初元年の条）

臣の今述ぶる所は、ただ国家の興衰を叙して、生民の休戚を著し、観る者をして自ら其の善悪得失を択んで、以て勧戒と為さしめんと欲するのみなり。春秋に褒貶の法を立てて、乱世を撥《をさ》め諸《これ》を正に反《かへ》さんとするが若《ごと》きに非ず。

と述べて、自らの歴史編述の意図を明らかにしている。宋の大儒の程伊川（一〇三三～一一〇七）はまた、歴史を学ぶことの目的について、

凡読史、不徒要記事跡、須要識治乱安危、興廃存亡之理。（『二程遺書』巻十八。四庫全書子部、儒家類）

凡《およ》そ史を読むには、徒《ただ》に事跡を記さんことを要するのみならず、須《すべから》く治乱安危、興廃存亡の理を識らんと要すべし。

読史、須見聖賢所存治乱之機、賢人君子出処進退、便是格物。（『二程遺書』巻十九。同前）

史を読むには、須く聖賢の存ずる所の治乱の機、賢人君子の出処進退を見るべし。便ち是れ格物なり。

などと説示している。「格物」とは言うまでもなく宋学の重要な用語で、事物の道理を究め尽くすことを本質とすべ

き学問研究を意味している。

こうした宋代の学者の言葉に照らしても明らかなように、「序」に言う「古今の変化を採って、安危の所由を察《み》る」とは、歴史認識の方法であるとともに、さらに、治政の理念を考究し、それを規範として現実の政道を正し、経世済民の実を上げる、そういう目的観に立った実践的な学問の内容でもあったのである。国君の政道を輔佐して、時務を遂行する知識人官僚に求められた学問、即ち「士大夫の学」とは、本来そのようなものであった。

そして、そのような「士大夫」としての使命を自負する階層が、鎌倉後期の幕府の内部にも、京下りの儒者官僚や上層武士を中心に、次第に形成されて来ていて、それが後に室町幕府に引き継がれて、足利直義（一三〇六～五二）の政道を支えることになる。(1) 同じ時代の機運は、儒学の復興に極めて積極的であった、元弘の乱前後の後醍醐天皇（一二八八～一三三九）の宮廷において、日野資朝・同俊基ら少壮の儒者官僚によって催される経書の講論に、清新な活気を与えていた。

これら公武に仕える知識人官僚と、その教養の基盤を同じくしていたのが、『太平記』の作者であったと思われる。かつては時務にも携わった経歴の持ち主であったかもしれないが、すでに政治の局外に身を置いて、時世を傍観する身となっていたであろう作者にとっては、南北朝期の内乱社会の「歴史」を捉え、語り、批判すること、つまり『太平記』を編述するというそのことが、「士大夫の学」の実践に外ならなかったのだと言える。

だから、作者は、その作品の至る所で、「サテモ史書ノ載スル所、世《ノ》ノ治乱ヲ勘《カンガ》フルニ」（巻三十五「北野通夜物語事付青砥左衛門事」）(2) というようなことばを繰り返しては、史書で学んだ過去の歴史に例証を求めて、現実の政道の得失と人間の行状の是非を判断し、評論して、その士大夫意識を発現させている。そのような作者の「歴史」に対する態度の端的な表明として、この序はあるのであって、単に当時の常套的な観念を、対偶法で飾り立てただけのものではなかったのである。

二　治世の書

義堂周信（一三二五〜八八）は、その日記『空華日用工夫略集』(3)の中で、二条良基（一三二〇〜八八）の邸を訪ねて和談し、話題が古今の和漢の詩文に及んだ折に、漢・唐時代の学問と宋代の学問とを比較して、次のように説いたことを記している。

漢以来及唐儒者、皆拘章句者也、宋儒乃性理達、故釈義太高、其故何則皆以参吾禅也。

漢以来唐に及ぶ儒者は、皆章句に拘《かか》はる者なり。宋儒は乃《すなは》ち性理達す。故に釈義太《はなは》だ高し。其の故何《いかん》となれば則ち、皆吾が禅に参ずるを以てなり。（永徳元年九月二十五日の条）

もっぱら漢籍の辞句の訓詁《くんこ》注釈に拘泥するのが伝統的な儒学で、事物の道理と人間の本性を追究するのが新来の宋学である、という風に単純に割り切るならば、『太平記』の序に凝縮された歴史観・政道観の根底に、宋学の感化を窺い見たとしても、あながち不当なこととは言えないであろう。殊に、宋代の司馬光や程伊川の言葉との吻合さえも、そこに見出すことができるのだから。

しかし、歴史と政道との関係についてのこのような観念は、それこそ中国の伝統的な思想なのであって、古くは『詩経』（大雅「蕩」）の「殷鑒不レ遠、在二夏后之世一」という有名な句にも現れている。「殷王朝にとっての鏡（手本）は遠くにあるわけではない、前王朝の夏にあるのだ」の意である。この句を含む「蕩《とう》」という詩篇は、召《しょう》の穆公の作で、周の厲王が無道なために天下が乱れ、王室が壊敗しようとするのを傷んだものとされている。『太平記』の序にもその故事が引かれているように、夏の桀王は暴虐無道だったので、殷の湯王のために南巣（安徽省廬州府）へ放逐された。殷はこの前王朝の歴史を鑑戒とすべきであったのに、それを怠り、紂王も悪逆を尽くして周の武王のために牧野（河南省淇県）で討伐された。周もこの前王朝殷の滅亡した因由に鑑みて、政道を正さねばならぬ。そういう趣意の詩句である。

唐の太宗（五九八～六四九）の「以レ古為レ鏡、可三以知二興喪一」（『貞観政要』巻四「興廃」、写字台本）ということばはあまりにも有名で、わが国でも『大鏡』を始めとして、多くの歴史物語や史書の命名の源となった成句であるが、「貞観の治」と謳われた英主の太宗自身、それの偉大な実践者であった。

書道史で有名な虞世南（五五八～六三八）は、太宗の勅を奉じて『帝王略論』を撰述したが、これは、先人の事績で賢明なものは軌範とすべく、暗愚なものは鑑戒とするに足るとして、「治乱の跡、賢愚の一貫」を論じたものである。その序の中で、虞世南も、太宗が日夜治政に心を尽くしたことをたたえ、さらに、「万機の余暇を以て、心を墳典に留め、往代の興亡を鑒《かんが》み、前修の得失を覧《み》」るとともに、さらに役人に命じて典籍の校訂と蒐集に当たらせたことを賞賛している。

また、岑文本は貞観十一年（八六九）に奉った封事の中で、

伏惟、陛下覧古今之事、察安危之機、上以社稷為重、下以億兆為念、明選挙、慎賞罰、進賢才、退不肖、聞過既改、従諫如流。（『貞観政要』巻十「論災異」）

伏して惟《おもん》みるに、陛下、古今の事を覧て安危の機を察し、上は社稷を以て重しと為し、下は億兆を以て念と為し、選挙を明らかにして賞罰を慎み、賢才を進めて不肖を退け、過ちを聞いては既に改め、諫めに従ふこと流るるが如し。

と称揚している。ここに表明されているような「君道」の理念は、英邁な太宗と彼を輔弼する忠良の臣たちの言行を集めた『貞観政要』全体を貫流している。(4)『貞観政要』こそは、『太平記』の作者の政道思想に培った、最も重要な漢籍の一つであった。

『太平記』の「序」の中核を形作っているのは、治政の理念と国家の興廃との関係について論証した部分であるが、その思想と表現は、『古文孝経』の「三才章」の本文（本経）と孔安国の注解（伝注）に負うている。即ち、本経の「子曰、夫孝天之経也。地之誼也。民之行也。（子曰く、夫《そ》れ孝は天の経《けい》なり。地の誼《ぎ》なり。民の行《かう》なり）」という章句についての伝注、

此謂三常也。孝其本也。兼而統之、則人君之道也。分而殊之、則人臣之事也。君失其道、無以有其国。臣失其道、無以有其位。故上之畜下不妄、下之事上不虚、孝之致也。

此を三常と謂《い》ふ。孝は其の本なり。兼ねて統《す》ぶるは則ち人君の道なり。分けて殊《こと》にするは則ち人臣の事なり。君其の道を失ふときは、以て其の国を有《たも》つことなし。臣其の道を失ふときは、以て其の位を有つことなし。故に上の下を畜《やしな》ふこと妄《みだり》ならず、下の上に事《つか》ふること虚《むな》しからず、孝の致《むね》なり。

また、本経の「則天之明、因地之利、以訓天下。（天の明に則り、地の利に因つて、以て天下を訓《をし》ふ）」という章句に対する伝注、

夫覆而無外者天也。其徳無不在焉。載而無棄物地也。其物莫不殖焉。是以聖人法之、以覆載万民。々々得職而莫不楽用。

夫れ、覆うて外なきは天なり、其の徳在らずといふことなし。載せて棄つることなきは地なり。其の物殖《お》ひずといふことなし。是を以て、聖人法《のつと》つて以て万民を覆ひ載す。万民職を得て用を楽しばずといふことなし。

右の二つの孔安国の伝注[5]に拠ったものなのである。

「天」と「地」と「人」を合わせて「三才」と言うが、それに一貫する不変の「道」があって、「孝」は正にその根本であると言う。普遍的な「孝」は、天子・卿・大夫・士・庶民それぞれの「孝」に特殊化されて実践されることになる。天・地の広大にして無私なる徳にのっとって政治をするのが君と臣の「孝」の道で、その「道」を逸脱した君

や臣は、国家や地位を保つことができない、と言うのである。

「聖人法《のつと》つて以て万民を覆ひ載す」という表現が明示するように、孔安国の伝注では、天と地をそれぞれ君と臣になぞらえることはしていない。『太平記』の「序」がそうしているのは、対偶表現に付き物の、いわゆる互文法であって、「天の徳」と「地の道」のいずれもが「明君」と「良臣」の両方に関わっているものと解すべきであろう。

以上見て来たように、『太平記』の序に集約された作者の歴史観と政道思想に培った重要な漢籍として、『貞観政要』と『古文孝経』を挙げることができるのであり、必ずしも宋学の影響を待つまでもなかったと言えるのである。この両書は、ともに治世の書として武家社会でも尊重されていた。

北条時頼（一二二七～六三）は当時十八歳の将軍藤原頼嗣に特別にあつらえた『貞観政要』の写本を献じ（『吾妻鏡』、建長二年五月二十七日の条）、鎌倉在住時代の義堂は、関東公方の足利氏満に、「毎々《つねづね》儒に命じて、孝経幷《ならび》に貞観政要等を講ぜしめたまへ。是れ乃ち国家の政道の助けなり」（『空華日用工夫略集』、応安七年十月二十四日の条）と勧めている。時に氏満は十六歳であった。その二年前にも、義堂は氏満に『貞観政要』を献じて、「唐の太宗の治政が、すべてこの書に記されております。この書に準拠して、天下を治められるがよろしい」と訓《さと》し、また進講もしている（同書、応安五年二月十日・二十六日の条）。

三　宮廷の学風と宋学

漢籍・国書・仏典にわたって極めて博覧であった花園上皇（一二九七～三四八）は、二十歳を過ぎたばかりの文保二年（一三一八）四月にも翌年三月にも『貞観政要』を読んでいるが、さらに元応（一三一九～二一）・元亨（一三二一～二四）の頃、前後三年にわたって『資治通鑑』を読んで、「歴代の治乱と君臣の善悪が残りなく記された枢要の書である」と感動し、特に「唐紀」に叙述された太宗の治世を称嘆している（『花園院宸記』、元亨元年五月十八日・同二年六月

二日の条)。その上皇に、『学道之御記』という述作がある。(6) その中で、上皇は、先ず、学問の効用について、

夫学之為用、豈唯多識文字、博記古事而已哉。所以達本性、修道義、識礼義、弁変通、知往鑑来也。

夫れ学の用たる、豈に唯多く文字を識り、博く古事を記すのみならんや。本性に達し道義を修め、礼義を識り、変通を弁じ、往を知りて来を鑑みる所以なり。

と説いている。これは、当時の学問の状況に対する上皇の批判を踏まえた学問観であった。

即ち、上皇は当時の学問の風潮を二つに分けて批判している。欠文のため文意のたどりにくい箇所もあるが、その一つは、博学を好むことの過失であって、博識を学問の本質と考えたり、読書量で優劣が分かれると心得たり、風雅な詩文をつづることを第一としたりして、いずれも義理を究明すべき真の目的を忘れており、政道に無用のもの。他の一つは、天地自然の道理と人間の本性を究明しようと志し、聖人の道を己の学問と心得ている点は「君子之風」と言えるが、とかく抽象的な論議にばかり走って、学問の具体的実践的な面をなおざりにし、あるいは山林に隠れ、禽獣を友として実社会から逃避して、己の行跡を正しくすることで自己満足する「隠士之道」、これまた政道には無益なものという。『花園院宸記』の元亨四年(一三二四)正月五日の条にも、

博学者多以不通義理。所謂誦文諳義者也。談理者又不篤学。仍不知古事多矣。共不足談而已。嗚呼悲夫。無人矣。

博学の者は、多く以て義理に通ぜず。謂はゆる誦《しよう》文《ぶん》諳《あん》義《ぎ》の者なり。理を談ずる者は又、篤学ならず。仍て古事を知らざること多し。共に、談ずるに足らざるのみ。嗚呼悲しいかな、人の無きなり。

と、学問の現状に対する同様な把握が見られる。二つに類型化された風潮の、前者は「中古以来」の保守的な学風であり、後者は新たに流行し始めた宋学の傾向を指している。

花園上皇は、朝臣のあいだに儒学が復活して来た現状を評価しながらも、朝臣たちが「師説」と呼ばれる正統的な口伝のないために、恣意独善の見解を主張したり、抽象的な議論を第一としたりして、礼儀にこだわらぬ「隠士放遊

之風」のはやるのを嘆き、朝臣にあるまじきことと批判している（『花園院宸記』、元亨三年七月九日の条）。その朝臣たちの学問が、「理学を以て先と」し、「只周易・論・孟・大学・中庸に依って義を立」てるものであるとしていることから、明らかに宋学の影響を受けたものであることが知られる。

上皇は、元亨二年（一三二二）二月から、『尚書』の談義を始めた。参集するメンバーは、菅原公時・勧修寺経顕・中原師夏・日野資朝・紀行親等々であったが、談論の主役は公時と行親であったらしい。

伝統的な菅原家学を伝える公時の所説は、唐の孔穎達の『尚書正義』に基づくものであったが、行親の議論は、「其の意は仏教に渉り、其の詞は禅家に似たり」という傾向のもので、上皇は、これを「近日の禁裏の風なり。即ち是れ宋朝の義なり」とし、後醍醐天皇の宮廷における儒学の振興は、詩文の風流のみ栄えて経学の衰えた時代の弊風を救済するものと高く評価しつつも、「但し仏教に渉ること、猶然るべからざるか」（『花園院宸記』、元亨二年七月二十七日の条）と批評している。

それから二十年を経て、紀行親は大学頭として光明天皇（一三二一〜八〇）に『尚書』や『大学』を進講しているが、「近ごろ儒教と称して仏教を以て混乱せ」る風潮が、光明天皇の禁裏での講筵にまで波及しつつあるというので、それを憂慮した花園法皇のために、『礼記』の「中庸篇」の談義にことよせて、日野資明や四条隆職とともに召されて、法皇から諷諫を受けるという一幕もあった（『園太暦』、康永三年十月二十一日の条）。

当代有数の知識人だった洞院公賢は、康永四年（一三四五）二月に行親が強盗に傷つけられたのがもとで死んだ時、「但し立つる所の義勢、若しは聖鑒に叶はざるか。怖るべし怖るべし」（『園太暦』、同年二月十一日の条）と感想をもらし、四条隆職が悪性の腫れ物で若死にした際にも、「但し儒教の奥義と称して邪見の事どもあるかの旨、天下云々す。若しは周公、孔子の冥鑒に背けるか。恐るべし恐るべし」（同書、貞和三年二月五日の条）と記し付けている。行親によって代表される宮廷の学風は、宋学とは言っても、禅家者流に歪曲されたところの「宋朝之義」だったのである。

中国の思想史上、儒・道・仏の三教の融合と反発はどの時代にも見られた現象である。唐の韓退之の排仏論に反発して、宋の曹洞宗の学僧契嵩《かいすう》（一〇〇七〜七二）は『輔教編《ふきようへん》』を著わし、特に『周易』と『中庸』の哲学を中軸とした儒仏の融合論を主唱した。(7)『周易』と『中庸』は、宋学の開始者と目される周敦頤以来、宋儒の最も尊崇する経書である。契嵩の融合論が、学徒に大きな影響を及ぼしたので、張横渠・程明道・程伊川・朱熹らは「性理の学」の独自性を確立させるために、排仏の主張を繰り返している。

わが国の禅林社会を見ると、虎関師錬（一二七八〜一三四六）は宋儒の排仏論にまた反駁して、宋学がその学問体系を構築するに当たって仏説の論理を「剽窃」しながら、しかも仏教を十分に理解せずにみだりに誹謗していると批判し、『輔教編』の説に基づいて、仏教を優位に置いた儒仏融合を論説している（『済北集』巻十八「通衡之三」）。

虎関よりは、遥かに宋学への理解が深かったと思われる義堂も、鎌倉在住中の応安五年（一三七二）に、衆人のために『輔教編』を講じており（『空華日用工夫略集』、同年三月一日の条）、帰洛後の永徳二年（一三八二）には、将軍義満に、「輔教編を引き、合せて儒釈二教の義を説」き、虎関と同様に、儒教の「五常」と仏教の「五戒」とは「其の名異なれども其の義は同じ」であるとし、「仏教は儒教を兼ぬるを得るも、儒教は仏教を兼ぬるを得ず」（同書、同年二月二十九日の条）と、仏教優位の融合論を説き聞かせている。

かつて、足利氏満に「国家の政道の助け」になるとして、『孝経』と『貞観政要』の講読を勧めた義堂であるが、義満に対しては、

唐人学四書者、先読大学、意者、治国家者、先明徳正心誠意修身、是最緊要也。敢請、殿下四書之学弗怠、則天下不待令而治矣。（『空華日用工夫略集』、永徳元年九月二十五日の条）

唐人の四書を学ぶには、先ず大学を読む。意《こころ》は、国家を治むるには、明徳・正心・誠意・修身を先とす、是れ最も緊要なり。敢て請ふ、殿下、四書の学をば怠らざれ。しかれば則ち天下は令を待たずして治まらん。

と説き、「大学・中庸は最も治政の書たり」（同書、同月二十七日の条）とも教えている。

義満は当時二十四歳、相手の年齢や修学の程度に合わせた対機説法とも言えるが、帰洛後の義堂の宋学へのいっそうの接近を示すものでもあろう。しかし、それは、形而上学というよりも経世の学としての宋学であり、為政者を参禅にいざなうための儒仏融合論であったと思われる。

鎌倉末期から南北朝にかけての宋学は、所詮、禅僧によって将来され、禅林社会の中で屈折と限定を余儀なくされた宋学でしかなかった。程朱らの学説を、その原典に基づいて考究するというような学術的なものではなかった。それは、時として『太平記』（巻一「無礼講事付玄恵文談事」）や『花園院宸記』（元亨四年十一月一日の条）に記しとどめられた、無礼講のような「隠士放遊之風」(8)をすら派生させる時代の風潮であった。

かつて強調されたような、宋学の大義名分論が建武の中興の指導原理となったという説にも積極的な裏付けはなく、一条兼良（一四〇二〜八一）の『尺素往来』に始まって、『大日本史』で増幅された、玄恵法印（一三五〇年没）や北畠親房（一二九三〜一三五四）における宋学の受容という説についても、また、『太平記』に与えた宋学の影響ということについても、調査の結果は、むしろ消極的な解答に傾いている。(9)

しかしながら、たとえ朱子の新注に拠らずとも、『周易』や『孟子』が愛読され、『群書治要』や『貞観政要』が治世の書として尊重され、「士大夫の学」が興隆してくる時代機運の背景に、禅林社会を媒介にして浸透してくる宋学の感化の窺われることもまた、否定し去るわけにはいかないのである。

注

（1）河合正治氏『中世武家社会の研究』（吉川弘文館、昭和48・5）。補 中国の士大夫階級の台頭と宋学との関係について、島田虔次氏（『朱子学と陽明学』、岩波新書、昭和42・5）は、宋学の主体は士大夫であり、宋学は士大夫の学、士大夫の思想であるとした上で、「士大夫の特徴は、なによりもまず、知識階級である点に、いいかえれば、儒教経典の教養の保持者たる点に、すなわち「読書人」たる点に求められる。いま少し周到にいえば、その儒教的教養（それは同時に道徳能力をも意味する）のゆえに、その十全なあり方としては科挙を通過して為政者（官僚）となるべき者と期待されるような、そのような人々の階級である」と、極めて簡潔にしかも的確に説明している。

（2）本文は岩波日本古典文学大系『太平記』。ただし振仮名は適宜取捨する。

（3）『空華老師日用工夫略集』は義堂周信の『日用工夫集』四十八冊（散逸）の抄録で、元中五年（一三八八）示寂までの六十四年間の記録。本文は、辻善之助氏編著『空華日用工夫略集』（太洋社、昭和14・4）による。

（4）『貞観政要』は鎌倉幕府においても治世の書として尊重されたが、北条政子が菅原為長（一一五八〜一二四六）に命じて和訳させたと伝えられる『仮名貞観政要』があり、それには岑文本の封事が、次のように和訳されている。

フシテ、ネカハクハ、陛下、上ハ、社稷ノタメ、下ハ、兆民ノタメ、賞罰ヲ、ヽコナウ事ヲ、ツヽシミ、人ヲエラヒ、挙スル事ヲ、アキラカニシ、賢才ノ人ヲ、スヽメ、不肖ノモノヲ、シリソケ、アヤマチヲ、キイテ、カナラス、アラタメ、イサメニ、シタカウテ、善ヲナシ、心ヲシツカニシ、性ヲヤシナウテ、（下略）（宮内庁書陵部蔵、文禄四年梵舜書写本）

補 『明月記』建暦三年（一二一三）七月三日の条に、「午前参院、為長卿参、頭弁読貞観政要、此間出御云々」と見える。後鳥羽院の御前で頭弁の葉室宗行が『貞観政要』を読み、菅原為長が進講したものと解される。院の討幕に批判的だった慈円もその『愚管抄』の中で『貞観政要』の思想にしばしば言及している。それに関しては、尾崎勇氏に「愚管抄の付録の文章について（下）」（『熊本学園大学文学・言語学論集』73、平成12・6）その他の考察がある。

（5）『古文孝経』の本文は、仁治二年（一二四一）清原教隆校点古鈔本（京都大学附属図書館蔵）に拠る。本来の「孔安国伝注」は六世紀中葉の梁末の乱で亡逸したとされ、現存のものは後の偽托と言われている。

（6）宮内庁書陵部蔵巻子装一軸。花園院が元徳二年（一三三〇）二月に、甥に当たる量仁親王（後の光厳帝）に教訓した「誡太子書」で説かれている学問観と軌を一にするが、同趣の言説は『花園院宸記』の元亨年間（一三二一〜四）の記事中にも多く見られる。『学道之御記』は、量仁親王が立太子する嘉暦元年（一三二六）以前に、親王の教育に資するために述作されたものと思われる。

（7）［補］『輔教篇』は「原教」「勧書」「広原教」「孝論」「壇経賛」の五篇から成る。五篇のうち、執筆時期の明らかなのは「広原教」で嘉祐元年（一〇五六）、五篇を纏めて『補教篇』と名づけたのもその頃であろうとされている（荒木見悟氏著、禅の語録14『補教篇』、筑摩書房、昭和56・5）。「孝論」の序に「辛卯其年」の語があり、その翌々年、つまり北宋仁宗の皇祐五年癸巳（一〇五三）に執筆されたことがわかるが、「明孝章第一」から「終孝章第十二」まで、「孝」を中心として儒仏合致の思想を展開している。荒木氏の同書の「解説」によれば、「『孝論』は、のちにわが国では、これに冠註を加えた別行本が刊行されるほど、広く流布するのであるが、そのたてまえが、「儒を以てこれを守り、仏を以てこれを広むる」（広孝第六）にあるために恰好の儒仏橋渡し書として歓迎されたのである」という。

（8）「無礼講」の様子が、『花園院宸記』（元亨四年十一月一日の条）には、「凡近日或人云、資朝・俊基等結衆会合乱遊。或不レ着二衣冠一、殆裸形飲茶之会有レ之。是学二達士之風一歟。嵇康之蓬頭散帯、達士先賢尚不レ免二其毀教之譏一。何況未レ達二高士之風一。偏縦二嗜欲之志一、濫称二方外之名一。豈協二孔孟之意一乎。世称二之無礼講〈或称破礼講〉之衆一云々。緇素及二数多一、其人数載二一紙一」と記されている。本書第一章第五節2の(2)参照

（9）和島芳男氏『日本宋学史の研究』第二編第二章「宮廷の宋学」（吉川弘文館、昭和37・7）、および拙著『太平記の比較文学的研究』第三章「儒学経書の受容に関する考察」（角川書店、昭和51・3）

(2)　作者の士大夫意識

一　文学にとっての思想

中世の軍記物語は、その時代の人々の意識や情念や願望を幅広く多面的に反映することで、国民文学としての文学的特質をみごとに開顕しえている。そうした国民文学的性格によって特徴づけられる軍記物語作品に、独創的で深遠な作者の〈思想〉を求めようとすることは、そう容易なことではないのかもしれない。かつて、小林秀雄氏は、(1)『平

家物語』における作者の「彼自らはつきり知らなかつた叙事詩人の伝統的な魂」を高く評価する一方で、『平家物語』の文学的本質として常に唱道される〈無常の思想〉のごときは、作者が「たゞ当時の知識人として月並な口を利いてゐたに過ぎ」ず、「時代の果敢無《はかな》い意匠に過ぎぬ」と喝破した。

文学にとって外在的とも言える思想、例えば、仏教思想としての無常観・因果観・死生観・末法観・往生観だとか、儒教思想に基づく政道観・倫理観・名分論だとか、その他、陰陽道や神道や武士道、さらにいっそう土俗的な信仰をも含めて、それらもろもろの思想が、いずれも、その時代その時代を生きた人間と離れて行われていたはずもない。人間の側から言えば、軍記物語の作者も享受者も、そして作品に登場する限りない道俗貴賤も、あるいは狭く深く、あるいは広く浅く、時には求道的に、時には趣味的に、人さまざまの態様で、それらもろもろの時代思想と関わり合って生きていたはずである。

従って、人間の社会と歴史を主要な題材とし、すぐれて時代状況の表現であるべき軍記物語作品に、それらもろもろの時代思想が複雑に重なり合い、時には矛盾しつつ現れ出るのは、けだし当然なことであろう。その実状は、津田左右吉氏の『文学に現はれたる我が国民思想の研究　武士文学の時代』（東京洛陽堂、大正6・1）をひもとくことによっても、十分に理解できよう。この津田氏の名著は、その書名が端的に示すように、〈文学作品に現れた国民思想〉の研究が主眼である。その時代に流通している多種多様な思想が、同時代の文学作品に深浅濃淡とりどりに影を落としているその実態を、詳しく眺め渡して整理したものである。が、その当然の帰結として、そこでは文学作品が統体として取り扱われることがなく、作者主体に関わる問題は捨象されている、と言わざるを得ない。

特定の作品、例えば『太平記』や、その作者の思想を論じようとする場合にも、それと同様に、外在的とも言うべき既成の多種多様な思想の反映を作品の叙述の中から拾い上げ、それらの事例を、因果応報思想・儒教的政道思想・未来記的宿命思想、等々の項目に整理するといった記述方法の採られることが多いように思う。しかし、そういう方法で捉えられ記述される作品や作者の思想というものが、常に、その時代の一般的な常識の域を越えない、月並みな思想と評されるしかないような、そういう程度のものにとどまらざるを得ないのは、むしろ当然なことと言えよう。作者主体を核に、その思念を構造的に捉える、それは決して生易しいことではないが、作品や作者の思想を、外在的な既成の思想の類型的な反映としてばかりでなく捉えるための手だてとしては、やはり、あくまで作品それ自体が読者に訴え掛けて来るものを主軸に捉える、それ以外にはないと思うのである。

二　晴《はれ》の思想と褻《け》の歴史観

『太平記』四十巻を通読して、私が最も強く印象付けられるのは、作者の、混沌として流動的な変革の時代の状況を末世《まつせ》濁乱《じよくらん》と見る嘆きの深さであり、それと表裏をなす太平希求の切実さである。私がこれまでにもしばしば引用して来た叙述であるが、『太平記』巻三十四の「吉野御廟神霊事《ノ》付諸国軍勢還《ル》二京都《ニ》一事」の中に、延文五年（一三六〇）の五月半ば、南朝伺候の一上北面が遁世の暇乞いに後醍醐帝の御廟に詣で、夜もすがら別れを惜しんで、世の乱れを嘆き訴える、次のような言葉がある。

抑《ソモソモ》今ノ世何《イカ》ナル世ナレバ、有レ威無《テキキ》レ道者ハ必《ラズ》亡ブト云置《ヒキ》シ先賢ノ言《コトバ》ニモ背キ、又百王ヲ守ラント誓ヒ給《ヒ》シ神約モ皆誠ナラズ。又イカナル賤《イヤシ》キ者マデモ、死《シ》テハ霊《リヤウ》トナリ鬼《キ》ト成テ彼ヲ是《ゼ》シ此ヲ非《ヒ》スル理《コトワリ》明《ラカ》也。況《イハンヤ》君已《ステ》ニ十善ノ戒力ニ依テ、四海ノ尊位ニ居シ給ヒシ御事ナレバ、玉骨ハ縦《タトヒ》郊原ノ土ト朽《クチ》サセ給フトモ、神霊ハ定《メ》テ天地ニ留テ、其《ソノ》苗裔ヲモ守リ、逆臣《ゲキシン》ノ威ヲモ亡サンズラントコソ存ズルニ、臣君ヲ犯セ共天罰モナシ、子父ヲ殺セドモ神ノ忿《イカリ》ヲモ未《イマダ》レ見《ミズ》。コハイカニ成行《リク》世ノ中ゾヤ。(2)

「今ノ世何《イカ》ナル世ナレバ」という時代の不条理に対する懐疑と、「コハイカニ成行《リク》世ノ中ゾヤ」という未来に光明を見出しえぬ終末観的な絶望とは、なにも遁世を思い立った上北面一人のものではなく、内乱期の社会を生きる人々、殊に、歴史を揺り動かす少数者よりは歴史に押し流される最大多数の者の一様に抱かざるを得なかったものであろう。そうした衆庶の嘆きを背景に、おそらくはその代弁者たる使命を自らに課していたであろう作者自身の、悲痛な表白に外なるまい。

この作者の表白における思想と表現は、『古文孝経』の孔安国の序に見える孔子の慨嘆に負うていると思う。即ち、周の王室が衰微して諸侯が覇を競う春秋時代、「道徳既《ニ》隠《レテ》、礼誼又廃《スタレヌ》、至《ツテ》下乃《チ》臣弑《シ》二其《ノ》君《ヲ》一、子弑《スルニ》中其《ノ》父《ヲ》上、乱逆《ニシテ》無《ケレドモ》レ紀《ノリ》、莫《シ》二之《ヲ》能《ク》正《スコト》一」という混迷の世情に対する孔子の慨嘆に倣ったものと思うのである。(3)勿論、その中味には日本的なもの、特に中世的なものが色濃く加わっている。「有《テ》レ威《キ》無《キ》レ道者ハ必《ラズ》亡ブト云《ヒ》二置《キ》シ先賢ノ言《コトバ》」とは、言うまでもなく国家の興廃盛衰の原理を「道」の行われるか否かに置く儒教的な王道的政道史観ともいうべき歴史観であるが、「百王ヲ守ラント誓ヒ給《ヒ》シ神約」とは、天照大神が歴代百王に至るまで守護しようと誓ったという神約のことで、仏教の末法思想とも絡んで古代から中世への転形期に醸成され、人皇百代の近づく南北朝期に向かっていっそう深刻化して来ていた信仰であった。

さて、現実の歴史の巨大な轍《わだち》は、聖賢の箴言《しんげん》をも皇祖の神約をもやすやすと踏み躙って通り過ぎて行こうとする。実際に踏み躙られているのは、箴言や神約ではなくて、それらに対する人々の信頼や信仰なのである。絶えず不安に脅かされながらも、伝統的教養に培われた儒教的政道史観を信じ、王法の不滅を信じ、それによって安定を保ちえて来た自己の存在感、それが覆されようとしているのである。これまで自分を支えて来た晴《はれ》の思想としての伝統的な世界観の崩壊の予感から、作者は、後醍醐帝の神霊の怒りが逆賊を誅罰して擾乱の世を鎮めるという、褻《け》の歴史観とも言うべき御霊信仰にすがって、閉塞した時代の局面打開を期待することになる。

御廟の前で少しまどろんだ上北面は、次のような夢を見る。後醍醐帝・日野資朝・同俊基の亡霊が現れて、摩醯修《まけいしゅ》羅《ら》王の前で議定したという、「君ヲ悩《マ》シ、世ヲ乱《ミダ》ル逆臣《ゲキシン》共」を楠木正成ら南朝武将の怨霊が手分けして誅罰するという謀計を語り合う。そして、その頃吉野の皇居を攻略していた足利勢が撤退して京に引き上げることと、さらに、その攻略軍の主だった諸大名、仁木義長・畠山道誓・細川清氏らが近い将来に滅亡するであろうことが予言される。そういう夢である。この夢想の形をとった未来記的な叙述と、その予言がやがて実現するであろうという暗示をもって、この章段は結ばれることになる。

吉野攻略軍が撤退帰洛したのは延文五年五月二十八日であり（『愚管記』）、仁木義長が諸大名から反目されて伊勢に没落し、やがて南朝に降参した（巻三十六「仁木京兆参㆓南方㆒事付大神宮託宣事」）のは、その翌年のことである（『大乗院日記目録』）。又、将軍義詮に背いて伊豆に拠った畠山道誓が足利基氏に攻められて降伏し、やがて流浪の果てに死んだ（巻三十八「畠山兄弟修禅寺城楯籠事付遊佐入道事」）のは、康安二年のことであり（『両畠山系図』）、細川清氏が佐々木道誉の讒《ざん》によって義詮に疎んぜられて南朝に降り、四国で敗死した（同巻「細川相模守討死事付西長尾軍事」）のは、同年七月のことである（『愚管記』）。即ち、『太平記』の巻三十五から巻三十八にかけて叙述されている、延文五年（一三六〇）後半から康安二年（一三六二）の半ばに至る政局の推移、つまり、執事職を務めるような有力守護大名の新将軍義詮に対する反逆、そういう形をとって現れる守護大名相互の抗争、その目まぐるしい離合集散と覇権交替という政情の展開を見通した上で、これを未来記的に叙述している。それが、この巻三十四「吉野御廟神霊《ノ》事付諸国軍勢還《ル》㆓京都《ニ》㆒事」という章段なのである。

延元四年（一三三九）に後醍醐帝が崩じて、精神的支柱を失った南朝の勢力がとみに衰えるとともに、内乱の様相は足利政権内部の分裂抗争という段階に進む。『太平記』のいわゆる第三部（巻二十二以後）の世界である。そこには、後醍醐帝を始めとして、元弘・建武の乱逆に非業の死を遂げた南朝の君臣の亡霊がしばしば現れる。そして、世を乱す謀計、つまり足利氏の天下を覆そうと評定する。巻二十三「大森彦七《ガ》事」、巻二十五「宮方《ノ》怨霊会《スル》㆓六本杉《ニ》㆒事付医師評定《ノ》事」、巻二十七「雲景未来記《ノ》事」等の諸章段がそれであり、前述の「吉野御廟神霊《ノ》事」もそれに属する。例えば、「先朝（後醍醐帝）ハ元来摩醯首羅王《マケイシュラワウ》ノ所変ニテ御座《オハスレ》バ、今還《カヘツ》テ欲界ノ六天ニ御座アリ、相順《シタガヒ》奉ル人人ハ、悉《コトゴトク》修羅ノ眷属ト成《ナツ》テ、或時ハ天帝ト戦《ヒ》、或時ハ人間ニ下《ツ》テ、瞋恚強盛《シンイガウセイ》ノ人ノ心ニ入替《イリカハ》ル」（巻二十三「大森彦七事」）のごとく、南朝君臣の怨霊たちは魔王や悪鬼・羅刹や天狗と化して、嫉視反目し合う「瞋恚強盛《シンイガウセイ》ノ」有力守護大名たちの心に入り込み、その「欲心熾盛《シジヤウ》」の権力志向を操って、室町幕府の内訌を引き起こすべく評定する。そして、やがてその評定の路線に沿って政局が展開して行く。そういう点で、これら未来記的な諸章段は、『太平記』の構想上に重要な位置づけを持つものであり、それだけに、作者が南北朝期の内乱過程をどう捉えたかを知る上でも、軽視することのできないものとなる。

三　倫理的な因果論

さきほど、御霊信仰を〈褻の歴史観〉と呼んだ。「玉骨ハ縦《タトヒ》南山ノ苔ニ埋《ウツモ》ルトモ、魂魄ハ常ニ北闕《ホクケツ》ノ天ヲ望《ノゾマ》ント思フ」（巻二十一「先帝崩御事」）と、京都奪回の怨念をとどめて崩じたという後醍醐帝の瞋恚の祟りを、時人は、日々に身近く生起し見聞する乱世特有の不可解な諸事象の中に見ることが多かったにちがいない。天龍寺も、そのような諸人の畏怖を背景に建立された。『太平記』によれば、夢窓国師――但し古本系諸本では単に「或人」――が、政務担当の足利直義に向かって、

近年、天下ノ様ヲ見候ニ、人力ヲ以テ争《イカデ》カ天災ヲ可《ク》レ除《ク》候。何様《イカサマ》是ハ吉野ノ先帝崩御ノ時、様々ノ悪相ヲ現ジ御《ゴ》座《ザ》候《サブラヒ》ケルト、其神霊御憤《イキドホリ》深シテ、国土ニ災《ワザハヒ》ヲ下シ、禍《ワザハヒ》ヲ被レ成《サ》候ト存《ジ》候。去《サル》六月廿四日ノ夜《ノ》夢ニ吉野ノ上皇鳳輦ニ召《メシ》テ、亀山ノ行宮ニ入御《ジュゴ》座《マシマス》ト見テ候《ヒ》シガ、幾程無《ク》テ仙去候。（中略）哀《アハレ》可《キ》レ然《シカル》伽藍《ガラン》一所御建立候テ、彼御菩提ヲ吊《トブラ》ヒ進《マキラ》セラレ候ハヾ、天下ナドカ静《マ》ラデ候ベキ。（巻二十四「天龍寺建立事」）

と勧め、将軍尊氏も直義もこれに賛同した、ということになっている。

ところが、『太平記』の作者は、この天龍寺建立の動機について、次のような批判を加えているのである。

武家ノ輩《トモガ》ラ、（中略）ソゞロナルバサラニ耽《フケリ》テ、身ニハ五色ヲ粧《カザ》リ、食ニハ八珍ヲ尽シ、茶ノ会酒宴ニ若干《ソコバク》ノ費《ツヒエ》ヲ入《イレ》、傾城田楽ニ無量ノ財《タカラ》ヲ与ヘシカバ、国費《ツヒ》ヘ人疲《ツカレ》テ、飢饉疫癘《エキレイ》、盗賊兵乱止《ヤム》時ナシ。是全ク天ノ災《ワザハヒ》ヲ降《タダ》スニ非ズ。只国ノ政無《マツリゴトナキ》ニ依《ヨル》者也。而《シカル》ヲ愚《オロカ》ニシテ道ヲ知《シル》人無《ナカ》リシカバ、天下ノ罪ヲ身ニ帰《キ》シテ、己《オノレ》ヲ責《セム》ル心ヲ弁《ワキマ》ヘザリケルニヤ。（同前）

即ち、「飢饉疫癘《エキレイ》、盗賊兵乱止《ヤム》時ナ」き国土の災禍を、後醍醐帝の怨霊の憤りによる天災とみる世間一般の御霊信仰を批判して、作者は、足利政権の枢軸にある守護大名たちが奢侈逸遊にばかり耽り、「天下ノ罪ヲ身ニ帰《キ》シテ、己《オノレ》ヲ責《セム》ル心」を持った「道を知《シル》人」も無いままに、徳政の行われないことに起因する人災であると主張し、儒教的徳治主義に立脚する王道的政道史観を強く押し出しているのである。

天龍寺の建立並びに供養について、山門は激しく反対し、奏状を奉って供養の妨害を企て、幕府の強硬な態度にあってさらにエスカレートして、遂に強訴に及んだ。『太平記』流布本の巻二十四は、打ち続く戦乱によって公家が疲弊し、「朝儀悉《コトゴトク》廃絶シテ政道サナガラ土炭《ドタン》ニ堕《オチ》」たことを嘆く「朝儀年中行事《ノ》」という章段で始まり、最後は備前国の住人三宅三郎高徳（児島高徳）の挙兵計画とその挫折、武蔵国の住人香匂《こうわ》高遠の命に替った地蔵菩薩の霊験譚を語る「三宅・荻野謀叛《ノ》事付壬生《ミブ》地蔵《ノ》事」という章段で終わる。この首尾の両章段を除けば、その間に挟まれた「天龍寺建立《ノ》事」「依《テ》二山門《ノ》嗷訴《ニ》一公卿僉議《ノ》事」「天龍寺供養《ノ》事付大仏供養《ノ》事」の三章段は、もっぱら天龍寺の建立並びに供養に関する叙述として纏まっており、分量的にも巻全体の八割強を占めている。それらは、「天龍寺供養武家方奉行道本記」（「道本」は二階堂行秀の法名）なる文書を含む『園太暦』の貞和元年（一三四五）八月二十九・三十日の条の記事を最重要の資料として叙述されたものと考えられるが、この宗教界の紛糾についても、作者は、

此ノ天龍寺供養《ノ》事ニ就《ツイ》テ、山門強《アナガチ》ニ致《シ》二嗷訴《ヲ》一、遂ニ勅会《チヨクヱ》ノ儀ヲ申止《マウシヤ》メツル事非《ズ》二直事《タダゴトニ》一、如何様《イカサマ》真俗共《トモ》ニ憍慢ノ

心アルニ依《ヨッ》テ、天魔破旬《ハジュン》ノ伺フ処アルニヤト、人皆是ヲ怪《アヤシ》ミケルガ、果シテ此《コノ》寺二十余年ノ中ニ、二度マデ焼《ヤケ》ケル事コソ不思議ナレ。（「天龍寺供養事付大仏供養事」）

と、世評を借りて批判している。

即ち、「天魔破旬」が世を乱そうとするのも、「真俗」つまり朝廷・幕府・天台教団・五山禅林が共に蔵している「憍慢ノ心」に付け入ってのことなのである。それは、前に見たように、足利氏の天下を覆そうとする南朝君臣の怨霊の謀計も、守護大名ら「瞋恚強盛《シンイガウセイ》ノ人ノ心」に入り替わることで達成されるとするのと同じ構造である。作者は、前記の未来記的な諸章段において、怨霊の祟りや天狗の所行といった超自然的な力を畏怖し信仰する時代一般の思想に共感を示した。しかし、それらは未来記的な構想による叙述という方法により多く関わっているのであって、政治および宗教界において支配階級に立つ者の「憍慢」や「瞋恚強盛」や「欲心熾盛」こそが、とどまるところを知らぬ擾乱の根源であると見る作者の道義的な批判の観点は、みごとに貫かれていると言えるのである。

巻二十七「雲景未来記事《ノ》」では、例えば公家の伝統的権威が廃れて天下が武家の手に帰した下剋上の時代状況についても、「時代機根相萌《アヒキザシ》テ因果業報ノ時到ル故也」と説いて、因果論的な宿命思想を強調している。しかし、その因果論の内実を検討してみると、「是必《ズ》シモ後醍醐院《ノ》聖徳ノ到《イタ》リニ非ズ、自滅《ジメツ》ノ時到ル也」とその滅亡を捉えている北条氏の執権政治が、ともかくもそれまで続いた理由としては、「是又涯分ノ政道ヲ行ヒ、己《オノレ》ヲ責《セメ》テ徳ヲ施シ、カバ、国豊《ユタカ》ニ民不㆑苦《シマ》」という、その初期における善政の功徳を挙げるのであり、建武新政のあえない崩壊の原因も、後醍醐帝の「真実仁徳撫育《ジントクブイク》ノ叡慮ハ捴ジテナ」く、「憍慢ノミ有テ実儀不㆓御座《オハシマサ》㆒」という帝徳の欠如に求めているのである。結局、

夫《ソレ》仁トハ施《シ》㆓慧《ケイヲ》四海《ニ》㆒、深ク憐《ムヲ》㆑民《ヲ》云《フ》㆑仁《ト》。夫《レ》政道ト云ハ治《メ》㆑国《ヲ》憐《ミ》㆑人《ヲ》、善悪親疎ヲ不㆑分《ワカ》撫育《ブイク》スルヲ申也。而ルニ近日ノ儀、聊《イササカ》モ善政ヲ不㆑聞《カ》、欲心熾盛《ヨクシンシジヤウ》ニシテ君臣父子ノ道ヲモ不㆑弁《ヘ》、只人ノ財《タカラ》ヲ我有《ガウ》ニセント許《バカリ》ノ心ナレ

バ不《ト》二矯餝《イツハリカザラ》一無《シ》二云《フ》事一。（「雲景未来記事」）

という徳治主義的な政道理念の標榜と、その観点からする現実の政道や世態人心の退廃に対する慨嘆という、作者の儒教的道義的な批評精神の基本構造は、いささかも変わってはいないのである。だから、やがて起こるべき観応の擾乱の成り行きに対する予言も、

如何《イカニ》末世濁乱ノ義ニテ、下先勝《シモマツカツ》テ上ヲ可《シ》レ犯《ヲカス》。サレ共又上《カミ》ヲ犯《ヲカス》咎《トガ》難《ガタ》レ遁《ノガレ》ケレバ、下又其《ノ》咎《トガ》ニ可《シ》レ伏《ス》。其故ハ、将軍兄弟モ可《キ》レ奉《ル》レ敬《ヒ》一人《イチジンノ》君主ヲ軽《カロン》ジ給ヘバ、執事其《ノ》外家人等《ラ》モ又武将ヲ軽《ン》ジ候。是レ因果ノ道理也。（同前）

のように、極めて倫理的、道義的で、伝統的な秩序観念と矛盾なく結合した「因果ノ道理」に則ったものとなっているのである。

四　〈史官〉の自負

『太平記』の作者は、「察《ミル》二安危之来由《ヲ》一」ことに最大の関心を寄せ、国家の治乱興亡の原理を「古今之変化」に照らして、これを君徳と臣道の二つの側から探究しようとした。そのことは「序」に明言されている。この「序」の思想と表現は、『古文孝経』（三才章）の孔安国の伝文と、夏桀・殷紂・趙高・安祿山に関する四つの故事の摘要とから成っていて、一見、甚だ観念的かつ常套的という印象を与えるかもしれないような文である。しかし、『太平記』四十巻を熟読するならば、作品全体を通して窺われる作者の基本的な姿勢――変革期の歴史をいかに捉え、いかに語るか、そういう作者の問題把握と認識方法の端的な表明としてこの「序」がある、ということを理解するにちがいないのである。

『太平記』を通して窺われる作者の政道理念は、元徳二年（一三三〇）六月、つまり元弘の変の前年に吉田定房が後醍醐帝の討幕企図を直諫したものと言われる上奏文（『三宝院文書』）や、延元三年（一三三八）五月、北畠顕家が最後

の出陣に際して後醍醐帝に政策具申をした上奏文（同上）、更には、室町幕府の創設に当たって尊氏から「政道治否之諮詢」を受け、建武三年（一三三六）十一月に、明法家の中原氏出身の是円、(4)その弟の真恵を中心に、玄恵や藤原藤範らも連署して勘進した『建武式目』等とも、基本的には共通するところが多いと言える。如上の上奏文や勘進状は、それぞれの作者の政治的立場や執筆時点における政情の変化に応じて、その献策の具体的内容には勿論相異なる点も少なくないが、その政道観――仁政を施し人民を撫育し、恭謙にして己を剋《せ》め、礼節を重んじ、忠功清廉を賞し、奢侈逸遊を戒めといった、徳治主義的な政道理念についての認識という点では、いずれも共通の基盤に立脚しているという事実を認めないわけにはいかないのである。そして、それは、皇統の正閏論や君臣の名分論や門閥尊重の観念等において『太平記』とはかなりの距たりを示している『神皇正統記』の著者、北畠親房の政道観との比較においても、基本的には同様のことが言えると思うのである。そこに共通してあるのは、いわゆる「社稷之臣」の自負に基づく政道輔弼《ほひつ》の使命感であり、政策や政道理念についての上奏・勘進・説示・述作は、それの実践的な行動様式に外ならない。

自ら為政者として官僚機構の中に在りながら、被支配者たる中下級武士や庶民の立場を深く理解して、その不満と欲求とを代弁して下情を上達し、君主の非を匡諫して政道を正し、もって国家社会の安寧を図ること、それを自分たち有識層の責務と自覚し自負する、そのような意識を、私は〈士大夫意識〉と呼ぶのであるが、河合正治氏(5)によれば、北条時頼の執権時代以後、武家社会の中に「文化荷担武士層と呼びうるような階層」が出現したという。それは、「北条一門とその属層被官である御内人および当時勢力が上昇していた文吏系武士と、生き残った外様大名」から形成されていて、「当時の中国（宋・元）にみられる士大夫階層（読書人階層）と似通った官僚貴族としての性格もみられる」という。科挙による一代限りの特権と、原則として世襲制という彼我の相違はともかくとして、「官僚としての法制・経済の技術よりも、為政者としての儒学・詩賦などの高い教養を身につけようとしていた点など共通するところも多」く、これは、「当時、公家貴族にかわって為政者として自己の粉飾を急いでいたいわゆる上級武士が、中国の士大夫をまねて広い意味の宋学を学ぼうとした」ためであるとされる。

『太平記』巻二の「長崎新左衛門尉意見事付阿新殿《タマワカドノ》事」には、元弘の変の直前に当たって、後醍醐帝や護良親王を遠流に処すべしと強硬に主張する幕府実力者の長崎高資と対立して、君臣の道義を重んじる穏健な政道思想を開陳する二階堂出羽入道道蘊（貞藤）が登場する。この二階堂道蘊によって代表されるような文吏系武士の多くが、やがて室町幕府に起用されることになるが、河合氏は[6]、兄尊氏と共に室町幕府を創建して実質的に政務を担当していた直義は、「鎌倉時代以来の『文道』の鼓吹者であり、（中略）儒教的教養を重んじ」、「その政治態度も道義尊重の立場から、新興武士たちの法を無視した自由な行為を厳しく処断している」が、そういう直義の路線を直接支えていたのは、「室町幕府の評定衆・奉行人としてかれの膝下に集まっていた鎌倉期以来の文吏系武士たち」であったと説いている。

笠松宏至氏も[7]、前に記した『建武式目』の勘進者の中には、中立的部外者ながら直義派と見なされる人物の多いこと、および、そこで主唱されている政道に関する意見には、後年の直義が実施した政道と非常に似通ったところがあり、直義的な考え方が代弁されているという見解を報告している。

私は、『太平記』の成立過程に関して、康永（一三四二〜四年）の初め頃、足利直義の監督下に玄恵を編纂責任者として、恵鎮が持参した草案本（後醍醐帝の崩御を契機とした内乱の総括）を素材とする改訂増補の作業が開始され（『難太平記』）、それが観応の擾乱前夜の高師直による尊氏邸包囲事件（一三四九年）・玄恵の示寂（一三五〇年）・直義の死没（一三五二年）等によって中絶された後、延文三年（一三五八）の将軍尊氏の逝去を契機に内乱の再度の総括として、直義および玄恵の遺志を継ぐ者たちによって大改訂補修の作業が行われ、その際に、現存本『太平記』の基本的性格が確立したと考えているのであるが[8]、『太平記』の作者の儒教的政道史観は、政務担当者直義の幕下に参仕したり、三条坊門邸の学問所に伺候したりしたところの、鎌倉幕府以来の〈士大夫的意識〉をもった文吏系武士や儒者官僚、およびそうした経歴をもつ遁世者たち――と言えば、「北野通夜物語事」（巻三十五）に登場する遁世者や雲客を連想することになるのだが――と共有のものであったろうと思うのである。

しかし、為政に直接携わる官僚機構の中に位置せず、局外者として生きていたにちがいない作者は、おそらく紀伝文章の学問に培われて自ら抱懐していた〈士大夫意識〉を具現せんがために、巻十三の「龍馬進奏事」「藤房卿遁世事」において、万里小路藤房なる忠諫輔弼の賢臣を造型したの(9)を始め、巻三十二の「直冬与吉野殿合体事付天竺震旦物語事」における遊和軒朴翁などの代弁者たちを登場させては、社会変革期の歴史の動向と、そこに生きる人間の行動と運命に飽くことを知らぬ関心を注いで、これを追究し、描き、批判しているのである。それは、上述のごとく、〈士大夫意識〉を根幹とするものであるけれども、歴史を批判し歴史を記録するという行為を媒介として発現される〈士大夫意識〉というものは、これまた紀伝文章の学問によって培われた伝統的な〈史官の自覚〉とも呼ぶべきものに外ならないと言えよう。(10) 半世紀に及ぶ南北朝期の内乱過程を執拗に追究し続けた作者の強靭なエネルギーの源泉として、私は、作者におけるそのような〈史官の自覚〉というものを考える。そして、それによって、『太平記』の作者の思想というものを、時代の一般的な思想や、〈士大夫の思想〉一般の中に解消させてしまうことから免れさせたいと思うのである。

注

（1）小林秀雄氏「平家物語」（『文学界』、昭和17・7。『無常といふ事』所収、創元社、昭和21・2）

（2）本文は岩波日本古典文学大系『太平記』（昭和35〜37）による。ただし、振仮名は適宜取捨する。以下、同じ。

（3）拙著『太平記の比較文学的研究』（第三章第一節「『古文孝経』の章句と思想」、角川書店、昭和51・3）

（4）[補]「是円」については、二階堂道昭説と中原章賢《のりかた》説がある。『建武式目』の答申の代表者である「是円」について「鎌倉幕府評定衆であった二階堂道昭（是円）」（『国史大辞典』「建武式目」の項、水戸部正男氏稿、吉川弘文館、昭和59・12）

とする説は、『群書解題』(第十六下、上横手雅敬氏稿、昭和38・8)、『日本の歴史 9 南北朝の動乱』(佐藤進一氏著、中央公論社、昭和40・10)、『日本歴史大辞典』(河出書房、昭和48・6)、『角川日本史辞典』(昭和51・5)等にも見られるものであったが、今江広道氏(「建武式目の署名者、是円・真恵の出自」、『日本歴史』三五七、昭和53・2)はこれを否定して、建武元年(一三三四)八月の『雑訴決断所決断交名』の二番(東海道)に載っている「是円坊。道昭」(五番山陰道に「真恵。是円舎弟」とある)で、俗名は中原章賢(生没年不詳)、明法家として公家法にも武家法にも通じ、『御成敗式目』に注釈を加えた『是円抄』(今佚)の著者とする。真恵の兄で、『是円抄』の著者とする点は二階堂道昭説でも同じであるが、この中原章賢説は、日本思想大系21『中世政治社会思想(上)』(笠松宏至氏「建武式目解題」、岩波書店、昭和47・12)・『国史大辞典』(「中原章賢」の項、大三輪竜彦氏稿、吉川弘文館、平成元・9)・『岩波日本史辞典』(平成11・10)等で説かれ、『大系日本の歴史 6 内乱と民衆の世紀』(永原慶二氏著、小学館、平成10・6)では「是円すなわち中原道昭は、鎌倉幕府の法曹吏僚である」と説明している。両説並存の時期を経て、明法家中原氏の出身とする説が有力になって来ている。

(5) 河合正治氏『中世武家社会の研究』第三章一「文化荷担武士層の性格」(吉川弘文館、昭和48・5)

(6) 同前書、第三章五「武家の倫理思想と政道観」

(7) 『シンポジウム日本歴史8 南北朝の内乱』(笠松宏至氏報告「建武政権・室町幕府の評価――建武式目をめぐって――」、司会網野善彦氏、学生社、昭和49・9)

(8) 市古貞次・久保田淳氏編『日本文学全史 3 中世』第十二章1「太平記の成立」(学燈社、昭和53・7、増訂版平成2・3)。本書第一章第四節2参照

(9) 前出拙著、終章第二節「藤房説話の形成と漢籍の影響」

(10) 同前書、終章第三節「出典論から見た『太平記』の成立」

2　荘老の思想の受容

(1) 成語と思想のあいだ

一　『太平記』に引用された『荘子』

『太平記』の叙述に引かれた荘老の言葉は、『史記』や『白氏文集』、あるいは『論語』『貞観政要』などに比べれば多くはないが、さりとて甚だしく僅少であるとも言えない。仮に世雄房日性の『太平記鈔』（慶長十五年成立）を例にとって、その注に取り上げられた事例を拾うと、『老子』は僅か八例に過ぎないが、『荘子』の方は三十八例（他に注疏が八例、『林希逸口義』が一例）を数えることができる。因に『列子』は八例見られるが、そのうちの三例がそれぞれ同じ項目（「堅石白馬論」「朝三暮四」「鯤桓之審」）の注記の中に『荘子』の同趣の記事と併記されたものであるなど、『列子』独自の事例と言いうるものは殆ど無い。道家に属する諸子のうちでは、『老子』や『列子』に比べて、『荘子』関係の記事が目立っていると言える。

その中には、単に漢字の訓に関する証例として提示されたに過ぎない事例も混じっている。例えば、

一蓬　キタナシ。顔延年ガ北使洛曰、蓬心既已矣。注云、郭象曰、蓬非二直達者一トアリ。荘子ニモ猶レ有二蓬之心一也ト云ヘリ。直達ノ心ナキハ、キタナキ義也。[1]（巻十）（『荘子』「逍遥遊第一」）

一室　サヤ。史記荊軻伝曰、剣長操二其室一、索隠曰、室謂レ鞘也ト。ソノ外、荘子ナドニテモヨム。[2]（巻十）

などである。が、その多くは、『荘子』の思想を表象していると言いうるような特徴的な語句の引用事例の指摘である。とは言っても、それらの語句が『荘子』の思想を表象する度合はさまざまで、中には『荘子』の寓言に発しながらもすでに俗諺として類型化した修辞的表現と見做すべきものも少なからず含まれている。次のような事例である。

一虎口ニ死遁　桓温薦二譙元彦一表曰、身寄二虎吻一、危同二朝露一。注ニ吻口也。李善曰、荘子、孔子曰、丘幾不レ免二

虎口一、云云、危キ所ヲノガルト云ナリ。（巻七）（『荘子』「盗跖第二十九」）

一以管窺天　史記索隠曰、按東方朔云、以レ管窺レ天、以レ蠡測レ海、皆喩レ小也。然此語本出ニ荘子文一、云云、荘子秋水篇云、用レ管闚レ天、用レ錐指レ地。（巻二十二）（『荘子』「秋水第十七」）

この僅か二例の注記を熟視するだけでも、『荘子』に本源をもつ語句が、『荘子』から直接的に、あるいは桓温の「薦ニ譙元彦一表」（『文選』巻三十八）や『史記』（「梁孝王世家」「扁鵲倉公列伝」）[3]等の諸書の本文、その注疏などを介して流布し、慣用句として人口に膾炙するようになって行った、そういう成語の伝播の一般的な事情を窺い知ることができる。

一方、『太平記』の中には、『老子』や『荘子』の言葉を単なる成語として用いるだけでなく、道家の思想の表象として、即ち、儒教思想や仏教思想と互いに対立する道教思想の表明として、より本質的に言及されている事例も無いわけではない。そのような事例を代表するものとしては、次の二章段を挙げることができる。

㈠「昌黎文集談議事」（西源院本巻一。古活字本巻一「無礼講事付玄恵文談事」）

㈡「天龍寺事」（西源院本巻二十五。古活字本巻二十四「依山門嗷訴公卿僉議事」）

㈠には、儒教の立場から仏教を排斥しようとする韓愈と、それに対する批判者としての韓湘が登場し、道教思想に立脚する韓湘の議論が展開される。そして、㈡には、天龍寺の建立をめぐる天台宗と禅宗との激しい対立に関連して催された公卿僉議の場で、宗論によって決着を付けるのがよいと主張する三条源大納言通冬の発言があって、その中に、後漢の顕宗時代の摩騰法師と「荘老ノ道ヲ貴デ、虚無自然之理ヲ守ル導（道）士共」との論争が引かれている。いずれの章段にも、『老子』や『荘子』の言葉が集中的に引用されている。それぞれについて、詳しく考察する必要のある記事である。

㈠については「韓湘説話に見る儒教と荘老思想の相剋」において考察するが、㈡は、仏教と荘老思想の葛藤という問題にとどまらず、広く「宗論」の構造に関連して来るので、その考察は他日に期したい。本稿では、世間普通の慣用的な成語を利用したまでと見られそうな事例を通して、作者の荘老思想への接近を探ってみたいと思う。

二　「轍魚、水を求む」

慣用的な表現として類型化した事例の一つに、飢渇の苦しみを述べる場合にしばしば用いられる「轍中の鮒」の比喩がある。『荘子』（雑篇「外物第二十六」）の寓言に基づくもので、『今昔物語』（巻十「荘子請□□粟語第十一」）や『宇治拾遺物語』（一九六「後の千金の事」）に語られている周知の話である。滋野貞主らが天長八年（八三一）に編纂献上した類書『秘府略』の残巻に、たまたま『荘子』の文が引かれているので、それを掲げることにする。

荘子曰、荘周家貧、貸二粟於監河侯一。曰、語(諾)、我得二邑金一、将レ貸二子三百金一。周作レ□(色)曰、周昨来、有レ呼レ周者一、視三轍中有二一鮒一、我東海之波臣也、君豈有二升斗水一而活レ我哉。周曰、諾、我且三南遊二呉越之王一、激二西江水一迎、可乎。鮒魚曰、我得二升水一活耳、如二子言レ之、不レ如三求早索二我於枯魚之肆一。(4)（巻八六四、百穀部中、粟）

『太平記』には、この寓言に由来する比喩表現が、次のように幾つか見られる。(5)

(1)　又気疲レ、勢ヒ衰ヌレバ、轍魚ノ泥ニ吻、窮鳥ノ懐ニ入ルラム風情シテ、知ヌ里ニ宿ヲ問カネ、見馴レヌ人ニ身ヲ依スレバ、朝ノ飡飢渇ニシテ、夜ノ寝《ネヤ》醒蒼タリ。（巻十五「宗堅大宮司奉入将軍事」）

(2)　先帝旧労之功臣、義貞ガ恩顧ノ軍勢等、病雀花ヲ喰テ飛揚之翅ヲ展《ノベ》、轍魚之雨ヲ得テ噞喁《ケングウ》之唇ヲ湿シヌト、喜思ハヌ人モナシ。（巻十九「諸国宮方蜂起事」）

(3)　荻野、波伯(々脱)部、久下、長沢、一人モ不レ貽《ラ》駞参テ、日夜之用心隙無リケレバ、他日窮困之軍勢共、只翰鳥之繳ヲ出、轍魚之水ヲ得タルガ如クニシテ、且クノ心(ゾ脱)ヲ休メケル。（巻二十九「井原石龕事并金鼠事」）

(4)　夢ナル哉、昨日ハ海ヲ計リシ大鵬之九霄之雲ニ翥《ハフル》ガ如ク、今日ハ轍ニ臥ス涸魚、三升之水ヲ求ルニ不レ異。我身可《シト》レ係知タラバ、新田左兵衛佐ヲバ顛《アザムイ》テ打ツマジカリケル物ヲト、後悔スレ共甲斐ゾナキ。

（巻三十七「畠山道誓謀叛事」）

いずれも飢餓の苦しみや渇望の切実さを表す類型的な表現であって、一読しただけでは、作者は明らかに『荘子』を意識していると確言するのが難しい事例である。

最後の(4)の場合、「轍ニ臥ス涸《カク》魚」という語句が「大鵬之九霄之雲ニ翥《ハフル》」という語句と対偶になっている。この「大鵬之九霄之雲ニ翥」という表現は、『太平記鈔』も、

一大鵬ノ九霄ノ雲ニ搏　荘子云、有レ鳥焉、其名為レ鵬、背若ニ大山一、翼若ニ乗（垂）天之雲一、搏ニ扶揺一、羊角而上者九万里、絶ニ雲気一負ニ青天一、云云。此ヲ取テ云ヘルゾ。（巻三十七）

と指摘するように、『荘子』（内篇）の「逍遥遊第一」に拠ったものである。そのことと思い合わせると、「此十余年、左馬頭（足利基氏）ヲ妹《イモト》婿ニ取テ、栄耀門戸ニ余ル耳《ノミ》ナラズ、執事之職ニ居《ゴ》シテ天下ヲ掌ニ握」っていた畠山国清（道誓）が関東の武士たちに排斥され、康安元年（一三六一）十一月に執事の職を追われて伊豆に走り、謀反を企んだものの兵が集まらず、遂に修善寺の城に引き籠ったという、その栄枯盛衰の転変を「大鵬」と「轍魚」になぞらえて対比させた表現は、これがともに『荘子』に由来する語句であることを意識した措辞であって、単なる偶然ではないと見ていいということになるかもしれない。

また、この(4)の文では、「轍中の鮒」のことが「轍ニ臥ス涸《カク》魚」と表現されていることも注意される。この「涸魚」という語もまた、『荘子』に由来すると思われるからである。「涸魚」という語は、『太平記』巻十九の「金崎春宮并将軍宮御隠事」の中でも、次のように用いられている。建武四年（一三三七）三月に越前の金崎城で足利方に捕えられて都で幽閉されている春宮（恒良親王）が、武家から潜かに送られた鴆毒を前にして、同じく囚われている将軍宮（成良親王）に向かって言うことばの中である。

夫人間之習、一日一夜ヲ経ル程ニ八億四千ノ思アリト云リ、富貴栄花ノ人ニ於テ猶此苦ヲ遁レズ、況ヤ我等籠鳥ノ雲ヲ恋、涸魚ノ水ヲ求ル如ク成テ、聞ニ付、見ニ随フ悲ノ中ニ、待事モナキ月日ヲ送ランヨリハ、命ヲ鴆毒ノタメニ縮テ、後生善処ノ望ヲ不レ如レ達者ト仰ラレテ、毎日ニ法花経ヲ一部アソバサレテ、此鴆毒ヲゾマイリケル。

文中の傍線を付した語句について、『太平記鈔』（巻十九）には、

一籠鳥ノ雲ヲコイ　文選二十一ニ習々籠中鳥。

一涸魚　又四十二云、川涸者魚逝。注逝謂レ死也。涸トハカル、トヨムナリ。川水ノカレタル処ニ住ム魚ナリ。

と注し、いずれも『文選』の例を証文に挙げるだけで、『荘子』には触れていない。まず、後者の「涸魚」から説明すると、これは『文選』（巻四十二）の応休璉の文「与二侍郎曹長思一書」の中に、「夫皮朽《チヌレバ》者毛落、川涸者魚逝、春生《ズル》者繁華、秋栄《フル》者零悴、自然之数、豈有《ン》レ恨哉」とあるのを指している。李善の「蔡邕正論曰、皮朽則毛落、水涸則魚逝、其勢然也」という注や、李周翰の「逝謂レ死也」という注に従えば、川の水が涸れれば当然の結果として魚が死んでしまうということであって、飢渇の思いを譬えたものではない。また、前者の「籠鳥ノ雲ヲコイ」は、左太沖の「詠史詩八首」（『文選』巻二十一）の第八首（全二十句）の初めに、

習習籠中《ノ》鳥　挙《テ》レ翮《ハネヲ》触《ル》二四隅《ニ》一　落落《タル》窮巷《ノ》士　抱《テ》レ影《ヲ》守《ル》二空廬《ヲ》一
出《ルニ》レ門《ヲ》無《シ》二通路《ニ》一　枳棘塞《ゲリ》二中塗《ニ》一　計策棄《テ》不《レ》レ収《ラ》　塊《タルコト》若《シ》二枯池魚《ノ》一

とあるのを指したものである。ここには「籠中鳥」だけでなく、「枯池魚」も登場している。李周翰の注に「計策不レ見レ用、塊然《トシテ》若《シ》二涸池之魚《ノ》一」とあり、国家経営の方策が用いられることなく独りぽつねんとして陋巷に閉じ籠っている隠士のさまを、水の涸れた池に住む魚のようであると詠んだものである。ところで、この詩の終りに、

飲《デ》レ河《ヲ》期《ス》レ満《ミテンコトヲ》レ腹《ニ》　貴《デ》レ足《ランコトヲ》不レ願《ハ》レ余《ヲ》　巣《テ》レ林《ニ》栖《ム》二一枝《ニ》一　可《シ》レ為《ス》二達士《ノ》模《ノリト》一

とある二聯の表現が、『荘子』「逍遙遊第一」の有名な句、

鷦鷯巣《フモ》二於深林《ニ》一、不レ過《ギ》二一枝《ニ》一。偃鼠飲《ムモ》レ河《ニ》、不レ過《ギ》二満腹《ニ》一。(6)

に基づいていることは明らかであり、それとの関連から、「枯池魚」という語句もまた、『荘子』の次の句を踏まえたものと思われる。

泉涸《レ》、魚相与処《リ》二於陸《ニ》一、相呴《スルニ》以《テシ》レ湿《ヲ》。相濡《スルニ》以《テシ》レ沫《ヲ》、不レ如《カ》三相忘《ルルニ》二於江湖《ニ》一。（「大宗師第六」・「天運第十四」）

泉の水が涸れ、乾いた地に寄り集まった魚たちが、湿った息を吐きかけ合い、泡で濡らし合っては互いの苦しみを助け合っている。しかし、苦境の中で慰め合うよりも、いっそ広やかな河や湖の中を泳ぎ回って互いのことなど忘れてしまっている方がましだ、という意味である。

ところで、前出の『太平記』巻十九「金崎春宮幷将軍宮御隠事」の「籠鳥ノ雲ヲ恋、涸《カツ》魚ノ水ヲ求ル如ク成テ」という句は、巻二十の「御震箴《(翰)》勅書事」の中でも、殆ど同一の形で、

ゲニモ尾張守高経、義ヲ守ル心ハ奪ヒガタシト云共、纔ナル平城ニ三百余騎ニテ楯籠リ、敵三万騎ヲ四方ニ受テ、籠鳥之雲ヲ恋ヒ、涸魚之水ヲ求ル如クナレバ、何迄ノ命ヲカ此世ノ中ニ残スラント、敵ハ是ヲ欺テ哀ミ、御方ハ是ヲイワデ悲メリ。

と用いられている。これらは、岩波日本古典文学大系の頭注（巻十九）に指摘されているように、『本朝文粋』（巻六）に載る平兼盛の申状に、

只有二籠鳥恋レ雲之思一、未レ免二轍魚近レ肆之悲一。（「申二勘解由次官図書頭一状」）

とあるのを、より直接的な拠り所にしていると思われる。渇望の思いを、籠中の鳥または逃げ場を失った鳥や、僅かな水の中で喘ぐ魚に譬える発想は、申状に散見する類型的なものであったと言える。『本朝文粋』巻六所収の申状に限っても、他に、

而籠鳥思レ出、豈択二遠近之林一。轍魚悲レ枯、只求二斗升之水一。（源順「申二淡路守一状」）

池魚更游二江湖之中一、籠鳥再翥《ハウツ》二雲霄之上一。（大江以言〈或云、宮道義行〉「為二宮道義行一申二安房能登淡路等守一状」）

如二枯鱗之臥一レ轍、投二心於恩波一。似二窮鳥之入一レ懐、懸二思於恵路一。

（三善道統「上二執政人一請レ被三挙二達弁官並右衛門権佐一状」）

などの例を挙げることができる。前に列挙した『太平記』の例のうちの⑵に、「病雀花ヲ喰テ飛揚之翅ヲ展《ノベ》、轍魚之雨ヲ得テ噞喁《ケングウ》之唇ヲ湿シヌト、喜思ハヌ人モナシ」とあったが、この「病雀花ヲ喰テ」という語句は、傷ついた黄雀を介護した楊宝の故事（『続斉諧記』『蒙求』「楊宝黄雀」）を踏まえたものであり、これが前掲の三善道統の申状の中に、

然則病雀喰レ花、生二羽翼於暖雨一。寒鶯出レ谷、戴二恩煦於春風一。

とあるのに拠ったものであるという事例も考え合わせて、『太平記』の表現が、こうした申状などの発想を受け継ぐものであることは認めざるを得ないであろう。そのことを認めた上で、『太平記』の諸例が、望官の思い、つまり本来出離すべきはずの世界への仰望を訴えるための誇張された修辞的表現などではなくて、敗北、籠城、あるいは幽閉など、もっと過酷で閉塞的な状況下における苦難と切実な生への渇望に関わっているという点で、『荘子』における本来的な意味がより適切によみがえらされていることをも認めるべきであろう。個々の事例を個別的に眺めている限り、そこに見えて来るのは修辞的な効果の有無にとどまる。原典から遊離して世間に流布している成句の借用に過ぎないか否かの見極めも付きにくい。しかし、出典を同じくする語句を纏めて、それらを一つの連環のうちに有機的に捉えようとする努力を怠らないならば、原典が内包する思想との繫がりも見出されて来るのではないだろうか。ともあれ、読者に強烈な印象を与えずにはおかない辛辣な比喩に富んだ『荘子』の表現の魅力は、中国のその後の詩文はもとより、わが国の文章の修辞法にも大きな影響を与えて来た。そのような言語文化の伝統を承けて、『太平記』における『荘子』の受容も、先ずは比喩による修辞的表現への摂取という、言わば語句のレベルでの感化が目立っていることは確かである。

三　「邯鄲に歩みを失う」

そうかと思うと、極めてさり気ない表現の中に、『太平記』作者の『荘子』への親昵を推測させるような事例を見出すこともできる。次のような例である。

『太平記』巻二十一の「蛮夷階上事」には、北畠顕家や新田義貞が討死にし、後醍醐天皇が崩御して、南朝の勢力が衰退した暦応（一三三八〜四二）の末から康永（一三四二〜四五）にかけての下剋上の時代状況が描かれている。その中に、都の貴族の立ち居振舞いを嘲笑する武士の僭上ぶりとともに、時勢におもねる公家が田舎武士の風俗に同化しようとする卑屈な態度を揶揄した、次のような叙述がある。

況ヤ朝廷ノ政、武家之計ニ有シカバ、三家台輔モ奉行頭人之前ニ媚、五門ノ曲阜モ執事侍所ノ辺ニマイナフ。サレバ納言宰相ナンドノ言ヲ聞テモ、意得ガタノ畳字ヤト欺キ、庭尉北面之道ニ行合タルヲ見テモ、ハヤ例ノ長袖垂タル俎《マナイタ》烏帽子ヨト云ヒ、声ヲ学ビ指ヲサシテ軽慢シケル間、公家之人何《イツ》シカ云モ習ハヌ坂東声ヲツカヒ、着モナラハヌ折烏帽子ヲ著テ、武家之人ニ紛レントシケレ共、立振舞ヘル体サスガニナマメイテ、額付之跡以テノ(外)下ニサガリタレバ、公家ニモ不レ付、武家ニモ不レ似、彌物笑ニゾ成ニケル。只歩ヲ失シ人ノ如シ。

この「只歩ヲ失シ人ノ如シ」（西源院本）という句は、玄玖本・南都本系諸本・古活字本等では「只都鄙ニ歩ヲ失人ノ如シ」（南都本）のように「都鄙ニ」の文字が加わっている。岩波日本古典文学大系の頭注にあるように、「都風と田舎風とのどっちにもつかない」さまを諷したものにはちがいないが、「只……ノ如シ」という言い方は、都ぶりと田舎ぶりとのあいだで自分を失った人物のイメージを具体的に彷彿させようと意図した表現と解される。天正本系の義輝本では、「只邯鄲《カンタンニ》失レ歩《ヲ》人不《ニ》レ異《ズ》トテ、有レ情ケル人ハ偸《ヒソカニ》袖ヲゾシボリケル」となっている。作者の目の冷笑から同情への変化はともかく、ここには「邯鄲」の語が添えられて、それが趙の都の邯鄲に関わりある人物であることが示されている。[7]

これは『荘子』（外篇「秋水第十七」）の寓言に見える「寿陵の余子」の話、「邯鄲の歩み」とか「邯鄲に歩を学ぶ」などの成語の原拠となった話を踏まえたものである。名家の代表的な思想家である公孫龍が、魏の公子の牟《ぼう》に、荘子の言説の深意について質問をする。公子牟がそれに答えて、「埳井之鼃《あ》」つまり井の中の蛙の寓言を挙げて、万物を貫く自然の働きと一体化している荘子の言説の玄妙な意味は、名家流の分析的な理知や論理で捉えることはできないのだと諭すのであるが、その最後の部分で、次のように「寿陵の余子」の話を引いて、公孫龍を戒めている。

子乃規規然、而求レ之以レ察、索レ之以レ弁。是直用レ管闚レ天、用レ錐指レ地也。不二亦小一乎。子往矣。且子独不レ聞三夫寿陵余子之学二行於邯鄲一与。未レ得二国能一、又失二其故行一矣、直匍匐而帰耳。今子不レ去、将下忘二子之故一失中子之業上。

それなのに、お前さんはあくせくと差別の知恵でものをみようとし、差別の議論で道を求めようとなさる。これでは細い管から天のひろさをのぞき、錐で大地に穴をあけて深さをはかろうとするようなものだ。あまりにも了見がせまいではないか。まあ、さっさと帰るがよかろう。それに、お前さんもあの寿陵の若者が、邯鄲の町まで歩行術を学びに出かけた話を聞いているだろう。まだその国の歩行術を学びとることができないうちに、もとのあるき方まで忘れてしまったので、四つんばいになりながら家に帰りついたというではないか。お前さんも身分不相応な荘子の学問などに心をひかれて帰らないでいると、ものにならないばかりか、もとのお前さんのやり方まで忘れ、本業を失ってしまう恐れがあるよ。（森三樹三郎氏訳注『荘子』、中公文庫、昭和49・4）

『太平記鈔』は、この「歩ヲ失シ」という語句の拠り所を目敏く指摘している。

一歩ヲ失　何ニトモ落付ヌ事ヲ云ゾ。祖庭事苑二曰、按二荘子注一、寿陵、燕之邑、邯鄲、趙之郡、弱齢未レ壮、謂二之余子一、猶二孺子一也、趙郡之地、其俗能行、故燕国少年来学レ歩、既乖二本性一、未レ得二趙国之能一、舎レ己効

レ人、失二寿陵之故一、是以用レ手踞レ地、匍匐而還也。（巻二十一）

ここに引かれた『祖庭事苑』巻二（雪竇拈古「学唐歩」）所引「荘子注」は、晋の郭象の注でなくて、唐の成元英の疏である。前掲の森三樹三郎氏の訳文にあるように、燕の田舎町の寿陵から趙の都の邯鄲へ、その都ぶりの洗錬された歩き方を学びに来た若者が、それも身に付かぬうちに自分本来の歩き方を忘れてしまい、仕方なく四つんばいになって国に帰ったという話である。

有名な建武元年（一三三四）八月の「二条河原落首」（『建武年間記』）で、

下克上スル成出者、器用ノ堪否沙汰モナク、モル、人ナキ決断所、
キツケヌ冠上ノキヌ、持モナラハヌ笏持テ、内裏マジハリ珍シヤ。

と揶揄された、京上りの田舎大名に対する風俗批判にこそいっそうふさわしい寓言なのであるが、『太平記』では逆に、下剋上の世相がさらに進んで東国武士の風俗を学ぼうとして身に付かぬ公家の生き様を批判するのに用いている。いずれにしても、武士が公家の真似をし、公家が武士の真似をし、誰も彼もが自己本来のあるべき姿、つまり「自然」の在り方を見失って混迷している社会状況を前にして、作者は、「己を舎《す》てて人に効《なら》う」ことの愚かさを衝いた『荘子』の寓言を思い合わせているのである。「寿陵余子」という呼称や「邯鄲之歩」あるいは「邯鄲学レ歩」などの成語を表に出さないところに、修辞法という語句のレベルを超えた『荘子』への共感と理解が窺われると言えよう。[8]

四　「蟷螂、蟬を窺う」

『太平記』の作者が、「荘子」の名を挙げてその言説を引いている事例を取り上げてみる。

建武三年（一三三六）十二月下旬に吉野に遷幸した後醍醐天皇は、直ちに鎮守府将軍の北畠顕家に西上を促す。しかし、奥州・関東の武家方の反攻も激化しつつあったから、顕家が陸奥太守義良親王を奉じて霊山（福島県伊達郡）

を発つことができたのは、ようやく翌年の八月であり、鎌倉に入ったのが十二月、さらに鎌倉を発って上洛の途に就くのが翌五年の正月という遅々たるありさまである。しかも、顕家との合戦に敗れて一旦鎌倉を落ちた武家方の高・上杉・桃井等の軍勢や、坂東の八平氏、武蔵の七党などがその後を追って西上していた。『太平記』は、そのありさまを次のように批評している。

国司（顕家）ノ勢ハ六十万騎、前《サキ》ヲ忩《イソイ》デ将軍ヲ欲《シテ》レ奉《ント》レ打《チ》上洛スレバ、高、上杉、桃井ガ勢八万余騎、国司ヲ打ント跡ニ付テ行ク。蟷蜋蟬ヲ窺ヘバ、野鳥蟷蜋ヲ窺フト云、荘子ガ人間世人《（マヽ）》ノ喩ヘ、ゲニモト思知レタリ。

（巻十九「桃井坂東勢追奥州勢跡道々合戦事」）

この「蟷蜋蟬ヲ窺ヘバ、野鳥蟷蜋ヲ窺フ」という比喩の原拠は、よく知られているように、荘子が雕陵という栗園の藩《まがき》のうちで経験したこととして語る寓言である。

荘周遊二乎雕陵之樊一。覩下一異鵲自二南方一来者上。翼広七尺、目大運寸、感二周之顙一而集二於栗林一。荘周曰、此何鳥哉、翼殷不レ逝、目大不レ覩。蹇レ裳躩歩、執レ弾而留レ之。覩、一蟬方得二美蔭一而忘二其身一、螳螂執レ翳而搏レ之、見レ得而忘二其形一。異鵲従而利レ之、見レ利而忘二其真一。荘周怵然曰、噫物固相累、二累相召也。捐レ弾而反走。虞人逐而誶レ之。（『荘子』外篇「山木第二十」）

『太平記』に見えるこの成語の典拠については、「この句は荘子、外篇、山木に類似のことが載るが、ここの句に最も近いのは説苑巻九、正諫である」という岩波日本古典文学大系頭注の指摘があり、また、『明文抄』四（人事部下）に「高蟬処二乎軽陰一、不レ知二螳蜋襲二其後一也。晋書」と採録されているのを挙げて、「『晋書』の「石崇伝」にある句を典拠としたものであろう」という遠藤光正氏の指摘がある。(9)

先ず、後者の『晋書』の記事から検討してみよう。これは『晋書』巻三十三（列伝第三）の伝賛の末尾に、次のように見えるものである。

錦障逶迤、亘二以山川之外一、撞レ鐘舞女、流宕忘レ帰、至二於金谷含レ悲、吹楼将レ墜、所謂、高蟬処二乎軽陰一、不レ知三蟷蜋襲二其後一也。（汲古書院刊和刻本）

『蒙求』の「季倫錦障」や「緑珠墜楼」でよく知られた石崇（季倫）についての評である。五十里（約二十八キロメートル）にもわたる錦の歩障をめぐらせて富を誇り、豪奢に営んだ金谷園で愛妓緑珠を侍らせて遊宴に耽り、結局、その緑珠を手に入れようと望む孫秀の要求を斥けたために、緑珠は楼から身を投げ、自分は刑場に牽かれて死ぬことになる。伝賛は、「所謂」としてこの成語を引いている。趙王倫や孫秀に害されることになるとも知らずに遊楽に我を忘れた石崇を、『荘子』の寓言を引いて、ささやかな木陰に身を置く蟬になぞらえたのである。『太平記』に引かれた成語の前半「蟷蜋蟬ヲ窺フ」に相当する内容であって、後半の「野鳥蟷蜋ヲ窺フ」に当たる要素を欠いている。典拠と見做すのは無理であろう。

次に、前者の『説苑』の記事であるが、これは『太平記鈔』にも『荘子』の記事と並べて記載している。次のような内容である。呉の王が荊（楚）を伐とうとして側近の者に、「敢えて諫止しようとする者は殺す」と申し渡した。一人の年若い舎人がいた。弾き弓を持って王の後園に入って遊び、朝露に衣服を濡らして帰って来る。それが三朝も繰り返されると、王も気付かぬわけはない。少年は王の問いにこう答えた。

対曰、園中有レ樹、其上有レ蟬。蟬高居悲鳴飲レ露、不レ知三蟷螂在二其後一也。蟷螂委レ身曲レ附欲レ取レ蟬、而不レ知三黄雀在二其傍一也。黄雀延レ頸欲レ啄二蟷螂一、而不レ知三弾丸在二其下一也。此三者、皆務欲レ得二其前利一、而不レ顧二其後之有一レ患也。[10]

『太平御覧』（巻四五六、人事部、諫諍）にもこの記事が引かれているが、小異はともかく、「此三者」の前に「臣欲レ弾レ雀不レ知二露沾一レ衣」の句があり、露に衣服を濡らして帰ったことの釈明となりえている。これらの類話は『韓詩外伝』（巻十）にも載っているが、そこでは楚の荘王が晋を伐とうとした時の話となっており、「敢諫者死、無レ赦」と言う王に対して、「懼二斧鉞之誅一、而不三敢諌二其君一、非二忠臣一也」と死を決して進諌する人物が登場し、その名を孫叔敖としている。が、孫叔敖が申し上げる寓意的な諌言は、内容・文辞ともに『説苑』の記事と殆ど変わらない。蟬の止まっている樹を「楡」と記す点も一致している。異なる点といえば、王の注意を引くために衣服を露に濡らして後園から帰る舎人の苦策の必要が無くなり、童子が蟬・螳螂・黄雀と同列の存在として登場していることくらいのものである。終りの部分を示せば、次の通りである。

童子方欲レ弾二黄雀一、不レ知下前有二深坑一、後有上レ窟也。此皆言二前之利一、而不レ顧二後害一者也。非二独昆虫衆庶若一レ此也。人主亦然[11]。

『説苑』所載の話に比べると、諷諌としての性格が遙かに希薄になり、話のおもしろみも劣る。『説苑』の記事に基づきながら、孫叔敖の忠諌の話として再構成されたものかと思う。また、『晉書』に「所謂」として引かれた成語の措辞は、『説苑』の「蟬高居悲鳴飲レ露、不レ知三螳螂在二其後一也」の句とよく似ている。これも直接的には『説苑』に拠っているのかもしれない。本源である『荘子』の寓言に比して、説話の構成が簡明であり措辞も平易な『説苑』の記事が、この寓言の流布と伝播に大きく貢献するところがあったのにちがいない。『太平記』の「螳蜋蟬ヲ窺ヘバ、野鳥蟷蜋ヲ窺フ」という表現は、もはやこれ以上切り詰めることのできない簡潔さであって、『荘子』の記事からは勿論、『説苑』の記事からさえも、直ちに個人が創出しうるようなものではない。おそらく、『荘子』の寓言が時空にわたる普通の過程で、漸次余剰の部分を削ぎ落として来たものであろう。

表現は極度に切り詰められて世間普通の俗諺のようであるが、『太平記』の作者は、「蟷蜋蟬ヲ窺ヘバ、野鳥蟷蜋ヲ窺フト云、荘子ガ人間世人（ママ）ノ喩ヘ、ゲニモト思知レタリ」と述べて、この成句がもともと『荘子』に由来していることについての認識を示している。この「荘子ガ人間世人（ママ）ノ喩ヘ」（西源院本）という語句は、『荘子』内篇の「人間世第四」を指すものと見て、「荘子カ人間世ノタトヘ」と記す内閣文庫本（同系統の南都本・筑波大学本には「シンカンセイ」のルビ）や梵舜本（「世」に「セイ」のルビ）の形を本来のものと考えるのが素直であろう。ところが、『太平記鈔』が指摘しているように、これは『荘子』外篇の「山木第二十」の寓言なのであって、作者の記憶違いと思われる。「人間世第四」には、やはり蟷螂に関わる周知の成語、

汝不レ知二夫蟷螂一乎。怒二其臂一以当二車轍一。不レ知二其不一レ勝レ任也。(12)

があって、これと混同した可能性も無いとは言えない。ただ、『太平記』の諸本のうちでもより古態性を保っている神田本に「荘子か人間世たとへ」、西源院本には前記のように「荘子カ人間世人ノ喩ヘ」、玄玖本に「荘子カ人間浮世ノ喩」とあるのを見ると、これを『荘子』の篇名とは解さないで、荘子が人間社会における相互関係の実相を洞察し喝破した比喩という風に受け止める向きがあったらしいと推測される。「人間世篇」については、

「人間《じんかん》は世間《せけん》の意。日本語のように人の意には用いない。この篇は、いかに俗世間に生きればよいかを論ずる。」（森三樹三郎氏訳注『荘子』、中公文庫、昭和49・4）

「「人間世」とは人々の交わる世の中という意味。この篇では具体的な処生の問題を主として述べている。」（金谷治氏訳注『荘子』、岩波文庫、昭和46・10）

「人間世とは、世間ということ。この篇は、世間に処する道を説いたものである。（中略）集団生活の中にあって、各人がどのように処していくかが、常に問題になっていたのである。」（市川安司・遠藤哲夫氏著『荘子』、新釈漢文大系、明治書院、昭和41・11）

などと説かれている。作者の記憶違いだったとしても、「人間世篇」の存在とその内容についての知識が無ければ生じ得ない過誤であったと言える。

五　「寓言」に対する理解

『荘子』（「山木第二十」）の蟷螂の寓言では、蟬・蟷螂・異鵲について、それぞれ「忘二其身一」、「忘二其形一」、「忘二其真一」と批評し、異鵲を追って栗林に入り込み虞人（番人）に叱責されてしまった荘子自身についても「忘二吾身一」、「忘二（吾）真一」と反省する。「物固相累、二類相召也」（「すべて万物はたがいに相手を危険に巻きこみ、利と害とはたがいに相手を招きよせるものだ」〈森三樹三郎氏訳〉）という人間社会の深刻な実相を認識し、自己本来のあるべき姿に順って生きるのがよいということを説く寓言であった。

『太平記』で用いられたこの成語が荘子の深遠な思想を完璧に表象しているかどうか、それは疑問である。その辛竦で巧妙な比喩表現の故に時空を超える普通を獲得することのできた『荘子』出自の成語の多くは、その巧妙な修辞の故に平俗な警句として流通することになりやすいという宿命を負っていたように思う。『説苑』『韓詩外伝』や『晋書』における引用にしても、すでにその方向に踏み出していた。

北畠顕家の率いる奥羽の軍勢は、高・上杉・桃井等の後攻《ごづめ》の軍と青野原（岐阜県不破郡）で戦ってこれを撃破するものの、京を発向した足利軍と対峙した黒血川での決戦を回避して伊勢から南都に回り、桃井の軍と戦って敗れ、結局は和泉の堺で高師直の軍と戦って、建武五（延元三）年五月に顕家は討死にする。鎌倉を発ってから僅か五ヵ月足らずのことである。『太平記』の「蟷螂蟬ヲ窺ヘバ、野鳥蟷螂ヲ窺フト云、荘子ガ人間世人《（ママ）》ノ喩ヘ、ゲニモト思知レタリ」という作者の感慨は、当然のことながら、そのような顕家の死を見通した上での発想なのである。

注

（1）本文は蓬左文庫蔵古活字本による。ただし、私に句読点・返点を施す。以下同じ。

（2）『荘子』で「室」の字を鞘の義に用いた例は見出しがたい。後考を俟つ。

（3）『史記』本文には「如下従二管中一闚上レ天」（「梁孝王世家」）、「若二以レ管窺一レ天」（「扁鵲倉公列伝」）などと見えるが、索隠注の引例については未勘。補 東方朔の「答二客難一」（『文選』巻四十五）の「語曰、以レ管窺レ天、以レ蠡測レ海」の句、注に「善曰、荘子曰、魏牟謂二公孫龍一曰、（中略）是直用レ管窺レ天、用レ錐指レ地、不二亦小一乎」とあるのを指している。『文選』の句は『明文抄』（四、人事部下）に採られている。

（4）本文は古典保存会複製本による。続群書類従本とは小異がある。なお、『秘府略』には他に、『風俗通』から魏の文侯にかかる「枯魚之肆」の類話二条を挙げている。

（5）本文は特に注記する以外、西源院本（刀江書院、昭和11・6）による。ただし句読点・振仮名等は私意により適宜取捨する。

（6）この句は『明文抄』（人事部下）にも「鷦鷯巣林不過一枝。偃鼠飲河不過満腹。〈荘（子）〉」と採られている。

（7）梵舜本にはここに引いた文を欠き、「蛮夷僭上事」の段は直前の「白馬踏歌ノ節会モ不被行、禁裏仙院サビ返リテ、参仕拝趨ノ人モ无リケリ」の文で終わり、細字で「此次奥ニアリ、但異本分也」と注して、巻末にこの文を書写して、その後に「此九行分、東夷僭上一段之終ニ在之、仍異本分写載之、後人用捨歟」と記しているのであるが、それも「彌物笑ノ種ト成ニケリ」で終わっていて、「只（都鄙ニ）歩ヲ失シ人ノ如シ」の句はない。なお、神田本はこの巻を欠いていて、その形は不明である。

（8）補『祖庭事苑』巻三（「雪竇祖英上」）にも「学歩」の語句があり、「荘子秋水、寿陵余子之学行於邯鄲、未得国能、又失其故行矣、直匍匐而帰爾」と注している。『本朝文粋』巻八に載る大江以言の「夏日陪二員外端尹文亭一。同賦三泉伝二万歳声一」の詩序に「定二居東閣一。引二梓材於群英之中一。学二歩北闕一。期二槐路於累葉之下一」の句が見える。員外端尹（春宮権大夫）の藤原頼通が私第（父道長邸）にあっては選りすぐりの文人を招き、朝廷に出ては累代の要職を襲ぐべく政務を学んでいると賞賛した句であるが、この「学歩」は、文雅と政治の二道を念頭に置いているとは思うが、『荘子』の寓言性は全く捨象されている。『十訓抄』（第十、可庶幾才能事）に、清原滋藤の「一文《ハ》一武《ハ》倶迷《ヘリ》レ道《ニ》、為レ我邯鄲歩漸窮《ニル》」の詩句が引かれている。「其身征夷使軍監の武藝にいたりしかども。文の方たくみなりけ」る滋藤が、「ある時詩の落句に作」ったものといえう。文武二道のあいだで自己の本然を喪失しそうになる戸惑いを表白したのであろう。また、東陽英朝撰の『禅林集句』（『定本禅林句集索引』、禅文化研究所、平成2・11）にも「邯鄲学《フ》レ歩《ヲ》〈荘子外篇、巻六ノ十六丁〉」の句が採られている。

(9) 遠藤光正氏『類書の伝来と明文抄の研究―軍記物語への影響―』第六章第四節「太平記と漢籍の出典」(あさま書房、昭和59・11)
(10) 本文は『説苑校証』(向宗魯氏校証、中華書局、一九九一年北京)に拠り、私に訓点を施す。
(11) 本文は宝暦九年和刻本による。この記事は『太平御覧』(巻三五〇、兵部、弾)にも引かれているが、「後有窟也」の「窟」を「掘株」に作っている。
(12) この句は『世俗諺文』や『明文抄』(四、人事部下)にも採られ、『太平記』にも「蟷蜋車ヲ遮リ、精衛ガ海ヲ埋マントスルニ異ラジ」(巻十、小手指原軍事)、「前亡《ノ》余党纔在《ニテ》、揚《ル》二蟷蜋之忿《ヲ》一日」(巻十四、足利殿与新田殿確執事付両家奏状事)、「縦ハ蚍蜉《ノ》動《シ》二大樹《ヲ》一、蟷蜋遮二流車一ラムトスルガ如シ」(巻十六、多々良浜合戦事)などと引かれている。また、『荘子』(外篇「天地第十二」)にも類句がある。

(2) 韓湘説話に見る儒教と荘老思想の相剋

一　はじめに

(1)の「成語と思想のあいだ」においては、『太平記』に引用されている『荘子』のことばをめぐって、その慣用化した比喩表現と見える修辞の中に、『太平記』作者の『荘子』の思想への接近を探ろうと試みた。その中で、『太平記』には『老子』や『荘子』の言葉を単なる成語としてではなく、儒教思想や仏教思想に対立するところの道家の思想を表象する章句として引いている場合も見出されることに触れ、その一つとして、『太平記』巻一の「昌黎文集談議事」を挙げた。そして、この章段には「儒教の立場から仏教を排斥しようとする韓愈と、それに対する批判者として韓湘が登場し、道教思想に立脚する韓湘の議論が展開される」ということを述べた。本稿では、そのことを中心にして考えてみたい。

二　無礼講——方外の逸遊

「昌黎文集談議事」（西源院本。流布本では「無礼講事付玄恵文談事」）は、『太平記』の構成の上では後醍醐天皇の討幕運動の一環として位置づけられている。討幕運動における最初の挫折であった正中の変（一三二四年）に至る、後醍醐天皇とその側近の日野資朝・同俊基等が推し進める計画の一コマである。即ち、中宮御産の祈禱にことよせて法勝寺の円観上人や小野の文観僧正に修せしめた関東調伏の大法秘法（「関東調伏法被行事」）、俊基が籠居と披露して出仕を止め、山伏姿で畿内の地形や東国・西国各地の風俗、在地武士の動員力などを探査した隠密行動（「俊基資朝々臣事」）、資朝が清和源氏の後裔である美濃の豪族土岐頼時や多治見国長を引き入れようと企んだ無礼講（「土岐十郎与多治見四郎謀叛事付無礼講事」）などの話に続き、直接的にはその無礼講の記事を承けている。作者はこれらの章段を通して、討幕計画が進められて行く状況を、挫折の予感をただよわせながら語っているのである。

無礼講に参会した顔ぶれは、張本人の日野中納言資朝を始め、「尹大納言師賢、四条中納言隆資、洞院左衛門督実世、蔵人左少弁俊基、伊達三位游雅、聖護院庁法眼玄基、足助次郎重成、土岐伯耆十郎頼時、同左近蔵人頼員、多治見四郎国長等」（西源院本）である。その様子は、次のように描かれている。

其交会遊飲之体、見聞耳目ヲ驚セリ。献盃之次第上下ヲ不レ云、男ハ烏帽子ヲヌイデ髻《モトヾリ》ヲ放チ、法師ハ衣ヲ着セズシテ白衣也。年十七八ナル女ノ、ミメ貌好《イツクシ》ク、膚殊ニ清ヨラカナルヲ廿余人ニ、褊《スズシ》ノ単《ヒトヱ》計ヲ着セテ酌ヲ取セタレバ、雪ノ膚スキ通リテ、太掖之芙蓉新ニ水ヲ出タルニ不レ異、山海ノ珍ヲ尽シ、旨酒泉ノ如クニ湛《タヽヱ》テ、遊ビ戯レ舞ヒ歌フ。其間ニハ只東夷ヲ亡スベキ企ノ外ハ他事ナシ。(1)

よく知られているように、この無礼講の記事は、明治期の史学者によって作者の虚構であると非難されたもので

あったが、『花園院宸記』（元亨四年十一月一日の条）に、

凡《ソ》近日或《ル》人《ノ》云《ク》、資朝・俊基等、結集会合《シテ》乱遊《ス》。或《ハ》不レ着《セ》二衣冠《ヲ》一、殆《ド》裸形《ニシテ》飲茶之会有《リ》レ之。是《レ》学《ブ》二達士之風《ヲ》一歟。嵆康之蓬頭散帯、達士《ノ》先賢《スラ》尚《ホ》不レ免《レ》二其毀教之譏《ヲ》一。何況《ニンヤ》未《ダ》レ達《セ》二高士之風《ニ》一。偏《ニ》縦《ニシ》二嗜欲之志《ヲ》一、濫《ニ》称《フル》二方外之名《ヲ》一、豈《ニ》協《ヘラン》二孔孟之意《ニ》一乎。此《ノ》衆有《リ》二数輩一。世《ニ》称《シテ》レ之無礼講《ヲ》或称二破礼講一之衆《ト》云々。緇素及《ブ》二数多《ニ》一。

と記されていることが知られて、虚誕の話ではなかったことが明らかになったものである。(2) しかし、この『花園院宸記』の記事と『太平記』の叙述を見比べてすぐ気付かれるのは、『太平記』では殊の外具体的に描かれている「編《スズシ》ノ単《ヒトヘ》計ヲ着」て酌を取る「年十七八ナル女」二十余人が、『花園院宸記』には登場しないことである。花園院の耳には達しなかったのか、院が書き留めるのを憚ったのか、それとも、この部分にこそ『太平記』の虚構があるのか。「太掖之芙蓉」が白居易の「長恨歌」に得た修辞であることは言うまでもない。また、晉の石崇が豪奢に営んだ金谷の別館で愛妓緑珠等を侍らせて遊宴に耽った話は有名であるが、緑珠を求める孫秀の使者に対して、石崇が「尽《ク》出《シテ》二其《ノ》婢妾数十人《ヲ》一以《テ》示《ス》レ之、皆《ニ》蘊《ミ》二蘭麝《ヲ》一被《セシム》二羅縠《ヲ》一」（『晉書』巻三十三「石崇伝」）という場面がある。「結集会合乱遊」の場を表現するのに、あるいは金谷園の遊宴が思いよそえられたのだろうか。それはともかく、花園院はこの無礼講の話を耳にして、これを「達士之風」を真似たものかと推測している。「嵆康之蓬頭散帯」に代表される晉の竹林の七賢のような世俗の羈絆に拘束されない生き方を、ただ形の上だけで模倣するものと見、「孔孟之意」に協《かな》うものではないと批判しているわけである。『晉書』に載る竹林の七賢の各伝に共通する重要な項目は、「好《ム》二荘老《ヲ》一」ということである。それがその生き方の根底にあった。その外面だけを模倣した無礼講を、花園院は儒教の立場から批判したのである。鐘会という貴公子が自分に礼をしなかった嵆康を嫉んで、文帝に「（嵆）康・（呂）安等、言論放蕩《ニシテ》、非二毀《ス》典謨《ヲ》一、帝王《タル》者《ノ》所レ不《ル》レ宜《カラ》レ容《ス》、宜《シク》下因《ツテ》レ釁《ニ》除《キ》レ之《ヲ》、以《テ》淳《ニス》中風俗《ヲ》上」（『晉書』列伝第十九「嵆康伝」）と讒言し、そのために嵆康は処刑される。無礼講についての『花園院宸記』の記事が、荘老的な「達士之風」を「孔孟之意」つまり儒教的な観点から批

判するという構造になっていることが注意される。

そして、もう一つ注意されるのは、花園院の眼には宋代の風潮に感化されて「達士之風」を衒う所行と映った無礼講が、世間では資朝等の倒幕の密議と結び付けて噂されていたことである。『花園院宸記』の無礼講の記事は、院がこの日に伝え聞いた従三位為守（宇多源氏）・智暁法師（西大寺律僧、『太平記』巻二、南都北嶺行幸事に「南都智教」として登場）等の関東召喚という情報に関連して記されたものであるが、無礼講をめぐってさまざまの「街談巷説」が飛び交っていたことも書き留めている。僧俗数多に及ぶ連衆の名を注した一紙が六波羅に落とされたが、それは祐雅法師（『太平記』が記す連衆中の伊達三位游雅）の自筆だったと言う者もあり、中には「高貴之人」の名もあったと言う者もある。源為守は連衆の筆頭だから召喚されたのだとか、智暁法師は常に禁裏に宿直し、武家方にも出入りしていたから事が漏れたのだとか、等々である。花園院は、これらの情報について「何《レカ》是何《レカ》非。真偽難《シ》レ弁《ジ》」と言い、また「街談巷説万端《ナレドモ》。実《ハ》少《ク》虚《ハ》多《キ》者也」とも記しているが、ともあれ、この無礼講を資朝や俊基等の倒幕の密議と結び付ける「閭巷之風聞」はあったわけで、必ずしも『太平記』作者の付会とのみは言えない。

三　韓湘説話と『詩人玉屑』

『太平記』は、「其事トナク常ニ会合セバ、人ノ思イ咎ムル事モコソアレトテ、事ヲ文談ニ寄ソンガ為ニ、其比才学無双之聞ェ有ケル玄恵僧都ト云文者ヲ請ジテ、昌黎文集之談議ヲゾ行ハセケル」として、「昌黎文集談議事」の章段に入る。

古くから『太平記』の作者と伝えられ、現在でもその成立に深く関わったのではないかと考えられている玄恵の『太平記』における最初の登場である。玄恵は「謀叛之企トハ夢ニモ不レ知《ラ》」に、会合の度ごとにその席に臨んで、「玄ヲ談ジ理ヲ別《ワカ》」ったという。「談玄」という語は多く荘老の道を談論する意に用いられるし、「談理」や「析理」

という語もまた荘老あるいは理学つまり宋学流の議論について言われる。玄恵の学識について語る際には決まって引き合いに出される資料であるが、元応元年（一三一九）の閏七月四日に、院の御所の御影堂の上局で日野資朝や菅原公時等が『論語』の談義を催した時、多くの僧たちに交って玄恵も参会し、御簾の内で聴聞した花園院をして、「玄恵僧都義《ノ》誠達道歟《ニ》。自余又皆《モ》談《ツマビラカニシテ》、義勢悉叶《クヘリ》二理致《ニ》一」（『花園院宸記』）と感嘆せしめるということがあった。博士家の伝統的な訓詁の学とは異なる、新しい時代の機運に即しながらも急進的ではない玄恵の学問が、好学の花園院の心を捉えたのであろう。

玄恵を招いての『昌黎文集』の談義は、しかし「昌黎赴《クト》二潮州《ニ》一云《フ》長編」を取り上げるに及んで頓挫した。この左遷流謫の作の講義を聞いて、聴講の連衆は「是ハ不吉之事也」（書）と忌み、「呉氏（子）・孫氏（子）・六韜・三略ナンドコソ可《キ》レ然当用之文ナレ」と言って談義を中止してしまった。倒幕の密議をカムフラージュするための談義に、今必要なのは『呉子』『孫子』『六韜』『三略』等の兵法の書だというのもおかしなものだが、とにかく談義は中止された。「昌黎赴二潮州一」というのは、『韓昌黎集』巻十に載る、「左遷《セラレテ》至《リ》二藍関《ニ》一示《ス》二姪孫湘《ニ》一」という題の、有名な次の詩を指している[3]。

一封朝《ニ》奏《ス》九重《ノ》天　夕《ニ》貶《セラル》二潮州《ニ》一路八千
欲《ス》下為《ニ》二聖明《ノ》一除《ント》中弊事《ヲ》上　肯《テ》将《テ》二衰朽《ヲ》一惜《ンヤ》二残年《ヲ》
雲横《テ》二秦嶺《ニ》一家何《ニカ》在《ル》　雪擁《シテ》二藍関《ヲ》一馬不《レ》前《マ》
知《ヌ》汝《ガ》遠《ク》来《ル》応《シ》レ有《ル》レ意　好《シ》収《メヨ》二吾《ガ》骨《ヲ》瘴江《ノ》辺《ニ》一

七言律詩である。近体の七律を「長編」とは呼びがたいが、おそらく、その詠作事情として語られる説話を含めて念頭に置いているのであろう。韓愈は言うまでもなく中唐を代表する詩人の一人であるが、「彼昌黎ト申ハ晩唐之末ニ出テ、文才優長之人也ケリ。詩ハ杜子美・李太白ニ肩ヲ較《ナラ》べ、文章者漢魏晉宋之間ニ傑出セリ」と語り始められる説話は、次のような構成になっている。

1　韓愈は、猶子の韓湘が学問や詩文を嗜まずに道士の術を学ぶのを、小人の所行であり君子の恥じるところであると教訓した。

2　韓湘は、私は無為の境に遊んで世俗の是非を超えたところで自得しており、むしろ、あなたが古人の糟粕に甘んじて一生を空しく送るのを気の毒に思っている、と反駁する。

3　韓愈が、この場で造化の工《たくみ》を奪って見せるならお前の言を信じようと言うと、韓湘は無言で、前にあった瑠璃の盃を伏せてすぐに仰向ける。と、中に碧玉の花の枝があり、花の中に金字で書いた「雲横《ハテ》二秦嶺《ニ》一家何《ニカ》在《ル》、雪擁《シテ》二藍関《ヲ》一馬不《スゝマ》レ前」という一聯の句があった。韓愈が手に取ろうとすると、それは忽然と消えた。

4　その後、韓愈は仏法を排斥し儒教を尊ぶべきことを奏上した科で潮州に流されることになるが、途中、日も暮れて雪中に進退を失っているところへ、どこからともなく韓湘が現れた。

5　韓愈は、先年の碧玉の花の一聯は左遷の予告だったのか、お前がここに来たのは、私が謫地で死んで再び帰ることはできないということなのだろうと、先の一聯に六句を補って韓湘に与え、両人は泣く泣く東西に別れた。

この韓湘説話の典拠については、狩野直喜氏が大正七年二月に「太平記に見えたる支那の故事」と題して行った講演(4)で、中国の伝承と比較してかなり詳しく述べている。氏は、これに関係ある話として、

①唐の段成式撰『酉陽雑俎』（巻十九、広動植類之四、草篇）

②宋の李昉等撰『太平広記』（巻五十四「韓愈外甥」）に引く『仙伝拾遺』

③元（宋の誤り）の劉斧撰『青瑣高議』（前集巻九「韓湘子」）

の三書を挙げ、①と②の内容を述べて両書が『太平記』にある話とは合わず、「太平記と全く合する」のは③であることを指摘して、さらに次のように説いている。

一体玄慧が文談をしたといふ事が、実事か否や分らぬ。仮にこれは作者が面白く作った話しとしても、何故に最後の話を取ったか、当時太平広記も酉陽雑俎も恐らく日本に来て居たであろう、此の話しが尤も旧いのは仙伝拾遺であるが之を取らず、青瑣高議を取ったのは、必ずしも話しが面白いといふ訳でなく、他に理由あり。それは前に申す昌黎文集である。昌黎文集（五百家注音弁昌黎先生文集）といふものがある。これは早く我国に伝はり、我国に旧く板がある位であるが、其の中に前に挙げたる詩の下に注あつて、右の酉陽雑俎と青瑣高議を引いて居る。それで恐らくは、作者が其の内の面白い方の青瑣高議を取ったものと思ふ。

青木正児氏も[5]「唐の韓若雲の『韓仙伝』（説郛・宝顔堂秘笈に収む）及び『仙伝拾遺』韓愈外甥（太平広記巻五十四に引く）の話を混合したもので、恐らく宋の劉斧の『青瑣高議』から取ったものらしい」と説いているのであるが、狩野氏の所説はその『青瑣高議』の記事も『昌黎文集』の注に引かれたものに拠ると限定しているわけである。

『太平記』の韓湘説話が『青瑣高議』所載の系統であることは両氏の発言のとおりであると思われるので、①の『酉陽雑俎』や②の『仙伝拾遺』の所伝について、ここで更めて触れることはしない。ただ筆者はかつて『詩人玉屑』所引の「青瑣集」の記事に拠ったのであろうと推測したことがあるので、[6]その点について述べて置きたい。

『青瑣高議』（前集、巻九）の「韓湘子（湘子作詩讖文公）」の説話は、宋の阮閲撰『詩話総亀』（巻四十七、神仙門下）・宋の佚名氏撰『分門古今類事』（巻四）・南宋の曾慥撰『類説』（巻四十六）・明の陶宗儀撰『説郛』（重較本巻二十六）などにも引かれている。『詩人玉屑』（全二十巻或いは二十一巻）は、淳祐甲辰年（一二四四）の黄昇の序を有し、南宋の魏慶之が詩話・詩論を類纂集成したものであるが、特にこの書を『太平記』の韓湘説話の直接の拠り所と見た理由は、次の諸点にあった。

(1)『花園院宸記』の正中二年（一三二五）十二月二十八日の条の裏書に、「近代有リ二新渡ノ書一、号ス二詩人玉屑ト一。詩之髄脳也」とあり、この書が鎌倉末期にわが国に将来されていたこと。

(2)　二条良基などもこの書を近衛道嗣から借覧し（『愚管記』、延文四年七月十五日の条）、河内教興寺の阿一上人から講釈を受けており（『忠光卿記』、康安元年六月六日の条）、当時貴紳のあいだで読まれていたこと。

(3)　虎関師錬もその詩論（『済北集』巻十一「詩話」）の中に「玉屑集」の記事を引き、義堂周信もこの書を読み引載された詩句を誦する（『空華日用工夫略集』、応安五年五月二十八日の条）など、五山禅林社会でも読まれていたらしいこと。

(4)　なかんずく、玄恵が『花園院宸記』の記事よりも一年早く、正中元年十二月下旬に「茲書一部、批点句読」（版本識語）を施し、この書の流行の魁をなしたらしいこと。

(5)　『太平記』の韓湘説話の末尾の「誠ナル哉、癡人之面前ニ不《ト》レ説《トカ》レ夢《ヲ》二云事ヲ」ということばは、『太平記鈔』には「無門関、仙翁子無鬚ニ、癡人《ノ》面前《ニ》不レ可《カラ》レ説《ク》レ夢《ヲ》トアリ」とあるが、『詩人玉屑』（巻七・巻十三）にも「所謂癡人面前《ニ》不レ得レ説《コトヲ》レ夢《ヲ》也」と類句が見られること。

(6)　さらに、『太平記』が「彼ガ猶子ニ韓湘ト云者アリ」と韓湘を韓愈の「猶子」とする点は、『青瑣高議』（古典文学出版社、一九五八年・上海）に「韓湘、字清夫、唐韓文公之姪也」（『昌黎先生集』注・『類説』・『説郛』等の所引本文も、それぞれ「公姪也」「公侄也」「韓退之姪」）と記すのとは異なるが、『詩人玉屑』所引本文に「韓湘、字清夫、文公猶子也」とあるのとは一致すること。(7)

以上である。しかし、(1)〜(4)は所詮状況証拠に過ぎないし、(5)も確たる証拠にはならない。(8) (6)にしても、例えば前記『詩話総亀』所引「青瑣集」に「韓湘字清夫、文公猶子也」とあり、『分門古今類事』所引「青瑣」にも「韓湘、昌黎文公猶子也」とあるから、そういう本文をもつ『青瑣高議』の一伝本「青瑣集」があったようで、その経路を『詩人玉屑』所引本文に特定することは難しいということになる。

ところで、韓愈の「左遷《セラレテ》至《リ》二藍関《ニ》一示《ス》二姪孫湘《ニ》一」詩は、『太平記』（西源院本）では、次のような本文になっている。

一封朝奏九重天、　夕貶①潮陽路八千、
②本為聖明除弊事、　③豈将衰朽惜残年、
雲横秦嶺家何在、　雪擁藍関馬不前、
知汝遠来④須有意、　好収吾骨瘴江辺、

これを先に掲げた『韓昌黎集』（万治三年板本）の本文と比べてみると、①潮陽—潮州、②本—欲、③豈—肯、④須—応、の四項において異同が見出される。このうち、②と③の二項は方崧卿の校勘に基づいた朱熹の『朱文公校韓昌黎先生集』（四部叢刊所収）の校注にも見え、また④を除く三項については『昌黎先生集』（四部備要所収）や万治三年板本の校注にも触れられている。銭仲聯氏の『韓昌黎詩集繫年集釈』（巻十一）校記によれば、四項の全てにおいて『太平記』と一致するのは『詩話総亀』所収の「青瑣集」だけで、④を除く三項で共通するのは『又玄集』と『太平広記』所引の「仙伝拾遺」である。因みに、『苕渓魚隠叢話』所引の『藝苑雌黄』は、①と②だけが『太平記』と同じであるらしい。ただし、四項全てが一致する『詩話総亀』所引の「青瑣集」も、「弊事」を「弊政」に作ることと、「豈将」の「将」を「於」に作ること、この二点で『太平記』とは異なっているということが注目される。

当然、『太平記』の伝本間の異同の有無ということも問題となるところである。古本系の『太平記』諸本と『青瑣高議』系の韓愈詩の本文異同を整理すると、次の表のようになる。上記の四項について西源院本と一致するものに〇、『韓昌黎集』及び『全唐詩』の本文と一致するものに▼を付し、いずれにも合わない異文は原本のままに記すことにする。

これを見ると、①と④の二項は『太平記』の各伝本が『詩人玉屑』と一致していることがわかる。そして、②と③の二項に伝本による異同があり、玄玖本・内閣文庫本等はこの二項に『韓昌黎集』の影響を受けているらしいこと、西源院本・梵舜本・義輝本は③においてのみ『青瑣高議』の鈔本系の影響を受けているらしいこと、さらに、諸本中

	西源院本	梵舜本 義輝本	神田本	玄玖本 松井本	内閣本 相承院本	詩話総亀 詩人玉屑	古今類事	青瑣高議	昌黎集 全唐詩
①	潮陽	○	○（イ本▼）	○	○	○	○	○	潮州
②	本	○	○	▼	▼	○	○	○	欲
③	豈将	○	豈於	▼	▼	豈於	○	敢将（鈔本○）	肯将
④	須	○	○	○	○	○	深	深	応

最も古態を保つことの多い神田本が四項の全てで『詩話総亀』『詩人玉屑』に合致していること、等が知られる。ただし前記のごとく『詩話総亀』の「弊政」は、『太平記』のいずれの伝本とも合致しない。なお、玄玖本は「知《ンヌ》汝《ガ》遠《ク》来《タル》須《ラク》シレ有《ル》レ意」の「意」を「心」に作るが、訓に牽かれた誤記なのであろう。同系統の松井本や神宮徴古館本は「意」となっている。すでに挙げた六項目の条件に、右の調査結果を併せ考えれば、『太平記』における韓湘説話の典拠を『詩人玉屑』と断じることも不可能ではあるまい。[9]

四　韓湘の造型──「是非之外」に自得する

『太平記』の韓湘説話の典拠が『詩人玉屑』であるとすると、作者によって次のような要素が切り捨てられ、また補われたことになる。

先に掲げた説話構成の3に当たる部分の冒頭に、「昌黎重テ曰、汝ガ云処、我未レ信、今則造化之工ヲ奪コトヲ得ムヤト問ニ」とある。この「汝ガ云処」とは、『太平記』の本文では後に掲げるような荘老的な議論のことであるが、原話では、韓愈が湘の志を見るために詩を作らせ、それに応えて湘が示した、次の詩を指すことになる。

青山雲水《ノ》窟　此《ノ》地是《レ》吾《ガ》家　後夜流《シ》二瓊液《ヲ》一　凌晨咀《クラフ》二絳霞《ヲ》一

琴《ニ》弾《ジ》二碧玉《ノ》調《ヲ》一　炉《ニ》錬《リ》二白朱砂《ヲ》一　宝鼎存《シ》二金虎《ヲ》一　元田《ニ》養《フ》二白鵶《ヲ》一
一瓢蔵《シ》二世界《ヲ》一　三尺斬《ル》二妖邪《ヲ》一　解《シ》レ造《ツクルコトヲ》二逡巡《ノ》酒《ヲ》一　能開《カシム》(頊)二須刻花《ヲ》
有《テ》レ人能《ク》学《ビバ》レ我《ニ》　同《ク》共《ニ》看《ン》二仙葩《ヲ》一　（寛永十六年板本『詩人玉屑』）

この詩は『全唐詩』（巻八六〇仙）に「言志」の題で収められており、題注には「韓湘、字《ハ》清夫、愈之猶子也。落魄不羈《ニシテ》、愈強《フルモ》二之《ニ》婚宦《ヲ》一、不レ聴《カ》。学《ンデ》レ道《ヲ》仙去《ス》」と記している。愈が湘に結婚し仕官して身を固めるように責めたが、湘は聞き入れず道士の術を学び、仙人になって去ったというのである。結婚を強いる話は、『青瑣高議』は勿論、『酉陽雑俎』や『仙伝拾遺』にもない異伝である。いずれにせよ、まさに世外に悠々と逍遥する道士の生き方を選んだ自分の意志と、すでに道術を身に付けたことを示した内容の詩であるが、特に「能開《カシム》二頊刻花《ヲ》一」、瞬時に開く花を咲かせることができると誇示したのを受けて、愈が「子能《ク》奪《ハン》二造化《ヲ》一耶」とからかうことになるのである。『太平記』の作者は、韓湘について「是ハ文学ヲモ嗜マズ、詩篇ニモ携ラズ、只道士之術ヲ学デ、無為ヲ業トシ、無事ヲ事トス」と述べている。学問・詩文に関心を持たないとした以上、その湘に詩を作らせるわけにもいくまい。そこで、この湘の詩を削って、その内容を踏まえながら、次のような二人の対話を構成している。仮に「　」を補い、適宜改行して示すことにする。

或時、昌黎、韓湘ニ向テ申ケルハ、

「汝天地之中ニ化生シテ、仁義之外ニ逍遙ス。是君子之恥ル処、小人之為ル処也。我常ニ汝ガ為ニ是ヲ悲コト切ナリ。」

ト教訓シケレバ、韓湘大ニアザ笑テ申ケルハ、

「仁義ハ大道之廃ル、処ニ出テ、学教ハ大偽之起ル時ニ盛也。吾無為之境ニ優游シテ是非之外ニ自得ス。去バ真宰（之）臂ヲ割《サイ》テ、壷中ニ天地ヲ蔵《ヲサ》メ、造化之工ヲ奪テ、橘裏ニ山川ヲ待(峙)ツ。却テ悲乎《ラクハ》、公之只古人之糟粕ヲ甘

ンジテ、空ク一生ヲ区々之中ニ誤ル事ヲ。」

ト答ヘケレバ、昌黎重テ曰、

「汝ガ云処、我未レ信。今則造化之工ヲ奪コトヲ得ムヤ。」

右の対話、特に湘の発言の中には、『太平記鈔』以来の諸注釈書が指摘して来たように、『老子』や『荘子』の言葉が多く踏まえられている。煩を厭わずに挙げれば、次のとおりである。

○大道廃《レテ》而有《リ》二仁義一。智慧出《デテ》而有《リ》二大偽一。（『老子』第十八章）

○芒然《トシテ》彷二徨《シ》乎塵垢之外《ニ》一、逍二遙《ス》乎無為之業《ニ》一。（『荘子』「大宗師第六」。「達生第十九」では「無事之業」）

○若《キモ》レ有二真宰《ルガ》*一、而《モ》特《ひとり》不レ得二其《ノ》眹《あとヲ》一。可《キハ》レ行《フ》已《はなはダ》信《ナルモ》、而《モ》不レ見二其《ノ》形《ヲ》一。有《リテ》レ情而無《シ》レ形。（『荘子』「斉物論第二」）

＊「真宰」は道家で謂う天。天地の主宰者。創造主。

○桓公読《ム》二書《ヲ》於堂上《ニ》一。輪扁*斲《けづル》二輪《ヲ》於堂下《ニ》一。釈《おキテ》二椎鑿《ヲ》一而上《リ》、問《ヒテ》二桓公《ニ》一曰《ク》、敢《テ》問《フ》、公之所《ハ》レ読《ム》為《ス》二何《ノ》言《ト》一邪《ト》。公曰《ク》、聖人之言也《ト》。曰《ク》、聖人在《リ》乎《ト》。公曰《ク》、已《ニ》死《セリト》矣。曰《ク》、然《ラバ》則《チ》君之所《ノ》レ読《ム》者《ハ》、古人之糟粕《ナル》已《のみト》夫。（『荘子』「天道第十三」）[10]

＊「輪扁」は車大工の名。

作者はこれらの荘老の言葉の上に、さらに神仙譚を加えている。即ち、湘の詩に「一瓢蔵二世界《シ》《ヲ》一」とあった句を契機にして、費長房が壷公という仙人に伴われて一つの壷の中に入り、そこに日月・天地・楼閣や多数の侍者を見たという話（『神仙伝』）を引いて「壷中ニ天地ヲ蔵メ」と言い、これに似た伝説、巴邛（四川省）の人某が自家の橘園になった三斗入りの盎《ほとぎ》ほどもある大きな二つの橘の実を割ったところ、それぞれの中に二人の老人が居て象戯（将棋）を打っていたという話（『幽怪録』）を対偶させて「橘裡ニ山川ヲ峙ツ」と表現した。読者や聴衆にも理解しやすい神仙譚で、湘の詩の晦渋な道教的色彩を和らげつつ、荘老の言葉を裁ち入れて、韓愈と韓湘の対話を儒学と道学の対立という構図に仕立てている。これは作者の創意によるものであろう。『詩人玉屑』所載の原話には道学を批判する韓愈の言葉はなく、ただ「文公強《フ》二之学《ニヲ》一」（韓愈が湘に儒学を修めるように諭した）とあるだけである。それを湘が「湘之所《ハ》レ学《ブ》、非《ズ》二公之知《ルニ》レ之《ヲ》」と反駁するところから話が始まるのである。韓湘の説話は、儒教を尊んで道教と仏教を排斥した韓愈に対して、これを道教の側から再批判するために作り上げられたものであることは容易に想像できる。

この説話の形成と流布については早く久保天随氏が詳述しているが、(11)氏も触れているように、明の蔣之翹はこの詩の題注で、湘の進士登第という事実を指摘して、

況《ヤ》公之貶《セラルルハ》　在《リ》二憲宗《ノ》元和己亥《ニ》一、又四年《アリテ》　為《リ》二穆宗《ノ》長慶癸卯《ト》一、湘始《メテ》　登第《ス》。豈《ニ》湘既《ニ》学《ンデ》レ仙《ヲ》而又出《デテ》　仕《フル》歟。其《ノ》事怪妄不経《ニシテ》、史伝《ニ》無《シ》レ載《スルコト》。而《ルニ》　旧之注《スル》二公《ノ》詩《ヲ》一者、乃《チ》為《ニ》レ之《ガ》取《ル》。亦鄙陋甚《シ》矣。（『韓昌黎集』万治三年板本）

と、この説話の虚誕性を批判している。いつの詠作かわからないが、韓愈に「贈《ル》二族姪《ニ》一」（『韓昌黎集遺文』）という詩がある。この「族姪」が誰なのかも不明なのだが、全二十二句から成る詩の終りに近く、「撃《ツ》レ門《ヲ》者誰《ガ》子《ゾ》、問《ヘバ》　言《フ》乃《チ》吾《ガ》宗《ト》。自《ラ》云《フ》有《リ》二奇術一、探《ツテ》レ妙《ヲ》知《ルト》二天工《ヲ》一」という句がある。説話の韓湘を彷彿させる「族姪」であるが、久保氏の説くように、「元来これは逸詩であるから、或は後人の偽作であるかも知れない」、その可能性もある。

韓愈の一人息子の昶《ちょう》は、湘に一年遅れて長慶四年（八二四）に進士に登第しているが、それに先立つ元和十一年（八一六）に、韓愈は昶のために学問の効用を説く詩を詠んでいる。「符読《ム》二書《ヲ》城南《ニ》一」（『韓昌黎集』巻六）と題する詩で、「符」は昶の少名である。その冒頭に、

木之就《クコトハ》二　規矩《ニ》一　在《リ》二梓匠輪輿《ニ》一　人之能為《クルコトハ》レ人　由《テナリ》三　腹有《ニルニ》二詩書一
詩書勤《ムレバ》　乃有《チリ》　不《ンバ》レ勤《メ》腹空虚《ナリ》　欲《セバ》レ知《ラント》二　学之力《ヲ》一　賢愚同一初
由《ツテ》二其《ノ》不《ルニ》レ能《ハ》レ学《ブコト》　所《ル》レ入《ニ》遂異《ニス》レ閭《ヲ》

と述べている。多分に功利的な学問観であるのは、教誡の対象が弱年者だからであろう。儒学の衰えた時代の情況に対する韓愈の慨嘆と、諸子百家の異端を拒絶し、仏・老二教を排斥して、儒学を復興して狂瀾を既倒に廻らそうとす

るその熱意は、『古文真宝』後集（巻二）にも収められていて有名な「進学解」（『韓昌黎集』巻十二）の「国子先生」像に凝集している。『太平記』における韓愈の像も、先ずはこの儒学の鼓吹者という点で捉えられていると言える。

五　『太平記』における韓愈の造型

『太平記』の韓愈は、学問・詩文に身を入れないで道教にかぶれた韓湘を「是君子之恥ル処、小人之為ル処也」と諫めるけれども、湘の儒教批判に対して儒教を擁護力説するわけではない。むしろ湘が示現させた道士の術の玄妙さに黙してしまう。そして後に流謫の途中で湘に遇った時には、「前年碧玉之花ノ中ニ見ヱタリシ一聯句ハ、汝我ニ予メ左遷之愁ヲ告ゲ知ラシメケルナリ。今又汝爰ニ来レリ。料《ハカリ》知ヌ、我遂ニ謫居之愁ヘ死デ帰ル事ヲ得ジト。再会期無クシテ、遠別ニ合、豈悲ムニ堪ンヤ」と、全く屈伏してしまうことになる。勿論、原話の構造に従ったまでのものである。『太平記』の作者自身、ここで儒教と道教の宗論を構えて展開しようなどという積極的な意志は、持っていなかったようである。

韓愈その人の荘老に対する批判は、例えばその評論「原道」篇（『韓昌黎集』巻十一、雑著）などに詳論されている。『太平記』における湘の儒教批判に対する駁論ともなりそうな意見を、それから少し引いてみることにする。

博愛《クスルヲ》之謂《フ》レ仁《ト》。行《ヒテ》而宜之《シクスルヲ》之謂《フ》レ義《ト》。由《ツテ》レ是《ニ》而行《クヲ》焉之謂《フ》レ道《ト》。足《リテ》二乎己《ニ》一無《キヲ》レ待《ツコト》二於外《ニ》一之謂《フ》レ徳《ト》。仁与《ト》レ義《ハ》為《リ》二定名一、道与《ト》レ徳《ハ》為《リ》二虚位一。故道有《リ》二君子小人《ニ》一、而徳有《リ》レ凶有《リ》レ吉。老子之小《ナリトシテ》二仁義《ヲ》一、非二毀《スルハ》之《ヲ》一也、其見《ルノ》者小《ナレバ》也。坐《シテ》レ井《ニ》而観《テ》レ天《ヲ》、曰《フハ》二天小《ナリト》一者、非《ザル》二天小《ナルニハ》一也。（中略）凡吾所《ソガ》謂道徳《ト》二云《フ》者、合《セテ》二仁与《ト》レ義《ヲ》言《フ》之也。天下之公言也。老子之所謂道徳《ト》二云《フ》者、去《リテ》二仁与《ト》レ義《ヲ》言《フ》之也。一人之私言也。（中略）今其言《ニ》曰《ク》、聖人不《ンバ》レ死《セ》、大盗不《マ》レ止、剖《キ》レ斗《ヲ》折《ラバ》レ衡《ヲ》、而民不《ト》レ争《ハ》。嗚呼、其《レ》亦不《ル》レ思《ハ》而已矣。如《モシ》古《ニ》之無《カリセバ》二聖人一、人之類滅《ビテ》久《シカラン》矣。何也《トナレバ》。無《ク》三羽毛鱗甲《ノ》以《テ》居《ルコト》二寒熱《ニ》一也。無《ケレバ》二爪牙《ノ》以《テ》争《フコト》レ食《ヲ》也。（下略）

また、「出門」（『韓昌黎集』巻一）という詩には、「古人雖《モ》二已《ニ》死《スト》一、書上有《ニリ》二其辞《ノ》一其或作レ遺 開《イテ》レ巻《ヲ》読《テ》且想《ツヘバ》、千載若《シ》二相期《スルガ》一」といった表現もあって、古典を「古人之糟粕」と見る考えに対する批判ともなっている。『太平記』の作者は説話の中で、韓愈にこのような意見を開陳する場を与えなかったけれども、荘老の側からの儒教批判の肝要な点は、湘の発言の中に要領よく取り込んでいるということになる。

『荘子』には、孔子を登場させることによって儒教を批判する寓話が少なくない。例えば、「天道第十三」に次のような話がある。孔子が書物を周王室の書庫に保管してもらおうと、徴蔵史（書庫の役人）の老聃《ろうたん》に頼むが、老聃は承諾しない。孔子は十二経（六経と六緯か。諸説あり）をひもといて説明しようとすると、老聃は遮ってその要点だけの説明を求める。そこで孔子は「要在《ハリ》二仁義《ニ》一」と答え、さらに「中心物愷《（易）シ》、兼愛《シテ》無《キ》レ私、此《レ》仁義之情也」と説明する。すると老聃は、その説を瑣末で迂遠であるとし、天地・日月・星辰も、禽獣・樹木もそれぞれの本性に従って存在している、「夫子亦《モ》放《ヨリテ》レ徳《ニ》而行《ヒ》、循《ヒテ》レ道《ニ》而趨《ラバ》、已《ニ》至《ラン》矣。又何偈偈乎《ソケツケツコトシテ》掲《グルコト》二仁義《ヲ》一若《クナル》三撃《チテ》レ鼓《ヲ》而求《ムルガ》二亡子《ヲ》一焉。意《アア》、夫子《ハ》乱《スモノ》二人之性《ヲ》一也」と説いて、孔子の仁義、墨子の兼愛をともに批判する。また「天運第十四」では、孔子が老聃に向かって、「自分は詩・書・礼・楽・易・春秋の六経を学んで修得し、先王の道を論じて周公旦・召公奭《せき》の事蹟を説いたが、どの君王も用いてはくれなかった」と言うと、老聃は「あなたが名君に出会わなかったのはむしろ幸いでした」と言い、「夫《レ》六経《ハ》先王之陳迹也。豈其所《ノ》二以《ナラン》迹《ツクル》一哉。今、子之所《ハ》レ言《フ》、猶《ホ》《キ》レ迹《ノ》也」と語を継いで、鳥や虫の雌雄和合のさまを例に挙げて述べた上で、「性《ハ》不レ可レ易《カラカフ》、命《ハ》不レ可《カラ》レ変《フ》、時《ハ》不レ可《カラ》レ止《ム》、道《ハ》不レ可レ壅《カラフサグ》、苟《シクモ》得《バ》二於道《ヲ》一、無《ク》二自《ヨルトシテ》而不《ル》レ可《ナラ》、失《ハバ》レ焉《ヲ》者、無《シ》二自《ヨルトシテ》而可《ナルハ》一」と結論する。この「六経は先王の陳迹なり。豈其の迹づくる所以ならんや」の句について、遠藤哲夫氏（新釈漢文大系）は、「六経は先王の道を載せたものであるが、六経になる以前、先王はすでに死んでいるのでその道の行われた時の価値はすでに失われている」というのであると説明している。つまり「古人之糟粕」ということである。孔子はこの老聃の話を聞いて帰り、三ヵ月閉じ籠って考えた末に、「自分は久しく造化と一体化することがなかった。造化と一体化しないで、人を教化することなどできるわけがない」と悔悟したということになっている。

道学の徒の手で作られた韓湘説話においては、儒教鼓吹の韓愈は、『荘子』の寓言の世界における孔子と同じような役割を背負わされている。そして、その説話を受け入れた『太平記』においても、基本的には変わるところがないのである。

六　「文」による「武」への批判

この「昌黎文集談議事」という章段が導入された契機は、本稿の初めに述べたように、日野資朝等が行った無礼講にあった。『太平記』は当時の「閭巷之風聞」（『花園院宸記』）に基づいて、これを資朝等の倒幕の密議の場として設定した。一方、花園院の眼に映った「達士之風」を衒う時代の流行という批評は、おそらく当時の知識人の共通した認識だったのであろう。『太平記』が、花園院の言う「孔孟之意」と「達士之風」の対立を、玄恵を招いて行った文談の場に移して、そのテキストの内容の世界に持ち込み、儒学と道学の相剋として韓愈と韓湘に肩代わりさせたのは、巧妙な話の展開であったと言える。

問題は、その結末である。作者は、韓湘説話を語った後に、

誠ナル哉、癡人ノ面前ニ不《ト》レ説《カタラ》レ夢《ヲ》二云事ヲ。此談義ヲ聞ケル人々ノ忌思ケルコソヲロカナレ。（神田本）

と結んでいる。談義のテキストに左遷流謫の詩が出て来たので、これは不吉な作品だったと縁起をかついで、『昌黎文集』の談義を中止してしまった連衆の思考パターンを、作者は痴愚に類するものと非難しているのであるが、この結末は、韓愈と韓湘の話を読み進めて来た者に、いかにも唐突な印象を与える。その唐突さは、儒・道二教の相剋としての韓愈と韓湘の話の文脈に沿っていない、つまりその次元を異にしているところから生じていると考えられる。

この話末の評言は、当然、韓湘説話に入る直前の叙述、即ち、

　彼文集ノ中ニ、昌黎赴《ク》二潮州《ニ》一ト云長篇アリ。此所ニ至テ談義ヲ聞人々、皆、是不吉ノ書也ケリ、呉子・孫子・六韜・三略なんどこそ可《キ》レ然当用ノ文ナレとて、昌黎文集ノ談義ヲバ止テケリ。（神田本）

という文に続けて読むべきで、そうすれば、ごく自然な文の流れとなる。話末、というよりも章段の末尾の評言が、直前の記事の増幅や説話の挿入などのために前文との繋がりを切断もしくは疎隔されて、文脈から浮いた形になり、取って付けたような印象になる事例は、『太平記』だけでなく、軍記物語全般に多く見出されるところである。

『太平記』の作者は、「昌黎文集ノ談義」によって代表される学問・文学の世界と、「呉子・孫子・六韜・三略なんど」に象徴される武闘・政治の世界を対置させた。その上で、「是不吉ノ書也ケリ」として前者を斥けて後者の現実的効用を選び、その揚句に非業の死を招いた者たちを、「ヲロカナレ」と批評した。「吾無為ノ境ニ優游シテ是非ノ外ニ自得ス」（神田本）という韓湘の立場からは勿論のこと、「儒教ヲ可《キ》レ貴」ことを唱道する韓愈の立場からしても、それは、「ヲロカ」なことなのである。

注

（1）本文は西源院本（刀江書院刊）に拠る。ただし、句読点・振仮名・返点等は私に適宜取捨する。以下、特に注記する以外は同じ。

（2）釜田喜三郎氏「文芸とは何であるか——楠木正成の神謀鬼策——」（『神戸商船大学紀要　文科論集』4、昭和31・3。『太平記研究——民族文芸の論——』所収、新典社、平成4・10）

（3）本文および訓読は、万治三年板『唐韓昌黎集』（『和刻本漢詩集成』7、汲古書院、昭和50・6）に拠る。

（4）狩野直喜氏「太平記に見えたる支那の故事」（国文学会講演原稿、大正7・2。『支那学文藪』所収、みすず書房、昭和48・4）

（5）青木正児氏「国文学と支那文学」（岩波講座「日本文学」、昭和7。『支那文学藝術考』所収、弘文堂書房、昭和17・8）

（6）拙著『太平記の比較文学的研究』第二章第一節「太平記に摂取された漢詩文の概観」（角川書店、昭和51・3）。および「中国古典と『太平記』」（『国文学解釈と鑑賞』56―8、平成3・8）。補　柳瀬喜代志氏が「韓湘子説話の展開」（『中国詩文論叢』11、平成4・10）および「中世新流行の詩集・詩話を典拠とする『太平記』の表現―『太平記』作者の嚢中の漢籍考―」（和漢比較文学叢書15『軍記と漢文学』、汲古書院、平成5・4）において、「韓湘子」の説話を取り上げている。両論考とも同氏著『日中古典文学論考』第Ⅱ部第四（汲古書院、平成11・3）に所収。氏は『詩人玉屑』の外に、『詩話総亀』との関係にも着目している。

（7）「猶子」は『礼記』（檀弓上）に「兄弟之子《ハ》猶《ホ》《キ》レ子《ノ》也」とあり、甥の意である。韓湘は、『韓昌黎集』の詩題に「姪孫湘」とあるように韓愈の甥の子である。愈の父韓仲卿は大暦五年（七七〇）に没し、当時まだ三歳の愈は、三十歳も年の離れた長兄の会（大暦十三年没）と嫂鄭氏に養育された。会に子が無く次兄の介がその養子となるが、介に百川・老成の二子があり、甥ながら愈とほぼ同年輩の老成の子が湘である。老成は貞元十九年（八〇三）に没するが、「祭《ル》二十二郎《ヲ》一文」（『韓昌黎集』巻二十三）の中で、愈は「汝之子始《メテ》十歳、吾之子《モ》始《メテ》五歳」と言い、「教《ヘテ》三吾《ガ》子《ト》与《ヲ》二汝《ノ》子一、幸《ねがヒ》二其《ノ》成長《ヲ》一。長《ラセテ》三吾《ガ》女《ト》与《ヲ》二汝《ガ》女一、待《タン》二其《ノ》嫁《スルヲ》一」と老成の霊前に誓っている。

（8）補『詩人玉屑』の渡来や流布に関する(1)～(4)については、拙稿「良基連歌論と詩人玉屑―字眼の説を中心にして―」（『文学・語学』2、昭和31・12）を参照。また、(5)の「癡人之面前ニ不レ説レ夢」の句については、柳瀬喜代志氏は「韓湘子説話の展開」（前出『日中古典文学論考』第Ⅱ部第四「『太平記』作者嚢中の漢籍考」所収）で、『詩人玉屑』以外にも「詩話の『冷斎夜話』巻之九「癡人説夢夢中説夢」の条等にも散見されるから、当時の常套語であったと見られる」と言っている。

（9）補　根ケ山徹氏は、『金瓶梅詞話』の第三十二回に『韓湘子昇仙記』（明、闕名撰）、第五十八回に『韓湘子渡陳半街升仙会雑劇』（明、陸進之撰）、第六十四回に『韓文公雪擁藍関』（元、闕名撰）などの戯曲上演の描写があることを指摘している（「『金瓶梅詞話』における戯曲上演の描写」、『広島女子大学文学部紀要』29、平成6・2）。なお、氏の教示によれば、荘一払氏編著『古典戯曲存目彙考』（上海古籍出版社、一九八二年）に『韓湘子昇仙記』（闕名）、『韓湘子三度韓文公』（闕名、佚)、『韓文公風雪阻擁藍関記』(同上)、『韓文公雪擁藍関』(清、楊潮観撰)、『韓湘子三度韓退之』(元、紀君祥撰、佚)、『韓湘子三度赴牡丹亭』(元、趙明道撰)、『韓湘子引度昇仙会』(明、陸進之撰)などが挙げられ、荘一払氏はこれらの戯曲の題材は『酉陽雑俎』であると推測している由である。

(10)『老子』『荘子』の本文は、新釈漢文大系7・8『老子・荘子』(阿部吉雄・山本敏夫・市川安司・遠藤哲夫氏著、明治書院、昭和41・11、同42・3)に拠る。ただし、訓読は諸注釈を参看して私に施し、本文も一部変改したところがある。

(11) 久保天随氏訳解『韓退之詩集』下(続国訳漢文大成文学部8、国民文庫刊行会、昭和4・5)

(3)「高麗人来朝事」に現れた作者の国際的関心

一　『太平記』の中国歴代王朝史話

『太平記』の叙述には、漢籍・仏典の章句や中国・印度の故事が多く引用されており、総じて、この作品における歴史の認識と叙述が儒・道・仏の三道にわたる幅広い教養と関心を基盤としているということについては、すでに多くの研究者によって言われて来ているところである。

今、中国の歴史に関わる故事の引用のうち、千字程度以上を費やして語られている比較的長大な叙述のものを、故事の時代順に書き上げてみると、次のようになる(巻序と章段名は西源院本による。洋数字は刀江書院刊の所要行数で、一行は約45字)。[1]

① 許由・巣父および虞舜　(巻三十二「許由巣父事同虞舜孝行事」)　39

② 殷の武乙・紂王および周の武王・太公望　(巻三十「殷紂王事并太公望事」)　38

③ 周の穆王と慈童　（巻十三「天馬事」）　21
④ 晉の驪姫と申生　（巻十二「驪姫事」）　30
⑤ 趙氏の孤児と程嬰・杵臼　（巻十八「程嬰杵臼事」）　28
⑥ 卞和の璧と廉頗・藺相如　（巻二十七「廉頗藺相如事」）　83
⑦ 呉王夫差と越王句践の戦い　（巻四「呉越闘事」）　117
⑧ 秦の始皇帝と趙高　（巻二十七「始皇求蓬萊事付秦趙高事」）　59
⑨ 漢の高祖と楚の項羽の抗争　（巻二十八「漢楚戦之事付吉野殿被成綸旨事」）　207
⑩ 諸葛孔明と司馬仲達　（巻二十「斎藤七郎入道々猷占義貞夢事付孔明仲達事」）　30
⑪ 唐の玄宗と太史官　（巻三十五「山名作州発向事并北野参詣人政道雑談事」）　31
⑫ 唐の玄宗と楊貴妃、安史の乱　（巻三十七「楊貴妃事」）　127
⑬ 宋の滅亡と元の建国　（巻三十八「太元軍事」）　93

『太平記』がこれらの故事をその歴史叙述の中に引用する、その契機や目的はさまざまである。

例えば、⑦の例は、元弘二年（一三三二）三月、後醍醐天皇隠岐遷幸の途次に、児島高徳が院ノ庄の行在所に忍び込み、庭前の桜の樹の幹を削って題したという、「天莫㆑空㆓句践㆒、時非㆑無㆓范蠡㆒」の詩句について、「抑此詩纔ニ両句十字之内ナリト云ヘ共、其意浅ニ非ズ」[2]として呉越の合戦を長々と語ったものである。作者は、その中で暗君夫差を諫めて死を賜った伍子胥と、句践を助けて会稽の恥を雪ぎ功成って身退いた范蠡の節義を顕彰し、「今木三郎高徳此事ヲ思ナズラヘテ、一句十字之詩ニ、千般之思ヲ述テ、窃ニ叡聞ニ達シタル智慮ノ程コソ浅カラネ」と締め括っている。

④の例なども同様で、建武元年（一三三四）十月に、大塔宮護良親王が父後醍醐天皇の勅によって捕らえられ、身

の潔白を訴えようとした上表文に関連して、「抑宮ノ被レ遊タル奏状ニ、申生死晉国傾ト被レ遊事、誠ニ銘肝哀ニ覚タリ、其故ハ孝子其父ニ誠有ト云共、継母其子ヲ讒スル時ハ国ヲ傾ケ、家ヲ失事古ヨリ其類多シ」として、継母驪姫の讒言と詭計によって父献公から疎んじられ遂に自害した太子申生の悲劇を語ったものである。作者は、「抑今兵革一所ニ定リテ、廃帝重祚ヲ踏給フ御幸ハ偏ニ此ノ宮ノ武功ニ依シ事ナレバ、縦ヒ小過アリ共、誡メテ然モナダメラルベカリシヲ、無《シテ》二是非一敵人ノ手ニ被レ渡テ、遠流ニ処ラレム事ハ、朝庭再ビ傾テ、武家又ハビコルベキ瑞相ニヤト人々申合ケルガ、果シテ大塔宮失レサセ給シ後、忽ニ天下皆将軍ノ代ト成ニケリ、牝鶏ノ晨《アシタ》スルハ家ノ尽《ツキン》ズル相也ト、古賢ノ云シ言ノ末、ゲニモト思知レタリ」という評言を添えて、この談義を締め括っている。

　異国の故事の内容を詳しく説述して、読み手や聞き手の知的興味に応えるとともに、世間で今話題になっている事件の背景や人物の行動と心情を解説もしくは批判する、さらには、それを通して三綱五常、つまり君臣・親子・夫婦のあり方や人倫の道義を諷諭的に説示しているわけである。上の二例などは、本筋の歴史叙述の中で取り上げられている桜樹題詩や上表文の詞句という直接的で具体的な要素が故事引用の契機となっているのであるが、そういう具体化な要素を持たない場合でも、世上話題の事件や人物の行為に関連して、それと類似の、もしくは対蹠的な異国の先例を探り、それを歴史の鑑として現代の事件や人間の行為の意味を解釈し、曲直や吉凶を判断しようとするのは、多くの故事引用に共通する一般的な性格であると言うことができる。

二　宋・元史に対する中世人の認識

　ところが、これらの中には、その故事引用の契機が不自然で、牽強付会の誹りをまぬがれがたいものもある。例えば、⑨の漢楚合戦の故事などがそれである。これは観応の擾乱（一三五〇年）の際に南朝に降参を申し出た足利直義の処置をめぐる吉野朝廷の僉議で、直義を討つべしとする洞院実世の主張と、直義の降参を許し官職を復すべしとする二条師基の主張とが対立して膠着状態になった時、北畠親房がこの故事を語って朝議を直義宥免に傾けさせたという記事である。この故事引用の契機は、親房の話の終りに「項王遂ニ殞《ホロ》ビテ、漢七百之祚ヲ保シ事ハ、唯陳平張良ガ謀ニテ偽テ和睦セシ故也、其知謀今又当レリ」とあることによって明らかである。漢の智臣の陳平・張良が、謀略を用いて楚の項羽とその軍師ともいうべき范増との間を割いて范増を死に至らしめ、そのために諸侯が離反して勢力の衰えた項羽と、天下を二分して鴻溝（河南省滎陽県）以東を楚、以西を漢の地とするという条件で和睦し、両軍がそれぞれ東西に引き上げようとした時、高祖が陳平・張良の計略を用いて楚軍を急追し、遂に項羽を滅ぼした、その故智に倣おうというのである。ただそれだけの事を言うために、秦末の動乱から漢の勝利までの歴史を九千字に余る字数を費やして、「次デノ才覚ト覚テ」長々と語っているのである。必要の度合を遙かに超えて語られたこの長大な説話には、作品の中の「語り手」である北畠親房の意図とは別に、漢楚の覇権抗争の世界をできるだけ詳しく、その全体的な構造で捉えて叙述しようとする作者の目的が込められている。単に陳平・張良の智略という一つの故事を語るのではなくて、⑧の秦の始皇帝一代の事蹟と趙高の専横による秦の滅亡の話の後を受けて、中国の歴史を叙述しようという意図が窺われるのである。

⑬の宋と元の合戦の説話も同様である。足利幕府の執事職まで勤めた細川清氏が、康安元年（一三六一）に佐々木道誉等の諸大名との確執から南朝に降参して京都を攻略し、一旦は将軍義詮を近江に走らせたものの、翌貞治元年に讃岐の白峰城を細川頼之に攻められて討死にした。その記事の後に、『太平記』は、「今年天下已ニ同時ニ乱テ、宮方眉ヲ開ヌト見ヘケルガ、無レ程国々静リケルモ、天運之未《ダ》レ到《ラ》所トハ乍レ云、先ハ細川相模守（清氏）が楚忽之軍シテ、云甲斐ナク打死セシ故也」（巻三十八「和田楠与箕浦軍事付兵庫在家焼事」）と前置きして、この説話に入り、その末尾を「サシモイミジカリシ太宋国一時ニ傾シ事、天運図ニ当ル時トハ云ナガラ、只帝師ガ謀ニヨレル物也、今細川相模守双ナキ大力、世ニ超タル勇士ナリト聞シカドモ、細川右馬頭（頼之）ガ尺寸之謀ニ落サレテ、一日之間ニ亡ビタル事、

偏ニ宋朝幼帝々師ガ謀ニ相似リ、人トシテ遠キ慮リナキ時者必ズ近キ愁アリトハ、如レ此ノ事ヲヤ可レ申キ」と結んでいる。「帝師ガ謀」というのは、説話の冒頭にも「サレバ古モ今モ、敵ヲ滅シ国ヲ奪フコト、只武ク勇メルノミニ非ズ、兼テハ謀ヲ廻ラシ、智慮ヲ先トスルニアリ、今大宋国之四百州一時ニ亡ビテ、蒙古ニ世ヲ奪レタル事モ、西蕃之帝師ガ謀ヲ廻シニヨレリ」とあるように、太元国の老皇帝に仕える師傅が、南宋の大臣や将軍たち（伯顔・呂文煥・賈似道等）(3)の謀反計画の文書を偽造して、宋朝の幼帝に猜疑心を起こさせ、大臣や将軍たちを誅死させて、遂に宋朝を滅亡に至らしめたという謀略のことである。これになぞらえられた細川頼之の「尺寸之謀」というのは、次のような内容である。「飽マデ心ニ智謀アリテ、機変時ト共ニ消息スル」頼之は、白峰城を攻撃するに先立って細川清氏のもとへ使者を遣わして、佐々木道誉の讒言で失脚した清氏の憤りに同情を示し、一族の名誉を惜しみ、謀反の意を翻すようにと、「言ヲ和ゲ礼ヲ厚シテ、懇ニ和睦之儀ヲ請」うた。これを信じた清氏がその対応に日数を費やしている間に、頼之は軍勢を揃え城郭を堅めて攻撃の準備を整えたというのである。このように「帝師ガ謀」と「細川右馬頭ガ尺寸之謀」との間に類似点は少ない。「只武ク勇メルノミニ非ズ、兼テハ謀ヲ廻ラシ、智慮ヲ先トスル」というだけの繋がりである。それならばもっと適切な故事が他にいくらでもあったはずである。作者はやはり「帝師ガ謀」を語ることだけを目的としたのではなくて、「其草創之ヨレル所ヲ尋レバ」ということばで語り始めているように、元朝草創の由来を叙述することに本来の目的を置いていたのだと思われる。

ただし、その宋元合戦の説話の内容となると、釜田喜三郎氏の(4)指摘するように史実とは著しく異なっている。釜田氏は、この説話の原拠を詳細に調査して、楠木正成譚との五項目に及ぶ類似点を挙げるとともに、「金史、宋史、元史、十八史略等の支那の史籍によれば、太平記の引いた大元軍の事は、その原拠を明かにし得ない出駄羅目の支那の故事であ」り、「実に太平記作者の虚構したものであると断定せざるを得ない」と結論している。

元の将伯顔が南宋の都臨安（杭州市）に入り、恭宗と太后を燕京（北京市）に遷したのが至元十三年（一二七六）であり、南宋最後の帝趙昺《へい》が厓《がい》州から陸秀夫に負われて海上に逃れ、ともに溺死して宋朝の滅亡したのが同十六年（一二七九）のことである。四十巻本『太平記』が成立したと目されている応安四、五年の頃よりは一世紀近く遡ることになるけれども、それについての確実で詳細な情報がわが国に伝えられるためには、長い時間を必要としたはずである。脱脱《だつだつ》（托克托《トクト》）等が元の順帝の勅を奉じて、『遼史』『金史』とともに『宋史』を編纂したのは至正五年（一三四五）であり、元の曾先之が太古から宋朝の滅亡までの事跡を正史から抄編した『十八史略』は、『宋史』の成立以前の編纂であるため、宋代に関しては宋の李燾《とう》の『続宋編年資治通鑑』や劉時挙の『続宋中興編年資治通鑑』などによって記述した。[5] 宋元両朝の編年史である『宋元通鑑』は明の薛応旂《せつおうき》の撰であり、『元史』も明の宋濂《れん》の撰であって、遙かに時代が下がる。桃源瑞仙（一四三〇〜八九）の聯詩三百句中の難解語句に関する聞書である『蕉窓夜話』になると、さすがに『十七史通要』『十八史(略)』『宋史略』『元史』などの書名が見え、また瑞渓周鳳（一三九一〜一四七三）の『善隣国宝記』の上巻には、『宋元通鑑』や『元史』の記事が多く引かれている。しかし、それより一世紀も遡る『太平記』成立の頃となると、作者が元朝草創期の歴史をつづろうとして、確かな文献資料などは何一つなかったと思われるのである。

中国の歴史を和文でつづった藤原茂範の『唐鏡』の成立は、文応・弘長の頃（一二六〇〜四）と推定されるが、[6] 仮に弘長元年（一二六一）とすれば、南宋の理宗の景定二年に当たり、その前年（元の中統元年）には蒙古の忽必烈《フビライ》が大汗《ハーン》の位に即いている。『高麗史』（世家巻二十四）によれば、高宗の四十一年（一二五四）の年末に「是歳、蒙兵所レ虜男女無慮二十万六千八百余人、殺戮者不レ可二勝計一、所レ経州郡皆為二煨燼一、自レ有二蒙兵之乱一未レ有レ甚二於余此時一」と記されていて、その蒙古の兵馬による蹂躙は、その五年後に高宗（王㬚《てつ》）が降伏し太子王倎《てん》が人質として憲宗（諱蒙哥《マング》。忽必烈の兄）の宮廷に遣わされるまで続いた。また、『元史』（本紀第三）によれば、憲宗はその八年（一二五八）に南宋を攻略しようとした。「帝自将レ伐レ宋、由二西蜀一以入、命二張柔一従二忽必烈一征レ鄂趨二杭州一、命二塔察一攻二荆山一、分二宋兵力一」とある。即ち、帝自ら軍を率いて四川省を経由して侵攻し、将軍張柔には忽必烈に従って鄂州（湖北省武昌府）を討って杭州に進撃するように命じ、塔察児《トガチャル》には荊山（湖北省南漳県の西）を攻撃させて、宋の兵力の分散を図った。が、翌年七月に憲宗が急死したので、元の南征は一旦中止されることになる。

西蜀や江南での蒙古軍の攻撃や社会不安から逃れて、兀庵普寧《ごったんふねい》の来朝したのが文応元年（一二六〇）である。彼は、寛元二年（一二四四）に来朝していた建長寺開山の蘭渓道隆や、仁治二年（一二四一）に六年間の入宋留学を終えて帰朝した東福寺開山の弁円円《べんねんえん》爾《に》等と旧知の間柄であり、その招きで日本に来たのであるが、こうした渡来の禅僧や留学僧等を通して、南宋末期の中国社会の混乱に関する情報は当然わが国にも伝わっていたであろう。文永五年（一二六八）に蒙古の国書がもたらされて以後ほどの緊迫感はなかったとしても、中国や朝鮮に対する国際的関心が高まり始めていたと思われる。

藤原茂範が将軍宗尊親王の師読に選ばれて鎌倉に下ったのは建長五年（一二五三）である。彼がおそらく鎌倉の上流武家層もしくはその子弟のための啓蒙書として中国編年史の編述を意図したのには、そのような時代の背景があずかっていよう。『本朝書籍目録』に「全十巻」と著録されている『唐鏡』の巻七以下は佚して伝わらないが、その序には、太古の伏羲氏の時代から宋朝の建国、太祖皇帝（趙匡胤）の建隆元年（九六〇）までの歴史を叙述したと記されている。つまり、宋朝の歴史は取り扱われていなかった。まだ存続している国家の正史が編纂されていないのは当然であり、史書に基づいて抄出編述する『唐鏡』の方法からすれば、宋朝の建国をもって擱筆する外になかったのであろう。茂範の祖父孝範の著した『明文抄』（一、帝道部上）の「唐帝王世立」も、その末尾は「大宋。金徳。太祖孝皇帝。受二大周禅一」であり、これに「至二本朝建久元年一。十二代二百四十七年。元年当二本朝村上天皇天徳四年一」の細字注記が付いている。ただし、建久元年（一一九〇）は南宋の第十二代光宗の即位した紹熙元年に当たり、建隆元年から数えて二百三十一年である。「二百四十七年」ならば、第十三代寧宗の開禧二年になるはずで、わが国の建永元年（一二〇六）に当たる。この年は蒙古の太祖元年、即ち鉄木真《テムジン》がチンギスーハンの称号を受けて蒙古国を建てた年である。和漢の年表を対照させた『仁寿鏡』は、わが国の後二条天皇嘉元二年（一三〇四）、即ち元の成宗（ただしこの諡号は記されていない）の大徳八年までの表を作成しているが、これには北宋の仁宗（第四代・在位一〇二三～六三）・英宗（第五代・在位一〇六四～七）・神宗（第六代・在位一〇六八～八五）の時代、特に英宗・神宗時代の事件がやや詳しく書き込まれていて注目される。拠るべき資料があったはずであるが、それについては未勘である。なお、次代の哲宗（在位一〇八六～一一〇〇）以後の表には殆ど記事がない。

以上のように見て来ると、自国の現代史を記述することさえ難しいのに、まして万里の波濤を隔てた大陸の同時代史をつづることがいかに困難な課題であったか、想像に難くない。それにもかかわらず、『太平記』の作者はなぜ、敢えてその困難に挑んで、宋朝の滅亡と元朝の成立を語らねばならなかったのか。文永五年（一二六八）一月における蒙古の使者黒的と高麗使潘阜の来朝、同十一年十月および弘安四年（一二八一）六月における両度の外寇を契機として急速に高まった蒙古や高麗に対する関心が、その背景にあることは疑う余地がない。それに応えうるだけの確かな材料を持たないにもかかわらず、幅広い社会各層の国際的関心に応えようとしたのであろう。先にこの宋元合戦の説話が細川清氏敗死事件といささか不自然な結び付きで挿入されていることを指摘したが、本質的には清氏敗死事件よりも、巻三十九の「自太元攻日本事同神軍事」との関係の方が密接なのであると考えられる。

三　「高麗人来朝」説話と史実

『太平記』の巻三十九と巻四十の両巻の構成は、諸本によって異なっている。長坂成行氏[7]は、名古屋市立鶴舞中央図書館河村文庫蔵の寛永無刊記整版本『太平記』に書き入れられた校異によって、散逸した宝徳本巻十一以下を復元し、宝徳本では光厳院の行脚並びに崩御の記事が巻四十の大尾にあったと推定されることから、『太平記』の巻四十の成立問題に言及している。氏は、『太平記』の諸本における巻三十九・四十相当部分の記事配列の順序・巻の区切り方を整理し、十種の形態に分類して表示した。それほどに異同の多い両巻であるが、ここでは、いずれも古本系に属する西源院本と玄玖本に代表させて、二様の構成だけを対照させる。

巻	西源院本
三十九	一大内介降参事 一山名参御方事 一仁木京兆降参事 一芳賀兵衛入道軍事 一神木入洛事 付鹿入都事 一諸大名讒道朝事 付道誉大原野花会事 幷道朝没落事 一神木御帰座事 一高麗人来朝事 一自太元攻日本事同神軍事 一神功皇后被攻新羅事 一光厳院禅定法皇崩御事
四十	一中殿御会事 幷将軍御参内事 一貞治六年三月廿八日天変事 同廿九日天龍寺炎上事 幷鎌倉左馬頭基氏逝去事 付南禅寺与三井寺確執事

巻	玄玖本
三十九	大内介降参之事 山名京兆降参之事 仁木義長降参之事 基氏芳賀合戦之事 神木入洛之事 付洛中変異之事 諸大名讒道朝之事 付道朝北国下向之事 神木御帰座之事
四十	高麗人来朝之事 付太元責日本之事 幷神功随三韓給之事 光厳院禅定法皇御抖藪之事 中殿震宴再興之事 左馬頭基氏逝去之事 三井衆徒訴訟之事

一 最勝八講会及闘諍事 并征夷将軍義詮朝臣薨逝事 付細川右馬頭自西国上洛事	最勝講砌喧嘩之事 将軍義詮捐館之事 右馬頭頼之補佐新将軍之事

この対照表に見るように、巻の区切り方が異なるだけでなく、西源院本では「高麗人来朝事」「自二太元一攻二日本一事同神軍事」「神功皇后被レ攻二新羅一事」の三章段を各々独立させているのに対して、玄玖本は「高麗人来朝之事」の中に「太元責二日本一之事」と「神功随二三韓一給之事」の両話を包摂している。これは、玄玖本の形の方が、叙述内容の構成に適っていると言える。

先ず、「高麗人来朝事」の本文（西源院本）を左に掲げることにする。

四十余年ガ間本朝大ニ乱レテ、外国暫クモ不レ静《カナラ》、此動乱ニ寄《テ》レ事《ヲ》、山路ニハ山立有テ、旅客緑林之陰ヲ不レ得レ過、海上ニハ海賊多シテ、去二兼《ネタリ》白浪之難《ヲ》一、欲心強盛之溢《レ》物共ノ類多集リシカバ、浦々嶋々多ク盗賊ニ被二押取一、駅路ニハ駅屋《ヲク》之長モナク、関屋ニハ関守人ヲ替タリ、結句此賊徒数千艘之舟ヲ洮《ソロ》へ、元朝高麗之津々泊《トマリ》々へ押寄テ、明州福州之財宝ヲ奪取リ、宮（官）舎寺院ヲ焼払ケル間、元朝三韓之吏民是ヲ防兼テ、浦近キ国々数十ケ国ニ栖人モナク荒ニケリ、依《テ》レ之《ニ》高麗国之王ヨリ、元朝皇帝之勅宣ヲ受テ、牒使十七人吾国ニ来朝ス、此使異国之至聖（正）廿三（六）年八月十三日、高麗ヲ立テ、日本貞治五年九月廿六日、出雲国ニ着岸ス、道駅ヲ重テ、無レ程京都ニ着シカバ、不レ被レ入二洛中《ヘハ》一、天龍寺ニゾ居レケル、此時ノ長老春屋和尚牒状被二進奏一、其詞云、

皇帝聖旨、裏征東行中書省、照下得日本与二本省所《セイ》レ轄高麗《ノ》一、地境水路相接《マジハル》上、凡過（遇）二貴国《ヲ》一飄風《アリ》人物、往《アウ》々依レ理《リニ》護送、不レ期《ルニ》自《セ》二至正十年庚寅一、有《テ》二賊船数多一、出レ自二貴国地面前《ノ》一、来《ル》二本省合浦《ノ》等処《ニ》一、焼二毀官解《ヲ》一、搔二擾《スルコト》百姓《ヲ》一、甚《シ》至《テ》二殺害《ニ》一、経及《テ》二一十余年《ニ》一、海船《ハク》不レ通《ゼ》、辺界居民《ノ》不レ能二寧処一、蓋《ケダシ》是嶋嶼《タウショ》居民、不レ懼二官法《ヲ》一、専《ラ》務《メテ》二貪婪一、潜《クヾリ》レ地《ヲ》出レ海《ヲ》劫奪、尚慮貴国之広《コト》、豈能周《クアマネク》知《ランヤ》、若使《シメ》二発《ハツ》レ兵勦《ヘイヲモトメトラヘ》捕一、恐《クハ》非二交隣之道《ニ》一、除（徐）已移《シテ》二文日本国《ヲ》一照験、

頃(頒)為《ナス》二行下《アムガヲ》一、槩《ヲウムネ》 管《カンシテ》二 地面《ヲ》一、海嶋厳《シク》加《ヘ》二禁治《ヲ》一、毋《ナカレ》レ使《シムル》(以)下似レ前出《ニ》レ境作《ヲ》上耗《カウヲ》、外省府今差《シテ》二本財(職)等《ヲ》一、一同馳《ニハセ》レ駅《ヲ》、
恭《ウヤウヤシク》 詣《ケイシテ》二 国王《ノ》前《ニ》一啓稟《ホンス》、仍守《テ》二取《シテ》 日本国廻文一還《テ》省《テ》、合下《カ》仰《グ》二照験《ヲ》一、依《テ》上《ルニ》二施紝(行)《ヲ》一、須《ク》レ議《ハカル》二剳付《サツフヲ》一者《テイレバ》、一実起《ツツ》

右《ユウ》、剳付《サツフ》差去、万戸全貴、千戸金龍寺（准此）

トゾ書タリケル、賊船之異国ヲ犯奪事ハ、皆四国九州之海賊共ガ成処ナレバ、自二帝都一加《ルニ》二厳刑《ヲ》一無レ処(拠)トテ、不レ送《ラレ》二返牒《ヲバ》一、只来献之報酬トテ、鞍置馬十疋、鎧二両、白太刀三振、御綾十段、綵絹百段、扇三百本、国々ノ奉送使副《ヲ》テ高麗ヘゾ送着ラレケル。

右の牒状は極めて読みにくい。西源院本の返点・送り仮名も甚だ納得しがたいものがあるが、なるべくそれを活かしながら整理してみた。傍書した（　）内の細字は玄玖本の措辞である。四十余年に及ぶ内乱の結果、「欲心強盛之溢《レ》物共」が徒党を組んでは山賊となり、あるいは海賊となって、果ては元や高麗の沿岸地域を侵寇するに至り、遂に元の順宗の勅命を承けた高麗国王の使者が牒状を持って来朝したというのである。

この事件を伝える文献は少なくない。『大日本史料』（第六篇之二十七）の貞治六年二月是月の条には、『後愚昧記』『愚管記』『師守記』『報恩院文書』『智覚普明国師年譜』『太平記』『鳩嶺雑事記』『善隣国宝記』および『高麗史』の記事を列挙している。『善隣国宝記』（上）の記事を挙げると、次の通りである。

後光厳院貞治六年丁未

古記曰、二月十四、高麗使万戸左右衛保勝中郎将金龍、検校左右衛保勝中郎将於重文、到二著摂津国福原兵庫嶋一通レ書。其略曰、海賊数多出レ自二貴国地一、来二侵本省合浦等一、焼二官廨一擾二百姓一。甚至二殺害一。于レ今十有余歳、海船不レ通、辺民不レ得二寧処一云。同廿七日、重中請大夫前典義令相公金一来朝。四月十八日、於二天龍寺雲居菴一延二接高麗使一、為レ之有二伶人舞楽一、六月廿六日、将軍家以二高麗回書一授二使者一。（続群書類従本）

『参考太平記』は、右の記事を引載（傍線部を省略）し、その後に「按、此説与二太平記一少異、可二合考一」と注記し

ている。おそらく来朝の年月日・到着場所・使者の姓名の異同に目を留めたのであろう。『太平記』（西源院本・玄玖本）に元の「至正二十三年」に高麗を発ったとするのは「至正二十六年」（一三六六）の誤りで『高麗史』によれば、恭愍王の十五年（一三六六）の十一月十四日に、検校中郎将金逸を日本に遣わして海賊の禁圧を請わせている。『太平記』では貞治五年（一三六六）九月二十六日に出雲国に着いたとしているが、『善隣国宝記』によると日本に着いたのは翌年の二月十四日で、到着場所も摂津国福原の兵庫島とあって、『太平記』とは異なっている。『太平記』と同じく出雲国着岸を暗示しているのが、『後愚昧記』（貞治六年の条）の次の記事である。

三月廿四日、自二去月之比一、蒙古幷高麗使、持二牒状一来朝之由、有二其聞一、不レ経二日数一而即上洛、嵯峨天龍寺居住云々、牒状案流布之由聞之、仍乞二取按察一写留了、蒙古状献二方物一、即彼目録載二牒状奥一者也、但件物等於二雲州一、為レ賊被二掠取一云々、糺出而可レ献之由、武家称之間有二其聞一、然而不レ及二其沙汰一歟如何。

使者が持参した方物（土産）は「白苧布十疋、綿紬十疋、豹皮三領、虎皮二張」（『報恩院文書』）だったらしいが、それが出雲で賊のために奪われたというのである。一旦出雲に着いた後、摂津の福原に船を回したと推測される。また、『太平記』所引の牒状に記された使者の姓名が西源院本に「万《ハン》戸《コ》　全《マサシク》　貴《タツトムヘシ》、千戸金龍寺」とあるのは誤写・誤読で、玄玖本・南都本・流布本等には「万戸金乙貴、千戸金龍等准レ此」とあって、官名や書式も『報恩院文書』所収の牒状（ただし「乙」を「凡」に誤る）と合致している。『善隣国宝記』が記している「検校左右衛保勝中郎将於重文」の名も、『報恩院文書』に連署された使者十六名のうち筆頭の「万戸左右衛中郎将金龍」の次に、官名・姓名ともそのまま見出される。『太平記』がこの人物の名を省略したのか、それとも入手しえなかった部分なのかはともかく、別に問題はない。とすると、『参考太平記』が「按、此説与二太平記一少異、可二合考一」と注記したのは、主としてその年月日に関してであろう。

この牒状の中に、和寇の頻発と侵掠を訴えて、「凡《ソ》遇《ヘル》二貴国《ノ》飄風《ニ》一人物《ヲバ》、往々《ニ》依《リテ》レ理《ニ》護送《ス》、不《リキ》レ期《セ》、自《リ》二至正十年庚寅一有《リ》二賊船数多一、出《デテ》レ自《リ》二貴国地面前《ノ》一、来《リ》二本省《ノ》合浦等《ノ》処《ニ》一、焼二毀《シ》官廨《ヲ》一、搔二擾《シテ》百姓《ヲ》一、甚《シキハ》至《ル》二殺害《スルニ》一、経《ルコト》及《ンデ》二一十余年《ニ》一、海舶不レ通《ゼ》、辺界居民《ノ》、不レ能《ハ》二寧処《スル》一」（『報恩院文書』、訓点私意）と告げている。至正十年（高麗の忠定王二年）は、わが国の観応元年（一三五〇）に当たる。観応の擾乱と呼ばれる幕府首脳部の分裂抗争、それを利用した南朝方の反撃、戦乱が諸地域に拡散し、都鄙を問わず社会秩序の壊乱して行く状況の中で、いわゆる倭寇の海外侵掠が活発化したことは、『太平記』もこの章段の冒頭で的確に捉えているわけである。

『高麗史』（世家第三十七）の忠定王二年二月の条に、「倭寇二固城・竹抹・巨済・合浦・千戸・佳禅・都領・梁琯等一、戦破レ之、斬獲二三百余級一、倭寇之侵始レ此」とあり、以後、四月には倭船百余艘、五月には倭船六十六艘、六月には倭船二十艘が、順天府・合浦・南原・会原・長興府等に寇し、十一月にも東萊郡を侵したことが記されている。翌年以後も倭寇の侵略と、倭船を捕獲し倭賊を斬った戦果の記事は絶えない。高麗の牒状には単に「本省合浦等処」とのみあるのに、『太平記』が「元朝高麗之津々泊《トマリ》々へ押寄テ、明州福州之財宝ヲ奪取リ」としているのは、現実の状況を全体的に捉えて言っているということになる。『元史』には倭寇に関する記事が極めて少なく、順帝の至正二十三年八月の条に「倭人寇二蓬州一、守将劉暹撃敗レ之、自二十八年一以来、倭人連寇二瀕海郡一、至レ是海隅遂安」とあるくらいのものである。[8] 至正二十三年はわが国の貞治二年（一三六三）に当たる。倭寇の禁圧を求める高麗の使者発遣の三年前であるが、至正十八年、即ち足利尊氏の没した延文三年（一三五八）の頃から倭人がしきりに中国の沿岸部諸郡に寇していたが、この年、劉暹が倭寇を撃破して臨海の地域に平和が戻ったというのである。

先に掲げた『後愚昧記』の記事によれば、筆者の三条公忠は貞治六年三月二十四日に高麗の牒状が流布していることを耳にし、同族の三条実継に頼んで手に入れて書き写したという。また『師守記』の同年四月十七日の条には、薬王寺の良智房が異国の牒状を持参して中原師守を尋ねて来たということが記されている。朝廷が高麗の牒状にいかに対処すべきかを議したのは、諸卿の不参のために延引してようやく同年五月二十三日のことである。例によって先規が勘考され、『師守記』の筆者の兄である大外記中原師茂などは、関白二条良基を始め多くの公卿から求められて返牒の勘例を注進している。五月二十三日の殿上議定には、関白二条良基・左大臣鷹司冬通・内大臣二条師長・按察使前権大納言三条実継・万里小路権大納言仲房・検非違使別当柳原忠光・参議土御門保光等が出席した（『愚管記』・『後愚昧記』）。参仕しなかった前関白の近衛道嗣はその議定の結果について、「後聞、不レ可レ有二返牒一之由、一同定申云々」（『愚管記』）と記し、前内大臣三条公忠も「後聞、不レ可レ有二返報一之由一同云々、但按察可レ有二返牒一之旨申之云々」（『後愚昧記』）と、こちらは三条実継一人が返牒すべしと主張したことを記し、また、議定の様子を報告して来た柳原忠光の書状をも載せている。その書状には、「先日殿上定無為被レ行候了、牒状依二無礼一可二相廻却一之由、群義(議)一同候」とある。高麗の牒状を無礼なりとする点については、『異国牒状事』（『大日本史料』所引「前田家所蔵文書」）に詳しく述べられているが、その事はともかくとして、それから一ヵ月後に、公忠が「後聞、高麗牒使今日下向云々、於二公家一者、不レ可レ有二返牒一之由雖二落居一、自二武家一遣二返牒一、（行忠卿清書云々、）又大樹賜二種々物等於彼牒使一云々」（同上、六月二十六日条）と記すような結末で、高麗の使者たちは帰国して行った。

『太平記』には前掲のように、「賊船之異国ヲ犯奪事ハ、皆四国九州之海賊共ガ成処ナレバ、自二帝都一加《ルニ》二厳刑《ヲ》一無レ処(拠)トテ、不レ送《ラレ》二返牒《ヲバ》一、只来献之報酬トテ、鞍置馬十疋、鎧二両、白太刀三振、御綾十段、綵絹百段、扇三百本、国々ノ奉送使《ヲ》副テ高麗ヘゾ送着ラレケル」とあり、その主体が公家・武家のいずれであるとも明示しないで、返牒しなかった事と、多くの礼物を牒使に贈った事とを記している。問題は、その返牒しなかった理由である。高麗の牒状が無礼だったからというのではなく、中央政府の威令の及ばない所として、朝廷および幕府の権威の失墜を指摘していることになる。

　これと相似た意見を抱いていた貴族がいた。前内大臣三条公忠である。彼は、議定の座で返牒すべしと主張したという三条実継の意見に疑問を持った。『後愚昧記』に、次のような自分の見解を記している。

其故者、今度牒状正宗、本朝人来二于高麗一、致二盗賊・放火一、虜二掠人民一之条、可レ有二制止一之由也、而当時本朝之為レ躰、鎮西九国悉非二管領一、非二禁遏之限一、仍以二実頭《(ママ)》一欲レ載二牒状一、忽可レ表二王化之不一レ覃、可レ貽二後代本朝之耻一、不レ可レ有レ大二於是一、又可レ加二禁遏一之由、非レ可レ載二虚誕一、就二彼是一不レ可レ有二返牒一哉。

返牒すべきでないとする結論は議定に参仕した公卿の多数意見と同じであるが、その理由が異なる。即ち、九州は悉く朝廷の管領するところでないので海賊どもの海外侵寇を禁圧することができないが、その実態を返牒に記載すれば、王化が辺域には及んでいないことを暴露して国の恥を後代にまで残すことになる。さりとて、禁圧を約束するような出来もしない詐りごとを記載すべきではない、というのである。もちろん、国際的な信義という面から見て、これが返牒しないことの正当な理由となりうるかは疑わしいけれども、「〈高麗ノ牒状ニ〉皇帝聖旨とかき、本朝を国主とかく段、〈我ガ国ト対等ノ礼ヲ執ルベキ〉太元の朝よりも〈臣礼ヲ執ルベキ〉高麗にはなをそのとがふかゝるべし、仍先々殊其沙汰あるか、又今度牒のはしにあて所なし、年号なし、箱に入らず、此等の条々も無礼といふべし」（『異国牒状事』）として返牒を拒むのに比べれば、国際信義を守り国家の名誉を保とうとする誠実さと、現実社会の状況に対する把握の確かさを見出すことができよう。この事に関する『太平記』の表現は、極めて簡潔ではあるけれども、その趣旨において公忠の見解と共通するものであると見て差支えないであろう。

ところで、『太平記』の巻三十九・四十の両巻には、二条良基の著作が資料となっている章段がある。即ち、『榊葉日記』に拠ったとされる「神木御帰座事」、『貞治六年中殿御会記』（一名『雲井の花』）に拠ったとされる「中殿御会事」である。この事を詳しく考察した後藤丹治氏は、[9]『太平記』に載せられている二条良基の和歌の序と和歌を詠じた公卿達の名は『貞治六年中殿御会記』には記されていず、他の記録類から補ったものであろうとした上で、「後愚昧記にこの和歌の序、公卿の名が詳かに述べられてあるが、太平記の記事はそれよりもやゝ簡単である。太平記のも多分後愚昧記のやうなものを参考にしたのであらう。しかし後愚昧記を採つたとは、これだけの証拠では断言できない」と注記している。「神木御帰座事」や「中殿御会事」におけるような広範囲にわたる同文関係を指摘しうる記事ではないけれども、この「高麗人来朝事」の記事も、『太平記』と『後愚昧記』との関係を考える際の一つの材料にはなるであろう。

四　異賊襲来と神仏の霊威

『太平記』の作者は、「高麗人来朝事」で高麗使者の来朝とその帰国について述べた後、「三余之暇ニ寄テ、千古ノ記ス処ヲ看ルニ、異国ヨリ吾朝ヲ攻シ事ハ、開闢ヨリ以来、已ニ七ケ度ニ及ベリ」と、わが国における外国との軋轢の歴史を振り返る。とは言っても、具体的に語られるのは、当時最も身近な民族の経験であった文永・弘安の両役である。その叙述内容を大きく分けると、次の三段落になる。

1　太元の兵船七万余艘が博多に来襲し、わが国の軍兵を圧倒する。
2　朝廷では諸社諸寺に奉幣して異賊の降伏を祈禱する。ために大風が吹き、敵船が難破沈没する。
3　元の敗将万将軍、呂洞賓の勧めで蜀王に仕えて雍州を攻め落とすが、背に癰瘡を発して急死す。

主眼は2に置かれている。「殊更文永弘安両度之戦ハ、太元国之皇帝支那四百州ヲ討取テ、勢ヒ天地ヲ凌グ時也シカバ、小国之力ニテハ難レ禦カリシカ共、輒ク太元之兵ヲ亡テ、吾国無為成シ事ハ、只依シ二尊神霊祇之冥助ニ一故也」と、蒙古の兵船を海底に沈めた天祐神助が強調されていて、1で描かれるべき武士達の活躍には全くと言っていいほど触れていない。肥後国の御家人竹崎季長が自分の武功を描いた『竹崎季長絵詞』（『蒙古襲来絵詞』とも）には、約六十名にのぼる武士の名が登場するが、『太平記』のこの記事には固有名詞で登場する武士はただの一人もいない。「四国九州之勢」「山陽山陰之勢」「東山北陸之兵」「上松浦下松浦ノ者共」「筑紫九国四国ノ兵共」などと記されるだけで、それも、蒙古軍の「鉄炮トテ鞠ノ勢ナル迸《ホトバシ》二鉄ノ丸ヲ一」らせる兵器を使う戦術の前に、焼き殺され、生虜られ、退散する

「日本之兵」である。神助を強調するためであろうか、武士の活躍は極度に抑えられている。そして、「其征伐之法を聞ケバ」と語り始められているように、合戦の場の主役は蒙古軍である。神仏の冥助が強調されるためにはまた、蒙古軍はあくまでも強く猛々しく優勢でなければならなかった。その意図は、この章段の末尾が「抑太元三百万騎之蒙古共一時ニ亡シ事、全ク吾国之武勇ニ非ズ、只三千七百五十余社之大小神祇宗廟之冥助ニ依ニ非乎」と結ばれていることによっても明らかである。

その神祇宗廟の冥助の中で最も強調されているのが、伊勢の二宮の末社風社（風日祈宮《かざひのみのみや》）の霊験であって、他の諏訪・八幡・日吉、住吉・子守・勝手など各社の奇瑞を羅列する記述の中で突出している。次のような記事である。

此処《ル》ニ、弘安四年七月七日、皇大神宮《ノ》禰宜荒木田《ノ》尚良、豊受《トヨケ》太神社《ノ》禰宜度会《ワタラエノ》貞尚等十二人、起請ノ連署ヲ捧テ、上奏シケルハ、二宮ノ末社、風《ノ》社ノ宝殿ノ鳴動スルコト良久シ、六日ノ暁天ニ及デ、赤雲一村立出テ、天地ヲ耀シ、山川ヲ照ス、其光ノ中ヨリ、夜叉羅刹ノ如ナル青色ノ鬼神顕出テ、土嚢ノ結目ヲ解キ、大風其口ヨリ出シカバ、沙漠《バク》ヲ捲上テ、大木ヲ吹抜ク、測知ヌ九州ノ異狄等、此日即可㆑亡ト云フコトヲ、若奏事誠有テ、奇瑞変ニ応ゼバ、年来所㆓申請㆒ノ宮号、叡感ノ儀ヲ以テ、可㆑被㆓宣下㆒トゾ奏申ケル。（玄玖本）

この記事は、玄玖本を始め、南都本系諸本・天正本・古活字本等にもあるが、西源院本には無い。『参考太平記』の校異によれば金勝院本にも無かったようである。玄玖本では右の文に続けて、

此日大元七万余艘ノ艨艟《モウドウ》、蘆屋ノ浦ヲ廻テ、文字《モ》赤間ニ推渡ル、今マデ指モ風止ミ雲静ナリツル天気、俄ニ替テ黒雲一村東方ヨリ立覆ト見シガ、

と記される。それに相当する西源院本の叙述は、

猿程ニ太元之万将軍七万余艘之モヤイヲ解、八月十七日之辰刻ニ、文司赤間ノ関ヲ経テ、長門周防ヘ推渡ル、兵已ニ渡中ヲ渡ル時、差モ風止雲閑ナリツル天気俄ニ替テ、黒雲一村艮方ヨリ立テ震クゾ見ヘシ。（古活字本も略同

文）

となっている。玄玖本等に記す弘安四年七月の風ノ社宝殿鳴動の記事を欠くために、ここに言う「八月十七日」は、話の始めの方に「猿程ニ文永二年八月十三日、太元七万余艘之大船、同時ニ博多津ニ推寄タリ」とあるのを受けて、文永二年八月十七日のこととなってしまう。この部分だけを見れば、「其日」つまり弘安四年七月七日とする玄玖本・南都本系諸本・天正本等の方が史実に近く、理に適っていると言える。

ところで、『参考太平記』は、この章段における日付の記載を多く批正している。即ち、次の通りである。

①「文永二年」…「諸本皆誤也。南都本作㆓十一年㆒、為㆑得」

②「八月十三日」…「当㆑作㆓十月五日㆒、歴代皇記、皇年代略記云、文永十一年十月五日、蒙古賊船著岸、云々」

③「八月十七日」…「毛利家、北条家、南都、天正本、作㆓其日㆒、亦非也、当㆑作㆓閏七月朔日㆒」

部分的にはこのような修正も可能であろうが、『参考太平記』自身がこの章段の叙述を総括して、「按、本文、載㆘文永十一年、及弘安四年、蒙古侵㆓日本㆒之事㆖而混淆為㆓一時之事㆒、甚失㆓其実㆒、且前後虚誕妖妄、不㆑足㆑取也、故於㆓本文㆒無㆑所㆓考訂㆒、別引㆓元史及本朝諸実録㆒、出㆓之於後㆒、姑幷㆔載異同㆒、要㆔読者知㆓本文之謬㆒、且備㆓参考㆒」と言っているように、文永・弘安の両役を集約して一つの事件として語っているのであるから、辻褄の合うはずがない。本来具体的な年月日を含まずに語られたのであろう話に、なまじ歴史叙述らしく日付が入ったために、かえって矛盾が露呈してしまったということなのであろう。中京大学蔵本は、諸本「文永二（南都本十一）年八月十三日」云々とある辺りを、「去程ニ太元皇帝ノ兵ハ至元十八年ニ元朝ヲ立テ吾朝ノ弘安四年六月十三日ニ七万余艘ノ兵船同時ニ博多ノ津ニゾ押寄」とし、これを弘安の役の叙述として統一することで矛盾を解消しようと試みている。しかし、風社宝殿鳴動の記事の直後には「此日（七月七日）太元七万余艘ノ船ノモヤヒヲトキ、蘆ノ屋浦ヲ廻テ文字赤間ガ関ヲ押渡ル」という記事と、「八月十七日ノ辰剋ニ長門周防ニ押渡時」という記事の両方が出て、二つの系統の本文が混淆するという未整理な面を残している。

このように見てくると、風社宝殿鳴動の記事が、単に一社の霊験の強調という点で突出しているばかりでなく、日付や人物名などを明記している点でも、前後の叙述とは調和していないと認めざるを得ない。おそらく、この記事を欠く西源院本や金勝院本の方が古態を伝えているのであろう。ただし、そのことは必ずしも風社宝殿鳴動の話の成立が遅れることを意味しない。相田二郎氏[10]は、『内宮注進状』に見える同一の記事に触れ、文永・弘安の役から十二年後の永仁元年（一二九三）三月二十日に「太政官から官符を下して伊雑宮並びに風宮下社の社号を改めて、宮号を授け奉り、官幣に与かること内外二宮と同じくせられた」のは、この宝殿鳴動等の奇瑞に対する報賽ではなかったかと推測している。

蒙古襲来に関する資料としては、『竹崎季長絵詞』の外に『八幡愚童訓』が有名である。『八幡愚童訓』には、群書類従に収められたものと続群書類従に収められたものとの二種類があり、萩原龍夫氏[11]の呼称に従って前者を甲本、後者を乙本と呼ぶと、蒙古襲来に際して示された八幡大菩薩の霊験を詳しく述べているのは、甲本の方である。その成立について、萩原氏は次のように説いている。

鎌倉後期蒙古襲来に際して多くの社寺への祈願がなされたが、石清水八幡宮にとっても当然これは神徳発揚を期すべき重要な機会であった。（中略）その成立は、文中に「九十四代の朝庭」とあるので、花園天皇治世中（延慶元年〈一三〇八〉―文保二年〈一三一八〉）と考えられるのであるが、蒙古襲来直後、神徳発揚への恩賞期待という緊急の要求があるため、年代はそれよりいくらか遡るものとせねばならず、右の「九十四代」云々は後日増補された部分に含まれていたものとするのが妥当であろう。

この甲本には『太平記』と違って、蒙古の戦法や日本の武士の活躍もきわめてリアルに描かれており、日時の記載なども正確である。一、二の例を挙げよう。いずれもよく知られた場面の描写である。

カク待懸《ル》処《ニ》（文永十一年）十一月廿日蒙古自《ヨリ》レ船下《リ》、乗レ馬《ニ》挙レ旗責カヽル。日本大将ニハ少弐入道覚恵孫《盧イ子イ》纔《ニ》十二三者《ノ》、箭合《ノ》為トテ小鏑ヲ射出タリシニ、蒙古一度《ニ》ドット咲《ヒ》、太鼓ヲタヽキ、ドラヲ打テ作レ時オビタヽシサニ、日本馬共驚躍《テ》刎狂《フ》程《ニ》、馬ヲコソ刷《アツカヒ》シカ、向ント二云事ヲ忘《レ》、蒙古矢《ガ》短《シト》二云ドモ、矢根ニ毒ヲ塗タレバ、チトモ当《ル》所毒気ニマク。数万人矢崎ヲ調テ如二雨降一射ケル上ニ、鉾長柄物具《クイ》アキマヲ指シテ不レ弛、一面《ニ》立双テ寄者アレバ、中ニシテ引退《ク》。両方端ヲマワシ合テ取籠テ皆殺ケル。能振舞《テ》死ヲバ、腹ヲアケ取レ肝飲レ之。自レ元牛馬美物トスルナレバ被《ル》二射殺一以レ馬《ヲ》食トセリ。冑軽《ク》馬《ニハ》能乗《リ》、力強《ク》命《ハ》不レ惜。強盛勇猛自在無窮《ニ》馳引ヲ、大将軍高《キ》所《ニ》居上《リ》可レ引所《ニハ》逃鼓ヲウチ、可レ懸《ニハ》扣《ニ》二責鼓一随《テ》夫寄引。逃《ル》時《ニハ》飛二鉄鉋一暗クナシ、鳴《リ》高ケレバ迷レ心失レ肝。目クレ耳塞テ忙然トシテ東西ヲ不レ知。日本軍《ノ》如《ク》相互《ニ》名乗合高名不覚ハ思《フ》二一人宛《ノ》勝負《ト》一処、此合戦ハ大勢一度寄合テ、足手《ノ》動《ク》処《ニ》我モ〳〵ト取付《テ》押殺《シ》生捕ケリ。是故ニ懸入程《ノ》日本人一人トシテ漏者コソナカリケリ。（群書類従本、上）

其後又弘安四年夏比、蒙古・大唐・高麗以下国々、兵共駈《ヲ》具《テ》、三千余艘大船数千万乗列テ来ケル。其中高麗兵船五百艘、壱岐対馬ヨリ上テ見合物ヲ打殺《シ》、人民堪兼、妻子ヲ引具深山《ニ》逃籠処、赤子鳴声ヲ聞付テ押寄殺ケル程、片時《ノ》命《モ》惜ケレバ、サシモ愛スル嬰児ヲ指殺シテゾ隠ケル。（中略）伊予国住人河野六郎通宗《有イ》異賊警固《ノ》為《ニ》本国《ヲ》立シ時、十年《ノ》中《ニ》蒙古不二寄来一者異国《ニ》渡テ可《キ》二合戦一起請文《ヲ》十枚マデ書、氏神三嶋社〔ノ歟〕ヲシデヲ灰ニ焼テ自飲ナドシテ、此八ケ年マデ相待《ツ》処、得《タリ》二其時《ヲ》一。是《レ》身《ノ》幸ニ非ヤト勇デ、兵船一艘ヲ以テ押寄タリシ程《ニ》、蒙古放レ矢。究竟郎等四五人被二射臥一。所レ憑伯叔サヘ手負臥テ、我身石弓ニ左肩ヲツヨク被《テ》レ打可《ニモ》レ挽レ弓《ヲ》及ネバ、片手《ニ》抜太刀《ヲ》モテ帆柱《ヲ》〔仆歟〕行テ蒙古ノ船《ニ》指カケ、思切テゾ乗移、散々ニ切廻《テ》、多敵首共トリ、其中《ノ》大将軍ト覚《テ》玉冠キタリケル者ヲ生捕テ前《ニ》シメツケテ帰ケル。（群書類従本、下）

右の『八幡愚童訓』の記述と見比べる時、『太平記』の蒙古襲来の記事が、いかに「合戦記」としての具体性を欠いた叙述に終始しているか、それを認めざるを得ない。南北朝の対立、宮方と武家の抗争、政権内部の確執と分裂といった枠組みからは外れている説話として語られるにとどまっているということであろう。

『太平記』は、石清水八幡宮の神威についても、他の寺社と並列的に述べた中に「八幡之宝殿之扉ヲ開ヒテ、馬ノ馳散ル事、轡ノ鳴音虚空ニ充満タリ」としか記していない。『八幡愚童訓』はそれを鼓吹宣揚するのが目的であるから、勿論数々の祈禱が記録されているが、特に南都西大寺の思円上人の法験が強調されている。弘安四年七月二十六日に八幡の舞殿で尊勝法を修し、閏七月一日に高座に登って啓白し、二時ばかりも心肝を砕いて祈禱したところ、大菩薩御納受のしるしか「殿中ハツタト一声鳴」った。また、栂尾大明神の託宣に「依二思円上人法味一、神明増二威光一、吹《シメ》二大風《ヲ》一テ異賊ヲ可《シト》二滅亡一」とあったので、上人は栂尾社に参詣して『理趣経』を転読した。すると、閏七月一日に大風が吹いて賊船が沈没した。「是八幡ハツタト鳴タリシ時、大風吹シ時同時也シカバ、栂尾御託宣風ヲフカセテ滅亡スルトゾ、西国早馬ヨリ先告玉シカバ、如何ナル不信輩モ大菩薩吹セ給タル風也ト仰悦バヌハ莫リケリ」とあるのなどである。

京都大学附属図書館蔵の『八幡愚童訓』（乙本）には、『異国襲来祈禱注録』が合綴されている。その内容は全八条から成り、真言律宗の宗祖として名高い西大寺の叡尊（思円上人）が、四天王寺・教興寺・男山八幡宮等で修した異賊調伏祈禱の記録である。中でも弘安四年七月二十日から行われた男山八幡宮での祈禱と、それに関わる奇瑞、託宣および注進等の記録が詳しい。冒頭、「文永元年七月八日為《ニ》レ防《ンガ》二異賊之難《ヲ》一大将軍中務卿宗尊親王年廿四歳而立《テ》二華洛《ヲ》一発二向《ス》壱岐対馬《ニ》一、其《ノ》軍勢十万騎也云云、同八月四日壱岐対馬下著也」などの記事があり、伝承的な要素も含まれているようである。最後の条は、

一於二西大寺長老叡尊上人《ニ》一者顧《カヘリミテ》二後代之嘲哢《ヲ》一於二此等之事《ニ》一曾《テ》無《シ》二御記録一云云。

とあり、その次の行に一字下げて、

弘安四年九月廿二日於河州高安郡教興寺為レ開二末代之不審《ヲ》一　　阿一記之

と、阿一上人が教興寺（八尾市）で記録した旨の識語が添えられている。一見、叡尊の入寂後に記録されたかのような印象を与える識語であるが、叡尊が異賊調伏祈禱の功で四天王寺別当に補せられたのが弘安七年（一二八四）であり、九十歳の高齢で寂したのが正応三年（一三〇〇）であるから、(12) その在世中に成立したことになる。教興寺自身の調伏祈禱の功に対する報賽への期待を籠めた注進ということであろうか。

この叡尊の祈禱と石清水八幡宮の霊験のことは、『増鏡』（第十「老のなみ」）にも、

新院（亀山）も八幡へ御幸なりて、西大寺の長老（思円）召されて、真読の大般若供養せらる。（中略）七月一日、おびたゝしき大風吹て、異国の舟六万艘、つは物乗りて筑紫へよりたる、みな吹き破《わ》られぬれば、或は水に沈み、をのづから残れるも泣く〳〵本国へ帰にけり。石清水社にて、大般若供養のいみじかりける刻限に、晴れたる空に、黒雲一村にはかに見えてたなびく。かの雲の中より、白羽にてはぎたる鏑矢の大なる、西をさして飛び出でて、鳴る音おびたゝしかりければ、かしこには、大風吹くるとつは物の耳には聞こえて、浪荒だち海の上あさましくなりて、みな沈みにけるとぞ。（岩波日本古典文学大系）

と記されている。

また、『壒嚢鈔』（巻四ノ十七）に、宋朝・元朝の歴史が叙述されている。その内容は、本稿の冒頭に列挙した『太平記』の中国故事のうち、⑬（巻三十八「太元軍事」）の叙述と、この「自二太元一攻二日本一事同神軍事」の叙述を連結させたものである。その異賊調伏祈禱に関する叙述の中に、『太平記』の諸本には見えない、次のような記事がある。

又有智高行ノ名徳ヲ撰ンデ、諸社ニ於《テ》、御祈禱アリ。北山観勝寺当寺ノ大円上人モ蒙《テ》二勅定《ヲ》一、男山八幡宮《ニ》参籠シテ、秘法ヲ行ヒ給ケリ。其効験ヲ、御感有テ、且ハ未来、異賊ノ御祈ノ為トテ、五大尊ノ像ヲ可二造立一由、重テ勅命アリシカバ、手ヅカラ自ラ刻彫シテ、今ニ御座マス物也。思円上人御導師トシテ、以二七百余僧《ヲ》一、大般若経ヲ令二読誦一給フ。其外ノ御祈不レ可二勝計一。真ニ仏力神力ノ所レ致《ス》ニヤ、七月一日賊船《ノ》悉漂蕩《ヘウタウ》シテ、凶徒皆沈《ム》レ海ニ。

（下略）

ここには、思円上人の大般若経読誦の他に、さらに京都東岩倉の観勝寺の良胤（大円上人、岩倉上人ともいう。『塵袋』の著者）が石清水八幡宮で調伏の法を修し、その効験によって五大尊像造立の勅許を賜ったという話も増補されている。観勝寺は、右の文に「当寺ノ」とあるように『壒嚢鈔』の編者行誉の住した寺である。(13) 自分の住する寺で、その中興の祖である大円上人を宣揚するために加筆挿入したのであろう。なお、この大円上人の石清水社での修法は、『八幡愚童訓』には記されていない。

このように見て来ると、『太平記』の「自二太元一攻二日本一事同神軍事」の場合、その中心的な題材である神仏の霊験冥助の話において、後補されたと思われる伊勢の風社の記事を除けば、特定の寺社との結び付きがいかに弱いかということが明らかになる。それはまた逆に、「凡上中下廿一社之霊動奇瑞ハ不レ及レ申、名《ミヤウ》帳ニ載所之三千七百五十余社、乃至山家村里ノ小社、櫟社、道祖神」、ありとある神々が、いかに一丸となって異賊誅罰の霊威を発現したかを強調しようとする意図が際立って来るということである。

五　歴史からの乖離と志怪への傾斜

一　呂洞賓の登場

『太平記』の「自二太元一攻二日本一事同神軍事」は、合戦の記録としても調伏祈禱の記録としても具体性に乏しく、それ自体の独立性は弱い。それは、もともと「高麗人来朝事」の叙述の中に関連的に挿入された説話だからであろう。その記憶もそう遠くはない未曾有の国際的な緊張の経験を主題とし、その構想を豊かに肉付けしうる記録や伝聞など、多くの資料を蒐集することもできたはずであるのに、作者の関心は、その方向には向かわなかったようである。そして、さして必要とも思えない蒙古の将万将軍の後日談を添えて、この挿話を結んでいる。

蒙古の七万余艘の兵船と三百万の兵士は海底に沈んだが、万将軍一人は「風ニモ放タレズ、浪ニモ沈マズ、窈冥タル空中ニ飛上テ」立った、と話が最初から伝奇的である。そこへ西天の方から呂洞賓という仙人が飛んで来て、彼に「日本一州の天神地祇が悪風逆浪を起こしたので、人力の及ぶところではない。破船に乗って早く本国に帰れ」と諭す。程なく万将軍が明州（浙江省寧波）に着き、都に上ろうとすると呂洞賓がまた現れて、「敗戦の罪で天子は汝の親類を三族の刑に処した。汝も帝都に帰れば必ず誅されよう。ここから蜀の国へ行け。蜀の王は汝を大将軍にして雍州（陝西省長安県）を攻めたいと思っているから、行けば大功が立てられよう」と勧め、餞に「至癰発」（玄玖本「至雍発」）という名の膏薬を与える。やがて、蜀の軍兵を率いて雍州に至ると、敵は嶮阻な山峡に石門を堅固に閉じて待ち構えている。万将軍は膏薬の銘を「至《テ》レ雍《ニ》発セヨ」と解し、それを石門の柱に貼らせた途端、柱も扉も雪霜のように融け、山も崩れて道が平坦になったので、敵の数十万騎は防ぐ術も無くなり、蜀王に降伏した。万将軍はその功で公侯の位に上ったが、三十日後に背中に癰瘡が出来て、その日のうちに死んでしまった。以上のような話の最後に、次の評言が加えられている。

（雍州ノ雍ノ字ト）癰瘡之癰之字ト韻声通ゼリ、呂洞賓（ガ）膏薬之銘ニ、至《テ》レ癰《ニ》発セヨト書ケルハ、雍州ノ石門ニ付ヨト教ヘツルカ、亦癰瘡ノ出タランニ、付ヨト占《シメ》シケルカ、其二ノ間ヲ難レ知、功ハ高シテ命ハ短シ、何《イツレ》ヲカ捨、何ヲ（カ）取ラン、若休《ヤム》事ヲ不レ得シテ、其一ヲ捨バ、命ハ在レ天《ニ》、我ハ必ズ功ヲ取ラン。（括弧内は玄玖本によって補う）

諸記録によれば、日本を侵寇した蒙古軍の将軍の名は、范文虎と言った。『元史』（外夷伝第九十五、日本）には、至元十八年八月一日、風波が兵船を破壊し、范文虎等の諸将は各自堅牢な船で逃げ、打ち棄てられた十余万の士卒は、日本人の攻撃を受けて討死にし、あるいは生虜りになって、「十万之衆得レ還者三人耳」という結果に終わったと記されている。ずっと後代の編纂である『新元史』（民国、柯劭忞《かしょうびん》撰）には「范文虎伝」（列伝第七十四）が立てられており、范文虎はその後宮廷に還って世祖に、風に遇い舟を壊し将士を溺死させたことを奏したが、世祖は彼を罪しなかったということを記している。

『太平記』の語る万将軍の後日談は、もとより荒唐無稽の志怪譚であるが、典拠もしくは話を構成するヒントとなった材料についても、まだ調査が行き届いていない。背中に癰瘡が出来て死んだという記事は史書にしばしば見掛けるところであるが、よく知られているのは楚の范増である。先に漢楚の合戦に関連して述べたが、張良・陳平の謀略が功を奏して項羽から異心ありと疑われた范増は怒って、官職を辞し庶人となって国に帰りたいと請い、許される。が、「未レ至二彭城一、疽発レ背而死」（「項羽本紀」「陳丞相世家」）とある。注に「疽附レ骨癰也」と言う。主君に疎外された後に背に癰疽が出来て死んだという点は類似していても、ヒントになったと言えるほどの材料ではない。

「至雍（癰）発」という銘の中には、成功と亡失という吉凶二つの予告が含まれている。その点に着目すれば同趣の故事は少なくないと思うが、晉の張茂（字偉康）の夢占いの話などもその一例である。『晉書』（列伝第四十八）の本伝によれば、張茂は若い時に大きな象を得る夢を見た。万推（『世説新語』品藻第九所引『晉陽秋』には「万雅」に作る）に占ってもらうと、「あなたはきっと大郡の太守になるだろう。けれどもこれは凶である。」と言う。そのわけを問うと、「象は大獣であり、獣は守である。だから、大きな郡の太守となるに違いない。しかし、象はその牙のおかげで焼き狩りにされ、人に殺害されるものなのだ」と答えた。果たして後に、沈充が謀反を起こした時に三人の子とともに殺されたという話である。「獣は守である」（獣者守也）というのは、「獣」「守」ともに去声宥韻の字で、声韻が相通していることを指している。仮に万将軍の後日談がわが国で作られたのだとすれば、膏薬の銘の「雍」と「癰」がいずれも上平声冬韻（または上声腫韻）で相通している点、漢字の声韻に通じている者の手に成ったのであろう。

この話に呂洞賓の登場することも注目される。呂洞賓のことは、『宋史』（列伝第二一六、隠逸上）の、「陳摶《たん》伝」の中にも付随的に記されている。関西の逸人呂洞賓は剣術に長じ、百歳を超えても童顔で、足が速くて短時間に数百里を歩き、世間で神仙と信じられ、八仙の一人に数えられる人物であるが、それがしばしば陳摶を尋ねて来ていたというのである。足の速いその神出鬼没ぶりを誇る自詠の詩というのが、『詩人玉屑』（巻二十、方外）に引かれている。次のような七絶詩である。

呂洞賓自詠云、朝《ニ》遊《ビ》二北海《ニ》一暮《テ》蒼梧、袖裏《ノ》青蛇胆気麁《アラシ》、三入《ビ》二岳《ドモ》陽《ニ》一人不レ識、朗吟《シテ》飛二過《ス》洞庭湖《ニ》一。（談苑）(14)

その他、『青瑣高議』（前集巻八）や『鶴林玉露』（人集巻十三）などにも、その隠逸と神仙らしい逸説が見えている。『太平記』の万将軍後日談における成功と亡失の話は人生の栄華のはかなさを寓する点で、黄粱一炊の夢を連想させるものがある。沈既済の『枕中記』で有名なこの話で、主人公の盧生は道士呂翁に借りた枕で夢を見る。夢の中で彼は、吐蕃や燭龍の夷賊と戦って大功を立てて重用される。その後二度辺地に流され、二度宰相に任じられ、そして病死する。『太平記』（巻二十六）に「黄粱夢事」という章段があってこの話が語られているが、話のディテールはかなり異なっている。主人公は夢の中で、楚王に招聘されて将相の位に就き、楚王の姫を娶り、その子は太子となる。祝賀のために洞庭湖上に三千余艘の船を浮かべて歌舞遊宴の歓を尽した時、太子・夫人もろともに水底に落ち、数万の侍臣の驚き叫ぶ声で夢が覚めるのである。主人公は「才無シテ富貴ヲ願フ客」と記されるだけで名前が無いのだが、その主人公に「邯鄲之旅亭」で枕を貸し与える人物が、「呂洞賓と云仙術之人」となっている。南宋の呉曾は、その『能改斎漫録』（『説郛』巻三十五所引）の中で、『枕中記』にいう「道者呂翁」は呂洞賓ではない、呂洞賓は唐末の人で時代が合わないと考証しているが、当時すでに「呂翁」即「呂洞賓」とする考えがあったということであろう。その考えは元代に入ると顕著になる。王沛綸氏編『戯曲辞典』や董康氏編『曲海総目提要』を見ると、呂洞賓の事跡を題材とする戯曲が甚だ多いのに驚く。元明時代の作を挙げると、次のようなものがある。

「呂洞賓三酔岳陽樓」（元、馬致遠撰）　「呂洞賓黄粱夢」（元、馬致遠等四人撰）

「呂洞賓度鉄拐李岳」（元、岳伯川撰）　「呂洞賓桃柳昇仙夢」（元、無名氏撰）

「呂洞賓三度城南柳」（明、谷子敬撰）　「呂洞賓花月神仙会」（明、朱有燉撰）

「邯鄲夢」（明、湯顕祖撰）　「呂洞賓戯白牡丹」（明、無名氏撰）

この中の「呂洞賓黄粱夢」と「邯鄲夢」は『枕中記』に取材して基本的な骨組みを守りながらもディテールは変化し、両者はまた相互に異なっており、『太平記』の「黄粱夢事」の話ともまた異なっている。万将軍の後日談に呂洞賓という神仙が登場して来る背景に、宋元時代の説唱や戯曲が及ぼした感化を思うわけである。

二　神功征韓と和寇

『太平記』は蒙古襲来の話を叙述した後、神功皇后新羅征伐の話に移る。外国からの侵寇の話に対して、今度は海外への遠征の話である。蒙古の襲来という現実を契機にして神功皇后征韓の伝説を想起するのは極めて自然なことであろう。文永五年（一二六八）正月に高麗の使者が蒙古の国書を持って筑前に到着したという事態に接して、朝廷は二月には二十二社に、四月には伊勢大神宮に勅使を立て、六月には七陵（天智・桓武・嵯峨・仁明・光孝・醍醐・村上）に告陵使を遣わしているが、文永十一年十月の最初の襲来があった報を受けるや、十一月二日には神功皇后陵を加えた八陵に勅使を発遣して、異賊の降伏を祈請している。『竹崎季長絵詞』に関しても、それが奉納された甲佐宮（熊本県上益城郡甲佐町）には、「神功皇后三韓征罰之時、自レ天被レ授二金甲一、依レ佐二皇后之軍一、甲佐土申、是勅号也」(15)という、神功皇后との由縁を説く伝承がある。荻野三七彦氏(16)は、この伝承に、『八幡愚童訓』に「神功皇后の物語と元寇とを関係させて記述している」ことを考え合わせて、「甲佐大明神もまた元寇戦役や建治の異国征伐に際して、神功皇后の三韓征伐を思想的に関連させたものである」と説いている。

『太平記』の「神功皇后被レ攻二新羅一事」の内容について、『参考太平記』は「此段、後人傅会之説、不レ足レ採也、与二日本紀等実録一合二考之一、則読者自知二其非一矣」と評している。そのとおりであるが、阿度女之磯良《あとめのいそら》の事、鎧の脇《わい》立《だて》の起源の事、干珠満珠の事、皇后が「高麗は日本の犬也」と石の壁に書き付けた事など、その説話の構成要素の殆どは『八幡愚童訓』の豊富な叙述の中に含まれているものである。例外は、前の章段との繋がりを意識してか、話の初めに、

（仲哀天皇が三韓を攻めて敗れて帰国した後）神功皇后是不レ足二智謀武備一之処也トテ、唐朝之為《ニ》二師《イクサノ》束修《ノ》一、沙金三万両ヲ被レ遣、履道翁ガ三巻之秘書（古活字本「一巻ノ秘書」）ヲ伝ル、是ハ黄石公ガ第五日ノ鶏鳴ニ、渭水之杞橋ノ上ニテ授《シ》二張良《ニ》一書也。

という、有名な「張良一巻之書」にまつわる志怪的な故事が挿入されていることくらいのものである。

『太平記』は、次のような文で、この「神功皇后被攻新羅事」の章段を結ぶとともに、高麗の使者がもたらした倭寇禁圧の要請という、本来の主題に戻り、この一連の記事全体の総括を図る。

其徳天ニ叶ヒ、其化遠ニ及シ上古之代ニダニモ、異国ヲ順ヘラレシ事ハ、天神地祇之御力ヲ仮テコソ容易被二征罰一シニ、只今末世之賊徒等元朝高麗ヲ奪ヒ犯シ、牒使ヲ立サセ、ソノ捷《カチモノ》（玄玖本「課《カケモノ》」）ヲ送ラシムル事、前代未聞之不思議也、角テハ中々我国ヲ却テ異国ニ被レ奪事モヤ有ヌ《（ズ）》ラント、怪キ程ノ事共也。

ここに「前代未聞之不思議」とあるけれども、類似の事件は以前にもあった。『高麗史』（巻二十二）を見ると、高宗十三年（一二二六）から翌年にかけて、次のような記事が見える。

十三年春正月…倭寇二慶尚道沿海州郡巨済県一、令下陳龍甲以二舟師一戦中于沙島上、斬二二級一、賊夜遁。
　六月…倭寇二金州一。
十四年夏四月…倭寇二金州一、防護別監盧旦発レ兵捕二賊船二艘一斬二三十余級一、且献二所レ獲兵仗一。
　五月…庚戌倭寇二熊神県一、別将鄭金億等潜二伏山間一突出、斬二七級一、賊遁。乙丑雨雹。日本国寄レ書謝二賊船寇辺之罪一、仍請二修好互市一。

是　歳……遣二及第朴寅一聘二于日本一、時倭賊侵二掠州県一国家患レ之、遣二寅齎レ牒、論下以二歴世和好一不上レ宜二来
侵一、日本推二検賊一、倭誅レ之、侵掠稍息。

これらの事件に直接または間接的に関連する記事が、藤原定家の『明月記』や藤原経光の『民経記』、あるいは『吾妻鏡』などに見られるが、中で『明月記』の嘉禄二年（一二二六）十月十七日の条には、やや詳しい情報と高麗との関係悪化を懸念する定家の危惧が記されている。即ち、「鎮西の凶党〈松浦党と号す〉が高麗の別島を襲い、民家を滅ぼし資財を掠奪した。〈襲った者の半ばは殺されたが、残りの者が銀器などを盗んで帰った。朝廷のために甚だ不都合なことである〉。高麗方はこの事で国を挙げて兵を興すだろう。また、わが国から唐に渡る船は、往きには必ず高麗に着き、帰りには多く風に従ってかの国に寄るのが通例だから、高麗が怨敵となったら、宋朝への往来が難しくなろう。近頃、唐の船が一艘高麗に寄ったところ、火を付けられ一人残らず焼き殺されたという」と記して、さらに「末世之狂乱至極、滅亡之時歟、甚奇怪事也」と慨嘆している。

この時期の倭賊の活動は観応の擾乱以後に跋扈する「倭寇」とは性格を異にするようであるが（田中健夫氏前出書）、ともあれ、近隣諸国にまで掠奪の猛威を振るう悪党の所行が国際的な紛糾を惹き起こすのではないかと懼れるのは、有識者として当然の感覚と認識であろう。まして、文永・弘安両役を経験した後は、その危機感は一部の有識者だけのものではなく、多くの国民が一様に抱くところであったにちがいない。『太平記』の作者が「抑太元三百万騎之蒙古共一時ニ亡シ事、全ク吾国之武勇ニ非ズ、只三千七百五十余社之大小神祇宗廟之冥助ニ依ニ非乎」と言うのは、神明の冥助を強調しようとして武士の活躍については抑えて記したためでもあろうが、戦闘方式や武器の優劣における彼我の落差について思い知らされた衝撃と、もしも大風が吹かなかったなら国土は蒙古の軍兵に蹂躙し尽くされたにちがいないという恐怖感が根底にあるのだろう。「末世之賊徒」（玄玖本「極悪不善ノ賊徒」）が誘発した外寇に神明の冥助は期待できないとすれば、「角テハ中々我国ヲ却テ異国ニ被レ奪事モヤ有ズラン」と危惧するわけである。そして、

単に高麗の牒状に「焼ニ毀官廨一、搔コ擾百姓一、甚至ニ殺害一」と記す暴虐を、わが国土の上に移し考えて畏怖しているだけでなく、高麗や南宋における蒙古の軍兵の破壊と蹂躙について、その被害者の側からもたらされたであろう情報を、文永、弘安両役の経験に重ね合わせた恐怖感があずかっていると思う。ここには、わが国は神国だから神明の冥助があるはずというような安易な楽観はない。

三　「日本狂奴」の詩

その危機感を、作者は次のような話題で象徴させて、この高麗の使者の来朝をめぐる一連の叙述を結んでいる。

サレバ福州之呉元輔王乙ガ吾朝へ贈リケル詩モ此意ヲ暢タリ、

日本《ノ》狂《キヤウ》奴《ヌ》乱《ル》ニ浙《セツ》東《トウヲ》一　将軍聴《キイテヘンヲ》レ変気如《シ》レ虹《ニジノ》
沙《シヤ》頭《トウニツラネテ》列レ陣《ヲ》烽《ホウ》烟《エン》暗《クラシ》　夜半鏖《ニミナゴロシニシテ》レ兵《ヲ》海水紅《クレナイナリ》
篳《ヒツ》篥《リツニアンジテ》按レ歌《ヲ》吹《フキ》ニ落月《ニ》一　髑《ドク》髏《ロニ》盛《モツテ》レ酒《ヲ》飲《ノム》ニ清風《ヲ》一
何《レノ》時《カ》截《キリツク》コ尽《シテ》南山《ノ》竹《ヲ》一　細《コマカニ》写《ウツサンソノ》ニ当年《カミ》殺《サツ》賊《ゾクノ》功《ヲ》一

此詩之言ニ付テ思ニ、日本一州ニ近年竹ノ皆枯失ルモ、若加様ノ前表ニテヤ有ト、穴倉《ヲボツカ》ナキ行末也。(17)

この詩に関する資料は他に見当たらない。先ず、その作者とおぼしい人物の名であるが、諸本によって次のように異なっている。

「呉元輔王乙」＝西源院本・元和八年整版本
「呉元師王乙」＝慶長十四年古活字本（師にホと振る）・中京大学本（師にホと振り左傍に輔と書く）・土井忠生氏蔵平仮名本（「ごけんしわうい つ」）
「呉元帥王乙」＝慶長八年古活字本

「呉元帥平乙」＝玄玖本・松井本・神宮徴古館本・南都本諸本
「呉元帥主乙」＝義輝本・梵舜本・神宮徴古館イ本

「王」と「主」と「平」は字体が類似し、「輔」と「師」と「帥」もその草体が類似する。その辺りから生じた異同かと思われる。「輔」が本来の形だとすれば、宋初、左驍衛将軍になった呉元輔（字、正臣）という同名の人物がいるが、結び付きそうにない。『中国人名大辞典』（泰興書局版）によれば、宋代には元輔の兄弟である元扆《い》（字、君華）・元載（字不明）を始め、元美（字、仲実）・元喩（字、公品）、また元代に入って元喩の従弟の元珪（字、君璋）など相似た名前の人物がいる。元珪（『元史』列伝第六十四）は、元の成宗の大徳六年（一三〇二）に江浙行省参知政事に任じて江南地方の行政官であった。時代的にも地域的にも近いけれども、比定できるほどではない。岩波日本古典文学大系の頭注に「この人物不明。作者の創作か」とあり、勿論その可能性も無しとはしない。新潮日本古典集成の頭注に「この詩は、一種の落首か」とするのも、同様の見解なのであろう。

詩の内容を考えてみよう。

第一聯（首聯）は、日本の賊徒が浙江省の沿岸地域を荒らしているという。異変を聞いて将軍は憤り、意気盛んに奮い立った。「気如レ虹」は、曹植の「七啓八首」（『文選』巻三十四）に「慷慨則気成二虹霓一」とあるのと同意であろう。この将軍が誰であるかは分からない。先に至正二十三年八月に和寇が蓬州を掠奪し、万戸劉暹がこれを撃ち破ったという『元史』（本紀第四十六）の記事を挙げたが、これは高麗使者来朝の僅か三年前である。この詩の季節と合致している事が注目される。

第二聯（頷聯）は、元軍が海岸の砂上に陣列を布いて、邀撃の態勢を整える。敵の来襲を告げる狼煙は空を覆い、夜半に至って賊徒を殲滅し終えれば、海水はすでに真っ赤に染まっている。

第三聯（頸聯）は勝利の宴。傾く月を眺めながら胡人の吹く箪築のもの哀しい調べに合わせて歌い、清々しい夜風に吹かれながら髑髏の酒器に盛った酒を飲む。晉の太夫趙襄子が韓・魏と組んで智伯を討ち、その髑髏に漆を塗って飲器（酒を盛る器）にしたという『史記』「予譲伝」の話は有名である。匈奴の単于が月支国の王の髑髏を割って飲器にし、それで血を飲んで漢の使者と盟った（『漢書』「匈奴伝」）という話もあり、『南州異物志』（『藝文類聚』巻十七、人部一）によれば、烏滸（広州の南）の人は髑髏があれば割ってそれで酒を飲む習俗があったらしい。なお、「箻《りつ》」は『集韻』に「等《りつ》」と同じで「竹管以射レ鳥」と注されているが、実態はよく分からない。「篳箻《りつ》」は「篳篥」（「觱篥」とも書く）と解しておく。

第四聯（尾聯）は、いつの日にか、将軍が倭賊を殲滅したその軍功を事細かに書き記したいが、それを竹簡に記すとなれば南山の竹を切り尽くさねばならないほどに、書くべきことが多い、というのであろう。唐の李頎《き》に「聴二安万善吹二觱篥一歌」（『全唐詩』巻一三三・『唐詩三百首』）と題する七言古詩（全十八句）がある。その初め三聯は、「南山截《リテ》レ竹《ヲ》為《ツクル》二觱篥《ヲ》一、此楽本自《リ》二亀茲一出《ツ》、流《シテ》二伝《ニ》漢地一曲転奇《タナリ》、涼州《ノ》胡人為《ニ》レ我吹《ガク》、傍鄰聞《ク》者多歎息《ク》、遠客思《シ》レ郷《ヒテヲ》皆涙垂《ヲル》」という表現で、特に起句の措辞が「日本狂奴」の詩と類似している。この場合は南山（終南山）の竹を截って篳篥を作るのであるが、「日本狂奴」の詩では「竹簡」、つまり料紙の比喩と解するのが詩意から見て穏当であろうと思う。

ところで、『空華日用工夫略集』の応安三年（一三七〇）九月二十二日の条に、次のような記事がある。

唐人刮字工陳孟才・陳伯寿二人来、福州南台橋人也、丁未（貞治六）年七月到レ岸、太元失レ国、今皇帝（太祖）改レ国為二大明一、孟才有レ詩、起句云、吟毫玉兎月中毛。

前述のように、高麗の使者が帰国したのは貞治六年（一三六七）の六月であったが、その翌月に福州南台橋（福建省福州市）から刮字工(18)の陳孟才・陳伯寿二人が来日していた。そして、この日に義堂周信を訪ねて来て、元が滅び明の太祖（朱元璋）が新たに国を興したという情報を伝えたのである。明の建国は洪武元年（一三六八）八月のことであるから、義堂はほぼ二年後にその情報を得たことになる。その時訪ねて来た陳孟才が義堂に詩一首を贈ったという。ここに記された起句だけではその詩の趣意を推測することもできないが、とにかく唐人の来訪を受け詩を贈られるといった事例は実際にあったわけである。

以上見て来たように、『太平記』が掲げる「日本狂奴乱二浙東一」の詩は、その作者についても不確かであるけれども、必ずしも虚構もしくは仮託の作と見る必要はないのかもしれない。因に、この詩は対偶や押韻は勿論、平仄法に関しても七言律詩の規則に完全に適っている。(19)

最後に、『太平記』の作者が付け加えた「此詩之言ニ付テ思ニ、日本一州ニ近年竹ノ皆枯失ルモ、若加様ノ前表ニテヤ有(ラン)ト、穴倉《オボツカ》ナキ行末也」という評言であるが、これについて『参考太平記』は、「此説迂腐鹵莽、足レ見下作二太平記一者之凡愚上」と批判している。「日本一州ニ近年竹ノ皆枯失ル」というのが事実だったと仮定しても、その事を「截二尽南山竹一」の詩句に絡ませて「我国ヲ却テ異国ニ被レ奪事」の前兆と見るなどというのは、もし本気でそう考えているのだとしたら確かに「迂腐鹵莽」の説である。しかしこれは単に談義の「落ち」でしかあるまい。作者の遊び心と考えていいのであろう。本稿でもしばしば取り上げた『参考太平記』編者の批判は、『大日本史』編纂に資する有用性を吟味する立場で成されている。『太平記』の叙述には、この種の諧謔、作者の遊び心が決して少なくないと思う。この詩を「一種の落首か」とする見解(前出)も、詩そのものについてはともかく、この詩に付された評言に含まれている落首的批判性を指摘したものと理解して、同感できる。

義堂周信は、同じ応安三年の十一月三日に、中国の江南地方から帰朝した甲山興東に会い、江南が大いに乱れ、仏法の災厄は今までになく甚大であるが、介然中端や絶海中津(二年前に渡海)は皆無事である事、また、今江南では明州の海辺で船を建造していて高麗を征伐しようとしているが、おそらくわが国にまで及ぶにちがいないという事など、最新の情報を得ている(『空華日用工夫略集』)。事実、その前年(洪武二年)の正月に倭寇が山東の沿岸の州県を侵したので、明の太祖は、当時九州を掌握していた南朝の征西将軍懐良親王のもとに楊載という使者を派遣している。

楊載が持参した「賜二日本国主一書」[20]には、日本の朝貢を促し、倭寇の禁圧を求め、「如三必為二寇盗一、朕当下命二舟師一、揚二帆諸島一、捕二絶其徒一、直抵二其国一、縛中其王上、豈不三代レ天伐二不仁者一哉、唯王図レ之」とまで記されていた。懐良親王は使節七人のうち五人を斬り、楊載を三ヵ月も拘留した。倭寇の侵略はいっこうに収まらず、山東から温州・台州・明州、さらに福建の沿海の州県をも寇したので、同年四月、太祖は太倉衛指揮僉事の翁徳に命じて、官軍を率してこれを撃破させ、「獲二倭寇九十二人一、得二其兵器海艘一」[21]という戦果を挙げている。

『太平記』の最終記事は貞治六年十二月七日の将軍義詮の死去であるから、応安以後の倭冦に関するこれらの事件は書かれていず、また作者がそれをどこまで知りえていたかも詳らかでないけれども、高麗の牒状に倭寇の被害地としては高麗の「合浦等処」とだけ記されているのに、『太平記』の地の文において、高麗の事には殆ど触れられないで、元末・明初の江南、明州・福州などの地域を主として述べている点、応安初期における緊張した国際的状況が反映していると見られるとともに、作者の国際的関心のあり方と、その情報の入手経路もおのずから想像されることになる。

注

(1) 拙著『太平記の比較文学的研究』第一章第一節「太平記における中国説話の概観」(角川書店、昭和51・3)参照。

(2) 『太平記』の本文は、特に注記する場合を除いて西源院本(刀江書院、昭和11・6)に拠る。ただし、濁点を補い、句点・返点・振仮名などは適宜取捨した。

(3) いずれも実在の人物であるが、岩波日本古典文学大系の頭注が指摘するように伯顔は元の世祖に仕えた功臣で、『太平記』が彼を宋の丞相とするのは誤り。

(4) 釜田喜三郎氏「文芸とは何であるか(続)——楠木正成の神謀鬼策——」(『神戸商船大学紀要・文科論集』5、昭和32・3。『太平記研究——民族文芸の論——』所収、新典社、平成4・10)

(5) 陳殷「史略叙」および重野安繹氏「解題」（ともに漢文大系『十八史略』、冨山房、明治43・12）

(6) 拙著『松平文庫本唐鏡』の「解題」（広島中世文芸研究会、昭和41・10）。本書第三章「唐鏡の成立」参照

(7) 長坂成行氏「『太平記』終結部の諸相――〝光厳院行脚の事〟をめぐって――」（『日本文学』40、平成3・6）

(8) 田中健夫氏『倭寇――海の歴史――』（教育社、昭和57・2）参照。

(9) 後藤丹治氏『太平記の研究』前篇「太平記原拠論」第三章「二条良基の著作」（河出書房、昭和13・8）

(10) 相田二郎氏『蒙古襲来の研究』（吉川弘文館、増補版昭和57・9）。なお、『内宮注進状』は未見。『国書総目録』は『内宮延徳注進状』の名で国学院大学・神宮文庫所蔵の写本を著録している。

(11) 萩原龍夫氏『寺社縁起』「解説」（日本思想大系、岩波書店、昭和50・12）

(12) 『国史大辞典』2（吉川弘文館、昭和55・7）「叡尊」の項（和島芳男氏稿）。なお、阿一上人について詳しくは分からないが、拙稿「中国古典と『太平記』」（『国文学解釈と鑑賞』第56・8、平成3・8）で少しく触れた。第四節3の注（13）参照。［補］教興寺および阿一上人について、細川涼一氏（『中世の律宗寺院と民衆』、吉川弘文館、昭和62・12）は、「高安教興寺は、叡尊が文永六年（一二六九）の秋に仏舎利を安置して興隆に着手した寺であり、南北朝時代には室町幕府によって河内国の利生塔が設置された寺である。この教興寺の長老である如縁房阿一は、叡尊による復興以前の教興寺の荒廃した様子を詠んだ「たつた山嵐の音もたかやすの里はあれにし寺とこたへよ」が京極為兼撰の『玉葉和歌集』巻第十六（『校註国歌大系』第六巻）に撰ばれるなど持明院統と深いかかわりをもった人物であり、正和二年（一三一三）二月から翌三年六月の間に三〇回の多きにわたって花園天皇のもとに参内した如円が、この阿一のことと考えられる」と述べている。

(13) 正保三年板『壒嚢鈔』の巻十五の奥に、次のような識語がある。

右一部応于印僧之所問所令註集也。則以加壒嚢鈔之末故。爰分緇素両問者也。（中略）

于時文安三年丙寅五月廿五日　終書功畢

観勝寺　金剛仏子行誉

(14) この詩は、呂洞賓の詩文集である『純陽真人渾成集』（『道蔵』太玄部所収）の「巻下、七言絶句」に載っている。ただし、起句の「北海」を「南越」に作る。

(15)「正平十六年八月　甲佐社牒写」(『大日本古文書　家わけ第十三　阿蘇文書之二』所収)

(16) 荻野三七彦氏「竹崎季長絵詞の研究史」(日本絵巻大成14『蒙古襲来絵詞』、中央公論社、昭和53・10)

(17) 西源院本は起句の「奴」字を脱しているが、諸本によって補った。なお、詩の訓読は元和八年整版本による。

(18) 補『古事類苑』(文学部四十五、印刷)、では、この『空華日用工夫略集』の記事を、「印刷工」の事例として挙げている。「刻字匠」(版木屋・印刷師の意)に同じと解しているのであろう。長澤規矩也氏「元刊本刻工名表初稿」(『書誌学』2—4、昭和9・4)に「陳伯寿」の名があり、「十行本注疏正徳修本中元刊部分　静嘉堂」にその名が見えるという。また、川瀬一馬氏『日本書誌学之研究』第三篇版本の部「五山版の刻工に就いて」(大日本雄弁会講談社、昭和18・6)によれば、『新撰貞和分類古今尊宿偈頌集』に「明・栄・寿・才」等の刻工姓名の附刻があり、これは「恐らく・彦明・陳孟栄・陳伯寿・陳孟才であらう」と言い、また『応安七年刊北礀文集』に「婁・寿・史仲・孟才・僅・賈・金」等の名の附刻があり、『陸放翁詩集』にも「伯寿」の名の附刻があることを報告している。陳孟才・陳伯寿の両名は五山版印行のために福州から来日した刻工であることが明らかになった。なお、長澤規矩也氏「宋刊本刻工名表初稿」(『書誌学』2—2、昭和9・2)によれば、『文選』紹興中明刊本(図書寮蔵・足利学校蔵)に「王乙」という刻工名があるそうである。「日本狂奴」詩の作者、福州の「王乙」も、あるいは同様の「刮字工」の一人だったのであろうか。

(19) 補『太平記』は福州の何某が「吾朝へ贈リケル詩」とだけ記して、贈り先が漠然としているが、直接朝廷や幕府へとも考えられない。仮に事実であったとして、また虚構であったとしても、京都五山、殊に天龍寺の僧辺りから出た情報かもしれない。高麗の牒使が寄留したのが天龍寺だったし、牒状を進奏したのも長老の春屋妙葩(一三一一～八八)であった。「京都における五山版の先鞭をつけた人は、天龍寺の開山夢窓疎石(夢窓国師)の甥の春屋妙葩で、特にかれが天龍寺に住したときの出版が多く」(吉川弘文館版『国史大辞典』「五山版」の頃、長澤規矩也氏稿)と説かれている。陳孟才・陳伯寿が止住していたのも天龍寺であろうか。そこは禅僧や商賈その他を介して多くの情報の集散する場所であったと思われる。「日本狂奴」の詩に限らず、高麗の牒状が『太平記』に載っているのは、これが三条公忠や中原師守でさえ容易には入手しえなかったものであることを考えると、天龍寺の春屋妙葩の周辺から出た情報に拠っているのかもしれない。

(20)「大明太祖聖神文武欽明啓運俊徳成功統天大孝高皇帝実録三十七」所載(大日本史料、応安二年是歳所引)。補『明史』

（列伝第二二〇）の「日本伝」にも、明の太祖が洪武二年（一三六九）三月に楊載を遣わして、「日本王良懐」即ち征西将軍宮懐良親王に寇盗の禁圧を要求したことが記されているが、国書の文言がやや異なっている。

(21)「大明太祖聖神文武欽明啓運俊徳成功統天大孝高皇帝実録四十」所載（大日本史料、応安二年是歳所引）。

3　太平記における因果応報思想

(1)「一業」と「一業所感」

一　物語文学における仏教的なものの投影

物語文学が、神話・伝説などとの混沌未分の状態から脱化して、独自の様式を形成し、現実の人間の生のありようを描こうとする意図を明らかにして来るにつれて、その対象である人間の個人生活および社会生活に、時代とともにより広く、またより深く浸透して来ている仏教関連の諸事象が、その叙述の上に色濃く影を落とすようになるのは、至極当然な結果である。

『落窪物語』などは、「死にて後にはよろづの事すれどもたれか見はやし、うれしと思はんとする」[1]（巻三）といった、死後の供養よりは今生の幸福を享受しようとする現世主義的な志向が強くて、仏教的な色彩の薄い作品ではあるけれども、それでもやはり、落窪の夫の大納言道頼が舅の老中納言に対する孝養のために修した法華八講のありさまが、詳しく描かれていたりもする。『法華経』八巻に『無量義経』と『阿彌陀経』を添えて九部とし、一日に一部を当てて九日にわたって行われたのであるが、この法会は落窪の発起であった。老父に対する孝養の方法としては、管絃の催しや中陰の供養なども考えられるけれども、管絃の遊びは「げにをもしろくをかしき事にこそあれど、のちの世まで御身に益なし」であるし、生前に営む中陰の供養は「げにゆゝしかるべし」ということから、「八講なむこの世もいとたうとく、のちのためもめでたくあるべければ」というのが、落窪の意見である。道頼もこの妻の考えに従い、今生と後生の二世の利益を願うのに最勝の方法として、法華八講を選んだわけである。

しかし、九日にわたる講経の内容については、ただの一言も触れられていない。納められた経巻については、その多様な料紙、金泥銀泥をまじえた写経の文字、水晶の軸、蒔絵の経箱のみごとさだとか、朝座夕座の講師たちへの被物《かずけもの》や、特に重視される第五巻が講ぜられる日の捧物《ほうもち》のおびただしさだとか、道頼が「すべて心もとなき事なく、し尽くさん」と思って実行する法会の、その外面的な華麗さが述べられるにとどまっている。

かつて落窪を虐待した継母たちと、その言いなりになっていた中納言に対する報復、それと一対になった恩恵、そういう物語の構図の中に位置づけられた法華八講であるから、この記事から作者の仏教思想に論及するには限界があるけれども、この作品が成立したと考えられる十世紀末から十一世紀初頭にかけての、社会一般の宗教に対する意識や感覚の反映を、ここに見ることはできよう。

個としての人間の生涯を描くことに関心をもつ虚構の物語に比べて、歴史物語や軍記物語は、言うまでもなく時代の情況や推移を記述することに主眼を置く。そこには、国家的重要人物に関わる病気平癒や安産の祈願だとか、怨霊退散や朝敵調伏の祈禱など、密教の修法の記事が多く取り上げられている。そして、その法会の荘厳さも単に感覚的に描出するというだけでは済まされなくて、確かな記録に基づいてより精細に記述されるようになる。『大鏡』はさほどでもないけれども、『栄花物語』にはこの種の記事がすこぶる多い。『紫式部日記』の冒頭の文章でも有名な、寛弘五年（一〇〇八）の秋、土御門殿で修せられた中宮彰子御産の祈り（巻八「はつはな」）や、治安元年（一〇二一）九月の皇太后妍子（道長女）の法華経供養の記事（巻十六「もとのしづく」）などが印象的である。前者には、五大尊の御修法に奉仕した観音院僧正勝算（不動尊）、心誉阿闍梨（軍荼利）、清禅阿闍梨（『御産部類記』には修学院僧都斎祇。大威徳）や孔雀経法を修した仁和寺僧正雅慶の名が記録されている。また後者は、『法華経』二十八品に開結の二経（『無量義経』と『観普賢経』）を加え、三十人の女房に各一品ずつ写経させて、無量寿院でその供養を行った記事であるが、調進された装飾経としてのみごとさが詳しく描かれ、講師の永昭《ようしょう》律師の説法の次第が、「高座に上りて、啓白うちして、事の趣申て、願文少しうち読みて、事の有様、経のうちの心ばへ、大意・釈名・（入文）判釈よりして、いみじうきゝよく珍しう言ひもていく」(2)と説明され、さらに供養の趣旨や利益を唱導する永昭の説法の言葉が書き留められている。

なかんずく質量ともに他を圧倒しているのが、道長の最晩年、治安二年七月十四日に修せられた法成寺金堂供養の記事である。道長が寛仁三年（一〇一九）三月に病気で出家した際に建立した阿彌陀堂（無量寿院）に、さらに金堂・五大堂等を造立して法成寺と号した、その供養である。巻十六「もとのしづく」、巻十七「おむがく」、巻十八「たまのうてな」の三巻にわたる長大な叙述である。堂宇や仏像、法会の盛儀、万事に善美を尽くした荘麗さが、諸経の要文をちりばめながら、地上に現出した極楽の浄土さながらに、限りない賛嘆をこめて、詳細に描き上げられている。まさに豪華絢爛たる絵巻である。

歴史文学の中でも、とりわけ軍記物語となると、虚構の物語には無縁にも等しい国家社会の動静が、より主要な題材である。題材となる事件の展開に重大な役割を能動的に担っている宗教界の勢力、即ち南都・北嶺の諸大寺やそれに連なる諸寺社の動向に関する記事が、いきおい豊富かつ詳細にならざるを得ない。

例えば『太平記』（巻八「禁裡仙洞御修法事」）には、元弘の変（一三三一年）を機に各地で反幕の動きが高まってくる情勢を前にして、「是《コレ》以《テ》二法威《ヲ》一逆臣ヲ不《ン》レ鎮《シヅメ》バ、静謐其期《ソノゴ》不レ可《カラ》レ有《ル》」(3)と、持明院統の朝廷が諸寺諸社に命じて大法秘法を行わせたことが記されている。「梶井宮《カヂヰノミヤ》ハ、聖主ノ連枝、山門ノ座主ニテ御坐《オハシマ》シケレバ、禁裏ニ壇ヲ立《タテ》テ、仏眼《ブツゲン》ノ法ヲ行セ給フ。裏辻《ウラツジ》ノ慈什《ジジフ》僧正ハ、仙洞ニテ薬師ノ法ヲ行ハル。武家又山門・南都・園城寺ノ衆徒ノ心ヲ取《トリ》、霊鑑ノ加護ヲ仰ガン為ニ、所々ノ庄園ヲ寄進シ、種々ノ神宝ヲ献《タテマツッ》テ、祈禱ヲ」行ったという。

こうした公武の命で行われる修法の記事のみならず、諸大寺の経済力や軍事力を背景にした社会的な活動を抜きにしては、もはや歴史を語ることができないわけである。それに伴って、寺社の縁起、高僧の行跡、仏神の霊験や冥罰のあらたかさが語られ、経論の章句や譬喩譚が引用され、仏教語を駆使した文飾豊かな行文が見られるようになる。津田左右吉氏は、「源平盛衰記や太平記などを読むと、恰も僧徒から経文の講釈を聴くやうな感じがある」(4)と言う。氏は軍記物語の作者を僧徒と見ており、僧徒の仏典学習の方法が、「全体としての精神を看取するよりは、一々の文字、一々の事柄に就いて註釈を施し、屋上屋を架して説明に説明を加へてゆくといふ風」のものであったことから、軍記物語のこうした文体が形成されたと説いている。

インドや中国の説話を譬に挙げ、内典や外典の語句を引証することの多い軍記物語の叙述の方法が、作者の教養と良かれ悪しかれ深く関わっていることは勿論のことであるが、同時にまた、それを受容する側である社会の諸階層にも、さまざまな説教の場を通して、仏教的なものの感化が幅広く及んでいたわけで、そのような時代の証しを、その文体の上に見ることもできよう。

ところで、先に元弘の変後の静謐祈願の修法の記事を挙げたが、この修法の結果について、『太平記』では、「公家《クゲ》ノ政道不ㇾ正《シカラ》、武家ノ積悪禍《ワザハヒ》ヲ招キシカバ、祈共神《イノルトモシン》不ㇾ享《ウケ》二非礼《ヲ》一、語《カタラ》ヘドモ人不《ル》ㇾ耽《フケラ》二利欲《ニ》一ニヤ、只日ヲ逐《オツ》テ、国々ヨリ急ヲ告《ツゲ》ル事隙《ヒマナカ》無リケリ」と結んでいる。公武の「不正」「積悪」に由来する変革の時代の機運の前には、大法・秘法も荘園寄進も、その実効を現しえなかったと評しているのである。

次のような例もある。暦応五年（一三四二）の春、足利直義の病気の平癒を祈って、北朝の光厳院が石清水八幡宮に願書を納めた。勅使が神前に跪いてそれを読み上げると、「宝殿且《シバラ》ク振動シテ、御殿ノ妻戸《ツマド》開ク音幽《カスカ》ニ聞ヘケルガ、誠ニ君臣合体《ガッテイ》ノ誠ヲ感ジ霊神擁護《オウゴ》ノ助《タスケ》ヲヤ加ヘ給《タマヒ》ケン、勅使帰参シテ、三日中《ノ》ニ、直義朝臣病《ヤマヒ》忽《タチマチ》平愈《ヘイユウ》シ給ヒケリ」（巻二十三「就二直義病悩一上皇御願書事」）と、神仏のあらたかな霊験が語られる。ところが、作者はそれに続けて、その話を聞いた者が、周の武王の病気が周公旦の祈りによって快癒したという故事を引いて北朝天子の聖徳をたたえた、そのことばを書き留めるとともに、一方では、南朝びいきの者が、「イデヤ従事《イタヅラ》ナ云《イヒ》ソ。神不レ享《ウケ》二非礼《ヲ》一、欲《ス》レ宿《ラント》二正直頭《ノカウベニ》一、何故カ諂諛《テンユ》ノ偽《イツハリ》ヲ受《ウケ》ン。只時節《ヲリフシ》ヨク、シ合《アハ》セラレタル願書也」と言ったという、醒めた批評を並べて挙げている。皇統を始めとして何もかもが分裂している時代を背景に、王権も仏神の威信も、すべてが相対化されているのである。

以上、作り物語・歴史物語・軍記物語について、大雑把に眺めて来た。作品の叙述の上に仏教的なものが色濃く影を落としていることは否定しえない事実であるとしても、その叙述の中から、その作品および作者の仏教思想を見出して行くことは、そう容易なことではない。

『太平記』（巻一）に、正中の変（一三二四年）に関する叙述があって、後醍醐帝の倒幕計画と、一味同心の土岐頼員の寝返りによってそれが失敗に帰した顛末が語られている。それによれば、密謀発覚の糸口は、頼員の寝物語りであった。彼は、倒幕の戦いが始まれば討死は避けがたいところと考え、妻にそれとなく別れを惜しんで、次のように掻き口説く。

一樹《イチジユ》ノ陰《カゲ》ニ宿リ、同流《オナジナガレ》ヲ汲《クム》モ、皆是《コレ》多《タ》生《シヤウ》ノ縁不レ浅《カラ》、況《イハン》ヤ相馴《アヒナレ》奉テ已ニ三年《ミトセ》に余レリ。等閑《ナホザリ》ナラヌ志ノ程ヲバ、気色《ケシキ》ニ付ケ、折ニ触《フレ》テモ思《オモヒ》知リ給フラン。去《サ》テモ定《サダメ》ナキハ人間ノ習《ナラヒ》、相逢《アヒアフ》中ノ契ナレバ、今若《モシ》我身ハカナク成《ナリ》ヌト聞《キキ》給フ事有《アラ》バ、無《ナカ》ラン跡マデモ貞女ノ心ヲ失ハデ、我後世《ワガゴセ》ヲ問《トヒ》給ヘ。人間《ニンゲン》ニ帰ラバ、再ビ夫婦ノ契ヲ結ビ、浄土ニ生レバ、同蓮《オナジハチス》ノ台《ウテナ》ニ半座《ハンザ》ヲ分《ワケ》テ待《マツ》ベシ。（巻一「頼員回忠事」）

この短いことばの中に、因縁・無常・輪廻転生・往生などの仏教的な諸観念が混み合い、しかもそれらが、日常的な感覚としてごく自然であったにちがいない脈絡をもって点綴されている。これらは、日本人の思想生活に、従ってまた日本の文学に、取り入れられて血肉化していた仏教的な観念を代表するものと言えよう。

時代により、文学のジャンルによって、重心はこれらの諸観念のあいだを移動する。そこに、文学の時代性や個々の作品における仏教思想の色合いの異なりが生じることになるわけであるが、断るまでもなく、これらの諸観念は相互に関連しており、そこに通底する最も根元的なものは、因果の観念であると考えられる。特に連続的な思考形式をもって、時間の流れの中に人生や人間社会の実相を捉えようとする物語文学にあっては、因果こそ、各時代の作品を貫流する、最も重要な仏教思想上の観念であると見ていいと思う。

軍記物語を代表する『平家物語』となると、従来も盛んに論じられて来たように、その序章で謳い上げられて作品全体の主題ともされる無常観の問題がある。また、平重衡を慰諭する法然上人の往生思想（巻十「戒文」）などの問題もある。が、本稿では、物語文学を貫流する仏教思想として「因果」を取り上げ、この観念をめぐって、特に軍記物語を中心に考察してみたいと思う。

二　宿　世――「前の世の契り」と「前の世の報い」

物語文学における因果の思想を考える場合、特に王朝時代の作り物語に底流する「宿世」の観念との関連を無視するわけにはいかない。

先に仏教的色彩が希薄であると言った『落窪物語』にも、この「宿世」という語が頻出する。継母やその娘たちに虐待される落窪に同情して、少将道頼は「かくにくまれたてまつるべき宿世《すくせ》のあるなりけり」（巻一）と言い、また、器量が人並みでない兵部少輔と結婚する羽目になった四の君の不幸せを、それが道頼の仕組んだ報復とも知らぬ父の中納言は、「宿世やさしもありけん。いまは泣きのゝしるとも事のきよまはらばこそあらめ」（巻二）とあきらめ、作者も、彼女の不本意な懐妊について「宿世うかりける事は、いつしかとつはり給へば」（同）と同情している。いずれも、現世における人間の境遇、結婚に代表される人と人の出会い、その幸・不幸は、生まれる以前に決定されているとする宿命論であって、それが何によって決定されるのかという点は問われていない。

前世で作った業の善悪の如何によって現世の幸・不幸が決定されるとする仏教的な因果の思想が、『落窪物語』に見られないわけではない。例えば、継母にそそのかされた老典薬助の危害から落窪を、持ち前の機転で救った「あこき」が、姫に向かって次のように嘆く。「何の罪にてかゝるめを見給ふらん。さても何の身にならんとてかゝるわざをしたまふらん」（巻二）。前半は姫について、後半は継母について言ったものであるが、ここには、人間の行為とその結果のあいだの道徳的因果関係を認めて、現世の苦難は前世の業の応報であるとする業報観と、現世の所行に対する応報として来世における生が定まるとする輪廻転生の思想とが並べられている。「あこき」の嘆きと憤りは、明らかに善因楽果・悪因苦果の観念に発している。が、作者はこの時、「宿世」の語を用いてはいない。

物語文学に見られる「前世」の捉え方には、二通りがあった。一つは「宿世」として捉えられるものであり、他の一つは「宿業」として捉えられるものである。『源氏物語』における「前《さき》の世」の用例に即して、そのことを考えてみよう(5)。須磨に退去した源氏が、夢枕に立った先帝のことばに従って明石に移り、そこで、明石の入道と対面する。入道の長物語を聞いた後で、源氏はこう答える。

よこざまの罪にあたりて、思ひかけぬ世界にたゞよふも、「何の罪にか」と、おぼつかなく思ひつるを、今宵の御物語に聞きあはすれば、「げに、浅からぬ、前《さき》の世の契（り）にこそは」と、あはれになむ。(6)（明石）

源氏やその従者たちが、須磨の暴風雨にさいなまれながら、「われら、いかなる罪を犯して、かく、悲しき目を見るらむ」と嘆き、住吉の神に「いま、何の報いにか、こゝら、横ざまなる波風には、おぼゝれ給はむ」と訴え、「罪なくて罪に当り、官《つかさ》・位を取られ家を離れ境を去りて、明けくれ安き空なく嘆き給ふに、かく、悲しき目をさへ見、命尽きなむとするは、前《さき》の世の報いか、此世《このよ》の犯しかと。神・仏《ほとけ》、明らかにましまさば、この憂へ休《やす》め給へ」と、さまざまの願を立てる。いま自分が体験する須磨の苦難を、前世の業の果報か、それとも今生での罪の現報かと、源氏は「おぼつかなく思」っていたのであるが、入道の話を聞いた結果、それは宿業の果報ではなくて「前《さき》の世の契り」なのであったかと得心するのである。ここでは、「前《さき》の世の報い」と「前《さき》の世の契り」とが対立的に捉えられている。源氏を納得させた入道の物語というのはこうである。「さきの世の契りつたなくてこそ、かう、口惜しき山賤《がつ》となり侍りけめ」と嘆きつつ明石の浦に沈淪している入道は、多年信仰している住吉の神に、娘が高貴な人と結ばれるようにと祈願し続けて来た。その願いが叶えられて、源氏が暫時この浦に仮住まいすることになったのではないか、というのである。入道は源氏の須磨流謫を聞いた時点で、この不測の事態を「吾子《あこ》の御宿世」と感じて、「いかで、かゝるついでに、この君にたてまつらん」(「須磨」)と思い立っていたのである。源氏は須磨の侘び住まいに堪えがたくなって、京から紫の上を迎えたいとまで思うのであるが、「我(が)身だに「あさましき宿世」とおぼゆる住ひに、いかでかは」と断念していた。ところが、入道の物語を聞いた源氏は、「あさましき宿世」と嘆いて来た鄙の浦住まいを、明石の上と結ばれるための「前《さき》の世の契り」と思い直しているわけである。

『源氏物語』には、「前の世の報い」の系列に属する事例に比べると、「前の世の契り」の系列に属する事例が多い。夕顔は頼りどころない自分の境遇を、「さきの世の契(り)知らるゝ身のうさ」(「夕顔」)と歌い、愛する者を失った人間は自分の不幸を、あるいは「前《さき》の世ゆかしうなむ」(「桐壺」)と思い、あるいは「かへりては、つらく、前《さき》の世を思ひやりつゝなん、(悲嘆ヲ)さまし侍るを」(「葵」)と嘆く。悲嘆すべき現世の境遇だけとは限らない。わが娘の玉鬘が源氏に養育されて美しく成長したことを知った実父の内大臣は「前《さき》の世の契り《ちぎ》り、おろかならじ」(「行幸」)と感謝し、源氏の比類なく勝れた品性を、朱雀院は「何事も、前《さき》の世おしはかられて、めづらかなる、人の有様なり」(「若菜上」)と賞讃する。「前の世」での業の善悪に対する思いがひそめられていたとしても、それがことばの上に表出されることは少ない。

ところが、「宇治十帖」になると、少し趣が違ってくる。浮舟が入水した身を救われ、自分に取り憑いて離れない「この、悪《あ》しき物の妨げを逃れて、後《のち》の世を、思はん」と、横川の僧都に受戒を求めたことに関連して、僧都が、「悪《あ》しき物に、領ぜられ給ひけんも、さるべき、前《さき》の世《よ》の契《ちぎ》りなり」（「夢浮橋」）と、薫に向かって語る場面がある。その前世における業の善悪と関係づけて語られてはいない浮舟の「前の世の契り」であるが、語り手が僧都という立場の人であり、事は浮舟の往生への願いに関わっているのであるから、当の浮舟や、聞き手である薫に対する僧都の顧慮を必要としないなら、この「前の世の契り」は「前の世の報い」と置き換えられても、必ずしも不自然とは言えない文脈の中にある。

さらに、「前の世の契り」と「前の世の報い」の二系列が相互に接近し、重なり合っている事例がある。亡き柏木の弟の按察大納言は、妻に先立たれた後、故蛍兵部卿宮の北の方であった真木柱と再婚しているが、大納言が先妻の娘（中君）を妻《め》合わせたいと願っている匂宮のことが夫妻の間で話題になった時、大納言は、いつも香ばしく焚きしめている匂宮とは異なって、薫の体におのずから具わっている芳香について、「「あやしう、前《さき》の世の契り、いかなりける報《むく》いにか」と、ゆかしき事にこそあれ」（「紅梅」）と言っている。つまり、薫の体臭、煎じ詰めれば薫の「生」のありようについて、いかなる前世の「契り」なのか、いかなる前世の「報い」なのかと問うているわけである。薫の体臭については、「香のかうばしさぞ、この世の匂《にほ》ひならず、あやしきまで、うちふるまひ給へるあたり、遠く隔《へだ》たる程の追風《おひかぜ》も、まことに、百歩《ぶ》のほかも、薫《かを》りぬべき心地《ち》しける」（「匂宮」）という、現実の世界を超越した異香として説明されているのであるが、これは、「げに、さるべくて、いと、この世の人とは、作り出（で）ざりけり。「仮《かり》に、やどれるか」と見ゆること、添ひ給へり」（同前）と語られる薫の資性、現世の絆しを逃れて仏道に心を懸けようとする薫の、「生」のありようと関連している。また、薫は自分の出生の秘密に対する煩悶を抱き続け、「いかなりける事にかは。何の契《ちぎ》りにて、かく、やすからぬ思ひ添ひたる身にしも、なり出（で）けん。瞿夷《くい》太子の、我（が）身に問《と》ひける悟《さと》りをも、得てしがな」（同前）と独りごち、無始無終の生死流転に対する哀しみに重ねて、

おぼつかな誰に問はましいかにして始めも果ても知らぬわが身ぞ

と詠じている。薫のおのずからの芳香は、こうした彼の特質を象徴するもので、彼の前世における善因が想定されている。それが「前《さき》の世の契り、いかなりける報《むく》いにか」とされる所以である。(7)

三　因　果――「一業」――

個人の運命を描く作り物語を貫いているのが「宿世」の思想であるとすれば、時代の治乱興亡とそこに生きる人間の栄枯盛衰を描く軍記物語を貫いているのは、道徳的な関係をいっそう濃くした「因果」の思想であると言えよう。因果応報思想については論じるべきことも多いが、本稿では、「一業所感」という語を中心に考えてみたい。

「所感」という語は、「因果ノかんずる所トコソ存候らへ」（神田本『太平記』巻三十五「山名発向之事并北野参詣人政道雑談之事」）とも記述されるように「感ずる所」であって、ある行為が原因となってその結果がもたらされること、またその結果、を意味する。特に「善モ悪モ先世ノ所感ナレバ」」（南都本『平家物語』巻一「祇王祇女事」）、「善モ悪モ先世ノ所感ナリ。サレバ今更人ヲ恨ムルニ及バズ」（同上）のように、前世における行為が原因となって現世にもたらされた善果・悪果について言うことが多い。問題は「一業」の語である。

「一業」という語は、『平治物語』にも用例が見える。平家に生け捕られた頼朝が、自分に付けられた小侍の丹波藤三国弘に向かって、父母兄弟に先立たれた自分の不幸を嘆き、父義朝の供養をするための卒都婆の材料を調えてほしいと頼むのであるが、その時、頼朝は、「されば卒都婆《そとば》の一本をもきざみ、念仏をもかきつけて、御菩提をもとぶらひたてまつり、一業《ごう》をもうかび給ふかと思ふにこそ、小刀《こがたな》・檜木《ひのき》をばたづぬれ」(8)（金刀比羅神宮本、巻下「頼朝遠流に宥

めらるゝ事」）と言っている。頼朝が卒都婆を作る話は、『平治物語』の諸本に見えるけれども、叙述に小異がある。九条家旧蔵本では、「一日も命《いのち》のある時、父の為に卒土婆《そとば》を造らばや」という頼朝の心ざしをいとおしく思った丹波藤三頼兼が、「杉檜にて、小卒土婆をつくり集」めて奉ることになっていて、「一業」の語は用いられていない。また、古活字本は、上掲の金刀比羅神宮本の本文と同じ趣の叙述ではあるが、「されば此人々《の》（義朝・義平・朝長）の菩提をもとはんと思ひて、そとばをなりともつくらばやと思ふ故也」となっていて、ここでも、「一業」の語は用いられていない。

『平家物語』を見ると、南都炎上の罪責を負った平重衡が、法然上人に向かって、「かゝる悪人《あくにん》のたすかりぬべき方《はう》法候者《ほうさうらはば》、しめし給へ」と懇願するくだりがあるが、そのことばの中に、「いまはかしらをそり、戒をたもちなんどして、ひとへに仏道修行したう候へども、かゝる身にまかりな（ッ）て候へば、心に心をまかせ候はず、けふあすともしらぬ身のゆくゑにて候へば、いかなる行《ぎやう》を修《じゆ》して、一業《いちごう》たすかるべしともおぼえぬこそくちをしう候へ」（覚一本、巻十「戒文」）とある。屋代本ではこの重衡と法然との対話は極めて簡略で、この部分でも、「重衡一人ガ罪ニテ、無間ノ底ニ沈ミ永ク出離ノ其《ノ》期アラジトコソ存候ヘドモ、皆人ノ生身《ノ》如来ト奉《ル》レ仰上人ニ生テ二度奉《リ》レ入二見参《ニ》一タレバ、今ハ無始罪障悉ク消滅シ候ヌトコソ覚候へ[9]」ということばになっていて「一業」の語は見出せないが、他の諸本ではおおむね、「今日明日ト知ヌ身ノ行方ニテ候ヘバ如何成行ヲ修シテ一業ヲモ可《キトモ》レ助覚ヌコソ口惜フ候ヘ」（平松家本）のごとく、上掲の覚一本の本文と同様に「一業」の語が用いられている。

「一業」の語は、通常、「一つの業因」「一つの悪業」などと注され、文脈に即しては「せめて悪業の一つなりとも」などと訳されていたりする。「一業」は確かに「多業」に対する概念ではあるけれども、しかし、数ある罪業のうちの一つといった程度の軽い意味ではないと思われる。それは、重衡のことばに明らかなように、彼の無間地獄への堕在を決定づけることになった唯一の業因を意味し、南都を炎上せしめた仏法破壊の所業が、重衡にとっての「一業」

なのであると考えられる。『平治物語』の場合で言うなら、保元・平治の乱における一方の武将として闘諍のうちに生き、挙句の果てに逆臣に殺害された義朝の、来世は修羅道の苦患が必定であると思われる所業を指しているのであろう。

織田得能氏の『織田仏教大辞典』（初版大正6・1、補訂版昭和4・5）に「一業」の項を立て、説明としてはただ「〔術語〕一の業因《ごふいん》。同一の業因」と注するだけであるけれども、典拠として、「【倶舎論十七】に「一業引二一生一。多業能《ク》円満《ス》」。一の業にて未来世の一生を引く意」と示しているのが注目される。このことについては後でより詳しく述べる予定であるが、来世において人間界に再生するか、修羅道に転生するか、それとも地獄道に堕在するか、それを決定づける業因が「一業」なのであると考えられる。

『将門記』に、敗死後の将門に対する批評があるが、その中に、次のような表現がある。

爰《ココ》ニ将門ハ頗《スコブ》ル功課《コウクワ》ヲ官都《クワント》ニ積ミテ、忠信《チユウシン》ヲ永代《エイダイ》ニ流《ツタ》フ。而《シカ》ルニ一生ノ一業《イチゴフ》ハ猛濫《マウラン》ヲ宗《ムネ》ト為シ、毎年毎月ニ合戦ヲ事ト為ス。故ニ学業《ガクゲフ》ノ輩《ヤカラ》ヲ屑《モノノカズ》トセズ。此レ只《タ》ダ武藝《ブゲイ》ノ類《タグヒ》ヲ翫《モテアソ》ベリ。是《ココ》ヲ以テ楯ニ対シテハ親ヲ問ヒ、悪ヲ好ミテ過《アヤマチ》ヲ被《カウブ》ル。然ル間邪悪ノ積リテ一身ニ覃《オヨ》ビ、不善ノ謗《ソシ》リ八邦《ハッパウ》ニ聞エテ、終《ツヒ》ニ版泉《ハンセン》ノ地ニ殞《ホロ》ビテ、永ク謀叛《ムホン》ノ名ヲ遺《ノコ》セリ。(10)

右の文で説かれている因果は、いわゆる「三時業」の説(11)における「順現業」、つまり今生で作った業因に対する果報が今生のうちに現れたものである。万人の目前で実証される因果歴然の報いであるだけに、軍記物語の作者たちの好んで取り上げたのは、このような現報の事例であった。ところで、右の文章に見られる「一生一業」（真福寺の訓点では「一生ノ一業」）であるが、「一業」そのものはやはり「次の一生を引く業因」の意に解すべきであろう。ただし、「一生」の方は、それによって決定されるべき次生を指すのか、将門の現に人間としてあった今生を指すのかは俄に断定しがたいが、次の句の「毎年毎月ニ」との対偶から、「その一生涯のうちの」というごく日常的な意味で用いられていると考えるのが穏当であろう。

四　「一業所感」

「一業」という語の意味が、上述のように、有情の輪廻転生において、次の生を決定づける唯一の強い業因を意味すると考えて誤りがないならば、「一業所感」というのは、そのような業因に対する果報として、次生において人間界に再生したり六道の他のいずれかに転生したりすることを意味するのではないかという予想が立つ。

「一業所感」と熟した語は、例えば『平家物語』巻三の「少将都帰」で、赦されて鬼界島から帰洛する丹波少将成経・康頼入道の二人が、ともに七条河原までやって来て、そこで別れようとする時の様子を描いた中に、次のように用いられている。

花の下《もと》の半日《はんじつ》の客《かく》、月前《つきのまへ》の一夜の友、旅人《りよじん》が一村雨の過行《すぎゆく》に、一樹の陰に立《たち》よ(ッ)て、わかるゝ余波《なごり》もおしきぞかし。況《いはん》や是はうかりし嶋のすまひ、船のうち、浪のうへ、一業所感《いちごうしよかん》の身なれば、先世《ぜんぜ》の芳縁《はうえん》も浅からずや思ひしられけん。(覚一本)

この「一業所感」については、「前世になした同じ宿業によって同じ報いを受けた身」(岩波日本古典文学大系頭注)のように解釈するのが普通である。確かに前後の文脈からいっても、そう解釈するのが自然な印象を与える。同じ巻の「足摺」で、平家の赦免状に成経・康頼二人の名だけがあって、自分の名を見出せなかった俊寛が、「抑《そも〱》われら三人は罪もおなじ罪、配所も一所《ひとつところ》也。いかなれば赦免の時、二人はめしかへされて、一人《いちにん》こゝに残るべき」と泣き悲しむ場面がある。この「われら三人は罪もおなじ罪」という「罪」は、言うまでもなく平家打倒を図る藤原成親の陰謀に加担したことを指しているが、これは現世における、しかも俗世の事に関わる罪科であって、仏教的な観念としての「宿業」とは次元を異にするものであるが、この俊寛の悲嘆に重ね合わせて、その延長線上で「一業所感の身」が受け取られる恐れもなしとはしない。

ここで、「一業所感」という語について、辞書の類の説明を概観してみよう。

仏教大学編『仏教大辞彙』（冨山房、大正3・6）、『望月仏教大辞典』（世界聖典刊行協会、昭和8・12、増訂版昭和29・11）、『総合仏教大辞典』（法蔵館、昭和62・11）等にはその項目がなく、立項している属目の辞書で比較的早い時期のものには、『織田仏教大辞典』（前出）、禿氏祐祥氏の『仏教辞典』（洛東書院、昭和9・5）、宇井伯寿氏監修『仏教辞典』（東成出版社、コンサイス型昭和13、中型昭和28・3）等がある。禿氏祐祥氏の解説を例にとると、

　多数の人間が、同一の身体を有するは、過去世に作った業Karmaが同一であつた為に感得したのであるといふこと。

と説明されている。「一業」の意味を「（多数の人間が）前世で作った同一の業」と解していると見られるが、その業の結果については「多数の人間が、同一の身体を有する」こと、即ち輪廻して六道の一つである人間界に転生もしくは再生すること、という風に限定的に捉えていると解される。用例は挙げられていない。

用例を挙げているのは、『織田仏教大辞典』である。「多人同一の業《ごふ》にて同一の果を感ずる身をいふ。又、共業共果《ぐうごふぐうくわ》と云ふ」という説明は宇井伯寿氏の解説とほぼ同じであるが、これに用例として、『平家物語』の一例、『太平記』の二例を簡略に指摘している。その用例を、形式を整え所在を明示して掲げると、次のとおりである。

(1)「一業所感の御身」[12]（『平家物語』巻十二「六代」）

(2)「一業所感の者どもが」（『太平記』巻十「三浦大多和合戦意見事」）

(3)「如何なる一業所感にか斯る乱世に生れ逢ひ」（『太平記』巻三十一「新田起二義兵一事」）

この織田得能氏の解説が後世の辞書や古典の注釈書に与えた影響には大きいものがあると思う。個々の人間の運命ではなく、乱世に生まれ合わせた多くの人間が共有せざるを得なかった運命を捉えた語であるとすれば、「一業所感」

は、軍記物語の因果思想を集約的に表現するキーワードと言えるのではないか、そういう期待も生じて来る。

最近の辞書を見ると、中村元氏の『仏教語大辞典』（東京書籍、昭和50・2）では、「多くの人々が同一の業によって同一の果報を感ずることをいう。共業共果ともいう」と説明し、「一業所感の身」という項を立てて「前世になした同じ宿業によって同じ報いを受けた身」と説明し、先に見た『平家物語』の「少将都帰」の文を挙げている。また、岩本裕氏の『日本仏教語辞典』（平凡社、昭和63・5）では、「前世に犯した同じ業《ごう》によって、今生において同じ果報を受けること」という解説があって、こちらは『平家物語』巻十二「六代」の文を挙げている。それは織田氏が挙げた例の(1)で、次のような場面で用いられたものである。

平維盛の遺児の六代は、北条時政に護送されて関東に赴く。時政は、途中で六代を殺せという頼朝の厳命を受けているが、六代の助命嘆願のために鎌倉に急いだ文覚の戻りを待って、処刑を一日延ばしに延ばしている。その文覚の戻りが遅いことから、時政は頼朝の意志の厳しさを感じ取って、遂に処刑を断行しようと意を決するのであるが、その時、六代に向かって泣きながら言う言葉の中に、「誰申《たれまうし》候共《とも》、一業所感《いちごふしよかん》の御事《おんこと》なれば、よも叶《かなひ》候はじ」と、この語が用いられている。

この「六代」の用例については、諸注おおむね、「六代が前世で平家一門の人々と同じ業をしたので、今生において一門の人々と同じその報いを受けなければならないのであるから」という風の注解を施している。平家の嫡流なるが故に頼朝による断罪を免れることのできなかった六代の宿命を、「一業所感の御事」として捉えたものと理解しているわけである。この部分、屋代本では「一業所感ノ御身ニテ渡ラセ給ヘバ、誰申共、鎌倉殿ヨモ御用候ハジ」とあって大差はないが、延慶本では、「今ハ先世ノ御事ト被㆓思食㆒候テ、世ヲモ人ヲモ神ヲモ仏ヲモ奉㆑恨御心無シテ、閑ニ御念仏候ベシ。一業所感ノ衆生ニテマシマシケレバ、争カ遁レサセ可㆑給ト申ケレバ」となっている。この延慶本の「一業所感」は、平家一門に連なる者が共有する同一の業因と業果というような限定されたものではなくて、いわゆる因果の理法を脱却することができずに、生死流転を繰り返して行くしかない衆生（有情）の存在の本質に関して言ったものと解するのが適切であると思われる。覚一本等の本文の解釈に当たっても、その観点から見直す必要があろう。

中村元・福永光司氏等の『岩波仏教辞典』（岩波書店、平成1・12）は、「一業所感」の語について、「多くの人々が同一の業により同一の果報を感じること」という、他の辞書とも共通する解説を施し、それに加えて、「たとえば山河などの自然の環境世界は、万人が共通してつくる業であり、その結果として苦楽の果報を感じることも共通であること。〈共業共果《ぐうごうぐうが》〉ともいう」と補っている。

この補われた部分は、同書が「共業」および「不共業」について、

他人と共有しうる結果をもたらす行為の力のこと。山河大地などの自然環境は多くの人々が共通に享受できるものであるが、このような環境世界を、多くの人々の行為の力としての業の結果とみなしたものを〈共業〉という。

これに対し、個々の人々の身や心のように、各自が別々に享受する結果をもたらす業を〈不共業〉という。

と説明する、その「共業」の概念に基づいて記述されたもののようで、この説明の方が理解しやすい。織田氏の『織田仏教大辞典』以来、類義語として挙げられて来た「共業共果」の概念が、「一業所感」の解説の中に取り込まれたわけである。しかし、先に見た『平家物語』の二例の「一業所感」を、この解説によって理解しようとすれば、相当の困難を感じざるを得ないであろう。

『岩波仏教辞典』が挙げている用例は、『太平記』巻三十一「新田起二義兵一事」の「如何ナル一業所感《イチゴフシヨカン》ニカ、斯《カカ》ル乱世ニ生《ウマ》レ逢《アウ》テ、或ハ餓鬼道《ガキダウ》ノ苦ヲ乍《ナガラ》レ生《イキ》受ケ、或ハ修羅道《シユラダウ》ノ奴《ヤツコ》ト不《ザル》レ死前《シナサキ》ニ成《リ》ヌラント、歎カヌ人ハ無《カ》リケリ」という文である。織田氏が挙げた例の(3)である。

『太平記』のこの用例を、前に紹介したような意味での「共業共果」と同義に解することが、果たして妥当であろ

うか。この一文は、いわゆる正平一統（一三五一年）によってもたらされた和平もあっけなく崩れ、諸国七道の武士どもが「彼ヲ討チ是ヲ従ヘント互ニ威ヲ立」てるために合戦の止む時もない、そのような時代の状況を「已闘諍堅《ステニトウジヤウケン》固《ゴ》ニ成《リ》ヌレバ、是《コレ》ナラズトモ静《シヅカ》ナルマジキ理《コトワリ》也」と観ずる、末法的な歴史認識に関わっている。

時代が、『大集月蔵経』巻十五に説く「五五百歳」説の第五段階、即ち、仏滅後の正法衰退の過程を五百年ごとに区切って、解脱堅固・禅定堅固・読誦多聞堅固・多造塔寺堅固・闘諍堅固とする、その最後の段階に入っているのであるから、兵革戦乱の絶え間がないのも当然であると、冷徹な眼で時代を観ているのである。そして、これに続けて、

元弘建武ノ後ヨリ、天下久《シ》ク乱《レ》テ、一日モ未《イマダ》不レ治《ヲサマラ》。心アルモ心無《キ》モ、如何ナル山ノ奥モガナト、身ノ隠家《カクレガ》ヲ求《メ》ヌ方モナケレド、何《イツ》クモ同ジ憂世ナレバ、厳子陵《ゲンシリヨウ》ガ釣台《テウダイ》モ脚《アシ》ヲ伸《ノブ》ルニ水冷《スサマジ》ク、鄭大尉《テイタイヰ》ガ幽栖《イウセイ》モ薪《タキギ》ヲ担《ニナ》フニ山嶮《ケハ》シ。

と言い、たとえ後漢の厳光や鄭弘の跡を慕って出家遁世を志したとしても、乱世の苦難を逃れるすべのないことを慨嘆し、その結びとして、この「如何ナル一業所感《イチゴフシヨカン》ニカ、斯《カカ》ル乱世ニ生《ウマ》レ逢《アウ》テ……」という世人の悲嘆が取り上げられているのである。「生レ逢フ」は、多数の者が同時同処に生まれ合う意ではなく、生まれて乱世に遭う意であろう。(13)たまたま受けがたい人身を受けて人間界に転生したものの、修羅道とも餓飢道ともなんら選ぶところのない乱世に生まれ合わせたことを、「如何ナル一業所感ニカ」と嘆いていると解されるのであって、「多数の者が同一の業により同一の果を受ける」（岩波日本古典文学大系頭注）というのとも少し違うように思えるし、この乱世を「万人が共通して作った業の結果である環境」と捉えるのは納得しやすいことであるにしても、それを「山河大地などの自然環境」と同様に見ているのかとなると、それもいささか違うように思われる。

織田氏が挙げている『太平記』の他の一例、(2)について検討してみよう。これは、巻十「三浦大多和合戦意見事」に見られるものである。鎌倉幕府崩壊の合戦の緒戦において、新田義貞が武蔵国の小手差原で鎌倉勢を退けた後、新

手を補充した鎌倉勢の大軍と分倍《ぶんばい》河原で戦って敗れ、堀兼（狭山市）に引き退く。その義貞勢に、三浦氏の一族である大多和義勝が相模国の勢を率いて馳せ加わる。義勝は、勝利に驕る敵を急襲することを主張し、先陣を買って出て、分倍河原に押し寄せる。ただし、敵陣近くまで旗を巻いたまま進んで、時の声も挙げさせない。『太平記』は、攻撃を受ける鎌倉勢の様子を、次のように描いている。

如《ク》ㇾ案《ノ》敵ハ前日数箇度《スカド》ノ戦《ヒ》ニ人馬皆疲《レ》タリ。其《ノ》上今敵可《シ》ㇾ寄《ス》共不《リ》㆓思《ヒ》懸《ケ》㆒ケレバ、馬ニ鞍ヲモ不ㇾ置《オカ》、物具《モノノグ》ヲモ不㆓取《トリ》調《ソロヘ》㆒、或ハ遊君ニ枕ヲ双《ナラベ》テ帯紐《オビヒボ》ヲ解《イ》テ臥《シ》タル者モアリ、或ハ酒宴ニ酔《エヒ》ヲ被《レ》ㇾ催《サ》テ、前後ヲ不ㇾ知《ラ》寝タル者モアリ。

只一業所感《イチゴフシヨカン》ノ者共ガ招《クニ》㆓自滅《ヲ》㆒不ㇾ異《ナラ》。

勝敗は時の運として激しい戦いの場に生命を賭するのが弓矢の道であるとすれば、鎌倉勢が敵の襲撃に対する備えを怠って、何ら為すところなく敗北したのは、自ら滅亡を招いたのも同然で、そのこと自体が彼等の宿業のもたらした結果である、というのであろう。『太平記』は上の文に続けて、大多和の軍勢が近付くのを知った鎌倉方の大将も、大多和が味方に馳せ参じたものと思い込んで警戒する者もなかったことを記し、その勝ち戦に浮かれた驕慢の故にむざむざ討ち取られたことを、「只兎《ト》ニモ角《カク》ニモ、運命ノ尽《キ》ヌル程コソ浅猿《アサマシ》ケレ」と批評して、文を結んでいる。これは単に分倍河原での勝敗だけに限った批評ではなくて、旬日の後に迫っていた幕府の命運そのものを念頭に置いての評言であることは、言うまでもない。いずれも、滅亡すべき者が滅亡すべき時に臨んで現出させる「浅猿《アサマシ》サ」を、作者は宿因の感果と観じているのであろう。

この巻十に見られる「一業所感」の語にも、巻三十一の用例と同じように、「多数の者の同一の業」とか、山河大地などと同趣の「共業」とかの意味が含まれているとは見がたい。日本古典文学大系の頭注（巻十）がただ、「前世になした一作業が現世である結果を感起するのをいう」とだけ説いているのは、いささか簡略に過ぎるように見えて、かえってこの語の本質を衝いているのではないかと思われる。

五　「一業引一生」

漢籍と仏典に対する広く深い学識を示した世雄坊日性の『太平記鈔』は、「一業所感」の語について、

仏教ノ意ハ、善悪ノ業ニヨッテ又善悪ノ報ヲ感得スルヲ云ナリ。倶舎論ニ、「一業一引生」ト云ヘルモ、此事ナリ。(巻十)(14)

と注している。巻三十一の例についても、ほぼ同様の注を付けている。「一業一引生」は「一業引一生」の誤記と思われるが、日性が『倶舎論』のこの一句によって解説しているのは、彼の広識をもってしても、「一業所感」の用例を仏典の中に見出しえなかったということなのであろう。その点、『織田仏教大辞典』を始めとして、現行の多くの辞典類も全く同様で、用例としては先に検討した『平家物語』と『太平記』の例文を挙げるにとどまっている。

「一業引一生」の句は、現行の辞典類にも「一業」を解説するに当たって引用されることが多い。『織田仏教大辞典』も「一業」に関してはそうであった。岩本裕氏の『日本仏教語辞典』を例にとると、「一業」を「業の原因となる唯一つの行為」と説明し、先に見た『平治物語』の頼朝の卒都婆供養の「御菩提をもとぶらひたてまつり、一業をもうかび給ふかと思ふにこそ」の例文を引き、補説として、『倶舎論』巻十七に「一業は一生を引き（一つの業がその人の一生を決定し）、多業は能く円満す」の頌がある、と指摘している。それにもかかわらず、『太平記鈔』のように「一業引一生」と「一業所感」とを結び付けて説いた辞典は、管見に入らない。ただ最初に挙げた禿氏祐祥氏の解説が、明徴はないけれども、その観点でなされているかと推測されるばかりである。

「一業引一生、多業能円満」の句は、『阿毘達磨倶舎論本頌』(15)の中に見えているが、これをどのように理解すべきであろうか。この句の中で提起されている問題は、「一業」と「多業」の関係であり、両者の相違が「引」と「満」とで説明されている。『倶舎論』巻第十七に、

「為下由二一業一但引中一生上。為レ引二多生一。又為二一生但一業引一。為二多業引一。」(16)

(一業に由《よ》りてただ一生を引くとせんか。多生を引くとせんか。又、一生はただ一業の引くところとせんか。多業の引くところとせんか。)

という、「一業」と「多業」、「一生」と「多生」の相互の関係、つまり、輪廻における業と受生の一と多の関係如何ということを問題として設定し、この頌の二句を引いて論じている。それによると、

「但由二一業一唯引二一生一。此一生言顕二一同分一。以レ得二同分一方説レ名レ生」

(ただ一業によりてただ一生を引く。此に一生と言ふは一の同分を顕はす。同分を得するを以て、まさに説きて生と名づくるなり。)

とし、また、

「故非三一業能引二多生一。亦無二一生多業所引一」

(故に、一業は能く多生を引くには非ず。また一生は多業の所引なることも無し。)

と言う。「一生」の説明として「同分を顕はす」とあるが、「同分」(「衆同分」とも言う)とは、例えば人は人として、猿は猿として、それぞれ同類のものが共有する等類性で、従って人間界に生まれたり畜生道に生まれたりすることを決定づける要因となるものである。次に「引く」というのは、その結果を引き出す強い力を発現することである。結局、「一業引一生」とは、一つの業が強い力を発現して、人間界に生まれるか、あるいは畜生道その他の世界に生まれるか、次の多生を決定するのであって、多くの業が総合的に働いて次の生が決定するのでもなければ、一つの業が、次の世以後の多生にまで及んで、それを決定するのでもない、という意味と解される。

それでは、「一業」と「多業」の関係はどうなるのか。それを説いているのが、「多業能円満」(多業は能く円満す)の句である。『倶舎論』は次のように、平明な譬喩を用いて説明している。

「雖㆔但一業引㆓一同分㆒。而彼円満許ㇾ由㆓多業㆒。譬如㆘画師先以㆓一色㆒図㆓其形状㆒。後塡㆗衆彩㆖。是故雖ㇾ有㆔同稟㆓人身㆒。而於㆓其中㆒有ㇾ具㆓支体諸根形量色力荘厳㆒。或有㆘於ㇾ前多㆓欠減㆒者㆖。」

（ただ一業は一同分を引くといへども、彼の円満は多業によると許す。譬へば、画師の先づ一色を以て其の形状を図し、後に衆彩を塡ずるがごとし。是の故に、同じく人身を稟くること有りといへども、其の中において、支体・諸根・形量・色力の荘厳を具するも有り、或いは前〔の諸のもの〕において欠減多き者も有るなり。）

即ち、一業によって例えば人間界に生まれることが決定されたといっても、同じ人間でも健康・精神作用・容貌姿体・社会的地位・経済力等において、さまざまな違いがある。そういうさまざまな違いをもった個体として完成するのに働いている諸の業因が、「多業」なのであると言う。「満」とは、特殊としての個体を完成させる力を発現することである。(17)

先に見たように、『倶舎論』のこの句に基づいて「一業所感」の語を理解しようとした『太平記鈔』は、

「一業一《ママ》引生」トテ、善悪ノ業ニヨッテ善悪ノ生ヲ感得スルナリ。サルホドニ、只今ノ乱ニ死スルモ、定テ前世ノ業ノナス所ナルラントゾ。（巻三十一）

と注し、結局のところ、「善因善果、悪因悪果」(18)の意味に解釈しているのであって、「多数の者が同一の宿業によって同一の果報を得る」という風には受け取らなかったようである。

「一業所感」の語は、室町時代の辞書『下学集』や『節用集』等にも登録されており、『和漢通用集』には「業因をかんずる也」という注も付いている。(19)この注は『太平記鈔』の説と基本的には一致している。ところが『日葡辞書』には、「一業所感」の語を、「自分の生涯で、修行するのにこれにまさるものはないと思われるような、何らかの技法あるいは生き方に、心を傾け打ちこむこと」(20)と説明し、また「一業所感な者」という語句を、「自分の仕事などに心を傾けるか、熱中するかしている人」（同上）と説明している。こうした説明から、当時は、現世における、外なら

ぬ自分の生のあり方（携わる道・生業・気質など）を、「一業」によって引かれたもの、つまり「己れの業」と観じる、そのような心意を反映して、この語が用いられていたのであろうと推測される。それが「一業所感」という語に対する時代一般の意識であったとするならば、「多数者における同一の宿業とその果報」とする解釈との間に、いささか大き過ぎる落差があるように思われる。

六　むすび――「共業《ぐうごう》」の所感――

「一業所感」の語を、『倶舎論』に説かれている「一業引一生」の説に基づいて考察して来た。実存としての人間を主体に考えるならば、やや持って回った言い方になるが、自分を人間として存在せしめている業因の、その果報としてある現在の自己の存在、ということになろうか。

それにしても、多くの辞書がこの語を、多数者に共通する同一の宿業と果報という方向で説明しているのには、それなりの理由があるはずである。

第一に、『平家物語』や『太平記』における用例が、いずれも複数の人間の運命に関わって用いられているという点が挙げられる。即ち、『平家物語』の場合は、ともに鬼界島に流され、ともに赦免されて帰洛する成経と康頼であったり、平家一門の嫡流としての運命を逃れることのできなかった六代であったりする。特に『太平記』の場合は、鎌倉幕府の滅亡の前触れのように敗死する武士どもや、さらに元弘・建武以来の擾乱の世を生きねばならなかった人々、文字どおり多数者の運命である。それは、「個々の人々の身や心のやうに、各自が別々に享受する結果をもたらす業(21)」であるところの「不共業《ふぐうごう》」を問題としているのではなく、時世と人間の総体的な運命について述べている。即ち、「他人と共有しうる結果をもたらす行為の力(22)」であるところの「共業《ぐうごう》」の所感として、時世の混迷が捉えられているという状況がある。

第二に、『倶舎論』に説く「一業引一生」の説は、すでに述べたように、「一業」が輪廻転生における次の「一生」を決定するのであって、個体を完成せしめる「多業」に相対している。岩本裕氏は、「引業」について、次のような説明をしている。

「業《ごう》」を分類して、まず総体としての一生の果報をもたらす業、換言すれば、人間界とか畜生界に生まれさす強い力の業を「引業」といい、人間界などに生まれた者に対して、美醜とか貧富とか、個々の区別を決定させる業を「満業《まんごう》」という。(23)

従って、「多業能円満」という「多業」が個別的であるのに対して、「一業引一生」という「一業」は、人間ならば人間同士が相互に共有し、猿ならば猿同士が相互に共有するところの「衆同分」である。宿業一般について言うのでなく、「引業」に限定し、現世の人間に即して言うならば、「一業所感」とは、正しく前世における同一の業因（衆同分）によって現世で同一の果報を受け（人間として生まれ）たということを意味していることになろう。諸辞書の解説も、あるいは、このような意味に理解すべきであったのかもしれない。

このように考えて来ると、「一業所感」という発想の根底にあるのは、『大般涅槃経』（『大涅槃経』）巻二十三(24)に見える

「人身難得、如優曇花」（人身《にんじん》の得がたきは、〔三千年に一度花が咲くという〕優曇花《うどんげ》のごとし）

あるいは、『二十五三昧講式』(25)の、

「何況人身難受、仏法難値」（いかに況んや人身受けがたく、仏法値ひがたし）

などという観念であり、六道輪廻して始めも終わりもない有情（衆生）にとって、人間界に生まれることの難しさに対する思いであろう。それだけに、さらに親子・夫婦として世に在る宿縁の深さや、配流の憂き目を共にした者として出会った因縁の不思議さを、いっそう痛切に思うことになるのであろうし、俗世の闘争や乱世の渦中に巻き込まれて、人間としての生を豊かに実現することを得なかった者たちが共有した運命を、深く悼むことになるのであろう。

『平家物語』と『太平記』に用いられた「一業所感」の語は、作者のそのような心情を背景にして発想されていると思う。

王朝の作り物語に底流する「宿世」は、人間の運命における個別性を主としている。賞讃すべき高貴な人たちの「宿世」とか、憂き世をかこちつつ生きるわが身の「宿世」とか、そういう個別の相が主となっている。それに対して、中世の軍記物語は集団の中の個の運命、人間全体の運命の中での個の生に眼が向けられていると言える。前者の宿命論的な「宿世」観に対して、道徳的な色合いを濃くした因果業報観が貫流することになるが、それも不条理な歴史の動向に対する問題意識が切実になるにつれて、善因楽果・悪因苦果といった道徳的な因果関係への懐疑を、次第に深めて行く。即ち、因果思想は、単に歴史を語るための原理として貫徹するのではなく、動乱の中で絶えず問い直され続けるものとして貫流することになる。

注

（1）本文は新日本古典文学大系（藤井貞和氏校注、岩波書店、平成1・5）に拠る。以下も同じ。

（2）本文は日本古典文学大系（松村博司・山中裕氏校注、岩波書店、昭和39・5〜40・10）に拠る。以下も同じ。

（3）本文は日本古典文学大系（後藤丹治・釜田喜三郎・岡見正雄氏校注、岩波書店、昭和35・1〜37・10）に拠る。以下も同じ。煩雑を避けるために振仮名は適宜省略した。なお、神田本は汲古書院刊影印本（昭和47・2〜10）に拠る。

（4）津田左右吉氏『文学に現はれたる我が国民思想の研究』「武士文学の時代」（第一篇第三章下「戦記文字」、東京洛陽堂、大正6・1）

（5）『源氏物語』の「宿世」については、中川浩文氏に詳しい調査と分析がある。「源氏物語における宿世の因縁の表現のあり方——「宿世」を中心に「さきの世」「契り」にふれて——」（仏教文学会編『仏教文学』第五集、法蔵館、昭和42・5）。

（6）本文は日本古典文学大系（山岸徳平氏校注、岩波書店、昭和33・1〜38・4）に拠る。以下も同じ。

（7）補「我が身に問ひける悟り」の「悟り」と「始めも果ても知らぬ」との対応に重点を置き、日本古典文学全集『源氏物語』(5)（阿部秋生・秋山虔・今井源衛氏校注、小学館、昭和50・5）の「薫自身の出生への懐疑を、仏法に説く生死無始無終の道理に託して表現」を参照した。「瞿夷太子」について、山岸徳平氏は『本起経』巻上によって説明しているが「我（が）身に問ひける悟り」の文意が理解しがたいとし、青表紙諸本には「善巧太子」とあると注している。青表紙本による新日本古典文学大系『源氏物語』四（大朝雄二・鈴木日出男氏校注、岩波書店、平成8・3）は、善巧太子について「悉多（しっだ）太子（釈尊）の前身である善行太子のことか」とし、河内本の「瞿夷太子」について、「瞿夷は釈尊の妃耶輸陀羅（ゆしゅだら）の異名。その子羅睺羅（らごら）が母耶輸陀羅の胎内に六年間あってから生れたので、釈尊の子か否かが疑われたという。古注釈以来、河内本の「瞿夷太子」の本文によって羅睺羅のことと解するのが通行の説となっているが、なお不審である」と注している。羅睺羅六年在胎の説話（『仏本行経』巻五十五等）や羅睺羅出生疑惑の説話（『雑宝蔵経』）と関連させて解するのが普通であるが、問題は「我が身に問ひける悟り」と「おぼつかな誰に問はまし」との対応であろう。『織田仏教大辞典』（補訂縮刷版大蔵出版、昭和29・10）に「仏還国始見羅睺羅」の故事を挙げ、「仏成道の後六年始て迦毘羅城に還り父王を見る、此時羅睺羅年六歳、耶輸陀羅羅睺羅をして一歓喜丸を持して大衆の中に父を覓めて之を奉ぜしむ、羅睺羅直に仏所に往て之に施す。【仏本行集経五十五等】」と説明している。あるいはこの故事と関係あるか。

（8）金刀比羅神宮本および古活字本は、日本古典文学大系（永積安明・島田勇雄氏校注、岩波書店、昭和36・7）に拠る。また、九条家旧蔵本は新日本古典文学大系（日下力氏校注、岩波書店、平成4・7）に拠る。

（9）屋代本は角川書店刊影印本（昭和41・3）に拠る。また、平松家本は古典研究会影印本（昭和41・7）、南都本は汲古書院刊影印本（昭和46・10）、延慶本は同書院刊影印本（昭和39・6〜10）に拠る。

（10）東洋文庫『将門記』（梶原正昭氏訳注、平凡社、昭和50・11〜51・7）の訓に拠る。

（11）『平家物語』（巻三、有王）にも、「業にさま〴〵あり、順現・順生・順後業といへり」とある。行為に対する果報を現世・来世・再来世のいずれで受けるかによって分けたものであるが、この「三時業」に、その時期を定めない受果を加えて、順現法受・順次生受・順後次受・不定受を「四業次」という。西義雄氏「業の思想」（講座『仏教』第一巻「仏数の思想Ⅰ」、大蔵出版、昭和42）。金岡秀友氏「インド密教における因果の問題——鬼子母説話を通して——」（仏教講座3『因果』第八章、

平楽寺書店、昭和53）

（12）『平家物語』諸本の多くは「一業所感の御事」に作る。「御身」に作るものには、東京芸術大学蔵片仮名交り十二行古活字本（山下宏明氏校注『平家物語』下、明治書院、昭和54・2）がある。なお、屋代本も後に引用するように「御身」に作る。

（13）補　濁乱末法の世に生まれ合わせたことを「宿業」と嘆く例は、藤原兼実の『玉葉』などにもしばしば見られる。（福原遷都の情報に接して）「天狗之所為、実非㆓直事㆒、生㆓合乱世㆒、見㆓如㆑此之事㆒、可㆑悲宿業也」（治承四年五月三十日の条）（南都焼討ちの情報に接して）「未㆔曾（有㆓）如㆑此之事㆒、当㆓悪運之時㆒、顕㆓破滅之期㆒歟、誠是雖㆓時運之令㆑然事㆒、当時之悲哀、甚㆓於喪㆓父母㆒、愁生而逢㆓此時㆒、宿業之程、来世又無㆑憑」（治承四年十二月二十九日の条）

（14）本文は蓬左文庫蔵無刊記古活字本による。ただし、句読点等を補う。以下同じ。

（15）『大正新脩大蔵経』巻二十九、毘曇部四、所収

（16）『阿毘達磨倶舎論』（大正新脩大蔵経、巻二十九、毘曇部四）。読下しに当たっては『国訳阿毘達磨倶舎論』巻十七、本論第四業品第五（国訳大蔵経、論部第四十六冊）を参考にした。以下も同じ。

（17）岩本裕氏『日本仏教語辞典』の「引」および「引業」の項参照

（18）正しくは「善因楽果、悪因苦果」と呼ぶべきだと言われる。桜部建氏「アビダルマ仏教の因果論」（仏教思想3『因果』第四章、平楽寺書店、昭和53・2）

（19）土井忠生氏他編『時代別国語大辞典　室町時代編一』（三省堂、昭和60・3）

（20）土井忠生・森田武・長南実氏編訳『邦訳日葡辞書』（岩波書店、昭和55・5）

（21）中村元・福永光司・田村芳朗・今野達氏編『岩波仏教辞典』（岩波書店、平成1・11）

（22）前注に同じ。

（23）注（17）に同じ。

（24）『大正新脩大蔵経』巻十二、涅槃部全、所収

（25）『大日本仏教全書』第四十九巻、威儀部一、所収　補　『正法念処経』（大正新脩大蔵経巻十七）の巻十六「餓鬼品第四之

一」に、「人身難レ得。海亀浮木孔」とあり、同じ思想を表明する類句が頻出する。無住著とされる『妻鏡』の冒頭に、「夫難レ受者人身。今既受たれ共、眼にさへぎる生死無常を見ても、驚心無ければ、殆木石の如し。難レ値者仏教。今亦値共、耳に触て学せざれば、恐くは人の皮を着たる畜生の類に似たり」（日本古典文学大系『仮名法語集』宮坂宥勝氏校注、岩波書店、昭和39・8）とある。宮坂氏の注によれば、『法句経』（大正新脩大蔵経巻四）に「得レ生二人道一難、生寿亦難レ得」とあるのが最古の出典であるという。『平家物語』巻十「戒文」にも平重衡に法を説く法然上人のことばに、「誠に受難き人身を受ながら、むなしう三途にかへり給はん事、かなしんでも猶あまりあり」とある。現世を穢土と観じて厭離を勧めるのも、六道輪廻を説いて地獄の苦患を語るのも、「受け難き人身」へのこよなき執着と相表裏していると思われる。『夢中問答』（勉誠社、昭和52・4）の中で、足利直義の問いに答えて夢窓国師は、「タマ〳〵人界ノ生ヲウケテ、アヒガタキ仏法ニアヒナガラ、今生ニコレヲ明メズハ、何ノ生ヲカ待ツベキヤ、人ノ命ハ出入ノ息ヲタノミガタシ、暫時ナリトモ世事ニ心ヲウツサムヤト、カヤウニ志ヲハゲマス人ハ、世情ニヒカレテ工夫ヲワスヽルコトアルベカラズ」（第四十二の問答）と説き、その人界について「若又、果報・官位等モ皆イヤシキ身トナリテ、乱タル世ニ牢籠ストモ、サスガ人間ナレバ、四悪趣ノ果報ニハ勝レタリト思テ、嘆ベカラズ、況ヤ仏法ニアヘル大慶アリ、何ゾ世俗ノ小利ヲ心ニカケムヤ」（第四十一の問答）と説いて、四悪趣（修羅・畜生・餓鬼・地獄）に対する人間道の優越性を積極的に認め、その意義を肯定的に捉えて説示している。

(2)　北野通夜物語の構造と思想

一　北野通夜物語の構成

神田本や西源院本『太平記』の巻三十五に記されている「北野参詣人政道雑談之事」の記事であるが、いま便宜に従って、よく知られている「北野通夜物語」の称呼を用いる。

北野通夜物語の基本的な構造は、北野社に参詣して出会った、それぞれ立場を異にする三人の人物による「政道雑

談」である。その三人とは、よく知られているように、

1「関東ノ頭人評定衆かに連なりて、武家ノ世ノ治マリたりし事共ヲモサゾ忍ランと覚えて、坂東声ナルが年ほど六十斗ナル遁世者《モノ》」（以下、「遁世者」と略称）

2「今朝廷ニ仕へながら、家貧ク身豊ならで出仕なんどヲモセズ、徒ら○ま《ナル》ゝニ、いつとなく学窓ノ雪に向《ヒ》て外典ノ書ニ心ヲゾなぐさむらんと覚えて、体なびやかにて色青ザメたる雲客」（以下、「雲客」と略称）

3「何がしノ僧都律師なんどいはれて門跡辺ニ祗候し、顕密ノ法灯ヲかゝげ、ケイコノ扉ヲ閇、玉泉ノ流ニ心ヲスマスらんと覚えたるが、細クやせたる法師」（以下、「法師」と略称）(1)

の三人である。当然、三人の「政道雑談」に耳を傾けた人物がいたはずであるが、「宿願の事有けるニヤ、北野ノ聖廟ニ人アマタ通夜し侍し」という、そのあまたの参詣人の中にその人物、即ち作者がいると解すべきテキストと、「其比日野《ノ》僧正頼意、偸ニ吉野ノ山中ヲ出テ、聊宿願ノ事有ケレバ、霊験ノ新ナル事ヲ憑奉リ、北野ノ聖廟ニ通夜シ侍リシニ」（古活字本）と、聞き手として頼意を登場させるテキストがある。後者には、古活字本・義輝本・梵舜本などが属する。章段の結末もそれに照応して、前者は「こゝヲもつて案ズルニ、かゝる乱世も又静マル事もやと、たのもしくゾ覚えける」と結び、後者は「以《テ》レ是《ヲ》安ズルニ、懸ル乱ノ世間《ヨノナカ》モ、又静ナル事モヤト、(2)憑《タノミ》ヲ残ス許ニテ、頼意ハ帰給《リヒ》ニケリ」と頼意の退場をもって語り終える。この構想の違いについて、早く斎藤清衛氏は、頼意の登場しない神田本その他の異本の形が「原作であつたのかもしれぬが、構想としては、流布本の方が一歩進んでゐる」とし、異本系の楽観的、断定的な結び方を「物足らない」と評している。この二つの結びの表現の違いをめぐっては、永積安明氏を始めとして諸家の意見があるが、後者の結び方に作者の未来に対する絶望の深化を読み取る方向でおおむね一致している。

三人の政道雑談（以下、「鼎談」と呼ぶ）の進行役は「儒業ノ人かと見えつる雲客」である。彼によってこの鼎談の

テーマが、次のように提示される。

「さても史書ノ記スル所ヲ以て世ノ治乱ヲ勘ルニ、戦国ノ七雄モ遂ニ秦ノ政に并せられ、漢楚七十二度ノ戦ヒモ八か年ノ後、世漢ニ定レリ。我朝にも貞任宗任が戦ヒも十二年、源氏平家ノ軍三か年、此外も久シテ十年ニアマリ、久からぬハ一月に過ズ。抑今元弘より以来、世乱テ已ニ卅○《ヨ》年、天下一日も閑ル事ヲ得ズ。今より後もイツ閑マルベキ期有共覚エズ。是ハそもいかなる故とか御了簡候。」

このテーマに沿って、遁世者、雲客、法師の順に、それぞれ本朝および震旦・天竺の説話を譬えに挙げて、見通しのきかぬ乱世の原因に対する自分の見解を語る。そこに引証されている譬えを省いて、それぞれの見解の要旨に当たる文を抜き書きすれば、次のようになる。

(1)遁世者の発言の趣旨

①「世ノ治らヌコソ道理にて候ラヘ。異国朝廷の事ハ御存知の前にて候ラヘハ、中〳〵申ニ及バズ。承久より以来、武家代々天下ヲ治し事ハ、評定ノ末席ニ列リて、承リヲキシ事なれバ、少々耳ニ留ル事モ侍やらん。夫レ、天下久ク武家ノ世になりしかバ、尺地も其有にあらずと云事なく、一家も其民ニ非ズト云事なし。而レ共武家威ヲ専にせざるニ依て、地頭アヘて領家ヲあなづらズ、シユゴかつて検断ノ外ニいろハズ。かゝりしか共猶成敗ヲ正クせん為に、貞応ニ武蔵前司入道、日本国の大田文ヲ作りて庄郷ヲ分チ、貞永ニ五十一か条ノ式目ヲ定て裁許ニ滞ラズ。サレバ、上アへて法ヲ破ラズ、下又禁ヲ犯かサズ、世治リ民直ヲなりしか共、我朝神国の権柄戎士ノ手ニいり、王道ノ仁政裁断夷狄ノ眸リニかゝりしヲコソ嘆きしか。……」

②「〔夫政道之為ニ讐《アタ》ナル物ハ〕無礼、邪欲、大酒、遊宴、バサラ、傾城、双六、バクチ、剛縁、さてハ不直ノ奉行也。おさまりし世にハ是ヲもつて誡とせしニ、今二代ノ武将、執事一族、奉行、頭人、評定衆、ひとりとして是ヲ好マザものナシ。我こそわるからメ、ちと礼儀ヲモフルマイ、極信ヲモたつる人ヲバ、あら見られズノ延喜

式や、あら気づまりノ色代やとて、目ヲ引あヒ、後ニ倒レて笑ヒ、軽慢ス。是ハたゞ一ノスナヲナル猿丸ノハナかけ猿ニわらハレテにげさりケルニ異ならズ。かくてハ抑世ノ治ルと云事の候ベキ歟。せめてハ宮方ニゾ、君も久ク艱苦ヲ嘗て民ノ愁ヲしろしめし、臣下もさすが智恵アル人多ク候なれバ、世ヲ治メらるベキ器用も御渡候らんと心にくゝ存候。」（「　」内は神田本脱文、西源院本によって補う）

(2)雲客の発言の趣旨

①「何ヲカ心にくゝおぼし候らん。宮方ノ政道も只是と重二重一にて候物ヲ。某も今年ノ春迄南方ニしこうして候らひしが、天下ヲ覆されん事も、守文ノ道も叶フまじきほどヲ至極見すかして、さらバ道ひろく成て遁世お（ママ）も仕らバヤと存ジテ、京へ罷出て候間、宮方ノ心にくキ所ハ露斗も候ハず。マヅ古ヲもつて思候ニ、……」

②「又、忠臣ノ君ヲ諫メ世ヲ扶けんとスルフルマイヲきくニ、皆今ノ朝廷ノ臣ニ似ズ。（中略）三人ノ史官全ク誅ヲ悲マざるに非ズ。もし天威ニ恐レて君ノ非ヲ注サズハ、叡慮憚ル方無シテ、悪キ御フルマイ有ぬと思し間、死罪ニ行ハるゝヲモ顧ズ、是ヲ注し留メける大史ノ官の心の中、思ヒやるこそ有がたけれ。かくのごとく、君も誠に天下ノ人ヲ安からシめんと思食し、臣も私なく君ノ非ヲ諫申人あらバ、これらほどに払ヒスツル武家ノ世ヲ宮方に拾つてとらざらんや。是ほど安キ世ヲ取得ズシテ、卅ヨ年迄南山ノ谷ノ底ニ埋レ木ノ花さく春ヲしらぬやうニて御座スルヲもつて、宮方ノ政道ヲバ思ヒやらせ給へ。」

(3)法師の発言の趣旨

①「天下ノ乱ヲつく〴〵あんずるに、公家ノ御過共、武家ノ僻事共、申がたし。因果ノかんずる所トコソ存候らへ。其故ハ、仏ニ妄語なしと申せバ、仰で誰か信ヲとらで候ベキ。仏説ノのぶる所ヲ見るに、……」

②「かやうの仏説ヲもつて思フニ、臣君ヲナミシ《ナイガシロニシ》、子父ヲコロスモ、今生一世ノ悪ニあらズ。武士ハ衣食ニ飽て、公家ハ餓死ニ及ブモ、皆過去ノ因果ニてコソ候らメ。」

上に掲げた三人の発言の趣旨が、北野通夜物語における政道批判の大綱であることは言うまでもない。北野通夜物語に関する従来の議論の多くは、この大綱に基づいて構築されて来た。三人がその発言の趣旨に肉付けを施そうとして引証した説話のはずであるが、それの詳細な分析は避けて来たきらいがある。説話によって歴史を読み、説話によって歴史を語る、それが『太平記』の方法であることを思えば、挿話との関わりを捨象しての議論では、十分と言えないのではないだろうか。

二　遁世者の発言における本文の増幅

三人が引証する説話のうち、雲客が語る周の大王の故事と唐の史官の故事、および法師が語る釈氏滅亡と梨軍支の饑餓の因縁譚については後に検討するが、いずれも諸本による違いはない。それに比して遁世者の語る話では、諸本の間に構成要素の大きな異同が見られる。いま、古活字本の構成を基準にして、主だった諸本における要素の出入りを示すと、次のようになる。

構成要素（古活字本）	神	義	梵	簗	西	南	筑	内	相	玄	徴	松
(1) 問民苦使の話	×	×	×	×	○	○	○	○	○	○	○	○
(2) 日蔵上人冥途往還説話	×	×	×	×	○	○	○	○	○	○	○	○
(3) 義時・泰時執権の善政（貞応の大田文・貞永の式目）	○	○	○	○	○	○	○	○	○	○	○	○
(4) 泰時、明慧に相看して政道の要諦を問う	×	×	×	×	○	○	○	○	○	○	○	○
(5) 最明寺時頼禅門の回国修行説話	○	○	○	○	○	○	○	○	○	○	○	○
(6) 最勝恩寺貞時の回国修行説話	×	○	○	○	×	○	○	○	○	○	○	○
(7) 青砥左衛門の説話	○	○	○	○	○	○	○	○	○	○	○	○

〔備考〕諸本の略称は以下のとおりである。
神（神田本）・義（義輝本）・梵（梵舜本）・簗（簗田本）・西（西源院本）・南（南都本）・筑（筑波大学本）・
内（内閣文庫本）・相（相承院本）・玄（玄玖本）・徴（神宮徴古館本）・松（松井本）

右に見るように、(1)(2)(4)を欠くもの、さらに(6)をも欠くものがあって、諸本に共通しているのは(3)(5)(7)の三要素であり、この三要素だけで構成されているのは、神田本のみである。なお、梵舜本は(1)を載せないが、巻二末尾の余白に付記している。また、前述のごとく、古活字本の外に義輝本・梵舜本にもこの政道雑談の聞き手として日野僧正頼意が登場している。

高橋貞一氏は[3]、『太平記』の諸本の系統を探る目安として、巻三十五（およびそれに相当する内容の巻）に関しては、北野通夜物語における「日蔵上人事」「泰時修行事」「貞時修行事」、即ち上掲の(2)(4)(6)に相当する三要素を有するか否かという観点からのみ調査し、二十四種の伝本についてその点を注記している。それによると、この三要素のすべてを欠いている伝本には、神田本の外に京大本・吉川本・毛利家本がある。氏はまた、簗田本のように(1)(2)(4)を欠いたままで(6)を有する諸本については、「貞時修行事が神田本に補はれて本書の如き形態となつたものであらう」とし、逆に西源院本のように(6)を欠いたままで(1)(2)(4)を有する諸本（他に釜田本・今川家本・豪精本）については、「恐らく神田本の如きに、二つの記事を増補したもの」と推測している。妥当な見解と言うべきであろう。諸本における北野通夜物語の構成を大観する時、(3)(5)(7)の三要素だけで構成されている神田本のごときが原態形であり、それが、(6)の増補された簗田本のごとき形と、(1)(2)(4)の増補された西源院本のごとき形の両系統に分かれ、さらにその二つの形を合わせて上掲の要素のすべてを有する玄玖本や南都本および古活字本等のごとき形になったという筋道が推測されるのである。

ただし、これはあくまでも北野通夜物語の構成に限った大づかみな把握であって、簗田本のごときは南都本系統

（南・筑・内・相の諸本）に属する伝本でありながらこの部分に見せた特異性であり、西源院本なども細部にわたれば、後補と見なすべき語句を含んでいる。例えば、遁世者の発言の中で、泰時や時頼執権時代の鎌倉幕府とは打って変わった足利幕府の政道の非を批判して、

次ニ仏神之領ニ天役課役ヲ懸テ、神慮冥慮ニ背カン事ヲ不レ痛《マ》、又寺道場ニ懸《ケ》二要脚《ヲ》一、僧物施料ヲ貪事ヲ業トス、是併《（ラ）》テ上方雖三無二御存知一、責《セメ》一人ニ帰スル謂モ有ルカ。

という具体的な指摘を加え、法師が引く釈氏滅亡譚の冒頭に「増一阿含経ニ見ヘテ候者」とその出典を明らかにし、また末尾にも、

我モ爾時童子トシテ、以レ楉《スハイ也》ヲ魚ヲ打タリシ故ニ、今雖レ得二紫磨金之膚《ヲ》一、頭痛背痛労ル也ト云々。

と述べて、『仏説興起行経』の「仏説頭痛宿縁経」「仏説背痛宿縁経」等に詳しく説かれている釈迦の頭痛の因縁譚（『増壱阿含経』にも見える）を付加している。これらいずれも仏徒の手による部分的な増補と推測して差し支えないものであろう。

神田本の形態に基づいて考えると、遁世者・雲客・法師の三者はそれぞれ本朝（鎌倉幕府の善政）、震旦（儒教的君臣論）、天竺（仏教的因果論）の説話を担当し、しかも同じ主題のもとに二話（「君」に属する話と「臣」に属する話）を提示し、それを拠り所として政道を論じるという構成になる。それが原形であったと思われる。神田本で、雲客の問題提起を受けて、まず遁世者が発言するが、その冒頭が、

世ノ治らヌコソ道理ニて候ラヘ。異国朝廷の事ハ御存知の前ニて候ラヘバ中〳〵申ニ及バズ。

となっていて、異国の朝廷のことは雲客・法師の二人に譲るという意志を明示している。これに対して、(1)(2)(4)の記事をもつ諸本では、その後に「ト云共《（いへども）》」（西源院本）と逆接の語句を補って、異国の朝廷のことにまで言及することへの拘りを表している。実際には、(1)の問民苦使も、わが国の天平宝字二年（七五〇）正月の孝謙帝の詔で「是以別ニ

使八道。巡二問民苦一。務恤二貧病一。矜二救飢寒一」として、五畿七道に発遣された地方行政の査察使であって、異国の制度ではない。(2)の日蔵上人冥途往還説話における醍醐帝の堕地獄の話や、(4)の泰時が明慧上人から「無欲」に徹すべき政道の要諦を教説される『明恵上人伝記』の記事をそっくり摂取した話は、勿論「異国朝廷の事」ではない。ただ、それらの叙述の中に、

○〔問民苦使を遣わした〕其故ハ君ハ以レ民為レ体、民ハ以レ食為レ命、夫穀尽ヌレバ窮シ、民窮シヌレバ年貢ヲ備事ナシ。（西源院本）

○サレバ湯武者投レ火《ニ》ジテ身ヲ登《セ》二桃林之社《ニ》一、太宗者呑《テ》レ蝗《ヲ》命ヲ任《ス》二園囿之間《ニ》一、己ヲ責テ叶《フ》二天意《ニ》一、民ヲ撫シテ顧《ミ》二地聖《ヲ》（声）一給フ也、則知ヌ、王者之憂楽ハ与レ衆同ジカリケント云事ヲ、白楽天モ云置レ侍リキ。（同前）

○古人云、其身直《スナヲ》ニシテ影曲ラバ、其政正シテ国乱ル、事無ト云、又云ク君子居《シ》二其室《ニ》一、其言ヲ出事善ナル則千里之外皆応レ之。（同前）

などと中国の経書や詩文の語句を多く引き、また周の文王に関わる譲畔の故事を挙げたりしているために、その釈明を必要としたのであろう。(1)(2)(4)の記事が増補されたものであることは疑いない。

斎藤清衛氏は、北野通夜物語の「座談会」について、「三人の中、最も光つてゐるのは坂東声の持主で、その卓抜な世相観と云ひ、線の太い信条の発露と云ひ、太平記作者の主観をそのまま映発せしめたものかと見られる節が多い」と評している。氏は、南北朝時代以降の時勢を、単に新興階級と旧公家階級との社会的対立の時代と見るよりも、「寧ろ、さうした対立関係さへ既に崩壊した全然利己主義的時代、機構力を喪失した実力発揮の時代であつたと見る方が適当ではあるまいか」として、そのような時勢を背景に、

坂東声の一遁世者が、鎌倉武士の簡素主義の体得者として描き出され、寡欲生活を止揚し、「乱世ノ根源ハ只欲ヲ以テ本トナス」と云ふ大信条より痛烈な時代批判を下すのである。かつその立脚するところ王道精神に存する

を以て、その方法として、主権者の率先的躬行が第一に力説されてくる。

と述べ、「その衍義の方法は、一般軍記物の例に従ひ、古今の史話引証の仕方によつてゐる」と説いている。日野僧正頼意の登場する流布本の構想を「一歩進んでゐる」と評する氏の遁世者の造型に対する評価も、勿論、流布本つまり増補された本文に基づいている。

雲客や法師の発言には、諸本による違いはない。ということは、二人に課せられた役割、つまり震旦と天竺の説話をそれぞれ二話ずつ提示する構想を固守して、そこから全く発展していないということである。彼らの発言に付加されていいような事項も、すべて遁世者の発言が吸収してしまっている。所期の役割の埒を越えて内容を豊富にした遁世者の発言が、「三人の中、最も光つてゐる」のも、ある意味では当然なことであった。ただし、西源院本や玄玖本がすでにこれらの増補記事を有していることから見て、その増補はかなり早い時期に行われたものと思われる。四十巻本『太平記』の形成されて行く過程で、すでに北野通夜物語がどのように読まれていたか、その享受の方向性を示唆するものと言えよう。

斎藤氏は、雲客の発言については、その遁世者の推察を承けた吉野朝廷賛美に終わらない語り出しを評価しながらも、「遺憾ながら、その後に於る彼独自の世相観の発展は所期されぬ。兎角、東西古今に亘る故実を考証する儒者癖を発揮して、ここにも衒学的引証をかさねる」と批判し、法師の発言についても「この（注、因果論の）思想はただに内典の教ふるところに依つたと云ふ意味のみならず、簡単明瞭な因果と云ふ方程式が大衆の心を獲得し、時代精神の「いろは」として普及するを得たものであらうと思ふ」と指摘するにとどまっている。この見方は、斎藤氏以後の北野通夜物語に関する諸論考においても基本的には共通している。特に雲客や法師の発言について、その趣旨と引証されている説話との関係についての検討が等閑にされて来たと言わざるを得ない。

三　法師の発言に見る因果業報観

この北野通夜物語における最も重要でしかも困難な問題は、最後に発言する法師の因果業報観をどう位置付けるかという点であろうと思うが、それを追求したのが永積安明氏の一連の論説である。氏は、戦後間のない頃に、

かつてあつた善政、その結果としての平和と覇権の持続、目前の悪政とその結果としての混乱、この挿話にながながと支那の前例を引用しているように、この考え方は支那伝来の政治道徳論による世界解釈であるのだが、この解釈では複雑な現実をおおいつくすことができず、けつきよく第三人目の伝説による因果観によつてその欠点を補おうとしているということである。(4)

と説いたのを始めとして、その後、『平家物語』の末法的な因果業報観との違いを際立たせて、『太平記』のそれを「かなり現実肯定的な観念」として捉え、

このいわゆる「北野通夜物語」は、『太平記』作者が、ほとんど絶望的な内乱の将来を、末法的でない因果観によって、意外にも楽観的に展望していることを示している。（中略）第二部に見られた、ほとんど壁に頭をつきあてたような展望のなさのなかで、頽廃の一歩手前までおちこんだ『太平記』が、不思議に頽廃の泥沼に陥没しないですんだのは、このような一種の宿命観を裏がえしにしたような楽観があったからである。(5)

と批評し、さらには、

何れにしろ、因果業報の法則が終局的に世界の運行を領導し、状況の展開を基本的に貫いていることを認めようとした『太平記』の作者には、よかれあしかれ現状の固定はありえないことが見えていたに相違ない。さればこそ支離滅裂な動乱の世を追跡する気力も噴出してきたはずである。(6)

として、その因果観が作者の歴史追究のエネルギーへと積極的に転化されていると論じている。この一連の所論の展

開に、氏自身の『太平記』論の軌跡を見ることができる。それは氏自身の歴史認識と『太平記』の因果論との軋轢の軌跡であったと思うが、その軌跡上のそれぞれの地点で、研究者に多くの影響を与えて来た。と同時に、鼎談する三人の発言の趣旨、それも引証説話との関わりの捨象された趣旨を柱として、儒教的政道観に立つ時代批判から仏教的因果観の諦観へと移行するその展開の整合性に関して、それを止揚とするか、飛躍と見るか、あるいは堕落と捉えるか、さまざまに立論する流れをも導いたと言えようかと思う。

法師の発言における趣旨については前に掲げたが、それを論証するための挿話について検討してみよう。

(1)　釈氏滅亡の因果譚

①　瑠璃太子の出生。浄飯王が波斯匿王から姫を求められたが、浄飯王は夫人の一人を第三の姫宮と称して与え、その腹に瑠璃太子が生まれる。

②　瑠璃太子七歳の時に浄飯王の都を訪ね、王と同じ座に着こうとして、釈氏の諸王や大臣から「王の実の孫ではない」と恥辱を受け、釈氏を滅ぼそうと心に誓う。

③　二十年を経て浄飯王が崩じ、瑠璃太子は不意を衝いて摩訶陀国の都を攻撃するが、釈氏の刹利種の防戦が激しくて成功しない。

④　釈氏の大臣の一人が、釈氏の刹利種は五戒を保っているから弓を射ても人を殺傷することはないと瑠璃太子に返忠する。ために、瑠璃太子の軍が果敢に攻めて釈氏がまさに滅びようとする。

⑤　目連尊者が釈尊に、生き残った刹利種五百人の救済を請う。釈尊は因果の所感であるから、仏力をもってしても宿業を転ずることはできないと答える。

⑥　目連は五百人の刹利種を鉄鉢の中に隠して忉利天に置くが、戦いが終わって、鉢を仰のけて見ればすべて死んでいた。目連がそのわけを釈尊に問う。

⑦釈尊は過去の因果であると説き、次のような前世譚を語る。
ア　昔、日照りで無熱池の水が乾いた時、数万人の漁父が池を干して魚を捕らえようとしたが、池に魚がいなかったので、空しく帰ろうとした。
イ　多舌魚が、摩羯魚は池の艮《うしとら》の岩穴に水を湛え魚族を連れて隠れていると漁夫に密告して岩穴に帰る。摩羯魚たちは漁父に殺され、密告した多舌魚だけが生き延びる。
ウ　生を替えて、摩羯魚は瑠璃太子の兵となり、漁父は釈氏の刹利種となり、多舌魚は返忠の大臣となって摩訶陀国を滅ぼしたのである。

(2)　梨軍支飢餓の因果譚

①　舎衛国のある婆羅門の子の梨軍支は、生まれ付き顔が醜く舌が強くて乳を呑ませられないので、母は指に塗った酥蜜を舐らせて養い育てた。
②　成長の後も貧しく、仏弟子たちの托鉢を見て食を得るために沙門となり、精進して阿羅漢果を得たが、貧窮は変わらず、托鉢しても食が得られない。
③　他の仏弟子たちが憐れみ、宝塔の中に坐して供物を請けるように勧めるが、参詣人が供物を奉ったときは居眠りをしていて気付かず、後に舎利弗が弟子五百人を連れて来てその供物を掃い集めて乞丐人に与えてしまい、その後で目覚めたために食にありつけなかった。
④　これに同情した舎利弗に伴われて伽耶城に入り、旦那の請を受けようとすると、旦那夫婦が俄に諍いを始めて飯をこぼしてしまったので、舎利弗も梨軍支も飢えて帰った。
⑤　その翌日、また舎利弗に伴われて長者の請を受けようとしたが、長者が五百人の阿羅漢に飯を供したのに、梨軍支一人には供しなかったので飢えて帰った。

⑥　阿難尊者が憐れみ、仏に随って請を受けに出る時に連れて行こうと約束したが、阿難がその約束を忘れたために、梨軍支はその日も食を得なかった。
⑦　第五日に阿難が梨軍支のためにある家で食を得てくれたが、帰る途中数十疋の犬に追われ、鉢を地に棄てて逃げ帰ったため、梨軍支はその日も飢えて過ごした。
⑧　第六日に目連尊者が梨軍支のために食を乞うて帰る途中、金翅鳥が空から飛び下りて鉢を取って海に浮かべたので、梨軍支はその日も飢えて過ごした。
⑨　第七日に舎利弗が食を乞うことができて、梨軍支の許へ持って来たが、門戸が堅く鎖されていた。舎利弗が神力で門を開けて入ると、俄に地が裂けて鉢が金輪際に落ちた。舎利弗が神力で鉢を取り上げて食わせようとしたが、梨軍支の口が急に噤んで歯を開くことができず、この日も食べることができずに飢えた。
⑩　梨軍支は慚愧し、四衆の前で、「今は是ならでは食うべき物なし」と言って、砂を噛み水を飲んで、涅槃に入った。
⑪　不思議に思った比丘たちに、世尊が梨軍支の前生を語り、因果の理を説いた。
ア　波羅奈国の長者瞿彌は供仏施僧の志が厚く、その死後は妻が志を継いで三宝への布施を続けた。
イ　長者の子はそれを忿り、母を一室に入れ門戸を閉じて出入を許さなかった。母は七日涕泣し、飢え死にする間際にも食を乞うたが、子は「何ゾ砂ヲ食ヒ水ヲのミて飢ヲヤスメざる」と言って食を与えなかった。母は七日目に飢え死にした。
ウ　その後、子は貧窮困苦の身となり、死んで無間地獄に堕ちた。多劫の受苦の後、人間に生まれた。これが梨軍支である。
エ　沙門となって阿羅漢果を得たのは父が三宝を敬ったためであり、飢えて砂を食うて死んだのは母を飢え死にさせたその因果によるのである。

⑫　釈尊の説法を聞き、阿難・目連・舎利弗等は礼をして立ち去った。

以上が、法師の引証した二つの仏教説話である。こうして説話だけを切り出してみると、ごくありふれた因果譚のようにも見え、斎藤氏の言う「簡単明瞭な因果と云ふ方程式」として見過ごされて来たのも理由のないことではないと思われる。

近時、最初の挿話、釈迦族滅亡説話を取り上げた論考が出された。一つは濱崎志津子氏の「太平記北野通夜物語の〈因果観〉考――当代批判との関わり――」(7)であり、他の一つは西山美香氏「釈迦族滅亡説話が支えたもの――『夢中問答集』と『太平記』「北野通夜物語」との比較から――」(8)である。

前者の濱崎志津子氏の論考は、石田洵氏の論の示唆に負うている。(9)石田氏は、北野通夜物語が仁木義長の没落譚を分断する位置に置かれていることから、北野通夜物語の乱世批評は、義長の「悪人」の面を強く取り上げている『太平記』の批評と共通する部分を当然持っているものと考えられると指摘したが、濱崎氏はその点を具体的に検討したのである。法師の発言を中心に、(1)典拠と目される仏典との関係、(2)『太平記』作者の創出した要素について考察している。(1)については、釈迦族滅亡説話を載せる経典を、

Ⅰ前世譚を有するもの

Ⅱ前世譚を極めて簡略に記するもの

Ⅲ前世譚を載せないもの

の三類に分けている。そして、Ⅰには『増壱阿含経』等の六種の経典と『今昔物語集』『沙石集』、Ⅱには『出曜経』等二種の経典と夢窓の『夢中問答』、Ⅲには『法句譬喩経』等五種の経典と『大唐西域記』を挙げている。それらの記事の比較検討から導き出された氏の結論を要約して示すと、次の三点になる。

①　前世譚に関しては『仏説興起行経』上（「仏説頭痛宿縁経」三）と『今昔物語集』（巻二「流離王殺釈種語二十八」）が比較的近いと言えるようである。ただし、前者には現世譚がない。

②　現世譚、前世譚の順序で載せていることと話の要素の点では、『増壱阿含経』（巻二十六「等見品三十四」）と『今昔物語集』（前出）が比較的近いと考えられる。

③　しかし、細部を比較検討すると、直接典拠と判断できるものは無いようである。

また、(2)の『太平記』作者の創出した要素については、北野通夜物語における現世譚で、釈迦族の刹利種の持戒のことを瑠璃太子に告げて、一族の滅亡を導く「返り忠」の大臣が登場し、前世譚でも自分の助命と引き替えに無熱池の魚族の潜む岩穴を漁父に内通して他の魚族を絶滅させる多舌魚が登場する。多舌魚が生を変えて「返り忠」の大臣に転生するわけであるが、仏典所載の説話にも確かに釈迦族の兵士の持戒という弱みを瑠璃太子に教える「好苦梵志子」という人物は登場するけれども、これはもともと瑠璃太子の側に属していて、重要な機会ごとに太子に昔の復讐の誓いを想起させる人物であって、釈迦族の一大臣として「返り忠」をするわけではない。濱崎氏は、この「多舌魚＝返り忠の大臣」という要素は仏典や説話集所載の類話には含まれていず、この点が北野通夜物語の説話と仏典等所載の説話との最も著しい違いの部分であることを明らかにし、漁師に協力した多舌魚の転生である「返忠」の大臣が釈迦族の滅亡に協力して命が助かっているのは話の辻褄が合わないと批判する。そして、

そもそも釈迦族滅亡説話は、釈迦族どころか釈迦までも、因果応報の理法を免れることができないことを説くのが主眼であって、同類話に、多舌魚＝返り忠の大臣のように、前世での悪行の報いを、現世で受けず同様の悪を働く存在のことが、記されていないのも当然といえよう。

として、北野通夜物語における釈迦族滅亡説話の矛盾を鋭く衝いている。そしてさらに、この悪行の者が生を変えてもなお悪を行い続けるという話の構成に、むしろ北野通夜物語の主体的な姿勢を読み取ろうとする。その主体的な姿

勢とは、つまり、
「北野通夜」以降の叙述における動乱は、武家方と南方との対立によってではなくそれを利用して生き延びていく者たちによって、作り出されていくことを示そうとしているのではないだろうか。言い換えれば、武家方及び南方の、治世者の仁義の欠如によって始まった乱世が、忠義の道に外れた臣下によってさらに継続されていく、このような新たなる事態の開始を告げるのが「北野通夜」ではないだろうか。

というもので、巻三十四から巻三十九にかけて記されている仁木義長・細川清氏・畠山国清らの有力大名たちの足利政権からの離反、南朝への帰参という事件の継起と、それに対する批判の叙述とにこの挿話を関連づけている。北野通夜物語における政道批判と、いわゆる第三部の混沌たる時代状況との関連は誰しも思うところであるが、濱崎氏は、石田氏の論考の指摘を踏まえて、特に仁木義長の造型、その没落に至る経緯に対する批判的叙述との関係を強調するのである。北野通夜物語に関する新しい見解として注目される。

勿論、疑義がないわけではない。先ず第一に、「返り忠」に関する話は、前に見たような北野通夜物語を構成する諸説話全体から見れば勿論、そのうちの釈迦族滅亡説話に限って見ても、極小の要素に過ぎず、その拡大拡張はどこまでが許容されるだろうかという問題があろう。第二に、前世譚と現世譚とは写真のポジとネガのようなもので、殺されたものが殺し、殺したものが殺されるという因果の環であるが、その構図の中で漁父や瑠璃王に秘密を告げる者(多舌魚・大臣)はどういう位置を取ることになるのであろうか。彼らは陰陽が反転する対称軸の上にその位置を占めている。仮に「告げる者」に対して「告げられる者」の存在を想定するなら、それは秘密を暴露されて敵に殺された釈氏か、秘密を教えてもらって敵を殺した瑠璃王かということになって、それ自体の存在は消滅してしまう。他の仏典の説話でも応報の対象となっていない所以であろう。従って、これを「生を変えても悪の報いを受けることなく、一貫して悪行を行う存在」として因果応報の構図の中で捉えることが果たして可能か、という問題がある。第三の問題点は「返り忠」の概念である。釈迦族の持戒という弱みを瑠璃王に告げることのできる人物は当然内部の事情に通じた者でなければならない。他の仏典では好苦梵志と瑠璃王の太子時代以来の親密な関係がかなり詳しく述べられているが、『太平記』はその記事を極端に端折って釈氏の大臣としたことから、敵に内通する行為者の出現という結果が生じたと考えられる。『太平記』における説話の現世譚では、「釈氏ノ中より時の大臣なりける人一人、よせてノ方へかへり忠ヲシテ申けるハ」と「かへり忠」の語が使われ、前世譚に登場する多舌魚は、内通者の常として、漁父に池の魚族の隠れ穴を告げ知らせた後で「かやうにつげしらせたる報謝にハ、汝我《ガ》命ヲ助ケよ」と言い終えて他の魚族の潜む岩穴へ帰っていく。正宗文庫本『節用集』に「内応」の語に「カヘリチウ」の訓みを当てているように、「返り忠」とは「敵対関係にある側の長に内通して、その有利になるようにはからうこと」(『時代別国語大辞典 室町時代編』)である。『太平記』の他の用例でもその意味で用いられている。従ってそれは、「反逆」という範疇にはともに含まれるにしても、仁木義長・細川清氏・畠山国清等が足利政権という組織から離反し、南朝に降参してその組織に帰属するというのとは同じでない。

濱崎氏は論考の末尾で、『太平記』に挿入された故事説話の内容と、故事説話を受け入れる文脈とに一致が認められない時、「それは、作者の脱線として片付けられてしまうことが多いのだが、或いは故事説話を『太平記』世界に切り結ばせるはずの作中人物なり作者なりの評言が見せかけで、故事説話そのものに作者の主張が籠められている可能性もあるのではないだろうか」と言っている。その点については深い共感を抱くものであるが、この「多舌魚＝返り忠の大臣」という等式についての解釈には、まだ検討を要する余地があるように思う。

四　『夢中問答集』の釈迦族滅亡説話

後者の西山美香氏の論考は、「釈迦族滅亡説話が支えたもの――『夢中問答集』と『太平記』「北野通夜物語」との比較から――」という題目が示すように、足利直義の信仰上の質問に夢窓国師が答えた『夢中問答集』に引かれている釈迦族滅亡説話と、北野通夜物語に見えるそれとの関係を考察したものである。『夢中問答集』には全部で九十三の問答が収められている。その第六の問答における直義の問いは、次のようなものである。

問、仏菩薩ハ、皆一切衆生ノ願ヲ満玉ハムトイフ誓アリ。タトヒ衆生ノ方ヨリ祈求メズトモ、苦ミアル者ヲバ、コレヲヌキテ、楽ヲアタヘ玉フベシ。シカルニ、末代ノヤウヲミレバ、心ヲツクシテ祈レドモ、カナフコトノマレナルコトハ何ゾヤ。(10)

これは単に直義個人の苦楽にのみ関わる疑問ではなくて、幕府の開創期における政務担当者として彼が、時代の混乱を鎮め、民衆の苦しみを除きたい願いから出た問いであっただろう。これに対する夢窓の答もまた甚だ深切であり、ほぼ五千字に達する詳細さである。夢窓は、かつて自らも同じ疑念を抱いたという告白から語り始める。

答、予三十年ノ前キニ此疑ノ起ルコトアリキ。常州臼庭トイフ所ニ独住セシ時、五月ノ始メ、菴外ニ遊行ス。其比、ヒサシク雨フラズ、田畠ミナ枯野ノゴトシ。コレヲ見テ、アハレム心フカク起レリ。心中ニ思フヤウ、ナドカ龍王ニコレヲアハレム心ノナカルラム。其時又ウチカヘシテ思フヤウ、龍王ハ雨ヲフラス能ハアレドモ、人ヲアハレム心ナシ。我ニハ人ヲアハレム心ハアレドモ、雨ヲフラス徳ナシ。仏菩薩ハ雨ヲフラス徳モ龍王ニスグレ、人ヲアハレム心モ我ヨリフカヽルベシ。シカレドモ、カヤウノ厄難ヲタスケ玉ハヌコトハ何ゾヤ。

若衆生ノ業報ツタナキ故ニ仏ノ利益モカナハヌトイハヾ、凡夫ノ苦ニアフコトハ皆業報ノ故ナリ。若業報ヲバタスクベカラザルコトナラバ、仏菩薩ノ凡夫ノ願ヲ満玉フトイフコト虚言ナルベシ。若又聖数ニアカスコト何ゾ虚言ナラムヤトイハヾ、古ハシラズ、今ヲミルニ、貴賤上下、誰レコソ所願満足セリトミユル人モナシ。薬師如来ハ衆生ノ病ヲ除滅セムト誓ヒ玉ヘドモ、世間ヲミルニ病者ナラヌ人ハスクナシ。普賢菩薩ハ一切衆生ニ随順シテ給使セムト誓玉ヘドモ、世間ヲミレバ従者一人モナクシテイヤシキ人モ多シ。タマ〳〵眷属ハアマタアレドモ、誰コソ普賢カトオボシクテ、主人ノ心ニカナヘル人モナシ。上代ハ大師高僧出世シテ、霊験ヲホドコシテ衆生ノ厄難ヲスクヰ玉ヒキ。古ハ世モ上代ニテ、人ノ果報モイミジカリシカバ、タトヒ大師高僧ノ霊験ヲホドコシ玉ハズトモアリヌベシ。今ハ世モイヨ〳〵濁悪ニナリヌ、人モ亦薄福ナリ。カヤウノ時コソ、コトサラニ霊験マシマス大師高僧モ大切ナルニ、或ハ入滅、或ハ入定トテ出現シ玉ハヌコトハ何ゾヤ。

カヤウノ疑サマ〴〵ニ起レリ。シカレドモ、サセル一大事ノ因縁ナラネバ、打捨テ心ニカケズ。(11)

問者の疑念に先ず同調して語り始めるのは説得の手法の一つとも言えるが、直義が投げ掛けたこの疑問は、やはり夢窓自身にとっても深刻な問題であり続けたことなのであろう。この問題を解きほぐして行くために、夢窓は数々の譬えや経典の文句を引いていて、まさに説き去り説き来たるの感が強い。衆生の願いとはいかなるものか、また仏の慈悲とはいかなるものか、を説いて、仏菩薩の誓願の本意はただ「無始輪廻ノ迷衢ヲ出テ、本有清浄ノ覚岸ニ到ラシメムタメ」であるのに、凡夫の所願そのものが輪廻の基となるようなものであるから、その所願を満たすことは聖賢の慈悲でないと言い、もし人が凡情の執着によって延命や寿福を保ちたいために祈るのであれば、そのような欲心は仏心と冥合しないものであるから感応のあるはずがないとも言う。そして最後に、仏力は定業を転じうるか、それとも定業には克ちえないか、という問題が提示され、そこに引証されているのが釈迦族滅亡譚なのである。第六の問答における夢窓の説示の最後を掲げる。前掲の引用文と同じ様に、私に行を分けて記すことにする。

諸仏は大悲ヲ体トス。故ニ一切衆生ヲアハレムコト、一子ノゴトシト説玉ヘリ。仏力若タヤスク業力ヲ、サヘギルコトナラバ、悪道ニオツル者ハアルベカラズ。濁世ニ生レテ諸ノ苦ミヲ受ル人モナカルベシ。

仏在世ノ時、琉璃太子、釈氏トアタヲムスビシ因縁ニヨリテ、王位ニツキテ後釈氏ヲホロボスコト九千九百九十万人、目連尊者、仏ニ申テイハク、衆生ノ苦ヲバ親疎ヲエラバズ救ヒ玉フコソ、仏ノ大悲ナレバ、余人ナリトモカヤウノ難ニアフヲバ、タスケ玉フベシ。シカルニ今ホロブル人ハ、皆仏ノ御一族ナリ。シカルヲ、タスケ玉ハザルコトハ何ゾヤ。仏言、彼等ガホロブルコトハ、皆前世ノ業因ノムクヒナルガ故ニ、タスクルコトアタハズ。

爾時目連、マサシク金口ノ説ヲ聞ドモ、猶疑心ヤマズ、即神通ヲ以テ殺シノコサレタル者五百人ヲ相具シテ、四王天ノ辺ニユキテ、鉢ヲヒロクナシテ、五百人ノ上ニ覆テ、カクシ玉ヒケリ。カヤウニシタラバ、サリトモノガル、コトモアリナムト思ハレケリ。仏ニ参テ此由ヲ申ス。仏ノ言ク、業力ノイクルコトハ、処ヲモエラバズ、神通ニモサエラレズ、汝カシコガホニシタレドモ、五百人皆鉢中ニテ死ニヌ。目連、即カノトコロヘトビ行テ見ラレケレバ、仏ノ御言ニタガハザリケリ。

経論ノ中ニ、カヤウノ因縁一ニアラズ。シルベシ、業力ノタヤスク転ズベカラザルコトヲ。

ここに語られている釈迦族滅亡説話では、琉璃太子が「釈氏トアタヲムスビシ因縁ニヨリテ、王位ニツキテ後釈氏ヲホロボス」と言っているだけで、その前世譚は語られていない。その点を重視して、西山氏は、次の三点を指摘している。

(1)『夢中問答集』では、瑠璃太子が釈迦族を滅ぼそうとした動機、即ち瑠璃太子が幼時に釈氏から受けた屈辱の話を語っていない。話の主眼を、「〈因果〉というよりも、むしろ「業力のたやすく転ずべからざる」点において いる。」

(2)北野通夜物語では、その「具体的な理由、すなわち〈因果〉」が描かれているため、「瑠璃太子が悪いとはいいきれない戦乱」となり、法師の「公家の御咎とも、武家の僻事とも申しがたし」とする当時の乱世と対応する説話として構想されている。」

(3)『夢中問答集』における目連の「金口ノ説ヲ聞ドモ、猶疑心ヤマズ」という「疑心」は、直義の仏の誓願に対する不信感にも繋がっており、『夢中問答集』でも北野通夜物語でも、釈迦族滅亡説話が引かれる背景には「仏の言葉への不信感」がある。

右に記した(1)および(2)に関連することであるが、「仏在世ノ時」に「釈氏トアタヲムスビシ」という現世の「因縁」と、「彼等ガホロブルコトハ、皆前世ノ業因ノムクヒナルガ故ニ」という「前世ノ業因」との関係について、氏の理解に混乱があるように見受けられる。「業力ノタヤスク転ズベカラザル」とは言うまでもなく、「前世ノ業因」に関わることである。

夢窓は、「業力ノタヤスク転ズベカラザルコト」の譬喩として釈迦族滅亡譚を引きながら、その滅亡についてはただ「皆前世ノ業因ノムクヒナルガ故ニ」と言うだけであって、『増壱阿含経』その他の諸経や『太平記』の北野通夜物語が語っている前世譚、現世の状況を反転させたに過ぎないような前世譚を語らないのは、一つには大衆を相手の唱導説法ではなく、実際政治の中枢にいる足利直義という個人の問いに対する答えであるということもあろうが、それ以上に夢窓の識見を示すものであると考えられる。

夢窓の長い答弁を聞いた後、直義が改めて問い掛ける。「仏力法力、タヤスク定業ヲ転ズルコトアタハズハ、何ヲカ仏法ノ利益ト申スベキヤ」というものである。この第七の問答において、夢窓はほぼ二千三百字に及ぶことばを費やして答弁を展開する。業の軽重によって、順現業・順生業・順後業の三業、さらに不定業を加えた四業があることから説き始め、「軽重ニヨリテ、遅速アリトイヘドモ、ツクリオケル業ノ、ムクハズシテタゞヤムコトハアルベカラズ。仏力法力ニアラズハ、イカデカコレヲ消滅セムヤ。仏力法力アリトイヘドモ、衆生若求哀懺悔ノ心ナケレバ消滅スルコトアタハズ」と仏の利益の厳然と存することを強調し、本地垂跡の説を容認した上で、「其余ノ諸神、逆順ノ方便、コトナリトイヘドモ、哀憐ノ旨趣ハ同カルベシ。朝夕ノフルマヒハ、ミナ神慮ニソムキナガラ、我イノル事ノカナハヌト恨奉ルコトハ、ヒガメルニアラズヤ」と、その信条は全くたじろぐことがない。常州臼庭で疑念を抱いた時からすでに三十年、不退転の自己を確立した夢窓の姿を、『夢中問答集』における直義の問いに対する弁証のすべてに見出すことができる。

五　北野通夜物語の構造

西山氏の論考に触発されて、『夢中問答集』を読み、この書と北野通夜物語との関係について考える機会を持つことができた。先ず『夢中問答集』は、単に仏教思想についての直義の疑念と、それに対する夢窓の弁証というにとどまるものではなくて、仏法と政道との関わりについての厳しい問答であるという印象を強く抱いた。混迷する時代状況の中で万民の安楽を保証するための実際的な政治を進めて行く上で、仏教はどういう役割を果たしうるのかという疑問と、仏教の理念を実現するためには、為政者のみならずすべての衆生がどう生きねばならないかという説示の、厳しい問答なのであると感じた。

室町幕府の草創期に政務執行の中心であった足利直義が、思想界の頂点に立つ夢窓に政道の要諦を尋ねた、そう考える時、二つの事実を想起せざるを得ない。一つは、建武三年（一三三六）に足利尊氏が開幕に当たって是円・真恵の兄弟や玄恵法師に施政の方針について諮問し、十一月七日付で答申された『建武式目』十七ヵ条である。他の一つは、承久の変の直後、政治の実権を掌握した北条氏の泰時が、栂尾の上人明恵に「如何なる方便を以てか天下を治むる術候べき」と教えを乞い、明恵がそれに対して、世の乱れる根源は人間の欲心にあり、それを無くすれば天下はおのずから治まるであろうと答えたという『明恵上人伝記』の記事である。後者は、すでに触れたように、北野通夜物語に、その形成の早い段階で取り入れられている。また、北野通夜物語で東国訛りの遁世者の発言の中に、「夫政道之為ニ讎《アタ》ナル物ハ無礼、邪欲、大酒、遊宴、バサラ、傾城、双六、博奕、強縁、サテハ不直の奉行也」（西源院本による。神田本はこの前後脱文あり）とある。こうした時世批判は『太平記』の随所に見出すことのできるものであるが、それらをも含めて、『建武式目』に「政道事」として箇条書されている冒頭の二条に、

一　可㆑被㆑行㆓倹約㆒事。

近日号二婆佐羅一専好二過差一。綾羅錦繍。精好銀剣。風流服飾。無レ不レ驚レ目。頗可レ謂二物狂一歟。富者彌誇レ之。貧者恥レ不レ及。俗之凋弊無レ甚二於此一。尤可レ有二厳制一乎。

一　可レ被レ制二群飲佚遊一事。

如二格条一者。厳罰殊重《シ》。剰耽二好女之色一。及二博奕之業一。此外又或号二茶寄合一。或称二連歌会一。及二莫太賭一。其費難二勝計一者乎。（群書類従第二十二輯）

と禁制されていることと無関係ではあるまい。そうした個々の箇条書だけではない。何よりもその緒言とも言うべき部分で、和漢古今の法制のうちいずれの法を施政の規範とすべきかという点に関して答申している次の見解は、まさに北野通夜物語における遁世者の発言の根底にある認識そのものでもあろう。

先逐二武家全盛之跡一。尤可レ被レ施二善政一哉。然者宿老。評定衆。公人等済済《タリ》焉。於レ訪二故実一者。可レ有二何不足一哉。古典曰。徳是嘉政也。政在レ安レ民云々[12]。早休二万人愁一之儀。速可レ有二御沙汰一乎。

さらに、尊氏の諮問の第一項である幕府を鎌倉に置くか、それとも他の地に設けるか、という点について、答申文の中に、

就中鎌倉郡者。文治右幕下《頼朝》好構二武館一。承久義時朝臣幷二呑天下一。於二武家一尤可レ謂二吉土一哉。爰《ニ》禄多権重。極レ驕恣レ欲。積悪不レ改。果令二滅亡一畢。縦雖レ為二他所一。不レ改二近代覆車之轍一者。傾危可レ有二何疑一乎。

という意見が見える。これが、北野通夜物語のみならず、『太平記』の「序」およびそれに続く「関所停止事幷施行事」で述べている政道観、歴史観と同じ思想基盤に立つものであることは明らかである。

『建武式目』の諮問は尊氏の名において発せられているけれども、実質的には直義の執行だったのではないだろうか。笠松宏至氏[13]も「本法制定の本当の黒幕、すなわち諮問内容や勘申者を選択決定し、勘文の結論をおのずから一定の方向に導いていった者」は、「足利直義その人をおいて他に有り得ないと考える」と言っている。末尾に「人衆」

として連記された八名について、上横手雅敬氏は、

是円は鎌倉幕府評定衆二階堂道昭の法名、真恵はその弟で、いずれも幕府の政治・法制・故実に達したと見られる人物である。（中略）前民部卿は文章博士日野藤範（萩野由之は九条光経とする）、玄恵（↓一三五〇）は最も著名であるが、いずれも当時有数の儒家である。明石民部大夫行連・布施彦三郎入道道乗は鎌倉幕府奉行人の出身と見られ、大田七郎左衛門尉も、鎌倉幕府問注所執事太田氏の一族であろう。(14)

と説明している。この従前の説に対して、笠松宏至氏は、(15)特に答申者の中心である是円・真恵を、三冊本『御成敗式目平仮名抄』所載の中原系図に「道昭〈是円、依後醍醐院之勅還俗、号章賢、又出家〉」と見える中原章賢《のりかた》とその弟の真恵とし、式目注釈書である『是円抄』の奥書（式目写本に付載されて伝存）から窺われる彼の法意識を通して、『建武式目』が彼自身の筆になったことが裏付けられるとし、「公武両法に明るい能力と折中的な法思想の持ち主」であったと捉えている。今江広道氏(16)は萩野由之氏以来の二階堂氏説には確たる史料の裏付けがないこと、早く三浦周行氏が是円を中原氏としていたこと、笠松宏至氏が史料を挙げてこれを明らかにしたことを述べ、さらに史料として『法家中原氏系図考証』を補い、また真恵に関しても、宮内庁書陵部蔵『見忌抄』とその奥書によって、文保二年三月二十七日に「桑門真恵」が丹後国石丸保において曾祖父中原章重の自筆を書写していること、貞和三年五月十六日に六十五歳で入滅していることを明らかにしている。これによって、是円・真恵兄弟が中原氏の出身であることは確定的となった。鎌倉幕府早創期には中原氏出身で要職（京都守護・評定衆・政所執事等）に就いた者も散見するが、鎌倉末期における是円・真恵の幕府への関わりはどうだったのであろうか。永原慶二氏(17)は「是円すなわち中原道昭は、鎌倉幕府の法曹吏僚である」と言っているが、その根拠は示されていない。勘申者の一人である前民部卿藤原藤範は藤原南家貞嗣流（上横手氏や笠松氏等が日野氏とするのは誤り）で、将軍宗尊親王の侍読として鎌倉に下った『唐鏡』の著者茂範の孫であるが、その藤範について笠松宏至氏は、「儒学と文章を家道として官仕した貴族であるが、鎌倉末

には関東に下り、将軍に仕えた経歴をもち、或いはその頃から足利氏との接触があったのかもしれない」とし、その子の有範が「直義派の異色の人物」であることにも触れて、藤範の起用を「直義ならではの人事といえよう」と述べている。いずれにせよ、この勘申者たちは、いずれも幕府草創期における直義の政務を補佐するブレーンであろうと思われる。鎌倉幕府以来の実務官僚出身者が多く起用され、儒者も交じり、玄恵のような学僧も加わっている。答申の手続きも不明確であるが、その案を練るために彼らが意見を闘わす場の雰囲気は、さながら北野通夜物語の鼎談の如きであったかもしれない。

ところで、「承久より以来、武家代々天下ヲ治し事ハ、評定ノ末席ニ列リて承リヲキシ事なれバ」と名乗る遁世者が語る鎌倉時代の善政二話のうち、時頼廻国説話は『増鏡』（第九「草枕」）にも見えるけれども史実とは認められず、もう一つの説話の主人公である青砥左衛門はその実在すら疑わしい。弘長年間（一二六一～四）の幕府内部の動きを記したという『弘長記』には、青砥藤綱が二十八歳で二階堂信濃入道の推薦で時頼に仕え、評定の末座に連なり、遂に頭人になったと記すが、『弘長記』は寛文・延宝頃に成った偽書（星野恒氏『史学叢説』二、冨山房、明治42・9）とされ、他の史料にはその名が見えない。偽書とは言いながら、名執権時頼と廉直の臣青砥左衛門との結び付きを、二階堂氏が媒介する、そういう伝承の構造が興味深い。二階堂氏は藤原南家乙麿流の出身で、鎌倉幕府の政所執事を世襲し、室町幕府になってもほぼ二十年間はそれが続いた。この理想的な君臣の逸話は、内管領長崎氏の専横による得宗家の威信の失墜、幕府の命運の傾廃という時世の動向の中で、あるいは幕府が滅亡した後に、二階堂氏のような立場の者によって形成されたのではないかと、憶測する。

鼎談の進行役を勤め、中国の聖王と史官の話を語る雲客は、『太平記』巻三十四「吉野御廟上北面夢之事付諸国勢帰京都事」に登場する遁世を思い立った上北面とイメージが通う。吉野を離れようとして後醍醐帝の御廟に詣で、「抑、今ノ世いかなる世ゾヤ。有レ威無レ道者ハ必ズ亡ブト云置し先賢ノ詞にもソムキ、又百王ヲ守らんとちかひ給ひし神約も皆実事《マコト》ならズ」と神霊に訴え、「コハいかに成行よの中ゾヤ」と嘆くことばは、北野通夜物語の雲客が鼎談のテーマを提示することばともよく似ており、そのことは誰しも気付くところであろう。彼に求められている役割は、中国の史伝から理想的な君臣の逸話を選んで、その逸話によって現今の南朝の政道を批判することであった。それだけに発言の内容は、極めてありふれた儒教的な政治倫理の話となって、東国訛りの遁世者の現実的な批判に比して甚だ不評であり、諸本の間での発展も見られないものとなっている。三人にそれぞれ本朝・震旦・天竺の説話を割り振った構想自体の制約からの結果と言うべきであろう。もしも雲客が、東国訛りの遁世者のように、かつてあった宮方の勝れた政道を語って、それによって現在の南朝の政道の非を批判するという形を取っていたならば、それはまた類型化のきらいを招く結果になろうが、その批判もおのずから異なったものになっていただろう。そう考える時、巻一冒頭の章段「関所停止事幷施行事」で称揚されている後醍醐帝の善政と、巻十三の実質的には冒頭の章段と言っていい「龍馬之事」に詳述されている万里小路藤房の後醍醐帝に対する諫奏の話とが想起されてくる。旧稿(18)で触れたように筆者は、巻三十五の「北野参詣人政道雑談之事」が形成された時点で、いわゆる第一部の巻一から第四にかけての部分、第二部の巻十二・十三の辺りの叙述に増補改修の手が加えられたのではないかと推測している。北野通夜物語の雲客がその構想の制約のもとでなしえなかった所を、その桎梏から解放された場で実現しているのが、上記の後醍醐帝の善政の話と藤房の諫奏の話なのではないかと思うのである。

それにしても、北野通夜物語の鼎談で、雲客が当時の吉野朝廷の君道臣道の凋落ぶりを指弾するために中国の故事を挙げるに当たって、それに適した説話といえば、例えば唐の太宗と魏徴のごとき明君・賢臣の例など、引証するには事を欠かなかったはずである。それが、なぜ、周の大王の故事と、斉の崔抒の故事を翻案したと思われる唐の史官の話だったのだろうか。後者は万里小路藤房の諫奏の話とも連なるだろうし、また政道の退廃を直叙して時代を批判しようとする作者の自負の表明とも解し得ようが、問題は前者の周の大王の話である。隣国の戎に侵犯されて豳《ひん》の地を去って岐山のふもとに遷った周の大王のイメージは、東国の武士に都を掌握されて吉野の山中に遷幸した後醍醐帝に重ねられていると見ることもできるであろう。そう見ることが許されるならば、

　豳ノ地ノ人民、かゝる有がたき賢人ヲ失て、豈礼ヲモしらズ仁義もナキ戎ニ随フべしやとて、子弟老弱引つれて、同ク岐山ノふもとニ来つて大王ニツキ随ヒしかバ、戎ハ己レト皆亡ビはてゝ、大王ノ子孫ツヰニ天下ノ主となり給フ。周ノ文王武王是也。

ということばは、説話の世界を抜け出して、雲客の発言の結びである「是ほど安キ世ヲ取得ズシテ卅ヨ年迄、南山ノ谷ノ底ニ埋レ木ノ花さく春ヲしらぬやうニて御座スルヲもつて、宮方ノ政道ヲバ思ヒやらせ給へ」と指弾することばと表裏一体となって、南朝の政道に対する仮借のない批判となって来る。中国の賢王の話でさえあれば何でもよかったというわけではなかったのである。

　最後に法師が語る因果譚であるが、斎藤清衛氏の言う「時代精神の「いろは」として」の「簡単明瞭な因果と云う方程式」というだけでは済ますことのできない問題があるように思う。法師に課せられていた課題は、天竺の、というよりも仏教の説話に基づく政道批判であったはずである。法師が遁世者と雲客の発言を聞いて、「天下ノ乱ヲつく〴〵あんずるに、公家ノ御過共、武家ノ僻事共申がたし。因果ノかんずる所トコソ存候らへ」と言ったのは、乱世の原因を「公家ノ御過」「武家ノ僻事」として追求して行くという歴史認識の次元ではもはや不可能なのだという、その限界を指摘しているわけである。しかし、多くの読者は、「公家ノ御過」でも「武家ノ僻事」でもない第三の現実的な原因、つまり、それを取り除くことによって天下の太平が招来できるような根本的な原因の解明を、法師の発言に期待して耳を傾けようとする。もしその発言が、「簡単明瞭な因果と云う方程式」の適用でしかなかったとすれば、当然、読者を戸惑わせることになる。

　先に見た『建武式目』十七ヵ条は、施政の方針についての諮問に対する答申であったから、それはあくまで社会の

現実に立脚する必要があり、審議の主要なメンバーとして公家法にも武家法にも通じた中原是円、儒学に明るい藤範や玄恵、幕府政治の実務経験をもつその他の連中が選ばれた。その答申が、北野通夜物語の遁世者や雲客の発言と同じ次元に立つ内容となるのは、ごく自然な結果であったと言える。『建武式目』は義時の『貞永式目』三十三ヵ条を模規としたものと思われ、その箇条書の中には共通する内容の項目も見出される。一方、直義が夢窓に政道に資する仏法の教えを訊ねたのは、泰時が明恵上人に政道の理念を訊ねたのに倣おうとしたと見ることができる。『建武式目』における実務的な経験に基づく施政の指針を超えた、より深い思弁に裏打ちされた政道の理念についての説示を、時代の思想を代表する夢窓に求めたものと考えられるのである。

『夢中問答集』およびその他の夢窓の語録等を資料にして、玉懸博之氏[20]は夢窓の政治思想を詳しく考察している。その所説から本稿の主題に関わりのある発言を引用させていただく。文中に「(上)」と記されているのは『夢中問答』三巻の巻序を意味する。

○仏法と世法ないし王法との関係について、夢窓は『夢中問答』(足利直義に禅の要点を説いたものである。)で、政権担当者すなわち王法の担い手が仏法と王法(より広くは世法)をどのように関連づけるべきかを説いて、「仏法のために世法を興行し、万民を引導して同じく仏法に入らしめ給ふは則ち、是れ在家の菩薩なり」(上)、「仏法のために世法を興行し給はゞ、殊勝の御事なるべし」(上)などとのべている。仏法と世法(王法をも含む)との関係につき、夢窓は、両者が究極的に一つであるとしつつも、明白に、世法(王法)が仏法にもとづかなければならぬとする見地、すなわち世法(王法)に対して仏法を優越させる見地を示しているのである。

○夢窓は、「元弘以来」天下が大いに乱れて、兵卒が多く命をおとし、山野の禽獣が害をこうむり、神社仏閣が失われるなど、大きな災害のあったことをのべた後、その原因を次のように推究する。彼はまず「繹二其天災之来歴一、出二乎世運之否屯一」とのべ、ついで「所謂否屯不二従レ外来一。此乃積劫業債之使レ然也」とし、さらに言葉をついで、「業債因由亦非二他作一。只是一念無明之所レ感也」とのべている。ここには、従来の研究者が殆んど見逃してきた重要な事実が語られている。すなわち、夢窓は、元弘以来の世の災害の原因を、まず「世運」がとどこおっていることに見出し、次にはこの「世運」のとどこおりも、「積劫業債」という衆生―人間が自らなした望ましからぬ業の累積に由来するとし、さらにこの「業債」の累積も人間の「一念」が「無明」であることに由る、とするのである。要するに、元弘以来の世の災害の究極の原因を「一念無明」という、人間の内面の心の無明《くらさ》に見出しているのである。なおいえば、元弘以来の世の動きを禅的な見地に立ってとらえているのである。すなわち、世界の万の現象が人の心のあらわれであり、世界の真の相が顕わになるかいなかが人の一心の迷悟にかかる、とみる見地である。夢窓は、かかる禅的見地を「再住天竜寺語録」では、「聖凡昇降、世界転変、皆悉従二一妄一生。一妄亦無二起処一。迷レ之則幻化輪回甘自沈溺。悟レ之則本有妙用自然現前」と表現している。

夢窓の仏教的、禅的な見地に立脚した、まことに強靱な政道思想が捉えられている。一般に、現世の苦悩を前世の業に対する応報として嘆くか、教誡の目的をもって来世の応報を説くか、そのような因果業報観が多く見られる中で、これは極めて特異な因果論と言える。乱世の根本原因が衆生の迷妄にある以上、混乱の鎮静は衆生をその迷妄から解放することで可能であり、それ以外に道はない、ということであろう。因果観を根底に据え、それに立脚して未来の光明への可能性を説いているのである。世の混乱をいかに鎮静するか、政治の責任者としてその方途を求めている直義にとっては、それはあまりに迂遠な政治理念であったかもしれない。仏法と世法という、次元を異にして対立する二つの立場を、夢窓は仏法を上位に措くことでみごとに統一したが、逆にもし世法に立脚して統一するとすればどういうことになるであろうか。それはおそらく、『太平記』巻十八「比叡山開闢之事」の中で、「高・上杉ノ人々」が玄恵法印に疑問を投げ掛けたように、加持祈禱などの呪法や法会の作善にのみ仏法の意義を認めて王法・世法に奉仕させるか、それとも「但シ山門無シテハ叶フまじキ故ノ候やらん」という否定論へと一挙に奔ってしまうかということになろう。

北野通夜物語における法師の因果論をどう解釈するかという問題の難しさは、研究者が、遁世者および雲客とは次元を異にしている法師の発言を、遁世者や雲客と同じ次元に立って、統一的もしくは整合的に捉えようとする所にその原因があると思われる。『太平記』巻二「天竺波羅奈国之沙門殺害之事」に、後醍醐帝の関東調伏に関わった嫌疑で六波羅に捕えられ、やがて鎌倉に護送された円観上人（慧鎮）に関連して、天竺の戒定慧の三学を兼備した一人の沙門が国王の不用意なことばを愚直に受け取った伝奏の誤解によって罪無くして死刑に遇ったという話が引かれている。それはあたかも、『平家物語』巻二「一行阿闍梨之沙汰」で、山門強訴の責めを問われて座主明雲大僧正が伊豆国に配流となった事件に関して「時の横災をば、権化の人ものがれ給はざるやらん」として、大唐の一行阿闍梨が果羅国に流されたという類似の先蹤を挙げているのと似通っているが、『太平記』の波羅奈国の沙門が罪無くして殺害された話ではさらに、次のような国王と沙門の前世譚が引かれている。

沙門ノ前世ハ耕作ヲ業トスル田夫也。帝ノ前身ハ水ニスム蛙ニテゾ有ケル。此田夫鋤ヲ取ッて春ノ山田ヲかへしケル時、誤ッテスキノサキニて蛙ノ頭ヲゾ切タリケル。此因果ニ依ッテ田夫ハ沙門ト生レ、蛙ハハラナイコクノ大王ト生レテ誤ッテ又死罪ニ被レ行ケルコソ哀ナレ。

というもので、『宝物集』巻四「天竺国王不意《ココロナラズ》羅漢ヲ殺セシ事」（大日本仏教全書本）に同じ話があり、それには話の末尾が「農夫悲ミ悔レ共甲斐ナクテ止ヌ。今其業ヲツクノハンガ為ニ。心ナラズ殺サル、也。物ノ報ト云事ハ。心ヲ起シテ殺サバ。心ヲ起シテ殺サル、也。心ナラズ殺セバ。心ナラズ殺サル、也」となっている。[21]

『太平記』巻二では、円観上人という個人の悲運に関して、天竺の一沙門のあくまで個人的な宿業が語られている。それに対して、北野通夜物語の法師が取り上げた釈迦族滅亡譚は、個人の宿業を問題とするものではなくて、釈迦族という集団、摩竭陀国という一国の宿業とその応報ということに関わっている。国家の傾廃、時代の混迷の所由を説くための説話として、よりふさわしい仏教説話が選ばれていると言うべきであろう。

法師が取り上げたもう一つの因果譚は、梨軍支という婆羅門個人の飢餓に関わる宿業の話である。が、法師がこの二つの説話を語った後に、

かやうの仏説ヲもつて思フニ、臣君ヲナミシ《ナイガシロニシ》、子父ヲコロスモ今生一世ノ悪ニあらズ、武士ハ衣食ニ飽て公家ハ餓死ニ及ブモ、皆過去ノ因果ニてコソ候らメ。

と結んだことばの中に、この梨軍支の話を取り上げた意図が明らかに示されている。

蓮府槐門ノ貴族、なま上達部、上臈女房達ニいたる迄、或ハ遠国に落下り（テ田夫野人ノ賤ニ身ヲ寄せ、或ハ片田舎ニ立忍て）桑ノ門、竹ノ扉ニスミわび給ヘバ、夜ノ衣うすくして、暁ノ露冷ク、あさげの煙たえて後、首陽に死スル人おゝし。（巻三十三「飢人投身事」。（ ）内は行間書き入れ）

公家ノ人ハかやうに窮困シテ、溝壑《こうがく》ニ塡モレ、道路ニ迷ヒけれ共、武家ノやからハ富貴日来ニ百倍シテ、身ニハ錦繡ヲマトヒ、食にハ八珍ヲつくせり。前代さがミの守ノ天下ヲ成敗せしほどハ、諸国ノシユゴ大犯三ヵ条ノけんだんの外ハいろふ事なかりしニ、今ハ大小事只シユゴノ計ヒニて一国ノ成敗ヲガイ（雅意）ニ任せしかバ、地頭御家人ヲ郎従ノごとくニ召仕ヒ、寺社本所ノ所領ヲ兵粮料所とて管領ス。（巻三十三「武家人富貴之事」）

右の二条は連続する章段の記事であるが、後者の事書が梵舜本・厳島神社宮司野坂家本や流布本では「公家武家栄枯易ㇾ地事」となっているように、「武士ハ衣食ニ飽て公家ハ餓死ニ及ブ」時世の転変をつぶさに叙述したものである。勿論、下剋上の時世を慨嘆するこの種の記事は、『太平記』の特に第三部では随所に見られるものであるが、そのような時世の転変を「今生一世ノ悪ニあらズ」「皆過去ノ因果ニてコソ候らメ」と説くための拠り所として梨軍支飢餓の話が引かれたのであって、個人の因果譚を超えている。

しかし、「今生一世」を超える三世思想に立脚して、しかも個人のレベルを超えて「公家」と「武家」という社会

的階層の変転を問題とする因果業報観とは、一体、何であろうか。

『太平記』巻十四に、後醍醐帝の新政に対する叛逆に今一つ踏み切れないでいる尊氏に、その決断を迫るために、上杉憲房（道欽）・細川和氏・佐々木道誉等が直義のもとに集まって評定する場面がある。その議論の中に、次のような意見が見える。

今ノ如ク公家一統ノ御代ならんニハ、天下ノブシハさしたる事もナキ京ノ者共ニ付随ヒて、只奴婢僕従ノ如くなるべし。是諸国ノ御家人ノ心ニ憤リ、望ヲ失ト云《フ》共、今迄ハブケノ棟梁ト成ヌベキ人ノなきによつて心ならズ公家ニ相随フ者也。（「旗紋月日堕地事」）

かつて天下の武士が公家の奴婢僕従のごとくであった過去が、後醍醐帝の新政のもとで再現しかねないという現実の危惧が強調されているのであるが、こうした「公家武家栄枯易レ地」という状況は、あくまで現実の歴史的な興廃盛衰の推移として、換言すれば、三世思想における「過去ノ因果」ではなくて、歴史的「過去」の必然的な結果として認識されるのが一般であろう。二つの因果譚の跡に付した法師の結語を見る時、中国の古典の次のような章句を想起する。

○積善之家、必有二余慶一。積不善之家、必有二余殃一。臣弑二其君一、子弑二其父一、非二一朝一夕之故一。其所二由来一者漸矣。（『周易』上経、坤卦、文言伝）

○当二吾先君孔子之世一、周失二其柄一、諸侯力争、道徳既隠、礼誼又廃、至下乃臣弑二其君一、子弑中其父上、乱逆無レ紀、莫二之能正一。（『古文孝経』孔安国序）

ここでは、乱世の原因を「非二一朝一夕之故一」とは言っても、「今生一世ノ悪ニあらズ」とは言っていない。三世思想に立脚しないで、歴史的な過去・現在・未来における因果関係を説く中国の因果論である。北野通夜物語の法師は、仏教的な因果業報の説話を引き、前世譚まで語り加え、乱世の原因を「今生一世ノ悪ニあらズ」としながら、その発言の根底には、歴史的「過去」と「現在」との因果関係の認識、もしくはそれと習合した因果論的思惟があるように思う。それは「法師」の思想というよりも、すでに「作者」の認識であり、それ故にこそ、この雑談を聞いた一人である作者が、「こゝヲもつて案ズルニ、かゝる乱世も又静マル事もやとたのもしくゾ覚えける」と、さほど期待のこもっていそうにない感慨をもらして、この章段を結んでいるのであろう。

注

（1）本文は神田本（汲古書院、昭和47・2〜10）による。以下、特に注する以外は同じ。なお、濁点・句読点等は私に補う。
（2）斎藤清衛氏「太平記北野通夜物語」（『国語と国文学』百号記念、大正7・8）
（3）高橋貞一氏『太平記諸本の研究』（思文閣出版、昭和55・4）。ただし、南都本について「北野通夜物語事はない」とするごとき、個々の事例については不審な点もある。
（4）永積安明氏『太平記』（続日本古典読本V、日本評論社、昭和23・10）
（5）永積安明氏「太平記論」（『文学』24―9、昭和31・9。『中世文学の展望』所収、東京大学出版会、昭和31・10）
（6）永積安明氏『太平記』（古典を読む15、岩波書店、昭和59・6）
（7）濱崎志津子氏「太平記北野通夜物語の〈因果観〉考――当代批判との関わり――」（『軍記と語り物』28、平成4・3）
（8）西山美香氏「釈迦族滅亡説話が支えたもの――『夢中問答集』と『太平記』「北野通夜物語」との比較から――」（『フェリス女学院大学日文大学院紀要』4、平成8・9）
（9）石田洵氏「「太平記」における仁木義長――「悪」の記述態度を中心に――」（『古典遺産』30、昭和54・8）
（10）本文は古典資料類従5『五山版大字本　夢中問答　付谷響集』（勉誠社、昭和52・4）。ただし、句読点・濁点を私に補う。
（11）夢窓が常州臼庭（北茨城市華川町臼場）の庵に住したのは、妙葩編『夢窓国師年譜』（続群書類従第九輯下『天龍開山夢窻正覚心宗普済国師年譜』）嘉元三年の条に、「二月。出内草至常州臼庭。（中略）冬十月。出臼庭到相陽」とあるのによれば、嘉元三年（一三〇五）二月から十月までのことである。時に夢窓三十一歳。
（12）『書経』「大禹謨」に「禹曰《ク》、於《ああ》帝念《ハン》哉。徳惟《ハレ》善《クシヲ》レ政、政在《リ》レ養《フニヲ》レ民」とあり、また同書の「皐陶謨」に「皐陶曰《ク》、都《ああ》、在《リ》レ知《ルニ》レ人《ヲ》、在《リ》レ安《ンズルニ》レ民《ヲ》」とあるのを合わせている。

(13) 笠松宏至氏『中世政治社会思想上』解題「幕府法」(日本思想大系21、岩波書店、昭和47・5)

(14) 『群書解題』第十六下、武家部三(「建武式目条々」上横手雅敬氏稿、続群書類従完成会、昭和38・8)

(15) 笠松宏至氏、注(13)に同じ。

(16) 今江広道氏「建武式目の署名者、是円・真恵の出自」(『日本歴史』三五七、昭和53・2)

(17) 永原慶二氏著『大系日本の歴史6　内乱と民衆の世紀』「南北朝の内乱」(小学館、昭和63・6)

(18) 巻一「関所停止事并施行事」の後醍醐帝の善政の話についていては旧著『太平記の比較文学的研究』(角川書店、昭和51・3)の第三章第三節「『孟子』の章句と思想」で、巻十三「龍馬之事」の万里小路藤房の諫奏の話については同書の終章第二節「藤房説話の形成と漢籍の影響」で考察している。また、北野通夜物語で雲客が語る周の大王の話と唐の史官の話については、前者は前記「『孟子』の章句と思想」で、後者は終章第四節「出典論から見た『太平記』の成立」で考察している。

(19) 前出拙著の終章第四節「出典論から見た『太平記』の成立」および『日本文学全史3　中世』第十二章Ⅰ「太平記の成立」(市古貞次・久保田淳氏編、学燈社、昭和53・7、増訂版平成2・3)。本書第一章第四節2参照

(20) 玉懸博之氏「夢窓疎石と初期室町政権」(『東北大学文学部研究年報』35、昭和61・3。『日本中世思想史研究』所収、ぺりかん社、平成10)

(21) なお、『賢愚経』(出家功徳尸利苾提品第二十二)に曇摩苾提という、やはり博戯に熱中のあまり、臣下の問いに上の空の返答をして人を処刑させてしまう国王の話がある。岩波新日本古典文学大系『宝物集』(巻五)の脚注が指摘するように、それが『宝物集』や『太平記』の説話の原拠の可能性はあるが、そこには前世譚は語られていない。

第二章　中世歴史文学と中国文学

第一節　歴史文学と中国文学

一　公武二重政権時代の歴史叙述

「中世歴史文学」という名称を用いたが、これには、いわゆる歴史物語と歴史評論を主体に、軍記物語なども含めて考えている。その外に、必要に応じて説話文学の中のある種のものも扱いたいなどと、最初は考えていたのであるが、そこまでは到底及びそうにもない。

「中世」という時代——ごく常識的に、鎌倉幕府の成立から江戸開府までの四百年余りと考えて、この四百年余りの間で、中世の歴史文学の代表的な作品がかなり集中的に生み出された時期が二度あった。

その一は、古代末期から中世初頭にかけての大きな変革の時期である。院政期に書かれたと考えられる作品をも含めると、

嘉応二年（一一七〇）『今鏡』（藤原為経〈寂超〉）この年か、あるいはそれ以後に成立。
建久六年（一一九五）『水鏡』（中山忠親か）忠親はこの年に没。
元久二年（一二〇五）『弥世継』（佚書、藤原隆信か）隆信（為経男）はこの年に没。
建保六年（一二一八）『秋津島物語』（作者未詳）この年の自序がある。

などの歴史物語が書かれている。また、歴史評論として有名な慈円の『愚管抄』も、承久二年（一二二〇）に第一次の執筆が行われ、翌々年の貞応元年に補筆されている。そして、『保元物語』『平治物語』『平家物語』など、中世前

期の代表的な軍記物語作品のそれぞれの原本が成立したであろうと考えられている時期である。

その二は、鎌倉末期から南北朝時代にかけての、未曾有の内乱の時期である。

延元四年（一三三九）『神皇正統記』（北畠親房）の初稿本が成る。

永和二年（一三七六）『増鏡』（二条良基か）この年以前に成る。

などの歴史評論や歴史物語が書かれている。また、中世後期の軍記物語を代表する『太平記』の、現在我々が見ている四十巻本の原形が、ほぼ出来上がったと考えられる時期である。(1)

歴史が大きく転回しようとする時代に生まれ合わせて、常識や予想を覆すさまざまな事件が次々と起こって来るのを直接見聞きしている者が、自分の生きているこの世の中がどこへどう移り動いて行こうとするのかという、その個々の事件の背後にあるものへの不安に満ちた関心を抱くのは、極めて自然なことであろう。まして、そのような世の中の移り変わりの影響を直接的にも間接的にも被って、自分の拠って立つ基盤が崩壊しつつある予感に怯える人々の心のうちには、その変化の由って来たる原因は何なのかという切実な疑問、言わば歴史に対する懐疑が執拗に萌して行ったにちがいない。そして、それらの人々の中から、過去の歴史を振り返り見ることで、目の前の世の中の動きに繋がる必然的な糸を手繰り寄せようとする、積極的な行動に駆り立てられた幾人かが現れて来た、というわけなのであろう。

先述の二つの時期は、古代貴族の時代から、中世・近世における武家の時代へと、政治の実権が移行する長い歴史過程の上の二つの重要な時点であるが、その長い歴史過程の中でも、とりわけ「公武二重政権の時代」などとよく呼ばれる期間の、その初めの半世紀と、終わりの半世紀に当たっていると見ることができる。単に、その題材として取り上げられている時代がたまたまそのような時代であったというようなことではなく、もっと本質的なことに関わる問題なのであって、公武の対立ということを抜きにして中世の歴史文学の成立はあり得なかったとさえ思われるのである。
慈円が『愚管抄』の巻三の序の中で、その制作の意図を次のように述べていることはよく知られている。

保元以後ノコトハミナ乱世ニテ侍レバ、ワロキ事ニテノミアランズルヲハバカリテ、人モ申《まうし》ヲカヌニヤトヲロカニ覚《おぼえ》テ、ヒトスヂニ世ノウツリカハリオトロヘクダルコトハリ、ヒトスヂヲ申サバヤトオモヒテ思ヒツヾクレバ、マコトニイハレテノミ覚ユルヲ、カクハ人ノオモハデ、道理ニソムク心ノミアリテ、イトヾ世モミダレヲダシカラヌコトニテノミ侍レバ、コレヲ思《おもひ》ツヾクル心ヲモヤスメントテ思テカキツケ侍《はべる》也。

（日本古典文学大系。以下同）

巻四の中でも、これまた有名な文章であるが、

保元元年七月二日、鳥羽院ウセサセ給《たまひ》テ後、日本国ノ乱逆《らんげき》ト云《いふ》コトハヲコリテ後ムサノ世ニナリニケルナリ。

コノ次第ノコトハリヲ、コレハセンニ思《おもひ》テカキヲキ侍《はべる》ナリ。

と述べている。慈円は、法性寺関白忠通の子として、保元の乱の前の年に生まれた。源頼朝に信頼され推挙されて摂政・関白を務めた九条兼実は、同腹の兄である。摂関家に生まれて宗教界に入り、兄兼実の擁護を受けて、四たび天台座主の地位にも就いた。そのような慈円が、父忠通と叔父頼長の政権争いを主要な一因とする保元の乱を「乱世」の契機として捉え、それ以後「ムサ(武者)ノ世」になって、「世ノウツリカハリオトロヘクダ」って行く、その「コトハリ」を思い続けるというのであるから、その内面には、随分と屈折し、複雑に錯綜した思いがあったにちがいないと想像されるが、「コレヲ思《おもひ》ツヾクル心ヲモヤスメント思テカキツケ侍《はべる》也」とか、「コノ次第ノコトハリヲ、コレハセン(詮)ニ思テカキヲキ侍《はべる》ナリ」とか言っているところに、歴史を叙述し歴史を評論するという行為に彼を駆り立てている情念を、窺い見ることができると思う。

「公」と「武」とが、対立と妥協を繰り返しつつ、やがて「武」によって収束されて行く、そのような時勢の推移

に対する悲憤や焦燥が、歴史を叙述するという行為を衝き動かす情念となっていたということは、なにも『愚管抄』の著者慈円や、『神皇正統記』の著者北畠親房だけのことではなくて、『今鏡』や『増鏡』などの鏡物の作者にしても、さらに『太平記』のような軍記物語の作者にしても、基本的には何ら変わるところはなかったと思われる。だから、公家の権力が失墜し、社会が完全に武権によって収束されてしまう室町時代に入ると同時に、中世の歴史文学はその終焉を告げたと言ってよい。歴史上の事件を叙述する営みは、形の上では確かに、『明徳記』『応永記』『永享記』『嘉吉記』『応仁記』と、それぞれ素材となった歴史的事件の勃発した時点の年号を冠した軍記として受け継がれては行く。しかし、それらはただ、室町幕府という武権の内部における抗争や反乱とその鎮圧の記録に過ぎない。殊に応仁の乱の後は、新たな武権の再編に向かって全国の諸地域に繰り広げられる局地的な合戦の、個別的な記録や一氏族の武勲を綴る家譜になって、その数は実に夥しいけれども、それらはみな、言わば「歴史の眼」を失って、歴史文学の名には値しないものになっていると評してもあながち過当ではないと思う。

二　『今鏡』の和文体叙述と歴史批判

中世の歴史文学と中国文学との関係について考えてみたいというのが、本稿のテーマであるが、その関係のありようは、各々の作品によってかなり異なっていると言わねばならない。本稿を準備する中で、そのことをいっそう痛切に感じた次第で、到底、一括して論じうるようなものではない。

『愚管抄』の中で、慈円は、「保元ノ乱イデキテノチノコトモ、マタ世継《よつぎ》ガモノガタリト申《まうす》モノモカキツギタル人ナシ。少々アリトカヤウケタマハレドモ、イマダエミ侍ラズ。」（巻三、序）と言いながら、一方ではまた、「ソレハミナタヾヨキ事ヲノミシルサントテ侍レバ」とも言っている。これは、あるいは暗に『今鏡』を指しているのかもしれない。

『今鏡』は、『大鏡』の後を承けて、後一条天皇の万寿二年（一〇二五）から高倉天皇の嘉応二年（一一七〇）まで、十三代百四十六年間を取り扱っている。『大鏡』が扱っている以前、即ち神武天皇から仁明天皇（在位八三三〜五〇）までを叙述している『水鏡』や、そのまた前の時代、つまり神代を扱っている『秋津島物語』とは異なって、『今鏡』は、作者にとっての同時代史であったはずであるし、明らかに保元の乱・平治の乱の時代を含んでいる。勿論、それらの事件に関わる叙述を完全に捨て去っているわけでもない。しかし、例えば、

> 五月の末に、故院《鳥羽》の御悩みまさらせ給ひて、七月《二日》にうせさせ給ひし程に、世の中にさま〳〵申す事なども出できて、物騒がしく聞えしほどに、誠に、いひしらぬいくさの事いできて、帝《後白河》の御方勝たせ給ひしかば、賞ども行はせ給ひき。其のほどの事、申し尽すべくも侍らぬ上に、みな人知らせ給ひたらん。世を治めさせ給ふ事、昔に恥ぢず、記録所とて後三条ノ院の例にて、かみは左大将公教、辨三人、寄人などいふものあまた置かれはべりて、世の中をしたゝめさせ給ふ。
>
> （第三「大内わたり」。本文は関根正直氏『今鏡新註』六合館、昭和2・4、による。以下同）

のように、保元の乱そのものについての叙述は極力筆を抑えている。そしてその一方では、執筆当時もまだその院政が続いていた後白河院の治政を称揚している。慈円が、「ワロキ事ニテノミアランズルヲハバカリテ、人モ申《まうし》ヲカヌニヤトヲロカニ覚《おぼえ》テ」などと言っているのは、『今鏡』のこうした態度を批判したものであろう。『今鏡』の作者自身、「今の世の事は、はゞかり多かる上に、誰かはおぼつかなく覚されむ。然はあれども、事のつゞきなれば、申し侍るになむ」というようなことばを、しばしば作品の中で漏らしている。

『今鏡』の作者は、その歴史叙述を、つくも髪の老女の語る体にしている。そのためであろう、『大鏡』の雄勁な文体とは異なる、『栄華物語』などに近い、なだらかな和文脈で歴史を叙述している。この文体は、宮廷世界で営まれ

る和歌や作文《さくもん》の雅会、管絃舞楽の遊宴を主要な題材として選択して、貴族社会における伝統文化の健在ぶりを謳歌するのには適切なものであったと思われるが、それと同時に、生々しい政治上の事件については、「其のほどの事、申し尽すべくも侍らぬ上に、みな人知らせ給ひたらん」と避けて通るのには、まことに都合のいい手だてでもあったにちがいない。

『今鏡』の序には、「ことしは嘉応二年かのえ寅なれば」とある。これが『今鏡』の成立年代を知る手がかりとなっているのであるが、嘉応二年といえば、『平家物語』（巻一）に語られていて有名な、「殿下騎合」の事件の起きた年である。その年の七月に、平重盛の子の資盛が、摂政基房の御出に出会って下馬の礼をとらなかったために、基房の従者に辱しめられた。それを恨んで、十月二十一日に報復の襲撃をかけたという、よく知られた事件である。『平家物語』はこの事件を、「世の乱れ初めける根本」とか、「是こそ平家の悪行の始めなれ」という風に捉えているのであるが、とにかく平家の全盛時代に『今鏡』は書かれている。が、それにしても、鹿ケ谷事件（一一七七年）や、清盛が後白河法皇を鳥羽殿に幽閉した事件（一一七九年）よりは数年以前に成立しているわけであるから、その後の源平争乱を経験し、さらに承久の変前夜の緊迫した情況の中で執筆する慈円ほどの深刻さで、保元・平治の乱の歴史的意義を捉えることはできていなかったということも考えられよう。

『今鏡』の主要な題材が、詩歌管絃の優雅な世界にまつわる出来事なのであるから、当代の廷臣や儒者の作った漢詩や願文の句、彼らが歌った朗詠詩句の片鱗などが、かなり多く載せられていることは言うまでもない。また、白楽天が唐の武宗の会昌五年（八四五）三月に初めて行った尚歯会に倣って、右大臣宗忠が高齢の詩人七人を招いて雅宴を催したというような記事（第六「から人の遊び」）もある。このように、漢詩文に関わる記事は決して少なくないが、それらは、言わば作品が取り上げている素材に関わる事柄であって、本稿のテーマとはいささか次元を異にするものと言えよう。「歴史文学と中国文学」という以上、作者が歴史を叙述し歴史を評論するに当たって、換言すれば作者の歴史認識にとって、中国文学がどのように役立てられているかということが、より重要な問題となるべきであろう。

次のような例がある。琵琶の名手として聞こえた妙音院師長は、保元の乱の際、父頼長の事に連坐して土佐に流されるのであるが、土佐におもむく道で、御送りの供をしてきた「これもりとかやいふ陪従《べいじゅう》」(2)に箏の琴の曲を伝授して、その譜本の奥に、一首、

をしへ置くかたみを深くしのばなむ身は青海の波にながれぬ

という和歌を書き付ける。作者は、この師長の芸道佳話を、次のような中国の故事に思いなぞらえて、秘曲の断絶を憂えて敢えて伝授した師長の心情に深い共感を寄せ、その態度を賞賛している。

もろこしに、むかし嵆叔夜といひける人の、琴のすぐれたる調べを、この世ならぬ人に伝へ習ひて、ひとり知れりけるを、袁孝尼とかやいひける琴ひきの、あながちに習はむといひけれども、ないがしろに思ひて、ゆるさゞりける程に、罪をかうぶりける時、この調べの長く絶えぬる事をこそ、悲しみ痛みけれ。（第五「かざり太刀」）

この嵆叔夜――竹林の七賢の一人として有名な嵆康――の話は、『晉書』巻四十九の「嵆康伝」に載っている。(3) 嵆康が事に坐して東市で処刑されることになった時、今生の思い出に琴を弾じるのであるが、弾じ終わって彼は述懐する。「昔、袁孝尼が自分についてこの広陵散という曲を学びたいと求めたが、その都度わしは惜しんで固く秘して、伝授しなかった。広陵散の曲も、これで絶えてしまうのか」。『晉書』には他に、太学生三千人が弟子になりたいと願って許されなかった話や、広陵散が嵆康とともに断絶したことを海内の士がこぞって痛惜し、帝もまた後悔した話なども記されているが、「靳《おし》んで固く」秘し、そのために秘曲を断絶させてしまった嵆康の故事と対比することで、『今鏡』の作者は、嵆康の轍を踏まなかった師長の雅量を称揚しているわけである。

余談になるが、この嵆康の故事は、南朝宋の劉義慶の『世説新語』の「雅量第六」にも記されている。が、そこには、嵆康が洛陽の西の華陽亭で宿った夜、「古人」と名乗る者から広陵散を伝授され、人には伝えないと誓わせられ

ていたという「嵆康伝」の記事、つまり『今鏡』の「この世ならぬ人に伝へ習ひて、ひとり知れりけるを」に相当する内容であるが、この事が記されていない。『今鏡』の作者が、仮にこの話を直接『晉書』から得たのだとすると、『晉書』の原文と見比べれば明らかなように、その和文化にみごとに成功していると言える。同じ頃に成立したと考えられている『唐物語』――信西入道の子で、『平家物語』巻一「吾身栄花」に「桜町の中納言」の名で知られる藤原成範の著とされる――が、『蒙求』に載っている故事や、白楽天の「上陽人」「李夫人」「琵琶行」「長恨歌」などの作品を和文化した二十七編の短編と、この『今鏡』の嵆康説話の和文化の手法とが非常によく似通っているように思われる。むしろ、物語文学本来の和文脈の中へ中国故事を取り入れて、しかも読み手に文体上の違和感を抱かせない、そのような中国故事和訳の手法が物語文学の側で形成されていたからこそ、『唐物語』のような和訳物の短編集の試みもありえたと考えるべきであろう。

嵆康の故事の引用は、人物の行跡を評価するに当たって、漢籍を通して得た知識や教養がその拠り所となったと見られる事例であるが、これをいま少し一般化して、わが国の歴史を叙述・評論するに当たって中国の史伝にその例証を求める歴史認識の方法という風に考えると、これはもう、歴史文学の殆どの作品に共通するところであると言わねばならない。『今鏡』にも、事例はそう多くないが、例えば次のようなものがある。永万元年（一一六五）六月二十五日に六条天皇が僅か二歳で受禅したことに関して、

御年二つにて、位につかせ給ふ事、これや初めにておはしますらん。近衛の帝は、三つにて初めて即かせ給ふと申しゝも、はじめたる事とこそうけたまはりしか。多くは、五つなどにてぞ即かせ給ふ。から国には、一つなる例もおはしましけりとか聞こえき。（第三「花園のにほひ」）

と述べている。また、保元三年（一一五八）八月十一日に藤原基実が十六歳で関白となったことについて、

昔よりかくきびはにて、なり給へる一の人、これや始めにておはしますらむ。から国に甘羅といひける人は、十

二にてぞ大臣になり給ひける。世の人をさなしとも申さゞりけり。人がらによるべきことにこそ侍るめれ。
（第五「藤の初花」）

と批評している。前者の「一つなる例」というのは、後漢の孝殤帝が生後百日余りで皇太子に立ち、その夜帝位に即いたという事例を指している。言うまでもなく『後漢書』巻四「殤帝紀」に記されているところである。[4]後者の例、甘羅が十二歳で秦国の上卿となったという話は、『史記』巻七十一「甘茂伝」に附載されている。[5]ただし、こうした事例については、作者自身がその都度『史記』や『後漢書』などの原典に当たらなくても、簡便に検索できるような類別事例集ともいうべきものが、多少とも有職故実に携わる者の座右には用意されていたことであろう。『平家物語』巻四「厳島御幸」に、治承四年（一一八〇）二月に安徳天皇が三歳で受禅したのを世人が「いつしかなる譲位かな」と非難した時、平時忠がこれに反駁して、次のように言うくだりがある。

今度の譲位いつしかなりと、誰かかたむけ申べき。異国には、周成王《の》三歳、晉穆帝《の》二歳、我朝には、近衛院《の》三歳、六条院《の》二歳、これみな襁褓のなかにつゝまれて、衣帯をたゞしうせざ(ッ)しか共、或は摂政おふて位につけ、或は母后いだいて朝にのぞむと見えたり。後漢の孝殤皇帝は、むまれて百日といふに践祚あり。天子位をふむ先蹤、和漢かくのごとし。（日本古典文学大系）

ここには、幼帝即位の和漢の先例がこれでもかこれでもかと、煩わしいまでに連ねられている。これに比べると、『今鏡』の「から国には、一つなる例もおはしましけりとか聞こえき」という表現は、実にさりげない引用の仕方と言わねばならない。異国のことなどには明るくない女人の語りとしてふさわしい和文脈を崩すまいとする配慮が窺われる。作者の中国文学に対する関心や知識の深浅多寡の問題とは、必ずしも直接的には関わらないのである。

和文脈のなだらかさを損なうまいとする、実にさりげない引用の仕方なのであるけれども、甘羅の故事を引き合いに出した後に添えられている、「人がらによるべき事にこそ侍るめれ」という一句には、鋭い批評が秘められているように思われる。次のような記事がある。後三条天皇が万事につけて節倹を重んじたことを賞賛している記事である。

後三条ノ院は、五壇御修法《みしほ》せさせ給ひても、国やそこなはれぬらむなど仰せられ、円宗寺をも、こちたくは造らせ給はず、漢の文帝の露台造らんとし給ひて、国堪へじなどいひてとゞめ給ひ、女御慎夫人には裾もひかせず、御帳のかたびらにも、あやなきをせられける御心なるべし。おの〳〵時に従ふべきにやあらむ。

（第二「紅落のみかり」）

ここに引かれている前漢の孝文帝の逸話は、『史記』巻十「孝文本紀」に述べられており、(6)『漢書』巻五の「文帝紀賛」にもほぼ同文で記されている。常に人民の福利を優先させ、自身の生活は質素に、万事先帝を越えまいとした文帝であるが、ある時、露台を作ろうと思って工匠に見積らせたところ、百金かかると奏上する。そこで文帝は「百金ハ中民十家ノ産ナリ（中産階級の十軒分の財産に相当する）」と言って、建設計画を中止してしまうのである。また、自分が粗い布の衣服を着用するだけでなく、お気に入りの慎夫人にも地を曳きずるような裾の長い衣裳は着させず、帷帳にもきれいな刺繡の模様などは付けさせなかったという、万事節倹を旨とした皇帝である。(7)

『今鏡』の記事は、この文帝の逸話を要約して、実にみごとな和文脈への同化を果たしていると思うのであるが、そのことよりも、この記事が、実は後三条院の本紀の中にではなくて、「白河院紀」の中にあるという事実が重要である。白河院が何事にも華美を好む性格で、白河の法勝寺に八面九層の塔を建立し、百体の仏像の供養を豪奢に営み、応徳三年（一〇八六）の譲位とともに城南に造営した鳥羽離宮なども、「広くこめて、さま〴〵池山など、こちたくせさせ給」うたということを述べて、その後に父帝後三条院の節倹ぶりを孝文帝になぞらえてたたえ、その最後を「おの〳〵時に従ふべきにやあらむ」と結んでいるのである。だから、ここには明らかに白河院の華美を重んじ、「ゆゝしくこと〴〵しきさまにぞ好ませ給」うた態度に対する批判があるわけだけれども、それはまた、この作品が執筆された時点、即ち平家の全盛時代における時世相に対する諷諭でもあったと考えられる。「おの〳〵時に従ふべきにやあらむ」という結びには、先に見た「人がらによるべき事にこそ侍るめれ」という短い評言と同様、鋭い批判が込められている。『史記』『漢書』『後漢書』は周知のように「三史」と呼ばれて、紀伝道の学問における最も基本的な正課目であった。老女の語る体にした、なだらかな和文脈の底に、紀伝文章の学問に培われた批判精神が秘められているのである。

『今鏡』には、「三史」とともに、『白氏文集』の影響もまた少なくはないと思われる。この作品の名称が他の三鏡とともに、唐の太宗の、「銅《あかがね》を鏡とすれば人の衣冠を正すことができる。古《いにしえ》を鏡とすれば世の盛衰を知ることができる。人を鏡とすれば事の善悪を明らかにすることができる」ということばに基づいていることは言うまでもないが、この太宗の言葉は、白楽天の諷諭詩を代表する新楽府五十首中の一首「百錬鏡」に引用されることによって、より広く人口に膾炙するところとなったと思う。「百錬鏡」の末尾に近い部分に、(8)

我有一言聞太宗　　我、一言有り、太宗に聞けり。
々々常以人為鏡　　太宗、常に人を以て鏡と為《し》たまふ。
鑒古鑒今不鑒容　　古《いにしへ》を鑒み、今を鑒みて、容《かたち》を鑒みず。
四海安危照掌内　　四海の安危をば掌《たなごころ》の内に照らし、
百王理乱懸心中　　百王の理乱をば心の中に懸けたり。(9)

と引かれているのがそれである。『今鏡』第九「昔がたり」の冒頭部分で、昔語りをせがまれた老女は、「かたちこそ、人の御覧じ所なくとも、いにしへの鏡とは、などかなり侍らざらむ」(「あしたづ」)と言って語り出すのであるが、このせりふは、「百錬鏡」の「古《いにしへ》を鑒み今を鑒みて容《かたち》を鑒みず」を踏まえたものであろう。自らの老いの姿を恥じる謙辞を装いながら、自分の昔語りに対する自負を覗かせているのである。が、『今鏡』と「百錬鏡」との関係はもっと密接で、巧明な仕掛けが施されているのである。

『今鏡』第一「すべらぎの上」の冒頭、序に当る部分に、語り手である老女の自己紹介がある。『大鏡』の語り手、大宅世継の孫だというこの老女が、その昔、紫式部の局に初めて出仕した折、名を問われて「あやめ」と答えたところ、式部の君に「五月に生まれたるか」と尋ねられたので、「それも五日に生まれました。母が志賀の方へ行きましたとき、舟の中で生まれました」と答えると、式部の君はさらに、「さては、五月五日、舟のうち浪の上にこそあなれ。午の時にや生れたる」と尋ねる。あやめが、「その時刻であったと親は申しました」と答えると、式部の君は、「もゝたび錬りたるあかゞねなゝりとて、『いにしへをかゞみ、今をかゞみる』などいふ事にてあるに、いにしへもあまりなり。今鏡とや云はまし。まだをさ〳〵しげなる程よりも、年も積もらず見めもさゝやかなるに、小鏡とや付けまし」と言ったということになっていて、この作品の名称の由来が語られているわけである。実はこの、「あやめ」という名前に端を発して、作品の名称の由来へと展開する筋道は、「百錬鏡」の冒頭に、皇帝に献上される「揚州ノ百錬ノ銅《あかがね》」の鏡の特殊な製法について述べているところを踏まえたものであり、そのことはすでに諸注の指摘しているとおりである。原詩には次のようにある。

百錬鏡　　　　　百錬の鏡。
容範非常規　　　容範、常の規《のり》に非ず。
日辰処所霊且奇　日辰、処所、霊にして且《ま》た奇なり。
江心波上舟中鋳　江心の波の上、舟中にて鋳る。
五月五日々午時　五月五日、日の午なる時。

単に『大鏡』の後を承けるのだから『今鏡』と名付けるというような単純なことではなくて、唐の太宗の言葉を含み、その精神を敷衍した白楽天の諷諭詩「百錬鏡」の表現を踏まえて、実に巧みな場面の構成と会話の運びであると言わねばならない。(10)『大鏡』と比較して、批判精神の欠如が指摘されることの多い『今鏡』だけれども、このような極めて自然な会話の運びの中に白楽天の諷諭詩が取り込まれている事実を見出だすと、そのなだらかな和文脈の底に、案外、我々がまだ気付いていない作者の諷諭が秘められているのではないかという気がする。

『今鏡』の作者が白楽天から受容したのは、その初期に属する諷諭詩の世界だけではなくて、晩年の儒・仏・道の三教と詩とが渾然と融合している境地への憧憬もあった、むしろ、それへの傾斜の方が大きかったように思う。

先に、天承元年（一一三一）三月に大納言藤原宗忠が催した「尚歯会」（第六「から人の遊び」）のことに触れたが、この作品の最後の章段である「作り物語のゆくへ」で、物語を制作するという行為は十悪の「妄語」「綺語」の罪を犯すものであるとする考え方を批判した中に、

此の世のことだに、知りがたくはべれど、もろこしに、白楽天と申したる人は、なゝそぢの巻物をつくりて、詞をいろへ、たとへをとりて人の心を進め給ふなどきこえたまふも、文殊の化身とこそは申すめれ。仏も譬喩経などいひて、なき事を作り出だし給ひて、説きおき給へるは、虚妄ならずとこそは侍るなれ。〔紫式部が〕女の御身にて、さばかりのことを、作り給へるは、たゞ人にはおはせぬやうもや侍らん。妙音観音など申す、やんごとなきひじりたちの、女になり給ひて、法《のり》を説きてこそ、人を導き給ふなれ。

と主張している。白楽天を文殊菩薩の化身とあがめる文人社会の風潮を挙げているが、「詞をいろへ、たとへをとりて、人の心を進め給ふ」という発想が、白楽天の「香山寺白氏洛中集記」（『白氏文集』巻七十）の中にある、有名な次のことばに基づいたものであることは言うまでもない。

我有㆓本願㆒、願以㆓今生世俗文字之業、狂言綺語之過㆒、転為㆓将来世世讃仏乗之因、転法輪之縁㆒也。（那波本）

詩文をもてあそぶ営みを狂言綺語の誤りと観じながら、それを棄捐するのではなく、むしろそれをそのまま翻転して仏道に繋がるものにしようと念願するこのことばは、『和漢朗詠集』（巻下「仏事」）にも採られていてよく知られていたにちがいないけれども、単にこの章句が人口に膾炙していたというだけのことではなくて、詩歌・物語は勿論、広

く藝道に携わる者にとって、その罪障感を浄化し済度する心の支ともなっていた。『今鏡』作者の文学観の根底にも、それがあったというわけである（注16参照）。

以上、見て来たように、『今鏡』の序章と終章には、白楽天の文学世界を特徴づける二つの側面、即ち諷諭精神と詩仏融和の文学観とがそれぞれ据えられているのであった。この作者に与えた白楽天の感化の深さが推し量られるのである。

三　『六代勝事記』の和漢混淆文体と歴史認識

『今鏡』の話に少し紙幅を費やし過ぎたようである。『今鏡』よりも遙かに親密に『白氏文集』との関わりを示し、白楽天の諷諭精神を体現して、鋭く時代を批判した歴史文学の作品がある。『六代勝事記』である。序文によって「貞応」（一二二二〜四）の頃、即ち承久の変の二、三年後に成立したものであることが知られる。作者については諸説あるが、いずれも確定的とは言い難いように思う。[11]「六代」というのは、高倉・安徳・後鳥羽・土御門・順徳・後堀河の六代であるから、取り扱っている時代の範囲は、『今鏡』の後ということになるわけであるけれども、実際には、保元の乱から承久の乱に至る歴史の過程が叙述されている。

この作品は、『今鏡』の和文脈とは異なって、引き締まった和漢混淆文で書かれている。四百字詰の原稿用紙にして四十枚にも満たないほどの短編であるが、『平家物語』の資材となった作品の一つとして注目されて来た。『平家物語』に引用されている漢詩文の語句のうちには、『平家物語』がこの『六代勝事記』の文章をそのまま取り入れたためのものであるというような事例も少なからず見出だされる。

『六代勝事記』の文章中には、唐の李瀚の『蒙求』などにも採られている中国史伝の故事、儒教の経典の語句、『文選』に収められている六朝時代の詩賦・文章の詞句、白楽天の作品、特に「長恨歌」や新楽府の詩句が多く引用されている。短小な作品であるにもかかわらず、そのように漢詩文的な要素が豊かであるという事実は、一つにはこの作品の文体に密接に関係していると思われる。同じ和漢混淆文といっても、『平家物語』のそれに比べて、より硬質の、四六駢儷文の訓読体とでも言うのがふさわしい文体でつづられているのである。駢儷文の特徴は対句仕立てにある。典拠のある語句や故事を用いた対偶表現を並べて、かつ論証的な文章をつづらなければならないわけである。この作者はまた、平安朝の儒者や文人たちの詩文を蒐めている『本朝文粋』の、とりわけ願文類の詞句や属文法を相当自由に使いこなしていると見受けられる。宮廷での作文の会に出席したり、貴紳のために願文などを草することに熟練していた人物だったのではないかと推測される。

駢儷体的な発想を根幹としているこの作品の文体が必然的に要求する、中国故事や漢詩句の引用ではあるけれども、なかんずく白楽天の新楽府の諸作品や、「長恨歌」および陳鴻の「長恨歌伝」からの引用が目立っている。それは、著者自身の体験した、そして、序の中で著者自身が表明しているように、その歴史意識を突如として覚醒させられた承久の変を、中国唐代、玄宗皇帝の天宝末年の擾乱、即ち「安史の乱」になぞらえて把握しようとする、著者の歴史認識のあり方に関わっていると思われる。

承久の変に対する著者の批判は、作品の末尾に添えられている問答体の評論文に、端的に表明されている。その評論文は、「時の人」の問題提起と、「心ある人」の答弁とから成っている。提起されている問題は二つある。

(1)「我国はもとより神国也。(中略)何によりてか、三帝一時に遠流のはぢある。」(内閣文庫本。以下同)

(2)「本朝いかなれば、名をおしみ恩を報ずる臣すくなからん。」

この二つである。ただし、問題提起者である「時の人」自身が、『史記』巻七「項羽本紀」や『漢書』巻一下「高帝紀」に見える紀信の話と、『漢書』巻九十七下「外戚伝」に見える馮媛の話、いずれも自分の身命を挺して主君を守った忠臣烈女の話で、ともに『蒙求』（「紀信詐帝」「馮媛当熊」）にも採られている有名な故事であるが、[12]この二つの話を引き合いに出して、わが国には「名をおしみ恩に報ずる臣」の少ないことを強く非難しているので、「心ある人」の答弁はもっぱら、後鳥羽院の政道に対する批判に終始している。つまり、形の上では問答体になっているけれども、その実質は、「時の人」の臣道論と、「心ある人」の君道論とで、併せて承久の変批判になっているというわけである。「心ある人」の君道論は、「宝祚長短はかならず政の善悪によれり」、つまり天皇の治世が永く安泰でありうるか否かはその政道の善し悪しによると、極めて直截に儒教的な政道観・歴史観を打ち出し、その論証として白楽天の作品に基づく二つの事例を挙げる。一つは、新楽府「驪宮高」の題材である唐の憲宗の故事、即ち、憲宗が即位して五年になるのに行幸に要する莫大な経費が人民の負担となることを慮って、まだ一度も驪山宮に行幸してはいないという話である。今一つは、「長恨歌」のみならず、新楽府の幾つかの作品でも取り上げている玄宗の故事、即ち、楊貴妃を寵愛し佚遊に耽って政治を顧みず、遂に国を乱してしまったという話である。この二つの故事を対偶表現に仕組んで、

憲宗は人のついゐをいたはりて、五載まで驪宮のちかきにみゆきせず、
玄宗は人のうらみをさとらずして、一天みだれて蜀山のはげしきにさまよひ給き。

と述べている。新楽府「驪宮高」の主題は、その題序に明示されているように、「天子たるものは人民の財力を重んじ惜しまなければならない」ということであり、その例証として憲宗の節倹が称揚されているのではあるが、この詩の意図はむしろ、それより半世紀の昔、玄宗が楊貴妃とともにしきりに驪山宮に行幸し、楊氏の一族が贅を尽くした行装でそれに扈従し、そうした佚楽が安史の乱を惹き起こしたという、誰しもが連想しえたはずの往時の出来事を、自分が諫官たる左拾遺として仕える憲宗や、その側近の廷臣たちに想い起こさせようとする諷諭にあったのだと考える。だから、『六代勝事記』のこの対句は、ただ文飾のためだけに二人の皇帝の対蹠的な行跡を対句に仕立てたとい

う程度にとどまるものではなく、白楽天の諷諭詩に対する的確な理解と深い共感に裏打ちされていると見ることができる。作者がこの対句によって批判しようとした直接の対象が、後鳥羽院の鳥羽離宮の大々的な修復造営と、それへの頻繁な行幸並びに宴遊であったことは確かである。この点、先に見た『今鏡』作者の、白河院による鳥羽離宮造営に対する批判と相通ずるものがある。なだらかな和文脈と駢儷文的訓読体という文体上の大きな相違はありながら、その根底には、紀伝文章の学問によって培われた歴史認識の仕方が共通して存在していることに気付かせられるのである。

『六代勝事記』のこの対句は、その駢儷文のように整えられた和漢混淆文のほんの一例に過ぎず、また「心ある人」の君道論の序の口にしか過ぎない。が、それについての詳しい論述は、次節の2「六代勝事記と白氏文集」に譲る。

四　『愚管抄』の仮名口述体と時勢批判

『愚管抄』について簡単に触れておきたい。この作品には中国故事や漢詩文の語句の引用が殆ど無い。全く無いというわけではないが、極めて寥々たるものである[13]。これはやはり、この作品の文体と密接に関係している。

周知のように『愚管抄』の文章は、口述筆記体とでも言うか、聞き書き風の仮名文である。これは慈円が、自ら信ずる「道理」に則って自覚的に選び取った文体なのであって、そのことは『愚管抄』の巻二の末尾と巻七の冒頭で自ら表明している[14]。

ごく簡単にその要点を述べると、慈円はまず、巻二の皇代記的記述の後に付言して、「物シレル事ナキ人」のために仮名で記述するのだと次のように言う。

偏ニ仮名ニ書《かき》ツクル事ハ、是モ道理ヲ思ヒテ書《かけ》ル也。先《まず》是ヲカクカ、ント思《おもひ》ヨル事ハ、物シレル事ナキ人ノ料也。此末代ザマノ事ヲミルニ、文簿〈籍か〉ニタヅサワレル人ハ、高キモ卑《いやしき》モ、僧ニモ俗ニモ、アリガタク学問ハサスガスル由ニテ、僅ニ真名《まな》ノ文字ヲバ読《よめ》ドモ、又其義理ヲサトリ知レル人ハナシ。男ハ紀伝《きでん》・明経《みやうぎやう》ノ文ヲホカレドモ、ミシラザルガゴトシ。僧ハ経論章疏アレドモ、学スル人スクナシ。日本紀以下律令《りつりやう》ハ我国ノ事ナレドモ、今スコシ読《よみ》トク人アリガタシ。（日本古典文学大系。以下同）

が、その「物シレル事ナキ人」というのは、決して低い階層に属する、世間で一般に教養が浅いと思われている人間を指しているのではない。仏教・儒教ともに、「末代」の学問は衰微して、たとえ内典・外典を学んでも字句の表面的な解釈に拘泥するばかりで、経典の「義理」を悟り知ることがないと言う。

スベテサスガニ内典《ないてん》・外典《げてん》ノ文籍ハ、一切経ナドモキラ〳〵トアムメレド、ヒハノクルミヲカ、ヘ、トナリノタカラヲカゾフルト申《まうす》コトニテ学スル人モナシ。サスガニコトニソノ家ニムマレタルモノハタシナムト思ヒタレド、ソノ義理ヲサトルコトハナシ。イヨ〳〵コレヨリ後、当時アル人ノ子孫ヲミルニ、イサ、カモヲヤノアトニイルベシトミユル人モナシ。（『愚管抄』巻七）

これが当時の学問に対する慈円の批判である。経典の深奥にある哲理を透徹した知恵でもって悟得する、これを慈円は「智解《ちげ》」と呼んでいるが、彼は、「惣ジテ僧モ俗モ今ノ世ヲミルニ、智解《ちげ》ノムゲニウセテ学問ト云《いふ》コトヲセヌナリ」（巻七冒頭部）と批判しているのである。それ故、明経道の「十三経」、紀伝道の「三史」「八代史」や、『文選』『白氏文集』『貞観政要』などを広く読んで、歴史と政道、歴史と人間の関わりについて深く思索し、その「道理」を認識しうるような人にとっては、こうした仮名書きは「ヲカシゴト」に過ぎないのだけれども、しかし末代の衰微した学問に携わる者にそれを期待するのは無理だというのであって、現状を考えれば「中〳〵カヤウノ戯言《ざれごと》ニテカキヲキタランハ、イミジガホナラン学生《がくしやう》タチモ心ノ中ニハコ、ロヘヤスクテ、ヒトリヱミシテ才学ニモシテン物ヲトヲモヒヨリテ」、仮名で書き付けたのである、こういう痛烈な皮肉まで飛ばしている。

一方、慈円には、例えば「ハタト」「ムズト」などといった「軽々《かろがろ》ナルコトバ」や、訓読語とは異なった「ムゲニタヾ事ナルヤウナルコトバ」こそが、真情が多くこもり内容が豊かで、その時その場の情況や雰囲気を生き生きと表しうる言葉なのであり、それが「和語ノ本体」「日本国ノコトバノ本体[15]」なのであるという認識があって、その認識が、歴史とその道理を「仮名ニカキツクル」積極的な理由であったようである。

慈円は、「中〳〵本文ナドシキリニヒキテ才学気色モヨシナシ」（巻七）とも言っている。つまり、古典の章句や故事などをむやみに引証する騈儷体風の文章を衒学趣味として排斥しているわけである。

以上見て来たような慈円の言語観・文章観・学問観の如実な反映として『愚管抄』の文章があるわけであるから、その叙述の表に中国文学的要素が殆ど現れ出ていないとしても、それは、あまりにも当然すぎる結果であると言わねばならない。慈円が外典の世界に対して決して無関心でもなければ、また無知でもなかったことは、巻一の冒頭に「漢家年代」を置いていることや、巻七に中国政治思想を論じていること、また当時の学問の情況を批判している言葉のはしばしに、窺い知ることができる[16]。『愚管抄』も『六代勝事記』もともに、保元の乱から承久の変に至る歴史の推移を叙述することに主眼点を置いているわけであるが、和漢混淆文を駆使した『六代勝事記』が、世の中の興廃の道理を中国の歴史に鑑みようとしたのに対して、俗語も厭わず、むしろそれを駆使して仮名書きを徹底させた『愚管抄』は、自国の歴史そのものの中に推移の原理を見出だそうとして、神武天皇以来の歴史に鑑みたわけである。唐の太宗の「古を以て鏡と為さば、以て興替を知るべし」という言葉のより深い理解とその実践がそこにあったと言うことができよう。

五　結び

『今鏡』と『六代勝事記』と『愚管抄』、この中世前期の三つの作品について僅かに触れただけで終わった。主として中国的要素の受容と文体の違いとの関連を問題にしたわけであるが、このことは南北朝時代の代表的な歴史文学『増鏡』と『太平記』と『神皇正統記』という、中世後期の三つの作品相互の関係に対応していると見ることができるのではないかと考えている。

注

（1）補　『増鏡』の著者については古くから諸説があったが、その一つの二条良基説が木藤才蔵氏（「増鏡の作者―二条良基に関する試論―」『国語と国文学』39―11～12、昭和37・11～12）によって補強されて有力になった。近時、田中隆裕氏（「『増鏡』と洞院公賢―作者問題の再検討―」『二松学舎大学人文論叢』、昭和59・3～10）が洞院公賢説を提示し、多くの支持を得つつある。

（2）補　原水民樹氏（「師長秘曲伝授譚小考―鎌倉本『保元物語』の性格への言及―」『徳島大学学藝紀要　人文科学』29、昭和54・11）、およびそれを再検討した安田洋子氏（「金刀比羅本『保元物語』の一考察―師長秘曲伝授の説話をめぐって―」『軍記と語り物』21、昭和60・3）が、この師長秘曲伝授の説話に関連する諸文献を博捜している。両氏の調査によると、「これもり」は、「惟盛」（『月詣集』続類従本・『続詞歌集』『千載集』『胡琴教録』『山槐記』）、「惟守」（『保元物語』古活字本）、「惟成」（『月詣集』彰考館本・同三手文庫本・『保元物語』鎌倉本・陽明文庫本・『十訓抄』『吉野吉水院楽書』『糸竹口伝』『胡琴教録』『教訓抄』『秦箏相承血脈』）、「惟国」（『保元物語』金刀本・同京図本）など多様な形で記載されているようである。安田洋子氏によれば、「惟国」は『保元物語』金刀本系統内部で生じた誤写であり、「惟盛」と「惟成」は記録類における登場の仕方から見て、応保元年（一一六一）～仁安二年（一一六七）の間に「惟盛」から「惟成」に改名したのではないかと推定されるという。

（3）「（上略）康将㆑刑㆓東市㆒、太学生三千人、請㆓以為㆒㆑師、弗㆑許、康顧㆓視日影㆒、索㆑琴弾㆑之曰、昔袁孝尼嘗従㆑吾学㆓広陵散㆒、吾毎靳㆓固之㆒、広陵散於㆑今絶矣、時年四十、海内之人士莫㆑不㆑痛㆑之、帝尋悟而恨㆑焉、初康嘗遊㆓乎洛西㆒、暮宿㆓華陽亭㆒、引㆑琴而弾、夜分忽有㆑客詣㆑之、称㆓是古人㆒、与㆑康共談㆓音律㆒、辞致清弁、因索㆑琴弾㆑之、而為㆓広陵散㆒、声調絶倫、遂以授㆑康、仍誓㆑不㆑伝㆑人、亦不㆑言㆓其姓字㆒。」（『晉書』巻四十九「嵆康伝」）。『古注千字文』（「嵆琴阮嘯」の注）にも、道士孫登なる者が登場する伝奇性の豊かな話として詳述されている。

（4）『太平御覧』（皇王部十六「孝殤皇帝」）には、『東観漢記』を引いて次のように記している。「孝殤皇帝諱隆、和帝之少子也、（中略）元興元年十二月和帝崩、是日倉卒殤帝時生百余日、乃立以為㆓皇太子㆒、其夜即㆑位、尊㆓皇后鄧氏㆒為㆓皇太后㆒、帝在㆓襁褓㆒、太后臨㆑朝、延平元年八月帝崩㆓于崇徳前殿㆒、年二歳、葬㆓康陵㆒。」

（5）『世説新語』（「言語第二」）の劉孝標の注に『史記』の「甘羅伝」を要約して、次のように引用している。「史記曰、甘羅、秦相茂之孫也、年十二、而秦相呂不韋欲㆑使㆓張唐相㆒㆑燕、唐不㆓肯行㆒、甘羅説而行㆑之、又請㆓車五乗㆒以使㆑趙、還抵㆑秦、秦封㆓甘羅㆒為㆓上卿㆒、賜以㆓甘茂田宅㆒。」［補］甘羅のことは、菅原道真が藤原基経のために草した辞表「為㆓昭宣公㆒辞㆓右大臣㆒第一表」（『本朝文粋』巻五）に、「昔甘羅之一十余二㆒。以㆓多智㆒不㆑為㆓少年㆒。今微臣之三十有七。以㆓無才㆒猶謂㆓太早㆒。」と引かれており、『文鳳鈔』巻五（「秦羅敏　漢皓名　唐白詞」）にも次のように見える。「甘羅ハ秦相甘戊（ママ）カ孫ナリ、年十二ニシテ事㆓文信侯呂不韋㆒、秦使㆓張唐於趙㆒ニス、張唐不㆑行、甘羅云ク、臣請行ム、大項橐《たく》七歳ニシテ為㆓孔子師㆒リ、今臣十二歳、於㆑茲君其試㆑臣ヨ、文信侯言㆓始皇帝㆒テ云ク、甘戊之孫甘羅少年ナレト、名家之子孫ナリ、請行ト云、始皇召見テ、使㆓甘羅㆒ニス、趙王群迎ス、遂ニ和㆑趙テ、甘羅還テ報ス、秦封㆓甘羅㆒テ為㆓上卿㆒。史記」（真福寺本。私に返点を施す）

（6）「孝文帝従㆑代来即㆑位二十三年、宮室苑囿狗馬服御、無㆑所㆓増益㆒、有㆑不㆑便輒弛以利㆑民、嘗欲㆑作㆓露台㆒召㆑匠計㆑之、直百金、上曰、百金中民十家之産、吾奉㆓先帝宮室㆒、常恐㆑羞㆑之、何以㆑台為、上常衣㆓綈衣㆒、所㆑幸慎夫人令㆓衣不㆑得㆑曳㆑地、幃帳不㆒㆑得㆓文繍㆒、以示㆓敦朴㆒、為㆓天下先㆒、治㆓覇陵㆒皆以㆓瓦器㆒、不㆑得㆘以㆓金銀銅錫㆒為㆖㆑飾、不㆑治㆑墳、欲㆓為㆑省毋㆒㆑煩㆑民。」（『史記』巻十「孝文本紀」）

（7）拙稿「続古事談の漢朝篇――漢文帝の倹徳説話をめぐって――」（『中世文学』33、昭和63・5）。本書第三章第一節2参照

(8)「太宗嘗謂二侍臣一曰、夫以レ銅為レ鏡、可三以正二衣冠一、以レ古為レ鏡、可三以知二興替一、以レ人為レ鏡、可三以明二得失一、朕常保二此三鏡一以防二己過一。」（『貞観政要』巻二「任賢第三」。新釈漢文大系）

(9) 本文は神田本『白氏文集』巻四（古典保存会複製）により、訓読は同書の天永四年藤原茂明点を参看する。以下同。

(10) 補『今鏡』の「序」と白居易の「百錬鏡」詩との関係については、早く金子彦二郎氏（「白氏文集と日本文学」『国語と国文学』15―4、昭和13・4）が取り上げている。「白氏文集の詩のいとも巧妙なる摂取醇化のもとに詠出された和歌に於ける典拠発見の困難さ」の例証の一つとして挙げているのであるが、「他面から言へば、かくも其の発見をして困難ならしめるまでに日本的なものに化成し、創造し、原詩以上なものにさへ磨きあげるところに、実は又我が国民の外来文化に対する摂取醇化の営みを達成する精神力の優秀性が確認もされ、明証もされるのである」と説いている。

(11)『六代勝事記』の作者説については、本書第二章第二節1を参照

(12)『六代勝事記』には、①「紀信が輦車にのりて高祖にかはりし、項羽忠をほめて我将にせんといふに、忠臣は二君につかへず、勇士はへつらへる詞なし。汝正に漢に降ぜよといふに、項羽いかりて紀信が身をまき□やきころせり。」②「漢元帝のさま〴〵のいきものをそのにはなちてかひ給ふに、一のくまいかりて元帝をおかさむとするに、馮昭儀といへる官女、身をすてゝふせくほどに、左右の将軍きたりて熊をころすといへり。」と記されている。

(13)『愚管抄』（巻七）に執筆意図並びに叙述方法を述べた後に、中国の政治思想に関する慈円の考えが開陳されている。中国の聖帝賢王の政治に「皇道」「帝道」「王道」の三道があると述べ、次いで、秦の「覇道」について説いている。これが中国の史伝についてやや詳しく叙述している唯一の例である。その内容は、『史記』の「商君列伝」（巻六十八）および「范雎蔡沢伝」（巻七十九）に基づいたものであるが、「道理」を重んじ「道理」に随順することを是とする慈円の主体的な読み取りが顕著である。

(14) 補 新古今時代の代表的な歌人慈円のイメージと、『愚管抄』の文章が与える印象との違和感は誰しも抱くところのものである。大隅和雄氏（「歴史叙述のことば――『愚管抄』の場合――」『日本文学』31―3、昭和57・3）は、歌人慈円の文章としては「極めて難解であり、一種の悪文でさえある」と評しつつも、特にその第二部（全七巻の第三～六巻）に関して「慈円が歴史を体験的に把握しようとつとめ、歴史の中に自分を置いて感じとったものの記録である。従って、そうした場

面をあらわし、詠む人に伝えるためには、慈円自身が主張しているような和語の活用が是非とも必要だったのである」と述べている。その論の中に、他の諸氏の次のような意見を引いている。「例えば、三田全信氏は、慈円は明晰な頭脳の持主であったが、『愚管抄』を書く途中で高血圧のため脳軟化症に侵されたために、巻五のあたりから文章に乱れが目立ちはじめ、巻六に至っては意味の通じない文章が随所にあると論じられた。（同氏著『浄土宗史の新研究』）。また古川哲史氏をはじめ何人もの人が、『愚管抄』の文章は、年老いた慈円が弟子に口述し、それを筆記させたままの部分があり、文章としての推敲を加えられなかったのではないかと推測された。（日本古典文学大系『愚管抄』月報など）」。

(15)「ムゲニ軽々《かろがろ》ナル事《こと》バ共ノヲ、クテ、ハタト・ムズト・キト・シヤクト・キヨトナド云《いふ》事ノミヲホクカキテ侍ル事ハ、和《わ》語《ご》ノ本体ニテハコレガ侍ベキトヲボユルナリ。訓《くん》ノヨミナレド、心ヲサシツメテ字尺《じしゃく》ニアラハシタル事ハ、猶心ノヒロガヌナリ。真名《まな》ノ文字ニハスグレヌコトバノムゲニタヾ事《こと》ナルヤウナルコトバコソ、日本国ノコトバノ本体ナルベケレ。ソノユヘハ、物ヲイヒツヾクルニ心ノヲホクコモリテ時ノ景気ヲアラハスコトハ、カヤウノコトバノサハ〳〵トシラスル事ニテ侍ル也。」（『愚管抄』巻七）

(16) 補　慈円には、白居易の詩句を題とした句題和歌で、北野社に奉納した「文集百首」（『拾玉集』第二）がある。その草稿本の転写本（祐徳稲荷神社蔵『文集句題』）の内題や、慈円の勧進で詠んだ定家や寂身の同趣の作品の付記から、建保六年（一二一八）詠作と推定されている（石川一氏「慈円『文集百首』考」、和漢比較文学叢書13『新古今集と漢文学』、汲古書院、平成4・11。『慈円和歌論考』第四章第四節所収、笠間書院、平成10・2）。その「文集百首」には、次のような跋文が添えられている（訓点は私に施す）。

楽天者文殊之化身也、当レ和二彼漢字一。和歌者神国之風俗也、須レ述二此早懐一。因茲忽翫二百句之玉章一、憖綴二百首之拙什一。法楽是北野之社、祈願彼南無之誠。定翻二今生世俗文字之業一、為二当来讃仏法輪之縁一者歟。

第二節　六代勝事記と中国文学

1　六代勝事記の成立と作者論

一　従来の作者説の検討

源光行（一一六三〜一二四四）には、中国の書籍を日本語に和らげた作品がある。『蒙求和歌』および『百詠和歌』の両作品がそれである。彼にはこの外に『新楽府和歌』という同趣の作品のあったことが、前二書のそれぞれに添えられている光行自身、および彼の漢学の師である藤原孝範の跋文によって知られる。が、それは今、逸して伝わらない。

これら一連の作品は、早く野村八良氏によって「説話文学」のうち特に「翻訳文学」の名称で分類されているものである(1)。が、近代文学における「翻訳文学」とは同列に扱いがたく、そのイメージとの混同を避けるために、筆者はあえて「和訳物」という名称を用いて来た。光行自身の跋に「各和《ラゲ》二其《ノ》詞《ヲ》一」とあるのに基づいたものであるけれども、彼以外の作者の手に成る『唐物語』や『唐鏡』をも含めた、このグループの作品に共通する文学的方法の特質を、必ずしも的確には言い表しえていない仮称である。

光行自身の序によれば、『蒙求和歌』十四巻は元久元年（一二〇四）七月十二日に成り、『百詠和歌』十二巻は同じ年の十月上旬に成っている。『百詠和歌』の光行の仮名序に「四旬の今心をしるしあらはせり」とあり、時に光行四十二歳である。[2] 逸書の『新楽府和歌』五巻の成立年次はわからないが、前二書にさほど遅れるものではあるまいと推測される。

一方、『六代勝事記』は、十二世紀の中葉から十四世紀の初期にかけての、高倉・安徳・後鳥羽・土御門・順徳・後堀河の六代の治世のあいだに起こった歴史的大事件を叙述した作品であるが、その序の記述を信ずれば、「年齢ようやくかたぶきて六十余廻の星霜をかさね」(内閣文庫本。以下同)た著者が、「貞応の今」即ち後堀河帝の貞応年間(一二二二～四)に書き著したものということである。すでに指摘されているように、本文の中に、「同(承久三年)十月十日、中院(土御門)を土佐国へうつしたてまつりて、後にはあはの国へわたしたてまつれり」(「同十月」、群書類従本は「閏十月」。『吾妻鏡』も同じ)とあるので、その成立は、貞応二年(一二二三)五月の土御門院の阿波遷幸(『吾妻鏡』貞応二年五月二十七日の条・『鎌倉年代記裏書』)よりは後、翌年十一月二十日に元仁と改元されるよりは前、ということになる。

著者については、庭山積氏[3]が整理しているように、

(1)信濃前司行長説(水戸彰考館本『本朝書籍目録』の注記)
(2)藤原定経説(和田英松氏『本朝書籍目録考証』、明治書院、昭和11・11)
(3)藤原長兼説(高橋貞一氏「古本『保元・平治物語』の作者と著作年代」、『文学』25-3、昭和32・3)
(4)源光行説(外村久江氏「六代勝事記と源光行」、『東京学藝大学研究報告』15、昭和39・3)

等の諸説がある。[4]

(1)の「信濃前司行長」は、周知のとおり『徒然草』(第二二六段)に、『平家物語』の作者として伝えられている人物である。『六代勝事記』と『平家物語』の関係の深さに気付いた読者の一人によって注記されたものであろうか。[5]

(2)と(3)の説は、『六代勝事記』の冒頭で著者が自らの境涯を述べて、「昔は蓬壺の月にかげをまじへ、今は蓮台の雲に

望をかけたる世すて人侍り」と記しているところから、公卿の座に列なった経歴の持ち主と見て、それに適う人物を『公卿補任』の中に求めて得られた結果である。それに対して、(4)は『六代勝事記』の内部徴証によって捉えられる「著者のおもかげ」と、「平安末期より鎌倉初期にかけて、東西に活躍した宮廷下級官人の一人」である源光行の「生涯」との相似的な関係、さらに、『六代勝事記』の叙述、特に中国故事や漢詩文の引用と光行の著作との密接な交渉関係等を拠り所として提出されたものであって、現在のところ、最も説得力に富む作者説である。

『六代勝事記』の研究史、特にその成立に関する従来の諸説を丹念に要約紹介しつつ、その研究史をつぶさに跡付けた平田俊春氏は、「外村氏の労作によって『六代勝事記』の作者が源光行であることは確実となり」と評して、外村氏の説に賛意を表明している。[6] それが諸説の中で最も説得性に富むと思われることは前述したとおりであるけれども、果たして、平田氏のごとく「源光行作者説の確立」とまで言い切っていいかどうか、些小の疑問もなしとはしない。

第一の疑問は、この作品における待遇表現のありようである。八幡大菩薩・神功皇后、および中国の伝説的な聖王堯を除けば、天皇・上皇および国母（七条院と修明門院）だけが尊敬の待遇を受けているに過ぎないと言っていいほどである。例外は僅かに慈円僧正（「よみ給ひければ」一例）、源実朝（「出給に」「しりぞけられしを」「かきとゞめられける」都合三例）の二人だけである。「薨ず」といった身分に伴う尊敬動詞を別にすれば、摂政太政大臣後京極良経も、征夷大将軍源頼朝も、例外ではない。実朝にしても尊敬の補助動詞や助動詞を伴わずに表現されている場合の方がむしろ多いのである。この作品の成立年代が前述のごとく貞応二年（一二二三）五月以降、元仁元年（一二二四）十一月以前のあいだにあるとするならば、執権北条義時（貞応三年六月十三日没）の在世したか否かは微妙であるが、嘉禄元年（一二二五）七月十一日に没した北条政子はまだ在世していたわけである。が、この両人に関しても、尊敬の待遇表現は用いられていない。承久の変に際して、義時追討の宣旨の副文を書き、関東武士の交名を後鳥羽院に注進した罪科で、義時のために誅されようとしたところを、子息親行の奔走と藤原実雅のとりなしで辛うじて刑をまぬがれ、(7)謹慎生活を送っていたはずの光行の筆としては、そこにいささかの疑問が残るのである。

第二の疑問は、そのような光行の承久の変への関わり方と、『六代勝事記』の著者が執筆の動機として述べている次の記事との不調和な印象である。即ち、

　さまをかへ、衣をそめ彌陀を念じ、極楽をねがふにふた心なくなりし後は、世事すべていとはれ、文筆ながくさしをきてしを、普天かきくもりしゆふだちの神なりにおどろきて、其事のわすれざるはしぐ〳〵ばかりを、かきあつめ侍。

とある叙述から読み取れるものは、出家の後、殊に政治的世界からすっかり身を引いていた著者にとって、「ゆふだちの神なり」つまり承久の変が、いかに衝撃的な、青天の霹靂であったか、ということである。追討宣旨の「副状」および「東士交名註進状」を書いた「大監物光行」（大監物は従五位下相当）との接点を、どこに求めればいいのであろうか。

第三の疑問は、序の冒頭で、「昔は蓬壺の月にかげをまじへ、今は蓮台の雲に望をかけたる世すて人侍り」と述べられている著者その人の経歴について、和田英松氏（前出）が、

　蓬壺は、内裏の唐名、月にかげをまじへは、月卿の班に列したるをいふ。

と解釈したことの当否は、もっと慎重に検討されるべきではなかろうか、ということである。『六代勝事記』の本文中にある、「八条の蓬壺、六原の蓮府」や、「月卿かげをまじへて松山にのぼり」等の表現との関連も考慮に価すると思う。さらに、『本朝文粋』の、

○踏《ムコト》二於蓬壺之雲《ヲ》一十日、夜飲既酣《ニナリ》。（巻十、菅原輔昭「春日同賦隔花遙勧酒」）

○一《タビ》掃《キテ》二椒庭之塵《ヲ》一、長《ク》住《ス》二蓮台之月《ニ》一。（巻八、源順「晩秋遊淳和院、同賦波動水中山」）

等の措辞用語の摂取が指摘しうるように、『六代勝事記』の著者は、『本朝文粋』所収の詩文の語句を相当自由に使いこなしており、宮廷での作文《さくもん》の会に列したり願文等の草案にも関わったりした儒者官僚のおもかげが行間に浮かぶ。序の終わり近くの「和漢の記録をつたへて、治乱二の政をつゝしむ。ゆへにいさゝか先生の徳失をのこし、をのづから後生の宦学をすゝめむ事」とか、本文末尾の「六十年よりこの□（類従本「かた」）、好文重士の君まれにして、政道過□（マヽ）にみだるゝたびに、其身やすからず、其心くるしぶ」[8]とかの叙述から窺われる儒者官僚の自負とも考え合わせて、源光行よりは今一つ上級の階層に属する人物ではなかったか、という疑問を払拭し切れないのである。

第四の疑問は、『六代勝事記』には特に承久の乱に際して非業の死を遂げた葉室氏一族の者が多く取り上げられ、彼らがいずれも他家の者に比して、同情に満ちた好意的な筆致で描かれているということである。按察使光親・中納言宗行・右衛門佐朝俊らがそれである。そうなると、高橋貞一氏によって挙げられた葉室長兼も捨てがたい存在ということになる。長兼は蔵人頭・左大弁・権中納言を歴任して、建保二年（一二一四）二月八日に出家している[9]（『公卿補任』）。高橋氏は「貞応年中までは生存したと考えて差支があるまい」とされるが、その明徴はなく、また、長兼の生誕を応保元年（一一六一）とする高橋氏の説にも従いがたいものがある。[10]『六代勝事記』の筆者を葉室氏ゆかりの人物と見ることが許されるならば、「信濃前司行長」に比定されている葉室行長や、『平家物語作者随一云々』（『尊卑分脈』）と注記されている葉室時長との関わりも無視できないことになる。

さて、『六代勝事記』を源光行の著述と見る説が、果たして「作者説の確立」とまで言えるかどうか、という疑義の提示に、予想外の紙幅を費やしてしまった。もしも源光行が著者でないとすれば、他に然るべきいかなる人物がいるのか、その代案を用意しえないままに、単なる疑念の開陳に終わってしまったことの非礼を、外村氏並びに平田氏に対して陳謝しなければならない。

二　作者の漢詩文的教養

外村氏の源光行著作説が他の作者説よりも説得力をもっている所以は、『六代勝事記』の叙述と光行の和訳物との交渉についての具体的な指摘がなされていることにかかっている。

氏は『六代勝事記』と『蒙求和歌』との関連記事として六例、『百詠和歌』との関連記事として七例を挙げている。中には、氏自身も「故事としては相当流布していたが」と断った上で、『百詠和歌』との関連事項を、

堯王芽茨きらずは百詠和歌第三茅、覇陵松は第四松、鳥のかしら白くは第五燕子丹、黄石公は第七帷《(マヽ)》に見られる。

と四例を挙げているように、『蒙求和歌』または『百詠和歌』との交渉を特定しがたい事例も多く含まれている。特に、この中の「覇陵松」(「覇陵」は漢の文帝の陵の名)というのは、『六代勝事記』の後白河法皇の崩御を悼んだ叙述の中に、

普天かきくらし、率土露しげし。草木愁たる色也。いはむや覇陵の松におゐてをや。鳥雀哀むこゑあり。いはんや洞庭の鶴におゐてをや。

とあるのを指すのであろうが、『百詠和歌』第四(嘉樹部)の「松」の項には「覇陵の松」のことは全く見えておらず、氏の誤解であろう。『六代勝事記』のこの辺りの行文は、『本朝文粋』(巻十四)に載る大江匡衡の「一条院四十九日御願文」に、

抑追ヒ二思ヘバ往事ヲ一、触レテレ類ニ銷スレ魂ヲ。花ノ下之春ノ遊ビニハ、揮テ二神筆ヲ一以手ツカラ書キタマヒ二御製ヲ一、月ノ前之秋ノ宴ニハ、吹イテ二玉笛ヲ一、以テ自ラ操リタマヒキ二雅音ヲ一。草木モ愁フル色アリ、況ンヤ於テヲヤ二蘭省梨園ニ一乎。鳥獣モ哀シメル声アリ、況ンヤ於テヲヤ二虎闈鳳閣ニ一乎。嗟乎、尊儀猶ホ如クレ在スガ二于眼前ノニ一、顧命亦タ忝クモ留マレリ二于耳底ノニ一。

とあるのを基調にして、「蘭省梨園」「虎闈鳳閣」の語句を、「覇陵の松」「洞庭の鶴」に差し替えたものである。その差し替えには、同じく『本朝文粋』（巻十四）所収の大江以言の「華山院四十九日御願文」の、

哀《シイ》哉哀《シイ》哉。奈何《セン》奈何《セン》。院花春暮《レテ》、只夙二夜《シ》於覇陵《ノ》之松《ニ》一、洞月暁到《リテ》、空《シク》瞻二望《ス》於鼎湖之雲《ヲ》一。

という語句があずかっていよう。先に触れたごとく、『本朝文粋』の詩文の語句などを駆使して、願文などの駢儷文をもつづることに手馴れた著者を思わせる行文の一例である。後鳥羽院の隠岐遷幸を述べて、

さかい南地にあらねば鴈のたまづさもたよりをうしなひ、政陰陽の変をはからざりしかば、烏のかしらの白ならむも期しがたし。（『六代勝事記』）

とある「烏の頭の白くなる」話は、極めて多くの文献に引かれている燕の太子丹の故事で、『百詠和歌』（第五、霊禽部）の「烏」の項にも、

白首何年《ニカ》改《ラン》　□□燕太子丹、秦に取籠られて、本国に帰らん事を愁るに、烏の頭の白なり、馬に角の生んをり、かへすべしと聞えける時に、太子丹、天に仰で嘆くに、頭白き烏きたれり。地にふして嘆くに、角おひたる馬来れり。秦王驚きて、ゆるしつかはされぬ。

故郷をへだてはてゝや山がらすしろきにかへる色なかりせば

と述べられているけれども、『六代勝事記』の叙述のより直接的な拠り所は、これまた『本朝文粋』（巻九）所収の慶滋保胤の「仲冬餞二奝上人赴一レ唐、同賦二贈以一レ言詩序」に、

夫《レ》人之重《ンズル》レ別《ヲ》、古今一《ナリ》也。我朝《ガ》率土之中、遠《キハ》則《チ》一二千里、分《ツ》レ手《ヲ》之後、久《シキモ》亦《タ》五六余年《ナリ》。書信易《ケレバ》レ通《ヒ》、不レ期《セ》二鴈《ノ》足《ニ》繋《クル》レ帛《ヲ》之秋《ヲ》一。帰去無《ケレバ》レ妨《グル》、豈《ニ》俟《タンヤ》二烏《ノ》頭《ノ》変《ヘン》レ黒《キヲ》之日《ヲ》一。

とある表現であり、『六代勝事記』はこれを逆用したのである。

『蒙求和歌』の背後には『蒙求注』があり、『百詠和歌』の背後には『百詠注』がある。『蒙求注』は『千字文注』

『胡曾詩注』とともに「三注」と称されて、貴族社会における幼童のための基本的な啓蒙書であった。『百詠注』もまた然り。貴族の子弟は幼時からこれらに親しんで、中国の故事や歴史についての知識を身に付けて行ったのである。そのようにして育った貴族の中でも、まして文筆に携わる儒者官僚ともなれば、経史についての格別の稽古を積んでいるはずで、かれらの手に成る文章に、『蒙求和歌』や『百詠和歌』に取り上げられている故事と同一のものが多く見出されたとしても、それは、ある意味では、むしろ当然なことなのである。それらの故事はまた、『藝文類聚』や『初学記』、あるいは『太平御覧』などのいわゆる「類書」に網羅され、分類編纂されているのであるから、『蒙求注』や『百詠注』との関係を特定することさえむずかしく、ましてや『蒙求和歌』もしくは『百詠和歌』との直接的な繋がり（筆者が同一であるという関係をも含めて）を認定することは至難のことと言わねばならない。

そうした意味で、外村氏が特に問題視している「紀信詐帝」の故事は、甚だ興味深い事例である。この故事については旧稿で取り上げて考察したこともあるが、[11]『六代勝事記』と関連づけての考察が手薄だったので、ここで改めて検討を加えてみたい。

『六代勝事記』の終わりに、「時の人」と「心ある人」の問答という形で、承久の変についての評論が展開されている。「時の人」の問いの中に、「本朝いかなれば、名をおしみ、恩を報ずる臣すくなからん」として、次のように紀信の故事が語られている。

> 紀信が輦車にのりて高祖にかはりし、項羽忠をほめて、我将にせむといふに、忠臣は二君につかへず、勇士はへつらへる詞なし、汝正に漢に降ぜよといふに、項羽いかりて、紀信が身をまき□（類従本「て」）やきころせり。

漢の高祖の身代わりとなって敵に降り、楚の項羽のために殺された紀信の忠節談はあまりにも有名で、諸書に引かれているが、その源泉は『史記』（項羽本紀・高祖本紀）である。『漢書』（高帝紀）にもあり、『蒙求注』（「紀信詐帝」）・『胡曾詩注』（「滎陽」）や『祖庭事苑』（「紀信詐降」）などは、いずれも『漢書』の記述を簡約化していて、相互に大きな異なりがない。いま、亀田鵬斎の『旧注蒙求』巻中と、『蒙求和歌』第十一、哀傷部（続群書類従）の叙述を対照して、掲げることにする。

（旧注蒙求）

前漢紀信為将軍、項羽囲漢王栄（滎）陽、信曰、事急矣、臣請誑楚、可以間出、信乃乗王車、黄屋左纛曰、食尽、漢王降楚、楚皆呼万歳、之城東観、以故漢王得与数十騎出城西門遁去、及左右視之乃信也、羽焼殺信。

（蒙　求　和　歌）

紀信ハ漢祖ノ将軍也。容貌漢祖ニヽタリ。漢祖滎陽ニテ項羽ニカクマレテ、アヤフクミエケルトキ、紀信スヽミテ云ク、事スミヤカナリ、ワレキミニカハリテ王車ニノラム、項羽ワレヲ高祖ト思ヒテ、ワレニカヽラムヲリ、キミ*ハノガレ給ヘト云テ、車ニノリカハリヌ。漢祖食ツキテ楚ニクダシタマフヨシヲイヒナスニ、項羽ヨロコビテ、アタリヲステヽ車ヲカコメリ。高祖ソノヒマニノガレヌ。革車スデニチカヅキキタレリ。高祖ニハアラズシテ紀信ナリケリ。項羽ソノ心ヲホメテ、ナムヂヲワガヽタノ将トセムトイフニ、紀信ガ云ク、忠臣ハ不事二主《ニ》、勇士《ハ》不得諂言《ヲ》、汝マサニ漢ニ降ゼヨト云ニ、項羽イカリテ、紀信ヲコロサムトスルニ、クユル心ナシ。ミヲマカセテヤキコロサレヌ。

立ノボル烟ヲミテゾミニカヘテ思ヒケリトハ思ヒシリケル

右に掲げた『蒙求和歌』の本文はいわゆる精撰本系統であるが、初稿本（書陵部蔵松下見林本）の本文は、これよりやや簡略で、傍線部がなく、その代わりに*印の箇所に「姿をやつして」の語句が入り、最後の「立ノボル」の和歌に代わって、

今はとてやきけるあまのもしほ火にくゆる煙の色なかりけり

という和歌が添えられている。「くゆる煙の色なかりけり」という技法の中に説述部との共通点が見出されるだけで、

故事そのものが詠み込まれてはいない。

さて、先ず、『六代勝事記』と『旧注蒙求』とを比べてみると、紀信が高祖の身代わりとなって敵に降り、楚の項羽に殺されたというこの故事の基本に変化はないけれども、『六代勝事記』には、紀信が楚に降るまでのいきさつが省略されて、降ってからの項羽とのやりとりに主眼が置かれているのに対し、『旧注蒙求』ではその逆に紀信の身代わりのおかげで高祖が滎陽の城をひそかに脱出できたという話を中心に説述していて、紀信と項羽のやりとりは省略されている。『蒙求和歌』は初稿本・精撰本のいずれを問わず、その両者を統合した形になっている。

高橋氏や外村氏が特に問題にしたように、『蒙求和歌』のこの叙述と密接な関係をもつのが、金刀比羅本の『保元物語』（巻上「左大臣上洛の事」）であり、さらに『源平盛衰記』（巻二十「高綱賜姓名附紀信仮高祖名事」）である。高橋氏は「文章修辞の上からも、『六代勝事記』は古本『保元物語』によったものと認められる」とし、外村氏は『蒙求和歌』との酷似を指摘した上で、

もとの蒙求のこの条は殆ど漢書の高帝紀によって書かれていて、忠臣云々・勇士云々の二句は全然なく「羽見二紀信一、問二漢王安在一、曰ク已出去矣。羽焼二殺信一」となって、紀信が項羽の問に答えて、漢王が無事に逃れたというと項羽は紀信を焼き殺したというのである。史記の田単伝や荘子（天地）にある忠臣云々・勇士云々の二句挿入は蒙求和歌に先ずみられるのであるから、六代勝事記は蒙求和歌の直接影響下にあると云えるし、保元物語は漢書や蒙求とは余程離れているので、むしろ、蒙求和歌・六代勝事記の影響下にあるとみられる。

として、高橋氏とは逆な結論を導き出している。『六代勝事記』や『蒙求和歌』よりも金刀比羅本『保元物語』の方を後出とする点では、外村氏の見解に従いたいと思う。ただし、『蒙求和歌』が『保元物語』に直接の影響を与えているのかどうかは疑わしい。

外村氏が右の論述の中で「もとの蒙求」と言っているのは、おそらく宋の徐子光の『補注蒙求』を指してのことと

推測される。現在通行している『蒙求』のことである。『六代勝事記』や『蒙求和歌』が成立した頃、『補注蒙求』はまだ渡来していなかったはずである。古注の『蒙求』、例えば上掲の『旧注蒙求』にせよ、『古本蒙求』（逸存叢書）にせよ、内閣文庫蔵の室町期書写『古注蒙求』にせよ、あるいはまた『祖庭事苑』や陳蓋の『胡曾詩註』にしても、『太平御覧』（人事部・忠勇）にしても、いずれもみな、楚に降って捕えられてからの紀信と項羽とのやりとりは、これを省略している。原典である『史記』なり『漢書』なりには、外村氏の説明のように、項羽が紀信を見て「漢王は安《いづく》に在りや」と問うと、紀信が「已に出でて去れり」と答えたという極めて簡潔な会話が記されていて、そこから直ちに「羽、信を焼き殺せり」という結末へと続いていたのである。『六代勝事記』・『蒙求和歌』・『保元物語』（金刀比羅本）・『源平盛衰記』は、紀信と項羽との対話を復活させたわけであるが、その対話の内容は原典とは甚だしく異なっている。これは、旧稿で触れたように、周苛の故事と混同したものと思われる。即ち、高祖が脱出した後の滎陽の城を守った周苛は、落城とともに生捕られるのであるが、項羽の「我が将と為れ。我、公を以て上将軍と為し、三万戸に封ぜん」という誘いを退けて、「若《なんぢ》、趣《すみや》かに漢に降らずは、漢今《やがて》若を虜にせん。若は漢の敵に非ざるなり」と項羽を罵って、ために烹殺された。『史記』にも『漢書』にも記されているが、特に『史記』（項羽本紀）では紀信の記事と相接している。

このように見て来ると、『六代勝事記』は、「紀信が車にのりて高祖にかはりし」とのみ言って、その経緯はいささかも説明していないのであるから、「高祖の身代わりとなった紀信」の名で実質的には周苛の故事を語っていると言っても差し支えない記事になっている。紀信の詞にある「忠臣は二君につかへず、勇士はへつらへる詞なし」は、外村氏の指摘のように、

○忠臣不ハㇾ事ヘ二二君ニ一。（『史記』田単伝）

○忠臣不ハㇾ諂ハ二其ノ君ニ一。（『荘子』天地第十二）

の成句に基づいて裁ち入れられたものであろう。いずれも、光行の漢学の師である藤原孝範の撰した金句集『明文抄』（第二、帝道部下）に収められている成句である。(12)

三　『蒙求和歌』との関係

紀信と周苛の混同といい、成句に基づいて構成した紀信のことばといい、紀信投降の経緯の省略といい、故事の舞台である「滎陽」という具体的な地名の欠落といい、『六代勝事記』の紀信説話は、その原話から甚だしく乖離した叙述をもつものなのである。そして、『蒙求和歌』の紀信説話は、原話に即しているけれども紀信と項羽の対話を省いている古注の『蒙求』に基づいた叙述に、『六代勝事記』の叙述、即ち周苛の故事と混同した紀信と項羽の対話を接合したと見ることのできる形になっているのである。もしもこれを逆に見るならば、『六代勝事記』は、『蒙求和歌』の紀信説話の叙述のうちの原話から乖離している部分だけをあえて選び取るという不自然さを冒している、ということになる。

さらに、

○忠臣は二君につかへず、勇士はへつらへる詞なし。（『六代勝事記』）

○忠臣ハ不事二主ニ、勇士ハ不得諂言ヲ。（『蒙求和歌』。『源平盛衰記』も同形）

の両者を比べてみても、『蒙求和歌』の方がことさら対句の形式を整えようとして、不自然な措辞を行っていると考えざるを得ないし、『源平盛衰記』はそれをそのまま受け継いだと見られる。また、原話の「項王焼二殺紀信一」（『史記』）・「羽焼二殺信一」（『漢書』）に当たる、

○項羽いかりて、紀信が身をまき□（て）やきころせり。（『六代勝事記』）

○項羽イカリテ、紀信ヲコロサムトスルニ、クユル心ナシ。ミヲマカセテヤキコロサレヌ。（『蒙求和歌』）

を見比べても、『蒙求和歌』の傍点部分は、『六代勝事記』がこれを省筆したというよりも、『蒙求和歌』が補入した公算の方が大であり、「身を巻《ま》きて」と「身ヲマカセテ」（「身ヲ委セテ」の意か）の相違も、初稿本の和歌の修辞と密接に関わっている傍点部分の補入によって主語が交替したために、やむなく施された補修の跡と考えられるのである。細かに検討すると、どう見ても『六代勝事記』の紀信説話の方が、『蒙求和歌』のそれよりも先行している。とすると、ここに大きな問題が生じて来ることになる。前述のように、『六代勝事記』の成立を貞応二～三年（一二二三～四）のこととすると、『蒙求和歌』はそれを二十年も溯る元久元年（一二〇四）に書かれているのである。これは一体、どうしたことか。

　こうした場合、両者がそれぞれに依拠した共通の資材の存在を想定するのが便宜ではあろうけれども、それはいささか安易に過ぎよう。『六代勝事記』の紀信説話における周苛の故事との習合、成句の裁ち入れによる紀信の詞の創出、これらは、説話を説話として語ろうとする意図をもたない著者が、自らの知識と詞藻によって、忠臣不在の現実を批判するために構成したものであると考えられるからである。

　考えられるもう一つの筋は、『蒙求和歌』の成立年次の再検討ということであるが、これとても、光行の自序（真名序）に明記された「于時元久甲子之歳、初秋壬申之日」の日付を疑いうるだけの積極的な材料があるわけではない。『蒙求和歌』の仮名序に「今ハ東邑ノ東ニスダレヲトヂテ」とあり、『百詠和歌』の仮名序に「ひさしくあづまのしものとざしにしづめる」とあるから、これら光行の和訳物が元久元年に鎌倉において著述されたことは確かなのであろう。自序には「朝議大夫源光行」と署名されている。「朝議大夫」は正五位下の唐名（『拾芥抄』）で、事実、光行はこの年の四月十三日に正五位下に叙せられていた（『明月記』）。すでに述べたように、光行の和訳物の両作品には藤原孝範と光行自身の跋文が添えられている。『新楽府和歌』をも合わせて三つの作品を師孝範の高覧に供し、師から恵与された跋文および絶句・和歌各一首と、師恩への謝辞を述べた自跋および唱和の絶句・和歌各一首を、両作品の末尾に添えているのである。おそらく逸書の『新楽府和歌』の末尾にも添えられていたにちがいない。自跋には「城門郎光行」と署名されている。光行が正五位下で城門郎即ち大監物（従五位下相当）に任じられたのは建暦三年（一二一三）四月七日のことで（『勅撰作者部類』）、承久の変（一二二一年）の当時もなおそうであった（『吾妻鏡』）。その自跋の中で、光行は「然間、云二関東之昔一、云二洛陽之今一、為レ教二幼稚之児一、抄二出両三之書帙一」と言っている。即ち、光行は関東在住の昔にも、在京の当時にも、幼童のために「両三之書帙」（『蒙求』『百詠』『新楽府』）の抄出を行ったわけである。「関東之昔」の抄出は、自序にいう元久元年のことであろう。それを補訂したのが「洛陽之今」の抄出であり、師孝範の高閲を仰いだのは、当然、その修訂本の方であったろう。序は草稿本のがそのまま残されたか、元久元年に溯る日付で改めて書き調えられるかしたものではないだろうか。「幼稚ノ児ニ教ヘンガタメ」のものだとは言っても、師の目に触れることを前提にした修訂は、なおざりの作業ではなかったろうと思われる。元久元年成立の草稿本の系統に属する伝本は全く現存しないようであるから、所詮、臆測にとどまる。

従って、ここに言う草稿本と修訂本は、『蒙求和歌』のいわゆる初稿本と精撰本のそれぞれに対応するものではない。光行の自序は初稿本にないが、孝範・光行の跋をともに備えている現存の初稿本と精撰本は、いずれも、ここに言う修訂本からの派生でなければならない。池田利夫氏は、『蒙求和歌』の多数の伝本を精査して、大枠としては川瀬一馬氏[13]の第一類本（初稿本）・第二類本（精撰本）・両系統の混合本という系統分類に準拠し、第二類をさらに三種に分け、両系統の混合本を第三類として立てる分類案を提示し、各系統の諸本を詳しく考察している。そして、従来の初稿本・精撰本という称呼の妥当性を疑い、第一類本と第二類本の先後関係も明らかでなく、現存する各系統諸本の成立時期もさだかでなく、光行の在世中か否かも断定しがたいとしている[14]。

元久元年（一二〇四）の序を有する『蒙求和歌』ではあるが、現存する『蒙求和歌』の本文が、貞応二～三年（一二二三～四）成立の『六代勝事記』の影響を受けている可能性など全くありえないとは言い切れないのである。ただし、仮にそうであったとしても、そのことが直ちに『六代勝事記』の源光行著作説を否定することにはならないこと、勿論である。

それが源光行著作説の補強もしくは否定のいずれに繋がるにせよ、『六代勝事記』と光行の和訳物との関係はより精密に考察される必要がある。

注

（1）『鎌倉時代文学新論』（明治書院、大正11・12、増補版大正15・5）

（2）光行の年齢・経歴については、山脇毅氏「源光行親行年譜」（『源氏物語の文献学的研究』、創元社、昭和19・10）、および池田利夫氏「源光行の生涯とその文学」（『源氏物語を中心とした論攷』、笠間書院、昭和52・3）による。

（3）庭山積氏「『六代勝事記』の著作動機について」（『文学・語学』59、昭和46・3）

（4）補　その後、拙稿も含めて幾つかの作者説が提示されている。弓削繁氏はそれを整理して、次の三条を付け加えている。

(5)　葉室氏ゆかりの人物説（拙稿「六代勝事記と源光行の和訳物」、『富山大学国語教育』5、昭和55・8）

(6)　藤原隆忠説（弓削繁氏「『六代勝事記』の成立」、『山口大学教養部紀要』16、昭和57・10）

(7)　日野資実説（五味文彦氏『藤原定家の時代』、岩波新書、平成3・7）

右のうち、日野資実は承久二年（一二二〇）七月三日に五十九歳で出家（『公卿補任』）、貞応二年（一二二三）二月二十日に六十二歳で薨去（『尊卑分脈』）しているので、『六代勝事記』の成立時期とは極めて微妙な関係にある。

（5）『六代勝事記』と『平家物語』の関係については、早く野村八良氏（前出書）の指摘や後藤丹治氏（『戦記物語の研究』、筑波書店、昭和11・1）の考証があり、近くは冨倉徳次郎氏『平家物語研究』（角川書店、昭和39・11）、庭山積氏「読みもの系「平家物語」と「六代勝事記」――「延慶本」非先立の根拠――」（『長岡女子短期大学研究紀要』創刊号、昭和47・12）、弓削繁氏「六代勝事記と平家物語」（『中世文学』21、昭和51・10）等がある。

(6) 平田俊春氏「六代勝事記をめぐる諸問題」(『金沢文庫研究』12—8〜12、昭和41・8〜12)

(7) 『吾妻鏡』承久三年五月十九日の条、および同年八月二日の条。

(8) この「好文重士の君まれにして」の語句も、『本朝文粋』(巻六)の橘直幹「請兼二任民部大輔闕一状」の「適《ミ》遇《ヒテ》二漢主好レ文之時、周公重レ士之日一」の表現に基づいたものであろう。

(9) [補] 『明月記』寛喜元年(一二二九)十二月二十八日の条に載せられている左京大夫藤原親房の談話では、「故中納言長兼卿」と記されている。当時、すでに故人となっていたのであるが、その没年がどこまで溯るのかは不明である。親房の談話の主題は長兼の三男が文書を偽造して任料を詐取するという不祥事件を起こし、それを憤った兄の長朝が弟を殺害したという悲惨な事件であるが、関連して定家は、「父卿誇二稽古之自讃一、軽二当世之傍輩一、恣称二賢廉之由一、偏吐二驕慢之詞一、老後漸背二時儀一、如レ被二棄置一、光親卿超越従二位之後、謳二五噫一謗二朝儀一之由達二于上聞一、又増二不快一、成レ恐書二誓状一進二于仙洞一、其後属文器量嫡男逝亡、身忽中風、殆無二分別一而終レ命、遺跡已如二滅亡一、所レ残子息又如レ此、冥鑑如何、不レ知二可否一者也」と長兼の不幸な晩年を憐れんでいる。『尊卑分脈』には長兼の子息として長資・長朝・長綱の三名が記されている。『弁官補任』によると、嫡男の長資は建暦元年(一二一一)十月十二日に右少弁に任じているが、これは、長兼が権中納言辞退に際しての申請によるもの。建保六年(一二一八)正月十三日左少弁に転じ、翌承久元年(一二一九)正月二十二日に権右中弁(従四位上)に転じ、その年に辞任している。長兼もその頃はまだ在世していたが、その属文の才能を受け継いでいた長資が没したあと、「身忽中風、殆無二分別一而終レ命」という状況では、果たして『六代勝事記』を執筆しえたか、依然として微妙である。

(10) 高橋氏は『公卿補任』建永二年(元年の誤り)に「長兼四十五、十月廿日任参議」とあるのを証拠に応保元年(一一六一)生誕とされる(建永元年に四十五歳ならば応保二年生誕のはず)が、『新訂増補国史大系』所収の『公卿補任』には長兼の年齢に関する注記は全く見られない。また、長兼は正三位権中納言長方の二男で母は信西入道藤原通憲女であるが、長方一男の宗隆(同腹)は仁安元年(一一六六)の生誕であるから、二男長兼の応保元年生誕は考えられない。[補] この点については久保田淳氏によって批正されている。即ち、「承久の乱以後の藤原定家とその周辺——『明月記』を読む——」(『文学』53—7、昭和60・7)で、宗隆の年齢について『職事補任』文治元年(一一八五)に「廿七」、および『弁官補任』建久二年（一一九一）の「三十三」という注記からは平治元年（一一五九）の生れとなり、また『尊卑分脈』の元久二年（一二〇五）に「薨四十六」の注記、および『弁官補任』文治五年の「三十」という注記からは永暦元年（一一六〇）の生れとなるという異説もあって、仁安元年誕生説も不動のものではないことを指摘し、さらに『明月記』安貞元年（一二二七）閏三月七日の条に宗隆・長兼兄弟の姉の老尼が六十九歳で存命の由が彼らの異腹の末弟兼高の言によって知られることから、「長方女の老尼、宗隆、長兼は一腹で、ほとんど年子かそれに近い僅かの年齢差で、長方の子女として相次いで誕生したのではないだろうか」と述べている。また、高橋貞一氏の言う建永二（元）年の「長兼四十五、十月廿日任参議」は「あるいは旧版の『公卿補任』に拠られたか」としていたが、後に経済雑誌社版『公卿補任』には建永元年に「四十五」と明記されていることの教示（私信）をいただいた。記して謝意を表す。

（11）拙稿「保元物語と漢詩文」（『軍記と語り物』6、昭和43・12）、「平家物語と源光行の蒙求和歌」（『富山大学教育学部紀要』17、昭和44・3）、および『太平記の比較文学的研究』第一章の四（角川書店、昭和51・3）

（12）藤原孝範は貞永二年（一二三三）に七十六歳で没。光行より五歳年長。『明文抄』は建久年間（一一九〇〜八）の成立か。本書第一章第二節参照

（13）川瀬一馬氏著『日本書誌学之研究』第二篇(49)「唐物語と蒙求和歌」（大日本雄弁会、講談社、昭和18・6）

（14）『日中比較文学の基礎研究』第五章　蒙求和歌の伝本研究と諸本・第六章　蒙求和歌の成立と伝流（笠間書院、昭和49・1）

補　池田氏は第二類本の第一種本に属する国会図書館蔵甲本の巻末跋文の末の「カラクニヤシホチノキリノフカケレハアラハレヤラヌワカノウラカセ」の歌の下に「治部卿定家」の文字が見えることについて、「野村・川瀬両氏が既に指摘されるように、定家が治部卿であったのは公卿補任によると建保五、六年（一二一七〜八）であるから、本書の成立した元久元年（一二〇四）から十三、四年後であり、この本の祖本が定家所伝の本であることが知れるのである」（第五章）と言っているが、さらに「国会本の筆写時期を川瀬氏はこのすぐあとと見られているが、仮にそうであっても、（中略）この本には、脱文や衍字、誤写などを比較的多く見るので、既に転写の度数が重ねられたもの、そしてその過程で、時に増補や改竄が加えられたものと思われる」（第六章）とも述べている。

2　六代勝事記と白氏文集

一　はじめに

先に「六代勝事記と源光行の和訳物」と題する一文を草した。[1] 源光行の和訳物、即ち『蒙求和歌』および『百詠和歌』と『六代勝事記』との交渉について考察しようとしたものであった。しかし、近来特に有力になって来た『六代勝事記』の著者を源光行とする説に対する幾つかの疑点を述べることに紙幅を費やして、『蒙求和歌』や『百詠和歌』についても触れるべき若干のことがらを取り残している。その点については、いずれ機会を得て補うこととし、本稿では、源光行の和訳物に幾らかの関係をもっている白居易の新楽府五十首を中心に、『白氏文集』と『六代勝事記』との関係を考えてみたいと思うのである。

二　従来指摘されている関係事項

『六代勝事記』と『白氏文集』との関係については、はやく後藤丹治氏が、『六代勝事記』の著述動機という問題に触れて、白居易の新楽府の諸作品に現れている諷諭批判の精神との関わりを示唆した。[2] おそらく、それがもっとも早い時期に属する言及であろう。やや長くなるけれども、『白氏文集』の巻三および巻四の両巻に収められている新楽府五十首についての簡潔な解説をも含んでいるので、その論述を引用させていただく。

ここに注目すべきは、この書〔増田注『六代勝事記』〕の著述の動機である。この著述の動機は、これまたその序文に「心は権実の教法にあひて、善悪二の果をさとり、和漢の記録を伝へて、治乱二の政を慎む、故にいさゝか先生の徳失をのこし、をのづから後生の宦学を勧めむ事、身の為にして是をしるさず、世のため民の為にして是を記せり」とあるによつて窺はれると思ふのであるが、これには白氏文集の新楽府の、時事を諷刺するといふ態度が著しく滲透してゐるのではあるまいか。新楽府は白氏文集の中でも諷諭と称する部門内に置かれ、勧善懲悪の意義が加はつてゐる。それはすべてで五十篇あり、白楽天が左拾遺であつた頃の作で、その期するところは補闕救弊に在つたのである。そしてその序に「凡九千二百五十二言、断為二五十篇一。……総而言レ之、為レ君為レ臣為レ民為レ物為レ事而作。不二為レ文而作一也」とあり、最後の篇たる「采詩官」に於ては前王乱亡の由に鑑みて、下民の情を察すべきを述べて、「君兮君兮願聴レ此、欲下開二壅蔽一達中人情上先向二歌詩一求二諷刺一」と言つてゐるのであるが、これは六代勝事記の著者の態度と近似するものあるを思ふのである。六代勝事記も上述の如く、序文に於て「善悪二の果をさとる」とか「治乱二の政を慎む」とか、或は「先生の徳失をのこし」、「後生の宦《(ママ)》学を勧む」とか論じ、また文末に史論の一段を設けて承久の変を批判してゐるが如き、教訓的、道徳的、政治的色彩が濃厚である。殊に「身の為にして是をしるさず。世のため民の為にして是を記せり」の一句は、新楽府の「為レ君為レ臣為レ民為レ物為レ事而作。云々」といふのと符合し、六代勝事記が新楽府に関係があると断じ得べき、退引ならぬ証左となるのである。六代勝事記の史論中に「胡旋女国をかたふけ」などゝあるのも、新楽府中の一篇「胡旋女」を想ひ合はさないでも無からう。

後藤氏の右の言及は、『六代勝事記』と新楽府との関係についての最も早い時期の指摘というだけでなく、両者の関係の本質を的確に捉えたものと評することができる。

次に、同じく『六代勝事記』と白居易の新楽府との影響関係について言及したものに、外村久江氏の論考がある。(3)

外村氏は、『六代勝事記』の著者たるにふさわしい人物として源光行を挙げている。その論証の過程において『六代勝事記』の叙述と、源光行の著述である『蒙求和歌』および『百詠和歌』とのあいだに見出される共通の詞材を指摘した。そして光行には外にまだ『新楽府和歌』の著述のあったことが『蒙求和歌』『百詠和歌』の跋によって知られ、それはいま逸して伝わらないけれども、『六代勝事記』の叙述に新楽府と関係のある詞材が少なからず見出されるところから、それらが逸書の『新楽府和歌』を仲立ちに、『六代勝事記』と源光行とを結び付ける傍証となりうるのではないかということを示唆したのである。外村氏は、先ず、

〔上略〕六代勝事記はまた新楽府の影響下に出来たといわれている。即ち、序の「世のため民の為にして是を記せり」という句や巻末の「胡旋女」という言葉はその証であると云う。

と、前に引載した後藤氏の所説を挙げ、「たしかにこの書にはこの他にも新楽府の言葉や表現方法がとられている」として、新たに、六項の引用事例を指摘している。そして、最後に、

このように引用の多い新楽府に対しても光行には楽府和歌があった事が跋により知られるので、六代勝事記は、前の二書〔増田注、『蒙求和歌』と『百詠和歌』〕と同様、一度和文になされたこの書に近い表現をとっていたのではないかと想像される。

と結んでおられる。この結びのところ、いささか文意の明確さを欠くようにも思われるが〔「六代勝事記」は「楽府和歌」の誤記か〕、その趣意は、『六代勝事記』が新楽府を引用する際の詩句の和らげ方には、逸書の『新楽府和歌』の表現と相通ずるものがあったろうと想像される点で、『六代勝事記』と『新楽府和歌』の著者が同一人物でありうる可能性のあることを示唆しようとしたものと推測される。

三　『白氏文集』関係事例の整理

さて、以上が、『六代勝事記』と白居易の新楽府との関係について説かれた従来の論考である。後藤氏は、『六代勝事記』の政治的道徳的教誡性と、白居易の新楽府の諷諭精神とのあいだに近似するものがあることを指摘し、それが単なる偶合ではなくて、『六代勝事記』の著者が新楽府によって影響感化された証跡であると見、その証例として、次に掲げる関係事項のうちの(1)と(2)の二項を挙げた。そして、外村氏は、それに加えて、(3)〜(8)の6項を補ったわけである。[4]

(1)　『六代勝事記』の序文の「身のためにしてこれをしるさず。世のため民のためにして是を記せり」とあるのは、新楽府の序に「惣而言レ之、為レ君為レ臣為レ民為レ物為レ事而作、不ニ為レ文而作一也」とある表現と符合する。

(2)　『六代勝事記』の末尾にある歴史批判の論述（以下、「評論文」と呼ぶ）の中に「胡旋女国をかたぶけ」とあるのは、新楽府第八「胡旋女」（題序「戒ニ近習一也」）と関係があろう。↓(17)参照

(3)　『六代勝事記』に「司天星をいたゞくうてな」とあるのは、新楽府第十一「司天台」（題序「引レ古以儆レ今」）。

(4)　『六代勝事記』の「人力をもちて天災をあらそふ」は、新楽府第十二「捕蝗」（題序「刺ニ長吏一」）の中の「一虫雖レ死百虫来、豈将ニ人力一競ニ天災一」という詩句。

(5)　『六代勝事記』の「辺功をたつる」は、新楽府第九「新豊折臂翁」（題序「戒ニ辺功一也」）の「楊国忠欲レ求ニ恩幸一立ニ辺功一」という詩句。

(6)　『六代勝事記』の「亡国のうらみ隋堤にしもかぎらざりける」は、新楽府第四十三の「隋堤柳」（題序「憫ニ亡国一也」）の「請看隋堤亡国樹」という詩句。

(7)『六代勝事記』の「唐の太宗は人をかゞみとして」は、新楽府第二十二「百錬鏡」（題序「弁二皇鑒一也」）の「太宗常以レ人為レ鏡」という詩句。

(8)『六代勝事記』の結びの句の「一人よろこびあり、兆民かうぶるらむ事をねがふばかり也」は、新楽府第十二「捕蝗」（前出(4)）の「一人有レ慶兆民頼」という詩句。原拠は『書経』（第十二「呂刑」）[5]。

以上の八項が、従来すでに指摘されていた関係事項である。これらはいずれも、首肯すべきものと思う。

『六代勝事記』と『白氏文集』との関係となると、勿論、まだ幾つかの事例を付け加えることができる。調査の中間的な報告に過ぎないものではあるが、管見に入った事例を挙げると、次のようなものがある[6]。

(9)「青嵐膚をやぶりて、翠黛紅顔の粧やうやくおとろへ、蒼波眼うげて、懐古望郷の涙おさへがたし。」
第四「海漫々」（題序「戒レ求レ仙也」）の「海漫々、風浩々、眼穿不レ見二蓬萊嶋一」。なお、「眼穿」を古訓では「眼ウゲナントスレドモ」又は「眼ウグレドモ」と訓んでいる。

(10)「春ゆき秋きたれ共、むなしく年を記して、いたづらにおもひをいたましむるにや」
第七「上陽白髪人」（題注「愍二怨曠一也」）の「春往秋来不レ記レ年、唯向二深宮一望二明月一」

(11)「五月十五日に太上天皇、天宝のむかしにひとしく兵をめして、洛陽の守護廷尉光季を討せられ」
第九「新豊折臂翁」（前出(5)）「無何天宝大徴レ兵、戸有二三丁一抽二一丁一、点将駈向何処去、五月万里雲南行」。なお、最初の句、古訓では「イカントイフコト無クシテ（又ハ「ナントモナクシテ」）天宝ニ大ニ兵ヲメス」と訓んでいる。

(12)「あはれむべし、みなせの洞庭に柳かじけて、亡国のうらみ隋堤にしもかぎらざりける事をとまで、かなしくおぼしめされけむ」
第四十三「隋堤柳」（前出(6)）「隋堤柳、歳久秋深尽衰朽、風颯々兮雨蕭々、三株両株汴河口、老枝病葉愁二殺人一」。

なお、最後の句の「病葉」の古訓に、「カジケタル葉」という訓法がある。

(13) 「雲の浪けぶりのなみをしのぎて、はるかのおきにわたりつかせ給ひぬ」
第四「海漫々」(前出(9))「海漫々、直下無レ底旁無レ辺、雲濤煙浪最深処」。

(14) 「玉体は化して土となるとも、この御うらみはのこりて、つくる事なからむものか」
第三十六「李夫人」(題序「鑒二嬖惑一也」)「縦令奸《妍》姿艶骨化為レ土、此恨長在無二銷期一」。なお、「長恨歌」の結句も、

「天長地久有レ時尽、此恨綿々無二絶期一」という類似の表現である。

(15) 「憲宗は人のついゐをいたはりて、五載まで驪宮のちかきにみゆきせず」
第二十一「驪山高」(題序「美三天子重二惜人之財力一也」)「高々驪山上有レ宮、朱楼紫殿三四重、(中略)翠華不レ来歳月久、墻有レ衣兮瓦有レ松、吾君在レ位已五載、何不三一幸二乎其中一、西去二都門一幾多地、吾君不レ遊有二深意一、一人出兮不レ易、(中略)君之来兮為二一身一、君之不レ来兮為二万人一」。

(16) 「撫民とは、民は君の体也、体のいたむときに、その御身またい事ゐたまはむや」
第十九「驃国楽」(題序「欲二王化之先レ近後一レ遠也」)「君如レ心、民如レ体、々生二疾苦一心憯惨、民得二和平一君愷悌」。

(17) 「内には胡旋女国をかたぶけ、外には朝錯いきほひをきはめて、海内の財力つきぬれば、天下泰平ならず」
第四十三「隋堤柳」(前出(6))。「海内財力此時歇、舟中咲歌何日休、上荒下困勢不レ久、宗社之危如二綴旒一」
以上は新楽府に関するもので、一応この九項を補うことができる。新楽府以外のものとなると、目立つのは「長恨歌」および陳鴻の「長恨歌伝」に関係があると見られる詞句である。次のごときものを挙げることができる。

(18) 「なく〱故郷をのぞめば、雲海沈々として、眼うげ」
「于レ時雲海沈々、洞天日晩」(「長恨歌伝」)。→「眼うげ」については(9)参照

(19) 「清涼紫宸の金殿に、花を見、月をながめし雲のうへ、そよや霓裳羽衣の曲をとゝのへ、龍笛鳳管をきゝしよ

なく〳〵」

「驪宮高処入二青雲一、仙楽風飄処々聞、緩歌慢舞凝二糸竹一、尽日君王看不レ足、漁陽鞞鼓動レ地来、驚破霓裳羽衣曲」（「長恨歌」）。なお、「驚破」の古訓に「ソヨヤ」「ソ、ヤ」などがある。

「毎レ至二春之日冬之夜、池蓮夏開、宮槐秋落一、梨園弟子、玉琯発レ音、聞二霓裳羽衣一声一、則天顔不レ怡」（「長恨歌伝」）。

(20)「ふるきまくら、ふるきふすま、むなしくのこり、心をまどはし」

「鴛鴦瓦冷霜華重、旧枕故衾誰与共、悠々生死別経レ年、魂魄不二曾来入一レ夢」（「長恨歌」）。なお、那波本等の刊本類の『白氏文集』では「旧枕故衾誰与共」の句が「翡翠衾寒誰与共」となっている。

(21)「ひねもすにかたらひ、日たけてをきたまひし御なごり、たましいをなやます」

「芙蓉帳暖度二春宵一、々々苦短日高起、従レ此君王不二早朝一」（「長恨歌」）。「日高起」は「日タケテ起ク」と訓む。

(22)「天上の五衰、人間の八苦、たのしみつきて、かなしみきたり、さかへてはおとろふる事あり」

「時移事去、楽尽悲来」（「長恨歌伝」）。なお、大江朝綱の「重明親王為二家室四十九日一願文」に見える「生者必滅、釈尊未レ免二梅檀之煙一、楽尽悲来、天人猶逢二五衰之日一」（『本朝文粋』巻十四）の句とも関係があろう。

右にあげたのは、比較的その関係の認めやすい事例である。この外にも、まだ幾つかはあるけれども、その関係の認定にはかなりの説明を必要とするものである。以下の論述の中で、必要に応じて取り上げて行くことにする。

なお、新楽府と「長恨歌」（および「長恨歌伝」）にのみ限定して事例を挙げたが、白居易のその他の作品との関係は、あまり無いのではないかと予想している。新楽府と「長恨歌」（および「長恨歌伝」）とは、大部な『白氏文集』の中から切り出されて、それぞれ単独に流伝していて、それだけに多くの読者を獲得していた。この両者とともに「琵琶引」（「琵琶行」とも）も単独で行われていたのであるが、『六代勝事記』には、「琵琶引」との関係をにおわせる詞句は全く見られない。また、その他の白居易の作品の詞句が多く引用されている場合、一般的に言って、『和漢朗詠集』を介していることが多いのであるが、『六代勝事記』の叙述には、その駢儷体的な和漢混淆の行文にもかかわらず、そのような白居易の詩句の引用が少ないのである。そうした点にも、この著者の教養の質を窺うことができる。

『六代勝事記』に、高倉院の治世を称揚して、

御宇十二年、徳政千万端、詩書仁義のすたれたる道をおこし、理世安楽のたえたるあとをつげり。

と言っている。この「理世安楽」の語は、白居易の作品「序洛詩」（『白氏文集』巻七十）にも「理世安楽之音」とその用例が見えるけれども、この『六代勝事記』の叙述は、大江匡衡の「申二弁官左衛門権佐大学頭等一状」（『本朝文粋』巻六）の中にある、

繇是、詩書仁義之路、照然就レ日、礼楽儒雅之林、靡然向レ風、興レ廃継レ絶、不二亦悦一乎。

の文を基調にして、「礼楽儒雅」の語句に変えて、同じく大江匡衡の「供二養浄妙寺塔一願文」（同上、巻十三）の中の、

現世則天下太平、理世安楽之楽、後世亦地下抜苦、往生極楽之楽。

という文の「理世安楽」の語句を按配したものと推察されるのである。文章道の研鑽を積んだと思われる著者が、『本朝文粋』に収められている尊敬すべき先輩諸文人の詩文の語句を按配して文章をつづる、このような方法の例については、旧稿（注(1)参照）においても指摘したところである。

四　白居易の諷諭詩と作者の時世批判

四百字詰の原稿用紙にして四十枚にも満たない『六代勝事記』であることを考えると、上に列挙したように、白居易の作品との関係事例を二十二項も挙げうるということは、その関係が決して浅いものではないことを予想させる。

勿論、白居易の作品とは直接の関わりをもたない中国故事の引証や、『文選』所収の詩文や、『本朝文粋』所収の平安朝文人の詩文、特に願文のたぐいを模規とした行文など、総じて、『六代勝事記』の叙述と漢詩文との関わりは、濃く、かつ深くて、白居易の作品との関係だけを強調するのは誤解を招くことにもなりかねないが、それにしても、これだけの関係事例を列挙しうるという事実は、軽視するわけにいかない。

『六代勝事記』には、なぜ、白居易の作品と関係のある表現が多いのか。それへの解答の一つとして考えられるのは、この著者が、著者自身の体験した承久の変という「勝事」つまり歴史的大事件を、中国における天宝末年の擾乱、即ち安禄山の叛（七五五年）になぞらえようとしたことにあるということである。

『六代勝事記』の著者の承久の変に対する批判を、最も集中的に、かつ総括的に表現しているのが、末尾にある問答体の評論文である。その評論文は、群書類従本（板本・完成会版とも）や東大図書館蔵本では改行されていないけれども、内閣文庫本・島原松平文庫本では行が改められている。つまり、歴史を叙述する部分と、歴史を評論する部分とが明確に分けられているのである。

さて、その評論文は、「抑時の人うたがひていはく」で始まる問題提起と、「心有人答ていはく」で始まる政道論との二つの部分から成っている。

「時の人」の提起する問題は、

Ⓐ「我国はもとより神国也。人王の位をつぐ、すでに天照太神の皇孫也。何によりてか、三帝一時に遠流のはぢある。」

Ⓑ「本朝いかなれば、名をおしみ、恩を報ずる臣すくなからん。」

という二点である。ただし、重点の置かれているのは後者のⒷであって、そこには二つの中国の故事、即ち、

(a)漢の高祖の身代りとなって楚の項羽に降り、項羽に焼き殺された紀信の話。（『蒙求』「紀信詐帝」）

(b)虎圏の檻から走り出た熊の前に身を挺して、漢の元帝を守ろうとした馮昭儀という官女の話。（『蒙求』「馮媛当熊」）

を挙げ、それに比して、わが国には「名をおしみ恩を報ずる臣」の少ないことを難詰し、それが結局、Ⓐの「三帝一時に遠流のはぢ」を蒙るに至った所以ではないかと問い掛けているのである。

従って、この問題提起に対する「心有人」の答弁は、もはや「名をおしみ恩を報ずる」心のない臣下を詰る必要はなくなり、後鳥羽院の政道の是非を論ずることに主眼が置かれている。即ち、「時の人」の院方の廷臣に対する難詰を、「臣の不忠はまことに国のはぢなれ共」と受けて、それはそれとして肯定した上で、「宝祚長短はかならず政の善悪によれり」と、極めて直截的に、政治と歴史との関わりについての儒教的な考え方を表明するのである。そして、その論証として、ともに唐の皇帝である憲宗と玄宗の対照的な事績を取り上げて、これを対偶表現に仕組んでいる。

憲宗は人のつゐをいたはりて、五載まで驪宮のちかきにみゆきせず、玄宗は人のうらみをさとらずして、一天みだれて蜀山のはげしきにさまよひ給き。

憲宗の事績は前記の関係事項⒂に記したように、新楽府「驪山高」に拠ったものである。「驪山高」[7]の題序には「美三天子之重二惜人之財力一也」とある。この作品の作られた元和五年（八一〇）当時、憲宗が即位後五年にもなるのに、まだ一度も驪山宮に行幸してはいないということを取り上げて、民の費えを深く顧慮する帝徳の現れと称賛したものである。即ち、「一人出兮不二容易一」（一人出デタマフコトタヤスカラズ）、天子の行幸ともなるとたいへんな物要りで、「六宮従兮百司備、八十一車千万騎、朝有二宴飫一暮有レ賜、中人之産数百家、未レ足レ宛二君一日費一」（後宮の女官がお供をし、お役人もみんなお揃い、供奉する車が八十一輛、護衛の兵士が千万騎、朝な朝なのおさかもり、夕べ夕べのたまいもの、並の家数百軒の資産を当てても、天子一日の遊興費にはまだ足りぬ）という莫大な出費であるから、憲宗は「不レ傷レ財兮不レ奪レ力」（民の財産をも傷なわず、人の力をも奪わず）、万民のためを思って驪山宮へはまだ一度も行幸なさらぬのだという内容の作品である。阿諛と諷諫のまことにきわどい分岐点で作られていると言える。『六代勝事記』の著者が、ここでこの憲宗の事績を引いているのは、単に対偶形式を整えるために玄宗の事績と対比したというだけではなくて、承久の変に対する批判のより本質的な問題に繋がっている。それは、白河院が応徳三年（一〇八六）に造営した鳥羽離宮（城南離宮）を後鳥羽院が大々的に修復造営して、それへの御幸が頻繁であったことに対する批判としての意味をもっていると考えられるのである。

驪山宮は、もとは唐の太宗の造営で、初め温泉宮と名づけられたのを、玄宗が造営して天宝六載（七四七）に華清宮と名を改め、楊貴妃を伴って、しばしば遊んだ。「長恨歌」に「春寒ウシテ浴ヲ華清ノ池ニ賜フ、温泉水滑《ナメラ》カニシテ凝脂ヲ洗フ、侍児扶起《タスケオコ》セドモ嬌《コ》ビテ力無シ、始メテ是レ新タニ恩沢ヲ承ハル時ナリ」とあるのは、その離宮でのことである。陳鴻の「長恨歌伝」にあるように、「天宝ノ末ニ、兄国忠丞相ノ位ヲ盗《ヌス》ム、愚ニシテ国柄ヲ弄ブ、安禄山ガ兵ヲ引キ闕ニ嚮《ムカ》フニ及ンデ、楊氏ヲ討《タウ》スルヲ以テ辞ト為ス、潼関守ラズ翠華南ニ幸ス、咸陽道ヨリ出デテ馬嵬ノ亭ニ次《ヤド》ル」ということになり、その馬嵬で楊貴妃がくびり殺されるのを玄宗はなすところなく見て、さらに蜀の成都を指して、蜀の桟道や剣閣山の難路を越えて行くのである。成都での、また成都から長安へ帰る途での、さらに都に還ってからの、玄宗の楊貴妃を追慕する綿々として尽きる期のない恨みが、感傷詩「長恨歌」一篇の主題であることは周知のとおりであるが、諷諭詩である新楽府の諸作品の中にも、この安禄山の変に触れているものが少なからずある。

(ア)「夷声邪乱華声和、以レ乱干レ和天宝末、明年胡塵犯二宮闕一」（新楽府第二「法曲」、題序「美三列聖正二華声一也」）

これは、天宝十三載に楽制の改革があり、夷狄の歌曲が中国名に改められ、和やかな中国の伝統的な音楽に交じって乱雑な夷狄の音楽が朝廷でも演奏されるようになったが、果たしてその翌年に安禄山の叛が起こって、夷狄の兵馬が宮門を犯した、と批判したものである。

(イ)「宮懸一聴二華原磬一、君心遂忘二封彊臣一、果然胡寇従レ燕起、武臣少二肯封彊死一」（新楽府第六「華原磬」、題序「刺三楽工非二其人一也」）

これは、磬という石の打楽器は、もと泗浜に産する石で製したもので、その音色を聞けば、臣下は自分の職分を弁えてそれを死守しようと思い、君主は国境守備に命を捨てる臣下を思うと言われたものだが、音の清濁もわからぬ楽工の言いなりで華原に産する磬が朝廷でも打たれるようになってからは、君主も辺境守備の臣のことを忘れてしまい、果たして安祿山の率いるえびすの軍が燕で叛旗をひるがえしても、あえて辺境に命を捨てようとする武臣は少ない、と批判したものである。「時の人」の「いかなれば名をおしみ、恩を報ずる臣すくなからん」という問いを連想させる詩句である。前項や「胡旋女」とともに、音楽と政道との関わりの密接なことを説いた作品である。

(ウ)「主憂臣辱昔所レ聞、自二従天宝兵戈起一、犬戎日夜呑二西鄙一」（新楽府第二十五「西涼伎」、題序「刺二封彊之臣一也」）

これは、君主に憂えごとのある時は臣下も恥辱を思うものとは昔はよく聞いたものだが、安祿山の乱以来、西戎（チベット）のえびすが日夜に西の辺地を併呑して、今では都近くまで移動した国境線で、将軍たちは西涼の舞伎にうつつを抜かし、十万の駐屯兵は飽食暖衣してのんびり過ごしていると、辺境守備の武臣の怠慢を諷刺したものである。

(エ)「又不レ見秦陵一掬涙、馬嵬路上念二楊妃一、縦令妍（姸）姿艶骨化為レ土、此恨長在無二銷期一」（新楽府第三十六「李夫人」、題序前出(14)）

これは、愛妃李夫人に先立たれた漢の武帝の悲嘆ぶりを主に、盛妃の死を傷んだ周の穆王や楊貴妃を失った玄宗の傷心にも触れ、それらを鑑戒として天子が美人に心を迷わせることのないようにと戒めた作品である。「秦陵」というのは秦の始皇帝の陵であるから、那波本に「泰陵」（即ち玄宗の陵）とあるのが実際にかなっている。「妍姿艶骨」は、この作品全体の構成から考えて、楊貴妃のみならず、李夫人や盛妃をも含めた寵姫たちのあでやかな姿を指すものと解すべきであるが、前の句からの続きぶり、さらに直後の「此ノ恨ミ長ク在リテ銷《キ》ユル期《ゴ》無ケム」の句が「長恨歌」の結句と酷似することもあって、楊貴妃にのみかかわる表現という印象が強い。前記の関係事項⒁に示したように、『六代勝事記』の著者が、隠岐に流された後鳥羽院の鬱悒のさまを連綿と叙し、その掉尾（それは同時に、評論文を除く歴史叙述の部分の結びでもある）をこの詩句の引用で飾っているのも、楊貴妃一人に収斂される印象に基づいてのことかと思われ、そうであるとすれば、承久の変を天宝末年の乱に引き付けて捉えようとする著者の態度の一端を示すものと言うことができる。

白居易が、新楽府五十首の中で天宝末年の乱を取り上げている例としては、外にまだ「胡旋女」や「新豊折臂翁」などもあるが、それらについては、後に触れることになろう。

さて、『六代勝事記』末尾の評論文における「玄宗は人のうらみを……」の一文は、疑いもなく安禄山の叛を指しており、その事件は前述のごとく「長恨歌」や新楽府の幾つかの作品の素材となっているけれども、これこそがその直接の典拠であると指摘しうるほどに措辞の上でも密接な共通性をもつ作品は、管見に入らない。が、それも当然で、『六代勝事記』のこの措辞は、もっぱら著者の詞藻と文才とに負うていると考えられるのである。と言うのは、この辺りの叙述を見ると、

憲宗は　人のついゐを　いたはりて　五載まで　驪宮のちかきに　みゆきせず
玄宗は　人のうらみを　さとらずして　一天みだれて　蜀山のはげしきに　さまよひ給ひき

と、憲宗と玄宗の両者の事績が、字々句々、対偶をなして構文されているからである。これの典拠と言えば、やはり「長恨歌」をもって代表させるべきであろう。白居易以外の詩人の作品にも広くわたって、より酷似した詩句を探索しようとしても、おそらくその努力は徒労に終わるにちがいない。

五　作者の君道論・臣道論

『六代勝事記』の著者は、上述のごとく、憲宗と玄宗の対照的な事績を挙げて、「宝祚長短はかならず政の善悪によれり」ということの論証とした。歴史上の玄宗の即位後間もない頃の善政、いわゆる「開元の治」と謳われたその治世や、憲宗の晩年の求仙欲に禍いされた悲惨な最期は、ここでは問題になっていない。憲宗の即位後間もない頃に作られた白居易の詩の中での憲宗と玄宗でしかないのであって、そこに文人である著者の限界があるとも言える。

ともあれ、著者は、その後の論を次のように展開している。

帝範に二の徳あり。知人と撫民と也。知人とは、太平の功は一人の略にあらず。君ありて臣なきは、春秋にそしれるいひなり。撫民とは、民は君の体也。体のいたむときに、その御身またい事ゑたまはむや。

唐の太宗が撰して太子に与えた帝王学の教科書である『帝範』によって、自説の裏打ちをしているわけである。が、ここに述べられたような章句が、そのまま『帝範』全十二篇の中に見出されるわけではない。その思想を著者なりに要約し、かつ補説したものと考えられる。あえて言えば、『帝範』の太宗の序の冒頭に、

余《ワレ》聞《ク》、大徳《ヲ》曰《フ》ㇾ生《ト》、大宝《ヲ》曰《フ》ㇾ位《ト》、弁《ヘテ》二其《ノ》上下《ヲ》一、樹《タツ》二之君臣《ヲ》一、所下以《ナリ》撫二育《シテ》黎元《ヲ》一、陶中均《スル》庶類《ヲ》上。（斯道文庫蔵古鈔本による）

とあり、「黎元」「庶類」はともに庶民の意であるから、「撫育黎元、陶均庶類」をつづめて言えば、「撫民」ということになろう。また、『帝範』は十二篇を二篇ずつに纏めてその要旨を総括しているのであるが、「求賢第三」と「審官第四」とを総括して、

斯《ノ》二者《ハ》、治乱之源也、（中略）必《シ》須《ク》二明《ニ》ㇾ職《ヲ》審《ニシテ》ㇾ賢《ヲ》、択ㇾ才《ヲ》分《ツ》ㇾ禄《ヲ》、得《ルトキハ》二其《ノ》人《ヲ》一、則風行《ヲコナハレ》化洽《アマネシ》、失《スルトキハ》二其《ノ》用《ヲ》一、則虧《カキ》

レ教《ヲ》傷《ヤブル》レ民《ヲ》、書《ニ》曰《ク》、則《チ》哲唯《タヾ》難《ウストイヘリ》、良《ニ》可レ慎《シム》也。

とある。この「書曰」は、『書経』（虞書「皐陶謨」）に、

皐陶曰、都《アア》、在《リ》レ知《ルニ》レ人《ヲ》、在《リ》レ安《ンズルニ》レ民《ヲ》、禹曰《ク》、吁《アア》咸若《ナキ》レ時《カクノ》、惟帝其《レモ》難《レズ》レ之《ヲ》、知《ルハ》レ人《ヲ》則哲、能《ク》官《ニス》レ人《ヲ》、安《ンズルハ》レ民《ヲ》則恵、黎民懐《ク》レ之《ニ》。（冨山房版漢文大系による）

とあるのを引いたものである。『帝範』古鈔本の注にも「尚書咎繇謨曰」（咎繇は皐陶のこと）として上の文（ただし「能官人」まで）が引かれている。「則哲」とは「知人則哲」の略、つまりは「知人」なのである。人の才能を知り、賢才の人を用いることの難しさを説いたものである。また、「在知人、在安民」という「安民」を「撫民」と言い直すことも可能であったろう。「撫民」という語も、「知人」という語も『帝範』の本文の中には見出せないけれども、そのような語で要約しうる契機はあったわけである。

ところで、その「知人」について、著者は、

知人とは、太平の功は一人の略にあらず。君ありて臣なきは春秋にそしれるいひなり。

と説明している。実は、この説明は、『文選』巻五十一の王子淵の「四子講徳論」に、

故《ニ》千金之裘《ハ》、非《ズ》二一狐之腋《ニ》一。大厦之材《ハ》、非《ズ》二一丘之木《ニ》一。太平之功《ハ》、非《ズ》二一人之略《ニ》一也。蓋《シ》君《ヲバ》為《シテ》二元首《ト》一、臣《ヲバ》為《ス》二股肱《ト》一。明《ニシテ》二其《ノ》一体《ヲ》一、相待《テ》而成《ナスト云リ》、有レ君而無《ヲバ》レ臣、春秋刺焉《ニソシレリ》。（汲古書院刊『和刻本文選』による）

とあるのに、全面的に依拠している。

この「四子講徳論」の中にはまた、

君者中心《ナリ》、臣者外体《ナリ》。外体作《ナリテ》、然《シテ》後《ニ》知《ル》二心之好悪《ヲ》一。臣下動《テ》、然《シテ》後《ニ》知《ル》二君之節趨《ヲ》一。

という句があり、李善の注に、

子思子曰《ク》、民《ハ》以《テ》レ君《ヲ》為《シ》レ心《ト》、君《ハ》以《テ》レ民《ヲ》為《ス》レ体《ト》、心正《ナルトキハ》則体脩《ナガク》、心粛《ナルトキハ》則身敬《ツツシム》也。

と説明されている。これまた、『六代勝事記』における「撫民」についての説明とよく類似していると言える。

実は、この君と臣との関係を心と体の関係に比すのは、漢籍によく見掛けるところのものなのである。『帝範』上「君体篇」の冒頭にも、

夫民者国之先《ニシテ》、国者君之本《ナリ》、人主之体。

とあるが、『帝範』の姉妹篇とも言うべき則天武后撰の『臣軌』上「同体章」には、より詳しく、

故知、臣以《ハテ》レ君為《ヲ》レ心《ト》、君以《ハテ》レ臣《ヲ》為《スト云》レ体《ト》、心安《ケレバ》即体安《シ》、君泰《ケレバ》即臣泰《ナリ》、未《ジ》レ有《ラ》、心瘁《ヤムデ》二於中《ニ》一、而体悦《ビ》二於外《ニ》一、君憂《ヘテ》二於上《ニ》一、而臣楽《ブコト》二於下《ニ》一。（国会図書館蔵古鈔本による。）

とある。君臣の同体なるべきことを言っても、人臣たるものの遵守すべき軌範を説いた『臣軌』は、さすがに「心安ケレバ則チ体安シ」であって、『六代勝事記』の「体のいたむときに、その御身またい事ゐたまはむや」とは、そのニュアンスが甚だ異なる。

『貞観政要』巻七「論礼楽第二十九」に、

貞観十四年、特進魏徴上疏曰《シテク》、臣聞《ク》、君為《ヲシ》二元首《ト》一、臣作《ヲス》二股肱《ト》一、（中略）然《レバ》則《チ》首雖《ハモ》二尊高《ナリト》一、必資《ズヨリテ》二手足《ニ》一以成《テス》レ体《ヲ》、君雖《ハモ》二明哲《ナリト》一、必藉《ズヨリテ》二股肱《ニ》一以致《テス》レ治《ヲ》、故礼云《ニニク》、人以《ハテ》レ君為《ヲシ》レ心《ト》、君以《ハテ》レ人為《ヲス》レ体《ト》、心壮《ナレバ》則《チ》体舒《ビ》、心粛《ナレバ》則《チ》容敬《ス》。（原田種成氏校訂の新釈漢文大系本による。戈直本では「君臣鑒戒第六」に属す）

とある。「礼云」というのは『礼記』（「緇衣篇」）を引いたものである。上に立つ君が荘重厳粛に己れを慎しむと、おのずから下を化して、民も和やかに慎しみ深くなるということを説いたものと解されるが、『礼記』の原文に「民以君」「君以民」とあるのを、魏徴が「人以君」「君以人」と改めているのは、魏徴の論点が、君と民との関係ではなくて、合体して民を治めるべき立場にある君と臣との関係に置かれているためかと考えられる。階層を限定しない「人」がその場合適切だったのであろう。魏徴は、元首たる君の治世にとって、股肱の臣の支えや働きが不可欠であ

ることを主張するために、『礼記』を引用したのである。彼は、この直ぐ後で、「然《レバ》則《チ》、委二棄《シテ》股肱《ヲ》一、独《リ》任《ジ》二胸臆《ニ》一、具《ヘ》レ体《ヲ》成《スハ》レ理《ヲ》、非《ザル》レ所《ニ》レ聞《ク》也」と言っている。君主が臣下の言を用いずに自分の考え一つで事を行って、治世を実現したなどという話は聞いたことがないというのである。

「君」と「民」（又は「臣」）とを「心」と「体」になぞらえる例は少なくないけれども、このように見て来ると、『六代勝事記』における「撫民」の説明に最も近いのが、前記の関係事項⒃に示した新楽府の「驃国楽」の表現であるということになる。「驃国楽」は、題序に「欲二王化先レ近後一レ遠也」とある。徳宗の貞元十七年（八〇一）に、遠く驃国（今のビルマ地方）からその地の音楽が献ぜられ、廷臣たちは唐の天子の徳が遠く広く及んだことの証として慶賀したのだが、それを白居易が、「撃《ツ》レ壌《ヲ》老《タル》農夫」の口を借りて批判したものである。聖明なる天子が人民を感化して天下太平を実現させようと思うなら、身近なところから感化して行くことが大切で、見せかけの王化ではなくて、実質を伴った太平でなければいけない。「太平《ハ》由《レリ》レ実《ニ》不レ由《ラ》レ声《なニ》、観《み》レ身《ヲ》理《メテ》レ国《ヲ》々可《シ》レ済《ヒッ》」、身を省みて己れを修め国を治めてこそ、初めて国を救済することもできようと言い、それに続けて、

君ハ心ノ如ク、民ハ体ノ如シ、体疾苦ヲ生《ナ》ストキニハ心憯惨ス、民和平ナルコトヲ得ツルトキハ君愷悌ナリ。

と言うのである。君を心に、民を体になぞらえて、体に病苦を生ずれば心もいたみかなしみ、民が平和を得たならば、君もやわらぎたのしむもの、と言っているのであるから、まさに、『六代勝事記』の「民は君の体也。体のいたむときに、その御身またい事ゐたまはむや」ということになるわけである。

六　『六代勝事記』おける思想と文体

『六代勝事記』の著者は、徳治主義的政道観の理念を「知人」と「撫民」の二つに集約した後、

のぎはのわらびをつみてたがへし、炎天にあせをのごひてほどこせるいとなみも、一も君のためにしてつとめず
といふ事なければ也。

と述べ、人民の労働が偏に君主への奉仕なのであることを理由にして、君主は民の労苦を思いやり、撫育に心をいたすべきであることを説いている。続群書類従完成会版では「のきばのわらび」と濁点を打っているが、「のきば」（軒端）ではなくて「のぎは」（野際）であろう。「野辺」の意である。

次いで、著者は聖王と賢臣とがみごとに邂逅した事例を挙げる。

されば、殷の武丁は臣を楫として、四海の波をわけり、唐の太宗は人をかゞみとして、万方のくまをてらし、夏の禹は皐陶がはかりごとにつき、周の文王は呂望がはかりごとにしたがひき。

「されば」という傍句（転接語）の後、再び整った対偶表現に戻る。仮に、「殷の武帝」「唐の太宗」「夏の禹」「周の文王」をそれぞれ一つの固有名詞と見做して、「殷の武丁は」「臣を」「楫として」「四海の」「波を」「わけり」のように文節単位に区切って読んで行くと、六・六・四・四となる。つまり長句の直対と短句の直対とで構成されているということになる。駢儷文の属文法が文章の基底に厳として在るということである。

先ず、殷の武丁（高宗）が賢相傅説《ふえつ》を得て、彼に朝夕諫諍を入れて自分を輔佐するようにと命じ、「若済二巨川一、用レ汝作二舟楫一、若歳大旱、用レ汝作二霖雨一、啓二乃心一沃二朕心一」（もし大きな川を渡るとならば、汝を舟と櫂にして渡ろう。もし年が早魃になったら、汝を長雨にして大地をうるおそう。汝の心を開いて腹臓のない諫言を、わが心に注ぎ入れてくれ）という話。これは『書経』（商書、説命）にある。

皐陶《こうよう》は、夏の禹らとともに唐堯・虞舜の聖天子に挙用され、公平な裁判を行って、その治世に大きく貢献したと伝えられている人物である。やがて禹が即位して皐陶を後継者にしようとしたが、その前に死んでしまった。『書経』に「皐陶謨」という篇のあることは、「知人」についての説明の際に触れた。『説文』には「謨、議謀也」とある。

「皐陶謨」とは、まさに「皐陶がはかりごと」なのである。だが、「皐陶謨」は虞舜のためのはかりごとなのであって、禹のためのものではない。ただ、その内容の中心は、舜の御前における皐陶と禹の政治論議であり、理論家の皐陶と実際家の禹の対照が鮮やかに描き出されている篇であるが、論議の前半は、いかにも皐陶の議論に禹が耳を傾け、それを受け入れているといった印象である。

周の文王（西伯）と呂望（太公望）の出会いの話は、『六韜』や、それを要約した『蒙求注』などでよく知られている。西伯が渭浜の北に猟をして、釣糸を垂れる太公望と出会う話である。司馬遷は、『史記』の「斉太公世家」の冒頭で、斉国の始祖である太公望呂尚が周の文王に仕えるに至った経緯について、この話をも含む三つの伝承を挙げて、「言三呂尚所二以事一レ周雖レ異、然要レ之為二文武師一」、つまり、伝承はまちまちであるけれども、要するに周の文王・武王の師であったということだと結んでいる。

以上、略述した三組みの君臣は、いずれも堯舜の伝説的な時代や夏・殷・周初という古代の人物である。それらに交じって、比較的新しい時代の人物である唐の太宗が登場している。「唐の太宗は人をかゞみとして、万方のくまをてらし」という話は、『貞観政要』巻四「興廃第十一」に記されているのが詳しい。龍谷大学蔵の写字台文庫本の訓点によって、書き下してみると、次のようになる。

太宗嘗テ侍臣ニ謂ヒテ曰《ノタマ》ハク、夫レ鏡ヲ以テ鏡ト為テハ、以テ衣冠ヲ正シクスベシ。古ヲ以テ鏡ト為テハ、以テ興喪ヲ知ルベシ。人ヲ以テ鏡ト為テハ、以テ得失ヲ明ラカニスベシ。朕常ニ此ノ三ツノ鏡ヲ保ツテ、以テ己レガ過チヲ防グ。今魏徴殂逝ス。遂ニ一鏡ヲ亡《ウシナ》ヘリ。因ツテ、泣下《ナンダ》ルコト久シ。

前記の関係事項(7)にも示したように、新楽府「百錬鏡」（神田本「練」に作るが訂す）との関係も無視できない。この作品の題序には「弁二皇鑒一也」とある。天子の持つべき鏡は、百たび鍛え、磨き上げ、鏡背に天子を象徴する九五飛龍の彫刻を施したような豪奢な百錬鏡ではなくて、太宗の言ったように「人」を鏡とするのでなければならない、とい

うのがこの作品の主題である。中に、

我一言有リ、太宗ニ聞ケリ、太宗常ニ人ヲ以テ鏡ト為ス、古ヲ鑒ミ、今ヲ鑒ミテ、容ヲ鑒ミズ、四海ノ安危ヲバ掌ノ内ニ照ラシ、百王ノ理乱ヲバ心ノ中ニ懸ケタリ。

とある。新楽府「百錬鏡」で「以レ人為レ鏡」という時の「人」は特定の個人ではない。『貞観政要』における「以レ人為レ鏡」の「人」は、魏徴の死によって「遂亡二一鏡一矣」と太宗を嘆かせたところの、魏徴その人を指すと考えられる。『六代勝事記』の場合はどうか。駢儷文の常道に従って、論証の部分に類似の故事四つを対偶表現に仕組んでいるのであるが[8]、他の三者は、殷の武丁における臣（傅説）、夏の禹における皐陶、周の文王における呂望というように、特定の聖王と特定の賢臣との関係であった。「唐の太宗は人をかゞみとして」の「人」が「百錬鏡」のように必ずしも特定の個人を指さないものとするならば、この句だけが異質なものとなり、その整った駢儷文にふさわしい対偶表現にもかかわらず、内容的には破綻を来しているということになる。やはり、「人」は魏徴を指すと解すべきであろう。著者は新楽府だけに拠っているのではなく、当然のことながら、『貞観政要』などにもよく親しんでいたにちがいない。

七　白居易の安史の乱批判と作者の歴史認識

以上見て来たところで、『六代勝事記』の評論文の前半が終わる。著者は、この後、聖王と賢相による治世とは対照的に、暗主のもとでは佞人が寵せられて賢者が退けられることを論じ、「風不レ鳴レ条、雨不レ破レ塊」（『論衡』「是応第五十二」。『塩鉄論』「水旱第三十六」にも類句がある）の諺を裏返して、世が危亡に向かうことを説いている。即ち、

悪王国にある時は、へつらへるを寵して、かしこきをしりぞけ、然によりて行ふ所は例にあらざれば、ふく風は

枝をからし、降雨はつちくれをやぶり、内には胡旋女国をかたぶけ、外には朝錯いきほひをきはめて、海内の財力つきぬれば、天下泰平ならず。

ここには、極めて一般的な政道論のごとく見えながら、著者に深刻な衝撃を与えた承久の変と、そのような結果をもたらした時代状況に対する著者の批判が込められている。

著者は先ず、「内には胡旋女国をかたぶけ」と言う。「胡旋女」は関係事項(2)に示したように、新楽府「胡旋女」の題材となった胡旋舞を舞う女のことである。原注に「天宝末、康居国来献之」とあり、康居国（中央アジアのソグド）から献ぜられた舞で、「廻雪飄颻トシテ転蓬舞フ、左に旋《メグ》リ右ニ転《メグ》リテ、疲ル、コトヲ知ラズ、千タビ匝《メグ》リ万ヅタビ周《メグ》リテ、已ム時無シ」と、いかにもテンポの早い舞であったらしく、これに比べると、「奔車の輪も緩く、旋風も遅い」くらいだという。胡旋女とは、そういう舞を舞う女である。「国をかたぶけ」は、もちろん「傾国」の語を連想させる。となると、どうしても頭に浮かんでくるのが、後鳥羽院の寵愛した白拍子の亀菊のことである。

亀菊のことは『吾妻鏡』（承久三年五月十九日の条）にも記載されているが、慈光寺本『承久記』上（新撰日本古典文庫）の記述を掲げると、次のとおりである。承久の乱の原因の一つとして述べているのである。

其由来ヲ尋ヌレバ、佐目牛《女カ》西洞院ニ住ケル亀菊ト云舞女ノ故トゾ承ル。彼人寵愛双《ナラビ》ナキ余、父ヲバ刑部丞ニゾナサレケル。俸祿不ㇾ余思食テ、「摂津国長江庄三百余町ヲバ、丸《マロ》ガ一期ノ間ハ、亀菊ニ充行ハル、。」トゾ院宣下サレケル。

院宣をいただいた亀菊の父の刑部丞が長江庄へ馳せ下ったが、鎌倉方の地頭が執権義時の御教書でもないかぎり譲り渡すことはできないと刑部丞を追い返した。その訴えを聞いて怒った院が医王左衛門能茂を遣したが、これにも従わない。能茂の報告を聞いた院は、「末々ノ者共ダニモ如ㇾ此云、増シテ義時ガ院宣ヲ軽忽スルハ尤理也。」と憤り、重ねて院宣を下したが、義時は「如何ニ十善ノ君ハ、加様《カヤウ》ノ宣旨ヲバ被ㇾ下候ヤラン。於㆓余所㆒者百所モ千所モ被㆓召上一候共、長江庄ハ、故右大将ヨリモ、義時ガ御恩ヲ蒙始ニ給テ候所ナレバ、居乍《ヰナガラ》頸ヲ被レ召トモ努々叶候マジ」と言って、院宣を三たびまで拒絶した。そこで院は公卿僉議を開き、義時追討ということになるのである。

その僉議の方向を義時追討へと一挙に導いた人物として、後鳥羽院の乳母の卿二位殿（藤原範兼女、兼子）がいる。村山修一氏が「上皇の側近として羽振りをきかし、専制政治下に請託・賄賂等悪徳流行を助長せしめた俗物」[9]と評した女性である。後鳥羽院政を内側から崩した、つまり「内には胡旋女国をかたぶけ」と言われるべき人物の一人に加えてしかるべきであるかもしれない。

卿二位はもちろん舞女ではない。しかし、実は新楽府「胡旋女」の真の主人公は、ソグドの舞女ではなくて、楊貴妃と安祿山なのである。題序に「戒二近習一也」とあるように、天子の近習が批判されているのである。白居易は、この作品の中でこう言っている。「ソグドなどから万里に余る道のりを苦労してやって来なくても、中原にはちゃんと胡旋舞の名手がいるのだ。彼らが腕を競い合うさまは、お前たちもかなわないぐらい。」そして、

天宝季年時欲レ変　臣妾人々学二円転一　中有二大真一外祿山　二人最道能胡旋　梨花園中冊作レ妃
金鶏障下養為レ児　祿山胡旋迷二君眼一　兵過二黄河一看未レ反　貴妃胡旋惑二君心一　死弃二馬嵬一念更深

と、この詩の主題に入る。大真（楊貴妃）と安祿山の競い舞う胡旋舞とは、君の眼を迷わせ、君の心を惑わす寵臣や嬖妾などの近習が、君の恩幸を得ようとして競い合う嬌態のことである。安祿山の率いる叛軍が黄河を越えて長安に近づいている事実を目にしながら、まだ祿山の謀叛が信じられない玄宗、馬嵬で楊貴妃が殺されても、むしろいっそう思いを募らせる玄宗、そのように近習のために惑乱させられた玄宗が、ここに描かれているのである。

評論文の「時の人」の問いの中に、漢の紀信の忠節を述べた後で、

範茂卿は、威風楊国忠をさみして、其名羽林相公たり。秀康は、官祿涯分にすぎて富有比類なし。五箇国の竹符をあはせて、追討の棟梁たりき。かれもこれも、いさみ輦車にのるにたつすとも、たゝかふに旧里をかへみる事

をそしれり。

と、藤原範茂と同秀康の異常な立身、戦う前の威勢のよさが述べられ、やがて批判の対象となる。範茂は後鳥羽院の妃で順徳院の生母である修明門院重子の同腹の兄に当たる。母は平教盛の女（従三位教子）である。例の卿二位兼子とはいとこである。「威風楊国忠をさみして」とは、修明門院の兄である範茂を、楊貴妃の兄の楊国忠に譬えたものであることは言うまでもない。秀康は歌人秀能の兄、その妹の一人は修明門院の女房である。『六代勝事記』の著者の言う「内には胡旋女国をかたぶけ」という表現は、単に舞女亀菊一人を指しているのではなかろう。というよりも、亀菊の存在などはさほど念頭においていなかったかもしれない。

八　「生逢聖代無征戦」の感慨

実際に戦うまでは勇み立っていた院方の武将らが、僅か一日の合戦で敗退して捕虜となったが、『六代勝事記』は、それについて、次のように言っている。

西面北面の、朝恩にほこりて武勇をこのむ、たちまちにほろび、近習寵臣の辺功をたつる、こと〴〵くとらへられぬ。

それはまた、承久元年（一二一九）七月十三日、後鳥羽院が大内守護人右馬権頭源頼茂（頼政孫）を追討した記事の中で、

ちか比、西面とてゐらびをかれたる、いつはりて弓馬の藝を称すたぐひの、官祿身にあまり、宴飲心をまどはして、朝にうたひ、夕に舞、たちゐのあらましには、あはれ、いくさをして、さきをかけばやとのみねがひて、烏帽子をおり、魚父を打はきしともがら、皇居にはせいりて、せめたゝかふに、

と批判的に描かれていた連中である。「辺功」つまり辺境での武功だが、結局、それは討幕の戦いでの手柄ということになる。幕府の力を見くびり、自分たちの武力を過信して、辺功を立てようとする、近習・寵臣・北面西面の武士たちへの批判は、次のごとき後鳥羽院に対する批判に繋がる。

御宇十五年、藝能二をまなぶなかに、文章に疎にして、弓馬に長じ給へり、国の老父ひそかに、文を左にし武を右にするに、帝徳のかけたるをうれふる事は、彼呉王剣客をこのみしかば天下に疵をかぶるものおほく、楚王細腰をこのみしかば宮中にうへてしぬる者おほかりき、そのきずとうへとは世のいとふ所なれども、上のこのむに下のしたがふゆへに、国のあやうからん事をかなしむなり。

右の文中に引用されている「呉王」と「楚王」の故事は『後漢書』（馬廖伝）が原拠であるけれども、『六代勝事記』の直接の典拠は、菅原文時の「封事三箇条」（『本朝文粋』巻二）であって、それには、

抑朝廷所レ行者、従レ制猶遅、人君所レ好者、承レ指蓋速、（中略）昔呉王好二剣客一、百姓多二瘢瘡一、楚王好二細腰一、宮中多二餓死一、夫餓与レ瘢者、是人之所レ厭、然尚不レ嗜レ味、不レ避レ危者、唯欲レ従二上之好一也。

とある。後鳥羽院政を慨嘆する「国の老父」[10]のことばの大半が、この封事からの引用である。

ところで、こうした後鳥羽院の好尚がそのまま寵臣・近習・西面北面の武士に反映して、辺功を立てようと気負い込ませ、承久の乱を引き起こしてしまったと、『六代勝事記』の著者は見ているのであるが、白居易が「戒二辺功一也」と題序に記した新楽府が、「新豊折臂翁」である。関係事項(5)に示したように、外村氏が指摘された事例の一つである。天宝十載（七五一）の大徴兵に際して、夜ひそかに自分の片臂を大石で打ち砕いて戍役をまぬがれ、以来六十年、「風フキ雨フリ陰《クモ》リ寒キ夜」などは痛さに眠られぬこともあるけれども、命を全うしえたことを喜んでいるという老翁の述懐を通して、外国への侵略を戒めた作品で、その主題は終りの部分に凝縮されている。

又不レ聞　天宝宰相楊国忠　欲レ求二恩幸一立二辺功一　々々未レ立生二人怨一　請問新豊折臂翁

楊貴妃の兄の楊国忠が天宝の末に宰相となり、玄宗の恩寵ほしさに雲南地方の南詔蛮を討とうとし、前後二十余万の軍勢を出兵させたが失敗に帰し、生還する者はなかったという。天下に怨嗟の哭声が満ち、「故ニ祿山、人ノ心ニ乗ジテ天下ヲ盗ムコトヲ得タリ」（原注）という。

この折臂翁が、請われるままに臂の折れている謂れを語り出す最初の言葉は、「新豊県ニ貫属セラレテ、生レテ聖代ノ征戦無キニ逢ヘリ」ということである。本籍地は新豊県で、生まれた当時は戦争などない聖代だったというのである。ここで、連想するのは、『六代勝事記』の著者が、その序の中で自分の経歴に触れて、「応保の聖代に生れて」と言っていることである。この記述をもとにして、著者の出生年代を応保年間（一一六一～三）と推定するのが通説である。勿論、この序文の記述の真実性を疑ってかかるならば、この作品の著者の割り出しは、著しく困難となる。「応保の聖代に生まれて」というのが真実のことであって差し支えないし、またそうであることを望むものであるけれども、その応保年間を「聖代」と捉えたのは、この「生逢三聖代無二征戦一」が念頭にあってのことではなかったか。保元の乱（一一五六年）の後、平治元年（一一五九）十二月の平治の乱、その翌年（永暦元年）の乱後の処理という風に時代をたどると、応保年間は、まさに「無二征戦一」の「聖代」だったのである。承久の変の後、六十年の生涯を振り返って見た時、自分の生まれた応保という年代が、まさに「聖代無二征戦一」と言える貴重な時期であったことに、著者は深い感慨を催さざるを得なかったのかもしれない。藤原定経を作者に擬す和田英松氏は、定経が保元三年（一一五八）の生まれであることに触れて、「応保の聖代とあるは、応保年間の意にあらず、唯二条天皇の御代に生れたるよしの意なるべし」（『本朝書籍目録考証』）と言っているが、筆者はこの「応保の聖代」という表現を今少し重く受け止めたいと思うのである。

九　『六代勝事記』執筆の意図

最後に、後藤丹治氏が、『六代勝事記』と新楽府との関係を示す「退引ならぬ証左」と指摘した、両作品の序の結びの言葉について考えてみよう。関係事項の(1)である。

『六代勝事記』の著者は、いつの頃にか世を捨てて、「弥陀を念じ、極楽をねがふにふた心なくなりにし後は、世事すべていとはれ、文筆ながくさしをき」という境涯に入っていたのである。ところが、承久の乱に出会い、それが彼自身「普天かきくもりしゆふだちの神なりにおどろきて」と言うように、まさに青天の霹靂の歴史体験であったことによって、長く捨てていた文筆を再び手にしたのであるが、著者は、その執筆の目的を明かして、

心は権実の教法にあひて、善悪二の果をさとり、和漢の記録をつたへて、治乱二の政をつゝしむ。ゆへに、いさゝか先生の徳失をのこし、をのづから後生の宦学をすゝめむ事、身のためにしてこれをしるさず。世のため民のためにして是を記せり。

と述べている。仏道の行学によって悟りえた因果応報の理と、それが家学であるらしい史書や記録の研修によって知りえた治乱興廃の理とを拠り所にして、自分が生きて来た時代の是非曲直を証言しよう、そうすることが、おのずから後代の者に対して、士大夫たる者の修めるべき学問を勧めることになるにちがいない、自分一個のためにする記録ではない、「世のため、民のため」に著述するのである。著者はそう言っているのである。出家とともに一旦は捨て果てたつもりの文筆であったが、痛切な歴史体験が、文筆をもって仕えた儒者官僚の自負を呼び覚まさせ、再びそれを手にした著者の高揚した気概の表れた行文である。

一方、新楽府の序は、神田本などの古鈔本では、その初めに、五十篇の題目と、その趣旨を要約した題序とが列挙

された、それに続けて、次のように記されている。

凡九千二百五十二言、断為二五十篇一、篇無二定句一、句無二定字一、繫二於意一不レ繫二於文一、首句標二其目一、古十九首之例也、卒章彰二其志一、詩三百篇之義也、其詞質而俚、欲二見者〔之〕易一レ諭也、其詞直而切、欲二聞者之深誡一也、其事覈而実、使二来者之伝一レ信也、其体順而律、使レ可三以播二章楽歌曲一、惣而言之、為レ君為レ臣為レ民為レ物為レ事而作、不二為レ文而作一也、唐元和四年、左拾遺白居易作。

刊本類の序は、右の文章から末尾の年時と署名を除いた形である。（ただし、冒頭に「序曰」が加わる外、本文にも小異がある。）

この序文で、白居易の言っていることを箇条書にすると、次のようになる。

(A) 字数はすべてで九千二百五十二字。これを五十篇に編纂した。各篇に一定の句数もなく、各句に一定の字数もない。それは内容を重視して、文の形式美にとらわれないためである。

(B) 各篇の冒頭の句に題目を掲げたのは『文選』の古詩十九首の例、末尾の段に趣旨を明言したのは『詩経』の三百篇の方法に倣ったものである。

(C)(a)その表現が質朴で卑近なのは、読む者の理解しやすいものにしたいから。

(b)その用語が卒直で懇切なのは、聞く者が心に深く誡めてほしいと思ったから。

(c)題材にした事実が確実なのは、後世の者に古事の信実をそのまま伝えたいためである。

(d)詩の体裁がすなおでリズミカルなのは、楽章や歌曲に取り上げて弘めうるようにしようとしてである。

(D) 総括して言えば、君のため臣のため民のため物のため事のために作ったのであって、文飾のために作ったのではない。

新楽府の序と『六代勝事記』の序に類似しているのは、(D)の部分だけである。その他の部分では、(C)の(c)にあたる

「其ノ事ノ覈《アキラ》カニシテ実《マコト》アリ、来者ヲシテ信ヲ伝ヘシメントナリ」の趣意が、『六代勝事記』の「ゆへにいさゝか先生の徳失をのこし、をのづから後生の宦学をすゝめむ事」というのにやや似ているが、取り立て言うほどのことでもない。なお、この「来者」の語が、刊本類では「采者」となっていて、「他日この詩を採収する人に信実を伝えさそうとするからである」(11)のごとく解されている。

　ところで、新楽府の序の結句の表現は、すでに指摘されているように、『礼記』（「楽記第十九」）に、宮・商・角・徴・羽の五音について、「宮為レ君、商為レ臣、角為レ民、徴為レ事、羽為レ物」とそれぞれ君・臣・民・事・物の五者に譬え、この五音が乱れないときは「則《チ》無《シ》二怗懘《せんせい》之音一矣」（「怗懘」は古注に「敝敗不レ和貌」とある）、つまり、音楽全体が調和するとし、乱れれば「乱世之音」「亡国之音」になると説いてあるのに拠っている。天子の過失を諫めることを掌る官である左拾遺の任にあった白居易が、諫官としての自負に基づいて社会を諷刺し、それを治世に反映すべく庶幾したのであって、単なる文学的感興にのみ促されて作ったのではないというのが、その趣意である。『六代勝事記』の場合には、そういう五音調和の観念など全くない(12)。耳遠い「物ノ為、事ノ為」の語句は除かれ、「君ノ為、臣ノ為、民ノ為」は「世のため民のため」の二句に集約され、「文ノ為」という語も「身のため」と改められている。言わば、「実」と「華」の対比が、「公」と「私」の対比に置き換えられている。このように、表現上の違いはいろいろ取り上げられるにしても、その述作の目的を表明する基本的な態度において、白居易の新楽府に負うていることを、著者は、この序の結びによって示そうとしたのかもしれない。

　『六代勝事記』の「世のため民のため」という言い方は、しかしながら、当時の流行的な言い方であったかもしれないのである。同じ表現が、他にも見出されるのである。

　藤原兼実の『玉葉』の治承四年（一一八〇）十二月二十九日の条に、平重衡による南都焼討ちの記事が記されているが、兼実は、その記事の後に、

至二于凶徒之被一レ戮者、還為二御寺要事一、七大寺已下、悉変二灰燼一之条、為レ世為レ民、仏法王法滅尽《ママ》了歟、凡非二言語之所一レ及、非二筆端之可一レ記、余聞二此事一、心神如レ屠。（下略）

と、深甚な慨嘆のことばを付け加えている。ただ、この場合の「為レ世為レ民」は、「世の中にとって、庶民にとって」と解すべきであるかもしれず、「此事、為レ朝為レ氏、已第一之大事也」（同、治承五年六月十二日の条）の「朝廷にとっても、藤原氏にとっても」というのと同類の言い方とも見られる。

兼実の弟である慈円の『愚管抄』（巻五）にも、同じような言い方の例が見出される。安元三年（一一七七）の鹿ケ谷の隠謀事件に関し、平清盛が藤原成親・成経父子、藤原師光（西光）や俊寛・平康頼などを捕え、流罪に処し、あるいは誅殺したことを記した後に、

入道カヤウノ事ドモ行ヒチラシテ、西光ガ白状ヲ持テ院ヘ参リテ、右兵衛督光能卿ヲ呼出シテ、「カヽル次第ニテ候ヘバカク沙汰シ候ヌ。是ハ偏ニ為レ世《ノ》為レ君《ノ》ニ候。我身ノ為ハ次ノ事ニテ候」トゾ申ケル。（岩波日本古典文学大系による）

と述べられているのである。傲然と、まさに居直った感じの清盛の物言いであるが、この「世ノ為、君ノ為」および「身ノ為」の語の用い方は、『六代勝事記』の場合と全く同じである（「君ノ為」と「民のため」の違いは対象の相違に基づくものである）。実際に清盛が後白河院に対して、このような言い方をしたのか、それとも慈円か、あるいは慈円にこの話を伝えた院の側近の誰か、例えばこの場に居た藤原光能のごときによって、言い直されたものか、それは不明としか言いようがない。いろんな臆測が可能であろう。が、『六代勝事記』の著者が慈円と何らかの関わりをもっているのではない[13]かという思を強く抱いている者にとっては、やはり気になる類似表現である。さらに追求すべき問題である。

注

(1)『富山大学国語教育』5、昭和55・8。本書第二章第二節1「六代勝事記の成立と作者論」参照

(2) 後藤丹治氏「六代勝事記を論じて承久記の作成問題に及ぶ」(『文学』7—7、昭和14・7。『中世国文学研究』第二章所収、磯部甲陽堂、昭和18・5)

(3) 外村久江氏「六代勝事記と源光行」(『東京学芸大学研究報告』15—10、昭和39・3、『鎌倉文化の研究—早歌創造をめぐって—』所収、三弥井書店、平成8・1)

(4) 以下、引用する『六代勝事記』の本文は、国立公文書館蔵内閣文庫本によって統一する。

(5) 補『漢書』の「賈誼伝第十八」に「夫教得而左右正則太子正矣。太子正而天下定矣。書曰一人有レ慶、兆民頼レ之、此時務也」(師古注に「周書呂刑之辞也」)とあり、同じ文章が『資治通鑑』漢紀六「太宗孝文皇帝中」に「梁太傅賈誼上疏曰」として載っている。また、司馬長卿「子虚賦」(『文選』巻七)の末尾に「一人有レ慶、兆民頼レ之」(李善注に『尚書』を引く)と見える。なお、『明文抄』第一(帝道部上)にも、『玉函秘抄』上巻にも、ともに出典を『尚書』として採録している。

(6) 以下、事例の番号は前記八項に続けて通し番号とする。なお、新楽府の本文は神田本『白氏文集』(古典保存会複製)、「長恨歌」(および「長恨歌伝」)は『管見抄』(内閣文庫本)所引のものに拠り、訓読もそれらの訓点に従う。

(7)「驪山高」は『白氏文集』巻四の最初に載っているのであるが、神田本の「文集巻四」の初めの部分には欠脱汚損があるので、『管見抄』所引(ただし題は「驪宮高」となっている)の本文を用いる。

(8) 例えば『文選』(巻四十七)所収の王子淵の「聖主得賢臣頌」に次のような文がある。「由レ此観レ之、君レ人者、勤二於求一レ賢、而逸二於得一レ人、人臣亦然、昔賢者之未レ遭レ遇也、図レ事揆レ策、則君不レ用二其謀一、(中略)是故、伊尹勤二於鼎俎一、太公困二於鼓刀一、百里自鬻、甯子飯レ牛、離二此患一也。」ここには、伊尹・太公望・百里奚・甯戚の四人が、それぞれ自分を挙用しその才能を発揮させてくれた聖王明君、即ち殷の成湯・周の文王・秦の繆公・斉の桓公に邂逅するまでの困窮の不遇時代が対偶表現で述べられている。「是故」の二字は、『六代勝事記』の「されば」に当たる傍句で、続く四句が、六・六・四・四という長句と短句それぞれの直対である。

(9) 村山修一氏『藤原定家』(人物叢書、吉川弘文館、昭和37)

（10）高橋貞一氏（「古本『保元・平治物語』の作者と著作年代」『文学』25―3、昭和32・3）は、この「国の老父」を著者の父ではないかとして、藤原長方に比定し、それを根拠の一つとして、『六代勝事記』の著者を長方の子の長兼と推定した。しかし、「国の老父」は張衡の「東京賦」（『文選』巻三）などに見える「国叟」や班固の「東都賦（辟雍詩）」（同、巻一）に見える「国老」（いずれも、一国に秀でた徳の高い老人の意）の訓読によって生じた語句ではあるまいか。菅原為長なども「朝之重器、国之元老」（公卿補任所引『平戸記』）と呼ばれている。その評言の内容が菅原文時の「封事」そのままであることから見て、仮構の在在である可能性もある。（付記参照）

（11）高木正一氏、中国詩人選集12『白居易』上（岩波書店、昭和33・2）。なお、新楽府の解釈や鑑賞に当たって、この書の恩恵を蒙ることが多かった。記して謝意を表す。

（12）補　後のものではあるが、『文机談』巻一（岩佐美代子氏『校注文机談』、笠間書院、平成1・9）に、「おほよそこゑある物のかずをいへば、五声八音也。五声といふ、宮・商・角・徴・羽のいつつのこゑ、（中略）又この五音に又二のこゑをそへて七声といふ。則、変徴・変宮の二のこゑなり。宮は壱越調君にかたどる。商は平調臣にかたどる。角は双調民にかたどる。徴は黄鐘調事にかたどる。羽は盤渉調物にかたどれるなり。文集の巻第三にいへる、君のため臣のため民のため事のため物のため、これなるべし」とあり、新楽府の序の本来の意味に則って説明されている。

（13）『六代勝事記』に、後京極良経の死を悼む慈円と後鳥羽院との贈答がある。答歌である院の「その友のうちにや我を思ふらん恋しき袖の色をみせばや」という歌は、『源家長日記』に見える院の歌と一致しているのに、慈円の贈歌「秋の夜の風と月との友はみな春の山路に迷ひぬるかな」はなく、『源家長日記』の中のそれに相当する歌は、「春の花秋の月とて詠めしを其友いかに恋しかる覧」（続々群書類従本）という形である。この贈答歌は慈円の『拾玉集』にも見えず、また山崎桂子氏の教示によると、『後鳥羽院御集』の本来的な部分に収められていないのみか、氏の調査したいずれの伝本の増補部分にも載ってはいないということである。もし『六代勝事記』の成立が序に言うごとく「貞応の今」（一二二二〜四）であるとすると、嘉禄元年（一二二五）九月二十五日に慈円が七十一歳で没するよりは前ということになり、仮にこの歌が意図的に改作されたものであったとすれば、慈円の了解を得た上でのこと、と言うよりは、慈円の発意に依るものという可能性も十分にあるからである。

付記　『蒙求和歌』との関連について

本稿では『蒙求和歌』『百詠和歌』など源光行の和訳物との関係については割愛したが、『蒙求和歌』関連の次の二例は、作者論にも絡んでいるので補説して置きたい。

一　「国の老父」

作者葉室長兼説を主張する高橋貞一氏の、これを作者の父の長方と見る見解と、それに対する卑見については、すでに本稿において述べたところである。この「国の老父」について、弓削繁氏は『六代勝事記・五代帝王物語』（三弥井書店、平成12・6）の「補注九二」において、拙考を紹介した上で、

しかし、ここの直接の典拠は『蒙求和歌』の巻頭話「漢祖龍顔」で、「高祖ウマレテ龍顔アリ。ヒゲビムヨシ。左ノモヽニ七十二ノ黒子アリ。トキニ呂公ト云人アリ。賢才ヨニ聞テ、国ノ老父酒ヲ持来集テ、宴飲シテ世ノ中ノ事ヲ云合セケリ。高祖ワカクイヤシクテノコロ来リ臨メリ…」とあるのに拠る。清談を主宰する超越者というべき存在であるが、『勝事記』はこれを自らの理想を体現する存在として措定したものであろう。

と指摘しており、貴重な批正をいただいたわけである。

『蒙求』の「漢祖龍顔」の書陵部蔵古注には「漢書、高祖、姓劉、名邦、字季、為人高準而龍顔、美鬚髯、左股有七十二黒子、父曰大公、母云媼」とあり、応安頃五山版でも上記の「鬚髯」を「鬚髯」に作り、「父曰大公、母云媼」に代えて「寛仁愛人意豁如也」とする違いがあるだけで、「国ノ老父」云々の話はない。この話は、『史記』の「高祖本紀」、『漢書』の「高帝紀」にほぼ同文で記述されているが、「国の老父」に当たる原文はともに「沛中豪傑吏」である。呂公は沛の県令と懇意だったので仇を避けて客としてそのもとに身を寄せていたが、県令のもとに賓客が在ると聞いた沛中の豪傑や郷吏が進物を持って挨拶にやって来たというのである。従って、光行はこの「沛中豪傑吏」を

「国の老父」と言い換えたことになるが、語句は同じでも『六代勝事記』の「国の老父」とは重ならないことになる。また、この時に呂公と高祖が初めて出会い、呂公は高祖の卓抜な相を看て自分の娘（呂后）を娶せようと心に決める。後に、高祖が亭長となり、呂后が二人の子供（孝恵帝と魯元公主）と田の中にいると「一老父」が通り掛かる。呂后の相を見て「夫人天下貴人也」と言い、男児を見て「夫人所二以貴一者乃此男也」、女児を「亦皆貴」と相して立ち去った。呂后からそのことを聞いた高祖が追い着いて尋ねると、「老父曰、郷者《サキノ》夫人児子、皆以レ君、君相貴不レ可レ言」と言う。高祖が貴位に就いた後にその老父を求めたけれども所在がわからなかった。『史記』「高祖本紀」にも同じ記事があるが、『蒙求和歌』には呂公が高祖の貴相を見抜いた話に集約させたのか、この「一老父」の観相の話はない。仮にこの「一老父」を参照して「国の老父」と言ったのだとしても、『六代勝事記』の「国の老父」の発言や役割とは重ならないのである。弓削氏が「清談を主宰する超越者というべき存在」、「（作者）自らの理想を体現する存在」と付言したのも、語句は同じながら概念が異なることへの認識からであろうか。

『六代勝事記』には他にも「老父」の用例が見える。将軍源実朝が奇禍に遭った事件に関連して、「昔、臨江王とをくゆきし日、車のよこかみおれぬ。老父のいさめにしたがはず、しゐてさりてはやく卒してふたゝびかへる事得ず、先事わすれざる、後世のつゝしむ所也」という批評がある。この故事は『蒙求』に「臨江折軸」として見え、注に『漢書』「景十三王伝」を簡略にして、

（漢）臨江《ノ》閔王名《ハ》栄、景帝《ノ》長子《ナリ》、初為二太子一、廃《シテ》為二臨江王一《ト》、後《ニ》徴《サレテ》還《ル》、臨《テ》レ発《スルニ》車軸《ヨコガミ》折、江陵《ノ》父老《ガ》言《ク》、吾《ガ》王不レ返《カエラ》矣、至二長安一、令自殺《シテ》、葬《ス》二藍田一、有《ニ》二燕数万一銜《テ》レ土置二家上《ノ》一。（『蒙求古註集成』上巻、応安頃刊五山版）

とある（「令自殺」は『史記』『漢書』ともに「王恐自殺」とする）。『蒙求和歌』（第十一、哀傷部）にも採られていて、外村氏は関係事例の一つに数えている。『六代勝事記』の「老父」に当たるのは「江陵父老」（『史記』『漢書』も同じ）であるが、光行はこれを「江陵ノオキナ父老」（「オキナ」は振り仮名の写誤か。内閣文庫蔵初稿本には「臨江の老父」）と訳して

いる。「漢祖龍顔」の「国ノ老父」も、言い換えれば「沛中ノ老父」なのである。

「臨江折軸」の『六代勝事記』の記事とも重なる肝要な部分は、『蒙求和歌』では「臨江ヲイヅルトテ、車ノ横ガミヲレニケリ。江陵ノオキナ父老コレヲミテ、ミチノカドデニ車ノヨコガミスデニヲレタリ、ワガキミカヘラムコト、ハナハダアヤフカルベシトナキケリ」と記されている。「車ノヨコガミ」という共通語句の存在が今の我々には目立つけれども、『新撰字鏡』に「軸」を「与己加弥也」（『古典索引叢刊四』）と注し、新楽府「八駿図」の「属車軸折趁不レ及」の句を「属車ノ軸《ヨコガミ》折レテ趁《ト》ムレドモ及《シ》カズ」（神田本、天永四年藤原茂明点）と訓んでいるように、当時としては普通の訓である。『漢書』には「江陵父老、流レ涕窃言曰」（『史記』も同文）とあり、江陵父老が臨江王の出立を諫止したわけではなく、『六代勝事記』の「老父のいさめにしたがはず、しゐてさりて」と言うのは特異な表現であって、「先事わすれざる、後世のつゝしむ所也」という作者の評言と関連する。即ち、鶴岡八幡宮における大臣宣下の拝受に際して「将軍、館より出給に鳩鳥しきりにかけり、車よりをるるに雄剣をつきおれり」という凶兆があったにもかかわらず実朝が出掛けたことに対して、臨江王の故事を引き合いに出した批判である。臨江王の「折軸」は、王が祖廟の「壖地」（内牆と外垣の間の空地。『史記』は「壖垣」）を壊して王宮を造営した科で召還されることになり、その出発に際して「祖二於江陵之北門一」、つまり江陵の北門で道祖神を祭り行路の安全を祈願した折の異変として捉えられているのであるが、『蒙求』古注や『蒙求和歌』には触れていないそれらのことを踏まえた上で、鳩鳥や雄剣の異変を『六代勝事記』は「祖宗のしめす也」と言ったのであろう。

『六代勝事記』の「国の老父」の発言内容は、「江陵ノオキナ父老」の憂慮とは次元が異なる。それは、本稿で指摘したように『本朝文粋』巻二に収める「封事三箇条」の文章をもってした、国家の政治および歴史に関わる批判である。「封事」の作者菅原文時は道真の孫、内記十余年、弁官九年、式部権大輔十余年を歴任、その間に文章博士・大学頭を務めて、天元元年（九七八）に式部大輔となり、同四年正月に従三位（非参議）となって、同年九月に八十三歳で没している（『国史大辞典』）。このような経歴をもち、天徳元年（九五七）、六十九歳で「意見封事」を献策した文時のごとき人物を念頭に置いての発想が、「国の老父」の語なのであろうと考える。故に、弓削氏の「『勝事記』はこれを自らの理想を体現する存在として措定したものであろう」という見解に関しては全く同感である。

二「魯国のやもめ」

評論文の終りに近く、「かゝるさましたるものゝしわざ□はあたへぬ事なれども、かの魯国のやもめの、きみよはひかたぶきて、太子のいとけなきをなげきけるごとき」とある。これについては外村久江氏（「六代勝事記と源光行」、『東京学芸大学研究報告』15―10、昭和39・3）が「魯国のやもめのきみは第二「漆室憂葵」にみられる」と、『蒙求和歌』（第二、夏部）に拠ることを指摘し、作者源光行説の理由の一つとした。「魯国のやもめ」については書陵部蔵『蒙求』古注（上巻のみ現存）では、「魯漆室之女者、過レ時未レ適レ人」とあり、『蒙求和歌』では「魯ノ漆室ノムスメハトキヲスグルマデヲトコニモミエザリケリ」と忠実に訳出している。その女が「倚レ柱而嘯」のであるが、この部分になると、「ユフベノソラノ心ホソキニ、柱ニヨリカ、リテ、ウソブキタチテケルヲ」と情景描写を加えた翻案になる。隣家の女の「何嘯之悲乎、子欲レ嫁耶」という問いは『六代勝事記』では省かれていて、それに対する女の返答「非也、余憂二魯君老、太子幼一」だけが「きみよはひかたぶきて、太子のいとけなきをなげける」と和訳され、女が語る不慮の災害（家に泊まった旅人の馬が逸走したために園中の葵を荒らし、ためにその年は葵が食べられなかったこと、隣人の女が駆け落ちし、頼まれてその行方を追った兄が大水に遭って溺死したこと）と、「魯君老、太子幼」という状況から内乱が生じて「君臣父子皆被二其辱一、禍及二衆庶一、婦人独安所レ避乎」という憂慮については一切省かれている。『蒙求』注・『蒙求和歌』・『六代勝事記』の三者に表現上でも共通するのは返答の、「我ガ魯ノ君ノオイオトロヘテ、太子イトケナキコトヲウレフルナリ」（『蒙求和歌』）の部分だけである。『六代勝事記』は説話の詳述を意図しない。駢儷文の属文法に即して適切な故事を適切な箇所で有効に利用するだけで、故事の内容についての知識は読者の教養に委ねている。この部分、同じ女の返答の和訳であるから酷似するのは当然で、両者の交渉を特定することは難しい。

ところで、この「魯国のやもめ」の嘆きの記事が、弓削繁氏（「『六代勝事記』の成立」、『山口大学教養部紀要』、昭和57・10）の作者藤原隆忠説の根拠の一つになっている。氏の著書『内閣文庫蔵六代勝事記』（和泉書院、昭和59・4）の「解説」で、『補註蒙求』によって「漆室憂葵」の故事を解説した上で、次のように述べている。「これによれば、『勝事記』の作者も、（中略）自分も魯国のやもめのように、六十年来の苦しい体験にのっとって、幼い「一人」すなわち童帝のために一言申し上げるのだ、というのである。本書の著述意図はこの擱筆部に集約されているとみてよいであろう」とする。氏は『六代勝事記』の序から導かれる作者としての諸条件のすべてを満たす人物として松殿摂政基房の嫡男、左大臣隆忠を挙げるのであるが、隆忠が、貞応二年当時十二歳であった後堀河天皇のために進覧したものではないかとする。後堀河天皇は践祚以前、十楽院の贈大僧正仁慶（慈鎮資）の弟子となっていたが、仁慶は松殿基房の子で隆忠の弟であり、隆忠の四男大僧正聖基は後堀河天皇の父である後高倉院の猶子となっていたから聖基と新帝とは義理の兄弟に当たるという関係を指摘して、「本書は聖基の手を経て新帝に進覧されたと推定してまず誤りないものと思う」と言う。

さらに、貞応二年五月十四日の「後高倉院の突然の崩御こそ、隆忠に捨てて久しい筆を執らせる直接の契機となったのではなかろうか」と推測している。序の「普天かきくもりしゆふだちの神なりにおどろきて」を承久の変と後高倉院の崩御の二件に関わらせているのも気になるが、「漆室憂葵」の話は、女の「吾憂㆓魯君老、太子幼㆒」という心配事を聞いた隣家の女の「此乃魯大夫之憂也。婦人何与焉」という返事が示すように、何の関係も無かりそうな庶民の一女性が、あたかも「魯大夫之憂」を憂えるところに面白みがある。承久の変の一年前に出家してはいるが、（注）摂関家の出であり、前左大臣従一位であった藤原隆忠が自らをなぞらえるには落差があり過ぎるという点も気になる。王室などとは何の所縁もない漆室の庶民の女でさえそうなのだから、ましてやかつて左大臣の要職にあった者としてはなおさら、という理解なのであろう。幼い後堀河帝を魯の太子のいとけなさになぞらえていることは確かであるが、劉向『列女伝』では「今魯君老恂、太子少愚、愚偽日起」とあることを思えば、新帝その人に奏献する文章としてはいささか不用意な表現ということになりはしないだろうか。両様に解しうる材料は論証にはなりにくい。

弓削氏は、従来の作者説についての解説と批判を略述した後で、「ともあれ、作品の内容からすれば、増田氏も指摘されている通り、よほど上層の貴族が想定されて然るべきであって」と述べ、そのことを作者藤原隆忠説の理由の一つとしている。ここに引かれた卑見は『六代勝事記』の序から窺われる作者像として挙げた四条件の一つであるが、拙考はただ「源光行よりは今一つ上級の階層に属する人物ではなかったか」というに過ぎない。今、弓削氏の作者藤原隆忠説についての全体的総合的な検討には及びえないが、筆者は、しばしば儒者官僚という語を用いて来ているように、上級貴族の家司などを務めて、奏状・辞表・願文等を草した経験をもつ中流貴族を想定している。藤原良経の突然の薨逝を悼んだ叙述の中で、「職事弁官も道にくらく、文峰歌苑に主をうしなへるとかきくらして」と途方にくれている「職事弁官」に相当する、例えば蔵人になり、大弁で参議に任じ、正・権の中納言を極官とするといった程度の階層に属する作者を考えているのであって、左大臣隆忠のような摂関家出身の最高クラスの貴族を想定していないという点だけは断って置きたい。

（注）『太平御覧』（巻四六九）人事部「憂下」に、劉向の『説苑』を引いて「又曰、魯有㆓賢女㆒、次室之子。年適㆓二十㆒、明㆓暁経書㆒、常侍立而吟、涕泣如㆑雨。有識謂㆑之曰、汝欲㆑嫁耶、何悲之甚。対曰、魯君年老、太子尚小、憂㆓其姦臣起㆒矣」（金沢文庫本影印）とある。現行の『説苑』にはなく、向宗魯氏の『説苑校証』（中華書局、一九八七年）も巻末「佚文輯補」に記載している。この記事では「魯国のやもめ」が「明㆓暁経書㆒」している「賢女」とされている。「憂㆓其姦臣起㆒矣」という結びのごとき、『六代勝事記』の作者の諷諭の真意そのものであろう。

第三節　唐鏡の成立

一　『唐鏡』の著者、藤原茂範

『本朝書籍目録』の「仮名部」には、『世継』『大鏡』『今鏡』『水鏡』などと並んで、「唐鏡　十巻 茂範卿抄」と記されている。本来は十巻から成っていたらしい『唐鏡』の、巻七以下の四巻が現存していないので、もしかすればその成立事情の明証となりえたかもしれない奥書の存否も知られず、この簡単な記事が、『唐鏡』の著者について知り、その成立年代を推定する上での唯一の資料なのである。

ここに言う「茂範卿」は、左大臣武智麿の後裔で、貞嗣より数えて十四代目に当たる、侍読・従二位・文章博士の藤原茂範であろうと想定することは、黒川春村（『碩鼠漫筆』）以来の通説である。これを積極的に否定する材料がないばかりでなく、茂範の経歴から想像される学識こそは、中国の史籍に基づいてその歴史を叙述している『唐鏡』の作者とするに最もふさわしいものであることが、諸先学によって主張されて来た。

『公卿補任』によれば、茂範は、永仁二年（一二九四）三月二十九日に出家し、時に五十九歳であったと記載されている。これが、茂範の年齢について記載された唯一の資料であって、諸先学もすべてこれを根拠として、『唐鏡』の成立年代を推定しているのであるが、この『公卿補任』の年齢記載には、明らかに誤りが認められる。永仁二年に五十九歳で出家したとなると、その生誕は嘉禎二年（一二三六）であるはずだが、「故従三位経範卿二男」の藤原明範が正安三年（一三〇一）に七十五歳で薨じているところから逆算して、その生誕が安貞元年（一二二七）となるからには、

「故従三位経範卿一男」の茂範は、それよりも早く生まれていなければならないはずである。しかるに、『公卿補任』は、茂範・明範が非参議の公卿として列座している正応元年（一二八八）から永仁二年までの七年間、兄の従二位茂範の方を、弟の従・正三位明範よりも九歳の年少として記し続けているのである。さらに、茂範の閲歴の最初の記事は、建保四年（一二一六）十二月廿八日の「補文章生」（『公卿補任』文永十一年の条）であるから、彼の生誕は、少なくとも、それより数年を溯る頃でなければならないはずである。[1]

茂範の出生年次を、この建保四年より何年ぐらい溯らせて考えるのが妥当であるか。以下、乏しい属目の材料によって、推定してみよう。

(1)　先ず、父親の、侍読・従三位・式部大輔・文章博士の藤原経範の閲歴と、茂範のそれとを比較してみると、そこには興味ぶかい対応関係が見られる。即ち、左の表に見るように、茂範は、父経範より十八、九年の年代を隔てて、ほぼ平行的に位階が昇進しているのである。この官位歴進における両者の年代差を、そのまま、両者の年齢差として捉えうるとすれば、茂範は、父経範の十九歳乃至二十歳の時の子となる。

	経範	茂範	年代差
文章生	建久八年（一一九七）	建保四年（一二一六）	一九年
叙爵	建保五年（一二一七）	嘉禎元年（一二三五）	一八年
従五上	貞応元年（一二二二）	仁治元年（一二四〇）	一八年
正五下	安貞二年（一二二八）	寛元四年（一二四六）	一八年
従四下	寛喜三年（一二三一）	建長二年（一二五〇）	一九年
従四上	嘉禎三年（一二三七）	康元元年（一二五六）	一九年

そこで、経範の出生年次はどうかということになるが、『公卿補任』の記載から、次の三つの推定が成り立つ。

(A)　建久八年（一一九七）五月十六日の「補文章生」の記事の下に「八才」と注記されているのに基づけば、建久元年（一一九〇）の出生となる。

(B)　建長元年（一二四九）の叙従三位の時「六十一歳」と注して、以後その出家の年まで毎年記されている年齢に拠って逆算すれば、文治五年（一一八九）の出生となる。

(C)　康元元年（一二五六）に「十二月十五日出家、明年正月十四日卒（年七十一）」と記されているのに拠れば、文治三年（一一八七）の出生となる。

従って、経範の十九歳乃至二十歳の時の子と推測される茂範の出生は、元久二年（一二〇五）〜承元三年（一二〇九）のあいだということになる。

(2)　上に見た経範の出生年次によると、経範が文章生に補せられたのは、(A)八歳、(B)九歳、(C)十一歳のいずれかとなるが、茂範の場合、そのいずれと合致させるのが最も妥当であるか。他の人物の例に準じて比定してみようと思うが、文章生出身で公卿に列せられた者はそう多くなく、また、その出自によってやや経路を異にしているから、比較の厳密を期する意味で、茂範の近親者のうち年齢の推定しうる、曾祖父永範・父経範・弟明範・弟淳範に限って、その補文章生と叙爵の年齢を調べてみよう。

	永範	経範	明範	淳範
文章生	?	8・9・11歳	?	7歳
叙爵	25歳	28・29・31歳	26歳	22歳

この表から類推すると、茂範が文章生に補せられたのは七〜九歳ごろ、叙爵は二十五〜八歳ごろと見るのが、最も穏当であると思われる。両件を勘案すれば、彼の出生年次は、承元二年（一二〇八）〜承元四年（一二一〇）の

あいだとなる。

(3)『金沢蠹余残篇〈坤〉』に、茂範が幕府に対して、「可レ被レ崇二文道一事」「可レ被レ尊二師読一事」「可レ被レ優二筆削一事」「可レ被レ抽二奉公一事」「可レ被レ施二恩沢一事」の五項にわたって懇請した款状がある。その跋とも言うべき文の中に、

於戯、拯市之月、拯市之花、春秋之交遊忽忘。七旬之父、七旬之母、晨昏之孝行已怠。進参二列雲萊之籍一、則恨二都鄙之異郷一。退参二致水菽之報一、亦無二俸禄之潤一レ家。進退惟谷、惆悵対レ山。何況、故郷隔而千万里、中腸空断。生涯闌而五十年、後栄難レ知。

と自からの窮境を嘆き訴えている。「七旬」とか「五十年」とかは、勿論概数ではあろうが、父母がともに「七旬」でありうるのは、長男の茂範が、父経範のごく若い頃、大体二十歳ごろの子であるという、(1)の推定を裏書きする。

ところで、款状の末尾には、「二月廿五日　右京権大夫藤原茂範」と署名されているのであるが、いずれの年の「二月廿五日」であろうか。茂範が「右京権大夫」であったのは、建長七年（一二五五）二月十三日以後、文永元年（一二六四）十月三日に文章博士に任ぜられるまでの九年余りのあいだである（『公卿補任』）。款状の中に「内蔵権頭親家」の名が見えるが、『吾妻鏡』によれば、親家は、正嘉二年（一二五八）八月十五日以前には「内蔵権頭」、正元二年（一二六〇）正月一日の条には「木工権頭」と記されている。『吾妻鏡』は正元元年の記事を全く欠いているのであるが、ともかく、この款状は、建長七年〜正元元年の五年間のうちの、いずれかの年の「二月廿五日」に上啓されたものであることは確かである。

款状の中に「七旬之父、七旬之母、晨昏之孝行已怠」と見える。「已怠」というのは、七十歳の父母が京洛に在りながら、自分は遠く鎌倉に住んでいるので、現に孝養を怠っているということであろう。親に死なれて既に

孝養を尽すすべもないというのではあるまい。だからこそ、「退参㆒㆑致水菽之報㆒、亦無㆓俸禄之潤㆑家」と述べて、帰洛して親を養いたく思っても、それではまた生計が成り立たぬと嘆いているのであろう。この文面から、「父は死んだが、母だけはまだ生存している」という情況を読みとるのは無理だと思われる。とすると、これは、康元二年（一二五七）正月十四日の父経範の死以前、即ち、建長七年か翌康元元年かの二月二十五日に書かれたことになる。

ただ、ここで問題になるのは、款状の中に、

於㆑是、三万六千神、天地災変御属星、并風伯御祭々文等、勘㆓累代之佳例㆒、数般之草進。（中略）且又建長寺供養以後、連々御願文、懇々抽㆓愚勤㆒。（「可被優筆削事」）

と記していることである。『吾妻鏡』によれば、茂範が「建長寺供養」の願文を草したことは建長五年十一月二十五日の条に、「天地災変祭」の祭文を草したことは同六年四月四日の条に見えていて、いずれも建長七年以前であるから問題はないが、「風伯祭」の先例を勘えたことは康元元年七月二十六日の条に見えているのである。『吾妻鏡』には建長七年の記事が全く欠けているのであるから、その欠脱部分にも「風伯祭」に関する記事がなかったとは断言できないが、康元元年七月二十六日の記事をごくすなおに読めば、それ以前にも茂範が風伯祭の先例を勘えたことがあるとは想像できない。この矛盾を解釈するためには、康元二年正月十四日における父経範の死が、まだ鎌倉の茂範に報知されなかった、その二月二十五日と考える以外にない。公用の飛脚であれば、大体一週間足らずで、京洛から鎌倉へ到達している（『吾妻鏡』）が、私的の連絡であるし、何かの事情があって、報知が遅れていたのであろう。『吾妻鏡』によれば、同年七月十三日の風伯祭の祭文は茂範の子の「秀才広範」が草し、八月二十一日の大慈寺供養の願文も茂範に代わって「秀才広範」が草している。後者の記事中に、「次願文草事、茂範朝臣可㆑為㆓其役㆒之処、経範卿服暇中也」とあることからも推測される。茂範は、すでに父経範

の致仕出家（前年十二月十五日）の知らせを受けていたが、まだその死を知らず、家督が、長男の自分をさしおいて、弟の明範に伝えられた、もしくは伝えられようとしていることを知り[2]、鎌倉での栄達に唯一の望みを懸けて、この款状を上啓したのではなかろうか。

この款状が康元二年（一二五七）二月二十五日に書かれたものとして、その時、茂範は「生涯闌而五十年」であったから、仮に、四十八～五十二歳ごろと見れば、彼の出生年次は、建永元年（一二〇六）～承元四年（一二一〇）のあいだとなる。

以上、三点から茂範の出生年次を推測してみた。⑴一二〇五～九年、⑵一二〇八～一〇年、⑶一二〇六～一〇年、の三案を併せ考えて、大体、承元二年（一二〇八）前後の出生と見るのが、最も穏当な線ということになろう[3]。

茂範は永仁二年に出家（八十七歳前後）しているが、その歿年はわからない。『尊卑分脈』に見える三人の子息のうち、公卿に進んだのは長子の広範ひとりであるが、その叙従三位以前の閲歴が『公卿補任』に記載されていないので、父茂範の喪による服暇・復任のことも知られない。ただ、初めて広範の名の見える正安元年（一二九九）の記載に、「故入道従二位茂範卿男」とあるから、その頃はすでに他界していたらしい。『公卿補任』によれば、曾祖父永範は出家の翌月（治承四年十一月十日）に八十一歳で、父経範も出家の翌月（前記）に七十一歳前後で、弟明範は式部大輔在任のまま七十五歳（正安三年九月四日『尊卑分脈』）で、弟淳範も正三位散位のまま六十九歳（正和四年九月七日）で、子息広範も式部大輔在任のまま六十八歳ぐらい（嘉元元年）で歿している。祖父孝範は貞永二年に七十六歳で卒しているが、その前年の五月ごろはまだ現職にとどまっていた[4]。つまり、茂範の親族の誰もが、その死去の間近まで朝に仕えていたわけである。これらの例から考えて、茂範もまた、永仁二年（一二九四）三月二十九日の出家後、さほど時日を隔てない頃に他界したと考えるのが、穏当であろう。

二　『唐鏡』の成立時期

『唐鏡』の序文には、「むかしは柳市の学をつとめ」たが、「いまは桑門のよすて人」となって、「三両年のあひだ……口業をこたらず」過ごした著者が、「諸寺諸山《社イ》の浄場に百日参籠して、難解難入の真文を千部読誦」しようとの素願を果たすべく、「五月のかみの十日ころに、南海より西海におもむ」き、「十余日をへて、安楽寺へまうで」て、「長月の九日は《ニィ》千部結願し」た、その夜、宋朝の仏法が衰えたので日本へ渡って来て最初に安楽寺に詣でて千部の読誦を聴聞したという老僧から、「伏羲の御時より、当時の宋朝のはじめ、太祖皇帝建隆元年甲辰年まで、一万五千一百卅二年のあひだのこと」を聞いて、この『唐鏡』を書き記したということが述べられている。言うまでもなく、鏡物の一般的形式を踏んでいるのであって、「五月十日ごろ」とか「十数日」とかの数詞は、仮構の舞台である菅公ゆかりの安楽寺における百日参籠の結願を、道真が「去年今夜侍清涼」と詠んだ重陽の日に合わせようがための作意であろう。

ところで、「いまは桑門のよすて人」とあるところから、『唐鏡』の成立を、著者茂範の出家後と考えて、末巻の欠損によって奥書等を知る事は出来ないが、序文中に「三両年の間一心他なし……口業怠らず。五月上の十日頃に南海より西海に赴く　十余日を経て安楽寺に詣づ」と見える。それから推察して見ると、出家後三年目即ち六十一歳の永仁四年（一九五六）頃の著作であらうか。但し的証は勿論無い[5]。（注、「一九五六」は皇紀）と見るのが、通説となっている。序文から推定して、『唐鏡』の成立を茂範の出家後と見るかぎり、茂範の年齢の如何には関わらないわけであるが、序にいう「いまは桑門のよすて人」というのも仮托でありうること、茂範の出家は前述のように死期を自覚してのもので、時日をさほど隔てないで他界したと考えられること、先に考証したごとく、

『公卿補任』の記す「五十九歳」は誤りで、実は八十七歳ごろと見るべきであるから、安楽寺に詣でるには如何にしても高齢であり過ぎること、等の疑念が残るのである。それのみならず、茂範の出生を通説よりも三十年近く引き上げてみると、従来、疑われて来た二つの資料の信憑性が、再び顧みられることになる。

その一つは、『唐鏡』の著者名を明記する唯一の資料である『本朝書籍目録』の成立年代である。この編者には、①清原業忠（一四〇九～六七）説、②冷泉大納言為富（一四二五～九七）説、③大外記中原氏説（ただし、これは①を誤ったもの）などがあって、その成立は室町時代と考えられていたが、山本信哉氏[6]によって、鎌倉末期の成立と推定されるに至った。即ち、氏は、一本の奥書に「此抄入道大納言実冬卿密々所借覧賜之本也、永仁二年八月四日写之、師名在判」とあり、かつ、本書に見える『和漢兼作集』には「右衛門督実冬」と著者名が記されていることから、滋野井実冬（一二四三～一三〇三）が右衛門督に任ぜられた建治三年以後、永仁二年以前の成立と推定されたのであり、現在では、最も信憑性のある説とされている。で、茂範の在世の頃に編まれたこの書目に「唐鏡　十巻茂範卿抄」と記された、その撰者説はいよいよ確固としたものになるとともに、その成立も建治三年（一二七七）以前か、たとい降ってもそれ以後、永仁二年（一二九四）までのあいだと見なければならないことになる。そこで、平沢五郎氏は、

> 建治三年は茂範四十二歳であるから、これ以前とすれば、およそ三十代から壮年時にかけての間が考へられるわけである。勿論これを否定する証拠はないが、その簡勁な文章や、序に誌す自らの老境の心情は誇張はあれやはり出家を志すに至る老年の胸裡が吐露されてゐて、公私共に繁忙な壮年時の筆端になるものとも思へぬ。やはり出家を志す老晩の閑暇な一頃が考慮されてよいのではないか。即ち五十代から後の事ではなかったかと思ふのである。年代から云へば弘安八、九年から永仁二年の間がそれにあたる。[7]

と推定している。即ち、『本朝書籍目録』の成立に関する山本氏の説と、『唐鏡』の序から看取される「老年の胸裡」との両者を満足させうる、ぎりぎりの時点にその成立年代を想定しているのであるが、『本朝書籍目録』の成立年代

を下げられるだけ下げているところに、不安もあるわけである。これも『公卿補任』の誤記に基づいて推算した結果なのであって、すでに考証したように、茂範は建治三年当時は七十歳前後の高齢に達していたのであるから、たとい、それよりも更に十数年を溯らせたとしても、なお「老年の胸裡」とは矛盾しないのである。茂範は、「生涯闌而五十年」にあたる康元二年（一二五七）の頃に上啓した前記の款状の中で、すでに「垂二鶴髪一以日々執経之志久積」とか、「扶二老身一仕二王邸万歳之閑居一」などと記しているのである。

他の一つは、蓬左文庫蔵の『唐鏡』（巻四のみの零本）には、「二条為氏卿唐鏡一冊」という古筆了佐もしくはその嫡系の鑑定による極め（「琴山」の印がある）があることである。この伝二条為氏筆本の忠実な模写本である神宮文庫蔵の「為氏卿真跡摹本『唐鏡』」について、後藤丹治氏は、

> こゝに為氏卿といふのは、二条為氏のことであらう。二条為氏は云ふまでもなく、二条家の祖として有名な人で、官位歴進して正二位権大納言に至り、亀山天皇の御世に続拾遺和歌集を撰び、弘安八年八月二十日、髪を剃って、法名を覚阿と云ったが、その翌年六十五歳で薨去してゐる。（中略）唐鏡の著者藤原茂範は永仁二年五十九歳であるから、二条為氏は茂範よりも十四歳程先輩である。すなはち二条為氏は自分よりも遙か年少の茂範の著述を写したと云ふことになるのである。かういふ事例が絶対にないとは断言は出来まいが、しかも私はこの著者と伝写者との年齢の比較の上から、「為氏卿真跡摹本」といふ事実に対して疑問を抱かざるを得ないのである。(8)

と述べている。しかし、すでに見たように、為氏薨去の弘安九年（一二八六）当時、茂範は七十七歳ごろと推定され、為氏よりは十三歳ばかりの年長者なのであるから、茂範著作の『唐鏡』を為氏が書写するということは十分ありうることなのであって、後藤氏の疑問は、ここに氷解したのである。後藤氏は、神宮文庫蔵の為氏卿真跡摹本の原本である蓬左文庫蔵本を見ていなかったようであるが、この伝本は、漢字や片仮名（振仮名）の字体に古体を多くとどめ、(9)平沢氏の解説のように、「鎌倉期特有な古雅流麗な書体で、墨迹は古く、くすんだ斐紙になじみ、如何にも古鈔本の

感をとどめてゐる」ものである。が、平沢氏は、この伝本の書写の古さを認めながらも、「紙質・筆跡等から見て、やはり、やゝ時代は降り、〔鎌倉末〕か或は〔南北朝〕の書写にかゝる」ものとしている。その紙質や筆跡を鑑定して、その書写年代の鎌倉末期の初めであるか最末期であるかを鑑別する自信を筆者は持たないので、何とも言いがたい。ただ、為氏が『唐鏡』を書写した可能性の十分にあるということだけは言える。茂範は、文永十一年（一二七四）正月五日に従三位に叙せられているが、その後、為氏が出家するまでの十二年足らずのあいだ、ともに公卿として列座していた。建治二年（一二七六）閏三月に北条時宗が結構した屏風詩歌（『現存卅六人詩歌』）には、為氏の和歌、茂範の詩がともに収められている。『仁寿鏡』によれば、建長元年（一二四九）に行われた詩歌合には両人ともに参加している。為氏が茂範から『唐鏡』を借覧して、これを書写するということは、十分ありうることなのである。仮に、『本朝書籍目録』の成立年代を、滋野井実冬の右衛門督在任中（建治三年正月二十九日から弘安七年正月十六日まで）の七年間と狭く限り、『唐鏡』の成立がそれ以前であったと仮定しても、茂範の年齢に不足もなく、従ってまた、為氏の書写ということも可能なのである。

以下に説くところは、全く想像の域を出ないのであるが、茂範の『唐鏡』執筆は鎌倉在住中に行われたのではないだろうか。そう思われる点について述べてみよう。前記の茂範款状に、

茂範、少日嗜レ文、儒風伝レ業。李部掌レ職之時、抽二考課詮衡之忠勤一。柱史記レ言之日、疲二詔勅宣命之著作一。便聴二仙院之昇殿一、近期二帝国之侍臣一。然間、建長五年三月被二院宣一曰、須下企二東関之参向一、令上レ侍二大王之御読一。殊無二内外一、可レ令二昵近一者、抜レ自二群儒之中一、専応二精撰之仁一。文之眉目、道之光華也。因レ茲、奉二勅命一凌二函関二崤之嶮路一、扶二老身一仕二王邸万歳之閑居一。

とある。即ち、文章生出身の彼は、嘉禎元年（一二三五）に策を献じて叙爵された後、仁治元年（一二四〇）に従五位上、同三年（一二四二）に「李部」（式部権少輔）、寛元四年（一二四六）に正五位下、建長元年（一二四九）に「柱史」

（大内記）、翌二年に従四位下と順調に歴進して来たのであるが、建長五年（一二五三）三月に院宣を蒙って、その前年の三月に関東に下向した宗尊親王（当時十歳）の師読となるべく、群儒の中から選ばれて鎌倉に下ったのである。彼が鎌倉での生活に終止符を打って帰洛した時日は判然としないが、『吾妻鏡』に、

（弘長三年六月）廿六日甲戌、（中略）今日、於二御所一有二帝範御談義一。右京権大夫茂範朝臣、三河前司教隆等候レ之。又、近衛中将公敦朝臣、越前々司時広参候云々。

（同年七月）十八日丙申、天晴、将軍家帝範御読合訖。

とあるのが、茂範に関する記事の最後である。弘長三年（一二六三）の六月二十六日から七月十八日にかけて、宗尊親王のために『帝範』を進講しているのであるが、同年八月六日の条には、

六日癸丑。雨降。将軍家令レ勧二七首於人々一御。是素暹法印卒去之後。有二御夢想之告一。（中略）亦於二広御所一有二臣軌読合一。弾正小弼。越前々司。掃部助範元等候二御前一。

と『臣軌』談義の記事がある。弾正少弼（業時）・越前前司（時広）・掃部助範元など、談義の筵に列席していた者の名を挙げただけで茂範の名は見えないが、談義の為手は、やはり茂範であったと考えるべきであろう。とにかく、この頃までは、彼の鎌倉在住も続いていたわけである。文永五年（一二六八）八月十六日以後、茂範の名はしばしば『吉続記』に現れ、その頃はすでに京都に帰って、当代一流の碩儒として尊遇されていた。さらに、『公卿補任』（乾元元年の条）の菅原在兼の閲歴を記した中に、「同八日、献策（袍曹歳叙百年）従四位上行文章博士茂範朝臣問」とあって、文永二年二月八日における菅原在兼の対策の問者になっているから、当然在京していたはずであり、同年四月二十二日の鎌倉における泰山府君祭の都状は、子息の広範が草している（『吾妻鏡』）ところから見ても、当時、茂範はすでに鎌倉に居なかったのであろう。

そこで、茂範の帰洛は、弘長三年八月以後、翌文永元年十月三日に文章博士に任ぜられるまでの、ほぼ一年間のい

ずれかの日と考えられるのであるが、これを今少しせばめてくれるのが、金沢文庫本の北条実時所持本『群書治要』の奥書である。この『群書治要』は、実時が、大番のために在洛していた後藤壹州（基政）に一部を書写させたもので、そのうちの数巻には茂範の手を仮りて加点せしめたのであるが、文永七年十二月の回祿で少々焼失したので、焼失原本を転写した康有本（勾勘本）をもって、文永十一年（一二七四）～建治二年（一二七六）の間に補欠書写したものである。その茂範の加点に関する識語だけを拾ってみると、次のとおりである。

(1) 本云、弘長三年十二月卅日、藤原兆被点送了、蓋是去年春之比、依誂置也。（巻第十一、史記上）

(2) 此書一部、先年於京都書写了、而当巻誂右京兆茂範加点了。（中略）本奥云、本云、正元元年極月廿八日、右「京」（右傍補入）兆点給了、蓋是去比依誂申也。（巻十五、漢書三）

(3) 当巻先年所持之本者、右京兆所加点也、而焼失了。（巻第十六、漢書四）

(4) 抑此書一部事、先年後藤壹州為大番在洛之日、予依令誂所書写下也、而当巻者、仮藤三品茂範之手令加点畢。（巻第十七、漢書五）

(5) 当巻先年所持之本者、右京兆茂範所加点也、（巻第十八、漢書六）

(6) 勾勘本奥云、本云、文永三年七月二日、藤翰林被点送了、蓋是先年依誂置也。（巻第十九、漢書七）[10]

右の六つの識語の中で、茂範加点の年次の明記されているのは(1)(2)(6)の三例で、いずれも康有本の奥書の再転写ばかりであるが、それらを見ると、茂範の鎌倉在住中であることの明らかな正元元年（一二五九）十二月二十八日の識語(2)には「点給了」とあるだけであるが、帰洛後であることの明らかな文永三年（一二六六）七月二日の識語(6)には「被点送了」とあり、「送」の字が加わっている。鎌倉在住中に実時から依頼されていた加点の仕事の残りを、帰洛の後に果たし、実時の許に送ったものと推測される。しかして、弘長三年十二月三十日の識語(1)には、「被点送了」と記されているのである。そこで、茂範の帰洛の時期を、弘長三年八月以後、同年十二月以前の、ほぼ四ヵ月半のあいだと推定することが許されようと思うのである。こう見て来ると、茂範の鎌倉在住期間は、建長五年（一二五三）から弘長三年（一二六三）の秋冬の交まで、彼の四十六歳ごろから五十六歳ごろまでの十年半ということになる。(11)

『唐鏡』の序の末尾に近く、「いまは桑門のよすて人なりといへども、むかしは柳市の学をつとめき」とあるところから、『唐鏡』の成立は茂範の出家後と考えられて来たけれども、『本朝書籍目録』の成立年代から推して、これもまた虚構であると認めるべきであろう。実際、序の書き出しには、

諸寺諸山の浄《社イ》《ジヤウ》場《ヂヤウ》に百日参籠して、難解難入《ナンゲナンニウ》の真文《シンモン》を千部読誦したてまつるべき素願のおもむき、丹誠ふかしといへども、春草むなしく暮て秋風驚きやすく、壮日はやくかたぶきて老年すでにいたるによりて、両三年のあひだ、一心他なし、頭燃《ヅネン》をはらふがごとくして、口業《クギヤウ》をこたらず。（序、九頁）(12)

とあり、注意深く読めば、むしろ出家の素志を果たさずに老を迎えたというポーズが看取される。それはともかくとして、この「壮日はやくかたぶきて、老年すでにいたるによりて、両三年のあひだ」という表現から、八十七歳前後の著者を想像することは無理であろう。五十歳を越えて両三年、つまり五十代の半ばぐらいの著者を思い描くのが穏当であろう。茂範の鎌倉在住の後半期である。

「むかしは柳市の学をつとめき」という、「柳市」であるが、辞書字典の類には見あたらない語彙で、理解しにくい。『佩文韻府』には、『漢書』（万章伝）以下九例を挙げているが、通観するに、京洛市街というほどの意味と思われる。この「柳市」の語から連想されるのは、前記の茂範款状の「於戯、拯市之月、拯市之花、春秋之交遊忽忘」とある「拯市」の語である。この語もまた辞典類にも『佩文韻府』にも見えない。が、これは、鎌倉下向以前の京洛での文人たちとの交遊を指していることは明白であるから、京洛の巷の意と解して誤りはないようである。(13)「柳」と「拯」とは、その草体が酷似するから、いずれか一方が誤謬であると考えられる。茂範は、「柳市」（もしくは「拯市」）での生活に対して、鎌倉での生活状態を、

是以、庭無二払レ草之僮一、不レ異二蔣元卿之隠栖一、廏無二飡レ粟之馬一、似レ守二季文士之賢名一、況亦、上漏下霑、桑枢疎以雨滴、（「可被施恩沢事」）

と訴えている。(14)『唐鏡』の序は全体として虚構であって、「いまは桑門のよすて人」というのも字義通りに解すべきではなく、もしそこに何がしかの真意が込められているとすれば、宮廷の文化圏から遠ざかり、官階の昇進にも望みを懸けがたい状況で、「隠栖」にも似た「桑枢」での恵まれぬ生活を余儀なくされている自身を嘆く言葉なのではないか。

茂範款状における懇請の項目に、「一、可レ被レ尊二師読一事」というのがあり、その内容は次のとおりである。

右、張子房者、高祖之師也。一万戸之賞賜尤厚。桓春卿者、明帝之師也。五千戸之封邑是豊。師読之貴、異朝如レ此。不次之恩、本朝又然。或駕二牛車一、出二入帝宮一、或誇二官爵一、拝レ領就レ国。自余之洪慈、不レ可二勝計一。茂範幸遇二我王之聴恵一、奉レ授二数巻之御書一。侍二菟園一、以朝々函丈之礼惟厳。垂二鶴髪一、以日々執経之志久積。雖レ為二不肖之身一、所レ仰二尊師之恩一也。

要するに、前漢の張良（子房）や後漢の桓栄（春卿）の例を挙げて、師読たる自分の尊遇されるべきことを訴えたものである。『唐鏡』の本文中にも、

さればにや、蕭何はいくさの功もなし。わづかの文書に携たるばかりにて、最前に第一の賞をぞかうぶりける。遂に相国の官になりて政道をぞたすけたてまつりし。張良は高祖の侍読にまいりて、大臣の位になりしかば、つねにおもはく、三寸の舌をもちて帝者の師たり、万戸の封をうけて列侯の位なり、賤《イヤシキ》ものゝきわまりすでにたりぬとぞおもひ侍りける。（第三、七五頁）

顕宗孝明帝、（中略）建武十九年に、皇太子とたち給。博士桓栄を師とし給ひて、尊崇はなはだし。御年卅四にて位に即給て、侍読桓栄いよ〳〵親重せらる。二人の子を郎に拝せしむ。栄、年八十にすぎて、衰老せるによ

て、ます〳〵賞賜せらる。帝其家に幸給に、栄は東面して几杖を賜はる。親王以下大臣公卿等数百人、皆門生といへり。天子みづから業を執給ひて、大師足《是イ》にましますとそのたまふ《ひてイ》。大官の供具をその家へつかはす。恩礼のいたり、かくのごとし。関内侯に封て、食邑五千戸なり。病するとき、帝使を遣て問給。大官大医、道にのぞむことひまなし。帝みづから其家に幸て、起居を問たまふ。経を擁《キヨウシ》て、栄を撫《ナデ》て、涕を垂給ひ、さま〴〵の物どもを賜はる。子孫相伝して、代々の帝の師として、皆卿相にいたる。（第五、一二四〜五頁）

と、同じ故事を取り上げて、極めて意欲的に叙述している。こうした意欲的な叙述を茂範に促したものは何か。帰洛の後、茂範は、当代有数の碩学として重んじられ、『吉続記』や『勘仲記』には、その貴顕との親交や文人との交会の様子もしばしば見えている。『唐鏡』のこの種の記述は、何としてもそのような恵まれた状況のもとで書かれたとは思えない。中央の儒者仲間から離れ、自からの儒業に対する矜恃を抱きながら、文化の低い鎌倉での不遇をかこっている頃の、そうした意識の反映であると思われる。

『吾妻鏡』には、蹴鞠に関する記事をしばしば見るのであるが、『唐鏡』には、

（前漢の孝成皇帝）、蹴鞠をこのみ給。劉向《リウキヤウ》と云人《ヒヒ》さて《〔イ申サク〕》、鞠は人体を労し、人力を竭《ツク》す、よしなしとて、其体を変じて弾基《〔碁〕》をつくりてまいらす。その体まことに蹴鞠の道なり。蹴鞠は昔黄帝の造給へる也。兵勢《ヘイセイ》によてつくられき。戦国より起れり共申せり。高祖の父大公・武帝も好給し也。蹴鞠は兵勢よりおこれるゆへに、代々のあひだ、武勇の家ことにこれを好む。李将軍が射法にも、三十五篇に蹴鞠のやうをの也《〔イセ〕》、嫖姚将軍霍去病《クワクキヨヘイ》も、鞠室を造て、このめりき。この蹴鞠の道は、師の弟子を拝するこそ、其義與《〔興〕》ある事なれ。諸道は弟子こそ師をば拝し奉るに、鞠道ばかりはかやうなるなり。内法にぞ、灌頂の師の弟子を拝する儀有とかや。（第四、一〇九〜一〇頁）

と、その起源などを詳しく述べており、しかも、「武勇の家」を対象として説いていると思われるふしがあり、かつ、「当二武家憲政之時一、宜レ有二文道尊崇之化一」（茂範款状「可レ被レ崇二文道一事」）と主張する文儒の立場から、蹴鞠が殊の外

に愛好される風潮を皮肉る口吻が感じられるのである。『唐鏡』が、政教的立場から、鎌倉の上層武家層、もしくはその子弟のために書き著された、中国編年史の啓蒙書であると想定する時、如上の点を最も自然に納得することができる。

それにつけて、どうしても触れなければならないのは、源光行の『蒙求和歌』・『百詠和歌』と『唐鏡』との関係である。光行の漢学の師は、茂範の祖父の正四位下大学頭孝範であり、彼は「多年之弟子」光行の上記の著作に跋を与えている。平沢氏も、「祖父の跋文ある、この両書の披閲の機会が存したことは想像するに難くない」とし、「この両書（『蒙求和歌』・『百詠和歌』）を直接資料とすることは、彼（茂範）の学識が之を許さなかつたであらうし、またその必要を認めなかつたであらう」けれども、同話数の非常に多いこと、原典からの和訳の仕方が類似していること、両書の光行序と『唐鏡』の序とに見える編述態度に共通したものがあることなどから、「唐鏡が、その編述にあたつて蒙求和歌・百詠和歌の両書を参考としたことは当然考へられるのである」と説いている。筆者のさらに興味を覚えるのは、光行の序によれば、『蒙求和歌』は「元久甲子之歳、初秋壬申之日」に、『百詠和歌』は「元久之初々冬津」に著されたものであり、元久元年（一二〇四）といえば、光行が鎌倉幕府の政所に祗候（『吾妻鏡』、建久十年二月四日の条）してから五年目に当たり、「今ハ東邑ノ東ニスダレヲトヂテ」（『蒙求和歌』仮名序）と記しているごとく、鎌倉在住中に執筆されていることである。(15) やはり、鎌倉の上層武家層もしくはその子弟のために漢籍を和文化して与えた啓蒙書と考えられるのである。茂範が関東に下向する九年前の寛元元年（一二四三）二月十七日に光行は八十二歳で死去しているが、鎌倉幕府には、その子の親行が祗候しており、茂範の在任中も、ずっと出仕していた。祖父孝範がその弟子のために跋まで書き与えた『蒙求和歌』・『百詠和歌』の両書を、親行から借覧して、両書とは性質を異にした、政教的観点からの中国史編述への志を刺戟されたということも、十分に考えられるのである。

以上、臆説に過ぎないけれども、『唐鏡』の成立年代を、茂範の鎌倉在住の後期、大体、文応（一二六〇～一）・弘長（一二六一〜三）の頃、彼の五十三歳ごろから五十六歳ごろと考えるのがふさわしいと思われる点について述べた。

三　松平文庫本『唐鏡』について

島原市公民館図書部松平文庫蔵本は、現存六冊。いずれも縦二七・三糎、横二〇・二糎の大きさで、薄手楮紙の袋綴じである。方型渦文の雷文を地に宝相華唐草文様を空押した縹色の表紙の、左肩に貼られた白紙短冊の題簽に、「唐鏡一（〜六）」と墨書してある。各面十行で、各行の字詰は二十二字〜二十六字程度である。巻末には、長方形の「尚舎源忠房」（青肉）と、楕円形の「文庫」（朱肉）の蔵書印が捺されている。尚舎（主殿頭）忠房は、島原藩主松平氏の初代に当たり、寛文九年（一六六九）に福知山から島原に移封、元禄十三年（一七〇〇）八十二歳で江戸邸において死去した。[16] この『唐鏡』も、忠房がさまざまの人に書写させた多くの蔵書の一つと思われるところから、その書写年代も、おおよその目処がつく。

松平文庫蔵の『唐鏡』は、一種の混態本である。即ち、先ず内閣文庫本およびその忠実な転写である神宮文庫本と同系統の五巻本によって書写し、次に彰考館本と同系統の六巻本によって、巻一から巻五までを校合して校異を書き入れ、かつ巻六を補ったものである。従って、巻一から巻五までは平仮名交り文、巻六のみは片仮名交り文という変則的な形態を示してはいるけれども、その本文の上にまで混淆現象を来しているわけではない。

以下の叙述の便宜のために、松平文庫本の各巻の内題を示すと、次のとおりである。

唐鏡第一　（序）（内閣文庫本等には「唐鏡第一」の四字がなく、直ちに序の本文が記される）

唐鏡第一　伏羲氏より殷の時にいたる

唐鏡第二　周の始より秦にいたる

唐鏡第三　漢高祖より景帝にいたる
唐鏡第四　漢武帝より更始にいたる
唐鏡第五　後漢光武より献帝にいたる
唐鏡第六　魏蜀呉ヨリ余晉恭帝ニイタル

この伝本の性格については、巻一～巻五と、巻六とを分けて説明するのが便利であろう。仮に、前者を第一次本文と呼び、後者を第二次本文と呼ぶ。第一次本文を、同系統の内閣文庫本・神宮文庫本と比較してみると、それらの祖本においてすでに犯されていたと思われる共通の脱文がある。その主なものは、巻二に六巻本との校合によって書入れられている半丁相当分（蓬左文庫本の形式であれば一丁相当分）の長文の脱落二ケ所である。(17) もう一例、巻三にも長文の書入が見られるが、前二者が明らかな脱落であるのに対して、これは、張良が黄石公から兵法を伝授された一つの故事として纏まっており、前後の文脈から遊離しており、字数も半丁相当分に足りず、また伝写の際の目移りによる脱落を思わせる類似句もないので、第二次本文の異文なのではないかとも考えられるものである。(18)

次には、松平文庫本には存して、内閣文庫本・神宮文庫本には欠脱している箇所を指摘することができる。左の例は、内閣文庫本をもとに、その欠脱部分（〔　〕内）を松平文庫本によって補ったものである。（丁付は内閣文庫本）

①黄帝十八世の孫主癸《ソンシユクキ》の子なり母を〔は扶都と申す白気の月を貫を〕見て意に咸〔感〕して乙の日むみたてまつれり。
（内本12ウ。第一、二七頁）

②されは堯舜むまれて上にまさは十の〔桀紂ありとも乱るゝことあらし桀紂むまれて上にあらは十の〕堯舜ますとも治めたまふことあらしなとも申たり。（内本16オ。第一、三三頁）

③孔子の御子伯魚《ハクギヨ》むまるゝとき魯の昭公鯉魚をたまひき孔子君の貺《タマモノ》をよろこひてやかて鯉と〔名けて字《アサナ》をは伯魚と〕申き。（内本7オ。第二、四五頁）

④亜父座《アフサ》をたちて〔項庄《サウ》といふものをよひて〕いはく、（内本3オ。第三、六六頁）

⑤群臣の議〔非也秦《シム》その政をうしなひて諸〕侯豪傑ならひにを〔お〕こる。（内本13ウ。第三、八三頁）

⑥いま法ニ坐して刑せらるへし妾〔いたむらくは死ぬるものは又いくへからす刑せらるゝものは又属《ショク》すへからす妾〕ねかはくは没入して官の婢《ヒ》となりて、（内本15オ。第三、八五頁）

⑦地節四年夏洛陽に雹ふる大なる事鶏《ニハトリ》の子《コ》のことし深さ二尺五寸人おほ〱〔う〕〔あやまちあり飛鳥もおう〱〕しにゝけり。（内本8オ。第四、一〇五頁）

⑧王莽か城下にいたる勢十万はかりなり囲こと数十重城中を〔にらみのそみ旗幟《キシ》野を〕蔽《カク》し埃塵天に連なり鉦鼓《セイコ》の声《コエ》数百里にきこゆ。（内本1ウ。第五、一二〇頁）

以上の八例が、その主なものであり、その殆どが目移りによる誤脱である。これと反対に、次の例の傍線部のごとく、内閣文庫本には存して、松平文庫本には欠けている場合もある。

⑨又睢水《スイ》といふ所にていくさをするほとに高祖の方のいくさ四十万人まてみなころされて水にいりたれは水せかれてなかれす。（内本5オ。第三、六九頁）

これもやはり目移りによる誤脱であるが、松平文庫本には、第二次本文によって「イヲスルホトニ高祖ノ方ノ軍」と右傍に書入れられている。このような松平文庫本（第一次本文）特有の誤脱は僅少で、目立つのは右の一例だけである。松平文庫本の方が、書写年代も古く、古い異体字を多く止め、本文の誤脱もより少なく、この系統の中での最善本であることは疑いない。

松平文庫本の校合に用いられた第二次本文と同系統の伝本としては、彰考館本があるだけである。これは松平文庫本よりもやや書写年代が古く、単一系統の六巻本としては唯一の伝本であるところに、その価値がある。平沢氏は、両書の巻六を比較して、「両書の本文の相違のすべて」三十三例の異同を挙げているが、なお十例ばかりを加えることができる。ただし、その四十余例の異同はいずれも些細なものに過ぎず、欄外見出しに関するもの三例、振仮名に関するもの十例を除けば、殆ど一字程度の誤字・脱字で、やや彰考館本の方に誤脱が多いが先ずは互角と言うべきであろう。大異といっても、松平文庫本に「帝酒ヲ行ナハシメ爵《サカツキ》ヲアラハシメ又蓋ヲトラシム」（第六、一五三頁）とある「爵ヲアラハシメ」の七字が彰考館本に欠けているという一例があるだけである。こうした点から見ても、両者は極めて親密な関係にあることが明瞭であるとともに、相互の直接の書写関係の存しないこともまた確かである。

　松平文庫本（第一次本文）と彰考館本の本文とを比較してみると、両書それぞれに相補うべき点が多い。彰考館本に存して、第一次本文に欠けている個所々々は、すでに第二次本文によって書入れられているので、直ちにそれと知られるが、その逆の場合の異同は、松平文庫本には殆ど注記されていないが、[19] それらの例においても、松平文庫本（第一次本文）は、内閣文庫本・神宮文庫本とは一致していて、彰考館本とは別な系統を形づくっていることが知られる。

　上来見て来た二つの系統とも異なった系統を成しているのが、伝為氏自筆という蓬左文庫本およびそれの転写本である為氏真跡摹本（神宮文庫蔵）と東京大学国語研究室蔵本である。いずれも巻四のみの零本であり、しかも巻四は諸本間に著しい異同がないのではっきりとしない点もあるが、上記二系統とは異なった性質を持っていることは確かである。例えば、蓬左文庫本に「建始四年四月ニ雪ふる事ありき」（24ウ）とある「建始」の年号を、他の二系統の諸本は、いずれも「建治」に誤まっている。もし、これが偶合の過誤でないとすれば、両系統の共通祖本において、すでに誤まられていたと考えるべきである。

　また、この蓬左文庫本独自の脱落（「　」内）もまた存する。

⑴　東方朔「かはるかにみえけるをみかと杖《ツエ》にて殿の高欄《ラン》をうちて叱《シツ》々来《ライ》々とおほせられけり東方朔」まいりたるに、（蓬本5ウ。第四、九六頁）

(2)　臣ハ文帝の御時より郎たり文帝文を好み賜しには「臣武を好み景帝美を好み給しには」臣か貌醜《ミニク》し陛下　壮《サカリナル》を好給へは臣已に老たり。（蓬本12ウ。第四、一〇〇頁）

(3)　鵲ハ尾なかし東風なれは東にむきたるらむとしりぬ又雨やみてなましき枝（マヽ）は「なめらかなり枯たる枝は」しふりたりされは枯たる枝にそゐたるらんとしるなり。（蓬本6ウ。第四、九七頁）

右の三例はいずれも目移りによる誤脱であるが、このうち、(1)は墨筆で傍書した上を更に朱筆でえどってあり、(2)は朱筆で傍書してあって、いずれも本文と同筆であると認められる。ところが、(3)は誤脱がそのまま放置されているのである。この点からしても、この蓬左文庫本と他の系統諸本とのあいだには、直接的な書承関係のないことが知られる。

巻四の中で、松平文庫本（第一次本文）と彰考館本とが大きく相異しているのは、次の一条である。

〔松平文庫本〕高祖元暦（年）乙未のとし（年）より今暦（年）に至迄《いたるまで》は二百十四暦（年）帝王は十二代呂后を加へたてまつらは十三主也。
（傍書は内閣文庫本。巻四、一一二頁）

〔彰考館本〕高祖元年乙未年ヨリ元始五年乙丑マテスヘテ十一帝ニ呂后ヲ加ヘテ二百十一年也。

右の個所が、蓬左文庫本では、「高祖元年乙未のとしより元始五年乙丑まてすへて十一帝ニ呂后を加へて二百十一年なり」（28オ）となっていて、彰考館本および松平文庫本の第二次本文と一致する。史実としては、この蓬左文庫本・彰考館本の記述の方が正確なのである。この両本文の異同は、単に伝写の際の過誤に基づくものではなく、意識的な加筆であると考えられる。「今暦に至迄」と「元始五年乙丑マテ」との措辞の違い、史実との合致・不一致という違いを考えれば、松平文庫本（第一次本文）・内閣文庫本の方が初稿本の形を伝えているのではないかと想像される。しかし、この点で矛盾してくるのは、前記の「建始」の年号が、蓬左文庫本のみ正しくて、他の二系統が共通して誤っているという事実である。もしこれが偶然一致した過誤でないとすれば、上述の異同は、松平文庫本・内閣文庫本の祖本が謬見に基づいて加筆訂正したといういささか不自然な想像をあえてせねばならなくなる。また、松平文庫本（第一次本文）自体においても、巻四は他の巻と異なった点を有しているという事実も問題になる。それは、他本に共通する「年」の字を殆ど「暦」の字に改めていることで、この巻だけの異例なのである。その忠実な書写態度から見て、恣意的な改竄とは思われず、松平文庫本（第一次本文）がすでに、巻一・二・三・五と巻四とでやや系統を異にするのではないか（といっても両者は極めて親密なる関係にある）という疑いも生ずる。折角、蓬左文庫本のごとき古写本も現存する巻四ではあるが、諸本の系統を明らかにしてくれるには至らないようである。

松平文庫本の特徴は、吉田幸一氏蔵本のごとき増補改修本（平沢氏説）を除いて、ともに原本のおもかげをほぼ忠実に伝えていると思われる現存諸本における二系統が、その本文と校合補写とによって、同時的に、しかも両者混淆することなく見られるところにある。勿論、巻一〜巻五の補写は誤脱の補筆が目的であったようだから、その第二次本文を完全に再現することは不可能であるが、結果的には、最も誤脱の少ない最良の本文となりえているのである。次に、欄外の見出しを殆ど欠脱なしに具えていることも、この伝本の優れた特色の一つである。欄外見出しは、蓬左文庫本も完全に具えているが、これは何といっても巻四のみの零本である。原本においてすでに記されていたかとも思われるこの欄外見出しを、かなり精確に伝えているのは、松平文庫本だけである。また、蓬左文庫本と一致する異体字を多くとどめているのも、この伝本の特色で、それは巻四のみならず、他の巻（巻六以外）にも同様に見られる傾向である。

蓬左文庫本には、「徹゜」「賊゜児゜゜」「孝゜昭皇帝」「趙゜婕妤」「堯゜゜母門」のごとく、ところどころの漢語に声点が付せられており、「゜゜」の濁音符も見られる。小林芳規氏の説(20)によれば、紀伝道の諸家において、濁音符に「゜゜」を用いるのは菅原家だけで、藤原式家・藤原日野家・藤原南家・大江家などでは「o-」を用いているとのことである。もし、この声点・濁音符が著者自身によって付けられたものであったとすれば、藤原南家の出身たる茂範の著作ということに疑いが生じてくるわけであり、蓬左文庫本は、「゜゜」の濁音符を用いる菅原家か、明経道の清原家（中原家は両符号交用とのことである）に繋がる人物の手を経ているということになるが、しばらく存疑を記すにとどめる。この声点は、内閣文庫本や彰考館本と同様、松平文庫本においても見られないものである。

四　『唐鏡』の出典と後代作品への影響

茂範が『唐鏡』を編述するに当たって準拠したと思われる漢籍については、平沢氏の詳しい調査がある。その主要なものは、『史記』（および『補史記』の「三皇本紀」）・『前漢書』・『後漢書』・『三国志』・『晉書』の中国正史である。これら正史の「本紀」の記述が『唐鏡』の骨子をなしており、それに逸話・故事の類が包摂されている。そうした逸話・故事の類の多くは勿論正史にも見えるのであるが、類話を有する漢籍として、平沢氏は、『蒙求』（李瀚）・『琱玉集』・『古列女伝』（劉向）・『博物志』（張華）・『捜神記』（干宝）・『文選』・『西京雑記』（葛洪）・『漢武故事』・『穆天子伝』・『竹書紀年』・『呂氏春秋』・『荘子』・『韓非子』・『孔子家語』・『淮南子』その他を挙げている。

ただ、これらの漢籍がすべて直接の典拠というわけではない。直接の典拠の探索という比較文学的にも重要でかつ興味深い考察は今後に期待すべきことがらであるが、平沢氏が、直接の資料として推定された『帝王世紀』のごとく、すでに散佚したものもあろうと思われるので、実際には困難な研究課題ではある。『唐鏡』の記事の取り上げ方は、曾先之の『十八史略』に類似しているが、この書の渡来は室町時代と考えられているから、『唐鏡』の著者がこれを見たはずはない。しかし、何かこれに類した、つまり十七史を略述したようなものが、直接の典拠としてあったのではないかという想像をしたくもなるのである。茂範が、正元元年（一二五九）から文永三年（一二六六）の頃にかけて、北条実時のために加点した『群書治要』などのごときが、その際大きな意味を持って来ようかと思われるのであるが、今後の調査に俟ちたい。

『唐鏡』の書名は、『看聞御記』（永享三年三月八日の条）に「抑禁裏、唐鏡有二叡覧一度之由被二仰下一、累代之御本十巻進レ之、始終可二進置一由申入、於二累代物一者、始終可レ進二禁裏一者也」と見え、『宣胤卿記』（文明十二年九月廿二日の条）にも「被レ出二唐鏡御本一、令二校合一了云々」と記されていて、禁廷においても広く読まれていたことを思わせる。が、『唐鏡』の影響の最も早い現れは、鎌倉末期に成立した『仁寿鏡』に見られる。この書は、和漢を対照した歴史年表であって、後宇多天皇を「太上天皇」、伏見天皇を「院」、後伏見天皇を「新院」、後二条天皇を「当今」と記しているので、後二条天皇退位の延慶元年（一三〇八）以前に一応の成立を見たものと考えられる。その後、花園天皇を「主上」として書き継ぎ、文保元年（一三一七）の「正月三四日以後、京都大地震関東無其気。□□□院崩」の記事で終っている。同年九月三日の伏見院の崩御（『本朝皇胤紹運録』）を指すものであろう。ただ、和漢の年号を対照させた表は、嘉元二年（一三〇四。元の大徳八年）までで切れているから、この当りが最初の成立時期かと思われる。茂範が出家してから僅か十年の後に当たる。この『仁寿鏡』における中国史の年代記が、その記事の取捨選択の仕方において、『唐鏡』と酷似しているのである。例えば、『唐鏡』（第四）に見える東方朔の逸話についても、『仁寿鏡』（続群書類従）は、次のように記している。

東方朔為近臣。有狂気。人為狂人。知古今事。所言有興。或時上林苑献棗四十九入箱。帝以杖打高欄。七々来々《ライライ》。朔至示箱。朔曰棗四十九云々。（天漢三年の条）

帝在未央宮。雨晴風息。有鵲居殿後樹。朔曰此鳥向東居枯枝。見然。帝問。鵲尾長風息東向云々。朔有仙術。西王母桃三千歳一実。朔三取之。西王母進使帝問朔事。使曰。方朔木帝精。為歳星遊人中。又方朔在世之間。歳星不見。云々。（太治元年の条）

この東方朔の逸話は、平沢氏も「史記・漢書・郭憲等ノ東方朔伝ニハ見当ラズ」と指摘している話柄であるが、[21]『仁寿鏡』は、『唐鏡』の叙述を簡約化して漢文体に改めたものと思われる。ただ、『仁寿鏡』には『唐鏡』に見えぬ記事もある。例えば、伏羲氏から神農氏までの十五代の帝王次第、神農氏から軒轅氏（黄帝）までの七代の帝王次第などを初めとして、逸話や故事の類にも出入りが見られるし、さらに類話の場合でも次の例のごとく叙述の繁簡の違いがある。

唐　鏡（蓬左文庫本）

みかど、ことに神山〔仙〕の道をこのみ給をきゝて、斉人《セイ》少翁《セウヲウ》といふもの、我術ありてまいりたり。その時に、王夫人といふ人を愛し給が、にはかにうせたるを、少翁さま〴〵の術にて、王夫人が形をまぼろしのていにてみせ給へ（マヽ）り。みかど、これをよろこびて、いみじきものなりとて、ことにもてなして勧賞し給ふ。すなはち、文成《フンセイ》将軍といふ官ニなし給へりつ。そのゝち、神仙の事どもをやう〴〵にすれども、みないつはりのことにて、しるしなし。文ニやう〴〵のことをかきて、さりけなくして、牛にのみいれさせつ。文成、その牛をみて。この牛の腹《ハラ》の中ニあやしき気ありとて、ころしてみるに、はたして文あり。されど、その文のていも、たゞ人のかきたるていにて、まことならぬ《ね》は、文成将軍をころされつ。仙道をこのむことは、みなかくのごときなり。（蓬本3オ〜4オ。〔 〕内傍書は松平文庫本）

仁寿鏡（続類従本）

〔上略〕斉人少翁。以鬼神方見上。夫人九十（卒カ）。少翁以方術器。夜致王夫人及竈鬼之貌云。天子自帷中望見焉。於是拝少翁為文成将軍。賞賜甚多。以客礼遇之。文成曰。宮室被服不象神。神物不至。乃画雲気。又作月泉宮中為台室。画天地。歳余其方益衰。神不至。乃為帛書以飯牛。佯弗知也。言此牛腹中有奇。殺而視之得書。書言甚怪。天子疑ソ果為書。於是誅文成将軍。

（漢、武帝、元光二年の条）

両書の上掲文中の傍線部を比較すれば、むしろ『唐鏡』が『仁寿鏡』を簡約にして和文化しているという感じを与える。が、それは両書の成立年代からみて無理である。とすれば、両書が共に資料とした種本があったのではないかという想像も可能になって来る。が、『仁寿鏡』との比較からだけでは断言できない。というのは、『仁寿鏡』には、一旦和文化されたものを再び漢文体に改めたと思われる痕跡もあるからである。即ち、『仁寿鏡』に、

〔晉、恵帝、太安二年〕三月。梁州刺史羅尚李特被誅。首懸京師。九月河間王顒《ママ》発兵入京。焼青侍《ママ》開陽両門。

という記事があり、傍線部は、「梁州ノ刺史ノ羅尚ト李特トガ誅サレタ」とも解されるが、実は巴西の李特が衆二万をもって広漢に拠り、進んで成都を攻めたが、梁州の刺史羅尚のために破られ、その首を斬られた（『晉書』列伝第二十七、羅尚伝・載記第二十、李特伝）のである。この事件を、『唐鏡』は、次のように述べている。

大安二年二月、梁州ノ刺史羅尚李特ヲキリテ首ヲ京師ニカク。秋九月、河間王顒《クキヨウ》軍ヲ京ヘイレテ清明開陽ノ両門ヲヤク。死者万ニヲヨベリ。（第六、一五〇頁）

つまり、この『唐鏡』の表現では、「梁州刺史ノ羅尚」を主格と見ることも、「李特」と対等関係にある対象格と見ることもできるところから、『仁寿鏡』のあいまいな表現が生じたのであって、『仁寿鏡』の資料として和文体の中国史書の存在したことが認められるのである。さらに、『仁寿鏡』の開元廿六年の条には、

唐鏡云。今年一行禅師鋳渾儀製太衍暦云々。而或説。開元十五年。一行阿闍梨入滅。相違何。

と、「唐鏡」の名を挙げてその説を引き、他の資料によって存疑の旨を記している。[22] 以上の諸例から、『仁寿鏡』は、『唐鏡』を有力な資料として用いたけれども、更に他の書籍をも参酌して、その欠を補ったり、そのあまりに簡約に過ぎるところを敷衍したり、時には疑義のある個所を指摘あるいは削訂したりもしていると判断されるのであって、両書が直接典拠とした共通の十七史の略述書のごときものの存在を、必ずしも想定するには及ばないのである。それにしても、茂範の死後、十年ぐらいの後に、早くもこのような形で『唐鏡』の影響の見られることは注目に値いする。
『仁寿鏡』は、北宋の神宗の元豊八年（一〇八五）までは記事も豊かであるが、それより後、元の成宗の大徳八年（一三〇四）までには、僅か三件の簡単な記事を記すだけである。しかし、その序に宋の太祖の建隆元年（九六〇）までの

歴史を叙述したと言っている『唐鏡』の、現存しない巻七以下の記事内容も、多く『仁寿鏡』にとどめられているのにちがいない。それは、十分に予想されることではあるけれども、例えば、『太子伝玉林抄』（平沢氏、古典文庫『唐鏡』附載）所引の『唐鏡』の佚文二項のうち、唐の高祖の事蹟に関する記述の大半は、殆どそのまま『仁寿鏡』（武徳元～三年の条）に引かれているが、もう一つの大宗皇帝の事蹟に関する記述は取り上げられていないという事実からしても、『仁寿鏡』から、『唐鏡』の散佚四巻のおもかげを推定することは、極めて困難なことである。

注

（1）補　本稿はもと『松平文庫本唐鏡』（中世文藝研究叢書8、広島中世文藝研究会、昭和41・10）に「唐鏡解説」として付載したものであるが、相前後して外村久江氏も「鎌倉武士と中国故事」（『東京学藝大学紀要』18、昭和41・11）を発表し、その論述の中で『公卿補任』の茂範の年齢注記を疑い、「三十才近く誤がある様子で、或は子の広範の年齢ではなかろうかと察せられる」としている。注（3）参看

（2）茂範の従四位上までの歴進は、父経範と併行しているが、父の死後、その昇進は著しく停滞する。経範は従四位上から二年で正四位下となるが、茂範は従四位下から十三年もかかって正四位下になるのである。また、書陵部蔵の『貞観政要』の奥書（巻第一）によれば、この南家秘本の『貞観政要』は、茂範の曾祖父永範から祖父孝範を経て、建保四年（一二一六）に父経範に伝授され、さらに経範から、建長三年（一二五一）には弟の明範に、建長六年（一二五四）には弟の淳範に伝えられているが、茂範には伝えられていないのである。

（3）『公卿補任』に注記されている茂範の年齢は、何らかの事情で、長男の広範と混同されたのではないかと思う。広範については、『公卿補任』に、正安元年（一二九九）七月八日叙従三位、任東宮学士、同年十一月二十七日止学士、乾元元年（一三〇二）七月二十一日任式部大輔、翌嘉元元年卒去という記事があるだけで、叙従三位以前の閲歴も年齢も記されていない。仮に、『公卿補任』の茂範の年齢注記を広範に当てて、その出生を嘉禎二年（一二三六）とすると、叙従三位当時は六十四歳となって、経範（六十～三歳）・茂範（六十七歳？）・明範（六十二歳）・淳範（六十三歳）らとほぼ同じになる。

茂範が父経範の死に遭って服暇のあいだ、広範は父に代って、宗尊親王のために風伯祭の祭文や大慈寺供養の願文を草し、同年十月一日にも大慈寺供養の諷誦文を草しているが（『吾妻鏡』）、その肩書は「給料」「秀才」となっている。嘉禎二年の出生とすると、当時二十二歳で、祖父経範が穀倉院学問料を給されたのが二十四、五歳であったのと相近い。

（4）　孝範は公卿に列することなしに死んだので、『公卿補任』には記載されていないが、その著『柱史抄』の跋に、「貞永元年五月廿四日、令㆑披㆓文庫㆒之間、取㆓出此抄㆒披見。有□思有□涙。仍留㆓此二巻㆒、即加㆓一見㆒畢。正四位下行越前守藤原朝臣孝範齢七十五」と記している。また、『公卿補任』の経範の閲歴の中に、貞永二年（一二三三）「十二月十五日複任〈父〉」と見えている。

（5）　山岸徳平氏、日本文学講座『日本文学書目解説㊂鎌倉時代㊦』（岩波書店、昭和7・9）

（6）　山本信哉氏「本朝書籍目録の著作年代に就て」（『史学雑誌』28—5、大正6・5）［補］和田英松氏は、『本朝書籍目録』の成立年代に関する山本信哉氏の説を若干修正して、「弘安の末若しくは正応の始の頃、数年の間の編製」とする（『本朝書籍目録考証』、明治書院、昭和11・11）。

（7）　平沢五郎氏「唐鏡の伝本及び出典考」（『斯道文庫論集』4、昭和40・3）。なお、本解説中に引用する平沢氏の高説は、すべてこの論考によった。『唐鏡』についての本格的な考察としては殆ど唯一のものと言ってよく、本解説を執筆するに当たっても多くの示唆を頂いた。記して謝意を表す。

（8）　後藤丹治氏「茂範卿の唐鏡に就いて」（『中世国文学研究』、磯部甲陽堂、昭和18・5）

（9）　蓬左文庫本およびその転写本である東京大学蔵本の漢字の振仮名に、片仮名「ホ・キ・マ」の古体が目立つ。松平文庫本等は現在通行の字形に改めているが、その際の誤謬と判断されるものが見出される。

蓬左文庫本　（「ホクテイ」）7オ　（「ゲウボモン」）12ウ

（「セキヒ」）35オ　（「カサヽキ」）6ウ

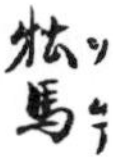（「ヲムマ」）26オ　（「チヤウマウ」）23ウ

松平文庫本  （「ワナウ」は「ホウ」の誤謬）巻三13ウ
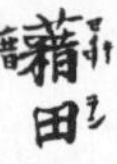 （「セイ」の「イ」をミセケチにして「キ」と記す）巻五20ォ
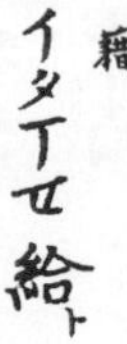 （「イタマセ給ト」の「ト」は「キ」の誤写）巻六12ォ

(10) この金沢文庫本『群書治要』の奥書については、注（2）で触れた書陵部蔵『貞観政要』の奥書とともに、小林芳規氏の教示を得た。記して謝意を表す。

(11) 補 この点については、すでに和島芳男氏（『日本宋学史の研究』、吉川弘文館、昭和37・1）の指摘があった。氏は『金沢蠹余残篇』所収の某年二月二十五日付右京権大夫藤原茂範上啓、『吾妻鏡』弘長三年六月二十六日の条の記事、『公卿補任』、菅原在兼献策の記事等に基づいて、「茂範の鎌倉滞在は建長五年以来約十一年に及び、弘長・文永の間に至って帰京したものと考えることができる。さて茂範の群書治要加点が正元元年ごろから文永三年七月にわたって行われたことは金沢文庫本の奥書の示すところであるから、結局茂範はその鎌倉滞在中に実時の誂を受けて一部の加点を行ない、他の一部は帰京後に加点したことになるわけである。従って茂範の加点がすべて京都において行なわれたとする旧説は訂正されなければならない」と述べている。

(12) 補 本文は拙著『松平文庫本唐鏡』（注1参看）により、記事の所在巻序と頁を該書によって示す。以下同じ。島原市公民館図書部松平文庫蔵六巻本を底本とし、内閣文庫蔵五巻本、蓬左文庫蔵巻四零本、水戸彰考館文庫蔵六巻本をもって校合したものである。

(13) 補 「柳市」を「京洛の巷」と解したが、「大学」に代表される正統的な学藝の府を意味するものと考えられる。付記「柳市ノ学」について」参照

(14) 補 「蔣元卿」は「蔣元振」のことであろう。北宋の淳化中（九九〇〜四）、廉州の刺史となったが、在任中菽《まめ》を食い水を飲んで暮らし、政も簡易を旨としたから人民から敬愛された（『尚友録』十六）。「季文子」は季孫行父（謚は文）、「季孫於レ魯、相二二君一矣。妾不レ衣レ帛、馬不レ食レ粟。可レ不レ謂レ忠乎」（『左伝』成公十六年）とある。

(15)『蒙求和歌』と『百詠和歌』とには、それぞれ、「翰林老主孝範」および「城門郎源光行」の跋が付載されている。その光行の跋に「然間云関東之昔、云洛陽之今」の語がある。この識語は京都で記したものであるが、著述は鎌倉でなされたものと考えるのである。本書第二章第二節1「六代勝事記の成立と作者論」参照

(16)中村幸彦・今井源衛・島津忠夫氏「肥前島原松平文庫」(『文学』29—11、昭和36・11)

(17)校合書入れされているのは、次に記す(A)(B)の二文である。

(A)「ィニ、赤雀出来テ、丹書ヲ含テ、文王ノマシマス戸ニゾ留リケル。日月ノ光、身ニツクトゾ夢ニ見給シ。猟ニ出玉ハントシケルニ、トスルニ、所レ獲、龍ニモアラジ、虎ニモアラジ、熊ニモアラジ、羆ニモアラジ、獲玉ハン所ハ、覇王ノ輔ナラントイヘリ。猟シ給ニ、ハタシテ太公ニ渭水ノ陽ニ遇ヌ。トモニ語テ、大ニ喜テ曰ク、吾太公子ヲ望事ヒサシ。号シテ太公望ト云テ、車ノ右ニ載テ、トモニ還給テ、師トゾセサセ給シ。又、露台ヲ作ラントテ、地ヲ堀ルニ、死人ノ骨アリ。更ニ葬ラントス。吏ノ申サク、是主ナシ。文主ノ曰ク、天下ヲ保ツ物ハ天下ノ主也。一国ヲ保者ハ一国ノ主也。我又其主ニアラズヤ。又、何ゾ(以下「主をもとむべきとて」と続く)(第二、三五頁)

(B)(「呉王剣客を好しかば、百姓瘢」に続く)ィニ、瘡多カリキ。楚王細腰ヲ好シカバ、宮中餓死多カリキ。カヤウノ事ハ、御用意アルベキ也。又、管仲病スル時、桓公行向《ムカウ》テ、嘆キ惜、次ニ問曰ク、群臣ノ中ニ、誰ヲカ可レ用。管仲が申サク、臣ヲ知ハ、君ニ如ハナシ。公ノ曰ク、易牙《エキガハ》如何。対曰、其子ヲ殺テ、君ニ叶ヘリ。人ニ[ノ]情ニ非ズ。公ノ曰、開方ハ如何。対曰、親ヲ倍《ソムイテ》、君ニ適《カナヘリ》。人ノ情ニアラズ。近付ガタシ。公ノ曰、豎力《[チヨウ]》(刁)ハ如何。対曰、自宮シテ君ニ叶ヘリ。人ノ情ニアラズ。シタシミガタシト申ケル。斉景公ノ御時、晉ノ国、燕ノ国ヨリ境ヲ侵シテ、斉ノ軍ノ破シヲ、景公深ク愁ヘ玉フ。晏嬰ト云人(以下「ふ人」をミセケチにして「武勇《ブヨウ》の人をまいらす」と続く)(第二、四八頁)

(18)欄外に書入れられた張良一巻の書の故事は次のようなものである。

「ィニ、昔、下鄙《カヒ》杞《ツチハシノ》上ニテ、老父ニ遇テ、一編ノ書ヲエタリキ。其書ヲ見ニ、太公ガ兵法也。是ヲ読バ、王者ノ師タルベシト云ヘリ。此書ハ素書也。太公ノ兵法ニハ非ズト申ス説アルニヤ。兵法コソハ、高祖ノタメニモ、項羽ヲウタル、軍ニハ簡要ナレバ、素書ニハ軍法ノ様ヲ不レ説ニヤ。此書ヲ与ル老父ハ、今十三年ノ後ニ、我ヲ済北ノ穀城山ノ下ニミヨ。其ニアラン、黄石ハ我也トゾ申ケル。十三年ニ当テ、穀城山ニシテ、果シテ黄石ヲ見、此石ヲ祭リ侍ケリ。張良、人間ノ事ヲ捨、

赤松子ニ随テ、仙ヲ学ビケリ。遂ニ東王公ノ玉童トゾ成ニケリ。」（第三、七五〜六頁）

吉田幸一氏蔵本（未見）について、平沢氏は「彰考館本系でもなく、松平文庫本系でもない本書特有のもので、（中略）両書の本文を綯交ぜにした、一種の混交本としての面を持ち、それに近世的な修補加筆の跡を示す異本」と解説しているが、この伝本にも、張良一巻の書の故事は記されていないようである。その点からも彰考館本系独自の増補記事と推測される。

(19) その主要なものは次の諸例である。本文は松平文庫本、〔　〕内は彰考館本。「　」で括った部分が彰考館本には欠けている。

①鼎を荊山に「鋳させ給ふ」〔作ル〕「鼎すてに成ぬるときに龍ありて胡髯を垂てくたりて帝を迎へたてまつる帝上て騎したまふ君臣後宮の従てのほるもの七十余人龍すなはちのほりさりぬ小臣ののほることにさること〳〵くに龍の髯をとれり龍の髯抜て帝の弓をおとせり百姓仰望て其弓と龍ノ髯と抱て号ふこのゆへ後の世其処を鼎湖といひ其弓を烏号とは申なり御在位は一百年也三百年とも申めり左澈〔内本徹〕と申人帝を恋慕したてまつりてその御形をきさみたてまつりて朝夕に礼拝したてまつりしこゝろさしあはれにおほえ侍き」の帝后妃四人…（第一、一六頁）

②蒼梧といふところへそ「をくりたてまつりしふたりの后の名をは娥皇女英と申き舜にをくれたてまつりて湘浦といふところにすまし給て恋慕の涙に竹の色さへくれな（ゐ）になりたりしこそあはれに侍りしかさても異説にこの帝堯をとらへたてまつりてころして位には即給へりときゝしこそまことしからす侍れさらんにはいかてかこれほとの聖徳はおはしますへき囹堯台と申すところはまさしく侍とかや。」（第一、二三頁）

③遂に大功を成給へり「すへて七百余国に九州を別へ（ママ）貢賦を均く給へり」五十畝をつくる者には五畝にそ租税をはなさせ給ける。（第一、二五頁）

④「第卅の主をは哀帝と申き貞定王の御子也位につきて三月と申しに弟叔襲この王（ママ）をころしたてまつりてみつから位に即給き思王とそ申きこの王またすゐの御弟のためにまたころされ給き浅ましかりき事ともなりき。」（第二、四六頁）

⑤此時夏四月さむくして凍して死ぬるものあまたきこへけり「彗星西方又此方にみへて八十日にをよへり」又相国呂不韋…（第二、五六頁）

⑥一日に千里をもゆきき我いふかひなくなりてのちかたきの「此馬にのらむ心うき事なれはころさはやとおもへとも」目の前にうしなはむも…（第三、七四頁）

⑦東方朔…すこし狂するけのありけれはよの人これを狂人といひけり「ものいひなとくちさかしくていひいたしつることおかしかりけり」古をも今をもしらすといふことなし。（第三、九六頁）

(20) 小林芳規氏「漢籍の古點本に用ゐられた濁音符——特に博士家に於ける使分けについて」（『広島大学文学部紀要』25—1、昭和40・2）

(21) 補 東方朔の棗の話と鵲の話は、いずれも『太平御覧』に見えている。

東方朔伝曰、武帝時、上林献棗、上以所持杖、撃未央前殿檻、呼朔曰、叱叱先生、来来先生、知此筐中何等物也、朔曰、上林献棗四十九枚、上曰、何以知之、朔曰、呼朔者上也、以杖撃檻両木、両木林也、来来者棗也、叱叱者四十九枚、上大笑賜帛十疋。（巻九六五、果部二、棗）

東方朔別伝曰、孝武皇帝時、間居無事、燕坐未央前殿、天新雨止、当此時、東方朔執戟在殿階傍、屈指独語、上従殿上見朔呼問之、生独所語者何也、朔対曰、殿後栢樹上有鵲、立枯枝上、東嚮而鳴也、帝使視之果然、問朔何以知之、対曰、以人事言之、風従東方来、鵲尾長、傍風則傾、背風則蹶、必当順風而立、是以知也。（巻九二一、羽族部八、鵲）

(22) 補 『唐鏡』の現存六巻は伏羲氏の時代に始まって東晉末の恭帝の元熙元年（四一九）で終わり、唐代史の部分は散逸しているので、『仁寿鏡』のこの記事は確認できない。「唐鏡」は「唐鑑」を指す可能性もあるが、宋の范祖禹（字淳夫）の『唐鑑』巻八〜十の「玄宗紀」に一行禅師および大衍暦に関する記事はない。『唐書』「暦志第十七上」に開元九年（七二一）、それまで用いていた麟徳暦が合わなくなったので僧一行に詔して大衍暦を作らせた事が記され、「十五年草成而一行卒」とある。また、同書の「天文志第二十一」にも開元九年に一行に詔して新暦と黄道儀を作成させたことを記し、梁令瓚が木で作った黄道游儀を一行が「鑄以二銅鉄一」し、「十一年儀成」とある。『宋高僧伝』巻五の「唐中嶽嵩陽寺一行伝」にも、「開元大衍暦五十二巻、其暦編三入唐書律暦志一、以為二不刊之典一、又造二游儀黄赤二道一以レ鉄成レ規於レ院製作」とあり、その入滅については「開元十五年九月、於二華厳寺一疾篤、（中略）十月八日随レ駕幸二新豊一、身無二諸患一、口無二一言一、忽然浴二香水一換レ衣一、趺坐正念、怡然示寂」とある。『資治通鑑』の「唐紀二十九」には開元十六年の条に「八月、乙巳、特進張説上二開元大衍暦一、行レ之」と見える。あるいは『唐鏡』が「開元十六年」としていたのを『仁寿鏡』が誤って「開元廿六年」の条に記載したとも考えられる。

付記「柳市ノ学」について

外村久江氏（「鎌倉武士と中国故事」『東京学藝大学紀要』18、昭和41・11）は、「序」の「昔ハ柳市ノ学ヲ勤メキ」に関連して、帰京後の茂範の活躍を述べた後、「そのような人が、自分の経歴の中で、昔は柳市の学（柳営即ち鎌倉将軍の学問）を勤めたとのみ云っていて、後半生の活躍がないことは、この著述の時期が彼の才能が先ず用いられはじめた鎌倉幕府勤仕の頃ではないかと考えられる。また、特に柳市の学とあることで、この仮名書きの中国の歴史書は関東の武士たちの社会のためにかかれたものではなかろうかとも想像される。年齢的にも、吾妻鏡に活躍のみられる建長から文永年間は五十前後から六十才に近い」と述べている。『唐鏡』著述の意図・時期・著者の年齢などについては筆者の見解とほぼ同じであるが、「柳市ノ学」の解釈は真反対である。外村氏はこれを「柳営即ち鎌倉将軍の学問」と解することで鎌倉滞在中の著述であることの確証としている。となると、「昔ハ柳市ノ学ヲ勤メキ」と回想しているこの「序」の執筆は帰京後という理解なのであろうか。筆者は著作の地鎌倉で「昔ハ柳市ノ学ヲ勤メキ」と回想していると解するところから、「柳市」即「柳営」という常識的な連想を排除したのである。茂範が鎌倉で書いたことの明らかな款状に「拯市之月、拯市之花、春秋之交遊忽忘」とある「拯市」を「柳市」の写誤ではないかとするのもそのためである。

『本朝文粋』（巻十二、落書）に収める藤原衆海（伝未詳、「貧居老生」と称す）の「秋夜書レ懐呈二諸文友。兼南隣源処士二」という文章の末尾に、「悲哉柳市老而無レ価、早晩此身欲レ奉レ公」とある。柿村重松氏の『本朝文粋註釈』（冨山房、大正11・4初版）の頭書の大意には「我や文場にあり老いて価なく、何時かよく奉公の志を達し得んとかする」と釈し、「柳市」の語注としては、『漢書』（巻九十二、游侠伝第六十二）に「万章字子夏、長安人也、長安熾盛、街閭各有二豪俠一、章在二城西柳市一、号曰二城西万子夏一」とある文と、その顔師古の注である「漢宮闕疏云、細柳倉有二柳市一」

の記事を挙げているのであるが、「細柳倉」を「細柳営」と記している。一般に「細柳営」と言えば、漢の周亜父が細柳（咸陽県の西南）に陣した軍営で、後に広く将軍の幕府を意味する「柳営」の語はこれに基づいているが、柿村氏の注の「細柳営」は前記万章伝の師古注の「細柳倉」を誤って引いたものであるらしい。この「細柳」は、『太平寰宇記』（巻二十五、関西道一、雍州一）「長安県」の条に「細柳原、在二県西南三十三里一、別是一細柳、非二周亜父屯レ軍之所一」とあるように、いわゆる「細柳営」とは別である。

『本朝文粋』巻三（対冊）に、「神仙」を主題とする春澄善縄《はるすみのよしただ》の問と都言道《みやこのことみち》（良香《よしか》の初名）の対策が収められているが、善縄の問の最後は「子養二材柳市一。振二響楊庭一。宣不二憑虚一。終通二蹠実一」となっている。柿村氏はここでも前と同様『漢書』「游俠万章伝」の文と顔師古の注（ただし、ここでは「細柳倉」と記す）を挙げている。「柳市」と対になっている「楊庭」の語については、駱賓王の「上二兗州崔長史一」中の「揚庭」の用例、東坊城和長の紀伝道故実書『桂林遺芳抄』の「献策号二揚歴一事」の条に「献策又曰二揚歴ト一、奉二揚庭之試一也」という説、および『文選』（巻十八）左太冲「魏都賦」の「優レ賢著二於揚歴一、匪レ蘖形二於親戚一」の詩句の例と呂尚の「優二其賢才一、明其二捜揚一、而歴三試之二」という注を挙げ、「案揚作レ楊者、以対二柳市一也」と説明し、この対句の大意を「子学藝の巷に材を養ひて試場に名を達せり。陳述虚妄ならず、善く其の実を明にせよ」と説いている。「柳市」「楊庭」のいずれの語についても恰好の用例を索めあぐねた様子であるが、文脈から洞察して「文場」「学藝の巷」「試場」等、学問・考試に関わる場として促えているわけである。

「柳市」に比して「槐市」の語はよく知られている。「槐市」については、諸橋氏の『大漢和辞典』に『三輔黄図』の記事に基いて、「漢代、長安城の東、常満倉の北にあつた市場の名。槐樹を列ね植ゑて隧道のやうにし、別に牆屋を設けず。朔望に諸生が此に会し、各自、出身の郡から産する貨物及び経伝・書記・笙磬楽器を買売し、又、雍容・揖譲して互に論議した。後、大学の異名に用ひる」という解説がある。『本朝文粋』にも「昔槐市共二蛍雪一、斉二声価二」（巻六、奏状、藤原篤茂「申二大内記木工頭並淡路守一状」）、「相公策昇二高第一、高歩二十六行之中一。（中略）即以二槐市之棟梁一、遂為二棘路之翹楚一」（巻十、詩序、大江以言「陪二吉祥院聖廟一賦二古廟春方暮一詩序」）など、いずれも「大学」の意で用いられており、柿村氏も、『藝文類聚』（巻三十八、礼部上、学校）に引く『黄図』の記事を挙げている。源光行の『百詠和歌』第四（嘉樹部、槐）にも「槐市は学館名也。月ごとの朔望をむかふるごとに、もろ〳〵の儒士槐下に来れり。集て論談をなし市をなせり」とある。『江都督願文集』に収める願文（天永二年八月日）に「弟子昔遊二槐柳之市一、列二青襟一而資二蛍雪一」（続群書類従本）という句がある。前記藤原篤茂の「昔槐市共二蛍雪一」と同趣の発想で、「槐市」と「柳市」を総称して「槐柳之市」と言ったのであろう。

ともあれ、『唐鏡』の「柳市」は鎌倉の「柳営」とは別で、かつて京洛の学堂で研鑽したことを指していると考えられるのであり、そう解することによって、『唐鏡』が茂範の鎌倉滞在中の著述であることの証しと見るのが筆者の見解である。

第四節　神皇正統記と宋学

――孟子を「大賢」と呼ぶこと――

一　『尺素往来』の記事

わが国における宋学の伝流史について言及する場合、必ず一条兼良の『尺素往来』の一節が引き合いに出される。周知のものであるが、念のために整理して置くと、その記事は次の二つの事がらを伝えている。

(1)　明経道においては古来、清原・中原氏の両博士家が師説を伝承し、漢・唐の注疏によって五経その他の経書を講じて来たのであるが、「近代独清軒玄恵法印《健傁法師イ》、宋朝濂洛之義《ヲ》為《シ》レ正《ト》、開《キテヨリ》二講席《ヲ》於朝廷《ニ》一以来、程朱二公之新釈可《ク》レ為《ル》二肝心一候也。」即ち、後醍醐帝の時代になって、玄恵が宋朝の濂洛（周濂渓と程明道・程伊川の二程子）の学説を正しいとして、これを朝廷で講じてから、程朱（二程子と朱熹）の新注が尊重されることになった。

(2)　紀伝道においては従来、『史記』『漢書』『後漢書』以下の正史をテキストとして、藤原氏の南家・式家や菅原・大江氏の諸博士家が伝えて来たが、「是《レ》又当世付《ハキ》二玄恵《健傁イ》之議《ニ》一、資治通鑑、宋朝通鑑等人々伝二受《ス》之《ヲ》一。特《ニ》北畠入《ノ》道准后被《ル》レ得二蘊奥《ヲ》一云々。」即ち、これまた玄恵の意見に従って、『資治通鑑』（司馬光撰）や『宋朝通鑑』（未詳）による講義を伝受するようになり、特に北畠親房はその奥義を得ていた。

この『尺素往来』の記事が発端となって、例えば井上哲次郎氏が[1]『尺素往来』の語句を引いて、

乃ち知るべし、玄恵は始めて朱子学を唱道せるものなるを、大日本史に、

玄恵始唱二程朱之説一

と云へるは、是れ吾人が事実として認容せざるを得ざる所なり。

とか、

此れに由りて之れを観れば、北畠親房は玄恵の門人にして、頗る程朱の学にも通暁したるものと推察せらるゝなり。

と述べているように、玄恵や北畠親房の思想における宋学の影響ということを疑うべからざる前提とするのが通念となっていたと言っても過言ではない。

玄恵は早くから『太平記』の作者と言い伝えられ、現在でもその編纂の監修者と目されている。親房は言うまでもなく『神皇正統記』の著者である。だから、例えば『大日本史』の「親房伝」に、

嘗《テ》読《ムニ》二宋人司馬光《ノ》資治通鑑《ヲ》一、於《テ》二大義《ニ》一有《リ》レ所レ見《ル》。尺素往来　方《テ》三帝《ノ》即二位《セラルルニ》行在《ニ》一、親房深《ク》嘆《キ》二中興不レ終《ルニ》、皇統《ノ》垂《ントスルヲ》レ絶《ユルニ》、乃《チ》推二本《シテ》皇祖建国之意《ヲ》一、著《セリ》二神皇正統記《ヲ》一。(下略)

と述べるように、『神皇正統記』(以下『正統記』と略称)の著者の歴史に対する認識と批判の根底には、宋学の思想的感化があるはずだと、素朴に信じられて来た。『太平記』についても同様である。特に宋学の大義名分論こそは建武中興の運動の指導的理念であったと見て、親房はもとより、『太平記』の作者もまた、中興の精神の体現者であり、鼓吹者であると説かれることが少なくなかった。

ところが、『太平記』に関して言えば、そこに朱熹の学説との密接な関係を見出すことは難しい。宋儒が尊崇した四書のうち、『大学』『中庸』の二書からの影響は皆無といってよく、『論語』は魏の何晏の『論語集解』を中心に梁の皇侃の『論語義疏』の注を参照して摂受しているし、『孟子』は後漢の趙岐の注した『趙注孟子』による受容である。要するに、古注を旨とする博士家の伝統的な学風に倣うものであって、新来の朱子の新注による摂取ではない。

ただ、巻二十九の巻末にある「仁義血気勇者事」と題する評論的な章段に、新注の感化を暗示する「仁義ノ勇」「血気ノ勇」という概念の見られることが珍しい事例である。(2) となると、初めて朱子の新注を用いて講義をしたと伝えられる玄恵は、『太平記』の成立に関与してはいなかったのか、それとも玄恵は、言われているような宋学の首唱者ではなかったのか。

玄恵や親房が宋学の首唱者もしくは精通者であったとする通説は、和島芳男氏によって徹底的に批判された。氏は、中世宋学史の重要史料として著名な『尺素往来』の記事が、いかに根拠の薄弱なものであるかを詳しく検討して、

従ってこの尺素往来にもとづき、後醍醐天皇が玄恵を召して侍読としたという大日本史巻二百十七、僧玄慧伝の記載も同様に信ずべき限りではない。まして元弘・建武以来のいわゆる皇家中興の運動が、玄恵の首唱する宋学的理念で導かれたとする説のいわれなきことは、本節に論じたるところのみによっても明らかであろう。玄恵は確かに台密出身の詩僧であり文人であった。しかし玄恵が窮理尽性の宋学に達し、その首唱者であったという証拠は少しもない。中世の宋学史は、この点の確認にもとづいて新たに書きなおさなければならないのである。(3)

と説き、又、『正統記』における親房の思想で従来特に宋学的思想の感化の事例とされてきた幾つかの事項を取り上げて検討し、いずれも宋学の影響とは特定しがたいことを論じている。特に著名な正閏論・名分論に関しても、

元来王朝の更迭が是認されている中国の正統論・名分論は根本的にわが国に適用さるべくもない。（中略）伊勢神道流の歴史観を高唱した親房にとっては、中国流の正統論・名分論はただ歴史観の一範疇としてのみ有用であった。そしてこの倫理的歴史観は、親房の「正理」の中に含まれる徳治主義思想とともに、儒教の伝来以来すでに久しくわが知識階級の親炙したところであって、あえて宋儒からの継受に俟たないのである。(4)

と断じている。

本稿で取り上げようとする忠孝論もまた、宋学の影響とは特定しがたい、というよりもむしろ否定的な事例の一つ

なのであるが、これに関連する諸文献相互の伝承関係が複雑に絡んで興味深いものであり、かつ従来の諸説が部分的な言及にとどまっているので、より総合的な立場で、これを整理し、考察してみたいと思うのである。

二　『神皇正統記』の源義朝批判

『正統記』（下巻、二条院）に、保元・平治の乱に対する著者親房の総括がある。父為義の死刑を執行した源義朝の不孝と、あえて義朝にその不孝を犯さしめた政道の誤りを非難し、そうした「名行」の欠如壊敗こそが保元・平治以後の乱世の原因であると批判して、次のように説いている。

> 義朝重代ノ兵《つはもの》タリシウヘ、保元ノ勲功ステラレガタク侍《はべり》シニ、父ノ首《かうべ》ヲキラセタリシコト大《おほき》ナルトガ也。古今ニモキカズ、和漢ニモ例《ためし》ナシ。勲功ニ申替《まをしかふ》トモミヅカラ退《しりぞく》トモ、ナドカ父ヲ申《まをし》タスクル道ナカルベキ。名行《めいかう》カケハテニケレバ、イカデカツヰ《(ヒ)》ニ其身ヲマタクスベキ。滅《めつ》スルコトハ天ノ理《ことわり》也。凡《およそ》カヽルコトハ其身ノトガハサルコトニテ、朝家《てうか》ノ御アヤマリ也。ヨク案《あん》アルベカリケルコトニコソ。其比《そのころ》名臣モアマタ有シニヤ、又通憲法師専《もはら》申ヲ《(オ)》コナイ《(ヒ)》シニ、ナドカ諫《いさめまをさ》申ザリケル。大義ニ滅《めつす》トレ親《しん》ヲ云コトノアルハ、石碏《せきシヤク》ト云人其子ヲコロシタリシガコト也。父トシテ不忠ノ子ヲコロスハコトハ《(ワ)》リナリ。父不忠ナリトモ子トシテコロセト云道理ナシ。孟子ニタトヘヲ取テイヘルニ、「舜ノ天子タリシ時、其父瞽叟《コソウ》人ヲコロスコトアランヲ時ノ大理ナリシ皐陶《カウエウ》トラヘタラバ舜ハイカヾシ給ベキトイヒケルヲ、舜ハ位ヲステテ父ヲオヒテサラマシ。」トアリ。大賢ノヲシヘナレバ忠孝ノ道アラハレテヲ《(オ)》モシロクハベリ。保元・平治ヨリ以来《このかた》、天下ミダレテ、武用《ぶよう》サカリニ王位カロク成ヌ。イマダ太平ノ世ニカヘラザルハ、名行ノヤブレソメシニヨレルコトトゾミエタル。(5)

右の議論では、石碏の故事と孟子の言語とが重要な構成要素となっている。それぞれの典拠については、山田孝雄氏の『神皇正統記述義』に詳しい説明がある。が、論述の都合上、ひとわたり眺めて置くことにする。

先ずは石碏の故事。『史記』巻三十七「衛侯叔世家」によれば衛の荘公（揚）の後を嗣いだ桓公（完）のために排斥されて出奔していた妾腹の弟州吁《しゅうく》は、桓公十六年（前七四七）に桓公を弑逆し、自立して衛君となったが、衛の人民の信望を得ることができなかった。衛の上卿の石碏は早くから、驕奢で戦好きな州吁を衛の禍乱の原因になる人物と予見し、かつて彼を将軍に任じた荘公を諫めたこともあった。州吁が桓公を弑逆するに及んで、石碏は、桓公の亡母の実家である陳侯と共謀して、衛の右宰（大夫）の醜という者を使って州吁に食膳を進めさせ、州吁を濮《ぼく》で毒殺し、桓公の弟の宣公（晉）を衛君に立てたのであるが、その事件が『春秋左氏伝』隠公四年（前七四七）の条には、次のように記されている。

春、衛《ノ》州吁弑《シテ》二桓公《ヲ》一而立《ツ》。（中略）九月、衛人使《ム》三右宰醜《ヲシテ》涖《ノゾンデ》殺《コロサ》二州吁《ヲ》于濮《ニ》一。石碏使《ム》三其宰獳羊肩《ヲシテ》涖《ミテ》殺《サ》二石厚《ヲ》于陳《ニ》一。君子曰《ク》、石碏《ハ》純臣也。悪《ミテ》二州吁《ヲ》一而厚与《カル》焉。大義滅《ストハ》レ親《ヲ》、其《レ》是《ヲ》謂《フカト》乎。

即ち、石碏の子の厚は、もともと州吁と仲が好くて、碏がその交遊を禁じても聞き入れなかった。州吁が桓公を弑逆した後、厚は州吁の地位の安定化を図ってその方策を父に相談し、親密さをよそおった父の詐略を信じて州吁に従って陳に行き、そこで碏の命を受けた家臣獳羊肩《どうようけん》に殺されたのである。「大義滅レ親」の句について、杜預は、

子従《フハ》二殺《セシ》レ君《ヲ》之賊《ニ》一、国之大逆《ナリ》。不レ可《カラ》レ不《ル》レ除《カ》。故曰《フ》二大義滅《スト》レ親《ヲ》一。明《カニスル》下小義《ナレバ》則《チ》当《ニ》《キコトヲ》上兼《ヌ》二子《ノ》愛《ヲ》一也。

と注している。今の我々には耳なれた格言であるけれども、『世俗諺文』（ただし、三巻のうち上巻のみ現存）を始め『明文抄』『玉函秘抄』『管蠡鈔』等の金言集には採録されていない。

次に孟子の言説。これは、『孟子』の「尽心章句上」にある孟子と弟子桃応との対話を要約したものである。

桃応問《ヒテ》曰《ク》、舜為《リ》二天子《ト》一、皐陶為《リテ》レ士《ト》、瞽瞍殺《サバ》レ人《ヲ》、則《チ》如レ之《ヲ》何《セント》。孟子曰《ク》、執《トラヘン》レ之《ヲ》而已矣《ト》。然《ラバ》則《チ》舜《ハ》不レ禁《ゼ》与《ト》。曰《ク》、夫《レ》舜悪《イツクンゾ》得《テ》而禁《ゼン》レ之《ヲ》、夫《カレ》有《ル》レ所レ受《クル》レ之《ヲ》也《ト》。然《ラバ》則《チ》舜《ハ》如レ之《ヲ》何《セント》。曰《ク》、舜視《ルコト》レ棄《ツルヲ》二天下《ヲ》一、猶《ホ》《キ》レ棄《ツルガ》二敝蹝《ヲ》一也、竊《ニ》負《ヒテ》而逃《レ》、

遵《シタガヒテ》二海浜《ニ》一而処《リ》、終身訢然《トシテ》、楽《ミテ》而忘《レント》二天下《ヲ》一。

天子である舜の父の瞽瞍《こそう》が仮に殺人を犯したとして、司法官たる皐陶《こうよう》はこれをどう処置するか、又、皐陶が瞽瞍を捕らえたとして舜はこれにどう対処するか、そういう桃応の質問と、これに対する孟子の答えである。『正統記』の叙述は極めて簡略なものとなっているが、それは、親房自身が、

此記者、去延元四年秋、為レ示二或童蒙一所レ馳二老筆一也。旅宿之間、不レ蓄《ヘ》二一巻之文書《ダニモ》一、纔《ニ》尋《モトメ》二得《テ》最要之皇代記《ヲ》一、任二彼篇目一、粗勒二子細一畢。（群書類従本奥書）

と言っているところを信ずれば、『孟子』のテキストを座右に置かず、記憶によって記したことを示すものということになろう。

さて、親房は、この『孟子』における桃応と孟子の問答を引いた後に、「大賢ノヲシヘナレバ忠孝ノ道アラハレテヲ《(オ)》モシロクハベリ。」と共感の意を吐露しているのであるが、この親房の評言に関して、山田氏は、

大賢とは孟子をさす。朱熹の孟子序説に「程子曰顔子去二聖人一只毫髪間、孟子大賢亜聖（即ち顔子）之次也」とある。親房は朱注を読まれた筈であるから孟子を大賢といはれたことは基づく所明かである。上の比喩はさすがに大賢人の教へであるから、忠孝の道がよく明かに示されて、実に感動せしめらるる。(6)

と解説している。親房が孟子を「大賢」と呼んだことの典拠を、「親房は朱注を読まれた筈である」という前提で『孟子集注』の「序説」に求めているのであるが、それはやがて、親房が朱注を読んだことの、さらに宋学に精通していたことの証拠の一つに挙げられるという結果となった。孟子を指して「大賢」と呼んでいることが、果して親房と宋学との関わりを示す例証の一つとなりうるのかどうか。それが、本稿で検討しようとする問題点である。

三 『神皇正統記』と『保元物語』の関係

山田氏の説に対する批判は、平田俊春氏から提起された。即ち、平田氏は、この孟子と桃応の問答は、『正統記』が『孟子』から直接摂ったものではなくて、『保元物語』（巻二）の「為義最後の事」の条にある忠孝論をそのまま引いたものであって、孟子を「大賢」と呼んだのも『保元物語』そのままを述べたものであるとして、「此条のみを拠所として親房と孟子、或は宋学との関係を論ずることは出来ないのである。(7)」と批判するとともに、『正統記』編述の材料の一つに『保元物語』があったと主張するための例証に挙げているのである。

後に掲げる『保元物語』の本文と、『正統記』の前掲の本文とを見比べれば、両者の間に密接な関係のあるらしいことは疑う余地もない。もしも平田氏の説くように『保元物語』の方が先行しているのであれば、確かにこの一条は、親房と朱子の新注との直接的な交渉を示す証拠とはなりえないことになる。

平田氏の使用された『保元物語』の本文は、流布本系統のものであったらしい。『保元物語』の諸本研究がまだ十分でなかった時代のことであるから、流布本を資料に用いての調査結果に基づいて立論するのもやむを得ないことであった。『保元物語』の流布本の成立は室町時代以後に下るという説が、釜田喜三郎氏と高橋貞一氏とによって相継いで公表されたのは、昭和二十七、八年のことである。

釜田氏は、流布本『保元物語』の忠孝論は『正統記』の文によってその大部分を補充されたものとし、『太平記』によって増補されている事例をも挙げて、流布本『保元物語』の成立を『正統記』や流布本『太平記』よりも後とし、(8)四十巻本『太平記』の成立時期を応安四年（一三七一）八月以後と考証した結果に基づいて、「流布本保元平治物語は、太平記流布本の影響下に補訂せられたものであるから、流布本保元平治物語も亦た、建徳二年（応安四年）八月八日を遙かに下つた時代に成立したものとすべきで、恐らく室町時代初期か或は中期ではあるまいかと思はれる。[9]」と説き、さらに流布本『保元物語』の無塩君説話を含む保元の乱批判（巻下）や、左府頼長と通憲入道との亀卜談（同）が『壒嚢鈔』から採録増補されたものであることを証拠に、「保元物語の杉原本や流布本は壒嚢鈔成立の文安二年以後に出来上つたものと思はれるのである。[10]」と、その成立時期の上限をいっそう限定したのである。

高橋氏も同様に、流布本『保元物語』と『壒嚢鈔』との直接的な関係を指摘し、釜田氏の挙げた例証の外に二例ばかりを加えたが、その一例がこの忠孝論なのである。そして、「杉原本が、壒嚢抄を以て崇徳院御遷幸の事、無塩君の事等を補つた後に、流布本は再度の壒嚢抄によりて、為義最後の忠孝論を補つたことが推定せられる。故に流布本保元物語に関する限り、先づ壒嚢抄によりて杉原本が増補したとすれば、杉原本以下は壒嚢抄の成立以後は自明である。[11]」と結論した。

『保元物語』における忠孝論は、文保本・半井本・金刀比羅本・鎌倉本などの古本には記載されていない。釜田氏も高橋氏もともに、流布本に近い杉原本にも無いとしているが、それは誤りである。杉原本の中巻末尾の「むほん人誅《チウ》せらるゝ事」「為義誅せられし事」と続く為義最期の記事は、確かに流布本とは異なっていて、おおむね金刀比羅本と同様の本文なのであるが、その終り近くに、その忠孝論が増補されているのである。

四　『壒嚢鈔』と『保元物語』の関係

釜田・高橋両氏によって流布本『保元物語』の成立が文安二年（一四四五）以後とされ、その忠孝論の直接の典拠が『壒嚢鈔』（巻一ノ七）であることが明らかにされたのであるが、そのことは必ずしも、『正統記』と『保元物語』（杉原本・流布本）との直接的な関係を否定し去ったことにはならない。その点を確認して置くために、『壒嚢鈔』と

『保元物語』（巻下、為義最後の事）の本文を次に掲げ、これを前掲の『正統記』の本文と比べてみたい。

『塩嚢鈔』

俗人ノ詞ニ主ノ仰ニハ親ノ頸ヲ截ト云ハ、サル道理アルベキ歟。大キニ不レ可レ有。甚不レ可レ説ノ義也。本文ニ云、君ハ至テ尊ケレ共至テ不レ親カラ、母ハ至テ親シケレ共至テ不レ尊カラ、父ノミ尊親ノ義ヲ兼タリト。サレバ母ヨリモ貴ク君ヨリモ親キハ只父也。然ヲ殺サン事アルベカラズ。不（ママ）忠ヲバ君ニ取リ、孝ヲバ父ニ取ル。若シ忠ヲ面ニソ父ヲ殺サンハ不孝ノ至極ナルベシ。百孝（ママ）ノ中ニハ孝行ヲ以テ先トスト云ヒ、又三千ノ刑不孝ヨリ大ナルハナシト云ヘリ。其上孟子ニ諭（ママ）ヘヲ取テ云、虞舜ノ天子タリシ時、其父瞽瞍人ヲ殺害スル事アランニ、時ノ大理ナレバ皐陶是ヲ捕ヘテ罪ヲ奏セン時ハ、舜ハ如何カ為〔シ〕給ベキ。正シク大犯ヲイタセル者ヲ父トテ助ケバ、政道ヲ黷〔ケガ〕サン、天下ハ一人ノ天下ニ非ズ、若シ政道ヲ正シクシテ刑ヲ行ハヾ忽ニ孝行ノ道ニ背カン、明王ハ孝ヲ以テ天下ヲ治ム、只父ヲ置テ位ヲ捨テ去〔サラ〕マシトゾ判ゼル。孟子ヲバ大賢ト云。亜聖トハセイニ次トテ、聖人ト云《イハ》マホシケレ共暫ク恐

『保元物語』

誠に国に死罪をおこなへば、海内に謀叛の者絶《え》ずとこそ申《す》に、おほくの人を誅せられけるこそあさましけれ。正しく弘仁元年に、仲成を誅せられてより、帝皇廿六代、年記三百四十七年、絶《え》たる死刑を申《し》おこなひけるこそうたてけれ。中にも義朝に父をきらせられし事、前代未聞の儀にあらずや。且《っ》は朝家の御あやまり、且《っ》は其《の》身の不覚也。勅命そむきがたきによ(っ)て、是《れ》を誅せば忠とやせん、信とやせん、若《し》忠なりといはゞ、「忠臣をば孝子の門にもとむ。」といへり。若《し》又信といはゞ、「信をば義にちかくせよ。」といへり。義を背《い》て何ぞ忠信にしたがはん。されば本文にいはく、「君は至(っ)て尊〔たっと〕けれども、至(っ)てちかゝらず。母はいた(っ)てしたしけれ共、いた(っ)てた(っ)とからず。父のみ尊親の義をかねたり。」と。知《り》ぬ、母よりも貴く、君よりもしたしきは只父也。いかゞ是《れ》を殺さんや。孝をば父にとり、忠をば君にとる。若《し》忠を面〔おもて〕にして父をころさんは、不孝の大逆、不義の至極也。されば、「百行の中には孝行をも(っ)て先〔さき〕とす。」といひ、又、「三千の刑は不孝より大なるはなし。」といへり。其《の》

アリ、賢人ト云ントスレバ亦余リアル間、是ヲ大賢ト云フ。大賢ノ教ヘ豈ニ忠孝ニ背カンヤ。誠ニ面白コソ伝《(侍カ)》ヘレ。

大義ニ滅《(ベツ)ホロボス》親ト云ヲ、オヤヲホロボス義トスルハ大ナル誤リト云也。是ハ石碏《〔ソ〕》ト云人、其子ノ悪キヲ害シタリシ事也。滅ボス親アリキ。恩愛ノ習ヒ子ニ増ル悲ミナケレ共、不忠ノ子ヲバ害スル理リアル也。人ニ忠ヲ進ムル時、暫ク君ノ命ノ重キ事ヲ教フ。是全ク父ヲ褊《サミ》スルニ非ズ。唯庸愚ノ姦曲ニソ不忠ナルヲ賓ル義也。矯《タヾス》レ枉《サマ》《マガレル》ヲ過《ヌト》ニ其性《ニ》ニ云テ、苦《ユガメル》物ヲ直ニタメナスニハ、アナタヘ橈ル程又コナタヘ橈メスゴソ、ソノ後直ナル形ニ成也。文ニハ是ヲ過当ノ言ト云。其理ニ当ル事ノ又其ノ法ニ過レバ也。学者ノ用心是ニアリ。仍採レ可《ヲ》レ採《ル》捨《ツ》レ可《ヲ》レ捨、敢テ其理リニ可《シ》レ不レ惑。

（臨川書店刊、正保三年板本影印）

〔注〕本文左傍の〔　〕内の訓は原文では右傍にある。
下段『保元物語』も同じ。

上、大賢の孟、喩《〔たとへ〕》を取(つ)ていはく、「虞舜の天子た(つ)し時、其の父瞽瞍《〔こそう〕》人を殺害する事あらんに、時の大理なれば、皐陶《〔かうえう〕》是れをとらへて罪を奏せん時、舜はいかがし給ふべき。孝行無双なるをも(つ)て天下をたもてり。政道正直なるを舜の徳といふ。然るに正しく大犯をいたせる者を、父とて助けば政道をけがさん。天下は是れ一人の天下にあらず。もし政道をたゞしくして刑をおこなはゞ、又忽ちに孝行の道に背かん。明王は孝をも(つ)て天下をおさむ。しかれば、只父を置いて位をすてゝさらまし。」とぞ判ぜる。況んや義朝の身にをひてをや。誠にたすけんと思はんに、などか其の道なかるべき。恩賞に申し替ふるとも、縦ひ我が身をすつるとも、争《〔いかで〕》かこれをすくはざらん。他人に仰せ付けられんには、力なき次第也。まことに義にそむける故にや、無双の大忠なりしかども、ことなる勧賞もなく、結句いく程なくして、身をほろぼしけるこそあさましけれ。

（岩波日本古典文学大系付録古活字本）

『正統記』『壒嚢鈔』『保元物語』の三者に共通しているのは傍点。。。。。を付けた部分であって、それは『孟子』に基づく比喩の話に限られている。ただし、原文「竊ニ負ヒテ而逃レ」に当たる『正統記』の「父ヲオヒテサラマシ」が、他の二書では「父ヲ置テ位ヲ捨テ去《サラ》マシ」のごとく誤解されている。又、『正統記』と『壒囊鈔』の「孟子ニタト（諭）ヘヲ取テ」の「孟子」は書名であるが、『保元物語』はそれを人名に読み変えて「大賢の孟、喩《たとへ》を取(っ)て」とする相違がある。杉原本には「大賢の」という修飾語がないが、「孟子《マウシ》喩《たとへ》をとつて」となっていて、格助詞「に」がないので人名と解される。(12)

『保元物語』が『壒囊鈔』によって補訂したことを示しているのが傍点を付けた箇所である。そこには、

母《ハ》至《テ》親《シケレドモ》　而不レ尊《カラ》。君《ハ》至《テ》尊《ケレドモ》　而不レ親《シカラ》。唯父《ノミ》兼《ネタリ》二尊親之義《ヲ》一焉。（『古文孝経』士章第五・伝）

子《ノ》曰《ク》五刑之属《タグヒ》三千、而《シテ》辜《ツミハ》　莫《シ》レ大《イナルハ》二　於不孝《ヨリ》一。（同、五刑章第十四・経）

不孝之罪《ハ》大《ナリ》二於三千之刑《ヨリ》一也。（同上・伝）

故《ニ》明王之以《テ》レ孝《ヲ》治《ムルコト》二　天下《ヲ》一也如《シ》レ此《ノ》。（同、孝治章第九・経）

孝者《ハ》徳之本、教之所二由生《テナル》一也。故《ニ》人之行《ハ》莫《シ》レ大《ナルハ》二　于孝《ヨリ》一焉。（同、聖治章第十・伝）

孝《ハ》道之美、百行之本也。（『白虎通』巻下、考黜）

天下者《ハ》非《ズ》二一人之天下《ニ》一、天下之天下也。（『六韜』文韜、文師第一・武韜、発啓第十三）

天下者《ハ》非《ズ》二一人之天下《ニ》一、唯有《ル》レ道者《ノ》得《ル》二天下《ヲ》一也。（同、武韜、順啓第十六）

など、漢籍に由来する格言成句が引用されている。『壒囊鈔』による補訂ではない部分にも、

求《ムルコトハ》二　忠臣《ヲ》一必《ズ》於《テス》二孝子之門《ニ》一也矣。（『古文孝経』広揚名章第十八・伝）

古語《ニ》云《ク》、欲《スルトキニハ》レ求《メント》二　忠臣《ヲ》一出《タリト》二　於孝子之門《ヨリ》一。（『臣軌』至忠第二）

有子曰《ク》、信近《ケレバ》二　於義《ニ》一、言可《キ》レ復《フタタビス》　也。（『論語』学而第一）

などの引用が見出されるが、それらの中には釜田氏も指摘しているように(8)『平家物語』や『太平記』にも類句があり、『明文抄』その他の金言集に採録されているものもあって、当時すでに人口に膾炙していたものも少なくないと思わ

れる。

さて、『壒嚢鈔』は、「主《ノ》仰《ニハ》親《ノ》頸《ヲ》截《ル》」という俗諺が道義に適っているか否かという問題を設定して、その非道義性を論述したものである。『保元物語』の「為義最後の事」の章には、父為義の首を刎ねよとの勅命を重んじて五逆罪の一つを犯すか、それとも不孝の罪を恐れて違勅の者となるか、その窮境に立って悩む義朝の姿が描かれているが、そのような義朝に処断の決意を促す鎌田二郎正清のことばの中に、「勅宣には親の頸を切と申候事は、古説にて候」(金刀比羅本)という一句がある。半井本と流布本にはないが、京師本・鎌倉本・杉原本等にも見られる語句である。『壒嚢鈔』における設題がこれに基づいているのか否かは断定しがたいが、論述の内容は、保元の乱とも義朝の行為とも何ら関係づけられていないのである。従って、『保元物語』の杉原本および流布本における忠孝論は、その叙述の大部分を直接的には『壒嚢鈔』に拠っているとしても、これを保元の乱に対する批判として挿入しているその基本的な性格は、『正統記』に負うていると考えるべきであろう。それは、その基本的な性格に関わる叙述で、『正統記』と共通もしくは類似する表現を指摘しうることによって証される。傍点・・・・・を付けた箇所がそれで、勿論『壒嚢鈔』にはない叙述である。

なお、『壒嚢鈔』の編纂資料の一つに『正統記』のあったことは、書中に、「北畠《ノ》大納言親房卿《ノ》正統記」「親房卿《ノ》記」等の名称でその所説が引用されていることによって明白であり、又、出典の明記されていない記事の中にも、『正統記』からの引用が数多く見られる。例えば、「当時起請ト云事ハ昔モアリケル歟」(巻一ノ四十五)、「御行行幸ノ義幷ニ幸ノ字ヲ用ル故如何」(巻二ノ五)、「院ヲ太上天皇共太上皇共申ハ何事ゾ」(同六)、「摂政関白トハ何ナル事ゾ替ル儀アル歟同事歟」(同七)、「彼藤家《ノ》氏神春日ノ御詠《ニ》北ノ藤波トアル何ヲ指ゾ」(同九)等々の項目の中に、有職の学殖を駆使した親房の歴史評論と説示が十分に活用されているのである。今問題にしている忠孝論もその一例と言うべく、前掲『壒嚢鈔』の本文中の傍点。。。。。の部分、即ち『正統記』『壒嚢鈔』『保元物語』の三者に共通する叙述のみならず、さらに傍点・・・・・を付けた箇所にも『正統記』との同文関係が認められる。『塵嚢鈔』は『正統記』に基づきながらも、保元の乱に対する批判という具体的な歴史批評の趣意を払拭し、一方では漢籍に由来する格言で補強したり語句の講釈を加えたりして、一般的な倫理の問題としての忠孝論に仕立て直したものと見られるのである。

五　『趙注孟子』における「大賢」の理念

『塵嚢鈔』の忠孝論も『保元物語』（杉原本・流布本）の忠孝論も、ともに『正統記』の影響を受けたのであって、その逆ではありえないとなると、山田氏の説に対する平田氏の批判は当たらぬことになり、孟子を「大賢」と呼ぶことが朱子の新注との関係を示す徴表となりうるか否かを、あらためて検討してみる必要が生じて来る。

朱子の『孟子集注』の「序説」には、「程子曰《ク》」として二程子の言説がかずかず引載されているが、その一つに、

又曰《ク》、孟子有《リ》二些《ノ》英気一、才《ワツカニ》有《レバ》二英気一、便有《チリ》二圭角一。英気甚《ダス》害《ヲ》レ事。如《キ》二顔子《ノ》一便《チ》渾厚不レ同。顔子去《ルコト》二聖人《ヲ》一只毫髪《ノ》間《ノミ》。孟子《ハ》大賢、亜聖之次也。

というのがあって、山田氏の指摘のように、孟子が「亜聖」の顔回と比較論評されて、「亜聖」に次ぐ「大賢」と評価されているのである。二程子（特に程明道）は師の周濂渓の感化を受けて顔回を尊崇すること極めて厚く、顔回を学ぶべきことをしばしば強調している。又、孔子とその弟子や孟子らを比較論評することは宋儒にとって興味あるテーマであったらしく、『性理大全』（第三十八、道統・聖賢）にその種の言説が多く収められている。それらの中には、程明道の次のごとき言説も含められている。

問《フ》、使《メバ》二孔孟《ヲシテ》同《ウセ》レ時《ヲ》、将与《ニ》二孔子一並駕《ビシテ》其説《レカン》二於天下《ニ》一耶。将学《タバン》二孔子《ニ》一耶《ト》。曰《ク》、安《ンゾ》能並駕《クビセン》。雖《モ》二顔子《ト》一亦未《ダ》レ達《セ》二一間《ニ》一耳。顔孟雖《モ》レ無《シト》二大《ナル》優劣一、観《ルニ》二其立《ノ》レ言《テルヲ》、孟子終《ハ》未《ダ》レ及《バ》二顔子《ニ》一。

孟子有《リ》レ功二於道一《ニ》、為《テ》二万世之師一《ト》其《ノ》才雄《ナリ》。只見《ハスノミ》二雄才一《ヲ》、便《チ》是不《レル》レ及《バ》二孔子一《ニ》処。人須《ラク》当《ニ》《シ》レ学《ブ》二顔子一《ニ》。便《チ》入《ラン》二聖人之気象一《ニ》。

孟子之於《ケル》レ道《ニ》、若《シ》二温淳淵懿未《ダ》レ有《ラ》《ルガ》。如《キ》二顔子一《ノ》者於二聖人一幾《ちかシ》矣。後世謂《フ》二之《ヲ》亜聖一《ト》。容《ベシ》レ有《ル》レ取《ルコト》焉。

孟子が孔子の道を後世に伝えたことを高く評価しながらも、孔子には勿論、顔回に対しても一籌を輸するところがあったと言っているのである。朱子の「集注序説」に引かれた「孟子大賢《ハ》、亜聖之次也。」という言説も、そのような意味である。

ところで、孟子を「大賢」と呼ぶのは、宋儒に始まったのではない。朱子の新注に対して古注と呼ばれる『趙注孟子』の序、即ち趙岐の「孟子題辞」にも、すでに、

帝王公侯遵《バ》レ之《ニ》（孟子）、則《チ》可《シ》下以《テ》致《シ》二隆平一《ヲ》頌《ス》中清廟上《ヲ》。卿大夫士踏《マバ》レ之《ヲ》、則《チ》可《シ》下以《テ》尊《ビ》二君父一《ヲ》立《ツ》中忠信上《ヲ》。守《リ》レ志《ヲ》厲《マス》レ操《ヲ》者儀《ノットラバ》レ之《ニ》、則《チ》可《シ》下以《テ》崇《クシ》二高節一《ヲ》抗《ス》中浮雲上《ニ》。有《リ》二風人之托物、二雅之正言一。可《キ》レ謂《フ》二直《ニシテ》而不《ラ》レ倨、曲《ニシテ》而不《セ》レ屈、命世亜聖之大才一《ト》者也。孔子自《リ》レ衛反《カヘリ》レ魯《ニ》、然後楽正《シク》、雅頌各得《ミタリ》二其所一《ヲ》。乃《チ》刪《シ》レ詩《ヲ》、定《メ》レ書《ヲ》、繫《ケ》二周易一《ヲ》、作《ル》二春秋一《ヲ》。孟子退《キ》レ自《リ》二斉梁一、述《ベテ》二堯舜之道《ヲ》一而著作《ス》焉。此《レ》大賢《ノ》擬《ヘテ》レ聖《ニ》而作《リシ》者也。

と述べられていたのである。孟子を「命世亜聖之大才」、つまり一世に卓越し聖人（孔子）に次ぐ偉大な才能と評し、かつ孔子が『詩経』『尚書』『周易』『春秋』などの経典を編纂述作したことを模範として孟子が述作をしたとして、「此《レ》大賢《ノ》擬《ヘテ》レ聖《ニ》而作《リシ》者《ナリ》。」と説いているわけである。ここでは、孟子が「聖」（孔子）に亜《つ》ぐ「亜聖」であり、同時に「大賢」なのであって、顔回との優劣論はいささかの関わりもない。このように、すでに趙岐の「孟子題辞」に孟子を「大賢」とたたえる先例がある以上、「大賢」の語が親房と朱注との交渉を示す徴表となりえないことは確定的と言えよう。さらに、「大賢」の語が、趙岐の古注には、

聖人及《ビ》大賢《ハ》、有《ル》二道徳一者《ナリ》。王公侯伯及《ビ》卿大夫、咸《ク》願《フ》二以為《テンコトヲ》レ師《ト》。（梁恵王章句上、題注）

但好《ミテ》レ臣《トスルヲ》下 其所《ノ》ニ教勅使役《スル》一之才《ノ》可《キ》レ驕《ル》者《ヲノミ》上 耳、不《レバナリ》レ能《ハ》レ好《ムコト》レ臣《トスルヲ》下 大賢《ノ》可《キ》ニ従《ヒテ》受《ク》レ教《ヲ》者《ヲ》上。（公孫丑章句下、「好臣其所教の」注）

司城貞子宋卿也《ハノ》。雖《モ》レ非《ズト》ニ大賢《ニ》一、亦無《タシ》ニ諂悪之罪一。故諡《ニシテ》為《ス》ニ貞子《ト》一。（万章章句上、「主司城貞子為陳侯周臣」の注）

通《ズル》ニ於大賢次聖《ニ》一者《モ》、亦得《ニ》下与在《リテ》ニ其間《ニ》一、親《シクテ》見《ヲ》ニ聖人之道《ケ》一佐《フヲ》中行《ヲ》之上。（尽心章句下、「若禹皋陶則見而知之」の注）

聖人之間、必有《ズリ》ニ大賢名世《ノ》者一、百有余年適《ニミシ》可《テツ》ニ以出一。未《ダ》レ為《サ》レ遠《シト》而無《キ》レ有《ルコト》也。（同上、「由孔子而来至於今百有余歳」の注）

などと用いられているのに対し、朱子の新注には一例も見当たらないこと、又、「大賢ノヲシヘナレバ、忠孝ノ道アラハレテヲモシロクハベリ。」(オ)という『正統記』の口吻は、朱子の「集注序説」に引載された程子の言葉にあるような、「亜聖」（顔回）に次ぐ「大賢」（孟子）という意味ではなくて、趙岐の「孟子題辞」におけるような、「聖」（孔子）に次ぐ「命世亜聖之大才」にして「大賢」なる孟子の意味に解すべきもののようであること、以上の二点からして、『正統記』等における「大賢」の語は、朱子の新注よりはむしろ趙岐の古注とこそ関わっている可能性が大であると考えられるのである。

六　「宋朝之義」に倣う風潮

『正統記』と宋学との関係という問題を、親房がいかに宋儒の著述を研修し、いかにその思想を認識していたかという観点、言わば学術史的な観点で捉えようとするならば、それは和島氏の所説のように、おおむね否定的な結論にたどり着かざるを得ないであろう。『太平記』の作者の場合も同様であったし、鎌倉期・南北朝期の知識人の殆どは一様にその域を出ないだろうと思う。確かに、宋学の研鑽に裏付けられた思想的な感化ということを誇大に考えることは慎しまねばならない。

しかし、『花園院天皇宸記』によれば、元亨二年（一三二二）七月二十七日に行われた『尚書』の談義での紀行親の論調が、「其意渉《リ》㆓仏教《ニ》㆒、其詞《ノ》似《タリ》㆓禅家《ニ》㆒。」というもので、花園院がそれを「近日禁裏之《ノ》風也。即《チ》是《レ》宋朝之義也。」と評し、翌三年七月十九日の条では廷臣の儒風について、「依《テ》㆓周易論孟大学中庸《ニ》㆒立《ヲ》㆑義」て、「以《テ》㆓理学《ヲ》㆒為《ト》㆑先」るものと説明していて、そのような宋学の影響を反映した学問の傾向が鎌倉末期の宮廷社会において支配的であったことが知られるのであり、従って、この時期における知識人たちに及ぼした宋学の思想的感化を全面的に否定し去ることもまた、実態から離れることになるであろう。

当時の宮廷を風靡した宋学模倣の学風は、しかしながら、「無《キ》㆓口伝㆒之間、面々立《ニ》㆓自己之風《ヲ》㆒」て恣意独善に陥ったり、「不㆑拘《ル》㆓礼義《ラ》㆒之間、頗有《ル》㆓隠士放遊之風《リ》㆒。」という様相を呈したりして、「此《レハ》是則《レチ》近日之弊也。」（前同日条）と花園院を慨嘆させるような面をも合わせ持っていた。花園院は元弘の変の前年、元徳二年（一三三〇）二月に、皇姪の量仁親王（光厳帝）のために『誡太子書』を述作した。来るべき擾乱を予見し、乱世に処する帝王の覚悟を説き、特に学問の重要さについて訓誡したのである。そして、単に訓詁にかかずらったり、風月の楽しみになずんだりするのみで真の学問の行われない時世を批判する中で、宋学模倣の学風についても、次のように非難している。

又頃年有《リ》㆓一群之学徒㆒、僅聞《ニキテ》㆓聖人之一言《ヲ》㆒、自馳《ラセ》㆓胸臆之説《ヲ》㆒、借《リテ》㆓仏老之詞《ヲ》㆒、濫《リニ》取《リ》㆓中庸之義《ヲ》㆒、以《テ》㆓湛然虚寂之理《ヲ》㆒、為《シ》㆓儒之本《ト》㆒、曾《テ》不㆑知《ラ》㆓仁義忠孝之道《ヲ》㆒、不㆑協《ハ》㆓法度《ニ》㆒、不㆑弁《ヘ》㆓礼儀《ヲ》㆒、無欲清浄《ナルハ》則《チ》雖《モ》㆑似《タリト》㆑可《キニ》㆑取《ル》、唯《ダ》是《レ》荘老之道也、豈為《ニンヤ》㆓孔孟之教《ト》㆒乎。

即ち、儒教の経書のうちでは殊に形而上学的な『中庸』を重んじ、それに老荘思想と仏教（禅宗）とを混合させたものというのがその実体だったようであるが、それは結局、中国およびわが国の禅林社会に流行していた、仏教を優位におく儒仏老の融合論の影響を受け、それによって限定されもし歪曲されもしたところの「宋朝之義」でしかなかったということであろう。(13) そして、「不レ協《ハ》二法度《ニ》一、不レ弁《ヘ》二礼儀《ヲ》一」る隠士放遊の風のおもむくところ、『太平記』の「無礼講事付玄恵文談事」（巻一）にも描かれた「結衆会合《シテ》乱遊《ス》、（中略）世称《ス》二之無礼講《ヲ》或《ハ》称《ス》二破礼講《ト》一之衆一。」（『花園院宸記』正中元年十一月一日の条）という風俗をさえ現出した。これは極端な事例であるけれども、鎌倉末期から南北朝期にかけての宋学の影響ということを考える場合には、単に狭く厳密な学術史的観点からだけではなくて、上のような逸脱した風俗の派生というような多様な屈折をも含めた社会的風潮としてこれを捉えるのでなければ、影響というものの実態を見失ってしまう危険があるように思うのである。

注

（1）井上哲次郎氏『日本朱子学派之哲学』付録の一「朱子学起源」の第二章第一「玄恵 付北畠親房及び楠正成」（冨山房、明治38・12）。なお、『宋朝通鑑』について、井上氏は「蓋し宋元通鑑の一部分を意味するならん」と言う。

（2）拙著『太平記の比較文学的研究』第三章の第二節「論語の章句と思想」および第三節「孟子の章句と思想」（角川書店、昭和51・3）。補　大江文城氏（『本邦儒学史論攷』、全国書房、昭和19・7）は、博士家伝来の旧注と朱子の新注とが徐々に緩やかに交錯して行く状況を述べた後、『建内記』嘉吉三年（一四四三）三月十日の条、『康富記』同年六月十二日の条に見える清原業忠が後花園天皇の禁裡で行った講釈に関して、次のように述べている。

「四書」「五経」の全部を終へたとあるから、可なり長年月を要した事であらう。天皇の御好学を察する事が出来る。「五経」は兎に角、明経家が「四書」を御進講申上げた事は、明経家の学風已に一変してゐるのである。その所謂「四書」とは「学」「庸」は「章句」を取り、「論語」は「何解」、「孟子」は「趙注」を取つたので、一種変則な明経家専用の「四書」である。朱子の所定本ではない。しかしかく「四書」の名を家学中に収め得た以上、従来は経学の上においても、常に五山学僧に圧倒され、明経家は生気なく、気燄なく、家学伝統の上に、纔にその余端を保つてゐたのであつたところ、明経家にて「四書」の家学編入計劃は図にあたり、業忠が一度起つて、其説を振ふや、五山学僧も多くはその下風に立ち、その伝を受くるを光栄とした。（第一篇　儒学伝来の源委、第二章第二節「明経の新注書併取」）

(3) 和島芳男氏『日本宋学史の研究』第二編第二章の二「玄恵法印新考」(吉川弘文館、昭和37・1)

(4) 和島氏同前書、第二編第二章の三「北畠親房と宋学」。補 我妻建治氏は『神皇正統記論考』第三章第二節「『神皇正統記』の「正理」の構造」(吉川弘文館、昭和56・10)において、和島芳男氏の説に対する批判を展開している。かつて注(2)の拙著(第二章第三節「『孟子』の章句と思想」)でも触れたように、中国において『孟子』が殊に尊崇されるようになるのは宋以後で、淳熙四年(一一七七)に朱熹が『論孟集註』を著して以来大いに流行したのであるが、吾妻氏はその『孟子』の思想が『神皇正統記』に深く投影されていることを重視して、和島氏の説を批判しているのである。両氏の見解は必ずしも対立するものとは言えない。特に五山禅林社会を通してわが国の知識層に浸潤して来る宋学の投影を重んじる立場と、個人の直接的な宋学享受の体験がその著述の上にいかに顕現しているかを実証しようとする立場との相違であると言える。外来文化の影響を考える際にはともに欠くことのできない二つの視点であろう。吾妻氏が『神皇正統記』の中で、『孟子』の記述の引用されていることの明らかである文章」として挙げているのが、本稿で吟味しようとする「大賢ノヲシヘ」とされる『孟子』の章句である。

(5) 本文は日本古典文学大系『神皇正統記』(岩佐正氏校注、岩波書店、昭和40・2)による。

(6) 山田孝雄氏『神皇正統記述義』巻三、二条院(民友社、昭和7・10)

(7) 平田俊春氏『吉野時代の研究』第三部文献篇、十九「神皇正統記の成立」(山一書房、昭和18・3)

(8) 釜田喜三郎氏「流布本保元平治物語の成立」(『語文』7、昭和27・11)

(9) 同「流布本保元平治物語の成立を論じて太平記の成立に及ぶ」(関西大学『国文学』10、昭和28・4)

(10) 同「更に流布本保元平治物語の成立に就いて補説す」(『神戸商船大学紀要 文科論集』1、昭和28・3)

(11) 高橋貞一氏「壒嚢抄と流布本保元平治物語の成立」(『国語国文』22—6、昭和28・6)

(12) その他、杉原本(彰考館文庫蔵)には、古活字本の「おほくの人を誅せられけるこそ……年記三百四十七年」が無くて「なかく絶たる死刑《シケイ》を」と続き、「忠とやせん、信とやせん」、「信をば義にちかくせよ」、「されば本文にいはく」の各傍線部を欠くなどの異同があり、次のような本文になっている。

まことに国に死罪《シサイ》をおこなへは、海内《カイダイ》にむほんの者たえすとこそ申すに、なかく絶たる死刑《シケイ》を申おこなひけるこそうたてけれ、中にも義朝に、父に（「に」の右に「の」、左に「を」と傍書）きらせられし事、前代未聞《ミモン》の儀にあらすや、かつうは朝家《テウカ》の御あやまり、かつうは其身のふかくなり、勅《チヨク》命そむきかたきによつて是を誅《チウ》せは、忠とやせん、もし忠なりといはゝ、忠臣《チウシン》をは孝子《カウシ》の門にもとめよといへり、もし又信《シン》といはゝ、義《キ》にちかくせよといへり、義をそむきてなんそ忠信《チウシン》にしたかはん、本文にいはく、君はいたつて尊《タツト》けれとも、いたつてしたしからす、母はいたつてしたしけれともいたつてたつとからす父のみ尊親《ソンシン》の儀をかねたりとしんぬ、母よりもたつとく君よりもしたしきはたゞ父なり、いかゝ是をころさんや孝をは父にとり、忠をは君にとり、もし忠をおもてにして父をころさんは、不孝《フカウ》に大逆《ギヤク》、不義《フギ》の至極《シコク》なり、それは百行の中には、孝行《カウく》をもつてさきとすといへり、又三千の刑《ケイ》は、不孝より大なるはなしといへり、そのうへ孟子《マウシ》、たとへをとつていはく、虞舜《グシユン》の天子たる時、その父瞽叟《コソウ》人をせつがいする事あらんに、時の大理《タイリ》なれは、皐陶《カウヨウ》これをとらへて、つみをそうせん時、舜はいかゞし給ふへき孝行ぶさうなるをもつて、天下をたもてり、せいたう正直《ヂキ》なるをもつて舜《シユン》の徳《トク》とす、しかるに、まさしく大犯《ホン》をいたせる者を父とてたすけは政道《セイタウ》をけがさん、天下は是一人《ジン》の天下にあらす、もしせいたうをたゞしくして、刑《ケイ》をおこなはゞまたたちまちに孝行《カウく》の道にそむかん明王《メイワウ》は孝をもつて天下をおさむ、しかるに、たゝ父をおきて、位をすてゝさらましとそ判《ハン》ぜり、いはんや義朝の身におひてをやまことにたすけんと思はんに、なとかその道なかるへき、をんしやうに申かゆるとも、たとひ我身をすつるとも、いかてか是をすくはさらん他《タ》人に仰付られんは、力なき次第なりまことに義にそむけるゆへにや、ぶさうの大忠なりしかとも、ことなるけんじやうもなくてけつくいく程なくして身をほろぼしけるこそあさましけれ。（古典研究会叢書、汲古書院、昭和49・3）

(13) この点については、拙稿「天の徳と地の道──宋学と政道思想──」（図説・日本の古典『太平記』、集英社、昭和55・8）でも少し触れた。本書第一章第五節1の(1)「太平記の序に見る政道思想」参照

第五節　源威集の成立と作者

1　太平記巻三十二と源威集——作者の視点をめぐって——

一　『太平記』巻三十二の構成

建武五年（一三三八）に新田義貞が越前藤島で討死にし、暦応二年（一三三九）に後醍醐天皇が吉野に崩御した後、京都もやや小康を保ってはいたが、畿内周辺における南北両軍の小ぜりあいは絶えず繰り返されていた。次いで康永元年（一三四二）の脇屋義助の病死や、貞和四年（一三四八）の楠木正行の敗死とともに、その勢力がいよいよ衰退した南朝は、今度は足利直義と高師直との反目、尊氏兄弟の不和など足利政権の内部分裂に便乗して、その分派勢力と手を結んで、北朝との抗争を続けて行った。文和年中（一三五二〜六）にも、南朝に合体した反足利勢力である足利直冬・山名時氏・桃井直常らの「宮方」と尊氏・義詮の「武家方」とが、京畿を舞台に激しく戦い、京都の争奪を再三繰り返した果ては、「京白河ノ武士ノ屋形ノ外ハ、在家ノ一宇モツヾカズ、離々タル原上之草、累々タル白骨叢ニ纏レテ、有シ都ノ跡（ト脱カ）モ見ヘ」[1]ぬ洛中のありさまとなった。『太平記』巻三十二はこの度の激戦を描いている。が、巻三十二の構成には諸本間に異同があり、大きく四類に分かれる。いま西源院本によってこの巻の各章段の事書を示すと次のとおりである（原文は一書きであるが、これを省き仮に番号を付す）。

(1)芝宮（流布本「茨宮《イバラ》」、後光厳院）御位事
(2)無神璽宝剣御即位無例事
(3)山名右衛門佐為敵事
(4)武蔵将監自害事
(5)堅田合戦事幷佐々木近江守秀縄討死事
(6)山名京落事
(7)直冬与吉野殿合体事
(8)獅子国事
(9)許由巣父事同虞舜孝行事
(10)直冬上洛事
(11)鬼丸鬼切事
(12)神南合戦事
(13)東寺合戦事京軍号之
(14)八幡御託宣事

流布本やそれに近い系統の諸本（梵舜本・神宮文庫本・野坂本等）では巻三十二は⑿までで、最後の二段⒀⒁は次の巻に含まれ、天正本系統（義輝本・野尻本目録等）は⑼までとそれ以下とが巻三十一と巻三十二の両巻に折半されており、普通の四十巻本より巻数の多い諸本（京大本・前田家本・野尻本等）[2]ではこれがそのまま巻三十三に当たっている。事書の表現に小異はあるが西源院本と同じ立て方は、神田本（国書刊行会本）・永和書写本・織田長意本・尊経閣一本（玄玖本）・松井簡治氏旧蔵本・相承院本・簗田本・内閣文庫本・今川家本等々、旧形諸本のすべてがそうなっている。本稿にいう「巻三十二」も旧形本のそれである。

　この文和の内乱を描き止めているものとして、『太平記』の外に『源威集』という作品がある。この二つの作品を比較して、両者の相違点、特にそれぞれの作者の視点の違いを考察し、『太平記』の性格の一端に触れてみたい、というのが小論のねらいである。

二　『源威集』の東寺合戦と将軍尊氏像

『源威集』は、旧佐竹侯爵家蔵本（未見）が知られている唯一の伝本で、東京大学史料編纂所にはその影写本（明治二十五年五月写）があるが、まだ全く流布していない。(3) 上下二巻から成り、上巻は序文の後、

「問、八幡大菩薩御当家祖神濫觴如何」
「問、昔ヨリ誰家カ王家ノ相門ヲ不ㇾ出《ル》、雖ㇾ然御当家限テ代々権柄ヲ執《トリ》、朝家ヲ守護シ朝敵等ヲ平ケ今モ諸侍ニ首頂ト仰カレ給故如何」（内容は前九年の役の事）
「問、後三年ノ合戦ノ叓如何」

の三段および幾つかの付話を収め、下巻は、

「問、文治五年己酉奥責謂《イワレ》如何」
「一問、右大将頼朝卿御京上何ヶ度ニ候哉」
「問云、後京上ノ叓如何」
「一問云、文和弐年癸巳御京上事如何」
「問云、東寺合戦濫觴、何事ニ候ケル哉」

の五段を収めて、それぞれ問答体に記している。序文によれば、建武以来尊氏に随従した者が嘉慶年間（一三八七〜九）に記述したものらしい。いま比較の対象として取り上げるのは、下巻の後半にある文和の東寺合戦の記事である。

終りの部分に、宮方の軍が立て籠もっていた東寺を引き上げて京都の戦火もようやく収まり、洛中の貴賤が天下泰平を喜悦したことを述べて、「彌武将威風、洛中ノ凶従（徒）塵《チリ》ヲ払ヒ平ク。是モ源氏ノ威勢也」（圏点筆者、以下同じ）と

付け加えているが、源氏の威勢を書き記すというところに、書名の由来もあり、制作の意図もある。その意図を果たすために、頼義・義家・頼朝など源家代々の将軍の英雄的治績を語るという方法が採られたが、尊氏の臣下であるこの作者は、特に下巻の後半において、源氏の棟梁たる将軍尊氏を智仁勇兼備の理想的武人像に形象することに意を砕いている。例を挙げよう。

文和四年（一三五五）三月の東寺合戦で、南北両軍が七条大路に激突した時、最も活躍していた細川清氏が負傷し、その軍が敗走したという情報が今比叡の尊氏の本陣に達するや、尊氏は二十騎ばかりを率いて急遽七条東洞院の清氏の陣に駆け付けるが、将軍を迎えた相州清氏の陣中を、『源威集』は次のように描いている。

相州竝同名ノ輩、土岐、佐々木、各懸二御目《ニ》一、七条合戦端座《タンザ》最中、入御如何ト被レ申ケレハ、例之《笑》眉《ヱミ》ヲ含セ給テ、合戦ニ打負ハ面々一処ニ可レ殞レ命ヲ、此陣破テ後入御無益可レ成ケ、御盃ヲ扣《マネイ》テ、敵近付ハ各防戦テ、御自害之時分計可レ被レ申トテ押静テ御座ス事ノ躰、仮敵鬼神懸奉共御動転ノ無二御気色一ソ見ヱ給ヒシ。武将御威勢不思義ニソ覚ヱシ。凡ソ軍ノ勝負ハ雖レ為二天運一、将軍相州ノ陣ヱ入セ給テ後静タリ。

ここに描かれた尊氏の像は、『梅松論』に夢窓国師が尊氏の人徳を賞讃して、「第一に心強にして合戦の間身命を捨給ふべきに臨む御事度々に及といへども、咲を含て怖畏の色なし」（群書類従本）と語ったとある、その記述をそのまま具象化して、加うるに超人的な「不思議」の威力を賦与している。

『源威集』が尊氏像を描き上げるために用いた幾つかの逸話の中の一つに、文和三年十二月の先妣十三回忌供養の話がある。時に桃井直常は北陸道を打ち従えて京都に迫り、足利直冬も山陰道を攻め上り、さらに山名時氏と一手になって丹波に攻め入っていた。風雲急を告げる中で尊氏は、「於二御仏事一ハ、寺家等持《トウジ》院ニ被二仰置一テ、江州ヱ可レ有二御出一歟」という周囲の進言をしりぞけて、「吏《（更）》ニ無二御動転《トウテン》一」く、

此儀魔《マ》ノ障碍《シャウケ》也。天道ハ正理ニ可レ組《ス》。其故ハ此御仏事ハ依レ無《ニ》レ私、大願一切経書写既ニ成就ス。悦ノ上ノ喜也。

以テ此供養ノ仏事可レ成ス処、今責登敵ト云ハ皆以二御重恩ヲ一立レ身国ヲ賜テ多勢ヲ従者也。冥鑒《ミヤウカン》明カナラバ、不義逆従《徒歟》天罰ヲ蒙ルベシ。縦敵入洛ストモ御仏事ヲ被レ遂ベシ。

と言って、余念なく仏事を営み、とどこおりなく済ませたその翌る二十四日に主上を奉じて京を落ちるのであるが、この話などは、もし軍記物語の作者が、時代の変革を強力に推進して行く英雄としての期待を尊氏に掛けていたならば、おそらくは見逃すはずもない恰好の素材であったと思われるのだが、『太平記』は全く取り上げないで、ただ「直冬已ニ大江ノ山ヲ越ト聞ヘシカバ、正月十二日之暮程ニ、将軍主上ヲ取奉テ近江国ヘ落給フ」と記しただけである。『源威集』には、尊氏が書写させたこの一切経を園城寺に預け置かれるようにと同寺の衆徒百余人が強請した経緯が記されているが、今も当寺に伝わっていて、その発願文に「後醍醐院證真常。考妣二親成正覚。元弘以後戦亡魂。一切怨親悉超度」（『大日本史料』第六篇之十九所引「実相般若波羅密経発願文」）などとあるように、ただに亡父母の供養だけでなく、後醍醐天皇および元弘以来の戦没者の冥福を祈るためのものでもあった。しかし、『太平記』作者の関心を引くものではなかったらしい[4]。その他、尊氏が後光厳天皇の河原御禊行幸を見物するに当たって桟敷の柱を切って座を低くし、天皇に対する臣下の礼を守ったので、「是ヲ将軍正シキ礼儀」と世間で沙汰したという話[5]や、文和三年十二月の南軍（足利直冬・桃井直常等）の京都攻略によって、後光厳天皇を奉じて近江の武佐寺に退く途中、瀬田川の畔で雪の湖水を眺めて、佐竹師義を相手に古歌に感興を催したという風騒の士としての一面を伝える話は[6]、『源威集』作者の立場と制作の意図を如実に示しているとともに、これらの素材を悉く捨てている『太平記』作者の視点の据え場所を消極的に暗示するものである。

三　体制の内なる視点と傍観者の視点

『源威集』作者の立場は、吉沢義則氏（『室町文学史』第一編第一章「歴史文学及び軍記物語」）も述べているように、「梅松論と立場を同じくする」ものである。そこに描かれた尊氏の像や行動が、『梅松論』に引く夢窓国師の尊氏評の具象とも見られることはすでに述べたとおりであるが、いま一つの例について見よう。

文和四年正月二十日、京都の山名時氏を攻略するために尊氏は近江の武佐寺を発し、勢田に陣して、佐々木道誉に浮橋を造らせる。翌二十一日、全軍が渡り終えた夜、橋の警固を進言する者があったが、尊氏は「有《ラ》レ橋ハ合戦悪様ニ成ン時、軍勢絑（未）練ニテ、中々人ヲ可レ損也」と背水の陣の故智に倣って、夜半に橋を撤去させる。人々は「将軍、兼慮（賢）ノ武略ニ長給フ」と感嘆したという話がある。作者はこの話に続けて「橋ニ付テ昔物語を可レ申」と一挿話を載せているが、それは建武二年（一三三五）十二月、尊氏の軍と伊豆に戦って敗れた新田義貞が、「遠州天竜河ニ数日逗畄ソ、浮橋ヲ渡シテ、軍勢不レ残渡テ寂（未）川ヲ越テ、此橋見苦布𪜈不レ可レ切、能々為二警固一東国ノ勢ヲ渡セト、渡守ニ仰含テ」帰洛したという話がある。この話は『梅松論』に詳しいが、『源威集』の簡略な記述の中にも彼との類似が認められる上に、『源威集』は橋を警固させた義貞の真意を全く語らないで、その詳しい叙述を『梅松論』に譲ったと見られる。『太平記』（巻十四、官軍引退箱根事）では、この時、義貞は「浮橋ヲ切テ突《ツキ》流」し、「敵縦ヒ寄ス共、左右ナク亘スベキ様モ無」いようにして、足利軍の追撃をまぬがれたことになっているが、[7]このような食い違いは、『源威集』がこの話柄を『梅松論』に汲んでいることを推測させる。のみならず、浮橋を警固させた義貞の話と撤去させた尊氏の話とは、甚だ対照的な説話でありながら、そのテーマとプロットとは全く同一であることに注意しなければならない。即ち、

1　浮橋を造らせ、全軍を渡して、大将が最後に渡る。
2　味方の有利を図って、橋を切落せ（又は警固せよ）と進言する者＝常識が提出される。
3　大将はあえて不利＝逆説を選んで、名将の器量を示し、諸人を感嘆させる。

という仕組みになっている。この二つの説話は、まさに同じ形象の陰画と陽画に外ならない。その上、尊氏の話は、『源威集』が省略した義貞の「凡敵の大勢に相向ふときに、御方小勢にて川を後にあてゝ戦ふ時にこそ退まじき謀に、舟をやき、はしをきるこそ武略の一の手だてなれ」（『梅松論』）という言葉を核として出来上っていることを思う時、なおいっそう両書の密接な関係が認められるのである。

『太平記』巻三十二では僅かに「将軍ハ三万余騎之勢ニテ、二月四日東坂本ニ着給フ」（「神南合戦事」）とあるだけで、勢田川をどのようにして渡ったかには何の興味も寄せていない。尊氏が沢新蔵人に「為二勢多亘一、橋船竹綱馬踏板以下、急速可レ致二用意一之状如レ件」と命じた正月十七日付の文書（大日本史料所引『南部文書』）は、足利軍が急造の浮橋で渡河したことを証しているが、それを背水の陣の故智に倣う名将の武略にまで仕上げて語り継ごうとしたところに、尊氏理想化の意図は明らかである。と同時に、それには関心をとどめない『太平記』作者の立場なり意図なりを消極的に暗示しているわけであるが、そればかりか、この尊氏の武略を取り上げなかった『太平記』は、その子義詮が鹿谷の山を後に当て賀茂川を前にして陣を構えたことを記して、

此陣ノ様、前ニ川有テ後ニ大山峙タレハ引場ノ思無ケレトモ、韓信カ兵書ヲサミソ背水ノ陣ヲ張シニ違テ、殊更土岐佐々木ノ兵共近江ト美濃トヲ後ニ於テ戦ワンニ、引テ暫気ヲヤスメハヤト思ハヌ事ヤアルヘキト、未《サル》レ戦サキニ、敵ニ心ヲソ計ラレケル。（「山名右衛門佐為敵事」）(8)

と評して、その布陣の拙劣さを笑っているのである。

『源威集』の作者は殆ど常に尊氏の身近かにいたらしく、その証左は書中にも「建武ノ初ヨリ武将ニ奉《シ》レ従ニ」、「慭《ナマシイ》ニ其人数ニテ供奉セシ程ニ」、「其時ノ人数ニテ関東ヨリ供奉仕ル合戦毎ニ外レヌ忠ヲ致セシ間」などと散見する上に、さらにそれを裏書きしているのは、尊氏のいない場所での事件を記す場合に、

○其子細駅使鎌倉ニ馳下ノ間（中略）武将（州）入間川ニ可レ有二御座一定ル。

○然所、下御所義詮ヨリ飛脚ヲ以被レ申、当手ハ従二山崎一、良嶺・延明寺・大原野・老山ニ陳《ママ》ヲ可レ取、取堅メハ可レ令二言上一也。

○此合戦之事、西坂本ニハ知シ被レ食サリシニ、桃井ノ手ハ越中国人某等、土岐手ニ二百余騎降参亥刻也、子細申ノ間、被二聞食一シ也。

などのように、聞いたこととして書き留め、一元的な記述態度をかなり忠実に守っていることである。このように一元的に設定された作者の位置のごときものは、『太平記』には勿論見出しえない。『太平記』は足利方の細川清氏や南部六郎らの活躍を取り立てて描くとともに、宮方の朝倉下野守や赤松氏範らの奮闘をも特筆するのであり、そこにはいずれの陣営にも属さぬ傍観者の気易さと視野の広さとがある。

ところが、文和四年二月の京合戦の発端を記した部分を両者対照してみると、

源威集	太平記
同十五日涅槃会《ネハンヱ》、東(大)《抹消》寺ノ敵打出平半《ママ》条里小路ヲ一手令レ出間、思々ニ懸合、小田佐竹勢ハ樋口京極国府社ノ前、細川相州六条室町、土岐勢者七条坊門、仁木小七郎各々戦功ヲ励《ハゲマ》シ、終ニ敵河原ェ不レ出。	二月十五日ノ朝ハ、東山ノ勢共上京ヘ打入テ兵粮ヲ取由聞ヘケレハ、蹴散《ケチラサ》ントテ、桃井兵部大輔、尾張左衛門佐五百余騎ニテ東寺ヲ打出テ、一条二条ノ間ヲ二手ニ成テ打廻ル。

のごとく、『源威集』は当然東山に陣する足利方の側から描いているが、『太平記』の方は東寺に立て籠もる宮方の側からの叙述である。また、東寺合戦の結末を記す部分を対照すると、

源威集	太平記
関東ヨリ馳参、畠山尾張、季(李)部ニ相従軍勢等、各預二御感一、暇《イトマ》給ヒシカハ下国セシ也。是ヲ文和ノ東寺合	諸大将是ヲ聞テ、サテハ此兵衛佐殿ヲ大将ニテ将軍ト戦ム事、向後モ叶マシトテ、東山北陸之勢駒ニ策打テ

戦ト申也。　　　　　　　　　　　　　　――馳帰リ、山陰西海之兵ハ、船ニ帆ヲ挙テ落行。

とあって、『源威集』が東国武士の下国をもって擱筆しているのに対して、『太平記』は宮方勢の各地への帰国を語っている。こういった所にも現れているように、巻三十二を全般的に見れば、概して南軍の側からの記述が多い。

『太平記』が巻十一（鎌倉幕府の滅亡）と巻二十一（後醍醐帝の崩御）とを境にして三つの部分に分かれるとする見方は、すでに常識となっている。そして、『難太平記』の著者が『太平記』作者を「宮方深重の者」とした規定を、その初めの部分だけに認め、後半部へと進むにつれて宮方を否定して武家方に身を寄せ、とりわけ第三部などは、足利方の意を受けた単なる合戦功名記のごとき体裁であるとまで言われたりする。作者主体の立場がこのように巻を逐って移動していることは、四十巻を通読する者の一様に抱く印象ではあろうけれども、『太平記』の表面に現れたこのような変化と、歴史的事実としての時代相の変動や、それに伴う作者主体の現実認識の推移や、さらに現実と作者とを媒介したはずの都市人の意識の変化などとの関わりをいっさい捨象して、一概に狭く武家方の作者による書継ぎという風に結論することには疑念が残る。建武四年（一三三七）の金ケ崎落城までのことを記す『梅松論』は、貞和五年（一三四九）に足利臣下（なかんずく細川氏に関係の深い）者によって書かれたと考えられているが、この足利方の手に成る書との比較を通して、『太平記』の第一部および第二部における作者の立場をかなり明らかに摑むことができる。そして一般に、『太平記』の前半が後醍醐天皇・大塔宮・新田義貞らに対する批判をも含んでいるにかかわらず、作者の立場を「宮方深重」とする見方を捨て去らないのには、足利的なる『梅松論』との間にはやはり著しい相異があるという事実を看過しえないこともあずかっているのである。ところが第三部になると、もはや『梅松論』は比較の材料となりえず、『太平記』作者の立場を武家方と見做すのを妨げなくなる。『梅松論』の成った貞和五年といえば、楠木正行の戦死した翌年に当り、その頃を境にして南朝の威勢はいっそう衰退し、同時に足利政権そのものも一種の自壊作用を始めて、内乱の様相は大きく変わるのである。時代の激動を執拗に追究して行こうとする作者にとっては、

「三十余年儘南山之谷ノ底ニ、埋木ノ花開春ヲ知ヌ様ニテヲハスル」（巻三十五、山名作州発向事并北野参詣人政道雑談事）南朝政権などに焦点を合せているわけにはいかない。勢い武家方に関する記述が圧倒的に多くなるのであるが、しばしば武家方足利方といわれる第三部に属する巻三十二を、足利的立場からの一元的記述を徹底させている『源威集』と比べてみると、彼にある尊氏讃仰は此れにはないし、此れに見える足利批判は彼には見えないという風に、やはり大きな色合いの相違が見られるのであって、作者の立場は決して足利方武家方ではあり得ないと思われる。勿論このことは、作者宮方という旧来の説を単純に肯定することにはならないが、足利幕府の要職にもあった『難太平記』の著者の眼には、第三部をも含めて「宮方深重」と映ったであろうことは、容易に推測できる。

巻三十二を全般的に見れば概して宮方勢の側からの記述が多いということも、作者の政治的立場よりは、宮方勢が京の内にあって、足利勢がこれを外から攻めたという、両軍陣営の位置関係により多く関わっていると考えられる。両軍は再三立ち代わり入れ代わって入京するが、作者のスポットは、京都という舞台の中央に入れ代わり進み出る両軍を客観的に平等に照らしているといった感じさえする。文和四年正月十六日、直冬を大将として斯波・桃井らの宮方が上洛して来た時、直冬の「黒皮ノ腹巻ニ夷弓持テ草鞋ニ差単皮ヲ被レ著《ハカ》ケレハ」という姿を見て、「天下ノ武将ニハ難《キ》レ成《リ》出立哉《ナ》ト憚カル所無」く言い放った「見物《ノ》童部」[9]と同様、京の内にあって時勢を傍観している者の視点を感じさせるのである。

四　洛中の合戦図と観戦する京童

『源威集』の作者は、彼自身も参加した京の合戦について、次のような印象をもらしている。

洛中之事ナレハ、見物衆五条橋ヲ桟敷トス。勝軍成シカ𪜈、手負打死多カリシ程ニ、諸人愁傷《シウシヤウ》之処、不思儀成シ事ハ、当日終夜清水坂ニ立君袖ヲ烈（ママ）テ、座等琵琶《ザトウヒハ》ヲ調参シニ、少々平家語ランスル烏呼《ヲゴ》ノ者モ有シ也。猶咲シカリシ事ハ、御遣物買物候歟。古針買トテ徘徊シ、合戦成ラヌ日ハ、御方敵洛中之湯屋ニ折合、時々物語過《スグ》ソ合シ更ニ無レ煩シ也。

このような京の庶民世界の風俗を記して、さらに「辺土田舎ノ軍ニハ、其所ニ人跡ヲ不レ留。是ソ都ノ故ト覚シ」と驚嘆している。これは、京に住み慣れたり、京の合戦にしばしば従軍したりした者の眼ではなく、明らかに「辺土田舎ノ軍」に馴れた東国武士が都の風俗に見開いた新鮮な驚きの眼である。合戦のさなかに五条橋を桟敷として群がっている見物衆、それは『源威集』作者にとってはいかにも珍奇な風俗なのであったが、『太平記』作者の都会人的な眼にはむしろ当然の添景なのである。『太平記』に収められた二十六首（流布本による）の落首を始めとして、いかにも京童的な批評が随所に見られる外に、京童の眼を通して事件を眺めている作者を見出すこともできる。例えば当時扇うちわのばさら絵に書いてもてはやさぬ人もなかったという阿保肥前守忠実と秋山九郎の一騎打の話（巻二十九、桃井四条河原合戦事并道誉後攻事）がある。二人が名乗りを揚げて閑かに馬を歩ませる、その一瞬の静寂を描いて、作者は、

両陣之兵ハ、アレ見ヨトテ軍ヲ止テ手ヲ挙ル。数万之見物衆ハ戦場共云ハス歩リ寄リ、堅唾《カタツ》ヲ呑テ是ヲ見ルニ、寔ニ軍ノ花ハ只是ニ不レ如トソ見ヘタリケル。

と言っているが、作者は見物衆の眼を通して二人の動きを見詰めているのである。『太平記』の作者をこうした群衆の中に求める説には賛成しかねるが、秋山九郎をして「華カナル打物シテ、見物衆之居眠リ醒セン」と呼ばわらせた作者には、享受者としての都市人が大きく働き掛けていることを見逃すわけにはいかない。それは、制作の意図なり立場なりからして、都市人を享受者としては全く予想しなかった『源威集』作者の、遂に持つことのできなかった視点なのであった。

『源威集』の作者は、殆ど常に将軍家に焦点を合せて、これを仰ぎ見る姿勢で筆を運び、好んで帷幄の内を描いている。文和四年二月六日の合戦で、南軍山名勢は神南に陣する足利軍を攻め、遂に義詮の本陣にまで迫るが、その時の有様は、『源威集』・『太平記』・『赤松記』(10)の三書が描いている。

源威集

河内山続ニ三十余町ニ陣(ママ)取シ味方ノ陣被二打破一テ、武将御坐近責入、自レ元敷皮ニ御坐、御旗被ルレ立、御前ニハ道誉則祐祗候ス。責付時分御馬可レ被レ食由申仁アリケレハ、武将仰云、一足モ御座不レ可レ動、御馬不レ可レ有二御用一、急々御馬可レ退由仰ケル時、(下略)

太平記

羽林相公ノ陣ノ辺ニハ、纔ニ勢百騎計ソ貼《ノ》リケル。是儘モ尚佐渡判官入道々誉、赤松律師則祐此陣ニ踏留テ、何クヘカ引候ヘキ。只我等カ御前ニテ打死仕候ハンヲ御覧シテ、其後御自害候ヘト、大将ヲ奉レ請テ、帷幕ノ内ニ并居タリ。

赤松記

御前ニハ奉行頭人、外様ニ赤松律師則祐佐々木判官入道道誉計伺候ス。敵急ニ見ヘシカハ、義詮叶ハシトヤ思召ケン、御馬ニ召レ、落方ヲ求給フナリ。則祐走寄テ、七寸ヲ控ヘ申様ハ、則祐討死仕テ後ニソ、左様ノ御態ハ召ルヘシ。正ナクモ見ヘ給フモノカナト申セハ力ナシ。

三者を比較すると、帷幕のうちに義詮・道誉・則祐の三人が居並んでいるという人物構成は全く共通しているが、『源威集』は義詮もまた尊氏と同じように危機に臨んでも寂然不動の、つまり源氏の棟梁としてあるべき武人像に描き上げ、『太平記』は羽林相公（義詮）にはいささかの関心も示さずに道誉や則祐らのより行動的な武士にしか焦点を合わそうとしない。さらに『赤松記』になると、おそらく『太平記』をもとにこれを改作したのであろうが、義詮は怯懦な武将に成り下がり、代わって義詮を叱咤し激励する則祐に焦点が向けられる。しかも『太平記』はこの後、『源威集』や『赤松記』がごく簡略に説明的にしか触れなかった則祐麾下の武士たちの奮迅をこそ、意欲的に描いているのである。『源威集』の作者が好んで描いた帷幕の内のことは、『太平記』作者の関心事ではない。彼は思う存分の活躍を武士に要求して、広々とした大空の下へ引っ張り出したがっている。そこはまた見物衆の群がる所でもあった。『源威集』や『赤松記』が、将軍家または赤松の家を語ろうとしたその意図の故に、抹殺せざるを得なかった階層、即ち合戦の場におけるより下層の武士たちの活躍ぶりを、『太平記』は積極的に取り上げて意欲的に記しているのであるが、そこにも現実と作者とを媒介しつつ、かつまた享受者でもあった都市人の意向の反映を見ることができようし、作者自身もまた特定の組織の内部に位置してはいないことを窺うことができる。

五　那須資藤の古びた母衣《ほろ》

『太平記』には、確かに中下層の武士、特に畿内周辺の土豪層の活躍が大きな位置を占めている。巻三十二にも白魚《ススキ》三郎左衛門尉（備前）、後藤基明（播磨）、二宮兵庫助（越中）、南部六郎（若狭）等々の活躍が特筆されている。『源威集』は主として結城・小山・佐竹・那須ら関東諸大名の軍忠を記録しているが、それらの中で比較的詳細に描かれているのは那須備前守資藤ぐらいのものである。文和四年三月十二日、最後の合戦の日、味方の敗色が濃くなったので、尊氏は七条河原に待機させておいた資藤に出動を命じる。資藤は一族郎従二百余騎を引き連れて七条大路を西へ攻め付け夜半まで散々に戦うが、遂に負傷し、「息之下少通」る状態で、戸板に載せられて尊氏の前に戻る。「直ニ数ケ所ノ疵被二御覧一セテ、今度ノ振舞神妙之由有二御感一ケレハ、忝モ御詞耳ニ入カト覚テ、目ヲハタト見開、血ノ付タル手ヲ合テ胸ニ置キ、恐入タル躰ニテ打諾キ々々命ヲ堕」した。作者は帷幕の中にいて、その光景をつぶさに見たのであろう。が、作者は、尊氏が「御泪ヲ浮」べて、資藤の父資忠の忠功などをまで語った(11)のを「忝ナシ」と恐懼し、将軍尊氏の部下を思う仁慈の厚さと那須氏の軍功と資藤の誠忠とを描くことに、より大きな意義を見出している。仁慈といい誠忠といっても、そこに投影された作者の伝統的身分観念はかえって主従の人間味を損なって、暗鬱であり悲壮である。『太平記』には宮方の山名右衛門佐師義が重傷の自分を救うために身を犠牲にした河村弾正忠を悼んで悲嘆にくれ、手厚くその菩提を弔うさまが描かれている。そこには武士社会の中で体験に培われ自然発生的に芽生え築き上げられて来た極めて人間的な主従の結合が見られるのであるが、『源威集』が尊氏の理想像と東国武士の忠功を描こうとして、その意図を十分に文学的に形象することができず、作者の観念的性格を露呈しているのに比べると、『太平記』の方は、作者の批判意識の背骨をなしている伝統的儒教的道徳観念にもわずらわされないで、行動的な武士を生き生きと躍動せしめることのできた多くの場面をもっている。

那須資藤の死は『太平記』でも特記されている。ここでは尊氏に出動を命ぜられた資藤が「一儀ニ不レ逮《ヲヨハ》、御方大勢引退テ、敵皆勇ミ進メル陣ノ真中へ懸入テ、兄弟三人一族郎従卅六騎、一足モ不レ引打死シケルコソ哀ナレ」とあるだけで、七条大路での奮戦ぶりも帷幕の内での臨終の様も語られていない。作者の関心は全く別の所にあった。『太平記』によれば、資藤は合戦の前に故郷下野の老母に消息を送って先立つ不孝を詫びるが、母からは励ましの言葉とともに「是ハ元暦ノ古へ、古(衍)那須与一資高カ壇浦之合戦ニ、扇ヲ射テ名ヲ後代ニ揚タリシ時ノ幌也」と言って「薄紅之母衣ヲ錦ノ袋ニ入テ」送って来たことになっている。資藤のその日の出立ちを、『源威集』は「其日備前守、曩祖資忠、昔奥責之時、従二頼義将軍一給タリシ重代白鎾(幅)輪黒糸サルヲモタカ唐丸」の鎧を着、「右ノ脇ヨリ古ビタル縨ヲ取掛」けて打立ったと伝えている。鎧の由来を説いて母衣に触れないのは、それが那須与一伝来などという由緒ある代物ではなかったのであろうし、西国の屋島の軍よりも奥責の軍功にこそ意義があったからであろう。『那須系図』や『寛政重修諸家譜』には『太平記』の記事に拠ったのか老母が母衣を送ったことは注しながらも、那須与一を持ち出すことだけはさすがに遠慮している。資藤を激励する老母の、「始《メ》身体髪膚ヲ我ニ受テ、毀傷《ソコナヒヤク》ラサリシ其孝既ニ成ヌ、又身ヲ立道ヲ行テ、名ヲ後ノ世ニ挙ケハ、是孝ノ終也」という『孝経』(開宗明義章第一)の有名な一節そのままの消息と同様、真実性に乏しい。外ならぬ「那須」の資藤の「古ビタル縨」からの連想が、那須与一の、しかも扇の的を射た時の母衣へと発展することは極めて自然であり、殊に合戦の合間に「平家」を語らせ「平家」を聞いていた当時の武士や都市人にとっては、なおさら当然な結び付きだったにちがいない。そこには『太平記』を受け入れた当時の都市人の嗜好が強く反映していると言えよう。この巻三十二には他にも『平家物語』と繋がりのある説話がある。斎藤実盛の説話によって潤色された二宮兵庫助の話、河原太郎次郎兄弟の活躍を背景にもつ河原兵庫亮重行の話などである。これらの話には三つの共通点がある。

1　これらの人物の奮戦のありさまそのものは詳述されていない。

2　説話の核となっている事件（例えば資藤と老母との消息）は、京の見物衆の眼の届かぬ世界で起きたものである。

3　都市人たちにとっては身近かに経験したこれらの武士たちの最期と、琵琶法師などを媒介にして熟知している源平時代の叙事詩的な世界とを、極めて現実的に結び付けてくれる説話である。

右の三点である。『太平記』の作者は、混沌として収拾のつかぬ時勢の動きを執拗に客観的に描き続けながら、混迷の現実の中にいささかの契機を求めては、叙事詩的な世界の裁ち入れを試みているのである。それはこの作品の各巻に夥しい『平家物語』の投影の数々とともに、軍記物の典型としての『平家物語』が、いかに強く『太平記』作者の方法を規制していたかを示すものであろうが、同時にまた『平家物語』的な世界との結び付けに喝采を博し、それを求める都市人の、自由で明るく健康な空想を反映したものとも言えよう。

六　結　び

上来、『太平記』巻三十二と『源威集』とを、それぞれの作者の視点の据え所を中心に比較考察して、種々なる相違点を見出したのであるが、それら諸々の相違の由って来る所以は、結局次の二点に要約できると思う。即ち第一に、作者が特定の組織の中にその位置を占めていて、その位置に密着した制作意図と、一元的な視野とを有しているか、それとも傍観者の立場にあって、しかも複数の視点に媒介された広角的な視野を持っているかということ。第二に、予想される享受者の階層を武士階級（特に関東諸国の）だけに狭く限定しているか、それともより広汎な階層（殊に京織周辺の）を相手として彼等の意識をも十分に反映させているかということである。

注

（1）『太平記』（巻三十三、飢人投身事）。本文は西源院本（刀江書院刊）による。以下特に注記する外は同じ。

（2）野尻本（内閣文庫蔵）は凡四十二巻であるが、巻四十二は『八幡愚童訓』から採って附加されたもので『太平記』本来のものではない（亀田純一郎氏『太平記』岩波書店、昭和7・7）。題簽および巻一の初めにある「太平記目録」によっても本来は天正本系統であること明白だが、巻七・二十一と巻三十一以下の都合十三巻は他系統によって補われたもので、従って巻三十二の綱目の立て方も「目録」と本文とは齟齬している。

（3）『源威集』については、後藤丹治氏が『日本文学書目解説㈣室町時代』（岩波書店、昭和7・3）で簡略な解説をしており、吉沢義則氏『室町文学史』（東京堂、昭和11・2）にほぼ同趣の記述がある外は、史籍解題や辞典の類にも所見がない。

（4）尊氏が後醍醐帝の菩提を弔うために建立した天竜寺供養の盛儀は、『太平記』巻二十五「天龍寺事」および「大仏供養事」にも詳しいが、社会の混乱を「先帝之神霊御憤リ」によると考えての供養だと詰り、武家の奢侈と政治の貧困に起因することへの反省を欠いた愚かさを責め、「真俗共ニ憍慢之心アルニ依テ、天魔波旬之伺フ処ニ有ニヤ」と批判している。

（5）「明日（文和三年閏十月二十八日）河原御祓行幸。内野ヨリハ二条大路可レ為二官路一、万里小路南禎御子左大納言為定宿所、于レ時武将ノ御桟敷。有職者ニ被レ尋、行幸時可レ為二無礼一乎否。申云、御簾ヲ揚ラルヘシ。吏（更）ニ不レ可レ有二子細一ト云云。重而仰ノ間、縦簾ヲ巻共、従二御輿一高カ覧事可レ有二其恐一トテ、当日ノ朝俄ニ板敷従レ際柱ヲ可二引切一由厳密ニ被二仰含一間、其沙汰致シケレハ、御桟布ハ不レ見。是ヲ将軍正シキ礼儀ト世ニハ申セシ也。」（『源威集』）

（6）「廿四刻丁行幸（中略）折シモ雪降《フリ》北風冽《ハケ》シキニ、武将湖ヲ御覧シテ、詠シ顔《カホ》ニテ笑ヲ含給テ、佐竹刑部大輔師義御目見合セ賜テ、雪ヲ花ト誦ム眼前也ケリト、漕《コギ》行舟ノ跡《アト》見ヱル迄、又花ノ風吹ノ志賀ノ山越ノ歌コソ、今眼前ナレハト被レ仰シ、師

義数寄者ト被二思召一ケル故歟ト、時ノ面目ニテソ有シ。」（同上）

（7）『太平記』ではその代りに、義貞と船田入道や名張八郎など主従の超人的な剛力ぶりがいかにも語り物らしい誇張された調子で語られる。ここにも『梅松論』・『源威集』と『太平記』との性格の相違、とりわけ享受層の違いが顕著に見られる。

（8）本文は永和書写本（高乗勲氏蔵）による。この義詮の布陣の記事並びに評語は天正本系統および流布本系統の諸本にあり、殆どの旧形本には見られないものなので、後人の加筆かとも疑われるが、旧形本の中でも特に古いとされる永和書写本および神田本（国書刊行会本）にも見られることは注意される。

（9）本文は義輝本（国立国会図書館蔵）の巻三十二「山名伊豆守立レ将事」による。この京童的批評は天正本系統にだけ見られる。

（10）『参考太平記』（巻三十二、神南合戦事）所引による。「参考太平記引用書目」によれば播磨書写山十地坊所蔵の由で、群書類従所収の『赤松記』とは別物らしい。

（11）「今度ノ振舞神妙之由有二御感一ケレハ、恭モ御詞耳ニ入カト覚テ、目ヲハタト見開、血ノ付タル手ヲ合テ胸ニ置キ、恐入タル躰ニテ打頷キ々々命ヲ堕シケル。武将是ヲ被二御覧一テ御泪ヲ浮、建武三、九州御下向之時、東国ニ一人ノ味方ナカリシニ、此資藤カ父資忠一人高館ニ籠テ忠致セシ事迄被レ仰シソ忝ナシ。」（『源威集』）

2　源威集の成立

一　『源威集』の記事構成

昭和三十三年度の中世文学会春季大会（五月二十五日、於慶応義塾大学）で発表の機会を与えられた「太平記巻三十二と源威集――作者の視点をめぐって――」は、同年十一月発行の『国文学攷』第二十号に掲載を許され、その折に加筆補訂は試みたのであるが、『源威集』の成立の問題などについては保留していた。本稿では、そのことについて追求してみたい。

『源威集』については、すでに後藤丹治氏の解説(1)がある。が、極めて簡潔であるし、外には、吉沢義則氏の『室町文学史』(2)に見られる同趣の記述を除けば、この書に触れた辞典さえも管見にいらぬ現状なので、前稿とはやや重複もするが、この書のあらましを述べることから始めたい。

『源威集』は、元侯爵佐竹家の蔵本が知られている唯一の伝本（未見）で、『佐竹家文書』によれば、元禄九年（一六九六）に真壁甚太夫が同家に献じたものであるらしい（後藤氏前出書）。かつて山岸徳平氏は日本古典文学大系の月報に連載していた「書誌学の話」に、「源威集　全」とある題簽を左端に貼った表紙の写真を掲載して、この書が大本のうちでもとりわけ大型であると述べている(3)。東京大学史料編纂所には影写本（明治二十一年五月写）が架蔵されている。それを見ると、佐竹家蔵本というものも著者の稿本でないことは明瞭で、例えば『古今著聞集』などにも見られる次の話、

（上略）義家責続キ河ニ追ヒ下シ、良ツタナク遁ル君哉、シバシ扣《ヒカ》ヱヨ、物云ンテ、衣ノ袖ハ綻《ホコロビ》ヒニケリ、貞任馬頭ヲ返シツヽ、シバシ鏃ミヲヤスラヘ錣《シ》ヲフリアヲノケテ、年月ハタテヲ揃テ織シカト、又年ヲ経シ糸ノ労ノ悲シサニ𪜈アリ、ト付タリケレハ、義家是ヲ聞給ヒテ、ツガヒ給ヒケル矢ヲ指赦シテ、（11ウ）

の傍線部のごとく、書入れの本文に混じた形跡を散見するし、いったいに明確な楷書の並んだ中にところどころ判読不能の草体をそのままに残していたりする。上下二巻が一冊にまとめられ、墨付五十七丁で、各面十行。一行の字詰は大体二十五字前後である。

書名の「源威」とは「源氏の威勢」の意であって、「是モ源氏ノ威勢ヲ申サンカ為ノ物語依レ申也」（27ウ）、「彌武将威風、洛中ノ凶従(徒)塵《チリ》ヲ払ヒ平ク、是モ源氏ノ威勢也」（57オ）のごとき用例を本文中に見出す。つまり源氏の威勢

を宣揚した事件を書き集めたのが『源威集』である。「源氏将軍」即ち頼義・義家・頼朝・尊氏らが「代々為二戦将一、逆徒《ケキ》ヲ平ケ天下治賜フ威勢ノ、諸家ニ超越《コヘコヘ》シ給謂《イワレ》」（34ウ）をつづろうという、作者の最も表立った意図は、次のような作品の構成となって具体化されている。

〔上巻〕

㈠八幡大菩薩の事。（「問、八幡大菩薩御当家祖神濫觴如何」）

㈡前九年役の事。（「問、昔ヨリ誰家カ王家ノ相門ヲ不レ出ル、雖レ然御当家限テ代々権柄ヲ執リ、朝家ヲ守護シ朝敵等ヲ平ケ、今モ諸侍ニ首頂ト仰カレ給故如何」）

㈢後三年役の事。（「問、後三年合戦ノ叓如何」）

付話

(1)義光秘曲伝授の話。（「一、不レ問叓ナレトモ後三年ノ物語ノ次ナレハ、弓馬ニ不レ限、其家ノ艶《ヤサシ》ク哀成謂《イワレ》ヲ可レ申」）

(2)基氏篳篥稽古の話。（「一、篳篥ノ物語ノ次成間申也」）

(3)義家武勇の話四題および義親梟首の話。（「一、此問答ノ始ハ、八幡源氏ノ祖神ノ事ノ次ニ、（中略）殊ニ義家八幡殿ノ御威勢武徳条々、乍二存知一申残ノ条、其恐成間、物語可申」）

〔下巻〕

㈣泰衡征伐の事。（「問、文治五年己酉奥責謂《イワレ》如何」）

㈤頼朝初度上洛の事。（「一問、右大将頼朝卿御京上何ヶ度ニ候哉」）

㈥頼朝再度上洛の事。（「問云、後御京上ノ叓如何」）

㈦尊氏上洛の事。（「一問云、文和弐年癸巳御京上事如何」）

㈧東寺合戦の事。（「問云、東寺合戦濫觴、何事ニ候ケル哉」）

整理すると右のようになる。各段の項目は私に付けたもので、カッコ内に示したのが各段の冒頭部分である。見るように、付話を除いては、各段いずれも問答体で記述されている。

二　『源威集』の資料

第一段は八幡大菩薩の縁起を述べたもので、

(1)応神天皇が欽明天皇の御宇に宇佐の廏木菱形の小倉峯に威力自在大菩薩と顕われた話
(2)天平勝宝元年（七四九）十一月、託宣によって宇佐から奈良の京に奉迎した話
(3)貞観二年（八六〇）、大安寺の行教上人に託宣があり、山城国男山に鎮座した話

の三説話から成っている。(1)は『八幡宇佐宮御託宣集』・『石清水八幡宮末社記』・『東大寺要録』・『三宝絵詞』等にも見えるところであるが、記事の繁簡の程度から言えば、『扶桑略記』・『帝王編年記』・『神明鏡』などに近い。(2)は「続日本紀云」として挙げているもので、『扶桑略記』には『続日本紀』をそのまま引いてあるが、『帝王編年記』・『神明鏡』などはごく軽く触れているだけである。(3)は『石清水八幡宮縁起』・『同護国寺略記』・『同末社記』などにも見えているが、『帝王編年記』の記載とは、左に対照したように、極めて酷似している。

帝王編年記	源威集
同[1]（貞観）二年庚辰、（中略）大安寺大法師行教、参二詣宇佐宮一、一夏之間、夙転二大乗経一、夜	一、人王五十六代清和天皇御宇、貞観二庚辰、八幡大菩薩、奈良太安寺僧行教上人ニ託宣、山城国男山石清水宮鎮座ス、式記云、[1]貞観元己卯

誦二諸尊真言一、即大菩薩夢中示曰、汝為レ我心浄誦呪読経、吾与レ汝共上洛、近護二王城一、行教彌致二信力一奉仕勤修、(2)即著二山崎離宮一、其夜示現、汝見二我住所一、即驚見二巽方一、男山石清水　(3)鴿鳩峰上、屢現二大光一、即再三奉レ拝之後、払暁見二山上一者、誠是奇異霊験処也、仍奏二聞公家一、即　(4)木工允橘朝臣准二宇佐本宮一、造二立三所御殿一、（下略）

上人八幡ヲ為《メ》レ奉《ンカ》レ拝シ、宇佐宮詣、一夏ノ間、夙ニ大乗経ヲ転読シ、夜ハ諸尊ノ真言ヲ誦ス、即大菩薩夢ニ示現シテ曰、汝我心ヲ浄クメ、誦咒読経、吾与レ汝共ニ上洛、王城ニ詣、于時上人信力ヲ致シ、奉仕勤行、(2)仍帰洛、山崎離宮ニ着、其夜示現、詫宣有、我任《スモ》所見也未レ見也、巽方男山石清水　(3)鴿峯大樹ノ上ニ、屢大光明赫奕トシテ現給フ、即冄(再)拝奉之後、払暁ニ山上ヲ見ハ、城(誠)是奇異霊験ノ地也、仍公家江奏聞、即木工充(允)橘朝臣良基下之、三所ノ御殿ヲ建立、

『源威集』の「式《或カ》記云」以下は『帝王編年記』そのままであるが、傍線部のごとき相違もあって、一概に両書の直接関係を断ずるわけにいかない。『扶桑略記』はこの辺りの時期の記事が欠けているのだが、『源威集』の第一段はこうした年代記の類に拠って書かれたものと思われる。

第二段は、内容は主として前九年役の記事であるが、「昔ヨリ誰家カ王家ノ相門ヲ不レ出《ル》、雖レ然御当家限テ……今モ諸侍ニ首頂《領カ》ト仰カレ給故如何」という問は、勿論『源威集』全体のテーマのはずである。だからそれを受けて、

答、中モヲロカヤ、御当家ノ初ハ清和天皇、又水尾御門《割注混入か》ト申、御子貞純親王〔号桃園居所名〕、其子経基〔六孫王武蔵介〕、其御次満仲〔多田摂津守〕ヨリ以來、彼御子孫、于今名将勇士其数不レ可二勝計一、皆ノ知所也。（〔　〕内は原文双行。以下同じ）（3オ）

と書き起こしているわけで、さらに第三段の後三年役事の最後には、

依レ是康平貞任、永保武衡等、頼義々家父子二代戦将蒙レ勅、冷泉白川《割注混入か》、両将奥州ノ凶徒ノ跡ヲ削、叡感ノ間、諸家輩、源家将軍ヲ代々仁王ト奉レ仰ハ此故也。（16ウ）

と締め括ってあって、少なくとも第二第三の両段を一纏まりとする意識があったようだ。さて、その両段の記事は

『神明鏡』と殆ど同じである。後藤氏が「神明鏡その儘の所もある」と指摘したのはこの部分なのであった。

『神明鏡』は神武天皇から後花園帝の永享六年（一四三四）までの年代記的な史書であるが、後円融院を「今上」と記しているので、一三七一～八二年頃に一旦成立し、以後書き継がれたものと考えられている。『源威集』は一三八七～九年の成立（後述）だから、『源威集』の第二、第三段は『神明鏡』によって書かれたとも考えられそうだが、両者を微細に対校してみると、必ずしもそうは言えないことに気付く。『源威集』の方が一体に記事が豊かで、例えば『源威集』には、

将軍、戦士ヲ招、殊ニハ秩父武綱、三浦為継、鎌倉景政等ニ仰テ云、合戦ハ今日ヲ限リ可レ成、十二年ノ先途唯今ニアリ、城ヲ責落サズンハ頼義命ヲ可レ殞ス、各ニ我ト命ヲ可レ捨ト宣給ヒテ後、将軍合セレ掌ヲ、心中ニ軍神勧請ノ祭文ヲ究シ、軍拝《ンイ》過シカハ、時声三度、即軍神影向ノ奇瑞ヲ見知、勇士等勇ミ、思思。筏《楯ヲ双ヘ》ニ組、或ハ鏃ミヲ並テ渡シ、鍛ヲ傾ケ責戦、武則カ手モ同時ニ身命ヲ捨ント云ヱト、堀ノ水深ク壁ヲ塗、高下ノ矢倉ヨリ箭石ヲ降ス事如シレ雨、三重ノ堀深シ、無レハ二水鳥ニ一不レ及二飛越一、被二射退一テ大手搦手支タリ、将軍是ヲ見テ怒ヲナシ、今ハ不レ及レ力、頼義命ヲ可レ捨ケ係給ふ、母衣ヲ解テ旗ニ付、自差給ふ、是先年七騎ニ打残テ打勝シ嘉例カ。（10ウ）

とあるところが、『神明鏡』では、小異は別としても、傍線および圏点の箇所に相当するものを欠いている。その中には『源威集』に特徴的な関東武士の軍功の強調や兵法の解説など、添加と思われるもの（圏点部分）もあるが、傍線部分のごとき出入はむしろ『神明鏡』作者の簡略化によるものと考えられる。『神明鏡』と『太平記』との類似はつとに諸先学によって指摘されたところであり、平田俊春氏の(4)「神明鏡は太平記の完全な抄本であり、従って太平記の一異本として極めて重視すべき」（『吉野時代の研究』）であるとする意見さえあるぐらいで、つまりは『神明鏡』の奥羽合戦の記事も然るべき資料の抄録なのであって、『神明鏡』・『源威集』に共通する原資料（『陸奥話記』とは異なる奥羽合戦記）の存在を想定しなければならない。(5)

付話は、『古今著聞集』巻六（管絃歌舞）に見える義光の説話を始め、『古事談』第四に見える義家に関する一連の説話「義家国房確執事」「白河法皇立義家武具于御枕上事」「聞義家名犯人被捕事」「義親被追討事」「頼義建立ミノワ堂事」などの類話であるが、直接関係は認められず、むしろ『源威集』の方が叙述が詳しいと言える。

下巻の前半、即ち泰衡征伐事と頼朝両度上洛の記事とは、全体的に見て『吾妻鏡』が重要な資料に供されたと考えられる。細部にわたれば幾らかの齟齬もないわけでないが。一例を挙げよう。

吾妻鏡	（文治五年六月）卅日戊午、大庭平太景能者、為二武家古老一、兵法存二故実一之間、故以被レ召二出之一、被レ仰二合奥州征伐事一、曰、此事窺二天聴一之処、于レ今無二勅許一、慇召二聚御家人一、爲之如何、可二計申一者、景能不レ及二思案一、申云、軍中聞二将軍之令一、不レ聞二天子之詔一云々、已被レ経二奏聞一之上者、強不レ可下令レ待二其左右一給上、随而泰衡者、受二継累代御家人遺跡一者也、雖レ不レ被レ下二綸旨一、加二治罰一給、有二何事一哉、就レ中、群参軍士費二数日一之条、還而人之煩也、早可下令二発向一給上者、中状頗有二御感一、剰賜二御廏御馬一置鞍、小山七郎朝光引二立庭上一、景能在レ縁、朝光取二差縄端一、投二景能前一、景能乍レ居請二取之一、令レ取二郎従一、一品入御之後、景能招二朝光一賀云、吾老耄之上、保元合戦之時被レ疵之後、不二行歩進退一、今雖レ拝二領御馬一、難レ下二庭上一之処、被レ投レ縄、思二其芳志一、直千金云々、一品又感二朝光所一レ為給云々、
源威集	（上略）頼朝御迷惑ノ餘、太場景義ハ古老ノ勇士依二御心安ニ一被二仰合一、奥州発向ノ叓、従二公家一雖二物惜《ノヲシミト》一、軍士多召置間、明年ニ延引之條、可レ為レ煩歟、此事如何ト御尋有、景義具ニ承テ畏申曰、軍陣ニハ天子ノ詔《ミコトノリ》ヲ不レ聞、将軍ノ法ヲ守ハ定レル叓也、何ンソ家人御誅伐ニ公家ノ御綺《イロイ》有ヘシヤ、唯御発向之由申捨《ステ》テ勅答ヲ不レ聞召一御立可レ然也、此儀自レ元為二御本意一ノ上、景義申所御感ノ余、御馬ニ鞍置、結城朝光庭上ニ引立、景義老躰《タイ》ノ上、保元ノ昔八田殿為朝御矢ニ当リ欠《カタ》ワ者ニテ候ヘ居去下リントス、朝光老翁ヲ優《ユウ》ニソ手縄ノ端ヲ被《ル》レ抛《ナゲ》、景義堂上ニ是ヲ請取テ敬屈再三、武将後ニ双方礼儀十分成ノ由御感ノ終、景義任二意見一。（29ウ）

なお『泰衡征伐物語』（続群書類従）という作品があって、この辺りなどは『吾妻鏡』をそっくり訓読しつつ、戦記物らしい文体に整えている。

三　『源威集』作者像の輪郭

上述のごとく、『源威集』の作者は、過去の事件を記すに当たっては然るべき資料を抄録しているのであるが、その場合に、保元・平治および治承の争乱を割愛しているのは、何としても不審である。前二者は平氏興隆の契機であり、「源氏の威勢」の衰微に向かう道程であったと見れば頷けもするが、平家追討を特立しなかったのはなぜだろうか。先ず気付くことは、『源威集』が取り上げた過去の合戦はすべて奥羽を舞台としたものであることだ。泰衡征伐事の末尾には、「奥責ハ三ヶ度也、一、後冷泉天皇御宇永承年中、将軍頼義為二戦将一貞任宗任責給事、一、白河天皇御宇永保年中、将軍義家舎弟義光合力武衡家衡等責賜事、一、後鳥羽天王（ママ）御宇文治五己酉、将軍頼朝泰衡追討給㕝」（34ウ）と纏めている。三度にわたる奥羽合戦を並べて、畿内・西海での争闘を捨て切ったのは、東国という地域を舞台の中央に据えることが眼目だったからであろう。三度の奥責に死命を賭したのはもとより関東八ヶ国の武士たちであった。作者は至る所で東国武士の軍功を強調する。

○源頼義戦将ノ勅ヲ蒙テ、幾程ヲ経ス東八ヶ国ノ輩相従出京、武蔵ニ逗留ノ間、（前九年役事、3ウ）

○重シレ義ヲ命ヲ軽而相従、八ヶ国殊ニハ武蔵相模輩也、合戦ノ習ナレハ雌雄一度決セス年月ヲ送、此故命ヲ殞シ疵ヲ蒙者其数ヲ不レ知、（同上、4ウ）

○将軍頼義太手ノ嵯《ケハ》《サカ》ニ打莅給フ、相従東八ヶ国ノ勇士、武蔵相模ヲ始トソ一万騎ニ及ハス、（余騎ナリ・神明鏡）是十二年ノ間戦命ヲ殞シ蒙レ疵ヲテ相残斗也。（同上、10オ）

のごとくである。右の文中、傍線の部分はそこだけ『神明鏡』に見えないもので、これから推しても、作者がいかに強く東国武士の活躍を前面に押し出そうとしているかが了解される。泰衡征伐事では、資料のせいであろう、いっそう精確になり、例えば、

今度勤行抜群ノ輩、先陣畠山重忠・和田義盛・三浦義澄・三浦義連・小山朝政・長沼宗政・結城朝光・下川辺行平・榛貝重朝・梶原景時・梶原景季・佐々木盛綱・稲毛重成、此外徴ニ不レ暇マ、為二一人一鋒ニ血ノ不レ付士ナシ。（泰衡征伐事、34ウ）

のごとく記される。作者自身も参加した東寺合戦の記事においても同様で、そこでは結城・小山・佐竹・那須・江戸・小田・常陸大掾らの関東諸大名が主として立ち現れる。このように『源威集』が関八州を強調するのは、作者自身がこれら諸大名の一人であったからであろう。前稿でも触れたように、この作者は、合戦のさなかに五条の大橋を桟敷としていくさ見物に興ずる京の庶民に驚き、余燼の中に袖をつらねる遊君や座頭の琵琶に耳目をそばだてて、「辺土田舎ノ軍」にのみ馴れた東国武士である自らを示している。『源威集』には序文がついているが、その中に、

元弘ニ世替、建武ノ初ヨリ武将ニ奉《シ》レ従ニ、不レ思舟ノ中浪之上ニ浮沈、命ヲ泊ト思ヒショリ、嘉慶《カケイ》ノ至レ今ニマテ、六《ム》十ニ近又《ヌ》、

と記しているので、この作者は、

(1) 嘉慶年間（一三八七〜九）、『源威集』成立当時には六十歳に近かった。
(2) 建武（元年は一三三四）以来の尊氏臣下であった。
(3) 尊氏の九州下向（建武三年）にも随従したと思われる。（「不レ思舟ノ中浪之上ニ浮沈」とある。）

の三条件を具えていることになるが、嘉慶二年に五十八、九歳であったと仮定すると、建武元年当時は僅か四、五歳の幼童だったわけで、その頃からの尊氏随従というのは解しかねる。九州下向の事は一度だけ書中に見える（泰衡征伐事の中に挿話として）(6)が、その少弐妙恵、頼尚父子の記事には『梅松論』の記事に拠ったと思われるふしもあり、実見

談かどうか疑わしい。(1)の「六十歳」に間違いがなければ、(2)(3)は虚構なのではないか。が、本文中に、「慭《ナマシイ》ニ其人数ニテ供奉セシ程ニ、見聞ノ分、物語申也」（尊氏上洛事）、「其時ノ人数ニテ関東ヨリ供奉仕ル、合戦毎ニ外レヌ忠ヲ致セシ間、年ノ盛ニ見聞計ヲ申也」（東寺合戦事）などと見えているので、文和の頃からは尊氏に随従していたことを認めてよかろう。そこで、『源威集』の作者として、文和の頃から尊氏に供奉している東国の一大名で、執筆の嘉慶年間に五十八・九歳であった人物を思い描きたい。(7)

四　結城直光の軍功

源氏の威勢を書こうとしたこの書に、平家追討の記事を割愛してでも、頼朝上洛の事を記した理由は何であろうか。しかもこの第五「頼朝初度上洛の事」・第六「頼朝再度上洛の事」の両段は、上洛の日程と供奉した関東諸大名の名を挙げるだけで、作者口ぐせの「是モ源氏ノ威勢ヲ申サンカ為」式の、意欲的な口吻は全く見られない。言わば故実家の記述態度である。にもかかわらずこの両段が置かれた理由は、一には作者の先祖も供奉の一員であった、二には第七段の「尊氏上洛の事」との関連で取り上げた、という二点にあったと考えられる。第二、第三、第四の三段が奥州合戦の物語として纏められていたように、第五、第六、第七の三段が将軍上洛の物語として一纏まりになっていることは、誰しも気付くところである。

文和二年五月、山名時氏が伯耆から丹波路を経て京に迫り、在京の義詮が後光厳院を奉じて難を濃州垂井に避けた。その情報が鎌倉に届いたので尊氏も上洛を決心したのであるが、その先陣を結城直光に命じた経緯を、『源威集』は次のように述べている。

則将軍尊氏御上洛ノ事治定ノ間、先陣ノ事、命鶴丸ニ属ソ競望《キヤウモウ》ノ輩雖レ多ト、思食被レ定有レ旨、不レ及ニ御返答一、既ニ鎌倉ヲ御立文和二年癸巳八月朔日治定ノ間、命鶴丸伺申二云、御進発ノ事無二余日一、御先打誰ノ仁ニ可レ被二仰付一候哉、結城中務太輔直光ニ思食被レ定ト云々、児童重而申テ云、小山左衛門佐氏政ハ分限ト申、多勢ト云、不レ可二余儀一歟、能々可レ有二御計一、仰ニ云、諸家ノ輩、為二一流ト一非二譜代一ト無二云事一、今度ハ譜代ト忠功ト志トヲ為テレ賞可レ被二仰付一間、結城ハ其仁ニ当レル者也、其謂《イハレ》ハ譜代ヲ思ヘハ朝光家督、忠ヲ云ヘハ父朝祐、兄直朝二代奉レ命ヲ、志ヲ案スレハ去年文和元二月ノ合戦天下御大事ノ時分、諸大名是ヲ伺テ無音ノ処、直光馳参テ廿八日合戦ニ致二戦功一志ノ條、依レ無二余儀一先打ノ事ハ御立以前ニ可レ被レ仰也也（衍）、是ヲ承テ命鶴丸重而無二申旨一。（尊氏上洛事）

即ち、尊氏の幸臣饗庭命鶴丸を通して先陣を望む諸大名も多かった中で、譜代と忠功と志の三条件を具備した者として結城直光が選ばれたというのである。結城氏は藤原魚名公の流れで、俵藤太秀郷から十二代目の小山政光に、朝政（小山小四郎）、宗政（長沼五郎）、朝光（結城七郎）の三子があり、朝光が初めて結城氏を名乗った（『結城家譜』や『小山結城系図』には、朝光実は頼朝の子とある）。泰衡征伐事には、小山政光が頼朝に向かって、「今度政光、勢ヲ嗜ミ可レ致二戦功ヲ一由存、子共三人、朝政、宗政、朝光、自身武略ヲ勵ソ無双ノ可レ蒙二御掟（詮）一由可二申含一」（『吾妻鏡』、文治五年七月廿五日の条参看）と自信に満ちた誓言をする話があるのを始め、政光父子兄弟、殊に朝光の名が盛んに出て来る。直光の父の朝祐は、朝光七世の孫で、建武三年四月十九日、九州多々良浜合戦において三十二歳で討死した（『結城家譜』『小山結城系図』）。この合戦は実際は三月二日に行われており、四月三日には尊氏もすでに太宰府を進発して帰洛の途上にあったから、事実と相違するわけだが。朝祐嫡男の直朝は、康永二年（一三四二）常陸関城の攻略に従い、四月三日に十九歳で戦死している（同上）。直光はその跡を嗣いだのである。『源威集』に「父朝祐、兄直朝二代奉レ命ヲ」というのは、そのような事情を指しているのである。直光自身の軍功は上掲の文中（傍線部分）にも見えているが、同じことがこれより少し前にも出ている。即ち、

（文和元年）閏二月廿日、武州於二金井ノ原ニ一、終日責戦、（新田）義興没落ス、依レ之ニ結城中務大輔直光、其勢五百余騎、揚レ鞭ヲ馳参、

自レ元諸大名頼雖レ被二思食一、依レ有二思慮一、于レ今不レ参処、直光最前《サイ》ニ馳参之条、御感再三。（尊氏上洛事）

とある。この記事は、観応元年（一三五〇）の尊氏兄弟不和による西宮合戦（同二年二月）、江州八重山合戦（同年九月）、直義の鎌倉下向、尊氏の海道発向（同年十一月）、薩埵山合戦（同年十二月）、兄弟和睦（文和元年正月）、直義の死（同年二月）、続いて新田義興の挙兵、尊氏の武蔵進攻、鎌倉合戦（同年閏二月）等を経て、尊氏が鎌倉に入る（同年三月）までを、僅か四百字に足らぬ簡略さで片付けた中に見えるもので、他の諸事項に比べて全く不調和なほど大きく取り上げられていると言えよう。先陣に選ばれた経緯を書くための伏線だったのである。

文和二癸巳八月朔日午時進発、結城中務太輔直光廿四歳先陣ノ為レ賞ト武州先代平方ヲ賜ル、関東供奉ノ輩大小名其数ヲ不レ知、京都去七月逆徒退散之間、関東ヲ不レ待、武将、義詮従二濃州一帰洛、（中略）将軍九月始日限ハ不レ知赤坂従レ宿御参内、其日ハ赤地唐錦ノ直垂、小具足御太刀大喰蒔鞘菟作、（中略）御先打ハ結城中務大輔直光、細筋直垂錐、黒革太刀、弓征矢、馬黒糟毛、内裏近ク成リテ遙ニ門ヲ隔テ御下馬、（中略）九月廿三日、先陣御籏随《スイ》兵番ハス二十余騎次第不同、御馬駮長五尺三寸号二佐竹駮《ブチ》一ト、白鞍ヲ置ル、厚総《アッシリカイ》ヲ懸、御前ニ引ル、（中略）先陣ハ結城中務大輔直光三百余騎、次御旌御前打、随兵同前、将軍尊氏御鎧御剣弓征矢、垂井御参内ニ同供奉ノ輩千騎、馬思々也、是ヲ文和ノ御京上ト申。

頼朝上洛の記事が日程と供奉の大名を記載するにとどまっていたのに反し、この段はまるで結城直光の先陣を記すのが目的でもあるかのような書きぶりである。垂井で尊氏を迎えた二条良基が、「さきうちは、ゆふき、小田、佐竹などいふものどもなり」とばかりで、むしろ命鶴丸の総角姿を賞めている（『小島のくちずさみ』）のとは甚だ趣を異にする。『源威集』作者が、直光先陣の話を大きく取り上げた後に、「其事今ハ年隔テ残人少ナシ、憖《ナマシイ》ニ其人数ニテ供奉セシ程ニ見聞ノ分、物語申也、老耄ノ詞ナレハ僻アランヤ」と断っているのも、甚だ暗示的ではないか。その上、あまり名の知られていないこの書の名が、『結城家譜』に「一朝光七世孫朝祐、足利尊氏将軍京都攻上給先者《（ナシイ）》、於伊豆国足柄山合戦、朝祐先陣而得勝利、其時勧賞武州関郷、肥後国小島荘、紀伊国比呂郷、其外諸国有恩所、不及記之、詳見源威集、」（続群書類従）とあり、『結城系図』の直朝の注記に、「康永二年四月二日於関館討死、年十九、法名黙菴寂照、太平記源威集見ヘタリ」（続群書類従所収四編の第一）と見えていたりするのも、結城氏と『源威集』との繋がりを思わせるものがある。

結城直光を作者に擬するとなると、まず年齢の点を吟味せねばならない。前出の『結城系図』によれば、彼は応永三年（一三九六）正月十七日に六十七歳で卒しているが、(8)とすれば嘉慶二年は五十九歳というわけで、作者自序の「慶《カ》嘉《ケイ》ノ至レ今ニマテ六《ム》十ニ近又《ヌ》」というのにぴったりである。これは、文和二年当時「結城中務太輔直光廿四歳」という『源威集』の記載から計算しても同様の結果を得る。

五　『太平記』に記述された結城氏

嘉慶二年（一三八八）三月には楠氏の生き残り正秀が山名氏清に敗れて、もはや南朝の武臣も全く壊滅の状態となった。そして四年後の明徳三年（一三九二）には、六十年に及んだ内乱にもようやくけりがついて、閏十月に南北両朝の講和が成立し、後亀山帝が北朝の後小松院に神器を伝えた。鎌倉以来二百余年にわたった公武の二重政権は、ここに純然たる武家政治形態として一元化されたのである。翌々年（応永元年）になると、義満は将軍職を子の義持に譲り、自らは太政大臣を極めたが、翌二年には致仕し、薙髪して道義と号した。そしてその驕奢は次第に募って行った。室町幕府の政権の強大化につれて、諸大名は、六十年の内乱に果たした我が一族の軍功を長く歴史に刻み込もうとした。『太平記』の書継ぎに際して、「次でに入筆共を多所望してかゝせければ、人高名数をしらず書」（『難太平記』）いた由を、今川了俊は指摘している。その間の事情は、合戦に従事した武士たちの記載が諸本によって激しく出入していることからも察せられる。了俊はまた、『太平記』が尊氏の九州下向に供奉した武士たちの名を記していないのを不服として、「子孫の為不便の事か、如レ此事は諸家の異見がきなどにてもしるされたき事也」と望んでいるが、この言葉は、当時の武士社会における『太平記』受容の態度を十分に示していると言えよう。了俊が、「父の語給ひし事のはしぐ〳〵」、それは主として「太平記にも申入度存」ずる我が家の軍功なのだが、それを書き付けた『難太平記』の成ったのは応永九年（一四〇二）である。『源威集』はこれよりも十四、五年以前に作られているのだが、作者を制作へ駆りたてた動機は、『難太平記』作者のそれと同じものであったと思う。時に七十九歳の了俊が、「今は御代重行て、此三四十年以来の事だにも無二跡形一事ども任二雅意一て申めれば、哀々其代の老者共在世に此記の御用捨あれかしと存也」と言ったのと同じく、『源威集』作者も、「其事今ハ年隔テ残人少ナシ、憖《ナマシイ》ニ其人数ニテ供奉セシ程ニ見聞ノ分、物語申也」（尊氏上洛事）と述べている。いずれも我が生の夕陽に向かって、自己および一族の軍忠が自分とともに消え去るのを、児孫のためにも悲しみ、「永遠」に刻み付けようとしたものであった。『源威集』作者の「（孫彦が）東寺合戦ノ謂何叓カト問、倦サク退屈ニ覚レモ、生替ニテ尋ヌル叓理也」ということさらな擬態も、かえって子孫の将来に遠慮をめぐらせている作者の心を覗かせたものと言えよう。

先に『源威集』作者を結城直光と仮定したのだが、結城一族の『太平記』における現れ方を見てみよう。

㈠宮方に属した結城氏

(1)結城上野入道（道忠、俗名宗広）　巻二、三、十一、十二、十四、十五、十九、二十

(2)結城七郎左衛門（親光、道忠子）　巻六、九、十二、十三、十四

(3)結城大蔵権少輔（親朝、道忠子）　巻二十、二十一

(4)結城上野介（諱不詳）　巻十九、二十

(5)結城右馬頭（諱不詳）　巻三十三

㈡武家方に属した結城氏

(6)結城大田三郎（諱不詳）　巻二十四
(7)結城判官・中務大輔（直光か）　巻三十一、三十四、三十八
(8)結城小太郎（諱不詳）　巻二十七

右に明らかなように、『太平記』で活躍する結城氏は宮方に属した白河結城の一族である。特に道忠とその子の親光とは、いずれも『太平記』に特筆されている有数の人物の一人である。道忠は、朝光の孫の祐広（初めて白河を名乗る）の子である。この白河結城に対して宗家の方は全く冷淡にあしらわれている。(6)の結城大田三郎（元和八年整版本）は古活字本では単に「結城三郎」と記されている。天龍寺供養の尊氏参詣に供奉した外様大名の一人として名が挙がっているだけ。『園太暦』（康永四年八月二十九日の条）には「結城大内三郎」とあり、「大」の右傍に「山歟、賀州国人」と注記がある。『源威集』（東寺合戦事）の「結城大内刑部大輔重朝」と同一人か。(7)の結城判官（結城入道・結城中務大輔とも）は、直光のことと推定されるが、新田義興の挙兵（巻三十一）に際して尊氏に随った武士の中に「結城判官」と名のみとどめ、畠山道誓の上洛（巻三十四）に従った「東八箇国ノ大名小名」の中に「結城入道」として名をつらね、やがてその道誓・義深の兄弟が修禅寺に楯籠って「東八箇国ノ勢」と戦い降参した時（巻三十八）に、足利基氏に属していた「結城中務大輔」が義深に憑まれてその身柄を藤沢の道場へひそかに送ってやっている。(8)の結城小太郎は、直義との確執から高師直が尊氏居所を囲んだ時に師直に属した武士の中にその名が見えるだけである。

このように武家方の結城氏は活躍と言えるほどの何物も記録されてはいないのである。

『梅松論』の方ではさすがに登場していて、建武二年十二月五日の手越河原合戦と、同三年正月十六日の園城寺合戦における二度の活躍が記されている。前者では「此輩（小山・結城・長沼）は治承のいにしへ頼朝、義兵のとき、最前に馳参じて忠節を致したりし小山下野大掾藤原政光入道の子共の連枝の人の子孫也。曩祖武蔵守兼鎮守府将軍秀郷朝臣、承平に朝敵平将門を討取て子々孫々鎮守府将軍の職を蒙りたりし五代将軍の後胤なり、累代武略のほまれをの

こし、弓馬の家の達者也」とさえ書かれており、後者では小山・結城一族が結城白河入道父子（道忠・親光）を討ち破ったことが記されている。この場合の結城とはいずれも直光の父朝祐のことである。だから直光一代の軍功については『梅松論』（時代のずれもあるが）も『太平記』も殆ど触れてはいない。直光には『源威集』を書くべき理由があったことになる。

前稿においては、『太平記』巻三十二と『源威集』とをただ同じ内乱を描き留めた二つの作品という見地から比較検討したのだったが、『源威集』作者は『太平記』を強く意識していたであろうことをも考慮すべきであったと思う。前稿では『源威集』に与えた『梅松論』の影響（浮橋に関する説話）に触れておいたが、『太平記』との関係においても同様のことが言える。例えば文和二年の後光厳院の小島遷幸の中に、「清氏御馬ニ付テ有二大功一」とあるが、これだけでは何の事か不可解で、これを理解するためには、『太平記』の「茲《コヽ》ノ辻彼ノ山ニ取上テ、時ヲ作リケル程ニ、且クノ逗留モ無シテ、主上又要輿ニ召タレハ、駕輿丁モ皆逃失テ、御輿舁奉スル者モ無リケレハ、細川相模守清氏自レ馬下テ歩立ニ成リ、鎧之上ニ主上ヲ奉レ負セテ、塩津之山ヲソ越サレケル、子推カ股之肉ヲ切、趙遁《(盾)》カ車之輪ヲ資ケシモ、此忠ニハ過《(ママ)》トソ見ヘシ」（巻三十二、堅田合戦事、西源院本）とあるのに支援を求めねばならない。『源威集』は、一切の説明を『太平記』に譲ったのである。つまり『源威集』は、『太平記』の誤りを訂正し欠を補充するというだけでなく、それに負うところもあったのである。

六　結　び

『源威集』作者は、『難太平記』の作者今川了俊と同様、『太平記』を強く意識しつつ、その誤謬を正し、不足を補うために執筆したと思われるのであるが、了俊のような直言的な論客でない彼のとった方法は、おのずから異なっていた。表立だった制作意図を「源氏の威勢」の顕揚に措き、その方法として源氏の祖神八幡大菩薩の縁起から始めて源氏代々の将軍の英雄的治績を描きつつ、それらの英雄と一体となって行動し、その英雄的行為を支えてきた東国武士の活躍を表面に押し出し、その中で自己および一族の軍功を語ったのである。が、彼が別に独自の史観も批評精神ももっていたわけでないのに、然るべき資料を抄録しながら歴史物語風に書き上げるという、このような記述方法をとったのはなぜだろうか。この時期には鏡物や戦記物等を材料にして書いた年代記が盛んに作り出されている。すでに挙げた『帝王編年記』・『神明鏡』の外に、『神皇正統録』・『東寺王代記』・『鴨脚本皇代記』・『興福寺略年代記』などがある。勿論『源威集』は、『梅松論』のみならず、当時の歌論書、連歌論書によくある問答体の形式をもつものであって、年代記とは趣きを異にしているが、「源氏の威勢」を書くに当たって歴史物語的な記述方法を思い立ったのは、上記のごとき年代記が盛んに書かれ、書き継がれていた時代の反映なのではないか。極めて図式的な言い方になるが、『源威集』という作品は、多数の年代記が生み出されていた時代の機運と、『難太平記』を書かせた当時の武家社会の動向、この二つの合流するところに成立したとは言えないだろうか。

注

（1）後藤丹治氏『日本文学書目解説㈣室町時代』（岩波講座日本文学、昭和7・3。『中世国文学研究』所収、磯部甲陽堂、昭和18・5）

（2）吉沢義則氏『室町文学史』（日本文学全史第六巻、東京堂、昭和11・12）

（3）山岸徳平氏「書物の表紙と大小――書誌学の話二――」（日本古典文学大系第30巻付録「月報」2、岩波書店、昭和32・6）。

補　山岸氏はその写真の原本については「もとの佐竹侯爵家にあった源威集」としか言っていないが、題簽に「源威集全」とあるところから見て東京大学史料編纂所蔵の影写本（縦三一・五×横二一・五センチメートル）と推測される。後にその所在が明らかになった佐竹家旧蔵本（千秋文庫現蔵）は、加地宏江氏校注『源威集』解説（東洋文庫、平凡社、平成8・

11）によれば、「縦二八センチメートル、横二〇・五センチメートルの四針眼の美濃本冊子」で、題簽に「源威集上下」とあるという。

（4）平田俊春氏『吉野時代の研究』第三部文献篇「太平記の成立」（山一書房、昭和18・7）

（5）補　蟹江秀明氏（「初期軍記物語――特に陸奥話記と源威集との関連において――」、『東海大学紀要文学部』24、昭和51・2）は、寛文二年刊『奥州軍志』所収の『陸奥話記』と『源威集』とを比較しているが、『源威集』の依拠した資料には触れていない。氏は、両者は合戦を「源氏方からとらえるという同基盤で記述」しているけれども、『陸奥話記』が「事件を客観的に捕らえ、それを叙事的に描出」しているのに対して、『源威集』は「源家の威風を強調し、誇示するあまり、現実をも踏み越え極めて主観的、主情的に流れるところが多」いという、「創作意図において大きな隔たりがある」という点を指摘している。

（6）補　泰衡征伐で決戦場となった「アッカシ山」（『吾妻鏡』に「阿津賀志山」。福島県伊達郡国見町厚樫山《あつかしやま》）「密ニ先陣畠山ノ陣ヲ過」ぎて先駆の功名を揚げた十三騎の武士のうちの一人、武藤小次郎資頼の軍忠に対して頼朝から「御小袖一幅《ノ》」「菊ノ御器」「御鎧黄威」等が与えられたことに関連して、「建文（武）三年丙子、尊氏九州御下向ノ折、奉㆑被㆑頼、菊池掃部助武繁（敏）ト為㆓合戦㆒打負テ於㆓内山《ニ》㆒腹切ケル時分（菊ノ御器は）失セシ也、鎧ハ妙恵カ嫡子太宰少弐頼尚《ナヲ》、袖ヲ□腹巻ニ付テ多々良浜《ヨシハマ》ノ合戦ノ時着タリシヲ見シ也、物語ニハ先祖ノ振舞ヲ申ストテ、アツカシ山ニテ資頼忠ヲ致テ御感ニ預リ面目ヲ施シケル故ニ、建武ノ将軍多々良浜ノ合戦ニ資頼ニ孫妙恵頼尚事ヲ申ス」（33ウ）とある。なお、アツカシ山先駆の「勇士十三騎」のうち「結城朝光、三浦義澄、工藤小次郎行光、狩野五郎政光カ子親光、武藤小次郎資頼、藤沢次郎清親、千鶴丸」の七名の名を挙げ、資頼と清親と川村千鶴丸（童形十三歳）の活躍を特記している。『吾妻鏡』にはこの「勇士十三騎」のグループに関する記事はないが、文治五年八月八日の条には、「卯剋、二品先試遣㆓畠山次郎重忠、小山七郎朝光、加藤次景廉、工藤小次郎行光、同三郎祐光等㆒、始㆓箭合㆒」とあり、また八月九日の条には「入㆑夜、明旦越㆓阿津賀志山㆒、可㆑遂㆓合戦㆒之由被㆑定㆑之、爰三浦平六義村、葛西三郎清重、工藤小次郎行光、同三郎祐光、狩野五郎親光、藤沢次郎清近、河村千鶴丸〔年十三才〕以上七騎、潜馳㆓過畠山次郎之陣㆒、越㆓此山㆒、欲㆑進㆓前登㆒」とある。『源威集』に「勇士十三騎」としながら具体的に姓名を明記した上記の七騎と、『吾妻鏡』にいう「七騎」とはよく似ている。三浦平六義村が三浦義澄の子であることを考慮すると、結城朝光と武藤小次郎資頼の二人だけが重ならないことになる。武藤氏は小山氏・結城氏と同族である。俵藤太秀郷の孫文脩の子に文行と兼光があり、文行の子孫から武藤氏が出、兼光の子孫から小山氏・結城が出ている。『源威集』の作者とこの一族との関わりが推測される一例である。

（7）補『源威集』東大史料編纂所蔵影写本の序文に「嘉慶《カケイ》ノ至レ今ニマテ六十《ム》ニ近又《ヌ》」の「六十《ム》ニ近又《ヌ》」を「六十歳《むそじ》に近づいた」と解釈したのは不用意であった。この点については、加地宏江氏（「源威集の作者について」、『高野山大学論叢』12、昭和52・2）の批判が提出された。付記参照。

（8）続群書類従には四篇の『結城系図』が収められており、その第一の系図に直光の注記に「花蔵院天海聖朝居士。文和元酉二月廿八日武州若林合戦有戦功。同二年八月尊氏参内。武州千太平方ヲ直光ニ賜フ。延文三年夏法体。廿九歳。応永三正月十七日卒。六十七歳。」とあり、逆算すれば元徳二年（一三三〇）の出生となる。第三系図には詳しく「中務大輔。元徳二年庚午生。文和元年壬辰閏二月廿八日武州若林戦抽軍功。歳二十三也。同二年癸巳将軍家赴于洛陽先駆。是歳賜武州仙大平方両所。延文三年戊戌五月剃髪。号聖朝。応永三年丙子正月十七日丙子卒。歳六十七。称華蔵寺聖朝天海大居士。」とある。「延文三年戊戌五月剃髪」というのは、同年四月三十日の足利尊氏（五十四歳）の逝去（『尊卑分脈』）を機縁としたものであろう。『小山結城系図』（続群書類従）の直光の注記に「応永二年丙子正月十七日。御年六十七。」とするのは誤記。

付記　『源威集』研究の進展と「結城直光作者説」

一　その後の『源威集』研究

旧稿「源威集の成立」（『中世文藝』15、昭和33・12）を発表した後、『源威集』に関する考察としては、左記のような諸論考が公刊された。

①加美宏氏校註『源威集』（新撰日本古典文庫3『梅松論・源威集』、現代思潮社、昭和50・8）

②蟹江秀明氏「〔史料紹介及び翻刻〕源威集」（東海大学『湘南文学』9・10、昭和50・3、51・3）

③蟹江秀明氏「初期軍記物語―特に陸奥話記と源威集との関連において―」（『東海大学紀要文学部』24、昭和51・2）
④加地宏江氏「源威集の作者について」（『高野山大学論集』12、昭和52・2）
⑤加地宏江氏「源威集の構成をめぐって」（『関西学院大学創立百周年記念論文集』、平成1）
⑥加地宏江氏「源威集における説話」（『関西学院大学文学部六十周年記念論文集』、平成6）
⑦加地宏江氏校注『源威集』（東洋文庫607、平凡社、平成8・11）
⑧本郷和人氏「『源威集』を読む―一武人の眼に映じた足利尊氏について―」（『茨城県史研究』80、平成10・3）
⑨高橋恵美子氏「中世東国武士団と「軍記物」―下総結城氏と『源威集』―」（『日本女子大学大学院文学研究科紀要』5、平成11・3）
⑩加地宏江氏『中世歴史叙述の展開―『職原鈔』と後期軍記―』（吉川弘文館、平成11・3）
〈第Ⅱ篇「中世後期軍記の研究」、第一章に前記の⑦の解説、第二章に④、第三章に⑤、第四章に⑥、の諸論稿を収め、新たに第五章「『源威集』の特質」および付論一「真壁甚太夫と『源威集』」、付論二「『源威集』作者再論」の稿を補っている〉

右のうち、①②⑦は『源威集』本文の翻刻である。①は佐竹家旧蔵本の影写本である東京大学史料編纂所蔵本を、②は東大史料編纂所本の再転写である山岸徳平氏所蔵本を、そして⑦は長らく所在の知られなかった佐竹家旧蔵本を底本にしている。同書の「解説」によれば、佐竹家旧蔵本は昭和十七年に佐竹義春氏から小林昌治氏に譲渡され、小林氏によって昭和五十六年に創立された千秋文庫に現蔵されることになった。

二　結城直光作者説に対する反論

④は「結城直光作者説」を批判するとともに、新たに佐竹師義作者説を提示したものである。注（7）でも触れたように、『源威集』の序文に「嘉慶《カケイ》ノ至レ今ニマテ六十《ム》ニ近又《ヌ》」の「六十《ム》ニ近又《ヌ》」を、「六《ム》」の振り仮名と「……ニ近

（キ）ヌ」という言い回しに引かれて、旧稿で「六十歳《むそじ》に近づいた」と速断したのは確かに失考であった。加地氏の所説のとおり鎌倉幕府滅亡の元弘三年（一三三三）から嘉慶（一三八七〜九）までは五十五年〜七年、「六十（年）ニ近ヌ」と言える年月である。たまたま結城直光が嘉慶二年に五十八〜九歳という、これこそ「六十（歳）ニ近ヌ」そのものであることに、みごとに嵌まってしまったわけである。そのため作者の年齢を考える上で有力な手掛かりとなるべき「既ニ齢鳩ノ杖ヲ極ヌ」（序文）、「今ハ齢鳩ノ杖ナレハ」（東寺合戦事）という作者自身の述懐を見落とすという失態を演じてしまった。その前後にある「老耄ノ詞ナレハ」（序文・東寺合戦事）と同様に、自分の老齢をことさら強調していると軽く考えていたわけである。「鳩ノ杖」の年齢を何歳と解釈するかには諸説あるけれども、『源威集』とほぼ同時代に編纂された当時の百科事典『壒囊鈔』（文安二〜年成立）に、「鳩杖ハ則老人ノ異名トス。但シ別シテ七十ノ異名ニ出セリ」（巻六ノ二十八）とあるのが当時の一般的な理解を示していよう。菅原為長撰の『文鳳鈔』巻五（人部、老人）にも「鳩杖人」の項があり、「年七十ナルモノニ授レ杖《ヲ》ク、々ノ端ニ以二鳩《ヲ》一テ為レ鋳《ト》ソ、鳩ハ不レ噎《ムセ》之鳥、欲老之人不レ噎シテナリ、続漢書礼儀志」（鷹司本。真福寺本は「年八十」とし、「八」をミセケチにして「七」と訂す。川口久雄氏編『真福寺本文鳳鈔』勉誠社、昭和56・3）と説いている。『後漢書』巻五「礼儀志中」に「仲秋之月《ハ》（中略）年始七十者授レ之以二玉杖一、餔二之糜粥一、八十九十礼有レ加、賜二玉杖長尺一、端以二鳩鳥一為レ飾、鳩者不レ噎之鳥也、欲二老之人不一レ噎」とあるのを引証しているのであるが、「端以二鳩鳥一為レ飾」を八十歳、九十歳の高齢者に賜う長尺の杖に限るとする解釈もありうるが、為長は八十歳、九十歳に関する部分を省略して、七十歳に達した者に鳩杖が与えられたことの証文としているわけである。もし鳩の杖は八十歳、九十歳の高齢者に授けられるとする解釈に従うならば、直光は作者としての資格をいよいよ失うことになろう。七十歳とする解釈に従うにしても、応永三年（一三九六）に六十七歳で没した直光には、「既ニ齢鳩ノ杖を極ヌ」と言える時は遂に無かったことになる。ともあれ、「今ハ齢鳩ノ杖ナレハ」という表現から、七十歳を越えている作者を想定すべきであるとする加地氏の見解は認められなければならない。

となると、序文に「建武ノ初ヨリ武将ニ奉《シ》レ従ニ、不レ思舟ノ中浪乃上ニ浮沈、命ヲ泊ト思ヒショリ」とある、建武三年（一三三六）二月の尊氏九州下向随従、三月の多々良浜合戦への参加を虚構と見做す必要もなくなるわけである。

三　『源威集』の多々良浜合戦記事と『梅松論』

しかし、『源威集』の作者は、この作品の中で、なぜ、尊氏九州下向に随従し多々良浜合戦に参加した自己および一族の軍功を語ろうとしないのか、という疑問は依然として残されている。その関連の記事が全くないわけではないが、注（6）で補筆したように、泰衡征伐事の叙述の中で、厚樫山での武藤小次郎資頼の軍忠に対する下賜品に関連して、その子孫の太宰少弐妙恵、頼尚父子の活躍が記されているに過ぎない。真正面から取り上げられているわけではないのである。『源威集』の作者は、少弐頼尚が武藤資頼より伝来された下賜品の小袖を解いて腹巻に付けて「多々良浜ノ合戦ノ時着タリシヲ見シ也」と、自己の直接的な見聞として証言しているが、多々良浜合戦に従軍した自己および一族の活躍を語ってはいないのである。作者は、

物語ニハ先祖ノ振舞ヲ申テ、アヅカシ山ニテ資頼忠ヲ致テ御感ニ預リ面目ヲ施シケル故ニ、建武ノ将軍、多々良浜ノ合戦ニ、資頼ニ孫妙恵、頼尚叓ヲ申。

と述べている。将軍尊氏が少弐父子に語った話の内容は、厚樫山合戦の叙述から推測することができるが、『梅松論』に、少弐妙恵の討死について述べた記事の後に、

サテ将軍天下ヲ召レテ後頼尚恩賞給、鎮西下向餞別ノ時両所ニテサマ〳〵ノ御沙汰ニ及シ中ニモ、上ノ御所ヨリ錦ノ御直垂ヲ下サレ御盃ヲ給ル、下ノ御所ヨリ度々ノ合戦ニ是ナラデハ召レサリシ黄河原毛ノ龍蹄ヲ拝領ス、故郷ヘ錦ノ袴ヲ着テ帰シハ異朝ノ朱買臣ヨリ以来大宰少弐頼尚ニテゾアリシ、物語ニハフルキ事ヲ申候ハテハ少人様ハ心得玉フマシキ程ニ筑後入道最後ノ事哀レサヲ語リ候ハントテ、治承ノ三浦軍マテ申ツヽクル也、（下略）

（矢代和夫氏校訂、彰考館文庫蔵寛正本。前記①所収）

とある叙述と関係があると思われる。『梅松論』は、多々良浜合戦における少弐父子に関する記事に続けて、尊氏の行装について述べているのであるが、その中に、

凡御当家ノ行粧ハ条々語《モノカタリ》アリ、昔頼義将軍、貞任征伐之時自ラ手ヲオロシテ十二年カ間晴夜雲《雪カ》中ニ戦給シ間、乱入ノ時必々アヤマチアルヘシトテ清原ノ武則カ斗ニテ将軍ニ七卯《（ママ）》トテ七ノシルシヲ付奉ル、皆武具ノ内ニアリ、秘説タル間輙《タヤス》ク知人有ヘカラス、今日ハ七マテハナカリシカトモ、嘉例ニ任テ少々心カケラレケ□《リ》。

という文章がある。矢代和夫氏の指摘（前記の①の「解説」）があるように、これを受けていると思われるのが、『源威集』の前九年役事の記事中に見える、

是（注、頼義の牒状）ヲ承テ即時ニ武則、一家ノ輩三千余騎引率シ、鞭ヲ揚テ将軍属《ゾク》、干戈《カンクワ》ノ調謀《トトノヘハカリコトヲ》ヲ帷帷《イヤク》ノ中ニ廻シ、武則巧処ハ暗《アン》《（クラシ）》夜雪中敵味方乱合時、必誤《アヤマリ》有ヘシ、将軍ニ七ノ印ヲ付奉ル、七印是秘説也、

という記事である。前述の『源威集』の泰衡征伐事における武藤小次郎資頼軍忠の記事と『梅松論』の多々良浜合戦における少弐父子の叙述も、これと同じような関係にあると言える。結城直光作者説はしばらく措くとしても、『源威集』の作者は、なぜ、尊氏九州下向に随従し多々良浜合戦に参加した自己および一族の軍功を自らの体験として語ろうとしないのか、という疑問はやはり残るのである。

四　『源威集』の小山・結城一族の記事と『吾妻鏡』

『源威集』には泰衡征伐事に「今度勤行抜群ノ輩」として、

畠山重忠、和田義盛、三浦義澄、三浦義連、小山朝政、長沼宗政、結城朝光、下川部行平、榛貝重朝、梶原景時、源太景季、佐々木盛綱、稲毛重成

の十三名を挙げている。『吾妻鏡』（文治五年七月十九日の条）には「凡鎌倉出御一千騎」とあり、そのうち先陣畠山次郎重忠の外に、「自二鎌倉出御一御供輩」として百四十四名が列挙されている。上記の十三名は勿論その中に登場する。

ただし稲毛重成と榛貝重朝は「小山田三郎重成、同四郎重朝」と記されている兄弟で、畠山重忠とは従兄弟である。『吾妻鏡』に記録された百四十四名の交名の中でも、「小山兵衛尉朝政、同五郎宗政、同七郎朝光、下河辺庄司行平」の順で並んでいるが、朝政・宗政・朝光はいずれも小山政光の子で、行平も政光の弟行義の子である。注（6）で触れたように、多くの随従者の中から抜群の者として特記された十三名のうちに小山・結城氏の者が四名も入っていることは軽視できないことである。後に、元久二年（一二〇五）六月、稲毛入道重成法師・榛谷四郎重朝が牧の御方（北条時政室）の讒訴を信じた時政と結託して畠山重忠を誅し（『吾妻鏡』同月二十二日の条）、その翌日には重忠の無実が明らかになって稲毛兄弟も三浦義村（義澄男）等に討たれるが（同二十三日の条）、その翌月、平賀朝雅を将軍に立てるために実朝の殺害を図った牧の御方の奸謀から実朝を護るために、尼御台の命を受けて実朝を時政亭から義時亭に移したのは、「長沼五郎宗政、結城七郎朝光、三浦兵衛尉義村、同九郎胤義、天野六郎政景等」であった。時政が召し集めていた兵士たちは義時亭に参って将軍を守護し、時政は落飾して執権の座を下りることとなる。結城氏や三浦氏が源氏将軍を護ったのであるが、この鎌倉幕府の内紛は、これに先立つ正治二年（一二〇〇）の梶原氏の滅亡、建仁三年（一二〇三）の比企氏の乱や、後に勃発する建保元年（一二一三）の和田氏の乱と同様『源威集』に書かれていない。それを書くのは『源威集』の意図に甚だしく反することであったはずである。

頼朝の二度の上洛に随従したおびただしい武士の名が『吾妻鏡』には克明に書き上げられていて、初度上洛の文治六年十一月七日の条だけでも、先陣の畠山次郎重忠を始めとして三百三十一名を数えるのであるが、『源威集』ではそれがみごとに厳選されている。抜き出して表示してみると、次のような状態である。

初度上洛（文治六年）

十一月七日　（先陣）畠山次郎重忠

九日　（駕随兵五人）小山朝政・稲毛重成・千葉常胤・三浦義澄・下川辺行平。

十二月一日（侍七人）三浦義澄・千葉成胤・工藤祐経・足立遠光・後藤基清・橘公長・葛西清重。

（随兵五人）北条義時・結城朝光・佐貫成綱・畠山重忠・下川辺行平。

三日（家人十人）小山朝政・足立遠光・比企能員、和田義盛・佐藤義連・榛貝朝重・千葉常秀・稲毛重成・千葉常胤・葛西清重・工藤景茂。

後度上洛（建久六年）

三月九日（網代車乗賜ヲ無㆓前駆㆒）義□（時）・知家・遠光、（長男万寿頼家）

（随兵十騎）義時・朝光・朝政・重成・行平・義盛・義連・景季・定政・清重。

六月三日（息男万寿頼家…参内）長沼宗政・佐々木経高（車ノ有㆓左右㆒）

泰衡征伐事において「今度勤行抜群ノ輩」として記された十三名とその縁者の名が集中的に書き込まれている事実を見ることができる。

五　結城直作者説への「回帰」

最初に列挙した諸論考のうち、⑧と⑨は加地氏の佐竹師義作者説に対する批判である。前者の本郷和人氏「『源威集』を読む――一武人の眼に映じた足利尊氏について――」は、氏自身のことばを借りるならば、「増田説に回帰する」ということになるのであるが、『源威集』が成立した嘉慶（一三八七～九）の頃における結城氏をめぐる状況と当主直光の意識という面から『源威集』の成立を考えている。これは筆者の全く欠落させていた視点である。即ち、康暦二年（一三八〇）に関東随一の勢力を誇っていた小山義政が下野国の宇都宮基綱を攻め滅ぼしたのを機に、足利氏満が関東の軍勢を動員して小山氏を討伐する。義政は偽って帰順しては鎌倉府への反抗を繰り返し、永徳二年（一三八二）に遂に敗れ自殺して一旦終息する。結城氏は、至徳三年（一三八六）に小山若犬丸（隆政）が下野の祇園城に挙兵した際には派兵し、若犬丸が氏満の出陣に恐れをなして常陸の小田城に逃亡した後は小山周辺の治安維持に努めた。小田、白河と逃亡を重ねながら反抗を続けた若犬丸が、会津で自殺して乱が終息するのは応永四年（一三九七）一月のことで、直光はそのちょうど一年前に没している。本郷氏は、次のように述べている。

乱の直接の勝利者はいうまでもなく鎌倉府であった。ところが実はその他に、乱によって非常な利益を得たものがいた。それがほかならぬ結城氏であった。結城氏は直光の嫡子基光が祇園城に駐屯、その勢力は小山周辺に伸長した。それればかりか基光の二男泰朝が小山氏を継承することになり、こののち小山氏の遺領は基光の管轄するところとなった。さらには下野国守護職までが、上杉氏を経由して結城氏に与えられた。泰朝の小山氏相続、基光の下野国守護職獲得の正確な時期は明らかではないが、そうした方向性は、若犬丸が小山を去った時点でおおよそ決定していたと思われる。

結城直光はこのような関東の時代状況に対する観察と認識から、結城の「家」の護持のために今は、武家の棟梁たる足利氏に従属すべきであるという自己の判断を、子孫に向かって説いた、それが『源威集』作成の意図であったというのである。

後者、高橋恵美子氏の「中世東国武士団と「軍記物」――下総結城氏と『源威集』――」は、冒頭に「要約」を載せているが、その末尾に「本稿では『源威集』の著者を結城直光であるとし、また『源威集』という作品自身も、源氏の血統の正当性を記す「軍記物」という位置付けにとどまらず、東国武士が南北朝という戦乱のなか、一族の存続を意図し執筆した歴史史料たりえる作品であると考える」とある。この「付記」でも取り上げた「泰衡征伐事」における「アッカシ山」の叙述と『吾妻鏡』の記事との違いや、「頼朝再度上洛事」には『吾妻鏡』に見える結城朝光の功績の記事がないことの意味なども検討し、また、本郷氏が強調した嘉慶前後の結城氏の環境ではなくて南北朝期における結城宗家の状況を、後醍醐天皇によって「結城総領」とされた白河結城氏との関係から「宗家としての地位と実質的な支配権を脅かされる時期にあった」とし、「かかる厳しい事態のもとで、当主を二代（注、直光の父朝祐と兄直朝）にわたり合戦で失った結城宗家において、八代当主として宗家を守らなければならなくなった直光には、一族の危機を乗り越え宗家を存続させる使命が課せられていたことは想像に難くない。ここに直光の手によって『源威集』が記された理由がある」とも述べている。建武初年（一三三四）から文和二年（一三五三）にかけての頃の結城氏の立場に視点を据えれば、確かにそういうことが言えるであろう。それ以後の、『源威集』には書かれなかった三十五年前後の間隙をどう埋めて行くか、本郷氏が強調する小山氏の没落との関わりはどうなのか、今後に残された問題であろう。

六　結　び――今後の『源威集』研究への期待――

結城直光作者説にとって最大の難関は、何よりも作者自身の「既ニ齢鳩ノ杖ヲ極ヌ」「今ハ齢鳩ノ杖ナレハ」という述懐と結城直光の年齢との矛盾である。本郷氏は『後漢書』礼儀志（前出）の記事の解釈に諸説のあることを言い、「とりあえず、鳩の杖は高齢者に与えられる、それゆえ鳩の杖は老人を象徴する。これくらいの説明が無難であろう」と理解することでこの矛盾の解消を図り、高橋氏もこれに同意しているようである。が、「単に本郷氏の感想に過ぎないではないか」という加地氏の反論（⑩の付論「『源威集』作者再論」）もあるように、今一つ説得力に欠ける。

「鳩の杖」の難問を解決する道は、次のいずれかであろう。

1　それに抵触しない作者として結城直光以外の人物を捜し当てる。

2　「鳩の杖」は七十歳に達していない作者が、自らの老齢を象徴的に言ったに過ぎないと判断する。

3　建武の尊氏九州下向、多々良浜合戦を作者自身の体験として取り込むために、自らを相応の年配に設定した虚構の可能性はないかを問う。

1は加地氏の佐竹師義作者説がその一つであるが、加地氏自身も述べているように師義の生没年次が不明で、特に文和四年（一三五五）の東寺合戦に参加（『源威集』）した後のことは全く判らない。延文四年（一三五九）十月における畠山道誓上洛に随従した関東の武士の中に見える「佐竹刑部大輔」（『太平記』巻三十四）が師義であったとしても、それ以後のことは杳として知れないのである。加地氏は『常陸三家譜』なる近世資料に佐竹言義について「疑ラクハ師義ノ後ニ改タル名ナルヘシ」とあるのに拠って、師義が言義（『佐竹系図』に「応永四年三月七日没」）と改名したとしてその延命を図るけれども、人を十分に納得させるものではない。2は本郷氏の立場であり、3は、もし筆者が旧稿で提示した見解を固守した場合に導き出されて来る仮説ということになろう。この三者のいずれにしても、より確かな資料による裏付けが必要である。1については勿論のことであるが、2や3にしても、語句の解釈や作品の読解の仕方で、また歴史状況からの照射で片付く問題ではない。2もしくは3の結論を下さざるを得ないような証拠固めが必要である。そのための資料の博捜、特に在地史料の発掘が望まれる。中世史研究、関東の地域史研究の専門家に期待するところが大きい。

簡単な補筆にとどめるつもりの「付記」が意外に長くなった。

『源威集』に関して、本郷氏の論考、高橋氏の論考と続いたが、これは加地氏による『源威集』（東洋文庫）の公刊が大いにあずかっていると思う。後藤丹治氏の『日本文学書目解説㈣室町時代』から約七十年にして、ようやく『源威集』に対する論議が盛んになろうとする兆しが見えて来たのである。今後、いっそう活発になることが期待される。拙考についてもさらに大方の批正を受ける機会があろうと思われる。となれば、一般の目に触れにくい機関誌に掲載した拙稿をあらためて公刊し、拙論にじかに当たって批判していただく必要があると感じた次第である。

本稿は比較文学的な考察には属さないので、本書の表題にはなじまないと思い、当初は収録を見合わせていたのであるが、あえて収めることにした理由はそういうことであって、『太平記』と『源威集』を見比べることも比較文学的研究の範疇に入ると考えているわけではない。

第六節　高倉院厳島御幸記
――自己疎外と政治批判と――

一　中世初頭の紀行

1　京・鎌倉の往還

伊豆国の流人右兵衛佐源頼朝が平家打倒の兵を挙げたのは、治承四年（一一八〇）の八月十七日である。平家方の大庭景親らに石橋山の戦で七、八騎に討ちなされて安房に逃れもするが、千葉介常胤や上総介広常らの支援を得て勢力を挽回し、十月六日には鎌倉に入っている。次いで、平維盛を大将軍とする平家方の追討軍を富士川で敗走させ、引き返して常陸の佐竹氏を討ち、やがて鎌倉に帰還した頼朝は、十一月十七日に侍所を設けて和田義盛を侍所別当に任じ、十二月十二日には新築なった大倉の御所に引き移りの儀を行って、いよいよ東国における軍事政権を発足させることになった。寿永二年（一一八三）のいわゆる十月宣旨によって東海・東山両道の支配権の承認を得、翌元暦元年十月には大江広元を別当とする公文所を設けて政務を処理させ、また三善康信を執事とする問注所を設けて訴訟裁判の事務を管掌させるなど、政権の中枢部を固めた。さらにその翌年の三月に平家一門を壇ノ浦に葬った後、文治元年（一一八五）十一月には諸国総追捕使・総地頭などの権限を獲得した。一般に鎌倉幕府の成立の時点と目されている頼朝の征夷大将軍任命は建久三年（一一九二）十一月であるが、それは、頼朝のかねての希望を拒んで来た後白河法皇が同年三月に崩御し、親幕派の関白藤原兼実の尽力によって実現したものであった。

頼朝自身も建久元年十一月と六年三月に上洛しているが、鎌倉幕府の成立に伴なって、京と鎌倉のあいだの人の往来は当然盛んになって行ったはずである。やがて東海道を下る旅の文学も次々と出て来ることになるが、それがはっきりと目立って来るのは、承久の変（一二二一年）以後である。それに先立つ建暦元年（一二一一）十月、日野に閑居していた鴨長明が飛鳥井雅経の推挙によって鎌倉に下向し、将軍実朝に幾度か対面している。そのことは『吾妻鏡』の同年十月十三日の条に、次のように見えている。

十三日辛卯。鴨社氏人菊大夫長明入道〈法名蓮胤〉。依二雅経朝臣之挙一。此間下向。奉レ謁二将軍家一。及二度々一云々。
而今日当二于幕下将軍御忌日一。参二彼法花堂一。念誦読経之間。懐旧之涙頻相催。註二一首和歌於堂柱一。

草モ木モ靡シ秋ノ霜消テ空キ苔ヲ払ウ（ママ）山風　（新訂増補国史大系。〈　〉内割注）

頼朝の没したのは建久十年（一一九九）正月十三日であるが、それから二年、長明は鎌倉滞在中の月忌に当たって頼朝の墓に詣で、懐旧の和歌を墓所の法花堂の柱に書き付けた。そして再び日野の方丈に帰住し、翌年三月に『方丈記』の執筆を終えた。その奥書に、

于時、建暦ノフタトセ、ヤヨヒノツゴモリゴロ、桑門ノ蓮胤、外山ノ庵ニシテ、コレヲシルス。（大福光寺本）

とある。長明を推挙した藤原雅経は、飛鳥井流蹴鞠の祖として有名であるが、父の前刑部卿頼経が源義経に同心したという科で文治五年に伊豆に配流され、兄の宗長も連座して解官されたが、雅経は鎌倉にあって蹴鞠を好んだ頼家の厚遇を得ていた。建久八年二月に後鳥羽院の内裏蹴鞠会に召されて上洛し、建仁元年（一二〇一）に和歌所の寄人となって、藤原定家や藤原家隆等とともに『新古今和歌集』撰進の事に従ったが、定家が建暦三年（一二一三）八月に「和歌文書等」を将軍実朝に献じたのも、同年十一月に「相伝私本万葉集一部」を献じたのも、いずれも雅経の仲立ちによるものであって、雅経から妻の父である大江広元のもとに届けられ、広元の手で実朝に献呈されている。また

翌建保二年（一二一四）八月にも雅経は「仙洞秋十首歌合」を書写して実朝に贈っているが、雅経に推挙された長明が実朝に度々対面したのも、歌道を講ずるためであったと思われる。

雅経の歌集『明日香井和歌集』（新編国歌大観）に、「御つかひにかまくらへくだるよし、高弁上人のもとへ申しつかはし侍りけるついでに」という詞書をもつ歌（一四八五番）以下、彼が鎌倉に下向した折りの作が収められている。「野地の松原」「篠原の池」「鏡宿」「安儀河《あぎかわ》」「小磯社《おいそのもり》」「小野宿」「さめがゐ」「あを墓」等々を経て、「興津」「大和田の浦」「浮島原」に至り、「関東へくだりつきて、仙洞へ奏せさせ侍りける」歌と後鳥羽院の返歌（一五三七番）まで、途次の名所々々での詠吟が連ねられている。その他にも「あづまのみちにてよみける歌の中に」（一五四六～五三番）、「熱田社にて」（一五五四番）、「これもおなじあづまの道にてよみ侍りける歌の中に」（一五五五～六八番）、「あづまへくだるとて、あおはかの宿にてあそび侍りける傀儡、のぼるとてたづねければ、身まかりけるよし申すをききて」（一五六九番）等、東下と帰洛の旅の詠作が並んでいる。幾度かの往還があったのであろう。後年、孫の飛鳥井雅有も鎌倉に本拠を持ち、かつ廷臣でもあったから、京・鎌倉の間を幾度も往来していて、その旅のことは『飛鳥井雅有日記』の「最上の河波」（文永六年か）や「都路のわかれ」（建治元年）に記されているが、なかんずく『春の深山路』（弘安三年）の東下の記事は旅の日記としてよく纏っている。雅経も、上に述べた羈旅の歌の一首一首にまつわる記憶を散文でものしていたかもしれないが、それは伝わらない。

2　鎌倉下向の紀行文学

雅経に推挙されて鎌倉に下った長明にしても、当然その途次の詠作があったはずであるが、『鴨長明集』にはそれが全く見えない。京から鎌倉に下る旅の文学の嚆矢としてはやはり『海道記』を挙げるべきであろうが、この作品中の和歌で『夫木和歌抄』に鴨長明の作として収められている歌と一致するものがあり、また『海道記』の伝本には

「鴨長明海道記」と題するものもあるなど、長明の作と考えられていた形跡もある。しかし、『海道記』には「貞応二年卯月ノ上旬、五更ニ都ヲ出テ一朝ニ旅ニ立ツ」[1]とあり、貞応二年（一二二三）四月四日に都を立って、十八日に鎌倉に到着した旅の日記である。長明はそれに先立つ建保四年（一二一六）閏六月にすでに没している。彼の作ではありえない。

貞応二年といえば、承久の変の僅か二年後である。後鳥羽院の討幕が失敗して、政治の実権が鎌倉幕府の執権北条氏の手に帰し、とみに浮上して来た鎌倉と京を結ぶ交流が増大し、街道の整備がそれと相互に作用し合って交通が発達し、それによって東海道の紀行文学を出現させる機運が醸成されていたのであろう。『海道記』と、それより二十年ほど後の成立である『東関紀行』がそれを代表する。どちらも和漢混淆体で書かれている。『海道記』の方が少し堅い調子で、『東関紀行』の方が流麗であるという差はあるものの、同趣の文体でつづられている上に、記事の内容にも共通する点が多い。『東関紀行』にも「鴨長明道之記」と題する伝本があり、また『夫木和歌抄』では『東関紀行』の和歌を源光行の作とし、彼の「路次記」中の歌としているが、いずれにせよ、和漢の両道に通じた作者が想像されるところから、かつては『海道記』は源光行の作、『東関紀行』はその子の源親行の作とする説が有力であった。源光行は『蒙求和歌』『百詠和歌』など中国の故事の和訳とそれを題材とした歌集の著者であり、また父子ともにいわゆる『河内本源氏物語』の校訂者としても知られ、かつ鎌倉将軍あるいは幕府との関わりも深い人物であるから、その可能性も完全には否定しえないが、一方いろいろの疑問もあって、今では両作品とも作者未詳ということになっている。

東下の紀行で有名なのは、阿仏尼の『十六夜日記』である。作者は藤原定家の子の為家の晩年の妻であり、冷泉家の祖となる為相の母である。為家が建治元年（一二七五）に七十八歳で没し、長子の為氏と為相の間で播磨国細川庄（兵庫県三木市）をめぐって相続争いが起きる。為家が没した時、為氏はすでに五十四歳、為相はまだ十三歳の少年に過ぎない。阿仏尼の年齢は不詳であるが、夫の為家とは二十五歳ほどの開きがあったと推測され、為氏とはほぼ同年配だったと思われる。為相・為守の兄弟を京に残して、訴訟のために鎌倉に下向するのであるが、弘安二年（一二七九）十月十六日に京を立ち、同月二十九日に鎌倉に到着している。『十六夜日記』は、その十四日を要した旅の日記と、その後の鎌倉滞在中に京の知人や子息等と交わした和歌の贈答を中心とする日記（記事は翌年八月二日まで）と、弘安五年に鎌倉鶴岡八幡宮に奉納した長歌一首とから成っている。訴訟の帰趨を幕府の裁断に俟たねばならない時代の現実を体験しながら、東海道の所々の歌枕を詠み続けた彼女の、鎌倉の土地や風物に対する文学的な関心は極めて薄い。彼女は弘安六年におそらく鎌倉の地で、訴訟の決着も見ないまま、その生涯を閉じている。

『とはずがたり』の作者、後深草院二条の鎌倉の土地に対する視角にも、阿仏尼のそれと共通するものがある。宮廷世界の複雑な人間関係に傷ついた彼女は後年、西行法師の生き方を慕って旅に出る。正応二年（一二八九）二月下旬に都を立って東海道を下り、二十日余りの日数を経て、江ノ島に着き、その翌日に鎌倉に入る。

明くれば、鎌倉へ入るに、極楽寺といふ寺へ参りて見れば、僧の振る舞ひ都に違はず、なつかしくおぼえて見つゝ、化粧坂《けはひざか》といふ山を越えて、鎌倉の方を見れば、東山にて京を見るには引き違へて、階《きざはし》などのやうに重《ちう》〴〵に、袋の中に物を入れたるやうに住まひたる。（巻四）(2)

と、鎌倉の印象を記している。ことさら京の東山から眺めた都の風景と比較しようとする意識の底には、政治権力としてはすでに京よりも優位に立っている鎌倉の街に対する対抗があり、しかも「階段などのように家並みが重なり重なりして、まるで袋の中に物を入れたような状態で、人々が住んでいる」という批評には、伝統的文化を自負する都人の、東国に対する侮蔑感が込められていると見られる。二条は、「あな物わびしと、やう〳〵見えて、心とゞまりぬべき心地もせず」と、吐き捨てるかのように記している。ただし、この二条の鎌倉に対する意識は、単に都人一般の共通感覚というにとどまらないで、いま少し個人的で、かつ根深い反感がその底にわだかまっているのではないだろうか。それは、後嵯峨院以後の皇嗣の問題と幕府の容喙、承久の変の直前における彼女の曾祖父源通親と幕府との関係などの諸関連である。が、今はそれに深く立ち入るだけの用意がない。

二　厳島参詣の紀行文学

鎌倉幕府が開かれ、特に承久の変以後に京・鎌倉の交流が活発になる以前は、周知のように瀬戸内海が日本の大動脈であった。奈良時代このかた国際的な交易の拠点であった九州の大宰府と京とを結ぶ大動脈であったが、その大動脈の中間に厳島は位置していた。中世の厳島に関わりのある旅の記録としては、次のような作品がある。

①後白河院『梁塵秘抄口伝集』
②源通親『高倉院厳島御幸記』
③聖戒編『一遍上人絵伝』
④後深草院二条『とはずがたり』
⑤今川了俊『道ゆきぶり』
⑥今川了俊『鹿苑院殿厳島詣記』

これらの作品に、厳島の景観がどのように描かれているのであろうか。個々の作品について眺めることにしたい。

1　『梁塵秘抄口伝集』

最も早い時期に属するのは、①の後白河院の『梁塵秘抄口伝集』巻第十の記事であろう。これは、承安四年（一一七四）三月に、後白河院が建春門院とともに安芸の厳島に参詣した時の様子を記している。建春門院は後白河院の女御の平滋子で、平時信の娘であり、平清盛の妻の時子、つまり後に安徳天皇を抱いて壇ノ浦の波の底に沈むことになる二位の尼の妹に当たる。彼女は初め上西門院の御所に仕えていた。上西門院の父は鳥羽上皇、母は待賢門院璋子で、後白河院とは同腹の一つ年上の姉である。その御所に仕えていた滋子はやがて後白河院の後宮に入り、応保元年（一一六一）に二十歳で憲仁親王を生む。

ここで清盛と厳島との関係を眺めて置きたい。清盛が安芸守になったのは久安二年（一一四六）二月であるが、その六年後の仁平二年（一一五二）に厳島神社を修造している。保元元年（一一五六）七月に鳥羽法皇が死に、崇徳上皇と後白河天皇の兄弟（生母はともに待賢門院）のあいだで皇権を争って保元の乱が起こり、清盛や源義朝の属した後白河天皇の勝利に帰し、これが平家繁栄のきっかけとなったのみならず、「武者の世」の到来を予告するものとなったことは周知のとおりである。三年後の平治の乱（一一五九年）で清盛は源義朝を倒して再び勝利し、さらにその地歩を固める。その二年後に憲仁親王が生まれるわけであるが、滋子の兄の平時忠や清盛の弟の教盛らがさっそくこの皇子を二条天皇の皇太子に立てようと画策するが、これは失敗に終わる。

よく知られている平家納経、厳島神社の国宝を代表するこの装飾経は、平家一族の主だった人々が『法華経』二十八巻と『般若心経』・『阿彌陀経』など全三十二巻に清盛の願文を添え、一門の繁栄を祈願して奉納したものであるが、これを奉納したのが長寛二年（一一六四）九月のことである。二年後の仁安元年（一一六六）に平家一門の念願である憲仁親王の立太子が実現する。前年の六月に二条天皇が二十三歳の若さで位を譲り、僅か二歳の六条天皇が即位していた。皇太子の方が年長である。憲仁親王の立太子によって翌二年正月に生母滋子は女御となり、二月に清盛は太政大臣となる（五月に辞任）。翌三年二月に六条天皇が譲位して、皇太子憲仁親王（八歳）が即位する。これが高倉天皇である。生母滋子は皇太后となり、建春門院の院号を受ける。時に二十七歳。

後白河院は「安芸の厳島へ、建春門院に相具して参る事有りき」と記している。「建春門院を相具して」とは言っていない。この参詣に当たって、後白河院と建春門院は先ず清盛の福原の別業に行き、そこから厳島に赴いている。勿論、清盛も随伴している。というより、前太政大臣清盛のお膳立てがあり懇請があって行われた厳島参詣であることは疑いない。「建春門院に相具して」という表現は、おそらくその間の事情を反映しているのだろう。

『梁塵秘抄口伝集』の記事に戻ろう。承安四年三月十六日に京を出発、同月二十六日に厳島に参着しているが、初めて見た神社のたたずまいや辺りの風景について、次のように述べている。

宝殿の様、廻廊長く続きたるに、潮さしては廻廊の下まで水湛へ、入り海の対《むか》へに浪白く立ちて流れたる。対への山を見れば、木ゞ皆青みわたりて緑なり。山に畳める岩石の石、水際に黒くして聳てたり。白き浪時〴〵うちかくる、めでたき事限り無し。思ひしよりも面白く見ゆ。（巻十）[3]

「対への山」とは、弥山のことであろう。白拍子の舞や歌などについて並外れた関心を持ち、自身も舞や歌にうち興じていた後白河院だけあって、上文に続けて、

その国の内侍二人、黒《くろ》、釈迦なり。唐装束をし、髪をあげて舞をせり。五常楽・狛桙《こまぼこ》を舞ふ。伎楽の菩薩の袖振りけむも斯くやありけんと覚えて、めでたかりき。

と、厳島神社では「内侍」と呼んでいた巫女の舞を賞美している。その舞は「唐装束をし、髪をあげて」というもので、唐風の印象を与えるものであったらしく、そのことは後に見るように他の記録にも記されている。ここに「黒」および「釈迦」という名の内侍が登場しているが、この二人の内侍はともに美人で舞の名手であった。そのことは、この時随従した故信西入道藤原通憲の子息達（法印静賢・権大僧都澄憲・左兵衛督成範）も書き残している。帰洛の途中、安芸と備後の境、おそらく尾道辺りの泊りから便宜を得て厳島に送った書状の中に、次のように記しとどめている。

又、内侍等祇候の事、日ごろ承り及べりと雖も、未だ子細を知らず候ひし処、容貌と云ひ、才藝と云ひ、已に辺土の義に非ず、尤も神力と謂ひつべし。（中略）

追申　黒、改名釈王、由緒の候に依つて、猶改名せしめ候也、世親と付けらるべく候也、龍樹・世親は一双の大士也、彼の両人も同じく一双の美人也。

（「藤原成範等連署書状」および「同追而書」『巻子本厳島文書』所収、原漢文）

『梁塵秘抄口伝集』の神社の様子を述べた中に、「廻廊長く続きたるに」とあった。厳島神社といえば何といっても朱の大鳥居と廻廊であるが、その廻廊のことは、次に掲げる「伊都岐島社神主佐伯景弘解」に「百十三間同（檜皮葺）廻廊一宇」と記されている。これは仁安三年に厳島神社の大修造が行われ、その事について神主の佐伯景弘が報告したものである。

一当社神殿舎屋等色目事

本宮分　三十七宇　間数三百間

九間二面檜皮葺宝殿一宇

五間二面同宝殿一宇

二間一面同小社二宇　号滝宮

一間二面同小社一宇　号大伴

祓殿間同小社一宇　号江比須

八間二面二棟同拝殿一宇

六間三面同舞殿二宇（十三行中略）

百十三間同廻廊一宇

同四足一宇　（以下十五行中略、および「外宮分」省略）

右、景弘謹撿案内、当社者推古天皇癸丑之年、和光同塵垂跡以降、星霜歳重、感応日新、則是鎮護国家之仁祠、当国第一之霊社也、（中略）抑神殿之外舎屋、元是為板葺、今皆改檜皮、加之神殿舎屋或増間数、或多新造、以金銅為金物、施華麗加荘厳、大厦之構不日終功、是依致信心、自可叶神慮者歟、（中略）

仁安三年十一月日　　神主散位佐伯朝臣景弘

（史料通信叢誌第壱編厳島所収文書「伊都岐島社神主佐伯景弘解」）

「本宮分」（厳島神社）と「外宮分」（地御前神社）の「神殿舎屋等色目事」の明細であるが、その「本宮分」については、建物が三十七棟あって、間数（柱と柱の間）が総計三百間であると記し、その建物の一々について詳しく記載している。例えば、本殿については「九間二面檜皮葺宝殿一宇」と記している。正面（間口）が九間、側面（奥行）が二間という。柱間の長さは通常二間、曲尺《かねじゃく》で約三・六メートルであるから、間口が約三二・四メートル、奥行が約七・二メートルの、檜皮葺の宝殿が一棟というわけである。廻廊については「百十三間同廻廊一宇」とあるから長さ四〇六・八メートルに及ぶ檜皮葺の建物だったことになる。内外両宮の各殿舎の明細を書き上げた後に、厳島神社の古伝承を述べ、その後に修造の要点を記している。それによると、その大修造以前の神社の建物は板葺だったが、それを檜皮葺に改めたのみならず、神殿や舎屋の間数を延長したり、多く新築したりした。建物の金具は金銅製にして、華麗な装飾を施し、荘厳な趣を加えたという。

末尾に記された日付の「仁安三年十一月日」というのは、前述したように、その三月に高倉天皇が即位し、生母平滋子が建春門院の院号宣下を受けた年である。厳島明神の加護を感謝し、いっそうの擁護を祈請する平氏の意向を受けた、もしくはその意向に沿おうとする神主佐伯景弘の修造工事だったのではないだろうか。その三年後の承安元年（一一七一）十二月に、清盛の娘徳子が後白河院の猶子として従三位に叙せられて入内する。厳島明神は、まことに霊験あらたかな神である。この時、高倉天皇は十一歳、徳子は六つ年上の十七歳であった。

保元の乱以来の後白河院と清盛との親密な関係は、これによって完全なまでに固められた。そこには両者の紐帯となった建春門院の存在の大きさが窺われる。そしてその三年後に、この「建春門院に相具して」の後白河院の厳島御幸が行われたというわけである。が、この厳島参詣から僅か二年後の安元二年（一一七六）七月に、建春門院は三十五歳の若さで亡くなる。後白河院と清盛との関係に、この辺りから翳りが見え始める。

後白河院は治承三年（一一七九）の三月にも厳島に参詣している。その時の祈念の祝詞の中に、次のような言葉が見える。

兼ては又、金輪聖王（高倉帝）の宝祚延長に、青闈儲君（皇太子言仁）の玉体安穏に、中宮后房（中宮徳子）長秋月静かに、万春栄え久しく、禅定前相国（清盛）内外恙無く、子孫繁昌し給はむ、上宰臣より下民庶に至るまで、万戸徳を仰ぎ、千箱詠を成さむ、臨幸既に両度に及べり、神感定めて又万端ならむ、（下略）

（新出厳島文書一一四・一一五「後白河法皇参詣時祈念祝詞」、原宣命書）

ここには高倉天皇を始め、皇太子言仁親王（後の安徳天皇）、その生母中宮徳子（後の建礼門院）、そしてその外戚である清盛および平氏一門の卿相たちの長寿と繁栄が祈念されている。この文面からは後白河院と清盛との親密な関係はまだ続いているように見えるが、すでにその二年前の安元三年の六月には、例の平家打倒を謀議する鹿谷事件が発覚して、清盛は後白河院の近臣を捕らえて、或いは流し、或いは殺しているのである。後白河院が平家の氏神厳島神社の神前に奉った祝詞の、美辞麗句で飾られた祈念の言葉は、宗教的というよりも、清盛の怒りを和めようとする、極めて政治性の濃いものと思われる。

2　『高倉院厳島御幸記』

次に、②の源通親の『高倉院厳島御幸記』に描かれた厳島神社の風景について見てみよう。この作品は、譲位後の高倉院が治承四年（一一八〇）三月十九日に京を発って厳島に参詣し、四月九日に帰洛した御幸の始終を、随従した近臣の源通親が記録したものである。三月十九日に京を発った高倉上皇の一行は、六日間を経て安芸国の馬島、現在の広島県豊田郡安浦湾の入り口にある小島に着き、いよいよ宮島も間近だというので、一同「潮《うしほ》にて髪を洗ひ、身を潔《きよ》」めて、参詣の支度をととのえる。明けて二十六日の早朝「日さし出づる程」に船を出し、そこから直ちに厳島に向かい、「午の時」昼の十二時前後に到着している。(4) 神に捧げる神宝を載せた船はすでに到着していたが、陰陽師の船は遅れていたらしい。

　神宝《じんぽう》の舟たづねらる。かねてまいり設けたるよし申。御やうじの舟しばらく待たるゝ。空のけしき、所の有様、目も心も及ばず。大唐の怨寺かくやとぞ見へ、神山の洞などに出でたらん心地す。宮島の有《あり》の浦《うら》に神宝調へ立てて、御拝あり。

と述べている。「怨寺」などというまがまがしい寺の名が出て来るが、岩波新日本古典文学大系（以下、新古典大系と略称）の脚注に指摘するように、「怨」はおそらく「水心」の草体の誤写であろう。水心寺は平安中期の漢詩人源為憲の「見㆓大宋国銭塘湖水心寺詩㆒有㆑感継㆑之」という題の詩（『本朝麗藻』下）があり、銭塘湖の中か或いは畔にあった寺と推測される。その銭塘湖水心寺の名が源為憲の詩に和した源孝道の詩の題では「銭塘西湖水心寺」（同集）となっているから、浙江省杭州市の西湖の中か畔にあった寺と考えられる。現在、西湖の中の小さな島に、湖心亭というのがある。これは『西湖遊覧志』（明、田汝成撰）巻二に「湖心亭、旧為㆓湖心寺㆒、鵠㆓立湖中㆒、三塔鼎峙、相伝湖中有㆓三潭㆒、深不㆑可㆑測、所謂㆓三潭印月是也、故建㆓三塔㆒鎮㆑之」（四庫全書）と見え、明の孝宗の弘治年間（一四八八〜一五〇五）に按察司僉事の陰子淑が焼き滅ぼしたことを記しているが、それを「水心寺」と呼んだかどうか、確証を得てはいない。著者の源通親は、おそらく平安中期の漢詩人たちの詩を通して抱いていたイメージで、「大唐の水心寺もかくや」と言ったものであろう。海上に浮かぶ社殿は、今ではよく王朝美の粋を蒐めたと評されるけれども、通親の目には都で多く見慣れていた神社仏閣とは変わって、中国的、異国的な雰囲気を感じさせるものであったのかもしれない。

3　『一遍上人絵伝』

『一遍上人絵伝』は、時宗の開祖である一遍上人が全国各地を念仏遊行して庶民を教化したその生涯を描いたものであるが、大きく聖戒編歓喜光寺本と宗俊編藤沢清浄光寺本の二系統に分かれる。聖戒が編した京都歓喜光寺本は、正安元年（一二九九）の成立である。一遍は弘安十年（一二八七）の秋に厳島に参詣しており、そのことが巻十に記されている。本文はただ、弘安十年に備後国一の宮に詣でて「秦王破陣楽」の舞を奏したという記事の後に、ごく簡単に、

同年の秋、安芸の厳島にまうで給に、内侍等帰敬したてまつりて、臨時の祭をおこなひて妓女の舞を奏しける。

とあるに過ぎない。しかし、法眼円伊という絵師の手になる絵は、その当時の厳島神社の有様を伝えてくれる唯一の資料として、極めて貴重なものである。写真版などで見た人も多いと思う。図（第七紙）の右側には海中に立つ鳥居が描かれ、その手前に舟が三艘、さらに岸近くに二艘描かれているのだが、やや薄れていて見づらくなっている。左側に描かれた社殿を見ると、廻廊の形が現在の様子とはまるで異なっている。果たして当時の実景を伝えているのか、そういう疑念をさえ抱かせる構図である。絵の構図について、専門家の解説を見ることにしよう。(5)

厳島神社では内侍たちが帰依して上人のために妓女の舞を奏した。上人が舞台よりかみ手、拝殿の前面中央に坐して舞楽を見ているのは上人を主人とするからである。満潮のときらしく、大鳥居ははるか沖の海中に立つ。岸には切妻造の本殿があり、その前に軒を接して横長の入母屋造の拝殿が海中に構えてあり、前方海中に舞台を構え、さらに前方に入母屋造の中門がある。舞台の前後には平橋をかけて、また中門の左右から出て拝殿の両わきに至る廻廊、またこの廻廊から外へ枝を出して陸地に至る廊によって連絡の通路がつくられている。拝殿に向っ

て舞台の左方には客人社の拝殿の屋根だけが見られる。本社と客人社との拝殿の前方にある祓殿は全く省略され、各建物の柱間の数も減じてあるのは、便宜に従ったのであろう。中門や廻廊の前方の部分は今日では見られない。廻廊については仁治二年度の造営の記録によると百十六間あったことになるが、当社の古縁起に百八十間と出ているのに合せて、仁治直後に増築されている。このとき廻廊が舞台をとりまき、従って中門もでき、この絵巻に見るような情景を呈するようになったと考えることができよう。多くの人に知られていた厳島のことであるから、よく目につく廻廊の表向きのところを画家がかきちがえたとは考えにくいことである。しかし中門や廻廊の表の部分がいつ取りはらわれたかはわからない。

厳島神社は建永二年（一二〇七）と貞応二年（一二二三）の二度火災に遭っている。その修造は建保三年（一二一五）と、仁治二年（一二四一）とに行われている。右の解説では、仁治の修造の時に、廻廊が舞台を取り巻き、従って中門も出来たと考えられている。先に見た仁安三年（一一六八）の大修造に関する神主佐伯景弘の解状に、「百十三間同（檜皮葺）廻廊一宇」の次に、「同（檜皮葺）四足一宇」とあった。「四足」は勿論「四足門《よつあしもん》」のことである。他の殿舎と違ってこれには間数が記されていない。それは廻廊の間数「百十三間」の中に含まれているからだと考えられる。この「四足」が右の解説に言う廻廊の中門を指しているのではないだろうか。ただ、四足門といえば左右に主柱《おもばしら》があって、それに二本ずつ計四本の控柱《ひかえばしら》のあるのが普通である。この絵の門には四隅の柱だけが描かれていて主柱は見当たらない。主柱を立てれば廻廊の真中に来ることになるから当然通行が妨げられる。それで棟木を支える小屋束《こやつか》を二本の柱の頭部に渡した小屋梁《ばり》で受け止めるという、和風建築ではごく普通の小屋組になっているのではないだろうか。四足門としてはいかにも変則的な構造ということになるが、上のように考えて差し支えないとすると、仁安の大修造においてすでに中門が造られており、従って廻廊はその時すでに舞台を取り巻いていたと考えられることになるが、いかがであろうか。

西行仮託の説話集『撰集抄』巻四（十四、厳島幷宇佐宮ノ事）に、厳島神社の有様を述べた、次のような文がある。

安藝厳嶋《アキノイツクシマ》ノ社ハ。後ハ山深ク茂リ。前ハ海。左ハ野。右ハ松原ナリ。東ノ野ノ方ニ。清水キヨク流タリ。是ヲミタラキト云。御社三所ニオハシマス。又スコシ前ノ方ニ引ノキテ。南北ヘ三十三間。東西ヘ二十五間ノ廻廊侍。シホノミツ時ハ。彼ノ廻廊ノ板敷ノ下マデ海ニナル。塩ノ引時ハ。白スナゴ五十町バカリナリ。シカアレバ塩ノサシタル時マイレバ。船ニテ廻廊マデ参ルナリ。ケダカクイミジキ事。タトヘモナク侍。（大日本仏教全書）

この文では廻廊について、「南北へ三十三間、東西へ二十五間」と記録している。単純に計算すれば百十六間であるが、四隅の屈曲部分を考慮すれば、佐伯景弘の解状に記す「百十三間」（「三」は「六」の誤写の可能性もあるが）にほぼ等しくなる。ただし、『撰集抄』の成立は、現在では文永・弘安の頃と考えられているから、必ずしも仁安修造当時の有様とは言えず、『一遍上人絵伝』に描かれたのと同時代の有様を伝えていると見るべきかもしれない。

『一遍上人絵伝』の絵の写実性については、同解説に、この『一遍上人絵伝』の絵は全体的に、「建築描写は巧みであると同時に当時の絵としては破格の正確さをもって写し出されている」とし、特に備後一宮・厳島神社・伊予三島神社の絵を例に挙げて「諸堂の配置、構造、細部等の描写の正確さは全く舌を巻くものがあり、鎌倉時代のこれらの神社仏閣の有様を知る絶好の資料を提示している」[6]と高く評価している。厳島神社はその後幾度かの改修を経て、元亀二年（一五七一）に毛利元就によって大規模な造営が行われるが、それは「末社に至るまで古式のままに造られた」（吉川弘文館『国史大辞典』「厳島神社」の項、萩原龍夫氏執筆）とされ、また「現在の主要社殿は概ね仁治再興の建物を基調とし、これに改修の手を加えたものと理解することができる」（同辞典同項のうち稲垣栄三氏執筆）ともされている。

大鳥居があり、それと本殿との間に中門があり、中門の両脇から廻廊が出て神の境界を囲繞するのは、神社建築としてはむしろ普通の構造とも解されるのであるが、その廻廊が今見るような開かれた形となって中門の廃された時期は、結局、不明である。

4　『とはずがたり』

先に鎌倉下向の紀行のところで触れた後深草院二条の『とはずがたり』であるが、西行法師の行脚を慕って旅に出た二条の足は、乾元元年（一三〇二）には、備後の鞆や安芸の厳島にも及んでいる。彼女もすでに四十五歳。その西国への旅は、巻五の冒頭に、

> さても、安藝の国、厳島の社は、高倉の先帝も御幸《みゆき》し給ける跡の白波もゆかしくて、思ひ立ち侍しに、例の鳥羽より船に乗りつゝ、河尻より海のに乗り移れば、波の上の住まひも心細きに、

と書き出される。言うまでもなく高倉院の厳島御幸を想起しているのであるが、『高倉院厳島御幸記』の作者源通親こそ、ほかならぬ二条の曾祖父である。通親の子の通光は太政大臣にまで昇って後久我太政大臣と呼ばれたが、その子の大納言雅忠の女が二条である。[7] 久我氏は村上源氏、即ち村上天皇の第七皇子具平親王（後中書王、和漢の才人）の血筋である。彼女は『とはずがたり』の中で、自分は皇統に繋がる久我氏という高貴な家柄の出であり、太政大臣の孫であることを繰り返し述べている。「跡の白波もゆかしくて」と言った彼女の胸に去来するのは、高倉院その人よりも曾祖父の土御門内大臣通親であっただろう。彼女は鳥羽から川舟に乗って淀川を下り、河尻で海路の船に乗り換えるのであるが、

> 「こゝは須磨の浦」と聞けば、行平《ゆきひら》の中納言、藻塩垂れつゝわびける住まひも、いづくのほどにかと、吹き越す風にも問はまほし。長月の初めの事なれば、霜枯れの草群《むら》に鳴き尽くしたる虫の声、絶え〲聞こえて、岸に船着けて泊まりぬるに、千声万声の砧の音は、夜寒の里にやと音づれて、波の枕をそばだてて聞くも、悲しき頃なり。明石の浦の朝霧に島隠れ行く船どもも、いかなる方へとあはれなり。光源氏の、月毛の駒にかこちけむ心の内まで、残る方なく推し量られて、とかく漕ぎ行くほどに、備後の国、鞆《とも》といふ所に至りぬ。

と、『古今集』の在原行平の歌、『源氏物語』の須磨・明石の巻の文、柿本人麿の歌、さらには白楽天の詩句をつづり合わせて途中の風景を叙している。現実の風景を写実的に描くのではなくて、和歌に歌われた名所、いわゆる歌枕として独特のイメージが形成されている地名、さらにその歌枕を効果的に用いた物語の場面によっていっそう増幅された名所のイメージを通して、通り過ぎる土地の風物を眺めているのである。日本の古典における旅の叙景は、殆どそのようなものである。それが極度に凝縮されると、例えば『平家物語』の平重衡の東下りのような「道行文」になる。「道行文」には冥界への旅とも言うべき系譜を引く別な要素もあるが、ともかく、身は空間を移動しつつ心は過去の古典の世界を放浪しているのである。二条も放浪する自分の旅心を、行平の中納言や光源氏の流離の憂えに重ね合わせながら、ふと現実の我に返ったかのように、「とかく漕ぎ行くほどに、備後の国、鞆《とも》といふ所に至りぬ」と、一挙に鞆の浦（福山市）にまで移動する。

鞆の浦の大可島《たいがしま》という離れ小島に住む、かつて遊女の長者だった尼とのしみじみとした語らいなどもあって、やがて作者は厳島に到着する。

かの島に着きぬ。漫〳〵たる波の上に、鳥居遙かにそばだち、百八十間の回廊、さながら浦の上に立ちたれば、おびたゝしく船どもも、この廊に着けたり。

彼女の目に先ず映ったのは、やはり大鳥居と廻廊である。一遍上人が参詣した時から僅か十五年しか経っていない。同じ社殿を眺めたはずである。「百八十間の回廊」が浦波に浮かび、それに繋がる廊があって、その廊の突端に船が着くようになっていたらしい。それも『一遍上人絵伝』の図のとおりである。長門本『平家物語』巻四の清盛厳島修造の話には神社の縁起が語られているが、そこでは厳島大明神が佐伯蔵本に「とく〳〵御殿十七間、廻廊百八十間造進し我を入れ参らせよ」と託宣したことになっている。縁起の類に「百八間のくはひらう」（『いつくしまのゑんぎ』）、「百八のくはいらう」（『厳島御本地』）などとあるのは「十」を脱したのか、「百八煩悩」と結び付いたのかわからないが、『名所方角鈔』（伝宗祇撰）にも「彼島の西面は遠干潟也。此社に百八十間の廻廊有之。大鳥居有。汐みてば廻廊の下までさし上るなり」とあり、二条が詣でた当時は「百八十間の廻廊」と説明されていたのであろう。一遍上人の絵伝にあるとおり、廻廊に囲まれた舞台は廊で本殿の前と繋がっていたようで、舞台では主だった内侍八人による舞が舞われる。

大法会あるべきとて、内侍といふ物、面〱になど《(ママ)》すめり。九月十二日、試楽とて、回廊めく海の上に舞台を立てて、御前の廊より上る。内侍八人、みな色〱の小袖に白き湯巻を着たり。うちまかせての楽どもなり。唐の玄宗の楊貴妃が奏しける、霓裳羽衣の舞の姿とかや聞くも、なつかし。会《(ゑ)》の日は、左右の舞、青く赤き錦の装束、菩薩の姿に異ならず、天冠《てんくわむ》をして、かんざしを挿せる、これや楊貴妃の姿ならむと見えたる。暮れゆくまゝに、楽の声まさり、秋風楽ことさらに耳に立ちておぼえ侍き。暮るゝほどに果てしかば、多くつどひたりし人、みな家〱に帰りぬ。

九月十二日の試楽と、十四日の法会当日の舞楽のさまが描かれているが、それらはおしなべて唐風のものであったらしい。唐の玄宗と楊貴妃の情愛を歌った白楽天の「長恨歌」で有名な霓裳羽衣の曲と舞、「楊貴妃の姿ならむ」と思われる唐風の装いをした内侍の舞姿など、清盛の唐や宋の文化に対する傾倒が窺われるところである。日宋貿易に積極的であった清盛が和田の泊りを始め瀬戸内海の港々や航路の整備に尽力したことは有名であるが、伝統的な貴族とは異なる、むしろ彼等が持つ伝統的な権威や文化に対抗する清盛の精神的な支柱となったのが、こうした国際的な視野と新しい時代感覚であったと考えられる。厳島の内侍の唐めいた装束や舞姿については、通親も『高倉院厳島御幸記』に詳しく記している。それはまた後に見ることにしたい。

5　『道ゆきぶり』『鹿苑院殿厳島詣記』

中世の紀行文学で厳島に関わりのある記事を持つ作品としては、他に、今川了俊が室町幕府の要職である九州探題に任じられて、応安四年（一三七一）二月に京から陸路を経て赴任した時の紀行である⑤『道ゆきぶり』があり、また、康応元年（一三八九）三月に将軍足利義満が船で厳島神社に参詣した折の同じく今川了俊による⑥『鹿苑院殿厳島詣記』などがあるけれども、いずれも十四世紀の後半で、中世後期に属するものなので省略する。

三　『高倉院厳嶋御幸記』と作者源通親

1　高倉帝の譲位と通親の疎外状況

先に述べたように、仁安三年（一一六八）二月に高倉天皇が八歳で即位する。承安元年（一一七一）十二月に清盛の娘徳子が後白河法皇の猶子となって女御として入内し、翌年二月には中宮となり、治承二年（一一七八）に言仁親王を生む。その辺りまでは後白河法皇と清盛との親密な関係が保たれていた。その年の十二月には早くも言仁親王が皇太子となるが、その前後から法皇と清盛との対立が表面化し、両者の融和に尽瘁して来た重盛が翌年七月に四十二歳で没すると、亀裂はもはや修復しがたいものになる。重盛の知行地越前国を没収するなど紛糾は法皇の方から仕掛けられているが、憤った清盛は、十一月には関白基房を止めて近衛基通を後任に据えるよう法皇に強請して実現する。基通は清盛の娘の盛子（白河殿）が結婚した基実の先妻の子で、盛子が養母となっていた。次いで太政大臣師長を始めとして法皇の側近四十名の解官を要求して、これも獲得する。さらに法皇を鳥羽殿に幽閉してしまう。この一連の過激な措置を十一月の十五日から二十日までの僅か六日の間に強行しているのである。そして遂に翌治承四年二月、高倉天皇を退位させ、ようやく三歳になったばかりの言仁親王（安徳天皇）を即位させて、清盛は帝の外祖父となる。

『高倉院厳島御幸記』（以下、『厳島御幸記』と略称する）は、帝位を降りた高倉院と近侍の貴族や女房たちの心情、もはや皇居ではなくなった御所の索漠とした雰囲気、殊に皇権の象徴として御所に安置されていた神器が新帝の御所に渡される儀の悲哀と寂寥を描くことから始まっている。作品の冒頭からして、上皇の御幸に供奉した貴族の公的な記録というような筆致ではない。

はかなくて年も返て、治承四年にもなりぬ。春の初めにめづらしきことども、書きつくしがたし。位おりさせ給て、厳島の御幸あるべしなどさゝめきあひたるも、夢の浮橋おりたる心地するに、如月の廿日あまりにや、春宮に位譲りたてまつり給て、内侍所、神璽、宝剣渡したてまつられし夜こそ、日ごろおぼしめしとりしことなれど、心ぼそき御気色見えしか。宮人も限りなくあはれつきせざりしが、空の気色もかきくもり、残りの雪、庭もまだらにうちそゝきて、暮れ方になりしほど、上達部陣に集りて、あるべきことども、古き跡に任せて行はれしに、宣旨うけ給はりて陣に出でて、御位譲りのこと、左大臣（藤原経宗）仰せしを聞きて、心ある人袖をうるをして、何となく思ひ続くること色に出でたる、その中にとりわき心ざし深き人にや、かくぞ思ひ続けける。

　かきくらし降る春雨や白雲のおるゝなごりを空にをしめる

時よくなりぬとて、何となくひしめきあひたり。（中略、神器渡御の様子）

儲の君に位譲りたてまつりて、藐姑射《はこや》の山のうちも閑かになど、おぼしめすまゝなるべきだにあはれも多かるに、まして心ならずあはれなるらん先〳〵の有様、思ひやらる。

　内裏のことどもはてて、夜も明方になりしほどに、人〳〵返まいりて、何となく火の影もかすかに、人めまれなるさまになりて、涙とゞまらぬ心地するに、院号仰せられて、殿上始め何くれ定めらる。鶏人の声もとゞまり、滝口の問籍《もむじやく》も絶えて、門近く車の降り乗りせしも、ひが事のやうにぞおぼえける。その頃、閑院の池のほとりの桜初めて咲きたるを見て、

九重のにほひなりせばさくらばな春知りそむるかひやあらまし

高倉院その人の心情は殆ど語られていない。わずかに「日ごろおぼしめしとりしことなれど、心ぼそき御気色見えしか」と記されているだけである。譲位は院がかねてより心に定めておられたことではあるが、心細いご様子が窺われたと、作者の目に映った印象として書かれているだけである。宮人（廷臣や女房たち）の沈痛な心情と将来に対する不安が、春先の陰鬱な空模様と重なり合って述べられ、作者自身の思いは、「その中にとりわき心ざし深き人にや」と第三者のように朧化されて、和歌に託して表出されている。歌の「白雲のおるゝなごり」が高倉院の退位に対する哀惜の思いを指していることは言うまでもない。二首目の「九重のにほひなりせば」というのも、この閑院の御所がこれまでどおり皇居なのだったらということで、作者通親自身の心の空白が人間社会の転変も知らずに咲き出た花に託して歌われている。[8]

ここで、高倉院と通親との関係を、通親を主にして見て置きたい。『とはずがたり』の一条について述べたように、通親は村上源氏の出である。[9] 久安五年（一一四九）の出生。仁安三年（一一六八）二月、高倉天皇が八歳で践祚した時に通親は新たに昇殿を許された八人のうちに加えられる。その時二十歳、帝よりは十二歳の年上である。翌月には従四位上、八月には正四位下と加階される。同月、父の雅通は内大臣に昇り、続いて右近衛大将を兼ねる。嘉応三年（一一七一）正月に高倉天皇が元服すると、二十三歳の通親は右近衛権中将に任ぜられ、同年十二月に清盛の女徳子が入内すると、女御家の侍所別当に補されるが（『兵範記』）、その後しばらく彼の官途の栄達が滞る。長く病気で籠居していた父の雅道が承安五年（一一七五）二月に五十八歳で死去したという事情が関わっているのではないかと考えられる。彼は多感な二十代の後半を焦燥のうちに過ごさねばならなかったのだろう。

龍粛氏は、[10]雅通時代の村上氏の挫折について、次のように述べている。

> 雅通は正三位内大臣にまで進み、高倉天皇の承安年間には基房・兼実等の藤原氏の宗家と並んで、廟堂に重きを占めたが、宿痾のため久しく籠居し、政局に活発な業績を残すに至らずして、承安五年（一一七五）二月に久我の別墅で薨じた。
>
> そして、その後を二十七歳で嗣ぎ、「曩祖以来の使命を負うて、政界の波濤をわけることになった」通親の、政界進出の手立てについて、
>
> 時はあたかも後白河法皇が平氏と協調し、平氏の一門が急速な栄進をとげて、藤原摂家と対抗しようとした際であったから、通親はこの情勢から平氏との協調を策し、その具体策としては、当時最も効果的であった血縁の結び付きによることとした。通親はすでに花山院忠雅の女を納れて（仁安二年（一一六七）以前）長子通宗を儲けたが、平清盛が太政大臣に拝任して、権威が高くなった仁安・嘉応の交に、清盛の姪に当る教盛の女を迎え、平氏の眷顧の下に政界に進出した。

と述べている。忠雅の女の一人は関白松殿基房の室となっているが、永井路子氏は、通親はその関白基房と相婿になるのが狙いで忠雅の女に近付いたという風に捉え、基房が落ち目になると通親は平教盛の女に近付いたとしている（小説『謀臣』、読売新聞社刊『絵巻』所収、昭和41・12）。忠雅の嫡子兼雅は清盛の女婿であったから、橋本義彦氏[11]は、忠雅の女を妻にした時点で「通親は平氏に一歩近づいたことになるのかも知れない」と言う。

基房といえば、『平家物語』巻一の「殿下乗合」で語られている嘉応二年十月（史実は七月）の事件、即ち重盛の子の資盛に恥辱を与えたという理由で平氏から手ひどい報復を受けた人物である。彼が関白、次いで摂政の地位に在ったのは、仁安元年から治承三年に清盛の強請で辞任させられるまでのことである。長く停滞していた通親の運が開け始めるのは、治承二年十二月に清盛の孫の言仁親王が僅か一歳で皇太子に立ち、ようやく三十歳に達した通親が春宮

への昇殿を許された時である。同三年正月には蔵人頭となり、重盛の死後、清盛が強行した政変直後の十二月には中宮権亮を兼ねる。中宮は清盛の娘徳子である。翌四年正月には参議となり左近衛権中将を兼ねて、上達部の座に列するのである。平家一門との昵懇な関係がみごとに花開いたと言える。時に三十二歳である。しかし、それから僅か二か月して、治承四年二月に高倉天皇の譲位となり、徳子も中宮を降りる。帥大納言隆季、藤大納言実国、五条大納言邦綱とともに通親は、高倉上皇の院別当となり、養和元年（一一八一）十一月の建礼門院の院号宣賜までは権亮の職にとどまり、その後も女院別当となって平家一門との関係は続くけれども、高倉天皇の譲位は通親の人生にとって大きな転換点となったと思われる。

　高倉院譲位の前からささやかれていた退位後の厳島御幸は、本来ならば天皇在位の時の蔵人頭であった院別当通親の責任において万事執り行われるべきであったかもしれない。しかし、『厳島御幸記』の記事から推して、すべては清盛とその協力者の権大納言五条邦綱によって企画され準備され実行されたと思われる。通親は常に院に近侍してそれなりの役割を務めてはいるものの、主君の高倉院ともども、実質的には平家政権の中枢から周縁へと押しやられ始めているようである。平家の庇護を得て栄達の道を歩みながらも、平家が支配する政治世界の中で、彼は次第に疎外感を強めて行ったのではないか。その疎外感は『厳島御幸記』の随所に窺われる。

　例えば、厳島到着の翌日、三月二十八日の朝を御所で迎えた通親は、「明け方になりしかば、社の鶏声〴〵、明けぬと唱ふ」と記している。社前の暁の単なる叙景ではあるまい。前に掲げた『厳島御幸記』冒頭の文の中に、「鶏人の声もとゞまり、滝口の問籍《もむじやく》も絶えて」という表現があった。『和漢朗詠集』（下巻、禁中）の「鶏人暁唱、声驚㆓明王之睡㆒」の句を踏まえて、在位の頃は暁の時刻を告げる役人の声や、宿衛に就く滝口の武士の名乗りも御所内に響いていたのに、退位の今はそれも聞かれなくなったことを嘆いたものである。その表現と重ね合わせてこれを読む時、鶏人に代わって暁を唱える社前の鶏の声に、下居《おりい》の君をつつむ寂寥と、蔵人頭を辞した身の失意を痛切に味わっている通親の様子が、浮かんで来はしないであろうか。旅の終りに近く、「(四月五日) 申の時に福原に着かせ給。いま一日も宮こへ疾《と》くと、上下心の中には思ひける。「福原の中御覧ぜん」とて、御輿にてこゝかしこ御幸あり」とあるのも同様で、新古典大系の脚注に「一行は帰心矢の如しで、平氏の歓待がむしろ迷惑であることを暗にいう」とある、まさにそのとおりであろう。

また、次のような記事もある。これに先立つ同月二十三日、厳島に向かう院の御幸が備前国の児島に着いた時、清盛は御所はもちろん上達部や殿上人の宿所を造り調え、厳島の八人の内侍に田楽をさせるなどして大いに歓待するのであるが、それについて作者は「たゞあらんだにあるべきに、海のほとりに目驚かす物やあらんとおぼゆ」と感想を挟んでいる。新古典大系の脚注に「(厳島の巫女達は) 普通のままでいるだけでも当然なのに、の意か。意、通りがたい」と説明しているが、おそらくこれは、清盛の仰々しい歓待をむしろ迷惑に思っている院の気持ちを忖度し、海辺の風景を心静かに眺めさせてくれる方がありがたいのにという通親の苦々しい思いを表したものであろう。そういう主従の気持ちにお構いなく、清盛は内侍の田楽が済むと、引き続いて土地の呪師《じゅし》走《はし》りを演じさせ、日も暮れてようやく散会となる。

日暮れにしかば、みなまかでぬ。浦〳〵御覧じやりて、入る日の空に紅をあらいて、向ひなる島がくれなる山の木立ども、絵にかきたる心地するに、御目にかゝる所〳〵尋ねさせ給。「この向ひなる山のあなたに、入道大殿《おとゞ》はおはする」と申に、きこしめして御気色うち変りにしかば、人〳〵までもあはれに思心の中ども見えたり。あからさまと思ふ泊だにもものあはれなるに、まして戎《えびす》が館《たち》に入りぬらん気色、いかばかりとおぼゆ。「邦綱の大納言御訪れありつ」など申ける、何のはへもおぼしめしわかず。

夕景の海上眺望によって院の鬱屈した気持ちが癒されていたのであるが、辺りの土地の案内がたまたま「入道大殿」がそこに居られると説明した時、院の表情が曇り、お側の人々の顔にも同情の色が浮かんだ。「入道大殿」とは、前年の十一月に清盛の強請によって関白の地位を追われた松殿基房、『平家物語』巻一「殿下乗合」の被害者である。(12) 巻三「大臣流罪」に、彼は大宰帥に左遷され筑紫に流されることになり、鳥羽の辺の古河で出家したが、「遠流の人、道にて出家しつるをば、約束の国へはつかはさぬ事である間、始は日向国へと定られたりしか共、御出家の間、備前国府辺、井ばさまといふ所に留め奉る」（新古典大系）とある。「井ばさま」は『源平盛衰記』には「湯迫」とあり、現岡山市の湯迫《ゆば》で、「関白屋敷」と呼ばれる配所跡が伝えられている（『角川日本地名大辞典』岡山県編）。『平家物語』には「御年卅五、礼儀よくしろしめし、くもりなき鏡にてわたらせ給ひつる物をとて、世の惜み奉る事なのめならず」と賞賛して、その左遷流罪に深い同情を寄せている。田舎武士の監視のもとに日々を過ごす基房の境遇にそそぐ高倉院や側近たちの同情が、清盛の僭上と専横に対する非難と裏腹になっているであろうことは勿論であるが、同時にそれは、帝の退位に伴なって不本意な状況に置かれている院の御所祗候の廷臣の心情とも重なっていたにちがいない。

2　作者源通親の政治批判

高倉院の厳島御幸に供奉してその紀行を書いた源通親が、清盛に掌握されたこの御幸に対して甚だ批判的であったことは、『厳島御幸記』の随所に窺われる。先に掲げた冒頭の文の天皇退位に伴う御所の悲愁に満ちたありさまに続けて、御幸の記事が始まる。

かくて、厳島の御幸あるべしとて、弥生の三日、神宝始めらるべき日次《ついで》の汰沙あり。位降りさせ給ては、加茂、八幡などへこそいつしか御幸有に、思ひもかけぬ海のはてへ浪を凌ぎて、いかなるべき御幸ぞと嘆き思へども、荒き浪の気色、風もやまねば、口より外に出す人もなし。

「荒き浪の気色、風もやまねば」の表現に、清盛の専横に対する諷刺の込められていることは断るまでもない。退位後の御幸といえば先ずは「加茂、八幡など」への御幸という慣例を踏みにじった清盛の横暴に屈して、諫止する廷臣の一人もいない。通親も「十七日に宮こを出させ給べきにてありしに、山の大衆何くれと申と聞ゑて、静かならざりしかば」と記しているように、比叡山の大衆がこの度の厳島御幸を阻止しようと強訴の気勢を示した。『平家物語』巻四「厳島御幸」の章段は、単に紀行の部分だけでなく高倉帝の譲位の記事を始めとして『厳島御幸記』に拠った叙述が多いのであるが、この山門の大衆の御幸阻止については、いっそう詳しく、あるいは増補して語っている。

同三月上旬に、上皇安芸国厳島へ御幸なるべしと聞えけり。帝王位をすべらせ給ひて、諸社の御幸のはじめには、八幡・賀茂・春日なンどへこそならせ給ふに、安芸国までの御幸はいかにと人不審をなす。或人の申けるは、「白河院は熊野へ御幸、後白河は日吉社へ御幸なる。既に知《シン》ぬ、叡慮にありといふ事を。御心中にふかき御立願あり。其上此厳島をば、平家なのめならずあがめうやまひ給ふあひだ、うへには平家に御同心、したには法皇のいつとなう鳥羽殿にをしこめられてわたらせ給ふ、入道相国の謀反の心をもやはらげ給へとの御祈念のため」とぞ聞えし。山門《ノ》大衆いきどをり申す。「岩清水・賀茂・春日へならずは我《ワガ》山の山王へこそ御幸はなるべけれ。安芸国への御幸は、いつのならひぞや。其儀ならば、神輿を振りくだし奉て、御幸をとゞめたてまつれ」と僉議しければ、これによッてしばらく御延引ありけり。太政入道やう〳〵になだめたまへば、山門の大衆しづまりぬ。

清盛の意向に従って御幸を受け入れる高倉院の心境を、平家の信仰篤い厳島大明神に父法皇の鳥羽殿幽閉の解除を祈るためとしている。『平家物語』はこれと照応させるために、高倉院が平宗盛を召して、「明日《ミヤウニチ》御幸の次《ツイデ》に、鳥羽殿へまいッて、法皇に見参に入ばやとおぼしめすはいかに。相国禅門にしらせずしてはあしかりなんや」と尋ねたことになっている。宗盛が涙を流して「何条《ナンデウ》事か候べき」と答え、仰せを承って鳥羽殿に参り、その由を奏聞すると、法皇は「夢やらん」と喜んだという記事があり、さらに鳥羽殿における父子対面のありさまが語られている。御幸を受け入れる院の心意、宗盛への下問、父子の対面、いずれも『厳島御幸記』には記されていないことである。逆に『平家物語』が省略しているものに、四日の御幸始めに「夜に入て、土御門高倉邦綱の大納言の家に御幸あり」という記事がある。その記事の中に、「宮の鶯声静かに囀りて、よもの山辺も霞こめ、春深きけしきにも、旅の空、何となく世中さま〴〵あやなく、別を惜しむともがら多く聞ゆ。ながき春日もはかなく暮れて」という文がある。明らかに、白居易の新楽府「上陽白髪人」（『白氏文集』巻三）の詩句、

春日遅　　春の日遅し。
日遅独坐天難レ暮　　日遅くして独り坐《を》れば、天、暮れ難し。
宮鶯百囀愁厭レ聞　　宮の鶯百囀《もものさへづ》りすれども、愁あれば聞くことを厭ふ。
梁燕双栖老休レ妬　　梁の燕双び栖めども、老いたれば妬むことを休めつ。
鶯帰燕至（去）情悄然　　鶯帰り燕至（去）りて、情、悄然たり。

を踏まえている。この詩は、楊貴妃に妬まれて上陽宮に閉じ込められたまま老いてしまった宮女の「怨曠を愍」（題注）んだものであるが、この御幸の実質的な奉行ともいうべき邦綱が準備万端に善美を尽くしても、その邦綱第における高倉院の晴れることのない心情を、作者は上陽人の孤愁に重ねているわけである。十七日出立の予定が山門の大衆の阻止行動の情報によって延期され、その日は八条大宮の二位殿（清盛の室時子）の第に遷るのであるが、それにつけても「何となく浪の浮巣に揺られ歩《あり》きて、夢か夢にあらざるかとのみ、公私《おほやけわたくし》思ひあひたるなごりもいかにと（下略）」と、作者は自らの不安に満ちた心境を語っている。後年のことであるが、建仁元年（一二〇一）十月の後鳥羽院の熊野御幸に随従した藤原定家が、供奉の人衆に選ばれたことについて、

五日（中略）猶々此供奉世世善縁也。奉公之中宿運令レ然。感涙難レ禁。御共人内府〈通親〉、春宮権大夫〈宗頼〉、（宗行在二私共一非二供奉一）、右衛門督〈信清〉、宰相中将〈公経〉、従三位仲経、大弐〈範光〉、三位中将〈通光〉。殿上人保家、予、隆清、定通、忠経、有雅、通方、上北面略皆悉也。下北面又清撰在二此中一、面目過レ身、還多レ恐。

人定有二吹毛之心一歟。（下略）（『後鳥羽院熊野御幸記』群書類従。傍注は〈　〉で、割注は〔　〕で括る）

と、ひたすら恐懼感激しているのとは大きな違いである。

清盛は強硬な手段で後白河法皇を鳥羽殿に幽閉して院政を廃止し、高倉帝を退位させて我が孫に当たる幼帝を即位させたものの、なお政権を維持するためには高倉院の身柄を確保しておく必要があったのであろう。新古典大系の脚注が指摘するように、藤原兼実の『玉葉』治承四年三月十七日の条によれば、この厳島御幸の出立の機会を狙って、三井寺の僧兵が延暦寺・興福寺の僧兵を語らって、高倉上皇と後白河法皇を奪おうとする計画があったらしいのである。この度の厳島御幸に対する清盛や邦綱の奔走ぶりと、高倉院および通親の無聊とも見える様子は、あまりにも対照的であるといえる。次の記事には、それが明らかに描き出されている。

（廿日）…生田の森などうち過ぎて、申の下りに、福原に着かせ給。入道大きおほいまうち君心を尽して、御まうけども、心言葉も及ばず。天の下を心に任せたるよそをいの程、営まれたる有様、思ひやるべし。まことに六〈三ヵ〉十六の洞に入たらむ心地す。木立庭の有様、絵に描きとめたし。音に聞きしにもやゝ過ぎて、めづらかに見ゆ。

着かせ給てのち、いつしか厳島の内侍どもまいりて、遊びあいたり、御所の南面《みなみおもて》に錦の絹屋打ちて、狛桙の棹立て渡したり。内侍八人ぞある。皆唐の女の装ひぞしたる。花鬘《はなかづら》の色よりはじめて、天人の降り下りたらんもかくやとぞ見ゆる。万歳楽など、さま〴〵舞ひたり。左右に廻りて疲るゝことを知らず。朝夕しつきたる舞人にはまさりて見ゆる。（中略）山蔭暗う、日も暮れしかば、庭に篝《かゞり》をともして、もろこしの魯陽入日を返しけん桙《ほこ》もかくやとぞ覚ゆる。夜もふけしかば、入らせ給ひぬ。何のなごりもなくぞ、うち〳〵はおぼしめしける。世の有様にだにもなしまいらせば、堯舜の聖の御代には劣らせ給はじとぞ見ゆる。あの天宝の末に、時変らむとて、時の人この舞を学びけり。大真といふ物、ほかにはあり、祿山といふ物、うちに思ふ所ありけん、その心には似給はざりけん君の御心に変りたれど、いかにと申人もなし。げにぞ思ふにかひなき。

この場でも、内侍八人による唐風の舞が華麗に演じられるのであるが、その描写は、これまた白居易の新楽府「胡旋女」（『白氏文集』巻三）の詩句に拠るとともに、そのまま清盛の政治に対する諷諭となっている。

胡旋女　々々々　　　胡旋女　々々々。
心応レ絃　手応レ鼓　　　心は絃に応じ、手は鼓に応ず。
絃鼓一声双袖挙　　　絃鼓一声、双べる袖挙がる。
廻雪飄颻転蓬舞　　　廻雪飄颻して、転蓬舞ふ。
左旋右転不レ知レ疲　　　左に旋《めぐ》り右に転じて、疲るることを知らず。
千帀万周無二已時一　　　千たび帀《めぐ》り万《よろづ》たび周《めぐ》りて、已む時無し。
（中略）　　　（中略）
天宝季年時欲レ変　　　天宝の季《すゑ》の年、時変ぜんと欲《し》て、
臣妾人々学二円転一　　　臣妾　人々　円転を学ぶ。
中有二太真一外祿山　　　中《なか》には太真有り、外には祿山
二人最道能胡旋　　　二人最も道《い》はく、能く胡旋すと。

この詩には「近習を戒むるなり」という題注がある。天宝（七四二～五六）の末に中央アジアの康居（ソグド）から「胡旋」という舞が献ぜられ、この異国の舞に対する玄宗皇帝の愛好と世間の流行が安史の乱に始まる唐朝の衰退をもたらしたと批判する諷諭詩である。『厳島御幸記』の「大真といふ物、ほかにはあり、祿山といふ物」という表現には、原詩に照らしておそらく錯誤があると判断される。「うちに思ふ所ありけん」は祿山が内に企んでいた叛意を指していると推測されるが、この後には脱文が疑われる。それに続く「その心には似給はざりけん君の御心に変りた

れど」について、新古典大系の脚注では、一応「高倉院の御心は（楊貴妃や安祿山を寵愛した）玄宗の心には変っているが、の意か」としながらも、「文意通り難い」と断案を保留している。が、この試解では「似給はざりけん」と「変りたれど」が重複している上に、「変りたれど」に尊敬語の用いられていないことが無視されていることになる。清盛の唐風趣味の凝らされた華やかな歓待は、万事に華美を好んだ玄宗の心とは似ておられない高倉院のお気持ちとはまるで違ったものであったけれども、という意味ではないだろうか。それにもかかわらず「いかにと申人もなし」と、その非をあえて清盛に進言する者もないことを指弾しているのであろう。先に見たように、この御幸そのものについても、通親は「いかなるべき御幸ぞと嘆き思へども、荒き浪の気色、口より外に出す人もなし」と非難していた。批判はおそらく御幸に供奉した院別当の上席、隆季・実国・邦綱の三大納言に向けられているのであろう。

この紀行の最後は、次のような文で結ばれている。上皇の御幸の随行記というにはあまりにも粗雑に過ぎよう。四月八日に福原で「家の賞」が行われて故重盛の子の左少将資盛や邦綱の子で清盛の養子となっている丹波守清邦等が加階された記事の後である。

宮こ近くなるまゝに、八幡山の見えしも、たのもしくうれしくぞおぼゆる。「比叡の山見ゆる」など申しかば、女房たちもたち騒ぎ見あいたまふ。申の時に御車にめして、八条殿へ入らせ給。二位殿のもとへ返らせ給。宮このうちも珍しくぞおぼしめさるゝ。

かくて「御痩せもたゞならず」など聞ゐて、医《くすし》ども申すゝめて、御灸治などぞ聞えし。

随従した人々の御幸からの解放感と帰洛の喜び、および高倉院の疲労の記述で結ばれるのであるが、特に待ち望む都の象徴として「八幡山」と「比叡の山」とが取り上げられていることが注目される。皇祖神であり源氏の祖神である岩清水八幡宮の「八幡山」と、王城鎮護の延暦寺の「比叡の山」をわが故郷の指標とするのは、仮に都人共通の感覚であったとしても、それをここで強調するのは平家の氏神、厳島神社と対置するためであったと考えられる。

四　『高倉院厳島御幸記』の執筆時期

上来、『厳島御幸記』における作者通親の、平家政権の内部における自己疎外と政治批判とを見て来たが、その事のもつ意味は、この『厳島御幸記』が何時いかなる時点で執筆されたかによって異なって来よう。

『厳島御幸記』の成立について、久保田淳氏は「治承四年（一一八〇）成立」(14)とするのに対して、水川喜夫氏はその時期を引き下げて、「建久九年（一一九八）八月十六日以降、彼の薨ずる建仁二年（一二〇二）十月二十日までの間に成立したことになる」(15)とする。水川氏はこの作品における記事の誤り九か条を指摘しているが、その多くは同意しがたい事例である。例を建久九年以降とする根拠に取って検討してみよう。

三月廿三日の条に「有明の月淡路島に落ちかゝりて」とある叙述について、水川氏は「二十三夜の月は、ほぼ午前一時頃に出て、午後一時頃に沈む」、淡路島は「室の泊りから見て東南東から南南東にかけて横たわる」、だから「牽強附会しない限り説明がつかない」とする。この指摘は科学的な事実に基づくものであるから異論の余地はない。しかし、これを作者通親がしばしば後鳥羽院の熊野御幸に供奉し、「熊野街道を往還したはずで、淡路島を西に見て、落日を眺めたこともしばしばであったろう。つまり、その折りの落日の記憶、もしくは、メモが竄入したと考えてもよいのではないか」として、後鳥羽院の最初の熊野参詣が行われた建久九年八月十六日以降の成立と見るとなると、俄には賛同しかねる。水川氏の推測の拠り所としては、『後鳥羽院熊野御幸記』建仁元年十月六日の条に見える藤原定家の歌があるのかもしれない。

（上略）今日詠歌。

初冬侍三太上皇幸二住吉社一同詠二三首一応レ制和歌

正四位下行

暮松風(16)

淡路嶋かざせるなみの夕まぐれこゑふきをくる岸の松風　（下略）

これは通親が薨ずる前年のことで、通親（時に内大臣）もこの御幸には上卿として供奉している。しかし、有明月を落日に思い変えてまで後鳥羽院の熊野御幸に結び付けなければならない理由は全く無いと考える。治承四年（一一八〇）三月二十三日（陽暦では四月十九日）は月齢二二、一であり、室の泊（兵庫県揖保郡御津町）における月出は午前一時十分過ぎ、月入は午前十一時五十分ごろである。(17) 室の泊での暁、日の出の前には、下弦の月が淡路島の上空にかかっているはずである。それを「有明の月淡路島に落ちかゝりて」と叙したのは、作者の錯覚というのではなくて、新古典大系の脚注が引いている源頼政の「海辺月」と題する歌、

住吉の松の木まより見渡せば月おちかかるあはぢ島山　（『頼政集』新編国歌大観）

この歌の情景に思いよそえたと見るのが穏当であろう。ただし単に修辞上の問題にとどまらず、「淡路島かたぶく月をながめても」という発想を導くための伏線であり、「かたぶく月」は作者の心象でもあると解される。因に頼政は、この一か月後に宇治川で敗死する。

また、同じ廿一日の記事の中に「八瀬の童子をぞ座主の召して、御輿仕うまつる」とある「座主」について、水川氏は、当時の天台座主明雲僧正がこの御幸に供奉した確証がないとして、この座主を作品にも登場する公顕僧正と見、彼が座主に就任した文治六年（一一九〇）以後成立の根拠ともしている。しかしこれは、御幸の門出に先立って、駕輿丁として奉仕させるために八瀬の童子を随従させた座主の配慮であって、座主がその場に居合わせていなければならない理由はない。この座主はやはり、通親と同族の明雲僧正とすべきであろう。

高倉院が厳島から還御したその月に、以仁王（高倉院弟）を奉じて園城寺に拠った源頼政の挙兵があり、翌五月に

は両者ともに敗死する。八月には源頼朝が関東で、次いで九月には木曾義仲が信濃で兵を挙げる。本稿の冒頭で述べたように、十月に頼朝は鎌倉の御所に入り、十一月には公文所・問注所を設置して東国に武家の政権を打ち立てる。平家の天下は急速に崩れ始めるのである。この時、再び高倉院の厳島御幸が行われることになる。『玉葉』治承四年九月から十月にかけての記事によれば、御幸出立の予定が院の病弱・発熱のために延引して九月二十一日となり、十月六日に還御している。十一月二十一日に御所に参上した吉田経房は「御悩此両三日頗令レ増給。世間大事只在二此事一歟」（『吉記』）と案じている。この再度の厳島御幸については、『平家物語』巻五「富士川」にも、

同廿二日、新院又安芸国厳島へ御幸なる。去《さんぬ》る三月にも御幸ありき。そのゆへにや、なか一両月世もめでたくおさまッて、民のわづらひもなかりしが、高倉宮〈以仁王〉の御謀反によッて、又天下乱れて世上もしづかならず。これによッて且は天下静謐のため、且は聖代不予（体）の御祈念のためとぞ聞えし。今度は福原よりの御幸なれば、斗藪のわづらひもなかりけり。手づからみづから御願文をあそばいて、清書をば摂政殿（藤原基通）せさせおはします。

と記して、九月二十八日付の願文を載せている。還御の後わずか三か月、治承五年正月に院は二十一歳の若さで崩御する。帝位を退いてから僅かに一年、まことに波乱に富む院と通親の月日であった。院別当として供奉した通親は、院の一周忌の後に記した『高倉院升遐記』の中で、再度の厳島御幸のことを、

厳島の御幸など思ひ出でて、ところ〴〵の御留《とゞま》りにて、秋の空心ぼそかりしを御覧じて、あはれげにおぼしめしたりしも思ひ出でられ、

浦〳〵の秋の夕ぞ忘られぬはかなき春の夢を見るにも

と追懐しているが、その「御幸記」は書かなかった。通親の『厳島御幸記』は再度の御幸以前に執筆されたと考えるのが、やはり穏当であろう。その朧化された陰微な表現や諷諭とも言うべき批判などの叙述から、院の崩御という事

態に直面した後の、さらにその翌閏二月における清盛や邦綱の死没の後の執筆とは考えにくい。もし、清盛が死に、平家一門が壇ノ浦に沈んだ後の執筆だとしたら、この作品のもつ批判性は全く色褪せたものになってしまうであろう。(18)

平清盛が藤原摂関家を圧倒して行く時期にはその一門の庇護を得て政界に進出し、平家の滅亡後は後白河法皇の近臣として、源頼朝およびこれと協調する摂政九条兼実等の勢力に対抗し、後白河院崩後は後鳥羽天皇（高倉帝第四皇子）の朝廷において辣腕を振るい、遂に建久七年（一一九六）十一月の政変で九条兼実とその一族を朝堂から排斥する。常に強者に帰属して奔走する権謀術数家のイメージがつきまとう通親ではあるが、村上源氏の正統として藤原摂関家に対抗しようとする姿勢は一貫している。やがて養女の在子（後の承明門院）を後鳥羽天皇の後宮に入れ、彼女が生んだ皇子（為仁親王）の立太子、次いで践祚を策謀し、建久九年正月には遂にこれを実現させて土御門天皇の外祖父となり、権大納言ながら「世称二源博陸一」（『玉葉』建久九年正月六日の条）というほどの権勢家となる。その権勢獲得へ突き進んで行く軌跡は、藤原摂関家の勢力を抑え込んだ清盛に倣うかのようであるが、清盛がその時点から院と対立して行ったのとは逆に、通親はあくまで院政の中枢に自らの拠点を置く。正治元年（一一九九）八月から後院別当となって準備を進めて来た後鳥羽上皇の院別当となり、六月には内大臣に昇任し、二か月後には後鳥羽院の初度熊野御幸を主宰する。翌二年四月には上皇の第三皇子守成親王（後の順徳天皇）を皇太弟に立て、彼自身が東宮傅となる。前年正月に源頼朝が病没し、やがて後鳥羽院による幕府打倒の機運が高まって行き、承久の変（一二二一年）へと推移するのであるが、通親は建仁二年（一二〇二）十月二十一日、俄に五十四年の一期を終える。

このように通親の生涯をたどってみると、仁安三年（一一六八）二月の高倉天皇践祚とともに昇殿し、治承三年（一一七九）正月からは蔵人頭として近侍した通親にとって、翌年二月の思いがけない天皇の譲位による挫折感と、その翌年正月の院の崩御という相次ぐ失意は、通親の生き方を変えさせるほどの深刻な体験だったにちがいないと思われる。前者の挫折から『高倉院厳島御幸記』が生まれ、後者の非愁から『高倉院升遐記』が生まれたと言える。それを転機として通親の後半生があるのだろう。故高倉院の皇統を繁栄させること、皇族源氏村上氏のかつての栄光を復することと、この二つが一体化したところに自己の使命を自覚した、通親の権謀術数であったと考えられるのである。

注

（1）本稿で取り扱う左記の各作品は、『中世日記紀行集』（新日本古典文学大系、岩波書店、平成2・10）所収の本文による。ただし振仮名は適宜取捨する。
『高倉院厳島御幸記』（大曾根章介・久保田淳氏校注）、『高倉院升遐記』（同上）、『海道記』（同上）、『東関紀行』（同上）、『十六夜日記』（福田秀一氏校注）

（2）本文は、三角洋一氏校注『とはずがたり・たまきはる』（新日本古典文学大系、岩波書店、平成6・3）による。ただし振仮名は適宜取捨する。

（3）本文は、小林芳規・武石彰夫氏校注『梁塵秘抄』（新日本古典文学大系、岩波書店、平成5・6）による。ただし振仮名は適宜取捨する。

（4）馬島から音戸の瀬戸を通過し、江田島の北端を回って宮島へ直行したとして五五キロ前後である。「日のさし出づる程」に馬島を発って「午の時」に宮島に着いているが、「潮引くほどにて、御所へ御船入らねば、端舟にてぞ下りさせ給」とある。治承四年の陰暦三月二十六日（陽暦四月二十二日）の広島地方における日出と潮の満干の時刻は、おおむね次の通りであったろう。（「朝日新聞」広島版、平成十二年四月三十日および五月一日付朝刊による）

陰暦	月齢	日出	満潮（広島港）	同（呉港）	干潮（広島港）	同（呉港）
三月二六日	二五、一	五、二一	七、一一・一九、二七	（七、一五・一九、三〇）	〇、四三・一三、三〇	（〇、四九・一三、三三）
三月二七日	二六、一	五、二〇	七、五二・二〇、一一	（七、五六・二〇、一五）	一、三六・一四、〇七	（一、三九・一四、一〇）

（5）福山敏男氏「建築」（「一遍聖絵解説」、日本絵巻物全集10『一遍聖絵』、角川書店、昭和35・7）

（6）望月信成氏「一遍上人絵伝について」（「一遍聖絵解説」、注5に同じ）

（7）村上源氏久我氏の系図（『尊卑分脈』）

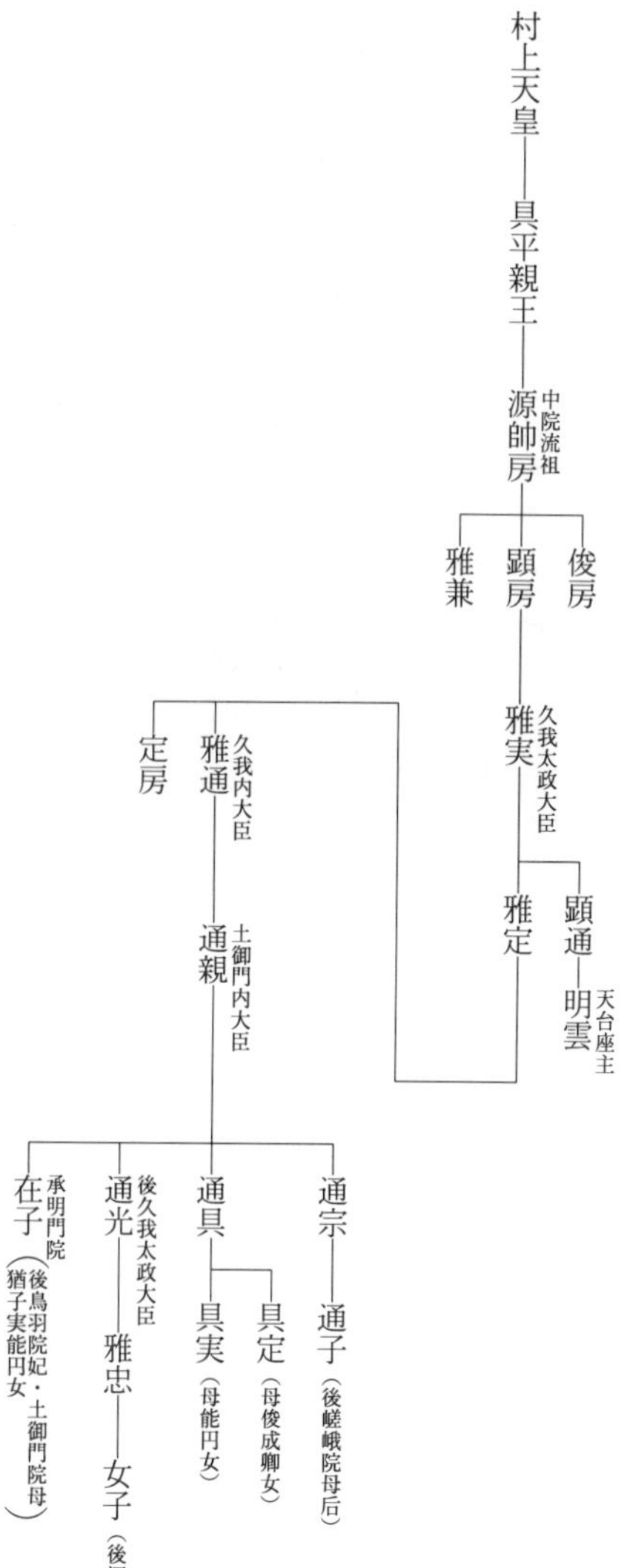

（8）補　桑原博史氏（「源通親伝素描」、『山岸先生頌寿中古文学論考』、有精堂、昭和47・12）は、この作品の「はかなくて年も返て、治承四年にもなりぬ」という起筆について、「きわめて大胆である。あたかもこの前に何か記事があってすでに既知となっている事柄を前提に、書き出されたような形式である」と評し、「しかも作者は、自分を第三人称化して書いているかのようである」と続けている。小説的もしくは物語的な叙述ということを指摘しようとしたものと思われる。また久保田淳氏（「源通親の文学―動乱期における三篇の『記』について―」、『文学』46―2、昭和53・2）は、年月の経過を述べるのに「はかなくて云々」というのは『栄花物語』作者の常套表現であって通親はそれに倣うところがあったのではないかとし、仮にそうとすれば、「この冒頭は、後世に語り継がれるべき歴史の一齣としての高倉院の譲位と厳島御幸の有様を語り始めようという、作者通親の姿勢を示しているものとも見られるのである」とし、「歴史語りの語り手としての姿勢」を見ようとしている。とすれば、紀行文学『高倉院厳島御幸記』を、この「歴史文学」関連の第二章で取り扱うことも許されるかもしれない。

る。

（9）通親の経歴については、主として『尊卑分脈』『公卿補任』に拠り、龍粛氏（注10）や橋本義彦氏（注11）の著書を参照する。

（10）龍粛氏著『鎌倉時代下』「村上源氏の使命と通親の業績」（春秋社、昭和32・12）

（11）橋本義彦氏著『源通親』（人物叢書〈新装版〉、吉川弘文館、平成4・10）

（12）補　桑原博史氏はこの「入道おとゞ」に「入道大臣」の文字を当てて入道相国清盛を指すと見、「清盛のいる所はそこと聞いただけで顔色をかえる高倉院とその近臣たちの運命は、まことにはかない」（注8）と述べており、水川喜夫氏（注15）も「清盛」と解している。久保田淳氏「『土御門内大臣日記』──船足重き旅と先帝哀慕──」（『国文学解釈と鑑賞』50―8、昭和60・7、『中世文学の時空』所収、若草書房、平成10・9）はこれを批判して、「松殿基房をさすのではないか」と言い、基房の流されていた「井ばさまといふ所」（『平家物語』巻三、大臣流罪）は児島の泊りから近かったはずであるとして、「そうであれば、「御気色うちかはりにしかば」という高倉院の反応は、「怖畏か不快か」（水川氏前掲書）のいずれでもなく、基房の痛ましい運命への深い同情であろうし、「ゐびすがたちにいりぬらん気色」というのも、平氏の邸宅に宿る院一行のことを述べたのではなく、流人として実際に平氏の家人たる武士達に監視されている基房の心情を思いやった叙述であろう」と述べている。従うべきであろう。

（13）本文は『神田本白氏文集』（古典保存会影印）に拠り、訓読は同書の天永四年茂明点を参考にし、なるべく合点の付された訓に拠る。

（14）岩波書店『日本古典文学大辞典』（「高倉院厳嶋御幸記」の項）。久保田氏はまた「一応、旅が終わってのちまもなく記されたと考えられるが、あるいは後年若干書き改められた部分があるかもしれない」（新日本古典文学大系『中世日記紀行文学』所収『高倉院厳嶋御幸記』の解説）とも、「たとえ治承四年四月頃の執筆としても、福原の描写などには、それ以後の動乱を経験した上での加筆がなされていないとは断言できない」（注8の論考）とも言っている。

（15）水川喜夫氏『源通親日記全釈』（笠間書院、昭和53・5）

（16）三首の題は、「寄社祝」・「初冬霜」と「暮松風」である。初二首の題並びに和歌を省略する。

（17）富山市天文台、林忠史氏の助力（アストロアーツ社製ステラナビゲーターによる計算）を得た。記して謝意を表す。治承四年三月二十三日前後の室の泊における日・月の出入時刻は次のようである。

（陰暦）	（月齢）	（日出）	（日入）	（月出）	（月入）
三月二二日	二一、一	五、一七	一八、四二	〇、二六	一〇、五三
三月二三日	二二、一	五、一六	一八、四二	一、一三	一一、五一
三月二四日	二三、一	五、一五	一八、四三	一、五四	一二、四九
三月二五日	二四、一	五、一四	一八、四四	二、三一	一三、四五

（18）［補］桑原博史氏は、『厳島御幸記』の成立を治承四、五年のうちと見た上で、次のような見解を提示している。「そうすると、まだ平家の力が完全に衰えているわけでもない状況のもとで、これだけ反平家の言辞をふくむ作品が、正面きって公表できたものかどうかという疑問が次におこる」とし、この作品を「うちうちのすさびごと」とも見る一方、人の目に触れて起こる万一の場合を考慮せざるを得ない作者の意識が、「第一人称でなく、女房とも侍臣ともつかぬ或る人の執筆であるかのようによそおった、最初の方の叙述態度となっているのではないか。不徹底とも見える、視点の確立していない叙述方法は、執筆に際しての通親の迷いが露呈したものと思うのである」（注8に同じ）。筆者としては本論中で述べたように、通親が白居易から学び取った諷諭の巧妙な叙法を駆使していることをそこに見出したいと考えるのであり、平氏政権の崩壊を観望し始めている精神のしたたかさを窺うこともできようかと思うのである。

第三章　説話文学における中国文学的要素

第一節　続古事談における中国文学的要素

1　漢朝篇に見える楊貴妃説話

一　『続古事談』研究の現況

『本朝書籍目録』(仮名部)に「続古事談六巻」と著録されているとおり、『続古事談』は全六巻から成っていた。ただし、本来の第三巻は諸本いずれもこれを欠いている。第一を王道・后宮、第二を臣節、第四を神社・仏寺、第五を諸道としている点は、『古事談』(源顕兼撰)の体裁、即ち、第一王道・后宮、第二臣節、第三僧行、第四勇士、第五神社・仏寺、第六亭宅・諸道という組織に倣ったものと考えられ、従って欠巻の第三は、僧行か、勇士か、あるいはその両方を含む内容であったろうと推測されている。ということは、組織の上では『古事談』の全六巻が、『続古事談』全六巻中の五巻に圧縮されているということで、『続古事談』の第六は、「漢朝」篇という、『古事談』にはそれに相当するもののない新しい内容の巻となっているということである。

この第六漢朝の巻を持っていることは、『続古事談』という作品を特徴づけ、その存在を意義あらしめるものであるとして評価されて来た。(1) 現今の文学史や文学辞典における記述にも、おおむね、それが受け継がれているようである。だが、その割には、漢朝篇の内容、特にそこに取り上げられている個々の中国説話の典拠などについての考察は、進んでいないように見受けられる。

一体、『続古事談』の研究は、他の説話集の研究に比べて、著しく立ち遅れているように思う。『古事談』の方には、益田勝実氏が『国文学解釈と鑑賞』誌上に前後十一回（昭和40・5〜41・4）にわたって連載した「古事談鑑賞」や、小林保治氏の校注による『古事談上・下』（古典文庫60・62、現代思潮社、昭和56）などがあるけれども、『続古事談』の方には、そのように纏った形で公刊されたものが見当たらない。僅かに志村有弘氏の『中世説話文学研究序説』（桜楓社、昭和49・11）の第三章として収められている「『続古事談』研究序説」が管見に入ったようなありさまである。これは必ずしも筆者の寡聞のせいばかりでもないようで、研究の現状について、「これまでに本書を直接的な研究対象としたものは皆無といってよく、わずかに中世説話を論ずる際に他の説話集と関連づけて論じられるのが常であって、簡単な解説程度に終始していた。従って、その評価もきわめて低く、そうした意味から、本書の研究のすべては将来のそれにゆだねられているといっても過言ではない(2)」という総括もあるほどである。

説話の出典研究（原話や類話の調査）に関しても、原田行造氏の「古事談出典一覧表」（前出現代思潮社版古典文庫『古事談』附載）ほどによく纏められたものがない。貴志正造氏主宰の「続古事談研究会」（二松学舎大学）の共同研究の成果が、磯水絵氏によって「『続古事談』の編纂意識について」（『説話文学研究』11、昭和51・6）という題目で公表されているけれども、漢朝篇については多くを今後に残しているようである。

早く野村八良氏は、「概して古事談よりも、文学的関係が少いが、著者が漢文学の素養を有することは、此の書に特色を備へしめてゐる。第二臣節の内には、論語や史記を引き、説苑の白龍魚服の故事なども存するが、此の好尚がエンラージせられて、漢朝の一巻が出来てゐるのである(3)」と指摘している。確かに、第六漢朝篇ばかりでなく、この作品の全体にわたって、漢詩文や中国の歴史・思想に対する編者のなみなみならぬ関心や素養の滲透しているらしいことが推察される。それにもかかわらず、単にそれを推察する段階に立ち止まっていて、実証的な調査研究が十分に推進されて来なかったことが、結局、『続古事談』全体の研究の進展をはばむ原因の一つになっていると思われる。

矢野玄道（一八二三〜八七）が明治十六年に草した『続古事談私記』（愛媛大学古典叢刊22、小泉道氏編、青葉図書、昭和50・6）も、記録類や神道関係については詳細であるけれども、漢籍もしくは漢詩文の方面については甚だ手薄い。漢朝篇に限って言うと、取り上げられている項目は全二十六例であるが、その殆どは校異の注記で、出典の注記は僅かに四例。それもすべて「望之曰」となっている。望之、即ち狩谷棭斎（一七七五〜八三五）の説を引いたものであり、校本に用いた棭斎本の注記に拠ったものと推測される。

『続古事談註』という注釈書の存在が伝えられている。著者は北慎言《ちかのぶ》（静廬・梅園などと号す）という。『国書総目録』にも著録されているが、ただ「近世漢学者著述目録大成による」とあるばかりで、その所在については何の記載もない。北慎言は、嘉永二年（一八三四）に八十三歳（一説に八十四歳）で没した市井の学者である。『国学者伝記集成』によれば、本職は屋根葺の棟梁で、通称屋根屋三右衛門。「数々火災ニカヽリ、著書三タビマデ焼タレド、更ニ稿ヲ起スニ、少モタガハズ、其強記知ルベシ」とも、「ツネニ故人ノ紕繆ヲソシリ、一楽トセリ、マタ博洽ノ余習ト云」とも記されている。たぐいまれな博覧強記と、それに基づく偏執的ともいえる考証は、他人の所説に対する厳しい批判と表裏をなしていたようである。そうした彼の学風と性行とは、その随筆『梅園日記』五巻（弘化二年刊。日本随筆大成第三期12所収）の至るところに表れている。『国学者伝記集成』には彼の述作として、『続古事談註』五巻、『宇治拾遺物語抄』三巻、『五雑俎訓纂』十六巻など、十七点が著録されている。また『国書総目録』の「著者別索引」には、それらの上に現存する作品を加えて、『東鑑不審問答補正』以下二十九点が挙げられている。そうした彼の博識と考証癖が、『続古事談』における中国文学的要素に関して遺憾なく発揮されていたにちがいないことを思うと、この幻の『続古事談註』の出現を願わずにはいられない。

二　『続古事談』漢朝篇の内容構成

『続古事談』の漢朝篇を、群書類従本における改行に従って機械的に段落を分けると、次の十七条になる。これは現存する五巻の全一八五条の第一六九条以下に当たる。なお、表題は私に付した。表題の下の括弧内の数字は、群書類従本の所要行数（一行20字）である。(4)

(1)淳于髡が諧謔をもって斉の威王を諌めた話（13）
(2)唐の玄宗が姚崇・宋璟に諌められて痩せた話（14）
(3)漢の高祖が臣下の言をよく聞き入れた事（11）
(4)楊貴妃は尸解仙であったとする説（11）
(5)漢家の男色の例に董賢を挙げる説（7）
(6)張兪が夢の中で楊貴妃と逢った話（60）
(7)唐の粛宗の受禅と孝・不孝の事（10）
(8)舜の二妃、娥皇・女英と斑竹の話（10）
(9)白楽天の遺文「任氏行」の事（11）
(10)宋弘が公主との縁談を振って糟糠の妻を離縁しなかった話（17）
(11)漢の文帝の倹約ぶりと、賢王に関する説（26）
(12)丙吉が寒天に牛の喘ぐのをいぶかった話（18）
(13)周勃が帝の下問に即答できず恥じて汗をかいた話（11）

⒁漢土の隠者は誰も皆一旦は出仕したという説（14）
⒂『南史』「隠逸伝」に見える隠者と在朝者に関する説（8）
⒃徐孝克が孝のために妻を猛将に与えて出家し、後還俗して復縁した話（36）
⒄陸法和が猛獣に三帰戒を与えた話（6）

以上のような内容構成なのであるが、これについて吉沢義則氏は、「こゝには有名な支那説話が種々の方面に亙って掲げられてゐる」[5]と評している。確かに、ここには目に触れ耳にすることの多い「有名な」人物の名が並んでいる。表題には表れていないが、⒁の文章の中には、許由・巣父・伯夷・叔斉といった名も見えているのである。幾らか耳遠い感じの名前といえば、最後の二人、⒃の徐孝克と⒄の陸法和ぐらいのものであろうか。前者は、『南史』(列伝巻五十二)及び『陳書』(列伝第二十)の「徐陵伝」に附載されている「徐孝克伝」の話が原拠であり、後者は『北史』(列伝巻七十七)及び『北斉書』(列伝第二十四)の「陸法和伝」の話が原拠である。

この二人を除くと比較的よく知られた人物に関する話ばかりということになるのだけれども、その話の中味に一歩入って考えようとする時、これらが果たして「有名な支那説話」と言い切れるのか、甚だ疑わしい。

「有名な支那説話」という時、先ず、幼学書の代表である『蒙求』に採られている五百有余の諸説話のことを思うわけであるが、ここには辛うじて、⑽が『蒙求』の「宋弘不諧」(原拠は『後漢書』列伝第十六「宋弘伝」)と、⑿が同じく「丙吉牛喘」(原拠は『漢書』列伝第四十四「丙吉伝」)と共通するのを見出すだけである。矢野玄道の『続古事談私記』に、狩谷棭斎の説を引いて施した出典注記が四例(漢朝篇関係)あることはすでに述べたが、そのうちの一例は、⑽の話の中で宋弘と対比された藤原惟成の説話に関連して、『古事談』(第二、臣節)の記事を挙げたものであり、漢詩文に関するのは次の三例だけである。

一、⑷の話で「尸解仙」に関して『抱朴子』(論仙篇)の記事。

二、⑻の話で「竹斑湘浦」の語句に関して『和漢朗詠集』(下巻・雲) の張読「愁賦」の詩句。

三、⑿⒀の丙吉・周勃の故事に材を取った[6]「応対易レ忤、汗通二周勃之背一、陰陽難レ理、牛喘二丙吉之前一」の対句に関して『新撰朗詠集』(下巻・雑) 所載の同じ詞句。

いずれも『続古事談』所載の話そのものの典拠を指摘したというようなものではない。著者玄道の学識や関心の傾向ということもあろうけれども、一見「有名な支那説話」に見えて実体は必ずしもそうでないという、『続古事談』漢朝篇の性格によるところが大きいように思う。その点について幾つかの事例に即して見てみることにする。

三　説話流入の経路──淳于髡の話──

まず、⑴の「淳于髡が諧謔をもって斉の威王を諫めた話」であるが、『続古事談』には次のように述べられている。

唐朝ニ斉威王ト云ミカドオハシケリ。ソノ時淳千(マヽ)髡ト云フ賢人アリ。王ヲイサムルコトバニイハク、古君好レ馬、王亦好レ之、古君好レ色、王亦好レ之、古君好レ味、王亦好レ之、古君好レ賢、王不レ好レ之トイヒケレバ、威王ノ云ク、イニシヘノ君ノコノミモテナシ給シホドノ賢人ナケレバコソコノマネトノ給ケレバ、髡難ジテ云ク、馬ヲコノミ給モムカシノ駿逸ニハヲヨバズ、タヾ随分ニ当世ノ逸物ヲエラバル、色ヲコノミ味ヲコノム又カクノゴトシ、イカナレバ賢人ニイタリテ昔ノアトヲネガヒ、ヨノ事ニヲキテハ当時ノヨロシキヲモチヰ給ゾトイヒケレバ、威王口ヲ閉テノブル事ナカリケリ。(群書類従本。以下同)

話の前半はいかにも淳于髡らしい諧謔味のある曲諫であり、後半は極めて直截的な正諫である。

淳于髡については『史記』の「孟子荀卿列伝第十四」にその本伝があり、また「滑稽列伝第六十六」にも彼が滑稽な言い回しで斉の威王を諫めた幾つかの話が記されている。右の話なども当然それらに載せられていていいはずなのであるが、それが見当たらないのである。

類話は、『戦国策』（斉策・宣王）にある。ただし、これは「先生王斗」という人物が斉の宣王を諫めた話となっていて、先君の好んだものとして挙げられているのは、馬・狗・酒・色・士の順で五つ。当然、宣王は、最後の士を好まないという点だけが先君と異なっていると皮肉られることになる。同じ話が、『太平御覧』（巻四五六）に『戦国策』に曰くとして引載されているが、そこでは「先生王斗」に代わって、「先生王歜」という人物が宣王を諫めた話となっている。先生王斗・先生王歜（『戦国策』には「顔斶」）・淳于髡の三人は、いずれも斉の宣王を補佐した諫臣で、誰がこの説話の主人公になってもおかしくないのである。漢の劉向の『説苑』（巻八、尊賢）に載せる類話では主人公が淳于髡となっていて、『続古事談』と一致するけれども、彼の諫めた相手は『戦国策』と同じ宣王であって、威王ではない。また、古の王の好尚も狗が脱落して馬・味・色・士の四つとなる。『続古事談』の馬・色・味・賢と数は一致するけれども、順序は少し異なっている。

『続古事談』の話に最もよく合致しているのは、『貞観政要』（政体第二）の中で、唐の太宗を諫める賢臣魏徴の言葉に引用された話である。(7) そこでは淳于髡が斉の威王を諫めたことになっており、古の王の好尚も色・馬・味・賢の四つである。上に見た諸文献における「士」が「賢」に変わって、この点でも『続古事談』と一致している。ただし、順序は一位と二位が入れ変わっている。

『貞観政要』は、唐の太宗とその輔弼の賢臣たちとの政道に関する言説を集めて類纂したもので、著者は呉兢（六六三?〜七四九）である。平安初期にはすでに渡来していたようで、藤原佐世（八四七〜九七）の『日本国見在書目録』の「雑家」の部に、「群書治要五十、魏徴撰」「帝範二」「臣軌二、皇后撰」とともに「貞観政要十四」と著録されている。これらはすべて、帝王学のテキスト、治世の書として尊ばれ、特に鎌倉時代以後は公武いずれの社会でもいっそう尊重されるようになって行った漢籍である。現在のところ、『続古事談』の編者の依拠したのは、『貞観政要』の古鈔本であったと見るのが穏当であろうと考えられる。

四　人物の混同——姚崇・宋璟と韓休——

『続古事談』の編者が中国の説話を引く場合、いつも漢籍を座右に備えていて、その本文に忠実に則って記したとは限らない。記憶によって記した場合も少なくないであろう。そこには当然、記憶違いや他の話との混線といったことも起こり得たにちがいない。(2)の「唐の玄宗が姚崇・宋璟に諫められて痩せた話」の典拠の捉えにくさは、そういう事情によるのではないかと思われる。『続古事談』の叙述は次のようである。

唐ノ玄宗皇帝ハ近世ノ明王也。ソノシルシニハ、アル臣下ノ皇帝ハナドイタクヤセ給タルゾト申ケレバ、コタヘテ仰ラレケリ。桃《（マヽ）》崇宋璟ガクラキニアリシヨリコノカタ、アマリニイサメラレテ、カタ時モ心ノノビタル事ノナケレバヤセタルナリトノ給ケレバ、ソノ臣又申テ云ク、アヂキナキ事ニコソ侍ナレ、ナニ事モ御身ノ為ナリ、ナドカヤセ給マデハイサメタテマツルト申ケレバ、世ダニコエナバトノ給ケル。マコトニヤンゴトナキコトナリ。カクノゴトク賢王ニテオハシケルガ、楊貴妃ト云物イデテノチ、アサマツリゴトモセズ、天下ノ事ヲステ給ヒニケルナリ。桃《（マヽ）》崇宋璟トハ二人ナリ、コトナル賢人也。

いわゆる「開元之治」を謳われた頃の玄宗の明主ぶりを称揚した話である。

姚崇（六五〇～七二一）は開元元年（七一三）玄宗の即位とともに宰相となるが、就任の条件として「十事」即ち十か条の政治指針を提示して帝の約諾を取り付けている。開元四年に辞任する際には後任の宰相に宋璟（六六一～七三五）を推挙した。両者力を合わせて「開元之治」を実現させた賢相で、世に「姚宋」と併称された。末尾の一句は本来、「姚宋トハ二人ナリ、コトナル賢人也」とあったものであろう。伝写されるうちに傍注の「崇」「璟」が本文に混入したと思われる。二人の事績はともに『旧唐書』(列伝第四十六)『新唐書』(列伝第四十九)に詳しく述べられている。『新唐書』の「姚宋列伝」の「賛」には、「故唐史臣称《ス》、崇《ハ》善《ク》応《ジ》レ変《ニ》、以《テ》成《ス》二天下之務《ヲ》一、璟《ハ》善《ク》守《リ》レ文《ヲ》、以《テ》持《ツ》二天下之正《ヲ》一、二人《ノ》道《ハ》不《ルモ》レ同《カラ》、同《ニ》帰《ク》二於治《ニ》一、此《レ》天《ノ》所三以佐《ケテ》レ唐《ヲ》使《ムル》二中興《セ》一也」と述べ、また「宋璟《ノ》剛正《ナル》又過《ギタリ》二於崇《ニ》一、玄宗素《ヨリ》所《ナレバ》二尊憚《スル》一、常《ニ》屈《シテ》レ意《ヲ》聴《キ》納《レタリ》」とも記しており、本伝の叙述の中にもその直諫の厳正さを裏付ける記事が多い。それにもかかわらず、この二人の諫言のために玄宗が痩せたという話は、新旧両『唐書』の「姚崇・宋璟伝」にも、また「玄宗紀」にも記載されていないのである。

どうやらこれは、韓休(六七二〜七三九)の逸話と混同したようである。『新唐書』(列伝第五十一)の「韓休伝」に記されている。ただし、『旧唐書』(列伝第四十八)の「韓休伝」には見えない。韓休は、開元二十一年(七三三)に、蕭嵩に推挙されて宰相となった。蕭嵩は初め韓休を柔和で御しやすい人物と見て推挙したのだが、それがたいへんな誤算で、宰相となった韓休は事に臨んで剛直、「峭鯁《ニシテ》、時政《ノ》所《ヲ》二得失《スル》一言《ヒテ》レ之《ヲ》、未《ダ》二嘗《テ》不《ンバアラ》一レ尽《サ》」というありさま。その方では先輩格の宋璟をして「不《リキ》レ意《ハ》、休能《ク》爾《ルトハ》、仁者之勇也」と感嘆せしめたほどである。玄宗が苑中での遊猟や宮廷での宴遊の時に少し派手にやり過ぎたりすると、帝は側の者に向かって「韓休に気付かれなかったかな」と言うくらい。が、帝がそう言い終わらぬうちに、韓休から諫諍の上奏文が届くというありさまなのである。

ある時、玄宗が鏡を見て黙ったまま鬱き込んでいる。側の者が「韓休が朝廷に入ってからというもの、陛下には一日の歓びもおありでない。どうしてそう鬱ぎ込んでばかりいて、彼を追放しないのです」と言うと、玄宗はこう答える。

吾雖《モ》レ瘠《セタリト》、天下《ハ》肥《エナム》矣、且《ツ》蕭嵩《ハ》毎《ニ》レ啓《スル》レ事《ヲ》必《ズ》順《ヘドモ》レ旨《ニ》、我退《キテ》而思《フトキ》二天下《ヲ》一、不二安《ラカニ》寝《ネラレ》一、韓休《ハ》敷三陳《スルニ》治道《ヲ》一多《ケレドモ》二訐直《ナルコト》一、我退《キテ》而思《フトキ》二天下《ヲ》一、寝《ヌルコト》必《ズ》安《ラカナリ》、吾用《キルハ》レ休《ヲ》社稷《ノ》計《ナル》耳。

『続古事談』の話はごく簡潔に、しかも流暢に和文化されているけれども、この韓休の逸話に拠ったものであることは疑いない。話の主人公の錯誤は、おそらく編者自身の思い違いによるものであろう。『新唐書』の「姚宋列伝賛」の末尾に、「唐三百年、輔弼者ノ不レ為レ少シト、独リ前ニハ称シ二房杜ヲ一、後ニハ称スルハ二姚宋ヲ一何ゾ哉、君臣之遇合スル、蓋シ難イカナ矣夫」とあるように、玄宗に仕えた姚崇と宋璟は、太宗に仕えて「貞観之治」を実現させた房玄齢と杜如晦とともに、唐朝を代表する諫諍の賢相として併び称せられる著名な存在であった。そのことから、この思い違いが生じたものと想像されるのである。

五　楊貴妃尸解仙説――考証的関心と雑談――

『続古事談』の末尾には、その成立の事情を考えるのに手掛りとなる跋文が添えられている。次のような文である。

フルキ人ノサマ〳〵ノ物語ヲヲノヅカラ廃忘ニソナヘンガタメニカキアツメテ侍シ、ワスレテ年ヲヘテ、ハコノソコニクチノコレリ。イホリヲハラフ塵ノ中ヨリモトメイデテ、クラシカネタル雨ノ中ニコレヲシルス。ミヅクキノフルキアトヲアラタメテ、ヤマトアシ原ノコトグサニカキナガス。コレ猶要ナキシワザナリ。ハヤクケブリトナスベシ。建保ナヽトセノ卯月ノシモノ三日コレヲシルス。

成立事情を考える手掛りになるとは言っても、ここには容易には解明できそうにない多くの問題が含まれている。例えば、発端の「フルキ人ノ」という表現にしても、この「ノ」が連体修飾格なのか、それとも主格なのかという問題がある。そのいずれと取るかによって、成立事情の捉え方は大きく異なって来るはずである。「フルキ人ノサマ〳〵ノ物語」という切り取り方で引用されているのを多く見掛けるから、この「ノ」を連体修飾格と見るのが一般の見解のようであるが、果してそれでいいのか検討を要しよう。ただし、本稿では、この作品の成立論にはいっさい立ち入らないつもりである。

にもかかわらず、この跋文を持ち出したのは、『続古事談』の漢朝篇には「サマ〴〵ノ物語ヲ……カキアツメ」という言い方には必ずしも適合しない記述もあるのではないかということを言おうとしてである。例えば、(4)の「楊貴妃は尸解仙であったとみる説」などがそれで、次のような記事である。

楊貴妃ハ尸解仙トイフモノニテアリケルナリ。仙女ノ化シテ人トナレリケルナリ。尸解仙ト云ハ、イケルホドハ人ニモカハラズシテ、死後ニカバネヲトドメザルナリ。或唐書ノ中ニ貴妃ヲ改葬シタルコトヲイフニ、(マヽ)肥膚已壊、香嚢猶在トイヘリ。コノ文ニアヘリ。ハダヘスガタナドハナクテ香嚢バカリアリケリ。(下略)

この「尸解」ということについて、玄道の『続古事談私記』には、次のような注を付けている。

○望之曰、抱朴子論仙篇云、按仙経云、上士挙レ形昇レ虚、謂二之天仙一、中士遊二於名山一、謂二之地仙一、下士先死後蛻、謂二之尸解仙一 ○按、又見二真誥、神仙通鑑等一、其詳師説尽レ之、而如二楊貴妃尸解一、則固属二妄誕一、不レ足レ取也。

見るように前後二つに分かれていて、前半は棭斎の説の引載である。『抱朴子』(内篇巻二、論仙)の所説を引いたもので、肉体のまま虚空に昇る天仙、名山に遊ぶ地仙、死後に蟬蛻する尸解仙と、神仙を三等に分けた説である。後半は玄道の「按」であるが、「師説」即ち平田篤胤の所説に基づいて、楊貴妃を尸解仙と見ることを妄誕として斥けているわけである。

『太平御覧』(巻六六四、道部六)には「尸解」の項が立てられていて、そこには三十種を超える文献から、約五十条の関連記事が集められている。それらを通覧すると、「尸解」の概念も甚だ多様であったらしい。それに比べると、『続古事談』の撰者の理解は、「イケルホドハ人ニモカハラズシテ、死後ニカバネヲトドメザルナリ」というのであるから、まことに単純明快である。ただし、『日本国語大辞典』(小学館)の、これまた明快な、「道家の術で、神仙となって化し去ること。霊魂だけぬけ去るもので、残った肉体は生時と変わらないとされる」という説明とは、真反対ということになる。

志怪譚や神仙譚の多い『太平広記』には、楊貴妃（楊太真）に関する記事が十九条見出せるが、その中にも、彼女を尸解仙とした内容の話は一つもない。おそらく、『続古事談』の編者も、そのような伝承の書き記された文献を目にしたわけではあるまい。「楊貴妃ハ尸解仙トイフモノニテアリケルナリ」という表現には、今まで気付かれないで来ていた或る事実を発見したという感動が込められている。楊貴妃が尸解仙であるというのは、伝承ではなくて、編者の判断なのであろう。編者の判断の根拠は、楊貴妃を改葬したところ、「肥（マヽ）膚已壊、香嚢猶在」という状態であったと記している「或唐書」の記述であったわけである。「或唐書」で、この語句に相当するものを有するのは、『旧唐書』（列伝巻第一、后妃上）の「楊貴妃伝」である。即ち、次のように記されている。馬嵬に埋めた楊貴妃の亡骸を改葬したいという玄宗上皇の希望を、粛宗皇帝が側近の意見を容れて却下したという記事に続くものである。

上皇密《カニ》令《ム》三中使《ヲシテ》改二葬《セ》於他所一《ニ》、初《メ》瘞《メシ》時以《テ》二紫《ノ》褥《ヲ》一裹《メリ》レ之《ヲ》、肌膚已《ニ》壊《レテ》而香嚢《ハ》仍《ホ》在《リ》、内官以《テ》献《ズレバ》、上皇視《テ》レ之《ヲ》悽《ミ》惋《キヌ》。

同じ場面は、『新唐書』（列伝一上、后妃伝）にも、北宋の楽史（九三〇～一〇〇七）の伝奇小説『楊太真外伝』にも記されているけれども、「改葬」「肌膚已壊」という二つの語句は、『旧唐書』にしか見当たらない。『続古事談』の編者がこの『旧唐書』の記事を見て、既存の知識の尸解仙ということに思い当たったか、あるいは、尸解仙に関する記述を見た時、記憶にあった『旧唐書』の記事が蘇ったか、いずれにせよ、「イケルホドハ人ニモカハラズシテ、死後ニカバネヲトドメザルナリ」というのが「屍解仙」ならば、『旧唐書』のこの文にぴったりだというのである。

矢野玄道が引用していた『抱朴子』の記事は、道士の李少君が実は尸解仙であったという話の一部をなす「仙経」の文なのである。この話でまず最初に、「漢禁中起居注」にある次の記述が提示される。漢の武帝は、李少君とともに嵩高山に登る夢を見た。龍に乗って雲の中から降りて来た使者に会い、太一（天の主宰神）が少君を招いていると聞いて夢から覚めた。武帝は少君の死を予感する。果たして、数日後に少君は死んだ。さて、「久《ウシテ》レ之《ヲ》、帝令《ムルニ》三人《ヲシテ》発《カ》二其《ノ》棺《ヲ》一、無《クシテ》レ尸唯衣冠《ノミ》在《リ》焉」ということであった。そして次に、「仙経」に記された天仙・地仙・尸解仙の説が引用され、最後に、この説に照らして、「今少君《ハ》必《ズヤ》尸解《トイフ》者《ナラン》也」という判断が示されるのである。この「漢禁中起居注」の記事の位置に『旧唐書』の記事を置けば、楊貴妃は実は尸解仙というものであったのだという判断の構造が出来上がるわけである。

『続古事談』には、漢朝篇だけでなく他の巻々においても、この種の記事が多く見出される。つまり、漢字や語句や事柄の意味・形成・由来等について、然るべき文献の記事を例証に挙げて説明する、といった記述がかなり多いのである。

(5)の「漢家の男色の例に董賢を挙げる説」のように、その判断の主体が編者以外の人物である場合もある。即ち、この話では、「漢家ニ男色ノ事アリヤ、ナカニモ国王ノコノ事ヲシ給ヘル事ヤミエタル」と「或人」に尋ねたところ、「其人」が「故入道長方卿」の指摘であると断って、「書ニ云、与レ帝臥起シケリト」[8]というのを証文に、「董賢ト云モノサヤラムトミエタリ」と返答したという形になっている。藤原長方（一一三九〜九一）の博識を称揚しようとする説話であるとは必ずしも言えない。判断の主体が誰であれ、とにかく、その考証に関心が寄せられている。しかも編者自身が質問者としてその考証の作業に参加している。少なくとも、そういう文章の構成になっていることは事実である。

こうした考証に関心の置かれている章段となると、説話というよりも随筆といった方がむしろふさわしい。近世の考証的な随筆の先駆をなすものと言いうるような章段が、『続古事談』には多いのである。弁官に代表される儒者官僚や、そうした経歴をもつ隠遁者たちの日常的な閑話雑談の世界が背後に存在していると思われる。

六　楊貴妃穢乱の説話形成と『資治通鑑』

上に見た⑷の話で、尸解仙の記事に続けて、

貴妃ハモト親王ノ妻ナリ。ソレヲ玄宗メシタルナリ。長恨哥伝ニ寿邸ニエタリトアルハ、彼王ノ居所ヲイヘル也。

安祿山ハ又ソノ外ノ密夫ナリ。祿山ハユ、シキ玄宗ノ寵臣ナリ。

と述べている。まるで漢詩文の講釈の聞書のような内容と文体である。ここに、陳鴻の「長恨歌伝」の「詔《シテ》二高力士《ニ》一潜《カニ》捜《モトメシムルニ》二外宮《ヲ》一、得《タリ》二弘農《ノ》楊玄琰《ノ》女《ヲ》于寿邸《ニ》一」という一文が引かれていると指摘してみても、それは単に編者の挙げた証文を確認したというだけのことであって、この作品の理解にさほど役立つとも言えない。

ところが、「安祿山ハ又ソノ外ノ密夫ナリ」という点になると、そういう捉え方が何に由来するのか、大いに検討を要する問題となる。というのは、楊貴妃と安祿山の間にそうした関係があったとする記事は、新旧両『唐書』の中にも見えないし、わが国で平安朝の初めから愛読された「長恨歌」や「長恨歌伝」にも記されていないからである。

曾永義氏に、「楊貴妃説話の発展及びこれに関する文学」[9]と題する論考がある。その中で、特に楊貴妃と安祿山の「穢乱」つまり淫行による風俗壊乱について、氏はおおむね次のように論じている。

これは史実ではないが、二人の仲を誹謗する見解は早くから醸成されていた。例えば白居易は新楽府「胡旋女」の中で、二人が天下を乱した張本であることを明らかにして君主の鑑戒としたのであるが、彼が至るところで二人の名を並べたために、二人の間にはかなり親密な関係があったのではないかという連想を生ぜしめた。また、李肇の『唐国史補』の記述はいっそうあからさまで、玄宗の恩寵が深まるにつれて安祿山は御前で冗談まじりに話をしたが、貴妃はいつもその座におり、玄宗の命で貴妃の姉たちと兄弟の縁組みをしたこともあって、安祿山は貴妃に心を動かし

ていたから、馬嵬でその死を聞くや数日間嘆き悲しんだのである。禄山の叛心は、李林甫によって培われ楊国忠によって撃発させられたのだとはいえ、彼自身の内部にも原因があったのだと書かれている。このように、禄山の叛逆を貴妃の美貌と関係づける考え方がつとにあったので、唐末五代の姚汝能（『安禄山事迹』）、温畬（『天宝乱離西幸記』）、王仁裕（『天宝遺事』）等に至ると、話に肉付けをして後宮の風紀紊乱の話に付会したのである。宋の楽史は唐末の文献を渉猟して楊貴妃説話の最も精密にして完備せる『楊太真外伝』二巻を作ったが、彼は唐末の姚汝能らが記したような穢乱の説は踏襲しなかった。ところが、司馬光がそれを『資治通鑑』の中に取り入れたために、二人は穢乱という千載の汚名を負うことになったのである。

曾永義氏の所説を要約すると、だいたい以上のようになる。

司馬光による断罪というのは、『資治通鑑』（「唐紀」三十二、玄宗紀下之上）に見える次の記事を指している。

天宝十載春正月（中略）甲辰、禄山《ノ》生日《ナリ》、上及《ビ》貴妃賜《フコト》㆓衣服宝器酒饌《ヲ》㆒甚《ダ》厚《シ》、後三日《ニシテ》召《シテ》㆓禄山《ヲ》㆒入《ラシム》㆓禁中《ニ》㆒、貴妃以《テ》㆓錦繡《ヲ》㆒為《リ》㆓大《ナル》襁褓《ヲ》㆒、裹《ミテ》㆓禄山《ヲ》㆒、使《ム》㆘宮人《ヲシテ》以《テ》㆓綵輿《ヲ》㆒舁《カ》㆖之《ヲ》、上聞《キテ》㆓後宮《ノ》歓笑《ヲ》㆒、問《フ》㆓其故《ヲ》㆒、左右以《テ》㆔貴妃三日洗《フヲ》㆓禄児《ヲ》㆒対《フ》、上自《ラ》往《キテ》観《ル》㆑之《ヲ》、喜《ビテ》賜《フ》㆓貴妃《ニ》洗児金銀銭《ヲ》㆒、復厚《ク》賜《フ》㆓禄山《ニ》㆒、尽《シテ》㆑歓《ヲ》而罷《ム》、自《リ》㆑是禄山出‐入《スルモ》宮掖《ニ》㆒不㆑禁《ゼラレ》、或《ハ》与㆓貴妃㆒対食《シ》、或《ハ》通宵不㆑出《デ》、頗《ル》有《リ》㆔醜声《ノ》聞《ユル》㆓於外《ニ》㆒、上亦不㆑疑《ハ》也。

「洗児」というのは、子供が生まれて三日目に初湯を使わせることで、この日親戚や朋友が集まって開く祝宴のことを「洗児会」といい、その時に用いる銭のことを「洗児銭」という。天宝十載（七五一）といえば、楊貴妃は三十三歳、安禄山の年齢ははっきりしないけれども、それよりは多いはずである。しかし、禄山は貴妃の養子になっていたから、彼の誕生日の三日後にこうした洗児会の騒ぎとなったわけである。因に、安禄山はトルコ系の突厥族の出身と伝えられる。たいへんな肥満体で、『旧唐書』の「安禄山伝」によれば、腹は膝の下まで垂れ下がり体重は三百三十斤（約二百キログラム）あったという。それが錦の産衣にくるまれて、色どり美しい輿に乗せられ、宮女たちに舁がれて、というのだから、たいへんな光景である。祿山は、ある時は貴妃と差し向かいで食事をし、ある時は夜もすがら貴妃の部屋に籠ったままというありさまで、いつしか二人のスキャンダルが宮廷の外にも漏れ広がって行った。なにぶんにも宋代の歴史学を代表する司馬光（一〇一九〜八六）にこのように断罪されてしまっては決定的で、その後の文学作品や戯曲に大きな影響を及ぼすことになったというわけである。

『続古事談』の編者の「安祿山ハ又ソノ外ノ密夫ナリ」という知識が、果して『資治通鑑』によって得られたものかどうか、この史書のわが国への伝来の時期とも関わって、倉卒には断じられない大きな問題である。(10)

七　秦醇の「驪山記」と『資治通鑑』

北宋の劉斧が編纂した『青瑣高議』（前後集各十巻、別集七巻）の中に秦醇の「驪山記」という作品が収められている。これは張兪という人物が友人とともに驪山に遊び、九十三歳になるという古老から往時の驪山宮のありさまや玄宗・楊貴妃のことを聞くという内容であるが、その中に、張兪の次のような質問がある。

吾嘗《テルニ》観二唐紀《ヲ》一、見《ハセリ》下妃《ノ》与二祿山一事《ヲ》上、則未《ダ》二之《ヲ》信《ぜ》一、夫《レ》帝禁《ハ》深沈《トシテ》、守衛厳密《ナリ》、宮女数千、各有《リ》二掌執一、門庭禁粛、示《ス》レ有《ルヲ》二分限一、雖《モ》二蜉蝣蟻蛾《ト》一莫《シ》二能得《ルコト》一レ入《ルヲ》、果《シテ》如《クナリシ》レ是乎《ノ》。(11)

即ち、「唐紀」の中に貴妃と祿山の事があばかれているのを読んだが、警固もきびしく身分秩序もきびしい宮廷で果してそういうことがありえたのかという問いである。この「唐紀」は、『資治通鑑』の「唐紀」を指すと見て誤りはないであろう。古老の答えの中に、「祿山曰《ク》与二貴妃一嬉遊《シミブ》、（中略）貴妃慮《リ》三其醜声落二民間一、乃《チ》以《テ》二祿山《ヲ》一為《ス》レ子《ト》」と類似の措辞も見えるし、「史氏書《キ》レ此《ヲ》作《リテ》戒《ム》二後世《ヲ》一」とあるのも司馬光の撰史の意図を捉えて言ったものと思われるのである。

張兪の質問に対して、古老は、『易経』（繫辞上伝）の「慢蔵誨《ハヘ》レ盗《ヲ》、治容誨《ハフ》レ淫《ヲ》」（いい加減な納め方は盗みを唆し、艶めかしい化粧は淫らな心を唆す）という句を引いて、特に玄宗の無思慮と安祿山の僭上が宮廷の秩序を紊乱させたことを指摘し、楊貴妃については弁護的な答え方をする。次のような場面がある。

一日祿山酔《ヒテ》戯《ル》、無《キコト》レ礼尤《モ》甚《シ》、貴妃怒罵《リテ》曰《ク》、小鬼方一奴《ニ》耳《ナル》、聖上偶愛《シ》レ爾《ヲ》、今得《テ》レ官《ヲ》出二入《シ》禁掖《ニ》一、獲《タリ》レ私《スルヲ》二於吾《ニ》一、尚《ホ》敢《テ》爾《カル》也《ト》。祿山曰《ク》、臣則《ハチ》出《デタリ》二微賤《ヨリ》一、惟帝王《ノミ》能《ク》興廃《セシム》也、他《ハ》皆無《シ》レ畏《ルルコト》焉、臣万里《ハ》無《ク》レ家、四海《ニ》一身《ナリ》、死《シテ》帰《ストモ》二地下《ニ》一、臣且《ツ》不《ト》レ顧《ミ》。叱《シ》二貴妃《ヲ》一、復引《キテ》レ手《ヲ》抓《ム》二貴妃胸乳《ノ》間《ヲ》一、貴妃泣《キテ》曰《ク》、吾私《セシ》レ汝《ニ》之故也、罪《ハ》在《リテ》レ我《ニ》而不《ラ》レ在《ニ》レ爾《ニ》、爾今不《ハ》レ思《イ》レ報《ント》レ我《ニ》、尚《ホ》以《テ》レ死《ヲ》脅《カスト》レ我《ヲ》。

酔った祿山が、「帝のほかには恐いものもない。天涯孤独の裸一貫。罰せられて死んだところでどうってことはない」と、強引に貴妃に迫るのである。その時、王仙音という宮女が大声で祿山の無礼を罵り、帝に奏上すると言って止めさせようとするが、祿山は、「そうなれば貴妃も罪はまぬがれまい。彼女といっしょに罪を受けられるならいっそ本望。魚の目玉が真珠といっしょに水に沈むというやつで、こちらには何の損もない」と言って、一向に止めようとしない。たまたま高力士が福建産の緑の茘芝を貴妃に献上しにやって来たので、祿山も引き退がり、貴妃は窮地を脱することになる。貴妃は帝が胸乳の痣に気付くことを心配して、金製の訶子（胸に当てる飾り物）を作って隠した。これがやがて宮中で模倣され、民間にも広まって行ったというおまけの話まで付いている。

「驪山記」の作者の秦醇は、罪を玄宗と祿山に帰して、司馬光の断罪から楊貴妃を救出しようとしたらしいが、穢乱の事実をいっそう鮮明にしてしまったとも言える。

『続古事談』の編者が、貴妃と祿山の密通の話を『資治通鑑』で読んでいたかどうかは俄に判断することはできないのであるが、この秦醇の「驪山記」の方は明らかに読んでいたのである。その証拠になるのが、(6)の「張兪が夢の中で楊貴妃と逢った話」である。

八　楊貴と張兪の夢幻邂逅

(6)の張兪の話は、『続古事談』の漢朝篇の中での特異な章段である。群書類従本の行数（一行20字）で数えて六十行、これを除く十六話が六行乃至三十六行で、平均約十四行に過ぎないことを思うと、際立って長文であり、編者の例の考証癖も出ていなければ、評論も影をひそめて、話の末尾が、「人ノ思ノムナシカラザル事、古今モヘダツル事ナク、天上人間モヲノヅカラカヨフ、マコトニアハレナル事也」という、神人交感に対する詠嘆で終わっている。

話の内容を要約すると、次のとおりである。

張兪（類従本の原文は「喩」）という男が、はるか昔の楊貴妃のことを伝え聞いて愛念の心を起こし、貴妃が玄宗と佚遊に耽った驪山宮や彼女の殺された馬嵬坡を訪ねては恋い慕っていた。ある時、夢に童子が現れて、玉妃のお召しと言って彼を宮殿に案内する。年ごろの思いを述べ、玉妃もねんごろに語らう。此の世の女性と変わるところがない。思いを募らせた張兪が玉妃の手をとって床に上がろうとすると、身体が重くて上がれない。玉妃は「汝ハ人間ノ身也、ケガラハシクイヤシクシテ、我ユカニノボリガタシ」ときついことを言う。張兪が「ネンゴロニチカヅ」きたいと請うと、玉妃は人を呼んで、えも言われぬ香湯で身を洗わせる。と、身が軽やかになって上がることができた。「マジハリフス事ヨノツネノ如シ」というようなことで、やがて暁になる。張兪はこのままとどまりたいと願うけれども、玉妃はゆるさず、十五日して某の場所へ行けば再会できようと約束してくれる。そこで張兪は夢から覚める。十五日後に約束の場所へ行ってみると、そこは広い野原で、「野烟渺茫トシテ」人影もない。一人の牧童に出会って尋ねてみると、朝霧の絶え間に現れた天女から預かったと言って、一通の文を渡してくれる。披いて見ると、律詩が一首書かれており、その中の一句に、天上歓栄雖レ可レ楽、人間聚散忽堪レ悲。

とあった。

六朝宋の劉義慶の『幽明録』に数多く採録されているような、幽明境を異にした男と女の邂逅の話として、ごくありふれた話の骨子である。ただし、場面や心情の描写がかなりていねいで、浪漫的な情感もただよい、唐代の伝奇小説の影響とおぼしい雰囲気を看取することは、そう困難ではない。

それもそのはずで、この話は、秦醇の伝奇小説である「温泉記」に拠ったものなのである。

秦醇の伝奇小説としては四篇が残っており、いずれも『青瑣高議』に収められている。即ち、次の四篇である。

①「驪山記 張兪遊驪山作記」（前集巻六）
②「温泉記 西蜀張兪遇太真」（前集巻六）
③「趙飛燕別伝 別伝叙飛燕本末」（前集巻七）
④「譚意歌 記英奴才華秀色」（別集巻二）

作品の表題の下の双行細字は、『青瑣高議』の編者の劉斧が各作品の内容を七言の句に要約して添えたもので、この四篇だけでなく、全巻にわたって施されている[12]。

右の「温泉記」以下の三篇にはそれぞれ、②「亳州秦醇子履（マヽ）撰」、③「譙川秦醇子復撰」、④「譙郡秦醇子復」と作者名が記されている。秦醇は、亳《はく》州譙県（安徽省）の出身で、字を子復と言ったらしいが、その他のことは全く不明である。『青瑣高議』の編者の劉斧についても、孫副枢の序の中に「劉斧秀才」と呼ばれていることの外は、何一つ知られていない。

ところが、話の主人公の張兪の方は、『東都事略』（隠逸伝一〇一）の「張兪伝」、『宋史』（列伝第二一七、隠逸中）の「張愈（マヽ）伝」に事績の記されている実在の人物である。張兪、字は少愚。益州郫県（四川省）の出身で、若くして書を嗜み詩を作り、進士や茂才に推挙されたが及第しなかった。北宋の仁宗の宝元（一〇三八～九）中、西戎の侵犯に際して「攻取十策」を上書したり、宰相呂夷簡（九七八～一〇四四）にも政務に関する意見具申をしたりして評価され、六度も徴されたが遂に起たず、四川省の青城山白雲渓に隠棲した。没年は不明であるが享年六十五歳という。『東都事略』（宋、王偁撰）の本伝の末尾に、「兪為《リ》レ人妄《ト》不《リニ》二憂喜《セ》一、性高情淡《クシ》、有《リ》二超然遠俗之志《ノ》一」と評されている。これでは『続古事談』に、次のように描かれた張兪のイメージとは重なりにくい。

張喩《（マヽ）》ト云フモノアリケリ。コトノホカノスキモノ又好色ニテアリケル。心ニフカク風月ヲモテアソビ、身ツネニ名所ニアソビケリ。此人ツタヘテ貴妃ノアリサマヲ聞テ、ハルカニ愛念ノ心ヲオコシ、ミズシラヌ世ノ人ヲコヒテ、心ヲクダキ、ミヲクルシム。離宮ノフルキアトニノゾミテハ、昔ヲ思テ涙ヲナガシ、馬嵬ノツ、ミノホトリニユキテハ、イニシヘヲカナシミテ、ハラハタヲタツ。

この張兪像は、秦醇の「驪山記」の冒頭にある主人公の紹介の後半部に基づいて描き上げられたものと考えられる。

即ち、「驪山記」には、

大宋張兪《ノ》、字《ハ》才叔、又字《ハ》少愚、西蜀《ノ》人《ナリ》。幼《ニシテ》鋭《ク》二於学《ニ》一、久《クシテ》而愈勤《メ》、心慕《フ》二至道《ヲ》一。応《ジ》二制科《ニ》一、辞理優瞻賅博《ニシテ》、意為《ヘリ》三必擢《ンデラレント》二高等《ニ》一。有司罪《トシ》二其文《ノ》訐鯁《ニシテ》太直《ナルヲ》一、不レ可《カラ》レ進《ム》。兪由《ツテ》レ是不《ニ》レ得レ意《ヲ》、尤《モ》為《ル》二議者《ノ》所《ト》一レ惜《ム》、愈不レ楽《マ》。日与《ニ》二朋儕一登《リ》レ高《キニ》大《イニ》酔《フ》。久《クシテ》乃《チ》還《ル》レ蜀《ニ》。更《ニ》不二以《テ》進取《シテ》為《サ》レ事《ヲ》。亦多《まねく》住二来《シ》京索之間《ヲ》一、所《ニ》レ過《グル》有《レバ》二山水之奇、虚名之玩《ビ》一、未《ダ》三嘗《テ》不《シバアラ》二往《キテ》観一焉。既《ニ》観《レバ》、未《ダ》三嘗《テ》不《ンバアラ》二吟咏《セ》一、反覆《シ》爛熳《シ》、終日嘯傲《シテ》、至《ル》レ有《ルニ》二歴《テ》レ時不《ルコト》一レ能《ハ》レ去《ル》。

と述べられているのである。この叙述の前半に描かれているのは、『東都事略』が伝えるのと等質の張兪像である。

九　秦醇の伝奇小説――「驪山記」と「温泉記」――

「驪山記」がかなり詳しい主人公の紹介から始まっていたのに対し、「温泉記」の発端はやや唐突である。即ち、

西蜀ノ張兪再ビ過リ二驪山ニ一、留ムルニ題シテ二二絶ヲ一云ク、

金玉ノ楼台ハ挿サレ二碧空ニ一　笙歌遥ヒニ響キテ入ル二天風ニ一

当時国色并《とも》ニ二春色ト一　尽ク在リ二君王顧眄ノ中ニ一

其ノ二ニ云ク、

玉帝ノ楼前鎖シ二碧霞ヲ一　終フルマデレ年ヲ培二養ス牡丹ノ芽ヲ一

不レバレ防ガ二野鹿ノ踰エテレ垣ヲ入ルヲ一　銜ミ二出デタリ宮中第一ノ花ヲ一(13)

と、張兪が再び驪山に立ち寄った時に驪山に題して留めた二首の七絶詩から始まるのである。この二絶の背景が「驪山記」の中で古老によって詳しく敷衍されていたのである。古老は、一幅の「驪山宮殿図」を示して往時の壮観を物語り、驪山宮行幸の盛儀、帝の愛玩した牡丹の花の華麗さ、一尺近い大輪の黄牡丹を野鹿に食われ、玄宗が侍臣に「野鹿遊二宮中一、非二佳兆一。（野鹿が宮中をぶらつくのは吉兆ではない）」と言った。そんな事を語って、古老は「殊不レ知下祿山遊二深宮一、此其応上也。（なんと安祿山が後宮をぶらついているのがその応《しるし》だなんて御存じなかったのじゃよ）」と笑った。そしてその事が、前に見たような、祿山と貴妃の穢乱に対して張兪が質問をするきっかけとなったのであった。

この二首の絶句はまた、「温泉記」の導入でもあり、張兪と貴妃の邂逅のきっかけを作ることにもなるのである。「驪山記」では現実の世界で古老から昔話を聞く脇役だった張兪が、「温泉記」では夢幻の世界で楊貴妃に逢う主人公として登場する。二篇は全体で一つの作品世界を構成していて、「明」の部と「幽」の部とでも言うべき緊密な関係をもっている。その「明」と「幽」とを繋いでいるのが、この二首の絶句なのであると言える。

「温泉記」は全体で千六百字程度の長さである。温湯の旅籠に泊まり、夢に現れた黄衣の役人二人と、碧衣の童子二人に案内されて、やがて楊貴妃と対面するまでの長い道行が、その四〇パーセントの分量を費して叙述される。

『続古事談』が殆ど省略してしまった部分である。対面後の叙述においても、『続古事談』が省略した要素は多い。貴妃が張翕の驪山に題した詩をとてもすばらしいと褒めたこと、今の女性の首飾りや衣裳はどのようかと訊ね、自分の古い衣裳を侍女に持って来させて張翕に見せたこと、そのあとで、張翕が、「翕少《クヨリ》好《ミ》レ学《ヲ》、雖《モ》レ望《ムト》レ道《ヲ》未《ダ》レ見《ハレ》、然《レドモ》於二唐史一見《テ》二仙事《ノ》迹《ヲ》一甚《ダ》熟《セリ》、今見《ルニ》二仙之姿《ノ》艶《ナルヲ》一、一祿山安《ンソ》　能《ク》動《カサンヤ》二仙之志《ヲ》一、而《レバ》　仙自《ラ》棄《ツルコト》　如《クナリシカ》レ此《ノ》也」と聞き、貴妃はただ「事係《ハレリ》二天理《ノ》一、非《ズ》二子《ノ》可《キコトニ》レ知《ル》幸《ハクハ》　無《カレ》二見詰《スル》一」とのみ答えたこと、張翕が質問を変えて玄宗の在り処を尋ねると、貴妃が玄宗は真人が下界に降っていたのであって、今は玉羽川という処に住んでいると答えたこと、これらのことがすべて省略されているのである。

こうした多くの要素の中から『続古事談』が選んだのは、香湯による沐浴のことと、後日に貴妃が牧童に托した律詩のこと、この二つだけである。

「温泉記」では、前述のような張翕と貴妃の対話の前に、入浴の場面が描かれる。貴妃が張翕に入浴を命じ、自分も浴に入る。そのさまが、

湯影沈沈《トシテ》、鼇揺《ガス》二龍鳳《ヲ》一、仙去《キテ》レ衣《ヲ》先《ヅ》入《ニ》レ浴、翕視《ルニ》　若《シ》下蓮《ノ》浮《ビ》二碧沼《ニ》一、玉《ノ》泛《ベルガ》中甘泉《ニ》上、翕思《ノ》意蕩《グ》、翕因《テ》以《テ》レ手《ヲ》払《フニ》レ水《ヲ》沸《キテ》　熱《クシテ》不レ可《カラ》レ近《ツク》、仙笑《ヒテ》　命《ジテ》二左右《ニ》一、別《ニ》具《ヘシム》二湯沐《ヲ》一、侍者進《ム》二金盆《ヲ》一、為《ニ》翕解《キテ》レ衣《ヲ》入《ル》レ浴《ニ》、仙与《ト》レ翕相去《ルコト》　数歩耳、一童以《テ》レ水《ヲ》沃《ギ》レ仙《ニ》、一童以《テ》レ水《ヲ》沃《グ》レ翕《ニ》。

と描かれる。張翕は「翕塵骨凡体《ニシテ》、幸《ヒニ》　遇《ヘリキ》二上仙《ニ》一、似《タリ》レ有《ルニ》二宿契一、然《ルニ》　何故《ノ》　不《ニカ》レ得《ル》二共《ニ》沐《スルヲ》一」と不満を訴えるが、貴妃は「爾未《ダ》レ有《ラ》二今日之分一」と答える。

同じような場面がもう一度描かれる。安祿山とのことや玄宗の今の在処を尋ねた後のことである。榻（寝台）を並べて寝かされた張翕が、「情思蕩揺《シテ》、不レ能《ハ》レ禁《ムル》」なり、「他物《ノ》弗《ハ》レ望《マ》、願《ハクハ》　得《テ》レ共《ニスルヲ》　レ榻《ヲ》、以《テ》接《ガバ》二佳話《ヲ》一、雖《モ》レ死《スト》　為《サント》レ幸《ト》」と願うけれども、貴妃は笑って、「吾有《レドモ》二　愛《シム》レ子《ヲ》心一、子有《リ》二私《セントスル》　レ吾意《ヲ》一、宿契未《ダ》レ合《ハ》《レバ》、終《ヒニ》　不レ可《カラ》レ得」と諭す。張翕が無理

に寝台に昇ろうとすると、「足不レ可《カラ》レ引《ク》、若《シ》下有《リテ》二万觔《キン》一繫《ガレタルガ》上之《ニ》」（觔は斤と同意）というありさまになり、再び貴妃に「子固《ヨリ》無《シ》二今日《ノ》分一」と言われる。「温泉記」では、『続古事談』のように「マジハリフス事ヨノツネノ如シ」というようなことには遂にならないのである。

貴妃が牧童に托した詩であるが、「温泉記」の末尾には、張兪が後に温泉駅に題した七絶一首、戯れに作った五律一首を載せ、その次に、野外をそぞろ歩きしている時に牧童が持って来て彼に渡した書中の詩が掲げられている。

虚堂《ノ》壁上《ニ》見《ル》二清辞《ヲ》一　似《タリ》二共《ニ》幽人《ノ》説《クニ》レ所《ヲ》レ思《フ》
海上《ノ》風烟《ハ》雖《モ》レ可《シト》レ楽《ム》　人間《ノ》聚散《ハ》更《ニ》堪《ヘタリ》レ悲《ムニ》
重簾透《シ》レ日《ヲ》温温《トシテ》煖《カニ》　玉漏穿《ツテ》レ花《ヲ》滴滴《トシテ》遅《シ》
此《ノ》景此《ノ》情伝《ヘテ》不《レバ》レ尽《クサ》　殷勤《ニ》嘱二付《ス》隴頭《ノ》児《ニ》一

『続古事談』は、この律詩の頷聯だけを採って掲げていたのである。原詩の「海上風烟」は貴妃の住む「蓬萊第一宮」（碧衣の童子の語）から眺めた海辺の風にたなびく霞のたたずまいということであろう。それが『続古事談』では「天上《ノ》歓栄」となっているが、これは依拠した本文の違いということではなくて、縮約した話の中でも無理なく理解できるように、かつ、下句の「人間」と対語になるように、意図的に改めたものであろう。夢の中での仙界の交会の歓楽を指していることは言うまでもない。

十　『続古事談』と劉斧の『青瑣高議』

秦醇の伝奇小説について、魯迅は、「その文章は大へん唐人を模倣しようとしているが、しかし文章も意想もともに拙劣であり、ただ一つ二つの気のきいた表現が、ところどころに点綴されているのを見かけるだけである」(14)と、かなり厳しい評価を下している。唐代の伝奇小説、また同じ宋代でも楽史の作品などと比べてみて、確かに浅陋といった印象を払拭し得ない。それはともかくとして、その作品を収めた『青瑣高議』が、鎌倉期の早い頃に渡来していて、『続古事談』の編者の眼に触れるところとなり、短編の伝奇小説に和訳されていたという事実は、極めて興味深いことである。

『青瑣高議』は、南宋の曾慥が編纂した類書『類説』（巻四十八）に四十八条が引載されている。秦醇の作品のうち、「驪山記」、「温泉記」（表題は「題驪山詩」）、「譚意歌」（表題「譚意哥記」）の三篇が、その中に含まれている。いずれもかなり簡略化されている。「温泉記」の場合、約千六百字が二百八十五字に切り詰められ、碧衣の童子に案内されて行く道行などはすべて削除されている。その点は『続古事談』と似ているが、『類説』所引の文には、貴妃が牧童に托した七言律詩の話は全くない。その代わりに、末尾に、「兪明日戯《レニ》為《リテ》レ詩《ヲ》曰《ク》」として、『続古事談』が省略した次のような五言律詩一首が採り上げられている。

昨夜遇二温泉一　夢与二楊妃一浴　敢将二豫譲炭一　輒対二卞和玉一
同レ歓一宵間　千生万生足　想得唐明皇　暢哉暢哉福[15]

『続古事談』の漢朝篇は、極めて分量も少ないものである。にもかかわらず、多くの問題を内包している。本稿ではその評論的な側面については触れ得なかったが、それは次の「漢文帝の倹徳説話」で考察する。

注

（1）野村八良氏『鎌倉時代文学新論』（明治書院、大正11・12、増補版大正15・5）等。

（2）小林保治・高橋貢・檜谷昭彦編『日本短篇物語集事典』、佐々木克衛氏稿「続古事談」の項（改訂新版、東京美術、昭和59・10）補 最近に至ってようやく、『続古事談』の浩瀚な注釈書が公刊された。池上洵一氏を代表とする神戸説話研究会の編になる『続古事談注解』（和泉書院、平成6・6）である。この作品の今後の研究に大きく寄与することが期待され、喜ばしいことである。

（3）野村八良氏『近古時代説話文学論』（明治書院、昭和10・9、補訂版芸林舎、昭和51・7）。なお、「白龍魚服」の故事は『説苑』（正諫篇）に見えるが、『続古事談』（第二臣節）の直接の典拠としては、『文選』巻十所載の潘岳「西征賦」の本文並びに李善注所引「説苑」を挙げるのが適切であろう。

（4）表題では次のように底本の誤字（括弧内）を訂正した。(1)淳于髡（干）、(2)姚崇（桃）、(6)張兪（喩）、(9)任氏行（子）、(17)陸法和（化）。また、(17)の段落には、『続古事談』の成立時期が建保七年（一二一九）四月二十三日であることなどを記す跋文（9行）が含まれているが、これを除外した。

（5）吉沢義則氏『鎌倉文学史』（日本文学全史第五巻、東京堂、昭和15・8）

（6）『続古事談』では、「宰相入道俊憲擬表ニカキテ云ク」（広島大学蔵写本では「俊憲」を「俊綱《憲イ》」に作る）としているが、『新撰朗詠集』ではその前の句（「小野宮太政大臣辞職第三表、後江相公」）と「同表」としている。前の句は確かに大江朝綱（後江相公）の「為二清慎公一辞二右大臣一第三表」（『本朝文粋』巻五）の中の句であるが、「応対易忤」の句は後江相公の「為二貞信公一辞二摂政一第二表」（『本朝文粋』巻四）中のものであって「同表」ではない。なお、『本朝文粋』『新撰朗詠集』はともに「忤」を「迷」に、「通」を「浹」に作る。[補]「2 漢朝篇に見える漢文帝の倹徳説話」の注（6）参照

（7）ただし、『貞観政要』の古鈔本にだけ見られるものであって、通行本（戈直本）には記されていない。原田種成氏校注、新釈漢文大系本（明治書院、昭和53・5）参照。

（8）『漢書』（佞幸伝第六十三）の「董賢伝」には「常与《ニ》レ上臥起《ス》」とある。なお、その「賛」には、「柔曼之傾《クルコトヲ》レ意、非《ズ》二独女《リ》徳《ノミニ》一、蓋亦有《シ》二男色一焉」と「男色」の語も用いられている。[補]本節末記載の[付記]「文人仲間の雑談の世界」参照

（9）原題「楊妃故事的発展及与之有関的文学」「三、錦棚禄児」の項（柯慶明・林明徳氏主編『中国古典文学研究叢刊、小説之部㈠』、巨流図書公司、一九七九年二月）

（10）『資治通鑑』の成立は北宋の神宗の元豊七年（一〇八四＝白河天皇応徳元年）であるが、宋朝政府は史書の国外輸出を厳禁していた（森克己氏「日唐・日宋交通に於ける史書の輸入」『本邦史学史論叢』（冨山房、昭和14）。勿論、利に敏い商賈

の密輸もありえたが、わが国における『資治通鑑』の享受の記録として知られているのは、花園院が元応元年（一三一九）から元亨二年（一三二二）にかけて読んでいること（『花園院天皇宸記』）、玄恵法印が初めて宮廷で講じたこと（一条兼良『尺素往来』）等である。また、花山院師継が文応元年（一二六〇）四月二十日に甥の通雅から「唐紀第一并玄宗一二三四□」を借りているが（『妙槐記』）、あるいは『資治通鑑』の「唐紀」を指すかと思われる。『資治通鑑』の「唐紀」は第一～八が高祖紀、玄宗紀は第二十六～三十三の八巻にわたっている。

(11)『青瑣高議』の本文は、古典文学出版社刊（一九五一年・上海）による。ただし、句読点その他の符号は省いて、通常の表記に改め、私に訓点を附す。

(12) この作品の表題と七言句との関係については、魯迅は、一つは「題」一つは「解」で、元曲の結末の「題目」と「正名」に類似しているが、汴京（開封。北宋の都）の「説話」の表題は、やはりこのような体裁で、その習俗が浸透して「文章」にまで及んだのではないかとしている（『中国小説史略』第十三篇「宋元之擬話本」）。また、前野直彬氏は、この七言句の副題を有する事実から、『青瑣高議』は「当時の通俗文学、具体的には都市で成長しつつあった講釈などの語りものと関係をもつのではないかという推測が成り立つ。さらに想念をひろげるならば、この書は講釈の語り手たちに対する種本《たねほん》の意味を持っていたのではなかったか。」（中国古典文学大系24『六朝・唐・宋小説選』平凡社、昭和43・7）と説いている。補なお、秦醇の四篇の作品のうち、①と②は楊貴妃、③は趙飛燕という古来有名な美妃を主人公にしているが、④だけは譚意歌という当時の女性を主人公とする物語である。譚意歌（小字英奴）は幼時に両親を失い、流落して長沙の娼妓となったが、美貌の上に敏慧で、音律を解し詩筆を善くしたので忽ち売れっ子になる。たまたま汝州の張正字と出会って恋に落ちたが、故郷に戻った張は親の命で孫氏と結婚する。孫氏の死後に再会し、「夫妻偕老、子孫繁茂」で大団円。魯迅（『中国小説史略』第十一篇）も言うように、唐代伝奇の名作『霍小玉伝』（蔣防撰）とよく似たストーリーである。

(13) 補　清の厲鶚撰『宋詩紀事』（巻十七）に蒐められた張兪の詩の中に、「玉帝桜前」の七絶詩一首（題「遊驪山」）が出典を『青鎖高議』として収められているが、転句の「防」を「妨」に作っている。

(14)『中国小説史略』（第十一篇「宋之志怪及伝奇文」、『魯迅全集9』所収、人民文学社、一九七三・北京）、増田渉氏訳『中国小説史上』（岩波文庫）の訳文による。

（15）　四庫全書所収の『類説』では詩の措辞に異同はないが、上海・古典文学出版社刊の本文では、「昨夜遇温湯」の遇が過に、「輒対卞和玉」の輒が却に、「千生万生足」の句が「平生万事足」になる等の異同がある。補　宋の阮閲撰の『詩話総亀』（前集巻四十九、奇怪門下）に「張兪遊驪山」の話を簡略化して載せ、出典は「青瑣集」としている。『類説』所載の話と同様、張兪が黄衣の役人や碧衣の童に案内されて楊貴妃のもとへ赴く道行の叙述は省略されている。さらに楊貴妃との対面の場面も省いて僅かに「与レ之論ニ当時事一甚詳」の八字で片付けている。そして、「覚又為レ詩曰、夢魂飛入ニ瑶台路一、九霞宮裏會相遇、壷天晩景自憂レ人、春水泛レ花何処去」の詩があり、次いで、張兪が野外を間歩していて牧童から手渡された仙女の「虚堂壁上見ニ清辞一」の七言律詩が記されていて、説話の叙述よりも詩句を主にした切り取り方をしている。が、『類説』が採録した「戯為レ詩曰、昨夜過ニ温湯一」の五言律詩は採り上げていない。「虚堂壁上見ニ清辞一」の詩で『青鎖高議』の「清詞」の詞を辞に、「温温煖」の煖を暁に作る異同がある。『青鎖高議』『類説』『詩話総亀』の三者が重なる部分での措辞の異同ではすべて『類説』と『詩話総亀』の二者が一致する。とにかく、『続古事談』の出典と見ることのできるのは、この三者のうちでは『青鎖高議』だけである。

2　漢朝篇に見える漢文帝の倹徳説話

一　漢朝篇の核を成す諫言説話

『続古事談』は全六巻から成っている。第一「王道・后宮」、第二「臣節」、第三（欠巻）、第四「神社・仏寺」、第五「諸道」と続き[1]、最後が「漢朝」である。

漢朝篇は、別稿に記したように、⑴「淳于髡が諧謔をもって斉の威王を諫めた話」から、⒄「陸法和が猛獣に三帰戒を与えた話」までの十七条から成っている。ただし、これは、群書類従本における改行に従って便宜的に段落を分けたまでのもので、十七条が相互に関連なしに各独立しているということではない。

志村有弘氏は、『続古事談』全体の説話の並び方を調査して、『古事談』や、それに倣ったらしい『十訓抄』と同様に、「同類説話の配列が根本原理」であることを指摘している。(2) 漢朝篇について述べているところを掲げると、次のとおりである。

巻六漢朝の部では、第一話「唐朝ニ斉威王……」・第二話「唐ノ玄宗……」・第三話「サレバ大国ノナラヒハ……」の三説話は、賢臣が君主を諌めるという諌言説話であり、第四話「楊貴妃ハ……」は、第二話の玄宗説話を受けついだものといえ、第三話及び第五話「或人ニ問テ云ク……」の二話は、その内容から考えて挿入説話的なものである。つまり第二話で玄宗の説話があり、第四話が楊貴妃説話、第六話「張喩ト云フモノ……」も楊貴妃説話であり、第七話「玄宗ノ御子……」は、玄宗息粛宗説話となっている。さらに詳細に述べるならば、第五話「或人ニ問テ云ク……」が男色に関する説話で、次の第六話「張喩……」説話が、好色男の説話である。第七話「玄宗ノ御子……」は、前述のごとく、玄宗息の説話であるが、その中に堯・舜の名が出、次の第八話「堯ハ舜ノ……」は、堯・舜の説話となっている。そして、この第八話は、舜が娥皇・女英という二人の妻を巧みに愛するという説話で、次の第九話「白楽天ノ……」では、狐と男の情交が描かれ、第十話「唐国ノ習ヒ……」説話では、宋弘の妻に対する愛情が描かれる。次の第十一話「漢文帝ト申ケル……」説話は聖主説話であり、第十二話「漢朝ノナラヒ……」は賢臣説話となり、この第十二話で登場する丙吉の行為に似ているということで、第十三話「周勃トイフ……」説話の登場となる。第十四話「漢土ノ隠者ハ……」・第十五話「南史隠逸伝……」の二話が隠者説話であり、第十六話「徐孝克トイヒケルモノ……」の説話は、還俗した徐孝克が僧に交って講経論議するというもので、つまりここには「オホヨソ漢土ニハ在俗ノ法門ヲサトル僧ニマジハリテ論説スル事ツネノ事也」と記されており、これと関連して「コレモ在俗ノ法ノシルシアルタグヒ也」という意味で第十七話「陸法化トイヒケルモノハ……」の説話が登場する。

随分と長くなったが、漢朝篇の内容と構成についての理解に資するために、あえて引用した。

志村氏は、右のように個々の説話における人物や素材・主題の類縁関係をたどることによって、『続古事談』の各部立の内部においても「同類説話を羅列しようとする編者の意図」を見出しているわけである。

相並ぶ二つ以上の説話が相互に類縁性を持ちつつ、全体としては主題が次第に移動して行くということになると、連想を媒介にした連鎖的な配列法ということが思い浮かぶけれども、漢朝篇の構造は、その段階を超えていると思う。複数の説話が同類説話として認識されるために必要な共通要素としては、同じ人物、同じ器物というような具体的なものもあれば、美意識や道徳観念といった抽象性の高いものもある。『続古事談』漢朝篇の場合は後者に属し、そこには、君臣における政道論とでも呼ぶのがふさわしい統一的な主題が見出されるのである。志村氏も、漢朝篇の初め三話が諫言説話として纏まっていることを指摘しているし、他の論考においても(3)、「巻第一王道后宮篇には、諸賢帝の逸話が叙述されており、善政の例、忠臣の諫言に耳を傾ける帝のエピソードなどが多く収載されている」のを始めとして、「本書で注目すべきは諫言説話で」あり、「本書で諫言説語がもっとも多く収載されているのは漢朝篇である」ことを指摘している。

仮に『太平御覧』全一千巻を例に取ると、この書には「天部」から「百卉部」まで五十五部門が立てられていて、そのうちの「人事部」全一四一巻中の七巻が「諫諍」という項目に当てられ、進諫・納諫に関する多くの言説や故事が蒐集されている。百科全書的な類書の場合、類纂組織の単位である項目のもとに同類説話が纏められるのは至極当然である。しかし、説話文学作品ともなると、折に触れて書き留めて手許に集積された説話を、いかに分類し配列するかという編纂上の苦心だけではなくて、編述の目的如何によっては、編者の内部により積極的な主張があり、それを核として主題が設定され、それをめぐって編者の議論が展開される中で、推論を媒介し、あるいはその普遍的妥当性を保証するものとして、本朝・異国の故事が引かれるというような場合もありうるはずである。『続古事談』という作品、なかんずく漢朝篇は、そういう評論文学的性格の顕著なものであることを、⑾「漢の文帝の倹約ぶりと、賢王に関する説」の叙述を中心に、明らかにしてみたいと思う。

二　丙吉・周勃の話と俊憲「擬表」

迂遠なようであるが、話を、⑿「丙吉が寒天に牛の喘ぐのをいぶかった話」と、⒀「周勃が帝の下問に即答できず恥じて汗をかいた話」とから始めようと思う。この連続する二つの条が、二話一題の構成になっていることは誰の目にも明らかである。

前者の⑿は、『蒙求』の「丙吉牛喘」にも記されている有名な話で、『漢書』（巻七十四）の「丙吉伝」に原拠がある。宣帝の時の丞相丙吉（前五五没）が外出した折の路上で、「人ヲ殺シタルモノ刀ヲヌキ」（群書類従本。以下同）て走って来るのに出合った。『漢書』には「嘗《テ》出《デテ》逢《ヘリ》二清道《ノ》群闘《スル》者死傷《シテ》横《ハルニ》レ道《ニ》、」即ち、天子の行幸に当たって道路を清める者たちが乱闘して死傷者が道路に横たわっているという事態に遭遇したとなっているが、とにかく、彼はその時「スコシモコレヲミイレズ、オドロカズ」、供の者に捕縛を命ずるでもなく、通り過ぎた。ところが、次に一頭の牛が寒天に喘いでいるのを見た時には、「ハナハダアヤシミサハギテ」、牛の主を探し出して、その事情を問い訊した。この極端に態度の異なる理由を人に尋ねられて、丙吉は先ずこう答える。「オホヤケニツカウマツルナラヒ、ワガミチナラヌ事ヲシルハ非礼ナリ。」そして、具体的に、殺害犯人の逮捕は「武官」の主管であって、丞相たる自分の執行すべき事柄ではない。しかし、寒天に牛の喘ぐのは陰陽の不順によるもので、丞相たるものは「モトモ陰陽ヲオサムベキ器ナル故」に、自分は牛の主に事情を訊ねたのである、と説明する。

後者の⒀は、『史記』（巻五十六）の「陳丞相世家」に載っている故事で、『漢書』（巻四十）では「王陵伝」の叙述の中に含められている。文帝が右丞相の周勃（前一六九没）に「天下一歳《ノ》決獄幾何《ゾ》」と下問したが、周勃は「不㆑知《ラ》」と陳謝する。帝がまた「天下一歳《ノ》銭穀出入幾何《ゾ》」と下問したのにも「不㆑知《ラ》」と陳謝して、「汗出《デテ》沾《ス》㆑背《ヲ》、愧《ヅ》㆑不《ルヲ》㆑能《ハ》㆑対《フル》」というほどに恐懼する。そこで、帝が位次第二の左丞相陳平（前一七八没）に問うと、陳平は「有《リ》㆓主　者《ツカサドル》㆒」と答え、帝がさらに「主《ル》者《トハ》謂《フ》㆑誰《ヲカ》」と訊ねたのに対して、陳平は、「陛下即《モシ》問《ハバ》㆓決獄《ヲ》㆒責《タダセ》㆓廷尉《ニ》㆒、問《ハバ》㆓銭穀《ヲ》㆒責《セ》㆓治粟内史《ニ》㆒」と答えた、という話である。

『続古事談』では、「国王コレヲメシテ、一年中ノ米穀ノ用途ヲカゾヘヨトノ給ケレバ」という周勃への下問と、「コレハワガシルベキ事ニアラズ。治粟内史トイフツカサアリ。コノ事ヲシルベキモノナリトイヒケレバ」という陳平の奉答だけがあって、『史記』に記す「銭穀」即ち国庫の年間収支と、「決獄」即ち裁判件数に関する問答のうち、前者だけを取り上げて、後者は削除している。

後者の検察裁判関係の記事を削除した理由については推測が可能である。⑿話における丙吉の言葉の中に、「サキニ殺害ノモノスグトイヘドモ、武官世ニアレバ、ワレコレヲシルベカラズ」という叙述があって、これとの重複を避けるためであろう。検察裁判は二つの説話の同類性を保証する共通要素である。それにもかかわらず、一方の説話のそれをあえて削除しているという点を見逃がしてはなるまい。

共通要素の淘汰は外にも見出しうる。先に見た文帝と陳平の問答は、『史記』ではさらに次のように展開する。陳平から「物事それぞれに主管の役人がいる」と言われた文帝が、「それではお前の主管は何か」と質問する。陳平は、次のような宰相論を述べる。

宰相《トハ》者、上佐《ケ》㆓天子《ヲ》㆒、理《メ》㆓陰陽《ヲ》㆒、順《ニシ》㆓四時《ヲ》㆒、下育《ム》㆓万物之宜《シキヲ》㆒、外鎮㆓撫《シ》四夷諸侯《ヲ》㆒、内親㆓附《シ》百姓《ヲ》㆒、使《ムルナリ》㆓卿大夫《ヲシテ》各ゝ得レ任《ズルヲ》二其《ノ》職《ニ》一焉。

これは、天子の政を補佐し、官僚たちに各自の職責を全うさせ、陰陽の調和を保たしめるところに宰相の任務があるとする点で、次のごとき丙吉の宰相論と軌を一にしている。

吉曰《ク》、民闘《ツテ》相殺傷《スルハ》、長安令・京兆尹《ノ》職《トシテ》所《ナリ》レ当《ニ》《キ》二禁備逐捕《ス》一。歳竟《リニ》、丞相課《シテ》二其《ノ》殿最《ヲ》一、奏《シ》三行《フ》賞罰《ヲ》二而已。宰相《ハ》不レ親《カラセ》二小事《ヲ》一、非レ所《ル》レ当《ニ》《キ》下於《テ》二道路《ニ》一問《フ》上也。方《リテ》レ春《ニ》少陽《ナレバ》、用《キルモ》レ事《ヲ》未《ダ》レ可《カラ》二太《ダ》熱《カル》一。恐《ラク》《ハ》牛近《ク》行《クニ》用《ツテノ》レ暑《キヲ》故《ニ》喘《グカ》。此《レ》時気失《セリ》レ節《ヲ》、恐《ルル》レ有《ランコトヲ》レ所《スル》二傷害《スル》一也。三公典《ハル》三調和《スルコトヲ》二陰陽《ヲ》一、職《トシテ》所《ナリ》レ当《ニ》《キ》レ憂《フ》、是《ヲ》以《テ》問《ヒシナリ》之。

『続古事談』は、右のような丙吉の発言内容を簡略化して、次のように記している。

寒サキニ殺害ノモノスグトイヘドモ、武官世ニアレバ、ワレコレヲシルベカラズ。イマ一牛ノアヘグニアヘリ。天ニ牛ノアヘグ、コレ陰陽ノタガヘルナリ。大臣ノ位ニヰルモノハ、モトモ陰陽ヲオサムベキ器ナル故也ト云ケリ。

そして、この丙吉の宰相論一つに集約し、陳平の宰相論の方は省略することによって、叙述が煩瑣になるのを避けているのである。前記の例と同様、二つの説話の共通要素の整理統合による叙述の整斉化である。このような操作が可能であるためには、両説話の同類性に対する認識が、具体的な説話要素の共有という次元を超えた、より抽象性の高いものとなっていることが前提となるであろう。それはもはや、同類説話の並列という説話配列法の問題としてのみは考えられない。その二つの説話が、いかなる主題のもとに展開される議論の中に、どのように位置づけられているか、という観点からの把握を要請することとなろう。

(12)丙吉の話と、(13)周勃の話とを結び付ける契機は、(13)話の末尾の記述によって明らかにされる。それは、次のように記されている。

コノ二人《丙吉周勃》ガ事ヲ宰相入道俊憲、擬表ニカキテ云ク、

応対易忤、汗通周勃之背。陰陽難理、牛喘丙吉之前。

これが、⑿⒀の両話を一括しての結びであることは明白である。そして、これとの対応関係から、⑿話冒頭の、「漢朝のナラヒ、ソノツカサニ随テ其事ヲ行テ、タガヒニミダレガハシキ事ナシ」という一文が、⑿⒀の両話に係る主題の提示であったことが了解されるはずである。即ち、官職によって定められている所管に従って政務を執行し、その埒を越えて他者の職権を侵犯することがないという「漢朝ノナラヒ」を主題とし、その例証として、丙吉と陳平の言葉が引かれているのである。「ソノツカサニ随テ其事ヲ行」うことは、卿大夫以下の百官有司について広く言われたものであろうが、編者が特に念頭に置いていたのは、丙吉・陳平の言説がそうであるように、宰相の職掌に関してであるらしい。

そのことを明らかにするためには、「宰相入道俊憲」の「擬表」から引かれた詞句を解明しなければならない。そして、そのためにはさらに、この「擬表」そのものの検討から始めなければならない。しばらく、本題から離れることにはなるが。

矢野玄道の『続古事談私記』（明治16年成）に、[4]「応対云々」の句について、椒斎狩谷望之の説を引いて、

望之曰、新撰朗詠集云、丞相、応対易迷、汗浹周勃之背、云々、小野宮殿、太政大臣辞職第三表、後江相公。

とあるように、『新撰朗詠集』（巻下、雑、丞相付執政）の中に、[5]

大相国者《ハ》臣之《ガ》厳《ゲム》親也、仰《ギテ》膝下《ニ》而流《ス》汗《ヲ》。左僕射者《ヤハ》臣之伯父也、揖《イフシテ》席上《ニ》而収《ム》襟《キムヲ》。

の句に続いて、

応《キヨウ》対易《シ》迷《マドヒ》、汗浹《セアマネシ》周勃《ホツガ》之背《セナカニ》。陰陽難《シ》理《リシ》、牛喘《アヘグ》丙吉《ガ》之前《マヘニ》。

と見えている。そして、両詞句の原題および作者について、穂久邇文庫蔵本や寛永八年板本（日本歌謡集成第三巻所収）では、前者の詞句の下に「小野宮太政大臣辞職第三表、後江相公」とあり、後者の詞句の下に「同表」となって

いる。即ち、小野宮実頼（清慎公）が太政大臣を辞するに当たって、大江朝綱（後江相公）が表を代作した、その第三の表ということになっているのである。しかし、これは誤りで、前者については梅沢本（古典文庫、昭和38・11）に「清慎公・（辞）右大臣第三表、後江相公」とあるのが正しい。『本朝文粋』（巻五、表下）には、朝綱の草した「為《ニ》清慎公《ノ》辞《スル》右大臣《ヲ》」前後三度の表が収載されていて、その第三表（天慶七年六月二十八日付）の中にこの対句が見出される。問題は後者の詞句の原題である。前記の諸本のいずれも、前者と同一の表から摘句されたことになっているが、これまた誤りで、作者こそ同じ朝綱ではあるが、「為《ニ》貞信公《ノ》辞《スル》摂政《ヲ》」表、即ち清慎公実頼の父、貞信公忠平が延長八年（九三〇）に摂政を拝辞した時の第二表（同年十月十六日付、『本朝文粋』巻四）の中に見える対句である。

ところが、『続古事談』はこれを「宰相入道俊憲」の擬表と記しているのである。信西入道藤原通憲の長子の俊憲を指したものであろう。彼は平治元年（一一五九）四月六日に参議（宰相）となったが、同年十二月十日に乱に坐して解官、二十二日に配流、三十日に出家し、翌二年二月に召返されている（『公卿補任』）。「宰相入道」と呼ばれて不都合はない。美福門院（一一一七〜六〇）が封戸を辞退する時の表を草したこともあるらしい（『玉葉』仁安二年五月二十一日の条）。ところが、『続古事談私記』が拠った本には「俊綱」となっていたようで、棭斎本との校異を記して「俊綱憲作」とある。広島大学蔵本と玄道の拠った本とは同系統と見られ、『続古事談私記』の校記のうち棭斎本や塙本（群書類従本）と異なる語は、おおむね広島大学蔵本と一致している。この擬表の作者名も広島大学蔵本にはやはり「宰相入道俊綱《憲イ》」となっている。ただし、比定すべき人物の存在は確認できない。『続古事談』の編者が、擬表の作者をなぜ「後江相公朝綱」と記さなかったのか、また、なぜ信西入道息の「俊憲」としたのか、さらに、詩句の措辞に、「易迷」と「易忤」、「汗浹」と「汗通」のような異同がなぜあるのか、いろいろと疑問は残るのであるが、この擬表は、大江朝綱が貞信公忠平のためにその下書を草した摂政辞表を指すものとして、以下、考察を進めて行くこととする。(6)

この対句の前後の叙述を少し補って掲げると、次の通りである。

臣無《ク》レ才無《ク》レ芸、非《ズ》レ旧《ニ》非《ズ》レ勲《ニ》。応対易《シ》レ迷《ヒ》、汗浹《トホル》二於周勃之背《ニ》一。陰陽難《シ》レ理《メ》、牛喘《グ》二於邴吉之前《ニ》一。況《ンヤ》当《リテ》二四海改《ムル》レ観《ヲ》之朝《ニ》一、荷《ナフ》二百官摠《ブル》レ己之任《ヲ》一、尋《ネ》レ古《ヲ》思《フニ》レ今《ヲ》、心迷《ヒ》魂慄《ク》。昔周公旦之大聖《ナリシ》、未《ダ》レ免《レ》二流言《ヲ》一、霍子孟之英雄《ナリシ》、難《シ》レ避《リ》二謗議《ヲ》一。或《ハ》親《ナリ》或《ハ》賢《ニシテ》、招《クコト》レ咎《ヲ》如《シ》レ此《ノ》。雖《モ》レ慎《ムト》雖《モ》レ畏《ルト》、塞《グコト》レ責《ヲ》若何《ニセン》。猶《ホ》以《テ》二社稷之重《キヲ》一、強《ヒテ》託《セバ》二庸昧之質《ニ》一、於《テハ》レ公《ニ》危《キコト》多《ク》、為《ニハ》レ私《ノ》辱至《ラン》。不三啻《ニ》思《フノミナラ》二微臣忘《ルル》レ身《ヲ》之憂《ヲ》一、兼《ネテ》恐《ルルナリ》レ損《ゼンコトヲ》二先帝知《ル》レ人《ヲ》之徳《ヲ》一。

朱雀帝が延長八年（九三〇）九月、僅か八歳で践祚するに当たり、忠平に摂政の詔が下ったので、彼は、例法どおり三度の辞表を奉る。拝辞の理由は、自分には才能も勲業もない、周公旦や霍光（字子孟）のごとき大聖英雄さえも流言や誹謗を避けがたかったことを思えば、百官を統括する摂政の重責など到底負いがたい、という点にある。このような辞表中の対句をもって結びとした(12)(13)の両話は、当然のことながら、一国の宰相たる者の器量に関する議論なのであって、傷害犯を逮捕する長安令・京兆尹や、国庫を管理する治粟内史等の実務的な官僚の主管を論ずるのが目的なのではあるまい。

軍記物語などの説話挿入の形態には、例えばこの朝綱（もしくは俊憲）の擬表の対句を先に掲げ、その心を、物語作者または登場人物が解説するという形で、周勃と丙吉の故事が並べて語られ、その結びとして何がしかの評言が付くという場合が多いのであるが、(7) それに比べて、『続古事談』の(12)(13)の両話を一纏まりとする章段は、それとは叙述の順序が逆で、冒頭に主題の提示、次に故事の説述、末尾に詞句を配している。要するに、百官各に主管がある中で宰相の主管は何かということを論じようとする編者の主題意識が明確であり、それだけに評論的性格が顕著であると言うことができよう。

三　文帝の倹徳と保胤の敬仰

⒀の周勃の話は、『史記』や『漢書』の原話においては、呂太后崩御（前一八〇年）の後、太尉周勃と丞相陳平が諸呂を誅し、代王の劉恒（文帝）が代（河北省）から長安に入って帝位に即き、陳平の「高祖時《ノ》、勃《ガ》功《ハ》不《ルモ》レ如《カ》二臣平《ニ》一、及《ンデ》レ誅《スルニ》二諸呂《ヲ》一、臣《ガ》功《ハ》亦不《ルナリ》レ如《カ》レ勃《ニ》」という進言に基づいて、周勃を右丞相に任じて位次第一とし、陳平を左丞相に任じて位次第二としたという記事の後に、その事と関連して述べられている。

因に、文帝の下問に即答できず冷汗をかいた周勃が、御前を退出した後、陳平に向かって、なぜ答弁の仕方をあらかじめ教えて置いてくれなかったかと詰ると、陳平は笑って、「君居《リテ》二其《ノ》位《ニ》一、不《ル》レ知《ラ》二其《ノ》任《ヲ》一邪。且《ツ》陛下即《シ》問《ハバ》二長安中盗賊《ノ》数《ヲ》一、君欲《スル》二彊《ヒテ》対《ヘント》一邪」と答える。周勃は自分の才能が陳平に遠く及ばないことを悟った、という結びが付いている。

これは、高祖臨終の折、呂后が丞相蕭何の亡き後は誰に代わらせるべきかと尋ねたのに対して、高祖が、

王陵可《ナラン》、然《レドモ》陵少《シク》戇《ヲロカナリ》、陳平可《シ》二以《テ》助《ク》レ之《ヲ》、陳平《ハ》智有《リ》レ余《リ》、然《レドモ》難《シ》二以《テ》独任《シ》一、周勃《ハ》重厚《ニシテ》少《シ》レ文、然《レドモ》安《ンズル》二劉氏《ヲ》一者必《ズ》勃《ナラン》也、可《シ》レ令《ム》レ為《ラ》二大尉《ニ》一。（『史記』「高祖本紀」）

と言い置いたという記事とよく呼応している。宰相の器量に関する、周勃と陳平の資質の比較論が、この説話の骨子でもあったのである。

ところで、即位した文帝は極めて政務に熱心であった。「居《ルコト》頃《クシテ》之、孝文皇帝既《ニ》益《ミ》明二習《ス》国家《ノ》事《ヲ》一」と前置きして、「朝《ニシテ》而問《ヒテ》二右丞相勃《ニ》一曰《ク》、天下一歳《ノ》決獄幾何《クゾ》」と、⒀の原話の叙述に入るのである。陳平の才気に富んだ答弁に対しても、直ちに「苟《クモ》各《ミ》有《ラバ》二主《ル》者一、而君《ノ》所《ノ》レ主《ル》者《ハ》何事《ゾ》也」と鋭く切り込んで、さすがの陳平を恐懼させている。この話はまた、文帝に係る賢王説話の一部でもあったのである。

『続古事談』の⒀の話は、⑾「漢の文帝の倹約ぶりと、賢王に関する話」と一繋がりのものとして読む必要がある。朝綱（もしくは俊憲）の擬表の対句を媒介にして、やや時代の下る丙吉の逸話⑿を取り込むことになったけれども、文帝を核にして君主と宰相のあるべき姿を評論しようとする主題のもとに、この三話は構成されていると見るべきであろう。

文帝は、政務に熱心で、臣下の諫言を進んで受け入れ、節倹に努めた謙譲自抑の賢王として、多くの逸話が諸書に伝えられている。『今鏡』（第二、紅葉のみかり）に、後三条帝が国庫の出費の節減に意を用いたことを称賛するのに例証として引いている次の話などが、特に有名である。

漢の文帝の露台造らむとし給ひて、国堪へじなどいひてとどめ給ひ、女御慎夫人には裾もひかせず、御帳のかたびらにも、あやなきをせられける御心なるべし。

この話の原拠は、『史記』（巻十）の「孝文本紀」にあり、右の露台の建造計画を中止したこと、慎夫人に長裾を着用させず、帳台の帷に刺繍を許さなかったことの外にも、日常生活の万般にわたって、さらに陵墓の造営などにも質素を旨としたことが、次のように叙述されている。

孝文帝従《リ》レ代来《リ》、即《クコト》レ位《ニ》二十三年、宮室苑囿、狗馬服御、無《シ》レ所二増益《スル》一。有二不便《ナルコト》一、輒《チ》弛《ベテ》以《テ》利《ス》レ民《ヲ》。嘗《テ》欲《シ》レ作《ラント》二露台《ヲ》一、召《シテ》レ匠《ヲ》計《ラシムルニ》レ之《ヲ》、直《ヒ》百金《ナリ》。上曰《ク》、百金《ハ》中民十家之産《ナリ》、吾奉《ジ》二先帝之宮室《ヲ》一、常《ニ》恐《ル》レ羞《シメンコトヲ》レ之《ヲ》、何以《ソモチヒン》レ台《ヲ》為。上常《ニ》衣《ル》二綈衣《ヲ》一、所《ノ》レ幸《スル》慎夫人、令《ム》二衣不レ得レ曳《クヲ》地《ニ》一、幃帳不《ラ》レ得二文繡《スルヲ》一、以《テ》示《シテ》二敦朴《ヲ》一為《リ》二天下《ノ》先一。治《スルニ》二霸陵《ヲ》一皆以《テシ》二瓦器《ヲ》一、不《ラシム》レ得下以《テ》二金銀銅錫《ヲ》一為《スヲ》上レ飾《ト》。

いずれもよく知られた話で、『漢書』（巻四）の「文帝紀賛」にも同じ記述がある。

ところが、『続古事談』の編者が取り上げた文帝の倹徳説話は、それらの正史の叙述には見えないものである。

漢文帝ト申ケルキミハ、アマリ国ヲヤスクシ民ヲアハレミテ、倹約ヲコノミ給トテ、上書ノ袋ヲヌヒアツメテ、帳ニタレテゾオハシマシケル。

前記のごとき周知の故事を避けて、耳馴れぬ話材をあえて選んだかと臆測させるほどである。志村有弘氏は、『古事談』と『続古事談』との関係について、「類話が存在した場合、「古事談」収載説話とは別系統の説話を収録しようとし」たという『続古事談』編者の意図を見出しており、(8) 磯水絵氏も同様に、『続古事談』の、「異伝を積極的に収録」し、同一の話題に対しても「別系統の伝承かと考えられる二つ以上の説話を並記」するという傾向を指摘している。(9) 文帝の倹約ぶりを語るのにも特異と見える話材を選んでいるのは、編者のそうした志向を示すものかもしれない。

この上書嚢の故事の原拠は、『漢書』（巻六十五）の「東方朔伝」である。武帝が、時世の風潮が奢侈に流れ、利益の追求に走って根本の農を離れようとしがちであるのを憂え、東方朔に人民の風俗を教化する方途を尋ねた。東方朔は、文帝の事蹟を例に挙げて、意見を具申する。文帝が天子として四海を保つ富貴の身でありながら、貧賤の士さながらの生活を送ったとして、次のように説いた。弋綈《よくてい》（黒いつむぎ）を着、革舃《かくせき》（生皮の靴）を履き、韋帯《いたい》（一重のなめし革）で剣を吊り、莞蒲《かんば》（まるがま）を編んで敷物にし、刀は刃無しの木作り、着物は無文の古綿入れ、そして「集メ二上書ノ囊ヲ一、以テ為ス二殿ノ帷ト一」という、極度に質素な生活をし、「以テ二道徳ヲ一為シレ麗ト、以テ二仁義ヲ一為スレ準ト」という理想を貫いたから、人民はその風を仰ぎ見て、自分の暮らしぶりを一変させたのである。東方朔はこの話を引き合いにして、武帝の豪奢な生活態度を直截に諫めたのである。東方朔は滑稽で名を得た人物である。「朔雖モ二詼笑ナリト一、然モ時ニ観二察シテ顔色ヲ一、直言切諫」する場合もあった、その一例として記された逸話である。なお、この記事は、『藝文類聚』（第十二、帝王部二）および『太平御覧』（第八十八、皇王部十三）に、『史記』「孝文本紀」のよく知られた記事その他とともに、『漢書』に曰く、として引載されている。

また、『後漢書』（列伝第三十八）の「翟酺伝」に、翟酺（字子超）が安帝に奉った上疏が記載されている。安帝が元舅の耿宝を始め外戚を尊寵するのを諫めた内容のもので、その中に、

夫倹《レハ》徳之恭《ナリ》、政存《ハス》二約節《ニ》一。故文帝愛《ハシミ》二百金《ヲ》於露台《ニ》一、飾《ル》二帷帳《ヲ》於皂嚢《ニ》一。或《ヒト》有《リ》下譏《ル》二其倹《ノナルコトヲ》一者上。上曰《ノク》、朕為《ニ》二天下《ノ》一守《ル》レ財《ヲ》耳、豈得《ン》二妄《リニ》用《ヰルヲ》一哉。

とある。「飾二帷帳於皂嚢一」の句の注に、「又東方朔《ガク》曰、文帝集《メ》二上書嚢《ノヲ》一、以為《テス》二殿帷《ノト》一」と記されている。「皂嚢《そくろう》」（皂は阜の俗字）は、「黒い帛の袋。上書を封ずるもの」（諸橋轍次氏『大漢和辞典』）という。『続古事談』の編者が、

上書ノ袋ト云ハ、賢臣ノ君ヲイサメタテマツルフミヲバ、ウルハシクシロキキヌニヌヒククミテ、ヌヒメニ封ヲカキテタテマツル事ナリ。

と講釈しているところから推して、「翟酺伝」とは関係がなさそうである。

この翟酺の上疏のことが、『藝文類聚』（第六十九、服飾部上、帳）に、

益部耆旧伝曰《ニク》、翟酺《ガ》上事《ニ》（書カ）云《ク》、漢文帝連《ネ》二上書嚢《ノヲ》一、以為《テスト》レ帳、悪《ムナリ》レ聞《クヲ》二紈素之声《ヲ》一。

と見えている。上書嚢は、紈素、即ち「ウルハシクシロキキヌ」のような優雅な衣ずれの音を立てる気遣いのない、粗く厚い布地で作られていたことになる。これと同じ記事が、『太平御覧』（第六九九、服用部一、帳）にも載せられている。同書附載の「太平御覧経史図書綱目」の中に、「陳寿益部耆旧伝」の名が見えるから、『晉書』（列伝第五十二）の陳寿（字承祚）の本伝に言うところの「益都耆旧伝十篇」を指すと思われるが、佚して伝わらない。

丹念に探せば、文帝の上書嚢の話を記載している文献も、案外少なくはないようである。[10]中には、この説話を批判した記事を載せる書物もある。漢の応劭の『風俗通義』（巻二、孝文帝）がそれである。成帝は詩書を好み古今を通覧し、朝廷の儀例や漢家の法度に強い関心を持っていて、常に劉向（前六没）に質問していたが、ある時、世俗に流伝している文帝の事蹟について、その実否を尋ねた。その時の問答が記されているのであるが、その中に、「及《ンデ》三即《キ》レ位《ニ》為《ルニ》二天子《ト》一、躬《ラ》自節倹《ナリ》、集《メ》二上書嚢《ノヲ》一以為《テス》二前殿帷《ノト》一」と、この逸話が取り上げられている。劉向は、文帝の賢王ぶりを物語るそれらの伝承の一つ一つを、実事ではありえないと論破して行くのであるが、上書嚢の話に対する批判は、次の

ようなものである。

文帝雖《モ》二節倹《ナリト》一、未央《ノ》前殿《ハ》至《ツテ》奢《ナリ》。雕文五采画《キ》二華榱《ヲ》一、璧瑺軒檻、皆飾《ルニ》以《テセリ》二黄金《ヲ》一。其《ノ》勢《ヒ》不レ可《カラ》下以《テ》二書嚢《ヲ》一為《ス》上帷《ト》。奢倹好醜不《ルナリ》二相副倖《セ》一。（四庫全書）

この記事も、『太平御覧』（第八十八、皇王部十三）の「孝文皇帝」の項の中に、「風俗通曰」として採られている。ただし、やや簡略化されていて、措辞にも小異がある。例えば、「璧瑺」（璧で作ったたるき端の飾り）が「壁墻」（かべがき）になっていることなどである。劉向の意見は、御座所である未央宮の前殿は、榱（たるき）には彫刻をちりばめ五色に彩り、たるきやおばしまも黄金の覆輪で飾ってあって、豪奢この上もないもの、当然の結果として、それに上書囊を継ぎ接ぎにしたたれぎぬを懸けるなどという不調和なことはできるはずがないというのである。劉向は、成帝の陵墓造営が甚だ奢侈であるのを諫めた上書（『漢書』列伝第六、「劉向伝」）の中で、

孝文皇帝《ハ》去《テテ》レ墳《ヲ》薄《クシ》レ葬《ヲ》、以《テ》レ倹《ヲ》安《ンズ》レ神《ヲ》、可《シ》二以《テ》為《ス》一レ則《ト》。秦昭始皇《ハ》増《シテ》レ山《ヲ》厚《クシ》レ臧《ヲ》、以《テ》レ侈《ヲ》生《ズ》レ害《ヲ》、足《レリ》二以《テ》為《スニ》一レ戒《ト》。

と説いている。当然、『風俗通義』に見える彼の意見も、文帝の倹徳自体を否定したのではなく、流伝している逸話の不合理性を批判したに過ぎない。ただし、劉向が文帝の数ある倹徳説話のうちでその不合理性を指摘したのは、この一条だけである。

『日本国見在書目録』（雑家部）に、「風俗通卅二〈応劭撰〉」と著録されていて、『風俗通義』はつとに渡来していた。『続古事談』の編者がこの書を読んで、劉向の批判を承知の上で、あえてこの一条を選んだのか。が、そう推測させるような筆致ではない。やはり手垢のつかぬ話材への関心という、この編者の傾向を示す一例というに過ぎないのであろうか。

考えられることは、この⑾話の主題との関連である。編者は、「上書ノ袋」について、「賢臣ノ君ヲイサメタテマツルフミ」を美しく白い布帛に包んで縫い込み、縫い目に封を書いて奉ったものと講釈した後、さらに、

文ヒトツヌヒク、ミタルフクロナレバ、イカニヒロシトイフトモ、二三寸ニハスギズ。ソレヲヌヒツヾケテ帳ニタレ給ケン、イトヤムゴトナキ事也。

と評言を加えている。「イトヤムゴトナキ事也」と称賛する編者の感動は、文帝の徹底した節倹ぶりもさることながら、それを可能にした上書囊の多さ、とりもなおさず諫奏する賢臣の多さ、そして臣下の進諫に常に耳を傾けようとした文帝の政治姿勢に対しても向けられていると見るべきであろう。この点については、後に更めて触れることにする。

編者は、文帝の上書囊の故事に上述のような講釈と評言を加えた後に、

サレバ保胤ハ漢文帝ヲ異代ノ聖主トス。倹約ヲコノミテ人民ヲヤスクスルガ故ニトカキタルナリ。

ト述べて、一旦、話の区切りを付けている。これは、野村八良氏が早く指摘したように(11)、慶滋保胤の「池亭記《ノ》」（『本朝文粋』巻十二）に、

夫《ノ》漢《ノ》文皇帝為《ス》二異代之主《ト》一、以《テナリ》下好《ミテ》二倹約《ヲ》一、安《ンゼシヲ》中人民《ヲ》上也。

とあるのを指している。この⑾話の冒頭の「漢文帝ト申ケルキミハ、アマリ国ヲヤスクシ、民ヲアハレミテ、倹約ヲコノミ給トテ」という表現も、この保胤の言葉に拠っていると見られる。前に考察した周勃・丙吉の故事と朝綱（もしくは俊憲）の擬表の詞句との関係に類似したものが、ここにも見出される。つまり、詞句の内容を敷衍する叙述部分が先行し、構成上の主要な位置に置かれることで、主題がより明確になり、評論文らしさが増しているというわけである。

この「池亭記《ノ》」（天元五年成立）の詞句は、保胤が齢五十に垂んとして小宅を営み、そこでの閑雅な生活の其調として、「念《ジ》二彌陀《ヲ》一読《ム》二法華《ヲ》一」という信仰の愉悦と、「開《イテ》二書巻《ヲ》一逢《フ》二古賢《ニ》一」という読書の楽しみとを並べ挙げた、その後者に関わるものである。読書の中での古賢との出会いを、保胤は、「遇《ヒ》二賢主《ニ》一、遇《ヒ》二賢師《ニ》一、遇《フ》二賢友《ニ》一」という「三遇」に

分け、「一日有《ニリ》二三遇一、一生為《ス》二三楽《ヲ》一」と賛嘆する。賢主との出会いは前掲のごとく漢文帝との遇会であり、他は白楽天並びに竹林の七賢との遇会である。その理由については、

唐《ノ》白楽天《ヲ》為《ス》二異代之師《ト》一、以《テナリ》下 長《ジテ》二詩句《ニ》一帰《スルヲ》中 仏法《ニ》上也。晉朝《ノ》七賢《ヲ》為《ス》二異代之友《ト》一、以《テナリ》二 身在《レドモ》レ朝《ニ》志在《ルヲ》レ隠《ニ》一也。

と述べている。白楽天における文学と仏教との融合、竹林の七賢における儒教と道教との調和を庶幾し、そのような対立を止揚した生き方の体現者として、賢師と崇め、賢友と慕っているのである。

『続古事談』の編者は、ここでは文帝の賢主たる所以を説くのが目的であるから、白楽天と七賢とに触れないのは当然である。が、特に後者の儒仏二教、もしくは儒仏道三教の調和、即ち「身在《レドモ》レ朝《ニ》志在《リ》レ隠《ニ》」ということばが象徴するところの、官僚として経世済民の実践にたずさわる責務と、現実社会の混濁を避けて仏法への帰依に生き、あるいは自然と一体化して自己の性情を養う生活との止揚については、この後、漢朝篇の最後の主題として取り上げられることになる。具体的に言うならば、

⒁漢土の隠者は誰も皆一旦は出仕したという説
⒂南史隠逸伝にみえる隠者と在朝者に関する説
⒃徐孝克が孝のために妻を猛将に与えて出家し、後還俗して復縁した話
⒄陸法和が猛獣に三帰戒を与えた話

の四条は、その主題のもとに展開されたものと考えることができる。

四　『続古事談』編者の比較文化的発想

『続古事談』の編者は、保胤の言葉を借りて漢文帝の倹徳説話に一応の区切りを付けた後、本来の主題である賢王

の求諫について、総括的な論説を展開する。

編者は、最初に、「オホヨソ漢家ノナラヒハ、臣下ノイサメ事ヲキクナリ」と結論を提示し、具体論に入って、「賢愚ヲイハズ位ニツキヌルハジメニハ、能直言極諫ノ士ヲタテマツレトイフアマネキ宣旨ヲクダスナリ」と説明する。この「能直言極諫ノ士ヲタテマツレ」という表現は、最も直接的な関係があるという点から、『史記』の「孝文本紀」や『漢書』の「文帝紀」に載っている文帝の詔勅の文言に拠った公算が大きい。即ち、文帝の二年（前一七八）十一月晦（『史記』には十二月望にも）に日蝕があり、帝は、

朕聞《ケリ》レ之《ヲ》。天生《ジテ》レ民《ヲ》、為《ニ》レ之《ガ》置《イテ》レ君《ヲ》以《テ》養二治《セシム》之《ヲ》一。人主不徳《ニシテ》、布《クコト》レ政《ヲ》不《レバ》レ均《シカラ》、則《チ》天示《シテ》二之《ガ》災《ヲ》一、以《テ》戒《ムト》レ不《ルコトヲ》レ治《ナラ》。（『漢書』「文帝紀」）

という儒教的政道観に立って、「令至《ラバ》其《レ》悉《ニ》思《テ》二朕《ガ》之過失一、及《ビ》知見之所《ヲ》レ不《ル》レ及《バ》、乞《フ》以《テ》啓《キ》二告《ゲヨ》朕《ニ》一」という詔を発するのであるが、その中に、

及《ビ》挙《シテ》二賢良方正能直言極諫《ノ》者《ヲ》一、以《テ》匡《セ》二朕之不逮《ヲ》一。因《テ》各敕《タダスニ》以《テシテ》二職任《ヲ》一、務《メテ》省《イテ》二繇費《ヲ》一、以便《テヨロシウセヨ》レ民《ニ》。

という表現がある。『続古事談』編者が、これを文帝にのみ係る故事としてではなく、「漢家ノナラヒ」として捉えたように、文帝の詔を始めとして、以後の各帝紀の多くに、「（能）直言極諫之士」または「能直言者」の選挙を求める詔書が記載されている。(12) それらはすべて日蝕や地震などの変異に際して、例えば「丞相・御史、与二将軍・列侯・中二千石、及内郡国一」（宣帝紀）に対して発せられたものである。

編者は、こうした求諫の詔に応じて「官職ヲオビタル」在朝者に限らず、「山ノ奥谷ノハザマ身ヲカクシアトヲタチタル」隠者に至るまで、「世ノワロク政ノアシキコト」を書き記して「ハヾカリナク君ニタテマツルナリ」と、これまた一つの「ナラヒ」として捉えた視点で説明している。そして、この諫諍の上書を、賢王は勿論、暗主といえども「スベテミヌコトハナキナラヒナリ」と断定している。

『続古事談』には、この「ナラヒ」という語がしばしば用いられており、重要な意味をもつものとして注目される。例を挙げると、

①妙音院大相国禅門云ク、舞ヲ見哥ヲキヽテ国ノ治乱ヲ知ハ漢家ノ常ノナラヒナリ。（第五九条、第二臣節）

②サレバ大国ノナラヒハ、イカナル君ニモアレ、臣ノイサメヲキヽ、イレテモチヰル心アルヲ国王ノ器量トハスル也。（第一七一条、第六漢朝(3)）

③オホヨソ漢家ノナラヒハ、カタキトナリテ位ヲウバフトイヘドモ、必ソノユヅリヲ得テ位ニツクコトナリ、状ニハ必堯ノ舜ニユヅリシガ如シトカクコトナリ。（第一七五条、同上(7)）

④唐国ノ習ヒニハ女ハ十六ニテカナラズ嫁娶ノ儀アリ。国王親王ナドニモアハスルナリ。（第一七八条、同上(10)）

⑤オオヨソ漢家ノナラヒハ、臣ノイサメ事ヲキクナリ。……（賢王も暗主も諫諍の上疏を）スベテミヌコトハナキナラヒナリ。（第一七九条、同上(11)）

⑥漢朝ノナラヒ、ソノツカサニ随テ其事ヲ行テ、タガヒニミダレガハシキ事ナシ。……丙吉云ク、オホヤケニツカウマツルナラヒ、ワガミチナラヌ事ヲシルハ非礼ナリ。（第一八〇条、同上(12)）

都合六つの条に八例が挙げられる。また、「ナラヒ」の語こそ用いられていないが、次の二例なども同様に取り扱って不都合はないであろう。

⑦漢土ノ隠者ハミナコト〴〵ク一旦ハ君ノメシニシタガヒテイデツカウマツルナリ。（第一八二条、同上(14)）

⑧オホヨソ漢土ニハ在俗ノ法門ヲサトル僧ニマジハリテ論説スル事ツネノ事也。（第一八四条、同上(16)）

等である。いずれも「漢家ノナラヒ」という語で代表させ得る、中国の歴史的習俗なり社会的通念なりを指すのに用いられ、①を除けば漢朝篇に集中している。編者の捉えた「漢家ノナラヒ」の客観的妥当性には疑わしいものもあるけれども、とにかく、それらはおおむね治世の道に関わって提示されている。『続古事談』の部立で言えば、「第一王

道后宮」の世界である。そこに漢朝篇の統一的な主題が暗示されているわけであるが、その主題を展開する過程で中国の故事が引証された。従ってそれは、個々の故事に対する説話的関心に促されての蒐集というようなものではない。個々の故事を通して窺われる、個々の故事の背後に存在する「漢家ノナラヒ」の認識が、編者にとって最も重要な関心事だったのであろうと思う。

多年漢籍に親しんで来た経験や、類をもって集まる仲間との閑話雑談を通して形成された「漢家ノナラヒ」の認識であったと思われるが、その認識によって照射されるわが国の現実が一方にあったということを抜きにしては、この「漢家ノナラヒ」という発想の頻出する意味が理解できなくなろう。巻一の「王道后宮」の世界との対応関係を踏まえることで、編者における「比較文化」的な発想を汲み取る必要があるように思うのである。

注

(1) 拙稿「続古事談の漢朝篇——楊貴妃説話を中心に——」(『広島女子大学文学部紀要』23、昭和63・1)。本書第三章第一節1参照

(2) 志村有弘氏『中世説話文学研究序説』第三章「続古事談」研究序説(桜楓社、昭和49・11)

(3) 志村有弘氏「「続古事談」の特質と編者」(『説話文学研究』9、昭和49・6)

(4) 小林道氏編『続古事談私記』(愛媛大学古典叢刊22、青葉図書、昭和50・6)

(5) 『新撰朗詠集』の本文は、平安末、鎌倉初期の書写とされる穂久邇文庫蔵伝基俊自筆本(日本古典文学影印叢刊16、昭和56・3)による。補 同書の「解説」(大曾根章介氏稿)に配列・作者名・題名における他本との相違に触れ、作者名に関しては十三例(うち和歌三例)を指摘しているが、この句の作者については触れていない。

(6) 補 この「擬表」を後江相公が草した摂政辞表を指すとしたのは明らかに誤りであった。この「擬表」という語について、神戸説話研究会編『続古事談注解』(和泉書店、平成6・6)には「擬表」の用語例は、和漢ともに見当たらないが、ここは〔文粋〕四―一〇一後江相公(大江朝綱)の「表」から、中国故事の四六駢儷文の一節を抄出したことを指す。一見、

俊憲の創作のように読み取れるが、「表」の借用ということになる」（谷垣伊太雄氏稿）と説明している。白居易の「策林」四巻（『白氏文集』巻四十五〜八）は、白居易が元和の初めに制科の試験を志して友人の元稹とともに長安の華陽観に籠り、「揣㆓摩当代之事㆒、構㆓成策目七十五門㆒」、即ち当時の政治的課題を想定してそれに対する策文七十五篇を作って試験に備えたものである。「実際の策に擬えた策」であるから「擬策」と言えるかもしれない。『日知録』（清、顧炎武撰、四庫全書子部）の巻十六に「擬題」という項がある。それによると、科挙の試験問題は数十題の範囲を出なかったので、各題と答案文例が作成されて一篇につき幾らと価を計って売買されていた。科挙を志す者はそれを「記誦熟習」して試験に臨むようになり、問題の出典である五経の原典そのものを学習しないという弊害が生じたというのである。「擬表」もおそらく「実際の表に擬えた表」ということであろう。「俊憲が作りをきたる願文ども」を高倉天皇が愛読していたという『高倉院升遐記』の記事もあるが、皇族や上級貴族のために願文・祭文や表を草することが重要な役目の一つでもあった儒者官僚の中でも、「俊憲等才智文章ナド誠ニ人ニ勝レテ」（『愚管抄』巻五）と評された俊憲ともなれば、常に必要に備えて習作を怠らなかったであろうと思われる。当然、前代の表や願文の勝れた作品から秀句を選んで利用することもあったであろう。『本朝文粋』と『続古事談』における類似句の作者名の相違並びに措辞の異同はそのような理由に因るものと思われる。

（7）拙稿「中世軍記物語における説話引用の形態」（『広島大学文学部紀要』25—1、昭和41・12）。本書第一章第一節参照

（8）志村有弘氏、注（3）に同じ。

（9）磯（房野）水絵氏「続古事談の編纂意識について」（『説話文学研究』11、昭和51・6）

（10）『太平御覧』（第七〇〇、服用部二、帷）にも「又（漢書）曰、東方朔上疏云、文帝集上書囊為殿帷」とあり、『白氏六（マヽ）帖』（巻十四、囊橐）にも「集上書囊為殿帷〈漢文帝故事〉」とある。同書（巻十四、帳）に「集囊」の語があって、分注に「魏文帝集上書囊以為帳」（明嘉靖元年刊本）と誤記されている。また、虞世南の『北堂書鈔』（帝王部八、倹徳）には、「身衣弋綈。足履革舄。澣濯故衣。衣不曳地。衣（マヽ）無文繡。……書囊為帷」（清光緒十四年刊本）と、文帝の節倹を象徴する語句が並べられている。

（11）野村八良氏『近古時代説話文学論』第二章本論—近古時代説話文学研究（明治書院、昭和10・9、補訂版芸林舍、昭和51・7）

(12) 例えば、「武帝紀第六」(建元元年十月)・「宣帝紀第八」(地節三年十月)・「元帝紀第九」(初元二年三月、永光二年三月)・「成帝紀第十」(建始三年十二月、元延元年七月)・「哀帝紀第十一」(元寿元年正月)・「平帝紀第十二」(元始元年五月)等の条に見られる。

付記　「文人仲間の雑談《ぞうたん》の世界」について

『続古事談』漢朝篇において、中国関係の話題が持ち出される契機として当時のわが国の社会で取り沙汰された事件、言わば世間ばなしの話題があったのではないかと想像したのであるが、いかにも舌足らずな記述に終わっているので、幾らか補説したい。

漢朝篇の第十話は、宋弘が王女(後漢の光武帝の姉の湖陽公主)の恋慕を拒んで糟糠の妻との縁を大事にしたという話であるが、原話は『後漢書』の「宋弘伝」にあり、「宋弘不諧」(『蒙求』巻中、『蒙求和歌』第九、懐旧部)の説話として知られ、『世俗諺文』にも「糟糠」という熟語の典拠として略述されている。『続古事談』はおそらく、その説話を語るのが主たる目的なのではなく、故事に続けて、

コノ国ニハ、惟成弁マヅシカリケル世ニ思フカヽリケル妻ヲサリテ、花山院ノ御時世ニアフオリ、満仲ト云フ武者ガムコニナリタリケル、宋弘ニハヲトリタル心ナリカシ。

と述べているように、わが国の出来事との関連で持ち出したのであろう。藤原惟成が旧妻を離別して多田満仲の婿となった話や、その清貧時代の妻の内助の話は、源顕兼の『古事談』(第二、臣節)の、

「惟成、旧妻ノ怨ミニヨリ乞食トナル事」(第九十三話)

「惟成清貧ノ事」(第九十六話)

「惟成ノ妻、内助ノ功ノ事」（第九十七話）に記載されている。花山院在位時代（九八四〜六）の惟成の話が持ち出される背景にはまた、建保（一二一三〜九）前後の頃に糟糠の妻を棄て新しい姻戚を求めて栄達を果たし、その不実さを非難された男が実在したのかもしれない。源通親が思い浮かぶ。（後述）

第九話は『白氏文集』に収められていない遺文「任子《（氏）》行」のあらすじを記したものであるが、唐代伝奇『任氏伝』（沈既済撰）と同じ題材を、白居易もまた歌行体で歌い上げていたらしいことは、『千載佳句』にその対句が二聯（人事部、美女および遊放部、遊猟に各一聯）引かれていること、『慈覚大師在唐送進録』に「任氏怨歌行白居易」と著録されていることによって知られており、『新撰万葉集』（巻上、秋歌）や『新撰朗詠集』（巻上、春雨）所収の詩句にも任氏の話を踏まえたと思われるものがある。第九話の末尾に「宜秋門院ノ御名事有定《任子》王道ノ帖ニ有レ之」とあるように、この話は『続古事談』第一（王道・后宮）の第三十六話にある九条兼実の女の任子、後鳥羽院の中宮となり、建久七年（一一九六）の政変で宮廷を退出させられた宜秋門院の命名の経緯を語る記事と関連がある。藤原兼光が「任子」という名を奉ったところ、静賢法印が白氏遺文の「任子行」という「コトアル文」の例を挙げて疑問を呈した。兼実が多くの物識りに訊ねたが、誰も「任子行」のことを知らず、ようやく藤原敦綱だけが知っていたという、静賢や敦綱の博識をたたえる記事である。宜秋門院命名の経緯は兼実自身が詳しく『玉葉』（文治五年十一月十五日の条）に記しているが、説話との関連を踏まえて木下資一氏（「『続古事談』と承久の変前夜」、『国語と国文学』65—5、昭和63・5、および「『続古事談』長兼編者説再論——任子説話の位置のことなど——」、『論集説話と説話集』和泉書院、平成13・5）が詳細に論じている。氏は、宋弘・惟成の話との連接を考え、源頼朝の女大姫の入内問題とも絡めて、「宋弘と対比された惟成弁は満仲の婿となったが、頼朝の婿となるところであった後鳥羽院は、あたかもこの惟成弁になぞらえられる存在とも読めるのである」と言っている。いかがであろうか。建久七年（一一九六）十一月、関白兼実を失脚させ、その一族を朝堂から排斥し、中宮任子を宮廷から退出させたのは、後鳥羽院の皇子為仁親王（後の土御門天皇）の生母承明門院在子の養父の源通親であるが、当時、惟成に比すべき人物として世間の非難を浴びていたのは、この通親であるかもしれない。その人物像を描いた、次のような文がある。

　このころ（注、建久六年三月）、宣陽門院の院司をつとめていた貴族に、源（土御門）通親という人物があった。かつて平氏一門の勃興をみるや、はじめの妻をすてて清盛の姪をめとり、その庇護のもとに政界に進出した。平氏全盛中は、その忠実な追従者であったが、ひとたび平氏一族の西走をみるや、たちまちこれを見捨てて後白河法皇派に走った。二度目の妻をすて、後白河の近臣の出で、後鳥羽の乳母をつとめ、平氏に従って都落ちした夫と離別して京都にとどまっていた高倉範子を妻にむかえ、以後は法皇の近臣として活躍する。このように鉄面皮なまでに徹底した現実政治家として、激動する政界をおよぎぬいてきた油断のならぬ人間である。今は丹後局（注、宣陽門院生母）とかたくむすんで、旧法皇派をひきい、範子のつれ子だった娘を養女として後鳥羽の後宮にいれ、兼実に反対する隠然たる勢力を形成している。（石井進氏『日本の歴史7　鎌倉幕府』、中央公論社、昭和40・8）

『続古事談』第一の王道篇や第六の漢朝篇に多く見られる賢王の説話が、後白河院や後鳥羽院の政道に対する批判を含んでいると見る点は全く同感であるが、宋弘の故事によって照射されているのは、源通親なのではなかろうか。それはまた、平家滅亡後の後白河院・後鳥羽院の院政に対する批判ともなりうるものであったとは思うが。

　最後に、第五話「董賢」の話を見ることにする。「漢家ニ男色ノ事アリヤ」という問に対する入道長方卿の解答である。『五雑俎』（巻八）に中国における「男色之興」についていろいろと考証した記事があるが、この第五話は男色一般についての考証でもなく、ましてや単なる艶笑的な話題なのではない。問が「ナカニモ国王ノコノ事シ給ヘル事ヤミエタル」と続けていることから明らかなように、「国王」の行状に対する関心である。長方は、「漢ノ成帝トイフミカドノ御時、董賢ト云モノサヤラムトミエタリ。書ニ云、与レ帝臥起シケリト、ノチニハアマリニ寵シテ位ヲユヅラムトスルニオヨブトミエタリ」と答えているが、『後漢書』（巻九十三、佞幸伝）の「董賢伝」に基づいたものであろう。『玉葉』寿永二年八月十八日の条に、次のような記事がある。

　又聞、摂政被レ鍾二愛法皇一事、非二昨今之事一、御逃去以前、先五六日密参以二女房冷泉局一為レ媒云々、自二去七月御八講之比一、有二御艶気一、七月廿日比、被レ遂二御本意一、去十四日参入之次、又有二艶言御戯等一、云々、事体、御志不レ浅云々、君臣合体之儀、以レ之可レ為二至極一歟、（下略）

前の月の二十二日に木曾義仲が入京し、二十四日に法皇は密かに比叡山に入っている。『玉葉』寿永二年七月二十五日の条に、「人告云、法皇御逐電云々」とも「或人告云、法皇御登山了」ともあり、基通については「摂政自然遁二其殃一、逃二去雲林院〈信範入道堂辺〉方一了云々」とある。先の記事に「御逃去」とあるのは法皇の登山を指している。因に七月八日の条に「最勝光院御八講、初日有二御幸一云々」とある。兼実は上記の皮肉に満ちた痛烈な非難に続けて、「古来無二如レ此之蹤跡一、末代之事、皆以珍事也、勝事也」と記している。「漢家ニ男色ノ事アリヤ、ナカニモ国王ノコノ事シ給ヘル事ヤミエタル」という問答は、文人仲間の雑談で後白河法皇と摂政基通の艶聞が話題となった時に、長方の発言が引き合いに出されたというのではなかろうか。「故入道長方卿」とあるけれども、その雑談を長方の出家後、あるいは逝去後に行われたと限定する必要もないであろうし、その雑談の場に長方が同坐していて自からその意見を述べたと考えることもあながち不可能とは言えないであろう。話題が話題だけに長方の名誉に配慮した編者による話の組み立てと考えることもできよう。長方は『続古事談』にしばしば登場し、終始好意的に描かれているが、元暦二年（一一八六）六月二十五日に四十七歳（『公卿補任』）で出家した時にも、建久二年（一一九一）三月十一日に五十二歳（尊卑分脈）で逝去した時にも、兼実は次のように痛惜の思いを『玉葉』に書き残している。

　廿五日、丙子伝聞、長方今日出家云々、大震占文云、豪傑之士可レ慎レ之、長方雖レ不レ及二豪傑一、当世之名士也、朝廷之失臣、公之巨損、何事如レ之哉。

十一日、己未（中略）去夜、入道中納言長方入滅云々、末代之才子也、又詩人也、可レ惜可レ哀。

『続古事談』の編者をこの藤原長方の息、長兼ではないかとする木下資一氏の説（前出二論考）は、大いにその可能性があると思われる。長兼はまた『六代勝事記』の著者に擬せられている人物であるが（本書第二章第二節参照）、『六代勝事記』の成った貞応年間（一二二二〜四）には在世したかどうか定かでない長兼も、『続古事談』成立の建保七年（一二一九）四月当時は確実に生存していた。そして、個人の文体は文章の形式や創作の意図によって異なることがあることを認めるにしても、この二つの作品が同一作者の手になると判断するには文体の違いが大き過ぎると思うという点も付言して置きたい。

第二節　唐物語の時空

1　「蕭史・弄玉」の説話――唐物語の世界――

一　『唐物語』二十七篇の典拠

『唐物語』は、題材を中国の故事に取って、それを和文で叙述し、作中人物の心情や作者の感想を詠じた和歌を挟んだ短編物語集であり、全二十七話から成っている。作者については、藤原成範（一一三五～八七）とする説が有力である。(1)

異国だねの物語という特異性から、各話の原拠に対する関心が早くから持たれて来たようである。出典を上欄に注記した伝本（書陵部蔵本等）や、本文の前に併記した伝本（神宮文庫蔵本等）もある。(2)これらの出典注記の施された時期がどこまで溯れるかは不明であるが、室町中期ごろの成立と推測される『漢故事和歌集』の出典注記には、すでにその投影が見られる。(3)その三十六題七十首にのぼる詠史和歌の中に、『唐物語』の出典不明の二話を除く二十五話の歌が含まれ、その出典注記が踏襲されているのである。

文化六年（一八〇九）二月の識語をもつ清水浜臣校訂本には、巻頭に「唐物語提要」なる解題が添えられている。全八条から成っていて、その第四で、浜臣は『漢故事和歌集』との関係を指摘し、「唐物語目次」と「漢故事和歌集目次」とを併せ掲げている。その「唐物語目次」というのは、二十七編の各話に表題を付け、その出典名を注記したもので、先人の出典考証の成果を踏まえた整理がなされているのである。

以下の論述の便宜を考えて、それを左に掲げて置くことにする。ただ掲出の形式は少し変えた。

(1)「王子猷」（『晉書』巻八十、本伝）
(2)「白楽天」（『白氏文集』巻十二「琵琶引」）
(3)「賈　氏」（『左伝』、昭公二十八年）
(4)「孟　光」（『後漢書』巻八十三「梁鴻伝」）
(5)「司馬相如」（『史記』巻一一七、本伝・題柱故事見二『華陽国志』一）
(6)「緑　珠」（『晉書』巻三十三「石崇伝」）
(7)「宋　玉」（『文選』巻十九「登徒子好色賦」）
(8)「眄　々」（『白氏文集』巻十五「鷰子楼」）
(9)「張文成」
(10)「徐徳言」（『本事詩』・『両京新記』）
(11)「簫（ママ）　史」（『列仙伝』）
(12)「望夫石」（『幽明録』）
(13)「娥皇女英」（『博物志』）
(14)「陵園妾」（『白氏文集』巻四「新楽府」）
(15)「李夫人」（『前漢書』巻九十七上「外戚伝」・『白氏文集』巻四「新楽府」）
(16)「西王母」（『漢武内伝』・『列仙伝』）

(17)「四　皓」（『史記』巻五十五「留侯世家」）、許由（『高士伝』）、巣父（同上）
(18)「楊貴妃」（『白氏文集』巻十二「長恨歌幷伝」）
(19)「朱買臣」（『前漢書』巻六十四上、本伝）
(20)「程嬰杵臼」（『史記』巻四十三「趙世家」）
(21)「平原君」（『史記』巻七十六、本伝）
(22)「楚荘王」（『韓非子』・『戦国策』楚策・『蒙求』引『説苑』）
(23)「荀　爽」（『後漢書』巻八十四「列女伝」）
(24)「上陽人」（『白氏文集』巻三「新楽府」）
(25)「王昭君」（『西京雑記』）
(26)「潘安仁」（『晋書』巻五十五、本伝）
(27)「雪　々」

以上である。見るように、(9)と(27)の二話には出典の注記がない。これについて「唐物語提要」では、「廿七条のうち、張文成と雪々との故事は、何の書によりてかけるにか、つまびらかならず」とした上で、次のように述べている。

文成が武后に寵せられて遊仙窟を作れる由《よし》は、もろこしの書にはたえて見あたらず。されど、平判官の宝物集巻四云、則天皇后と申すは高宗の后なり、張文成と云ふいろごのみにあひて遊仙窟と云ふ書を得たまふ事なりと有れば、もろこしにもさる伝説の有しをこゝにも伝へしるせしにやあらん。雪々の故事はもろこしの文《ふみ》にも、こゝの伝へにも、此の物語のほかにたえて見聞およばず。此等《これら》猶ひろくものしれる人に問ひて考得たる事も有らんをり、おひつぎてもしるしぬべし。（日本古典全集本。ただし私に句読点を付す）

この二話、なかんずく(9)「張文成」の話の典拠については、その後も追求されて来たけれども、[4]まだ解明されるには至っていない。

一方、その出典説が落着しているかに見えて、必ずしもそうでないものがある。⑿「望夫石」の話などがそれである。典拠と目される『幽明録』に載っている武昌北山の望夫石説話とは内容がずいぶん違っている。杤尾武氏も指摘しているように[5]、共通しているのはただ、良人を恋うて死んだ妻がそのまま石と化したという点だけである。多くの文献に記されて圧倒的に有名な武昌北山の伝説以外にも、優に十指に余る望夫石説話が各種の文献に見出される。けれども『唐物語』の話は、それらのどれとも異なっている。地名も人名も、とにかく固有名詞は全く記されていないのである。「其里の人々望夫石とぞいひける」という「望夫石」の一語がもしもなかったならば、もはや「唐《から》」の「物語」ではありえなくなっていたであろう（本節2参照）。

それに比べると、本稿で考察しようとする⑾「蕭史」の話は、疑いもなく「唐」の「物語」であり、出典を『列仙伝』とすることにも、おそらく異論はあるまい。しかし、両者の叙述をつぶさに比較する時、そこに見出される相違点を通して、単なる中国故事の和訳にはとどまるまいとする『唐物語』の文学的特質に関わる問題点が浮かび上がって来るように思う。そして、それを解明して行く過程で、先の「望夫石」の話や、さらには出典未詳の「張文成」の話、「雪々」の話の考察にも有効な視点が見付かって来るのではないかと期待するのである。

二　「蕭史・弄玉」の原話とその変容

簫の音で結ばれた蕭史と弄玉の愛と昇仙の物語について、『唐物語』の叙述と、諸説が一致して出典と目している『列仙伝』の叙述とを比較してみることにする。先ず、『唐物語』には、次のように記されている。

むかし、秦穆公のむすめに弄玉と申人有けり。秋の月のさやけくゝまなきに心をすまして、またく世のこと《わたらひイ》にほだされず。又、簫史といふ楽人あり。秋の月きよくすさまじきあけぼのに、簫をふく声あはれに悲しきこと限りなし。弄玉それにや心をうつしけん、すゝみてあひ給ひにけり。よの人あさましき事に思ひそしりけれど、いかにも苦しとおぼえず、たゞもろともにうてなの上にて簫をふき、月をのみながめ給ふことふた心なし。ほうわうといふ鳥飛来てなん、これを聞ける。月やうやく西にかたぶきて山ぎは近くなるほどに《くあかつきすけるイ》、心やいさぎよかりけん、この鳥、簫史・弄玉ふたりの人をぐして、とびさりぬ。

　たぐひなく月に心をすましつゝ雲にいりにし《ゐにいりしイ》人も有けり

むなしき空に立のぼるばかり心のすみけむもためしすくなくこそ。又、簫のこゑにめでて人のあざけりを忘れ給ひけんも、すける御心のほどおしはかられて、いといみじ。(6)

次に、『列仙伝』の当該本文は次の通りである。

蕭史者、秦穆公時人也。善吹レ簫、能致二孔雀白鶴於庭一。穆公有レ女、字弄玉、好レ之。公遂以レ女妻焉。日教二弄玉一作二鳳鳴一。居数年、吹似二鳳声一。鳳凰来止二其屋一。公為作二凰台一、夫婦止二其上一、不レ下数年、一日皆随二鳳凰一飛去。故秦人為作二鳳女祠於雍宮中一、時有二簫声一而已。（集英社版全釈漢文大系）

さて、両者の叙述を読み比べてみて、直感的に看取されるであろう相違点を、『列仙伝』から『唐物語』への変化として整理すると、次の六点を挙げることができようかと思う。

一、説話の主人公が、蕭史から弄玉へと移行している。
二、蕭史の異能や行為に対する関心が薄れている。
三、弄玉の「好ける心」が強調されている。
四、説話内世界における「時間」が凝縮されている。
五、耽美的情感の表出に「月」が効果的に用いられている。

六、後日譚が除かれ、全般的に志怪的興味からの脱皮が志向されている。

これらは勿論、相互に関連していたり、また表裏一体の関係にあったりするものだけれど、ともあれ、このような変化が認められるとなると、作者は果たして上掲のごとき『列仙伝』の記事を直接に見ていたのだろうかという疑問が生じて来る。すでにその要素の欠落した、あるいは増益された叙述をもつ資料が介在しているのではないかと疑われ、関係のありそうな資料を博捜して、説話要素の出入状況と構成に照らして、なるべく過不足なく適合するような叙述をもつ文献を発見すべく努力することになる。

実際、この蕭史・弄玉の話にしても、極めて多くの文献に引かれている。『唐物語』の作者がこの故事について知りうる機会は随分多かったにちがいないと思う。例を類書の二、三種に取ってみても、次のように各書がそれぞれ数箇所に引載しているというありさまなのである。

『藝文類聚』（百巻、唐欧陽詢等撰）(ア)巻四十四（楽部、簫）(イ)巻七十八（霊異部、仙道）(ウ)巻九十（鳥部、鳳）

『初学記』（三十巻、唐徐堅等撰）(ア)巻十（帝戚部、附馬）(イ)巻十六（楽部、簫）(ウ)巻二十四（居処部、台）（ただし「鳳凰台」の項に「見列仙伝」と注記するのみで本文は引かず。）

『太平御覧』（千巻、宋李昉等撰）(ア)巻一五四（皇親部、公主）(イ)巻一七八（居処部、台）(ウ)巻五八一（楽部、簫）(エ)巻九一五（羽族部、鳳）

これらのいずれもが「列仙伝」あるいは「劉向列仙伝」に拠ることを明記しているのだけれども、その記述は一様ではなくて、かなり繁簡の差がある。部門や項目によって引載の目的が異なり、それに応じて説話要素が取捨されるからであろう。中には前掲の『列仙伝』の文章（全九十五字）にほぼ近い叙述のものもあるが、三十字程度の簡略な記述に過ぎないものもあるといった状態である。僅か両三種の類書を垣間見しただけでも、同じ『列仙伝』の故事が、精疎さまざまに多様な形で流伝していたことを知らされるのである。

三　主役の交替――蕭史から弄玉へ――

『列仙伝』における蕭史は、孔雀や白鶴を招き寄せられるほどに巧みに簫を吹き、弄玉に簫を教えては鳳凰の声さながらに吹けるまでに上達させた人物である。

「能致二孔雀白鶴一」（『藝文類聚』(ア)・『初学記』(イ)・『太平御覧』(ウ)・『胡曾詩胡元質注』「鳳凰台」）という要素はもともと、蕭史の具有していた神仙性（後述）の証としてあったものと推測されるのであり、他の文献にも、

「能致孔雀白鵠」（『太平御覧』(イ)・『遊仙窟鈔』）

「能致白鵠孔雀」（『藝文類聚』(イ)・『水経渭水注』）

「能招白鶴」（『初学記』(ア)）

などと、措辞をやや異にしながらも保存されている。『初学記』の二例などは、故事を対偶に仕立てる詩語として、(ア)「賜駿」に対する「降鶴」、(イ)「象鳳」に対する「致鶴」という詩語の典故を説明するのが目的であるから、たとい他の要素は省いても、この要素を捨てることができなかったわけである。

しかし、そうした必要性のない場合、この霊鳥を招き寄せる異能の要素は削除されることの多かったものであるらしい。

『後漢書』注（逸民列伝第七十三、矯慎伝）、『文選』李善注（巻二十八、鮑照「楽府詩八首」第八「升天行」）、同（巻三十一、江淹「雑体詩三十首」第三）、『蒙求』古注（巻下「蕭史鳳台」）、『藝文類聚』(ウ)、『太平御覧』(ア)(エ)、『倭漢朗詠集私註』（巻四、雲。『文選』李周翰注を引く）

などは、いずれもこの要素を省いている。蕭史は王女に簫を教えるために降臨した神仙であったという本来の性格が

薄れて行き、「秦穆公《ノ》時人《ノ》」で王女に簫を教えて共に昇仙した人物へと変貌して行ったようである。

『太平広記』（五百巻、宋李昉等撰）の巻四（神仙部、蕭史）には、「神仙伝拾遺」という佚書からこの故事を引いているが、その前半部の叙述は次のようになっている。

蕭史不レ知二得道年代一。貌如二二十許人一、善吹レ簫作二鸞鳳之響一。而瓊姿煒爍、風神超邁、真天人也。混二迹於世一。時莫二能知一レ之。秦穆公有レ女、弄玉、善吹レ簫。公以二弄玉一妻レ之。[7]（下略）

はたちばかりという永遠の若さを保ち、玉のように光る容姿と秀でた気品をもって、世俗に混じっている神仙だとする伝承を記しているのである。

それはなにも、神怪譚として『列仙伝』等に記録されているだけではない。蕭史・弄玉の故事は楽府詩の題材ともなって、「鳳台曲」「鳳凰曲」「蕭史曲」「昇仙操」などの楽府題で多くの作品が詠まれたのであるが、それらの中に、陳の江総の「蕭史曲」と題する次のような詩がある。

弄玉秦家女　簫史仙処童　来時兎月照　去後鳳楼空　密笑開還斂　浮声咽更通　相二期紅粉色一　飛二向紫煙中一

（『楽府詩集』巻五十一、清商曲辞、江南弄）

やはり蕭史は仙界の若者で下界に降りて来た者として詠まれている。そして、第七句の「相二期紅粉色一」とあるのは、馬縞の『中華古今注』（巻中、粉）に記されている、化粧品の「水銀粉」にまつわる次のような仙人蕭史の伝承を踏まえた発想と解される。

自二三代一以レ鉛為レ粉、秦穆公女弄玉、有二容徳一、感二僊人簫史一、為焼二水銀一作レ粉与塗、亦名二飛雲丹一、伝以二簫曲一、終而同上昇。（四庫全書、子部）

『玉泉子』（撰者未詳。『類説』巻二十五所引）にも、「膩粉」の説明として同じような伝承が記されている。

秦穆公女弄玉、善吹レ簫、蕭史降二於宮掖一、錬二飛霊丹一、第一転与二弄玉一塗レ之、名曰レ粉、今之水銀膩粉也。燕脂、

本闕氏夫人以㆓紅花㆒為㆑之、中国人呼㆓紅藍㆒。（四庫全書、子部）(8)

弄玉の姿や人がら、美しい簫の音に心動かされた仙界の蕭史が、秦王の後宮に天降り、水銀を焼いて仙薬を煉製し、彼女に与えて塗らせたのが始まりという、水銀粉（膩粉）の起原説話である。

　このように、蕭史をもともと仙界の存在とする伝承の広く行われていたことが知られるのである。かの王子喬の笙（後述）と同様に神仙として具えていた「能致《クス》㆓孔雀白鶴《ヲ》於庭《ニ》㆒」という簫の霊力も、彼が「秦《ノ》穆公《ノ》時《ノ》人」として時間を超えることのできない存在になるとともに、単に吹簫の高度な技能に堕し、やがてそれも伝承のままに等閑にされて行くようになる。それはとりもなおさず、この説話における蕭史の地位が下落して行ったことを意味する。前野直彬氏も、「この話は本来は蕭史に関するものだったであろうが、説話が伝えられるうち、弄玉のほうが正面に出てきた傾向がある」(9)と指摘している。

『唐物語』において、蕭史が「簫をふく声のあはれに悲しきこと限りなし」というだけの一介の「楽人」として、弄玉に続いて二番手に登場して来るというのも、上来見て来たような伝承の流れに沿いつつ、さらにその傾向を一歩進めたものと言うことができよう。「能致《クス》㆓孔雀白鶴《ヲ》㆒」という語句、またはこれに類した語句を欠く資料に作者は直接依拠している、といった判断は早計に失しよう。確かに作者の周辺にはその要素を欠落させた記述の資料が漸次多くなって来ていたようではあるが、すでに述べたように、作者の周辺には、この説話に関する繁簡精疎さまざまな記述が存在していて、それらに触れる機会を作者は幾らも持っていただろうと考えられるからである。

四　神怪譚から艶情譚へ――「月」の演出――

蕭史に代わって話の主人公となる弄玉について考察するに先立って、この作品における耽美的な情感の表出に効果的な役割を果たしている「月」の点出について検討してみたい。

『無名草子』の中で、「この世にとりて第一に捨てがたきふしある」ものについて語り合う場面で、月を愛でる若い女房のことばの中に、

知らぬ昔、今、行く先も、まだ見ぬ高麗《こま》、唐土《もろこし》も、残るところなく、遙かに思ひやらるることは、ただこの月に向かひてのみこそあれ。されば、王子猷は戴安道を尋ね、簫史が妻《め》の月に心を澄まして雲に入りけむも、ことわりとぞおぼえはべる。この世にも、月に心を深く染《し》めたるためし、昔も今も多くはべるめり。[10]

とある。時空を越えた世界に人の心をいざなう月の神秘的な力が強調されているのであるが、この『無名草子』のことばは『唐物語』の成立時期を論ずる際にしばしば持ち出される材料として、よく知られている。「月に心を澄まして雲に入る」ということが、蕭史・弄玉説話の最も本質的な要素であるかのような表現であるが、『列仙伝』およびそれを承ける諸文献に記されたこの説話には、「月」は全く出て来ないのであり、この表現は『唐物語』中の和歌、「たぐひなく月に心をすましつゝ雲にいりにし人も有けり」からそのまま採ったものなのである。『唐物語』の二十七話の中で、天体としての「月」が出て来るのは十話で、その編名と頻度を示すと次の通りである。

(1)「王子猷」4　(2)「白楽天」2　(5)「司馬相如」1　(8)「眄々」3　(11)「蕭史」5
(14)「陵園妾」1　(16)「西王母」1　(17)「四皓」1　(18)「楊貴妃」5　(24)「上陽人」1

「王子猷」・「蕭史」・「楊貴妃」の三話が特に高い頻度で「月」を点出しているが、文章の長短を考えると、『無名草子』が取り上げた「王子猷」と「蕭史」の二編が際立っていることになる。

(11)「蕭史」の話で、背景に「月」を点出したことについて、早川光三郎氏[11]は次のように評している。

このロマンチックな説話を受けとめた王朝人は、詩歌管絃に明け暮れた彼らの生活、彼らの心情より、これに輪に輪をかけ、原話には見えていない「朗月」までも組みこませて、説話を情趣化し、あわれさを加えた。羽化登

仙の道家的色彩の濃い中国説話は、この国に至っては、優雅な雲上の男女の管絃に結ばれる情愛に比重のかかった、艶麗な物語に変わった。今、平安後期の作品『唐物語』第十一を引いて、わが国における本説話受容の一例とするが、蒙求和歌管絃部の訳出もほぼこれに近い。（本文の引用省略）

また、有吉恵美子氏[12]も早く、『唐物語』の翻訳技巧について考察し、「構成における転化方法」の一つとして「「月」の介入によって一話の雰囲気を変動させる」方法があることを指摘したが、その例として、⑴「王子猷」と⑾「蕭史」の両話を挙げている。氏は、「自然美において秋は月と定める平安的興味の対象」である「月」を「設定介入することによって」、両話それぞれの主人公の「風流心」を描いているとし、特に⑾「蕭史」の話については、原話の「鳳凰中心」の構成から、「月中心に話が展開する」構成へと変化していると説いている。

早川氏は「月」を情趣化のための添景と見、有吉氏は「月」を作品構成のモティーフとして捉えているという違いはあるにしても、平安朝的な情趣美の世界を構築するのに「月」が大いに関与しているとする点では同様であり、その点については誰しも異論のないところだろうと思われる。

この話で、「月」がどのように点出されているか、その箇所を改めて抜き出してみよう。

①〔弄玉〕秋の月のさやけくゝまなきに心をすまして、またく世のこと《わたらひイ》にほだされず。
②〔蕭史〕秋の月きよくすさまじきあけぼのに、簫をふく声あはれに悲しきこと限りなし。
③たゞもろともにうてなの上にて、簫をふき月をのみながめ給ふこと、ふた心なし。
④月やうやく西にかたぶきて山ぎは《くあかつきイ》近くなるほどに、
⑤〔和歌〕たぐひなく月に心をすましつゝ雲にいりにし《ゐにいりしイ》人も有けり

右の各文を通して眺めていると、「秋の月」の「さやけくゝまなき」から「きよくすさまじきあけぼの」へと移り、やがて「やうやう西にかたぶきて山ぎは近くなるほど」を迎えて二人が昇天するという時間の推移が感じ取られる。

③のように、本来この時間的推移の外にあるはずの、つまり、かなりの程度の幅（停滞と反復）を含んだ表現さえもが、この時間の流れの上に浮かんでしまっている。些少の不合理さを含みながらも、時間の経過を「月」の光でみごとに表現しているという点で、絵画的な手法を連想させるものがある。

ところで、原話においては、時間の経過はもっと直截的に表現されていた。前掲の『列仙伝』の本文ではこうなっている。蕭史が妻の弄玉に簫を教えるようになって「居ルコト数年」、鳳凰の声さながらに吹けるようになって鳳凰が来たり棲み、穆公が作った鳳台にともに上ったまま「下ラザルコト数年」、そして或る日、鳳凰とともに飛び去った。このように、ゆっくりと時間をかけて、二人の昇仙が用意されて行くのであるが、特に始めの「居ルコト数年」については諸伝承のあいだに異同があり、整理すると次のようになる。

○「数十年」―『藝文類聚』(イ)、『太平御覧』(イ)(エ)、『初学記』(ア)、『後漢書注』（矯慎伝）、『文選注』（鮑照詩）、『遊仙窟鈔注』

○「十数年」―『太平広記』、書陵部蔵『唐物語』注記

○「数年」―『列仙伝』（全釈大系本）、『胡曾詩胡元質注』、『補註蒙求』、『漢故事和歌集』

○「数月」―真福寺本『古注蒙求』

この外に、全体を一括して「公為作二鳳台一以居レ之、積数十年」（『水経渭水注』）と記したようなものもある。また、簡略な記述であるため、時間の経過についての記載を完全に削除してしまっているものとしては、

『藝文類聚』(ア)(ウ)、『太平御覧』(ア)(ウ)、『初学記』(イ)、『文選注』（江淹詩）、『百詠詩注』（天理本）、『旧注蒙求』（亀田鵬斎）、『倭漢朗詠集私註』、『文鳳鈔』

などがある。『太平広記』に、夫婦が鳳台に棲んで多年下りなかったことを言うのに「不レ飲不レ食」としているように、「十数年」、さらに「数十年」ともなると、すでに夫婦が仙道を会得して「貌如《シ》二二十許《ノ》人《ノ》一」というようなことに

でもなければ話の優美さが損なわれるにちがいない。簡略化のためとは言いながら、長い時間の経過を表す語句が削除される背景には、蕭史の地位の下落と並行する神仙譚的興味からの脱却ということがあったと思われる。『唐物語』の叙述において、「たゞもろともにうてなの上にて簫をふき、月をのみながめ給ふことふた心なし」という表現には、ある程度の時間の経過が暗示されているものの、原話のような長年月を予想させることは決してない。せいぜい一秋のうちの出来事という、凝縮された時間を印象づける。それは、「月」の点出に変化をもたせようとした配慮が、一夜のうちの時刻の推移を暗示する効果を生み出したことに密接に関係していると考えられる。物語世界における時間の推移と、ある静止した情景の持続という二面性を、「月」の点出によって統一的に表現することができたと思うのである。その点を先に絵画的な手法と呼んだのであるが、物語絵的な手法と言えば、いっそうふさわしいであろうか。

川口久雄氏は、「現存本唐物語の体式を注視すればいかにも一段の詞書があり、そこに一段の絵があり、その絵に一首の和歌が題せられていたらしいことを思わせる形態である」として、屏風絵や物語絵に描かれた形跡の確証がある王昭君や長恨歌の話を含むところの『唐物語』は、「むしろ一種の「唐物語絵」というべきものが本来の原型ではなかろうか(13)」と説き、また「中国説話画のエトキの文句をかきとめたものではないかという説」のあることを紹介して、それに賛同している(14)。この仮説が容認されたとして、前述のような、『唐物語』の叙述における「月」の描出から連想される物語絵的な手法というものが、それと結び付くことになるのかどうか。これにはなお十分な検討が必要であろう。

五　弄玉昇仙説話の絵画

中国や日本における障壁画や絵巻の史的展開については、下店静市氏の『大和絵史研究』（冨山房、再版昭和22・5）や家永三郎氏の『上代倭絵全史改訂版』（墨水書房、昭和41・5）に詳細な調査の成果が纏められている。それらを手掛かりにして、蕭史・弄玉の説話画の有無について考えてみよう。

唐の張彦遠の『歴代名画記』（巻三）に記録されている「述二古之秘画・珍図一」の条に、「列仙伝図一」の名が見えている。その実体はよく分からず、また、「列女伝図十二巻」「孝子伝図一巻」等を著録している『日本国見在書目録』にも、「列仙伝図」の名は見当たらない。

『菅家文草』（巻五、「月夜翫桜花」詩左注）によると、菅原道真は源当時から、その父左大臣能有の五十の賀の設宴に当たり座後の屏風の調達について相談を受けている。長寿を保った神仙の絵像を画こうというもので、画題は五つ。本文は紀長谷雄が抄出し、絵は巨勢金岡、書は藤原敏行、そして詩は道真という企画である。五つの画題の二番目が「呉山白水」というもので、題脚の注に『列仙伝』の負局先生という鏡磨きの仙人の故事を引いている。仙人が呉山の岩間から麓の里人のために霊薬の白水を流したという話である。この「源能有五十賀屏風画」について、家永氏は、「その画風は（中略）山水を背景としてその間に神仙を点出したものと思はれるが、特定の故事を画いた処に特質がある。これらの画題も亦中国に先例あり、（中略）夏侯瞻画「呉山図」（貞観公私画史）と同じ画題によったものと察せられる」[15]と説いている。中国の先例に拠りつつも典故を確認した上で、絵師と能書と詩人が各の才能を発揮して、賀寿の屏風の調製に当たったわけであるが、『列仙伝』の説話の絵画化された確かな事例の一つである。

『列仙伝』に記す王喬（字子晉）の説話も画かれていた可能性がある。王喬は周の霊王の太子で、好んで笙を吹き、鳳凰の声さながらの音を出すことができた。道士の浮丘公とともに嵩山に上って三十余年、のち白鶴に乗って緱氏山の巓に来り棲み、数日にして去ったと伝えられている。高句麗の壁画（中国吉林省輯安県四神塚。五〇〇年ごろ）に画かれている「仙人鶴にのるの図」[16]の仙人は、この王喬であろうか。杜甫の詩に、李固の求めで司馬弟が画いた山水の図を見て作った五言律詩三首（「観下李固請二司馬弟一山水図上三首」『杜少陵詩集』巻十四）がある。その第二首の頸聯が「范蠡舟偏小、王喬鶴不レ羣」という対句である。五湖に泛ぶ范蠡の扁舟、緱氏山上を飛翔する王喬の白鶴が画かれていたのであろうか。それとも、山水図に画かれた扁舟と孤鶴とを、杜甫がそのように見立てたということなのであろうか。

弄玉昇仙説話の絵画化に関しては、ようやく次のような事例が管見に入った。江淹（字文通）の「雑体詩三十首」（『文選』巻三十一）の第三首目に、「班婕妤詠レ扇」と題する作品がある。

紈扇如《シ》二円月《ノ》一、出《デタリ》レ自《リ》二機中素《ノ》一。画《カイテ》作《ス》三秦王女《ノ》一、乗《リテ》レ鸞《ニ》向《ヘルヲ》二煙霧《ニ》一、彩色《ハ》世《ノ》所《ナリ》レ重《ンズル》、雖《モ》レ新《ナリト》不レ代《ヘ》レ故《キニ》、
窃《ニ》愁《フラクハ》涼風《ノ》至《リテ》、吹《キ》二我《ガ》玉階《ノ》樹《ヲ》一、君子《ノ》恩《ノ》未《ダ》《ルニ》レ畢《ハラ》、零落《シテ》在《ランカト》二中路《ニ》一。

これは言うまでもなく、班婕妤自身の作として伝わる「怨歌行」（『文選』巻二十七）の発想と措辞を踏まえた作品である。漢の成帝の後宮で趙飛燕姉妹にそねまれて長信宮に退いた班婕妤の傷心は、後世「怨歌行」「班婕妤」「婕妤怨」「長信怨」などの楽府題のもとに多くの詩人によって歌われた。江淹の作もそれらの作の一首として『楽府詩集』巻四十二（相和歌辞、楚調曲）に収められている。わが国でも嵯峨天皇の「婕妤怨」詩と巨勢識人・桑原腹赤の奉和詩（『文華秀麗集』巻中、艶情）が残されている。

江淹の詩に見る扇は、まどかな月にも似た白い練絹張りのうちわで、秦王の娘が鳳凰に乗って霞のかなたへと昇って行く様子が画かれていたというわけである。そのうちわがそのまま出現したかのような作品が現存している。ただし時代はやや下る十一、二世紀、宋代のものという。絹本彩色、直径二十五センチの団扇形で、作者不詳の「仙女騎鳳図」[17]がそれである。画面の左寄り、悠揚と飛翔する鳳凰の羽交いに仙女が端坐し、高貴な横顔を見せて振り返った眼差は、画面右端の団々たる月を見詰めている。解説（杉村勇造氏）には、「図は、嫦娥が仙薬を盗んで月に奔るところであろう」とあるが、いかがなものであろうか。

これと同じような扇が、『遊仙窟』の終わり近く、張郎と十娘の別離の場面にも登場して来る。張郎から揚州産の

青銅鏡を形見にもらった十娘が、手にしていた扇を贈って、次のように歌う。

合歓遊《ビ》二璧水《ニ》一、同心《ノ》侍《シタリ》二華闕《ニ》一、颭颭《トシテ》似《タリ》二朝風《アサアラシニ》一、団々《トシテ》如《シ》二夜《ノ》月《ノ》一、
鸞《ノ》姿侵《シテ》レ霧《ヲ》起《ツ》、鶴影《ノ》排《オシヒライテ》レ空《ソラヲ》発《ス》、希《フラクハ》君《カ》掌《ノ》中《ニ》握《ランコトヲ》、忽《カレ》使《ムルコト》二恩情《ヲシテ》歇《サ》一。(18)

班婕妤の「合歓扇」、趙飛燕の「同心扇」にことよせて永遠の愛情を希求しているのであるが、『遊仙窟鈔』の注では、班婕妤の「詠扇詩」(「怨歌行」)や、梁の何遜の「擬二班婕妤一詩」(実は前記の江淹の詩)を引いた上で、夫蒙(未詳)の説として、「鶴影鸞姿《ハ》者、尽皆扇上鸞鶴之形」と注している。

弄玉吹簫の故事と、それを画題とした屛風絵や物語絵の存在と、その画中における「月」の点出と、この三者を確かに繋ぐ資料の探索は、なお今後に期待するしかないようである。

六　弄玉と卓文君の融合

郭茂倩(北宋)の『楽府詩集』(巻五十一、清商曲辞、江南弄下)には蕭史・弄玉の故事を詠んだ楽府詩六首が纏められている。その中の江総の作については先に触れたが、それらのいずれもが、二人が去った後の鳳台に空しく遺音が響くといった詩想である。『列仙伝』の叙述を借りるなら、末尾の「一日《(旦イ)》随二鳳凰一飛去、故秦氏為作二鳳女祠於雍宮中一、時有《(世イ)》二簫声一」という部分に中心が置かれている。例えば、「身去無二還期一、遺二曲此台上一」(「鳳台曲」王無競)、「曲在身不レ返、空余二弄玉名一」(同、李白)、「影滅彩雲断、遺声落二西秦一」(「鳳凰曲」同)、「身去長不レ返、簫声時往還」(「簫史曲」鮑照)などの詩句に、それが端的に表されているわけである。これは、弄玉の「好ける心」を主題に据えて物語を構想した『唐物語』作者の切り捨てた部分である。

このような主題の転換と、さらに「月」の点出とを誘掖したかと思われるものがある。それは、『和漢朗詠集』(下

巻、雲）に採られている次の詩句である。

竹班ラナリ二湘浦ニ一雲凝ル二鼓瑟之跡ニ一、鳳去ル二秦台ヲ一月老インタリ二吹簫之地ニ一。（岩波日本古典文学大系）

釈信阿の『倭漢朗詠集私註』（巻四）には、張読の「愁賦」を出典としている。因に張読は『遊仙窟』の作者張鷟（文成）の玄孫に当たる。上句は⒀「娥皇女英」の話を踏まえており、下句はこの蕭史・弄玉の話である。『倭漢朗詠集私註』は、上句については『李嶠百詠』（「竹」詩）の注を引き、下句については「翰曰」として『文選』（巻二十八、鮑昭「升天行」）の李周翰の注を引いている。その記事の内容は『蒙求』の古注（例えば真福寺蔵本）などと大して違わない。即ち『列仙伝』の記事のやや簡略化された形である。ところが、六地蔵寺蔵本の『倭漢朗詠集注』（六地蔵寺善本叢刊四、汲古書院、昭和60・1）になると、「月老ニ吹簫之地ニ」の句の解説に、次のような理解が加わって来ているのである。

（上略）故ニ仙ノ迎《（道カ）》ヲ得テ鳳凰ニ乗テ其ノ室《（台カ）》ヲ去ルト二云ヘリ、而ニ其ノ台荒ハテ、、常ニ簫管ノ音ヲ聞シ台ニ、月独リ昔ニカワラズ照スト二云ヘドモ、見物モ無シテ只冷マジキノミアレバ、月吹簫ノ地ニ老タリト二云ヘリ、老ノ字ハ月ハ昔シヨリ照タル義也。（上冊五八オ）

これが『唐物語』の成立時期とどう絡んでくるかは、もとより不明である。それはともかくとして、「月老」と表現した賦の措辞を熟視して、かつて夫婦が鳳台で簫を吹いた夜な夜なを照らした「月」を想像しているのである。[19]その想像は、永済の『倭漢朗詠抄注』（細川家永青文庫叢刊、汲古書院、昭和59・9）になると、次のように故事の説明の中に組み込まれて、話が一段と成長する。長くなるが、全文を掲げることにする。

秦ノ穆公ノムスメニ弄《ロウ》玉ト二云人アリキ、ヨク簫ヲナムフキケル、カタチヨニスグレタリケレバ、コレヲエムトイフ人オホカリケレドモ、穆公ユルサヾリケリ、簫吏《シ》トイヒシ人簫ヲカギリナクメデタクフキケリ、月ノクマナキヨ、穆公ノ辺チカク簫ヲフキテタ、ズミケレバ、弄玉モトヨリ管絃ニココロヲソメタリケレバ、セウノコヱニツキテイデ、アヒニケリ、穆公イサメケレドモ、カクレツ、ツネニアヒケレバ、セムカタナクテ、蕭吏《シ》（ママ）ヲムコニトリテ、カレガタメニ台《ウテナ》ヲツクリテスマセケリ、コレヲ秦台トイフ。ソノウテナニイモセスミケルホドニ、トモニ仙ニナリニケリ、鳳トイフトリキタリテ、二人ヲノセテサリニケリ、イマソノウテナヲミレバ、鳳ハサリテアトモナシ、ツキノヒカリノミムナシクテラシテ、セウヲフキシアト、モノサヒシクアハレナリトイヘルナリ。

（下本五ウ）

話の展開は『唐物語』と殆ど同じである。『列仙伝』では、蕭史に対する弄玉のこのような積極的な愛情は記されていない。僅かに、「穆公有女字弄玉好之、公遂以女妻焉」とある「好之」と「遂」の文字によって、それが推し量られるだけである。従って、『唐物語』や、その影響を受けていると思われる源光行の『蒙求和歌』（第十二、管絃部「簫史鳳台」）や、上掲の永済注などは、この部分が大きく発展していることになる。仮に張読の「愁賦」（原文は伝わらない）から摘句された詩句が、志怪譚から艶情譚へという主題転換の契機になったとしても、それだけではこの展開を説明するのに十分であるとは言えない。

この弄玉の愛情の話と符合し過ぎるほどの構成をもつのが、⑸の司馬相如・卓文君の恋愛譚の前半部である。『唐物語』には次のように語られている。

むかし相如といふ人ありけり、世にたぐひなきほどにまづしくて《イナシ》わりなかりけれど、よろづの事をしり、ざえ才学ならびなうして、琴をぞめでたく引ける、卓王孫といふ人のもとに行て、月のあかき夜もすがら、きんをしらべて居たるに、此家あるじのむすめに卓文君といふ人あはれにいみじくおぼえて、つねはこれをのみめできよう《これをきくよりほかのことなしイ》じけるを、此卓文君が父は相如にちかづく事をいとひにくみけれど、ことのねにやあはれと思ひしみにけん、このをとこにあひにけり。（下略）

人物の名と楽器の名称を取り替えれば、それに応じてどちらの話にもなりうると言えるほどに酷似しているのである。

ただし本家はこの司馬相如・卓文君の話の方なのであって、『漢書』（巻五十七上）の「司馬相如伝上」に記されているところに従っているわけである。

それでは、この(5)「司馬相如」の話を刷り込んだような同工異曲の恋愛譚として、(11)「簫史」の話が構成されることになった経緯は何だったのだろうか。ここに想い起こされて来るのが、小野篁の求婚の逸話である。『十訓抄』（第十、可庶幾才能事）に見える次の話である。

阿波守真作子小野篁、三守の大臣にその娘を望ける。文をもて手づからわたりけるとかや。其詞に云。

才非二馬卿一。弾レ琴未レ能。身異二鳳史一。吹レ簫猶拙。

大臣是を見て感じて。聟になしてけり。是哥に同じき歟。（新訂増補国史大系）

この篁の書状は『本朝文粋』（巻七）に「奉二右大臣一。藤原三守　野相公」として載せられている。上掲の文に引かれた対句（ただし下句の「異」字を「非」に作る）は、才能ある者も貴顕の姻戚の助力がなければその力を発揮できないことを訴え、「伝《ヘ》承《ハル》、賢第十二娘、四徳無《シ》レ双《ビ》、六行不レ闕《カケ》、所謂《イハユル》君子之好仇《ヨキタクヒ》、良人之高媛者也《エンナリ》」（身延山久遠寺蔵本、汲古書院刊、昭和55・9）と、令嬢の人がらに対する世評の高さをたたえる言葉を承けて、更に「独対《テ》二寒窓《ニ》一、恨《ミ》二日月之易《ヤスキヲ》レ過、孤臥《ヒトリフシテ》二冷席《ニ》一、歎《ナゲク》二長夜之不《サルコトヲ》レ曙」という哀願へと続くのである。とにかくここに、琴を弾じて卓王孫の娘文君の心を射止めた馬卿（司馬相如）の話と、簫を吹いて秦の穆公の娘弄玉の心を魅了した鳳史（簫史）の話が組み合わされているのであり、しかもその対句を眼目にした求婚説話までが流伝していた証跡を得たわけである。柿村重松氏（『本朝文粋註釈』）は両句の出典として「史記、司馬相如列伝」および「列仙伝」の本文を挙げている。しかし、篁の発想のより直接的な契機となったのは、『遊仙窟』であったと思う。張郎が初めて十娘に贈った艶書の書出しの部分に、

余《レ》以《ミレバ》少《カツシトキ》娯《ンデ》二声色《ヲ》一、早《ク》慕《ネガフ》二佳期《ヲ》一、歴《アマネク》訪《ラヒテ》二風流《ヲ》一、遍《ネク》遊《ビキ》二天《ノ》下《ニ》一、弾《キ》二鶴琴《ヲ》於蜀郡《ニ》一、飽《クマデ》見《キ》二文君《ヲ》一、吹《イテ》二鳳管《ヲ》於秦楼《ニ》一、熟《ツラ》看《キ》二弄玉《ヲモ》一（中略）昔日《ノ》双眠《リシコトハ》、恒《ニ》嫌《ヒシガ》二夜《ノ》短《キコトヲ》一、今宵独《リ》臥《サバ》、実《ニ》怨《コ、ロヤム》二更《アカツキノ》長《キコトヲ》一。(20)（下略）

とあるのがヒントになっていると見て、間違いはあるまい。篁は自分には司馬相如や蕭史のごとき才能はないと言いながら、自己を卑下しているのではなく、張郎のごとき遊蕩児ではないことを売り込んでいるのである。

七　『唐物語』と『和漢朗詠集』

山田孝雄氏の指摘[21]があって以来、『唐物語』の題材に『蒙求』と共通するものの多いことはよく知られている。また、当然のことながら『胡曾詠史詩』との関連も多い。しかし、最も注目されるべきは『和漢朗詠集』所収の詩句および注との関係である。各話の主要人物が多少なりとも関わりを有している詩句を、岩波古典文学大系『和漢朗詠集』に付された番号で示せば、次のようになる。

(1)「王子猷」431 432	(5)「司馬相如」468 476	(6)「緑珠」745	(8)「眄々」235
(9)「張文成」706 779	(11)「蕭史」288 403	(12)「望夫石」719	(14)「娥皇女英」403
(15)「李夫人」250 710	(16)「西王母」423 657	(17)「四皓」369 406 550 677 728	(18)「楊貴妃」234 250 780〜782
(19)「朱買臣」311	(24)「上陽人」233	(24)「王昭君」398 698〜704	(26)「潘安仁」80 706

中には王子猷が竹を「此君」と呼んで愛した話や、潘安仁の「二毛」の話など、『唐物語』の各篇の主題とは直接関係のない詩句も混ってはいるが、実際の享受の場では敷衍されて、主題との連繫をもつこともありえたであろう。

それから、唐代伝奇の世界との交錯も重要である。『蒙求』や『胡曾詠史詩』などとは、たとい共通する素材が多かろうとも、そこに構築されている世界は異質であることを看過してはならない。『唐物語』の二十七話が組成する世界は、『和漢朗詠集』の世界や、「楽府題」の世界に包摂されると考えられる。漢魏・六朝およびそれ以前の故事が素材となっていても、それらは唐代伝奇の世界で濾過されて、古代的な志怪譚の陰影を洗い落とし、新たに浪漫的な色調を帯びた、主として女性の心情や感性を主軸とする題材が選ばれることで、独自の世界を形作っている。上来少しく触れるところのあった張文成の『遊仙窟』を始め、元稹の『鶯鶯伝』や韋瓘の『周秦行紀』などの唐代伝奇の世界で、『唐物語』の男女に出会うのは、そうむずかしいことではないのである。[22]

注

（1）太田晶二郎氏「『桑華書志』所載『古蹟歌書目録』「今鏡」著作問題の一徴証など」（『日本学士院紀要』12—3、昭和29・3）、吉田幸一氏「唐物語は平安時代の作品なり」（『平安文学研究』20・21、昭和32・9、33・6）

（2）池田利夫氏「唐物語の伝本系統と諸本」（『鶴見女子大学紀要』4、昭42・2。『日中比較文学の基礎研究』所収、笠間書院、昭和49・1）

（3）池田利夫氏「漢故事和歌集の成立に就いて」（『鶴見女子大学紀要』2、昭和39・12。前出『日中比較文学の基礎研究』所収）

（4）幸田露伴氏「遊仙窟」（『蝸牛庵夜譚』明治40・11、『露伴全集』第十九巻所収、岩波書店、昭和26・12）、池田利夫氏「翻訳説話の役割」（『文学・語学』58、昭和45・2、前出『日中比較文学の基礎研究』所収）

（5）杤尾武氏「唐物語の文体」（『文体論研究』9、昭和41・11）

（6）『国文註釈全書』（国学院大学出版部）所収の清水浜臣校訂本による。（ただし、句読点を付し、不備な濁点を補い、和歌は別行に記す。以下同じ）

（7）書陵部蔵『唐物語』の出典注記は、この『太平広記』の叙述に拠り、これを簡約化している。

（8）［補］この記事は四庫全書所収の『玉泉子』には見当たらない。『類説』所引の『玉泉子』の「飛霊丹」および『中華古今注』の「飛雲丹」はまた、「飛雪丹」の名でも伝わっている。『続博物志』（宋、李石撰）巻十に、「蕭史与二穆公一練二飛雪丹一、第一転与二弄玉一塗レ之。今之女銀膩粉也。三代以降塗二紫草一為二臙脂一、周以二紅花一為レ之。或曰レ出二於閼氏一」とある。単に字形の相似による異伝か。

（9）前野直彬氏『山海経・列仙伝』（全釈漢文大系、集英社、昭和50）

(10) 稲賀敬二・久保木哲夫氏校注『堤中納言物語・無名草子』（『完訳日本の古典』27、小学館、昭和62・1）
(11) 早川光三郎氏『蒙求』下（新釈漢文大系、「簫史鳳台」の「余説」、明治書院、昭和48・10）
(12) 有吉恵美子氏「唐物語について――翻訳技巧を中心として――」（『香椎潟』6、昭和35・7）
(13) 川口久雄氏『平安朝日本漢文学史の研究下』第二十四章第五節「天竺・震旦説話の流行と唐物語」（明治書院、昭和36・3）
(14) 川口久雄氏『絵解の世界――敦煌の影から――』第Ⅳ篇「国語散文の流れと物語の絵解」（明治書院、昭和56・4）
(15) 家永三郎氏『上代倭絵全史改訂版』第一章「初期世俗画としての唐絵」二「唐絵の種類と内容」（墨水書房、昭和41・5）。
補 「源能有五十賀屏風画」の他の画題並びに各出典は、『菅家文草』によれば「盧山異花」（題注欠）、「劉阮遇二渓辺二女一」（『幽明録』）、「徐公酔臥」（『異苑』）、「呉生過二老公一」（『述異記』）である。
(16) 『世界美術全集7　中国1』掲載グラビア版第一四六図（平凡社、昭和27・5）
(17) 『原色世界の美術　15　中国』第十二図（小学館、昭和46）。補 この「仙女騎鳳図」の仙女が嫦娥であるか弄玉であるかは甚だ微妙である。『本朝文粋』（巻三、対冊）に都言道（後に良香と改む）の「神仙」（問者は春澄善縄）に関する対策が載っているが、その中に「瓊娥偸レ薬、奔二兎魄於泰清中一。玉女吹レ簫、学二鳳音於麗譙之上一」の対句がある。「瓊娥」は『都氏文集』には「姮娥」に作る。「泰清」は天、「麗譙」は高楼の意。嫦娥は西王母の霊薬を盗んで月中に奔り、弄玉は高楼の上で鳳凰の声そのままに簫を吹いたと、両仙女を並べた例もある。
(18) 元禄三年刊『遊仙窟鈔』（勉誠社文庫）。訓読もおおむねこれに従う
(19) 川口久雄氏は、『古今著聞集』（巻十一）に伝えられている「和漢抄屏風」二百帖と『和漢朗詠集』との関係を重視して、その唐絵と倭絵の屏風絵にそれぞれ対応する題画詩と屏風歌をあつめた詞華集が『和漢朗詠集』なのではないかと推測している（岩波日本古典文学大系『和漢朗詠集』「解題」の四、「朗詠集の成立と和漢抄の屏風」、昭和40・1、他）。
(20) 注（18）に同じ。
(21) 山田孝雄氏「蒙求と国文学（二）」（『国学院雑誌』19―11、大正2・11）。因に、『蒙求』『胡曾詠史詩』『楽府詩集』の三書と『唐物語』との素材的連関を示すと次の通りである。

「蒙　求」（十話）(1) (3) (4) (5) (6) (11) (17) (19) (21) (22)
「胡曾詩」（八話）(6) (11) (12) (13) (16) (17) (21) (25)
「楽府詩」（九話）(5) (11) (13) (14) (15) (16) (17) (24) (25)

(22) 本稿の主たる対象である蕭史・弄玉の名は、元稹の『鶯鶯伝』の末尾に添えられた元稹自身の「続張生会真詩三十韻」にも隠喩の形で登場する。また、沈亜之の『秦夢記』（『沈下賢文集』巻二・『太平広記』巻二八二所引『異聞集』）という伝奇は、沈亜之が夢の中で、蕭史に先立たれて若い寡婦となっている弄玉と結婚するが、弄玉に早逝されて、挽歌や墓誌銘を作ったりするという内容である。補『和漢朗詠集』の詩句が願文等の唱導文に多く用いられていることは周知のとおりであるが、金沢文庫蔵『言泉集』（貴重古典籍叢刊6『安居院唱導集上巻』、角川書店、昭和47・3）の「亡夫帖」の中に、「昔夫婦同昇レ仙、月澄二吹簫之地一。伉儷共守レ死、鳥悲二相思之樹一。皆雖レ彰二名於後代一、雖レ表二志於生前一、今所レ羨全異レ彼。涙非レ染二湘浦竹一、只萌二解脱分之種一。怨非レ思二燕子霜一、只期二浄仏国之風一」ということばがある。短い文の中に、弄玉、韓憑妻、娥皇・女英、昞々の故事が取り集められている。韓憑妻（相思樹故事）を除いて、いずれも『唐物語』の女主人公たちである。末尾の注記によれば、この願文は八条中納言旧室が亡夫の七々日の供養を営んだ折のものであるという。八条中納言は藤原顕長であろう。彼は仁安二年（一一六七）十月十八日に五十歳で没している（『尊卑分脈』）。その旧室を嗣子長方の母とすれば、中納言藤原俊忠の女である。願文は藤原通憲の息澄憲（安居院流の祖）が草したものと思われる。通憲の女の一人は長方の室となり、宗隆、長兼等を生んだ。澄憲は俊憲、貞憲、静賢らと同腹の兄弟で、母は高階重仲の女である。『唐物語』の作者とされる成範や脩範とは異母兄弟で、成範等の母は藤原兼永の女、後白河院乳母従二位朝子である（『尊卑分脈』）。

2　「陳氏の鏡」と両京新記——唐物語の翻案手法——

一　「陳氏の鏡」二題

ここで「陳氏の鏡」と呼ぶのは、「楽昌分鏡」「破鏡重円」[1]などの成語で知られている陳の楽昌公主の愛別離苦の物語にまつわる鏡のことである。南曲『拝月亭』（施恵作）に、

「み鏡は二つにわれ、玉のかんざしまた折るる、重ねてあうはいつの日ぞ」（第三二幕）

「むりやりに簪をさきて鏡わる、乱るる心おししずめ、会わんとすれどすべはなし」（第三四幕）

「破鏡かさねて円しとの、古きためしを何事ぞ、疑いてか悲しそうなる」（第三六幕）

「いくとせ破鏡またまるく、今日こそは断釵また合う」（第四〇幕）

「楽昌の破鏡をして重円せしめ、陶穀の断弦をして再び続かしむ」（同）

などと繰り返されているように、離れ離れになった相思の男女の再会を言う場合に、よく引き合いに出される。

楽昌公主は陳の後主の妹、陳王朝の滅亡を予見した夫の徐徳言の提案で、彼女の鏡を二つに割って形見に分け持ち、正月十五日に都の市にそれを売り出すことを約して、離れ離れになる。後に、その半鏡のおかげで互いの消息が知れ、彼女の新しい主人の情義によって復縁することができた。そういう故事である。

謡曲「松山鏡」には、それとは異なる「陳氏の鏡」が出て来る。幼い娘が亡母の形見の鏡に映る自分を母と思って慕うので、父親が鏡について説明し、後に母の亡霊が現れて「陳氏の鏡」の故事を語って聞かせるのである。陳氏の夫が遠行することになり、鏡を破《わ》って形見とした。夫は帰らず、文も届かない。風の便りに、夫はその国の主となり再婚して、帰る当てもないことを知る。形見の半鏡に映る自分を見詰めて泣いていると、どこからともなく一羽の鵲が飛んで来て彼女の周りを飛びめぐっていたが、やがて鏡の割れとなり、合してもとの円鏡になったというのである。

諸注の指摘するように、この話は『神異経』に見える破鏡の故事と関係があろう。『神異経』では別れた後で妻が他の男と通じたので、鏡が鵲となって夫のもとに飛んで来るのであるが、それと同じ形の類話が、『今昔物語集』（巻十）の「不信蘇規、破鏡与妻遠行語第十九」である。宮田尚氏の指摘[2]があるように、従来出典不詳とされて来たこの話が、『注好選』上巻に見える「蘇規破鏡第七十五」に拠るものであることが明らかになった。『古代説話集注好選』（東寺貴重資料刊行会編、東京美術、昭和58・10）の影印によって訓読して示せば、次のとおりである。

此の人は勅使と為て外州に行く、即ち妻に談じて云はく、吾が鏡を二つに破りて、半は君に得しめ、半をば吾齎たらむ、由は、若し吾他の女に娶ぎせば、此の半の鏡飛び来りて君が鏡に合へ、若し君他の男に有らば、亦以て此の如しと、妻許諾して、これを得て、箱の内に置きて、思惟へらく実に然ること難しと、即ち蘇規家を出でて十日有りて、妻犯すこと有り、半鏡蘇規が所に飛び来たりて合ふこと、約の如し。

「松山鏡」で語られる「陳氏の鏡」は、おそらく『神異経』『注好選』『今昔物語集』等に見える説話を承けながら、妻の不倫を夫の背信に変え、「是や賢女の名をみがくかがみなりけり」と説いて婦徳の訓えに仕立て直したものであろう。貞女の名を「陳氏」としたのには、楽昌公主の話があずかっているかと思われる。

楽昌公主の破鏡重円の話を載せているわが国の作品に、『唐物語』がある。平安朝末期の成立、藤原成範（一一三五〜八七）の編と推定されており、中国の故事を翻案した二十七篇の短篇から成っている。その第十話に当たる「徐徳言」がそれである[3]。

各篇の典拠については、古くから考証が試みられて来た。寛政五年（一七九三）七月の校合識語をもつ賀茂季鷹校写本[4]には、各話の出典に関する私見を記した付箋があり、この篇については「徳言、未詳何世人、陳氏女亦不詳始末」としか記されていないが、典拠を明示したのは清水浜臣で、文化六年（一八〇九）二月の識語をもつ論著『唐物語提要』（浜臣校本付載）に、出典を「本事詩〇両京新記」と記している。

小稿では、『本事詩』および『両京新記』に記されている原話と、『唐物語』に翻案された物語とを比較し、この故事の伝承と変容のありようについて、考察しようと思う。

二　『本事詩』が伝える「陳氏の鏡」

唐の孟棨撰の『本事詩』は、情感・事感・高逸・怨憤・徴異・徴咎・嘲戯の七章から成り、全四十一条の故事が収められている。「情感第一」全十二条の最初に置かれているのが、次のような話である。

陳太子舎人徐徳言之妻、後主叔宝之妹、封楽昌公主、才色冠絶、時陳政方乱、徳言知不相保、謂其妻曰、以君之才容、国亡必入権豪之家、斯永絶矣、儻情縁未断、猶冀相見、宜有以信之、乃破一鏡、人執其半、約曰、他日必以正月望日売於都市、我当在、即以是日訪之、及陳亡、其妻果入越公楊素之家、寵嬖殊厚、徳言流離辛苦、僅能至京、遂以正月望日訪於都市、有蒼頭売半鏡者、大高其価、人皆笑之、徳言直引至其居、設食、具言其故、出半鏡以合之、仍題詩曰、

鏡与人倶去　鏡帰人不帰　無復嫦娥影　空留明月輝

陳氏得詩、涕泣不食、素知之、愴然改容、即召徳言、還其妻、仍厚遺之、聞者無不感嘆、仍与徳言・陳氏偕飲、令陳氏為詩曰、

今日何遷次　新官対旧官　笑啼倶不敢　方験作人難

遂与徳言帰江南、竟以終老。(5)

この『本事詩』の記事は、宋の李昉等撰の『太平広記』（巻一六六、気義一）にも収められている。題は「楊素」であり、末尾に「出本事詩」と注記がある。右に掲げた本文と比べると、「時陳政方乱、徳言知不相保」に当たる部分

が、「徳言為太子舎人、方属時乱、恐不相保」となっている外には、殆ど異同がない。また、南宋の曾慥編の『類説』(巻五十一)には、『本事詩』から抄録した三十七条の記事の最初に、「楽昌公主」と題してこの話を載せている。叙述はやや簡略化されており、上掲本文末尾の「遂に徳言と江南に帰り、竟に以て老を終ふ」という結末は省かれている。同じく南宋の龔頤正撰の『続釈常談』(『説郛』巻三十五所引)にも「作人難」という題で、文頭に「本事詩」と明示して、この記事を引いているが、これにもその結末は省かれている。

その他、南宋の淳熙十五年(一一八八)の序をもつ撰者未詳の『錦繡万花谷』(後集巻五)に「分鏡」と題して、また、清の康熙四十九年(一七一〇)に成った聖祖勅撰の『淵鑑類函』(巻三八〇、服飾部十一、鏡)にも、この話が引かれているが、いずれも出典を『古今詩話』と記している。『古今詩話』は佚書であるが、『詩話総亀』『苕渓漁隠叢話』『詩人玉屑』『竹荘詩話』などに多く佚文の見られる詩話・詩評の集成である。『中国文学大辞典』(6)には、『宋史』の「藝文志」に著録されている李欣撰の『古今詩話録』がそれであろうとして、北宋後期の成立と推定している。『錦繡万花谷』『淵鑑類涵』では、いずれも徳言の詩を挙げた後「楽昌詩を得て悲泣して已まず、越公これを知り、愴然として徳言を召し、至れば其の妻を還す」と述べて話を結び、楽昌公主の詩は載せない。しかし、これは『古今詩話』本来の形ではないらしく、宋の阮閲撰の『詩話総亀』(巻二十三、寓情門)所引の『古今詩話』の記事では、楽昌公主の詩を挙げて結びとしている。ただ、これら三書に引かれた『古今詩話』の記事ではいずれも、夫婦離別の後「陳の亡ぶるに及んで、其の妻果して楊越公のこれを得るところとなる」と、陳が滅んで転変した公主の境遇を記した後、直ちに「乃ち詩を為りて曰く」と徳言の詩を挙げていて、『本事詩』の本文に言う「寵嬖殊に厚し、徳言流離辛苦して、僅かに能く京に至る、遂に正月望日を以て都の市に訪ぬるに、蒼頭の半鏡を売る者あり、大いに其の価を高くすれば、人皆これを笑ふ、徳言直ちに引いて其の居に至り、食を設けて、具さに其の故を言ひ、半鏡を出して以てこれに合はす」にあたる部分、即ち夫妻がようやくにして再会するに至る話の筋道、言わば物語的な叙述が省かれて、詩に重点が置かれているのである。

『本事詩』の記事で、陳の滅亡を予見した徳言が、妻の公主に、「君の才容を以てせば、国亡びなば必ず権豪の家に入らん、斯くて永く絶えなん、儻《も》し情縁未だ断えずは、猶ほ相見んことを冀ふ」と語る言葉は、上記三書所引の『古今詩話』の本文でもほぼ同様の措辞で、「国破れなば必ず権豪の家に入らん、倘《も》し情縁未だ断えずは、尚ほ相見んことを慕《ねが》ふ」と略記されている。これは後述する『両京新話』の措辞とは異なっており、『古今詩話』も『本事詩』を承けるものであることが推測できる。

室町の中期か後期に成立したと推定されている撰者未詳の『漢故事和歌集』には、「徳言分鏡」の表題を立てて『唐物語』の「徐徳言」の和歌二首を掲げてこの故事を記載しており、それとほぼ同様の注記が『唐物語』のある種の伝本（宮内庁書陵部蔵本・神宮文庫蔵本等）に見られる。いずれも書名を記してはいないが、その記事の繁簡の程度や措辞は、『詩話総亀』に引かれた『古今詩話』の記述に、ほぼ一致するものである。

三　『本事詩』の撰者孟棨

孟棨の経歴については『四庫全書提要』（以下、『提要』と略称）に、「棨、字初中、爵里未詳」とあるように詳らかでない。『提要』は次の二つの資料を挙げている。一つは、『本事詩』の「情感」の韓翃の話（第八条）に「開成中、余罷梧州」とある記事である。唐の文宗の開成（八三六～四〇）の頃には、梧州（広西壮族自治区）にいたことが知られ、府の属官だったらしいが『提要』も「梧州の何れの官たるを知らず」としている。他の一つは、五代の王定保撰の『唐摭言』（巻四、「与恩地旧交」）の記事で、孟棨が科挙の試験に合格した折、知貢挙の崔沆が「先輩は吾が師なり」と言って共に泣いたが、棨は崔沆よりも年長で、すでに三十年の余も試験場に出入していたという逸話である。清の徐松撰の『登科記考』（巻二十三）によれば、孟棨の登第は唐の僖宗の乾符二年（八七五）であるから、武宗の会昌（八四一～六）の頃から科挙に挑み続けていたことになる。また、宋の陳振孫撰の『直斎書録解題』（巻十五、総集類）には「本事詩一巻、唐司勲郎中孟啓集」と見え、尚書省吏部の司勲郎中を歴任したらしく、さらに『本事詩』の序（四庫全書本には付載されていない）の末尾には、自ら「時光啓二年十一月、大駕在褒中、前尚書勛郎中賜紫金魚袋孟啓序」と記している。これを信じれば、僖宗が朱玫の叛によって鳳翔の行宮を遁れて興元（陝西省褒城県）に遷っていた光啓二年（八八六）十一月に、『本事詩』を撰したことになる。これらの資料に基づいて、内山知也氏は、孟棨が科挙を受け始めたころを仮に二十歳半ばとして、光啓二年には六十歳をやや越していただろうと推測している。(7)

内山氏はまた、『本事詩』の「情感第一」十二条の話に共通する「感情」として、

(1)　権力者によって男女の愛情がふみにじられることから誘発される痛憤。

(2)　会い難い男女が、偶然邂逅しえた感激。

の二点を挙げている。この「共通の感情」は、ある意味では『唐物語』二十七篇を通じて流れる基本的な情調であるということもできる。『本事詩』の「情感」十二条と『唐物語』とが共有する題材は、徐徳言・楽昌公主の哀話一つにとどまるが、『唐物語』の編者がこの話を『本事詩』から得たのだったとすれば、この話一つには限らない他の話からの感化をも受けている可能性があるわけで、そのような感化の総体が、あるいは『唐物語』成立の契機となっているかもしれないとも考えられるのであるが、『本事詩』と『唐物語』の関係は、今一つ、はっきりしない。

四　『両京新記』に描かれた楊素の驕奢

『本事詩』よりも古く、陳氏の鏡の話を伝えているのが『両京新記』である。撰者の韋述は、『旧唐書』の本伝（列

伝第五十二）によれば、景龍中（七〇七〜一〇）に年少で進士に登第し、[8]開元五年（七一七）に櫟陽県尉となった。累遷して工部侍郎に至り、方城県侯に封ぜられたが、安祿山の乱に遭い、「国史」を抱いて南山に隠れたものの、経籍も資産も焚かれ掠奪され、自身も賊軍の手に陥ちて、偽官に就かされた。その罪により乱後の至徳二年（七五七）に渝州（四川省巴県）に流され、刺史の薛舒の虐待に遭い、自ら食を断って死んだ。没年は不詳であるが、「述、書府に在ること四十年、史職に居ること二十年」という碩学で、『唐職儀』三十巻・『高宗実録』三十巻・『御史台記』十巻・『両京新記』五巻など、二百余巻に及ぶ撰述があったという。

『両京新記』は『唐書』（巻五十八）の「藝文志二」にも「地理類」に属して「韋述両京新記五巻」と著録され、長安と洛陽の両京について記述したものである。それによれば、長安京の延康坊の西南隅にある西明寺の名を掲げ、牡丹で知られたこの寺に関する記述がある。

本隋尚書令越国公楊素宅、大業中、素子玄感誅後没レ官、武徳初、為二万春公主宅一、貞観中、賜二濮恭王一。恭（王）死後、官市立レ寺、（寺）々内有二楊素旧井一、玄感被レ誅、家人以レ金投レ井、後人窺見、釣（鉤）汲無レ所レ獲、今寺衆謂二之霊井一、在二僧厨院内一。[9]

即ち、この西明寺はもとは隋朝最大の権力者であった楊素の邸宅であった。大業二年（六〇六）七月に楊素が没して、その子の楊玄感が伝領したが、同九年に玄感が叛して誅された時に収公され、唐の高祖の武徳（六一八〜二六）の初めに万春公主の邸になったという。万春公主は高祖李淵の娘で、『唐書』の「諸公主列伝第八」に「長沙公主始め万春に封ぜられ、豆盧寛の子懐譲に下嫁せしむ」と見える長沙公主のことであろう。中宗（在位七〇五〜一〇）時代の名宰相と言われた豆盧《とうろ》欽望の伝（列伝第三十九）に、「豆盧欽望は雍州万年の人なり、祖寛は隋の文帝の外孫にして、梁泉の令たり、（中略）子懐譲、万春公主に尚す」と明記されている。『両京新記』はさらに、万春公主の邸宅は太宗の貞観中（六二七〜四九）に、濮恭王泰に賜ったという。『唐書』「太宗諸子列伝第五」によれば、泰は太宗の第四子で、母は文徳皇后である。『括地志』の著者としても知られるが、太宗は「士を好み、善く文を属する」彼の器量を愛し、太子にと強く望んでいた。「帝、泰の延康坊の第に幸す」とも見え、その邸が延康坊にあったことは確かである。貞観二十一年十一月に濮王に封ぜられたが（「太宗紀」）、永徽三年（六五二）に均州（湖北省）の鄖郷において三十二歳で薨じた（「高宗紀」・「太宗諸子列伝」）。王の没後、官がその地を購入し、そこに西明寺を建立したという。その創建は高宗の顕慶三年（六五八）とされているから、泰の薨後数年のことになる。

ところで、『隋書』（「煬帝紀」・「楊玄感伝」）によれば、大業九年四月、煬帝が高麗討伐に出陣した時、物資の輸送と補給の監督を命じられていた礼部尚書楊玄感が、兵站基地の黎陽に叛し、東都（洛陽）に迫った。煬帝は直ちに軍を還し、宇文述・屈突通らの将軍に命じて玄感を討たせ、八月、さしも剛勇の玄感も自害する。玄感の屍体は東都の市に礫けられ、三日の後にまた切り刻まれた上で焚かれた。

『両京新記』は、西明寺の廚院の「霊井」にまつわる話を記している。この井戸は楊素の旧邸にあったもので、玄感が誅された時に家人がここに金を投げ込んだという噂があって、後人が鉤で汲み上げようとしたが徒労に終わったというのである。楊素の莫大な財産については、「楊素伝」に「素、財貨を貪冒し、産業を営求す。東西二京、居宅侈麗にして、朝に毀ちては夕に復して、営繕已むことなし。ここにおいて諸方の都会の処に及び、邸店・水磑、幷に利田宅は、千百を以て数ふ。時、此を以てこれを鄙しめり」と伝える。唐の李冗撰の『独異志』[10]にも、「隋の楊素、家富侈の極にして、家僮数千人、後庭の羅綺を曳く女もまた数千なり。都会の処、邸店・碾磑・紀極を知らず。性営利を貪りて、心厭足することなし。時議これを鄙しむ」（巻下）という同趣の記事がある。

さて、『両京新記』は、西明寺の沿革について上述のような説明をした上で、楽昌公主の物語を引いている。冒頭に「初め楊素、用ひられて隋朝に事ふ、奢僭度に過ぎ、制造珍異にして、資貨儲へ積めり」とその豪勢ぶりを述べ、「美姫あり、本は陳太子舎人徐徳言の妻、即ち陳主叔宝の妹にして、才色代に冠たり」と核心に入って行く。その内容は『本事詩』の伝えるところと殆ど変わらない。措辞に些少の違いがあり、叙述がやや詳しいと言える程度である。例えば、『本事詩』の系統を引く諸書に、記事に繁簡の差はあってもほぼ共有されていた徳言の言葉、

以㆓君之才容㆒、国亡必入㆓権豪之家㆒、斯永絶矣、儻情縁未㆑断、猶冀㆓相見㆒。

は、『両京新記』では、

以㆓子才色㆒、必入㆓帝王貴人家㆒、我若死幸無㆓相忘㆒、若生亦不㆑可㆓復相見㆒矣。

という表現になっているといったぐあいである。

五　楽昌公主と宣華夫人

『両京新記』の撰者の韋述は歴史家であるから、確かな記録なり伝聞なりに基づいて、徳言と陳氏の離散と邂逅の数奇な運命を記したのにちがいない。

楽昌公主は陳の後主叔宝の妹であるという。陳王朝は、陳覇先が永定元年（五五七）に梁の敬帝を廃して帝位に即いてから僅かに三十二年、叔宝の禎明三年（五八九）に隋に滅ぼされた。『南史』「陳本紀」によれば、叔宝は太建元年（五六九）に宣帝の即位とともに十七歳で太子となり、同十四年（五八二）父帝の崩によって三十歳で即位している。その前年に隋の楊堅（文帝）は北周を滅ぼしており、六年後の禎明元年（隋の開皇七年）には後梁を滅ぼして北朝を統一し、南朝の陳の攻略に取り掛かる。隋の大軍が長江に臨んだと聞いても、後主は「王気は此に在り。斉の兵三度来たり、周の兵再度至るも、摧没せずといふことなかりき。虜今来たらば必ず自ら敗れん」と嘯き、狎客の孔範も「江を渡る理なし」と諂って、「ただ妓を奏し、酒を縦いままにし、詩を作るを輟めず」という有様であった。遂にその翌年正月に後主は隋の将軍賀若弼・韓擒虎の手で捕らえられ、十五年後の仁寿四年（六〇四）八月に、洛陽において

五十二歳で没する。

後主は即位の年の四月に永康公胤を太子に立てたが、禎明二年六月はこれを廃して、始安王深を太子とした。徐徳言の官位を「太子舎人」とするから、後主の太子時代か、あるいは太子胤・太子深のいずれかに近侍したのであろうが、詳らかでない。また、公主に尚するからには相当の出自と推測され、例えば、梁・陳の賢臣として有名で、『玉台新詠』の撰者としても知られ、後主の至徳三年（五八三）に太子少傅として七十七歳で卒した徐陵との関連なども憶測されるが、『陳書』（巻二十六）の「徐陵伝」にもそれとおぼしい人物は見当たらない。

楽昌公主についても同様である。『南史』や『陳書』には后妃や皇子に関する記述はあっても皇女についての記載はない。ただし、陳の宣帝の公主で隋の後宮に入って宣華夫人と呼ばれた女性のことは、『隋書』（列伝第一）の「后妃伝」によって知ることができる。楽昌公主の姉か妹に当たるはずの人である。

宣華夫人は、聡慧で容姿も勝れていた。陳が滅んで隋の掖庭に配され、後に嬪として文帝の後宮に入れられた。嫉妬深い皇后独孤氏のために進幸される女性はまれである中で、彼女だけは例外だった。当時晉王だった煬帝は、藩国にあって宗室を奪う陰謀を抱いていて、彼女に金蛇・金駝などの贈り物をしては歓心を買って、その内助を得ようと企んでいた。開皇二十年（六〇〇）十月に独孤氏の生んだ皇太子勇が廃されて晉王広が太子となり、二年後の仁寿二年に独孤氏が崩じて、彼女は貴人に昇格し、帝の遺詔によって宣華夫人となったのである。仁寿宮で病臥する帝の牀辺に彼女と太子広が侍していたが、夜明け、更衣のために部屋を出た彼女に太子が逼った。拒んで難を免れたが、部屋に戻った彼女の異常な様子を帝に見咎められて、彼女は涙ながらに「太子無礼」と答える。帝は「畜生何足レ付二大事一」と怒り、兵部尚書柳述と黄門侍郎元巖を呼んで「召二我児一」と命じる。二人が太子を呼ぼうとすると、帝は「勇也」と言う。かつて太子を廃して庶人とした勇のことである。左僕射の楊素がそのことを知って太子広に告げる。太子は張衡を寝殿に入らせ、陳氏を始め宮女たちを別室に移らせる。と、帝崩御の報せが伝わって来た。日が暮れて、太子は使者を遣わし、金の合子を陳氏（宣華夫人）のもとへ持参させた。合せ目には太子の自筆で「封」とある。彼女は鴆毒だと思って怖れたが、使者に促されて開けてみると、夫婦相愛の契りを寓する「同心結」数枚が入っていた。彼女は怒って却座し、使者に拝謝しようともしなかったが、宮女たちにせがませて頭を下げた。その夜、太子が彼女を蒸した。太子が帝位を嗣いだ後、彼女は後宮を出て仙都宮に遷ったが、程なく召され、一年余りの後に没した。時に二十九歳であった。

　長くなったが、『隋書』が伝える宣華夫人の生涯である。煬帝即位の翌年に二十九歳で没したとすれば、彼女は父宣帝の太建九年（五七七）の生まれで、陳が滅んだ時には十三歳だったことになる。楽昌公主は、その時すでに徐徳言の妻になっていたのであるから、楽昌公主の方が姉であったかとも思われるが、確かなことはわからない。

　楽昌公主の新しい主人となった楊素は、上に見たように太子広のクーデター事件で重要な役割を果たしている。彼は、『隋書』の「高祖紀」下の開皇八年の条に「晉王広・秦王俊・清河王楊素に命じ、並びに行軍元帥として以て陳を伐たしむ」と記されているように、陳討伐の功臣であり、文帝・煬帝の二代に仕えて隋の天下統一に貢献した実力者である。開皇二十年に晉王広が霊朔道行軍元帥となり、素が長史となった時から、二人の強い結び付きが生じ、広の立太子や、蜀王秀の失脚など、結託して数々の謀略を実行した。その最たるものが文帝弑逆である。晩年驕奢が高じて、ようやく文帝に疎んじられ始めた楊素が、宣華夫人の一件で太子の地位が危うくなった広と謀って詔を矯め、クーデターを決行した。『隋書』（列伝第十三）の「楊素伝」に、それらの経緯が詳しい。

「楊素伝」の陳討伐戦の諸将に対する論功行賞の記事の中に、次のような記述がある。

　素（中略）拝㆓荊州総管㆒、進㆓爵郢国公㆒、邑三千戸、真食長寿県千戸、以㆓其子玄感㆒為㆓儀同㆒、玄奨為㆓清河郡公㆒、賜㆓物万段、粟万石㆒、加以㆓金宝㆒、又賜㆓陳主妹、及女妓十四人㆒、素言㆓於上㆒曰、里名㆓勝母㆒、曾子不㆑入、逆人王誼、前封㆓於郢㆒、臣不㆑願㆓与㆑之同㆒、於㆑是改封㆓越国公㆒。（下略）

「越国公楊素」は文帝から「陳主の妹を賜った」のである。その公主の名も、また、その公主を先夫の徐徳言に還してやったという楊素の義侠も記されてはいないが、『両京新記』に、

及㆓陳滅㆒、其妻果為㆓隋軍所㆒㆑没、隋文以賜㆑素、深為㆔素所㆓寵嬖㆒、為営㆓別院㆒、恣㆓其所㆒㆑欲。

と語られる楽昌公主の境涯は、事実に基づいたものであったと考えられる。

六　『唐物語』の翻案手法

『唐物語』の「徐徳言」の話は、『両京新記』や『本事詩』に見える原話とそう大きく異なるものではない。物語の基本的な構成は、そのまま踏まえられている。そのことを認めた上で、『唐物語』編者の受容と翻案のありようについて検討してみよう。

一、物語世界の情趣化を意図した変容

『唐物語』では楽昌公主のことはただ「陳氏」とだけ記されて、後主の妹であることや、徳言が太子舎人で帝の女婿であることなどは伏せられている。

むかし、徳言といふひと、陳氏ときこゆる女にあひぐしたりけり、かたちいとおかしげにて、心ばへなど思さまなりければ、たがひにあさからず思かはして、としつきをふるに、(11)

物語の平明化にも繋がるが、六朝末期から隋初にかけての時代性や陳の国情といった特殊相を捨象することで、より普遍的な夫婦愛の物語に昇華しようと努めていると言える。謀略と権勢と驕奢のイメージを喚び起こす「越国公楊素」の名も消されている。情義の人の役割をになって登場するのは、「時の親王にておはしける人」である。夫婦の愛情を妨げるのは、ここでは「権力」ではなくて、「世中のみだれ」という状況である。原話にはない状況が書き込

まれることになる。

思のほかに世中みだれて、ありとあるひと、たかきもいやしきも、さながら山はやしにかくれまどひぬ、さりがたきおやはらからも、よもにたちわかれて、をのがさま〴〵にげさまよへるなかに、この人、わかれをおしむこゝろ、たれにもすぐれたりければ、ひとしれずもろともにあひ契けり。

二、詩から和歌への翻案に伴う変容

原話に二首の詩があるが、『唐物語』にも、次のような二首の和歌がある。

(1)ますかゞみわれてちぎりしそのかみのかげはいづちかうつりはてにし

(2)契おきし心にくまやなかりけむふたゝびすみぬなかゞはの水

原話の詩は徳言と楽昌公主の各一首であるが、『唐物語』の和歌は一首は徳言の述懐、一首は夫婦の貞節に対する編者の感懐となっている。問題は、徳言の詩とそれを翻案したと見られる和歌(1)との関係である。徳言の詩を『両京新記』によってあらためて掲げると、

鏡与レ人倶去　鏡帰人不レ帰　無二復姮娥影一　空余二明月輝一

というものであったが、「姮娥影」はかつて鏡に映った公主の姿を、「明月輝」は鏡を喩えたものであるから、「復た姮娥の影なく、空しく明月の輝きを余すのみ」とは、まさしく「そのかみのかげはいづちかうつりはてにし」なのであり、しかも「うつる」という掛詞の技法によって詩の前半「鏡は人と倶に去り、鏡は帰りて人は帰らず」という事態をも含ませ、さらに初二句「ますかゞみわれてちぎりし」においても「われて」の掛詞によって別離と破鏡とを詠み込んでいるわけで、原詩の趣意と感情をみごとに翻案しえている。

しかし、物語の展開の上では、この詩と和歌の詠出の場は大きく異なっていることを見逃がしてはなるまい。原話では、都の市で半鏡を見付けた徳言が「己が半鏡を取ってこれと合はせ、及（粤雅堂叢書本は「乃」に作る）其の妻に

寄するに詩を題し」たものである。従って「鏡は帰りて人は帰らず」の句には、別れた妻の生存と今の境偶を知りえたものの再会は許されまいという徳言の諦念があろう。別離の時点で、徳言はすでに「我若し死なば、幸《ねが》はくは相忘るることなかれ、若し生きたりとも亦、復び相見るべからざらん」と覚悟していたのである。これに対して『唐物語』の歌は、別れた妻の消息も不明なまま、手もとに残された半鏡を見詰めての徳言の述懐である。「そのかみのかげはいづちかうつりはてにし」という発想は、妻の行方が杳として知れないおぼつかなさの中でこそふさわしいと言える。この和歌の発想の変容に必然性を与えるべく、編者は、原話にはない徳言の恋慕と猜疑に苛まれる心情を、歌の直前に添えている。

その丶ち、この夫、こひしさわりなくおぼえて、いたづらに月日をすぐすま丶に、いかなる人に心をうつして、契しことをわすれぬらんと、むねのくるしさをさへがたくぞおぼえける。

原話の詩における徳言の心情とは大きく異なって来ていることに気付く。このように見て来ると、構成の上に見出される原話と翻案との乖離は、ストーリーの翻案よりも、詩から和歌への翻訳の方が先行し、その翻訳された和歌の発想に媒介もしくは規制されて、ストーリーの変化が生じていると考えることができる。このことは、編者の感懐を詠んだ和歌(2)をも考え合わせて、本説や句題を和歌に詠み込むということが、この作品の成立の第一義的な契機であったのではないかという予想を可能にするもので、『唐物語』という作品の性格づけに大きく関わって来ることのように思う。

三、心情描写の潤色による変容

原話では、陳氏の心情はあらわに語られることがない。末尾に彼女自身の詩が記されているが、それも、今の主人と旧の主人の対面の座に侍して、二人の対話に合わせて笑うことも啼くこともならず、ひたすら感情を押し包んでいるしかない自分の困惑を表白するだけであるし(12)、その他には、

1　陳氏、後令下閹奴望日齎二破鏡一詣上市、務令レ高レ価。（『両京新記』）

2　陳氏、得レ鏡見レ詩、悲愴流レ涙、因不レ能二飲食一。（同）

の表現に、その心情が推し量られる程度である。『唐物語』では、陳氏は親王に寵愛されて月日を経るが、徳言への恋慕と、親王の愛情への顧慮が、次のように語られる。

ありしにはにるべくもなきありさまなれど、このかゞみのかた〳〵をいちにいだしつゝ、むかしの契をのみこゝろにかけて、よのつねはしたもへにてのみすぐしけるに、かゞみのわれもちたる人とて、たづねあひて、おとこ女のありさま、たがひにおぼつかなからず、しりかはしつ。女これをきゝけるより、おぼえず、なやましきこゝちうちそひて、うつし心ならぬけしきをみとがめて、親王あやしみとひ給を、さすがに覚て、しばしはいひまぎらはしけれど、しゐてのたまはすれば、わびしながら、ありのまゝにきこえさせつ。

七　『唐物語』の話末評言と『両京新記』

『唐物語』の「徐徳言」の末尾に付された評言について考えてみたい。編者は(2)の和歌で徳言夫妻の変わらぬ愛をたたえたあとで、話末に、次のような感想を加えている。

いやしからぬありさまをふりすてゝ、むかしの契をわすれざりけん人よりも、親王の御なさけは、なをたぐひあらじや。

これは一見、陳氏の貞節と親王の情義とを同じ次元で比較してその優劣を評定したかのようであるが[13]、そうではあるまい。話を夫婦の愛の物語として読むか、それとも親王の情義の話として読むかという、観点を変えた批評なのであろう。話の主題のありかを、読み手・聞き手の立場という別な観点に立って考えた評言なのであろう。

前に触れた『独異志』は、時代的には『両京新記』と『本事詩』の間に位置する作品であるが、それに次のような記事がある。

隋朝、徐徳言妻陳氏、叔宝妹。因二懼レ乱不レ能二相保一、徳言乃破二一鏡一分レ之、以為他年不レ知二存亡一、但端午日各持二半鏡一於二市内一売レ之、以図二相合一。至レ期適レ市、果有二一破鏡一。徳言乃題二其背一曰、鏡与レ人倶去、鏡帰人不レ帰、无二復嫦娥影一、空余二半月輝一。時陳氏為二楊素所一レ愛。見レ之、乃命二徳言一対飲、三人環坐、令三陳氏賦二詩一章二、即還レ之。陳氏詩曰。今日何遷次、新官対二旧官一、笑啼倶不レ敢、方験作レ人難。素感レ之、乃還二徳言一。（巻下）

右の文章を『両京新記』や『本事詩』の叙述と比べてみると、かなり簡約化されてはいるものの骨組みに大差はなく、細部のやや目立つ違いと言えば、徳言の詩の結句を、『両京新記』の「空余二明月輝一」、『本事詩』の「空留二明月輝一」に対して「空余二半月輝一」としていることの他に、次の二点を指摘することができる。

1　半鏡を市に出す時期を、「正月望日」ではなく、「端午日」としている。

2　楊素が陳氏の詩に心動かされて、彼女を徳言のもとに還したのだとする。

特に後者の違いは、話の主題を変更させるほどのものである。時代は下るが、唐末の范攄撰の『雲谿友議』（巻上、「襄陽傑」）には、

雲谿子曰、王敦駆女楽、以給軍士、楊素帰徐徳言妻、臨財莫貪於色、不悋者罕矣、時人用為雅譚。

とある。王敦のことは『晉書』の「王敦伝」（列伝六十八）や『世説新語』（豪爽第十三）に彼が後閤を開いて婢妾数十人を解放したのを時人が嘆異したと記されている話を指すのであろうが、これと並べて陳氏を元の夫に還した楊素の雅量をたたえたのである。これは『太平広記』が、この話に「楽昌公主」でも「徐徳言」でもなく「楊素」の表題を付けて、しかも「気義」の部類に収めているのと同じ意向を、いっそう鮮明に表している。が、実は、『両京新記』の叙述の中にすでにその方向づけがなされていたと言える。

楊素の情義に対する世人の評価は、『本事詩』でも「聞く者感嘆せずといふことなし」と触れているが、それは話の筋に沿った叙述であるのに対して、『両京新記』は、話末に、

時人哀二陳氏之流落一、而以レ素為二寛恵一焉。

と付言して、より強調した形になっている。この「素を以て寛恵と為す」という言葉が、『唐物語』の話末の「親王の御なさけは、なをたぐひあらじや」に相当することは言うまでもない。上の句にいう「陳氏之流落」とは、一見、陳の公主たる身が亡国の憂き目を見て敵国の権臣の愛妾に堕ちるという流転の運命を指しているように思われるが、おそらくそうではなくて、楊素の寵愛を受けて富裕で優雅に過ごしている現在の境遇を離脱して、前夫とともに送ろうとする流離の暮らしを指すと解すべきであろうから、この「陳氏之流落」を和らげれば、「いやしからぬありさまをふりすてゝ」ということになるだろう。ただし、「ふりすてゝ」は陳氏の選択であり、主体的な決断である。その点を強調して編者は「むかしの契をわすれざりけん人」という。これは原話の改変ではなくて、編者の一歩進めた解釈と見るべきであろう。そこには、『大和物語』（一四八段）や『今昔物語集』（巻三十「身貧男去妻成摂津守妻語第五」）に見られるわが国の蘆刈説話と、構成は酷似していながら結末は大きく異なっている原話に接した編者の、新鮮な感動が働き掛けていると言えるのかもしれない。

陳氏から事の次第を聞き知った楊素について、『両京新記』が、

素、憯（潸カ）然為レ之改レ容、使レ召二徳言一還二其妻一、幷夜装悉与レ之。（注、「夜装」を粤雅堂叢書本は「衣裳」に作る）

と述べるところを、『唐物語』が、

親王これをきゝ給に、御そでもしぼりあえず、あはれにいみじくおぼされけるにや、よそおひいかめしきさまにていだしたてゝ、昔のおとこのもとへをくりつかはしたるに、

と、親王の「御なさけ」をいっそう濃やかに述べているのも、わが国の蘆刈説話の結末と対照的に捉えている編者の

意識が反映しているかとも考えられるが、それはともかくとして、『本事詩』の相当箇所「素、知レ之、愴然改レ容、即召二徳言一還二其妻一、仍厚遺レ之」の表現に比して、『唐物語』の表現が『両京新記』の叙述により近いものであることが了解できるであろう。両者が共有する話末評言の類似性が、その関係を裏書きする。

八　『両京新記』の渡米

『本事詩』のわが国への伝来の時期については詳らかでないが、『両京新記』は早くから舶載されていた。慈覚大師円仁は、承和五年（八三八）六月に九州の志賀島を発って渡唐し、同十四年九月に帰国しているが、彼がもたらした典籍の目録である『僧円仁請来目録』（『入唐新求聖教目録』）[14]に、「両京新記三巻」と見えているし、寛平三年（八九一）以前の成立と見られる『日本国見在書目録』の「廿一、史地家」の中に、「雨京新記四（巻）〈韋述撰〉」とある。「雨」は「両」の誤記であること諸家の指摘のとおりであろう。『両京新記』は、九世紀の中葉以後、わが国においても読まれていたのである。

そして、なにより興味深いのは、『両京新記』の名が『通憲入道蔵書目録』に、

一合。第廿八櫃。
説苑上裏（裏カ。）十弓。　同下。十弓。
高士伝讃一部。上中下。　両京新記。一弓。
要覧。一巻。　唐千年暦。一弓。

と記載されていることである。藤原通憲（一一〇六〜五九）は、言うまでもなく保元・平治の乱で知られた信西入道である。この目録の成立については問題もあるようだが、通憲の蔵書の目録である可能性は依然として高い[15]。通憲は、

『唐物語』の編者とされる藤原成範の父である。とすれば、編者が『両京新記』を読む機会を持つことのできた公算はいっそう大きいものになる。勿論、これが藤原通憲その人の蔵書目録でなかったとしても、また、それがよし藤原成範でなかったとしても『唐物語』の編者が、『両京新記』を読む機会を持ちえていたことに変わりはない。因に、『本事詩』の名は、これらの書目のいずれにも見えない。(16)

注

（1）中国古典文学大系52『戯曲集』（浜一衛氏訳、平凡社、昭和45・11）による。王沛綸編『戯曲辞典』（台湾中華書局、民国64・4）によれば「拝月亭」が基づいた元雑劇に、①関漢卿撰「閨怨佳人拝月亭」、②王徳信撰「才子佳人拝月亭」があるとしている。また、元の沈和甫撰の「徐駙馬楽昌分鏡」があり、董康編『曲海総目提要』（巻十六、新興書局、民国74・11）には楽昌公主の故事に取材した明代初期の「金鏡記」があると記している。各戯曲、いずれも未勘。

（2）宮田尚氏『今昔物語集震旦部考』五　資料への再評価（勉誠社、平成4・6）

（3）尊経閣文庫蔵本（古典文庫『唐物語』池田利夫氏編、昭和47・5）等の通行本とは各編の配列に小異のある吉田幸一氏蔵本（古典文庫『異本唐物語』安田孝子氏編、平成5・7）では第十二話に当たる。『唐物語』の各編には本来標題がなく、清水浜臣校本は「徐徳言」、続群書類従本は「陳氏」と仮題する。

（4）名古屋大学文学部国語国文学研究室蔵（安田孝子氏編『唐物語全』、和泉書院、平成5・4）。「文化五年六月　賀茂季鷹しるす」の識語をもつ文化六年刊本の底本となったものである。

（5）本文は、景明刻本『古今逸史』（明、呉琯校刊）所収本による。ただし、私に読点を補い、詩を別行にする。

（6）馬良春・李福田氏編『中国文学大辞典』「古今詩話」の項、楊鋳氏稿、（天津人民文学出版社、一九九一・10）。なお、『宋史』「藝文志八」（百衲本）には「李頎古今詩話録七十巻」とある。

（7）内山知也氏『隋唐小説研究』第五章　晩唐小説論、第二節「孟棨と『本事詩』について」（木耳社、昭和52・1）。なお、本書からは多くの示唆を得た。記して謝意を表す。

（8）『登科記考』は韋述の登第を景龍二年（七〇八）とする。知貢挙は宋之問である。

（9）本文は、前田育徳会尊経閣文庫蔵古鈔本『両京新記』巻三（金沢文庫旧蔵、尊経閣叢刊影印）による。ただし私に読点・返点を施す。傍書の校異は、粤雅堂叢書第十二所収本による。

（10）王汝濤編『全唐小説』所収。『独異記』の撰者名には「李冗」（明鈔本等の「序」）、「李元」（『崇文総目』）、「李亢」（『新唐志』・『宋志』）、「李冘」（『四庫全書総目』）などの異同がある。

（11）本文は、池田利夫氏編『唐物語〈尊経閣文庫本〉』（古典文庫、昭和47・5）所収の影印による。ただし私に句読点を施す。以下同じ。

（12）国訳漢文大成『晉唐小説』（塩谷温氏訳注、国民文庫刊行会、大正9・12）では陳氏の詩を「今日何《こんにちなん》の遷次《せんじ》、新官旧官《しんくわんきうくわん》に対《たい》す。笑啼倶《せうていとも》に敢《あへ》てせず。方《まさ》に人《ひと》と作《な》るの難《かた》きを験《けん》す」と訓読し、「遷次」の語について「官吏の任免更迭をいふ」と注している。また前野直彬氏の『唐代伝奇集』下（東洋文庫、平凡社、昭和39・4）ではこの詩を、「今日はそも／いかなる徐目《じもく》のありし日ぞ／新しき／官に向かいし古き官／いかにせむ／笑いも得せず泣きもせず／かくて知る／人と生くることのかたきを」（／は改行）と訳出して、「遷次」をやはり官吏の任用の意に取っている。しかし、「遷次」には多様な意味があって、諸橋轍次氏の『大漢和辞典』には、「①旅次をかへる。宿舎をうつす。遷舎。②官職を進める。③居をうつす。④節序がかはる。⑤狼狽する。造次。」と意義分類をし、⑤の用例の中にこの「楽昌公主、詩」を含めている。従うべきであろう。『続釈常談』所引『本事詩』が「今日甚遷次」に作り、『詩話総亀』所引『古今詩話』が「今日何造次」に作っているのも参考になる。「遷次」を任用の意に取るのは承句の「新官対旧官」の措辞に引かれたものと思われるが、角川書店版『中国語大辞典』には「新官人」の立項があって、「＝新倌人」、「新郎」と説明し、（方言）および（呉語・旧白話語彙）の符号を付けており、『水滸伝』第一〇四回の用例を挙げている。類義語に「「新貴」があり、「①新任の高官、新しくのしあがった貴族、あるいは実権派。②科挙の試験に合格した新人。③新郎」（同辞典）と説明している。陣氏の詩の「新官」「旧官」は、語義としても、「新しい旦那さま」「元の旦那さま」と解しうるのではないか。

（13）池田利夫氏はこの結語について、「再縁していた妻を非難していないばかりか、親王妃となりながらも鏡を市に出し続けた彼女の誠実さを一応評価し、しかしそれ以上に、親王が女性を元の夫に返したのを立派な行為としている。尤もこれは、相手が身分違いであるからであろうか」（『日中比較文学の基礎研究翻案説話とその典拠』第一章　唐物語序説、笠間書院、昭和

49・1）としているのは、同じ次元での優劣論と見ているかと思われる。補 小林保治氏編『唐物語全釈』（笠間書院、平成10・2）では、この結語を「高貴な身分を振り捨てて、むかしの約束を忘れなかった人（陳氏）以上に親王の御情けはやはり類ないことに思われる」と現代語訳し、評説で「物語の展開に関していえば、その主題は……この夫婦の契りの深さに有るように思われる。普通であれば夫婦の情愛への賛美が結び言葉とされるところであろう。ところが『唐物語』の作者は……親王の行為に目を向け、その類なさを称揚する」（猪熊範子氏稿）と述べているのも、池田氏の説と同様の観点に立つかと推察される。

（14）竹内理三氏編『平安遺文』古文書編第八巻（東京堂、訂正初版昭和39・4）所収。『僧円仁請来目録』には「承和十四年月日　入唐天台宗請益伝燈法師位円仁上」とある。なお、「承和七年正月十九日」の日付を有する『僧円仁送本目録』（『慈覚大師在唐送進録』）には『両京新記』の名は含まれていない。

（15）『群書解題』雑部(1)（続群書類従完成会、昭和36・4）、『日本古典文学大辞典』（岩波書店、昭和59・7）。ともに柴田光彦氏稿。

（16）補 早く斎藤拙堂（一八〇一〜六五）は、「物語草紙之作、在二於レハ漢文大行ルニ之後一、則亦不レ能レ無キコトレ所レ本ツク焉。枕艸紙ハ、其詞多ク沿二李義山雑纂一ニ、伊勢物語ハ、如下従二唐本事詩、章台楊柳伝一来ル者ノ上」（『拙堂文話』巻一）と説いた。福井貞助氏の「本事詩と伊勢物語」（『国語と国文学』30―1、昭和28・1）は、それの検証を試みた論考である。『伊勢物語』の第一段から第五段にかけての構成を、『本事詩』「情感第一」に載せる「博陵崔護」の話と比べて、『本事詩』が『伊勢物語』の「物語化の媒体」となっているのではないかとし、「本事詩は伊勢物語に無関係とは考へられないと思ふ」と述べている。ただし氏も、『本事詩』の渡米については不明で、「明瞭に本事詩が姿を現はす」のは、『唐物語』の「陳氏」篇と江戸期の刊行ぐらいのものであるとしている。また、『為忠家後度百首』（『新編国歌大観』巻四所収）「恋十五首」のうちに「寄鏡恋」の詠八首があり、その第七首目に、

　からひとのいもとわかちしからかがみわれてもきみにあはむとぞおもふ

という歌がある。崇徳院の御製「瀬をはやみ岩にせかるる滝川の」とは同巧異曲の詠作であるが、本説を「蘇規破鏡」と見ても「楽昌分鏡」と見ても解釈はできるが、後者と見る方がより自然な理解を得るだろう。この百首の配列の仕方から見て、

第七首目の作者は「備後守為経」（『初度百首』には「筑前権守藤原盛忠改名為経」）と判断できる。主催者為忠の息で、為盛・為業（寂念）・頼業（寂然）・為経（寂超）の兄弟が揃って参加している。『尊卑分脈』に「此兄弟三人、共有二和漢才一、世人号二大原三寂一、共皆歌人也」とあり、為経（寂超）は「似絵名人」として知られる隆信の父であるが、前田綱紀の『桑華書志』第七十一帖に「唐鏡又漢鏡　新鏡二帖寂超作」（池田利夫氏、古典文庫本「解説」）とも見える興味深い人物である。為忠家両度の百首は「鳥羽院近臣であった丹後守藤原為忠が近親者や知友を集めて（各八名で、初度と後度で一人入れかわる。若き日の俊成や頼政も加わる）主催した内輪の百首会で」、「作者の官位表記などから初度百首は長承三年（一一三四）末頃、後度百首はその後まもなく、保延元年（一一三五）頃には成立したと推測される」（井上宗雄・松野陽一氏「解題」）という。題材を「楽昌分鏡」に得たとすれば『唐物語』の作者と考えられている藤原成範（一一三五〜八七）の出生に先立つ摂取の事例である可能性がある。また、もしも『唐物語』の作者が藤原成範であるということが確定的になれば、「思のほかに世中みだれて、ありとあるひと、たかきもいやしきも、さながら山はやしにかくれまどひぬ。さりがたきおやはらからも、よもにたちわかれて、をのがさま〳〵にげさまよへるなかに」という戦乱に遭遇した貴賤の悲劇の叙述にも、平治の乱当時の見聞が、さらにその乱で父通憲が誅され自分たち兄弟が各地に流された体験が投影していると見ることとなり、なによりも徐徳言と陳氏との離散に当時二十五歳の成範とその許婚者との破談を重ねて読むことになるのではなかろうか。許婚者は、言うまでもなく『平家物語』巻一「吾身栄花」に清盛の娘八人それぞれの幸いを述べた中で、先ず初めに「一人は桜町の中納言成範卿の北の方にておはすべかりしが、八歳の時約束斗にて、平治のみだれ以後引ちがへられ、花山院の左大臣殿の御台盤所にならせ給て、君達あまたまし〳〵けり」（岩波日本古典文学大系）とある、後に藤原兼雅の室となった女性のことである。ただし、これらのことを材料にして成範作者説を補強することはできない。成範作者説がより確定的になった時点で、あらためて作者の体験の投影の可能性が浮かんで来るという性格の叙述であろう。

3　「望夫石」の伝流——唐物語の創作方法——

一　「望夫石」篇の特異性

『唐物語』といえば、中国の説話を翻訳・翻案した短編物語集として知られている。収められている二十七篇の物語のうち、二編を除いては、それぞれの典拠となった中国の故事や作品が早くから指摘されている。その出典説には首肯されるものが多いのであるが、中にはまだ定着していると言いがたいものもある。その代表例が、清水浜臣によって「望夫石」と仮題された第十二話である。

まず、その本文を掲げることにする。次のような、ごく短い物語である。

昔、おとこ女あひすみけり。としなどもさかりにて、よろづ行すゑのことまで、あさからず契つゝありふるに、この夫、思のほかにはかなくなりにけり。其後なみだにしづみて、あるにもあらずおぼえけるを、我も〳〵とねんごろにいどみいふ人ありけれど、いかにもゆるさゞりけり。これをきくにつけても、なきかげをのみ心にかけつゝ、時のまもわするゝひまなくて、つゐにいのちをうしなひてけり。そのかばねはいしになりにける。

　ことはりや契しことのかたければつゐにはいしとなりにけるかな

このいしをば、そのさとの人〳〵望夫石《ぼうふせき》とぞいひける。ひとすぢに思とりけむ心のありがたさも、この世の人にはにざりけり。[1]

この話の典拠として、清水浜臣（『唐物語提要』）は「幽明録」と注記している。そして、この『唐物語』と『漢故事和歌集』との密接な関係をも指摘しているのであるが、その『漢故事和歌集』の出典注記には、次のようにある。

　武昌山北、一貞婦、送㆓其夫従㆒㆑役、至㆓此山㆒、立望㆓其夫㆒死、化為㆑石。[2]

また、賀茂季鷹校訂本の頭注には、

神異記、武昌山兆（マヽ）一《ノ》貞婦送二其夫従《ノ》レ役《フヲ》、至レ此一山立《ニ》望レ其一夫《ヲ》、死化《シテ》為レ石。

とある。(3)出典名の「神異記」を補い、「北」字を誤刻するという違いはあるものの、もと同一の記事に基づくものと思われる。おそらく、池田利夫氏が『漢故事和歌集』の成立に関して説いているように、出典を注記した『唐物語』の伝本、例えば宮内庁書陵部蔵本の注記に、次のようにあるのなどに拠ったのであろう。

武昌山北《ノ》一《ニ》貞婦《ノ》、送《テ》二其夫《ノヲトノ》従《フヲエキニ》レ役、至《テ》二此山《ノ》一《ニ》立《テ》望《テ》二其夫《ノ》一死《ヲ》、化《シテ》為《ル》レ石《ト》。(4)

湖北省武昌山の望夫石の故事に関して、諸書に最も多く引用されている『初学記』（巻五、石）の記事は、これらに比べると今少し詳しいけれど、それとても、次に見るような簡単な記述に過ぎない。

又〈劉義慶幽明録〉曰《ク》、武昌北山上《ノ》有《ニリ》二望夫石一、状若《シ》二人《ノ》立《テルガ》一、古伝《ニ》云《フ》、昔有《リ》二貞婦一、其夫《ノ》従《ヒ》レ役《ニ》、遠《ク》赴《ク》二国難《ニ》一、携《ヘ》二弱子《ヲ》一餞《シテ》送《ル》二此山《ノ》一《ニ》、立《チナガラ》望《ミテ》レ夫《ヲ》而化《シテ》為《ル》二立石《ト》一、因以為《テテス》レ名《ト》焉。(5)

この記述と、『唐物語』の「望夫石」の叙述とを見比べれば、誰しもその共通性の希薄なことを感じるにちがいない。共通性が希薄であるというよりも、異なる要素が多すぎると言うべきであるかもしれない。『唐物語』の場合は、夫が戍役に駆り出されるわけではない。従って、妻がそれを見送るわけでもなければ、生死もわからぬ夫の帰りをひたすら待ち続けるわけでもない。夫の死因は語られていないが、まだ年も若く将来を誓い合っていた夫が急死する。とにかく、その死は確定的である。残された妻は、多くの男からの求婚を拒み、亡き夫の面影を慕い続けて、そのまま石と化してしまう。旧稿でも触れたように、(6)武昌山の望夫石の故事と類似するのはただ、夫を恋うて死んだ妻がそのまま石になったという点だけである。仮に、その里の人々がそれを「望夫石」と呼んだという記事がなかったとしたならば、この話の出典として『幽明録』や『神異記』の名を挙げることにいささか躊躇を覚えるにちがいない。それを裏返せば、「このいしをば、そのさとの人〴〵望夫石《ばうふせき》とぞいひける」という一句は、この話を翻訳・翻案短編物語集である『唐物語』の世界に位置づけるためには、欠くことのできない措辞であったのかもしれないということである。『唐物語』の方法ということにまで思い至らせる措辞である。

二　中国における「石に化した女」の伝説

物語の内容が、その原話と想定されるものから著しく変容している場合、当然、異伝の存在の可能性と、作者による創作・改作の可能性の両面から検討することが必要であろう。そこで、まず「石に化した女」の中国における伝承について、ひとわたり眺めて置くことにしたい。

「石に化した女」の説話の中で、古くてしかも有名なのは、啓母石の伝説である。菅原文時の「織女賦」（『本朝文粋』巻一）にも望夫石と並べて、「同《ジク》二於啓母之名《ニ》一、其号《ノ》惟《レ》女《ナリ》、嫌《フ》二彼《ノ》望夫之化《ヲ》一、其志《ノ》如《シ》レ淫《スルガ》」と取り上げられている。夏の禹の子の啓の母、塗山氏の伝説である。『山海経』（第五、中山経）に嵩高山について「上《ニ》多《シ》二美石一」という記事があり、それの郭璞注に「啓母化《シテ》為《リテ》レ石《ト》而生《ミ》レ啓《ヲ》在《リ》二此《ノ》山《ニ》一、見《ユ》二淮南子《ニ》一」とある。現在通行の『淮南子』には見えないが、『太平御覧』（巻五十一）に「淮南子《ニ》曰《ク》、禹娶《ル》二塗山《ヲ》一、化《シテ》為《リ》レ石《ト》在《リ》二嵩山《ノ》下《ニ》一、方《リ》レ生《ムニ》レ啓《ヲ》、曰《フニ》レ帰《セト》二我《ガ》子《ヲ》一、石破《レテ》二北方《ニ》一而生《ム》レ啓《ヲ》」と引かれている。これだけでは、その内容を理解するのに十分とは言えない。『漢書』（「武帝紀」）の元封元年正月の詔に「見《ル》二夏后啓母石《ノヲ》一」とある句に施された顔師古の注によって敷衍すれば、次のような内容の話である。

禹は父鯀の遺業を継いで治水工事に尽くしたことで有名であるが、その禹が鴻水を治めるために轘轅山を開鑿しようとした時、難工事のため人力では埒があかないと熊に変身して働いた。その姿を妻に見られないよう、食事時には合図の鼓の音を聞いてから弁当を運ぶように言い付けておいたのであるが、石が跳ねて偶然鼓に当たり、その音を聞いた妻が弁当を運んで来て、熊に変身して働いている夫を見てしまう。心ならずもタブーを犯した彼女は驚き悲しんで立ち去り、嵩高山の下に来て石と化した。身ごもっていた彼女が子を生もうとするとき、禹が「わが子を返せ」と言うと、石が割れて啓が生まれた。啓の母の化した石であるから、啓母石と呼ばれた。

因に、この異常出生譚は、殷の成湯の宰相伊尹が、死んで空桑と化した女から生まれたとする伝説（『呂氏春秋』孝行覧・『水経伊水注』・上野本『注千字文』など）と類似している。そして、その女が洪水から逃れる時に「振り返るな」というタブーを犯して空桑と化す伝説は、『旧約聖書』のロトの妻が塩の柱と化すソドムの大火の話と同一の構造で、大火と洪水が入れ替わるだけの違いである。啓母石の説話が、外ならぬ禹に関わる伝承であり、洪水説話である伊尹の出生譚とも類似している点で、本来、洪水と深く関わる伝承だったのではないかと想像される。

次に、文学の題材としてもよく取り上げられているものに、貞女峡の石女の伝説がある。韓愈に「貞女峡」（『韓昌黎集』巻三）と題する作があり、その題注に「在《リ》二連州《ノ》桂陽県《ニ》一、（中略）荊州記《ニ》、秦《ノ》時《ニ》有《リテ》二女子一化《ス》レ石、在《リ》二東岸《ノ》穴中《ニ》一」とある。広東省の奥地にある峡谷である。『捜神後記』（巻一）や『始興記』（『太平御覧』巻五十三所引）には、峡谷の西岸の水際に人の形をした石があり、女性の姿に似ていて「貞女」と呼ばれているが、父老の伝えでは、秦の時代に数人の女がここで螺貝を採っていて、急に風雨に遇った。昼なお昏くなり、晴れた時には女の一人がこの石に化していたという、と記されている。同様の伝承は『水経洭水注』などにも見えるが、その石女がなぜ「貞女」と呼ばれたかについての説明がない。韓愈の詩もその激湍奔流の情景を詠むだけで、「貞女」と呼ばれた理由を知る手掛りはない。なお、『和漢朗詠集』（下、恋）に、「貞女峡空《クシテ》　唯月色《ノ》《ノミアリ》、窈娘堤旧《リテ》　独《リ》波《ノ》声《ノミアリ》　」という対句がある。信阿の『倭漢朗詠集私注』（巻六）には、「源為憲、和《ス》二源《ノ》規材子《ガ》鰥居《ノ》作《ニ》一之詩也」という原詩の作者と詩題についての注記があるだけで、句意に関する注解は施されていない。永済の注も、貞女峡については「貞女トイハ賢キ女ヲ云フ。貞女峡トハ貞女ガ居スル処ヲ山ノカヒニヨセテ云也」（永青文庫本）としか説かず、固有名詞とは見ていないようである。ただ、六地蔵寺善本叢刊所収の『倭漢朗詠集注』（巻五）には、「昔《シ》唐土《ニ》貞女アリ。其名《ハ》不《レ》知。男《ニ》別レテ恋暮《シテ》身《ヲナ》ゲテ死タル処《ヲ》今《マ》貞女峡《ト》云也」と説明している。これに従えば、『捜神後記』などに見える故事とは別伝のようであるけれども、果たして拠る所があったのか疑わしい。藤原敦光の「傀儡子」（『本朝無題詩』巻二）の中に、「貞女峡《ノ》辺《リ》難《シ》レ接《ヘ》レ跡《ヲ》、望夫石下《ノ》欲《ス》レ占《メント》レ隣《ヲ》」という句がある。この望夫石と対になった貞女峡は、「石と化した女」の伝説を残す広東省連県のそれであろうことは言うまでもない。源為憲の作という詩句の貞女峡も、おそらく同様であろう。この貞女峡の石女の伝説は、その内容にあいまいな点が多いけれども、風雨による河川の俄かな出水に関わる点を持っているらしいことが注意される。

『水経潼水注』に、五婦山の伝説が記されている。四川省成都の東北の梓潼県に五人の女性がいた。蜀の王が五人の男を遣わして彼女たちを迎えさせるが、ここまで来た時に大蛇が山の穴に入るのを見て、男たちがそれを引き出そうとすると、山が崩れて五人の男も五人の女も圧死した。それで山の名を五婦山、または五婦候と言うという地名起源説話である。「馳水《ノ》所《ヲ》レ出《ツル》、一《あるイハ》曰《フ》二五婦水《ト》一、亦曰《フ》二潼水《トモ》一」とあり、これも本来、河川の俄かな出水にまつわる話であるらしい。『成都記』（『太平御覧』巻一七八所引）には蜀王秀が築いたという望郷台とともに思妻台の名が見え、それには「在《リ》二梓潼県《ニ》一、五丁於《テ》二此《ノ》山《ニ》一抜《クニ》レ蛇《ヲ》、山崩《レテ》殺《ス》二五丁《ヲ》一幷《ビニ》殺《ス》二秦王《ノ》女《ヲ》一、因《テ》名《ツク》レ之《ニ》」という注がある。『水経注』に「県《ニ》有《リ》二五女一」とある「五女」に相当するものが、ここでは「秦王《ノ》女」となっている。いずれにせよ、両書の記す限りでは「石に化した女」の話ではないが、漢の楊雄撰という『蜀王本紀』（『藝文類聚』巻七・『初学記』巻五・『太平御覧』巻五十二・巻八八八・巻九三四等所引）では、次に見るように、山が崩れて圧死したのは男たちだけで、秦王が蜀王に献じた五人の美女は、山に上って石に化したことになっている。

蜀王本紀曰《ク》、（中略）於《テ》レ是《ニ》秦王知《リ》二蜀王《ノ》好《ムヲ》レ色《ヲ》、乃献《ズ》二美女五人《ヲ》一、蜀王愛《デテ》レ之《ヲ》、遣《ハシテ》二五丁《ヲ》一迎《ヘシム》レ女《ヲ》、還《リテ》二梓潼《ニ》一見《ル》三一大《ノ》蛇入《ルヲ》二山穴《ノ》中《ニ》一、五丁共《ニ》引《クニ》レ蛇《ヲ》、山崩《レテ》圧《ス》二五丁《ヲ》一。五丁大《イニ》呼《ブ》、秦王《ノ》五女及《ビ》送迎者《ノ》、上《リテ》化《シテ》為《ル》レ石《ト》、蜀王登《リテ》レ台《ニ》望《メドモ》レ之《ヲ》不レ来《ラ》、因《テ》名《ツク》二五婦候台《ト》一、蜀王親《ラ》理《メテ》作《ル》レ冢《ヲ》、皆致《シテ》二方石《ヲ》一以《テ》誌《ス》二其《ノ》墓《ニ》一。（『太平御覧』巻八八八、妖異部四）

以上、「石に化した女」の話のうちから、いわゆる望夫石の故事以外の伝説について考察してみた。河川の氾濫、出水などに関わりを持っているらしいという点が注意される程度であって、最初に見たような『唐物語』の「望夫石」の話と、『幽明録』に伝えるような望夫石の故事との間隙を埋めるのに役立つような要素は、当然のことながら、見出すことはできない。そのことを確認した上で、「石に化した女」の話としては文献に登場する頻度も圧倒的に高く、従って人々に最も親しまれていたと推測される、望夫石または望夫山の伝承について検討したい。

三　望夫石・望夫山の分布

望夫石または望夫山の伝承で管見に入ったものを、その所在地によって分類すると、次のようになる。広大な中国大陸のことであるから、ここに挙げた以外にもさらに多くの伝承が存在しているにちがいない。

①湖北省武昌県　『列異伝』・『神異記』・『幽明録』・『世説』・『武昌記』・『輿地記』・『両唐志』・『初学記』五・『太平御覧』四八・五二・四四〇・八八八・『事類賦注』七・『輿地紀勝』八一・『錦繍万花谷』後集五・『大明一統志』五九

②湖北省陽新県〈一名菁山〉『輿地記』・『輿地志』・『太平御覧』四八・『太平寰宇記』一一三・『輿地紀勝』三三

③安徽省当塗県〈一名棘子磯〉『宣城図経』・『太平御覧』四六・『方輿勝覧』一五・『太平寰宇記』一〇五・『輿地紀勝』一八

④安徽省南陵県〈一名女観山〉『輿地志』・『太平御覧』五二

⑤四川省巫山県〈一名女観山〉『方輿勝覧』五七・『大明一統志』七〇

⑥湖南省岳陽県　『郡国志』・『太平寰宇記』一一三

⑦江西省徳安県　『輿地紀勝』三〇・『水経江水注』三五・『大明一統志』五二

⑧江西省分宜県　『輿地紀勝』二八
⑨広東省四会県〈一名新婦石〉『棗林雑俎』（義集）
⑩山西省黎城県〈一名石貯山〉『水経濁漳水注』四〇
⑪遼寧省寧遠州　『大清一統志』三四

以上、十一例を挙げた。この他にも、『輿地紀勝』（宋、王象之編）などを見ると、望夫山または望夫岡の名とその所在地だけを挙げて、その由来については触れていない記事が数例ある。[7] なお、上記の例の中には「石に化した女」の話でないものも含まれているけれども、いずれも望夫石または望夫山説話として一括することのできるものである。これによると、南はベトナムに近い広東省、北は蒙古に近い山西省や東北部に属する遼寧省という具合に、非常に広い地域にわたって流布していること、特に江南の地域により多く集まっていることがわかる。[8]

各伝承についての詳述は省くが、望夫石説話を代表するのが、①の武昌県の話である。『幽明録』を引く『初学記』の記事は前に掲げたように、昔、貞女がいて、その夫が軍役に従って国難に赴く。彼女は幼な子を連れ、この山まで夫を送って来て、山上に立って夫を見送り、そのまま石に化してしまう、という話である。『初学記』の記事は、『倭漢朗詠集私注』や胡元質の『胡曾詩注』などに引用されていることもあって、わが国でもよく知られていたらしい。この話を引いている『古今著聞集』（巻五）などは、「女その子を負て立ながら死ぬるに、化して石となれり、其かたち、人の子をおひてたてるがごとし」と付け加えて、理屈に合わせている。なお、この武昌北山の望夫石について、「武昌郡奉新県北山上」（『太平御覧』巻四十八所引『輿地志』）、「武昌陽新県北上」（『太平御覧』巻四四〇所引『幽明録』）、「昌武《マヽ》郡新野県北」（『胡曾詠史詩』陳蓋注所引『世説』）などと記す文献がある。陽新県は三国呉の時代に武昌県の南境を割いて置いた県である。錯綜や誤記の可能性もあって、①と②の区別の判然としないものもある。ここに②としたのは、『輿地紀勝』（巻三十三、江南西路興国軍）に「菁山」の名で、また『太平御覧』（巻四十八）には「望夫山」の名で、特に石上に蕪菁（かぶ）が生えていると記されているものである。

輿地志云《ニフ》、上有《ニリ》二望夫石一、石上生《ズ》二蕪菁《ヲ》一。（『輿地紀勝』）

輿地記曰《ニク》、望夫山《ノ》上有《ニリ》二望夫石一、石上曾生《テズ》二蕪菁《ヲ》一、遂以名《ニテツク》、山上有《ニリ》レ石、高《サ》三尺、形如《シ》二女人《ノ》一、謂《フ》二之《ヲ》望夫石《ト》一。（『太平御覧』）

③の当塗県の話も有名で、李白の「姑孰十詠」第七の「望夫山」詩（姑孰渓は当塗県にある）や、劉禹錫の「望夫山」詩（題注に「正レ対《ス》和州郡楼《ニ》」とある）などに詠まれているのは、これである。宋の楽史撰の『太平寰宇記』（巻一〇五、太平州）の記事を挙げると、次のとおりである。

望夫山、在《リ》二県《ノ》北四十七里《ニ》一、昔人往《キ》レ楚《ニ》、累歳不レ還《ラ》、其《ノ》妻登《リテ》二此山《ニ》一望《ム》レ夫《ヲ》、乃《チ》化《シテ》為《ル》レ石《ト》、周廻五十里、高《サ》一百丈、臨《ム》レ江《ニ》。

夫が楚地へ去った理由は明記されていないが、劉禹錫の同じく「望夫山」と題する別な詩には、「何《レノ》代《ニカ》提《ゲテ》レ戈《ヲ》去《ツテ》不レ還《ラ》、独《リ》留《ム》二形影《ヲ》白《ノ》雲間一」という句があり、これも武昌北山の場合と同様に戍役に従ったとする伝承があったのであろう。ただ異なるのは、出かけたまま何年経っても帰って来ない夫を、妻が山上に登って待ち望み、遂に石になってしまったとする点である。如月寿印の『中華若木詩抄』（巻上）には、劉禹錫の詩を注した中で、この故事を「夫《ト》ノ陣立ヲシタルニ其妻ガ夫ヲ思テ、山ニ登テ、夫ノカタヲ望デ、立クタビレテ、タヲレテ、石トナル也」（勉誠社刊抄物大系）と講釈している。

帰らない夫は必ずしも戍役に従って去ったとは限らない。④の南陵県の伝承のように「夫官《シテ》二於蜀《ニ》一、屢愆《ツ》二秋期《ヲ》一」（『太平御覧』巻五十二所引『輿地志』）、また⑤の巫山県の伝承のように「昔婦人《アリ》、夫官《ス》二于蜀《ニ》一、登《リ》レ山《ニ》望《ム》レ夫《ヲ》」（『方輿勝覧』巻五十七、夔州）などと仕官のために出向いたとするものもあれば、⑨の四会県の伝承のように「夫為《シテ》レ商《ヲ》不レ帰《ラ》」（『棗林雑俎』）と商売に出掛けたとするものもある。また、⑧の分宜県の場合のように「旧伝《ニイフ》、有《リ》レ婦於《テ》レ此《ニ》望《ム》レ夫《ヲ》、不レ至《シテラ》化《シテ》為《ル》レ石《ト》」（『輿地紀勝』巻二十八、江南西路袁州）、あるいは⑥の岳陽県の場合のように「郡国志云《ニフ》、巴陵《ノ》望夫山、昔婦人望《ム》レ夫《ヲ》、因《テ》化《シテ》為《ル》レ石《ト》」（『太平寰宇記』巻一一三、江南西道巴陵県）としか記さないものもある。さらに、④の南陵県の伝承では、妻は幼な子ではなく狗を連れて山に登るのであるが、「所《ノ》レ牽《ク》狗《モ》亦為《ル》レ石《ト》、今狗《ノ》形猶《ホ》存《ス》」と伝える点が特徴的である。

⑦と⑪は「石に化した女」の話ではない。⑦の徳安県の伝承では、戦役に従って帰らない夫を、妻は山に登って待ち望むのであるが、「毎《ニ》レ登《ル》レ山《ニ》、輒《チ》以《テ》二藤箱《ヲ》一盛《リテ》レ土《ヲ》而上《ル》、積《ミ》レ日《ヲ》累《ネテ》レ功《ヲ》、漸《ク》益《ミ》高峻《ナリ》、故《ニ》以《テ》名《ツク》焉」（『輿地紀勝』巻三十、江南西路江川）とする。即ち、少しでも遠い所を見たいというのであろう、登るたびに藤蔓で編んだ筐で土を盛っては足場を高くして行き、それが次第に高く峻しくなって行ったというのである。また、⑪の寧遠州（興城県）にある望夫山の伝承は、有名な孟姜女の伝説と結び付いていて、その山上には姜女廟と、孟姜女が夫に送る寒衣を擣った石と伝える「石上有《リ》二乱杵《ノ》蹤一」という望夫石があるとするものである。

孟姜女伝説の原話は、劉向の『列女伝』（巻四、貞順伝）に記されている斉の杞梁殖の妻の話で、それが長城の労役や寒衣を送るモティーフなどを取り込みつつ次第に発展した。夫が万里の長城を築く労役に駆り出されたまま帰らない。孟姜女は夫のために冬の衣服を調えて自分で持って行くが、夫はすでに苛酷な労働のために死んでおり、その屍骸は城壁のもとに埋められていた。彼女が号泣すると、長城の一角が崩れて、そこから夫の屍骸が出て来る。演劇の題材ともなって、よく知られたストーリーである。

敦煌から発見された変文の一つに、『孟姜女変文』がある。現在流布している孟姜女伝説の一つの源と言われるものである。それによれば、孟姜女が号哭して城壁が崩れ、そこからおびただしい数の屍骸が出て来る。彼女には、どれが夫の骨やらわからない。彼女は指を嚙み、血を骨の上に滴らせてはそれを拭う。中に一つ、血が沁み込んで拭えないのがあった。彼女は、それを夫の骨と思って持ち帰るのだが、途中、潼関まで来て遂に力が尽き、夫の骨をそこに葬って、自分も死んでしまう。潼関の人々は、その心を憐み、貞節をたたえて、彼女の像を造って祀ったという。このようにして死ぬ孟姜女であるから、遼寧省にある望夫山で死んで石と化すわけにはいかない「秦時《ノ》、貞婦孟姜望《ミケル》レ夫《ヲ》処」と伝える望夫山、石の面に杵の跡の付いた望夫石、そのような形の望夫山または望夫石の説話も出て来るわけである。(9)

以上、中国における望夫山・望夫石説話について見て来た。そのバリエーションにも出来るかぎりの注意を払って来たつもりであるが、今のところ、『唐物語』の「望夫石」に結び付くようなものは見出せないのである。

なお、『和漢朗詠集』(下、遊女)の「秋《ノ》水《ハ》未《ダ》レ鳴《ラサ》二遊女《ノ》佩《ヲ》一、寒雲《ハ》空《シク》満《テリ》二望夫《ノ》山《ニ》一」の句に施された永済の注には、

下句ハ、望夫山トハ本文也。博物志ニハ、顔霍トイヒシ人、大将軍トシテ秦ノ国ヲウチニユキテ、三年マデカヘラザリシカバ、ソノメコヒカナシミテ、秦ノサカヒヲノゾミテ、カナシビナキケリ。ツヒニイノチヲハリテ、石トナレリ。コレヲ望夫石トイフ。江表伝ニハ、秦ノ国ニ女アリ。名ヲバ娍トイフ。ソノ夫イクサニイデ、シニタリケレバ、カナシビナキテ、物モクハザリケルホドニ、タカサ五丈余ナル石トナリニケリ。白キ雲アシタゴトニコノイハニカヽリ、ユフベニナレバイハノナカニ入ケリ。又、日ノクルヽゴトニ、コサメフリテ石ニカヽリケリ。此ノ石ヲ望夫巖トナヅクトイヘリ。抱朴子ニモ、秦女石トナルトアルハ、コレニヤ。(永青文庫本)

とあり、「石に化した女」の話を三例挙げている。最後の『抱朴子』の記事は、その内篇巻二「論仙」に、「牛哀成《リ》レ虎《ト》、楚嫗為《ル》レ黿《ト》、枝離一作滑銭為《リ》レ柳《ト》、秦女為《ル》レ石《ト》」(四部叢刊本)とあるのを指したものであろうが、この「秦女為《ル》レ石《ト》」は、本田済氏(東洋文庫『抱朴子』平凡社、平成2・1)の解釈のように、四川省梓潼県の五婦山の伝承を指すものと理解するのが当を得ていよう。最初の『博物志』の記事は、現存本(欽定四庫全書本等)には見えないし、顔霍という人物についても未勘である。また、二番目に挙げられた『江表伝』は晉の虞溥の撰であるが逸書で、『三国志』、なかんずく『呉志』の裴松之の注に極めて多く引用されているけれども、この記事はまだ見出していない。ただ、この記事の中

に「白キ雲アシタゴトニコノイハニカヽリ、ユフベニナレバイハノナカニ入ケリ。又、日ノクルヽゴトニ、コサメフリテ石ニカヽリケリ」とあるのは、白行簡の「望《ミ》レ夫《ヲ》化《シテ》為《ル》レ石《ト》賦」に、

矧《ハン》乎、石以《テ》表《シ》二其《ノ》貞《ナルヲ》一、変《ジテ》以《テ》彰《ス》二其《ノ》異《ナルヲ》一、結《ビ》二千里之怨望《ヲ》一、舎《ス》二万野之幽思《ヲ》一、緑雲朝触、払《ヒ》二峩峩《タル》之髻髪《ヲ》一、微雨暮霑、洒《グ》二漣漣《タル》之珠涙《ヲ》一。（『文苑英華』巻三十一）

とある表現と、何らかの関係がありそうである。なお、漢句に関しては永済の注に多くを依存している北村季吟の『和漢朗詠集註』は、初めの『博物志』と終りの『抱朴子』の両記事は踏襲したけれども、この『江表伝』の記事は削除している。

四　松浦佐夜姫説話の変容

中国の望夫石説話とよく似ていることで知られているのは、肥前松浦の領巾振山の伝説である。大伴狭手彦は、『日本書紀』によれば、宣化天皇の二年十月に新羅に寇された任那を鎮めるため、また、欽明天皇の二十三年八月には高句麗を攻めるために派遣されて戦功を立てるが、『肥前国風土記』（松浦郡）には、彼が任那に赴いた時に妻の弟日姫子（『万葉集』では松浦佐用嬪面）が褶振峰（領巾麾嶺）に登って、遠ざかって行く船を見送り、領巾を振って別れを惜しんだと伝え、また、『万葉集』（巻五）に、その伝説を詠んだ大伴旅人あるいは山上憶良の作とされる「詠領巾麾嶺謌」および後人追和の和歌五首（八七一〜五番）が載せられている。周知のことである。が、彼女は夫を見送ってそのまま石に化したというわけではない。

中世に入って、『古今著聞集』（巻五、和歌）には、中国の武昌の望夫石説話と、その心を詠んだとする散逸物語『しらゝ』の姫君の歌、「たのめつゝきがたき人を待ほどに石に我が身ぞ成はてぬべき」という歌の話（「望夫石の故事

并びにしらゝの姫公の歌の事」）があり、それに続けて、松浦佐夜姫の伝説と、それを詠んだ『万葉集』の「とをつ人まつらさよひめつまごひにひれふりしよりをへる山の名」の歌の話（「松浦佐夜姫夫の渡唐に別を惜む事」）を記している。この『しらゝ』の姫の「たのめつゝ」の歌の本説として、武昌北山の望夫石の故事を挙げている先行文献には、藤原範兼の『和歌童蒙抄』がある。その「第三、地儀部」の「石」の項に、この歌を掲げて、次のように説いているのであるが、『古今著聞集』はおそらく、これに拠ったのであろう。

しらゝの物語の第二にあり。しらゝの姫君、男の少将のむかへにこんと契りておそかりしを待とてよめる也。石に成ぬとよめるは、幽明録に、昔貞婦ありき。夫軍に従ひて遠く行。をさなき子を（具脱カ）・して武昌北山まで送る。夫の行を望てたてり。夫帰らずなりぬ。婦立ながらしぬ。化して石に成ぬ。形人のたてるが如し。其後其山を望夫山といふ。其石を望夫石と云云々。望夫石、世説云、武昌北山上有云々。状若レ人、古老伝云、昔有二貞婦一。其夫従レ役。遠越二国彊一。婦携二弱子一餞送。此上立而為レ石。（日本歌学大系別巻）

同書（第三、地儀部）の「山」の項にはまた、「遠津人松らさよひめ」の歌を掲げて、領巾振山説話に関する『万葉集』・『肥前風土記』・『筑前国風土記』の三書相互の伝承の違いを説いているが、これを望夫石説話と結び付けることはしていない。この二つの故事の「望夫」というテーマの共通性に着目して、両者を並べて記載したところに、『古今著聞集』の編者橘成季の創意があったのであろう。そして、その『古今著聞集』の記事は、『十訓抄』（第六、可存忠信廉直旨事）にもそのまま踏襲されることになる。しかし、彼我の両説話の類似性の認識を超えて、両者が習合し、松浦佐用姫が夫の船を見送って遂に石と化してしまうという形にまで展開するのは、もっと後のことらしい。

古河古松軒（一七二六〜一八〇七）の紀行、『西遊雑記』（巻七）には、

巾振山は相伝ふ、松浦佐用姫、夫宿禰狭手彦渡唐をかなしみ、此山に登り漕行船を慕ひて、終に石になりしといふ説を伝て、今は望夫石と号し、婦人の被して伏したる形の凡そ四尺ばかりもあらんと覚しき石有り。

（柳田国男氏校訂『日本紀行文集成』第一巻所収）

と、在地の伝承が書き留められているが、このような、松浦佐用姫が死んで石に化すという形の伝承は、文献の上でどこまで溯れるのであろうか。流布本の『曾我物語』（巻四「箱王祐経にあひし事」）に、曾我五郎（箱王）が、源頼朝の箱根参詣に随行して来た敵の祐経を討とうとするが機会を得ず、頼朝主従が船で帰って行くのを空しく見送る場面がある。そこに、「かのまつらさよひめがくもゐのふねをみをくりて、いしとなりけんむかしおもひやられて、むなしくばうにかへりけり」（東大付属図書館本）と、あまり適切とは思えないこの故事の修辞的引用が見られる。ここには松浦佐用姫が石に化したという伝承が露頭しているが、他の伝本では「かのまつらさよ姫がくも井のふね思ひやられて」（彰考館文庫本）、「かのまつらさよひめおもひやられて」（大山寺本）のように、石に化したという要素を欠き、真名本にまで溯ると松浦佐用姫の名前すら出て来ない。結局、田口和夫氏[10]の発言のように、松浦佐用姫が石に化したという伝承は、至徳三年（一三八四）三月上旬の成立（天理図書館綿屋文庫本奥書）という『梵灯庵袖下集』の「松浦の鏡の宮と申事」の条に、「さよ姫の本説」について述べている次の記事を、今のところ、文献に見える最初の確かな事例とすべきであろう。

御門、彦大臣を唐へ御使に遣されけるに、都よりさよ姫も唐までつれんとつれ行けるが、心がはりして舟にのせず、ひれふり野べのかたへ出、高山にあがり、舟のみゆる程は袖にてまねき、舟かくれし後はそのまゝ石となり、さよ姫なく涙紅にながるゝ、此石のかたち、女房のきぬをかづきてふしたる体也、石のせひ五尺あまり。

（続群書類従本）

平安末期の成立と推定される『唐物語』の頃には、松浦佐用姫が石に化すという形にまではとうてい展開していなかったであろう。仮に展開していたとしても、それが『唐物語』の「望夫石」の特異性を解明するのに役立つものとはなりえないこと、勿論である。と言って、松浦佐用姫の伝説の外に、夫と別れた女が石に化したというわが国の伝承は、管見にして見当たらない[11]。

五　「再嫁を拒む女」の伝承

「石に化した女」の話、なかんずく望夫石・望夫山の伝承が、上来見て来たような事情であって、『唐物語』の「望夫石」の特異性がいよいよ明らかになったとすれば、その典拠の探索ということとは別途に、『唐物語』の作者によって創作された可能性についても検討してみることが必要になって来る。今後の博捜によって適切な典拠が見出されれば、おのずから水泡に帰すような試みではある。しかし、戍役であれ商用であれ、夫の旅立ちを見送り、あるいは夫の去って行った方を望んでその帰りを待ち続けるというシチュエーションを欠落させて、ただ亡き夫を偲ぶというだけの妻の話が、中国において「望夫」の名で語られる可能性は極めて少ない。そのことは確言しうるであろう。「望夫石」の話を通して、『唐物語』の作者の方法、言わば創作性に富んだ翻案の手法を探ろうとする時、その重要な糸口になると思われるのは、夫に死に別れた後の女の様子を述べた、次のくだりである。

其後なみだにしづみて、あるにもあらずおぼえけるを、我も〳〵とねんごろにいどみいふ人ありけれど、いかにもゆるさゞりけり。

これは、この短い一篇に文学性を賦与する大事な部分だと思われるのであるが、中国の望夫石の諸伝承には見られない要素である。というよりも、望夫石の伝説には必要のない要素なのである。『唐物語』の作者の翻案には「石に化した女」の話を換骨奪胎して、「亡き夫を思慕して再嫁を拒む女」の話として再構成しようという創作意識があったのではないか。そして、その際にも、あくまで「唐」の「物語」であるべきことに配慮して、中国における「再嫁を拒む女」のしかるべき伝承に、その拠り所を求めているのではないか。そういう作者の方法が予想されるのである。

あたかも和歌の本歌取の技法で、二首の本歌を融合させて新たな一首の歌境を構成するにも似た、そのような翻案の手法を予想するわけである。仮にそう考えることが許されるならば、この一篇の典拠として武昌北山の望夫石の故事を挙げて来た従来の説を承認することにも、逡巡は要らなくなる。そして、第二の典拠を、中国における「再嫁を拒む女」の伝承の中に探索するという課題が残ることになる。

再嫁を拒んだ女の話は、儒教道徳との関連であろう、中国の文献に甚だ多い。単に量的に多いばかりでなく、女性に対して苛酷なまでに貞節を求めようとする意図を含んでいるものが極めて多いのである。例を劉向の『列女伝』に取ると、その巻四「貞順伝」には、例の杞梁の妻など十五名の貞婦の事跡が記されているが、その中に再嫁を拒んだ年若い寡婦の話として、(1)衛の寡夫人、(2)楚の白公の妻、(3)魯の陶嬰、(4)梁の高行、(5)陳の孝婦、の五例が見られる。夫と死に別れた若い女性に、その幸せを願って実家の父母や時には舅・姑が再婚を勧めたり、資産家や権力者が求婚したりする。しかし、女は亡夫への操を守り、あるいは遺児を養育し、あるいは舅姑を扶養するために、再嫁の勧めや求婚を斥ける。その決意を表明するために、(4)の高行などは自ら刀で鼻を割くのであるが、『太平御覧』(巻四四一所引の「列女伝」には、これらの他にも、(6)曹文叔の妻、(7)呉の孫奇の妻、(8)華穆の妻、(9)沈伯陽の妻など、いずれも再嫁を拒否し通すために自ら美貌を傷つける女の話が記載されている。中でも(6)の曹文叔の妻の話は、『魏志』(巻九、曹爽伝)の裴松之の注にも「皇甫謐列女伝」として引かれているが、自分の意志を貫くために、髪を切り、両耳を截り、鼻を断って、自ら美貌を傷つけて行く過程が詳しく語られており、この種の話を代表するものと言える。

また、数多くある「再嫁を拒む女」の話のうちで、わが国でもよく知られていたと思われるのが、『南史』(巻七十四、孝義伝)に記されている衛の敬瑜の妻の話である。『太平広記』(巻二七〇所引、『南雍州記』)にも載っているが、『和歌童蒙抄』(第八、鳥)の「燕」の項にも記されており、そこには『南史』の記事も簡略化して引かれているので、それを掲げることにする。次のとおりである。

かぞいろはあはれみつらむつばめすらふたりはひとにちぎらぬものを

昔人、女《ムスメ》に男をあはせたりける日、男うせにければ、又こと人をむこどらんとしければ、女よめる也。南史曰、巻七十四、覇城王整之姉妹、襄陽・《嫁》為二衛敬瑜妻一。年十六而敬瑜亡。父母舅姑咸欲レ嫁レ之。誓而不レ許。乃截レ耳置二盤中一為レ誓、乃止。所レ住戸有二燕巣一。常双・《飛》来去。後忽孤飛。女感二其倫《偏》栖一、乃以レ縷繋レ脚為レ誌。後歳此燕果復更来。猶帯二前縷一。女・《復》為レ詩曰、昔年無レ偶去、今春猶独帰、故人思《恩》既重、不レ忍二復双飛一云々。出二事類賦一。(12)

「かぞいろは」の歌は確かに「再嫁を拒む女」の歌であり、「つばめすら」の表現が何らかの本説を踏まえていることは疑いない。そして、その本説としては敬瑜の妻の故事が最もふさわしいと考えられる。ところで、『俊頼髄脳』にも、この歌（ただし第二句「あはれとみらむ」）を取り上げて、その本説について述べている。そこに記されている説話は、登場人物の名前を欠いており、敬瑜の妻の故事に極めて近いものでありながら、次の三点で異なっている。

一、再嫁する意志のないことを母に告げる娘の、次のようなことばが加わっている。

むすめ聞きて母にいひけるやう、「男にぐしてあるべき末をあらましかば、ありつる男ぞあらましか。さる宿世のなければこそ死ぬらめ。たとひしたりとも身の宿世ならば又もこそ死ぬれ。さる事おぼしかくな。」

二、孤となった燕が独りで帰ってくる話は、娘が親を説得するための手段として、次のように語られている。

むすめの親に申しけるは、「さらばこの家に巣くひてこうみたるつばくらめのをとこつばくらめをとりて殺して、つばくらめにしるしをしてはなち給へ。さらむに又の年、をとこつばくらめ具して来たらむ折に、それをみておぼしたつべきぞ。」

三、次のような話末評言と、出典注記が付け加えられている。

昔の女の心はいまやうの女の心には似ざりけるにや。つばくらめをとこふたりせずといふこと文集の文なりとぞ。（日本歌学大系第一巻）

右の三点は、『今昔物語』（巻三〇）の「夫死《ニシ》女人、後《ニ》不《リシ》レ嫁《ガ》二他夫《ノニ》一語第十三」で語られている類話においても、叙述の繁簡の違いこそあれ、基本的には共通している（ただし、出典注記に相当する語句はない）。敬瑜の妻の話は、『新続列女伝』（巻上、晉）にも採られていて、そこでは、さらに一年後に燕が独りで帰ってきた時に敬瑜の妻（李氏）はすでに死んでおり、燕が哀鳴して止まず、彼女の墓の傍らで鳴いて物も食わずに死ぬ。そこで人が哀れんでその場に埋めてやり、それを「燕冢」と呼んだという話が付け加わっている。『俊頼髄脳』や『今昔物語』のような、雄燕を殺して雌燕を試みるという残忍な話への方向とは、ずいぶん質を異にした展開である。『俊頼髄脳』や『今昔物語』のこの話と、『唐物語』の「望夫石」との共通点をあえて挙げるならば、その話末評言がやや類似しているということくらいのものである。

六　儒教政治と貞婦顕彰

中国の「再嫁を拒む女」の話において、その貞婦たちの多くは、自分が再嫁しない理由を極めて明晰な論理で語る。

ア「我心《ガ》匪《レバ》レ石《ニ》、不レ可《カラ》レ転《ズ》也、我心《ガ》匪《レバ》レ席《むしろニ》、不レ可《カラ》レ巻《ク》也。」（衛寡夫人）

イ「妾聞《ク》レ之《ヲ》、忠臣《ハ》不二借《スニ》レ人《ニ》以《テセ》レ力《ヲ》、貞女《ハ》不《ト》二仮《スニ》レ人《ニ》以《テセ》レ色《ヲ》、豈《ニ》独《リ》事《フルニ》レ生《ニ》若《キノミナラン》レ此《ノ》哉、於《ケルモ》二死者《ニ》一亦然《リ》、妾既《ニ》不仁《ニシテ》不《リキ》レ能《ハ》二従《ヒテ》死《ヌ》一、今又去《リテ》而嫁《ス》、不二亦太甚《はなはだシカラ》一乎。」（楚白貞姫）

ウ「妾聞《ク》、婦人之義、一《タビ》往《キテ》而不レ改《メ》、以《テ》全《ウスト》二貞信之節《ヲ》一、今忘《レテ》レ死《ヲ》趨《ルハ》レ生《ニ》、是《レ》不信也、見《テ》レ貴《ヲ》而忘《ルルハ》レ賤《ヲ》、是《レ》不貞也。」（梁寡高行）

エ「妾聞《ク》、寧載《ロなシテ》二於義《ヲ》一而死《ストモ》、不《ト》下載《いつはリテ》二於地《ニ》一而生《キ》上。」（陳寡孝婦）

オ「聞《ク》、仁者《ハ》不下以《テ》二盛衰《ヲ》一改《メ》上レ節《ヲ》、義者《ハ》不《ト》下以《テ》二存亡《ヲ》一易《ヘ》上レ心《ヲ》、曹氏前《ニ》盛《ナリシ》之時、尚《ホ》欲《ヒキ》レ保《タント》レ終《ヲ》、況《ンヤ》今衰亡《セルヲヤ》、何《ゾ》忍《ビン》

レ棄《ツルニ》レ之《ヲ》、禽獣之行《ハ》、吾豈為《ニサン》乎。」（曹文叔妻）

等々である。亡夫に対する愛を表白するよりは、儒教の倫理で固められた婦徳に生きようとする意志を表明する話が多いのである。

そして、そのことと対応して、彼女たちの貞潔な生涯が為政者によって顕彰されたことをもって結ばれる話が多い。先の敬瑜の妻の場合にしても、『南史』の叙述では、『和歌童蒙抄』が引用した文に続けて、「雍州《ノ》刺史西昌侯藻、嘉《シ》二其《ノ》美節《ヲ》一、乃《チ》起《テ》二楼《ヲ》於門《ニ》一、題《シテ》曰《ヒ》二貞義衛婦之閭《ト》一、又表《ス》二於台《ニ》一」と結ばれているのである。『唐書』（巻二〇五「列女伝」）に、李という若い寡婦の話がある。夜、夢の中で男から求婚される。拒んだけれども、その後もしばしば同じ夢を見る。これは自分の容貌がまだ衰えていないせいかと疑い、髪を截り、粗末な衣服を着、顔や肌を垢で汚したところ、もう夢を見なくなった。刺史の白大威が彼女を称えて、「堅貞節婦」という号を村里の門に掲げ、またその村を「節婦里」と名づけて顕彰したという内容である。『輿地紀勝』を見ると、このような無名の貞婦を表彰した話が各地に伝承されていたことを知る。貞婦の住んだ里を「正里」（第九十六、肇慶府）と名づけ、父母の強いる再嫁を逃れて棲んだ山を「烈女山」（同上）と呼ぶ。貞婦がそこで洗濯をしたという「正女石」（第十九、甯国府）があり、変わったところでは、貞操を守るために兇人を刺殺した女を刺史が表して建てた「節婦碑」（巻一七一、達州）などもある。民間に伝えられた「再嫁を拒む女」たちは、その拒否の理由を自ら表明することはない。ただ黙々と貞節を生きるのであって、それがいっそう、為政者の教宣には都合のいい「貞婦」だったのであろう。

『輿地紀勝』（巻一六三、敘州）に、四川省宜賓県の「正婦石」の伝承が記されている。次のような記事である。

相伝《フ》、昔有《リ》二正婦人一、夫没《シテ》無《シ》レ子、事《フルコト》レ姑《ニ》甚《ダ》孝《ナリ》、姑抑《おスモ》二之嫁《センコトヲ》一不《ハ》レ従、其居室《ノ》有《リ》二大《キナル》石一、因《テ》号《シテ》二其石《ヲ》一為《ス》二正婦石《ト》一。

寡居を守って姑に孝養を尽くした貞婦の話であるが、貞婦と大石との関係が今一つはっきりしない。単にかって貞婦の住んだ居室の跡というだけの意味にも解されるし、姑の死を送って自分の務めを終えた貞婦がその室に閉居し、死んで石に化した。そういう伝承とも取れる。もともと民間伝承である「石に化した女」たちもはなはだ寡黙であって、それだけに多様な解釈が可能である。次の例なども、その一つである。『大明一統志』（巻十七、広徳州）に記されている、安徽省広徳県の石婦山の伝承である。

在リ二州城ノ東南五十里ニ一、衆山環繞シ、中ニ一峰独高シ、峰之巓ニ有リレ石、高サ二丈許リ、如シ二婦人ノ状ノ一、旧伝ニイフ、謝氏ノ女介潔ニシテ有リレ守《みさを》、登リレ山ニ化シテ為ルレ石ト、藤蘿薜荔《へいれい》、縈二繞シテ其ノ上ヲ一、如クレ衣ノ被ヒレ之ヲ、独リ露ハス二其ノ面ヲ一、樵者モ不二敢ヘテ採ラ一。

謝氏の女が寡婦となって山に登ったその経緯は詳らかでないが、衆《おお》くの山々がその周りを取り囲む中に一峰だけ聳えている孤高の姿や、藤蘿《ふじかずら》や薜荔《まさきのかずら》がその上を繞り覆っている情景は、周囲の男どもの求愛を斥け貞潔を守って生きる彼女の毅然とした姿を連想させるに十分なものであったのであろう。彼女が山に登ったのは、周囲の男どもの求婚や誘惑から免れるためであったと解するのが自然であろう。そのように解して誤りないとすれば、「再嫁を拒む女」と「石に化した女」とが合体したと言える貴重な例である。仮に前記の宜賓県の正婦石の場合も同様に理解し得たとして、この二つの伝承と、唐物語の「望夫石」とを比べてみる時、再嫁を拒み、死んで石に化す、という基本的な二要素を共有するにもかかわらず、相互の関係を想定することは不可能であると断ぜざるを得ないほどの、両者の懸隔を感じる。なぜであろうか。

その理由の解明に役立つのが、白居易の「蜀路石婦」詩（『白氏文集』巻一）である。この「石婦」のことは、『大明一統志』（巻六十七、成都府）にも記されているが、貞女が化して石となったのではなく、貞女を表彰して刻んだ石像である。居易の詩によれば、彼女はこの郷の女で、十五歳で同郷の男に嫁したが、十六時の時に夫が戍役に従い、それから十年（那波本による。他の刊本には二十年）、孤独な暮らしに耐えつつ、年老いてわずらう舅姑に心から仕えた。その孝順のさまを、居易は次のように詠んでいる。

さらに、その石像は、身なりを整えて家庭で立ち働く彼女の姿を彷彿させ、さながら舅姑に尽くす礼節を見るようであり、その身に佩びた玉のさゆらぐ響を聞く思いがする、と述べた後、次のように結んでいる。

其《ノ》婦執《ルコト》二婦道《ヲ》一　一一如《シ》二礼経《ノ》一　晨昏《ニ》問《ヒテ》二起居《ヲ》一　恭順発《ル》二心《ノ》誠《ヨリ》一
薬餌《ハ》自《ラ》調《ヘ》レ節《ヲ》　膳羞《ハ》必《ズ》甘馨《ナリ》　夫行《キテ》竟《ニ》不レ帰《ラ》　婦徳転《タ》光明《ナリ》
至《ルマデ》レ今《ニ》為《ル》レ婦者　見《テ》レ此《ヲ》孝心生《ズ》　不レ比《セ》三山頭《ノ》石《ノ》　空《シク》有《ルニ》二望夫《ノ》名《ノミ》一

「山頭の石の空しく望夫の名のみある」とは、言うまでもなく武昌北山あるいは当塗県の望夫石を指している。今も世の婦人に舅姑に対する孝養心を喚び起こさせる蜀路の石婦は、帰らぬ夫を一途に思慕するだけの望夫石の女とは類を同じうしないというのである。先に挙げた菅三品の「嫌《フ》二彼《ノ》望夫之化《ヲ》一、其《ノ》志如《シ》レ淫《スルガ》」（「織女賦」）の句は、この道義的評価の線上にある。中国における「再嫁を拒む女」の話には、再嫁を拒む意志を確固たる倫理観と明晰な論理で表明し、それを貫徹するために極めて行動的に、自ら美貌を損なったり、舅姑の孝養に献身したりして寡居を守る女、総じて言えば、儒教道徳に適った、強固な意志を持つ女が多く登場する。それに対して、『唐物語』の「望夫石」の女には、そのような倫理的な意志の強さなどはない。彼女にあるのはただ、夫の死に遭って「なみだにしづみて、あるにもあらずおぼえ」、男どもの求愛を聞くにつけても「なきかげをのみ心にかけつゝ、時のまもわするゝひまなくて」という、一途に亡夫の死を悲傷し、思慕し、追憶する女の心であり、愛に生きる女の情念の深さとでも言うべきものである。これは、中国の望夫石よりもさらに徹底した、「空しく望夫の名のみある」女の物語なのである。

七　相思樹説話に見る情念

愛の情念を主題とする中国の説話に、想思樹の伝承がある。『南史』の敬瑜の妻の伝には、『和歌童蒙抄』では省かれた、次のような記事が含まれている。彼女が自分の耳を截って再嫁を拒んだという記事に続くものである。

遂《ニ》手《カラ》為《ニ》二亡婿《ノ》一種《ウ》二樹数百株《ヲ》一、墓前《ノ》栢樹忽《チ》為《シ》二連理《ヲ》一、一年許《リシテ》還《リテ》レ復《ニ》分散《ス》、女乃《チ》為《リテ》レ詩《ヲ》曰《ク》、墓前一株《ノ》栢、根連《ナリ》復並《ベタリ》レ枝《ヲ》、妾《ガ》心能《ク》感《ゼシム》レ木《ヲ》、頽《セシモ》レ城《ヲ》何《ゾ》足《ラン》レ奇《シムニ》。

明らかに相思樹の伝承を取り込んだものである。彼女は、心無き栢樹さえ亡夫を恋うる自分の真情に感じて連理の枝になったとし、杞梁の妻（孟姜女）が慟哭して長城を崩したというのも有り得ぬことではないと、その詩に歌うのである。ただ、夫婦の一方が生き残っているだけに、想思樹の話としては不燃焼に終わっている感がある。それにしても、敬瑜の妻の話は、本来相思樹の詩と孤燕帰巣の詩の二つを中軸として構成された、類話の中では文学性の高い説話であって、それがわが国においても流布した所以なのであろう。

相思樹の伝承と言えば、次の三話が有名である。

(1)『述異記』（巻上）に伝える話。戦国の魏、ある男が秦の侵攻を防ぐ軍に赴いて帰らず、妻は夫を想って死ぬ。その塚の上に木が生え、その枝葉がみな夫の居る方に靡いた。それで、その木を相思木と呼んだ。

(2)『捜神記』（巻十一）に伝える韓憑夫妻の話。宋の大夫韓憑は康王に妻を奪われ、自分は築城の夫役に出される。夫妻は密かに連絡を取って自殺する。妻は王に遺書して合葬を請うたが、王は怒って夫妻の塚を向かい合わせに作らせる。二つの塚の端に生えた梓の木が幹を屈めて寄り合い、根を連ね枝を交わし、その木に一つがいの鴛鴦が栖みついて、朝夕去らずに頸を交して鳴き、人々の胸を打った。宋人は哀れんで、その木を想思樹と呼んだ。

(3)「為《ニ》二焦仲卿妻《ノ》一作《ル》詩」（『玉台新詠』巻一）に詠まれた焦仲卿夫妻の話。後漢の末、少吏焦仲卿の妻は姑に追い出される。再嫁すまいと心に誓ったが、親に責められて川に身を投げる。それを聞いた夫も庭の木で首を吊る。合葬した夫妻の墓に植えた松柏と梧桐が、枝葉を交わして覆い合い、中に巣くった二羽の鴛鴦が向かい合って夜通し鳴く。

右の三話のうちでは、(2)の韓憑夫妻の話が殊に有名で、『法苑珠林』（巻二十七、至誠篇十九）を始め、多くの文献に記されている。(13) 因に、妻の投身の場面に、「其妻乃《チ》陰《カニ》腐《くたス》二其《ノ》衣《ヲ》一、王与レ之登《ル》レ台《ニ》、妻遂《ニ》因《テ》投《ズ》二台下《ニ》一、左右攬《ルモ》レ之《ヲ》、衣不《シテ》レ中《ラ》レ手《ニ》而死《ス》」（『法苑珠林』）とある記事などは、『古事記』（中巻）や『日本書紀』（垂仁紀）の沙本毘売の話と軌を一にして、甚だ興味深い。

ところで、上に見るように相思樹の伝承は、望夫石の説話や孟姜女の説話、あるいは再嫁を拒む女の説話との関連性が極めて顕著で、まさにその根を同じくし枝を交わすの感がある。しかも、「貞節」などという道徳的な観念とは次元を異にした、男女の愛執の深く暗い情念を、最も具象的な形で表現している説話であると言える。そういう意味では、『唐物語』の「望夫石」の第二の典拠たる資格があると言えるけれども、「望夫石」においては、男の愛執が説話の構成に積極的に参加することがなく、従って「相思」の要素を欠いているという点で、今一つ結び付けがたい距たりが両者の間にあることを認めないわけにはいかない。

八　「眄々」篇との融合

『唐物語』の二十七篇の中には、男女の愛別離苦を主題とする話が少なくない。むしろ、愛別離苦の諸相を描き出すことが、この作品の統一的なテーマだったのではないかとさえ思わせるものがある。それらの中で、「再嫁を拒む女」の話として「望夫石」と共通しているのは、第二十三話の「荀爽」と、第八話の「眄々」の二話である。

「荀爽」の原話は、『後漢書』（巻八十四）の「列女伝」にある。荀爽の女《むすめ》が隠瑜に嫁したが、僅か三年で夫と死別して悲嘆にくれる。一方、妻を亡くした郭奕という者がいて彼女を望み、荀爽夫妻はそれを許す。彼女は親の言葉に逆らうことができず、心ならずも再嫁を承諾する。男の家に着いた彼女は、部屋に入って傍らの女房に、亡夫との契りを忘れることはできないと告げ、指から血を出して妻戸の上に、「我かばねをば隠瑜がはかのかたはらにをけ」と書きさしたまま、自分の帯で縊れて死ぬ。このような内容であって、前に挙げた曹文叔の妻の話（『皇甫謐列女伝』）ともよく似ている。「再嫁を拒む女」の話の中では、道義性よりも亡夫との契りに執着する女の心に比重が懸けられているという点に特徴があり、『唐物語』の作者が、数ある類話の中でこの題材を選んだ理由も、そこにあったかと思われる。

しかし、「望夫石」の形成を考える上でより重要なのは、「眄々」の方である。この話は、「鷰子楼中《ノ》霜《ノ》月《ノ》夜、秋来《ツテハ》只為《ニ》二一人《ノ》一長《シ》」（『和漢朗詠集』秋夜）の朗詠句でよく知られている白居易の「鷰子楼三首并序」（『白氏文集』巻十五）を典拠としている。白居易の旧友張尚書の愛妓だった眄々が、尚書に死に別れた後、尚書の旧邸にある鷰子楼で孤独な生涯を送ったことを題材にした作品である。眄々については、詩の序にも「善《ク》歌舞《シテ》　雅《カニシテ》多《シ》二風態一」、「眄々念《ヒテ》二旧愛《ヲ》一不《シテ》レ嫁《セ》、居《ルコト》二是《ノ》楼《ニ》一十余年、幽独塊然《トシテ》、于レ今尚《ホ》在《リ》」とある。『唐物語』はこうした叙述や白居易の詩を踏まえて、尚書と死別して悲しみに沈む眄々が、秋の月を眺めては亡き面影を偲ぶさまをつづる。「かくしつゝ月日をすぎゆけば、鷰子楼《ゑんしろう》のうちあれはてゝ、ゆかのうへ、かたはらさびしくおぼえけるまゝには、てづから身づからたちきせたりけるからころもをとりかさねつゝ、身にふるれど、ありしばかりのにほひだになかりければ、いとゞ涙をそふるつまとなりにけり。」こうして、荒れ果てた楼のうちで寂しく十二年の月日を送って、遂に亡くなった、という物語に仕立てている。そこには、儒教的な婦徳の主張もない。自分の美貌を傷つけてまで再嫁を拒否するような、おそらく王朝物語の美学にはなじまないであろう過激な行為もない。一途に亡夫を慕い続ける女心の哀れが描かれている。そういう点でも、今まで見てきた説話のどれよりも「望夫石」と基調を等しくしていると言える。物語の基調だけではない。物語の構成も相似ている上に、その叙述にも共通する多くの措辞を見出すのである。そのことを具体的に示すために、両者の本文を対照させてみよう。

	望夫石	眄々
契り	昔、おとこ女あひすみけり、としなどもさかりにて、よろづ行するゑのことまで、あさからず契つゝありふるに、	むかし、眄々と云人、長尚書に契をむすびていくとせふれども、露ちりたれも心にたがふことなかりけり。花の春のあした、月のあきの夜も、もろともにまひを見、哥をきゝて、あそびたはぶるゝよりほかのいとなみなし、
死別	この夫、思のほかにはかなくなりにけり、其後なみだにしづみて、あるにもあらずおぼえけるを	かゝれども、わかきおひたるさだめなき世のうらめしさは、おもひのほかに、この夫はかなくなりにけり、この女、たちをくれたる事をかなしとおもひて、わかれのなみだかはくことなし、
再嫁拒否	我も〳〵とねんごろにいどみいふ人ありけれど、いかにもゆるさゞりけり、	みめかたち心ばせなどもいとめづらかなる程に、世にきこえたりければ、御門よりはじめて、色をこのむ人〴〵、ねんごろにいどみいひけるを、かぎりなくうしとおもひけり、
追慕	これをきくにつけても、なきかげをのみ心にかけつゝ、時のまもわするゝひまなくて、つゐにいのちをうしなひてけり、	秋の夜くまなき月を見ても、まづむかしのかげのみおもひいでられて、（中略―和歌二首ヲ含ム―）かくしつゝ、十二年の春秋をくゝりて、ついにはかなくなりにけり、

両者の類似した表現には傍点を付し、特に共通する語には圏点を付した。「望夫石」が構成・叙述ともに「眄々」に酷似していること一目瞭然である。両話それぞれの特徴は、右の表に載せなかった要素、即ち、「望夫石」では女が死んで石に化すという結末であり、「眄々」では謡曲「井筒」の女のように、亡き恋人の形見の衣を身に重ね着て

昔を偲ぶという場面である。

九　『唐物語』の創作方法

『唐物語』の「望夫石」の一編をめぐって、中国における「石に化した女」の伝承や、「再嫁を拒む女」の説話、また相思樹の伝説など、できる限り広い説話伝承の世界の中に、その典拠を尋ね求めて来た。まことに迂遠な道であったが、結論的には、次のようなことになろうか。

「望夫石」の一編は、中国の望夫石伝説とはその内容を甚しく異にしているけれども、その不可欠な要素である「亡夫を思慕して石に化した女」という主題は、やはり、その望夫石伝説の最も肝要な部分を抽出して摂取したものと認めるのが穏当であろう。それは必ずしも、作者が多くの望夫石伝説を見渡した上で帰納したというわけのものではなく、従って、胡元質の『胡曾詩注』や信阿の『倭漢朗詠集私注』が利用した『初学記』にも引かれていて望夫石伝説の代表的文献として知られていたはずの『幽明録』を、この作品の典拠として挙げることにいささかの不都合もなく、旧来の出典説にあえて異を唱える必要もない。作者はそれを本説として、換骨奪胎したのだと考えて差し支えない。

換骨奪胎するに当たって、原話においてはこれまた重要な要素であった戍役に従う夫を見送る、あるいはその帰りを待ち望むというシチュエーションは捨象した。おそらく、作者の庶幾する王朝物語の美的情趣の世界にはそぐわないという判断があったのであろう。そして、それに換わるべきシチュエーションを、やはり中国における「亡夫を思慕して再嫁を拒む女」の説話に求め、類話の中では最も純一に亡夫への追慕を表現している白居易の「燕子楼」の詩並びに序を第二の本説として援用した。その結果、その構成と叙述は、「燕子楼」を翻案した自らの作品「眄々」と酷似するものとなった。以上のような経緯が想定されるのである。

結局、戴益の「探春」の詩ではないが、尽日春を尋ねて春を見ず、帰り来たって梅の枝頭にやっとそれを見付けた感じがしないでもない。この「望夫石」が書かれた時、すでに「眄々」の翻案は出来ていたのか、それとも、「望夫石」での試みが「眄々」の翻案を促したのかは、もとよりいずれとも断じがたい。ただ同じような関係が、第十一話の「弄玉」と第五話の「司馬相如」とのあいだにも見られることは、旧稿（注6参照）で触れたとおりである。

注

（1）本文は、池田利夫氏編『唐物語〈尊経閣文庫本〉』影印、（古典文庫、昭和47・5）による。ただし私に句読を施す。以下同じ。

（2）池田利夫氏『日中比較文学の基礎研究 翻案説話とその典拠』（笠間書房、昭和49・1）所収。ただし私に返点を施す。

（3）賀茂季鷹校訂本（文化六年刊）の底本となったと推定される名古屋大学文学部国語国文学研究室蔵の写本が、近時、安田孝子氏によって紹介され（「唐物語――編纂の意図――」、説話の講座4『説話集の世界Ⅰ』所収、勉誠社、平成4・6、同氏著『説話文学の研究』所収、和泉書院、平成9・2）、さらに影印公刊された（『唐物語全』和泉書院、平成5・4）。氏の解説によれば、この「賀茂季鷹校写本」は、季鷹所持の写本に、新しく入手した「西行上人の親筆」なる一本との校異を朱で傍書（筆は橘千蔭）したものとのことである。刊本の頭注のもとになった出典注記の付箋があり、それには、刊本の「兆」が正しく「北」と記されている。この話の出典を「神異記」（逸書）とするものには、『錦繡万花谷』（注5参照）がある。なお、安田氏はまた、各話の配列に特異性をもつ吉田幸一氏蔵写本を影印・翻刻した（『異本唐物語』古典文庫、平成5・7）。それによれば、この第十二話（吉田本では第十四話）に関してはその本文に大差がない。

（4）池田利夫氏編『唐物語校本及び総索引』（笠間書房、昭和50・4）所収

（5）本文は鼎文書局印行（民国65・10）により、訓点は私に施す。なお、『錦繡万花谷』（後集巻五、石）には「望夫石」の見出しで『初学記』とほぼ同文の記事を引いて、末尾に「出神異記」と記している。『錦繡万花谷』は撰者未詳であるが、南

宋の淳熙十五年（一一八一）の自序があり、明の嘉靖十五年（一五三六）の刊本がある。

（6）拙稿「唐物語の世界――蕭史と弄玉――」（『国語と国文学』64―9、昭和63・9）、本章第二節1参照。杤尾武氏（「唐物語の文体」、『文体論研究』9、昭和41・11）もこの点を指摘し、「あとは唐物語の作者が自由に創作している」と述べている。

（7）例えば、望夫山の名で湖北省房県「在二房陵県東南渡口一」（巻八十六、京西南路房州）・広東省陽江県「在二古杜陵県之西南一」（巻九十八、広南東路南恩州）、望夫岡の名で広東省高要県「在二高要県西北一」（巻九十六、広南東路肇慶府）・広西壮族自治区横県「在二寧浦県西三里一」（巻一一三、広南西路横州）など。また『捜神記』（巻十一）にも鄱陽（江西省）の望夫岡の話がある。

（8）補『河南程氏遺書』（巻十八「伊川先生語四」）に、或る人が『宋斉丘化書』に「有下無情而化為二有情一者上。有下有情而化為二無情一者上。無情而化為二有情一者、若三楓樹化為二老人一是也。有情而化為二無情一者、如二望夫化為レ石是也」とあることについて真偽を訊した話がある。程伊川はこれに答えて、一応「莫レ無二此理一」として、事を分けて説明した上で、望夫石に関しては、「若二望夫石一、只是臨レ江山有下石如二人形一者上、今天下凡江辺有二石立者一、皆呼為二望夫石一。如下呼二馬鞍・牛頭一之類上。天下同レ之」（『二程集』、中華書局、一九八一年北京）と説いている。まことに合理的な判断であるが、望夫石の伝承が「臨レ江山」「江辺」に集まっている事実を指摘している点が興味深い。

（9）『孟姜女変文』は前後が欠けているので、話の結末部は仮に『新続列女伝』（巻上、周列国、三「斉杞梁妻」）で補った。杞梁の妻が哭して崩れた城壁の場所については幾つかの伝承があるが、宋の楽史の『太平寰宇記』（巻七十、河北道十九、平州）には、河北省の盧龍県の伝承として「秦長城、秦使三蒙恬輔二扶蘇一所レ築、東西長万里。杞梁妻哭城崩、得二夫骨一、即此城也」と記している。盧龍県辺りの長城といえば、東端の山海関から百五十キロばかりに当たり、帰路潼関を経由することもない。遼遠州の望夫石の伝承については、董康編『曲海総目提要』（巻三十五）の伝統劇「杞梁妻」の解説の中にも「今遼東前屯衛中所芝蔴湾、有三石人立二海瀠一、若二世所謂望夫石者一。而世又相伝以為下杞梁妻孟姜者、哭二夫死一、因葬中於此上」而則影響附会、形音逾失二其真一者也」と述べている。この記事の後半は、『大清一統志』（巻三十四、錦州府）に謂う「貞女祠〈在二寧遠州西南、中前所城西二十五里一。祠二秦貞婦許孟姜一〉」のことである。譚其驤主編の『中国歴史地図集』の清代の地図によれば、山海関から東北約二十キロの地に「中前所城」、約六十キロの地に「中后所城」があり、ほぼその中間に位置して「前屯衛城」があった。なお、浙江省の海塩県にも「孟姜女故居」が伝えられており、ここにも彼女が寒衣を擣った砧石があるという。「在二海塩県東南三十里一、有二搗衣石尚存一」（『輿地紀勝』三、両浙西路嘉興府）。補　孟姜女の故事については、副島一郎氏「孟姜女物語・陳琳「飲馬長城窟行」・長城詩」（『興膳教授退官記念中国文学論集』所収、汲古書院、平成12・3）によく纏められている。

(10)　田口和夫氏〈シンポジウム〉「能と説話」（『説話文学研究』第22号、昭和62・6）。補　『梵灯庵袖下集』をやや下る頃の例としては、『明徳記』の「帰ラヌ妻ヲ松浦姫、唐船ニアコガレテ、ヒレフル山ニテマネキケム、姿ハ石ト成ニケリ」（群書類従本）がある。この句は、諸本（広本）いずれにもある。

(11)　朴栄濬編『韓国の民話と伝説3　新羅編』（韓国文化図書出版社、一九七五年）に、慶尚北道月城郡の望夫石の伝説が収められている。新羅第十八代訥祇（ヌルチ）王の弟で倭国に人質となって三十七年になる美海（ミヘ）公を救出するために倭国に向かった朴堤上（パクチュサン）の妻の哀話である。朴堤上は策略を用いて美海公を脱出させるが、自身は倭国王のために処刑される。妻は毎日、三人の幼い娘を連れて鵄述嶺（チスルリョン）に登り、夫の帰りを待つが、その死の報せを聞いて崖下の海に身を投じる。その後、鵄述嶺に一つの岩がそそり立ち、人々はそれを望夫石（マンプソク）と呼んだという伝説である。朴堤上の事跡は、『三国史記』（巻四十五）および『三国遺事』（巻一）に記されている。前者には松浦佐用姫の説話を連想させる夫婦別離の話があり、後者にはその話末に「久後、夫人不レ勝二其慕一、率二三娘子一、上二鵄述嶺一。望二倭国一、痛哭而終。仍為二鵄述神母一。今祠堂存焉」と記されている。望夫石の要素は、やはり後に付加されたものと思われる。崔仁鶴氏著『朝鮮伝説集』（日本放送出版協会、昭和52・3）に採録されている「鵄述嶺の望夫石」の話（崔常寿採集、一九三四年八月）では、朴堤上の帰りを待ち続けた妻がスリゼ（鵄述嶺）に登って、倭国に向かって哭し、疲れて死んでしまったが、後の人が彼女の座っていた岩を「望夫石」と呼ぶようになったという段階にとどまっている。補　わが国の「石に化した女」の話として、毘沙門堂本『古今集註』巻十七、雑歌上に「わが心なぐさめかねつ」の歌の本説として、聖武天皇の時に和田彦永という者が妻に責められて自分を養育してくれた伯母を山奥に捨てた話を挙げているが、「伯母死テ後石トナレリ、コレヲヲバ石ト云也、サテコノ山ヲ伯母捨山ト云也」（未刊国文古註釈大系本）というのが管見に入ったが、夫婦愛別の話ではない。

（12）日本歌学大系別巻一所収本。ただし、傍書は『南史』（汲古書院刊和刻本正史）の措辞で、傍点を付した語は『南史』にはない。末尾に「出二事類賦一」とあるのは、宋の呉淑の『事類賦注』（巻十九、禽部二、燕）に「衛婦亦聞於繋縷」とある句と、その注に引かれた『南史』の記事を指している。

（13）王国良氏「韓憑夫婦故事源流考」（『六朝志怪小説考論』、文史哲出版社、民国77）は、『藝文類聚』巻九十二（『列異伝』）、巻四十（『捜神記』）、『太平御覧』巻九二五（『捜神記』）、巻五五九（『捜神記』）、『法苑珠林』、李冗『独異志』、焦璐稽『神異苑』、段公路『北戸録』、劉恂『嶺表録異』等を挙げ、またこれを典拠とする詩文、および古蹟を調査している。また、『捜神記』の話は『遊仙窟鈔』（元禄三年板本）の「取二相思枕一」の注、『三国伝記』（巻一―二六）にも採られている。敦煌変文の『韓朋賦』は同じ話材を扱っているが、早く『将門記』にも将門の妻が平良兼の兵に拉致されたことに関して、「妻恒存二真婦之心一、与二幹朋一欲レ死」（東洋文庫）とあり、「幹朋」の名で引かれている。本書第一章序節の注（15）参照

4　「雪々」の説話――唐物語の思想――

一　「張文成」の素材と翻案の手法

これまでにもしばしば触れて来たように、『唐物語』の全二十七話の中にはどうしてもその典拠のわからない話が二つある。清水浜臣の『唐物語提要』（日本古典全集『唐物語』付載）の「唐物語目次」でいうと、第九話「張文成」と第二十話「雪々」の二話である。

前者は、張文成が則天皇后との悲恋を動機に『遊仙窟』を書いて皇后に奉ったとする話であるが、その典拠は不明である。『宝物集』巻五に、

則天皇后と申は、高宗の后なり。長文成といふ色好みにあひて、遊仙窟といふ文を得給ふ事也。あなにくの病《びやう》鵲《じやく》のやもめがらすや、夜中人《よなかに》をおどろかすと云は、そのたび〔の〕事也。

（小泉弘・山田昭全氏校注、新日本古典文学大系）

とある。「あなにくの病鵲《びやうじやく》のやもめがらすや」云々は、『遊仙窟』中の張文成と十娘の交会の夜の描写、「可憎病鵲、夜半驚レ人、薄媚狂鶏、三更唱レ暁」（「可憎《アナニク》の病鵲のヤモメガラスの夜半《ヨナく》に人を驚かし、薄媚《ナサケナ》き狂鶏のウカレドリの三《マダ》更《アケザル》に暁を唱《トナ》ふ」）(1)の句で、『新撰朗詠集』（巻下、雑、恋）にも採られている。

清水浜臣は『唐物語提要』の中で、『宝物集』の記事を挙げて、「もろこしにもさる伝説の有しをこゝにも伝へしるせしにやあらん」と簡潔に述べているが、『遊仙窟』のわが国への渡来およびわが国の文学に与えた影響については、幸田露伴氏の「遊仙窟」(2)に間然するところのない詳密な考証があって、その中で、『唐物語』が載せているこの「奇異なる談」について詳しく考証している。露伴は先ず、七巻本『宝物集』の巻四にも同じ記事の見えることを挙げて、それが『唐物語』作者の創作ではないことを、次のように説いている。

宝物集は治承年間に成り、唐物語は何の時に成るを知らずと雖も、二書の年代およそ相及く。而して唐物語と宝物集と、共に張郎武后の情事を伝ふるに徴すれば、当時その俗伝ありて二書各〻之を記したるのみにして、唐物語の作者の意に任せて事を設けたるにあらざるを推知するに足る。

幸田氏は続けて、新旧『唐書』の「張文成伝」、張鷟（文成）撰の『朝野僉載』、宋の洪邁撰の『容斎随筆』（「続筆」巻十二および「四筆」巻十一）等の記事に基づいて、両人の情事は「正史野乗の直接に之を記する」ものがないのみか、「畢竟無根の鬼話に属する乎」と疑い、「唐物語と宝物集との談は、蓋し白日に鬼を看るのみ。それ世おのづから妄人ありて、好んで妄話をつくり、又妄人ありて、好んで妄話を伝ふ」、その類の伝承であると断じている。

さらにその話の伝来については、「相伝」と「誤伝」の二つの場合を想定する。「相伝」とは「人々口耳相伝へて伝来既に久しきも、其の由って出づるところを知る無き者」を言い、「誤伝」とは「其の実を考覈するに、訛伝にして真に非ず、而も世の贖く者流の好んで之を談ずる、目撃身臨して之を知るが如くにす」るものを言うとする。前者の場合、唐との交通が頻繁であった奈良時代から伝来していた話を、『唐物語』や『宝物集』の作者が卒然として筆にしたとも考えられ、後者の場合、張文成が武后の嬖倖の臣であった張易之、昌宗兄弟と同姓であること、その上、この兄弟の父の張行成の名とはただ一字の違いに過ぎないことから両者を「一概雑揉して」このような誤伝を生じたのではないかとも考えられるが、いずれにせよ、今ではもはや測り知ることのできないことである、とする。

そして、その綿密な考証の最後を、次のように結んでいる。

唐物語と宝物集との記するところ、之を存するは即ち可、之を信ずるは即ち不可、之を考証せんとするは狂者を追ひて走る不狂者に近く、愚陋堪ふべからざるのことに属す。

『和漢朗詠集』（下巻、妓女）にも『遊仙窟』の句が採られている。「容貌《ハ》似《タリ》レ舅《ニ》、潘安仁《ガ》之外甥《ナレバ》。気調《ハ》如《シ》レ兄《ノ》、崔季珪《ガ》之小妹《ナレバナリ》」という対句で、この上の句に付した永済注に、

此ハ遊仙窟ノ文也。コノ書ハ、張文成トイフ人、則天皇后ニ一夜逢ヒ奉リテ後、静心ナク思ヘド、世ヲ懼レテ色ニモ出デズ、心一ツニ思ヒ嘆キテ過ギケルヲ、カク思フトイカデ知ラレ奉ラムト思テ、遊仙窟トイフ文ヲ作リテ世ニ広メケリ。世ノ人ハタヾニ作レリト思ヒケリ。皇后ハ我ガ事ヲナム作レリトナム知リ給ヒケル。女ニオハシケレド、文章ニ至リ給ヘリケレバ、カク心得給ヒケルナルベシ。（下略）(3)

と、武后と張文成の情話が引かれている。ただし、北村季吟の『和漢朗詠集註』(4)は、張文成の情事の相手を即天武后ではなくて、「唐の皇女」と朧化している。永済注は『唐物語』の叙述に比べて簡略であり、『唐物語』が「わりなくいみじくおぼゆるよしのふみをつくりて、きさきにたてまつりける」とするのに対して、これは「カク思フトイカデ知ラレ奉ラント思テ、遊仙窟トイフ文ヲ作リテ世ニ広メケリ」とする相違もあり、おそらく両者の間に直接の交渉は

なく、それぞれ別の伝承に拠ったものであろう。因に、音楽の方面にも相似た伝承があったらしい。雅楽の「三台塩」の制作に関して、狛近真の『教訓抄』（天福元年成立）の巻三に「此曲唐国ノ物也。酔郷日月曰。高宗ノ后則天皇后処レ造也。モロコシニ。張文成ト云色好男アリケリ。后《キサキ》イカ、シタマヒタリケム。アヒ給ニケリ。ソノノチ。ユメカウツ、カニテ。御心ハカヨフトイヘトモ。ヒマヲエサリケルアヒタ。心ノナクサメカタサニ。彼后作給ヘリ。〈可レ尋〉」（続群書類従）とあり、これには『遊仙窟』の名は出て来ないが、安倍季尚の『楽家録』（元禄三年成立）の巻三十一、「本邦楽説」には、「一説、唐高宗后則天武后所レ造也。抑高宗之臣有下言二張文成一者上、形美而好レ色也。聞二則天皇美一、思二慕之一積年、或時作レ文奉二于后一〈此文号二遊仙窟一渡二于本朝一〉、后見二此文一思レ彼、遂作二此曲一以写二其情一、云々」（日本古典全集）と見えている。

『遊仙窟』の「容貌似レ舅、潘安仁之外甥」（「容貌のカホバセは舅《(をち)》に似たり、潘安仁が外《ハ、カタノメヒ》甥なれば」）[5]云々の句は、仙境に辿り着いたばかりの文成に、谷川で衣を浣っていた娘が告げた十娘の美貌のことであるが、『唐物語』はこれを転用して、張文成の美男子ぶりを潘安仁によそえて、

むかし、張文成といふ人ありけり。すがたありさまなまめかしく、きよげにて、色をこのみ、なさけ身にあまりければ、よにありとある女、さながら心つよくはおぼえざりけり。

と言ったのであろう。そのことは、第二十六話「潘安仁」の冒頭に、

むかし、潘安仁といふ人ありけり。すがたありさまたぐひなく、なまめかしくきよげにて、そのかたちはたまなどのよくひかる様にぞみえける。秋のあはれをのべて賦につくり、ことにふれてなさけふかく、やさしかりければ、世中にありける女、さながらなをきゝ、かたちをみるより、したもえのけぶりたゆるときなかりけり。

と、極めて類似した表現の見られることからも言える。また、その叙述には、例えば、

わりなくもねてもさめてもこひしきか心をいづちやらばわすれむ（『古今集』十二・恋二・五七〇、よみ人しらず）

……おもふこころは　おほかれど　行かたもなく　せかれつつ　そこのみくづと　なることは　……　あづさのそまに　みや木ひき　みかきがはらに　せりつみし　むかしをよそにききしかど　わが身のうへに　なりはてぬ……　たとへばひとり　ながらへて　すぎにしばかり　すぐすとも　夢にゆめみる　心ちして　ひまゆく駒にことならじ　……

（『千載集』十八・雑体・一一六〇、源俊頼）

しのぶれど色にいでにけりわが恋は物や思ふと人のとふまで（『拾遺集』十一・恋一・六二二、平兼盛）

しばしは夢かとのみたどられしを、やう〱思ひしづまるにしも、さむべき方なく耐えがたきは、いかにすべきわざにかとも問ひあはすべき人だになきを、忍びてはまいり給なんや。（『源氏物語』桐壺）

等々、和歌や物語の語句の引用が多く見出され、それらがこの小品の情趣をかもし出すのに大いに役立っていることが認められる。これらの文飾を取り払って、後に残るストーリーを想像してみるに、それは、『宝物集』や『和漢朗詠集』永済注の記事とそう変わらないものとなるはずである。ごく単純な説話を素材にして、これに作者の文藻を駆使して、装い立て、小品ながら一篇の優艶な物語に仕立てる、それが『唐物語』の翻案の方法であると考えられる。

しかし、この「張文成」の一篇を、ただ文飾だけで成り立っている作品と評価し去るのは、必ずしも当を得てはいないであろう。点綴される歌語や雅語の合間に、

あはれにいみじくはおぼされながら、心にまかせぬ御身のふるまひなれば、なぐさむかたさらになくてあかしくらすに、いかなるひまかありけむ、夢にゆめみる御心地して、したひもとけさせ給にけり、ちのなみだ袖につゝむべき心地もせざりけれど、から国のならひにて、か様の事世にきこえぬれば、いみじき大臣公卿なれどもたち所にいのちをめさるゝ事なれば、またもあひみたまはず。

などという叙述が混じる。そこに見られるように、身分への顧慮や世の掟に対する畏怖の感情、あるいは理性や意志をもっては抑え切れない人間の愛欲という業の深さに対する諦念を窺うことができる。が、それについては、次の項

で合わせ考えることにする。

二　「雪々」の素材

幸田露伴氏は『唐物語』全二十七篇の多くはみな出所があるとした上で、

其の拠る所の明らかならざるものは、第九章の張文成の談と第二十七の雪々の談とのみなれば、張郎武后を思ひて遊仙窟を作るといふの話も、人をして或は其の拠るところあるを思はしむ。然るに惟に張文成と武后との伝に其の事無きのみならず、小説野乗もまた之を記する有るを見ず、殆ど形跡の尋ぬ可き無し。奇といふ可きなり。

と言っている。張文成と武后の話についての氏の考証は前項で見たとおりであるが、出所不明の他の一篇「第二十七の雪々の談」については氏の考証が及んでいない。第九話の場合には、張文成・則天武后・遊仙窟と具体的な実在の人物や書物の名が登場するから、その話の実否真偽を判断する手掛りも手立てもあるわけであるが、第二十七話の場合は、そうした手掛りは全く無い。それが中国の話なのか、日本の話なのか、それさえも判断できない。その点は第十二話「望夫石」とよく似ているが、第十二話には「この石をば、其の里の人〴〵、望夫石とぞいひける」という一文があって、それが辛うじて「唐」の「物語」であることを保証していた。とすれば、第二十七話の最後を「この犬の名をば、雪々とぞいひける」と結んでいるこの一文が、これもまた「唐」の「物語」であることを保証する唯一の徴証である可能性がある。ところが、この「雪々」が諸本の間に「雷々」「雪山《せっせん》」「せっせん」「雪やま」等と異同があり、そのいずれであっても出所を明らかにする手掛りとならないことは、「望夫石」の比ではない。

野村八良氏は、『唐物語』二十七篇の典拠を概説した中で、

廿七条の内、張文成の事と雪々（犬の名）の事とは、浜臣出典を詳にせず。此の二件は今日尚其の根拠を明にし

難しと雖も、前者は遊仙窟渡来と共に伝れる口碑なるべく、（其の事は幸田露伴氏も蝸牛庵夜譚詳説せり）後者は捜神記（漢魏叢書本）及び後漢書に見ゆる高辛氏槃瓠説話の類型である。(6)

と言っている。

いわゆる槃瓠説話は、多くの書物に引載されて、最もよく人に知られた人畜婚姻の説話である。干宝の『捜神記』の記事は、『太平御覧』（巻九〇五、獣部十七狗上）・『初学記』（第二十九、狗第十「帝高辛・槃瓠」）・『法苑珠林』（巻六〈六道〉畜生部、高辛氏時有狗怪）等に引かれており、『後漢書』（巻八十六、南蛮西南夷列伝第七十六）の記事は、『初学記』（第二十九、狗第十。「帝高辛・槃瓠」）・『太平御覧』（巻七八五、四夷部六、南蛮一）に引かれている。他に、『玄中記』（『元中記』とも）という書の同類の記事が『藝文類聚』（巻九十三、獣部上、狗）・『淵鑑類函』（巻四三六、獣部八狗二）・『太平御覧』（巻九〇五、獣部十七狗上）等に引かれている。因に、犬以外が関わる説話としては、師子国の始祖譚である師子王の話（『大唐西域記』巻十一、僧伽羅国・『法苑珠林』巻六〈六道〉畜生部、西国行記人畜交孕怪）や蚕の起源譚である娘と馬の話（『中華古今注』巻下・『法苑珠林』巻六十三、園菓篇・『類説』巻四十、等）が有名である。平安後期・鎌倉初期の頃にわが国でよく利用されていたと思われる『初学記』（第二十九）がごく簡略化して引いている『後漢書』（南蛮西南夷列伝）と『捜神記』の記事を掲げて、代表させる。（訓点・句読点を私に付す）

後漢書曰、帝高辛氏有レ狗名二槃瓠一、其文五色、時犬戎兵強、乃募下能得二犬戎呉将軍首一者上、賜以二少女一、槃瓠得レ之、於レ是少女随二槃瓠一升二南山一、産二子男女十二一、自相夫妻、後繁盛也。

干宝捜神記曰、槃瓠者、本高辛氏宮中老婦人、有二耳疾一、医者挑治レ之、有レ物大如レ繭、以レ瓠離盛レ之、以レ槃覆レ之、有レ頃化為レ犬、其文五色、因名二槃瓠一。(7)

ここに引かれた『捜神記』の記事は槃瓠の異常な出生の話だけであるが、『捜神記』巻十四にはこれに続けて、槃瓠が戎の呉将軍の首を取り、大王の少女を得て南山に上り、子孫繁盛する話が記されている。曲亭馬琴は『南総里見八犬伝』の肇輯（文化十一年刊）に付した序で、伏姫の出所について、「如《キハ》三伏姫嫁《スルガ》二八房《ニ》一、傚《ヘリ》下高辛氏以二其女《ヲ》一妻《スニ》中槃瓠《ニ》上」と言っているが、蓋し、高辛氏・槃瓠の話はこの種異類婚譚を代表する最も古い説話だったのであろう。(8)

神怪的な要素をもつ異類婚譚の世界とは異なって、極めて現実的な世界を舞台とする奇譚がある。『太平広記』（巻四三八）や『説郛』（巻三十三）に引かれている『瀟湘録』所載の話がそれで、杜修己の妻の薛氏と白犬との相婚の話である。話の後半は、薛氏と白犬との間に生まれた男児は形貌は人に似ているが全身に白毛があり、七歳になると形貌は醜陋、性格も凶悪で、ひそかに家を出ては盗賊を働き、時には数か月も帰らない。三年後には、群盗千余人の首領となって白将軍と名乗り、群盗に命じて薛氏の父薛贇《せついん》の一家を皆殺しにさせ、その家を焼き、母一人を連れて去って行くという展開で、「雪々」の物語とは全く異なるものと言わねばならない。ただし、その前半部は怪異譚的な要素の少ない、写実的な叙述となっている。読み下して示すと、次のようになる。

杜修己は越人なり。医術に著はる。その妻は即ち趙州の富人薛贇の女なり。性淫逸なり。修己、家に一白犬を養ひ、甚だこれを愛して、毎《つね》に珍饌を与ふ。食後、修己出づるに、その犬室内に突入し、修己の妻薛氏を嚙まんとす。仍《すなは》ち奸私の心あるに似たり。薛よつて怪しみてこれに問ひて曰く、なんぢ我を私せんと欲するや、若し然らば則ち我を嚙むことなかれ、と。犬即ち尾を揺りて、其の牀に登る。薛氏懼れて私す。その犬ほぼ人に異ならず。その後、修己出づるごとに、必ず奸淫すること度なし。忽ちにして一日、方《まさ》に室内に在りて同寝したるに、修己外より入りて、これを見、即ち犬を殺さんとす。犬走り出づ。修己怒りて、その妻薛氏を出して薛贇に帰らしむ。後半年にして、その犬忽ち薛贇の家に突入し、口に薛氏の髻を銜へて、背に負ひて走り出づ。家人これを趁ひ奔れども及ばず。之《ゆ》く所を知らず。（『太平広記』巻四三八所引『瀟湘録』）

これとやや類似する奇譚に、後の作品であるが『聊斎志異』（清、蒲松齢）の巻一に載せる「犬姦」がある。青州の商人某が他郷へ商用で出掛けている長い留守の間に、その妻と白い飼い犬とが相姦し、それが日常的となる。商人が帰宅して妻と共に臥していると、犬が室内に突入して来て榻に登り、商人を噛み殺してしまう。近隣の者の訴えで裁判事件となる。そういう話であるが、薛氏の話よりもさらに猟奇性が濃くなっていると言える。

三　「雪々」の主題と宿命観

『日本古典文学大辞典』の「唐物語」の項（池田利夫氏執筆）には、この短篇物語集の「内容」を説明した中で、「異色なのは、主従二人の娘が世にそむいて山籠りをしたのに、犬を通い入れるに至った猟奇譚であろう」と言っている。素材が人間と犬との性的な交渉という異常な出来事であるから、「猟奇譚」と言って当たらないわけではないが、上に見た薛氏の話や青州の商人某の妻の話と見比べる時、その点の指摘だけではおそらく、この短篇のすべてを尽くしたことにならないであろう。また、『群書解題』（第十二、物語部）の『唐物語』の解題（西尾光一氏執筆）でもやはりこの短篇を取り立てて、「最後の二少女と犬との相婚説話も、八犬伝の先蹤をなすものといってよく、異状な題材を軽妙に描出して、作者が凡手でないことを示している」と評価している。「猟奇」の陋劣に堕しかねない素材を、確かに「軽妙」と評するに足る筆致で、しかし決して好笑的の話としてではなく、むしろ、人間というものの悲しさへの共感をさえ漂わせた作品に仕立てていると言える。

先ず、「雪々」の全文を掲げることにする。諸本による異同も少なくないので浜臣校訂本により、適宜改行して示すことにする。

昔都に人の娘有りけり。みめかたちなまめかしく美しかりければ、荒き風にもあてずして、深き窓の内にかしづき養はれけり。齢《よはひ》やう〳〵人となる程に、父母世にあらん事をかせぎ営《いとな》む。此の人是れを聞きて、嬉しからず厭《いとは》しきやうになん思ひけるを、父母しひて、怨み嘆きけり。「我れもしさる事あらば、唯だ家を出で飾《かざり》をおろして、世にもあらじ」など、まめやかに憂き事に云ひけり。親しきあたりまでも、限りなく思ひ嘆きけれども、心強く思ひ立ちにけり。遂に乳母子《めのとご》なりける者一人を具して、何方《いづかた》となく失《う》せにけり。

この乳母子も、容貌《かたち》いとをかしげにて、思ひ放つ人無かりけれども、此の人と同じ心にて、人に見えん事うるさしとや思ひけん、鳥の声もせぬ深き山の中に入りて、おの〳〵草の庵を引き結びつゝ、住み渡りける程に、此の女の父母、二なき志ばかりをしるべにて、山林を分けつゝ尋ね来にけり。打ち見るまゝに血の涙を流せども、諸共に立ち帰るべき気色更に無し。誰も、子を思ふ道は惑はぬ人無ければ、さるべき物など懇切《ねんごろ》に営みやりけるを、猶うるさしとや思ひけん、「又住所《すみか》を改めて外へ逃げ失せん」など云ひければ、唯だ二人の心に任せて過ぐさせける程に、斑《まだら》なる犬の美くしげなるが、何処《いづこ》よりとも見えず、此の乳母〔ィ子〕の庵の前に、尾打ち振りて居たりけるを、物など喰はせて撫で興じけるに随ひて、此の犬殊の外に馴れむつれけり。

徒然《つれ〴〵》なるまゝに、懐《ふところ》になど打ち臥せて、唯だ是れを愛し弄びつゝ明し暮しける程に、いとむつかしく心乱れて、あらぬすぢにのみ物の覚えければ、此の犬に打ちとけにけり。さるべき前の世の契りや深かりけん、犬の思はしさ限りなく覚えけるを、我れながらあさましく心憂くぞ思ひ知られける。

かくて主《しゅ》の居たる所へ来て、来方行末《きしかたゆくすゑ》の事など、打ち語らひつゝ居たりけるに、夏の衣《きぬ》曇りなく透きたるより、此の乳母子の肩に、犬の足跡《あしあと》数多つきたりけるを、此の人見つけてけり。「其れはいかなる事ぞ」と尋ね問ひければ、有りのまゝに云はんも心憂く、けしからず覚えて、何かと云ひまぎらはすを、強ひて責め問ひければ、あらがふべき方なくて、「我が居所《ゐどころ》を、さりげなくて時々見給へ」と教ふるを、怪しと思ひながら、其の後は常に窺ひ見るに、打ちたへて、此の犬と二人ねたり。

此の人是れを見るに、堪ふべくも覚えず侍るを、まづは心もとなく佗しかりければ、忽に其の犬を呼び取りてあひにけり。思はしく悲しくぞ覚えける。

あさましやなどけだものに打ち解《と》くるさこそ昔の契なりとも

人の身にして犬に契りを結びける、類ひなき程の事なれば、物の心を知れらん人はうとむべからず。いかばかりかは、此の道に入らじと思ひ取りしかど、契りの深きにあひぬれば、賢《かしこ》きもはかなきも、さながら遁れ難き事にや、此の犬の名をば雪々とぞ云ひける。（日本古典全集）

右の文に見るように、容貌も優美に生まれ父母の愛情に育まれながら、人の妻となって平穏に世を過ごす世間一般の女性の生き方を厭い、父母を始め周りの者の情愛をも強いて拒んで、山中深く分け入った姫とその乳母子が、何処からともなくやって来た斑の犬を愛玩するうちに、どういう前世の契りか、二人ともに、その犬とうち解けてしまうという、人の世の運命のアイロニーを感じさせる話である。

「性淫逸なり」と記されている修己の妻薛氏とは対照的に異なる、姫と乳母子の性格である。修己の白犬とはやはり対照的な、犬の様子である。犬に暴力的に迫られる話と、可愛がるうちに自然といとおしさが昂じて行く話と、その経緯もまた極めて対照的である。到底、両説話の間に影響関係があるとは思えない。しかし、それがあまりにも対照的であるところに、原話の陰陽を反転させる作者の意図的な翻案の手法が潜んではいないか、そういう疑いもまた生じて来るのである。先に述べたように、末尾の「此の犬の名をば雪々とぞ云ひける」の一文だけが、その原話をたぐる唯一の手掛かりなのであるが、この「雪」の文字の中に「薛《せつ》」の音と「一白犬」とが秘められてはいないか、とまで言えば噴飯に値するの謗りを蒙ることになるかもしれない。

影響関係の有無はともかく、「雪々」が、これまで見てきた類似の話や『今昔物語』巻三十一「北山狗《ノ》、人為妻語《ヲメトセルコト》第十五」などと本質的に異なっているその主題は、人間ならぬ者との交渉をも「前の世の契り」と観ずる諦念であろう。仏教説話の中には、男女の仲を人間の意志では如何ともすることのできない前世の宿縁と説いたものが数多くある。一例だけ挙げることにする。『旧雑譬喩経』巻上に見える話である。

昔有二婦人一生二一女一。端正無レ比。年三歳。国王取視。呼二道人一相下後中二夫人一不上。道人言。此女有レ夫。王必後レ之。我当レ牢二蔵之一。便呼鵠来。汝所レ処在二何所一。白レ王。我止二大山半有レ樹。人及畜獣所レ不レ得レ歴。下有二廻復水一船所レ不レ行。王言。以二此女一寄レ汝養。便撮持去。日日従レ王取レ飯与レ女。如レ是久後。上有二一聚一卒為三水所二漂去一。有二一樹一正倚追レ水。下流有二一男子一。得レ抱二持樹一。堕二廻水中一不レ得レ去。廻二満樹一踊出住。倚レ山男子得レ上二鵠樹一与レ女通。女便蔵レ之。鵠日挙レ女称レ之。已更子身未者軽也。鵠覚二女重一。左右求二得男子一。挙棄レ之。往如レ事白レ王。王曰道人工レ相レ人也。師曰、人有二宿命対一。非二力所レ得レ制也。逢レ対則相可。諸畜生亦如レ是也。(9)

国王が勝れた相人に命じて、僅か三歳の女児について将来国王の夫人たりうるか否かを相させる。相人がその女児にはすでに定まった夫がありますと王に告げると、王は人跡の絶えた高嶽に女児を閉じ籠め、一羽の鵠に養育させて、外界との交通を遮断する。にもかかわらず、女児は結局、夫と定められた宿命を持つ一人の男子と出会って結婚するという話である。ここにあるのは、「人有二宿命対二」とあるように、個としての人間の宿命であり、それは人の力では避けることも変えることもできないものとされている。

また、淫欲を厭悪して出家した女の述懐が、『雑宝蔵経』巻第九の「婦女厭欲出家縁」に見えている。次のような内容である。

昔有二一婦女一。端政殊妙。於二外道法中一出家修道。時人問言。顔貌如レ是。応二当在レ俗。何故出家。女人答言。如二我今日一。非レ不二端政一。但以三小来厭二悪淫欲一。今故出家。我在レ家時。以二端政一故。早蒙二分処一。早生二男児一。児遂長大。端政無比。転覚二羸損一。如二似病者一。我即問二児病之由状一。児不二肯道一。為レ問不レ止。児不レ獲レ已。而語レ母言。我正不レ道。恐二命不レ全。正欲二具道一。無顔之甚。即語レ母言。我欲三得レ母以二私情欲一。以不レ得故。是以病耳。母即語言。自レ古以来。何有二此事一。復自念言。我若不レ従。児或能死。今寧違レ理。以存二児命一。即便喚レ児。欲レ従二児意一。児将レ上レ床。地即劈裂。我子即時生身陥入。我即驚怖。以レ手挽レ児。捉二得児髪一。而我児髪。今日

猶故在二我懐中一。感二切是事一。是故出家。(10)

美貌に生まれ付いた女が、早くに結婚して男児を生む。成長するにつれ、たぐいなく端正な容貌となった児が、次第に衰弱して行って病人のようになる。その理由を黙して語らなかった児も、母に問い詰められて遂に、母に対する叶わぬ恋情のゆえと打ち明ける。母は迷った挙句、道理に外れた事とはいえ児の命を救うためにはと、児の気持ちを受け入れようと決意する。そして、児が寝床に上がろうとした途端、大地が裂けて児は生きながらその中へ陥いる。児を引き上げようとした母の手に児の髪だけが残された。その髪が今も母の懐にしまわれているという。女はその事に深く感じ、淫欲を厭悪して出家したのだと述懐する。

この話に比べると、「雪々」の姫の俗世に対する厭悪には何の動機も理由も明かされていない。世間の結婚というものを厭い、「我れもしさる事あらば、唯だ家を出で餝《かざり》をおろして、世にもあらじ」と言うだけである。天性それほど人界の諸欲を厭悪した女性でありながら、という前提だけが必要なのであろう。そのような女性でありながら、事もあろうに畜類との相姦に陥ってしまう。だからといって、『雑宝蔵経』の母親のようにそれを機縁として出家するというのでもない。この話は、もともと発心譚ではないのである。

「雪々」の中で繰り返される、「さるべき前の世の契りや深かりけん」「さこそ昔の契りなりとも」「契の深きにあひぬれば」等の表現も、根源的には『旧雑譬喩経』の一女児の説話に見るような宿命観と無縁のものではありえないであろうが、しかし、この作品の主題に関わっていると考えられる「前の世の契り」は、王朝物語の「宿世」を引き継いでいて、宿命はあくまでも不可知の領域に属し、現在果としての現身の憂苦から感じ取られる「契の深」さに過ぎない。それは、一般に前世から定まっている運命と理解されている「宿命」というものよりも、人間という存在そのものが持つ不安、不条理とでも言うべきものなのであろう。

四　「前の世の契り」――愛欲の業への諦念

『宝物集』巻四に「不邪淫戒」について述べた所がある。そこには、邪淫に関わる天竺・震旦・我が朝の数々の事例が挙げられている。先に挙げた「又則天皇后ト申ハ。高宗ノ后也。長文成ト云色好ニ値テ。遊仙窟ト云文ヲ得給事也。アナニクノ病鵲《ビヤウジヤク》ノヤモメガラスヤ。夜中人ヲヲドロカスト云ハ。其度ノ事也」（大日本仏教全書本、以下同）というのもその一例であるが、これに続けて「又陵園妾ト云ハ。潘安仁ト云形好人ニ値給。カクシ文アラハレテカクレ無テ。陵園ト云所へ遷レ給シ事也」と潘安仁の名が挙げられ、さらにまた、

唐国ニハ則天皇后。我朝ニハ定子皇后宮。尼ノ後子ヲウミ給ヘリ。増テ其次〻ノ為業《シワザ》申スニ及ビ侍ラズ。天竺ニハ獅子ノ妻ト成。震旦ニハ犬ニ契ヲ結ビ。我朝ニハ狐ヲ妻ニシタルタメシアルメレバ。人ドチノ事ハ理リニゾ侍ルベキ也。

淫欲熾盛。不レ択二禽獣一。
謗二此経一故。獲レ罪如レ是。

ト法華経ニモ説レテ侍ルメレバ。此道ハ忍ビガタクゾ。見ヘ侍ルメルヲ観ジ給フベシ。

と説かれている。則天武后と張文成の話だけでなく、犬に契りを結んだ震旦の話も出て来る。人間の愛欲の業の深さを物語る説話がふんだんに蒐められている。

これと同じように愛欲の業から逃れることのできない人間の悲しさが、『とはずがたり』巻三に後深草院の述懐として、しばしば語られている。その一例を挙げてみる。「有明」が「真言の御談義」のために参内して四五日伺候した折のことである。

法文の御談義ども果てて、九献ちと参る。御陪膳《はいぜん》に候に、「さても、広く尋ね、深く学するにつきては、男女《おとこをんな》の事こそ罪なき事に侍れ。逃れざらむ契りぞ、力なき事なり。されば、昔もためし多く侍。上ざう〔浄蔵〕といひし行者は、陸奥《みちの》国なる女に契りある事を聞き得て、害せんとせしかども、かなはで、それに堕ちにき。染殿の后は志賀寺の聖に、「我をいざなへ」とも言ひき。この思ひに堪えずして、青き鬼ともなり、望夫石《ばうふせき》といふ石も、恋ゆへなれる姿なり。もしは、畜類、獣《けだもの》に契るも、みな前業《ぜんごう》の果たす所なり。人ばしすべきにあらず」など仰せらるゝも、我一人聞きとがめらるゝ心地して、汗も涙も流れ添ふ心地するに、いたくこと〴〵しからぬ式にて、たれもまかり出ぬ。(11)

ここには、浄蔵貴所・染殿の后・志賀寺の上人・紺青鬼（真済）などの例が並べられ、それに混じって、原拠の故事よりも『唐物語』を介しているかと推測される「望夫石」の話や、「雪々」に関連するかと思われる「畜類、獣に契る」話が挙げられている。

同様に、「男女の習い」は「力なき御宿世、逃れざりける事」（『とはずがたり』）とする嘆きが、『源平盛衰記』巻四十八の「女院六道廻物語」の建礼門院の述懐の中にも見える。

誠ニ女人ノ身バカリ申ニ付テ悲ケレ共。我身一人ノ事ニアラズ。昔モタメシノ候ケレバコソ。天竺ノ術婆訶《ジュツハカ》ハ。后宮ニ契ヲナシ。夢路ヲ恨テ炎ト昇。阿育《アイク》大王ノ。鳩那羅《クナラ》太子ハ。八万四千ノ后ヲ亡給ケリ。震旦ニハ。則天皇后ハ。長文成ニ会給ヒ。遊仙崛ヲ作ラセ。雪山《セッセン》ト申獣ニ会ケンモ。口惜ヤ。唐《モロコシ》ノ玄宗皇帝ノ楊貴妃ハ。一行阿闍梨ニ心ヲウツシテ。咎ナキ上人ヲ流シ給フ。(12)

と天竺や震旦の例を引いた中に、則天皇后と張文成・「雪山《セッセン》ト申獣」が挙げられ、次いで我が朝の例として、孝謙女帝と道鏡、五条后と業平、染殿后と柿本紀僧正、二条后と業平、京極御息所と志賀寺上人、女三宮と柏木、狭衣大将等の諸例を列挙し、その後、天竺。震旦。我朝。貴《タツトキ》モ賤《イヤシキ》モ灯ニ入《イル》夏ノ虫。妻ヲ恋ル。秋ノ鹿山野ノ獣。江河ノ鱗《ウロクズ》ニ至マデ。此道ニ迷テ。心ヲ尽シ命ヲ失《ウシナフ》習《ナラヒ》也。サレバ所有《シヨウ》三千界。男子《ナンシ》諸煩悩。合集《ガウシウ》為《イ》一人。女人為《イ》業障《ゴツシヤウ》ト仏ノトキ給ヘルモ理ト覚タリ。今モ昔モ男女ノ習《ナラヒ》不ㇾ力及ㇾ事ナレバ。トテモ角テモ候ナン。是ヲコソ自《ミ》ハ六道ヲ経タリトハ申ニ候ヘ。

と結ぶ。先に見た『宝物集』巻四の「不邪淫戒」の記事の影響を受けた叙述であろうと考えられるが、同時にまた、『唐物語』の「雪々（雪山）」を始め、「張文成」「望夫石」などの話がどのような主題のもとに享受されていたかを知る手掛りともなる。

『唐物語』二十七篇の中で、最も長大な叙述をもつのは、第十八話の「楊貴妃」である。浜臣が題下に「白氏文集巻十二幷伝」と注記するとおり、その典拠は明らかである。池田利夫氏も「唐物語第十八話が、旧唐書、楊太真外伝をも典拠としていても、構造に於て、長恨歌伝、長恨歌に専ら拠っていることは、既に明らかである」(13)とした上で、『白氏文集』との比較に重点を置いて、作者の翻訳、翻案の方法を詳しく考察している。その「楊貴妃」の終わりには、『長恨歌』や『長恨歌伝』とは関係のない記事が付加されている。次のような記事である。

是れ一人君（玄宗）のみに（イも）あらず、人と生まれて石木ならねば、皆おのづから情有り。古より今に至るまで、尊《たか》きも卑しきも、かしこきもはかなきも、此の道に入らぬ人は無し。入りとし入りぬれば、迷はずと云ふ事なし。しかじ唯だ心を動す（イし）色にあはざらんには、大凡楽み栄えも憂きつらきも、此の世は皆夢幻《ゆめまぼろし》の如し、八の苦遁るゝ事無ければ、厭ひても厭ふべし。天上の楽み限りなけれども、五の衰へさと（イナシ）る事なければ、願ふべきにも足らず、生れてもよしなし。しかじ唯だ心を一にして、三界を厭ひて九品を願ふべし。極楽を願ふとも、此の世に執《しふ》を留めば、纜《ともづな》を解かずして船を出さんが如し。此の世を厭ふとも、極楽を願はずは、轅《ながえ》をそむけて車を走らしめんが如し。此の世をも厭ひ、極楽をも願はゞ、苦を集めたる海を渡りて、楽を極めたる国に到らんことは疑ふべからず。ゆめ〳〵出で難き悪趣に帰らずして、行き易き浄土に到るべし。

右の文中、「入りとし入りぬれば、迷はずと云ふ事なし」の文について、清水浜臣は、『万代集』巻九、恋一の、「いかばかり恋てふ山のしげければ入りと入りぬる人まどふらん」（題不知、読人しらず）を引歌として挙げている（浜臣校本頭注）。また、この句を挟む「人と生まれて石木ならねば、皆おのづから情有り」と「しかじ唯だ心を動す色にあはざらんには」の句についても浜臣の指摘があるとおり、白居易の新楽府「李夫人」の結びの数句、

生《ニモ》亦惑《タヒ》　死《ニモ》亦惑《タフ》　尤物惑《ハシテ》レ人《ヲ》忘《レ》不レ得
人非《ハズ》二木石《ニ》一皆有《リ》レ情　不レ如《カ》不《ランニハ》レ遇《ハ》二傾城《ノ》色《ニ》一(14)

に拠っており、その限りでは白居易の思想と全く無関係であるとは言えないが、それに続く「大凡楽み栄えも憂きつらきも、此の世は皆夢幻の如し」以下の文となると、生死輪廻の境を出て極楽浄土に往生することを勧める唱導のことばとなって、これはもはや、原拠となった白居易の詩文が持つ批判精神とは無縁のものと言うしかない。

川口久雄氏は(15)「私は説話文学というものが、唱導的性質をもつものであると考える立場から、唐物語も単なる翻訳文学でなく唱導性を内包した説話文学の一であると考えざるをえない」として、この第十八話「楊貴妃」の末尾の文を取り上げ、これを「大凡楽み栄えも憂きつらきも」以後とそれ以前とで(1)(2)の二段に分けて、次のように説いている。

(1)段は周知のように長恨歌と関係のない文集の李夫人の一節と万代集（恋一）の歌詞とをつなぎあわせたもの、(2)は厭離穢土欣求浄土の思想を四六対偶の語脈にのせてうたいあげ、説教師が一段の講説のあとのしめくくりとして聴衆に往生廻向を勧化誘導する常套口吻に属するもの。決して単なる長恨歌の翻訳、意訳に終るものでなく、全く新しい唱導的性格をもった口がたり文学の一種であることを証拠だてる。

確かにこの一文には唱導的な色彩が濃い。川口氏はこの一文を二段に分けながらも、結局、全体を後段の趣旨で一括しているのであるが、前段と後段との間には明らかに文旨の違いがあると思われる。発想の次元の違いと言ってもよ

い。

第十八話「楊貴妃」の原典から乖離した表現は、結末部分だけでなく、文中の次のような叙述にも見られる。

初秋の七日の夕、驪山宮に行幸《みゆき》し給ひて、織女牽牛《たなばたひこぼし》の絶えぬ契りを羨みて〔イナシ〕、はかなき此の世の別れ易き事をぞ、かねて嘆き給ひける。容貌《かたち》は六の道にかはるとも、あひ見ん事は絶ゆる時有らじと契らせ給ひて、

すがたこそはかなき世々に変るとも契りは朽ちぬ物とこそ聞け

などの給ひつゝ、御手を取りかはして涙を流し給ひけるを、すべて〔ィ末の〕世に聞く人さへ袖の上露けし。

この表現は、『長恨歌』の有名な「七月七日長生殿、夜半無レ人私語時、在レ天願作二比翼鳥一、在レ地願為二連理枝一」の句に当たる部分を、陳鴻の『長恨歌伝』では次のように叙述しているのに基本的には拠っている。

昔天宝十載、侍レ輦避二暑驪山宮一、秋七月、牽牛織女相見之夕、秦人風俗、是夜、張二錦繡一、陳二飲食一、樹二瓜果一、焚二香于庭一、号為二乞巧一、宮掖間尤尚レ之、夜殆半、休二侍衛於東西廂一、独侍レ上、上凭レ肩而立、因仰レ天感二牛女事一、密相二誓心一、願世世為二夫婦一、言畢、執レ手各嗚咽、此独君王知レ之耳。[16]

「願世世為二夫婦一」の句が敷衍されて、「容貌《かたち》は六の道にかはるとも」以下の文、および「すがたこそはかなき世々に変るとも」の和歌となっている。六道輪廻の観念が打ち出され、転生しつつもなお愛を貫こうとする玄宗・楊貴妃の愛執の業念が強調されている。話の構成において基本的には原拠の詩文に拠りながら、その詩文に対する『唐物語』作者の受容の在り方がここに示されている。それは、「雪々」の末尾に付された評言と同じ次元でなされていると言える。

それに対して、「楊貴妃」の末尾の「大凡楽み栄えも憂きつらきも、此の世は皆夢幻の如し」以下の評言は、それとは次元が異なっていて、生死輪廻の三界からの出離を勧める唱導である。三田明弘氏は、第一話「王子猷」と第二十七話「雪々」との対応について、「冒頭話が心を澄ませた超俗の生活を営む二人の男の話であるのに対して、最終

話である本話が、心を澄ませ脱俗の生活を望みながらも愛欲に引きずり込まれてゆく二人の女の話であるという対応の妙にも注目すべきであろう[17]」と評している。が、広く知られている尊経閣文庫本等の諸本とは二十七篇の配列を異にしている吉田幸一氏蔵写本[18]では、「雪々」が六番目に置かれ、作品の最終の位置に据えられているのは、「楊貴妃」である。いずれの配列順序が本来の形態であるかは俄には判断しがたいが、仮に吉田本を原態形とするならば、この評言は「楊貴妃」一篇の評言であると同時に、愛別離苦の短篇物語を集めた『唐物語』全体の評言でもあるということになるわけで、上に述べたような批評の次元の相違の理由を考える上でも興味深いものがある。

注

（1）本文および訓読は、醍醐寺蔵康永三年宗算書写本（古典保存会影印、昭和2・1）を参考にする。
（2）幸田露伴氏「遊仙窟」（『蝸牛庵夜譚』春陽堂、明治40。岩波書店刊『露伴全集』第十九巻所収、昭和26・12）
（3）細川家永青文庫叢刊13『倭漢朗詠抄注』（汲古書院、昭和59・9）。ただし適宜漢字を宛て、濁点・句読点を施す。
（4）高野辰之氏編『日本歌謡集成巻三　中古編』所収（東京堂、改訂初版昭和35・5）。季吟の寛文十年（一六七〇）の識語に、「今幸見二永済註一之、日芟二其繁一、輯二其余一」とある。
（5）注（1）に同じ。
（6）野村八良氏『増補鎌倉時代文学新論』第五章「説話文学　其の二（翻訳文学）」（明治書院、大正15・5）
（7）楊家駱主編『初学記』（鼎文書局、中華民国65・10）
（8）横山邦治氏（「『南総里見八犬伝』における〝八伏〟の出自について」、『近世文藝』39、昭和58・10）は、伏姫と八房の話の出典を種々考証した上で、より直接的な典拠として民話の竹篦太郎譚を指摘している。
（9）本文は、『大正新脩大蔵経』（第四巻、本縁部下）所収の『旧雑譬喩経』に拠る。ただし私に返点を施す。「已更子身未者軽也」の部分、句意不明。
（10）『大正新脩大蔵経』（第四巻、本縁部下）所収

(11) 本文は、三角洋一氏校注『とはずがたり』(新日本古典文学大系、岩波書店、平成5・3)に拠る。ただし振仮名は適宜取捨する。
(12) 渥美かをる氏解説『源平盛衰記慶長古活字版』(勉誠社、昭和58・8)
(13) 池田利夫氏『日中比較文学の基礎研究翻訳説話とその典拠』第一章「唐物語序説」(笠間書院、昭和49・1)
(14) 本文は那波本(文学古籍社刊『白香山集』、一九五四年北京)に拠る。
(15) 川口久雄氏『三訂平安朝日本漢文学史』下篇、第二十四章第五節「天竺・震旦説話の流行と唐物語」(明治書院、昭和63・12)
(16) 注(12)に同じ。
(17) 小林保治氏編『唐物語全釈』(「第二七　深山に遁れたる都の娘、犬と契る語」の「評説」、笠間書院、平成10・2)
(18) 安田孝子氏編『異本唐物語』(古典文庫、平成5・7)

第四章　比較文学における題材史研究

第一節　「擣衣」の詩歌

――題材「擣衣」の伝流――

一　はしがき

「国際間の文学的関係の歴史」[1]と定義されるフランス派の比較文学では、その研究対象として、(1)文学様式　(2)題材　(3)思想　(4)作家（発動者・受容者・媒介者）の四領域が挙げられている。わが国の古典文学について、外国文学との交渉を探ろうとする場合には、研究対象も、中国文学との関係、それも一方的な受容の歴史の考察ということにほぼ限定される。たとい、中国の一作品（作家）対日本文学、もしくは中国文学対わが国の一作品（作家）という構想のもとに行われたとしても、実証的であろうと努める考察の具体は、一作品（作家）対一作品（作家）の影響関係という個別的な研究、即ち、いわゆる出典考証が、その基礎とならざるを得ない。これは、上記四領域のうちの(4)の研究に属する。(2)の題材というのは、主として文学的主題とか、伝説・説話の型とかを意味し、ドイツではこれを題材史（Stoffgeschichte）と称して、研究も盛んなようであるが、「フランス学派はポール・アザール氏をはじめとしてテマトロジー（注、題材論）を認めないことにしている」[2]そうである。本稿で取り上げようとする詩歌の題材としての「擣衣」などは、ギュイヤールが「フランスおよびドイツ文学における蚤は〈講座開きの論題〉になり得るが、それは比較文学ではない。蚤はそれ自体、文学的目的物でないからである」という、その「蚤」と同類ということになるのかもしれない。

しかし、わが国の擣衣の歌は、疑いなく、先ずその題材を中国の詩から摂取し、さらに中国およびわが国の漢詩に媒介されながらそれ自体の展開を遂げたのであって、外ならぬ「日本」の「古典」文学に関する比較文学の研究課題としては、十分にその意義をもっているのである。それのみか、極めて独自的な短詩型様式をもつ和歌文学を対象として、それに与えた外国文学の影響を考察することによって文学史研究に参与しようとする場合には、こうした題材の移動・変化・定着の過程を跡づけることが極めて有効な方法であると言わねばならない。が、そのためには、フランス派の比較文学においては忌避されている次の二つの方法を、あえて用いねばならなくなる。

その一つは、直接的な影響関係のあるもののみを扱うという制限の緩和である。わが国の古典においては、たとい直接的関係があったとしても、すでにその媒体が亡逸してそれを実証することは不可能であるという場合が多いのであるが、なかんずく和歌のような短詩型文学の場合は、句題和歌を除けば、直接関係の証明の得られないのがむしろ普通である。ただ、例えば、藤原良経の、

かへるべき越の旅人待ちかねて都の月に衣擣つなり（『秋篠月清集』一二五七「擣衣を」・『続拾遺集』秋下、三三二）

千度打砧の音を数へても夜を長月の程ぞ知らるる（『秋篠月清集』八四七）

という歌の、前者が李白の「長安一片の月、万戸衣を擣つ声……何れの日か胡虜を平げて、良人遠征を罷めん」（「子夜呉歌」其三）を翻案したものであり、後者は白居易の「八月九月正に長き夜、千声万声了む時無し」（「聞夜砧」詩）に基づいて詠んだらしいというように、その典拠を想定しうるものはある。だが、このような唐詩と和歌との個対個の直接的な影響関係の考察のみを重視するならば、勅撰歌集に採られているだけでも百九十六首にのぼる擣衣の歌の殆どは、考察の対象から除外されてしまうことになる。それは、比較文学が文学史研究に参与しうる可能性を自ら棄て去ることに外ならない。

他の一つは、単に「国際間の文学的関係」だけでなく、一国内における影響関係をも扱わなければならないという

ことである。題詠文学として高度に発展し、「本歌取り」の技法の盛んに用いられた和歌文学の場合、わが国の先行作品を介して間接的に中国文学と繋がるものも多いのであって、それを考察の対象から除外しては、これまた文学史研究に参与しうる比較文学は成立しがたいことになる。

如上の二点は、フランス派の比較文学の立場からすれば致命的な逸脱ということになろう。しかし、わが国の古典文学を対象とする場合には、直接的および間接的の影響をひっくるめた、言わば「影響の総体」の考察が必要なのである。中国伝来の説話の主題や型を対象とする場合も事情は異ならないが、殊に短詩型文学の考察においては、いっそうその必要性が増大する。「影響の総体」を、題材の移動・変化・定着の過程として捉え、それらを媒介したものとの関連において、その過程を跡づけることをしない限り、比較文学は、個々の断片的な典拠考証の域を出ることができず、従って文学史研究に参与することはできない。ただ、上述のごとき致命的な逸脱にもかかわらず、それがなお比較文学でありうるためには、その研究対象を、その題材が外国文学から摂取されたものであるか、あるいはまた、その題材のイメージの変化・定着の過程を外国文学が直接的・間接的に媒介しているかという二つの条件の、いずれか一方もしくはその両方を具えている場合に限定する必要がある。

本稿は、そうした意味での題材史的考察の一つの試みである。

二　題材「擣衣」の移動

「きぬた」は、『倭名抄』(巻十四・裁縫具)に「碪 知林反。和名岐沼伊太 擣衣石也(下略)」とあって、衣板《きぬいた》の意であると知られる。布を打って柔らげたり艶を出したりするための「きぬた」が、いつごろから用いられ始めたかは不明である。仮に「きぬた」がわが国固有のものでなくて、大陸の機織技術の移入に伴って伝来されたものであったとしても、それは四～五世紀に溯りうる。[3] ところが、八世紀の中葉に成立した『万葉集』の四千五百余首に及ぶ作品の中に、擣衣を題材とした歌は一首も見当たらない。数多い衣《きぬ》・衣《ころも》・韓衣《からころも》も、すべて「着る・裁《た》つ・縫《つ》ぐ・織る」などと結び付いているだけで、「擣《う》つ」との結び付きは見出せない。ウチツケニ・ヒタブルニの意の「うつたへに」という副詞に「打細丹」（巻四、五一七）、「打細爾」（巻十、一八五九）、「打妙爾」（巻四、七七八）の文字を宛てているところを見ると、細《たへ》を打つ労働の行われていたことは確かである。が、「打麻《うちそ》やし　麻績《をみ》の児ら　あり衣《きぬ》の　宝の子らが　打栲《うちたへ》は　経て織る布　日曝《ひさらし》の　麻紵《あさてづくり》を」（巻十六、三七九一）や、「少女らが　績麻《うみお》の絡垛《たたり》　打麻《うちそ》かけ　績《う》む時無しに　恋ひ渡るかも」（巻十二、二九九〇）の用例を見ると、麻や拷を打つ労働は、「擣衣」とは異なって、織機に先立つ工程に関わるものと考えられる。『播磨風土記』（揖保郡麻打山）に、「二《ふたり》の女《をみな》、夜、麻を打つに、即《やが》て麻を己が胸に置きて死《みう》せき。故《かれ》、麻打山と号《なづ》く」と見えている「麻を打つ」労働も、麻から糸を製する段階での作業であろう。わが国の上代文学には、擣衣に関する片鱗さえも見出されないのである。実際には、賤の女たちが冬衣の支度に擣つ「きぬた」の音は晩秋の夜空に響いていたかもしれないが、万葉人たちは、そこに詩を感じることはなかったらしい。歌の題材としては顧みられなかったのである。『類聚名物考』にも、

きぬた。擣衣。衣うつ事。古へはさまでいはぬ事なるを、後は歌にもしきりてよめり。詩には、はやういひたる事なり。

と述べられているが、中国では四世紀ごろから詩の題材となっていた「擣衣」が、わが国の和歌文学の世界へ移動するのは、九世紀後葉の古今時代に至ってからである。

三　六朝詩における「擣衣」

中国においても、「擣衣」の題材は、『詩経』の時代にはまだ見られず、六朝時代に至って初めて登場する。それも「織機」の方はより早くからより多く詠まれているが、「擣衣」の方は案外にその数も少なく、その取り上げも遅れている。次に掲げる曹毗《ひ》（東晉、三二一〜七五）の「夜聴㆓擣衣㆒」詩（『玉台新詠集』巻三）などは、その最も早い時期のものである。

寒興御紈素　　寒興《おこ》りて紈素を御《ぎょ》せんと、
佳人理衣衾　　佳人は衣衾を理《をさ》む。
冬夜清且永　　冬夜は清く且つ永くして、
皓月照堂陰　　皓月は堂の陰《くま》を照らせり。
纖手畳軽素　　纖手は軽素を畳み、
朗杵叩鳴砧　　朗杵は鳴砧を叩く。
清風流繁節　　清風は繁き節《ふし》を流し、
回飆灑微吟　　回飆《つむじかぜ》は微吟を灑げり。
嗟此往運速　　嗟す、此の往運《ときのめぐり》の速やかなるを、
悼彼幽滞心　　悼む、彼の幽滞《むすぼほ》れたる心を、
二物感余懐　　二物は余《わ》が懐《こころ》を感ぜしむ、
豈但声与音　　豈但《あにただ》声と音とのみならんや。

一人の美人が異郷にある良人に送る寒衣を調えようとして碪を擣っている。作者は、清風に流れて来る碪の音と、つむじ風にとぎれとぎれする微かな歌声とに耳を傾けながら、その音と声とに込められた美人のむすぼおれた心緒を憐れんでいるのである。この詩は、十二句六韻から成っているが、四句ずつ三節に区切ることができる。第一節は状景

（時・処）、第二節は碪を擣つ美人の姿態、第三節は作者の感懐である。この状景・姿態・心情の各節から成る構成は、「擣衣」詩のみならず、六朝のいわゆる宮体詩に多く共通するところの基本形式なのである。(4) 右の詩では、「心情」部が碪の音を聴く作者の感懐となっていて、言わば客観的な詠みぶりであるが、以後の多くの作品では、作者は、異郷の良人を偲ぶ佳人の心の奥深くに入り込んで、その身に成り代わって歌うという形になる。全二十四句十二韻から成る謝恵連（宋、三九六～四三〇）の「擣衣」詩（『文選』巻三十・『玉台新詠集』巻三）を例に取ると、その終り八句が、

納素既已成　　納素は既已《すで》に成れるも、
君子行未帰　　君子は行きて未だ帰らず。
裁用笥中刀　　裁《た》つに笥中の刀を用《もつ》てし、
縫為万里衣　　縫ひて万里の衣を為《つく》る。
盈篋自予手　　篋《はこ》に盈《みた》すは予《わ》が手よりし、
幽緘俟君開　　幽緘は君が開くを俟つ。
腰帯準疇昔　　腰帯は疇昔《むかし》に準へたり、
不知今是非　　今の是非を知らず。

となっていて、作者が佳人の身に成り代わって発想していることは、「予」「君」の措辞が端的に示している。さらに、時代とともに、その描写も細緻になって行く。曹毗より一世紀半もくだる柳惲《うん》（斉梁時代）の「擣衣」詩（『玉台新詠集』巻五）になると、全四十句から成る長篇であるが、全篇に想夫の切なさが漂っており、秋草・白露・夕鳥・草虫など、見るもの聞くものにつけて辺境にある良人を偲び案じている女心の哀れが、いかにも具象的に描かれている。碪を擣つ佳人の姿態の描写なども緻密を極めて、例えば、梁の武帝（四六四～五四九）の「擣衣」詩（『玉台新詠集』巻七）の、

参差夕杵引　　参差たる夕の杵は引き、
哀怨秋砧揚　　哀怨たる秋の砧は揚る。
軽羅飛玉腕　　軽羅は玉なす腕に飛び、
弱翠低紅妝　　弱翠は紅の妝《よそひ》に低《た》れたり。
朱顔色已興　　朱顔、色已に興り、
眄睇目(自)増光　　眄睇、自ら光を増しぬ。

の詩句のごとく、極めて感覚的官能的に描かれるようになる。細密な観察と精緻な表現とに支えられた織艶綺靡の趣は、斉梁時代の文学全般にわたる一大特色なのであって、単に擣衣や織機だけでなく何に彼につけて、異郷の良人を憶うて夜も眠られぬ佳人の閨怨を歌った作品が、圧倒的に多い。

その良人たちは、中には「征夫馬邑に鎮す」(費昶《ちょう》「秋夜涼風起」、『玉台新詠集』巻六)、「君子時役を尋ぬ」(張華「北方有佳人」、同巻二)のごとく、征戍などの公役に従事して家を離れているものもあるが、その多くは単に「君行きて殊に返らず」(徐幹「情詩」、同巻一)、「良人行きて未だ帰らず」(湘東王繹「寒宵三韻」、同巻七)、「行人今も返らず」(聞人蒨「春日」、同巻八)、「君子行きて未だ帰らず」(謝恵連「擣衣」、同巻三)、「王孫遊びて帰らず」(張華「逍遥遊春宮」、同巻二)、「蕩子行きて未だ帰らず」(何遜「詠照鏡」、同巻五)のごとく、ただ異郷にあるというのみで、その場所を何処と限定しないものが多い。「擣衣」の詩に限ってみても、梁の武帝の作品には「辺城は応に早霜なるべし」とあって、この良人は征戍のために万里の長城辺りにとどまっているらしいが、他の作品の多くは別に戍役とは関係がなさそうである。作者たちの意図は、空閨に取り残された佳人の怨思を歌うことにあった。良人の所在地や旅行の目的などは、この意図に何の関わりももっては来ない。ただ、「織機」や「擣衣」の場合には、良人のもとに冬衣を送り届ける、いわゆる「送寒衣」というモティーフを含み込むところから、良人を冬の訪れの一足早い辺境に置く必要があり、それが辺塞の戍役と結び付きやすかったことは想像できる。後述するように、唐詩の時代になると、その結び付きの緊密化という傾向が認められる。が、六朝詩においては、作者は、良人の置かれた状況にはさほどの関心を示さず、閨怨を歌うことを意図して、それだけに、思婦の艶美な姿態や纏綿たる心緒の描写に腐心しているのである。

勿論、これらの詩はすべて題詠である。多くは侍宴における応制の詩であろう。題詠文学が、その題材によっておのずから限定される詩的世界の中で、その観察と描写の妍を競い合う結果、細密巧緻の度を強めて行くのは、極めて自然な成り行きであった。しかも、このような文学的営為の背景である六朝宮廷社会には、綺華軽艶の時潮がみなぎっていたのである。六朝詩における題材「擣衣」は、こうした文学的時代情況を生きる詩人文人たちの繊艶な生活感情を、よく象徴しているとも言えよう。

四　唐詩における「擣衣」

中国の代表的な民話として孟姜女の話はよく知られている。万里の長城を築く労役に狩り出された良人のために、孟姜女は自ら寒衣を届けるが、良人は苛酷な労働のためにすでに死んでいた。彼女が大いに哭き悲しむと、良人の屍を埋めた長城の一角が崩れた、という話の内容である。この孟姜女説話の原話は、すでに『春秋左氏伝』（襄公二十三年）に見えている杞梁の妻の故事であるが[5]、彼女が孟姜女と呼ばれ、かつ「送寒衣」のモティーフが加わっている最初の文献は、敦煌で見出された「孟姜女変文」残篇と「擣練子」とである。飯倉照平氏は、この敦煌資料に見える孟姜女説話に関連して、

「寒衣」は六朝のころから「擣（寒）衣」のように婦人の（多くは異郷にある）夫への情を託すものとして歌われたが、唐代になると、その用法がしだいに戍役のため辺地にある夫に寄せるものと限定されていった。[6]

と述べている。これは「送寒衣」に限っての発言と思われるが、広く「擣衣」詩の全般についてみても、異郷の良人を偲ぶ閨婦の思いが主題となっている場合には、やはり戍役との結び付きが緊密になっている。例えば杜甫の「擣衣」詩（『杜少陵詩集』巻七）、

亦知戍不返　亦知る　戍して返らざるを、
秋至拭清砧　秋至りて清砧を拭ふ。
已近苦寒月　已に近し　苦寒の月、
況経長別心　況や長別を経るの心をや。
寧辞擣衣倦　寧《なん》ぞ辞せんや　衣を擣ちて倦むを、
一寄塞垣深　一たび寄す　塞垣の深きに。
用尽閨中力　用ゐ尽す　閨中の力、
君聴空外音　君よ聴け　空外の音を。

を見ると、衣を擣つ女性の身に成り代わって良人への思慕を歌う点は六朝詩を受け継いでいるのであるが、戍役に従って今年も返らぬ良人のために辺塞の城壁の奥深く寒衣を届けようと、倦み疲れるのも厭わないで最後の力までふりしぼって碪を打ち続けようとするところには、もはや六朝詩のごとき嫋々たる閨婦の艶美が嗟嘆《なげかい》はない。「君よ聴け、空外の音を」とその断腸の思いを托された碪の音は、もっと凄まじく悲壮であって、抗いがたい権力に拉がれながらも、なお懸命の抵抗を戦っている女性の姿が、ここには見られる。有名な李白の「子夜呉歌」（『李太白詩集』巻五）其三・其四にしても、また「擣衣篇」（同上）にしても、ほぼ同様のことが言える。「擣衣」が辺戍と結び付く時、単なる閨怨の繊艶な気分から寒苦凄涼の気味へと深まって来るのは当然と言えば当然ではあるが、それにもかかわらず六朝詩の場合には、たとい辺戍と結び付いていても、まだその気味は感じられなかった。それは「擣衣」と辺戍の

結び付きの質の相違によると言わねばならない。良人を辺塞に置くことが、情況設定の一つの仕方に過ぎないのか、それとも、女が碪を擣つ動機として不可欠の要件になっているのかという質の相違である。

唐代には、碪を擣つ女性の身に成り代わってその凄切な孤愁を歌う詩の外に、碪の音を聞いて懐旧の情を掻き立てられたり、郷愁をそそられたり、述懐を促されたりする詩もまた多い。杜甫の「秋興八首」（『杜少陵詩集』巻十七）の第一首を例に挙げよう。

玉露凋傷楓樹林　　玉露凋傷す　楓樹林、
巫山巫峡気蕭森　　巫山巫峡　気　蕭森。
江間波浪兼天湧　　江間の波浪は天に兼《つら》なりて湧き、
塞上風雲接地陰　　塞上の風雲は地に接して陰《くも》る。
叢菊両開他日涙　　叢菊両《ふた》たび開く他日の涙、
孤舟一繫故園心　　孤舟一《ひと》へに繫ぐ故園の心。
寒衣処処催刀尺　　寒衣処処刀尺を催す、
白帝城高急暮砧　　白帝城高うして暮砧急なり。

初めの四句は異郷の蕭条たる秋景に住み侘びた客心を、後の四句は堪えがたい帰心を歌ったものである。一しきりせわしく響く夕の碪を聞いて懐郷の思いを募らせる。帰ろうとして一孤舟を求めはしたが、出立もできないままに舟は繫がれたきりである。が、繫がれたままであるのは、故園を慕う心の断ち切れぬことを示している。「繫ぐ」は「孤舟を繫ぐ」だけでなく、「故園の心を繫ぐ」でもある。白居易の五絶詩にも、「江人衣を授くること晩く、十月始めて砧を聞く。一夕高楼の月、万里故園の心。」（馬元調校『白氏長慶集』巻十「江楼聞砧」）とある。勿論、白帝城や江楼の辺りで碪を擣つ閨婦たちの怨思を抜きにしては、暮碪の響きが作者の郷愁を誘うべき必然もなくなるのであって、そここにも六朝以来の「擣衣」詩の伝統が脈打っているのではあるが、艶情が主なのではなく、懐郷が主題であり、寂寥感が主調なのである。岑参の詩に「孤灯は客夢を然《もや》し、寒杵を郷愁を搗《う》つ」（「宿二関西客舎一寄二厳許二山人一」、『全唐詩』巻二〇〇）とあるが、寒夜の砧はただに衣を擣つのみではなく、孤独な旅人の郷愁を擣つのだというところに、唐詩における擣衣の本質がよく示されている。

わが国の文学に最も大きな影響を与えている『白氏文集』について見ても同様のことが言える。中には「春村」（『白氏長慶集』巻十三）や「寄内」（同巻十四）のごとく農村社会の風物詩として取り上げたものもあるが、その多くは、作者が秋の夜半に独り寝覚めて耳を傾ける砧の音である。「独り簷下に向ひて眠る、覚め来れば半床の月」（同巻五「早秋独夜」）、「夢短うして眠り頻りに覚め、宵長うして起きて暫し行く。燭は凝って暁の影に臨み、虫は怨んで寒声ならんと欲す」（同巻三十三「八月三日夜作」）、「月は新霜の色を帯び、砧は遠雁の声に和せり。暖かにして炉火の近きことを憐れみ、寒くして被衣の軽きを覚ゆ。枕上に佳句を酬ゆ。詩成れども夢成らず」（同巻三十三「酬二夢得霜夜対レ月見レ懐一」）等々、こうした夜半の独り居に、凄涼の気を漂わせて砧の音が響いて来るのである。おもしろいことは、「擣衣」がしばしば病苦と結び付いていることである。「秋霽」（同巻十）、「秋晩」（同巻十六）、「臥疾」（同巻二十三）、「酬二夢得早秋夜対レ月見レ寄一」（同巻三十四）などにその例を見る。前二者は妻の病気を扱ったもので、秋もようやく深まって、よその家々では「月出でて砧杵動き……秋練を擣」（「秋霽」）っているのに、「独り多病の妻に対《むか》ふ」（同上）のみで、寒衣の用意をするすべもない。あるいは、田舎じみた妻は病気にやつれて、月の明るい時に「寒衣を搗たず、空しく薬を搗」（「秋晩」）っているのである。「単幕疎簾、貧寂寞たり。涼風冷露、秋蕭索たり」（同上）と、妻に病まれた家の陰気が、秋の侘びしい気配とともに漂っている。これらは「擣衣」を主題とする詩ではない。むしろ、砧を擣たぬ詩でさえもある。が、すでに秋夜の砧の音を凄切の思いで聴くという発想の型が出来上がっていたからこそ、それを否定することで、いっそうの凄涼寒苦を表現することができたのである。

白居易の詩の中で、砧を題名にもつものとしては、先に挙げた「江楼聞レ砧」（巻上）と「聞二夜砧一」（巻十九）とがあるぐらいのものである。後者は、李白の「子夜呉歌」とともに、とりわけ有名な作品である。その第三・四句が『和漢朗詠集』（巻上、擣衣）にも採られていて、わが国の「擣衣」の和歌に最も強い影響を与えている。全詩を挙げると、次のとおりである。

誰家思婦秋擣帛　　誰が家の思婦か、秋　帛《きぬ》を擣つ、
月苦風凄砧杵悲　　月苦《さや》かに　風凄じうして、砧杵悲し。
八月九月正長夜　　八月　九月、正に長き夜、
千声万声無了時　　千声　万声、了《や》む時無し。
応到天明頭尽白　　応《まさ》に天明に到らば、頭尽く白かるべし、
一声添得一茎糸　　一声に添へ得たり、一茎の糸。

どこの家の物思う婦《つま》が擣つのか、またその物思いの種が何であるのか、それはわからない。月も冴え風も物寂しい秋の夜すがら、悲愁のリズムを刻んで響いてくる砧の音は、その音一つが白髪の一本を添えて行って、明け方には頭も真白になってしまおうかと思われるばかりであるという。「思婦」の語に閨怨の余韻を響かせながらも、唐詩における「擣衣」は、もはや艶情の象徴ではなくて、凄涼寒苦の気味を凝縮させるものとなっているのである。

五　平安初期の漢詩における「擣衣」

わが国における現存最古の漢詩集である『懐風藻』の成った天平勝宝三年（七五一）は、盛唐の玄宗の天宝十載に当たっているが、そこに収められている近江奈良朝の詩人たちの作品百十六首を見ると、先ず詩形の上では五言詩

（一〇九首）が圧倒的に多くて、「六朝古詩の域を脱せざるもの」(7)で、内容の面でも、侍宴従駕（三十四首）、宴集（二十二首）、遊覧（十七首）などの詩だけで六割強を占めていて、六朝文学の影響を強くとどめている。にもかかわらず、儒教的色彩が濃くて、艶情を歌った作品としては、僅かに石上乙麻呂の「秋夜閨情」の一首があるだけであり、しかも、これは、土佐国に在る作者が都の女性を想う詩であって、女性の身に成り代わって想夫の切なさを述べる六朝の閨怨詩とはまるで異なるものである。

平安初期の勅撰三集の最初である『凌雲新集』の成立（弘仁五年〈八一八〉）は、すでに中唐時代（憲宗の元和九年）に当たっており、七言詩の増加（九十一首中四十六首）などにも唐詩の影響は認められるのであるが、まだ「擣衣」を題材に取り上げるには至っていない。「擣衣」の出現は、その次に成った『文華秀麗集』（弘仁九年成立）まで待たねばならない。『凌雲新集』が作品をその作者の身分序列に随って配列しているのに対して、『文華秀麗集』は作品をその内容によって分類し、「遊覧」「宴集」「餞別」「贈答」「詠史」「述懐」「艶情」「楽府」「梵門」「哀傷」「雑詠」の十一部門を立てている。そして、その「艶情」の部（巻中）には、次の十一首を収めている。

(1)　奉㆑和㆓春閨怨㆒。一首。　菅原清公
(2)　奉㆑和㆓春閨怨㆒。一首。　朝野鹿取
(3)　奉㆑和㆓春閨怨㆒。一首。　巨勢識人
(4)　奉㆑和㆓春情㆒。一首。　巨勢識人
(5)　和㆓伴姫秋夜閨情㆒。一首。　巨勢識人
(6)　長門怨。一首。　嵯峨天皇
(7)　奉㆑和㆓長門怨㆒。一首。　巨勢識人
(8)　婕妤怨。一首。　嵯峨天皇

(9)　奉レ和二婕妤怨一。一首。　巨勢識人
(10)　奉レ和二婕妤怨一。一首。　桑原腹赤
(11)　奉レ和レ聴二擣衣一。一首。　桑原腹赤

このように応制奉和の作品の多いのは、勅撰三集に共通するところである。七言詩、なかんずく七言絶句の増加や、釈教詩を収めた「梵門」の部を設けている点に、唐詩の影響のいっそう濃厚になっていることが認められるのであるが、内容や詩句の面から言えば、依然として六朝詩の感化が甚大で、それは、その十一部門の名称が、「梵門」を除けば、六朝の詞華集である『文選』に準拠していることにも端的に現れている。とりわけ、この「艶情」の部などは、小島憲之氏が、『文選』の「情」部所収の作品よりも「玉台新詠などにみえる綺艶風の詩に近く、また藝文類聚所収（人部）の『閨情』の詩群に類似する」(8)と述べているとおりである。

上記の「艶情」十一首のうち、碪を取り上げているのは、姫大伴氏の「秋夜閨情」詩に和した巨勢識人の作品(5)と、嵯峨帝の「聴二擣衣一」に和した桑原腹赤の作品(11)の二首だけである。前者は、北辺の地にある良人を憶いながら碪を擣つ女性の身に成り代わって、その別離の怨みを詠じたものであるが、「遙かに想ふ燕山涼気早きを、誰か堪へむ砧杵衣を搗つことの難《くる》しきを」（第三・四句）とあるのみで、碪を擣つ女性の姿態などは全く描かれていない。律詩形という短小さの故もあろう。後者は、数般《つがい》の秋雁の飛来に辺境の降霜を憶う閨妾を想像し、終夜の碪の音を枕上に聞いて、さらにその碪の音が宮殿の夜番の鐘声と相和して長信宮にも昭陽殿にも聞こえているだろうと思い遣っている内容である。長信宮は趙飛燕のために漢の成帝の寵を奪われた班婕妤が王太后（成帝の母）付きの官女として仕えている宮殿であり、昭陽殿はかつて班婕妤が住み、今は趙飛燕が時めいて住まう殿舎である。長信・昭陽の二宮は、班婕妤を主題とする楽府題の詩（例えば「班婕妤」・「婕妤怨」・「長信怨」など）には必ず引かれるものである。「聴擣衣」の詩としては、六朝詩に曹毗の「夜聴二擣衣一」詩（前出）があり、費昶（六世紀初頭）の「華（光）観省中夜聞二城外擣衣一」

詩（『玉台新詠集』巻六）がある。費昶の詩は閨怨を主とすることの常である六朝の「擣衣」詩の中では特異なもので、学問がありながら貧乏で人に顧みられず廉直の故に立身のかなわぬ自己の孤独を歎くというのが主題となっている。秋気冷やかな城中にあって城外から伝わる砧の音と歌吟の声を聞きながら、自己の境遇と対照的な城外の貴族屋敷の華麗なありさまを思い描くのであるが、砧を擣つ佳人の姿態を想像して、「金波正に容与、玉歩砧杵に寄る。紅の袖は往還に縈《めぐ》り、素《しろ》き腕は参差として挙がる」などと細かに描いている辺りは、やはり六朝詩以外のものではない。ところが、腹赤の詩では、砧に関しては「何れの処にか衣を擣ちて、宵より旦《あした》に達《いた》る。空楼の月下、万家の場《には》。暗中弁《わ》かず、杵の低挙するを。枕上唯聞く、声の抑揚のみを」（第三〜六句）と言っているだけである。律詩形の短小さの中に、六朝以来の「擣衣」詩と「婕妤怨」詩の二つの怨思を並べ、さらに題中の「聴」字を逸すまいとした結果が、このような空疎な作品となったのであろう。

『文華秀麗集』には、滋野貞主の「秋月歌」（『経国集』巻十四）に和した嵯峨帝の御製と桑原腹赤の作品（巻下、雑詠）がある。いずれも二十四句から成る詩で、題の示すとおり秋の月を詠んだものであるが、三者とも其の後半には、還らぬ虜塞の征夫を憶いながら月に向かって砧を擣つ女性の孤愁が歌われている。ただそれが、単に軽華繊艶にとどまらず、「三更の露は重し絡緯の鳴《ね》、五夜の風は吹く砧杵の声。明月は年々色を改めぬに、看る人は歳々白髪生ふ。寒声浙瀝として竹窓虚《むな》しく、晩影蕭条として柳門疎し」（嵯峨帝御製）のごとく、一種の凄涼味を漂わせて来ていることは注意せねばならない。

『経国集』は全二十巻のうち、現存するのは僅かに六巻だけであり、「賦」・「詩」・「序」・「対策」の四部門の中で、「詩」に属するものでは、「楽府」（巻十）・「梵門」（同上）・「雑詠」（巻十一・十三・十四）の部が残っている。『文華秀麗集』の分類法と同じであったと想定することができ、散佚諸巻に立てられていたはずの「艶情」の部には、六朝詩風の「擣衣」詩も載せられていたにちがいない。現存する作品としては、巨勢識人および惟良春道の雑言詩「奉レ和二擣衣引㆒」（巻十三）と、楊秦師の七言詩「夜聴㆓擣衣㆒」（同上）とがある。いずれも三十句、四十句に及ぶ長篇であって、「風の随《まにま》に揺颺する羅袖は香しく、月に映えて高低する素手は涼し」（惟良春道）と砧を打つ女性の姿態を描いたり、「怪しむ莫かれ腰囲の疇昔《むかし》と異なれるを、昨来《きのふ》夢に入りし君の容《かたち》は悴《やつ》れたり」（同上）とか、「知らず肥痩の今に異なれるかを、寛窄は仍《な》ほ別れし時の襟に准へたり」（巨勢識人）などと良人に送る寒衣の寸法の昔と今とを比べたりするのは、すでに見たごとく、六朝詩の感化の著しさを示している。

その外、『経国集』には、太上天皇（嵯峨帝）の「重陽節神泉苑賦㆓秋可㆑哀」（巻一）と、これに和した皇帝（淳和帝）を始め八名の応制詩が並べられているが、そのうち嵯峨帝・良岑安世・滋野貞主の各作品に「擣衣」が取り上げられており、また紀長江の「奉㆑試賦㆓得秋㆒」（巻十三）と、滋野貞主の「奉㆑和㆓太上天皇秋日作㆒」（巻十四）にも「擣衣」が扱われている。このように、「擣衣」を直接の主題にせず、「秋」そのものが主題となっている諸作品においても、しばしば「擣衣」が登場するということは、砧が、月・露・虫・雁などとともに秋の哀趣を代表する景物の一つとして受け取られていることを示すものである。『文選』の部門に準拠しつつも、『文華秀麗集』の「遊覧」・「艶情」の部、『経国集』の「雑詠」の部が、作品を季節の推移に従って配列するという新しい試みをしているところに日本的な季節観の形成が看取されることと考え合わせて、「擣衣」の季題化への方向を見ることができるのである。六朝詩が閨婦の哀艶な砧の音を歌うために秋の情趣を背景としたのに対して、これは秋の哀趣を歌うために砧の音を添景としている。言わば、「擣衣」は背景としての晩秋の蕭条たる情趣をいっぱいに吸収して、やがて艶情よりは清爽凄涼の気分を象徴する独立した題材となって行ったのである。楊秦師の「夜聴㆓擣衣㆒」詩に「明月峡中、猿を聴くに似たり」の句を見出すように、砧の音は、月に叫ぶ巫峡の哀猿の凄切な声になぞらえられたりもするようになった。閨婦の艶情から秋夜の凄涼への変化には、詩形の上に唐代七言詩の影響が顕著に見られることと相俟って、先に見たような唐詩における「擣衣」の扱いに感化されたという事実があったことを推測させる。平安初期の「擣衣」を扱った詩では、良人を辺塞の戍役に従っているとしたものが殆んどであり、そこにも確かに唐詩の影響を見ることができるのである。しかしながら、それらの詩における「擣衣」は、依然として、辺境の良人を憶う閨婦の艶情から解放されてはいない。「擣衣」そのものを主題とする作品においては勿論のこと、秋の哀趣を主題とする詩に添景として登場した場合でさえ、そうなのである。平安初期の漢詩における「擣衣」は、幾らか唐詩による感化も認められるけれども、畢竟、六朝詩の呪縛から脱しえてはいないと言わねばならない。

六　和歌文学への移動

六朝詩や唐詩が愛読され、わが国の漢詩人によって「擣衣」の詩が制作されてもいた以上、「擣衣」という題材が和歌文学の世界にも移植されるのは、極めて自然な筋道ではあるのだが、やはり、そこにはその移植を媒介するものが必要であった。

先ず、その媒体として予想されるものに、句題詩→句題和歌の径路がある。句題詩は『凌雲新集』・『文華秀麗集』にも僅かながら見えるが、仁明帝の承和二年（八三五）正月内宴に、「はじめて「春色半暄寒」と言ふ句題が見えてから以後、唐人の詩句や詩題や又は唐朝の試題や経籍等の成句類を詩題として提示し賦詠せしめることが流行して来」[9]て、九世紀中葉から十世紀の半ばにかけて句題詩盛行時代を現出した。しかし、十世紀ごろまでの句題詩を集めた『類聚句題抄』（続群書類従）を見ると、「擣衣」を扱っている作品としては、(1)「雲雁報秋声」（菅原文時）、(2)「秋声多在山」（大江以言）、(3)「秋情月露深」（大江匡衡）、(4)「望月遠情多」（源為憲）、(5)「月影添秋思」（一条帝）、(6)「風高漸聞雁」（「天高漸聞雁」として重出。紀斉名）、(7)「秋風聞擣衣」（紀斉名）、(8)「雁声雲際遙」（大江音人）などがあるけれども、句題自体に「擣衣」を含んでいるのは、僅かに(7)の一例に過ぎない。句題詩を承けて展開した句題和歌においても、「擣衣」を含む句題を詠んだものは見当たらない。有名な『大江千里集』（『句題和歌』とも称す）には句題和歌百二十四首が収められているが、「擣衣」の歌は一首も詠まれていない。「八月九月正長夜、千声万声無了時」の句題で詠んだ慈鎮（『拾玉集』）・定家（『拾遺愚草員外』）の各一首、「賓閨礎杵向霜怨、酔客徒誇白綺歌」および「隣杵暁寒床上月、行衣夕薄袖中秋」を詠んだ定家（同上）の二首などがあるけれども、それは鎌倉期に入ってからのものである。こうして見ると、「擣衣」の和歌文学への移動を、句題詩→句題和歌の径路として捉えることは無理なようである。

次に、その媒体として考えうるものに屏風歌がある。つまり屏風画を題として詠み、色紙に書いて、その屏風に貼ったところの歌である。「擣衣」を題材に取り上げた先駆的歌人は紀貫之であるが、彼には次の五首の「擣衣」の歌が残っている。

(1)　風さむみわが唐衣うつときぞ萩の下葉もいろまさりける
（『貫之集』・『古今六帖』・『拾遺集』。ただし『古今六帖』は結句「移ろひにける」）

(2)　草枕夕風さむくなりぬるを衣うつなり宿やからまし（『貫之集』・『古今六帖』・『新古今集』）

(3)　雁なきてふく風さむみ唐衣君まちがてにうたぬ夜ぞなき
（『貫之集』・『古今六帖』・『新古今集』。ただし『古今六帖』は下句「君まちがてらうたぬ日ぞなき」）

(4)　から衣うつ声きけば月きよみまだ寝ぬ人を空にしるかな
（『貫之集』・『古今六帖』・『和漢朗詠集』・『新勅撰集』。ただし『古今六帖』は作者「素性法師」）

(5)　八重葎生にし宿にから衣たが為にかはうつ声のする（『貫之集』）

ところで、これらの歌の詞書を見ると、(1)〜(4)はいずれも屏風歌である。即ち、(1)は「延喜六年月次の御屏風八帖が料の歌四十五首」中の一首（題「衣擣つ」）、(2)は「おなじとし（天慶三年）宰相中将の屏風の歌」二十三首中の一首

（題「旅人のきぬたうつ声を聞きたる」）、(3)は「京極の権中納言の屏風の料の歌二十首」中の一首、(4)は「延喜十三年十月十四日内侍督の四十賀の屏風の歌、内の仰せにて奉」った歌の一首（題「月夜に衣うつ所」）である。(5)は「延喜十七年八月宣旨によりて」奉った二十四首中の一首であるが、あるいはこれも屏風歌であるかもしれない。延喜・天暦ごろまでの歌人で、「擣衣」の歌を残しているのは極めて希で、僅かに、

(6)　風寒み衣につくる槌の柄のをれぬ計に音のするかな（藤原兼輔。『兼輔集』、題「つちのえ」、物名）[10]

(7)　誰が為にうつとかは聞く大空に衣雁がね鳴渡るなり（素性法師。『古今六帖』。ただし『素性集』には見えず。）

(8)　風寒み鳴く雁音にあはすれば夜の衣は擣ち増りけり

（源順。『源順集』「西宮源大納言の大饗の日奉る料に四尺の屏風新しく調ぜらるる歌」十八首のうち。）

などの数首が見当たるにとどまる。「擣衣」という題材の和歌文学への移動に果たした貫之の先駆者的役割の大きさが知られるとともに、その移動を媒介したものが屏風絵であったことをも明らかに見取ることができる。

『経国集』には、嵯峨帝の「清涼殿画壁山水歌」と、これに和した菅原清公・桑原腹赤・滋野貞主の各一首が載っており、また、『菅家文草』には「藤原基経五十賀屏風図詩五首」（巻二）、「僧房屏風図詩四首」（巻四）、「源能有五十賀屏風図詩五首」（巻五）、「源能有近院山水障子詩六首」（巻六）、「松下道士画図屏風題賛六首」（巻七）などの作が見られる。[11] こうした障壁類に描かれた唐絵が大和絵に移行し、画賛の漢詩が和歌に変じて、屏風歌が出現するわけであるが、すでに文徳帝（在位八五〇～八）が屏風絵を題に歌を詠ませた事実（『古今集』巻十七「三条のまち」の歌の詞書）があり、大体、その頃から行われるようになったらしい。『貫之集』を始めとして、屏風歌の多く見える古今・後撰時代の歌人の家集を見ると、寛平・延喜・天慶・天暦の頃、つまり九世紀後半から十世紀の半ばにかけての頃が、屏風歌制作の最盛期であったことがわかる。とすれば、句題詩の流行時代とほぼ重なり合っていることになる。

ところで、それらの屏風歌を見ると、その多くは月次の屏風歌である。弘仁期の漢詩集に萌芽を見せていた季節観

が、やがて月次の画題を形成したのである。宇多帝（在位八八七〜九七）の時代の詩会の句題について、小沢正夫氏は、「ほとんどすべてが季節的な花鳥風月に関するものである」[12]と述べているが、月次の画題の形成には、そうした句題のあずかるところも多かったと思われる。ともかく、「擣衣」も秋季の画題として位置づけられ、「旅人のきぬたうつ声を聞きたる」（貫之の歌(2)の詞書）様子や、「月夜に衣うつ所」（貫之の歌(4)および順の歌(8)の詞書）が描かれており、それを題材として詠んだ歌を色紙に書いて屛風に押していたのである。こうして、「擣衣」は和歌文学の世界へも登場することとなったが、勅撰三代集の時期においては、「擣衣」は、まだ屛風絵を離れて和歌の題材として自立するという段階にまでは至りえていなかったのである。

七　和歌の題材としての確立

「擣衣」が和歌の題材として確立する時期を決定することは容易ではないが、それを歌合ならびに勅撰集における題材としての確立という点から考えてみることができよう。歌合は屛風歌とほぼ同じ頃に行われ始めているようであるが、「擣衣」の設題はかなり遅れている。現存の歌合で、「擣衣」が題として出されている早い時期のものとしては、

(1)　永承四年（一〇四七）十一月九日「後冷泉院御時歌合」（『類聚歌合目録』第二・『後拾遺集』）
(2)　天喜（一〇五三〜八）ごろ？「六条斎院歌合」（『類聚歌合』第八）
(3)　天喜六年（一〇五八）八月「丹後守公基朝臣歌合」（同上巻十五、六・『後拾遺集』・『夫木和歌抄』）
(4)　康平・治暦（一〇五八〜六九）ごろ？「禖子内親王歌合」（『類聚歌合目録』第七・『群書類従』）
(5)　康平六年（一〇六三）十月「丹後守公基朝臣歌合」（『類聚歌合』巻十五、六・『夫木和歌抄』）

などがある。即ち、十一世紀の半ばごろから見られ、それ以前に溯るものはない。

一方、勅撰集の場合を見ると、『古今集』・『後撰集』には「擣衣」の歌は一首もなく、『拾遺集』に至ってようやく一首（巻三）採られているが、これは貫之の屏風歌（前掲の(1)）であり、しかも「紅葉」の歌として配列された二十七首の中に含められていて、「擣衣」の歌としては扱われていない。作品配列の上に「擣衣」の歌として位置づけられたのは、『後拾遺集』（巻五）に「永承四年内裏の歌合に擣衣をよみ侍りけり」として、次の三首の並べられているのが最初である。

唐衣長き夜すがらうつ声にわれさへねでも明しつるかな　（中納言資綱）
さ夜更けて衣しで《心してイ》うつ声きけば急がぬ人もねられざり鳧　（伊勢大輔）
うたたねに夜やふけぬらむ唐衣うつ声高くなりまさる也　（藤原兼房朝臣）

この永承四年内裏歌合が上記の『類聚歌合目録』に見える(1)と同一であることは、『後拾遺集』に採られた十五種の題が、すべて目録記載の題と合致するところから明らかである。これは『後拾遺集』奏覧（応徳三年）を溯る三十七年に当たる。上に掲げた歌合はいずれも『後拾遺集』奏覧以前に属する。こうして見ると、大体、『拾遺集』の成立したと考えられている頃からほぼ半世紀ばかりして、「擣衣」が和歌の題材として確立したと言える。

ところで、『拾遺集』成立の前後に、題材史の上で特記すべきことが二件ある。その一つは『古今六帖』の成立であり、他は『和漢朗詠集』の成立である。

『古今六帖』の成立については、貞元元年（九七六）十月から永延元年（九八七）九月までの十一年間とする後藤利雄氏の考証[13]がある。とすれば、『拾遺集』撰進に先立つ十数年のことになるが、この『古今六帖』（第五帖・服飾）に「衣うつ」の題下に、すでに挙げた貫之の(1)〜(4)の歌と素性の(7)の歌の都合五首を並べているのである。詠歌の手引書として類題編纂された此の歌集に「衣うつ」の一項の立てられたことは、その後の歌人の題材観に少なからぬ影響を与えたと思われる。

『和漢朗詠集』（以下、『朗詠集』と略称）の成立はこれまた未詳ではあるが、大体、長和（一〇一二〜六）ごろと考えられており、『拾遺集』成立後間もない頃である。この『朗詠集』（巻上・秋）には、「擣衣」として下記の漢詩句六聯と貫之の歌一首（前掲の(4)）とが並べられている。

(1) 八月九月正長夜、千声万声無㆓了時㆒（白居易「聞夜砧」）
(2) 北斗星前横㆓旅雁㆒、南楼月下擣㆓寒衣㆒（劉元叔「妾薄命」）
(3) 擣処暁愁㆓閨月冷㆒、裁将秋寄㆓塞雲寒㆒（菅原篤茂「風疎砧杵鳴」）
(4) 裁出還迷㆓長短製㆒、辺愁定不㆓昔腰囲㆒（橘直幹「擣衣詩」）
(5) 風底香飛双袖挙、月前杵怨両眉低（具平親王「擣衣詩」）
(6) 年年別思驚㆓秋雁㆒、夜夜幽声到㆓暁鶏㆒（同前）

なお、『朗詠集』に多くの影響を与えた大江維時（応和三年〈九六三〉歿）の『千載佳句』には、上記(2)の劉元叔の詩句と、皇甫公の「水渚三更聞㆓過雁㆒、西城万井動㆓寒砧㆒」（「秋夜」詩）の詩句とが並べられているが、題は「秋夜」となっていて、「擣衣」の設題のまだ行われていないことも注意される。

『後拾遺集』は、題材の領域を拡大させている点でも一つの転換期を示しているのであるが、この集になって初めて位置づけられた題材のうち、「桃」「躑躅」「蛙」「水鶏」「擣衣」「網代」「鷹狩」などは『古今六帖』に、また「桃」「躑躅」「納涼」「擣衣」などは『朗詠集』に題が設けられている。題材史の上でこの両書の果たした役割は大きいと言わねばならない。

ところで、『朗詠集』は中国およびわが国の漢詩の対句と和歌とを類題編纂したものであるから、その設題方法に漢詩の分類法の影響を受けているのは当然であるが、『古今六帖』についても、『白氏六帖』の分類法を適当に要約したものであるという平井卓郎氏の考究[14]がある。また、その撰者については諸説あるが、平井氏はその分類法が源順の

『和名抄』と一致するところから源順を想定し、後藤利雄氏は兼明親王説を支持している。そのいずれであっても天暦期の代表的な漢詩人が撰者としてふさわしいとされているわけで、ここに平安朝漢詩文が和歌史の転換を媒介していることが暗示されていることになる。

和歌の題材としての「擣衣」は、漢詩の分類法に基づく『古今六帖』や『朗詠集』における設題方法に媒介されることによって独立したが、独立と同時に独自的な性質をもたざるを得なくなった。『類聚句題抄』の作品で「擣衣」に関する上掲の(1)～(8)のうち、(1)(6)(8)は「雁」が主題となっており、(7)の「秋風聞擣衣」詩の中にも「気冷遙和二胡塞雁一」の句がある。『朗詠集』所載の漢詩句六聯のうちでも、(2)(3)(6)には「擣衣」と「雁」とが結び付き、『千載佳句』所収の二聯（うち一聯は『朗詠集』と共通）も同様である。雁の飛来によって辺境の降霜を憶い寒衣を擣つというのは六朝詩以来の類型であり、秋夜を詠んでは雁と砧を取り合わすというのも弘仁期の漢詩に多く例を見るところであった。『拾遺集』以前の和歌を見ても、貫之の(3)の歌、素性の(7)の歌、順の(8)の歌、さらには、曾禰好忠の「衣うつ砧の音を聞くなべに霧立つ空に雁ぞ鳴くなる」（『曾丹集』・『新勅撰集』）の歌、源経信の「古里に衣うつなり行雁や旅の空にも鳴きてつぐらむ」（『大納言経信卿集』・『新古今集』）の歌、安法法師の「衣うつ音に合する雁がねは孰こ計にかりはきぬらむ」（『安法法師集』）の歌など、同様の傾向が見られる。ところが、「擣衣」という題が独立するにつれて、いわゆる傍題の難を避けるために、「擣衣」は「雁」と分離せざるを得なくなったのである。そうしなければ、万葉歌以来の確固とした伝統をもつ「雁」の歌の中に解消されてしまう危険があった。『後拾遺集』時代以後の作品に、その分離が見られるのである。

八　「擣衣」のイメージの定着

『後拾遺集』奏覧の後十数年を経て、康和年間（一〇九九〜一一〇四）に行われた『堀河百首』には、秋二十首の中に「擣衣」の題が設けられ、藤原公実以下十六人の詠進者がそれぞれ「擣衣」歌を詠んでいる。これ以後盛んになる百首歌などのいわゆる定数歌において、秋の歌に「擣衣」歌一首を収めるのがほぼ例式となるのであるが、これも題材としての確立を証する現象の一つである。

さて、『堀河百首』の詠進者の一人である源俊頼は、他にも二首の「擣衣」歌を家集（『散木奇歌集』）に残し、藤原顕輔もまた「内にて遠聞擣衣の心を人々によませ給ふに」と詞書のある一首をその家集（『左京大夫顕輔卿集』）にとどめているにかかわらず、それぞれの撰になる『金葉集』・『詞花集』の両勅撰集にはただの一首も「擣衣」歌を選んでいない。また、両集とも『堀河百首』からは相当数の歌を採っているのに、その中にある「擣衣」歌を避けているのである。

勅撰集に「擣衣」歌の多く見えるのは『千載集』以後の諸集であって、その状態は次のとおりである。

千載5　新古今12　新勅撰10　続後撰15　続古今13　続拾遺9　新後撰17　玉葉12　続千載22
続後拾遺15　風雅4　新千載15　新拾遺14　新後拾遺12　新続古今17（数字は「擣衣」歌の歌数）

『千載集』所収の五首は、『堀河百首』の「擣衣」歌十六首の中から選んだ、

こひつつや妹がうつらむから衣砧の音の空になるまで　（大納言公実）
松風のおとだに秋はさびしきに衣うつなりたまがはの里　（源俊頼朝臣）
誰が為にいかにうてばか唐衣ちたびやちたび声の恨むる　（藤原基俊）

の三首と、その外に、

さ夜更けて砧の音ぞたゆむなる月を見つつや衣うつらむ　（覚性法親王「月前擣衣といへる心を」）

衣うつ音をきくにぞしられぬる里遠からぬ草まくらとは　（俊盛法師「旅宿擣衣といへる心を」）

の二首とである。これらの五首と『後拾遺集』所収三首とを見比べてみると、いずれも夜半に寝覚めて聞く碪の音であって、すでに六朝詩とは異なった、唐詩における題材把握の方向を強く受け入れている点は共通しているのであるが、『後拾遺集』の歌が、「われさへ寝でも明しつるかな」とか、「急がぬ人も寝られざり鳧」など、まだ漢詩によって培われて来た擣衣の伝統的なイメージという外在的なものに依存しているだけで、それを十分に内在化させてはいないのに対して、『千載集』の歌の場合は、碪の音のもつ「艶」と「寂」とが両つながら表現の上に定着しているのを認めることができる。それとともに、いくらか凄涼味を増して来ていると思われる。

だが、「擣衣」歌が急激に増加し、寒苦荒涼の気味を漂わせて唐詩の趣致に接近するのは、『新古今集』からである。『新古今集』には、有名な藤原雅経の「みよし野の山の秋風小夜ふけて故郷寒くころもうつなり」の歌を始めとして、凄涼な、あるいは荒涼な歌十一首が並べられている（他に羈旅の部に一首を収む）。貫之の歌の中では最も寒苦の気味をもつ「雁なきてふく風さむみ」の歌（前掲の⑶）が『新古今集』に至って選ばれたというのも意味が深い。これらの歌に示された荒涼寒苦への志向は、以後の「擣衣」歌のすべてに貫流する。しかも、競うようにして、ますますひえさびて行くのである。

里はあれて月はあらぬと恨みてもたれ浅茅生の衣うつ覧　（『新古今集』・摂政太政大臣）

まどろまで詠めよとてのすさびかな麻のさ衣月にうつ声　（『新古今集』・宮内卿）

嵐ふく遠山がつのあさ衣ころも夜さむのつきにうつなり　（『新勅撰集』・真昭法師）

衣うつしづがふせやの板間あらみ砧の上に月もりにけり　（『玉葉集』・醍醐入道前太政大臣）

荒れはてて風もたまらぬふる郷の夜寒の閨に衣うつなり　（『新後撰集』・九条左大臣女）

等々のごとく、荒れ果てた里で、あばらやの閨で、賤の女が、麻の衣を、夜寒の月に、擣っているという情景が、繰り返し繰り返し歌われるようになり、取り合わせる素材の上に寒苦を求めて行ったのである。六朝風の艶美な趣の一かけらもなく、唐詩ももっていなかった索寞さすら見られるようになる。

平安後期の漢詩人たちの作品を見ると、こうした和歌と共通するものが認められる。『本朝無題詩』の作品から同趣の詩句を抜き出してみると、

罷㆑夢碪声寒処々、度㆑秋雁点白蒼々　（藤原敦光「月下即事」）

村南碪響擣㆑霜怨、城北車勢携㆑雪留　（同上「城北翫月」）

幽響纔伝荒巷笛、愁腸欲㆑断破村碪　（藤原通憲「秋日即事」）

碪寒易㆑破幽閨夢、灯暗独労別墅魂　（藤原敦基「山家秋意」）

などがある。「荒巷」「破村」などは上掲の和歌と共通するし、「擣㆑霜」の表現も、「霜をかさねてうつ衣かな」（『新勅撰集』・如願法師）、「置く霜をいく夜かさねて衣うつらむ」（同・権大納言家良）、「露霜を袖にかさねてうつころもかな」（『新後撰集』・前中納言俊定）などと用いられている。『新古今集』以後におけるこの変容には、古代末期における未曾有の変動を生きた歌人たちの意識の変移を考慮せねばならないが、しかし、それが、このような形をとって現れ出たところには、やはり中晩唐詩の影響を強く受けた平安後期の漢詩壇に媒介されたという面のあることを見逃してはならないと思うのである。ともかく、このようにして、擣衣は、『千載集』・『新古今集』の時代に、ひえ・さびの中世的理念を象徴するものとして定着するのである。[15]

注

（1）マリウス＝フランソワ・ギュイヤール著、福田陸太郎氏訳『比較文学』（文庫クセジュ、白水社、昭和28・4）
（2）小林正氏「比較文学の方法論」（日本比較文学会編『比較文学序説』所収、河出書房、昭和26・12）
（3）井上光貞氏『日本の歴史1　神話から歴史へ』（「最初の統一王朝」、中央公論社、昭和40・2）
（4）王僧孺や梁の武帝の「擣衣」詩のように、状景の前に、良人との別離のさまが述べられることもある。
（5）杞梁の妻の説話がその伝承過程において中国の歴史社会的状況と関わりながら、さまざまなヴァリエーションを展開していった点については、川口久雄氏「敦煌変文の素材と日本文学――孟姜女説話と記紀神話」（『金沢大学法文学部論集』文学篇13、昭和41・1）、飯倉照平氏「孟姜女民話の原型」（『東京都立大学人文学報』25、昭和36・3）、および注(6)に掲げる論考に詳しい。
（6）飯倉照平氏「孟姜女について――ある中国民話の変遷――」（『文学』26―8、昭和33・8）
（7）岡田正之氏『日本漢文学史』第二篇第二期第六章「懐風藻」（吉川弘文館、昭和29・12）
（8）小島憲之氏『文華秀麗集』（日本古典文学大系、岩波書店、昭和39・6）の「解説」
（9）金子彦二郎氏『平安時代文学と白氏文集』第二章第二節「平安時代の詩題と白氏文集」（培風館、増補版昭和30・6）
（10）補『兼輔集』は『続国歌大観』（中文館書店、三版昭和11・1）所収本によったが、この歌は図書寮蔵『恵慶集』から混入した歌群に含まれている一首であった（熊本守雄氏「古本系統の恵慶集について――関西大学蔵（岩崎美隆文庫）本と書陵部蔵（図書寮150―558）本――」、『国語国文』35―8、昭和41・8）。図書寮本『恵慶集』には、「かせさむみころもうつなるつちのえのをれぬはかりのをともする哉」とある。新編国歌大観の『恵慶集』では結句「おとのするかな」。
（11）川口久雄氏『平安朝日本漢文学史の研究』第十一章第二節「屛風歌の流行とその中国的要素」（明治書院、昭和34・9）、同氏校注『菅家文草・菅家後集』（日本古典文学大系、岩波書店、昭和41・10）
（12）小沢正夫氏「句題詩と句題和歌」（『国語と国文学』29―11、昭和27・11）
（13）後藤利雄氏「古今和歌六帖の編者と成立年代に就いて」（『国語と国文学』30―5、昭和28・5）
（14）平井卓郎氏「白氏六帖を媒介としての古今六帖私考」（『国語と国文学』32―7、昭和30・7）
（15）補　詩歌の題材としての「擣衣」は、本論中でも触れたように「艶」と「寂」の二要素から成っている。それは「閨怨」

という語のイメージがもつ二面性に由来するが、六朝時代の詩では「艶」が勝り、わが国中世の和歌では「寂」への傾斜を強めて行った。ところで、この両面を統一している二つの作品が思い浮かぶ。その一つは世阿弥の『砧』で、みごとに両要素を渾融させて、いかにも中世的な「閨怨」の内面世界を描き上げている。訴訟事のために上京したまま三年経っても帰らない夫を待ち焦がれ、あまりの恋慕が邪淫の業となって地獄に堕ち、阿傍羅刹の笞に打たれながら、なお愛執の世界を彷徨する。夫の法華読誦の力によって成仏することになるけれども、一曲の主題はあくまでその凄絶な恋慕にある。他の一つは芭蕉の「碪打《うち》てわれにきかせよや坊が妻」（『野ざらし紀行』）の句である。貞享元年（一六八四）、吉野行脚の吟である。下五が、藤原雅経の「み吉野の山の秋風さよふけて」（『新古今集』巻五、秋下）の歌を背景に浮かび上がらせ、よく「寂」と「艶」を一体化し凝集させていると思われる。

第二節　訓読による意味の変容

——白居易の詩句「西去都門幾多地」の意味構造——

一　はじめに

『枕草子』の「かへる年の二月廿日よ日」（岩波日本古典文学大系本第八十三段）の章段には、頭中将斉信の、「まことに絵にかき、物語のめでたきことにいひたる、これにこそはと」思われる貴公子ぶりが、筆者清少納言や後宮女房たちの賛嘆の眼を通して理想的に描かれている。長徳二年（九九六）のことと推定され、斉信時に三十歳、故太政大臣贈正一位藤原為光（九九二年没）の息男として、容姿・才学ともに秀でた少壮の貴紳であった。

その前の夜、鞍馬寺に詣でていた斉信は、未明に内裏に帰って、梅壺（凝花舎）の東面《ひがしおもて》で清少納言に逢い、その足で中宮定子のいる職《しき》の御曹子《みぞうし》に参上した。夕方になって清女が職の御曹司に出仕すると、中宮の御前には女房たちが集まっていて、物語中の人物の品定めに花を咲かせていた。やがて女房たちの話題は、昼間参上した斉信のみごとな容姿や衣裳や振舞の上に移って行った。

この章段の末尾は、次のように結ばれている。

「西《にし》の京といふ所のあはれなりつる事、もろともに見《み》る人のあらましかばとなん、おぼえつる。垣《かき》などもみな古《ふ》りて、苔生《こけお》ひてなん」など語《かた》りつれば、宰相の君、「瓦《かはら》に松はありつや」といらへたるに、いみじうめでて、「西《にし》の方《かた》、都門を去《さ》れる事いくばくの地ぞ」と口《くち》ずさびつる事など、かしがましきまでいひしこそをかしかりしか。

即ち、未明に鞍馬から帰る道すがら、西の京の荒廃したありさまを見て感興を催した斉信がそのことを語ると、宰相の君と呼ばれる女房（左衛門佐藤原重輔女）が当意即妙の応答をし、その才気を愛《め》でた斉信がまた敏感に反応して調子を合わせ、その場の雰囲気を盛り上げたというわけである。

斉信と宰相の君のやりとりが、白居易の「新楽府」五十首中の一首、「驪宮高」という作品の詩句を踏まえた、文雅にして機知に富む応答であることは、諸注釈書の指摘するとおりであり、またよく知られているところでもある。『白氏文集』の現存最古の鈔本である神田喜一郎氏所蔵の『文集巻第四』（古典保存会複製）は巻首が欠損し、巻頭にある「驪宮高」の原形が整っていないので、国立公文書館内閣文庫蔵の『管見抄』（第一冊）によって、この作品の本文とその訓読とを掲げることにする。(1)

高々驪山上有宮　　高-々タル驪-山上《ウヘ》に宮有り、
朱楼紫殿三四重　　朱-楼紫-殿三-四-重《デウ》ナリ、
遅々(兮)春日　　遅-々タル(兮)春の日に
玉甃暖兮温泉溢　　玉の甃《イシダ、ミアタ、カ》暖ニシテ(兮)温-泉溢《ミ》テリ、
嫋々兮秋風　　嫋《デウ》-々タル(兮)秋の風に
山蝉鳴兮宮樹紅　　山の蝉鳴《ナ》イて(兮)宮-樹紅《ヒ》ナリ、
翠華不来歳月久　　翠-華〈左「帝王也」〉来ラ不《ズ》歳-月久シ、
墻有衣兮瓦有松　　墻《カキ》に衣《コケ》有リて(兮)瓦《カハラ》に松有リ、
吾君在位已五載　　吾が君位に在《マ》スこと已に五-載、
何不一幸于其中　　何《ナン》ゾ一《ヒト》タビモ其(の)中《ウ(チ)》に(于)幸《カウ》シタマハ不《ザ》ル、

西去都門幾多地　西ノカタ都‐門ヲ去《サ》レルこと幾《イクソバク》多の地ゾ、
吾君不遊有深意　吾(が)君遊《アソ》ビタマハ不《ザ》ルこと深キ意有リ、
一人出兮不容易　一人出(で)タマウこと〔兮〕容易《タヤス》カラ不(ず)、
六宮従兮百司備　六‐宮従《シタガ》(う)て〔兮〕百‐司備《ソナハ》レリ、
八十一車千万騎　八十一車千《キヨ》‐万‐騎、
朝有宴飫暮有賜　朝に宴‐飫《ヨ》有リ暮《ベ》に賜《タマモノ》有リ、
中人之産数百家　中‐人之産《サン》数‐百‐家、
未足充君一日費　未(だ)君の一日の費《(ツヒ)エ》に充《ア》ツルに足《タ》ラ未(ず)、
吾君修己人不知　吾(が)君己を修《ヲサ》メタマフこと人知(ら)不(ず)、
不自逸兮不自嬉　自《ミ》(づから)逸《ヤス》カラ不《ず》〔兮〕自(ら)嬉《タノシ》バ不(ず)、
吾君愛人々不識　吾(が)君人を愛シタマフこと々《(人)》識(ら)不(ず)、
不傷財兮不奪力　財ヲモ傷《ヤブ》ラ不(ず)〔兮〕力ヲモ奪《ムバ》、不(ず)、
驪宮高〔兮〕・高入雲　驪‐宮高シ〔兮〕・高ウシて雲に入ル、
君之来兮為一身　君之《(の)》来(り)タマフことは〔兮〕一身の為《メ》ナリ、
君之不来兮為万人　君之《(の)》来(り)タマハ不(る)ことは〔兮〕万人の為《メ》ナリ、

神田本の『文集巻第三』の巻首に載せる「新楽府序」には、五十首それぞれの制作意図を簡潔に示した題序が一括して掲げられているが、その中で、この作品については次のように記されている。

驪宮高、美《メタリ》三天子重《ジ》二惜《シムコトヲ》人之《ノ》財力《ヲ》一也。

即ち、この作品の作られた当時（「新楽府序」には「唐《ノ》元和四年《ニ》、左拾遺白居易作《ス》」とある）、憲宗が即位（八〇六年）して

すでに五年にもなるにかかわらず、行幸に要する莫大な経費が人民の負担となることを慮って、まだ一度もこの驪山宮に行幸なさってはいないとして、そのことを称揚した作品である。

前に掲げた『枕草子』の記事は、左拾遺たる白居易がこの作品に込めた政道諷諫の意図とは全く関わりがない。久しく行幸もないままに手入れもおろそかになって、荒れるにまかされた驪山宮のありさまを、

翠華不レ来タラ　歳月久シ、墻《かき》ニ有リテレ衣《こけ》兮瓦ニ有リレ松

と詠んだ白居易の詩の一句が、「西の京のあはれなりつる」様子を「垣《かき》などもみな古《ふ》りて、苔《こけ》生ひてなん」と語る斉信の言葉を契機として、才たけた一女房の口唇にのぼり、それに応ずる貴紳の吟詠によって風流な宮廷社交の一場面に点睛されたという、『枕草子』には幾らも例のある、王朝の世界における漢詩文の機知的・情趣的な受容のありようを物語る話の一つである。

松尾聰・永井和子両氏の校注と訳による『枕草子』（日本古典文学全集11、小学館、昭和49・4）のこの章段の頭注には、出典である「驪宮高」の一節を挙げた上で、

「西の方云々」は、もちろん西の京を念頭におく。

と説明している。それは確かにそのとおりであるにちがいない。ただ問題なのは、それらがどのような形で念頭に置かれていたのかということである。というのは、次のような事情があるからである。

金子元臣氏の『枕草子評釈』（明治書院、大10～13）では、この章段の「評」として、

西京の荒廃に感傷し切つた斉信は、一途にその実見談に熱中して、左右顧眄の余裕なかつた所を、「瓦の松は」と、宰相の君に突込まれて、大抵の者ならドギマギして、呆然苦笑にをはる筈を、流石に才子は違つたもので、その次句が、地理的にも西京に適応することを即座に看取して、「西の方都門を」と朗詠し去つた、その機才、その所業、その吟声、女房達がめでくつがへつたのも無理はない。（増訂二十九版、昭和18・1による）

と述べられている。「その次句」つまり「西《ノカタ》去《ルコト》二都門《ヲ》一幾多《イクバクノ》地《ソ》」（神田本の訓による）という句が「地理的にも西京に適応する」という意味は、単に「西の京」と「西のかた」との言葉の上での共通点を指して言っているのではなくて、驪山宮が長安の都の「西のかた」にあって、「地理的にも西京に適応する」という認識に基づいてのことなのである。

そのことは、同書の「釈」の中に、

○瓦の松はありつや　然らば瓦の松はありたりや否やと也。これは白氏文集四、驪宮高といふ楽府《がふ》の句を取出でたる也。（中略）驪山宮は、唐の帝都長安の西少許の地にあり。詩には瓦に松ありと作りたれど、瓦松は既に一の名詞となれるなり。本草綱目に「屋遊乃《ハチ》生《ズル》二古屋《ノ》上《ノ》陰処《ニ》一苔衣也、其長《サ》数寸《ナル》者即《ハチ》瓦松也」とある是なり。篤信の説に「しのぶ草なり」と。

○西の方都門を去れること幾ばくの地ぞ　驪宮高の西去都門云々を吟じて、興をもてなしたる也。但、無意味に次の句を吟じたるにあらず。西の京の、当時帝都の中心地たる東の京より、幾許もなきことを、下に思ひて也。

「地」の字ところと訓むべきか。

と説明していることからも明らかである。しかし、後に詳しく見るように、驪山宮の所在地は長安の東方に当たる。「西のかた」なのではない。となると、金子氏の鑑賞批評は、地理的な事実の誤認に基づいてなされているということになるのであろうか。

『枕草子』の近代における享受史に大きな感化を与えた、古典的ともいうべき名著の瑕瑾をあげつらう意図はない。驪山宮と長安との地理的な位置関係についての事実誤認は、果たして金子氏独りのことなのであろうか。又、地理上の事実の如何にかかわらず、原詩句の「西去都門幾多地」という表現の意味構造は如何なるものなのであろうか。本稿で考察してみようとするところの関心は、この二点である。

二　「西去都門幾多地」の句意のわが国における変容

1

原詩「驪宮高」の冒頭に「高々《タル》驪山上《ニ》有《リ》レ宮」とあるように、驪山宮はもとより驪山にある。驪山および驪山宮については、『唐書』（巻三十七、地理志一）の「京兆府京兆郡昭応県」の条下に、次のように説明されている。

本《モト》新豊《ナリ》、垂拱二年曰《フ》二慶山《ト》一、神龍元年復《ス》二故《ノ》名《ニ》一、有《リ》レ宮在《リ》二驪山《ノ》下《ニ》一、貞観十八年置《ク》、咸亨二年始《メテ》名《ヅク》二温泉宮《ト》一、天宝元年更《メテ》二驪山《ヲ》一曰《フ》二会昌山《ト》一、三載、以《テ》二県去《ルコト》レ宮《ヲ》遠《キヲ》一、析《キテ》二新豊万年《ヲ》一置《ク》二会昌県《ヲ》一、六載、更《メテ》二温泉《ヲ》一曰《フ》二華清宮《ト》一、治《シテ》二湯井《ヲ》一為《シ》レ池《ト》、環《リテ》レ山《ヲ》列《ヌ》二宮室《ヲ》一、又築《キテ》二羅城《ヲ》一、置《ク》二百司及《ビ》十宅《ヲ》一、七載、省《キ》二新豊《ヲ》一、更《メテ》二会昌県及《ビ》山《ヲ》一曰《フ》二昭応《ト》一、東三十五里有《リ》二慶山《ニ》一、垂拱二年《ニ》涌《キ》出《ツ》、有《リ》二清虚源一本《ハ》鳳凰、有《リ》二幽棲谷一本《ハ》鸚鵡、中宗以《テ》二韋嗣立《ノ》所《ナルヲ》レ居《ル》更《メ》名《ツク》、有《リ》二旌儒郷一、有《リ》レ廟故坑《ノ》儒《ナリ》、玄宗更《メ》名《ツク》、斉陵在《リ》二東十六里《ニ》一（汲古書院刊、和刻本正史）(2)

右の記述のうちの特に驪山および驪山宮に関する事項を年表風に整理すると、次のようになる。

太宗　貞観十八（六四四）　驪山の麓に宮殿を造営す。
高宗　咸亨二（六七一）　始めて温泉宮と名づく。
〔則天〕垂拱二（六八六）　漢代以来の新豊県の名を改めて慶山県とす。
中宗　新龍元（七〇五）　新豊県の名に復す。
玄宗　天宝元（七四二）　驪山を会昌山と改名す。
同　同　三（七四四）　県庁が温泉宮より遠いので、新豊・万年両県の地を割いて会昌県を設置す。

（『旧唐書』には天宝二年とする。）

同　同　六（七四七）温泉宮の名を華清宮と改め、整備拡充の大土木工事を営む。

同　同　七（七四八）新豊県を廃し、会昌県及び会昌山の名を昭応県・昭応山と改む。

『唐書』の記事に「東三十五里有《リ》二慶山《ニ》一」とか「斉陵在《リ》二東十六里《ニ》一」とかあるのは、昭応県の治（県庁）を起点とした里程である。県庁は、『旧唐書』（巻三十八、地理志一）に「治《ハ》温泉宮之西北」（乾隆四年校刊欽定二十四史）とあり、現在の陝西省臨潼県に当たり、長安（現在の西安市）の東郊にある。その昭応県の治から東方三十五里（約二十キロ）のところには、垂拱二年に涌き出たという慶山があり、東方十六里（約九キロ）のところに斉陵があるというのである。いま手許にある譚其驤氏主編の『中国歴史地図集』（第二冊、新華書店、一九八二年上海）によって測定してみるに、驪山は長安京の東端からほぼ真東へ直線コースで約三十四キロの地点にある。臨潼からならば東南へ七キロ足らずである。

『唐書』の「太宗紀」を検討するに、太宗の貞観四年（六三〇）二月に「己亥幸《ス》二温湯《ニ》一、（中略）丙午至《ル》レ自《リ》二温湯一」とあるのを始めとして、温湯への行幸の記事が散見する。この温湯が驪山の温湯であることは、その翌年の十二月に「壬寅幸《ス》二温湯《ニ》一、癸卯猟《ス》二於驪山《ニ》一、賜《フ》二新豊《ノ》高年《ニ》帛《ヲ》一、戊申至《ル》レ自《リ》二温湯一」とあり（十六年十二月にも同様の記事がある）、十五年正月に「辛巳如《ユク》二洛陽宮《ニ》一、次《ヤドル》二温湯《ニ》一」とあるのなどから疑いないが、太宗の温湯行幸の記事は上掲の他に、貞観十四年二月（壬午～辛卯）、十七年十二月（庚申～庚午）、十八年正月（壬寅～?）、および崩御の前年に当たる二十二年正月（戊戌～戊申）などが見える。ただし、前述の貞観十八年驪山宮造営のことは記載されていない。「高宗紀」では、永徽四年（六五三）十月（庚子～乙巳）と龍朔二年（六六二）十月（丁酉～丁未）の二度の行幸が記されているけれども、前述の咸亨二年温泉宮命名の記事はない。「則天武后紀」には、

（垂拱二年）十月己巳、有《リ》レ山出《ヅ》二于新豊県《ニ》一、改《メテ》二新豊《ヲ》一為《ス》二慶山《ト》一、赦《シ》レ囚《ヲ》、給復《スルコト》一年、賜《フ》レ酺《ヲ》三日《ナリ》、

とあって、前掲の県名変更の記事と合致する。『太平広記』（巻三九七）の「慶山」の項に、

昭応《ノ》慶山。長安《ノ》中。亦不レ知《ラ》二従《リ》レ何《イツコ》飛来《セルカヲ》一。夜過《ギテ》。聞《ク》二有《リ》レ声如《クナルヲ》レ雷《ノ》。疾《キコト》若《シ》レ奔《ルガ》。黄《ナル》若奔黄三字原空闕。抛明鈔本補。土石乱下《シ》。直《ニ》墜《ツ》二新豊西《ノ》南《ニ》一。一村百余家、因《テ》レ山《ニ》為《ル》レ墳《ト》、今於二其《ノ》上一起《ツ》二持国寺《ヲ》一。出伝載。（文中哲出版社版）

とある。不可思議な山の出現であるが、則天武后はこれを瑞祥と見て、県名を慶山と改め、恩赦・減税を行い、飲食を賜わったのである。(3)「則天武后紀」に見える驪山関係の記事はこれのみであり、「中宗紀」にも景龍三年（七〇九）十二月に「甲午如《ク》二新豊《ノ》温湯《ニ》一、甲辰赦《シテ》二新豊《ニ》一給復《スルコト》一年、賜《フ》二従官勲《ニ》一転《ヲ》一、乙巳至《ル》レ自《リ》二新豊一」の一例があるだけであるが、「玄宗紀」になると俄然温湯行幸の記事が激増する。即位の翌年に当たる開元元年（七一三）十月に「己亥幸《ス》二温湯《ニ》一、癸卯講《ズ》二武《ヲ》于驪山《ニ》一」とあるのを皮切りに、退位の前年に当たる天宝十四載（七五五）に「十月庚寅幸《ス》二華清宮《ニ》一、十一月安祿山反《シテ》陥《ル》二河北《ノ》諸郡《ヲ》一、（中略）丙子至《ル》レ自《リ》二華清宮一」とあるのまで、殆ど毎年のようにその記事が見られて、その数は四十回に達し、後年になるほど滞在期間が長くなっている。それらの中で、注意されるのは次の記事である。

(1)（開元十一年）十月丁酉幸《ス》二温湯《ニ》一、作《ル》二温泉宮《ヲ》一、甲寅至《ル》レ自《リ》二温湯一。

(2)（同二十八年）正月癸巳幸《ス》二温泉宮《ニ》一、庚子至《ル》レ自《リ》二温泉宮一、（中略）十月甲子幸《ス》二温泉宮《ニ》一、以《テ》二寿王《ノ》妃楊氏《ヲ》一為《シ》二道士《ト》一
号《ナツク》二太真《ト》一、（中略）辛巳至《ル》レ自《リ》二温泉宮一。

(3)（天宝四載）八月壬寅立《テテ》二太真《ヲ》一為《ス》二貴妃《ト》一、（中略）十月戊戌幸《ス》二温泉宮《ニ》一、十二月戊戌至《ル》レ自《リ》二温泉宮一。

(4)（同六載）十月戊申幸《ス》二華清宮《ニ》一、（中略）十二月癸丑至《ル》レ自《リ》二華清宮一。

前掲の「地理志」に基づく略年表では高宗の咸亨二年に温泉宮と名づけたとあるが、「玄宗紀」では右の(1)の記事のように開元十一年（七二三）に温泉宮を作ったとあり、その次の驪山温湯関係の記事から「幸二温泉宮一」と記されている。(2)と(3)は楊貴妃関係の記事である。(4)は「温泉宮」の名が「華清宮」と改められている最初の記事であって、前掲の略年表の天宝六載（七四七）改名とする記事と一致している。開元元年（七一三）の最初の記事から十月頃の行

幸が殆どであったが、特に開元二十六年（七三八）以後は十月に一定している。年に二度行幸することも多く、その場合は十月と正月とである。白居易が「長恨歌」に、「春寒《ウシテ》賜《ハル》二浴《ヲ》華清《ノ》池《ニ》一、温泉水滑《ラカニシテ》洗《フ》二凝脂《ヲ》一、侍児《おもとびと》扶《ケ》起《セドモ》嬌《コビテ》無《シ》レ力、始《メテ》是《レ》新《タニ》承《ケシ》二恩沢《ヲ》一時」と詠み、陳鴻が「長恨歌伝」で、「毎《ノ》レ歳十月《ニ》、駕《シテ》幸《ス》二花《華イ》清宮《ニ》一」と述べているところと関連する。『旧唐書』（巻五十一、后妃列伝上）の「楊貴妃伝」には、

玄宗凡有《ソ》二遊幸《ルトキ》一、貴妃《ノ》無《シ》レ不《トイフコト》レ随《ハ》、侍《スル》二乗馬《ニ》一則《トキハ》高力士執《リ》レ轡《ヲ》授《ワタス》レ鞭《ヲ》、（中略）玄宗毎年十月幸《ス》二華清宮《ニ》一、国忠《ノ》姉妹五家扈従《ス》、毎《ニ》レ家一隊著《ル》二一色《ノ》衣《ヲ》一、五家合《スレバ》レ隊《ヲ》照映《シテ》如《シ》二百花之煥発《セルガ》一、而遺鈿墜舃《セキ》瑟瑟《タリ》、珠翠璨瓓《タリ》芳二馥於路《ニ》一。

と、楊氏一族の扈従する行幸の盛儀が記されている。『唐書』の「本紀」を見ると、玄宗の天宝十四載の行幸を最後として、粛宗・代宗・徳宗・順宗・憲宗の五代の間に華清宮行幸の記事は皆無である。天宝十四載（七五五）から憲宗の元和四年（八〇九）までの半世紀余りの間に果たしてただの一度も驪山宮への行幸がなかったのかどうかはわからないが、少なくとも『唐書』の「本紀」にはその記載がない。白居易に「梨園弟子」（『白氏長慶集』巻十九）と題する七絶詩がある。

白頭垂《レテ》レ涙《ヲ》語《ル》二梨園《ヲ》一、五十年前《ノ》雨露《ノ》恩、莫《カレ》レ問《フコト》華清《ノ》今日《ノ》事《ヲ》、満山《ノ》紅葉鏁《ス》二宮門《ヲ》一。

「驪宮高」よりも十三年後、穆宗の長慶二年（八二二）の作であるが、かつて玄宗が長安の宮廷に設けた楽人養成所の梨園で技を磨いた老伶人の懐古を通して、驪山宮の今昔が詠まれている。この絶句から推しても、驪山宮の荒廃は、ただ、憲宗が即位して五年になるのに、まだ一度も行幸がないからといった、そのような短い期間のことではなさそうである。この「驪宮高」詩の意図は、むしろ玄宗晩年の度重なる行幸、扈従する楊氏一族の贅を尽くした行装による濫費という、誰もが連想しえたはずの半世紀前の事実を例証にして、題序にあるとおり、「天子たるもの人民の財力を重んじ惜しむ」べきことを諷諭するところにあったのであろう。

ともあれ、驪山は長安の東、さほど遠からぬところにあった。

『太平御覧』（巻四十四、地部九）の「驪山」の項には、

述征記曰《ニク》、長安、東則《ハチ》驪山、西則《ハチ》白鹿原、北望《ニム》二雲陽《ヲ》一、悉見《クハス》二山阜之形《ヲ》一、而《シテ》恒《ニ》若《シ》レ在《ルガ》二雲霧之中《ニ》一、孟康曰《ク》、昔周《ノ》幽王悦《ブ》二褒姒《ヲ》一、姒不レ笑《ハ》、王乃《チ》撃《チ》レ鼓《ヲ》挙《ゲテ》レ烽《ヲ》以《テ》徴《ス》二諸侯《ヲ》一、至《レドモ》而無《シ》レ寇、褒姒乃《チ》笑《フ》、王甚《ダ》悦《ブ》レ之《ヲ》、乃《チ》犬戎至《リ》、王挙《ゲテ》レ烽《ヲ》以《テ》徴《セドモ》二諸侯《ヲ》一、不レ至《ラ》、王遂《ニ》敗《レ》、身死《ス》二于驪山之北《ニ》一。（泰国文化事業出版公司版）

と見える。長安の東方にあることと、周の幽王が犬戎のために攻め殺された場所であることが記されている。有名な幽王の話は、『史記』の「周本紀」に、「幽王挙《ゲ》二烽火《ヲ》一徴《ス》レ兵《ヲ》、兵莫《シ》レ至《ル》、遂《ニ》殺《ス》二幽王《ヲ》驪山《ノ》下《ニ》一」と同様の記事があり、その注に、

索隠曰《ニク》、在《リ》二新豊県南《ノニ》一、故《ノ》驪戎《ノ》国也、旧音黎、徐広、音力知《ノ》反、○正義曰《ニク》、括地志云《ニフ》、驪山《ハ》、在《リ》二雍州《ノ》新豊県《ノ》南十六里《ニ》一、土地記云《ニフ》、驪山《ハ》、即藍田山《ナリ》、按《ズルニ》驪山之陽《ミナミ》、即《チ》藍田山《アリ》、（汲古書院刊、和刻本正史）

とあって、新豊県の治から南へ十六里（約九キロ）と説明されている。

驪山はまた、一九七四年に発掘された兵馬俑坑で有名となった秦の始皇帝の陵のあるところとしても知られている。白居易が新楽府「草茫々」（『白氏長慶集』巻四）の中で、「草茫茫《タリ》、土蒼蒼《タリ》、蒼蒼茫茫《トシテ》、在《ル》二何《レノ》処《ニカ》一、驪山脚《ノフモトノ》下秦皇墓《ノツカ》、墓中《ノウチニ》下涸《ニコセリ》二二（三カ）重《ノ》泉《ヲ》一、当時《ソノカミ》自以《ラオモヘラク》為深《ク》固《メヌト》、下《ニハ》流《シテ》二水銀《ヲ》一象《カタドリ》二江海《ヲ》一、上《ニハ》綴《ツラネテ》二珠光《ヲ》一作《レリ》二烏兎《ウトヲ》一、別《ニ》為《ル》二天地《ヲ》於其間《ノニ》一。云々」と詠んで、「厚葬を懲《コロ》」す諷諭の引き合いにした広壮な陵墓である。『史記』の「秦始皇本紀」には、

（三十七年）九月、葬《ル》二始皇《ヲ》酈山《ニ》一、始皇初《メ》即《キ》レ位《ニ》、穿二治《ス》酈山《ヲ》一、及《ビ》レ并《スルニ》二天下《ヲ》一、天下《ノ》徒送《ノ》詣《ルモノ》七十余万人、穿《チ》三三泉《ヲ》二下《テ》レ銅《ヲ》而致《ス》レ槨《ヲ》、宮観百官奇器珍怪、徙《シ》レ臧《ヲ》満《ツ》レ之《ニ》、令《メ》三匠《ヲシテ》作《ラ》二機弩矢《ヲ》一、有《ルトキハ》下所《ノ》二穿近《スル》一者上、輒《チ》射《ル》レ之《ヲ》、以《テ》二水銀《ヲ》一為《ツクリ》二百川江河大海《ヲ》一、機相灌輸《ス》、上具《ヘ》二天文《ヲ》一下具《フ》二地理《ヲ》一、以《テ》二人魚膏《ヲ》一為《シ》レ燭《ト》、度《ハカル》二不《ル》レ滅《セ》者久《ウスルヲ》一レ之《ヲ》。

（汲古書院刊、和刻本正史）

とその壮大なさまが述べられている。白居易の「草茫々」詩の表現もこれに基づいたものであろうが、その驪山の始

皇陵について『史記』の注には、

皇覧曰《ニク》、墳高《ノサ》五十余丈、周廻五里余、○正義曰《ニク》、関中記云《ニフ》、始皇陵《ノハ》在《リ》二驪山一《ニ》、泉《ハ》本北流《ス》、障《リテ》使《ム》二東西流一《ニレ》、有《リテ》レ土無《シ》レ石、取《ル》二大石《ヲ》於渭山《ノ》諸山一《ニ》、括地志云《ニフ》、秦《ノ》始皇陵《ハ》、在《リ》二雍州《ノ》新豊県《ノ》西南十里一《ニ》。

とあり、その位置を新豊県の治から西南へ十里（約五キロ半）と説明している。

近代の注釈書の例を一つ挙げると、鈴木虎雄氏の『白楽天詩解』（弘文堂、大正15・8）の「驪宮高」には、

○驪山　山の名、今の陝西省西安府臨潼県にあり、唐の玄宗の開元十一年十月に温泉宮をこの山に置き此処に行幸す、それより毎年十月にはこゝに来られ、その他屢〻行幸あり。天宝六載十月には温泉宮を華清宮と改名せらる。温泉は今も存す。

とある。勿論、その位置に関して誤解のあろうはずはない。

驪山の所在地に関して幾つかの文献の説明を見て来たわけであるが、中国の地誌の通例として、それが所属する県の治を起点としての方角並びに里程が示されている。座右に精確な地図を備えて、一々その起点となる県治の位置を確認するのでなければ、長安からの方角や里程については想像も及ばないのが普通であろう。まして、そのような地図など座右に備えるべくもなかった時代の人々にとって、異国の地名の実際的な位置関係などはまるで雲をつかむような話で、おおむね関心の外にあったろうと思われるのである。

2

いろいろ当たってみると、驪山を長安の西にあるとする誤解は、決して金子氏だけのものではなくて、他にも散見する。

水野平次氏の『白楽天と日本文学』（目黒書店、昭和5・12）は、日中比較文学の研究史上の記念碑的な名著である

が、その後篇「国文学典拠白氏文集抄」の中で、諷諭詩「驪宮高」を引用している日本文学作品として、『枕草子』（七一段）、『東関紀行』、『平家物語』（巻五「新都の事」、巻十「高野の巻の事」）、『源平盛衰記』（巻十七「福原京事」、巻三十二「福原管絃講事」、巻四十「法輪寺付中将滝口を相見る事並高野山の事」）の当該引用部分を列挙しているのであるが、その頭注に、

驪宮。長安の西方驪山にある離宮。唐太宗の建つる所、又温泉宮ともいふ。玄宗屢茲に遊び改めて清華《（ママ）》宮と名づく。

と、誤った説明が見られるのである。ただし、藤井貞和氏が補注解説を施した新版（大学堂書店、昭和57・5）では、「西方」が「東方」に訂正されている。

さらに溯ると、北村季吟の『枕草子春曙抄四』（延宝二年成立）の当該章段の頭注に、

かハらの松ハありつや

西の京のあれて垣《カキ》やふれ苔生たるをかたるにつけて。唐の驪山宮《リサンキウ》の長安の西にて荒《アレ》し事。文集の楽府《ガ》にある思ひよそへて問《ト》へる詞也。

白氏文集《ノ》四楽府《カフ》二云。驪山高《シ》。高々《カウ〳〵タル》驪山上《リンニ》有レ宮。（中略）〽牆《カキニ》有レ衣兮《コケ》瓦《カハラニ》有レ松。吾君《カ》在《マスコト》レ位《ニ》已《ニ》五載《サイ》。何不《ンソサル》三一《ヒトタヒモ》幸《キシ玉ハ》二乎其中《ニ》一。西《ノ方》去《サルコト》二都門《ヲ》一幾多《イクハクノ》地《ソ》。（下略）

（『北村季吟古註釈集成4』、新典社版、昭和51）

とあり、「長安の西にて」と誤解されているのを見出すことになる。

季吟と同じ松永貞徳門下の加藤盤斎の『清少納言枕草子抄』（延宝二年刊、『国文注釈全書』所収）巻四には、

長恨歌《ニ》云《ク》、西出《レバ》二都門《ヲ》二百余里六軍不レ発无二奈何《トモスルコト》一　これらの古ことをうそぶきたる義也

と、「長恨歌」の類似した一節を挙げているばかりで、典拠としての「驪宮高」には思い至らなかったらしい。

また、細川幽斎の説を伝え師説を祖述したと言われる岡西惟中の『枕草紙旁註』（天和元年刊、『国文注釈全書』所収）巻五には、ただ、「白氏文集楽府《ノ》」《ニ》として、季吟の『春曙抄』の頭書と同じ区切り方で原詩の前半を引証しているだけであるから、幽斎や惟中が長安と驪山との位置関係をどう認識していたかは知る由もない。

近世前期に相次いで上梓されたこの三種の注釈書について、池田亀鑑氏は、「『枕草子』の研究は、この三書によって大成されたが就中、『春曙抄』は他の二書を圧して『枕草子』の定本の如く考へられて今日に及んだ(4)」と評しているが、『枕草子』の享受史の上で果たしたその役割の大きさを考える時、季吟の『春曙抄』におけるこの誤注こそが、『春曙抄』を底本にした金子氏の『枕草子評釈』の誤謬の源となったのではないかと推測されるのである。

3

藤原公任の撰とされる『和漢朗詠集』は、単に朗詠するにふさわしい漢詩の秀句に関する知識を後代に普及させたというにとどまらず、それらの詩句の典拠に関する注解と相俟って伝えられることで、後代の文学に中国故事の知識を供給する宝庫ともなっていた。そのことについての関心と認識が、昭和五十年代に入って高くなって来ている。

その『和漢朗詠集』の巻上（夏、蟬）には、「驪宮高」の一節が採録されている。

遅遅《タル》兮春日《ノ》。玉甃《ノイシダタミ》暖《ニシテ》兮温泉溢《ミテリ》。嫋嫋《タル》兮秋風《ノ》。山蟬《ノセミ》鳴《キテ》兮宮樹紅《ナリ》。驪山高賦。白

とあるのがそれである。

北村季吟には『和漢朗詠集注』なる編述がある。『春曙抄』の成立に先立つこと四年、寛文十年（一六七〇）の自跋がある。そこでは、この詩句について、次のような詳細な注を施している。長くなるが、その全文を掲げることにする。ただし、内容によって五つの段落に分け、各段落の頭には私にA～Eの符号を付す（なお、傍線や傍点を付けた部分については後述する）。

A　これは文集四の楽府の中に驪宮高の段の文也。この段の心は長安の西の方去る事遠からずして驪山といふ山あり。秦の世に彼の山の上に宮をたてられたり。是を驪宮といふ。其の宮云ひ知らず、面白き事を造れり。秦の後、世々の御門、此の宮に幸して遊び給ふ。

B　唐の憲宗と聞えし帝、位につき玉ひて、五年を経るまで、一度も彼の所に幸し給はざりけり。其の御心は六宮百官随ひ行くにつけて、国の費多かりなんと思召して也。其の心をほめて此の驪山高の詞は作れると也。

C　今此の句意は彼の宮の有様のをかしき事を作れり。其の詞にいふ。高々たる驪山上有レ宮。朱楼紫殿三四重。遅々春日云々。上句、玉の甃といふは、玉にて飾れるいしだゝみ也。此の宮をほめんとてかく作れる也。

D　温泉とは出で湯なり。驪山の温湯是れ也。秦の始皇驪山に昇りて神女と遊び給ひけるに、如何なる事かありけん。神女心ゆかず思ひて、唾を吐きたりけるが、帝の御身にかゝり瘡となりたりしかば、帝恐れて謝し玉ひければ、神女心とけて温泉を出しあらひければ、瘡即ち愈えぬと云へり。三秦記に見えたり。是れを思うて温泉みてりとは云へり。

E　下句、嫋嫋とは秋の風のたをやかに吹く貌也。心は風の景色秋と覚ゆる比、蟬など鳴きて宮の内のこずゑも、やゝ色づきて物哀れに面白しと也。

（寛文十一年板本、『日本歌謡集成』所収）

見るように、A段落中に「長安の西の方去る事遠からずして驪山といふ山あり」と説明していて、ここでも季吟は『春曙抄』における同様の誤りを冒かしているのである。

因に、岡西惟中にもまた『和漢朗詠集諺解』という注釈書がある。この書における「驪山高」の詩句についての注および頭書は、次のとおりである。

文集四《ノ》、楽《ノ》府中《ノ》之文《ナリ》也。高々《タル》驪山《ノ》上有《ニ》レ宮、朱楼紫殿三四重《ナリ》、遅々《タル》兮春日《ノ》玉《ニハ》甃《ノイシダヽミ》云々。驪山、韻会註《ノニ》、〈(驪山)ハ〉地《ノ》名、即藍田山、至《テ》レ漢《ニ》為《ス》二新豊《ト》一。驪山温泉大宗《ハ》所《ナリ》レ建《ル》也。玄宗天宝六載改《テ》名《ク》二華清宮《ト》一。此《ノ》文意ハ驪山宮ノ形勢ヲホメ

テ作レリ。玉鼇《ノハ》玉ニテ飾《カザレ》ル鼇《ミ》也。温泉溢《テ》リハ故事アリ。
〔頭書〕季昌註《ガニ》、秦始皇初与《テト》㆓神女㆒遊《ンデ》而忤《フ》㆓其旨《ノニ》㆒。神女唾《ニ》㆑之。遂生《ニズ》㆑瘡《ヲ》。始皇怖謝《テス》。神女為出《ニテ》㆓温泉《ヲ》㆒洗滌。後人因《テ》以《テ》為《スト》㆑験。始皇砌《ニ》石起《ツ》㆑宇《ヲ》。至《テ》㆓漢武帝《ノ》㆒甚《ダ》加《フ》㆓修飾《ヲ》㆒。（元禄六年三月、大阪、毛利田庄太郎梓）

「温泉溢《テ》リハ故事アリ」とし、その志怪的な故事の内容は頭書に注するのみであって、注の本文は後の『枕草紙旁註』の場合と同様に、極めて簡潔である。長安と驪山との位置関係については触れていず、従って誤った説明はここでも見られない。(5)

4

季吟の誤解にも、実はやはり由来するところがあったのである。『和漢朗詠集註』の季吟の自序によれば、この書における漢詩句の注は、実は「永済註」なるものであって、それには和歌の注解が無かったから、それを季吟自身の注で補って十巻の書と成したということである。巻末に附載された「永済註奥書」には「天文十七年戊申三月十六日書写之（下略）」という識語があり、天文十七年（一五四八）以前の成立であることが知られる。が、従来、この永済を伴高蹊の『近世畸人伝』（寛政二年刊）に見える西生永済と同一人物と考えて、その手に成る「永済註」の成立も室町期を溯るものではありえないと推定されて来ていたのであるが、昭和五十年代の後半以降、山崎誠氏、牧野和夫氏や黒田彰氏等による『和漢朗詠集』の古注釈書類に関する精力的な調査研究が行われるようになって、その成立時期を溯らせて考えるべきことが明らかになって来た。

特に牧野、黒田両氏は、中世の諸文献に引用されている「永済註」の注文を丹念に捃拾し、その諸文献の成立もしくは書写の年代を手掛かりにして、「永済註」の成立時期を捉えようと努め、説得力のある論考を発表した。例えば、牧野氏は、叡山文庫本系の『太子伝』や、文保二年（一三一八）ごろの成立であるという文保本系の『太子伝』に引載されている『朗詠』の注文が、「永済註」と合致しているという事実を指摘して、次のように説いている。

所謂「永済注」の当該注文が、鎌倉末以前に溯ることは疑を容れない事実である。（中略）所謂「永済注」全体の成立を、鎌倉末南北朝初、或はそれ以前に溯らせる可能性を示唆する一つの有力な手がかりとなるが、注釈書の常として幾次にも亘る後人の加注を考慮に入れねばならず、単に三箇所の注文の合致を以て、全体を推測する訳にはいかない。(6)

又、黒田彰氏は、さらにその成立時期を溯らせて、次のように推測している。

永済注の成立時期は、前記京大蔵本（注、京都大学附属図書館蔵『和漢朗詠集註』）に室町初期応永二年の奥書があり、さらに鎌倉中末期の写にかかる東北大学附属図書館狩野文庫蔵『和漢朗詠註抄』等にその引用が見られるので、鎌倉時代中期以前に溯るだろう。(7)

右のように、室町期を溯るまいとされて来た通説を覆して、南北朝初期、あるいは鎌倉末期、さらには鎌倉中期以前と、その成立時期が引き上げられている「永済註」であるが、季吟の『和漢朗詠集註』に取り込まれた「永済註」は、季吟の手によって削訂補修の加えられたものであることも明らかになって来た。問題の「驪宮高」の詩句に関わる注文の場合は、さほど大きな変改は見られないのであるが、それでもやはり季吟の好尚に基づくと思われる相違もあるので、「永済註」系の最善本である細川家蔵『倭漢朗詠抄注』の本文を、左に掲げることにする。(8) 季吟の注文との比較に便利なように、五段落に区切り、各段落には同じ符号を付し、本文には濁点および読点を私に施す。

A　是ハ楽府ノ驪宮高ノ段ノ文ナリ、此段ノ意ハ長安西ノカタ去コト丶ヲカラズシテ驪山アリ、秦ノヨニカノ山ノウヘニ宮ヲタテラレタリ、コレヲ驪宮トイフ、ソノミヤイヒシラズヲカシキコトヲツクセリ、秦ノ後、ヨヨノミカド、カノ宮ニ幸シテアソビタマフ、

B　唐ノ憲宗トキコエシミカド、クラヒ（ニ脱カ）ツキタマヒテ、イツトセヲフルマデ、ヒトタビモカノ処ニ幸シタ

マハザリケリ、ソノ御心ハ百官シタガヒ、クニツケテ、クニノツヒエオホカリナントナリ、

C　今此句ノ心ハカ(ノ)ミヤノアリサマノヲカシキコトヲツクレルナリ、上句、玉甃トハ、崐崘山ニ玉ノ甃ミアリ、百詠注ニミエタリ、カノミヤヲホメムトテカクツクレルナリ、

D　温泉トハ、秦始皇驪山ニノボリテ神女トアソビタマヒケルニ、イカナルコトカアリケム、神女コ、ロユカズオモヒテ、ツバキヲハキタリケルガ、ミカドノヲム身ニカ、リテ、(脱文アルカ)ミカドオソレテ謝シタマヒケレバ、神女コ、ロトケテ温泉ヲイダシテアラヒケレバ、カサスナハチイヘタマヒヌトイヘリ、初学記ニミエタリ、コレヲオモヒテ温泉ミテリトハイヘルニヤ、

E　下句、嫋々トイハ、アキカゼノシナヤカニフク貌也、イフ心ハ風ノケシキセミノコヱアキトヲボユルホド、ミヤノウチニハノコズヱモ、ヤ、イロヅキテモノアハレナルナリ、

右の細川家蔵『倭漢朗詠抄注』の「永済註」と、前掲の季吟所引「永済註」とを比較してみるに、殆ど共通している本文の中で、それぞれに傍線を付した部分が両者それぞれの独自的な注文または語句であり、細川家蔵本の圏点部分と季吟所引本文の傍点部分とは対応しながら相互に異なっている箇所であるということになる。中には、細川家蔵本における欠脱かと思われる相異もあるけれども、おおむねは季吟による補訂と考えてしかるべき異同である。季吟が基本的には「永済註」をほぼ全面的に踏襲しつつ、部分的に削除、訂正、加筆したことの結果として、これらの異同が生じたと見て、誤りはなさそうである。そのような季吟の作業の中で、「永済註」が本来もっていた「長安西ノカタ去コト、ヲカラズシテ驪山アリ」という誤った説明は、修正されることも削除されることもなくて温存されたのみならず、その『春曙抄』の注釈作業の中へ積極的に持ち込まれて行ったと推測されるのである。

5

季吟の『和漢朗詠集註』の自序によれば、彼が漢詩句の注解を踏襲したという「永済註」なるものは、先行の「覚明註」に拠ったもので、それを仮名書きに改めたものであるという。現存する最古の注釈書である『和漢朗詠私注』の撰者の信阿が、外ならぬ信救得業生覚明その人であるということは、すでに定説となっていると言っていいであろう。その釈信救には『白氏新楽府略意』二巻（真福寺所蔵、および醍醐寺所蔵）なる著作があって、太田次男氏によって詳細に調査、紹介され、かつ翻印されている。[9]

太田氏の翻印されたものによって、「驪宮高」詩に対する釈信救の注を見ると、それは次のような内容である。今論述の便宜上、全体を十二の段落に分け、その各に⑴～⑿の番号を付して掲げることにする。

(1)　驪宮高者《トハ》、驪山《ノ》上《ニ》有宮殿一、是《レ》歴代《ノ》天子《ノ》避《ル》暑地也、

(2)　唐《ノ》憲宗皇帝即位五載未《ス》幸《タセ》其地《ノニ》一、夫《レ》天子之行《コト》六宮相随《ヒテ》百官共奉《ス》、朝《ニ》宴飲夕《ニ》賜禄物《ヲ》、推《スニ》一日臨幸之費《ヲ》一過《タリ》中民百家之財《ニ》、我君之幸《コトハ》為一人《ノ》一也、我君《ノ》不《コトハ》来為天下一也、故美《タリ》之《ヲ》一

(3)　玉《ノ》甃者、百詠注《ニ》云、崑崙山《ニ》有《リ》九《ノ》井一、以玉《ヲ》一為甃《ト》一

(4)　温泉者《ハ》、初学記《ニ》云《ク》、秦始皇幸《ス》驪山宮一、与神女遊《テ》忤《タカフ》其旨《ニ》、神女唾《ハツキ》(ママ)《ハク》之《レニ》則生瘡《ナスカサヲ》一、始皇怖謝《ス》、神女為《ニ》出《テ》温泉《ヲ》二三洗《ヒ》除《ク》瘡《ヲ》一、因以為験《スト》一、私《ニ》云《ク》、日照《シテ》水暖《ナリ》未必《スシモ》実《ノ》温泉《ナラ》一、是文章之情也

(5)　翠花者《トハ》、天子《ノ》所レ駕之輿名也、白氏《ノ》余《ス》巻《ニ》云、翠花揺々《トシテ》南《ニ》幸《ス》

(6)　牆《ニ》有衣《コケ》者、可勘之

(7)　瓦《ニ》有松者、本草《ニ》云《ク》、昨〈入軽〉葉〈入〉何草《ノ》上《ソ》〈去〉党《ノ》(堂カ)屋《ノ》上《ニ》如蓬《ノ》初生《テカ》一、一《ノ》名《ハ》瓦-松、注《ニ》云、葉《ハ》似《タリ》蓬蒿《ヨモキニ》一、高《サハ》尺〈入〉余〈上〉、遠《テ》望《メハ》如《シ》松《ノ》裁《ウヘヲイタルカ》生　年《シ》久《シ》瓦屋《ノ》上《ニ》

(8)　都門者、長安城之門也

(9)　一人者《ハ》、天子《ノ》所称《シ玉フ》之辞《コトハ》也、史記《ニ》云、周《ノ》成王《ノ》曰、万邦《ノ》之有《ルハ》辜《ツミ》一帰《ス》予一人《ニ》二也

(10)　六宮者《ハ》、礼記《ノ》婚義《ニ》云、古者《ノ》天子《ハ》后《キサキ》立《タツ》六宮《ヲ》一、三夫人、九嬪、廿七世婦、八十一女〈上濁〉御〈去濁〉妻〈平〉、以聴《テ》天下《ク》之内《ウチヲ》一、注云、天子《ハ》六寝曰《フ》六宮《ノ》立行《ト》一、

(11)　百司《ト》者、見上巻注

(12)　中人之産者《ハ》、金婁《コンロウ》子《ニ》曰《ク》、漢《ノ》文帝欲作《スラムト》霊台《ヲ》一、呂延計《ルニ》之直《ヲ》百金、帝《ノ》曰《ク》、中民十家《ノ》産吾《レ》奉《ス》先帝《ノ》宮室《ニ》一、恐《ハ》看《ミテ》之《ヲ》何以《テセン》台為《ヲツクルコトヲ》、遂《ニ》止《ミヌ》

（醍醐寺蔵『白氏新楽府略意』巻下）

右の注文の全体的な構成を見ると、(1)は「驪宮高」という表題の解説に関連して驪宮が説明されているのであり、(2)は題序（「美三天子重二惜人之財力一也」）の注として一編の主題を説明したものである。そして、(3)〜(12)が作品中の語句についての注である。見るように、『百詠注』『初学記』『白氏余巻』（『文集』巻十二「長恨歌」）、『本草』『史記』『礼記』『金婁子』等の諸文献から引証しているのであるが、その中に混じって、(4)の段落には「私云」の語が見出される。信救自身の見解と見て誤りないのであろう。また、驪山と長安とに関してはただ、(1)に「驪山《ノ》上《ニ》有宮殿二」、(8)に「都門者、長安城之門也」とあるだけで、両者の位置関係については、全く触れられていない。

この『白氏新楽府略意』の他の箇所にも、驪山に関係して、

○驪山《ノ》塚上《ヘ》杜陵頭者、案《ニ》史記《ヲ》、秦《ノ》始皇崩《テ》葬《ハフル》驪山《ノ》下《ニ》、又漢武帝崩《テ》葬《ル》杜陵《ニ》一、云々（巻上「海漫々」）

○新豊県者、文選《ノ》集注《ニ》曰《ク》、漢《ノ》高祖七年《ニ》置《ク》新豊県《ヲ》一、在《リ》京兆《ニ》一　驪宮者《ト》、驪山《ノ》上《ニ》有《リ》宮一、是歴代《ノ》天子《ノ》夏月避《ル》暑《ヲ》之地也（巻上「新豊折臂翁」）

○草茫々者《ハ》、案《ニ》史記《ヲ》一、秦《ノ》始皇崩《（ママ）シヌ》沙平台《ニ》一、葬《フル》驪山之下《フモトニ》一、築《ツク》三重之墓《ツカヲ》一、（中略）以人魚膏《ノヲ》一為灯燭《ト》一、以可久《カル》之故《ニ》凡《ソ》以富貴《ヲ》一随身者也、（巻下「草茫々」）

等の注文があるけれども、いずれの箇所においても驪山の位置についての説明は見られない。『和漢朗詠私注』の方は、「驪宮高」の中から摘句された一箇の対句にのみ関わる注であるから、その記述は当然簡略であって、次の(ア)(イ)(ウ)の三項目から成っている。(ア)(イ)(ウ)はそれぞれ、上掲の『白氏新楽府略意』の注における(1)(3)(4)の三項目に対応している。

(ア)　唐書曰、驪山宮天子《ハノ》避レ暑《ヲ》地云々

(イ)　百詠注曰、崑崙山有《ニ》二玉甃一云・、(云)驪山雖《ニ》レ无《ト》二玉甃《ノ》一、讃《テ》二帝宮《ヲ》一而取《ル》レ喩也、

(ウ)　温泉者、初学記、驪山湯篇曰、秦始皇与二神-女一遊-而忤《サカウ》二其旨一、神女唾《ス》レ之則《ニ》生レ瘡《ヲ》、始-皇怖謝《レス》、神-女為出《ニ》二(当)温泉《ヲ》一而洗《シテ》-除(滌)《ス》、後人因-而以為《シルシト》レ験、但今《ノノ》篇句者、不可レ読(謂)《ツ》二実湯《ニト》一、・(已作)・玉甃暖《ノイシタヽミルヲ》、付《ス》二文章之心《ニ》一、可レ謂《ツ》レ水《ヲ》、依(日)《ニ》レ暖曰レ似レ湯(者)・也、

（内閣文庫蔵本。山内潤三氏他編『和漢朗詠集私注』、新典社、昭和57・4。ただし、（　）内は寛永十六年板本）

三つの項目の各について、『略意』と『私注』とを比べてみると、(ア)と(1)とは差がないと言ってよいが、(イ)と(3)、(ウ)と(4)では、その趣旨は変わらないものの『私注』の方がやや詳しいと言える。一歩踏み込んだ説明が試みられていると言っていい。

即ち、(イ)=(3)の項目で、『略意』がただ『百詠注』を引証しただけであるのに対して、『私注』では「驪宮高」詩の内容に即して、「驪山雖《ニ》レ无《ト》二玉甃《ノ》一、讃《テ》二帝宮《ヲ》一而取《ル》レ喩也」と修辞的な面から捉えた説明を補足している。(4)に見られるような「私云」の語はないけれども、信救自身の見識を示したものと見て誤りないのであろう。となると、この補足部分は、「永済註」に「玉甃トハ崐崙山ニ玉ノ甃ミアリ、百詠注ニミエタリ、カノミヤヲホメムトテカクツクレルナリ」とある、この傍線部に相当するものと考えられ、「永済註」が信救の『私注』を参看している一証左ともなりえよう。

(ウ)＝(4)の項目では、『略意』の「私云《ニク》、日照《シテ》水暖《ナリ》、未《ス》必《スシモ》実温泉《ナラ》一、是文章之情也」と簡潔に述べられている趣旨が、『私注』では詳しく、「但今篇句《ノノ》者、不レ可レ読（謂）二実湯《ニト》一、・（已作）・玉《ノイシタ、ミ》甃暖《ルヲ》、付《ス》二文章之心《ニ》一、可レ謂《ツ》レ水《ヲ》、依（当）レ暖曰（日）レ似レ湯・也（者）」と解きほぐされている。先の「玉甃」の場合と同様に、修辞的な面から「文章之心（情）」に即した解釈を試みて、原詩の「温泉溢」の詞句を、陽光に照らされて玉のように美しい甃も暖かくなり池の水も湯のように温められて充ち溢れている、そのような状景の詩的表現であると説いているのである。この点は、「永済註」が『初学記』に見える始皇帝と神女との志怪譚を挙げて、「コレヲオモヒテ温泉ミテリトハイヘルニヤ」と推測し、季吟が、それを承けながら『初学記』に代えて『三秦記』の名を挙げて同じ志怪譚を引き、「是れを思うて温泉みてりとは云へり」と断定しているのとは甚だその態度が異なっている。(10) 信救は『初学記』所見の志怪譚を引証しながらも、その故事との直接的な関連を詩の解釈に持ち込むことを拒否していると見られる。(11)

太田次男氏は、「驪宮高」詩に関する『略意』と『私注』それぞれの注のあり方を比較して、次のように述べている。文中、「(一九二)」とあるのは、『和漢朗詠集』の作品番号（岩波日本古典文学大系本）で、「遅々兮春日云々」の詩句を指している。

(一九二)で略意は「避暑地云々」の次に唐憲宗皇帝の行実が続く。然し、これは「驪宮高」という詩全体の趣旨でもあり、略意でこそ必要もあろうが、その詩の一部を出すに過ぎない朗詠で略してあるのは当然であろう。また、百詠注で「有玉甃…取喩」の個所を略意では「有九井以玉為甃」とある。「但今篇句者」以下は略意では「私云《ニク》日照《シテ》水暖《ナリ》未《ス》必《スシモ》実温泉《ナラ》一是文章之情也」とあって、同文ではないが同趣旨である。とすれば、(一九二)では文集の注と朗詠の注という注の対象になる本の性質の相違により多少の出入りはあるが、略意が私注をふまえて、取捨選択しているといえよう。

『私注』の成立については、内閣文庫蔵本その他の巻末識語に、

応保元年辛巳《カノトノミ》十月五日、相《イ》二扶《ケテ》風痾《ヲ》一終二抄‐出之《ノ》功《ヲ》一畢《ヌ》、信阿貧‐道無‐縁《ニシテ》一‐衣破損《ス》、風励《キ》之朝《ニハ》手亀《テ》不レ能
レ採《ルコトヲ》レ筆、天寒《ノキ》夕《ニハ》身縮《テ》不レ得レ捎《スルヲ》レ墨、（下略）

とあって、応保元年（一一六一）成立であることが知られている。一方、『略意』の方は、真福寺蔵『新楽府略意七』（寛喜二年五月の書写奥書がある）の本奥書に、

承安二年壬辰春三月朔八日丙子、於伊賀国伊賀郡猪田郷予野庄師見寺僧房、管見所及一略注終功、（下略）

という信救自身の識語があって、承安二年（一一七二）の成立であることが、太田次男氏によって明らかにされている。即ち、『私注』の方が『略意』よりも十一年早く述作されているわけであるけれども、『私注』において「遅々兮春日云々」という一箇の対句に注を加える背景には、当然『略意』において示されることになるような原詩「驪宮高」全体についての信救の基本的な理解がすでに出来ていただろうと思われ、その見解が『私注』においては朗詠詩句の注にふさわしく敷衍されて出ていると見ることもできよう。

6

ともに信救の著作である『和漢朗詠私注』においても『白氏新楽府略意』においても、驪山と長安との地理上の位置関係については全く触れられてはいない。信救の脳中にある地図ではそれがどうなっていたのか、知る由もない。この『私注』に多く依拠しながら、しかも驪山と長安との位置関係に触れている注がある。それが『和漢朗詠註抄』で、次に掲げるのは身延文庫蔵本で、山崎誠氏によって影印・翻刻[12]されたものによる（ただし声点を省く）。『私注』との密接な繫がりを見るべく、重複を厭わずに引載することにする。なお、両者の比較を容易にするため、私に段落を区切り、各に符号をつける。(ア)(イ)(ウ)はそれぞれ、『私注』のそれに相当する。

(ア)　唐書曰、驪山宮天子《ハ》避《ノサル》暑《ヲ》一地也云々

(イ)　百詠注曰、崑崙山《ニ》有玉《ノ》甃一、驪山《ニ》雖《モ》無甃一、讃《メテ》帝宮《ヲ》二而取喩《ヲ》一也、

(ウ)　温泉者、初学記云、驪山陽《(ママ)ノ》篇《ニ》曰、秦《ノ》始皇《ト》与神女一遊而忤《タカフ》其《ノ》旨《ニ》一、神‐女唾《ツワキハイテ》之《ヲ》一、則《チ》生《ス》瘡《カサヲ》一、始皇怖《ヲソレテ》謝《ス》、神女為《ニ》出《ス》二温泉《ヲ》一、而洗除《ス》、後人因《テ》以為《ス》験《ト》一、但今《ノ》篇句者、不可謂実温《ト》一、已作《レリ》玉甃暖《キタナムテ》《トテ》一、付文章之心《ニ》二可謂三依《テ》暖日《ニ》一似《タリト》二温也、

(エ)　長安西《ノノカタ》去《ルコトスシテ》不遠《ラ》一有山一名《ク》驪山一、彼《レ》有宮一名驪宮一也、

(オ)　唐太原《(ママ)》五年《ニ》王在《スコト》位《ニ》二五歳、一度《モ》不行彼《ノ》宮《ヘ》一、其《ノ》故《ヘハ》者、王《ノ》一日行幸《ノミユキハツイヤス》費中人百家財産《ヲ》一、故《ニ》止《ル》之一也、

(カ)　遅〻《ウラ》〳〵　嫋〻《ハタム》奴鳥反　他鳥反（左に「タハム歟」）　タヲヤカナリ　ウコカス

『私注』の注（(ア)(イ)(ウ)相当部分）がそのまま踏襲され、さらに(エ)(オ)(カ)の三項目が補われているのである。そして、その(エ)と(オ)の項目はそれぞれ、「永済註」（および「季吟注」）のA・B、並びに『略意』の(1)・(2)に相当するものであることが知られる。ただし、それらの表現、特に叙述の比較的豊かな(オ)の項目の表現を比較してみても、相互の直接的な伝承関係の有無は簡単には断じられない。それらはいずれも白居易の原詩の詩句そのものを踏まえた説明であって、むしろ三者相互の直接的な交渉は認めがたいと言うべきであろう。

そういう点から言えば、次に掲げる内閣文庫蔵『和漢朗詠集抄』（『日詮抄』）[13]の注文のごときは、「永済註」をベースにして、それに『私注』の注を裁ち入れて構成していることの明らかな叙述となっている。文中「六巻註」と呼んでいるのが信阿（信救）の『私注』である。

A　驪山ト云ハ、長安ノ西ノ方去ルコト不レ遠アル山ナリ、秦ノ代ニ彼山ノ上ニ宮ヲ立テラレタリ、是ヲ驪山宮ト云ナリ、(ア)六巻註云、驪山宮ハ天子避暑之地云云、秦ノ後代々ノ聖帝彼宮ニ行幸シ玉ヒテ遊ヒ玉フ

B　然レトモ、唐《ノ》憲宗帝ハ位ニツキ玉ヒテ五年ヲフルマテ、一度モ彼所ニ行幸ナキナリ、其御心中ハ、百官従ヒ靡クニツケテ国ノ費ヘ多カリナン（ト脱カ）云心ナリ

C　此句ノ心ハ彼宮ノアリサマノ興アル意ヲ作レル也、遅々ト云ハウラヽカナル皃ナリ、(a)甃トハ石ヲ地ニタヽム

叓ナリ、譬ヘハ、禅家ノ堂ノ地ニ瓦ヲシク如クニ、石ヲタ、ムナリ、サテ玉ヲ石タ、ミスルヲ玉ノ甃ト二云ナリ、

(イ)六巻註二云、百詠《ノ》注二云崑崙山《ニ》有《リ》二玉《ノ》甃一云云

D　温泉トハ、(ウ)六巻註二云、温泉者《ト》初学記《ノ》驪山湯篇《ノニ》曰、秦《ノ》始皇《ト》与二神女一遊《テ》而忤《サカフ》二其旨《ノニ》一、神女唾《キス》レ之則《ニ》生《ス》レ瘡、始皇怖《レ》謝《ス》、神女為《ニ》出二温泉《ヲ》一而洗除（右に「滌歟」）、後人因《テ》而以《テ》為レ験《ト》、但《シ》今《ノ》篇句者《ノ》不レ可レ謂二実湯《ニ》一、已《ニ》作二玉甃《ノ》暖《フシテ》一付《ス（ママ）》二文帝《ノ》心《ニ》一、可レ謂レ水《ト》、当二暖日《ニ》一似レ湯也云云 (b)神女トハ不思議女ト二云叓也、常ノ人間ニ非トモト二云故ナリ、

E　下ノ句ニ、嫋々トハタヲヤカナル皃ナリ、是即ヨハイ叓ナリ、タハムト二云字也、宮樹紅ト者、宮ノ内ニハコスエヤ、色ツキテ物哀レナル心也

見るように、「永済註」と同じくA～Eの五項目で構成されていて、叙述も殆ど共通している中に、『私注』の注文が(ア)(イ)(ウ)の三か所に取り込まれている。この『日詮抄』の注の独自性（それも亦、別に拠るところがあったのかもしれないが）は、波線(a)(b)を付した部分に見出される。特に(a)では、「玉甃」について、玉を用いた磚とする新しい説明が提示されている。ともあれ、この波線部(a)(b)を除くと、「永済註」と『私注』の取り合せということになるのであるが、『私注』の説明は明確に「六巻註二云」と断って、しかも原文のまま漢文体で引用してある。仮名書きである地の文とは紛れることがない。

そのことから逆に身延本『和漢朗詠註抄』の文体を振り返ってみるに、これは全体が漢文体で統一されており、細川家蔵『倭漢朗詠抄注』等の仮名書きの注とは異なっていることを見過ごすわけにはいかなくなる。たとい、ある項目を共有し、かつ、その項目についての注解の趣旨が一致し、叙述の上で類似性が濃く見出されても、そして、仮名文を漢文体に書き改めて引載することもありうるということが一般論としては認められるとしても、この場合の、漢文注と仮名注という文体上の差異は、やはり注意すべきことであろう。季吟が『和漢朗詠集註』の序において、「永済註」について、「其為《ノタル》レ註、祖二述《ス》覚明之註《ヲ》一、而《ウシテ》以《テ》二和語《ヲ》一解《ケリ》レ之《ヲ》」と言っているとおり、「永済註」という概念は、和

語をもってした注解、つまり仮名注であることを条件の一つとして限定的に用いられるべきであると考える。そう考える時、先の身延本『和漢朗詠註抄』の注文のうち、『私注』にはなくて、「永済註」とは共通している㈣と㈤の二項目については、『和漢朗詠註抄』の方が「永済註」に先行すると考えるか、さもなければ両者に先行する漢文体の注の存在を想定するかのいずれかということになろう。

『和漢朗詠註抄』については、山崎誠氏に詳細な考察がある。(14) 氏が紹介している四種の伝本（東北大本・身延本・黒木甲本・同乙本）はいずれも鎌倉期の中期あるいは後期の書写にかかるものであるとのことで、『註抄』が依拠した『和漢朗詠集』の本文の時代性や、その注に引用されている典籍の種類、特に『註抄』が引用しているところの「院政末期より鎌倉初頭に存在していたと思われる注釈」などに焦点を当てた精密な調査の結果に基づいて、『註抄』の成立時期を、「院政最末期から鎌倉極く初期ではないかと想像するものである。」としている。幾つかの仮説を前提にしているとはいうものの、傾聴すべき意見である。

その『註抄』に、驪山と長安との位置関係についての誤った説明がされていたというわけなのである。その誤った説明を、『註抄』の撰者が、先行の注釈から引き継いだのか、それとも撰者自身の見解による付け加えなのか、ということになると、この書の性格から前者の公算が大きいとは思うものの、一切不明である。

7

以上、『和漢朗詠集』の代表的な古注釈書について見て来た。問題の驪山と長安との位置関係については、現存最古の注である釈信阿の『私注』（一一六一年成立）には全く触れられていなくて、それをやや降る頃の成立と目されている『註抄』に初めて現れるが、その時にはすでに誤解が生じており、その誤解は遅くとも鎌倉末期には存在していたらしい「永済註」にも受け継がれて、さらに『日詮抄』や季吟の『和漢朗詠集註』（一六七〇成立）に至ったものであったことが明らかとなった。

あらためて、その問題の注文を書き出してみることにする。

〇長安西《ノ》　去《ノカタ ルコト》不《スシテ》遠《ラ》一有山一、名驪《ク》山一（身延文庫本『註抄』）

〇長安西ノカタ去コト、ヲカラズシテ驪山アリ、（細川家蔵本『永済註』）

〇驪山ト云ハ長安ノ西ノ方去ルコト不レ遠アル山ナリ、（内閣文庫本『日詮抄』）

〇長安の西の方去る事遠からずして驪山といふ山あり、（季吟『和漢朗詠集註』）

四者いずれもその表現が酷似している。後三者が酷似しているのは、直接的、間接的のいずれにせよ交渉関係の結果であって、怪しむには当たらない。この三者と最初の『註抄』との関係については前述のごとく断定しがたいのであるが、この誤った注文の源を辿って行き着くところは、原詩「驪宮高」の「西去都門幾多地」の句を、「西ノカタ都門ヲ去ルコト幾多《イクバク》ノ地ゾ」（神田本の訓）と訓読した、その表現そのものということになりそうである。

実際の地理上の位置関係を踏査するなどということは当時の人にはまず不可能であり、精確な地図と照合しながら異国の地名の所在地を確認するという便宜も与えられることのなかった時代の人にとって、詩文の中に登場する地名相互の位置関係は、詩句の表現そのものの中から嗅ぎ取る以外に手立てがなかったにちがいない。そして、驪山の位置を知ろうとしてその手掛かりを、「西のかた都門を去ること幾多《いくばく》の地ぞ」という表現に求めた時、それが「長安《ノ》西《ノカタスシテ》不遠《ラ》一有山二」という理解になったと考えられるのである。その点、驪山と長安との位置関係について触れていない釈信阿の『私注』は、当然その誤解を指摘されずに済んでいるわけであるが、信阿がそれを正しく認識していたかは保証のかぎりでない。同様に『註抄』の撰者の誤解を責めるのも当たらない。先行の注を受け継いだだけかもしれないし、たといそうでなかったとしても、それ以前からあり、かつ世間に広く行き渡っていたところの誤った常識を顕在化しただけのものであるかもしれないのである。

近代の唐詩関係の注釈書類では、勿論、正しい説明が施されている。例えば、
○「西　長安は驪山の西にあたる」（鈴木虎雄氏『白楽天詩解』、弘文堂、大正15・8）
○「西去　驪山から長安は西の方角」（田中克巳氏『白楽天』漢詩大系12、集英社、昭和39・7）
のごとくである。「驪宮高」詩には直接関係はないが、近世の唐詩関係の注釈書にも、正確な説明をしたものはある。例えば、釈大典（俗姓今堀、諱顕常）の『唐詩解頤』（安永五年〈一七七六〉刊）に、次のような記述が見える。（〈　〉内は原本では分注。）

○〈驪山在《リ》二長安《ノ》東《ニ》一、麓《ニ》有《リ》二温泉一、玄宗《ノ》時《ニ》置《ク》二華清宮《ヲ》一、増《く》起《シテ》二台殿《ヲ》一、環-二列《ス》山谷《ニ》一〉（巻五、七律、王維「和《ス》二太常韋主簿五郎《ガ》温泉《ノ》寓目《ニ》一詩」）

○憶《フ》昔巡-二幸《セシトキ》新豊宮《ニ》一。〈即《チ》驪山《ノ》華清宮《ナリ》、在《リ》二長安《ノ》東《ニ》一〉翠華〈天子之旗《ナリ》〉払《テ》レ天《ヲ》来《ツテ》向《フ》レ東《ニ》、騰驤〈馬《ノ》勢〉磊落《タリ》〈衆多《ノ》貌〉（巻二、七古、杜甫「韋諷録《カ》宅《ニシテ》観《ル》二曹将軍画馬図一引」）（京、田原勘兵衛板）

『唐詩選』の伝来とその普及による唐詩への親昵が正しい認識を促したかと考えられる。それにしても、中国で編述された『唐詩訓解』（明、李攀龍撰、袁宏道校。万暦戊午〈一六一八〉居仁堂余献可梓）などを見ると、例えば、顧況の「宿《ス》レ昭-応《ニ》驪山」と題する七絶詩、

武帝祈《ル》レ霊《ヲ》大乙壇、新豊樹《ノ》-色繞《リ》レ千-官《ヲ》、那《ンゾ》知《ラン》今夜長生殿、独《リ》閉《ヂントハ》二空山月-影《ノ》寒《キニ》一

に注して、次のように述べてある。

太-乙壇在《リ》二陝-西臨-潼-県《ノ》東南驪山《ノ》上《ニ》一、漢書亳-人繆忌奏《スルノ》二祠《ル》レ太-乙《ヲ》方《ヲ》一、天子許《シ》レ之《ヲ》令《ム》三太祝《ヲシテ》領-二祠《セ》之《ヲ》一、驪山古驪戎《ノ》国《ナリ》、秦《ニハ》為《ス》レ驪-邑《ト》、漢祖徙《シテ》レ豊-民《ヲ》実《ツ》レ之《ニ》、命《ケテ》曰《フ》レ新-豊《ト》、山之麓《ニ》温泉《ノ》所《アリ》レ出《ツル》、唐玄宗天宝《ノ》初《メ》析-二置《シ》会昌県《ヲ》於温-泉《ニ》一、尋《イデ》改《メテ》曰《フ》レ昭-応《ト》、省《イテ》レ新-豊《ヲ》入《ル》レ焉《ニ》、長生殿在《リ》二温泉宮《ノ》内《ニ》一。（京都、田原勘兵衛板）

即ち、驪山の所在地は臨潼県の治を起点にして説明しているのであるが、こうした例を見ると、『唐詩解頤』の「在《リ》二

長安ノ東ニ」という注のような長安を起点とする説明の方法というのは、日本人の知識と関心にはまさに適合したものであったかと思われる。『朗詠註抄』や「永済註」における驪山の位置についての注もまた、同じ関心に促されて施されたものであろうけれども、原詩の「西去都門幾多地」の意味構造を取り違えたために、誤った説明を施してしまったものと考えられるのである。

三　「西去都門幾多地」の句の意味構造

1

方位を示す「東・西・南・北」の語が副詞的に用いられて、下接する動詞を修飾する場合、それはどのような限定を動詞に加えることになるのであろうか。今、諸橋轍次氏の『大漢和辞典』（大修館、昭和30〜35）によって、そこに採録されている「方位語＋動詞」という構造を持つ熟語と、その語義とを検べてみると、次のようになる。(15)

①「〜遊（游）」＝(東)「㊀東方に遊歴する。」(西)「西国に旅する。」(南)「南の地方に旅行する。」(北)「北方に遊ぶ。北方に旅する。」

②「〜轅」＝(南)「轅を南に向ける。轅は車のながえ。」(北)「車のながえを北にする。北行すること。」

③「〜下」＝(東)「㊀東方に下る。都から東方に出て行く。」(南)「南方に行く。南方に来る。又、北方の国が南方の国を蚕食すること。」

④「〜行」＝(東)「東方に行く。」(西)「㊀西方に行く。」(南)「南方に行く。」(北)「北方に行く。」

⑤「〜向（郷・嚮）」＝(東)「東方に向ふ。」(西)「西にむかふ。」(南)「南に向ふ。南向き。又、南に向いて行く。南を攻め

る。」(北)「北に向ふ。／北に向って行く。／又、北向きに居る。又、臣位につくこと。郷は嚮。」

⑥「〜帰」＝(西)「西方へ帰る。西に向って帰る。」(北)「北方へ帰る。」

⑦「〜窺」＝(東)「東の方をねらひうかがふ。」

⑧「〜覲」＝(東)「徳川将軍にまみえるために江戸に出府すること。〔邦〕」

⑨「〜去」＝(西)「西方に去る。西に向って去る。」(南)「南方へ去る。」

⑩「〜会」＝(東)「東方にあつまる。」

⑪「〜還」＝(東)「東方に帰る。」(西)「西方にかへる。」

⑫「〜傾」＝(西)「西方に傾く。」

⑬「〜眷」＝(北)「北の地方のことを心配する。又、北方の地を恋ひ思ふ。」

⑭「〜顧」＝(東)「東方をかへりみる。東方を思ふ。」(西)「西方をかへり見る。」(北)「北方をかへりみる。北方の地を恋ひ慕ふ。」

⑮「〜蔵」＝(西)「㊀西方にかくれる。」

⑯「〜竄」＝(南)「罪を得て南方に流される。」

⑰「〜使」＝(東)「㊀東方へ使する。又、東方への使者。㊁東国からの使。関東からの使者。〔邦〕」(北)「㊀北方に使する。㊁北方に使する臣。㊂北方から来た使者。」

⑱「〜徙」＝(東)「東方にうつる。」

⑲「〜斜」＝(西)「日や月が西方にかたむくこと。」

⑳「〜上」＝(東)「㊁東方にのぼる。㊂西方の地から東方の都に向って行くこと。〔邦か〕」(西)「関東から京都に上ること。〔邦〕」(南)「常陸から江戸へ上ること。江戸の方向が南方に当るからいふ。〔邦〕」(北)「北にのぼって

行く。又、北に行ってのぼる。」
㉑「〜翔」＝㊅「㊀南方にかける。南に向って飛ぶ。」
㉒「〜守」＝㊅「南の方を巡狩すること。南狩に同じ。」
㉓「〜狩」＝㊃「西方を狩する。又、天子が西方におうつりになること。」㊅「南方を巡狩すること。転じて、天子が南方に蒙塵せられることをもいふ。」
㉔「〜首」＝㊀「首を東に向ける。ひがしまくら。」㊅「頭を南にする。南まくら。」㊇「㊀頭を北にする。きたまくら。死者を寝せる仕方。㊁北にむかふ。首は向ふ意。」
㉕「〜受」＝㊀「ひがしむき。東方に向ふこと。」
㉖「〜巡」＝㊀「東の方をめぐる。」㊅「天子が南方に巡狩すること。南狩。」
㉗「〜昇」＝㊀「東にのぼる。」
㉘「〜昃」＝㊃「日が西にかたむく。ひぐれ。」
㉙「〜侵」＝㊅「南方へ侵入する。」
㉚「〜成」＝㊃「秋に万物の実ること。五行説で秋は西にあたるからいふ。」
㉛「〜征」＝㊀「東方を征伐すること。」㊃「㊀西方を指して行く。㊁人の死ぬこと。日の西に没するに喩へていふ。」㊅「㊀南に行く。㊁南方を征伐する。」㊇「㊀北方の地を征伐する。北の地に行って征伐する。㊁北方に行く。」
㉜「〜笑」＝㊃「羨ましく思ふこと。又、失意の義。」
㉝「〜照」＝㊃「㊀西方に照る。」
㉞「〜旋」＝㊀「東方にめぐること。」

㉟「〜遷」＝㊐「㈠東方にうつる。東方に移転する。」㊍「西方へうつる。」㊒「南方にうつる。」
㊱「〜漸」＝㊐「㈠だんだん東方に移り進む。㈡特に仏教が東方諸国に伝はったことにいふ。」㊍「次第に西の方に進む。西に伝はる。」
㊲「〜走」＝㊐「東へ走る。」㊍「西方に出走すること。」
㊳「〜討」＝㊍「西方をうつ。」
㊴「〜旦」＝㊐「東の空が明ける。」
㊵「〜跱」＝㊐「東方にとまる。」
㊶「〜注」＝㊐「東方にそそぐ。」
㊷「〜通」＝㊒「㈠南方に通ずる。㈡南方と交通する。」
㊸「〜定」＝㊌「北方を平定する。」
㊹「〜適」＝㊒「南方に行く。」
㊺「〜渡」＝㊐「㈠東方にわたる。㈢中国から日本に渡来すること。〔邦か〕」㊍「西方へわたる。」㊒「南に渡る。河を渡って南方に行く。」
㊻「〜頓」＝㊍「㈠西にかたむく。夕暮をいふ。」
㊼「〜望」＝㊍「㈡西に望む。」㊒「㈠南方を望む。」㊌「北方をのぞむ。」
㊽「〜泊」＝㊒「南方に碇泊する。」
㊾「〜伐」＝㊐「東方を征伐すること。」㊍「西方を討伐すること。」㊒「南の地方、又は南の国を伐つ。」㊌「北方を征伐する。」
㊿「〜犯」＝㊐「東方に向って犯し進む。」

(51)「～被」＝(東)「仏教が東方に及ぶこと。」
(52)「～飛」＝(北)「北方に向って飛ぶ。」
(53)「～賓」＝(東)「東方から服従してくる。」(西)「西方から来た賓客。」
(54)「～服」＝(南)「南方の国を服従させる。」
(55)「～平」＝(南)「㊀南方の国を平げる。」
(56)「～返」＝(東)「日本に帰る。日本に帰国する。〔邦か〕」
(57)「～没」＝(西)「㊀西方に入る。西方にかくれる。㊁日が西に入る。㊂西方で死ぬ。」
(58)「～奔」＝(西)「西に出奔すること。」(南)「㊀南方にはしる。」
(59)「～面」＝(東)「東の方を向くこと。」(西)「㊀西に向ふ。西むき。」(南)「南に面する。南に向って位置する。南は陽、陽に向ふは人君の位。君は南面し、臣は北面する。故に又、単に人君をもいふ。」(北)「㊀北方をむくこと。㊂臣下の列に居る。臣として事へる。」
(60)「～来」＝(東)「東方へ来る。」(西)「㊀西へ行く。西へ進む。西へ来る。㊁西から来る。」(北)「北から来る。」
(61)「～略」＝(東)「㊀東にのぞむ。又、天子が東国に臨幸するをいふ。」
(62)「～流」＝(東)「㊀東に流れる水。」(西)「西に流れる。」(南)「㊀南に流れる。」(北)「北に流れる。」

以上、該当するものはすべて取り上げたつもりである（中には、下接の語が本来の動詞でないものや、その熟語が名詞として用いられている場合も若干含まれている）。

通観して、下接する動詞の多くが、移動作用を表す動詞を始めとして何らかの方向性をもつ語であることが知られるが、そのことは別に異とするには当たらない。ただ、それらの動詞が必ずしも「東・西・南・北」いずれの方位語にも下接しうるものでないこと（辞書における採録洩れの可能性を考慮した上でも）や、またそのいずれに下接するかによって、動詞の意義に微妙な、あるいは明白な差違を生ぜしめる場合のありうることを見出すが、それこそ、中国の自然的条件や政治史・文化史的状況が深く関わっていることの反映に外ならぬものとして、興味深いものがある。それは、「(邦)」と注記しておいた諸例が、日本の地理的・歴史的風土に根ざした用法であるのと同様である。

2

さて、方位語が動詞を修飾する時、その意味構造は通常、その行為又は作用の行われる方向、あるいは、その行為又は作用の対象の所在する方向を示すと考えてよいということは、前掲の整理によって明らかであり、また十分に予想されたことでもあった。ただし、先の諸例語の中には、その原則に当てはまらぬ特殊なものが混じっている。(60)「〜来」、(53)「〜賓」、⑰「〜使」の三例である。以下、それぞれについて考察する。

一、(60)「〜来」の用法

「〜来」には、「〜へ来る(行く)」だけではなく、「〜から来る」の用法もある。この相反する方向性を示す用例の揃っている「西来」に関して、『大漢和辞典』が挙げている例文は、次のごときものである。

㈠西へ行く。西へ進む。西へ来る。

「君不レ見朝歌屠叟辞二棘津一、八十西来釣二渭浜一。」(李白「梁甫吟」)

「走レ馬西来欲レ到レ天、辞レ家見二月両回円一。」(岑参「磧中作」)

「漢祖西来秉二白旄一、子嬰宗廟委二波濤一。」(胡曾「詠史詩」)

「太華終南万里遙、西来無三処不二魂銷一。」(王子禎「灞橋寄レ内詩」)

㈡西から来る。

「飄飄西来風、悠悠東去雲。」（陶潜「与二殷晉安一別詩」）

「渭水西来直、泰山南向深。」（張籍「登二咸陽北寺楼一詩」）

「南去猨声傍二双節一、西来江色遶二千家一。」（郎士元「和二杜相公益昌路作一」）

「瑟瑟涼二海気一、西来送二愁容一。」（李群玉「愁怨詩」）

㊀の諸例において東から西に移動する主体がいずれも人物であるのに対し、㊁の諸例において西から東に移動する主体が風や河水などの自然物であるのは、必ずしも本質的な相違ではあるまい。移動の主体が人物である場合には、その主体に即して発想されるのが特に詩においては普通であるのに対して、風・水のごとき自然物が移動の主体である場合には、その流動する自然物を感受するところの主体である人物に即して発想されることが多くなる。肝要なのは、発想する主体の立脚する地点であるということになる。

動詞が何らかの方向性を持つ場合、その多くは外延的・遠心的な方向に関わるものであるが、中には回帰的・求心的ともいうべき方向を持つものもある。「来」などは、その最も代表的なものであろう。現代の中国語には「来[16]（lái）」に趨向補語（方向補語とも）としての用法がある。『中日大辞典』（愛知大学中日大辞典編纂所編、大修館書店、昭和43・2）を見ると、「⑦趨向助動詞や補語として動詞の前後に置かれる」用法の一つとして、

ⓐ動作の主体物が説話者に近接する意味をあらわす。〔拿～〕持って来る。〔下～〕おりて来る。〔説～〕話して来る。

と説明されている。発想主体の位置を基点として、回帰的・求心的な方向を持つ「来」の本質が端的に現れている用法であると言えよう。これと逆な方向を持つ趨向補語は「去（qù）」であるが、これについては後で触れる。

二、53「～賓」の用法

『大漢和辞典』には、「東賓」の語に関して、「㈡東方から服従してくる。」と説明し、

「雖二南征而北怨一、実西略而東賓」（庾信「羽調曲」）

という例を挙げている。『書経』（商書「仲虺之誥」）の「東征《スレバ》西夷怨《ミ》、南征《スレバ》北狄怨《ム》」（一方を征伐すれば他方の夷狄が王化に浴することの遅いのを怨むの意）の句を踏まえた表現である。

「東・西・南・北」の方位語が形容詞的に用いられて下接の名詞を修飾する場合は通常、発想者の位置もしくは特定の地点を基点にして、その「物」の存在する方角を示すことになる。「南山」や「東海」のたぐいである。しかし、その「物」が流動を本性とする存在である場合、その「物」の本源的な位置の方角を示すことになる。「北風」のたぐいである。「北方から吹いて来る風」は、又「南方へ吹いて行く風」でもあるが、前述のごとく、その流動する「物」の存在を感受する主体の位置を基点として、そこから見た、その「物」の本源的な方角によって命名されることになる。『大漢和辞典』に、「西江」を説明して「㈠西より流れ来る大江をいふ。」と注し、「北雁」を「北方から来た雁。北の地方の雁。」と注しているのもそれである。政治経済史的な背景を持って、「江蘇・浙江等から京師へ送る税米」のことを「南漕」又は「南糧」と言ったのも、それに類することになろう。「物」だけではない。「人間」でも、移動・漂泊を本意とする旅人の場合、それと同様である。『大漢和辞典』にも、

「南客」＝「㈠南方から来た客人。」

「北客」＝「北方の人。北方から来た客人。」

があり、また、

「西賓」＝「㈡西方から来た賓客。」

が登録されている。その本源的な位置を離れて在る人物の現在地点は、それを感受する発想主体の位置と一致又は近接しており、そこを基点として見た本源的な位置の方角が冠せられているわけである。この「西賓」の語から推せば、

「東賓」に「東方から来た賓客」という意味があってもいいわけである。ただし、例文の庾信の「羽調曲」詩における「東賓」の「賓」は「賓服・賓従」の「賓」であって、「来て服従する」意の動詞である。その場合でも「東」はやはり、その本源的な位置の方角を示すことには変わりない。「賓」には又「従える」という他動詞の機能もあるが、その意ならば「東方の国を服従させる」の意となる。それはごくありふれた語の構成であって、問題にはならない。

三、⑰「〜使」の用法

本源的な位置を離れることを本質とする行為、又はその行為の主体である人物に関する語例に、「〜使」がある。前掲の語例一覧の中には「使」が動詞として機能している場合だけでなく、名詞として用いられている場合の意味も合わせ挙げておいた。これによると、「使」が動詞として機能している場合は通常の構成法であるから問題はない。名詞として用いられている場合は、ある場所を基点として、「使」の目的地の方角を表示することもあれば、それとは逆に「使」の出発地（本源的な位置）の方角を表示することもあるということになる。そのいずれであるかは、結局「使」の目的地と出発地、「使者」の現在地、及び発想主体の位置、この四つの地点相互の構造的連関、つまり表現の「場」によって決定されることになる。

以上、「東・西・南・北」の方位語が動詞を修飾する場合、および、これと関連して流動・移動を本性とする名詞を修飾する場合の意味構造についての考察であった。

3

前掲の語例一覧の中に、⑨「〜去」というのがある。「〜の方に（へ）去る。〜に向って去る。」と説明されている。

方位語は「去」という移動作用の方角を示していて、ごく普通の構成法である。これをそのまま「驪宮高」の「西去都門」の句に当てはめるなら、「西に向かって都門を去る」＝「都門から西に向かって去る」ということになって、驪山は長安の西にあるのだという誤った認識が生じることになる。わが国における長い間の誤解の原因の第一は、やはりこの句法にあったと考えられる。

現代中国語における動詞「去（qù）」の代表的な意味は、

①行く（目的地を目がけて行く）。「到北京～」北京に行く。〔你～東北嗎？〕きみは東北へ行くのか。

②行かせる。つかわす。送る。〔給他～信〕かれに手紙をやる。

③離れる。離れ去る。〔～国〕国外へ去る。（前出『中日大辞典』。ただし簡体字を訂し、用例は一部省略した）

などである。「来（lái）」とは逆な方向性を持ち、従って趨向補語として用いられた場合には、

ⓐ動作の主体が説話者（あるいは行為者）の位置から離れ遠ざかる感じをあらわす。〔就手見給他帯～吧〕ついでにかれに持って行ってやりなさい。（同前）

という機能をもつことになる。

上のような現代中国語としての動詞「去（qù）」の意味で「西去都門」の詞句を解釈すれば、（②の意味は当たらないから、）

①西に向かって都門へ行く。

③西に向かって都門から離れ去る。

のいずれかとなる。①の解釈の場合には、都門（長安）は発想者の位置（驪山）から見て西方に当たることになり、位置関係としては地理上の事実に合致することにはなるのだが、原詩の文脈にはそぐわないこと、明白である。この詩における「去」に移動作用の意味があるとすれば、その移動作用の主体は発想者（白居易）自身ではなくて、西の

長安から東の驪山宮に行幸する「吾君」（憲宗）でなければならないからである。

「西去都門幾多地」という詩句における「去」には、移動作用は含まれてはいない。ここでの用法は『中日大辞典』に「文語、文語的用法」として、

④……をへだたっている。……を去ること。……から。〔此地～北京三百里〕ここは北京をさること三〇〇里である。〔相～不遠〕遠くへだたっていない。〔～古已遠〕古からはすでに遠くへだたっている。

と説明されている意味に合致する。現代中国語では主として「離（lí）」「相隔（xiāng gé）」等で表される意味である。文語における「去」の字義について『大漢和辞典』が説明しているところを、用例を省き、簡約化して示すと、次のようになる（但し、丘拠切・去声・御韻で、かつ動詞の場合に限る）。

㈠さる。㋑はなれる〔離也〕。㋺うつる〔移也〕。㋩たちのく。㋥ゆく〔行也〕。㋭おちる〔落也〕。㋬さける〔避也〕。㋣見すてる。放棄する。㈡うしなふ〔亡也〕。㈢そむく〔乖也。〕㈣はなれる。もと厺に作る。

即ち、文語の「去」は移動作用を表す場合でも、その物が本来在った場所から他の場所へ移動したり、離反したり、あるいは消失したりして、もとの場所に存在しなくなるというのがその本質であって、現代中国語のように「目的地をめがけて行く」というような意味で用いられることは比較的少ない。勿論、このことはすでに常識に属することでもあろう。

「西去都門幾多地」の詩句における「去」は、前述のごとく、『中日大辞典』が「文語、文語的用法」として挙げている例文「此地去北京三百里。（ここは北京をさること三〇〇里である。）」の「去」と同じ用法である。従って、「西去」という熟語動詞と「都門」という名詞との意味連関として考えるべきではなくて、「西」という方位語と「去都門」という語句との意味連関はどうなのかという問題として考察されねばならない、ということになろう。そのためには、唐代の詩作品における実際の用例に即さなければならない。

4

唐詩における「東・西・南・北」という方位語の用例を検索してみて驚いたことは、予想を遥かに上回るその使用頻度の高さである。方位語というものの性格と対偶法との関係で、一首の中に二つの方位語が用いられている作品も多く、三語、時には四語のすべてが揃っているのも、そう珍しいことではない。例えば、

「岐路南《ト》将《ト》レ北、離憂弟《ト》与レ兄、関河千里《ノ》別《レ》、風雪一身行《ク》、（中略）誰《カ》憐《ム》陟《ル》レ岡《ヲ》者、西楚《ヨリ》望《ンデ》二南荊《ヲ》一。」（白居易「自二江陵一之二徐州一路上寄二兄弟一」）

「江路東《ニ》連《ル》千里《ノ》潮、青雲北《ニ》望《メバ》紫微遥《カナリ》、莫《レ》レ道《フ》巴陵湖水濶《シト》、長沙南畔更《ニ》蕭條《タリ》。」（賈至「岳陽楼重宴三別王八員外貶二長沙一」）

「悵二望《シテ》南徐《ヲ》一登《ル》二北固《ニ》一、迢遥《タル》西塞限《ル》二東関《ヲ》一、落日臨《ンデ》レ川《ニ》問《ヘバ》二音信《ヲ》一。寒潮《ハ》惟《ダ》帯《ビテ》二夕陽《ヲ》一還《ル》。」（皇甫冉「酧二張継一」）

「支離東北《ス》風塵《ノ》際、漂泊西南《ス》天地《ノ》間、三峡楼台淹《ヒサシク》二日月《ヲ》一、五渓《ノ》衣服共《ニス》二雲山《ヲ》一、羯胡事《ヘテ》レ主《ニ》終《ニ》無頼《ナリ》、詞客哀《ンデ》レ時《ヲ》且《ツ》未《ダ》レ還《ラ》、庾信生平最《モ》蕭瑟、暮年詩賦動《ス》二江関《ヲ》一。」（杜甫「詠懐古跡」）

「身在《ツテ》二南蕃《ニ》一無《シ》レ所レ預《ル》、（中略）一《タビ》臥《ス》二東山《ニ》一三十春、豈知《ランヤ》書剣老《イントハ》二風塵《ニ》一、龍鍾還《テ》忝《ウス》二二千石《ヲ》一、愧《ヅ》爾《ヂ》東西南北《ノ》人。」（高適「人日寄二杜二拾遺一」）

「昼行《イテ》有《リ》二飢色一、夜寝《ネテ》無《シ》二安魂一、東西不二暫《クモ》住《トドマラ》一、来往如《シ》二浮雲《ノ》一、離《カカリテ》レ乱《ニ》失《ヒ》二故郷《ヲ》一、骨肉多《シ》二散分《セル》一、江南《ト》与二江北一、名有《リ》二平生親《ノ》一。」（白居易「朱陳村」）

などがそれである。

遠く離れている親友や故郷長安に対する懐慕の情、新しい任地や貶謫の地に赴こうとする兄弟・知友との別離の哀しみ、戦乱のために安住の地を求めえず放浪に明け暮れる漂泊の憂い、そうした飄渺として涯底《そこひ》なき孤寂の想いが、

「東・西・南・北」という方位語によって実にみごとに表白されていることに、今更のように瞠目させられたことであった。日本の詩歌との甚だしい懸隔を、その異質性を思わないわけにはいかなかった。

和歌に方位語の多用されることは先ずない。方位語を使用すること自体がまれである。それは決して、単に詩型のみの然らしめるところではないと思う。和歌的抒情は、「昔」と「今」の時間世界における「つながり」と「へだたり」に対する詠嘆をその本質とするものなのではないか。

和歌における方位語と言えば、先ず、柿本人麿の「軽皇子《かるのみこ》の安騎《あき》の野に宿りまし時」の歌の反歌（四首中の第三首）

東《ひむかし》の野に炎《かぎろひ》の立つ見えてかへり見すれば月傾《かたぶ》きぬ（『万葉集』巻一・四八、岩波日本古典文学大系）

の秀歌が思い浮かぶ。が、起承転結の構成をもって配されている反歌四首全体の中で考えれば、これは明らかに「時」を詠んだものである。その「時」は、右の歌を承けて第四首目に、

日並皇子《ひなみしのみこ》の命《みこと》の馬並《な》めて御猟《みかり》立たしし時は来向《きむか》ふ

とある「時」、つまり、軽皇子の亡き父草壁皇子がかつてこの野での猟に出で立たれた、その「時」であり、「昔」と「今」の接点となっている「時」である。単に雄大な自然を詠んだ叙景歌なのではない。

旅の日記や道行文にしても、例えば京から鎌倉へと空間世界を移動しながら、道すがらの歌枕の一つ一つを媒体にして時間世界に踏み入り、「昔」と「今」の連続と断絶とを詠嘆するというのが定石である。時間的な繋がりの中で自からの存在を位置づけようとするところに、伝統的な日本文学の、とりわけ詩歌における世界認識があると言えはしないか。

それに比べて、唐の詩人たちは、渺茫たる空間世界の中で、東西と南北の二つの軸の上に、孤独な存在としての己れを定位しようとしている。そこに彼らの世界認識がある、と言えるのではないだろうか。

白居易には、彼が敬慕私淑した陶淵明の作風に倣った連作「效二陶潜体一詩十六首」（『白氏長慶集』巻五）がある。その第四首は、

「東家《ノ》采《ル》レ桑《ヲ》婦、雨来《リテハナハダ》苦《ス》愁悲《ス》、蔟《スルニ》二蚕《ヲ》北堂《ノ》前《ニ》一、雨冷《カニシテ》不レ成《サ》レ糸《ヲ》、西家《ノ》荷《フ》レ鋤《ヲ》叟、雨来《リテ》亦怨咨《ス》、種《ウルニ》二豆《ヲ》南山《ノ》下《ニ》一、雨多《クシテ》落《チテ》為《ル》レ萁《ト》。」

というものである。これは、渺茫たる空間世界と己れの孤独なる存在というような構図ではない。雨が降って来たといっては、蚕があがらぬ豆が実らぬと嘆くことはあっても、それ以上の深刻な憂患を知らない庶民の姿を、「東家の婦」と「西家の叟」が代表している。その営みの場を「北堂前《ノ》」と「南山下《ノ》」が代表している。そのような牧歌的な四囲のうちに初めて保証されうべき己が生の安寧が思い描かれている。又、同じ「效二陶潜体一詩」の第十五首には、

「南巷《ニ》有《リ》二貴人一、高蓋駟馬《ノ》車、我問《フ》何《ノ》所《ゾ》レ苦《ム》、四十《ニシテ》垂《ルト》二白鬚《ヲ》一、答《ヘテ》云《フ》君不《ヤ》レ知《ラ》、位重《ケレバ》多《シト》二憂虞一、北里《ニ》有《リ》二寒士一、甕牖《ニシテ》縄《ヲ》為《ス》レ枢《トボソト》、出《ルニハ》扶《ケラレ》二桑藜《ノ》杖《ニ》一、入《リテハ》臥《ス》二蝸牛《ノ》庵《ニ》一、散賤《ニシテ》無《ク》二憂患一、心安《クシテ》体亦舒《ブ》、東隣《ニ》有《リ》二富翁一、蔵《シテ》レ貨《ヲ》徧《ネシ》二五都《ニ》一、東京《ニ》収《メ》二粟帛《ヲ》一、西市《ニ》鬻《グ》二金珠《ヲ》一、朝《ニ》営《ミ》暮《ニ》計算《シ》、昼夜不二安居《セ》一、西舎《ニ》有《リ》二貧者一、匹婦配《ス》二匹夫《ニ》一、布裙《モテ》行《キテ》賃舂《シ》、短褐《ニテ》坐《シテ》傭書《ス》、以《テ》レ此《ヲ》求《メ》二口食《ヲ》一、一飽欣《ビ》有《リ》レ余。（下略）」

とある。「貴人」「寒士」「富翁」「貧者」によって代表される社会的諸階層の生きざまが東西南北の四方に配され、空間化されたその世界の中で自からの生の坐標を定めようとしていると見ることができよう。

いささか余談めいて、本稿の主題から逸脱した嫌いがあるが、それほどに、唐詩における方位語の使用頻度の高さと、その象徴的な表現機能の豊かさに感銘したということである。

「東・西・南・北」の方位語だけでなく、「去」及び「来」の用例も唐詩にはすこぶる多く、又その用法も多様であ

る。特に方位語と「去」又は「来」の連接した語句が頻出するのも、戍役遠征、左遷貶謫、離乱流浪、行旅送別などを背景にもつ作品が圧倒的に多いことから、当然と言えば当然とも言えようが、先に述べた唐詩における空間的な世界認識ということとも関わっていよう（以下、平仄の符号と紛らわしいが、方位語には○を、動詞には●を右傍に付す）。

「東家《ト》西舎《ト》同時《ニ》発《シ》、北《ニ》去《リ》南《ニ》来《リテ》不レ逾《エ》レ月《ヲ》、未《ダ》レ知《ラ》行李遊《ブ》二何《ノ》方《ニ》一、作《サバ》二箇《ノ》音書《ヲ》一能《ク》断絶《セン》。」（李白「江夏行」）

「溶溶漾漾《トシテ》白鷗飛《ブ》、緑浄《クシテ》春深《ク》好染《ノ》衣、南《ニ》去《リ》北《ニ》来《リテ》人自《ラ》老《イタリ》、夕陽長《ク》送《ル》二釣船《ノ》帰《ルヲ》一。」（杜牧「漢江」）

「我《ハ》正《ニ》思《フ》二揚府《ヲ》一、君《ハ》応《ニ》レ望《ム》二洛川《ヲ》一、西来《ノハ》風嫋嫋《タリ》、南去《ノハ》雁連連《タリ》。」（白居易「奉レ酬二淮南牛相公思黯見レ寄二十四韻一」）

「白帝暁猿断《エ》、黄牛過客遅《シ》、遙瞻《ニル》二明月峡《ヲ》一、西去《シテ》益相思《フ》。」（李白「竄二夜郎一、於二烏江一留二別宗十六璟一」）

「北去南来」「南去北来」の熟語例、「西来」と「南去」の対語的使用の例、および「西去」が単独で用いられた例である。方位語（以下、文型として表示する場合には〈方〉と略記する）に「去」が下接した表現、即ち「〈方〉＋去」の文型においては、「～の方に去る。～の方へ行く。」の意となって、先に『大漢和辞典』の採録語例に基づいて考察したところと矛盾しない。

この「〈方〉＋去」の語句に、その移動作用の具体的な内容を表す語句の連接することがある。例えば次のごとき例である。（以下、客語・補語には△を右傍に付す）。

「暮宿《ル》二偃師西《ノ》一、徒《ニ》展転《トシテ》在《リ》レ牀《ニ》、夜聞《ク》二汴州乱《ヲ》一、遶《リテ》レ壁《ヲ》行《〱》傍徨《ス》、我時《ニ》留《メ》二妻子《ヲ》一、倉卒《トシテ》不レ及《バ》レ将《キルニ》、（中略）俄《ニ》有《リ》二東来《ノ》説一、我《ガ》家《ハ》免《ルト》レ罹《ルヲ》レ殃《ニ》、乗《リ》レ船《ニ》下《リテ》二汴水《ヲ》一、東《ニ》去《テ》趨《ク》二彭城《ニ》一、従《ヒテ》レ喪《ニ》朝至《ル》レ洛《ニ》、還《タ》走《リテ》不レ及《バ》レ停《マルニ》、仮《リテ》レ道《ヲ》経二盟津《ヲ》一、出入《シテ》行《ク》二澗岡《ニ》一、日西《シテ》入《ル》二軍門《ニ》一（下略）」（韓愈「此日足レ可レ惜一首、贈二張籍一」）

「恵師浮屠者《ハ》、乃《チ》是《レ》不羈《ノ》人《ナリ》、（中略）金鵶既《ニ》騰翥、六合俄《ニ》清新《ナリ》、常《ニ》聞《ク》二禹穴《ノ》奇《ナルヲ》一、東去《シテ》窺《フ》二甌閩《ヲ》一、越《ノ》俗《ハ》不レ好《マ》レ古《ヲ》、流伝《シテ》失《フ》二其《ノ》真《ヲ》一。」（韓愈「送二恵師一」）

「東去」「南去」等の語に、その移動作用の目的内容を表す動詞（以下、〈動〉と略記）と、その行為の対象を表す名詞

〈客語又は補語。以下、〈客・補〉と略記〉とから成る語句が下接している表現、即ち、「〔〈方〉＋去〕＋〔〈動〉＋〈客・補〉〕」という文型である。「～の方へ行って、～を～する。」という意味構造である。「〈方〉＋〔去＋〈動〉＋〈客・補〉〕」という構造ではない。だから、

「西来《ハ》為《メナリ》レ看《ンガ》二泰山《ノ》雪《ヲ》一、東去《ハ》縁《テナリ》レ尋《ヌルニ》二洛花《ノ》春《ヲ》一、来去騰騰《タリ》両京路《ノ》、間行除《キテ》レ我《ヲ》更《ニ》無《シ》レ人。」（白居易「京路」）

のように、「西来」と「看《ル》二泰山《ノ》雪《ヲ》一」、「東去」と「尋《ヌ》二洛花《ノ》春《ヲ》一」、つまり「〈方〉＋去（来）」と「〈動〉＋〈客・補〉」との二つの語句に分割されて、両語句の関係が「為」「縁」の字によって示されるというような表現の例も見出されるのである。

移動作用を、「への移動」と「からの移動」に分けるならば、「東去」「西去」などのような「〈方〉＋去」という語形における「去」は、「への移動」性を持つ動詞だと言える。その「去」が方位語に代わって目的地を示す名詞を補語として取る場合、次の語例のごとく「〈客・補〉＋去」の形となるのが普通である。

「悠悠《トシテ》洛陽《ニ》去《ラバ》、此会在《ラン》二何《ノ》年《ニ》一。」（陳子昂「春夜別二友人一」）

「遊人五陵《ニ》去《ル》、宝剣直《ヒ》千金、分《ツトキ》レ手《ヲ》脱《シテ》相贈《ル》、平生一片《ノ》心。」（孟浩然「送二朱大人入一レ秦」）

「水禽翻《ヘシ》二白羽《ヲ》一、風荷嫋《タワマス》二翠茎《ヲ》一、何《ゾ》必《シモ》滄浪《ニ》去《ラン》、即《ツイテ》レ此《ニ》可《シ》レ濯《フ》レ纓《ヲ》。」（白居易「答下元八宗簡同遊二曲江一後明日見上レ贈」）

「何《ソ》況《ンヤ》尋《ヌルノ》レ花《ヲ》伴、東都《ニ》去《ツテ》未《ダ》レ廻《ラ》、詎《スレゾ》知《ラン》二紅芳《ノ》側《ヲ》一、春尽《キテ》思《ヒ》悠哉《ナルカナ》。」（白居易「西明寺牡丹花時憶二元九一」）

「忽憶《フ》故人《ノ》天際《ニ》去《ルヲ》、計《ルニ》レ程《ヲ》今日到《ラン》二梁州《ニ》一。」（白居易「同三李十一酔憶二元九一」）

これに対して、「去」が「～を去る。～から立去る」という意の、「からの移動」性を持つ動詞である場合は、「去＋〈客・補〉」の形をとることが多い。例えば、次の諸例である。

「去《ツテ》レ国《ヲ》魂已《ニ》遠《ク》、懐《ウチ》レ人《ヲ》涙空《シク》垂《ル》。」（柳宗元「南澗中題」）

「天長《ク》地濶《ウシテ》嶺頭《ニ》分《レ》、去《リ》レ国《ヲ》離《レテ》レ家《ヲ》見《ル》二白雲《ヲ》一。」（沈佺期「遥同二杜員外審言過一レ嶺」）

「去《ツテ》レ国《ヲ》三巴遠《シ》、登《レバ》レ楼《ニ》万里春《ナリ》、傷《マシム》レ心《ヲ》江上《ノ》客、不二是《レ》故郷《ノ》人《ニアラ》一。」（盧僎「南楼望」）
「草草辞《シテ》レ家《ヲ》憂《ヒ》二後事《ヲ》一、遅遅去《リテ》レ国《ヲ》問《フ》二前途《ヲ》一、望秦嶺上廻《ラシテ》レ頭《ヲ》立《テバ》、無《キ》レ限《リ》秋風吹《ク》二白鬚《ヲ》一。」（白居易「初貶レ官過二望秦嶺一」）
「路《ニ》逢《ヒ》二故里《ノ》物《ニ》一、使《ム》三我《ヲシテ》嗟《カ》二行役《ヲ》一、不レ帰《ラ》二渭北《ノ》村《ニ》一、又作《ル》二江南《ノ》客《ト》一、去《リテ》レ郷《ヲ》徒《ニ》自《ラ》苦《シム》、済《フ》レ世《ヲ》終《ニ》無《シ》レ益、自問《フ》波上《ノ》萍《ラ》、何《ゾ》如二澗《カン》中《ノ》石《ニ》一。」（白居易「鄧州路中作」）

「〈客・補〉＋去」と「去＋〈客・補〉」の両文型が、このように明確に表現機能を分担しているならば問題はないのであるが、実際には必ずしもそうではない。「去＋〈客・補〉」の文型において、その〈客・補〉の名詞が、「去」の目的地もしくは到着地を示している例も見当たるのである。次の例がそうである。

「一《タビ》為《ツテ》二遷客《ト》一去《ル》二長沙《ニ》一、西《ノカタ》望《メドモ》二長安《ヲ》一不レ見レ家《ヲ》、黄鶴楼中吹《ク》二玉笛《ヲ》一、江城五月落梅花。」（李白「与二史郎中欽一聴二黄鶴楼上吹一レ笛」）
「西施昔日浣紗津《ノ》、石上《ノ》青苔思二殺人《スヲ》一、一《タビ》去《ツテ》二姑蘇《ニ》一不二復《タ》返《ラ》一、岸傍《ノ》桃李為《ニカ》レ誰《ガ》春《ナル》。」（楼穎「西施石」）

「去二長沙一」や「去二姑蘇一」の語句からだけでは判断しがたいけれども、これらの詩において、発想者の視点は動作主体の本源的な位置、つまり移動作用の起点（江城・浣沙津）と合致していて、「長沙」や「姑蘇」が出発地ではありえず、到着地であることは明白なのである。

移動作用には、その出発地と到着地、および移動作用の主体の所在地、この三点がなければならない。経験的な事実としては、その三点のうちの一つ乃至二つが不明もしくは不定の場合もあるけれども、本来この三点は移動作用の不可欠な要素である。そのような移動作用が表現の対象となっている場合、この三点に加えてもう一つ、表現する主体（発想者）の視点がからむ。この四つの点の相互の構造的な連関のありようを捨象して、文章中から切り取られた短小な語句の構造の如何だけで明確に弁別できるほど、言語表現というものが単純であるはずはないということであろう。

上来、方位語と「去」が連接する語句（「〈方〉＋去」）の構造、並びに「去」と客語・補語が連接する語句（「去＋〈客・補〉」）の構造について検討して来たのであるが、本稿が最終的に問題としている「西去都門幾多地」という詩句は、その二つの構造の複合した構造、即ち「〈方〉＋去＋〈客・補〉」という構造をもつものである。

このような詩句の意味構造を考えるに当たって、先ず、その一般的な構造を知るために、「去」の代わりに他の動詞が用いられている場合、即ち、「〈方〉＋〈動〉＋〈客・補〉」という構造をもつ事例の考察から始めたい。その場合の動詞の性質を、

A「明確な方向性を持つが、移動作用を含まない動詞」
B「明確な方向性を持ち、かつ移動作用を含む動詞」
C「動作性を持たない、状態性の動詞」

の三種に分け、それぞれの構造における方位語の機能について検討することにする。

A「明確な方向性を持つが、移動作用を含まない動詞」の場合

「〈方〉＋〈動〉＋〈客・補〉」という構造を持つ詩句の意味を最も明瞭に把握しうるのは、その動詞が、明確な方向性を持っていながら移動作用を含まない語である場合である。その代表的な動詞として「望」を挙げることができる。謫地にあって故郷を懐い、京師にあって異郷の友を憶う時だけでなく、侍宴応制の作で四季の眺望を詠む折などにも用いられることの多い動詞である。

「東望《メバ》二望春《ヲ》一春可《シ》レ憐《ム》、更《ニ》逢《ウテ》二晴日《ニ》一柳含《ム》レ烟《ヲ》。」（蘇頲「侍二宴安楽公主新宅一応制」）

「西望《メバ》二郷関《ヲ》一腸欲《ス》レ断《エント》、対《シテ》レ君《ニ》衫袖涙痕斑《ナリ》。」（岑参「暮春虢州東亭送三李司馬帰二扶風別廬一」）
「南望《メバ》二千山《ヲ》一如《シ》二黛色《ノ》一、愁《フ》君《ガ》客路在《ラン》二其中《ニ》一。」（皇甫冉「曾山送別」）
「南《ノカタ》　浮《ンデ》二漲海《ニ》一人何《レノ》処《ゾ》、北望《メバ》二衡陽《ヲ》一雁幾群《ゾ》。」（沈佺期「遙同二杜員外審言過レ嶺」）
「南望《メバ》二鹿門山《ヲ》一、藹《トシテ》　若《シ》レ有《ルガ》二余芳一。」（白居易「遊二襄陽一懐二孟浩然一」）

これらはいずれも発想者自身が「望」という行為の主体でもあるが、方位語で示されたその方角に向かって、その対象を眺望するのである。方位語は、勿論その行為の行われる方向を示しているが、同時にその行為の主体の位置（＝発想者の視点）を基点として対象の存在する方向をも示していることになる。その間にいささかの矛盾もありえない。その意味構造を明瞭に把握しうる所以である。

「望」という行為の対象が、「〈方〉＋望」の語句の前に置かれることがある。

「故園東望路漫漫、双袖龍鍾《トシテ》　涙不レ乾《カ》、馬上相逢《ウテ》　無《シ》二紙筆一、憑《テ》レ君《ニ》伝語《シテ》　報《ゼン》二平安《ヲ》一。」（岑参「逢二入レ京使一」）

作者岑参は安西北庭節度判官となって塞外に赴任する途上にある。折しも西から来て東の長安に向かう使者に出逢った。それに託して自分の無事を家郷の人に伝えてもらおうというのである。「故園東望」は「東望故園」と変わりがないように見える。ところが、

「海天東望夕茫茫、山勢川形闊《クマタ》且長《シ》、灯火万家城《ノ》四畔、星河一道水《ノ》中央。」（白居易「江楼夕望招レ客」）
「江路東連《ニナル》　千里《ノ》潮、青雲北望紫微遙《カナリ》、莫《カレ》レ道《フ》巴陵湖水闊《シト》、長沙南畔更《ニ》蕭條。」（賈至「岳陽楼重宴三別王八員外貶二長沙一」）

などと併せ考えると、「望」の対象が可視的な一点としてあるのではなく、抗州城東の望海楼から海と空とが接する辺りの夕景をはるばると眺め渡したり、洞庭湖畔の岳陽楼に登って広漠たる蒼空の彼方に紫微宮（長安）を眺め遣ったりするのと同様、空の果て、陸路の果てを、そなたの方角に向かって見はるかす茫洋の思いがひとしお濃くなって

いると言える。さらに、

「洞庭西望楚江分《ル》、水尽《キテ》南天不レ見レ雲《ヲ》、日落《チテ》長沙秋色遠《シ》、不レ知《ラ》何《レノ》処《ニカ》弔《ハン》二湘君《ヲ》一。」（李白「陪二族叔刑部侍郎曄及中書舎人賈至一遊二洞庭湖一」）

になると、洞庭湖に舟を浮かべて、眼前の漫々たる湖水を視野に収めつつ、なおその彼方を遠く眺望するのにはちがいないが、「洞庭」は「望」という行為の主体の位置（＝発想者の視点）と理解しても誤りはないわけである。

B　「明確な方向性を持ち、かつ移動作用を含む動詞」の場合

「〈方〉＋〈動〉＋〈客・補〉」という構造において、その動詞が明確な方向性を持ち、かつ動作主体の移動作用をも含む性質の語である場合について考察する。

「西向二輪台一万里余、也《マタ》知《ル》郷信日《ニ》応《ニ》《キヲ》レ疎《ナル》、隴山鸚鵡能《ク》言語《ス》、為《ニ》報《ゼヨ》家人数《シバシバ》寄《セヨト》レ書《ヲ》。」（岑参「赴二北庭一度レ隴思レ家」）

「南登二碣石館一、遙《ニ》望《ム》二黄金台《ヲ》一。」（陳子昂「薊丘覧古」）

「巣父掉《ツテ》レ頭《ヲ》不レ肯《ゼ》レ住《トドマルヲ》、東《ノカタ》将《ニ》三入《ツテ》レ海《ニ》随《ハント》二烟霧《ニ》一、（中略）南尋二禹穴一見二李白一、道《イヘ》甫問訊《ス》今何如《ト》。」（杜甫「送三孔巣父謝レ病帰二遊江東一、兼呈二李白一」）

「南幸二江都一恣《ニス》二佚遊《ヲ》一、応《ニ》《シ》下将《テ》二此《ノ》樹《ヲ》一蔭《セシナル》中龍舟《ニ》上。」（白居易「隋堤柳」）

前二者は発想者と動作主体とは同一人であるが、後二者はそれが別人である場合である。が、発想者の視点はいずれも動作主体の移動作用の起点に設定されている。即ち、岑参の作では隴山（陝西省鳳翔府）、陳子昂の作では薊丘（北京徳勝門西北）、杜甫の作、および白居易の作では長安である。方位語がそこを基点として動作の対象の存在する方角を示していると考えることができる点では、「望」の場合と異なるところはないと言える。ただ、移動作用を含む動詞の場合、その動作の対象とは、移動作用の到着地（必ずしも最終的な到着地のみを意味しない）に外ならないから、方

位語は、単に副詞としての機能だけでなく、それ自身動詞として機能していると見ることも可能になる。つまり、「西して輪台に向かひ、」「南して碣石館に登る」と解しても、なんら矛盾は生じないわけである。

このような句法を持つ唐詩として、われわれに最も親しい作品と言えば、例の陽関三畳の曲である。

「渭城朝雨《ノ》　浥《ウルホス》二軽塵《フ》一、客舎青青《トシテ》　柳色新《タナリ》、勧《ム》レ君《ニ》更《ニ》尽《セ》一杯《ノ》酒、西出二陽関一無《カラン》二故人一。」（王維「送三元二使二安西一」）

「西出二陽関一無二故人一」の句は、もし不用意に読むならば、「陽関を西へ出て行ったら、もはや酒酌み交わす昔なじみもいなかろうから」という意味に受け取りかねない。陽関を基点にしてそこから西の地域を指すと考えやすいからである。実際、元二が使者として向かおうとする安西都護府は、タリム盆地の北縁に位置する亀茲《きうじ》（新彊ウイグル自治区庫車《クチヤ》県）にあって、陽関（甘粛省敦煌県の西端）から西へさらに千キロもの彼方にあったのである。が、その西征の主体である元二が作者王維と共に今在るのは長安から北へ十キロ足らず、渭水の北岸にある渭城である。陽関はそこから西北へ千数百キロの彼方にあった。「出二陽関一」という行為自体の起点は確かに陽関であるにちがいないが、この作品の世界では渭城が旅の起点であり、作者の視点の据えられた位置でもある。渭城を基点として、やがて越えるべき陽関の所在する方角が「西のかた」なのであるというのが、その最も基本的な意味なのであろう。塩谷温氏の解釈を見ても、

「これから西の陽関を出てしまへば、たとひ酒酌みかはしたいと思っても、親しい友はないのだから。」

（『唐詩三百首新釈』）

とある。また、同じく渭城を基点としながらも、次のように解釈しているものも見当たる。

「西へ進んで陽関を出ると、もう友人はいないのだから。」「君がこれから西へ向けて旅を続け、陽関を越えると、もうこうして一緒に酒を酌み交わす友人もなくなるだろうから、どうかもう一杯あけてくれというのである。」

（鎌田正・米山寅太郎氏『漢詩名句辞典』、大修館書店、昭和55再版）

前述のごとく「出二陽関一」という行為の起点は陽関であるが、「出」には当然、基点である渭城から陽関までの移動が前提になっており、その延長として「出二陽関一」があるわけで、その前提を補うべく「西」の用法に動詞の機能を認めているのかもしれない。

「〈方〉＋〈動〉＋〈客・補〉」という構造において、その動詞が明確な方向性を持ち、かつ移動作用を含む語である場合には、方位語に動詞としての機能を認めても、表現と事理との間になんらの矛盾も生じないであろう。その表現を、表現対象の客観的な事理に即して解釈しようとすればするほど、方位語が動詞としての機能を帯びて見えて来るということになるのかもしれない。

C　「動作性を持たない、状態性の動詞」の場合

「〈方〉＋〈動〉＋〈客・補〉」という構造において、その動詞が動作性を持たない、状態性の語である場合、もしくは、動作性の語であってもその動作が完了してその結果の状態が存続している場合、その意味構造はいかなるものとなるのであろうか。

「西当二太白一有《リ》二鳥道一、可《シ》三以《テ》横二絶《ス》峨眉《ノ》嶺《ヲ》一。」（李白「蜀道難」）

この「西」は秦地（現在の陝西省一帯の地域）の西部を意味している。そこに太白山（標高三六六六メートル）が聳えていて、蜀道の入口に当たっている。

「河山北枕二秦関一険《ニ》、駅路西連二漢時一平《カナリ》。」（崔顥「行経二華陰一」）

「臣聞《ク》雲南《ノ》六詔《ノ》蛮、東連二牂牱一、西接レ蕃。」（白居易「蛮子朝」）

「西至二黄河一東至レ淮、緑影一千三百里。」（白居易「隋堤柳」）

などは、陝西省東端の華陰（華山の北）の地域とか、雲南・四川両省にいた六種の蛮族である六詔の勢力範囲とか、

隋の煬帝が造らせた大運河の堤の柳並木の長さとかについての地理的な説明であって、方位語は、作者の存在する位置を基点とするものではなくて、地理上のある一定の範囲における境界なり部位なりを示すべく用いられている。

「東南得二幽境一、樹老《イテ》寒泉碧《ナリ》。」（白居易「洛下卜居」）

というのは、白居易が長慶四年（八二四）、杭州刺史を辞して洛陽に住まうことになり、「東南」に閑寂な土地を購求したというのであるが、これも洛陽の都という範囲の中の「東南」の地域を指したものである。又、

「西開二玉像殿一、白仏森《トシテ》比《ブ》レ肩《ヲ》。」（白居易「遊二悟真寺一」）

などは、同じ作品の中にある、「暁《ニ》尋《ヌレバ》二南塔《ノ》路《ヲ》一、乱竹低《レテ》嬋娟《タリ》」、「道南《ニ》藍谷神《アリ》」、「西北《ニ》日落《ツル》時、夕暉紅《クシテ》団団《タリ》」、「東南《ニ》月上《ル》時、夜気清《クシテ》漫漫《タリ》」、「東涯《ニ》饒《ク》二怪石一」、「其《ノ》西《ニ》曬薬台《アリ》」等々の詩句とともに、悟真寺の伽藍や環境のたたずまいを叙したもので、個々の事物の描出に当たっては境内を徘徊する作者の移動する視点があるにしても、方位語は、そのような作者の個人的な視点を越えて、寺域全体の中での部位や方角を示すために用いられている。

広狭の如何にかかわらず、ある一定の範囲における境界や部位や方角を示すための方位語の用い方は、あたかも地図の上におけるそれと同様であり、あえて視点という語を用いるならば、それは俯瞰的な視点とでも言うべきものであろう。これは、その動詞が動作性をもつ場合や、さらにそれが移動作用を表す語である場合をも含めて、『史記』などの史書における客観的な叙述、例えば巡狩や征戍に関する叙述には、幾らもその事例を見出すことのできるものである。

以上、「〈方〉＋〈動〉＋〈客・補〉」という構造を持つ詩句における方位語の働きに関して、その動詞の性質を三つに分け、それぞれの場合について考察して来た。その結論を要約すると、次のとおりである。

A　「望」のごとく、その動詞が、明確な方向性を持つが移動作用を含まない語である場合、方位語は、

(1)その動作の方向を示す。

(2)それは同時に、動作主体の位置（発想者の視点）を基点として、その動作の対象（〈客・補〉）の存在する方角を示すことにもなる。

B「出」のごとく、その動詞が、明確な方向性を持ち、かつ移動作用を表す場合、方位語は、

(1)その移動作用の方向、又は移動作用の行われる場所の方向を示す。

(2)それは同時に、その移動作用の出発地（発想者の視点）を基点として、移動作用の目標（〈客・補〉）の存在する方角を示すことになる。

(3)それは又、その方角への移動そのものをも表す動詞としての機能を持つと解しても、表現対象（素材）の事理との間に矛盾は生じない。

C　その動詞が、動作性を持たない状態性の語である場合、方位語は、

(1)ある一定の範囲内における境界・部位・方角を示す。

(2)それは同時に、発想者の視点（多くは俯瞰的な視点であるが、時にはその範囲内にある特定の指標となる物件）を基点として、その状態の対象（〈客・補〉）の存在する方角を示すことになる。

右に要約した三つの場合に通じて認められる方位語の働きは、各の場合で(2)として挙げた点である。即ち、発想者の視点と、客語・補語によって表されている対象との位置関係に関わる表現であって、方位語は、発想者の視点を基点として見た、対象の存在する方角を示す、ということである。

7

「〈方〉＋〈動〉＋〈客・補〉」という構造をもつ詩句において、その動詞が状態性の「去」である場合、その詩句の意味構造はどうであるか。それについて考察すべき時が来た。

文語動詞としての「去」の概念については、すでに『大漢和辞典』や『中日大辞典』の説明に基づいて検討したとおり、たとい、それが移動作用を含む場合であっても、その物が本来在った場所から他の場所へ移動したり離反したり、あるいは消失したりして、もとの場所には存在しなくなるというのがその本質であると捉えた。「去」には、そのような移動・離反・消失という作用の結果の状態が存続していることを表す用法も当然あれば、又、ある物と他のある物とが離れて存在しているという純粋に状態性を表す用法もある。その後者の最も端的な事例は「相去」という形である。

「登《リテ》レ楼《ニ》東南《ヲ》望《メバ》、鳥滅《シテ》烟蒼然《タリ》、相去復《タ》幾許《イクバクゾ》、道里近《シ》二三千《ニ》一。」（白居易「寄二江南兄弟一」）

「我生《レ》二君之後《ニ》一、相去五百年、毎《ニ》レ読《ム》二五柳伝《ノ》《ヲ》一、目《ニ》想《ヒ》心《ニ》拳拳《タリ》。」（白居易「訪二陶公旧宅一序」）

前者は、作者自身の所在地（長安）と、兄弟（江西省浮梁県の主簿であった長兄の幼文か）のいる江南との地理的な距たりを言い、後者は、敬慕する陶淵明（三六五〜四二七）と作者自身（七七二〜八四六）との時代的な距たりを言っている。いずれも、「相去」の語に、「複幾許、道里近二三千一」とか「五百年」とか、両者の距たりを数量的に表示する（もしくは数量的に把握しようとする）語句の下接していることが注目される。距たって在る状態について言及しようとする心意は、当然その距たりの多寡に対する関心を伴うものであろう。

「相去」という形を取らない場合、即ち、距たって在る両者のうちの一方が基点となっている場合でも、その点は変わらない。

「連峰去レ天不レ盈レ尺、枯松倒《ニ》挂《ツテ》倚《ル》二絶壁《ニ》一。」（李白「蜀道難」）
「徐州《ノ》古豊県、有《リ》レ村曰《フ》二朱陳村《ト》一、去レ県百余里、桑麻青《ウシテ》　氛氳。」（白居易「朱陳村」）
「我遊《ブ》二悟真寺《ニ》一、寺《ハ》在《リ》二王順山《ニ》一、去レ山四五里、先《ツ》聞《ク》水《ノ》潺湲《タルヲ》。」（白居易「遊二悟真寺一詩」）
「江迴《リテ》　望見《ス》双華表、知《ンヌ》是《レ》潯陽《ノ》西郭門《ノ》、猶去二孤舟一三四里、水烟沙雨欲《ス》二黄昏《ナラント》一。」（白居易「望二江舟一」）

などの諸例、いずれも同様である。

「自《リ》レ築《キシ》二塩州《ニ》一十余載、左衽氈裘不レ犯《サ》レ塞《ヲ》、昼《ハ》牧《ヒ》二牛羊《ヲ》一夜《ハ》捉《ヘ》レ生《ヲ》、長《ク》去二新城一百里外。」（白居易「城二塩州一」）

なども、「去」は「遠のいて行く」意ではなくて、貞元八・九年（七九二〜三）、塩州（甘粛省塩池県）に城を築いたことによって吐蕃の侵寇がとだえ、彼らが新城から百里もの外に遠く離れて在る状態が長く続いていることを言ったものであろう。

両者の距たりの多寡を数量的に表示する語句を、「幾許」のごとき不定詞による表示をも含めて、仮に数量詞〈数〉と略記と呼ぶならば、如上の諸例は、「去＋〈客・補〉＋〈数〉」という構造の文型として抽象することができる。「驪宮高」の「西去二都門一幾多地」という詩句の、「西」の字を除いた六字の部分は、まさにこの文型に当たり、「都門からどれだけ離れているというのだ。さまで遠くはないではないか。」の意でなければならないことになる。

問題は、この「西」という方位語が、その下接の語句にどう機能的に関わって行くのかということであった。前述の考察において確認した「〈方〉＋〈動〉＋〈客・補〉」という構造をもつ詩句における方位語の働き、即ち「発想者の視点を基点として見た、対象の存在する方角を示す」という結論を、この詩句に当てはめてみる。原詩の構成から見て、作者の視点が驪山の上なる華清宮に置かれていることは明らかである。となると、「西去二都門一幾多地」という詩句の意味構造は、

「（この驪山宮から見て）西に在る（長安の）都門から、（この驪山宮は）どれだけ離れているというのか。（そん

なに遠くは離れていないではないか。）」

ということになり、表現の構造と、驪山が長安の東に位置しているという地理上の事実とが、なんら齟齬することなく結び付くということになるのである。

検証が必要であろう。次のような事例がある。

「東去㆓長安㆒万里余、故人那《ナンゾ》惜《ム》一《ノ》行書、玉関西望《スレバ》腸堪《ヘタリ》㆑断《ツニ》、況《ンヤ》復《タ》明朝是《ハレ》歳除《ナルヲヤ》。」（岑参「玉関寄㆓長安李主簿㆒」）

この絶句の起句に、先程の原則を適用すると、次のような解釈になる。

「（今自分がいる此処から見て）東に在る長安の都から、（此処は）一万里あまりも距たっているのだ。」

実際、題詞に明らかなように、この時、岑参（七一四〜七〇）は長安を出発して玉門関に至り、さらに関を出て、西への旅を続けようとしていた。おそらく天宝十三載（七五四）、安西北庭節度判官となって、北庭（新疆ウイグル自治区孚遠）に赴く途次のことであろう。故郷長安にある友人の李主簿（主簿は官名）にこの詩を送って、なぜ一行の消息すら寄こさないのかと行旅の寂寥を訴えているのである。というわけであるから、上の解釈は地理上の位置関係の実際にも合致していることになる。なお、この詩の転句にある「玉関西望」は、「西望㆓玉関㆒」とは異なり、玉門関に立って旅の行手の西方を見はるかすのである。前方に果てしなく広がる狄地の風景は、年の瀬をひかえて、いよいよ蕭条としている。釈大典は、「在《ル》㆑家者《ニ》怎《ナンゾ》知《ラン》㆓這《コノ》凄楚《ヲ》㆒」（『唐詩解頤』巻七）と、その余意を補っている。

四　おわりに

「〈方〉＋去＋〈客・補〉＋〈数〉」という文型の意味構道を、上に述べて来たように捉えるならば、地理上の実際の位置関係に牽き付けて解釈するのでなくても、又、たとい実際の地理を知らなくとも、誤解は生じなかったはずである。

しかるに、それがわが国において誤った受け取り方がなされ、かつ長く続いたのはなぜか。それに対する解答は、すでに上来の論述の過程で触れて来ている。「西去二都門一」の「去」を「去って行く」の意に解し、「西」はその「去って行く」方向を示すと考えたことが誤解の発端であり、その誤解が地理上の実際に対する正しい認識によって匡正される機会を持つことが極めて難しいことであったからに外ならない。

しかし、より重要なことは、「〈方〉+〈動〉+〈客・補〉」という構造をもつ詩句の圧倒的多数が、「方位語は下接の動詞が表す行為の方角を示す」と理解しても、事理との間に矛盾を生ぜしめない事例であった、という背景のあったことである。

方位語を伴わない「去+〈客・補〉+〈数〉」という構造の詩句ならば、前に掲げたように少なからず用例もあったし、その構造の中でならば、「去」の意義を、「離れて在る」状態を表す動詞として誤りなく理解することも容易であったのにちがいない。ところが、これに方位語が付いた途端、下接の語句の構造が壊されて、「〈方〉+去」という構成の語句が強く意識されることになり、他の多くの「〈方〉+〈動〉+〈客・補〉」という構造の事例の中に埋没してしまったと考えることができる。それほどに、この「〈方〉+去+〈客・補〉+〈数〉」という構造をもつ詩句は、唐詩にその例が少なくて、管見に入ったのには僅かに、問題として取り上げた「驪宮高」の「西去二都門一幾多地」の詩句と、仮説の検証に用いた岑参の「玉関寄二長安李主簿一」詩の「東去二長安一万里余」の句と、この二例だけである。他の多くの類似した詩句と同様に見做して「西に向かって去る」と解したとしても、それは無理からぬところであったと思われる。

その上、この誤解を誘引し支援するものがあった。それは、外ならぬ白居易の『長恨歌』である。問題の箇所を挙げる。

驪宮高処入青雲　　驪-宮の高(き)処、青-雲に入レリ、

仙楽風飄処々聞　　仙-楽、風に飄《ヒ(ルガヘ)》(ツ)て処-々に聞ユ、

緩歌慢舞凝糸竹　緩(く)歌(ひ)慢《ユル》ク舞(う)て、糸-竹を凝《コラ》す、
尽日君王看不足　尽日に君-王　看《ミ》(れ)ど足《ア》キ不《(ず)》、
漁陽鞞鼓動地来　漁-陽の鞞-鼓《フリツヾミ》、地を動《ユル(ガ)》イて来ル、
驚破霓裳羽衣曲　驚-破《ソヽヤ》〈す〉霓-裳の羽-衣の曲《ユステヽトヨム》〈ヲ〉、
九重城闕煙塵生　九-重の城-闕に、煙-塵生《ナ》ル、
千乗万騎西南行　千乗《ジヨ(ウ)》、万-騎、西-南に行く、
翠花揺々行復止　翠-花揺-々と(し)て行(キ)て復、止《トド》マル、
西出都門百余里　西のか(た)都-門を出(づる)こと、百-余-里、
六軍不発無奈何　六-軍発《オコ》(ラ)不《(ず)》、奈何《ナニ》とも云(ふこと)無(し)、（金沢文庫本）[17]。

安祿山の叛乱を歌った所である。玄宗が楊貴妃やその一族を伴って頻繁に驪山宮に行幸したことはすでに述べた。そこで歌舞の逸楽に耽っていた折しも、漁陽（北京市の東北）に起こった安祿山の叛軍が南下し、黄河を渡って洛陽を陥れ、遂に潼関をも破って長安に迫った。天宝十五載（七五六）六月十三日の朝早く、帝は長安の西門を出た。『旧唐書』（玄宗紀）には「凌晨自《リ》㆓延秋門㆒出《ツ》、微雨霑湿《ス》」とある。行先は長安から西南の方角に当たる蜀の成都である。「長恨歌伝」に、「潼関不㆑守《ラ》、翠花南幸《ニス》、出《デテ》㆓咸陽道《ノヲ》㆒、次《ヤドル》㆓馬嵬亭《ノニ》㆒。」とあるように、まずは長安（延秋門はその西北部にある）からほぼ真西に進んで約六十キロ、馬嵬の駅に着いた。そのことを「西《ノカタ》出《ツルコト》㆓都門《ヲ》㆒百余里」と詠んでいるのである。更に、玄宗がやがて蜀都から長安に還幸したことを叙しては、

馬嵬坡下泥土中　馬嵬の坡《ツヽミ》の下《モ》、泥-土の中に、
不見玉顔空死処　玉《ノ》-顔《ヲモ》見〈エ〉不《(ず)》、空(しく)死(に)たる処ノミアリ
君臣相顧尽霑衣　君臣、相顧《カヘリ》ミて尽(く)に衣を霑《ウル》ヲス、

東望都門信馬帰　　東のか(た)都門を望(ん)で馬に信《マカ》せて帰(る)、

と詠じている。馬嵬の駅から東のかた長安の西門を望み見ながら馬の歩むに委せて帰って行くのである。『長恨歌』の「西出二都門一百余里」の句や、「東望二都門一信《セテ》レ馬《ニ》帰《ル》」の句を吟誦し馴れた者の眼で、「驪宮高」詩の「西去二都門一幾多地《ノソ》」という句に接した時、都門から西に向かって去って行くものと受け取って、驪山と長安との位置関係を誤認したとしても、それは致し方のないことであったと言わねばなるまい。

そう考える時、身延文庫本『和漢朗詠註抄』や細川家蔵本『倭漢朗詠抄注』（「永済註」）に顕在化している事実誤認も、その由来するところは遙かに遠かったのではないか、と推測されるのである。

中宮定子の御前で、西の京の荒廃したありさまを語って、「垣《かき》などもみな古《ふ》りて、苔生《こけお》ひてなん」と言った頭中将斉信に対して、即座に「瓦《かはら》に松はありつや」と応答した宰相の君も、その機知にいたく心を動かして「西《にし》の方《かた》、都門を去《さ》れる事いくばくの地ぞ」と原詩のその先の句を吟誦した斉信も、又、その話に持ち前の趣味をそそられて『枕草子』に書き留めた清少納言も、驪山宮が長安の都の「西のかた」にあるものと信じて疑わなかったのかもしれないのである。

注

（1）古鈔本の訓読に当たっては、その乎古止点を平仮名で、訓仮名を片仮名で表記し、不読文字は〔 〕で、私意による補読は（ ）で括った。ただし、声点および左傍の訓符は省略し、二訓以上併記の場合は一訓のみを採って他を省略、もしくは〈 〉で括って示す。以下同じ。

（2）漢籍からの引用の際、依拠した本文については文末括弧内に注すが、返点・送仮名は私にこれを施し、或いは加除補修した。以下同じ。

（3）『大明一統志』（巻三十二、西安府上）には「慶山」について次のごとく説明されている。「在《リ》二臨潼県《ノ》東南三十五里《ニ》一、唐武《ノ》

時、因《テ》二風雷《ニ》一湧出《キツ》、此山《ノ》初高六尺余、漸《ク》高至《ル》二二百余尺《ニ》一、荆州人兪文俊、上書《シテ》曰《ク》、地気不《シテ》レ和《セ》而堆阜出《ツ》、今陛下以二女主《ヲ》一処《ス》二陽位《ニ》一、山変《ジテ》為レ災《ヲ》、以為二慶山《ト》一、臣以為《ハ》レ非《ト》レ慶《ニ》也」（汲古書院刊、和刻本）

（4）『日本文学大辞典』「枕草子」の項（新潮社、昭和7〜9、増補改訂昭和26・4）

（5）補『白氏長慶集諺解』（森幸太郎・尾崎知光氏編、和泉書院、昭和61・1）は、原著者、成立時期ともに未詳であるが、巻末の「解説」（尾崎知光氏稿）によれば、明暦三年（一六五七）刊の『白氏長慶集』（馬元調校本）をテキストにした講述であり、さらに、その注解には『字彙』（明、梅膺祚撰）が用いられているところから、寛文十二年（一六七二）の『増注改正頭書字彙』刊行によってこの字書が普及することになったそれ以後の成立と推定され、書物の形態・紙質・筆跡などから元禄（一六八八〜七〇四）以前と見られるとしている。季吟の『和漢朗詠集註』より幾らか後の注釈書であるが、「驪宮高」の「西去都門幾多地」の注に、「此《コ》ノ驪山ハ都《ミヤコ》ノ西《ニシ》ニアリ、此《コ》ノ驪山ト帝居《テイキョ》ノ都《ミヤコ》トハ幾多《イクハク》ト多《ヲヲク》ノ路《ミチ》ノリハ無《ナ》ゾ」と解釈していて、やはり位置関係の誤解が見られる。

（6）牧野和夫氏「中世の太子伝を通して見た一、二の問題(1)——所引朗詠注を介して、些か盛衰記に及ぶ——」（『東横国文学』13、昭和56・3）補 後に『中世の説話と学問』（和泉書院、平成3・11）所収

（7）黒田彰氏「源平盛衰記と和漢朗詠集永済注——増補説話の資料——」（『説話文学研究』17、昭和57・6）補 後に『中世説話の文学史的環境』（和泉書院、昭和62・10）所収

（8）細川家蔵『倭漢朗詠抄註』は原本未見。斯道文庫蔵マイクロフィルムによって、その当該部分の抜書を牧野和夫氏に依頼した。記して氏の厚意を謝す。補 後に『倭漢朗詠抄注』（『細川家永青文庫叢刊』第十三巻、汲古書院、昭和59・9）に拠って確認。

（9）太田次男氏「釈信救とその著作について——附・新楽府略意二種の翻印——」（『斯道文庫論集』5、昭和42・7）、および「真福寺蔵新楽府注と鎌倉時代の文集受容について——付・新楽府注翻印——」（『斯道文庫論集』7、昭和44・10）補 後に『旧鈔本を中心とする白氏文集本文の研究』（勉誠社、平成9・2）下巻第四章所収

（10）季吟が「永済註」に引く『初学記』の名を『三秦記』に改めたのは、『初学記』（巻七、地部下、「驪山湯第三」）の次の叙述に拠ったものであろう。「博物志云、凡水源有石流黄、其泉則温、或云神人所煖、主療人疾、辛氏三秦記云、驪山湯、旧

説以三牲祭乃得入、可以去疾消病、俗云秦始皇与神女遊而忤其旨、神女唾之則生瘡、始皇怖謝、神女為出温泉而洗除、後人因以為験、漢武帝故事云、驪山湯、初始皇砌石起宇、至漢武又加修飾焉。」（民国65再版、鼎文書局刊）

（11）［補］平成九年十一月京都岩倉実相院所蔵文書の総合調査が開始され、それに伴って発見された『和漢朗詠集』上巻（内題「朗詠上注」）には、この句に、

玉甃トハ崐崙山ニアリ、秦ノ代ニ驪山ト云山ニ宮ヲ立ラレタリ、是ヲホメテ云也、温泉トハ、秦始皇驪宮ニノホテ神女トアソヒ給ケルニ、何ナル事カアリケン、神女心ユカス思テ、ツハキヲハキタリケルカ御門ノ御身ニカヽリテ、カサトナリタリシカハ、御門恐テ謝シ給ヒケレハ、神女心トケテ温泉ヲイタシテ洗ヒケレハ、カサ則イヱ給フ也、是ヲ温泉ト云也、下句、嫋々ト云ハ秋風ノシナヤカニ吹皃也、言ハ風ノ音蟬ノ声、秋ト覚ル程ニ宮ノ内ニハ樹梢ヤ、色付テ物アワレ也ト云也。（森下要治氏より借覧した写真による）

と注している。信阿の『和漢朗詠私注』の注文をほぼ忠実に和らげていると見られ、『初学記』の書名は省かれているが、驪山温湯の志怪譚をまだ句の評釈に持ち込まずに「是ヲ温泉ト云也」でとどめていること、『和漢朗詠私注』の内閣文庫本や寛永板本にはない「何ナル事カアリケン」の語句や、下句の注が「永済註」と共通することなど、「永済註」の形成を考える上でも興味深いものがある。因に下句の注に当たるものは、醍醐寺蔵『新楽府略意』にも真福寺蔵『新楽府注』にもない。

（12）山崎誠氏「身延文庫和漢朗詠註抄影印並に翻刻」（『鎌倉時代語研究』5、武蔵野書院、昭和57・3）

（13）内閣文庫蔵『和漢朗詠集抄』（『日詮抄』）は、山光院日詮（一五七九寂）の講談を円海房日巖が筆記したもので、寛文七年（一六六七）頃書写という。（黒田彰氏「室町以前〈朗詠注〉書誌稿」、『中世文学』28、昭和58・10）。なお、『日詮抄』の本文については山崎誠氏の教示を得た。記して謝意を表す。

（14）山崎誠氏「『和漢朗詠註抄』攷」（『国語と国文学』53―3、昭和57・3）［補］後に『中世学問史の基底と展開』（和泉書院、平成5・2）所収

（15）以下の事例において、次のごとき整理の方法を採った。例えば①の場合、「〜遊（游）」は「東・西・南・北」の方位語に「遊」又は「游」の下接した語構成を示し、(東)は『大漢和辞典』に「東遊」又は「東游」の見出し語で掲出されていること

を示す。又、㈠㈡は辞典における意義分類の項目の番号であり、〔邦〕は日本的な用法と思われる意味であることを示す。

(16) 現代中国語音のローマ字表記には種々の綴字法があり辞書によって異なるが、本稿では香坂順一・太田辰夫両氏編『現代中日辞典』(光生館、増訂27版昭和56・5)に拠る。又、辞書の例文を引載する際、簡体字を普通字体に改める。

(17) 金沢文庫本『白氏文集』の訓読は、太田次男氏「長恨歌伝・長恨歌の本文について——旧鈔本を中心にして——」(『斯道文庫論集』18、昭和57・3)に拠る。ただし左傍の訓符は省く。補 太田氏の論考は後に『旧鈔本を中心とする白氏文集本文の研究』(前出)中巻第三章所収

第三節 「鏡識らず」の伝流

一 鏡の伝奇性

鏡は、古代人にとって、まことに神秘的で畏怖すべき存在であったらしい。そして、それは今の世の人間の心の底にも流れている観念であると言えるかもしれない。神霊や王権のシンボルとして崇められているといったことだけでなく、日常生活のはしばしでも、鏡は依然として、人々の知覚や認識にさまざまな作用を仕掛けて来る不可思議な存在であり続けている。鏡をモチーフとする作品は、昔も今も、民族を超えて、文学のジャンルを問わず、多く作り出されている。鏡の霊異に対する関心と畏敬の念は、人類にとって極めて普遍的なものなのであろう。

『新約聖書』の中に、「今われらは鏡をもて見るごとく見るところ朧《おぼろ》なり」（「コリント前書」第一三章12）ということばがある。金属製の鏡に映る像のおぼつかなさを言ったものであるが、同じ金属製の鏡であっても東洋では、その鮮明さが強調される。例証に事を欠かないが、例えば『淮南子』（「原道訓」）に、「それ鏡水の形と接するや、智故を設けざれども、方円曲直、逃るること能はざるなり」とあるように、物の形をそのままに映し出す鏡や水の作用が強調される。「明鏡」といい、「真澄の鏡」という。「明澄」こそ鏡の本意であるとする観念の端的な表明である。

が、鏡に対する人間の畏敬は、物の形をありのままに映す光学的な作用への驚異にとどまらない。肉眼には見えない物の実相を映し出す霊力への畏怖に連なる。唐の貞元中（七八五～八〇四）に蘇州の太湖で漁夫の網にかかった鏡は、人体を照せば筋骨や臓腑がすべて見え（『太平広記』巻二三一所引『原化記』）、長慶中（八二一～四）に秦淮河で漁網にかかった鏡もやはり、五臓六腑、血液が循環し脈動するさまが、すべてはっきり見えるという代物であったと言う（『太平広記』巻二三二所引『松窗録』）。さらに、咸陽宮の宝庫に蔵されていた広さ四尺、高さ五尺九寸の方鏡は、腸・胃・五臓がありありと見えるばかりでなく、人の内部に疾病があれば病患の在り処まで映し出したと言い、女子に邪心があれば「胆張り心動く」のが見えるので、始皇帝はいつもこの鏡で宮人を映して、胆が張り心臓の動悸のはげしい者は殺したと伝える（『西京雑記』巻三）。(1)

『古鏡記』という作品（『太平広記』巻二三〇所引『異聞集』）がある。隋末唐初の成立であるが、六朝志怪の要素を強くとどめている。撰者の王度が隋の侯生という道士から贈られたという古鏡の由来や、その鏡が現ずるかずかずの霊異を記していて、中に次のような話がある。隋の煬帝の大業七年（六一一）のこと、王度が止宿した程雄という人物の家に端麗な下女がいた。実は華山府君の廟前の松樹の下に棲む古狸で、その正体を王度の鏡に照らし出されるのを畏れて自分から告白し、「天鏡一たび臨まば、跡を竄《かく》すに路無し。惟だ数刻の命を希ひ、以て一生の歓を尽くさんのみ」と言って、程家の近隣の人々を招いて宴会を催す。彼女は酔い、起って舞い、歌い終わって再拝し、老狸の姿に戻って死んだと言うのである。隠蔽されている物の実体をあばきだす霊力をもつ鏡である。(2)『抱朴子』（内篇十七、「登渉」）には、山に入る道士はみな、鳥獣や邪魅の眩惑から身を守るために、九寸以上の明鏡を背に懸けるのだと説き、鏡が人間に変化した鳥獣や邪魅の正体を映し出した例話を挙げている。

人間の肉眼では見ることのできないものに、時空を超えた異境や未来や前世がある。それを知りたい人間の欲求をかなえてくれる鏡への信仰も根強い。

『松浦宮物語』の最終場面に、千里かなたの異郷を映す鏡が登場する。すでに日本に帰っている弁少将が、別離に際して唐の后から「思ひ出でむ時はこれを形見に」と渡された鏡に、后の「箏のこと掻きならして、詠め入り給へる御さま」を映して恋い悲しむのである。鏡が大きな役割を果たす謡曲「昭君」でも、胡国に没した王昭君の幽魂が、彼女を恋慕する老いた父母の鏡に映る。この曲には「鏡には、恋しき人の映るなり」という詞があり、その例証として、桃の花を照らせばかつて契った亡き仙女の姿が映ったという「たうよう」という男の鏡とか、夢の人の姿を映した「しんやう」という人の持つ真澄の鏡とか、故郷を映し出した「とげつと言つし旅人《りよじん》」の鏡とか、いずれも典拠未詳のものながら、幾つかの故事が並べられている。

『抱朴子』（内篇十五、「雑応」）には、異境だけでなく、将来の吉凶・安危を鏡で知る方法が述べられている。九寸以上の明鏡に自分を映して、七日七夕のあいだ思念を凝らすと、鏡に神仙の姿が映り、その後で心中おのずから「千里之外、方来之事」を知る。鏡は一つ、二つ、あるいは四つ用いる。二つ用いるのを日月鏡、四つ用いるのを四規鏡と言うとある。『更級日記』に、作者の母が一尺の鏡を鋳させて初瀬寺に奉納し、僧に代参させて、作者の未来についての夢告を祈請させたところ、参籠から戻った僧は、夢の中の鏡に吉凶両様の姿が映ったと報告したという記事がある。唐の玄宗の賢相宋璟がまだ科挙に登第しなかった頃、鏡を見ると鏡に映る影が忽ち「相」の字に変じたという話（『開元天宝遺事』上）は、『古今著聞集』巻七「術道第九」の「九条大相国伊通浅位の時、井底を望みて丞相の相を見る事」の話とよく似ている。伊通の場合は、うれしく思って家に帰って鏡を近々と覗くとその相が見えず、先に見た常寧殿の井戸の底を遠く覗くと見える。そこで、伊通は「大臣にならんずる事遠かるべし。つひにはむなしからじ」と判じたという話になっている。鏡と水の差は時空の隔たりを寓するだけで、両者の霊異に径庭はない。また、三国蜀の張裕は不遜な言動のために先主を怒らせ、諸葛孔明の執り成しもむなしく棄市せられたのであるが、生前「相術を暁り、鏡を挙げて面を視るごとに、自ら刑死を知って、未だ嘗てこれを地に撲たずんばあらず」ということであったという（『蜀志』「周群伝」）。

過去を照らすと言えば、何といっても浄玻璃の鏡であろう。地獄の閻魔の庁にあって、亡者が生前に積んだ善悪の所業を映し出すとされる。『地蔵十王経』に見え、……わが国では鎌倉時代以降に十王信仰の流行とともにひろまった」（『岩波仏教辞典』）という。『沙石集』や『栂尾妙恵上人遺訓』その他多くの書物に見えていて、その名は広く知られている。また、善悪の所業だけでなくて、人の三生を照らすという湘潭（湖南省）の鏡水の話がある。[3] 駱秀才という者が行って映してみると、人間の形ではなくて猛虎の姿であったとか、老船頭が映してみると、鬢を高く結い霞の衣をまとった美女となり、池には青い花弁の蓮が咲いていたという。

二　鏡の自照性

上に見た鏡の伝奇性の対極にあるのが、言わば鏡の自照性である。作品の中で、主人公その他の人物が鏡に映る自己を凝視するといった場面は、決して少なくない。例を挙げるまでもないほどのことであるが、『暗夜行路』（第二ノ七）の中で、兄信行からの手紙で自分の出生の秘密を知った時任謙作は、「今までの自分と云ふものが、霧のやうに遠のき、消えて行くのを感じ」、「気持にも身体にも異常な疲労が来た」が、一眠りした後に、兄への返事を書くというくだりがある。

書き終ると、彼は完全に今は自分を取りもどしたやうに感じた。彼は立つて柱に懸けて置いた手鏡を取つて、自分の顔を見た。少し青い顔をしてゐたが、其処には日頃の自分が居た。亢奮から寧ろ生き〳〵した顔だつた。何といふ事なしに彼は微笑した。（筑摩書房刊、現代日本文学全集）

自分の意識を鏡に映る表情の奥に確かめているのである。自分の眼で自分の眼を見ることのできない人間にとって、鏡は自分の眼を見るためには不可欠の、さらに自分の眼の届かない自己の部分を見るために必要な手段である。そういう点で、鏡は確かに自分の眼の延長であるが、鏡は単に「第二の眼」に甘んじてはいず、厳しく自己と対峙する存在にもなる。

例えば、鏡影と嘆老をモチーフとする詩歌である。これに属する作品は少なくないが、白居易の詩などはその代表格で、『古今集』『源氏物語』などわが国の作品における嘆老の述懐にも大きな感化を及ぼしたと見られる。白居易の三十代半ばの作「初見㆓白髪㆒」（『白氏文集』巻九）を始めとして、鏡に映る白髪に老いを看て、嘆き、抗い、やがて諦念に至る心の軌跡を、彼は多くの作品にとどめている。その一つ、四十代初めの頃の作で、「照鏡」（同前）と題する五言絶句がある。

皎皎精銅鏡　斑斑白糸鬢　　皎皎たる精銅の鏡、斑斑たる白糸の鬢。
豈復更蔵年　実年君不信　　あに復た更に年を蔵さんや、実の年をば君信ぜず。

「君不信」の「君」は、「鏡に映る自分」であろう。歳よりも老けて映っている鏡影に対して、「君は私の実際の歳を信じていないようだ」と詰るのであるが、「これがお前さんの実態なんだよ」という鏡影の呟きを、おそらく詩人は聴いているのにちがいない。この自己対峙性とも言うべき機能を、鏡の自照性と呼ぶことができよう。

今泉文子氏が『鏡の中のロマン主義』（勁草書房、平成1・5）の中で、

視る、視られることの一致は、求められた究極の人間関係でありながら、みずからの攻撃的な視線はそのまま突き返されて、一瞬のうちに自分もまた射られてしまうのである。（中略）だが、何と言っても、この視ると同時に視られることとの最も怖るべき様相は、自己自身を映し出す鏡の場に見られるであろう。自分が眺められることの恐怖とは、攻撃的視線にみずからが射返されるということである。

と述べている。十分頷ける意見である。鏡のもつ自照性が、時として苛虐的でさえもあるという点で、『徒然草』第一三四段の「なにがしの律師」の話が思い合せられる。

高倉院の法華堂の三昧僧、なにがしの律師とかやいふ者、ある時、鏡を取りて顔をつく〴〵と見て、我かたちのみにくく、あさましきこと、余りに心憂く覚えて、鏡さへうとましき心ちしければ、其後永く鏡を恐れて、手に

だに取らず、さらに人に交はる事なし。御堂の勤めばかりにあひて、籠りゐたりと聞き侍りしこそ、ありがたく覚えしか。

兼好は、「我を知らずして外を知るといふことわり、あるべからず。されば、己を知るを、物知れる人といふべし」と言う。その見地から、この律師の生き方を「ありがたく覚え」ているのである。この律師の逸話を枕にして、兼好は「己を知らぬ」世人の所行に対する厳しい批判を展開する。「かたちは鏡に見ゆ、年は数へて知る」けれども、真に「己を知る」ことのないのは「貪る心」に引かれる結果であり、それは畢竟、「命を終ふる大事」即ち「死」が常に目前にあるということを自覚していないがためである。それが、この章段で兼好の言おうとする主旨である。

兼好の言うように「かたちは鏡に見ゆ」であるが、さらにそれを機縁として、己を知り、さらに無常を悟ることへと深化して行くこともありうるだろう。

『神道集』[4]に見える「鏡宮」の縁起譚には、そのような文脈が基本としてある。奥州の浅香郡の山形という山里の翁が、郷村の年貢を納めに都へ上り、四条町の商人に誑かされ、莫大の財を内蔵する宝物と信じて鏡を買って帰る。財は出て来ないで、五十四五の翁が居るばかり、女房は見て新しい妻を迎えたと嗔り、三人の娘は若い女どもを二三人も迎えて来たと声をそろえて泣く。そこへ修行者の尼御前が登場し、「鏡ト申テ、万物ノ形ヲ移ス」という徳を具えたものであると説いて聞かせ、五十四五の翁と見えたは家主の殿、四十四五の女房と見えたはこの家の女房、どちらも若く美しい貌を息子や娘に譲って、今は憂き翁と老女になったと教え、「黒髪ノ中ニ白髪ノ侍《(コソか)》ベルニ方々ノ冥途ノ迫メ使ヒナレ」と語ったので、翁は「千万両ノ金ニテ買タル財哉、此ノ鏡ニ向ハザランニハ、我等ガ老体ノ形ヲバ争カ見ルベキ、其ノ上ヘ冥途ノ使ノ近付事ヲ知セタル此鏡也、而レバ此鏡ニゾ《(コソか)》今世後世ノ善知識ノ財ナレ」と感泣して、持仏堂を造り、鏡を本尊に懸けて、時々の貌を映し、後には出家して念仏三昧を勤行し、臨終正念に往生を遂げ、夫婦ともに神と顕れたという話である。「鏡宮」の縁起を語ったものであるが、御伽草子の『鏡男絵巻』とも共通する田舎者を誑かす都の商人の狡猾な手口が、語り手の意欲がそこに集中しているかのように生き生きと豊かに語られているために、鏡が「老体ノ形」を映すことで「今世後世ノ善知識」となるという文脈は、相対的に弱められたと見られる。[5]

『徒然草』の「なにがしの律師」とは逆に、「舎衛国ノ女、鏡ヲ見テ、我ガカホヲヨシト思シカバ、髑髏《ドクロ》ノ内ノ虫ト成キ」（久遠寺本『宝物集抜書』、巻七ノ廿七）というような話もある。鏡が発心への善知識とはならず、むしろ妄執の機縁となったと言える。また、「演若達多《えんにやくだつた》と云ふ者、朝鏡を見る。あしく鏡をもちて面の見えざる時、鬼魅の所為にて我頭うせぬと思ひて、おほきに愁へ嘆き、狂心にして走求む」（『沙石集』巻末ノ二）という、「迷ひの衆生」になぞらえた譬喩譚（原話は『楞厳経』）もある。[6] いずれも、鏡そのものは伝奇的な霊威を現じるわけでないけれども、鏡に向かう人間の迷妄や無智、つまり自照性の欠如が悲喜劇を演じているわけで、そういう点では、「鏡宮」の縁起譚における「鏡識らず」の部分や、御伽草子『鏡男絵巻』、狂言「かゞみ男」などと同様である。

三　昔話「鏡識らず」の伝流

鏡に映る自分の姿を己の影とは気付かない愚か者の話は、世界的な広がりで流布しており、その話型は「鏡識らず」「初めての鏡」「尼の裁き（尼裁判）」「松山鏡」「土産の鏡」等々、さまざまの名称で呼ばれている。本稿では仮に「鏡識らず」の名で呼ぶことにするが、関敬吾氏編の『日本昔話大成』第八巻・笑話一（角川書店、昭和54・8）には、「鏡の親父」と題して岩手県花巻市の伝承を掲げ、類話の多様な変容や分布の状況が纏められているので、それを参照しながら、話を進めて行くことにする。花巻市の伝承の概要は、次のとおりである。

昔、親孝行な息子がいた。親父が死に、悲しみに仕事も手につかない。隣人に勧められて村人たちと伊勢参りに行き、帰りに江戸に寄る。一人で町に出、ある店で鏡に自分の顔が映っているのを見て、死んだ親父がいたと思い、鏡を買って帰り、長櫃に入れておいて、朝晩その長櫃をあけて、鏡の親父の機嫌がよいのを見ては喜び、また働くようになった。その様子を不思議に思った妻が、夫が山に出かけた後で、長櫃を開けて見ると、きれいな女がいる。妻は嫉妬して、山から戻った夫に、よい女を連れて来て奥の長櫃に隠しておいたと怒る。夫は、俺は江戸から親父を買って来て入れておいたのだ、女など隠してはいない、行ってよく見ろと言い返す。妻も、毎日長櫃に入っている女なんかいるわけがないと思って行って見ると、般若の面に似た恐ろしい顔の化物がいたので、叫びながら逃げて来る。夫は、なに親父のはずだと、こんどは二人で行って見ると、親父と若いきれいな女とがいた。それを見て夫は、親父も若い妻を持ったのだと喜んで、それから安心して、せっせと働いた。

話の結末は、各地の伝承によって多様である。岡山県阿哲郡哲西町の伝承でも(7)、やはり伊勢参りに行って、伊勢の町で親父と思って買って帰った鏡が夫婦喧嘩の種となる。その点は同じであるが、「ええ女房じゃ」「いや、お父っつあんじゃ」と言い争う夫婦の喧嘩に隣の親爺が加わり、三人いっしょに覗き込むと「汚ゃなげな爺とお父っつあんとええ女と」が覗いているので、「こりゃあ異なげな化けもんじゃ」と田圃の中へ投げ捨ててしまう。さらに、よその婆さんが通りかかり、お天道さんが田圃の中に倒れていると思い、助け起こそうとして差し伸べた手が映ったのを見て、化けものが大きな手を出したと驚き、怖れて逃げ出してしまう、という結末である。「物識らず」が集まって次々とその無知さ加減を累ねて行くという、「愚か村話」の定石を踏んでいる。

しかし、小咄ならともかく、この種の話において愚かさを貫徹するというのはかなり難しいことのようで、一般には何らかの解決を伴う。『日本昔話大成』に整理されている類話の分布を参考にすると、夫婦が二人で鏡を覗いて喧嘩していると向こうでも喧嘩をするので初めて自分たちが映っているのだと気付く（青森県八戸市付近）という形や、夫婦喧嘩に坊主が加わって三人で覗くとみんなの顔が映ったので初めて鏡と知り夫婦の仲がおさまる（福島県平市）

とか、もっと端的に、夫婦喧嘩の仲裁に入った隣の物識りが鏡というものを説明して得心させる（徳島県祖谷山村）といった形もある。この種の話型を「尼裁判」と呼ぶのは、周知のように夫婦喧嘩の和解に尼が一役買うという形のものが多いからで、古典落語の「松山鏡」(8)もその型であるが、通りかかった隣村の比丘尼が夫婦の言い分を聞いた上で、自分のまるめた頭を映して見せて、「喧嘩せねえがええよゥ、おめえらがあんまりえれえ喧嘩したで、中の女ァきまりこと悪いッて坊主ンなった。」というサゲになっている。これと同じ形の結末は、関敬吾氏の整理によれば、新潟県見附市・山梨県南巨摩郡・岐阜県吉城郡・愛媛県北宇和郡・長崎県南高木郡などにあり、尼の代わりに坊さまが仲裁する新潟県栃尾市の伝承などもあるようである。「鏡宮」の縁起譚に登場する尼御前の役割は、鏡に映る姿を自分の影と知らない翁や女房に対して、物の形を映す鏡の作用を説明し、人生の無常を悟らせるということにあった。尼や僧の登場する本来の意味はそこにあったものと思われる。それが笑話に転化して、まるめた頭の効用でオチとなる一つの形を派生させたのであろう。

四　「鏡識らず」の源泉

鏡の影を自分の姿と覚らない愚か者の話の古いものとしてよく引き合いに出されるのが、『仏説百喩経』（『大正新脩大蔵経』本縁部下）巻第二の「宝篋鏡喩三十五」の話である。要約すると、次のような内容である。

昔、貧者がいた。多くの借財を背負い、弁済できなくなって逃げ出し、曠野で宝の篋を見掛ける。篋には珍宝が満ち、その上に一枚の鏡を置いて、それを蓋で覆ってあった。貧者は大歓びで蓋を開けたが、鏡の中の人を見て驚き怖れ、組んだ手を胸に当てて謝った。「私はからっぽの篋だと思った。中にあなたが居るなんて知らなかったのだ。怒らないでくださいよ。」

岩本裕氏によれば、インド古来の愚者物語があって、それを僧伽斯那《そうがせな》が仏教的に改作して編述したのが『百喩経』で、弟子の求那毘地《ぐなびち》が南斉の武帝の永明十年（四九二）に漢訳したものという（『日本仏教語大辞典』）。この愚者譚の後にも、次のような教訓が付いている。「凡夫もこれと同じである。無量の煩悩に苦しめられ、生死の魔王という債権者につきまとわれておる。生死の世界を脱して仏法に入ろうと、善法を修行し、諸々の功徳を作る。それは宝篋に出会ったのと同じこと。だが、我が身の映った鏡のために惑わされ、有りもせぬ実体を有ると考え、封じ込めて、それが真実だと思い込む。ここにおいて堕落して、諸々の功徳・善定・道品・無漏の諸善を失い、三乗の道果もすべて失ってしまう。彼の愚人が宝篋を棄てて我見に執着したのも、やはりこれと同じことだ」というのである。この『百喩経』における愚者譚は、鏡に映った自分を他人と錯覚するという、この種の話の要件は具えているものの、鏡に映る像をきっかけにして「鏡識らず」同士、特に夫婦のいさかいに展開するという構成はない。

そのような展開をし、教説する者が話の中に登場するという構成をもつ類話で古いのは、『雑譬喩経』（『大正新脩大蔵経』本縁部下）の巻下―二九話の「瓮中の影」という譬喩譚である。ただし、これは酒の入った甕が鏡の役を果たしている。長者の息子夫婦が厨の中の葡桃酒の甕に映る影を見て、互いに相手が情人を隠していると疑う。仲裁役の梵志（婆羅門）も、次いで登場する比丘尼も、甕を覗いて夫婦が自分以外の梵志や比丘尼に帰依していると疑い、怒って去ってしまう。最後に登場する道人（修行僧）が、「世人愚かに惑ひ、空をもって実となせり」と嘆息して、石で甕を打ち割る。酒が尽きるとともに何も無くなり、夫婦は確かに自分たちの影だったことを悟って恥じる。夫婦は道人から諸要法の趣旨を説いて聴かされ、ともに阿惟越致《あゆいおっち》（修行によって到達する不退転の悟りの境地）を得た、という話になっている。(9) この話は、『法苑珠林』巻五十三、雑痴部三に「妬影」の題で、「雑譬喩経云」として引かれているが、全体に簡略で、梵志と比丘尼の登場も省かれ、道人の教説を中心として纏められている。

酒甕ではなくて、鏡に映る自分の姿を他人と思い込む話としては、『太平広記』巻二六二（嗤鄙五）の、「不識鏡」

と題する話が古い。それは、

民あり。妻、鏡を識らず。夫これを市《か》ひて帰る。妻取りてこれを照らし、驚いて其の母に告げて曰く、某郎さらに一婦を索めて帰れり、と。其の母もまた照らして曰く、さらに親家母をも領して来れり、と。

という簡潔なもので、これ以上は無理と思われるまでに凝縮されている。なお、「親家母」とは嫁の母親のことで、つまり「そのうえ姑まで連れて来たよ」というのである。

ところで、この話が宋の孫光憲撰の『北夢瑣言』にあるとする説明をしばしば見掛ける。確かに、四庫全書本『太平広記』のこの記事の出典注記には『北夢瑣言』とある。しかし、四庫全書本『北夢瑣言』全二十巻にこの話は見当らないし、この簡潔な語り口は、一体に人物や場所を具体的に記す『北夢瑣言』の叙述とは明らかに異質のものである。台北市文史哲出版社版の『太平広記』では出典を『笑林』と訂正している。両テキストを比べてみると、両者ともに、この「不識鏡」の前二話「三妄人」「周韋二子」の出典を『北夢瑣言』とし、次条の「嚙鼻」以下八話の出典を『笑林』としていて異同はなく、「不識鏡」についてのみ異同が見られる。四庫全書本の注記は前二話の注記に牽かれた誤りと見て、文史哲出版社版では訂正したと考えられる。

さて、「不識鏡」の出典と見られる『笑林』は、おそらく、『隋書』の「経籍志」に、

笑林三巻　後漢給事中邯鄲淳撰。

と記す書を指すのであろう。ただし、『唐書』の「芸文志」には、「邯鄲淳笑林三巻」の外に「何自然笑林三巻」があり、『宋史』の「芸文志」には「邯鄲淳笑林」の名はなくて「何自然笑林三巻、路氏笑林三巻」など同名の書が見えているから、俄かには断定しがたい点もあるが、これが邯鄲淳の『笑林』だとすると、邯鄲淳は三国魏の文帝の黄初年中（二二〇～三）に博士・給事中に任じているから、その撰になる『笑林』は三世紀ごろの成立と考えられ、求那《ぐな》毘地《びち》による『百喩経』の漢訳（四九二年）に先行することになる。なお、この書の名は『日本国見在書目録』（卌三、

小説家）に「咲林三巻。後漢給事中邯鄲淳撰」と見えているので、九世紀の末にはすでにわが国にも伝来していたことが知られる。

この『笑林』の「不識鏡」の話を、裁判沙汰にまで発展させているのが、時代は下るが、明末の馮夢龍撰の『笑府』巻十一「謬誤部」に載っている「看鏡」である。内閣文庫本の本文に拠って、強いて書下し文に改めれば、次のような話になる。

外に出て生理《あきなひ》する者あり。妻囑《たの》むらく、回《かへ》らん時、須らく牙梳（象牙の櫛）を買ふべしと。夫、其の状を問ふ。妻、新月《みかづき》を指してこれを示す。夫、貨《あきな》ひ畢りて将に帰らんとして、忽ち妻の語を憶ふ。因りて月輪を看るに正に満ちたり。遂に一鏡を買ひて回る。妻これを照らし、罵りて曰く、牙梳を買はずして、如何ぞ、反つて個《か》の一妾を娶れる、と。母これを聞き、往きて勧《いさ》めんとし、忽ち鏡を見、照らして云はく、我が児や、有心《ことさら》に銭を費やして、如何ぞ、個の婆子を娶れる、と。遂に訐訟するに至る。官差（小役人）往きてこれを拘へんとし、鏡を見て慌てて云はく、如何ぞ、就《すなは》ち違限（職務怠慢）の的《もの》を捉ふる有り、と。審《さばき》に及ぶ。鏡を案《つくえ》に置き、官照らし見て、大いに怒りて云く、夫妻の不和事《もめごと》に、何ぞ必ずしも郷宦（土地の有力者）の来り講（仲裁）ずるを央《ねが》はんや、と。

この『笑府』の「看鏡」の影響を受けたのだろうと思われるものが、朝鮮の昔話にある。『朝鮮昔話百選』[10]に見える「割れた鏡」である。ある山間の小村の若者が所用でソウルに出かけることになり、妻から櫛を買って帰るように頼まれるのであるが、話の前半の展開は右の話と殆ど変わらない。ただ、櫛の名を忘れて月に似たものとしか憶い出せない若者が、「丸いもので女が使うものといったら、これしかありません」という店の主人の教えによって鏡を買う、そういった場面の描写が加わる程度の違いである。しかし、話の後半は異なる。別な女を連れて帰ったと怒る妻から事情を聞いた姑は、鏡を見て「これは隣村に住む親類の婆じゃ」と言い、「確かに若い女性ですよ」と言い張る嫁と口喧嘩を始める。そこへ入って来た父親が鏡を見ると、一人の爺が恐ろしい顔をして自分をにらみつけている。

「けしからんやつ。ここは誰の家だと思っているのか。許しなしに入った来たのだな」と怒って、こぶしで爺をなぐったので鏡は割れてしまった、という結末である。崔仁鶴《チエインハク》氏(11)が韓国の昔話を記載した古文献を列挙している中に、『蓂葉志譜』という書があり、所収七十九話の一つに「初めて鏡を見る人」という話があるそうである。崔氏によれば撰者の洪万重は十七世紀後半の人ということであるから、一六四五年に没した馮夢龍よりはほんの少し後の人であるらしい。

五　時空を超えた共通性

朝鮮の昔話「割れた鏡」では、怒った父親の拳骨で鏡が割られてしまう。宮城県名取郡秋保町の昔話(12)はこの朝鮮の話とよく似ていて、伊勢参りに出かける若者が、女房から「みやげには月のような形の櫛がほしい」と頼まれて、鏡を買って帰る。若い女になったり隠居爺や隠居婆になったりするものだから、結局、若者が「えらい化け物を買いこんだ」と床に投げ付けてしまう。先に見た『雑譬喩経』の「瓮中の影」でも、道人が石で酒甕を打ち砕いて、万象の空なることを悟らせるという結末であった。甕ならともかく銅製の鏡を、しかも拳骨で打ち割るとはなかなかのことであるが、もめごとの原因となった鏡や甕は、和解に至らぬ話の場合、割られたり棄てられたりする運命にあるらしい。岡山県阿哲郡の昔話では水田の中に打ち棄てられた。岩手県遠野の「龍神の伝授」という昔話(13)は灸の起こりを語る話であるが、夫が龍神から授かった万病に効く霊薬の入った瓶を、中に映った女の影に嫉妬《ごせ》を焼いた妻が、石で割ってしまう。

東洋の伝承だけではない。『イギリス民話集』（河野一郎氏訳、岩波文庫）に載る「農夫と女房と鏡」の話では、夫の隠しておいた鏡を引出しから取り出した女房が、てっきり女の写真と思って、「何だろうね、あの人も、こんないい齢こいたばあさんといい仲になるなんて。」というところで終わるだけであるが、東北大学や日本女子大学で英文学の講義をしたジェームス・カーカップ（JAMES KIRKUP）編の『イギリスの民話』[14]に収める同題の話では、夫より年上である女房が嫉妬して、最後に醜い老女の顔の映る鏡に唾を吐き掛け、「これが見おさめだよ、この性悪な、泥棒猫」と言って、鏡を山中の深い湖に投げ込んでしまう。また、『アイルランドの民話』（大澤正佳・大澤薫氏訳、青土社）に収める「はじめての鏡」の話では、鏡（ワセリンの箱に付いている鏡）は嫉妬した女房によって暖炉に投げ込まれ、火に焼かれて粉々に砕け散ってしまう。

打ち砕かれる鏡がむしろ主役であるかのように活躍するのが、御伽草子『鏡男絵巻』である。鏡に映る女の影を、女房は翁が都より迎えて来た女と誤解して泣き喚く。近隣の手前もあり、「此まろものあらんかぎりは、家やすからじ、とかくこのまろものこそ、わがかたきなり、たいぢせん」と、重代の太刀を取り出し、さんざんに斬り砕いてしまう。砕けた鏡片の一つ一つに人の面が見えるものだから、てっきり化物だと恐ろしくなって弓矢で射たが、化物はいっこうに弱らない。そこで翁は「高名もいのちのありてこそ」と逃げ出し、ついに深山に入ってしまう。[15]そこは竹生島の弁天も時おり影向するという女護が島で、翁は不老不死の薬や沙金をもらって我が里に帰り、母・女房を尋ね出し、家内富貴に、子孫繁盛、めでたく栄えた、という結末である。『神道集』に見える鏡が機縁となって万有の空なるを知り無常を悟るという教誡を、現世利益の富貴に置き換えたような致富譚になっていて、そこに時代の好尚を見ることもできる。それにしても、松本隆信氏が[16]「後半が御伽話に類の多い隠れ里の話に転じ、致富談に終っているのは『神道集』とは対照的である。やはり鏡の徳ということになるのかもしれないが、必然性が乏しいと言えよう」と評した点は、否みがたい。遠野の「龍神の伝授」では、妻に砕かれた瓶の破片を拾い集めて古池のほとりに棄てると、辺りに蓬草が生え、またも龍神から教えられた方法でそれを陰干しにして揉み草にし、それで人々の病気を治してやったのが灸の始まりだということになっている。限りある秘蔵の水薬を入れた瓶が壊されることで、万人利生の薬草が得られるわけであるが、この話にはもともと龍神の霊験が働いている。

インド・中国・朝鮮における「鏡識らず」の伝承が、わが国の同類の説話に影響を与えたであろうことは、よく言われているところである。例えば、山東京山が『歴世女装考』（弘化四年成、『日本随筆大成』巻三所収）で、『雑譬喩経』の「瓮中影」の話を挙げ、「この事を一ツの話とし」て『宝物集』の巻四に書き、それを「本拠《たね》として作」った『鏡破の絵巻』というものがあり、「此絵巻をや本拠《たね》としけん」謡曲「松山鏡」や能狂言「土産の鏡」に、鏡も知らぬ松の山家のことが記されていると述べている（巻一「松山鏡」）。京山はこれらの記事を、「今より三百年あまりのむかしは田舎はさらなり都とても賤き女などは鏡持たるは稀なりけん」という、その例証に引いているに過ぎないけれども、ともあれ、仏教説話から謡曲・狂言に至る「鏡識らず」の話を、一筋の流れとして捉えている。しかし、この問題は、ただ一つの外来の原話が、わが国における伝流の過程で多様に変容したというような簡単なことではなく、もっと多元的、多層的であり、複雑に交流しているらしいことは、上来見て来たところからも、その一端を窺うことができる。

問題はそれに止まらない。一例として、「鏡識らず」の者が初めて鏡と出会う場がどのように設定されているかという点を見比べてみよう。中国の『笑林』『笑府』の話や朝鮮の昔話では、田舎の若者が所用で町に出て、妻に頼まれた買物をしようとして、初めて鏡と出合う。もともと都会人や旅慣れた者が主人公になれる話ではない。わが国の伝承の場合も田舎者が初めて都会に出て鏡を見掛けるという設定であるが、土地に縛られて暮らす日常から解放される機会は、そう滅多には与えられなかった時代である。中世の話では年貢の上納や土地の訴訟のための上京という機会が設定され、昔話では、近世に入って盛んになる伊勢参りに行ってとなっているものが多い。岡山県阿哲郡の話も伊勢参りであったが、その「伝承事情」に記されたところによると、この話は、語り手の賀島飛左嫗がまだ三十歳前だった大正の末に、近くの人が伊勢参りに出掛けて聞いて来た話を、嫗がその人の妻君から又聞きしたものという。これは、「鏡識らず」の昔話の伝播における伊勢参りの役割を考える上で甚だ示唆的であると言える。

イギリスの民話でも、「ところで、その頃はまだ鏡というものは使われておらんかった。鏡のある家といえば、これはもうかなりの家柄で裕福な家にきまっておった」（『アイルランドの民話』）というように、鏡は都市文化と未開の田舎の懸隔を映し出す。しかし、ここでは、田舎者が都会に出掛けるのではなくて、逆に「都会」が「田舎」に紛れ込むことによって騒動が起きる。ピクニックに来た都会の連中が棄てて行ったゴミ屑にまじっていた鏡であったり、農夫の鍬の先に当たった平たくて丸い金属板であるとか、野良仕事に荒れた手に塗るワセリンの箱の底に付いている鏡であるとか、そういった類のものである。しかし、これは本質的な違いとは言えない。いずれにせよ、鏡が都会と田舎の接点になっていて、それが田舎の暮らしの中に紛れ込むことから騒動が起きるという点では、東も西も変わりはない。

そのことよりも興味深いのは、働き者で親孝行な農夫が、偶然の機会に出合った鏡の中に、死んだ父親がいると信じて、それを大事に秘蔵する、それを妻が誤解して嫉妬する、という話の筋が、わが国の昔話とイギリスの民話とに時空を超えて共通しているという点である。これは、先に見た仏典の譬喩譚にも、中国や朝鮮の、さらにわが国の中世の文献にも見出せなかった説話の構成なのである。『神道集』『鏡男絵巻』などに見られるような中世の「鏡識らず」の話が、その伝流の過程で、親孝行な百姓を主人公とする在地性の豊かなものとして定着したとか、さらに近世的な儒教道徳に感化されて孝の観念を濃くして行ったとか、そういう一元的な伝播過程の想定や時代性との短絡的な結び付けは、慎まなければなるまい。古典落語「松山鏡」では、親の死後十八年ものあいだ一日も墓参りを欠かしたことがない孝行息子に、領主から褒美として青緡《あおざし》五貫文を賜ることになり、純朴な息子は青緡を賜るよりも死んだ父親に会わせてほしいと願い、それではと、領主が鏡を与える。ここには話のディテールに時代性が反映している事実を認めうるけれども、「孝行な農夫」「死んだ親父」「鏡識らず」という三つのキーワードの組み合せにおける、ヨーロッパの民話との「時空を超えた共通性」は、一元的な伝播の系譜や時代性に伴う変容を安易に想定することを拒んでいると思われる。しかしながら、この「時空を超えた共通性」をどのように捉えるべきか、また、そのための方法をどのように用意するかとなると、まことに困難な課題ではある。

六　謡曲「松山鏡」と鏡池伝説

わが国の昔話やイギリスの民話における、「孝行な農夫」「死んだ親父」「鏡識らず」という三つのキーワードを少しずらせて、「孝行な娘」「死んだ母親」「鏡識らず」とすると、謡曲「松山鏡」の構成になる。越後国松の山家の男が妻を亡くして後妻を娶り、先妻の娘を対の屋に住まわせている。三年目の命日に持仏堂で供養をしようと思い、対の屋に来てみると、娘は何やら物を隠した様子。男は、娘が継母の木像を作って呪咀しているという人の噂は真であったかと怒るが、娘が隠したのは母の形見の鏡であった。

脇《わき》「言語道断の事、鏡に我影の移りたるをみて母と申してなげくことの不便さは候。惣而《そうじて》此松の山と申す所は、我住むさととは申しながら、無仏世界のところにて、男はあれどもゑぼしをきず、女なればとてまゆかねを付け色をかざる事もなし。某《それがし》一とせ都にのぼりし時、鏡を一めん買取ってかれが母にとらせて候へば、世になき事のやうに悦び候ひしが、今を限りと見えし時、娘を近付け此鏡をとらするぞ。母をこひしく思はん時此鏡をみるべしと申ししが、有時《ある》このかがみを見れば、我影の移りたるをみて母と申し嘆く事の不便さは候。此次《ついで》に鏡のおこりを語って聞かせばやと存じ候。いかに姫こなたへ来り候へ。（朝日古典全書車屋本）

そう言って父親は、娘に鏡というものについて教え聞かせる。その後、母の亡霊が現れて、唐土の陳氏[17]の鏡の話を聞かせるが、そこへ母を地獄へ連れ戻すために倶生神が現れ、地獄の玻璃の鏡に母親を映すと、「孝子《けうし》の弔ふ功力《くりき》によって」、頭に玉釵、膚は金色、両臂をまげて合掌する姿はさながら菩薩の座像なので、倶生神は大地をかっぱと踏み鳴らして奈落の底に入って行った、という筋である。父親（ワキ）は、鏡を都会から田舎に持ち込む役と、鏡の作用を解説する役を兼ねている。鏡を秘匿することから生じる猜疑は、娘が密かに継母の木像を作って呪咀しているという中傷へと形を変えている。このように考えるなら、謡曲「松山鏡」と昔話「鏡識らず」との構成上のかなり緊密な対応を見出すこともできるわけである。

謡曲「松山鏡」でも狂言「かゞみ男」でも、越後の松之山という土地は、鏡も知らぬ山家とされている。「かゞみ男」のシテも「是は越後の国、松の山家の者で御ざる」と名乗り、都の土産の鏡を田舎の女房に与えるとともに、鏡の作用について解説するという役を兼ねている。鏡のことをなかなか納得しようとしない女房に、男は重ねて、

（シテ）是はいかな事。さすが松の山家のものじや。かゞみを見た事が無《なひ》所で、くだらぬ事を申。是〳〵女共、其様にわゝしういはず共、先心を静て能う見やれ。是、手を移せば手が移る。扇子を移せば扇子がうつる。身共がそばへ寄れば某が移る。何成共其鏡に向へば移るに依ての宝でおりやる。（岩波文庫虎寛本）

と説いて聞かせる。この詞には、謡曲「松山鏡」の詞章とも共通するものがあって、当然、両者の交渉が推定されるとともに、その先後関係が問題になるところであるが、今はそれに深く立ち入る用意がない。

越後の松之山という土地が、鏡も知らぬ山家とされている点について、柳田国男氏は、[18]「中世の説話業者等は、自身も旅人でありながら、あぶない冒険をした。即ち交通の最も少なさうに思はれる奥在所を笑ひ草にして幾つかのおろか村話といふものを仮作したのであつた。信州の秋山話や遠山話の如く、諸国には大抵一二箇所づつの、無知を以て著名なる村が設けられてゐて、そこに全日本共通の「ちやうづをまはせ」だの、「のうせんかつらの皮」だのといふ滑稽談を持って来て押付けたのは彼等の所為であった」と説いている。越後松之山は、そういう世界の代名詞になっているわけである。

鈴木牧之の『北越雪譜』（天保八年刊）に、「越後の頸城郡《くびきこほり》松の山は一庄の総名にて、許多《あまた》の村落《むら》を併合《あはし》たる大庄也。

いづれも山間《あひ》の村落《むらく》にして一村の内といへども平地なし。たゞ松代といふ所のみ平地にて、農家軒を連ぬ」と、当時の様子を記した後で、

> 外《そと》百番の謡《うたひ》に見えし松山鏡といふも此地也。そのうたひにある鏡が池の古跡もこゝにあり、今は池にもあらぬやうに埋れたれど、その跡とてのこれり。按《あんず》るに、松山かゞみのうたひは鏡破《わり》の絵巻といふものを原《もと》として作れるならん、此ゑまきにも右の松の山の事見えたり。（巻之中、菱山の奇事。岩波文庫本）

と述べている。『鏡破の絵巻』に「松の山」のことが見えているというのも、「松山鏡」の謡に「鏡が池」があるというのも、何かの誤解であろう。

平成九年の春に、越後湯沢と直江津の間に北越急行線（ほくほく線）が開通して、随分便利になった松代《まつだい》町・松之山町であるが、松之山町の山間の中尾という集落に、ひっそりと小さな池が静もっている。池に通じる岐路の傍らに「松山鏡」の石碑があり、「新潟県知事尾崎勇次郎書」と署名されている。『新潟県史』資料編16の付表「知事一覧」によれば、尾崎氏の在任は昭和三年五月から翌年七月までの僅かな期間である。池の畔に大伴家持の詠歌三首を刻んだ真新しい石碑、および松之山町観光協会と同町教育委員会が整備した「伝説、松山鏡」の案内板がある。それには次のように記されている。在地の伝承の縮約版と見ていいだろう。

> 今から約千二百年前大伴家持がエゾ征伐に失敗し越後に流され松之山中尾に篠原刑部左衛門と名を変えて住居していた。夫婦の中には京子という一人娘があり病の母に尽す孝養は世人の手本とされていた。母が臨終の枕辺で「母に逢いたくなったらこの鏡を見よ」と形見に与えた鏡があった。京子は毎日この鏡をとり出して写し自分の顔を母と思いこみ、京子は親子とも母によく似ていたといわれている。或る日ふと池の面を見ると日頃想いこがれている母の顔があった。京子は「母上」とよぶなり池の中に身を投じたのであった。この哀話は今から約六百年前観世清次、元清等の手により謡曲「松山鏡」となった。この池は昔、広サ約二千平方米、深サ約三米あった

と物の本に記されているが数次の地すべりで狭小となった。京子塚と観音堂、大伴家持が信仰していたもの、十一面観音像はそのまゝ残っている。

池の北寄りに「刑部屋敷跡」と伝える小さな丘があり、そこに「京子塚」があって、塚の上に伯爵芳川顕正氏（明治四十年伯爵、大正九年没。『国史大辞典』）の筆になる「鏡池碑」が建っている。「観音堂」は屋敷跡から池を隔てた向いの丘にあり、「京子の死で、心を入れ変えた継母は剃髪して尼となり、家持が都に帰った後も、観音像をもらい受け、永く祈り続けた」庵室であると伝える。

『東頸城郡誌』（同郡教育会編、大正10・10、復刻版、名著出版、昭和48・10）には巻末に「付録」として土地の伝説を編集しているが、その中に「松山鏡」がある。その記事の中に、大伴家持が勅命を奉じて東夷を征伐し、「軍利あらず罰せられて越後に謫せられて流浪して松之山中尾に至り篠原刑部左衛門と変名す」などと語られていることについて、編者（金井長松氏）は「寧ろ識者の噴飯する所なるのみならず」「家持卿を侮辱する又甚しいものといはねばならぬ」と批判している。一方、佐藤種治氏の『越後伝説松の山鏡』（南陽堂、昭和13・10）は、篠原刑部左衛門を大伴家持の配下の者で、近江国野洲郡篠原の住人とする。それによって、土地の伝説の荒唐な部分を修正しようとしている。佐藤氏（松之山町浦田の出身か）は、多年富山県下の中学校で地理・歴史を教え、『参考日本歴史精説』（大同館、昭和2・2）ほか多くの著書をもつ篤学の教育者である。氏は、篠原刑部左衛門が越中守家持の命を受けて、大宝二年（七〇二）以前は越中国に属していた（『続日本紀』）という縁で、頸城郡の松之山家の地を視察したとし、「足を中尾の地に駐めてゐる間に鏡さへ知らぬ土地の乙女と甘い恋の花が咲いたのであつた」という。天平勝宝三年（七五一）に家持が任満ちて上京する時に篠原も呼び戻されたが、延暦四年（七八五）の家持没後、藤原・大伴両氏の軋轢を知る篠原は、昔の妻を恋しく思い、京で求めた鏡を持ちこの地に戻って永住したとし、その人格が高尚なので、土地の人々は彼を家持卿と思っていたとする。佐藤氏は、このような形で伝承を史実で裏づけようと努めるのであるが、氏が記述する「鏡が池の伝説」は殆ど謡曲の詞章に基づく潤色で、最後を「倶生神が大地を踏んで奈落の底へ入った跡に、年久しい間に水が溜つて池となつた。これが著名の鏡池である」と結んで、謡曲の筋と伝承の古跡「鏡池」とを繋げている。

また、村松定孝氏の『日本伝説一〇〇選』（秋田書店、昭和47・11）に載せる「松之山」の話では、「むかし、越後国の松之山に、両親と娘の三人で暮らしている家があった」という語り出しで、三人の名は記されず、継母も登場しない。京へ旅立った父親の帰りを待ち侘びるうちに母は病死し、一人取り残された娘が亡き母を恋慕し、形見の鏡を取り出して、鏡の中になつかしい母を見ることになる。

　こうして、鏡を取り出しては、尽きることのない涙をながしているうちに、涙は娘をひたし、小さな流れとなって、近くの池へ流れ込んだ。

　娘は、鏡をもったまま、小さな流れにひたされ、流れて、池のなかへ沈んでいった。それ以後、この池は、鏡ガ池と呼ばれるようになったという。

と、哀れにも美しい娘の死を語っている。土地の伝承から継子いじめの要素を取り除き、幼い娘の亡母を慕う純情さを際立たせた童話に仕立て上げられて、「鏡識らず」の愚か者の姿は、すっかり影を消してしまっているわけである。

柳田国男氏は、(19)「鏡識らず」の類話がすべて笑話である中で、また、笑話や大話は変化の終局であって、再び末めでたしの本格的説話に復する事はないものとしてあるにかかわらず、昔話「松山鏡」だけが「何かの機縁に於てもう一度、真面目な話の方へ引戻されたものらしい」とし、その事情について、「松の山家は山中とは言ひながら、隣国への通路でもあり、又温泉があつて諸方の人の入り集ふ土地でもあつた。かういふ笑話の舞台としては、似つかはしくなかつた。それがこの鏡を知らなかつたといふ一話だけ、夙に変形しなければならなかつた事情かと思ふ」と説いている。

が、それだけでは十分な説得力をもっているとは言えないであろう。氏が同じ解説の中で、「記録文芸が後代の口承文芸の上に及ぼした一つの反射作用の好い見本である」とも説いているが、この方がより肝心なことのように思う。その際、ただ漠然とした記録文芸というのではなくて、少なくともある一つの段階において、謡曲「松山鏡」が影響を及ぼしていることは無視できない。一例を挙げると、鏡池には家持の「かさゝぎのわたせる橋におく霜の」（『新古今集』、冬）の歌に因むと伝える小さな石橋が架かっていて、「鵲の橋」という。これについて、『郡誌』付載の「伝説」は、次のように記している（私に句読点を施す）。

（家持がここに謫居して）庭前遙に一小池を望む。鏡池と云ふ。池畔に石橋を架す。鵲の橋と称す。又、東西遙に円凸形の山を望む。東を満月山と謂ひ、西を半月山と称す。蓋し、八月満月の出ずる《ママ》や東方円凸形山の正頂に望み、九月半月の将に没せんとするや西方円凸形山の正頂に望む故に、氏が斯く命名せしものなりと云ふ。

この鵲・満月山・半月山の名は、明らかに謡曲「松山鏡」の詞章に基づいている。即ち、亡母の霊が現れて、娘に陳氏の破鏡の話を聞かせる中に、

扨はあふ事も、かたみの鏡われひとり、涙ながらに影見れば、半月の山のはに、打ちかたむいて泣くならで、せんかたもなき折ふしに、して上〽いづくよりとも知らざりき。同〽かささぎひとつ飛び来り、ちんし《（陳氏）》がかたに羽《は》を休め、とびめぐり飛びさがり、まふよと見しがふしぎやな。有りしかがみのわれとなり、本《もと》の、ごとくに成りにけり。満月《ぐわつ》の山をいで、碧天を照らすごとくなり。是や賢女の、名をみがくかがみなりけり。

とある詞章である。山の名ではない「半月の山のはに打かたむいて」「満月の山をいで」という叙景表現が、固有名詞となって伝説化しているのである。同様に、『神異経』に由来する破鏡の「かささぎ」が「鵲の橋」として伝説化したと考えられ、それが「かさゝぎのわたせる橋に」の詠歌を介して大伴家持と結び付く機縁になったのだとすれば、それは謡曲「松山鏡」の感化を受けた後のことと考えるべきことになる。

「土俗伝ふる所」の伝説を厳しく批判した『郡誌』の編者は、家持関連や継子物語の要素を削除し、「最も妥当なりと信ぜるもの」を、「鏡池」と題して記載している（第八編第二章「旧蹟」）。

　松ノ山村大字中尾にあり。昔此村に京子といふ孝子あり。常に父母に仕へて孝養怠らざりしが、或年母病の為に死せしかば、京子悲嘆やる方なく常に持仏堂にあり、香華を手向けて供養し居たりしが、或日庭前の池辺を逍遥しつゝふと水面を見れば夢寝《ママ》忘る能はざる我が母の水中にありて我れを招くものゝ如し、京子追慕の情禁ずる能はず、母の傍に参らんと遂に水に投じて死せり。村民之を憐み塚を立てゝ之を弔ふ、之を京子塚といふ。大正四年本郡教育会主催となり此塚の上に鏡池の碑を立て、四宮郡長の碑文を載せたり。

四宮郡長とは、大正二年四月から同七年六月まで東頸城郡長を勤めた四宮桂（号月州）氏のことである（『新潟県史』資料編15付表、郡長一覧）。この旧蹟「鏡池」の記述で、二つの点が注目される。その一つは、母の形見の鏡が登場しないことである。これによって、各地の鏡ガ淵・鏡ガ池伝説のような鏡と池との明確な関係を持っていないこの伝説における、両者の関係のあいまいさ、もしくは重複が解消されたことになる。他の一つは、娘が池の水に映る自分の影を母だと思ったとはしないで、ふと池の面を見たときに「我が母の水中にありて我れを招くものゝ如」く感じたとしていることである。娘が水底に見たのは母の幻影であったのかもしれない、そういう余地を残した、細心の筆運びであると言える。この二つの修整によって、「鏡識らず」の愚かさは影をひそめたわけである。松の山家に対する芳しからぬ固定観念を拭いたい愛郷心が働いているかもしれないが、郷土史家としての合理精神が根底にあることも認められるべきであろう。編者は「最も妥当なりと信ぜるもの」を記述しようとした。それはおそらく、自覚的には原型を復元しようとする営みであったと思われるが、結果的には、説話が変容する際の一つのモデルを提示したことになったと言えるかもしれない。先に引いた柳田氏の発言は、当然、必ずしも特定の作品というのではない「記録文芸」が、昔話を変容させる場合をも含んでいるのであろう。

七　謡曲「松山鏡」と張敷の説話

昔話「松山鏡」における「鏡識らず」の話から孝女の純情物語への変容には、やはり謡曲「松山鏡」との関わりが大きいのではないかと憶測している。『神道集』の「鏡宮」の縁起譚や御伽草子『鏡男絵巻』、あるいは狂言「かゞみ男」などの「鏡識らず」の話との間接的な繋がりも無視すべきではないが、謡曲「松山鏡」との相互媒介的な作用による展開を想定する必要があると考える。即ち、伝説が「孝行な娘」「死んだ母親」「鏡識らず」の三要素によって構成され、娘の死を結末とする以上、その時点ですでに愚か話「鏡識らず」からの離脱が始まっていたと考えられる。それ故にこそ謡曲の題材となりえたのであろう。実在の古跡に即する伝説「鏡池」では、「鏡識らず」の「鏡」は銅鏡よりもまず「池」でなければならなかったであろうし、「池」との縁が切れない以上、娘の入水は必然の結末であったと考えざるを得ない。謡曲では、「鏡識らず」の娘は父の説明によって鏡というものを理解し、父も娘の亡母を慕う孝心を納得する。娘の入水する動機はなくなり、「池」が存在する必然性もなくなる。「鏡」は母が死に際に「母をこひしく思はん時此鏡をみるべし」と言い遺した形見の鏡となることによって効果を倍増し、「鏡識らず」の話の質的転換を可能にしたと言える。それには謡曲というジャンルの特質が大きく関わっていると思うのであるが、謡曲におけるこの達成が再び昔話「松山鏡」に取り込まれた、そのような相互媒介的な作用による展開を考えるわけである。

上に見たように、「松山鏡」の変容にとって「池」から亡母遺品の「鏡」への変化は、重要な契機となっていると見られるが、その際、無視することのできないのは、滝田英二氏の、

松山鏡の説話は、能楽「松山鏡」にも見えてゐるが、森洽蔵の「松山鏡考」に拠れば、この方には「南氏《ママ》張敷伝」

に発して「今昔物語」に拾はれた孝女譚が参加してゐると云ふ。[20]

という指摘である。

張敷の伝は、『宋書』の張敷伝（列伝二十二）・張邵伝（列伝六）、および『南史』の張邵伝（列伝二十二）に記載されている。張敷は孝をもって知られ、司徒左長史に任じられたが、父邵の服喪に塩・菜を断ち、過度の謹慎の果てに疾を得、一年も経ないうちに四十一歳で卒した。その没年次は不明であるが、孝武帝劉駿が即位（四五三年）すると、張敷の孝節を顕彰して侍中に追贈し、その居所を「孝張里」と称したという記事から、おおよその見当が付く。特に有名なのは彼の幼時の逸話で、一歳で死別した母を追慕し、ただ一つの遺品である画扇を大事に笥に納めて、慕情のつのるごとに笥を開いては扇を見て悲嘆したというものである。この逸話だけが独立して、『太平御覧』（巻七〇二、服用部四）、『事類賦注』（巻十四、服用部三、扇、「張敷纏哀於喪母」注）[21]などの類書に引かれ、また、『今昔物語』（巻九、震旦張敷、見死母扇恋悲母語第六）、舟橋家本・陽明文庫本の両『孝子伝』、『注好選』上巻（「張敷泣扇」）、静嘉堂文庫蔵『孝行集』[22]などに採られている。『注好選』の記事を、東寺観智院蔵本の訓点によって書き下せば、次のとおりである。

　張敷は扇に泣く第六十三

此の人、生れて一才ニシテ、母没シキ。十才ニ至りて母ヲ問ヒ求ム。家人答ヘテ云はく、早く死シテ无しと。時に張敷悲しみ痛ンデ云はく、我ガ母存生の時ニ、我が為メニ遺せし財有りケンやと。家人云はく、一つノ画ケル扇有りと。張敷これを得て、弥よ以て泣ク、涕ダ血なり。恋慕已ムコト无し。毎日扇ヲ見て泣キ々(泣)ク。これを見聞く人、痛まざる莫し。（東寺貴重資料刊行会編、東京美術影印、昭和58・10）

この簡略な叙述から張敷を女性としてイメージしたとしても、無理からぬものがある。現に『今昔物語』は「張敷ト云フ女人有リケリ」（岩波日本古典文学大系）と記述し、明らかに「孝女譚」として伝えている。上記の文に「十才ニ至りて母ヲ問ヒ求ム」とある部分は『宋書』以下の諸文献もほぼ同様の記述であるが、『今昔物語』は「張敷、長大シテ既ニ十歳ニ至ル時、張敷、家人ニ問テ云ク、人ハ皆、母有リ。何ゾ、我レ一人、母无ゾ」と具体的に語っている。男女の違いは解消したとしても、一歳で死別して母の面影も知らぬ張敷と、母の遺言を自ら聞いている「松山鏡」の姫という状況の違いもある。そして「画扇」と「鏡」という重要な道具立ての違いもある。にもかかわらず、そうした違いを超えて、謡曲「松山鏡」の姫が「恋しき時はみるべし」という母の遺言に従って鏡を取出し、父親から「何とやらん立隠す風情の見えたり」と不審がられる様子には、「毎日《ヒゴト》ニ、此ノ扇ヲ取出デテ見ツツ、涙ヲ流シテ恋ヒ悲ミテ、見テ後ハ玉ノ箱ノ中ニ納メ置ク」（『今昔物語』）という孝女張敷の姿に通うものがある。

『万葉集』の「垂乳根《たらちね》の母の形見と吾が持てる真十見《まそみ》鏡に」（巻十三、三三一四）の歌、あるいは『落窪物語』の姫が継母に横取りされる鏡箱など、和歌にも物語にも亡母の形見の鏡の例は決して少なくない。ことさら張敷の故事を持ち込む必要はないと言えばそれまでであるが、亡母を慕う少女の入水の伝説に「鏡識らず」の話が重ねられ、「鏡識らず」の説話の多くが共有する鏡秘匿の要素を契機として、亡母の形見の画扇を秘匿する張敷のイメージが重ねられることによって、純情無垢な孝女の物語への変容がいっそう有効に果たされたのではないか、それはやはり謡曲にして可能なことだったのではないか、と思うのである。

注

（1）補『李嶠百詠』（服玩十首「鏡」）に、「明鏡払塵埃　含情朗魏台　月中烏鵲至　花裏鳳凰来　玉彩疑氷徹　金輝似日開　方知楽彦輔　自有鑒人才」という五言律詩があり、「含情朗魏台」の句について張庭芳の次のような注がある。「異苑曰、鶏愛其毛照水即舞、魏武帝陶方献山鶏、公子蒼舒令抵大鏡置其前、山鶏鑒形而舞不止、除之則止、詠鏡曰飛魏宮知本性也」（天理図書館蔵『一百二十詠詩註』）。源光行の『百詠和歌』（第八、服玩部、鏡）にはこの「含清（情）朗魏台」の句を取り上げて、「魏文帝の殿の前におほきなる鏡あり。にはとりかたちをうつしてまふと云り。又云。たかさ五尺ひろさ三尺の鏡あり。人これにむかへは。心腑あらはれてかくるゝ所なしといへり。又云。秦始皇帝の時照胆鏡あり。方四尺九寸。五臓をてらすといへり」（続群書類従）とある。これに関して、山崎誠氏『中世学問史の基底と展開』「Ⅰ 幼学書の受容と展開、李嶠百詠雑考 続貂」（和泉書院、平成5・2）に詳しい考察がある。

（2）『古鏡記』を始め鏡の霊威に関する中国の古伝承については、庄司格一氏『中国中世の説話──古小説の世界──』「三、鏡」（白帝社、平成4・3）に詳しい。

（3）清、袁枚撰『子不語』巻二十（上海古籍出版社、一九八二年）

（4）『赤木文庫本神道集』巻八・四四（貴重古典籍叢刊1、角川書店、昭和43・7）

（5）補 寛永十二年板本『法華経直談鈔』（臨川書店、初版昭和54・5）巻八末、卅九「帷一夫婦着事」に、極貧の保照梵志夫婦の話がある。原拠の経典は未勘であるが、「鏡宮」の説話と類似する点が多い。ただし話の最後は、鏡を覗いた妻が「見苦敷女ヲ連テ来タ」と怒り、「夫婦イサカフテ彼ノ鏡ヲ打破捨」てるという形で異なり、さらに、仏が「汝ハ先世ニハ長者也シカ、樫貪放逸ナル故ニ依二其業一ニ九十一劫ノ間可レ生《タト》二貧家一ニ」と説き聞かせる因果譚になっている。

（6）補 無住の著と伝えられる『妻鏡』にも、「又天竺に演若達多と云女人あり、其心其だ狂乱して獮猴の如し。或時鏡を取て影を浮んとしけるに、余りにあはてさはいで、其影見へざりければ、「我が頭失たり。何がせん」と云て、天にさけび地を叩て、嘆悲共、彌よ狂へる心のみ増りて、遂に頭を見る事を得ざりき。一切衆生は本より仏性を備て、且くも去る事無けれども、妄念の雲に厚く隔《へだてられ》て、心性の月を顕す事無ければ、常没の凡夫たりと思へり。演若達多が頭も全く失ざりしか共、心の騒ぐまゝに、心地鏡も曇り、頭をも失へる也」（岩波日本古典文学大系『仮名法語集』）とある。

（7）稲田浩二・立石憲利氏編『中国山地の昔話──賀島飛左媼伝承四百話──』（三省堂、昭和49・7）

（8）桂文楽・飯島友治氏編『古典落語文楽集』（ちくま文庫、昭和64・10）。筑摩書房刊『古典落語』第一期・第二期各五巻よりの再編集。

（9）七巻本『宝物集』巻第四（『大日本仏教全書』）には、五戒の一つ「不飲酒戒」について説いた中にこの話を引いているが、飲酒を戒める説教の趣旨にふさわしいとは言えず、「酒ハ是イマダ飲ザルニ、凶ヲ致ス物也。況ヤ呑テ酔ニ於テヲヤ」という結び付け方にも無理がある。身延山久遠寺蔵『宝物集抜書』のように、この天竺長者夫婦の譬喩譚を記載しない方が道理にかなっている。

(10) 関敬吾氏監修、崔仁鶴氏編『朝鮮昔話百選』（日本放送出版協会発行、昭和49・11。出典、金相徳氏編『韓国童話集』ソウル、一九五九年）

(11)『韓日昔話の比較研究』（三弥井書店、平成7・2）

(12) 稲田浩二・小澤俊夫氏編『日本昔話通観』青森・岩手他（同朋舎出版、昭和57・2）

(13) 佐々木喜善氏『聴耳草紙』（ちくま文庫、平成5・6）。「前話同断〔大正十二年一月二十日、村の大洞犬松爺の話〕の八」という。

(14) "FOLKTALES AND LEGENDS OF ENGLAND"（三浦新一氏注解、成美堂　初版昭和46・1）。この書のことは、森晴秀氏（英文学）の教示を得た。記して謝意を表す。

(15) 補 「鏡識らず」の説話で、鏡が最後に破砕されたり遺棄されたりするものが多いのは、あるいは古墳から発掘される「破砕鏡」と何らかの関係があるのだろうか。平成十三年九月二十七日に福井県清水町教育委員会が、同町の風巻神山4号墳（三世紀中期～後期）から「破砕鏡」の出土したことを発表した（「北日本新聞」、同月二十八日朝刊）。報道によれば、鏡は青銅製で、直径約十五センチの「神人龍虎画像鏡」。棺の蓋をする直前に割られた可能性が高く、大きさ約三～十センチの破片が五つ、棺の中央に縦に並んだ状態で見付かったという。同町教委は「被葬者の上半身の上に置き、鏡の持つ神秘的な力で遺体を邪悪な霊などから守ろうとしたのではないか」としている由である。逆に死者の黄泉返《よみがえ》りを防ぐための埋葬儀式であったとしたら、『鏡男絵巻』などと結び付きやすいかもしれないと、これは門外漢の憶測である。

(16) 岩波書店版『日本古典文学大辞典』「鏡破翁絵詞」の項。なお『鏡男絵巻』の本文は、松本隆信氏編『室町時代物語集』第一所収による。

(17) 拙稿「陳氏の鏡——両京新記と唐物語——」（『古田教授頌寿記念中国学論集』、汲古書院、平成9・3）。本書第三章第二節2参照

(18) 新潮社版『日本文学大辞典』「松山鏡」の項（『定本柳田国男集』第二十六巻所収、筑摩書房、昭和39・7）

(19) (14)に同じ。

(20) 新潮社版『日本文学大辞典』「鏡男」の項。森洽蔵氏の「松山鏡考」は未見。補 森洽蔵氏編、今園国貞氏補『日本文

学者年表続編』（大日本図書株式会社、大正8・4）は、一高教授であった森洽蔵氏（一八七九〜九一二）の夭折を悼んで、芳賀矢一氏を始めとする恩師や同僚・知友の手で刊行されたものであるが、付載されている「森洽蔵君遺稿目録」に二十点の著書・論考が掲げられている。その中に「謡曲に現れたる国民伝説（大学論文）」というのが見える。あるいはこの中に「松山鏡考」が含まれていたのであろうか。氏の生前に活字化されることはなかったらしく、大正八年当時は「東京文科大学国文学研究室に保存」されていたようである。

（21）『事類賦注』（宋、呉淑撰注）は「梁書曰」とするが、『梁書』には見えない。

（22）黒田彰氏「静嘉堂文庫蔵　孝行集」（『愛知県立大学文学部論集』国文学科編39、平成3・2）

第四節　弁慶の佯打説話の展開

一　はじめに――「勧進帳」の魅力――

歌舞伎の中で人々に最も親しまれている外題と言えば「勧進帳」ということになろうか。国内だけでなく、海外でも上演されて好評を博したという報道は、よく目にし耳にするところである。昭和五十七年一月に亡くなった八世松本幸四郎丈は「勧進帳」の弁慶を一六〇〇回も演じたそうであるが、彼はまた歌舞伎の国際的な普及にも力を入れた。その指導を受けたアメリカの俳優たちが、昭和四十三年にニューヨークのブロードウェーで「勧進帳」を公演して成功を収めたと伝えられている。(1)

外国の観客をも惹き付け、また自ら演じてみたいと思わせるほどの「勧進帳」の魅力はどこにあるのだろうか。それは単にエキゾチックな興味が満足させられる楽しさというだけではあるまい。長い伝統に培われた演劇が持つ完成度の高い様式美の魅力は当然の事ながら、究極的には、その様式によって効果的に表現されたドラマとしての面白さに帰せられるべきものであろう。そして、そのドラマとしての面白さの一つは、直截で明快な構成の中で、緊迫と安堵が小刻みに転換しつつサスペンスを盛り上げていく重層的な展開の仕方にあると言えよう。

文治元年（一一八五）三月、平家一門を長門の壇ノ浦に滅ぼした源義経が、今度は兄頼朝から追われる身となり、家臣の武蔵坊弁慶や伊勢三郎等とともに東大寺勧進の山伏に姿を変え、北陸道をたどって、奥州平泉の藤原秀衡のもとに身を寄せようと、京都を出発する。その旅の途中、加賀国の安宅の関で、土地の地頭富樫左衛門に見咎められ、先達に扮した弁慶が勧進帳を読み上げたり、主人の義経を金剛杖で打ったりして、窮地をみごとに脱する。その内容は基本的には難題譚であり、「問う者」と「問われる者」との知力の限りを尽くした攻防が、そのままドラマの展開となっている。

奈良の東大寺は、治承四年（一一八〇）の十二月に平重衡を大将軍とする平家の南都攻略によって焼亡した。その翌年から早速再建が企てられ、造東大寺勧進職に補せられた俊乗房重源（一一二一〜一二〇六）を中心に一大勧進が行われていた。『新古今集』の代表的歌人である西行法師も、文治二年八月に重源の約諾を請けて東大寺の造営料として沙金を勧進するために奥州に向かっている（『吾妻鏡』同年八月十五日の条）。西行法師、俗名佐藤憲清は奥州平泉の藤原氏の一族であるから、その縁で西行が大口の募金に出掛けたのだろうと、五来重氏も言っている。[2]『義経記』によると、義経主従は文治二年二月二日のまだ夜深いうちに京都を忍び出たことになっているが、文治三年の出京と見た方が辻褄が合う。西行に半年遅れて、北陸回りで平泉へ向かったということになる。安宅の関を越えようとして、東大寺勧進の山伏一行と名乗る義経主従の正体に疑問を抱いた富樫から、まことに東大寺勧進の山伏ならば勧進帳、つまり造営料募集の趣意書を携えているはず、それを読み上げて聞かせよと迫られる。弁慶は、咄嗟に笈の中から別な巻物を取り出し、いかにもそれらしく朗々と読み上げる。富樫がその偽の勧進帳を覗き込もうとする。それに気付いた弁慶が、とんと足を踏んで勧進帳を富樫の視線から隠そうとする。富樫もさっと身体を反対側に開く。息詰まる一瞬。この歌舞伎の見せ場の一つである。

もう一つの見せ場、そしてこの芝居の最大の山場は、言うまでもなく弁慶が義経を金剛杖で打擲するところである。義経は強力《ごうりき》に扮して、山伏一行の荷物を持って供をし、一行から少し遅れて関所を通り抜けようとして、富樫に見咎められる。弁慶は、お前がぐずぐずしているからいつも怪しまれるのだ、思えば憎し、憎し、憎しと、金剛杖で義経を笠の上から前・後・前と三度打つ。いわゆる杖折檻《つえせっかん》の場面である。無事に関所を越えた後、弁慶は主人を打擲した無礼を号泣しながら謝る。

「問う者」と「問われる者」との知力を尽くした攻防というスリリングな葛藤が、やがて人間の持つ剛勇、知略、忠誠、惻隠などのさまざまな美質を紡ぎ出し、それらが渾然と融合した崇高な感動の世界に観客の心を引き入れて行く。そこに、このドラマが国内はもとより、海外の人たちにも親しまれている理由があるのだろう。現代の観客の立場で観るなら、前者の勧進帳朗誦の場面は、時代や社会の特殊な習俗を背景にして「知」に力点が置かれており、異なった文化に対する知的な興味を満足させてくれるものがあると言えよう。それに対して、後者の杖折檻の場面は、人物相互の心理的な葛藤に力点が置かれており、しかも「判官贔屓」と呼ばれる日本人の心理的習性や、主君を守るために主君を打擲するという屈折した忠節心の表現のあり方、さらには言葉に出せない心情を表出するための発想の二重構造など、極めて「日本的」な美意識にその本質が根ざしていると思われる。本稿では、この杖折檻つまり弁慶の佯打《ようだ》の話の形成を通して、その「日本的」なものを考察してみたいと考えている。

二　『義経記』の義経北国落説話の構成

歌舞伎の「勧進帳」は、天保十一年（一八四〇）に江戸の河原崎座で市川海老蔵（七代目団十郎）の弁慶で演じられたのが最初だという。ただし、その祖型は元禄十五年（一七〇二）に江戸中村座での初代団十郎の「星合十二段」の中にあるとのことであるが、いずれにせよ、まだ二百年程度の歴史をしか持ってはいないわけである。「勧進帳」の作者は三代目並木五瓶（一七八九〜八五五）、彼がこの芝居を書くに当たって土台にしたのは、言うまでもなく謡曲の「安宅」である。「安宅」を土台に、『義経記』巻七の記事や、幸若舞曲の詞章（舞の本）を参考にしている。謡曲の「安宅」は、その作者も成立年代も未詳である。『能本作者注文』は作者不明の部に入れているが、『二百十番謡目録』や『歌謡作者考』は「観世小次郎」としており、観世小次郎信光の作と見てよいであろうというのが専門家のほぼ一致した見解のようである。信光は世阿弥の甥の音阿弥元重の第七子で、永正十三年（一五一六）の没と伝えられている。嘉吉三年（一四四三）に八十一歳（一説に八十三歳）で没した世阿弥よりは半世紀余り後の人である。[3]能の「安宅」は、寛正六年（一四六五）三月に演能された記録（『親元日記』同月九日の条）があって、それ以前の成立であることは疑いない。

「安宅」の土台になったのは、『義経記』の巻七にある義経北国落の記事である。『義経記』の巻七の構成を、岩波日本古典文学大系本の目録によって示せば次のとおりである（番号は私に付けた）。

一　判官北国落の事
二　大津次郎の事
三　愛発《あらち》山の事
四　三《みつ》の口《くち》の関通り給ふ事
五　平泉寺御見物の事
六　如意《によゐ》の渡《わたり》にて義経を弁慶打ち奉る事
七　直江《なをえ》の津にて笈《おひ》探されし事
八　亀割《かめわり》山にて御産の事
九　判官平泉へ御著きの事

以上の九章段であるが、特に「勧進帳」や「安宅」に関係の深いのは五・六・七の三章段である。

しかし、偽の勧進帳を読み上げる話は、実は『義経記』にはない。五の「平泉寺御見物の事」では、義経主従が「安宅の渡り」を越えた後、弁慶は義経たちを宮腰《みやのこし》（金沢市金石《かないわ》町）へ先に行かせて、自分一人が富樫の館に行き、仲間雑色と一悶着あった後で富樫に対面して、勧進の品物を出させ、それを記帳して帰るということになっている。同じ題材を扱った幸若舞曲の「富樫」（別名「安宅」）には、義経主従が加賀国の「あたかの松」に着いた時、弁慶は他の者たちをそこに待たせて置いて、自分一人が富樫の城に行き、富樫とさんざん問答をするというくだりがある。その限りでは『義経記』と大きな違いはないが、幸若舞曲「富樫」の方にはさらに、弁慶がそこで富樫に求められて勧進帳を読むという場面が付け加わっているのである。能の「安宅」は前述のように寛正六年三月以前の成立であることは明らかだとしても、幸若舞曲の成立は未詳であり、両者の先後関係もはっきりしない。その先後関係はいずれであれ、この勧進帳を読ませる趣向は、恐らく『平家物語』巻五の「勧進帳」の、文覚上人が後白河院の法住寺殿に推参して高雄山神護寺修造の勧進帳を読む場面にヒントを得たものだろうと考えられている。

また『義経記』には、この芝居の最大のクライマックスである安宅の関における杖折檻もない。それに相当するのは、上記六の「如意《によゐ》の渡《わたり》にて義経を弁慶打ち奉る事」であるが、その話の内容や、謡曲の「安宅」との関係については、後に詳しく述べることにしたい。

三　謡曲「安宅」と『義経記』における弁慶の佯打

先ず、謡曲「安宅」の弁慶が義経を金剛杖で打擲する場面から見て行くことにしよう。

「安宅の港に新関を立てて、山伏を堅く選《えら》む」と聞いた義経主従は、その安宅を無事に通過するための計画を立て、義経は強力に身をやつし、しかも一行に少し遅れてやって来る。弁慶が富樫に求められて勧進帳を「天も響けと読み上げ」ると、「関の人びと肝を消し、恐れをなして、通しけり、恐れをなして通しけり」と、ひとまず緊張感から解放される。そこへ、子方の義経が登場して来る。富樫が、太刀持から「判官殿のおん通り候」と注意されて、「いかにこれなる強力、留まれとこそ」と義経を呼び止め、一瞬にして再び息詰まる緊張感に突入する。「すはわが君を怪しむるは、一期《いちご》の浮沈極まりぬ」と刀の柄に手を掛ける同輩を抑えて、弁慶が富樫に、強力をなぜ止めたのかと尋ねる。富樫が「判官に似たると申す者の候ふほどに、落居《らッきよ》の間留《とど》めて候」と答える。そこで弁慶は、

　や、言語道断、判官殿に似申したる強力めは一期の思ひ出な。腹立や日高くは、能登の国まで指《さ》さうずると思ひつるに、僅かの笈負うて後《あと》に退《さ》がればこそ人も怪しむなれ、この程憎《につく》し憎《にく》しと思ひつるに、いで物見せてくれん。(4)

と言って、義経の金剛杖を奪い取り、その笠の上を「散々に打擲」して、「通れとこそ」と急き立てる。義経が立って行こうとすると、富樫がそれを追おうとして詰め寄る。と、弁慶は富樫を睨み付けて「笈に目を掛け給ふは盗人《とおじん》候《ゾオ》な」と詰り、他の山伏たちが引き返して富樫に詰め寄るのを懸命に制しながら、「かたがたはなにゆゑに、かほど卑しき強力に、太刀刀《たちかたな》を抜き給ふは、目垂《めだ》れ顔のふるまひか、臆病の至りか」と押し止める。十一人の山伏が打刀を抜きかけて詰め寄り、「いかなる天魔鬼神も、恐れつべうぞ見えたる」その勢いに恐れて、富樫は「近頃誤り申して候ふ、はやはやおん通り候へ」と、一行を通すことになる。

　次に、この話の土台になった『義経記』の「如意《によゐ》の渡《わたり》にて義経を弁慶打ち奉る事」について見ることにしよう。『義経記』では、加賀の安宅の関ではなくて、越中の如意の渡が舞台である。「如意の渡」は、この事件の直後に「かくて六動寺を超えて」(5)とあるので、富山県の高岡市と新湊市との境にある庄川河口の、現に六渡寺《ろくどうじ》と呼ばれている辺りが比定されている。ただし、「五位荘」の誤りかと見る説もあり、それだと「今の五位山村（西砺波郡福岡町五位）から発して小矢部川に注ぐ子撫《こなで》川の渡津」(6)が比定されることになる。

　義経一行が如意の城《じやう》を船で渡ろうとすると、渡守の平権守《ごんのかみ》が、「越中の守護から仰せを蒙っているから山伏十七八人もの一行なら役所に届け出て、許可があれば渡しましょう」と言う。羽黒山伏の讃岐と名乗っている弁慶は、

「や殿、さりとも此北陸道《ほくろくだう》に羽黒の讃岐《さぬき》見知らぬ者やあるべき」(7)と言うと、船の真中に乗っていた男が弁慶を見て「たしかに一昨年《おととし》も一昨昨年《さおととし》も羽黒山からの上下向の度毎に御幣を下さった御坊だ」と調子を合わせてくれる。それでも納得しない権守に、弁慶が「そも〳〵この中にこそ九郎判官よと、名を指しての給へ」と言うと、「あの舳《へさき》に村千鳥の摺《すり》の衣《ころも》召したるこそあやしく思ひ奉れ」と義経を指さす。そこで弁慶が、「あれは加賀の白《しら》山より連れたりし御坊なり。あの御坊故《ゆへ》にところ〴〵にて人々にあやしめらるゝこそ詮《せん》なけれ」と言うけれども、義経は返事もしないで俯いたまま坐っている。

弁慶腹立ちたる姿になりて、走り寄りて舟端を踏まへて、御腕《かいな》を掴んで肩に引懸けて、浜へ走上《はしりあが》り、砂《いさご》の上にがはと投げ棄てて、腰なる扇抜き出し、労《いた》はしげもなく、続け打ちに散々にぞ打たりける。見る人目もあてられざりけり。

と、その場の情景が描かれる。渡守の平権守もこのありさまを見て、羽黒山伏のむごい仕打ちに驚き、「判官ではない」と言ってくれれば通そうものを、あまりに労しいと同情して、これにお乗りくださいと船をさし寄せる。

これが如意の渡での折檻であるが、『義経記』ではさらに、越後と出羽の境にある古代からの関所、奥羽三関の一つとして知られた念珠《ねず》の関でも、弁慶は義経を打つことになっている。この関では、義経を下種《げす》山伏に仕立てて二挺の笈をかさだかに背負わせ、弁慶が大きな楉《しもと》を杖に突いて「あゆめや法師」と罵って、しとしとと打ちながら行く。関守たちがそれを見て「何事の咎にて、それ程苛《さいな》み給ふ」と尋ねると、弁慶は「是は熊野の山伏にて候が、これに候山伏は、子々相伝の者にて候が、彼奴《きゃつ》を失ふて候ひつるに、この程見つけて候間、如何なる咎をも当ててくれうず候。誰か咎め給ふべき」と言って、いよいよ隙《ひま》なく打ちながら通ったので、関守たちも怪しむことなしに、難なく木戸を開けて通したということになっている。

四　幸若舞曲「笈扒《おひさがし》」における弁慶の佯打

幸若舞曲の世界を視野に入れると、同じ趣向の話はさらに増加する。幸若舞曲「笈扒《おひさがし》」（別名「弁慶忠臣かゞみ」）では、義経一行は『義経記』とは異なる道筋をたどる。加賀と越中の境にある倶梨迦羅峠は砺波《となみの》七郎が七百騎で警固し、加賀と能登の境は志雄《しをの》太郎が警固して、いずれも山伏を通すまいという情報を得て、宮腰から船で能登半島北端の珠州岬《すずのみさき》に着き、そこから陸路をたどって六動寺の渡を越え、越後の国府がある直江の津（新潟県上越市）に至る。直江の津からまた船に乗った義経主従は、大風雨に遭い、平家一門の亡霊の出現に悩まされるけれども、亡霊たちは「弁慶が引導《いんどう》につき、発心《ほつしん》の一理《り》を悟《さと》つて輪廻《りんね》のきづなをはなれて、妙覚無為《めうがくむい》のくらいに、つかせ給へ」(8)と引導され、成仏して波の底に入る。海も静まり、ようやく寺泊に着いて船を上がり、やがて念珠《ねず》の関（原文では「ねすみつきの関」）にかかる。

鎌倉幕府から義経と弁慶の絵姿が回っていて関所の前に高札が立てられ、山伏禁制が殊の外に厳重だということを里人から聞いて、弁慶は「この関屋をも、それがしがはかりごとにて通《とを》らうずるにて候」と思案をめぐらす。弁慶自身は熊野より下向する先達と号して伝馬に乗って駆け通り、義経を「あひの夫《ぶ》」（供の人足の意か）に仕立て、他の十一人は笈や鈴懸の衣を隠して、俗人の姿に戻って通ろうという計略である。

さて、関守の井沢与一は、伝馬に乗って関所の前をとどろ駆けして通ろうとする弁慶を、関の戸を閉じて制止するものの、弁慶の居丈高な態度に圧倒されて通す。ところが、義経が蓑笠を背負い、片目をふさぎ片腰を引いて関所の前を通ろうとするのを、関守たちが見咎めて「爰にあひの夫にさゝれたる男こそ、下司《げす》ぶんの中には生れつきたる判官殿なれ。たとへば腰《こし》は引《ひ》かば引《ひ》け、片《かた》目をだにもつぶさずは、定の判官殿よ」と、一度にどっと笑ったので、十一

人の者は生きた心地もない。その時、弁慶は馬上から大音を挙げて、
やあ強力《がうりき》、さなきだに山の内は、村雨のしげきに、やゝもすればさがって、道者をぬらす不当《ふたう》さよ。あゆめ。

と言って、手にした鞭でちょうちょうと打つ。打たれて義経は、
御身のやうに馬にのり楽《らく》して下る人だにも、宿につきぬれば腰《こし》がいたひなんどゝて、人に腰《こし》をうたする、是程重《をも》き荷《に》をおふて、ゐこそは歩《あゆ》むまじけれ。

と泣くふりをして、急いで関を通り抜ける。ここでは、義経までが芝居気たっぷりである。

以上、弁慶が山伏禁制の関を通り抜けるために主君の義経を打擲するという話が、加賀の安宅の関だけでなく、越中の如意の渡、出羽の念珠の関と場所を変えて、話の内容にも多少のヴァリエーションを持たせつつ語られているという事実を見て来た。他に、『異本義経記』(9)には、越後の直江の津での事として、弁慶ではなくて亀井六郎が「此長旅に所々にて渠《かれ》故に咎めらるるこそ安からね。思へば〳〵腹立ちや、と義経を提行、縁より下へがはと抛、散々に打擲す」と書かれている。これで、加賀・越中・越後・出羽と全部出揃ったわけである。どれが史実に合っているかなどということは問題でない。もしそれを言うなら、すべて虚構であると言うべきだろう。『吾妻鏡』の文治三年二月十日の条には、次のような記事がある。

十日壬午。前伊予守義顕日来隠二住所々一。度々遁二追捕使之害一訖。遂経二伊勢美濃等国一。赴二奥州一。是依レ恃二陸奥守秀衡入道権勢一也。相二具妻室男女一。皆仮二姿於山臥并児童等一云々。（新訂増補国史大系本）

前伊予守義顕とは義経のことである。この前の年に、当時まだ三位中将だった後京極摂政良経と同じ名であるのを忌んで「義行」と改められ（『吾妻鏡』文治二年閏七月十日の条）、さらに、「義行者其訓能行也。能隠《クルル》之儀也」という理由で、早く所在が露顕するよう「義顕」と改められていた（同十一月五日の条）。その義経が日ごろ所々に隠れ住んでは追捕使の追及を幾度も遁れていたが、遂に伊勢・美濃などの国を経て、平泉の藤原秀衡を頼って奥州に赴いたとい

うのである。幕府方では、義経は北陸道を通らずに、東山道を経て平泉へ逃れたという情報を摑んでいたようである。

麻原美子氏[10]は、義経の流離の旅における数々の受難は、Ⓐ「海上の難」、Ⓑ「浦人との争い」、Ⓒ「山伏禁制の関所の難」の三つのタイプに分けられるとして、次のように述べている。

おそらく義経の流離の苦難の話はⒶⒷⒸの三つを中心としたもので、ⒶとⒷは既に『平家物語』等で若干語られており、北陸道の苦難の話は、謡曲（注、安宅）にみるものⒸを中心としたものであったのではあるまいか。これを舞曲作者は義経がいかに受難の旅路をたどったかを強調する為に、ヴァリエーションでいくつかの話柄を作って、奥羽への長い北陸道の旅路の要所要所に配したのではあるまいかと考えられるのである。

本稿は、麻原氏の言うⒸ「山伏禁制の関所の難」に含まれる弁慶の佯打説話に絞って考察しているわけであるが、義経北国落の物語の中で、加賀・越中・越後・出羽など各地の関所や渡場で遭遇する苦難を、弁慶の胆力と知謀でみごとに切り抜けて行く話が、流離の道行という時間と空間の延長線上で繰り返されるのを見ると、同一原話を携えて回国した者たち、例えばよく指摘される修験道の行者のような者たちの足跡が自然と浮かんでくる。そうした者たちの行動に伴う各地への伝播と定着の可能性を認めた上で、改めて謡曲「安宅」を見ると、この作品が義経一行の受難の話を加賀の安宅の関という一つの舞台に集中させて重層的に表現したことで、その受難と克服のドラマの質的深化を可能にし、その文学性を飛躍的に高めることができたと考えることができる。これについては、後にまた触れる。

五　中国における「佯打」の故事

現在、石川県小松市安宅町には「安宅関跡」と題した石碑が建っている。が、江戸時代中期の儒者で、最晩年には金沢藩に仕えた新井白蛾（一七一五～九二）は、その随筆『牛馬問』巻三で、「又義経奥州下りの時、安宅の関にて、弁慶、義経を打たるといふ。安宅関といふ事、謡などの作為にて実はなき事なり」[11]と言い、謡曲作者が中国にある同様の話に基づいて翻案したものだと指摘している。新井白蛾以外にも「安宅」と中国の故事との類似を指摘している近世の学者は少なくないが、彼等の所説はすべて島津久基氏の『義経伝説と文学』（明治書院、昭和10）に網羅的に整理されている。本稿も、それに何ほどのものも加えることはできてはいない。

中国における類似の故事について、概観してみよう。

明の馮夢龍（一五七四〜六四五）が編纂した『智嚢』に、「宗典等」という表題で、次のような記事がある。

晉《ノ》元帝《ハ》叔父《ノ》東安王繇為《リ》二成都王穎《ノ》所《ト》一レ害《スル》、懼《レテ》二禍《ノ》及《フヲ》一、潜《ニ》出奔《シテ》至《リテ》二河陽《ニ》一、為《ル》二津吏《ノ》所《ト》一レ止《ムル》。従者《ノ》宗典後《ニ》至《リ》、以《テ》二馬《ノ》鞭《ヲ》一払《フ》レ之《ヲ》、謂《テ》曰《ク》、舎長、官《ノ》禁《ズルニ》二貴人《ヲ》一、而汝《モ》亦被《レタルとどメ》レ拘《ト》耶。因《テ》大《ニ》笑《フ》、由《テ》レ是《ニ》、得《タリ》レ釈《サルルヲ》。宇文泰与二侯景一戦《フトキ》、泰《ノ》馬中《リテ》二流矢《ニ》一驚《キ》逸《リテ》、泰墜《ツ》レ地《ニ》、東魏《ノ》兵及《フニ》レ之《ヲ》、左右皆散《ジヌ》。李穆下《リ》レ馬《ヨリ》以《テ》レ策《ヲ》撃《チ》二泰《ノ》背《ヲ》一、罵《ツテ》レ之《ヲ》曰《ク》、籠東軍士《ノ》、爾曹《なんぢガトモガラノ》主何《クニ》在《リテ》而独《リ》留《ルヤト》レ此《ニ》。追者不レ疑《ハ》二是《レ》貴人《ナリト》一、因《テ》舎《テテ》而過《グ》、穆以《テ》レ馬《ヲ》授《ケテ》レ泰《ニ》、与レ之倶《ニ》逸《ガル》。王敳之敗《ルルヤ》、沙門曇永匿《マヒ》二其《ノ》幼子華《ヲ》一、使《ム》下提《ゲテ》二衣袱《ヲ》一自《ラ》随《ハ》上、津邏疑《フ》レ之《ヲ》、曇永呵《シテ》レ華《ヲ》曰《ク》、奴子何《ゾ》不《ルト》二速《ク》行《カ》一、捶《ツコトヲ》レ之数十、由《テ》レ是《ニ》得《タリ》レ免《ルルヲ》。[12]

宗典・李穆・曇永という人物たちに係る三つの故事であるが、いずれも敵の検問から守るために主君あるいはその遺児を鞭打ったり罵倒したりして危地を脱せしめた話である。『智嚢』の編纂は天啓六年（一六二六）で、わが国江戸初期の寛永三年に当たるから、この書が義経受難の物語の形成に参与したはずはない。

ところが、宋の羅大経の『鶴林玉露』の天集巻一にも「三事相類」と題して類似の三つの故事が記されている。天集には淳祐八年（一二四八）の自序があり、これはわが国鎌倉中期の宝治二年に当たる。次のような記事である。

楚公子《ノ》微服《シテ》過《ル》レ宋《ニ》。門者難《ズ》レ之《ヲ》。其《ノ》僕操《トツテ》レ箠《ムチヲ》而罵《ノツテ》曰、隷也不力《ナリ》、門者出《ス》レ之《ヲ》、晉《ノ》王敳《ガ》之敗《ルトキニ》沙門曇永匿《カクシテ》二其《ノ》幼子華《ヲ》一、使下提《テ》二衣嚢《ヲ》一自《ラ》随《ハ》上、津邏疑《フ》レ之《ヲ》、永訶《シテ》曰、奴子何《ゾ》不《ル》二速《ニ》行一、捶《コト》レ之《ヲ》数十、由《テ》レ是《ニ》得《タリ》レ免《コトヲ》、宇文泰与《ト》二侯景一戦《フ》二河

上ニ一、馬逸ハヤフシテ墜レ地ニ、李穆見レ之テ、以レ策ヲ扶ニ泰ガ背ヲ一曰、籠東ノ軍士、汝ヂガ曹トモガラノ主何クニ在テカ、而尚ヲ留ルレ此、追フ者ノ不レ疑三其ノ為ルコトヲ二貴人一、与ヘテ二之レニ馬ヲ一、与ニ倶ニ還ル、三事相類ス、若キ二郭子儀殺シテレ羊ヲ、而裴諝劾シレ之ヲ、李愬進メテレ馬ヲ、而温造弾ズルガレ之、亦此ノ意ナリ也。（寛文二年板本、送仮名は原文に従う）

楚の公子の下僕・曇永・李穆の故事で、『智嚢』とは曇永・李穆の二話が共通している。この二書だけで都合四つの類話を挙げうるわけであるが、さらにもう一話、青木昆陽が『草廬雑談』巻下で指摘した袁昂の故事がある。

南史ニ云、「雍州刺史袁昂、顗之子也、顗敗蔵ニ於沙門一、沙門将以出関、関吏疑ニ非常人一、沙門杖而語レ之、終免」ト、弁慶ガ義経ヲ打シ計ト同ジ。(13)

現在管見に入っているのは、以上の五例である。『草廬雑談』の記事に「南史ニ云」とあるように、五話の中には先行文献に見えるものもあり、その時代を特定できるものもある。五話それぞれの内容を要約し、時代順に並べると、次のようになる。各話の終りに関連資料名を付記する。(14)

(1)〈紀元前三世紀の戦国時代か〉楚国の公子が賤しい身なりにやつして、隣国の宋を通り過ぎようとして、門番に見咎められた。その時、下僕が筆《むち》を操《と》り「隷《こやっ》、不力《なまけ》おって」と公子を罵ったので、門番もまさか公子とは思わずに門から出してやった。

（『鶴林玉露』巻一）

(2)〈三世紀末〉晉の司馬睿（後の元帝）は、叔父の東安王繇が成都王穎に殺され、害が身に及ぶのを恐れて都を脱出した。河陽に至り川を渡ろうとして渡場の役人に止められたが、従者の宗典が遅れてやって来て帝の馬を鞭で打ち、笑って「舎長《おやじ》、官が貴人の渡るのを禁じておるが、お前まで拘《とど》められたのか」と言ったので、吏は通行を許した。

（『閑際筆記』巻下、＊『閑田耕筆』巻二、＊『鎌倉実記』巻十六）

（『晉書』帝紀六、『智嚢』巻十六）。

（『牛馬問』巻三）

(3)〈四世紀末〉南朝宋の王歆が劉牢之と戦って敗れた時、その幼子の王華は沙門の曇永に付いて逃れたが、牢之の僉議が厳しいので、曇永は自分の衣や幞《ぼく》（頭巾）を王華に持たせて後に従わせた。河を渡ろうとすると渡場の役人がみな疑った。王華がぐずぐずしていると、曇永は叱り付けて、「奴子《こやつ》、怠懈《なまけ》おって、早う付いて来ぬか」と罵り、杖で王華を数十回も捶《う》った。それで渡場の役人も疑いを解き、免れることができた。

（『宋書』列伝二十三、『鶴林玉露』巻一、『智嚢』巻十六）

（『筠庭雑録』巻上、『良山堂茶話』初編、『寒檠璅綴』巻六、＊『閑田耕筆』巻二、＊『鎌倉実記』巻十六）

(4)〈五世紀中葉〉南朝梁の袁顗が兵を挙げて敗れ、誅死した。顗の幼子の袁昂をある沙門が匿い、連れて関を出ようとした。関の役人が彼を只の人ではないと疑ったので、沙門は袁昂を杖で打って話し掛けた。それでその場の危難を免れることができた。

（『南史』列伝十六）

（『草廬雑談』巻下、『筠庭雑録』巻上）

(5)〈六世紀初〉後魏の宇文泰（後に北周の太祖文帝と贈諡）が侯景と戦い、芒山の戦いで泰の馬が流れ矢に当たって驚き逸り、彼は地に墜ちた。敵兵が追い迫ったが左右の者は分散してしまっている。その時臣の李穆が馬から下り、策で泰の背中を撃ち「籠東軍士《まけいぬ》め、こんな所でなにうろうろしとる。お前らの大将は何処へ行ったんだ」と激しく罵った。敵兵は李穆が泰を軽侮するのを見て彼を貴人と疑うこともなく、そのまま通り過ぎさせた。穆は馬を泰に与え、ともに難を免れることができた。

（『北史』列伝四十七、『隋書』列伝二、『鶴林玉露』巻一、『智嚢』巻十六）

〔＊『閑田耕筆』巻二、＊『鎌倉実記』巻十八〕

近世の随筆で『鶴林玉露』を引いた書（＊印）が多いのは、『鶴林玉露』が江戸初期の慶安元年（一六四八）および寛文二年（一六六二）に和刻されて、学者文人の目に触れる機会が多くなっていたからであろう。

上記の五話はいずれもよく似た話であって、島津久基氏も[15]「或はこれらの支那伝説も同一伝説の種々の変容であるかとも考へられる」と述べているように、(1)のような固有名詞を持たぬ話が原形として流布していて、それがそれぞれの時代、それぞれの場所、それぞれの人物に結び付く形で語られ、幾つかのヴァリエーションを生んだと見ることができる。そういう点から考えると、次の話なども、本来は類話であった可能性がある。

〈三世紀初〉呉の孫権が合肥を攻めたが陥落せず、軍を還そうとしたところを魏の張遼に襲われた。臣の凌統らが孫権を死守したので、彼は駿馬に乗り、渡しの橋を越えて逃れ去ることができた。その時、橋板が一丈余りも壊れていたが、臣の谷利が孫権に馬の鞍を摑ませ、後ろから馬に鞭をくれて勢いを付けて一気に飛び越えさせた。孫権は危機を免れた後、谷利を都亭侯に取り立てた。（『三国志』呉主伝二所引『江表伝』）

臣下が主君の馬を鞭で打つという非常の行為によって、主君の危機を救ったという筋は類似している。ただし、その鞭打つ行為が敵の目を欺くためではなく、従って肝心の「佯」の要素を欠いている点というで、このままの形で類話と見做すわけにはいかない。

六　題材「佯打」の移動

島津氏は前掲の発言に続けて、

『義経記』の同型説話は、その本源の形は恐らく支那からの移入と観ることが許されねばならぬであらう。そして『牛馬問』所載の説話乃至『鶴林玉露』の三事中の第二話が先づその本拠として最も自然な容相を示してゐると言ってよいであらう。

と説いている。即ち、上記⑵の宗典と、⑶の曇永の二話を「本拠」とするにふさわしいものと推断しているのである。

義経北国落の物語に見える幾つかの佯打説話に共通するのは、河や港の関あるいは渡場での受難とするシチュエーションである。『義経記』の如意の渡や『異本義経記』の直江の津は言うまでもない。安宅の関にしても「安宅の湊に関を立てて」（謡曲「安宅」）、「安宅の渡りを越えて」（『義経記』）など水辺として叙述されている。念珠の関については、角川源義氏[16]が次のように説いていて、これも水辺の関であったらしい。

今日伝えるところの鼠ケ関址は徳川期の関であり、出羽の国側にあるが、中世の関は越後領の鼠嚙岩という海上に突出した地にあったようである。いわば勿来処《くなど》・勿経処《ふなど》の地であり、国境の塞の神を祀る難所に関所が設けられ、海坂神《うなさかがみ》、石動神社を祀っていた。鼠嚙岩は海蝕によるものだが、あたかも鼠嚙りのような岩形を止めている。

氏がまた「越中の国は立山連峰に発する大川を擁して渡船場が多く、どの渡りにも義経伝説を今日に伝えている」と述べているように、高山が海に迫っている日本海側の海沿いの道をたどるという地勢の条件も無視できないが、各話に共通するこのシチュエーションは、本来渡場の検問とする原話の面影をとどめているのではないかと推測させる。『義経記』には、北国落の初めに「近江国と越前の境なる愛発《あらち》の山」の関を越える話がある。義経一行は勿論この関でも山伏禁制の難に遭い、鎌倉に照会して返答を得るまでの逗留を強制されたり、関手（通行税）を要求されたりする。弁慶の剛胆と知略で切り抜けるのであるが、この関で弁慶が義経を面罵したり打擲したりした話は伝わっていない。「愛発《あらち》の山と申は、人跡《あと》絶えて古木立枯《たてか》れ、巖石峨々《がんせきがゞ》として、道すなおならぬ山なれば」と語られる山路の関であることが、その遠い理由となっているのかもしれない。

中国の佯打説話の中で、川の渡場での検問というシチュエーションが類似しているのは、⑵の宗典の話と、⑶の曇永の話である。特に(3)の話において、沙門の曇永が自分の衣や頭巾を王華に持たせて後に従わせている点は、義経が「強力」あるいは「あいの夫」に扮し、荷物を持たされて山伏一行の後に従っているのと共通しているし、主君を打つ道具が「むち（箠・鞭・策）」ではなくて沙門らしく「杖」であるのも、弁慶の「金剛杖」と自然な結び付きを持つと言える。しかし一方には、幸若舞曲の「笈扒」に見るような、伝馬に乗った弁慶が馬上から鞭で義経を打つという特異な形の伝承もあるわけで、これなどはむしろ(2)の宗典の話に近く、島津氏の「何となく未だ日本化しきってゐない形を——日本化の過程にある支那説話の姿を見せてゐるやうにも思はれる」という指摘を納得させるものがある。また、『義経記』の念珠の関で「弁慶大の棰《しもと》杖に突き、「あゆめや法師」とて、しとしと打ちて」行くところなどは、(4)の袁昂の話に似ている。このように見て来ると、弁慶の佯打説話の原拠を、上記の五話のいずれか一つに限定するのは不可能である。いずれか一話だけが受容されて、それが日本の風土の中で変容し多様化したという風に、一元的かつ単線的に考えることは必ずしも当を得たことではないと思われる。

七　日本における佯打説話の変容

弁慶の佯打説話が、本来中国の同趣の故事を摂取したものであるとして、それがどのように展開したのか、また、どういう点に「日本化」が見られるのかを考えてみたい。

幸若舞曲の「笈扒」の中に、念珠の関の山伏禁制の事を知って、弁慶は「此関屋をも、それがしがはかりごとにて通《とを》らうずるにて候」と揚言する。弁慶の佯打は、言うまでもなく関の役人を欺く「はかりごと」である。儒教では、君臣・父子・夫婦の道を「三綱」と呼んで人倫の根本と考え、国家・社会の秩序を実現するための基本道徳としている。そうした道徳思想が前提にあればこそ、主君を打擲することが敵を欺く「はかりごと」でありうるわけである。

前に挙げた五例の中国の佯打説話のうち、⑵の宗典の話、⑶の曇永の話、⑸の李穆の話の三話が『智嚢』に載っていることについてはすでに述べた。『智嚢』二十八巻は、馮夢龍が、中国人の知恵が多様に発揮された説話を広く史書や小説などから収集し、それを十部二十八類に分けたものである。十部に分けられた知恵は、それぞれ「上智」「明智」「察智」「胆智」「捷智」「術智」「語智」「兵智」「閨智」「雑智」と名付けられている。このうちの「捷智」の部には、「霊変」「応卒」「敏悟」の三巻が立てられていて、この宗典・曇永・李穆の三話はその「霊変巻十六」に収められている。いずれも絶体絶命の危機を咄嗟の機知でみごとに切り抜けた話として取り上げられているわけである。馮夢龍は各部の冒頭に「総序」を置き、それぞれの智に関する難解な評論を載せているが、「捷智」については次のように論じている。

馮子曰く、大事を成すものは百年を争うので一息を争わないが、一息はもとより百年の始めである。事の変わり目というものは、火の如く風の如くで、愚者はこれにやられるが、ややものが分かってくると、これから離れてかわすことができ、害《そこな》われなかったことを喜ぶわけである。（中略）葉を一枚ずつ摘んでいては、一日かかって一本の木も裸にすることはできないが、秋風が吹き霜がおりれば、一晩で葉はみな落ちてしまう。これが造花の捷というもので、人ももしこのように捷であれば、その霊は万変し、どんな急場にも窮まることはないであろう。こういうものはただ敏捷で悟道のものができることである。ああ、事の変わることは、停まってわれわれを待ってくれることのないこともはっきりしている。天下に智があって捷ならず、捷ならずして智なるものがあるであろうか。[17]

傍線部の原文は「人若《ク》レ是《ノ》其《ノ》捷《ナラバ》也、其《ノ》霊万変《シテ》、而不《ラン》レ窮《マラ》二于応卒《ニ》一、此《レ》惟《ダ》敏悟《ノ》者《ノミ》庶幾《ちかカラン》焉」である。ここに用いられている「応卒」の語は巻十七の表題にもなっているが、『淮南子』（人間訓）の「凡有《ソル》レ道者《ハ》、応《ジテ》レ卒《ニ》而不レ乏《シカラ》、遭《ヒテ》レ難《ニ》而能《ク》免《ガル》、故《ニ》天下貴《ブ》レ之《ヲ》」（有朋堂漢文叢書）とあるのに拠ったものと思う。どのような突発的な事態にもみごとに対応できるという意味である。

わが国の義経伝説における弁慶の佯打の話も、本来はそういう咄嗟の事態に対応して窮せず、難局をみごとに切り抜けた弁慶の「捷智」の手柄として語られたものであろう。しかし、弁慶の佯打説話には、主君義経を打擲した後には弁慶の謝罪の場面を伴うのが普通である。『義経記』の如意の渡の場合を例に挙げると、次のとおりである。

かくて六動寺を越えて、奈吾《なご》の林（注、新湊市放生津《ほうじょうづ》辺）をさして歩み給ひける。武蔵忘れんとすれ共、忘れられず。走り寄りて判官の御袂に取付きて、声を立てて泣く〳〵申けるは、「何時《いつ》まで君を庇い参らせんとて、現在の主《しう》を打ち奉るぞ。冥顕の恐《おそれ》もおそろしや。八幡大菩薩も許し給へ。浅ましき世の中かな」とて、さしも猛き弁慶が伏転《ふしころ》び泣きければ、侍《さぶらひ》ども一つところに顔をならべて、消えいる様に泣き居たり。判官「これも人の為ならず、斯程《かほど》まで果報拙《つたな》き義経に、斯様《かやう》に心ざし深き面々の、行末までも如何と思へば、涙の澪《こぼ》るゝぞ」とて、御袖を濡らし給ふ。各〻《をのをの》この御ことばを聞きて、猶も袂を絞りけり。

同じ場面は幸若舞曲「笈扒」の鼠着《ねずみつき》の関でも、謡曲の安宅の関でも見られる。それぞれの表現は多少異なるけれども、趣旨は全く同じである。如意の渡、念珠の関、安宅の関と所が変わっても、弁慶が正《まさ》しき現在の主君を打擲した後には、この激しい悔悟と贖罪が必要だったということである。自分の知謀で主君の危難を救いえたという自負も満足感も、もはや跡をとどめない。同様の場面が「笈扒」では次のように語られる。最上川の畔に着いて、義経は背負わされていた蓑笠をがばと投げ捨てると、弁慶は走り寄ってそれを宙で受け止め、三度推し戴き、頭を地に付けて主君に詫びる。

たばかり事とは申ながら、正しく主君をうつ杖《つゑ》の天命いかでのがれ候べき、たゞ今の弁慶めが狼藉《らうぜき》をば、仏神三宝《ぼう》もゆるさせ給ひ候へとて、鬼《おに》のような弁慶が、東西をしらずなきければ、十一人の、人々も皆泪をぞながしける。判官きこしめして、よし〳〵むさし殿、仏だに因果《ゐんぐは》をばのがれさせ給はず、ましてや末世にをゐて破戒《はかい》の凡夫《ぼんぶ》の身として、いかで因果《ゐんぐは》をのがるべき。ことに是は、弁慶《べんけい》がうつ杖《つゑ》ならず。舎兄《しやきやう》頼朝のあそばす杖《つゑ》とおもへば、是をうらみと思ふまじ。

鬼のような弁慶が泣いて詫びるのを慰謝する義経の言葉が、自分の果報の拙さを嘆くだけでなく、兄頼朝の折檻と思って耐えようということになり、さらに謡曲「安宅」になると、弁慶が「さても只今《ただいま》はあまりに難儀《なんぎ》に候ひしほどに、不思議の働《はたら》きを仕り候ふこと、これと申すに君のご運尽きさせ給ふにより、今弁慶が杖にも当たらせ給ふと思へば、いよいよあさましうこそ候へ」と詫びるのに対して、義経は、

いかに弁慶、さても只今の機転《きてん》さらに凡慮《ぼんりよ》よりなす業《わざ》にあらず。ただ天のおん加護とこそ思へ。関の者どもわれを怪しめ、生涯《しよおがい》限りありつるところに、とかくの是非をば問答《もんダワ》はずして、ただまことの下人《げにん》のごとく、散々《さんざん》に打ってわれを助くる、これ弁慶が謀《はか》り事《ごと》にあらず、八幡のご託宣かと思へば、忝なくぞ覚ゆる。

と慰める。敵を欺くために主君を打擲する弁慶の杖が、「舎兄頼朝のあそばす杖」となり、さらに「天のおん加護」、源氏の祖神「八幡大菩薩の御託宣」となって行くことで、弁慶の「不思議の働き」、つまり「たとひいかなる方便なりとも、まさしき主君を打つ杖の、天罰に当たらぬことやあるべき」(「安宅」)と思われる行為が次第に浄化されて行く。が、こうして義経と弁慶に対する鎮魂が成就して行くのに反比例して、この話が本来持っていた弁慶の「捷智」の手柄が「これ弁慶が謀《はか》り事《ごと》にあらず」とまで、その光輝を減殺させて行くことになる。

中国の説話の場合、それを記載している文献の性格もあって、危機を脱した後の話は記されていない。ただ(5)の李穆の話には、『北史』(列伝四十七)の本伝に溯れば、次のような後日談が記されている。

穆以テレ馬ヲ授ク二周文ニ一。遂ニ倶ニ逸ガル。是日微なカリセバレ穆、周文已ニ不ラマシレ済ハレ矣。既ニシテ而与レ穆相対ヒテ而泣ク。自リレ是恩眄更ニ隆ンナリ、顧ミテ二左右ヲ一曰ク、成セルハ二我ガ事ヲ一者其レ此ノ人ナラン乎。擢テ授ク二武衛将軍・儀同三司ヲ一。進メテ封ズ二安武郡公ニ一。前後賞賜、不レ可カラ二勝計ス一。周文歎ジテ二其ノ忠節ヲ一曰ク、人ノ所ハレ貴ブ唯ダ命ノミ。穆遂ニ軽ンジテレ命ヲ済フレ孤ヲ。爵位玉帛、未ダレ足ラ二為ニ報ユルニ一。乃チ特ニ賜ヒ二鉄券ヲ一、恕スルニ以テス二十死ヲ一。(下略)

これは北周の建国の歴史物語であり、文帝（宇文泰）が王業を興した際の苦難と、それを助けた李穆の功績を顕彰する記事であるから、文帝の感謝と行賞だけがクローズアップされ、李穆の謝罪もなければ、文帝の慰謝もない。

弁慶の伴打説話の中で、主従のあいだの謝罪と慰謝を伴わないのは、『義経記』の念珠の関での話だけである。如意の渡の場面との重複を避ける意図もあったろうが、これが「日本化の過程にある支那説話の姿を見せてゐるやうにも思はれる」と島津氏の指摘した話であるだけに興味深い。

八　むすび——知から情へ——

中国の伴打説話として管見に入った事例は、いずれもシンプルな説話の形で記録されたもので、ドラマの構成要素として取り込まれたものではない。それ故、打擲によって欺かれる側の「知」も「情」も何一つ描かれてはいない。関所の役人を欺く苦肉の策と言っても、検問する側が凡庸であっては捷智の光輝が減殺する。それは単なる滑稽譚となり、あるいは欺かれる側に焦点を当てた烏滸咄《おこばなし》となってしまう。

謡曲「安宅」の成功の理由の一つは、冒頭にも述べたように、義経主従の受苦の舞台を安宅の関に限定し集約したことにある。それは能という演劇の様式と深く関わっていると思うが、『義経記』や幸若舞曲では彼等の死に至る長い流離の中で場所を変えて繰り返される試練を、安宅の関の関守富樫一人の執拗で連続的な追及として構成することになり、その結果、義経主従の通行を阻もうとする富樫の像がより巨大化するとともに、義経主従に課せられる苦難が累層的に深刻化し、それを一つ一つ切り抜けて行く弁慶の知略と胆力もまた光輝を増して行くわけである。

謡曲「安宅」で、弁慶が義経を伴打して危機を免れた後、関所を遙かに離れた所で、弁慶は男泣きしながら自分の狼藉を義経に詫び、一行が「ただ世には、神も仏もましまさぬかや。恨めしの憂き世や、あら恨めしの憂き世や」と嘆き合っているところへ、富樫が酒を持参する。富樫はただ、「さて只今の山伏たちに聊爾《りょおじ》を申して面目もなく候ふほどに、追っ付き申してご酒《しゅ》をひとつ参らせうずるにてあるぞ」と先刻の非礼を詫びるだけであるが、弁慶は、富樫の魂胆が自分たちに酒を飲ませ警戒心を緩めさせることにあると疑い、それとなく一行の者に、油断して怪しまれるなと諫めながら酒宴を催す。そして富樫に求められて延年の舞を舞い、「疾《と》く疾く立てや、手束弓《たつかゆみ》の、心許すな、関守りの人びと、暇申して、さらばよ」と、一行の者にはあくまで関守に油断するなと言い掛けつつ、関守たちに挨拶して立ち去る。弁慶も「虎の尾を踏み、毒蛇の口を、逃がれたるここちして」やっとの思いで立ち去ることができたのだし、富樫もまた最後まで疑いを解いてはいないのである。

ところが、この「安宅」を土台にした歌舞伎の「勧進帳」になると、多少趣が違ってくる。歌舞伎では、弁慶が強力に扮した義経を金剛杖でしたたかに打つのを見て、却って富樫は、心の底ではその強力が義経であることを確信する。しかし弁慶の苦衷に感じ、言葉の上では自分の誤解を詫び、弁慶の振り上げる杖を止めて「判官殿にもなき人を、疑へばこそ、かく折檻もし給ふなれ」と憂いを含んで言う。実は、これと似た台詞が『義経記』の如意の渡守平権守の言葉にも見えるのである。

すべて羽黒山伏《はぐろやまぶし》程情なき者はなかりけり。「判官にてはなし」と仰せらるれば、さてこそ候はんずるに、あれ程痛はしく情なく打ち給へるこそこゝろ憂けれ。詮ずる所、これは某《それがし》が打ち参らせたる杖にてこそ候へ。かゝる御労《いた》はしき事こそ候はね。これに召し候へ」とて、船を差し寄する。

同じような台詞であるが、平権守の言葉には裏も表もない。言葉と心のあいだに乖離が無いものとして素直に読める。しかし、歌舞伎の富樫の台詞は、言葉の上での表現と心底とが二重構造になっている。歌舞伎「勧進帳」でも、関を離れた所で主従一行、義経と弁慶と四天王の六名が嘆き合っているところへ、富樫が供の者に酒を持たせて登場する。弁慶は豪快に飲み干し、延年の舞を舞い、その間に他の五人を先立たせ、最後に自分一人になってから富樫に一礼し、一行の後を追って、例の飛六方《とびろっぽう》で花道を引き上げる。自分たち一行が義経主従であることを知りながら関所を通してくれた富樫の義俠心に対する感謝の一礼なのであろう。

このような、言葉の上での表現と心底との二重構造による表出、落合清彦氏はこれを「口と肚《はら》と裏腹の反語的表現」(18)と言っているが、こうした心底の表出の仕方が歌舞伎に多いことは周知のとおりである。観客は、その二重の意味を両方とも理解しつつ、さらにその表裏が背反する二重構造によってしか表出しえない人物の悲しみや苦しみを感得し、感動を募らせて行くわけである。

しかし、考えてみれば、これは奇妙な話である。つまり、「佯打」の行為が「佯」の効力を失い、相手を欺くための知謀がもはや崩壊してしまっているということなのである。そして、そうまでして主君を守ろうとする弁慶の至情が富樫の心を動かしているということなのである。富樫もまた、弁慶の至情に動かされながら、いや動かされているからこそ、すでに効力の失われた相手の知謀にもあくまで欺かれ続けていなければならないし、弁慶はまた弁慶で、富樫の義俠を知悉しながら、それ故にこそあくまで相手を欺き続けなければならない。お互いの心底がその片端でも口を衝いて出れば、その瞬間に一切が瓦壊してしまう。弁慶と富樫の二人がともに偉大で、相拮抗する存在であることを必要とする所以である。

この話が本来持っていた「佯打」の知謀、つまり「此関屋をも、それがしがはかりごとにて通《とを》らうずるにて候」(「弁慶忠臣かゝみ」)というような「知」の世界はすでに否定されているが、しかしながら、弁慶の忠節に感動した富樫が義経主従の通行を許すというような「情」の世界へ平行移動をするのではない。それもまた否定されている。要するに、「知」と「情」とがより高い次元へ止揚されて、言わば人間の精神が持つ崇高な美の世界に統合されていると言っていい。すぐれて日本的で古典的な内容と様式の演劇である「勧進帳」が、現代の日本人にも愛好され、国際的にも高く評価されている理由も、そういうところにあるのだろう。

注

（1）「日本望見ブロードウェー「勧進帳」の成功」（『週刊新潮』、昭和43・3）、「青い目の弁慶と富樫」（『国際写真情報』、昭和43・6）

（2）五来重氏『高野聖』（角川新書、昭和40・5）

（3）「勧進帳」および「安宅」の作者・成立等については『日本古典文学大辞典』（岩波書店、昭和58・10〜60・2）の各項の記述による。

（4）本文は、日本古典文学大系『謡曲集』上（横道万里雄・表章氏校注、岩波書店、昭和38・2）に拠る。ただし、振仮名等は適宜取捨する。以下同じ。

（5）吉田東伍氏『大日本地名辞書』第五巻、北国・東国（冨山房、初版明治35・9、増補版昭和46・3）

（6）岡部精一氏「義経記に表はれたる地理」（『歴史地理』24―3〜5、大正3・9〜11）

（7）本文は、日本古典文学大系『義経記』（岡見正雄氏校注、岩波書店、昭和34・5）に拠る。ただし、振仮名等は適宜取捨する。以下同じ。

（8）「弁慶忠臣かゝみ」の本文は、松沢智里氏編『舞の本』上（古典文庫第三八四、昭和53・8）に拠る。ただし、仮名に適宜漢字を当てる。以下同じ。

（9）『謡曲拾葉抄』（大日本教育書院、明治42・2）の「安宅」の注所引。補　『謡曲拾葉抄』は、著者犬井貞恕が元禄十五年（一七〇二）に没した後、弟子の忍鎧によって完成された。寛保元年（一七四一）の序があり、明和九年（一七七二）に刊行された（『日本古典文学大辞典』「謡曲拾葉抄」の項、伊藤正義氏稿）。『異本義経記』は、志田元氏によって叡山文庫蔵本が発見、翻刻された（「異本義経記（叡山文庫蔵）乾・坤」、『伝承文学研究』4・6、昭和38・5、39・1）。また高橋貞一氏の「〔翻刻〕異本義経記」（『仏教大学研究紀要』57、昭和48・3）は叡山文庫本の本文を静嘉堂文庫本で校合している。大城実氏（「『異本義経記』の検討」、軍記文学研究叢書11『曾我・義経記の世界』、汲古書院、平成9・12）の考察によれば、『異本義経記』の原本は「近世初期になったものと見て差し支えないようである」が、『謡曲拾葉抄』所引の「異本義経記」は、叡山文庫本よりも、延宝から元禄にかけての頃に成立したとされる『義経知緒記』にかなり近づいた段階での本文を持つ書であったと判断できようとのことである。

(10) 麻原美子氏『幸若舞曲考』第三章ノ三「義経物舞曲」(新典社、昭和55・9)

(11) 『日本随筆大成』第三期第五巻所収（吉川弘文館、昭和4・12）

(12) 馮夢龍纂緝、繆詠禾点校『智嚢全集』(江蘇古籍出版社、一九八六年)、ただし簡体字は通行字体に改め、仮に訓点を施す。

(13) 『草廬雑談』(正編) は元文三年 (一七三八) の成立。滝本誠一氏編『日本経済大典』12所収 (明治文献、昭和42・5)

(14) ( ) 内は中国の書籍、〔 〕内はわが国近世の随筆等。＊印を付したものは『鶴林玉露』からの引用

(15) 島津久基氏『義経伝説と文学』本編第一部第二章「義経に関する主なる諸伝説」(明治書院、昭和10・1)

(16) 角川源義氏「『義経記』の成立」(貴重古典籍叢刊10『赤木文庫本義経記』、角川書店、昭和49・3)

(17) 増井経夫氏『智嚢《ちのう》』中国人の知恵』(朝日新聞社、昭和53・3) に引かれた訳文による。

(18) 落合清彦氏「現行曲――作品紹介・勧進帳」(図説日本の古典20『歌舞伎十八番』、集英社、昭和54・2)

あとがき

本書に収めた論稿のうち、既発表の論考との関係は、次のとおりである。初出時の論文題目、掲載誌名（もしくは図書名）、刊行年月を、年代順に配列し、〔　〕内に本書の章・節との対応を示す。

初出論文一覧

「太平記巻三十二と源威集――作者の視点をめぐって――」　〔第二章第五節1〕
『国文学攷』（広島大学国語国文学会）第20号　昭和33・11

「源威集の成立について」　〔第二章第五節2〕
『中世文藝』（広島中世文藝研究会）第15号　昭和33・12

「中世軍記物語における説話引用の形態」　〔第一章第一節〕
『広島大学文学部紀要』第25巻1号　昭和40・12

「唐鏡解説」　〔第二章第三節〕
『松平文庫本唐鏡』（中世文藝叢書8）　拙著　広島中世文藝研究会　昭和41・10

「擣衣の詩歌――その題材史的考察――」　〔第四章第一節〕
『富山大学教育学部紀要』第15号　昭和42・3

「白居易『新楽府』と軍記物語――「海漫漫」詩を中心として――」　〔第一章第三節4(1)〕
『国文学攷』（広島大学国語国文学会）第43号　昭和42・6

「新楽府『新豊折臂翁』と平家物語――時長・光行合作説に関連して――」〔第一章第三節4(2)〕

『中世文藝』（広島中世文藝研究会）第40号　昭和43・3

「保元物語と漢詩文」〔第一章第二節1〕

『軍記と語り物』（軍記物談話会）第6号　昭和43・12

「平家物語と源光行の蒙求和歌」〔第一章第三節5〕

『富山大学教育学部紀要』第17号　昭和44・3

「平家物語と漢詩文」〔第一章第三節2(1)〕

『諸説一覧平家物語』市古貞次氏編　明治書院　昭和45・6

「太平記と史記」〔第一章第四節4〕

『太平記・曾我物語・義経記』（鑑賞日本古典文学21）　岡見正雄・角川源義氏編　角川書店　昭和51・8

「文学史上の「平家物語」」〔第一章第三節1〕

『平家物語』（古典研究シリーズ8）尚学図書　昭和53・5

「太平記の成立」〔第一章第四節2(1)〕

『日本文学全史3 中世』市古貞次・久保田淳氏編　昭和53・7　増訂版平成2・3

「『太平記』作者の思想」〔第一章第五節1(2)〕

『太平記』（鑑賞日本の古典13）　長谷川端・鈴木登美恵氏編　尚学図書　昭和55・6

「天の徳と地の道――宋学と政道思想――」〔第一章第五節1(1)〕

『太平記』（図説・日本の古典11）　梶原正昭・宮次男・上横手雅敬氏編　集英社　昭和55・8

「六代勝事記と源光行の和訳物」〔第二章第二節1〕

『富山大学国語教育』（富山大学国語教育学会）第5号　昭和55・8　〔第二章第二節2〕

「白氏文集と六代勝事記」

『広島女子大学文学部紀要』第16号　昭和56・3　〔第一章第四節1〕

「太平記研究、現在の話題と将来像」

『国文学解釈と鑑賞』第46巻第5号　至文堂　昭和56・5　〔第二章第四節〕

「神皇正統記と宋学――孟子を「大賢」と呼ぶこと――」

『国語史への道　上』土井忠生先生頌寿記念論文集　三省堂　昭和56・6　〔第四章第二節〕

「「西去都門幾多地」の意味構造――白居易「驪宮高」の詩句の意味と日本におけるその変容――」

『広島女子大学文学部紀要』第19号　昭和59・3　〔第二章第一節〕

「中世歴史文学と中国文学」

『日本文学と中国文学』（国文学研究資料館講演集6）昭和60・3　〔第一章第四節2(2)〕

「〈語り物の諸相〉太平記」

『国文学解釈と鑑賞』第51巻第4号　至文堂　昭和61・4　〔第三章第二節1〕

「唐物語の世界――蕭史と弄玉――」

『国語と国文学』（東京大学国語国文学会）第64巻第9号　昭和62・9　〔第三章第一節1〕

「続古事談の漢朝篇――楊貴妃説話を中心に――」

『広島女子大学文学部紀要』第23号　昭和63・1　〔第三章第一節2〕

「続古事談の漢朝篇――漢文帝の倹徳説話をめぐって――」

『中世文学』（中世文学会）第33号　昭和63・5

「談義する文学――太平記・室町軍記――」
『時代別日本文学史事典 中世編』　有精堂　平成1・8　〔第一章第四節2(2)〕

「中国古典と太平記」
『国文学解釈と鑑賞』第56巻第8号　至文堂　平成3・8　〔第一章第四節3〕

「知から情へ――弁慶の佯打説話の展開――」　〔第四章第四節〕

「太平記作者の国際的関心――「高麗人来朝事」を中心として――」
『説話論集』第2集　説話と説話文学の会編　清文堂　平成4・4　〔第一章第五節2(3)〕

「新田義貞と諸葛孔明――太平記と三国志――」
『広島女子大学文学部紀要』第27号　平成4・2　〔第一章第四節5(2)〕

「太平記と三国志――諸葛孔明の出廬――」
『広島女子大国文』（広島女子大学国文学会）第9号　平成5・3　〔第一章第四節5(1)〕

「太平記の韓湘説話――荘老の思想との関わり――」
『軍記と漢文学』（和漢比較文学叢書15）和漢比較文学会編　汲古書院　平成5・4　〔第一章第五節2(2)〕

「太平記における荘子――成語と思想のあいだ――」
『広島女学院大学日本文学』第3号　平成5・7　〔第一章第五節2(1)〕

「物語文学」（古典文学に見る仏教思想）
『太平記とその周辺』長谷川端氏編　新典社　平成6・4　〔第一章第五節3(1)〕

「唐物語の方法――望夫石の場合――」
『岩波講座日本文学と仏教　第九巻　古典文学と仏教』岩波書店　平成7・3　〔第三章第二節3〕

『中古文学の形成と展開 古代から中世へ』（継承と展開5）　稲賀敬二氏と共編　和泉書院　平成7・6　〔第三章第二節2〕

「陳氏の鏡――両京新記と唐物語――」

『古田教授頌寿記念中国学論集』　古田敬一教授頌寿記念論文集編集委員会編　汲古書院　平成9・3　〔第四章第三節〕

「説話の伝流と変容――鏡識らず――」

『広島女子大国文』（広島女子大学国文学会）第14号　平成9・9　〔第一章第四節6〕

「太平記と漢籍――特に兵法批判という視点から――」

『太平記の成立』（軍記文学研究叢書8）　長谷川端氏他編　汲古書院　平成10・3　〔第一章第三節2(2)〕

「『平家物語』の典拠摂取の基本姿勢」

『平家物語主題・構想・表現』（軍記文学研究叢書6）　梶原正昭氏他編　汲古書院　平成10・11　〔第一章第三節3〕

「斑竹の禁忌――平家物語と朗詠詩話――」

『広島女学院大学院言語文化論叢』第2号　平成11・3　〔第一章第三節6〕

「田単火牛の故事と北陸道の合戦譚――長門本平家物語・源平盛衰記・古活字本承久記――」

『長門本平家物語の総合研究3 論究篇』　麻原美子・犬井善寿氏編　勉誠出版　平成12・2　〔第一章序節〕

「軍記研究と中国文学」

『軍記文学とその周縁』（軍記文学研究叢書1）　梶原正昭氏他編　汲古書院　平成12・4　〔第二章第六節〕

「中世初頭の紀行――自己疎外と政治批判と――」

『旅と文学』（広島女学院大学公開講座論集）　広島女学院大学日本語日本文学科編　平成13・3

右の「初出論文一覧」の中に対応するもののない章・節や項目は、本書において新たに用意した論考である。

既発表の論稿を収めるに当たっては、文体、表記、注の形式等を改めたり、段落の表題を整えるなど、本書全体の統一を図って手を加えたが、内容にはあまり変更を来さないように留意した。ただし、初出の際に紙幅の都合で割愛していた引用文の中略部分を復活させたり、書き下し文にしていた引用文に原文を添えたり、説明不足になっていた叙述を補修したりした場合がある。また、現時点から見て補足、訂正を必要とする場合には、各論考末の「注」に、補 の符号を付けて補筆し、さらに旧稿に対する批判などに関連して幾らか詳しい説明を要する場合には、当該論考の末尾に 付記 として記述することにした。

上記の「初出論文一覧」を作成することで、あらためて四十年余りのたどたどしい足跡を振り返ることができた。その間、まことに多くの先学や知友からの教導をいただいた。今は故人となられた方々も少なくない。また、多くの図書館や文庫の好意で貴重な文献を閲覧させていただいたことも記憶に残る。衷心から感謝申し上げたい。

本書は日本学術振興会の「平成13年度科学研究費補助金（研究成果公開促進費）」の交付を受けて刊行することを得たものである。記して、謝意を表する次第である。

なお又、本書の上梓に当たっては、汲古書院の石坂叡志氏を始め、同社編集部の方々の高配をかたじけなくし、特に飯塚美和子氏には細部にわたって種々の配慮をいただいた。記して深くお礼申し上げる。

平成十三年十二月十七日

増田　欣

う

え

お

き

さ

す

せ

そ

た

ち

つ

て

と

な

に

ひ

ふ

へ

ほ

ま

み

む

め

も

や

ら

り

る

れ

ろ

わ